®
वाणी प्रकाशन ग्रुप
भारतीय ज्ञानपीठ

वाणी प्रकाशन : भारतीय ज्ञानपीठ की पुस्तकों के एकमात्र प्रकाशक एवं वितरक

सुल्तान रज़िया

(सुल्तान रज़िया के जीवन पर केन्द्रित ऐतिहासिक उपन्यास)

सुल्तान रज़िया

मेवाराम

वाणी प्रकाशन ग्रुप

भारतीय ज्ञानपीठ

वाणी प्रकाशन : भारतीय ज्ञानपीठ की पुस्तकों के एकमात्र प्रकाशक एवं वितरक

सजिल्द पहला संस्करण : 2011
सजिल्द दूसरा संस्करण : 2014
सजिल्द तीसरा संस्करण : 2014
सजिल्द चौथा संस्करण : 2016
सजिल्द पाँचवाँ संस्करण : 2025

लोकोदय ग्रन्थमाला : गन्थांक 1083

वाणी प्रकाशन ग्रुप

4695, 21-ए, दरियागंज, नयी दिल्ली-110 002
फ़ोन : 011-23273167, 23275710
ईमेल : sales@vaniprakashan.in

सुल्तान रज़िया
(ऐतिहासिक उपन्यास)
मेवाराम

ISBN : 978-81-263-3042-3

मूल्य : **995**

मुद्रक : *सिटी प्रेस, दिल्ली-110 095 में मुद्रित।*

आवरण : राधेश्याम अग्रवाल

Sultan Raziya (Historical Novel) *by* **Mewaram**

सुल्तान रज़िया

एक

क़ुतुब मीनार! मुल्क की सबसे ऊँची मीनार! हिन्दुस्तान में अब तक इतनी ऊँची मीनार तामीर नहीं हो सकी। हिन्दुस्तान ही नहीं, बल्कि दुनिया के कोने-कोने से रोज़ाना न जाने कितने पर्यटक इस ख़ूबसूरत, लाजवाब, बेमिसाल और अजीबो-ग़रीब इमारत को देखने आते हैं। मुझे भी आज इस ख़ूबसूरत और बेनज़ीर इमारत को देखने का मौक़ा मिला। मैंने क़ुतुब मीनार की पाँचवीं मंज़िल के छज्जे से दिल्ली का नज़ारा देखा। यहाँ से ऊँची-से-ऊँची इमारतें बौनी नज़र आ रही थीं। मैं यहाँ से देर तक क़ुतुब मीनार के इर्द-गिर्द फैली ऐतिहासिक इमारतों का लुत्फ़ उठाता रहा, लेकिन दोपहर होने की वजह से गर्म हवा चेहरे को झुलसा रही थी। आख़िर मुझे नीचे भी उतरना था। जी न चाहते हुए भी मैं नीचे उतरा। जैसे ही क़ुतुब मीनार से उतरकर बाहर निकला, एक बूढ़ा अनजान आदमी, जिसकी उम्र तक़रीबन सत्तर साल से अधिक रही होगी, मुझे देखकर अदब के साथ झुककर बोला, "हुज़ूर, आदाब अर्ज़।"

मेरी ज़ुबान से भी निकल पड़ा, "आदाब।"

अब वह मेरी ओर देखकर बोला, "हुज़ूर, माफ़ कीजिएगा। हमें हुज़ूर से कुछ पूछने का कोई हक़ नहीं है, लेकिन बता सकते हैं, क़ुतुब मीनार में हुज़ूर ने क्या देखा?"

मेरी समझ में नहीं आ रहा था कि यह बूढ़ा आदमी मुझसे क्या चाहता है? मैंने उसे सिर-से-पैर तक ग़ौर से देखा, इस आदमी का रंग गेहुँआ था। दाढ़ी सफ़ेद, चेहरे पर झुर्रियाँ, गाल पिचके हुए थे, लेकिन सुरमा लगी बड़ी-बड़ी आँखें चमकीली थीं। आँखों की बरौनियाँ दाढ़ी की तरह सफ़ेद हो चुकी थीं। जनाब की नाक लम्बी और सामने के चार दाँत टूटे थे। पान खाने की वजह से तमाम दाँत लाल और भद्दे हो गये थे। इन्होंने सफ़ेद मलमल का कुर्ता और पायज़ामा पहन रखा था। इनके सिर पर मौजूद सफ़ेद दुपल्ली टोपी धूप में कुछ राहत पहुँचा रही होगी। कुर्ते में कहीं-कहीं पान के दाग़ लगे थे जो भद्दे दिख रहे थे। इनके पैरों में हल्की सफ़ेद जयपुरिया जूतियाँ थीं। मैंने उसके सवाल का कोई जवाब नहीं दिया, बल्कि पूछा, "आप कौन

हैं?''

''हुज़ूर, हमारा नाम फ़ख़रुद्दीन है। हम तक़रीबन पचास साल से यहाँ गाइड का काम कर रहे हैं। हमें अँग्रेजी बोलना नहीं आता। हमने कभी सीखने की कोशिश भी नहीं की। हिन्दी, उर्दू और फ़ारसी जुबान जानता हूँ। यहाँ हर विदेशी पर्यटक अँग्रेजी बोलनेवाला गाइड चाहता है। हिन्दुस्तानी पर्यटक कोई-कोई ही गाइड लेता है। वह बिना गाइड के ही अपना काम चलाना चाहता है। अधिकतर हिन्दुस्तानी पर्यटक यहाँ घूम-घामकर यूँ ही चल देते हैं। वे इन इमारतों की गहराई में जानकारी हासिल नहीं करना चाहते हैं।''

मुझे यह आदमी बातचीत में सलीक़ादार और तमीज़दार ही नहीं लगा, बल्कि तजुर्बेकार लगा। मुझे कुछ ऐसा ही गाइड चाहिए था। मैंने सोचा, क्यों न इसी को साथ रख लिया जाए। मैं उससे बोला, ''मैं यहाँ की तमाम इमारतों के बारे में विस्तार से जानकारी चाहता हूँ। क्या आप दे सकेंगे?''

''हुज़ूर, क्यों नहीं।''

''कितने रुपये लेंगे?''

''हुज़ूर जो मुनासिब समझें।''

''फिर भी...।''

''इसे हुज़ूर के ऊपर छोड़ता हूँ। हम अपने मेहनताना के लिए हुज़ूर से कुछ नहीं कहेंगे और न ही कोई ज़ोर-ज़बरदस्ती करेंगे। हुज़ूर इस वास्ते बेफ़िक्र रहें। हुज़ूर चाहेंगे तो सारा दिन ख़िदमत करने के लिए तैयार हूँ।''

मैंने सोचा, आदमी ठीक-ठाक है। पचास साल का तजुर्बा रखता है। क़ुतुब मीनार और इर्द-गिर्द फैली तमाम इमारतों की अच्छी-ख़ासी जानकारी रखता होगा। इसके वास्ते सौ रुपया काफ़ी होगा। मैंने उससे पूछा, ''आप हमें क़ुतुब मीनार के बारे में क्या बताना चाहेंगे?''

उसने मेरे सवाल का कोई जवाब नहीं दिया। उलटे मुझसे पूछा, ''क्या हुज़ूर दोबारा क़ुतुब मीनार पर चढ़ना चाहेंगे?''

''नहीं। अब थक गया हूँ। दोबारा नहीं चढ़ूँगा। आप हमें यहीं खड़े-खड़े जानकारी दें।''

गर्मी के दिन होने की वजह से चिलचिलाती धूप थी। हवा हल्की-हल्की बह रही थी, लेकिन गर्म थी। हालाँकि अभी लू चलना शुरू नहीं हुई थी। हम लोग जहाँ खड़े थे, वहाँ धूप थी। हमारे नज़दीक ही तमाम देशी-विदेशी पर्यटक खड़े थे। कुछ दूरी पर किसी कॉलेज या फिर विश्वविद्यालय के विद्यार्थियों को एक गाइड क़ुतुब मीनार के बारे में अँग्रेजी में कुछ समझा रहा था। अब फ़ख़रुद्दीन मुझे क़ुतुब मीनार की छाया में ले आया। यहाँ पर कोई और मौजूद नहीं था। अधिकतर गाइड चाहते हैं कि

वे जिस पर्यटक को जानकारी हासिल करा रहे हैं, उसके अलावा उनके इर्द-गिर्द दूसरे पर्यटक नहीं रहें।

सूरज सिर पर होने की वजह से क़ुतुब मीनार की छाया सिमट गयी थी। मैंने आसमान की ओर नज़र डाली। इस वक़्त आसमान में कोई परिंदा तक मौजूद नहीं था, लेकिन न जाने कहाँ से एक सफ़ेद कबूतर फ़खरुद्दीन के दाहिने कन्धे पर आकर बैठ गया। मुझे कबूतर बड़ा ही प्यारा लगा। मैं कुछ देर तक उसे देखता रहा। अब फ़खरुद्दीन ने कबूतर को दोनों हाथों में भरकर चूमा और हवा में उड़ा दिया। कबूतर जल्दी ही पूरब दिशा की ओर उड़ गया। मैं उड़ते हुए कबूतर को ग़ौर से देख रहा था। मैंने उससे पूछा, "कबूतर आपके कन्धे पर कैसे आ बैठा?"

वह बोला, "हुज़ूर, यह कबूतर हमारा है। यह दिन में एक-दो बार हमारे पास उड़कर चला आता है। जब यह हमारे पास आ पहुँचता है, तब हमें अच्छा लगता है। ख़ैर छोड़िए, हुज़ूर को पहले बतला दें कि क़ुतुब मीनार को किसने तामीर कराया था।"

"इसे तो यहाँ आनेवाला हर पर्यटक जानता होगा कि क़ुतुब मीनार को सुल्तान क़ुतुबुद्दीन ऐबक़ ने बनवाया था।"

वह हँसा और बोला, "हुज़ूर, मरहूम सुल्तान क़ुतुबुद्दीन ऐबक़ ने इस मीनार की पहली मंज़िल ही बनवाई थी। वे लाहौर में पोलो खेलते वक़्त घोड़े से गिर गये थे, जिसके कारण उनकी मौत हो गयी थी। उनकी मौत के बाद उनका बेटा शहज़ादा आरामशाह लाहौर में हिन्दुस्तान के शाही तख़्त पर बैठा।, लेकिन जल्दी ही मरहूम सुल्तान क़ुतुबुद्दीन ऐबक़ के गुलाम इल्तुतमिश ने उसे जंग में हराकर ताजो-तख़्त हासिल कर लिया। हुज़ूर, मरहूम सुल्तान इल्तुतमिश ने ही बाक़ी मंज़िलों की तामीर कराई थी।"

"सुल्तान का नाम इल्तुतमिश था कि अल्तमश?" मैंने क़िताबों में अल्तमश नाम पढ़ रखा था।

"हुज़ूर, अधिकतर लोग सुल्तान को अल्तमश के नाम से ही पुकारते हैं। कोई-कोई उन्हें अल्तमिश भी कहता है, लेकिन सही नाम इल्तुतमिश ही है।"

"क्या यह फ़ारसी लफ़्ज़ है?"

"जी हाँ हुज़ूर। यह फ़ारसी लफ़्ज़ है और इसके मायने हैं, मुल्क का मालिक।"

मेरी समझ में आ गया कि सुल्तान का सही नाम इल्तुतमिश ही है न कि अल्तमश। अब मैंने पूछा, "आपको मरहूम सुल्तान इल्तुतमिश के शहज़ादों और शहज़ादियों के बारे में कुछ जानकारी है?"

"हुज़ूर, मरहूम सुल्तान इल्तुतमिश की दो बेगमों का हम नाम जानते हैं। उनकी एक बेगम का नाम क़ुतुबबेगम था जो मरहूम सुल्तान क़ुतुबुद्दीन ऐबक़ की बेटी थीं

और दूसरी बेगम का नाम जहाँशाह तुर्कान बेगम था। क़ुतुबबेगम से कई औलाद पैदा हुईं, लेकिन जहाँशाह तुर्कान बेगम से एक ही बेटा पैदा हुआ, जिसका नाम था, रुक़ुनुद्दीन।''

''क़ुतुबबेगम से कौन-कौन औलादें पैदा हुईं?''

''हुज़ूर, क़ुतुबबेगम से पैदा हुए सबसे बड़े शहज़ादे नासिरुद्दीन महमूद शाह थे। इनके अलावा शहज़ादे ग़यासुद्दीन मुहम्मद शाह, मुइज़्ज़ुद्दीन और क़ुतुबुद्दीन भी उनके बेटे थे।''

''और बेटियाँ?''

''हुज़ूर, मैंने तो दो ही बेटियों के नाम सुन रखे हैं। इससे ज़्यादा हमें जानकारी नहीं है। अगर हुज़ूर मरहूम सुल्तान के बारे में ज़्यादा जानकारी हासिल करना चाहते हैं तो मिनहाज सिराज की लिखी क़िताब 'तबकाते नासिरी' पढ़ें। इस क़िताब से हुज़ूर को मरहूम सुल्तान के बारे में ख़ासी जानकारी हो जाएगी। जहाँ तक सुल्तान की बेटियों का सवाल है, सुल्तान की रज़िया और सज़िया दो ही बेटियों की जानकारी मिलती है।''

सुल्तान इल्तुतमिश के बारे में इतनी जानकारी फ़िलहाल पर्याप्त थी। अब मैंने उससे पूछा, ''क़ुतुब मीनार की क्या ख़ासियत है?''

''हुज़ूर, यह हिन्दुस्तान की सबसे ऊँची मीनार है। इसे फ़तेह मीनार भी बोला जाता है। इसकी ऊँचाई दो सौ अड़तीस फिट है। इसका ज़मीनी व्यास तक़रीबन सैंतालीस फिट और सबसे ऊपरी व्यास नौ फिट है। इसकी पहली मंज़िल तक़रीबन पनचानबे फिट ऊँची है। दूसरी इक्यावन फिट से कुछ कम है और तीसरी तक़रीबन चालीस फिट है। चौथी तक़रीबन चौबीस फिट और पाँचवी बाइस फिट के लगभग है।''

हमारे वास्ते क़ुतुब मीनार एक आश्चर्यजनक इमारत थी। हम इसके बारे में अधिक-से-अधिक जानकारी हासिल करना चाहते थे। मैंने उससे पूछा, ''क़ुतुब मीनार की पहली मंज़िल में पत्थर खोदकर कुछ लिखा गया है, वह क्या है?''

''हुज़ूर, क़ुतुबमीनार की पहली मंज़िल में जो ख़ुशख़त लिखावट खुदी देख रहे हैं, इसमें मरहूम सुल्तान क़ुतुबुद्दीन ऐबक़ और मरहूम सुल्तान शहाबुद्दीन मुहम्मद ग़ोरी की तारीफ़ लिखी गयी है। इसके अलावा पाक क़ुरआन की आयतें भी लिखी हैं।''

''क़ुतुब मीनार के ऊपर पहुँचने पर थकान लगती है। आपकी उम्र तो काफ़ी हो गयी है। क्या आप मीनार पर चढ़ते वक़्त थकान महसूस नहीं करते?''

''हुज़ूर, थकान तो होती है, लेकिन सालों से चढ़-उतर रहा हूँ इसलिए आदत बन गयी है।''

“आप एक दिन में कितनी बार चढ़-उतर सकते हैं?”

हम लोग अभी बातचीत कर ही रहे थे कि एक लड़का जिसकी उम्र लगभग पन्द्रह साल रही होगी, दिल्ली की ऐतिहासिक इमारतों और इस सम्बन्ध में जानकारी की पतली-पतली क़िताबें लेकर वहाँ आ पहुँचा और मुझे देखकर बोला, “सर, दिल्ली की तमाम ऐतिहासिक इमारतों की जानकारी और उनके चित्र की क़िताब की क़ीमत केवल बीस रुपया है। क्या आपको दूँ?”

मेरे कुछ जवाब देने से पहले ही फ़ख़रुद्दीन ने उसे वहाँ से भगा दिया और वह अब हमारी ओर देखकर बोला, “हुज़ूर, दिन में जितने पर्यटक मिल जाएँ, उतने बार चढ़-उतर सकता हूँ। रुपये का लालच हमें ही नहीं, हर किसी को है। वैसे हुज़ूर तीन सौ उन्यासी सीढ़ियाँ चढ़ने में जवान आदमी की साँस फूलने लगती है।”

“आप सही कह रहे हैं। हमारे पैर दुखने लगे हैं।”

अब वह अलाई दरवाज़े की ओर चलने लगा। मैं उसे रोकते हुए बोला, “मैंने क़ुतुब मीनार को बाहर से काफ़ी ग़ौर से देखा है। एक बात हमारी समझ में नहीं आ रही है।”

“वह क्या?”

“जब मरहूम सुल्तान क़ुतुबुद्दीन ऐबक़ के मरने के बाद बाक़ी मंज़िलें मरहूम सुल्तान इल्तुतमिश ने बनवाईं तो दूसरी और तीसरी मंज़िल ठीक उसी तरह बनवाई जिस तरह की पहली मंज़िल है। पहली, दूसरी और तीसरी मंज़िल लाल बलुआ पत्थर की बनी है जब कि चौथी और पाँचवीं मंज़िल में संगमरमर लगाया गया है। ऐसा क्यों?”

वह पान की पीक नज़दीक ही थूकता हुआ बोला, “हुज़ूर, क़ुतुब मीनार पहले चार मंज़िल की थी और चारों मंज़िलें एक-सी थीं, लेकिन चौदहवीं शताब्दी में दो बार बिजली गिरने से इस मीनार को काफ़ी नुक़सान पहुँचा। एकबार मरहूम सुल्तान मुहम्मद तुगलक ने इसकी तामीर कराई और दूसरी बार मरहूम सुल्तान फ़ीरोज़शाह ने इसकी मरम्मत कराई। हुज़ूर ने अभी जो फ़र्माया था कि चौथी और पाँचवी मंज़िल में लाल बलुआ पत्थर के बजाय संगमरमर का प्रयोग किया गया है। यह हुज़ूर को ही नहीं, बल्कि हमें भी ख़राब दिख रहा है। अगर चौथी और पाँचवी मंज़िल में लाल बलुआ पत्थर लगवाया जाता तो इस मीनार की ख़ूबसूरती और बढ़ जाती। इसके अलावा इस सिलसिले में एक ख़ास बात हुज़ूर को बताना ज़रूरी है।”

“वह क्या?”

“हुज़ूर, पहली, दूसरी और तीसरी मंज़िल में जो एक-सी ख़ूबसूरत धारियाँ दो छज्जों के बीच दिख रही हैं। वे अपने में लाजवाब हैं। इनकी जितनी तारीफ़ की जाए कम है, लेकिन अफ़सोस की बात है, चौथी मंज़िल में पहुँचकर धारियाँ गायब हो

जाती हैं। जिसकी वजह से तमाम इमारत बेमेल-सी दिखती है और इमारत की ख़ूबसूरती ऊपर जाकर ग़ायब हो जाती है। पता नहीं, मरहूम सुल्तान मुहम्मद तुगलक और मरहूम सुल्तान फ़ीरोज़शाह ने इसे कैसे नज़रअन्दाज़ कर दिया?''

मैं जिस स्थान पर खड़ा था, वहाँ से दूर हटकर क़ुतुब मीनार को ग़ौर से एकबार फिर देखा। वाक़ई फ़खरुद्दीन जो कह रहा था, सही कह रहा था। ऊपर की दोनों मंज़िलों में संगमरमर के प्रयोग के बाद भी वह ख़ूबसूरती क़तई नहीं आ पाई थी जो पहली, दूसरी और तीसरी मंज़िल में दिखलाई पड़ रही थी। अब मैंने उससे पूछा, ''कुछ लोग कहते हैं कि क़ुतुब मीनार को स्वर्गीय राजा पृथ्वीराज चौहान ने अपनी बेटी के लिए बनवाया था जिससे वह रोज़ाना ऊपर जाकर जमुना नदी के दर्शन कर सके और वहाँ से सूर्य को जल छोड़ सके।''

वह बेतहाशा हँसा और बोला, ''हुज़ूर ऐसा नहीं है। राजा पृथ्वीराज चौहान अपनी बेटी को जमुना दर्शन के लिए आसानी से रोज़ाना भिजवा सकते थे और जहाँ तक सूर्य को जल छोड़ने का सवाल है, राजा की बेटी को राजमहल के हर हिस्से से सूर्य के दर्शन हो सकते थे। इस बारे में सच्चाई यह है कि क़ुव्वतुल इस्लाम मस्जिद जो मरहूम सुल्तान क़ुतुबुद्दीन ऐबक़ ने बनवाई थी, उसके मुइज़्ज़िन के वास्ते यह मीनार तामीर कराई गयी, जिससे वह ऊपर चढ़कर अज़ान दे सके।''

''सुना है, मरहूम सुल्तान क़ुतुबुद्दीन ऐबक़ ने क़ुव्वतुल इस्लाम मस्जिद बनवाने से पहले सत्ताईस हिन्दू और जैन मंदिरों को गिरवा दिया था और मंदिरों के मलबे से यह मस्जिद तामीर कराई थी।''

''मैं मुसलमान हूँ, फिर भी मैं नहीं चाहता कि कोई मज़हबी इमारत ज़मींदोज़ की जाए। हम हुज़ूर से इत्तिफ़ाक़ रखते हैं। हुज़ूर जो फ़र्मा रहे हैं, वज़ा फ़र्मा रहे हैं। इस बात के ग़वाह ख़ुद-ब-ख़ुद क़ुव्वतुल इस्लाम मस्जिद के सुतून हैं।''

मैं क़ुव्वतुल और सुतून के मायने नहीं समझ रहा था। मैंने पूछा, ''क़ुव्वतुल और सुतून को हिन्दी में क्या कहते हैं?''

''हुज़ूर, क़ुव्वतुल के मायने हैं, ताक़त और सुतून के मायने हैं, खम्भा या स्तम्भ।''

''तब तो क़ुव्वतुल इस्लाम के मायने हुए इस्लाम की ताक़त।''

''हुज़ूर वज़ा फ़र्मा रहे हैं। हुज़ूर को यह भी बताना ज़रूरी समझता हूँ कि मरहूम सुल्तान क़ुतुबुद्दीन ऐबक़ ने जब इस पाक मस्जिद की तामीर कराई थी। उस वक़्त इसका दायरा छोटा था। बाद में मरहूम सुल्तान इल्तुतमिश ने इसका दायरा बढ़वाया और उसके बाद मरहूम सुल्तान अलाउद्दीन ख़िलज़ी ने इसका अहाता तक़रीबन दोगुना करवा दिया। जिससे ज़्यादा-से-ज़्यादा मुसलमान यहाँ एक साथ नमाज़ अदा कर सकें। मरहूम सुल्तान अलाउद्दीन ख़िलज़ी ने इस पाक मस्जिद में चार दरवाज़े भी

बनवाए। हुज़ूर आख़िरी दरवाज़ा जो दक्षिणी दरवाज़ा है, उसे अलाई दरवाज़ा कहते हैं। अलाई दरवाज़ा की मेहराबें और गुम्बद जो बेहद ख़ूबसूरत हैं, देखते ही बनते हैं।''

मैं जब क़ुतुब मीनार के अहाते में आया था, तभी क़ुव्वतुल इस्लाम मस्जिद और अलाई दरवाज़ा देखकर आया था। फ़ख़रुद्दीन जो कुछ हमें बता रहा था, सही बता रहा था। खंडहर क़ुव्वतुल इस्लाम मस्जिद से कुछ ही दूरी पर अधूरी एक मंज़िल की बदसूरत मीनार मौजूद थी। मैंने फ़ख़रुद्दीन से पूछा, ''क़ुव्वतुल इस्लाम मस्जिद से कुछ दूरी पर जो मीनार है, उसे किसने बनवाया था?''

''हुज़ूर, उस मीनार का नाम अलाई मीनार है। मरहूम सुल्तान अलाउद्दीन ख़िलज़ी का ख़्वाब था कि क़ुतुब मीनार से भी ऊँची यह मीनार तामीर हो, लेकिन उनका ख़्वाब हक़ीक़त में नहीं बदल सका। अभी पहली मंज़िल अच्छी तरह से तामीर भी नहीं हो पाई थी कि सुल्तान की मौत हो गयी।''

इस बीच फ़ख़रुद्दीन ने अपनी जेब से पान की डिबिया निकाली और खोलकर मेरी ओर बढ़ाई। वह मुझसे बोला, ''हुज़ूर, पान नोश फ़र्माएँ।''

''मैं पान नहीं खाता। आप खाइए।''

उसने पान अपने मुँह में दाब लिया और अब दूसरी जेब से एक छोटी-सी डिबिया निकालकर थोड़ी-सी तम्बाकू मुँह में डालकर बोला, ''हुज़ूर, थोड़ी ही दूरी पर मरहूम सुल्तान इल्तुतमिश का मक़बरा है। अगर हुज़ूर कहें तो चलकर दिखाया जाए।''

मुझे कोई ऐतराज़ नहीं था। आज शाम तक का वक़्त मेरे पास था। मुझे रात साढ़े नौ बजे ट्रेन पकड़नी थी। हम लोग अब मरहूम सुल्तान इल्तुतमिश के मक़बरे की ओर चल दिए। मैंने चलते-चलते पूछा, ''क़ुतुब इलाक़े में और कौन-कौन-सी इमारतें देखने लायक़ हैं?''

वह बोला, ''हुज़ूर, सुल्तान इल्तुतमिश के मक़बरे के अलावा मरहूम सुल्तान अलाउद्दीन ख़िलज़ी का मक़बरा और मदरसा की खंडहर इमारत नज़दीक है। उसे देख सकते हैं। नज़दीक ही ख़्वाजा क़ुतुबुद्दीन बख़्तियार क़ाक़ी की दरगाह है। अगर हुज़ूर चाहें तो वहाँ चलकर अपने बाल-बच्चों की खातिर दुआ माँग सकते हैं। इन इमारतों के अलावा अलाई मीनार से थोड़ी दूरी पर मरहूम सुल्तान बलबन का मक़बरा है। वहीं से कुछ दूरी पर शैख़ जमाली-कमाली का भी मक़बरा है। यहाँ से कुछ दूरी पर मरहूम सुल्तान इल्तुतमिश का बनवाया हुआ हौज़शम्सी भी देखने लायक़ है। इसके अलावा पास ही राजों की बावली है, जिसका जोड़ आसपास नहीं है।''

हम लोग अभी बातचीत ही कर रहे थे कि न जाने कहाँ से कबूतर फ़ख़रुद्दीन के

दाहिने कन्धे पर फिर आकर बैठ गया। मैं उसे ग़ौर से देखने लगा। कबूतर के कन्धे पर बैठ जाने की वजह से फ़ख़रुद्दीन के हाव-भाव में कोई असर नहीं पड़ा। कबूतर का उसके कन्धे पर बैठना जैसे कोई ख़ास बात नहीं थी। अगर कबूतर मेरे कन्धे पर आकर बैठ जाता तो मुझे आश्चर्य ही लगता। मैं फ़ख़रुद्दीन से बोला, "जनाब, यह कबूतर आपसे बेहद मुहब्बत करता है। अभी कुछ देर पहले ही यह आपके पास आया था और अब फिर आ बैठा।"

फ़ख़रुद्दीन ने अपने कुर्ते की दाहिनी जेब में हाथ डाला और कुछ बाजरा के दाने निकालकर बाएँ हाथ की हथेली पर रख लिये। कबूतर अब फ़ख़रुद्दीन के बाजू पर आकर बैठ गया और आराम से एक-एक दाना चुँगने लगा। मैंने फ़ख़रुद्दीन से पूछा, "आपने इस कबूतर का क्या कोई नाम रखा है?"

वह मुस्कराया और बोला, "हुज़ूर, यह कबूतर नहीं, कबूतरी है। इसका नाम रज़िया है।"

मैं रज़िया नाम सुनकर चौंका। मैंने पूछा, "आपने इसका नाम रज़िया ही क्यों रखा?"

"हुज़ूर, इसका नाम तो कुछ भी रखा जा सकता था। मैंने कुछ ख़ास वजह से इसका नाम रज़िया नहीं रखा।"

"क्या इसका जोड़ा नहीं है?"

मेरी जुबान से यह अल्फ़ाज़ निकलते ही वह थोड़ा ग़मगीन हो गया। वह कुछ देर रुककर बोला, "हुज़ूर, इसका जोड़ा था, लेकिन तीन महीना पहले हमारे प्यारे कबूतर को धोख़े से एक बिल्ली ने नोच डाला। मैंने इस जोड़े को तक़रीबन दस साल पहले जामा मस्जिद से ख़रीदा था। मैंने उस कबूतर का नाम याक़ूत रखा था।"

मैं याक़ूत नाम सुनते ही एकबार फिर चौंका। हम अब तक क़ुव्वतुल इस्लाम मस्जिद की पश्चिमी दीवार के नज़दीक पहुँच चुके थे। मैंने छाया देखकर उसे वहीं रोका और पूछा, "आपने कबूतर का नाम याक़ूत क्यों रखा?" कुछ लड़के कबूतर को दाना चुँगते देख रहे थे। वे वहाँ से हट नहीं रहे थे। न तो फ़ख़रुद्दीन और न ही कबूतर को उनकी फ़िक्र थी।

"हुज़ूर, यह दोनों आपस में बेहद मुहब्बत रखते थे। दोनों में से जब कोई अकेला रह जाता था तो वह हमेशा गुटरगूँ...गुटरगूँ करता रहता था। हमें तब ऐसा लगता था, जैसे दूसरे के बिना तड़प रहा है। जब कबूतर याक़ूत को बिल्ली नोचकर खा गयी, तब इस कबूतरी रज़िया ने तीन दिन तक न तो दाना चुँगा और न ही पानी की एक बूँद अपने हलक़ से नीचे उतारी। मुझसे कबूतरी रज़िया की तकलीफ़ देखी नहीं जा रही थी। मैं इसकी वजह से तीन दिनों तक धन्धे की तलाश में घर से बाहर नहीं निकला। हर वक़्त इसी कबूतरी को ताकता रहता था। हुज़ूर, हमारी बीवी आज

से चालीस साल पहले तपेदिक से मर गयी थी। हमारी कोई औलाद नहीं है। दिल्ली में अपना कोई रिश्तेदार भी नहीं है। अब हमारा अपना अगर कोई है तो यह कबूतरी रज़िया।''

मैंने देखा, फ़ख़रुद्दीन की आँखें भर आई थीं। मैं उससे बोला, ''फ़ख़रुद्दीन, इस दुनिया में आदमी अकेला आया है और अकेला जाएगा। कोई किसी के साथ नहीं जाएगा।''

''हुज़ूर, वज़ा फ़र्मा रहे हैं।''

कबूतरी अब भी दाना चुँग रही थी। आख़िरी दाना चुँगने के बाद वह फ़ख़रुद्दीन के बाजू से उड़कर फिर उसके दाहिने कन्धे पर आकर बैठ गयी। अब फ़ख़रुद्दीन ने उसे अपने दोनों हाथों में लेकर पुचकारकर हवा में उड़ा दिया। अब वह फिर पूरब की दिशा की ओर उड़ गयी। हमें फ़ख़रुद्दीन ने क़ुतुब इलाक़े की तमाम इमारतों के बारे में जानकारी अभी कुछ देर पहले ही दी थी, लेकिन सुल्तान रज़िया की क़ब्र के बारे में कोई भी जानकारी नहीं दी थी। अब वह मरहूम सुल्तान इल्तुतमिश के मक़बरे की ओर चलने को हुआ। मैंने उसे रोककर पूछा, ''क्या सुल्तान रज़िया की क़ब्र इस इलाक़े में मौजूद नहीं है?''

''हुज़ूर, मरहूम सुल्तान रज़िया की क़ब्र पुरानी दिल्ली में तुर्कमान दरवाज़े के नज़दीक बुलबुलीख़ाना में मौजूद है जो यहाँ से काफ़ी दूर है।''

''क्या आप हमें वहाँ ले चल सकते हैं?''

''हुज़ूर, तुर्कमान दरवाज़ा यहाँ से चालीस किलोमीटर की दूरी पर है। वहाँ बस से पहुँचने पर तक़रीबन डेढ़ घंटा से कम नहीं लगेगा। मैं हुज़ूर को शाम तक क़ुतुब इलाक़े की तमाम इमारतों की जानकारी करा दूँगा। हुज़ूर, कल तुर्कमान दरवाज़ा जाकर मरहूम सुल्तान रज़िया की क़ब्र देख सकते हैं। वहाँ के लिए कोई गाइड की ज़रूरत नहीं होगी।''

''जनाब, हमें आज रात में दिल्ली से बाहर जाना है। हमारे पास आज का ही वक़्त है। अब इस इलाक़े में हम कुछ और नहीं देखना चाहते। आप हमारे साथ तुर्कमान दरवाज़ा अभी चलें। मेहनताने के बारे में कोई फ़िक्र न करें। हम आपको पूरा मेहनताना देंगे।'' मैं सुल्तान रज़िया की क़ब्र न जाने कब से देखना चाहता था। सोच रहा था कि अगर आज हाथ से मौक़ा निकल गया तो जल्दी हाथ नहीं आएगा। मैं हर हालत में फ़ख़रुद्दीन को अपने साथ ले जाना चाहता था। हम उसे जल्दी नहीं छोड़ना चाहते थे। अभी उससे तमाम जानकारियाँ हासिल हो सकती हैं।

''हुज़ूर, मैंने मेहनताने के बारे में पहले ही कह दिया था कि हुज़ूर जो भी देंगे, हम ख़ुशी-ख़ुशी क़ुबूल करेंगे। अगर हुज़ूर की ऐसी ही ख़्वाहिश है तो हम हुज़ूर के साथ चलने को तैयार हैं।''

अब हम दोनों मरहूम सुल्तान इल्तुतमिश के मक़बरे की ओर न जाकर क़ुतुब इलाक़े से बाहर निकल आए। संयोग से दिल्ली परिवहन निगम की एक बस पुरानी दिल्ली रेलवे स्टेशन के लिए जा रही थी। हम दोनों इस बस में एक ही सीट पर अगल-बगल बैठ गये। कुछ ही देर में बस चल पड़ी। मैंने बस में बैठे-बैठे ही फ़ख़रुद्दीन से पूछा, "कभी क़ुतुब इलाक़े में राजा पृथ्वीराज चौहान का क़िला मौजूद था जिसे क़िल-ए-रायपिथौरा बोला जाता था। क्या उसकी पहचान अभी कहीं मौजूद है?"

वह बोला, "हुज़ूर, मरहूम सुल्तान क़ुतुबुद्दीन ऐबक़ के दिल्ली पर क़ब्ज़ा कर लेने के बाद क़िल-ए-रायपिथौरा पर मरहूम सुल्तान क़ुतुबुद्दीन ऐबक़ का क़ब्ज़ा हो गया। हुज़ूर ने पहले नहीं बताया वरना हम क़िले की तमाम मोटी-मोटी दीवारें दिखाते। किसी ज़माने में क़िले के अन्दर बेहद ख़ूबसूरत महल हुआ करते थे जो वक़्त ने ज़मींदोज़ कर दिए।"

"क्या आप कुछ महलों के नाम हमें बता सकते हैं?"

"हुज़ूर, कहीं पढ़ा था, इन महलों के नाम कुश्क-ए-दिलक़ुशा, क़ुश्क-ए-फ़ीरोज़ी, क़ुश्क-ए-सफ़ेद, क़ुश्क-ए-लाल वग़ैरह-वग़ैरह रहे। अब इनका नामो-निशान मिट गया है।"

"क़ुश्क के क्या मतलब हैं?"

"हुज़ूर, क़ुश्क फ़ारसी लफ़्ज़ है और इसका मतलब महल से है।"

"क्या आप सुल्तान रज़िया की क़ब्र पर पहले कभी गये हैं?"

"हुज़ूर, चार-पाँच बार गया हूँ।"

"क्या कोई पर्यटक ले गया था?"

"नहीं हुज़ूर। कभी जामा मस्जिद या तुर्कमान दरवाज़ा जाना हुआ तो वहाँ भी चला गया। वहाँ कोई इमारत मौजूद नहीं है। एक छोटी-सी चौहद्दी के अन्दर दो टूटी-फूटी क़ब्रें हैं।"

"दो क़ब्रें कैसी?" मैंने चौंककर पूछा।

"हुज़ूर, एक क़ब्र सुल्तान रज़िया की है और दूसरी उनकी बहन शहज़ादी सज़िया की।"

हमारी बस साकेतनगर, लाजपतनगर, आश्रम चौक, निज़ामुद्दीन, गोल्फ क्लब और दरियागंज होती हुई लाल क़िला पहुँच गयी थी। लाल क़िला पर फ़ख़रुद्दीन ने मुझे उतरने को कहा। लाल क़िला पहुँचते-पहुँचते बस आधी से ज़्यादा खाली हो गयी थी। हमें उतरने में कोई तकलीफ़ नहीं हुई, लेकिन उतरते ही देखा कि चाँदनी चौक में बेहद भीड़-भाड़ है। कभी मेरी नज़र चाँदनी चौक की ओर जा रही थी तो कभी बादशाह शाहजहाँ के बनवाए लाल क़िला की ओर। भीड़ से बचने के लिए

फ़ख़रुद्दीन ने हमें एक मिनी बस में बिठाया। मालूम हुआ कि मिनी बस चाँदनी चौक से फ़तेहपुरी तक आती–जाती है। बस का किराया पाँच रुपया था। इस बस से हम कोतवाली जाकर उतर गये। कोतवाली उतरने पर हमने एक रिक्शा ले लिया। रिक्शा हमें लेकर सीताराम बाज़ार, बल्लीमारान, चूड़ीवालान, चावड़ी बाज़ार होता हुआ तुर्कमान दरवाज़ा के नज़दीक 'दो भाई के होटल' पहुँचा। अब रिक्शावाला बोला कि हम आगे नहीं जा सकेंगे। हम लोग रिक्शे से उतर गये। शुक्रवार होने की वजह से पास की मस्जिद में ज़ुहर की नमाज़ अदा हो रही थी। मैंने फ़ख़रुद्दीन से पूछा, ''क्या आप नमाज़ नहीं पढ़ते?''

वह बोला, ''हुज़ूर, हम भी कभी पाँच बार की नमाज़ पढ़ा करते थे, लेकिन अब सुबह–शाम ही पढ़ते हैं।''

कुछ ही देर में नमाज़ खत्म हो गयी। बुलबुलीख़ाना की तंग गली से पैदल ही निकलना मुश्किल हो रहा था। इस तंग गली में कुछ लोगों ने अपने घरों के सामने बकरियाँ और भेड़ें बाँध रखी थीं। मुझे देखकर ताज़्ज़ुब हुआ कि देश की राजधानी दिल्ली में ऐसी भी जगह हैं, जहाँ की हालत कस्बों से भी बदतर है। हम लोग अभी कुछ आगे ही बढ़े थे कि बीच गली में एक पक्की क़ब्र दिखी। हम उस क़ब्र को बचाकर आगे बढ़ गये। आगे चलकर दाहिनी ओर गली में एक और पक्की क़ब्र दिखी। उस क़ब्र के ऊपर एक बकरी का बच्चा कूद रहा था। मैंने फ़ख़रुद्दीन से पूछा, ''इतनी पतली गलियों में यह क़ब्रें कैसी?''

''हुज़ूर, कभी यह सारा इलाक़ा क़ब्रिस्तान था, लेकिन यहाँ के लोगों ने क़ब्जा करने के बाद अपने–अपने मकान बनवा लिए।''

''क्या किसी ने कोई आपत्ति नहीं की?''

''हुज़ूर, आजकल रुपये में बड़ी दम है। रुपयों की बदौलत कुछ भी हो सकता है। नेता अवाम से वोट चाहते हैं। जब उन्हें यहाँ से वोट मिल रहे हैं, तब वे क्यों कर बोलेंगे?'' मैं सोचने लगा, जब हमारे देश की राजधानी का यह हाल है, तब हिन्दुस्तान का क्या हाल होगा?

कुछ ही देर में हम लोग सुल्तान रज़िया की क़ब्र के नज़दीक पहुँच गये। मैंने देखा, एक चौहद्दी के बाहर नीले रंग का पुरातत्त्व विभाग का बोर्ड लगा है। जिससे लोगों को पता चलता है कि यह क्षेत्र संरक्षित है, लेकिन यहाँ ऐसा कुछ नहीं था। बोर्ड के नज़दीक ही एक खुला पेशाबघर मौजूद था, जिसकी बदबू दूर तक फैल रही थी। फ़ख़रुद्दीन मुझे लेकर अभी अहाते के अन्दर घुसने ही वाले थे कि एक आदमी जिसने गंदा काला लबादा और काला ही पायज़ामा पहन रखा था, वह ज़ोर–ज़ोर चिल्ला रहा था कि हिन्दुस्तान की सुल्तान रज़िया हैं। पास ही खड़े दो लड़के उसे चिढ़ाकर बोले, ''हिन्दुस्तान के सुल्तान मनमोहन सिंह हैं।''

दोनों लड़कों का इतना कहना था कि पागल जैसा दिखनेवाला आदमी उन दोनों की ओर झपटा। लड़के वहाँ से भाग गये। यह आदमी अब भी चिल्ला रहा था कि हिन्दुस्तान की सुल्तान रज़िया हैं। गली से निकलनेवाले लोग उसकी ओर कोई ख़ास ग़ौर नहीं फ़र्मा रहे थे। मैंने देखा कि इस आदमी की उम्र तक़रीबन तीस साल होगी। उसके काले बाल बिखरे हुए हैं। उसका चेहरा सेब की तरह सुर्ख़ है। मुझे ऐसा लगा, जैसे वह कश्मीरी हो।

मैंने फ़ख़रुद्दीन की ओर निहारा। फ़ख़रुद्दीन समझ गया कि मैं पागल के बारे में कुछ जानकारी हासिल करना चाहता हूँ। वह बोला, "हुज़ूर, यह पागल है। मैं जब भी यहाँ आता हूँ, यह हमारे सामने पड़ जाता है। यहाँ के लोग इसके बारे में बताते हैं कि जब यह लगभग दस-ग्यारह साल का रहा होगा, यहाँ आ गया था। अपनी छोटी-सी उम्र में मेहनत-मजदूरी करने लगा था। मजदूरी का बचा पैसा नज़दीक ही दो भाई के होटल में जाकर रोज़ाना जमा कर देता था। मेहनत-मजदूरी करने के बाद यह अपना तमाम वक़्त इन्हीं क़ब्रों के पास गुज़ारता था। सर्दी, गर्मी और बरसात में यहीं खुले आसमान में क़ब्रों के नज़दीक पड़ा रहता था। रोज़ाना सुबह-शाम दोनों क़ब्रों की सफ़ाई और धुलाई करता था। इन क़ब्रों पर गुलाब के ताजे फूल लाकर चढ़ाता था। वह यहाँ लोबान भी जलाता था। आसपास के लड़के इसे परेशान करने लगे थे। बीस साल की उम्र हो जाने पर यहाँ के लोगों को पता लगा कि यह मर्द नहीं, बल्कि हिजड़ा है। शहर के हिजड़ों को जब इस बात की जानकारी हुई तब वे इसे पकड़ ले गये। हिजड़े चाहते थे कि यह उनके साथ नाचे-गाए। जैसे ही हिजड़े इसे पकड़कर ले गये, यह चिल्लाने लगा, हिन्दुस्तान की सुल्तान रज़िया हैं। वे तुम सब को मौत के घाट उतार देंगी। मैं उनका ख़िदमतगार हूँ। तक़रीबन तीन-चार दिन तक हिजड़ों ने इसे अपने पास रखा। इसने उनका पानी तक नहीं पिया। बराबर एक ही रट लगाए रहता था कि हिन्दुस्तान की सुल्तान रज़िया हैं। आख़िर हिजड़ों ने इसे छोड़ दिया। उनसे छूटते ही यह यहाँ फिर आ पहुँचा। लड़कों के लगातार चिढ़ाने की वजह से यह बेचारा पागल हो गया।"

हमें फ़ख़रुद्दीन ने पागल की कहानी सुना दी थी। अब हमने अहाते के अन्दर जाकर देखा, कुछ ही ऊँचे चबूतरे पर दो समानान्तर क़ब्रें मौजूद हैं। चबूतरे के अनगढ़े पत्थर एक-दो जगह से उखड़ रहे हैं। कहीं-कहीं घास उग आई है। मुझे क़ब्रों की दुर्दशा देखकर हैरत हो रही थी। छोटी-सी ही क़ब्रगाह के अहाते में किसी ने एक अवैध केबिन लगवा रखी है। शायद कोई इसमें टेलीफोन लगवाकर पीसीओ चलाना चाहता होगा। क़ब्रों के पश्चिम की ओर एक दीवार को ज़बरदस्ती मस्जिद का स्वरूप दे दिया गया है जब कि यह मस्जिद कहीं से नहीं दिखती। कुछ लोगों ने क़ब्ज़ा करने के बहाने यह खेल खेला है। ज़बरदस्ती बनाई गयी मस्जिद में न तो

कोई गुम्बद है और न ही कोई मीनार। अलबत्ता, वहाँ दो लोग बैठे गप्पें मार रहे हैं। उनके नज़दीक ही एक दानपेटी रखी है जिसमें भूले-भटके कोई आदमी कुछ पैसे डाल जाता होगा। क़ब्रों पर गुलाब के ताजे फूल पड़े थे। मैंने फ़ख़रुद्दीन से पूछा, "क्या यह पागल अब भी गुलाब के फूल इन क़ब्रों पर चढ़ाता है?"

"जी हाँ हुज़ूर। इसने जो पैसा दो भाई के होटल में कभी जमा कर रखा था उसके बदले में होटल के मालिक इसे दोनों वक़्त खाना खिलाते हैं और इसे दस रुपया रोज़ाना देते हैं। इन रुपयों से यह फूल ख़रीदकर यहाँ चढ़ाता है और अगरबत्ती जलाता है। कभी इसे कोई कुछ देना चाहे या फिर खाना खिलाना चाहे तो यह इनकार कर देता है।"

मैं फ़ख़रुद्दीन की जुबानी पागल की कहानी सुनकर भौंचक्का रह गया। सोचने लगा, दुनिया में न जाने कैसे-कैसे लोग हैं। मैंने फ़ख़रुद्दीन से पूछा, "इसका नाम क्या है?"

"हुज़ूर, इसका नाम कोई नहीं जानता। इसने अपना नाम कभी किसी को नहीं बताया। चूँकि यह दोनों क़ब्रों की ख़िदमत में सालों से लगा रहा, इसलिए यहाँ के एक बुज़ुर्ग मौलाना ने इसका नाम रख दिया, इनायत।" इनायत लफ़्ज़ न जाने क्यों मेरे दिमाग़ में देर तक घूमता रहा। इनायत का अर्थ होता है, खुद तकलीफ़ उठाकर दूसरों की ख़िदमत करना।

दोनों क़ब्रों में से सुल्तान रज़िया की क़ब्र कौन-सी है इसकी जानकारी न तो फ़ख़रुद्दीन दे सके और न वहाँ मौजूद लोग। फ़ख़रुद्दीन ने हमें बताया कि इस बात की जानकारी पुरातत्त्व विभाग को भी नहीं है। अब हम लोग अहाते से बाहर निकल आए और दो भाई के होटल की ओर चल दिए। हमें वहीं रिक्शा मिलना था।

मैं चलते-चलते फ़ख़रुद्दीन से बोला, "इतिहासकार बताते हैं, सुल्तान रज़िया की मौत जिला करनाल में कैथल के नज़दीक हुई थी।"

"हुज़ूर, आप सही कह रहे हैं। सुल्तान की मौत वहीं हुई थी, लेकिन उनके ताबूत को बाद में यहाँ लाकर दफ़्न किया गया होगा।"

सुल्तान रज़िया की क़ब्र को लेकर तमाम सवाल देर से हमारे दिमाग़ में घूम रहे थे। मैंने पूछा, "यह आप कैसे कह सकते हैं?"

"हुज़ूर, बादशाह शाहजहाँ की बेगम मुमताज़ की मौत बुरहानपुर में हुई थी और बाद में उनके ताबूत को आगरा लाकर ताजमहल में दफ़्न किया गया। बेगम मुमताज़ के अलावा बादशाह शाहजहाँ के भाई ख़ुसरो की भी मौत बुरहानपुर में ही हुई थी। खुसरो को पहले बुरहानपुर में दफ़्न किया गया, फिर वहाँ से उन्हें आगरा लाया गया और वहाँ दफ़्न किया गया। ख़ुसरो के चाहनेवाले भिखमंगे और फ़क़ीर उसकी क़ब्र पर फूल चढ़ाने लगे थे जो बादशाह जहाँगीर की बेगम नूरजहाँ को नागवार गुज़रा,

तब उनके हुक़्म से ख़ुसरो के ताबूत को आगरा से निकलवाकर इलाहाबाद भिजवाया गया। हुज़ूर, मैंने तो शहर इलाहाबाद देखा नहीं है। सुना गया है, वहीं ख़ुसरो बाग़ में खुसरो और उसकी अम्मीजान दफ़्न हैं।''

''आप सही कह रहे हैं, लेकिन कुछ इतिहासकारों का कहना है कि सुल्तान रज़िया की क़ब्र राजस्थान के टोंक इलाक़े में मौजूद है। टोंक कस्बा जयपुर से एक सौ किलोमीटर दूर है। वहाँ दो क़ब्रें मौजूद हैं। एक ऊँचे चबूतरे पर है और एक नीचे चबूतरे पर। नीचे चबूतरे पर जो क़ब्र है उसके पत्थर ग़ौर से देखने पर इस तरह से दिखते हैं जैसे वहाँ लिखा हो, 'शहीद-ए-मुहब्बत क़ुव्वतुलमुल्क जमालुद्दीन याक़ूत।' ऊँचे चबूतरे पर पत्थर जिस तरह से लगाए गये हैं, उन पत्थरों से महसूस होता है कि लिखा है, 'सुल्तान-उल-हिन्द रज़िया।' इतना ही नहीं, टोंक से पचास किलोमीटर की दूरी पर एक पहाड़ की चोटी पर इल्तुतमिश नाम की एक मस्जिद भी है। हम इतना जानते हैं कि मरहूम सुल्तान इल्तुतमिश ने कभी रणथम्भौर पर हमला किया था। रणथम्भौर का क़िला वहाँ से नज़दीक है। सुल्तान रज़िया ने भी एकबार रणथम्भौर के ख़िलाफ़ मुहिम छेड़ी थी। क्या सुल्तान रज़िया की असली क़ब्र टोंक में मौजूद तो नहीं है?''

''हुज़ूर, मरहूम सुल्तान इल्तुतमिश और रज़िया ने रणथम्भौर के ख़िलाफ़ जंग छेड़ी थी। यह बात सही है। ऐसा मैंने भी तबकाते नासिरी में पढ़ा है, लेकिन यह बात हमारी समझ से परे है कि सुल्तान रज़िया की मौत कैथल में होने के बाद दूर उन्हें राजस्थान के टोंक में ले जाकर दफ़्न किया जाए। दिल्ली की तमाम अवाम सुल्तान रज़िया से बेहद मुहब्बत करती थी। हिन्दुस्तान का ताजो-तख़्त उन्हें दिल्ली की अवाम ने ही दिलवाया था। सुल्तान रज़िया को भी दिल्ली की अवाम से बेहद मुहब्बत थी। हमारे ख़याल से उनकी आख़िरी ख़्वाहिश के मुताबिक़ उन्हें कैथल से लाकर दिल्ली में बुलबुलीख़ाना में दफ़्न किया गया। गुलाम हुकूमत में बुलबुलीख़ाना जमुना नदी के किनारे था और उस वक़्त तमाम इलाक़ा वीरान था। हो सकता है, उस वक़्त सुल्तान की क़ब्र का घेरा काफ़ी लम्बा-चौड़ा रहा हो और बाद में यहाँ के लोगों ने धीरे-धीरे क़ब्ज़ा कर लिया हो। यहाँ के पुराने लोग बताते हैं कि यहाँ कभी लम्बा-चौड़ा क़ब्रिस्तान था।''

हम लोग अभी चलते-चलते बातचीत कर ही रहे थे कि दो भाई का होटल आ पहुँचा। मैंने अपनी जेब से दौ सौ रुपये निकाले और फ़ख़रुद्दीन की दाहिनी हथेली पर रख दिए। वह बोला, ''हुज़ूर, यह बहुत ज़्यादा है।''

''फ़ख़रुद्दीन, इन्हें रख लो। आपके काम आएँगे। इनमें से कुछ रुपयों का बाजरा ख़रीद लेना। अपनी कबूतरी रज़िया के अलावा दूसरे कबूतरों को भी खिलाना।''

मेरे इतना कहने पर फ़ख़रुद्दीन ने रुपये जेब में रख लिये। अब मैं उससे बोला,

"फ़ख़रुद्दीन, अब हमें चलने की इजाज़त दें। कुछ वक़्त दिल्ली पब्लिक लाइब्रेरी जो पुरानी दिल्ली रेलवे स्टेशन के सामने मौजूद है, वहाँ गुज़ारूँगा और रात को इलाहाबाद के लिए निकल जाऊँगा।"

"हुज़ूर, गुस्ताख़ी माफ़ हो। हमें हुज़ूर ने अब तक यह नहीं बताया कि हुज़ूर का पेशा क्या है?"

"फ़ख़रुद्दीन, मैं उपन्यास लिखता हूँ।"

"हुज़ूर, उपन्यास किसे कहते हैं?"

"नावेल समझते हो।"

"जी हाँ हुज़ूर।"

"वही लिखता हूँ।"

"हुज़ूर, क्या सुल्तान रज़िया पर एक नावेल नहीं लिख सकते?"

"कोशिश करूँगा।"

अब मैं एक रिक्शे पर बैठ गया था। पता नहीं क्यों बुजुर्ग फ़ख़रुद्दीन ने मेरा दाहिना हाथ चूमा और अपनी दोनों आँखों से लगाया। मैंने देखा, इस बूढ़े आदमी की आँखें गीली हैं। उसकी हालत देखकर न जाने क्यों मेरी भी आँखें गीली हो आईं। हम दोनों का आज का ही साथ था, लेकिन ऐसा महसूस हो रहा था कि हम लोग एक-दूसरे से सालों से नज़दीक हैं। मैं सोचने लगा, पता नहीं ज़िन्दगी में फिर इससे मुलाक़ात हो सकेगी या नहीं।

मेरा रिक्शा जैसे ही तुर्कमान दरवाज़ा की ओर चला, दो भाई के होटल से पागल इनायत बाहर निकला और वह ज़ोर से चिल्लाया, "हिन्दुस्तान की सुल्तान रज़िया हैं।"

दो

क़ुश्क-ए-सब्ज़ के दीवानख़ाने में फ़ातिमाबानो काफ़ी देर से पाक क़ुरआन के साथ-साथ हदीस के बारे में शहज़ादी रज़िया को रोज़ की तरह जानकारी दे रही थीं। शहज़ादी रज़िया अब तक ज़िन्दगी के दस वसंत देख चुकी थी। इधर पाँच वर्ष से लगातार फ़ातिमाबानो उसे पाक क़ुरआन और हदीस पढ़ा रही थीं। उसे अब तक आधी क़ुरआन हिफ़्ज हो चुकी थी। हालाँकि शहज़ादी दिन में कई बार क़ुरआन पढ़ती थी। फिर भी शहज़ादी का मन आज न जाने क्यों क़ुरआन और हदीस में नहीं लग रहा था।

सर्दी काफ़ी बढ़ गयी थी। दीवानख़ाने में लकड़ी के कोयले की दो अँगीठियाँ जल रही थीं, जिससे दीवानख़ाने से ठंडक भाग गयी थी। दीवानख़ाने की सजावट देखने लायक़ थी। उम्दा ईरानी कालीन फर्श पर बिछे थे। उच्छ के बने क़ीमती छींटदार पर्दे क़रीने से टँगे थे। छत पर बीचो-बीच बेहतरीन झाड़-फानूस टँगा था। जिसमें एक साथ पचास मोमबत्तियाँ जलती थीं। दीवानख़ाने के बीचो-बीच क़ीमती मोतियों का पर्दा कमरे को दो भागों में बाँट रहा था। बाँदी नयनज्योतिबाई सुबह ही ताज़ा गुलाब के फूलों के चार गुलदस्ते दीवानख़ाने में लगा गयी थी, जिसकी ख़ुशबू समूचे दीवानख़ाने में फैल रही थी। बाहर ठंडक होने पर भी दीवानख़ाने के अन्दर का मौसम बेहद ख़ुशनुमा था। शहज़ादी ने अपनी उस्तादिन फ़ातिमाबानो से गुज़ारिश की, ''क्यों न आज क़ुश्क-ए-सब्ज़ की छत पर धूप का लुत्फ़ उठाया जाए!''

फ़ातिमाबानो का दिल छत पर जाने का नहीं हो रहा था, लेकिन वे इनकार नहीं कर सकीं। दीवानख़ाने से निकलते ही शहज़ादी की ख़ास बाँदी गुल-ए-अब्बासी उसके पीछे हो ली। बाकी बाँदियाँ अदब के साथ सिर झुकाकर अपनी-अपनी जगह खड़ी रहीं।

गलियारे में बाँदियाँ नयनज्योतिबाई और चंचलबाई खड़ी थीं। वे अपने-अपने फ़न में माहिर थीं। इन बाँदियों के अलावा जनानख़ाने का ख़ास हिजड़ा नादिर भी गलियारे में मौजूद था। नादिर की कद-काठी और डील-डौल काफ़ी भारी-भरकम था। उसकी उम्र पचास साल पार कर चुकी थी, लेकिन वह किसी पहलवान से कम नहीं दिखता था। क़िले की बाँदियों और हिजड़ों में उससे ताक़तवर और कोई नहीं था। सभी ख़िदमतगार औरतें और हिजड़े उसकी बेहद इज़्ज़त करते थे। हरम में उसका जो रुतबा था, वह किसी दूसरे ख़िदमतगार का नहीं था।

नादिर ताक़तवर होने के साथ-साथ बला का ख़ूबसूरत था। वह अपनी कमर में हर वक़्त तलवार के साथ-साथ दो कटारें बाँधे रखता था। उम्दा मर्दानी पोशाक पहनने की उसकी आदत थी। गले में तिहरा मोतियों का हार हमेशा डाले रहता था, जिसे सुल्तान इल्तुतमिश ने ख़ुश होकर कभी बदायूँ में उसे दिया था। सुल्तान क़ुतुबुद्दीन ऐबक़ ने नादिर को बहुत पहले लाहौर में ख़रीदा था। उस वक़्त उसकी उम्र तीस वर्ष से अधिक नहीं थी। नादिर शुरू से ही क़ुतुब बेगम की ख़िदमत में ख़ासतौर पर रहता था। सुल्तान क़ुतुबुद्दीन ऐबक़ ने इल्तुतमिश की वफ़ादारी, ईमानदारी और बहादुरी से ख़ुश होकर अपनी बेटी क़ुतुब बेगम की शादी उनसे कर दी थी। सुल्तान ख़ुश होने पर इल्तुतमिश को कभी अली और कभी हातिम कहकर पुकारते थे। उन्होंने अपनी बेटी की शादी के वक़्त नादिर को इल्तुतमिश के साथ भेज दिया था, लेकिन छः महीने से उसे शहज़ादी रज़िया की ख़िदमत में लगा दिया था। हालाँकि नादिर जितनी मोहब्बत शहज़ादी रज़िया से करता है, उतनी ही मोहब्बत उसकी छोटी

बहन सज़िया से भी करता है। दोनों शहज़ादियाँ उसकी ख़ास देखरेख में बड़ी हो रही थीं। क़ुतुब बेगम को नादिर पर पूरा भरोसा था।

कुछ ही देर में ये लोग क़ुश्क-ए-सब्ज़ की छत पर थे। छत पर अच्छी धूप थी। सूरज अब तक एक नैज़ा ऊपर चढ़ चुका था। शहज़ादी ने चारों ओर नज़र फैलाई। राजा पृथ्वीराज चौहान का बनवाया क़िल्-ए-रायपिथौरा का घेरा दूर तक फैला था। शहज़ादी ने फ़ातिमाबानो से पूछा, ''इस क़िले को किसने और कब तैयार कराया था?''

तजुर्बेकार फ़ातिमाबानो समझ गयीं कि शहज़ादी उसे छत पर क्यों लाई है। वे बोलीं, ''शहज़ादी, इस क़िले को काफ़िर राजा पृथ्वीराज चौहान ने वर्ष ग्यारह सौ अस्सी से ग्यारह सौ छियासी के बीच बनवाया था।'' फ़ातिमाबानो अभी अपनी बात किसी तरह पूरी कर ही पाई थीं कि न जाने कहाँ से एक सफ़ेद कबूतर शहज़ादी के कन्धे पर बैठ गया। शहज़ादी ने कबूतर को अपने हाथों में लेकर पुचकारकर हवा में उड़ा दिया। कबूतर तेज़ी के साथ ईदगाह की ओर उड़ गया।

अब शहज़ादी ने दूसरा सवाल किया, ''क़िले का घेरा तो काफ़ी फैला है, तक़रीबन कितना होगा?''

''शहज़ादी, पहाड़ी पर बनवाए क़िले का घेरा तक़रीबन डेढ़ कोस से कम नहीं होगा। आप क़िले की फ़सील की लम्बी-चौड़ी दीवारें देख रही हैं। यह दीवारें कहीं-कहीं दस गज तक चौड़ी हैं।''

''इतनी चौड़ी फसील बनवाने की राजा को आख़िर क्या ज़रूरत थी?'' शहज़ादी अधिक-से-अधिक जानकारी क़िले के बारे में हासिल करना चाह रही थी। बाँदी गुल-ए-अब्बासी को इन बातों से अधिक मतलब नहीं था, वह सफ़ेद कबूतरों के साथ खेल रही थी। कभी-कभी कबूतर उसके सिर और कन्धों पर आकर बैठ जाते थे।

''शहज़ादी, दिल्ली के क़िले पर दुश्मन का ख़तरा हर वक़्त बना रहता है। लाहौर के बाद हिन्दुस्तान में दिल्ली ही ऐसा शहर है, जिस पर हर कोई राजा क़ब्ज़ा करना चाहता है। आपने क़िले के बाहर चारों ओर खंदक भी देखी होगी, जिसकी चौड़ाई तक़रीबन दस-बारह गज के क़रीब होगी और जिसमें हर वक़्त इतना पानी भरा रहता है कि घोड़े पर बैठा आदमी डूब सकता है। इतना ही नहीं, खंदक के पानी में बेशुमार घड़ियाल मौजूद हैं।''

''आख़िर क्यों? उनकी क्या ज़रूरत है?''

''अगर दुश्मन पानी में तैरकर क़िले की दीवार पर चढ़ना चाहे तो भूखे घड़ियाल उसे खा जाएँ।''

''हम भी घड़ियालों को नज़दीक से देखना चाहेंगे।''

"क्यों?"

"बस, ऐसे ही।" फ़ातिमाबानो समझ गयीं कि शहज़ादी होशियार ही नहीं, चालाक भी है, लेकिन अभी नादान है।

अब शहज़ादी ने चारों तरफ़ नज़र दौड़ाई। उसे क़िले के दूर-दूर तक कई दरवाज़े नज़र आये। उसने पूछा, "क़िले से बाहर जाने के लिए कुल कितने दरवाज़े हैं?"

"शहज़ादी, काफ़िर राजा पृथ्वीराज चौहान के ज़माने में यहाँ बारह दरवाज़े मौजूद थे, लेकिन अब कई दरवाज़े बन्द करा दिए गये हैं। अब तो हौज़रानी, बुरका, ग़ज़नी, मुइज़्ज़ी, मण्डारकुल, बदायूँ, हौज़ख़ास और बगदादी दरवाज़े ही मौजूद हैं।"

अब शहज़ादी की नज़र क़ुतुब मीनार की ओर चली गयी। वह उसे देर तक निहारती रही। उसे क़ुतुब मीनार काफ़ी ख़ूबसूरत लग रही थी। उसने इस तरह की मीनार नहीं देखी थी। मीनार की छतरी भी कम ख़ूबसूरत न थी। उसने फ़ातिमाबानो से पूछा, "क्या इस मीनार को अब्बाहुज़ूर सुल्तान इल्तुतमिश ने ही तैयार कराया है?"

"शहज़ादी, आप वज़ा फ़र्मा रही हैं।, लेकिन इसकी पहली मंज़िल सुल्तान क़ुतुबुद्दीन ऐबक़ ने तैयार कराई थी। मरहूम सुल्तान की मेहरबानी से आपके अब्बाहुज़ूर को काफ़ी ऊँचा ओहदा मिला। आपको याद होगा, सुल्तान क़ुतुबुद्दीन ऐबक़ के मरने के वक़्त सुल्तान इल्तुतमिश बदायूँ सूबे की सूबेदारी पर तैनात थे।"

इसी बीच बाँदी नयनज्योतिबाई शर्बत भरे गिलास और कुछ सूखे मेवे शहज़ादी के वास्ते लेकर हाज़िर हो गयी थी। मेवों में पिस्ता, बादाम, अखरोट, किशमिश और नमकीन काजू मौजूद थे। शहज़ादी ने एक नमकीन काजू मुँह में डाला और शर्बत का लुत्फ़ लेने लगी। उसने फ़ातिमाबानो को भी शर्बत पीने को कहा। शहज़ादी की इजाज़त मिलने के बाद फ़ातिमाबानो भी शर्बत के घूँट लेने लगीं।

शहज़ादी के दिमाग़ में रह-रहकर एक सवाल आ रहा था। उसे नयनज्योतिबाई ने कभी बताया था कि हिन्दुओं के सत्ताईस मंदिरों को तोड़कर सुल्तान क़ुतुबुद्दीन ऐबक़ ने क़ुव्वतुल इस्लाम मस्जिद बनवाई थी। शहज़ादी ने फ़ातिमाबानो से पूछा, "क्या क़ुव्वतुल इस्लाम मस्जिद को हिन्दुओं के सत्ताईस मंदिरों को तोड़कर बनवाया गया था?"

इतना सुनते ही फ़ातिमाबानो की त्योरी चढ़ गयीं। उसे शहज़ादी का सवाल अच्छा नहीं लगा। फिर भी वे गुस्से को ज़ब्त करने के बाद बोलीं, "शहज़ादी, आप वज़ा फ़र्मा रही हैं। काफ़िर हिन्दुओं के सत्ताईस बुतों को तोड़कर यह पाक मस्जिद तामीर हुई है। काफ़िर हिन्दुओं के तमाम बुतों को जमींदोज़ करने के बाद उन्हें पाक मस्जिद की सीढ़ियों पर लगा दिया गया।"

इतना सुनते ही शहज़ादी को एक धक्का-सा लगा। वह सोचने लगी कि सुल्तान के पास दौलत की कोई कमी नहीं होती, तब आख़िर क्यों हिन्दुओं के मंदिरों को तोड़कर मस्जिद तैयार कराई गयी? हुकूमत के पास मस्जिद के लिए पत्थर, रेत और गारा किसी भी सामान की कोई कमी नहीं थी।

बाँदी नयनज्योतिबाई शर्बत के खाली गिलास लेकर लौट गयी थी। अब क़ुश्क-ए-सब्ज़ की छत पर फ़ातिमाबानो, शहज़ादी रज़िया और गुल-ए-अब्बासी बाँदी ही मौजूद रह गयी थीं। बाँदी गुल-ए-अब्बासी पाँच बार की नमाज़ी थी। उसे भी शहज़ादी का सवाल अजीब-ओ-ग़रीब लगा। फ़ातिमाबानो ने शहज़ादी से पूछा, "आप को किसने बताया कि क़ुव्वतुल इस्लाम मस्जिद को काफ़िर हिन्दुओं के सत्ताईस मंदिरों के मलवे से तामीर कराया गया है?"

शहज़ादी फ़ातिमाबानो के सवाल को जानबूझकर टाल गयी और बोली, "हमें ऐसी जानकारी कहीं से हुई थी।"

"शहज़ादी, आख़िर आपको यह जानकारी किसने दी?" फ़ातिमाबानो ने बड़े प्यार से पूछा।

"क्या आपके सवाल का जवाब देना जरूरी है?" शहज़ादी तिरछी भौहें करती हुई बोली।

"जी नहीं, शहज़ादी।" फ़ातिमाबानो शहज़ादी का जवाब सुनकर कुछ देर के लिए सिटपिटा गयी थीं। उसे शहज़ादी से ऐसे जवाब की उम्मीद नहीं थी।

शहज़ादी को फ़ातिमाबानो के सवाल का मतलब समझने में देर नहीं लगी। उसने इस वक़्त उन्हें हटा देना ही ठीक समझा। वह बड़े अदब के साथ बोली, "अब आप तशरीफ़ ले जा सकती हैं।"

फ़ातिमाबानो की उम्र तक़रीबन तैंतीस-चौंतीस वर्ष से ज़्यादा हो चुकी थी। वह सुल्तान इल्तुतमिश की ख़िदमत में उस वक़्त से थी, जब सुल्तान इल्तुतमिश बदायूँ के सूबेदार थे। उसे शहज़ादी द्वारा दिया गया जवाब नागवार गुज़रा। वह समझ गयी कि ज़रूर शहज़ादी को उसकी किसी हिन्दू बाँदी ने ही यह बात बताई होगी। वे शहज़ादी को आदाब बजाकर सीढ़ियों से नीचे उतर गयीं। अब क़ुश्क-ए-सब्ज़ की छत पर अकेली शहज़ादी रज़िया और बाँदी गुल-ए-अब्बासी ही रह गयीं।

क़ुश्क-ए-सब्ज़ की छत की मुंडेर तक़रीबन ढाई गज से कम ऊँची न रही होगी। छत से नीचे गिरने का कोई ख़तरा नहीं था। बाँदी गुल-ए-अब्बासी ने तलवारबाज़ी में महारत हासिल कर रखी थी। हालाँकि वह अभी चौदह वर्ष की ही थी, लेकिन हर वक़्त शहज़ादी की हिफ़ाज़त के वास्ते उसके आगे-पीछे लगी रहती थी। शहज़ादी बोली, "क्यों न हम लोग इस धूप में कुछ देर तलवारबाज़ी करें।"

"जैसी शहज़ादी हुज़ूर की मर्ज़ी।" बाँदी अदब के साथ झुककर बोली। उसने

अपनी कमर में खोंसी तलवार बाहर निकाल ली। शहज़ादी ने भी ऐसा ही किया। दोनों के पास ढालें मौजूद थीं।

वे दोनों उस वक़्त तक तलवारबाज़ी करती रहीं, जब तक पसीने में डूब नहीं गयीं। इस बीच मुंडेर पर बैठे कबूतर उड़कर दूर चले गये थे। बाँदी गुल-ए-अब्बासी ने शहज़ादी से गुज़ारिश की, ''शहज़ादी हुज़ूर, अब आपकी अम्मीजान क़ुतुब बेगम इन्तज़ार कर रही होंगीं। हम लोगों को उनकी ख़िदमत में हाज़िर होना चाहिए। आज आप उन्हें आदाब बजाने भी नहीं पहुँच सकीं।''

शहज़ादी रज़िया ने एक नज़र बाँदी गुल-ए-अब्बासी पर डाली और छत से नीचे उतरने लगी। शहज़ादी रज़िया और बाँदी गुल-ए-अब्बासी अभी सीढ़ियों से नीचे उतर ही रही थीं कि क़िले के बाहर ग़ज़नी दरवाज़े से घंटियों की तेज़ आवाज़ सुनाई दी। शहज़ादी को समझने में देर नहीं लगी कि कोई फ़रियादी उसके अब्बा हुज़ूर से कोई ख़ास फ़रियाद करने हाज़िर हुआ है।

तीन

नक़ीब ने जोरदार आवाज़ लगाई, ''बाअदब होशियार, हर क़दम फ़तेह-नुसरत, नज़र माल-औ-दौलत, जुबान मुबारिक, बख़्शिशो इज़्ज़त, सुल्तानुल मुइज़्ज़म शम्सुद्दुनियाँ वद्दीन अबुल मुज़फ़्फ़र इल्तुतमिश दीवान-ए-आम में तशरीफ़ ला रहे हैं।'' नक़ीब द्वारा आवाज़ लगाते ही दीवान-ए-आम में मौजूद तमाम हाज़िरीन सुल्तान ज़िन्दाबाद...सुल्तान ज़िन्दाबाद चिल्ला उठे।

दीवान-ए-आम में मौजूद शहज़ादे, आलिम, फ़ाज़िल, हकीम, शाइर, सैयद, शैख़, अमीर, उमरा, मुल्ला और उलेमा हज़रात जो अब तक आपस में कानाफूसी कर रहे थे, चौकन्ने हो गये। अब हर किसी हाज़िरीन की निगाह शाही तख़्त की ओर थी। कुछ ही देर में सुल्तान इल्तुतमिश शाही तख़्त पर जलवा अफ़रोज़ हो गये। ऐसा लगा, जैसे आफ़ताब निकल आया हो। सुल्तान बेहद ख़ूबसूरत हैं। उन्होंने हल्की नीले रंग की जड़ाऊ पोशाक पहन रखी है। सिर पर रखी पगड़ी में जड़ाऊ सरपेच लगा है। जेवर के नाम पर उनके गले में क़ीमती बसरे की मोतियों का सतलड़ा हार है। उन्होंने दाहिने हाथ की उँगलियों में हीरे और पुखराज की अँगूठियाँ पहन रखी हैं। उनके बाएँ हाथ की सबसे छोटी उँगली में क़ीमती पन्ने की अँगूठी है।

सुल्तान की कद-काठी मज़बूत होने के साथ-साथ उनकी ख़ूबसूरती का दीवान-ए-आम में जवाब न था। उनकी ख़ूबसूरती पर ही फ़िदा होकर सुल्तान

क़ुतुबुद्दीन ऐबक़ ने उन्हें कभी ख़रीदा था। सुल्तान ने हल्की दाढ़ी रख रखी है। अब उन्होंने एक नज़र दीवान-ए-आम में मौजूद हाज़िरीन पर डाली। दीवान-ए-आम में तुर्कान-ए-चिहिलगानी बन्दागान-ए-शम्सी के कई अमीर और मलिक आज मौजूद थे जो मंगोल, तुर्क और तातार क़बीलों से हैं।

सुल्तान इल्तुतमिश का ख़ास ग़ुलाम जमालुद्दीन याक़ूत चाँदी के कटघरे से अधिक दूर नहीं था। तमाम हाज़िरीन के झुकने से पहले ही ग़ुलाम जमालुद्दीन याक़ूत अदब के साथ सुल्तान की शान में झुक गये। दीवान-ए-आम में मलिक फ़ीरोज़शाह, मलिक जानी, मलिक इज़्ज़ुद्दीन मोहम्मद सालारी, हर्बी मेंहदी, मलिक इज़्ज़ुद्दीन कबीर ख़ान, मलिक नसीरुद्दीन मुहम्मद बेदार, मलिक ताजुद्दीन संजर, मलिक तुग़ान और मलिक शिरवान मौजूद थे। सुल्तान ने एक नज़र सभी मलिकों पर ग़ौर से डाली।

अब सुल्तान की नज़र क़ाज़ी नासिरुद्दीन कासिली, क़ाज़ी जलालुद्दीन, क़ाज़ी कबीरुद्दीन और क़ाज़ी सईदुद्दीन गरदेज़ी पर पड़ी। सल्तनत के सभी ख़ास क़ाज़ी सुल्तान की ओर देखकर एक बार फिर अदब के साथ झुक गये। अब सुल्तान ने अपनी नज़र सल्तनत के वज़ीर-ए-आज़म जुनैदी पर डाली और पूछा, "जनाब वज़ीर-ए-आज़म, सुल्तान ताजुद्दीन यल्दौज़ की ओर से क्या कोई ख़बर है?"

"सुल्तान का इक़बाल बुलन्द हो। हुज़ूर, सुल्तान ताजुद्दीन यल्दौज़ की नीयत ठीक नहीं है। वे तमाम हिन्दुस्तान पर क़ब्ज़ा करना चाहते हैं। हालाँकि सुल्तान ताजुद्दीन यल्दौज़ ख़्वारिज़्म की फ़ौज़ से बुरी तरह हार गये हैं। वे अपनी बची-खुची फ़ौज़ के साथ वापस लाहौर आ गये हैं। आलीजाह, गुस्ताख़ी माफ़ हो। सुल्तान ताजुद्दीन यल्दौज़ की अब नज़र बनारस, अवध और बदायूँ पर टिकी है।"

सुल्तान इल्तुतमिश इतना सुनते ही चौंक पड़े और वे गुस्से में बोले, "सुल्तान ताजुद्दीन यल्दौज़ की इतनी जुर्रत! वे ख़ुद को ग़ज़नी के ख़लीफ़ा से भी बड़ा समझ रहे हैं और हिन्दुस्तान का सुल्तान ख़ुद को समझ बैठे हैं। माबदौलत को एक अदना सूबेदार समझ रहे हैं जब कि उन्होंने ख़्वारिज़्म की छोटी-सी फ़ौज़ से शिकस्त खाई है। यह उनकी बेअक़्ली ही नहीं, नादानी है। उन्हें ऐसा सबक़ सिखाया जाए, ताउम्र याद रहे।"

"आलीजाह, सुना है, सुल्तान ताजुद्दीन यल्दौज़ नयी फ़ौज़ की भर्ती कर रहे हैं। उनका इरादा क़त्तई ठीक नहीं लग रहा है।" वज़ीर-ए-आज़म जुनैदी एक बार फिर बोले।

वज़ीर-ए-आज़म जुनैदी अपनी बात पूरी भी नहीं कर पाए थे कि सुल्तान इल्तुतमिश की ज़ुबान से निकल पड़ा, "लश्कर को कूच किया जाए। लश्कर तराई के मैदान में डेरा डाले। सुल्तान यल्दौज़ अगर दिल्ली की ओर बढ़ने की बेवक़ूफ़ी

करते हैं तो तराई के मैदान में उनसे मुक़ाबला हो।''

''जो हुक़्म आलीजाह।''

अब सुल्तान की नज़र ग़ुलाम जमालुद्दीन याक़ूत की ओर गयी। वे बोले, ''याक़ूत!''

''आक़ा।'' याक़ूत अपना दाहिना हाथ अपने सीने पर लगाकर अदब के साथ झुककर बोले।

''आप हमारे साथ तराई के मैदान की ओर कूच करने की तैयारी करें।''

''जो हुक़्म मेरे आक़ा।'' अठारह साल के ताक़तवर हब्शी ग़ुलाम जमालुद्दीन याक़ूत अदब के साथ अपने आक़ा के सामने एक बार फिर झुक गये। याक़ूत ने गज़ब का शरीर पाया था। उसमें कम-से-कम तीन चार आदमियों की ताक़त थी। वे दो गज से कम लम्बे नहीं थे। सुल्तान इल्तुतमिश उनके मज़बूत और ऊँचे कन्धों, उभरे हुए चौड़े सीने और चीते की तरह फुर्तीलेपन पर नाज़ करते थे। याक़ूत को हुक़्म मिलते ही तुर्कान-ए-चिहिलगानी बन्दगान-ए-शम्सी के अमीरों की भौहें टेढ़ी हो गयीं। वे एक-दूसरे की ओर देखकर कानाफूसी करने लगे। कोई-कोई अमीर इसमें अपनी बेइज़्ज़ती महसूस कर रहा था।, लेकिन सुल्तान बहादुरी के जहाँ क़द्रदान हैं, वहीं तुर्कान-ए-चिहिलगानी बन्दगान-ए-शम्सी के अमीरों और मलिकों ने जो दबदबा मरहूम सुल्तान क़ुतुबुद्दीन ऐबक़ पर बना रखा था, उस पर धीरे-धीरे रोक लगा रहे हैं।

सुल्तान इल्तुतमिश के गद्दीनशीन होते ही उन्हें तमाम मुश्किलों का सामना करना पड़ा था। उन्होंने इन मुश्किलों का सामना बख़ूबी किया। इसी बीच दरबार के ख़ास-ख़ास मुल्ला आपस में कुछ खुसर-फुसर करने लगे। सुल्तान ने पूछा, ''क्या आप साहिबान कुछ कहना चाहते हैं?'

दरबार के उलेमा-ए-ख़ास ने अदब के साथ सुल्तान के सामने अपनी दरख़्वास्त पेश की, ''आलीजाह, हम हिन्दुस्तान में इस्लाम का पैग़ाम लेकर आए हैं और सुल्तान की मेहरबानी से तमाम दुनिया में इस्लाम को फैलाना चाहते हैं। हुज़ूर, पैग़म्बर हज़रत मोहम्मद साहब भी यही चाहते थे।''

''आप बेख़ौफ़ होकर बयान करें। क्या इस सिलसिले में कोई माबदौलत की तरफ़ से रोक है?''

''आलीजाह, कोई रोक तो नहीं है, लेकिन तमाम हिन्दुस्तान के काफ़िरों को चाहिए, वे फौरन इस्लाम मज़हब को क़ुबूल करें और पाक क़ुरआन के बताए रास्ते पर चलें। हिन्दुस्तान का कोई काफ़िर मंदिरों में जाकर बुतों की पूजा न करे और सभी मंदिर मस्जिद में तब्दील कर दिए जाएँ। अगर वे ऐसा नहीं करते तो उन्हें सजा-ए-मौत दी जाए। जिससे हिन्दुस्तान में हमेशा-हमेशा के लिए इस्लामी हुकूमत कायम

हो सके।''

उलेमा-ए-ख़ास द्वारा पेश की गयी दरख़्वास्त को सुनकर दीवान-ए-आम में सन्नाटा छा गया। सुल्तान इल्तुतमिश ऐसा हरगिज नहीं चाहते थे। फिर भी उन्होंने वज़ीर-ए-आज़म जुनैदी से पूछा, ''जनाब, आप इस सिलसिले में क्या कहते हैं?''

वज़ीर-ए-आज़म जुनैदी अदब के साथ झुककर बोले, ''सुल्तान-ए-आलम, हज़रत उलेमा-ए-ख़ास ने जो कुछ अभी कहा, ठीक ही कहा है, लेकिन हुज़ूर, हिन्दुस्तान को जीते हुए अभी ज़्यादा वक़्त नहीं गुज़रा है। सुल्तान ताजुद्दीन यल्दौज़ की नज़र दिल्ली की ओर है। हालाँकि सुल्तान नासिरुद्दीन क़ुबाचा आलीजाह के साढ़ूभाई हैं, लेकिन वे भी हुज़ूर को एक सूबेदार से ज़्यादा नहीं समझ रहे हैं। सिन्ध और मुल्तान उनके क़ब्ज़े में पहले से ही था, उन्होंने तबरहिन्दा, सरसुती और क़ुहराम पर भी क़ब्ज़ा कर लिया था, लेकिन अब पंजाब का तमाम हिस्सा सुल्तान ताजुद्दीन यल्दौज़ के हाथ में चला गया है। बंगाल में अलीमर्दान जो जन्नतनशीं सुल्तान क़ुतुबुद्दीन ऐबक़ का सूबेदार था, वह भी अपने को ख़ुद मुख़्तार समझकर सुल्तान समझने की नादानी कर रहा है। जो ख़िराज़ बंगाल से दिल्ली आता था, उसका भी आना बन्द हो गया है। शाही ख़ज़ाने में भी कमी हुई है। इस वक़्त हिन्दुस्तान में मुसलमान एक बड़ी रक़ाबी में नमक की तरह थोड़े से हैं। अगर इस तरह का हुक़्म अभी जारी किया गया, तब हिन्दुस्तान के काफ़िर एक होकर बग़ावत पर आमादा हो सकते हैं। हुज़ूर से दरख़्वास्त है, जब मुसलमान हिन्दुस्तान में ठीक से जम जाएँ, मुल्क में अमन-चैन हो जाए, शाही ख़ज़ाना भर जाए, तब हिन्दुओं से इस्लाम या मौत में से किसी एक को चुनवाना ठीक होगा।''

सुल्तान इल्तुतमिश को समझने में देर नहीं लगी कि वज़ीर-ए-आज़म जुनैदी भी मुल्लाओं और उलेमा-हज़रात से मिला हुआ है। हालाँकि उन्होंने अपने चेहरे के हाव-भाव से ऐसा जाहिर नहीं होने दिया। वे मुस्कराकर बोले, ''वज़ीर-ए-आज़म जुनैदी ने अभी जो कुछ कहा है, माबदौलत उनके आला दिमाग़ की दाद देते हैं। फ़िलहाल इस मामले को अभी मुल्तवी रखा जाए।'' सुल्तान इल्तुतमिश की ज़ुबान से निकले मुबारक अल्फ़ाज़ सुनकर वज़ीर-ए-आज़म जुनैदी सुल्तान की शान में अदब के साथ झुककर कोर्निश बजाने लगे, लेकिन सुल्तान द्वारा लिया गया फ़ैसला मुल्लाओं और उलेमा-हज़रात को नागवार गुज़रा।

दीवान-ए-आम की कार्यवाही अभी चल ही रही थी कि ग़ज़नी दरवाज़े से घंटियाँ बजने की तेज़ आवाज़ सुनाई दी। जहाँ यह आवाज़ दीवान-ए-आम में मौजूद तमाम हाज़िरीन के कानों में पड़ी, वहीं सुल्तान इल्तुतमिश ने भी सुना। वे बोले, ''वज़ीर-ए-आज़म जुनैदी, शायद कोई फ़रियादी इंसाफ़ माँगने के लिए ग़ज़नी दरवाज़े पर आया है। उसे फौरन पेश किया जाए।''

वज़ीर-ए-आज़म जुनैदी ने ताली बजाई। एक हब्शी ग़ुलाम हाज़िर हो गया। जुनैदी उससे बोले, "फ़रियादी को फ़ौरन हाज़िर किया जाए।"

हब्शी ग़ुलाम अदब के साथ झुककर ग़ज़नी दरवाज़े की ओर तेज़ क़दमों से चल दिया। अब सुल्तान इल्तुतमिश का दीवान-ए-आम के दरबार में मन नहीं लग रहा था। अभी सुल्तान वज़ीर-ए-आज़म जुनैदी से सल्तनत के बारे में बातचीत ही कर रहे थे कि एक बुढ़िया जिसके सिर के बाल सफ़ेद हो चुके थे और वह देखने में हिन्दू लगती थी, रोती-चीखती दीवान-ए-आम में हाज़िर हुई।

सुल्तान बोले, "बेख़ौफ़ होकर अपनी तकलीफ़ बयान करो।"

बुढ़िया दहाड़ मार-मारकर अभी भी रो रही थी। बीच-बीच में अपनी फटी धोती से आँसू पोंछ रही थी। वह किसी तरह बोली, "सुल्तान, मेरी जवान बेटी को शहज़ादे रुकुनुद्दीन के आदमी भरे बाज़ार से उठा ले गये हैं। मेरी बेटी बाज़ार से नमक ख़रीदने गयी थी।" बुढ़िया की जुबान से एक-एक लफ़्ज़ बमुश्किल निकल रहा था। बुढ़िया अपने ग़म में शाही अदब-क़ायदा भूल गयी थी। दरबार के अमीरों को उसका रोना-चीखना अच्छा नहीं लग रहा था।

शहज़ादे रुकुनुद्दीन का नाम सामने आते ही दीवान-ए-आम में सन्नाटा छा गया। हालाँकि सुल्तान इल्तुतमिश के कानों में शहज़ादे रुकुनुद्दीन की छोटी-मोटी शिकायतें आती रहती थीं, लेकिन वे सोच भी नहीं सकते थे कि सत्रह साल का शहज़ादा इतनी बेहूदा हरकत कर सकता है।

सुल्तान की आँखों से इस वक़्त ख़ून बरस रहा था। दीवान-ए-आम में मौजूद सभी हाज़िरीन सुल्तान के गुस्से से अच्छी तरह वाक़िफ़ थे। सुल्तान दाँत पीसकर बोले, "वज़ीर-ए-आज़म जुनैदी, शहज़ादे रुकुनुद्दीन की हवेली को घेर लिया जाए और शहज़ादे को पकड़कर माबदौलत के सामने क़ुश्क-ए-सफ़ेद में पेश किया जाए! अगर उसमें कोई आदमी किसी प्रकार की रुकावट डाले तो उसे मौत के घाट उतार दिया जाए! चाहे हमारा शहज़ादा...।"

"आलीजाह, रहम...रहम...रहम!" तमाम हाज़िरीन की ज़ुबान से एक साथ निकल पड़ा। पर्दे की आड़ में बैठी शहज़ादे रुकुनुद्दीन की अम्मीजान जहाँशाह तुर्कान बेगम सिर-से-पैर तक काँप उठीं। उन्हें सुल्तान इल्तुतमिश से ऐसी उम्मीद नहीं थी।

सुल्तान इल्तुतमिश दरबार से अचानक उठ गये और पैदल ही क़ुश्क-ए-सफ़ेद की ओर चल दिए। ख़िदमतगार हिजड़े, बाँदियाँ और लौंडियाँ ख़ामोशी के साथ उनके पीछे हो लीं।, लेकिन उन्होंने दीवान-ए-आम से उठते-उठते ग़ुलाम जमालुद्दीन याक़ूत को हुक़्म दे दिया था कि वे फ़ौरन शहज़ादे रुकुनुद्दीन की हवेली पहुँचें और शहज़ादे को लेकर ख़ुद क़ुश्क-ए-सफ़ेद में हाज़िर हों। सुल्तान के दीवान-ए-आम से बाहर क़दम रखते ही दीवान-ए-आम में मौजूद तमाम मुल्ला, मौलवी, सैयद

शैख़ और उलेमा हज़रात आपस में बात करने लगे कि एक काफ़िर हिन्दू बुढ़िया की लौंडिया के लिए सुल्तान द्वारा ऐसा सख़्त हुक़्म बिना किसी जाँच के जारी करना सही नहीं है। कोई-कोई तो यह भी कह रहा था कि शहज़ादों के ऐसे शौक़ तो हमेशा से रहे हैं। बुढ़िया को कुछ दौलत देकर मामला रफ़ा-दफ़ा किया जा सकता था।

दीवान-ए-आम में अभी कुछ देर पहले सुल्तान इल्तुतमिश ने जमालुद्दीन याक़ूत को जो हुक़्म फ़र्माया था, उसकी जानकारी शहज़ादी रज़िया, बाँदी गुल-ए-अब्बासी और फ़ातिमाबानो को नहीं थी। फ़ातिमाबानो हमेशा की तरह शहज़ादी को पाक क़ुरआन पढ़ाने आई थीं। जब वे शहज़ादी के महल में आई थीं, उस वक़्त शहज़ादी गुस्ल कर रही थी। इसलिए उन्हें कुछ देर इन्तज़ार करना पड़ा। जहाँ दूसरी बाँदियाँ और लौंडियाँ दीवान-ए-आम और दीवान-ए-ख़ास के फ़ैसलों के बारे में हर वक़्त अपने कान लगाए रहती हैं, वहीं फ़ातिमाबानो को इन सब बातों से कोई लेना-देना नहीं है। वे वक़्त से दिन में पाँच बार नमाज़ पढ़ती हैं। खाली वक़्त में हमेशा पाक क़ुरआन और हदीस पढ़ती हैं। वे बेहद पर्देवाली ख़ातून हैं। उनके चेहरे से नक़ाब शहज़ादी के सामने ही हटती है। वे रोज़ाना शहज़ादी को पाक क़ुरआन की एक-एक आयत की बारीकी देर तक समझाती हैं। उन्होंने पैंतीस साल की उम्र हो जाने पर भी शादी नहीं की और न ही शादी का कोई इरादा है। सुल्तान इल्तुतमिश उनकी इज़्ज़त करते हैं।

शहज़ादी गुस्ल करने के बाद हम्माम से निकल आई। बाँदी गुल-ए-अब्बासी ने उसे बताया कि फ़ातिमाबानो आ चुकी हैं। शहज़ादी ने आज हल्की आसमानी रंग की पोशाक पहन रखी है। उसके गले में तिहरा मोतियों का हार उसकी ख़ूबसूरती में चार चाँद लगा रहा है। उसने कानों में मोतियों के कुंडल पहन रखे हैं। शहज़ादी को जड़ाऊ जेवरात पहनने का शौक़ नहीं है। शहज़ादी के सिर के बाल रेशमी रुमाल से ढके हैं। इस वक़्त शहज़ादी की उम्र ग्यारह साल है। उसके सीने का उभार कुछ-कुछ नज़र आने लगा है। जहाँ शहज़ादी पाक क़ुरआन पढ़ने के साथ-साथ जंगी हथियारों को चलाने की तालीम हासिल कर रही है, वहीं वह अभी से हुकूमत के दाँव-पेंच भी समझना चाहती है।

शहज़ादी गुल-ए-अब्बासी के साथ दीवानख़ाने की ओर चल दी। शहज़ादी का दीवानख़ाना तक़रीबन दस हाथ लम्बा और आठ हाथ चौड़ा रहा होगा। दीवानख़ाने के फ़र्श पर क़ीमती ईरानी कालीन बिछे हैं। जिसमें पैर रखते ही धँसने लगते हैं। दीवानख़ाने के बीच में मोतियों की लड़ियों का पर्दा पड़ा है। दीवानख़ाने की एक जड़ाऊ मेज़ पर मखमली कपड़े में पाक क़ुरआन बँधी रखी है। दूसरी मेज़ पर ताज़े गुलाब के फूलों का गुलदस्ता मौजूद है जिसकी भीनी-भीनी ख़ुशबू हवा में तैर रही

है। दो ताक़ों में अम्बर सुलग रहा है। एक दीवार में छः तलवारें, छः ढालें, दो भाले और दो नैजे क़रीने से लगे हैं। दीवानख़ाने में सफ़ेद मलमल के पर्दे पड़े हैं जो हल्की हवा में भी उड़ते रहते हैं। शहज़ादी का दीवानख़ाना ऐसी जगह मौजूद है, जहाँ से सूरज ही नहीं, बल्कि समूचा आसमान दिखता है।

शहज़ादी को देखते ही फ़ातिमाबानो उसके सामने अदब के साथ झुक गयीं और उसे आदाब बजाया। शहज़ादी फ़ातिमाबानो की काफ़ी इज़्ज़त करती है। उसने भी उन्हें आदाब बजाया, लेकिन आज शहज़ादी फ़ातिमाबानो से साफ़-साफ़ बोली, "हमें आज पाक क़ुरआन के बजाय हुकूमत के बारे में तमाम जानकारी दें। हमें आज तक किसी ने नहीं बतलाया है कि सिपाही से लेकर वज़ीर-ए-आज़म के बीच में कौन-कौन ओहदेदार होते हैं जो सल्तनत की बख़ूबी देखरेख करते हैं। हम पाक क़ुरआन और हदीस के साथ-साथ जहाँ मुल्क-मुल्क की तवारीख़ पढ़ना चाह रहे हैं, वहीं हमारी ख़्वाहिश है, हम हुकूमत के बारे में भी ज़्यादा-से-ज़्यादा जानकारी हासिल करें। इस सिलसिले में न तो हमारी अम्मीजान को कोई ऐतराज है और न ही अब्बाहुज़ूर हमें मना करेंगे।"

फ़ातिमाबानो पाक क़ुरआन जो रेशमी रुमाल से बँधी थी, उसे अपने माथे से लगाकर खोलते हुए बोलीं, "शहज़ादी, गुस्ताख़ी माफ़ हो। आप पहले कुछ देर पाक क़ुरआन पढ़ लें। उसके बाद हम आपको वही बताएँगे जिसे जानने की आपकी ख़्वाहिश है।"

"हम आज सुबह देर तक पाक क़ुरआन पढ़ते रहे। आप जो सबक़ हमें कल याद करने के वास्ते बता गयी थीं, वह हमने याद कर लिया है।"

फ़ातिमाबानो को पता है कि शहज़ादी जिस काम के पीछे पड़ जाती है, उसे पूरा करके ही मानती है। वे समझ गयीं कि शहज़ादी आज पाक क़ुरआन नहीं पढ़ेगी। उसे सल्तनत के ओहदेदारों के बारे में जानकारी देनी ही होगी। वे बोलीं, "हमें शहज़ादी से ऐसी ही उम्मीद थी। शहज़ादी जानती हैं, हुकूमत में सबसे छोटा ओहदेदार सिपाही होता है, लेकिन सिपाही दो तरह के होते हैं।"

"कौन-कौन?"

"एक घुड़सवार और दूसरा अहदी। घुड़सवार मैदान-ए-जंग में घोड़े पर सवार होकर दुश्मन से लड़ता है और अहदी बिना घोड़े के जंग लड़ता है। घुड़सवारों के ऊपर जो हाकिम होता है, उसे सरख़ेल बोला जाता है। इसकी कमान में घुड़सवारों का एक दस्ता रहता है।"

"सरख़ेल के ऊपर कौन हाकिम होता है?"

"सरख़ेलों का हाकिम सिपहसालार कहलाता है और कई सिपहसालारों का हाकिम अमीर होता है।"

"अमीर और मलिक में कौन हाकिम ओहदे के मुताबिक़ बड़ा होता है?" फ़ातिमाबानो को शहज़ादी द्वारा किए गये सवालों को सुनकर इस बात का ताज़्ज़ुब हो रहा था कि शहज़ादी इतनी छोटी-सी उम्र में ही हुकूमत की बारीकियाँ जानना चाह रही है।

अभी फ़ातिमाबानो शहज़ादी के सवाल का जवाब नहीं दे पाई थीं कि बाँदी गुल-ए-अब्बासी शर्बत अर्क़-बहार लेकर हाज़िर हो गयी। उसने अदब के साथ झुककर शहज़ादी को आदाब बजाया। वह वापस लौटने से पहले फ़ातिमाबानो को आदाब बजाना नहीं भूली। वैसे गुल-ए-अब्बासी शहज़ादी के काफ़ी नज़दीक है, लेकिन शहज़ादी के पढ़ते वक़्त वह उनसे कुछ दूरी बनाए रखती है। उसे ख़याल रहता है कि जहाँ रज़िया सुल्तान-ए-आलम की शहज़ादी ही नहीं, बल्कि उनकी आखों का नूर हैं। वहीं वह एक मामूली बाँदी है। वह फ़ातिमाबानो की काफ़ी इज़्ज़त करती है। समूचे हरम की बाँदियाँ, लौंडियाँ और ख़्वाजासरा भी फ़ातिमाबानो की इज़्ज़त करते हैं। गुल-ए-अब्बासी के वापस जाने के बाद फ़ातिमाबानो बोलीं, "शहज़ादी, कई अमीरों के ऊपर एक मलिक होता है। सुल्तान इन मलिकों को ख़ास इज़्ज़त बख़्शते हैं। हुकूमत की ख़ासी ज़िम्मेदारी इनके ऊपर रहती है।"

"हुकूमत में कई अमीरों को अलग-अलग नाम से पुकारा जाता है। क्या इनके ओहदे अलग-अलग होते हैं?"

"शहज़ादी वज़ा फ़र्मा रही हैं। जहाँ कई अमीर एक मलिक की मदद के वास्ते मौजूद रहते हैं, वहीं सुल्तान ने कई अमीरों को अलग-अलग महकमों की ज़िम्मेदारी सौंप रखी है।"

"जैसे?"

"अमीर-ए-हाज़िब पर दीवान-ए-आम और दीवान-ए-ख़ास के क़ायदा, क़ानून, उसूल और रीति-रिवाज़ों की पूरी ज़िम्मेदारी रहती है। यह शाही दरबार का ख़ास ओहदेदार होता है। अमीर-ए-आख़ुर शाही घोड़ों यानि अस्तबल की देखरेख की ज़िम्मेदारी रखता है। अमीर-ए-दाद इंसाफ़ महकमे का काम सँभालता है। अमीर-ए-गिलवान ग़ुलामों का हाकिम होता है। अमीर-ए-मज़लिस को सुल्तान ने शाही महफिलों का इन्तज़ाम सौंप रखा है। इसके अलावा हुकूमत में अमीर-ए-हज़ारा और अमीर-ए-तमन्नी भी होते हैं।"

"इन दोनों में कौन बड़ा हाकिम होता है और कौन छोटा?"

फ़ातिमाबानो समझ रही थीं कि शहज़ादी द्वारा किए गये सवाल बचकाने नहीं हैं। वे यह भी समझ रही थीं कि तमाम हरम में इस उम्र की कोई शहज़ादी इतनी तेज़ दिमाग़ नहीं है। उन्होंने शहज़ादी को कइ बार तलवार और भाला चलाते देखा था। शहज़ादी घुड़सवारी भी करती है जब कि इसकी इजाज़त उसकी दूसरी हमउम्र

लड़कियों को नहीं दी गयी है। वे बोलीं, ''अमीर-ए-हज़ारा एक हज़ार घुड़सवारों का हाकिम होता है जब कि अमीर-ए-तमन्नी दस हज़ार घोड़ों का हाकिम होता है।''

शहज़ादी सवाल-पर-सवाल कर रही थी। वह आज ही तमाम हुकूमत की जानकारी हासिल कर लेना चाह रही थी। उसने पूछा, ''तमाम अमीरों के अलावा सल्तनत और सुल्तान की मदद के वास्ते कौन-कौन हाकिम होते हैं?''

''अमीरों के अलावा हुकूमत और सुल्तान के छोटे-मोटे कामों को देखने के वास्ते जानदार, ख़ज़ानादार, मशालदार, तश्तदार, सिलाहदार, दबीर, चाश्नीगीर, मुशरिफ़, और फ़र्राश मौजूद रहते हैं।''

''क्या आप हमें इन ओहदेदारों के काम बता सकती हैं?''

''क्यों नहीं। जानदार सुल्तान के मुहाफ़िज़ यानि अंगरक्षक होते हैं। दबीर हुकूमत के दस्तावेज़ लिखने के अलावा ख़तो-क़िताबत का भी काम करते हैं। चाश्नीगीर शाही बावर्चीख़ाना का ज़िम्मेदार होता है। सुल्तान के दस्तरख़्वान पर खाना परोसने से पहले वह एक-एक खाने को ख़ुद चखता है।''

''ऐसा क्यों?'' शहज़ादी को इस बात का ताज़्जुब हुआ कि उसके अब्बाहुज़ूर का ख़ाना उनके खाने से पहले चखा जाता है।

''दुश्मन के आदमी कभी शाही बावर्चीख़ाना के खानसामाओं से मिलकर खाने में ज़हर न मिला दें, इसलिए सुल्तान का खाना एहतियात के वास्ते चखना ज़रूरी होता है।''

''आप वज़ा फ़र्मा रही हैं। हमें इस बात की जानकारी पहले नहीं थी।''

फ़ातिमाबानो ने शहज़ादी के जवाब की ओर कोई ध्यान नहीं दिया। वे बोलीं, ''शहज़ादी, ख़ज़ानादार ख़ज़ाने का हिसाब-क़िताब रखता है। मशालदार क़िले की रौशनी का इन्तज़ाम देखता है। सुल्तान के किसी मुहिम पर जाने के वक़्त रौशनी की तमाम ज़िम्मेदारी इसकी होती है।''

''मुशरिफ़ कौन होता है?''

''सल्तनत के आला मुंशी को मुशरिफ़ कहा जाता है।''

''और तश्तदार का क्या काम है?'' शहज़ादी को पता था कि तश्तदार क्या होता है, लेकिन उसने फिर भी जानबूझकर सवाल किया था।

फ़ातिमाबानो बोलीं, ''शहज़ादी, तश्तदार सुल्तान के हाथ-मुँह धुलवाता है। वजू के वक़्त हज़रत की मदद करता है।''

''और सिलाहदार कौन होते हैं?''

''सिलाहदार सुल्तान की हिफ़ाज़त के वास्ते जहाँ शाही सवारी के साथ-साथ चलते हैं, वहीं दीवान-ए-आम और दीवान-ए-ख़ास में सुल्तान के नज़दीक मौजूद

रहते हैं। शहज़ादी फ़र्राश की ज़िम्मेदारी समझ ही रही होंगी।''

''फ़र्राश दरबार में दरियाँ और कालीन बिछवाता है। क्या हम सही कह रहे हैं?''

फ़ातिमाबानो को मुस्कराने की आदत नहीं थी। उन्हें कभी किसी ने हँसते हुए नहीं देखा था। आज न जाने क्यों शहज़ादी का जवाब सुनकर उनके चेहरे पर हल्की मुस्कराहट आ गयी। वे बोलीं, ''शहज़ादी वज़ा फ़र्मा रही हैं।''

''सल्तनत में तमाम क़ाज़ी मौजूद हैं। इनका सबसे बड़ा हाकिम कौन होता है?''

''शहज़ादी, सल्तनत के तमाम क़ाज़ियों में क़ाज़ी-ए-ममालिक सबसे बड़े क़ाज़ी होते हैं। वे सुल्तान को वक़्त-बेवक़्त सही सलाह-मशविरा देते हैं। दरबार में शैख़-उल-इस्लाम मुल्क के मज़हबी मामलों के मुखिया होते हैं। दरबार में सुल्तान के सामने जब कभी मज़हबी मामला पेश होता है, उस वक़्त उनकी राय ख़ासा मायने रखती है।''

''आपने हमें बताया, शाही घुड़साल का हाकिम अमीर-ए-आख़ुर होता है और शाही हाथियों का हाकिम कौन होता है?''

''शाही हाथीख़ाना को फ़ीलख़ाना भी बोलते हैं। इसका हाकिम शाइन-ए-पीलाँ कहलाता है।''

''और सुल्तान के शिकारी चीतों की देखभाल करनेवाले को क्या कहते हैं?''

''उसे यूज़बान बोलते हैं। शहज़ादी शाही ऊँटों की देखभाल करनेवाले हाकिम के ओहदे की भी जानकारी चाहती होंगी। इसे हाकिम-ए-शुतुरख़ाना बोलते हैं।'' फ़ातिमाबानो सोच रही थीं कि कहीं शहज़ादी शुतुरख़ाना के हाकिम के बारे में कोई नया सवाल न कर दे, इसलिए उन्होंने उसे शुतुरख़ाना के हाकिम के बारे में उसके बिना पूछे ही जानकारी दे दी।

शहज़ादी शाही दरबार के अलावा तमाम मुल्क में दूर-दूर तक फ़ैले सूबों के हाकिमों के बारे में भी जानना चाह रही थी। उसने पूछा, ''सल्तनत के सूबों की देखरेख कौन ओहदेदार करते हैं?''

''शहज़ादी, सूबों में तैनात सूबेदारों को इक़्तादार और मुक़्तादार बोला जाता है। हम शहज़ादी की जानकारी में लाना चाहेंगे कि सबसे बड़े सूबों में इक़्तादार के बजाय मुक़्तादार तैनात होते हैं।''

''और गाँवों की ज़िम्मेदारी किसके पास होती है?''

''गाँवों की ज़िम्मेदारी मुख़िया उठाता है। वह एक-एक किसान की ज़मीन, उसमें बोई गयी फ़स्ल और पैदावार का हिसाब-क़िताब ही नहीं रखता है, बल्कि महसूल को वक़्त से जमा भी कराता है। हम शहज़ादी की जानकारी में यह भी लाना

चाहते हैं कि जंग के दौरान लूट की जो रक़म इकट्ठी होती है, उसका पाँचवा हिस्सा शाही ख़ज़ाने में जमा होता है।'' फ़ातिमाबानो शहज़ादी को जल्दी-से-जल्दी हुकूमत की तमाम जानकारियाँ दे देना चाहती थीं। वे नहीं चाहती थीं कि शहज़ादी पाक क़ुरआन पढ़ने में आगे कोई और नागा करे, क्योंकि शहज़ादी की अम्मीजान क़ुतुबबेगम की उसे ख़ास हिदायत थी कि शहज़ादी को जल्दी-से-जल्दी पाक क़ुरआन हिफ़्ज करा दी जाए और एक-एक आयत के मायने अच्छी तरह से समझा दिए जाएँ।

फ़ातिमाबानो को जुहर की नमाज़ अदा करनी थी, इसलिए वे बोलीं, ''शहज़ादी, गुस्ताख़ी माफ़ हो। जुहर की नमाज़ का वक़्त हो गया है। हमें वजू करने के बाद नमाज़ अदा करनी है। इसलिए अब इजाज़त दें।''

शहज़ादी भी पाँच बार नमाज़ अदा करती है, इसलिए वह बोली, ''हमें भी नमाज़ अदा करनी है। अब आप जा सकती हैं।'' फ़ातिमाबानो शहज़ादी को आदाब बजाकर दीवानख़ाने से बाहर निकल गयीं।

चार

समूचे शहर में चौक बाज़ार ऐसी जगह थी, जहाँ पर ग़ुलामों की ख़रीद-फरोख़्त होती थी। आज सुबह से ही ग़ज़नी, बगदाद, काबुल और लाहौर से सौदागर जवान लड़कियों और लड़कों को बिक्री के लिए लाए थे। ग़ुलामों को ख़रीदने के लिए बेगमों, शहज़ादे और शहज़ादियों के नुमाइंदे ही नहीं, बल्कि शहर के आलिम-फ़ाज़िल, अक़ील और मुहद्दिस के साथ-साथ सैयद-शैख़, शाइर-हकीम और अमीर-उमरा वहाँ आ जुटे थे। रईसों से अच्छी-ख़ासी भीख पाने के लिए भिखारियों, मुहताजों और कंगालों की भी यहाँ कोई कमी नहीं थी। ग़ुलामों के ख़रीद-फरोख़्त का काम जो सुबह से ही चल रहा था, अभी-अभी ख़त्म हुआ था। सौदागर रक़म गिन-गिनकर थैलियों में भर रहे थे। कुछ सौदागर रक़म की बोरियों को अपने ग़ुलामों के ज़रिये गदहों पर लदवा रहे थे। कुछ सौदागर ग़ुलामों की ख़रीद-फरोख़्त का काम ख़त्म होने के बाद नानबाइयों की दुकान पर गोश्त-कबाब और नान खा रहे थे।

अचानक पूरब की ओर से सरपट घोड़ों के दौड़ने की आवाजें सुनाई देने लगीं। वहाँ मौजूद लोगों ने देखा, हब्शी ग़ुलाम जमालुद्दीन याक़ूत अरबी घोड़े पर सवार होकर आ रहे हैं। उनके पीछे तक़रीबन दो सौ सवारों की फ़ौज़ है। शाही फ़ौज़ को

देखते ही भगदड़ मच गयी। सौदागरों की बाँदियाँ, लौंडियाँ और ख़िदमतगुज़ार औरतें डर के मारे जहाँ जगह पाईं, छिप गयीं। फ़ौज़ कुछ ही देर में चौक से बाहर निकल गयी। लोगों को ख़बर लग गयी कि सुल्तान इल्तुतमिश ने अपने शहज़ादे रुक्नुद्दीन की हवेली घिरवाने का हुक्म फ़र्माया है।

अभी लोग आपस में बातचीत कर ही रहे थे कि हिन्दू बुढ़िया की बेटी को बाज़ार से उठवा लेने की ख़बर तीर की तरह समूचे बाज़ार में फैल गयी। अब नानबाइयों, फूलवालियों, हलवाइयों, सर्राफ़ा और इत्र–फरोशों की दुकानों के साथ–साथ मंदिरों और मस्जिदों में मामले को तूल देकर गरमा–गरम चर्चाएँ होने लगीं। कोई–कोई शख़्स तो यहाँ तक कह रहा था कि आज शहज़ादे रुक्नुद्दीन की ख़ैर नहीं। धीरे–धीरे यह ख़बर हौज़–ए–शम्सी तालाब के मज़दूरों को भी लग गयी। मज़दूर कुछ देर के लिए काम रोककर आपस में बातचीत करने लगे। जब यह ख़बर चौक बाज़ार से लेकर हौज़–ए–शम्सी के मज़दूरों के पास तक पहुँच गयी थी, तब क़िले में क्यों न पहुँचती। क़िले के ख़्वाजासरा, ख़िदमतगार, बाँदियाँ और लौंडियाँ इस मामले को लेकर आपस में बातचीत कर रहे थे।

इस ख़बर को सुनकर क़ुतुब बेगम चौंक गयीं। वे भारी उलझन में फँस गयीं। उन्होंने अपने दोनों हाथ ऊपर उठाए और उनकी ज़ुबान से निकला, ''या परवरदिगार! सुल्तान इल्तुतमिश के गुस्से से शहज़ादे रुक्नुद्दीन को बचा।''

क़ुश्क–ए–सफ़ेद में सुल्तान इल्तुतमिश के पहुँचने से पहले ही शाह तुर्कान बेगम पहुँच गयी थीं। उन्होंने बाँदियों के ज़रिये इत्र–ए–जास्मिन का छिड़काव समूचे महल में करा दिया था। गुलाब के ताज़े फूलों के गुलदस्ते जगह–जगह लगवा दिए थे। जैसे ही सुल्तान इल्तुतमिश ख़ास दरवाज़े पर पहुँचे, शाह तुर्कान बेगम ने सोने की तश्तरी में रखी अशर्फ़ियों से उनकी नज़र उतारी और अन्दर चलने की गुज़ारिश की। हालाँकि सुल्तान ने अशर्फ़ियों की तश्तरी को अपने दाहिने हाथ से छू लिया, लेकिन वे बिना कुछ बोले ही ख़ामोशी से अन्दर चल दिए। शाह तुर्कान बेगम उनके पीछे–पीछे चल दीं। उन्हें इस बात से राहत मिली कि सुल्तान ने उनकी नज़र क़ुबूल कर ली है। अब तक सुल्तान तख़्त पर गावतकिये के सहारे बैठ गये थे। सुल्तान के चेहरे पर गहरी चिन्ता के निशान साफ़–साफ़ दिख रहे थे।

इसी बीच शाह तुर्कान की ख़ास बाँदी गुलबदन इस्फ़हानी शराब भरी सुराही और जड़ाऊ प्याला सुल्तान के सामने अदब के साथ रख गयी थी। एक बाँदी सूखे मेवे और कुछ मिठाइयाँ लेकर हाज़िर हुई। शाह तुर्कान बेगम ने दोनों बाँदियों को महल से बाहर जाने का इशारा किया। बाँदियाँ उल्टे पैरों वापस हो गयीं। शाह तुर्कान बेगम सुराही से शराब प्याले में ढालने लगीं।

अब सुल्तान ने अपनी ज़ुबान खोली, "बेगम, माबदौलत शराब नहीं पिएँगे।"

"हुज़ूर, क्या बन्दी से कोई बेअदबी हुई?"

"नहीं।"

"तब क्या बात है?"

"क्या आपने दीवान-ए-आम में अपने लाड़ले बेटे की करतूत सुनी नहीं?" सुल्तान की आवाज़ में सख़्ती थी।

"हुज़ूर, अब गुस्सा थूक दीजिए। शहज़ादा अभी कमसिन है, नासमझ है, ऐसी ग़लती अब कभी नहीं करेगा।"

"आपका लाड़ला शहज़ादा रुकुनुद्दीन अब कमसिन नहीं है। कमसिन तो उस बुढ़िया की बेटी होगी जिसे उसने भरे बाज़ार से उठवा लिया।"

"हुज़ूर, अभी उसकी उम्र ही क्या है? वह इस तरह की बेजा हरकत के बारे में सोच भी नहीं सकता।"

"बेगम, आपका लाड़ला अब सत्रह साल का हो चुका है। उसकी ऐयाशियाँ दिन-ब-दिन बढ़ रही हैं। माबदौलत को उसके बारे में आए दिन शिकायतें मिल रही हैं और आज तो उसने हद ही कर दी। माबदौलत को सरे-आम दीवान-ए-आम में शर्मिंदा होना पड़ा।"

"लेकिन इसका क्या सुबूत है, शहज़ादे रुकुनुद्दीन ने ही काफ़िर बुढ़िया की बेटी को उठवाया है?"

"बेगम, अभी दूध-का-दूध और पानी-का-पानी हो जाएगा। अगर आपके लाड़ले शहज़ादे का इस मामले में कोई हाथ नहीं है, तब तो कोई बात ही नहीं है, लेकिन अगर बुढ़िया की बेटी आपके लाड़ले की हवेली से बरामद हुई, तब माबदौलत उसे कड़ी-से-कड़ी सज़ा देंगे और तब आपकी एक सिफ़ारिश न सुनेंगे।"

"सुल्तान, रहम...रहम...रहम!" शाह तुर्कान बेगम सुल्तान के पैरों पर सिर रखकर रोने लगीं।

सुल्तान इल्तुतमिश अपनी बेगमों में सबसे ज़्यादा मोहब्बत शाह तुर्कान बेगम से ही करते थे। वे शाह तुर्कान बेगम को रोते न देख सके। अब सुल्तान ने उनके चेहरे को दोनों हाथों में भर लिया और ऊपर उठाया। बेगम की आँखों से अब भी आँसू बह रहे थे। सुल्तान आँसुओं को पोंछते हुए बोले, "बेगम, शहज़ादे को आपके लाड़-प्यार ने बिगाड़ दिया है। माबदौलत पहले भी शहज़ादे की काफ़ी शिकायतें सुन चुके हैं। आप अभी भूली न होंगी, जब एक साल पहले उसने अपनी एक जवान बाँदी का लहँगा दूसरी तमाम बाँदियों और ख़्वाजासराओं के सामने उतरवा दिया था। इतना ही नहीं, उस कम्बख़्त ने सरे-आम उसकी चोली उतरवाकर नंगा करा दिया था। बेगम आप ख़ुद ही सोचिए, जब इस तरह की ख़बर अवाम तक पहुँचेगी, तब

हिन्दुस्तान के सुल्तान की क्या इज़्ज़त रह जाएगी। अब पानी सिर से ऊपर निकल गया है।''

अभी सुल्तान इल्तुतमिश और शाह तुर्कान बेगम आपस में बातचीत कर ही रहे थे कि बाँदी गुलबदन आकर अदब के साथ बोली, ''सुल्तान का इक़बाल बुलन्द हो। जनाब जमालुद्दीन याक़ूत मिलने की इजाज़त माँग रहे हैं।''

''और कौन-कौन उनके साथ है?'' सुल्तान ने पूछा।

''सुल्तान, जनाब जमालुद्दीन याक़ूत के साथ शहज़ादे रुक्नुद्दीन, एक काफ़िर बुढ़िया और कोई एक जवान लड़की है।''

''उन सभी को यहीं भेज दो।''

कुछ ही देर में वे सब सुल्तान इल्तुतमिश और शाह तुर्कान बेगम के सामने हाज़िर थे। जमालुद्दीन याक़ूत ने पहले अपने आक़ा सुल्तान इल्तुतमिश को कोर्निश बजाई और उसके बाद शाह तुर्कान बेगम को कोर्निश बजाकर अदब के साथ झुक गये। शहज़ादा रुक्नुद्दीन ने अपने अब्बाजान और अम्मीजान को आदाब तो बजाया, लेकिन शर्म के मारे उसकी नज़र झुकी हुई थी। बुढ़िया और उसकी बेटी दोनों सुल्तान और बेगम के सामने हाथ जोड़े खड़ी थीं। जहाँ बुढ़िया को अपनी बेटी मिल जाने की ख़ुशी थी, वहीं उसकी बेटी की आँखों से लगातार आँसू बह रहे थे।

''बेगम, देख ली अपने बेटे की करतूत।'' शाह तुर्कान बेगम की आँखें शर्म के मारे झुक गयीं। उन्हें समझने में देर न लगी कि उनके लाड़ले बेटे ने इस वक़्त शराब पी रखी है। सुल्तान तो तुरन्त ही समझ गये थे, लेकिन मौक़े की नज़ाकत देखते हुए वे कुछ नहीं बोले।

अब सुल्तान बुढ़िया की बेटी की ओर मुख़ातिब होकर बोले, ''बेटी, माबदौलत बेहद शर्मिंदा हैं। आप बेहिचक बयान करें, आपकी इज़्ज़त पर शहज़ादे या उसके आदमियों ने हाथ तो नहीं डाला?''

बुढ़िया की बेटी की आँखें शर्म से झुकी हुई थीं। अब शाह तुर्कान बेगम बोलीं, ''बेटी, सुल्तान कुछ पूछ रहे हैं, जवाब दो।''

बुढ़िया की बेटी दबी ज़ुबान में बोली, ''सुल्तान का इक़बाल बुलन्द हो। ईश्वर ने मेरी इज़्ज़त बचा ली है। हुज़ूर, अगर आज मौक़े पर जनाब जमालुद्दीन याक़ूत न पहुँच गये होते तो शायद...।'' लड़की फिर रोने लगी।

कुछ देर तक सुल्तान असमंजस की स्थिति में बने रहे। वे कुछ रुककर बोले, ''शहज़ादे रुक्नुद्दीन, आप फ़ौरन लश्कर के साथ तराई के मैदान की ओर कूच करें! आपकी परवरिश अब इन महलों में नहीं, मैदान-ए-जंग में कराई जाएगी। जमालुद्दीन याक़ूत, पता लगाएँ, इस साज़िश में शहज़ादे के किन-किन लोगों का हाथ है? जिन लोगों का इस साज़िश में हाथ हो, उन्हें दिल्ली शहर से बाहर दूसरे सूबों में अलग-

अलग फौरन रवाना कर दिया जाए! वे सभी अब फिर कभी माबदौलत को दिल्ली में दिखाई न पड़ें!''

सुल्तान फिर बोले, ''बेटी, माबदौलत शहज़ादे की बेजा हरकत से बेहद शर्मिंदा हैं। अगर आपके बदन को शहज़ादे के नापाक हाथों ने ज़रा भी छुआ हो तो बेहिचक बयान करें। माबदौलत आपका निकाह अभी शहज़ादे से करा सकते हैं।''

इतना सुनते ही शाह तुर्कान बेगम चौंक पड़ीं। उन्हें सुल्तान से ऐसी उम्मीद नहीं थी। वे बोलीं, ''आलमपनाह, आप क्या कह रहे हैं?''

''बेगम, माबदौलत जो भी कह रहे हैं, सोच-समझकर कह रहे हैं। अवाम सुल्तान को अल्लाह का नुमाइंदा समझती है। आख़िर माबदौलत मरने के बाद अल्लाह को क्या मुँह दिखाएँगे?''

''सुल्तान, कहाँ शहज़ादा हिन्द और कहाँ...!''

''बेगम, अब आप ख़ामोश रहें।'' बेगम ख़ून का घूँट पीकर रह गयीं। वे एक ग़ुलाम और अदना औरतों के सामने अपनी बेइज़्ज़ती बर्दाश्त नहीं कर पा रही थीं, लेकिन उन्होंने मौक़े की नज़ाकत देखते हुए आगे बोलना मुनासिब नहीं समझा।

सुल्तान की ज़ुबान से निकले अल्फ़ाज़ सुनकर बुढ़िया की बाँछें खिल गयीं। उसने ऐसा सपने में भी नहीं सोचा था, लेकिन बुढ़िया की बेटी अब भी ख़ामोश थी। सुल्तान के दोबारा पूछने पर वह बोली, ''सुल्तान का इक़बाल बुलन्द हो। हुज़ूर, मेरी इज़्ज़त पर कोई दाग़ नहीं आया है। अगर सुल्तान मेरा निकाह शहज़ादे के साथ करवा रहे हैं, तब हमारे लिए बेहद फख्र की बात होगी। गुस्ताख़ी माफ़ हो। इससे शहज़ादे की करतूतों में कमी नहीं आएगी। इसलिए गुज़ारिश है, शहज़ादे को माफ़ कर दिया जाए और मुझे और मेरी माँ को रुख़सत होने की इजाज़त दी जाए।''

सुल्तान इल्तुतमिश ने शाह तुर्कान बेगम की ओर देखा और बोले, ''बेगम, शहज़ादे रुक्नुद्दीन ने आज जो कुछ किया है उसकी सज़ा क़ैदख़ाने के अलावा दूसरी नहीं है। उसे यह सज़ा मिलनी ही चाहिए थी। हमें ख़ुशी ही नहीं, इस लड़की पर नाज़ है जो शहज़ादे के वास्ते ख़ुद माफ़ी की तलबगार हैं।''

शाह तुर्कान बेगम की आँखें शर्म से झुक ही नहीं गयीं, बल्कि उनकी आँखें नम हो आईं। वे बोलीं, ''बेटी, बेटे की मोहब्बत ने हमें अन्धा बना दिया था। हमें माफ़ करें।'' बेगम की ज़ुबान से निकले अल्फ़ाज़ सुनकर सुलतान का गुस्सा काफ़ूर हो गया।

अब सुल्तान ने एक और हुक्म फ़र्माया, ''जमालुद्दीन याक़ूत, आप इस शरीफ़ज़ादी और इसकी माँ को बाइज़्ज़त इसके घर पहुँचाएँ! इन दोनों के वास्ते शहर में किसी हवेली का इन्तज़ाम हो! माबदौलत की ओर से दस हज़ार चाँदी के टंके दोनों को इनायत किए जाते हैं। दिल्ली के सूबेदार को हुक्म है, जब इस शरीफ़ज़ादी की शादी

हो, उस वक़्त वे ख़ुद शादी में शरीक़ हों। शादी का माकूल इन्तज़ाम करवाएँ। शादी के ख़र्च के वास्ते पाँच हजार टंका सूबे दिल्ली की ओर से देने का हुक़्म भी माबदौलत फ़र्माते हैं।''

बुढ़िया और उसकी बेटी अदब के साथ सुल्तान इल्तुतमिश और शाह तुर्कान बेगम के सामने झुक गयीं। सुल्तान के इंसाफ को सुनकर ग़ुलाम जमालुद्दीन याक़ूत गद्गद हो गये।

पाँच

थानेश्वर और करनाल के बीच तुरबन गाँव के नज़दीक सुल्तान इल्तुतमिश का लश्कर कई रोज़ से पड़ा आराम कर रहा था। जानवरों की थकान मिट चुकी थी। वे तरो-ताज़ा हो गये थे। घास के मैदान अधिक दूर नहीं थे। घसियारे घास के बोझ-के-बोझ पहुँचा रहे थे। उन्हें घास की अच्छी क़ीमत मिल रही थी। लश्कर क़रीब एक कोस से ज़्यादा दूरी तक फैला था। जिधर नज़र डाली जाए, उधर ख़ेमे-ही-ख़ेमे नज़र आ रहे थे। अनजान आदमी तो इन ख़ेमों में भटक ही जाए। लश्कर के बाहर तमाम बंजारे अनाज और ज़रूरत की चीज़ें लिये मौजूद थे। कुछ बंजारे जंगी हथियार भी बेचने आ गये थे। लश्कर से नज़दीक तालाब होने की वजह से फ़ौज़ को पानी की कोई दिक़्क़त नहीं थी।

सुल्तान को अच्छी तरह मालूम हो गया था कि सुल्तान ताजुद्दीन यल्दौज़ अभी तराई के मैदान से इतनी दूरी पर हैं कि किसी भी क़ीमत पर एक महीने से पहले नहीं पहुँच सकते। इसीलिए मौक़ा निकालकर सुल्तान दो दिन पहले शिकार को चले गये थे। ग़ुलाम जमालुद्दीन याक़ूत सुल्तान के साथ गये थे। सुल्तान की वापसी आज शाम तक होनी तय है। सुल्तान के ख़ेमे के नज़दीक ही शहज़ादे रुकुनुद्दीन का ख़ेमा लगा था।

शहज़ादे के पलंग के पास लकड़ी की जड़ाऊ मेज़ पर पाक क़ुरआन रखी थी। ख़ेमे के अन्दर ताज़े गुलाब के चार गुलदस्ते मौजूद थे। समूचा ख़ेमा गुलाब की ख़ुशबू से महक रहा था। सुल्तान इल्तुतमिश शिकार पर जाते वक़्त हसन निज़ामी की क़िताब 'ताजुल-मआसिर' शहज़ादे को ख़ासतौर पर इसलिए दे गये थे कि शहज़ादा इसे ग़ौर से पढ़े। इस क़िताब में सुल्तान महमूद गजनवी की तमाम तवारीख़ निज़ामी ने लिखी थी, लेकिन शहज़ादे ने क़िताब को उलटकर भी नहीं देखा। इस क़िताब के

अलावा सुल्तान ने शहज़ादे को अलबेरूनी की क़िताब 'तारीख़-उल-हिन्द' जो अरबी में है, उसे भी दिया था जिससे शहज़ादा हिन्दुस्तान के तमाम मज़हब, यहाँ की अवाम के रीति-रिवाज़, पहनावे, हकीमी और तमाम विषयों के बारे में जानकारी हासिल कर सके। शहज़ादे ने बमुश्किल इस क़िताब के कुछ पन्ने पलटे थे। शहज़ादे का मन पढ़ने-लिखने में ज़्यादा नहीं लगता था।

शहज़ादा अकेला ख़ेमे के अन्दर बेचैनी के साथ टहल रहा था। इतने में न जाने कहाँ से ख़्वाजासरा उलफत आ गया। वह अदब के साथ कोर्निश बजाता हुआ बोला, "शहज़ादे का इक़बाल बुलन्द हो। हुज़ूर की क्या ख़िदमत की जाए?"

"जनाब ख़्वाजासरा उलफत, आप हमारी क्या ख़िदमत करेंगे?" शहज़ादा बूढ़े उलफत को कम पसन्द करता था, लेकिन यह भी समझता था कि उलफत उसके अब्बाहुज़ूर के काफ़ी नज़दीक है।

"हुज़ूर, हुक़्म करें।"

"जनाब, अब्बाहुज़ूर ने हमें यहाँ लाकर क़ैदख़ाने से भी बदतर हालत में डाल दिया है। यहाँ एक-एक दिन कटना मुश्किल हो रहा है।"

"गुस्ताख़ी माफ़ हो। हुज़ूर को यहाँ क्या परेशानी है?"

"आज तक़रीबन महीना हो रहा है। हम एक-एक बूँद शराब के लिए तरस रहे हैं। क्या आप मुहैया करा सकते हैं?" शहज़ादा बेहिचक बोला। उसे यह भी ख़याल न रहा कि वह सत्तर साल के बूढ़े ख़्वाजासरा के सामने इस तरह की बात कर रहा है।

"हुज़ूर, शराब के लिए सुल्तान का हुक़्म है, शहज़ादे के ख़ेमे में एक बूँद भी शराब न दिखे। हकीमों को सख़्त-से-सख़्त हिदायत है, वे किसी भी क़ीमत पर शहज़ादे को कोई अर्क़ न दें।"

"तब आप हमारी क्या मदद कर सकते हैं?" शहज़ादा गुस्से में बोला। उसकी आँखें चढ़ गयी थीं और नथुने फैल गये थे।

"हुज़ूर को सुल्तान अपने साथ शिकार पर ले जाना चाहते थे, लेकिन हुज़ूर ने न जाने क्यों ख़ुद मना कर दिया। शिकार पर जाने पर हुज़ूर की तबीयत बहल सकती थी। क्या आपको कोई क़िस्सा सुनाऊँ?"

"क्या आप क़िस्सागो हैं?" शहज़ादा झल्लाहट के साथ बोला।

"हुज़ूर, क़िस्सागो तो नहीं हूँ, अलबत्ता सुल्तान मुहम्मद बिन साम उर्फ़ शहाबुद्दीन मुहम्मद ग़ोरी, जिन्होंने तमाम हिन्दुस्तान को फ़तेह किया था, उनके साथ रह चुका हूँ और उनके साथ दो बार इसी तराई के मैदान में आ चुका हूँ।"

"तब तो आप पिछली दो जंग जो यहाँ हुई थीं, उनकी तफ़सील बयान कर सकते हैं।"

"बेशक, हुज़ूर।"

"हमें आप पहली जंग के बारे में जानकारी दें।" शहज़ादे का गुस्सा कुछ कम हुआ।

"हुज़ूर, राजपूत राजा पृथ्वीराज चौहान राजपूताने में अजमेर का राजा था। अजमेर में पहले तोमर राजा हुकूमत करते थे। पृथ्वीराज चौहान के नाना राजा अनंगपाल तोमर ने इन्हें गोद लिया था और बाद में अजमेर की गद्दी इन्हें मिली। सुल्तान शहाबुद्दीन मुहम्मद ग़ोरी ग़ोर के ही नहीं, ग़ज़नी तक के सुल्तान थे। उन्हें बताया गया कि हिन्दुस्तान सोने की चिड़िया है। सुल्तान महमूद ग़ज़नवी ने भी हिन्दुस्तान पर कभी हमला बोला था और अपने साथ यहाँ से तमाम दौलत लेकर वापस गये थे। इसी तराई के मैदान में पृथ्वीराज चौहान और सुल्तान शहाबुद्दीन मुहम्मद ग़ोरी के बीच जंग हुई। राजा पृथ्वीराज चौहान ने उस वक़्त दिल्ली की सूबेदारी गोविन्दराय को सौंप रखी थी। गोविन्दराय बेहद बहादुर और जाँबाज़ था। वह मैदान-ए-जंग में सुल्तान शहाबुद्दीन मुहम्मद ग़ोरी से भिड़ गया। सुल्तान शहाबुद्दीन मुहम्मद ग़ोरी द्वारा चलाए गये भाले से उसके दो दाँत टूट गये, लेकिन उसने फिर भी हिम्मत नहीं हारी और पूरी ताक़त से सुल्तान पर अपने भाले से हमला किया। भाला सीधे सुल्तान के दाहिने बाजू में लगा। सुल्तान बुरी तरह घायल हो गये। सुल्तान घोड़े से गिरने वाले ही थे कि एक ख़िलज़ी सिपाही ने उन्हें अपनी बाहों में भर लिया और वह उन्हें लेकर फ़ौरन मैदान-ए-जंग से बाहर निकल गया। अब सुल्तान की हार हो चुकी थी। सुल्तान अपनी बची-खुची फ़ौज़ लेकर किसी तरह ग़ज़नी पहुँचे, लेकिन राजपूत राजा पृथ्वीराज चौहान ने उनका पीछा नहीं किया।"

"आख़िर क्यों?" शहज़ादे ने अचरज के साथ पूछा।

"हुज़ूर, पृथ्वीराज चौहान का कहना था, भागते हुए राजा का पीछा नहीं किया जाता। यह राजपूती शान के ख़िलाफ़ है।"

"और दूसरी जंग यहाँ कौन-सी हुई थी?"

"हुज़ूर, तक़रीबन एक साल बाद फिर सन् ग्यारह सौ तिरानबे में पूरी तैयारी करके सुल्तान शहाबुद्दीन मुहम्मद ग़ोरी एक लाख बीस हज़ार फ़ौज़ लेकर हिन्दुस्तान की ओर चल दिये। सुल्तान की फ़ौज़ में ख़ासतौर से तुर्क, ताज़िक और अफ़गानी सिपाही थे। अबकी बार सुल्तान मुल्तान और लाहौर के रास्ते से आ रहे थे। लाहौर से सुल्तान ने एक एलची राजा पृथ्वीराज चौहान के पास भेजा। उन्होंने एलची के ज़रिये ख़बर भिजवाई, राजा पृथ्वीराज चौहान इस्लाम मज़हब और सुल्तान की मातहती क़ुबूल करें। राजा पृथ्वीराज चौहान ने जवाब दिया। बेहतर है, आप ग़ज़नी वापस लौट जाएँ, नहीं तो आपकी वही हालत होगी जो एक साल पहले हुई थी। तब सुल्तान ने दूसरा एलची भेजा और कहलवाया कि मैं इस सिलसिले में अपने भाई

सुल्तान ग़यासुद्दीन से पूछकर ही ख़बर करूँगा क्योंकि मैं तो उनका ख़िदमतगार हूँ। मैं बिना भाईजान के हुक़्म के न तो जंग लड़ सकता हूँ और न ही ग़ज़नी वापस लौट सकता हूँ। जब तक भाईजान का कोई हुक़्मनामा न आ जाए, तब तक हमारी तरफ़ से जंग का कोई इरादा नहीं है। राजा पृथ्वीराज चौहान इस पैग़ाम से गफ़लत में पड़ गये, लेकिन होशियार सुल्तान आगे बढ़ते रहे और जल्दी ही तराई के मैदान में आ डटे। हालाँकि इस बीच जल्दी-जल्दी राजा पृथ्वीराज चौहान ने कई राजपूत राजाओं को मिला लिया था और वे भी उनकी मदद को आ गये थे। हुज़ूर, इस जंग में कन्नौज और बनारस का राजा जयचन्द उनकी मदद को नहीं आया।''

''क्यों?'' शहज़ादे ने पूछा।

''हुज़ूर, सच क्या है और झूठ क्या है, यह तो मैं नहीं जानता हूँ, लेकिन ख़बर यह थी कि कभी राजा जयचन्द ने कोई राजसूय यज्ञ कराया था।''

ख़्वाजासरा उलफत अभी अपनी बात पूरी नहीं कर सका था कि शहज़ादे ने पूछा, ''यह यज्ञ क्या होता है?''

''हुज़ूर, ठीक से तो मैं नहीं जानता, लेकिन पंडित लकड़ी और घी से कुछ चीज़ें जलाते हैं और कुछ अपनी बाहियात किताबों से मंत्र पढ़ते हैं। फ़ौज़ के ही कुछ लोग कह रहे थे, कभी कन्नौज के राजा जयचन्द ने अपनी राजकुमारी की शादी करने के लिए स्वयंवर भी रचाया था।''

''स्वयंवर क्या होता है? जनाब, आप हिन्दवी कब से बोलने लगे?'' शहज़ादे को अचरज हुआ कि उलफत तो अच्छी-ख़ासी हिन्दवी बोल रहा है।

''हुज़ूर, हिन्दुस्तान में कई बार आ चुका हूँ। काम चलाने के वास्ते कुछ-कुछ हिन्दवी सीख ली है। स्वयंवर ऐसी शादी होती है, जिसमें तमाम राजा बुलाए जाते हैं और राजकुमारी जिसे पसन्द करती है, उसके गले में फूलों की माला डाल देती है और तब उस राजा के साथ राजकुमारी की शादी करा दी जाती है। राजा जयचन्द ने इस शादी के वास्ते तमाम राजपूत राजाओं को इकट्ठा किया था। उन्होंने अजमेर के राजा पृथ्वीराज चौहान और मेवाड़ के राजा समरसिंह को जान-बूझकर नहीं बुलाया था। इन दोनों राजाओं से उनकी दुश्मनी थी। इससे दोनों राजा भड़क गये। उन्होंने इसमें अपनी तौहीन समझी। राजा जयचन्द ने न जाने क्यों दोनों राजाओं के सोने के बुत क़िले के बाहर खड़े करवा दिए। राजा पृथ्वीराज चौहान चुपके से फ़ौज़ लेकर कन्नौज आ धमका और मौक़े का फ़ायदा उठाकर शादी से पहले ही राजकुमारी संयोगिता को भगा ले गया। इस प्रकार राजा पृथ्वीराज चौहान से राजकुमारी संयोगिता की शादी हो गयी, लेकिन इस वारदात से राजा जयचन्द, राजा पृथ्वीराज चौहान से बेहद नाराज़ हो गया।''

''जनाब ख़्वाजासरा उलफत, एक बात हमारी समझ में अब तक नहीं आई?''

"वह क्या हुज़ूर?"

"जब हमने दिल्ली में एक काफ़िर लौंडिया को उठवा लिया था, तब अब्बाहुज़ूर बेहद ख़फ़ा हो गये थे और हमें सज़ा देकर मैदान-ए-जंग में ले आए। यहाँ हम एक-एक बूँद शराब और शबाब को तरस रहे हैं और राजा पृथ्वीराज चौहान जब राजकुमारी संयोगिता को उठा ले गये तो वह उसकी रानी बन गयी।"

"हुज़ूर, गुस्ताख़ी माफ़ हो। राजकुमारी संयोगिता एक राजा की बेटी थी और काफ़िर लौंडिया अवाम की बेटी थी। ऐसी नापाक हरकत से सल्तनत में बग़ावत होने का ख़तरा बना रहता है। इसके बावजूद सुल्तान ने उस लड़की से आपकी शादी का करार मंजूर कर दिया था, लेकिन उस लौंडिया ने ख़ुद ही मना कर दिया। ऐसे हालात में सुल्तान क्या कर सकते थे?"

"जनाब, अगर वह ख़ूबसूरत काफ़िर लौंडिया हमारे साथ शादी के लिए तैयार हो जाती तो हमें कोई एतराज़ नहीं होता। हम कुछ दिन उसके साथ मौज-मस्ती करते और उसके बाद वह हमारे हरम में ज़िन्दगी भर एक किनारे पड़ी रहती। ख़ैर छोड़ो इन बातों को, क्या इसी वजह से राजा जयचन्द ने दूसरी जंग में पृथ्वीराज चौहान का साथ नहीं दिया?"

"हुज़ूर वज़ा फ़र्माते हैं।"

"तब आगे जंग कैसे हुई?"

"हुज़ूर, राजा पृथ्वीराज चौहान का वज़ीर सोमेश्वर जंग नहीं चाहता था। उसे किसी तरह सुल्तान शहाबुद्दीन मुहम्मद ग़ोरी ने मिला लिया था। अजमेर से राजा पृथ्वीराज चौहान का रिश्तेदार उदयराज भी समय से मदद लेकर नहीं पहुँच सका। जंग सारा दिन चली। जंग में शुरू से ही सुल्तान का पलड़ा भारी था। जंग में दिल्ली का सूबेदार गोविन्दराय मारा गया। राजा पृथ्वीराज चौहान बुरी तरह घायल हुए। उनके बदन में तमाम घाव हो गये थे। राजा पृथ्वीराज चौहान को सुल्तान के सिपाहियों ने पकड़ लिया था, लेकिन वे जल्दी ही मर गये। इस प्रकार सुल्तान का दिल्ली और अजमेर दोनों पर क़ब्ज़ा हो गया।"

"लेकिन कुछ लोग तो कहते हैं, राजा पृथ्वीराज चौहान का तीरंदाज़ी में कोई सानी न था। वह ज़ुबान से निकली आवाज़ पर तीर चलाता था। शायद सुल्तान की ज़ुबान से निकली आवाज़ पर उसने तीर छोड़ा और सुल्तान मारे गये।"

"हुज़ूर, सरासर बकवास है।"

"तब क्या इस जंग के बाद सुल्तान शहाबुद्दीन मुहम्मद ग़ोरी वापस ग़ज़नी लौट गये?"

"नहीं हुज़ूर, जंग के बाद सुल्तान मुहम्मद ग़ोरी अजमेर आ धमके और अजमेर में इस्लामी हुकूमत हो गयी। वहाँ मौजूद सरस्वती मंदिर और संस्कृत मदरसे को

सुल्तान के हुक़्म से ढाई दिन के अन्दर मस्जिद में तब्दील करा दिया गया। जिसे अब अढ़ाई दिन का झोपड़ा बोला जाता है। हुज़ूर, इस जंग को जीतने के बाद सुल्तान ने हिन्दुस्तान के तमाम राजाओं को हराया। उन्होंने दिल्ली, अजमेर के अलावा मेरठ, कोल, कन्नौज, बिहार और बंगाल की जंग जीतीं।''

''सुल्तान की मौत कैसे हुई और सुल्तान क़ुतुबुद्दीन ऐबक़ को कैसे हिन्दुस्तान की गद्दी मिली? क्या आप इस बारे में कोई जानकारी रखते हैं?''

''हुज़ूर, हिन्दुस्तान से वापस जाने के बाद ग़ज़नी सुल्तान के हाथ से निकल गया था। उनके बड़े भाई सुल्तान ग़यासुद्दीन की मौत हो गयी थी। सुल्तान शहाबुद्दीन मुहम्मद ग़ोरी ने सन् बारह सौ चार में ख़्वारिज़्म पर हमला बोला, लेकिन वे बुरी तरह हारे। उनकी हार की वजह से सल्तनत में जल्दी यह अफ़वाह फैल गयी कि सुल्तान जंग में मारे गये। हुज़ूर, ग़ज़नी पर सुल्तान ताजुद्दीन यल्दौज़ ने उस वक़्त क़ब्ज़ा कर लिया था। तब खोखरों ने भी मौक़े का फ़ायदा उठाकर बग़ावत कर दी। सुल्तान बग़ावत कुचलने के बाद ग़ज़नी लौट रहे थे, तब रास्ते में पन्द्रह मार्च बारह सौ छः में सिन्धु नदी के किनारे जब वे मगरिब की नमाज़ पढ़ रहे थे, वहाँ कुछ शिया और खोखर बागियों ने उन्हें मार डाला।''

''लेकिन सुल्तान क़ुतुबुद्दीन ऐबक़ को आख़िर गद्दी कैसे मिली?''

''हुज़ूर, सुल्तान जब हिन्दुस्तान से वापस ग़ज़नी लौट रहे थे, तब अपने ग़ुलाम क़ुतुबुद्दीन ऐबक़ को अपनी गद्दी सौंप गये थे।''

''क्या क़ुतुबुद्दीन ऐबक़ को सुल्तान बेहद चाहते थे? सुल्तान क़ुतुबुद्दीन ऐबक़ तो सुल्तान शहाबुद्दीन मुहम्मद ग़ोरी के आख़िर ग़ुलाम ही तो थे। उन्हें सुल्तान ने गद्दी कैसे दे दी?'' ख़्वाजासरा उलफत सोचने लगा, शहज़ादा यह क्यों भूल रहा है, उसके अब्बाहुज़ूर सुल्तान इल्तुतमिश भी कभी सुल्तान क़ुतुबुद्दीन ऐबक़ के ग़ुलाम रह चुके हैं।

वह बोला, ''हुज़ूर, क़िस्सा ज़रा लम्बा है, क्या बयान करूँ?''

''आप बयान करें।''

''हुज़ूर, क़ुतुबुद्दीन ऐबक़ तुर्किस्तान के रहने वाले थे। उन्हें बचपन में निशापुर के क़ाज़ी फ़ख़रुद्दीन अब्दुल अज़ीज़ कूफ़ी ने ख़रीद लिया था।''

''उन्हें ऐबक़ क्यों कहा गया है?''

''हुज़ूर, उनकी एक उँगली टूटी हुई थी, इसलिए उन्हें ऐबक़ कहा गया है। क़ाज़ी ने उन्हें क़ुरआन, हदीस, घुड़सवारी और तीरंदाज़ी ही नहीं, बल्कि दूसरे जंगी हथियारों को अच्छी तरह चलाना सिखाया। जब क़ुतुबुद्दीन ऐबक़ अपनी जवानी पर पहुँचे, तब उन्हें सौदागर क़ाज़ी से ख़रीदकर दरबार में लाए। ग़ज़नी के सुल्तान मुहम्मद ग़ोरी ने उन्हें ख़रीद लिया। हुज़ूर, इसमें भी एक क़िस्सा है।''

"क्या क़िस्सा है? आप तो क़िस्से के अन्दर क़िस्सा सुना रहे हैं।"

"हुज़ूर, सौदागर चालीस ग़ुलामों को लेकर सुल्तान के सामने हाज़िर हुआ था। सुल्तान ने चालीस ग़ुलामों में से उन्तालीस ग़ुलामों को ख़रीद लिया, लेकिन बदसूरत होने और एक उँगली टूटी होने की वजह से क़ुतुबुद्दीन ऐबक़ को नहीं ख़रीदा। सुल्तान दरबार से उठकर जाने ही वाले थे कि क़ुतुबुद्दीन ऐबक़ ने सुल्तान से अर्ज़ कर पूछा, सुल्तान आपने इन उन्तालीस ग़ुलामों को किस वास्ते ख़रीदा है। सुल्तान ने बतलाया, उन्होंने इन ग़ुलामों को ख़ुद के वास्ते ख़रीदा है। अब क़ुतुबुद्दीन ऐबक़ बेहिचक बोला, तब सुल्तान मुझे ख़ुदा के वास्ते ख़रीद लें। शहज़ादे, सुल्तान क़ुतुबुद्दीन ऐबक़ की अक़्लमंदी पर ख़ुश हुए और उन्होंने इन्हें भी ख़रीद लिया।"

"वाक़ई सुल्तान क़ुतुबुद्दीन ऐबक़ बेहद अक़्लमंद और हाज़िर जवाबी थे। ख़ुदा उनकी रूह को जन्नत बख़्शे! अब आप आगे का क़िस्सा सुनाएँ!"

"हुज़ूर, सुल्तान मुहम्मद ग़ोरी बड़े ही मस्त-मौला क़िस्म के इंसान थे। उन्होंने एक जश्न के बाद दरबार के अमीरों और ग़ुलामों को तमाम सोना-चाँदी इनाम में बख़्शा। क़ुतुबुद्दीन ऐबक़ को भी काफ़ी सोना मिला, लेकिन क़ुतुबुद्दीन ऐबक़ ने वह सोना दरबार की बाँदियों, लौंडियों और ख़्वाजासराओं में काफ़ी कुछ बाँट दिया और बचे-खुचे सोने से कंगालों, भिखारियों और मुहताजों को कई रोज़ तक ख़ाना खिलाया। इस बात की शिकायत सुल्तान के कानों तक कुछ चुग़लख़ोरों ने पहुँचाई। क़ुतुबुद्दीन ऐबक़ की सुल्तान के सामने पेशी हुई। सुल्तान ने पूछा, आपने क्यों कर इनाम में पाये सोने को दूसरों को बाँट दिया है। तब क़ुतुबुद्दीन ऐबक़ बोले, सुल्तान ख़ुदा के नुमाइंदे हैं। हुज़ूर ने ख़ुदा के इस बन्दे को इनाम देकर उसकी इज़्ज़त बढ़ाई है और इस बन्दे ने दूसरे ख़ुदा के बन्दों को जो ज़रूरतमन्द थे, उनकी सोने से मदद की है। सुल्तान की उम्रदराज हो। हुज़ूर का ताजो-तख़्त सलामत रहे। हुज़ूर, क़ुतुबुद्दीन ऐबक़ की हाज़िर-जवाबी से सुल्तान बेहद ख़ुश हुए और उन्होंने क़ुतुबुद्दीन ऐबक़ को सरख़ेल बना दिया।"

"सरखेल क्या होता है?"

"हुज़ूर, सरख़ेल कई सवारों के दस्ते का हाकिम होता है। इतना ही नहीं, सुल्तान ने आगे ख़ुश होकर उन्हें सिपहसालार बना दिया और सिपहसालार से अमीर बने और वे अमीर से मलिक, ख़ान और अमीर-ए-आख़ूर जैसे ऊँचे ओहदे तक पहुँचे।"

"क्या अमीर-ए-आख़ूर शाही घुड़साल के हाकिम को बोला जाता है?"

"हुज़ूर ने वज़ा फ़र्माया। सुल्तान ने आगे ख़ुश होकर क़ुतुबुद्दीन ऐबक़ कुहराम सूबे का इक़्तादार बना दिया।"

"हुज़ूर, क़ुतुबुद्दीन ऐबक़ को कुहराम की इक़्ता कैसे मिली, बताऊँ?"

"बताइए।"

"सुल्तान मुहम्मद ग़ोरी के ज़माने में एक बार ख़्वारिज़्म के सुल्तान शाह के सवारों से क़ुतुबुद्दीन ऐबक़ की मुठभेड़ हो गयी। क़ुतुबुद्दीन ऐबक़ के पास सुल्तान शाह की फ़ौज़ के मुक़ाबले बहुत छोटी फ़ौज़ थी, लेकिन वे हिम्मत नहीं हारे और आख़िर तक लड़ते रहे, लेकिन बाद में गिरफ़्तार हो गये। उन्हें क़ैद में डाल दिया गया। इस पर सुल्तान ग़ोरी ने सुल्तान शाह के ख़िलाफ़ जंग छेड़ दी। जंग में सुल्तान शाह की हार हुई और तब क़ुतुबुद्दीन ऐबक़ को छुड़ाया गया। हुज़ूर, क़ुतुबुद्दीन ऐबक़ को जंजीरों में जैसे जकड़ रखा गया था, वैसी ही हालत में उन्हें ऊँट पर बैठाकर सुल्तान के सामने पेश किया गया। सुल्तान ने तब उनकी बहादुरी, दिलेरी और जाँबाज़ी से ख़ुश होकर कुहराम का इक़्तादार बना दिया।"

"क़ुतुबुद्दीन ऐबक़ की बहुत जल्दी-जल्दी तरक़्की हुई। इतनी जल्दी कोई दूसरा तरक़्की नहीं पा पाता है।"

"हुज़ूर क्यों नहीं? अब आप हब्शी ग़ुलाम जमालुद्दीन याक़ूत को ही देखिए, कितनी जल्दी तरक़्की पा रहे हैं।" ख़्वाजासरा उलफत ने एक मिसाल शहज़ादे के सामने रखी।

"यह तो अब्बाहुज़ूर की मेहरबानी है, वरना...।"

"हुज़ूर, मानता हूँ, याक़ूत पर सुल्तान-ए-आलम मेहरबान हैं, लेकिन याक़ूत बहादुर ही नहीं, बेहद वफ़ादार और ईमानदार होने के साथ-साथ हर वक़्त अपनी जान जोख़िम में डालकर अपने मालिक की ख़िदमत में लगा रहता है। याक़ूत जैसा तीरंदाज़, घुड़सवार और ताक़तवर इंसान इस वक़्त सल्तनत में कोई दूसरा नहीं है। कई बार शिकार के समय जंगल में बिना किसी हथियार के वह चीतों से भिड़ चुका है।"

"आप वज़ा फ़र्माते हैं, लेकिन जब हमने उस काफ़िर लौंडिया को उठवाया था, उस वक़्त हमें उसने गिरफ़्तार किया जो हमें बेहद नागवार गुज़रा।"

"हुज़ूर, याक़ूत ने आपको सुल्तान के हुक़्म से गिरफ़्तार किया था, लेकिन उसने आपके साथ कोई बेअदबी नहीं की। अगर ख़ुदा ने आपको कभी हिन्दुस्तान का ताजो-तख़्त इनायत किया तो वह आपका भी उतना ही वफ़ादार ग़ुलाम होगा।"

"हमें बताइए, अब्बा हुज़ूर को कैसे हिन्दुस्तान का ताजो-तख़्त हासिल हुआ?"

ख़्वाजासरा उलफत को शहज़ादे के सवाल पर हँसी आ रही थी। वह बोला, "हुज़ूर, सुल्तान क़ुतुबुद्दीन ऐबक़ की मौत के बाद बंगाल में अलीमर्दान ने मौक़े का फ़ायदा उठाकर ताज पहन लिया। और ख़ुद को सुल्तान अलाउद्दीन का ख़िताब दिया। इधर लाहौर में मौजूद अमीरों ने सुल्तान क़ुतुबुद्दीन ऐबक़ के शहज़ादे आरामशाह को सुल्तान बना दिया, लेकिन वह नाक़ाबिल था। सुल्तान ताजुद्दीन यल्दौज़ और

नासिरुद्दीन क़ुबाचा लाहौर को हथियाने की कोशिश करने लगे। इधर दिल्ली का सिपहसालार अली इस्माइल आपके अब्बाहुज़ूर का बेहद वफ़ादार आदमी था। उसने तमाम अमीरों को मिलाकर आपके अब्बाहुज़ूर को कहलवाया कि वे जल्द-से-जल्द दिल्ली आकर तख़्त पर बैठें। इसी बीच जूद की जंग में आपके अब्बाहुज़ूर ने सुल्तान आरामशाह को हरा दिया। आरामशाह इस जंग में ख़ुदा के प्यारे हो गये। हुज़ूर, इस तरह आपके अब्बाहुज़ूर को दिल्ली की गद्दी हासिल हुई।''

शहज़ादे और उलफत अभी बातचीत कर ही रहे थे कि नक़ीब ने ढोल बजाते हुए ज़ोरदार आवाज़ की, ''बाअदब होशियार, हरक़दम फ़तेह नुसरत, नज़र माल-ओ-दौलत, सुल्तानुल मुइज़्ज़म शम्सुद्दुनियाँ वद्दीन अबुल मुज़फ़्फ़र इल्तुतमिश शाही ख़ेमे में तशरीफ़ ला रहे हैं।''

सुल्तान के आमद की ख़बर सुनकर जो फ़ौज़ी मौजूद थे, वे अपने ख़ेमों में चले गये। सुल्तान के ख़ुद के ख़िदमतगार अदब के साथ क़तार बाँधे ख़ामोशी के साथ खड़े रहे। नक़ीब की आवाज़ ख़्वाजासरा उलफत और शहज़ादे के कानों में भी पड़ी। उलफत शहज़ादे से बोला, ''हुज़ूर, सुल्तान तशरीफ़ ला रहे हैं।''

शहज़ादे ने जल्दी ही एक सोने की तशतरी में कुछ अशर्फ़ियाँ लीं और अपने ख़ेमे से निकलकर शाही ख़ेमे के बाहर जाकर खड़ा हो गया। सुल्तान के आने पर ख़िदमतगार उनके ऊपर गुलाब के फूल बरसाने लगे। शहज़ादे ने अदब के साथ झुककर अपनी नज़र सुल्तान को भेंट की। सुल्तान ने मुस्कराकर नज़र क़ुबूल करते हुए याक़ूत को सौंप दी। अब सुल्तान शहज़ादे को अपने साथ लेकर शाही ख़ेमे के अन्दर चले गये।

छः

तराई के मैदान में पिछली दो जंगों में गाँव ही नहीं, खेत-खलिहान तक तबाह हो गये थे। वर्षों से खेती न होने की वजह से तमाम खेत बंजर हो गये थे। जंगल कट गये थे। गाँव के लोग भारी तादाद में भूख-प्यास से या तो मर गये थे या फिर गाँव छोड़कर भाग गये थे। दूसरी जंग के बाद मंदिर, मस्जिद में तब्दील कर दिए गये। पंडित-पुजारी दकन की ओर रोज़ी-रोटी की तलाश में निकल गये।

इधर सुल्तान ताजुद्दीन यल्दौज़ की फ़ौज़ लूटमार करती हुई, घरों के छप्परों को आग लगाती हुई, खड़ी फ़स्ल को घोड़ों और दूसरे जानवरों से चराती हुई और बची हुई फ़स्ल को रौंदते हुए आगे बढ़ रही थी। बकरियों और भेंड़ों के झुंड जहाँ कहीं

दिख जाते थे, फ़ौज़ के सिपाही आनन-फानन में घेरकर लश्कर में खेद ले जाते थे। ऐसे मौक़ों पर ख़ेमों में शराब और गोश्त की दावतें उड़ती थीं। चरवाहों के विरोध करने पर उन्हें अपनी जान से हाथ धोना पड़ता था। सिपाही जवान लड़कियों और औरतों को अपनी हवश का शिकार बना रहे थे। वे जहाँ कहीं किसी जवान लड़की को पा जाते थे, तब उस लड़की को कई-कई सिपाही अपनी हवश का शिकार बनाने से चूकते नहीं थे। वे कुओं पर पानी पीने के बहाने पहुँचते और वहाँ से जवान लड़कियों को ज़बरदस्ती उठा ले जाते। लड़कियों के माँ-बाप रोकर रह जाते थे। कहीं किसी की कोई फ़रियाद सुनी नहीं जा रही थी। जिस गाँव में वे कुछ न पाते, वहाँ गुस्से में आकर कभी-कभी क़त्लेआम कर देते थे।

थानेश्वर और करनाल के बीच के इलाक़े में पिछले दो साल से बरसात न होने की वजह से सूखा पड़ गया था, लेकिन इस साल अच्छी बारिश हुई। रबी की फ़स्ल काफ़ी अच्छी थी। गेहूँ, जौं, चना की फ़स्ल इस साल बेजोड़ थी। खेतों में पीली-पीली सरसों के फूल लह-लहा रहे थे। आमों के बाग़ कई साल बाद इतने ज़्यादा फले थे कि डालियाँ कच्चे आमों के वज़्न की वजह से धरती को चूम रही थीं।, लेकिन सुल्तान ताजुद्दीन यल्दौज की बढ़ती फ़ौज़ ने समूचे इलाक़े में हाहाकार मचा दिया। गाँव-के-गाँव खाली हो रहे थे। गाँव के बनिया, सुनार, धोबी, धानुक, मोची, नाई, अहीर, माली, कोरी, लोहार, भाँड़, बाज़ीगर, नट, कसाई, ठठेरे, जुलाहे, क़लईगर, आईनासाज़, बढ़ई, ख़रादी, रफ़ूगर, रंगरेज़, दर्ज़ी, ज़रदोज़ी, कुम्हार, तेली, तम्बोली, संगतराश, गन्धी और हलवाई किसी भी पेशे के लोग न बचे थे जो दिल्ली की ओर भाग न रहे हों। दिल्ली उन्हें सबसे महफ़ूज़ जगह लग रही थी।

जब तमाम पेशे के लोग भाग रहे हों, तब मुल्ला, मौलवी और पंडित कहाँ बच सकते थे। गाँवों में इक्के-दुक्के बदनसीब ही अब बचे थे। वे भी ख़ुदा के सहारे ही अब तक रुके थे। यह बेचारे बचे-खुचे अनाज को छिपाकर रखे थे। हालाँकि सुल्तान इल्तुतमिश ने दिल्ली और करनाल के बीच जगह-जगह पीने के पानी के लिए प्याऊ लगवा दिए थे। ग़रीबों, मुहताजों, भिखारियों और कंगालों के वास्ते एक-एक कोस की दूरी पर लंगरख़ाने खोलवा दिए थे, जहाँ खिचड़ी पकाकर बाँटी जा रही थी। ज़रूरतमंदों की क़तारों में अच्छे-अच्छे घरों के आदमी-औरतें खिचड़ी के वास्ते देर से खड़े इन्तज़ार कर रहे थे। इन बेचारों का सब कुछ गाँव में छूट गया था। वे अपनी बदनसीबी पर आँसू बहा रहे थे।

कारवाँ-के-कारवाँ दिल्ली की ओर भरी दोपहर और तेज़ लू में आगे बढ़े जा रहे थे। गाँव के कुछ रईस और खाते-पीते लोग बैलगाड़ियों, ऊँटगाड़ियों और पालकियों में ज़रूरत का सामान रखकर ले जा रहे थे। बाकी आम आदमी पैदल ही चल रहा था। उनके नंगे पैर झुलस रहे थे। कइयों के पैरों में तो छाले पड़ गये थे।

बच्चे दूध के लिए बिलख रहे थे। भूख की मारी औरतों की छातियाँ सूख गयी थीं, लेकिन नन्हें बच्चे उन सूखी छातियों से अब भी चिपटे हुए थे, लेकिन वहाँ दूध नहीं था। इन औरतों ने अपनी छातियों में कत्था लगा लिया था जिससे कत्थे के कड़ुएपन से बच्चे उनकी छातियों में मुँह न लगाएँ। गाँवों के लोग अपनी जवान लड़कियों को छिपाकर ले जा रहे थे कि कहीं किसी की नज़र न पड़ जाए। यहाँ तक कि थानेश्वर और करनाल से भागी हुई रंडियाँ अपनी जवान लड़कियों को छिपाकर ले जा रही थीं। रईस रंडियों ने इनकी हिफ़ाज़त के वास्ते कई-कई लठैत किराए पर ले रखे थे।

जहाँ गाँवों के लोग दिल्ली की ओर भाग रहे थे, वहीं सुल्तान ताजुद्दीन यल्दौज़ की फ़ौज़ आँधी की तरह तराई के मैदान की तरफ़ बढ़ रही थी। अब सुल्तान इल्तुतमिश को हर दिन की ख़बर वक़्त से मिल रही थी। उनके खुफ़िया सिपाही थानेश्वर और करनाल से लेकर तराई के मैदान तक एक-एक कोस की दूरी पर तैनात थे। यह खुफ़िया सिपाही भिखारियों, मज़दूरों और साधुओं के वेश में फैले थे। आख़िर वह दिन आ ही गया, जब सुल्तान ताजुद्दीन यल्दौज़ की फ़ौज़ तराई के मैदान से तीन कोस की दूरी पर आ पहुँची।

सुल्तान ताजुद्दीन की फ़ौज़ में इराक, तुर्की, खुरासान, ख़्वारिज़्म, सिस्तान, हेरात और उजबेकिस्तान देशों के इल्बारी, गर्जी, खिताई, कारा खिताई, किपचाकी, तुर्क, ग़ोरी, खुरासानी और ख़िलज़ी क़बीलों से काफ़ी तादाद में सिपाही मौजूद थे।, लेकिन ख़्वारिज़्म के शाह से मिली हार की वजह से फ़ौज़ में हौसले की कमी थी। सुल्तान इल्ततुमिश की फ़ौज़ में भी इन देशों के क़बीलों से सिपाही थे, लेकिन सुल्तान की फ़ौज़ में हिन्दुस्तानी राजपूतों की भी काफ़ी तादाद थी।

सुल्तान इल्तुतमिश बारगाह-ए-फ़लकताज़ में मग़रिब की नमाज़ अदा करने के बाद जंग के सिलसिले में अभी सोच-विचार कर ही रहे धे कि इतने में ख़्वाजासरा नेकनाम कोर्निश बजाता हुआ अदब के साथ झुककर बोला, "सुल्तान का इक़बाल बुलन्द हो। हुज़ूर, वज़ीर-ए-आज़म निज़ामुलमुल्क मुहम्मद जुनैदी मिलने की इजाज़त चाहते हैं।" ख़्वाजासरा नेकनाम की उम्र अभी सोलह वर्ष भी न हुई थी, लेकिन उसका बदन गठीला था। वह बेहद ख़ूबसूरत था। उसे देखकर सुल्तान कभी-कभी सोचने लगते थे कि वे भी इसकी उम्र में ऐसे ही ख़ूबसूरत थे। नेकनाम अभी दो साल से ही सुल्तान की ख़िदमत में था। उसे लखनौती से लाया गया था।

"वज़ीर-ए-आज़म को इन्तज़ार की क्या ज़रूरत थी? उन्हें भेज दें!"

"हुज़ूर, गुस्ताख़ी माफ़ हो। आप नमाज़ पढ़ रहे थे, इसीलिए मैंने ही उन्हें रोक दिया था।" इतना बोलकर ख़्वाजासरा नेकनाम उल्टे पैरों बारगाह से बाहर निकल गया।

कुछ ही देर में वज़ीर-ए-आज़म जुनैदी सुल्तान इल्तुतमिश के सामने थे। जुनैदी

भारी-भरकम शरीर के मालिक थे। उनकी दाढ़ी और भौंह के एक-एक बाल सफ़ेद हो चुके थे, लेकिन उनमें अब भी गज़ब का फुर्तीलापन था। सुल्तान शहाबुद्दीन मुहम्मद ग़ोरी और क़ुतुबुद्दीन ऐबक़ उनके आला दिमाग़ की क़द्र करते थे। उनकी आज तक कोई नमाज़ कज़ा न हुई थी, इसीलिए सुल्तान इल्तुतमिश उनकी इज़्ज़त करते थे। वे अदब के साथ झुककर बोले, ''सुल्तान का इक़बाल बुलन्द हो। हुज़ूर, हमारे ख़याल से जंग के सिलसिले में गुफ़्तगू कर ली जाए।''

''आप वज़ा फ़र्माते हैं। आपकी इस सिलसिले में क्या राय है?'' सुल्तान जुनैदी के चेहरे पर आँखें गड़ाते हुए बोले।

''हुज़ूर, सुल्तान ताजुद्दीन यल्दौज़ की फ़ौज़ हमारी फ़ौज़ के सामने जम चुकी है, लेकिन अभी थकी है। उनके ख़ेमे अभी ठीक से नहीं लग पाए हैं। हमारा ख़याल है, बिना वक़्त गँवाए कल सुबह हमला बोल दिया जाए।''

''आप वज़ा फ़र्मा रहे हैं। माबदौलत भी ऐसा ही सोच रहे हैं। फ़ौज़ की हरावल की कमान आपको सौंपी जाती है। आपको जंग का तमाम तजुर्बा हासिल है। आपके साथ शहज़ादे रुकुनुद्दीन मौजूद रहेंगे। मैदान-ए-जंग के हरावल में शहज़ादे के मौजूद रहने से उसे भी सीखने का मौक़ा मिलेगा।''

''सुल्तान का इक़बाल बुलन्द हो। सुल्तान ने हरावल की कमान सौंपकर हमारी हौसला अफ़ज़ाई की है, इसके लिए हम सुल्तान का शुक्रिया अदा करते हैं।, लेकिन...।''

''लेकिन क्या?'' सुल्तान ने पूछा।

''गुस्ताख़ी माफ़ हो। शायद शहज़ादे...।''

''वज़ीर-ए-आज़म, हम भी सोच रहे थे। शायद शहज़ादे को ऐसा नागवार गुज़रे, लेकिन शहज़ादा नातजुर्बेकार है। माबदौलत उसे अकेले कमान नहीं सौंप सकते। उम्मीद है, शहज़ादा आपकी कमान में हर ख़तरे से महफ़ूज़ रहेगा।''

''सुल्तान, हम पर यक़ीन करें।''

''वज़ीर-ए-आज़म जुनैदी, माबदौलत को आप पर पूरा यक़ीन है। माबदौलत आपकी क़ाबिलियत की क़द्र करते हैं। माबदौलत के ख़याल से अगर बाँए बाज़ू की कमान जमालुद्दीन याक़ूत को सौंप दें तो याक़ूत ज़रूरत पड़ने पर आपकी मदद को पहुँच सकता है।'' तजुर्बेकार सुल्तान ने एक तीर से दो शिकार किए थे। एक तो वज़ीर-ए-आज़म पर शहज़ादे की बराबर निगाह रहेगी, दूसरे शहज़ादे को हरावल की कमान सँभालने का तजुर्बा हासिल होगा। शहज़ादे को सुल्तान दिन में समझा चुके थे कि दिखावे के वास्ते उसे जुनैदी की कमान में रखा गया है, लेकिन शहज़ादे को जुनैदी पर बराबर नज़र रखनी है। अगर वह मैदान-ए-जंग में दुश्मन से मिलने की कोई भी नापाक हरकत करे तो फ़ौरन सुल्तान को इसकी इत्तिला दी जाए।

"हुज़ूर ने बहुत सही फ़ैसला लिया है, लेकिन हुज़ूर दाहिने बाजू की कमान किसे सौंपना चाहेंगे?" वज़ीर-ए-आज़म ने पूछा।

"हमारे ख़याल से दाहिने बाजू की कमान मलिक इज़्ज़ुद्दीन बख़्तियार को सौंपी जाए तो कैसा रहेगा?"

"हुज़ूर, मलिक इज़्ज़ुद्दीन बख़्तियार कई जंग लड़ चुका है। वह तजुर्बेकार है, तीरंदाज़ी में उसका सानी नहीं है। दाहिने बाजू की कमान उसे सौंपने में कोई हर्ज़ नहीं है।"

"जहाँ तक माबदौलत का सवाल है, माबदौलत पहली बार हाथी के हौदे पर सवार होकर जंग लड़ना चाहेंगे। अभी तक माबदौलत ने जो भी जंग लड़ी हैं, वे घोड़े की पीठ पर बैठकर ही लड़ी हैं। माबदौलत के ठीक पीछे मलिक तुगान और मलिक शिरवान की फ़ौजें रहेंगी। इनके ताज़ादम घोड़ों पर बैठे सवार ज़रूरत पड़ने पर लड़ने के लिए आगे बढ़ सकते हैं। अब वक़्त कम है। माबदौलत कुछ देर आराम फ़र्माना चाहते हैं। आप अभी जाकर तमाम सिपहसालारों, मलिकों और अमीरों को इकट्ठा कर उन्हें हुक़्मनामा सुना दें।" इतना सुनते ही वज़ीर-ए-आज़म जुनैदी सुल्तान को आदाब बजाकर बारगाह-ए-फ़लकताज़ से बाहर निकल गये। उन्हें अभी तमाम इन्तज़ाम करने हैं।

रात होते-होते न जाने कहाँ से तेज़ आँधी आ गयी। आँधी ने सुल्तान ताजुद्दीन यल्दौज़ के तमाम ख़ेमे उखाड़ फेंके। आँधी अभी शान्त भी न हो पायी थी कि बारिश शुरू हो गयी। बचे-खुचे ख़ेमों के अन्दर पानी भरने लगा। आँधी और बरसात की वजह से घोड़े बिदकने लगे। फ़ौज़ की हालत बद-से-बदतर हो रही थी । बावर्चीख़ाने का बुरा हाल था। बावर्चियों की समझ में नहीं आ रहा था कि रात के ख़ाने का इन्तज़ाम कैसे हो? जैसे-तैसे बावर्चियों ने एक पहर रात ख़त्म होने पर ख़ाना तैयार कर पाया। सुल्तान ताजुद्दीन यल्दौज़ ही नहीं, अमीर, मलिक और आम सिपाही तक पूरी रात ठीक से सो नहीं पाए। हालाँकि आँधी और बरसात का असर सुल्तान इल्तुतमिश के लश्कर पर भी पड़ा, लेकिन उतना नहीं था।

सुबह होते ही सुल्तान इल्तुतमिश ने वज़ीर-ए-आज़म निज़ामुलमुल्क मुहम्मद जुनैदी, शहज़ादा रुक्नुद्दीन, जमालुद्दीन याक़ूत, मलिक इज़्ज़ुद्दीन बख़्तियार, मलिक तुग़ान और मलिक शिरवान को बुलाकर हुक़्म फ़र्माया, "हुक़्म है, दुश्मन की फ़ौज़ के जो सिपाही मैदान-ए-जंग में हथियार डाल दें, उन्हें क़त्ल न किया जाए! भागने वाले सिपाहियों का क़त्तई पीछा न किया जाए! जंग जीतते ही सुल्तान ताजुद्दीन यल्दौज़ के ख़ज़ाने और उनकी बारगाह पर क़ब्ज़ा कर लिया जाए! उनकी बाँदियों, लौंडियों और ख़िदमतगारों को क़ैद कर लिया जाए!" सुल्तान के हुक़्म को जल्द ही फ़ौज़ के सरख़ेलों, सिपहसालारों, अमीरों, मलिकों और आला हाकिमों तक पहुँचा

दिया गया।

सूरज एक नैज़ा चढ़ते ही जंग का ऐलान कर दिया गया। ढोल, नगाड़े, दमामों और धौंसों पर चोट होने लगीं। सुल्तान ताजुद्दीन यल्दौज़ की फ़ौज़ इतनी जल्दी जंग शुरू हो जाने के बारे में सोच भी नहीं रही थी। सुल्तान से लेकर सिपाहियों तक के घोड़ों पर जल्दी-जल्दी काठी कसी गयीं। घोड़े ठीक से दाना-पानी भी नहीं ले सके थे। सुल्तान ताजुद्दीन यल्दौज़ तुर्की घोड़े पर सवार थे। उन्होंने जंग जीतने की हर संभव कोशिश की। वे मैदान-ए-जंग में अपने घोड़े को बाएँ बाजू से दाहिने बाजू तक दौड़ाकर फ़ौज़ का हौसला बढ़ा रहे थे।

जंग दोपहर बाद तक चली। दोपहर बाद सुल्तान ताजुद्दीन यल्दौज़ की फ़ौज़ के पाँव उखड़ गये। अब सुल्तान इल्तुतमिश की ओर से सुल्तान ताजुद्दीन यल्दौज़ को क़ैद करने का हुक़्म हुआ। जमालुद्दीन याक़ूत, वज़ीर-ए-आज़म जुनैदी और मलिक इज़्ज़ुद्दीन बख़्तियार ने मिलकर सुल्तान ताजुद्दीन यल्दौज़ को घेर लिया। यहाँ पर कुछ देर तक जंग चलती रही। आख़िर सुल्तान ताजुद्दीन यल्दौज़ को क़ैद कर लिया गया। सुल्तान के क़ैद होते ही बची-खुची फ़ौज़ मैदान छोड़कर भाग निकली। अब तो जंगली कुत्तों, सियारों, चीलों, गिद्धों और कौवों की दावत ही बाक़ी रह गयी थी। वे काफ़ी देर से इसी घड़ी का इन्तज़ार कर रहे थे। वे लाशों को नोच रहे थे। कोई-कोई कुत्ते अधिक घायल और बेबस लोगों के मांस नोच रहे थे। लोग तड़प रहे थे, लेकिन उनका मददगार दूर-दूर तक कोई नहीं था।

सुल्तान यल्दौज़ के क़ैद होने की एक घड़ी बाद उन्हें सुल्तान इल्तुतमिश की बारगाह-ए-फ़लकताज़ में पेश किया गया। बन्दी सुल्तान ताजुद्दीन यल्दौज़ की उम्र सत्तर साल पार कर चुकी थी। उन्होंने अपनी ज़िन्दगी में तमाम जंग जीती थीं। उनके चौड़े सीने पर फ़ौलादी जिरह बख़्तर और सिर पर लोहे की खोद मौजूद थी। खोद के निचले किनारों पर मज़बूत लोहे की जंजीरें गर्दन की हिफ़ाज़त के वास्ते लटक रही थीं। हाथों और पैरों के बचाव के वास्ते वे फौलादी कवच पहने थे। लम्बी सफ़ेद मेंहदी लगी दाढ़ी फौलादी जिरह बख़्तर पर झूल रही थी, लेकिन उनके पास जंगी हथियार कोई नहीं था। उनकी तलवार और कटार दोनों बारगाह-ए-फ़लकताज़ के बाहर ही रखा ली गयी थीं। सुल्तान ताजुद्दीन यल्दौज़ ने सोचा न था कि कभी ऐसा भी दिन देखना पड़ सकता है।

आज सुल्तान इल्तुतमिश को वह दिन याद आ गया, जब सुल्तान ताजुद्दीन यल्दौज़ ने उन्हें छत्र भिजवाकर अपनी मातहती में नौकरी करने का हुक़्म फ़र्माया था और उस वक़्त मौक़े की नज़ाकत देखते हुए सुल्तान इल्तुतमिश ने सुल्तान ताजुद्दीन यल्दौज़ के इनाम-इकराम को मज़बूरीवश मंजूर किया था। आज वही सुल्तान ताजुद्दीन यल्दौज़, सुल्तान इल्तुतमिश के सामने सिर झुकाये ख़ामोश खड़े थे।

सुल्तान इल्तुतमिश की बारगाह-ए-फ़लकताज़ में हब्शी ग़ुलाम जमालुद्दीन याक़ूत, वज़ीर-ए-आज़म जुनैदी और शहज़ादा रुकुनुद्दीन मौजूद थे। अब सुल्तान इल्तुतमिश याक़ूत की ओर देखकर बोले, ''सुल्तान ताजुद्दीन यल्दौज़ इस वक़्त माबदौलत की क़ैद में हैं। इन्हें दिल्ली के क़िले में नज़रबन्द किया जाए, लेकिन इनके लिए शराब और शबाब बराबर मुहैया कराया जाए! आख़िर ये सुल्तान हैं। इन्होंने माबदौलत को कभी छत्र बख़्शा था। इनके हाथों में हथकड़ियाँ और पैरों में बेड़ियाँ न डाली जाएँ!, लेकिन ये जो भी ख़त-ओ-क़िताबत करें, क़िलेदार की देखरेख में गुज़ारी जाए! यह जितनी बाँदियाँ, लौंडियाँ और ख़्वाजासरा चाहें, इनायत किए जाएँ! इनके वास्ते शाही बावर्चीख़ाने से वह खाना भेजा जाए जो माबदौलत और हमारी बेगमें खाती हैं।'' सुल्तान ताजुद्दीन यल्दौज़, सुल्तान इल्तुतमिश द्वारा की गयी मेहरबानियों से झुक गये। उन्होंने अदब के साथ सुल्तान इल्तुतमिश को कोर्निश बजाई, लेकिन उनकी ज़ुबान से एक लफ़्ज़ नहीं निकला। वक़्त की यही सही पुकार थी।

अब सुल्तान ने बारगाह में खड़े जमालुद्दीन याक़ूत की ओर इशारा किया। याक़ूत की निगरानी में बन्दी सुल्तान ताजुद्दीन यल्दौज़ ख़ामोशी के साथ बारगाह-ए-फ़लकताज़ से बाहर निकल गये।

अब सुल्तान इल्तुतमिश ने वज़ीर-ए-आज़म की ओर मुख़ातिब होकर एक और हुक़्म फ़र्माया, ''इस जंग से इलाक़े के किसानों की खेती को जो भी नुक़सान पहुँचा है, उन्हें इसका पूरा मुआवजा दिया जाए! माबदौलत की फ़ौज़ के जो भी सिपाही, सरख़ेल, सिपहसालार, अमीर, मलिक और ख़ान मारे गये, उनके बाल-बच्चों को इतनी मदद दी जाए कि ज़िन्दगी भर उन्हें किसी तरह की कोई तकलीफ़ न रहे। फ़ौज़ के सिपाहियों के जो घोड़े, खच्चर और ऊँट मारे गये हैं, उन्हें ख़रीदकर दिए जाएँ! माबदौलत इस समूचे इलाक़े का एक साल का लगान माफ़ करते हैं। इलाक़े के ग़रीबों, मुहताजों और भिखारियों को तीन माह तक मुफ़्त ख़ाना दिए जाने का हुक़्म भी दिया जाता है। इलाक़े के जो लोग अपने गाँव छोड़कर पास के शहरों में भाग गये हों, उन्हें ढूँढ़कर फिर बसाया जाए! इस इलाक़े की तमाम मस्जिदों की मरम्मत कराई जाए और एक ख़ूबसूरत मस्जिद तामीर हो, जिससे लोगों को कुछ समय तक रोज़गार मिल सके।''

सुल्तान ने दरबार ख़त्म होने से पहले तमाम फ़ौज़ को इनाम-इकराम से मालामाल कर दिया। हुक़्म हुआ, जंग जीतने की ख़बर जल्द-से-जल्द क़िल-ए-रायपिथौरा पहुँचाई जाए!

सात

शाही फ़ौज़ करनाल, खरोंदा, पानीपत, कनूर, सोनीपत, नरेला और सराय बावली होते हुए क़िल-ए-रायपिथौरा की ओर बढ़ रही थी। गर्मी की वजह से फ़ौज़ के सिपाही और जानवर पसीने से तर-बतर हो गये थे, लेकिन ठहरने का नाम नहीं ले रहे थे। बीच-बीच में पड़ने वाले शहरों की अवाम ने जगह-जगह सुल्तान इल्तुतमिश का भरपूर स्वागत-सत्कार किया। यहाँ की सरायें और बाज़ार ख़ूब सजे थे। इलाक़े के दारोग़-ए-चौकियों ने जगह-जगह सुल्तान की नज़र अपनी हैसियत के मुताबिक़ उतारी। क़िलेदार ने पानीपत का क़िला ख़ूब अच्छी तरह सजवाया था। सुल्तान यहाँ चार दिन रुके थे। फ़ौज़ के सिपाहियों और जानवरों को कुछ आराम मिल गया था। यहाँ सुल्तान के वास्ते रक़्स की महफ़िल सजवाई गयी थी। विदाई के वक़्त सुल्तान को क़िलेदार ने एक हाथी, एक घोड़ा और एक हज़ार सोने की अशर्फ़ियाँ सुल्तान को नज़र कीं। तराई की जंग जीतने से अवाम ख़ुश थी। करनाल से लेकर क़िल-ए-रायपिथौरा तक सड़कों के दोनों ओर खड़ी अवाम ने सुल्तान पर फूल बरसाए।

फ़ौज़ के घोड़ों, हाथियों, ऊँटों, खच्चरों और बैलगाड़ियों को रंग-बिरंगी पोशाकों से सजाया गया था। दिल्ली को सरायें, मक़बरे, बाज़ार, गलियाँ, मोहल्ले और बाग़ कोई जगह ऐसी नहीं बची थी जो सुल्तान की शान में सजाई न गयी हो। क़ुतुब मीनार का तो कहना ही क्या था। जिस तरह क़िल-ए-रायपिथौरा में कई रोज़ से जश्न-ए-चिराग़ाँ हो रहा था, ठीक वैसे ही क़ुतुब मीनार पर भी जश्न-ए-चिराग़ाँ में कोई कमी नहीं की गयी थी। रात के वक़्त घने अँधेरे में कई कोस की दूरी से लोग क़ुतुब मीनार को आसानी से देख सकते थे।

क़िल-ए-रायपिथौरा में क़ुश्क-ए-फ़ीरोज़ी, क़ुश्क-ए-लाल, क़ुश्क-ए-सफ़ेद, क़ुश्क-ए-सब्ज़, क़ुश्क-ए-दिलक़ुशा और क़ुश्क-ए-अक़ीक़-ए-सुर्ख़ का तो कहना ही क्या था। क़ुतुब बेगम, शाह तुर्कान बेगम और दूसरी बेगमों ने अपने-अपने महल सजाने में कोई कोताही नहीं बरती। वज़ीर-ए-आज़म जुनैदी की हवेली देखने लायक़ थी। शहज़ादे और शहज़ादियों ने भी अपने-अपने महल अपनी औकात के मुताबिक़ सजवाए। सिपहसालार, अमीर, मलिक, ख़ान भी इसमें पीछे नहीं रहे।

सुल्तान अपने मनपसन्द हाथी खालिकदाद के हौदे पर सवार थे। हाथी खालिकदाद ने भी तराई की जंग में हिस्सा लिया था। उसने जंग में ख़ुद दो घाव खाए थे। सुल्तान ने ख़ुश होकर खालिकदाद को सोने की झूल इनाम में बख़्शी थी। खालिकदाद ख़ुश होकर अपने घावों का दर्द भूल गया था। ग़ज़नी दरवाज़े से सुल्तान के ऊपर मोतियों

की बरसात होने लगी। यहाँ से नौबतख़ाना तक सड़क के दोनों ओर तीन-तीन क़तारों में ख़ूबसूरत जवान बाँदियाँ इस काम के वास्ते तैनात की गयी थीं। सभी ने आसमानी रंग की एक-सी पोशाकें पहन रखी थीं। शाह तुर्कान बेगम के हुक़्म से सुल्तान पर मोती बरसाए जा रहे थे।

नौबतख़ाने में नौबत बज रही थी। साज़िन्दे पूरी ताक़त और अपने इल्म के साथ नौबत बजा रहे थे। वे अपने फ़न में माहिर थे। साज़िन्दों को भी इनाम-इकराम मिलने की पूरी उम्मीद थी। उन्हें पता था, तराई की जंग में बन्दी सुल्तान ताजुद्दीन यल्दौज़ का ख़ज़ाना सुल्तान इल्तुतमिश के हाथ लगा है। नौबतख़ाने के पास पहुँचने पर सुल्तान ने महावत से कहा कि वह हाथी को बैठा दे। महावत का इशारा पाते ही हाथी एक चिंघाड़ के साथ ज़मीन पर बैठ गया। ख़िदमतगारों ने जल्दी ही सोने की सीढ़ी सुल्तान के उतरने के वास्ते लगा दी। कुछ ही देर में सुल्तान हौदे से नीचे उतर आए। वज़ीर-ए-आज़म जुनैदी ने आगे बढ़कर पूछा, "सुल्तान, ख़ास घोड़ा दिल-दिलेर और पालकी दिल-पसन्द ख़िदमत में हाज़िर है। हुज़ूर, किस सवारी से आगे चलना चाहेंगे?"

सुल्तान जुनैदी की ओर देखकर मुस्कराये और बोले, "वज़ीर-ए-आज़म, माबदौलत अब पैदल ही चलना चाहेंगे। हौदे में काफ़ी देर से बैठे-बैठे पैर अकड़ गये हैं।" सुल्तान का जवाब सुनकर वज़ीर-ए-आज़म जुनैदी ख़ामोश हो गये। वे सुल्तान के पीछे-पीछे पैदल चलने लगे। वज़ीर-ए-आज़म जुनैदी के ठीक पीछे जमालुद्दीन याक़ूत मौजूद थे।

सुल्तान सोच रहे थे कि वे सीधे क़ुतुब बेगम के आशियाने क़ुश्क-ए-फ़ीरोज़ी की ओर जाएँ या फिर शाह तुर्कान बेगम के क़ुश्क-ए-सफ़ेद की ओर। नौबतख़ाने से दोनों महलों की ओर अलग-अलग रास्ते जाते थे। यहाँ से दोनों बेगमों के महलों तक सड़कों के दोनों ओर क़तारों में कनीज़ें खड़ी थीं। क़ुश्क-ए-फ़ीरोज़ी की ओर जाने वाले रास्ते पर सभी कनीज़ें फ़ीरोज़ी रंग की पोशाक पहने खड़ी थीं जब कि क़ुश्क-ए-सफ़ेद की ओर जाने वाले रास्ते पर खड़ी कनीज़ें सुर्ख़ रंग की पोशाक पहने थीं। दोनों ओर जाने वाली सड़कों पर क़ीमती कालीन बिछे थे। कनीज़ों के हाथों में चाँदी की थालियाँ थीं, जिनमें बेशुमार मोती सुल्तान के ऊपर बिखेरने के लिए मौजूद थे। आख़िर सुल्तान ने क़ुश्क-ए-दिलक़ुशा चलने का मन बनाया।

सड़क के किनारे-किनारे क़ुश्क-ए-दिलक़ुशा तक भी कनीज़ें सुल्तान के इस्तक़बाल के लिए हाज़िर थीं। जैसे ही सुल्तान ने क़ुश्क-ए-दिलक़ुशा की ओर पैर बढ़ाए, मोतियों की बौछार उनके ऊपर होने लगी। सुल्तान के क़ुश्क-ए-दिलक़ुशा की ओर आने पर वहाँ मौजूद कनीज़ों को बेहद ख़ुशी हुई, लेकिन क़ुश्क-ए-फ़ीरोज़ी और क़ुश्क-ए-सफ़ेद की ओर जाने वाले रास्ते पर तैनात कनीज़ों के चेहरे

उतर गये। शाह तुर्कान बेगम को सुल्तान का क़ुश्क-ए-दिलक़ुशा जाना नागवार गुज़रा, लेकिन वे इस वक़्त कर भी क्या सकती थीं। हालाँकि क़ुतुब बेगम को भी अच्छा नहीं लगा, लेकिन वे मौक़े की नज़ाकत अच्छी तरह समझती थीं।

क़ुतुब बेगम के पास आज सुबह से ही शहज़ादी रज़िया और सज़िया मौजूद थीं। वे दोनों बेहद ख़ुश थीं। आख़िर क्यों न होतीं, तक़रीबन छः-सात महीने के बाद उनके अब्बाहुज़ूर दिल्ली तशरीफ़ ला रहे थे, लेकिन कुछ ही देर में दोनों शहज़ादियों के चेहरे उतर गये। दोनों ने अपने अब्बाहुज़ूर की नज़र उतारने के लिए थालियों में अशर्फ़ियाँ रखवा रखी थीं।

शहज़ादी सज़िया ने अपनी अम्मीजान से पूछा, ''अम्मीजान, अब्बाहुज़ूर क़ुश्क-ए-फ़ीरोज़ी सीधे क्यों नहीं आए?''

''शहज़ादी, वे पहले हिन्दुस्तान के सुल्तान हैं, बाद में आपके अब्बाहुज़ूर। सुल्तान-ए-आलम ने यह फ़ैसला बहुत सोच-समझकर लिया होगा।''

क़ुतुब बेगम के जवाब से शहज़ादी के सवाल का हल नहीं निकला था। वह काफ़ी देर तक सोचती रही कि उसकी अम्मीजान ऐसा क्यों कह रही हैं, लेकिन शहज़ादी रज़िया समझ गयी थी। वह चेहरे पर बनावटी मुस्कराहट लाकर बोली, ''अम्मीजान, अब्बाहुज़ूर लम्बे सफ़र के बाद थक गये होंगे। वे कुछ देर तक आराम करने के बाद आप से मिलने ज़ुरूर आएँगे।'' शहज़ादी रज़िया की बात सुनकर क़ुतुब बेगम की आँखों में आँसू भर आए। वे लाख कोशिश के बाद भी आँसू रोक नहीं सकीं।

दोनों शहज़ादियाँ अपनी अम्मीजान की आँखों में आँसू देखकर दुखी हो गयीं। उनकी समझ में नहीं आ रहा था कि ऐसी कौन सी बात है कि अम्मीजान की आँखों में आँसू आ गये। शहज़ादी सज़िया से नहीं रहा गया, उसने पूछ ही लिया, ''अम्मीजान, आपकी आँखों में आँसू होने का सबब?''

क़ुतुब बेगम चेहरे पर बनावटी मुस्कराहट लाते हुए बोलीं, ''शहज़ादी, यह तो ख़ुशी के आँसू हैं। आपके अब्बाहुज़ूर बहुत बड़ी जंग जीतकर लौटे हैं।''

शहज़ादी सज़िया बोली, ''अच्छा यह बात है। तब तो आपको ख़ुश होना चाहिए।''

''शहज़ादी, हम ख़ुश हैं।''

''अम्मीजान, अब आप हँसकर दिखाइए।'' क़ुतुब बेगम अपने आँसू पोंछकर हँस पड़ीं। शहज़ादी सज़िया भी खिल-खिलाकर हँस पड़ी, लेकिन शहज़ादी रज़िया अच्छी तरह से समझ रही थी कि अम्मीजान की हँसी बनावटी है।

कुछ ही देर में सुल्तान क़ुश्क-ए-दिलक़ुशा पहुँच गये। दारोग़-ए-क़ुश्क-ए-दिलक़ुशा ने ढेरों गुलाब के फूलों से समूचे महल को सजवाया था। महल के ख़ास

दरवाज़े पर फ़ातिमाबानो और क़ादिरबीवीबानो ने सुल्तान का ज़ोरदार इस्तक़बाल किया। उनकी अशर्फ़ियों से नज़र उतारी। आख़िर सुल्तान की ख़ास साकी रौशनबानो क्यों पीछे रहती। उसने भी सुल्तान पर मोती बिखेरते हुए अशर्फ़ियों से नज़र उतारी। ख़िदमतगार बाँदियों और लौंडियों ने मोतियों के साथ-साथ ढेरों गुलाब के फूल सुल्तान पर बिखेरे। सुल्तान के चेहरे पर मुस्कराहट देखकर लौंडियाँ, बाँदियाँ, ख़्वाजासरा और ख़िदमतगार ख़ुश थे।

अब सुल्तान जड़ाऊ चौकी पर बैठ गये और ताज उतारकर साकी रौशनबानो को सौंप दिया, जिसे उसने एक ख़ास चौकी पर अदब के साथ रख दिया। कुछ देर बाद सुल्तान बोले, ''तख़्लिया।''

सभी बाँदियाँ, लौंडियाँ और दूसरे ख़िदमतगार उलटे पैरों क़ुश्क-ए-दिलक़ुशा से बाहर निकलने लगे। साकी रौशनबानो भी जाने लगी, लेकिन सुल्तान ने उसे रोक लिया।

''हुक़्म, सुल्तान-ए-आलम।'' साकी रौशनबानो ने अदब के साथ झुककर पूछा।

''शराब पेश कर!''

साकी रौशनबानो इठलाती हुई शराबख़ाने की ओर गयी और कुछ ही देर में इस्फ़हानी शराब भरी सुराही और जड़ाऊ प्याला लेकर हाज़िर हो गयी। वह सूखे मेवों की तश्तरी लाना नहीं भूली थी। सुल्तान एक प्याला शराब गले के नीचे उतारकर साकी रौशनबानो की जुल्फ़ों और गुलाबी गालों से खेलने लगे। वाक़ई साकी रौशनबानो का ख़ूबसूरती में समूचे क़िले में कोई सानी नहीं था। वह सुल्तान की ख़ास पसन्द थी।

क़िल-ए-रायपिथौरा का चप्पा-चप्पा सजा था। दीवान-ए-आम, दीवान-ए-ख़ास, हरमसरा, हम्माम को तरह-तरह के फूलों से सजाया गया था। क़ुव्वतुल इस्लाम मस्जिद का तो कहना ही क्या था। आज मस्जिद को देखकर इमाम फूला नहीं समा रहा था। बूढ़ा इमाम जन्नतनशीं सुल्तान क़ुतुबुद्दीन ऐबक़ के ज़माने से इस मस्जिद का इमाम था। क़िले के अन्दर मौजूद ज़नानी मस्जिद को भी इसी तरह सजाया गया था।

क़िले में मौजूद क़ुतुबबाग़ में तरह-तरह के रंग-बिरंगे फूल खिले थे। क़ुतुबबाग़ के बीचो-बीच क़ुतुब नहर जवान रक़्क़ासा की तरह मस्त होकर हौले-हौले बह रही थी। नहर के बीच-बीच में लगे फ़व्वारे चल रहे थे। नौबतख़ाने में नौबत लगातार बज रही थी। वज़ीर-ए-आज़म जुनैदी से लेकर अमीर, मलिक, ख़ान और दूसरे ओहदेदार अपनी-अपनी जगह पहले से ही ले चुके थे।

मलिकों में मलिक शिरवान, मलिक तुग़ान और मलिक इज़्ज़ुद्दीन बख़्तियार ख़ासतौर पर मौजूद थे। वज़ीर-ए-आज़म जुनैदी जहाँ पर खड़े थे, वहीं से कुछ दूरी पर सल्तनत के का़ज़ी सईदुद्दीन गरदेज़ी, नसीरुद्दीन कासली, जलालुद्दीन और कबीरुद्दीन खड़े थे। दीवान-ए-आम में दो हिन्दू ज्योतिषियों के अलावा तुर्की, ईरानी और अरब के कुछ नजूमी भी मौजूद थे। कुछ हिन्दू कवि और मुसलमान शाइर भी मौजूद थे। हब्शी ग़ुलाम जमालुद्दीन याक़ूत काफ़ी पहले से अपनी जगह ले चुके थे। परदे के पीछे क़ुतुब बेगम, शाह तुर्कान बेगम, शहज़ादी रज़िया और शहज़ादी सज़िया के अलावा उनकी कुछ बाँदियाँ और लौंडियाँ मौजूद थीं जो उन पर पंखा झल रही थीं।

अब नक़ीब ने ज़ोरदार आवाज़ लगाई, ''बाअदब, शहज़ादे रुक़ुनुद्दीन वल्द सुल्तान इल्तुतमिश तशरीफ़ ला रहे हैं।'' दीवान-ए-आम में मौजूद तमाम हाज़िरीन चौकन्ने हो गये। शहज़ादे के मिज़ाज से हर कोई वाक़िफ़ था। शहज़ादे के दीवान-ए-आम में क़दम रखते ही तमाम हाज़िरीन उसके सामने अदब के साथ झुक गये।

नक़ीब ने दोबारा आवाज़ लगाई, ''बाअदब, होशियार, हर क़दम फ़तेह नुसरत, नज़र माल-औ-दौलत, जुबान मुबारिक, बख़्शिशो इज़्ज़त सुल्तान-ए-आलम, सुल्तान-उल-मुइज़्ज़म शम्सुद्दुनियाँ वद्दीन अबुल मुज़फ़्फ़र इल्तुतमिश तशरीफ़ ला रहे हैं।'' सभी हाज़िरीन की निगाह शाही तख़्त की ओर चली गयी। शाही तख़्त ठोस सोने का बना था, जिसमें जगह-जगह जवाहरात जड़े थे। तख़्त की ऊँचाई दो गज़ थी। तख़्त सोने के मज़बूत छः पावों पर खड़ा था। शाही तख़्त पर चढ़ने के वास्ते सामने की ओर पाँच सीढ़ियाँ सोने की लगी थीं।

नक़ीब ने एक बार फिर आवाज़ लगाई, ''हर क़दम मुलाहजा, फ़ज़ले इलाही, सुल्तान इल्तुतमिश ज़िन्दाबाद...ज़िन्दाबाद...ज़िन्दाबाद।''

सुल्तान के शाही तख़्त पर बैठते ही दीवान-ए-आम ज़िन्दाबाद...ज़िन्दाबाद के बुलन्द नारों से गूँज उठा। हर किसी की नज़र सुल्तान की ओर थी। सुल्तान ने हल्के गुलाबी रंग की ख़ुशबूदार किमख़्वाब की जड़ाऊ पोशाक पहन रखी थी। सिर पर जड़ाऊ ताज में सरपेच लगा था। उनकी आँखों और चेहरे में चमक थी। तराशी हुई दाढ़ी सीने पर झूल रही थी। हमेशा की तरह दाहिने हाथ की उँगलियाँ तस्वीह के दानों को फेर रही थीं। सुल्तान की ज़ुबान से निकलनेवाला हर लफ़्ज़ अल्लाह का हुक़्म था। सुल्तान हाज़िरीन पर नज़र डालते हुए बोले, ''अल्लाह की मेहरबानी से तराई की जंग में माबदौलत को जीत हासिल हुई। सुल्तान ताजुद्दीन यल्दौज़ पकड़े गये। उनका ख़ज़ाना माबदौलत के हाथ लगा। माबदौलत हुक़्म फ़र्माते हैं, तीन महीने तक दिल्ली शहर के तमाम भिखारियों, मुहताजों, ग़रीबों, कंगालों और मिस्कीनों को मुफ़्त ख़ाना बाँटा जाए!''

दीवान-ए-आम मरहबा...मरहबा...मरहबा की बुलन्द आवाज़ से गूँज उठा। अब सुल्तान फिर बोले, ''माबदौलत आज अपने तजुर्बेकार वज़ीर-ए-आज़म जुनैदी को निज़ामुलमुल्क के ख़िताब से नवाज़ते हैं।''

वज़ीर-ए-आज़म जुनैदी अदब के साथ सुल्तान के सामने कोर्निश बजाने लगे। उनके चेहरे पर छाई ख़ुशी को हर कोई देख रहा था। दीवान-ए-आम में मौजूद हाज़िरीन की जुबान से एक साथ निकल पड़ा, ''मुबारक हो...मुबारक हो...मुबारक हो।''

वज़ीर-ए-आज़म को ख़िताब मिलने से अगर किसी को ख़ुशी नहीं हुई थी तो वह थे, शहज़ादे रुकुनुद्दीन। पर्दे के पीछे बैठी दोनों बेगमों में से शाह तुर्कान बेगम के माथे पर बल पड़ गये। वे सोचने लगीं, आख़िर इतना ऊँचा ख़िताब वज़ीर-ए-आज़म को अभी देने की क्या ज़रूरत थी। वैसे भी वज़ीर-ए-आज़म उनकी आँख का काँटा था।

सुल्तान फिर बोले, ''माबदौलत ग़ुलाम जमालुद्दीन याक़ूत की ख़िदमत से बेहद ख़ुश हैं। याक़ूत को क़ुव्वतुलमुल्क के ख़िताब से नवाज़ा जाता है। जमालुद्दीन याक़ूत ख़िताब पाते ही अदब के साथ झुक गये। उन्होंने सुल्तान को तीन बार कोर्निश बजाई। जमालुद्दीन याक़ूत को क़ुव्वतुलमुल्क का ख़िताब मिलते ही तुर्कान-ए-चिहलगानी-बन्दागान-ए-शम्सी में से मौजूद अमीरों और मलिकों के चेहरों पर हवाइयाँ उड़ने लगीं। वे एक-दूसरे के चेहरे देखने लगे। हालाँकि सुल्तान की मौजूदगी में उनकी ज़ुबान से एक लफ़्ज़ भी नहीं निकल रहा था, लेकिन उन्हें देखकर दीवान-ए-आम में मौजूद हर हाज़िरीन समझ रहा था कि हब्शी ग़ुलाम याक़ूत को इतना ऊँचा ओहदा मिलने की वजह से मंगोल, तुर्क और तातार क़बीले के अमीर और मलिक बेहद ख़फ़ा दिख रहे हैं। वे इसमें अपनी बेइज़्ज़ती समझ रहे हैं। वैसे भी कई अमीर और मलिक सुल्तान से शुरू से ही नाख़ुश थे। आख़िर वे कैसे हिन्दुस्तान के शाही तख़्त पर एक ग़ुलाम को बैठा देख सकते थे। शहज़ादे रुकुनुद्दीन ख़ुद हैरान थे। वे जमालुद्दीन याक़ूत को अपना दुश्मन समझते थे, लेकिन शहज़ादे सुल्तान के सामने मजबूर थे।

दीवान-ए-आम में मौजूद हाज़िरीन में से किसी ने कुछ नहीं कहा, लेकिन सुल्तान अच्छी तरह समझ गये कि तुर्क अमीरों और मलिकों को अच्छा नहीं लग रहा है। अब सुल्तान ने हाज़िरीन का दिमाग़ जमालुद्दीन याक़ूत की ओर से हटाने के लिए नया हुक़्म फ़र्माया ''माबदौलत मलिक शिरवान, मलिक तुग़ान और मलिक इज़्ज़ुद्दीन बख़्तियार, जिन्होंने तराई की जंग में हिस्सा लिया था, उन्हें ख़िलअत अता करने के साथ-साथ शाही घुड़साल से पाँच-पाँच घोड़े इनायत करते हैं।'' इतना कहकर सुल्तान मुस्करा उठे। तीनों मलिक अदब के साथ झुककर कोर्निश बजाने

लगे।

सुल्तान फिर बोले, ''माबदौलत इस ख़ुशी के मौक़े पर क़ुतुब बेगम को मलिक-ए-आलम के ख़िताब से नवाज़ते हैं।'' पर्दे के पीछे मौजूद सभी बाँदियों और लौंडियों ने क़ुतुब बेगम को मुबारकबाद पेश की। मुबारकबाद तो शाह तुर्कान बेगम ने भी पेश की, लेकिन उनकी मुबारकबाद में ख़ुशी नहीं थी। उनके चेहरे की रंगत देखकर क़ुतुब बेगम को समझने में देर नहीं लगी। शहज़ादी रज़िया और सज़िया ने अपनी अम्मीजान के पास आकर मुबारकबाद पेश करने के बाद उनके जड़ाऊ दुपट्टे को चूम लिया। क़ुतुब बेगम ने मुस्कराकर दोनों शहज़ादियों के माथे का बोसा लिया। शहज़ादियाँ ख़ुश थीं।

सुल्तान फिर बोले, ''माबदौलत आज शाह तुर्कान बेगम को जहाँशाह तुर्कान बेगम के ख़िताब से नवाजते हैं।'' चापलूस बाँदियाँ और लौंडियाँ तुर्कान बेगम को मुबारकबाद पेश करने लगीं।

अब क़ुतुब बेगम ने कुर्सी से उठकर शाह तुर्कान बेगम को मुबारकबाद पेश की और उन्हें अपने गले से लगा लिया। अब शाह तुर्कान बेगम बोलीं, ''बेगम साहिबा, आपको भी नया ख़िताब मुबारक हो।''

इसी बीच शहज़ादी रज़िया और सज़िया दोबारा अपनी जगह से उठकर शाह तुर्कान बेगम के नज़दीक आईं और उन्हें मुबारकबाद पेश करने के बाद उनका भी दुपट्टा चूम लिया। शाह तुर्कान बेगम ने प्यार से दोनों शहज़ादियों की पीठ थपथपाई।

''माबदौलत इस ख़ुशी के मौक़े पर शहज़ादे रुक्नुद्दीन को एक हज़ार सोने की अशर्फ़ियाँ, जड़ाऊ ख़िलअत, अपनी ख़ास तलवार क़ुतुबशाही और एक जड़ाऊ कटार बख़्शते हैं।''

दीवान-ए-आम में मौजूद हाज़िरीन की जुबान से फिर निकल पड़ा, ''मुबारक हो...मुबारक हो...मुबारक हो।''

शहज़ादा ख़ुशी के मारे अपने अब्बाहुज़ूर के सामने झुककर कार्निश बजाने लगा, लेकिन शहज़ादे को बख़्शे गये इनाम से शाह तुर्कान बेगम को क़त्तई ख़ुशी नहीं हुई। वे सोच रही थीं कि शायद इस ख़ुशी के मौक़े पर सुल्तान उसे किसी सूबे की ज़िम्मेदारी सौंपने का हुक़्म फ़र्माएँगे। अब सुल्तान ने दीवान-ए-आम में मौजूद ज्योतिषियों और नजूमियों के अलावा कवियों और शाइरों को भी अशर्फ़ियाँ इनाम में बख़्शीं। इस ख़ुशी के मौक़े पर बाँदियाँ, लौंडियाँ, ख़्वाजासरा और ख़िदमतगार भी इनाम पाकर निहाल थे। दीवान-ए-आम में मौजूद सभी क़ाज़ियों को ख़िलअत बख़्शी गयी।

अब सुल्तान ने वज़ीर-ए-आज़म जुनैदी की ओर नज़र उठाई और पूछा, ''सल्तनत का काम कैसा चल रहा है?''

वज़ीर-ए-आज़म जुनैदी अदब के साथ झुककर बोले, "सुल्तान-ए-आलम, सल्तनत में ख़ुशी का माहौल है। अवाम ख़ुश है, लेकिन...।"

"लेकिन क्या?" सुल्तान ने हैरत से पूछा।

"सुल्तान का इक़बाल बुलन्द हो। हुज़ूर, सुल्तान नासिरुद्दीन क़ुबाचा की नीयत ठीक नहीं लग रही है।"

सुल्तान ख़ुद समझ रहे थे कि सुल्तान ताजुद्दीन यल्दौज़ के बन्दी होने के बाद सुल्तान क़ुबाचा की नज़र अब दिल्ली की ओर है। वे बोले, "वज़ीर-ए-आज़म जुनैदी, माबदौलत सुल्तान नासिरुद्दीन क़ुबाचा की ओर से अभी बेफ़िक्र नहीं हैं। हालाँकि वे हमारे साढ़ूभाई हैं, लेकिन मालूम होता है, उनसे भी एक बार जल्द जंग लड़नी होगी। फ़िलहाल माबदौलत बन्दी सुल्तान ताजुद्दीन यल्दौज़ के ग़ुलामों का मुआयना करना चाहते हैं।" इतना कहकर सुल्तान शाही तख़्त से उठ खड़े हुए और दीवान-ए-आम के सामने लगे शामियाने की ओर क़दम बढ़ाने लगे। सुल्तान के पीछे-पीछे उनके अंगरक्षक, वज़ीर-ए-आज़म जुनैदी, शहज़ादे रुक्नुद्दीन और ग़ुलाम जमालुद्दीन याक़ूत भी चल दिये।

सुल्तान का आख़िरी हुक्म सुनते ही क़ुतुब बेगम गहरी चिन्ता में डूब गयीं। वे सोचने लगीं कि उनकी सबसे बड़ी बहन तो पहले ही जन्नतनशीं हो चुकी हैं। उनके जन्नतनशीं होने के बाद मँझली बहन सुल्तान नासिरुद्दीन क़ुबाचा को ब्याही गयीं। कहीं ऐसा न हो कि मँझली बहन बेवा हो जाए। वे सोचने लगीं, मौक़ा देखकर सुल्तान से इस सिलसिले में बात की जाएगी।

शामियाने को बदायूँ के ख़ास कारीगरों ने एक साल की कड़ी मेहनत से तैयार किया था। गुलाबी रंग की छींट का शामियाना बेहद ख़ूबसूरत लग रहा था। इससे लम्बा-चौड़ा और ख़ूबसूरत शामियाना आज तक देखा नहीं गया था। यह साठ खम्भों पर खड़ा था। हर खम्भे को गुलाबी रंग की ही छींट से सजाया गया था। छींट के थान भी बदायूँ के कारीगरों ने तैयार किए थे। शामियाने में सुल्तान के वास्ते ऊँची चौकी लगी थी। सुल्तान ने खड़े-खड़े ही ग़ुलामों पर नज़र डाली। ग़ुलाम औरतों की क़तारों में सबसे आगे की क़तार में एक बेहद ख़ूबसूरत अठारह-उन्नीस साल की लड़की खड़ी थी, जिसका खुलता हुआ गोरा रंग था और जिसने मजे की लम्बाई पाई थी। उसका नूरानी चेहरा, सुतवां नाक, बड़ी-बड़ी हिरनी जैसी आँखों के अन्दर स्याह पुतलियाँ हर किसी की नज़र अपनी तरफ़ खींच रही थीं। उसके उन्नत उरोज और भारी नितंब देखते ही बनते थे। हालाँकि उसके सिर के बाल बेतरतीब बिखरे थे। उसकी पोशाक मैली हो चुकी थी। एक-दो जगह से फट भी चुकी थी। उसे कई रोज़ से गुस्ल करने का मौक़ा नहीं मिला था।

शहज़ादे रुक्नुद्दीन की नज़र उस पर ख़ासतौर पर थी। इत्तिफ़ाक़ था, सुल्तान की

भी नज़र इसी लड़की पर टिक गयी। सुल्तान ने उसे पास आने का इशारा किया। लड़की कुछ क़दम आगे बढ़कर रुक गयी और अदब के साथ झुककर कोर्निश बजाने लगी। सुल्तान ने पूछा, "आपका क्या नाम है?"

लड़की मुस्कराकर बेधड़क बोली, "सुल्तान का इक़बाल बुलन्द हो। हुज़ूर, ग़ुलामों के कोई नाम नहीं होते। वे अपने मालिकों की मेहरबानी पर ही जीते हैं। मैं अभी तक सुल्तान ताजुद्दीन यल्दौज़ की ग़ुलाम थी। हमें सुल्तान ताजुद्दीन यल्दौज़ सुल्तानबानो के नाम से पुकारते थे।" इतना कहकर ग़ुलाम लड़की एक बार फिर अदब के साथ झुक गयी।

"बहुत ख़ूब...बहुत ख़ूब।" सुल्तान की जुबान से निकल पड़ा।

"माबदौलत आपके हाज़िर जवाब से ख़ुश हुए। आपको सुल्तान ताजुद्दीन यल्दौज़ ने सुल्तानबानो के ख़िताब से नवाज़ा था। माबदौलत आपको गुलसुल्तानबानो के ख़िताब से नवाज़ते हैं।"

वहाँ मौजूद हर किसी की जुबान से निकल पड़ा, "बहुत ख़ूब...बहुत ख़ूब...बहुत ख़ूब।" लड़की गुलसुल्तानबानो का ख़िताब पाकर सुल्तान को लगातार कोर्निश बजा रही थी।

सुल्तान शहज़ादे की ओर देखकर बोले, "शहज़ादे, आपको जो भी ग़ुलाम पसन्द हों, बेहिचक ले सकते हैं।"

शहज़ादे ने अदब के साथ झुककर सुल्तान का शुक्रिया अता किया, लेकिन वह कैसे कह सकता था कि उसका गुल तो सुल्तान ने ख़ुद ही छीन लिया है। वह बोला, "अब्बाहुज़ूर का इक़बाल बुलन्द हो। हमें किसी ग़ुलाम की ज़रूरत नहीं है।" शहज़ादे की ज़ुबान से निकले अल्फ़ाज़ सुनकर सुल्तान चौंके, लेकिन मौक़े की नज़ाकत देखते हुए कुछ नहीं बोले।

अब सुल्तान जुनैदी की ओर देखकर बोले, "वज़ीर-ए-आज़म, आप तमाम ग़ुलामों को अमीर, मलिक, ख़ान और ऊँचे ओहदों के हाकिमों को उनके ओहदे के मुताबिक़ तक़सीम कर दें।" इतना कहकर सुल्तान क़ुश्क-ए-दिलक़ुशा की ओर चल दिए। वे अब भी सोच रहे थे कि शहज़ादा जो हमेशा ख़ूबसूरत औरतों के पीछे पड़ा रहता है, उसने क्यों कर कोई लड़की पसन्द नहीं की।

आठ

सूरज सिर के ठीक ऊपर है। हवा बन्द है।, लेकिन गर्मी की वजह से आदमी बेहाल

है। क़िल-ए-रायपिथौरा के ग़ज़नी दरवाज़े के ठीक सामने चौड़ी सड़क पर नानबाई मियाँ कल्लन की दुकान पर बकरे, भेंड़ और ऊँट के गोश्त अलग-अलग पतीलों में पक रहे हैं, जिनकी ख़ुशबू फ़िज़ा में तैर रही है। पुराना नौकर मंसूर सींक कबाब, हुसैनी कबाब, शामी कबाब और कोफ़्ता कबाब हल्की आँच में सेंक रहा है। गरमा-गरम रोटियाँ पक रही हैं। पुलाव और ज़र्दा कुछ देर पहले ही नौकर मंसूर ने तैयार कर दिया था। दुकान के बगल में मियाँ कल्लन ने नौकर मंजूर को शरबतख़ाना खुलवा दिया है। जहाँ तरह-तरह के शरबत के साथ-साथ शराब भी बिकती है। नौकर आफ़ताब कलेजी भून रहा है। उसके हाथ की भुनी कलेजी ग्राहक काफ़ी पसन्द करते हैं। कोई-कोई ग्राहक यहाँ शराब और कलेजी ख़ाने ही आता है, लेकिन पता नहीं क्यों, आज ग्राहक सुबह से ही नदारद हैं।

मियाँ कल्लन की काफ़ी पुरानी दुकान है। पहले इस दुकान को उनके वालिद चलाते थे। उनके ज़माने में दुकान में काफ़ी तरक़्क़ी हुई। शाम होते ही यहाँ लम्बी भीड़ लग जाती थी। कितने लोगों को तो खाली हाथ लौटना पड़ता था। कल्लन मियाँ के वालिद पर दौलत चारों ओर से बरस रही थी। तब कल्लन मियाँ मौज़ उड़ा रहे थे। वे दोनों हाथों दौलत लुटा रहे थे। फ़िक्र नाम की कोई चीज़ उनके पास नहीं थी। सारा दिन यार-दोस्तों के साथ इधर-उधर घूमने में निकल जाता था। आख़िर इन्होंने वालिद के बहुत समझाने-बुझाने पर किसी तरह दुकान का काम-काज सँभाला। काम-काज सँभालते ही वालिद चल बसे। वालिदा लम्बी बीमारी के बाद पहले ही गुज़र गयी थीं। उनका कोई भाई-बहन नहीं है। वे अपने माँ-बाप की इकलौती औलाद हैं। हालाँकि उनके कई भाई-बहन पैदा हुए, लेकिन बचपन में ही गुज़र गये। इसलिए उन्हें बड़े लाड़-प्यार से पाला गया था। अब मियाँ कल्लन की उम्र पचास के क़रीब पहुँच रही है। उन्हें अब सुबह से लेकर रात गये तक दुकान में मौजूद रहना पड़ता है।

कल्लन मियाँ की दुकान के दाहिनी ओर भेंड़ और बकरियों के गोश्त की अलग-अलग दुकानें हैं। भेंड़, बकरियों की दुकानों के और आगे ऊँट के गोश्त की भी एक पुरानी दुकान है, जिसे कल्लन मियाँ के नज़दीकी रिश्तेदार जुम्मन मियाँ चलाते हैं। ऊँट के गोश्त की दुकान के आगे भेंड़-बकरियों का लम्बा-चौड़ा बाज़ार है। जहाँ दूर-दूर से सबेरे ही भेंड़-बकरियाँ बिकने आ जाती हैं, लेकिन दोपहर होते-होते बाज़ार उठ जाता है। इस बाज़ार के बाद मुर्ग़ा-मुर्ग़ी का बाज़ार है जहाँ दिनभर ख़रीद-फरोख़्त होती रहती है। तीतर-बटेर और दूसरी चिड़ियों का बाज़ार भी नज़दीक ही है। इस बाज़ार में तीतर, बटेर, फ़ाख़्ता, शकरखोरा, हारिल, मोर, बतख, सुरखाब, वनमुर्ग़, हंसावर, बुलबुल, तोता, मैना और तमाम जातियों के कबूतर बिकते हैं।

कल्लन मियाँ की दुकान के ठीक सामने लाला हज़ारीमल की आटा, दाल और चावल की दुकान है। लाला ने अपनी दुकान में बिसातख़ाने का भी कुछ सामान रख रखा है। लाला हज़ारीमल की भी दुकान कल्लन मियाँ की दुकान की तरह काफ़ी पुरानी है। कभी कल्लन मियाँ के वालिद और लाला हज़ारीमल जिगरी दोस्त थे। अब भी लाला कल्लन मियाँ को अपने बेटे की तरह मानते हैं।

लाला ने दुकान के नीचे तहख़ाना बनवा रखा है जहाँ गोदाम में बोरियों आटा, दाल, चावल और नमक भरा रहता है। लाला हज़ारीमल की दुकान के बाँयीं ओर लाला करोड़ीमल की सर्राफ़े की पुरानी दुकान है। सोने-चाँदी के कारोबार से लेकर हीरे-मोती और जवाहरात लाला करोड़ीमल की दुकान पर बिकते हैं। शहर के रईस और फ़ौज़ के बड़े-बड़े हाकिम यहाँ ख़रीद-फरोख़्त के लिए आते रहते हैं। लाला का काम सूद पर कर्ज़ा बाँटने का भी है। दुकान पर मुंशी दौलतराम के अलावा दो नौकर और भी हैं, जिनका दिन भर हाथ खाली नहीं रहता है।

लाला करोड़ीमल की दुकान के दाहिनी ओर असग़री बेगम की पान की दुकान है। असग़री बेगम ने शादी से पहले ही दुकान खोल रखी थी। उन्होंने शादी इसी शर्त पर की थी कि वे अपनी चलती दुकान को बन्द नहीं करेंगी। शादी के छः महीने बाद से ही इनके खाविंद जनाब अहमद बीमार रहने लगे। असग़री बेगम की शादी हुए अभी तीन साल भी नहीं गुज़रे थे कि इनके खाविंद की मौत हो गयी। बेगम बेऔलाद हैं। इन्होंने रिश्तेदारों के बहुत समझाने पर भी दूसरी शादी नहीं की। उम्र अभी बाइस साल से ज़्यादा नहीं है। दिनभर आवारा, नाकारा और बाज़ारू लौंडे पान खाने के बहाने घेरे रहते हैं। आख़िर क्यों न घेरें? असग़री बेगम को ख़ुदा ने ऐसा हुस्न दिया है कि जो भी एक नज़र देखे, मर मिटे।

असग़री बेगम की दुकान के बगल में कजरी की फूलों की दुकान है। लाला हज़ारीमल ने अपनी पुरानी नौकरानी नन्ही के मर जाने के बाद उसकी पन्द्रह साल की इकलौती बेटी कजरी को यह दुकान खुलवा दी थी। दुकान को खुलवाए तक़रीबन चार साल हो गये हैं। कजरी की दुकान अब ख़ूब चलने लगी है। कजरी बीस साल की होने जा रही है। उसका ख़ूबसूरत बदन फूलों से कम ख़ूबसूरत नहीं है। उसे ख़ूबसूरती अपनी माँ से विरासत में मिली है। उसका खुलता हुआ गोरा रंग, बड़ी-बड़ी हिरनी जैसी आँखें और उनमें लगा बारीक काजल हर किसी के होश उड़ा देता है। कजरी तमाम दिल्ली की फूलवालियों से महँगे फूल, गजरे और गुलदस्ते बेचती है, फिर भी बिकते देर नहीं लगती। उसकी एक-एक अदा पर फूलों के दाम लोग एक के चार देकर ख़ुशी-ख़ुशी जाते हैं। शाही फ़ौज़ के बड़े-बड़े ओहदेदार भी उसकी दुकान पर आते रहते हैं।

महँगी पोशाकें और जेवर पहनने का उसे शौक़ है। लाला हज़ारीमल ने वक़्त-

वक़्त पर कजरी की माँ नन्ही को तमाम जेवर बख़्शे थे। वे सारे जेवर उसके पास मौजूद हैं। फिर भी हर तीन महीने पर एक नया जेवर ख़रीदने के लिए वह लाला करोड़ीमल की दुकान पर पहुँच जाती है। शहर का आम आदमी जानता है कि लाला हज़ारीमल और कजरी की माँ नन्ही के वर्षों तक जिस्मानी ताल्लुक़ात रहे। कुछ लोग तो यहाँ तक कहते हैं कि कजरी की शक़्ल-ओ-सूरत उसके मरहूम बाप से न मिलकर लाला हज़ारीमल से काफ़ी कुछ मिलती-जुलती है। कजरी की हरकतें देखकर लाला कभी-कभी बेहद परेशान हो उठते हैं। इधर कजरी को लेकर लाला की बदनामी भी हो रही है। कोई-कोई तो पीठ पीछे यहाँ तक कह उठता है कि लाला ने अपनी लौंडिया को फूलों की दुकान पर बैठा रखा है। कोई क्या जाने, आगे चलकर कजरी कहीं जिस्म-फ़रोशी न करने लगे। उसके रंग-ढंग ठीक नहीं हैं।

इन हालात में लाला हज़ारीमल ख़ुद कजरी की शादी किसी अच्छे लड़के से करना चाहते हैं, लेकिन वह इसके लिए राजी नहीं है। लाला ने जब से फूलों की दुकान उसे खुलवा दी, तब से वह मुँहफट हो गयी है। लाला हज़ारीमल को वह अब कुछ नहीं समझती है। अपनी रोज़ की कमाई की आधी रक़म दुकान बन्द होने के वक़्त लाला करोड़ीमल की दुकान पर जमा कर आती है। यह लाला हज़ारीमल को नागवार गुज़रता है।

कल्लन मियाँ अभी बकरे के गोश्त को भून ही रहे थे कि न जाने कहाँ से भरी दोपहर में जनाब लियाक़त अली आ धमके। लियाक़त अली पर उनका पुराना बक़ाया था। लियाक़त अली के वालिद रईस थे, लेकिन उनके मर जाने के बाद न जाने कहाँ से लियाक़त अली को अफीम खाने और रंडियों के कोठों पर जाने की लत लग गयी। इनकी उम्र अभी पैंतालीस वर्ष भी नहीं पहुँची थी कि बाप-दादों की तमाम दौलत तक़रीबन लुट गयी। अब दौलत के नाम पर बाप-दादाओं का बनवाया पुराना मकान ही बचा है। लियाक़त अली दुकान पर चढ़ते ही कल्लन मियाँ से बोले, "जनाब, आदाब अर्ज़ है।"

"आदाब अर्ज़।" कल्लन मियाँ बेरुख़ी से बोले। लियाक़त अली आराम से गावतकिए के सहारे ऐसे बैठ गये जैसे अपना ही मकान हो।

"क्या सींक कबाब सिंक रहे हैं?" कबाब की ख़ुशबू लियाक़त अली को अच्छी लग रही थी।

कल्लन मियाँ आँखें तरेरकर बोले, "जनाब, पिछला उधार चुकाए बिना अब आगे उधार नहीं खिलाऊँगा। चाहे आप कुछ भी कहें।"

लियाक़त अली अपनी मेंहदी लगी अधपकी दाढ़ी पर हाथ फेरते हुए बोले, "क़सम ख़ुदा की, अब आपकी दुकान से उधार गोश्त-रोटी न खाऊँगा।"

"तब कहाँ से खाएँगे? शादी आपने की नहीं, नौकर-चाकर आपको छोड़कर

चले गये। आप बाप-दादाओं की दौलत लुटा ही चुके हैं। अब आपके पास बचा ही क्या है?''

''कल्लन मियाँ, ख़ुदा ने हमें और आपको पैदा किया है और ख़ुदा सब को खिलाता है। गोश्त-रोटी आप खाते हैं और गोश्त-रोटी हम भी खाते हैं। फ़र्क़ सिर्फ़ इतना है, आप कमाकर खाते हैं और हम बिना कमाए खाते हैं।'' इतना कहकर लियाक़त अली ठट्ठा मारकर हँस पड़े।

''जनाब लियाक़त अली साहब, आख़िर यह कब तक चलेगा?'' कल्लन मियाँ पक रहे बकरे के गोश्त के भगोने में कल्छुल चलाते हुए बोले।

''जब तक हम ज़िन्दा हैं।'' लियाक़त अली मुस्कराकर बोले।

''मियाँ, मज़ाक़ मत करो। अच्छा सच-सच बताओ, सुबह से रोटी नसीब हुई या नहीं?'' कल्लन मियाँ को लियाक़त अली पर तरस भी आ रहा था। उनका याराना पुराना था। वे सोचने लगे, दिन बिगड़ गये तो क्या हुआ, आख़िर खानदानी तो है।

''आज तो रात में भी ख़ाने की ज़रूरत नहीं है।'' लियाक़त अली अपने पेट पर हाथ फेरते हुए बोले।

''क्यों?''

''आपने सुना नहीं है, सुल्तान इल्तुतमिश ने तीन महीने के वास्ते तमाम दिल्ली में जगह-जगह लंगरख़ाने खुलवा दिए हैं। एक-एक महीने के वास्ते वज़ीर-ए-आज़म जुनैदी, क़ुतुब बेगम और शाह तुर्कान बेगम ने भी लंगरख़ाने खुलवाए हैं। इसके अलावा हब्शी ग़ुलाम जमालुद्दीन याक़ूत ने तो छः महीने के लिए लंगरख़ाना खुलवा दिया है। सुना है, सुल्तान ने उन्हें क़ुव्वतुलमुल्क के ख़िताब से नवाज़ा है। ख़ुदा ख़ैर करे, तराई की जंग की तरह सुल्तान इल्तुतमिश हर साल कोई-न-कोई जंग जीतते रहें और हम यों ही मुफ़्त में गोश्त-रोटी उड़ाते रहें।''

कल्लन मियाँ और उनके नौकर जमालुद्दीन याक़ूत को क़ुव्वतुलमुल्क का ख़िताब पाने से हैरत में थे। वे सोच रहे थे कि तुर्क ओहदेदारों के होते हुए एक अबीसीनियाई हब्शी ग़ुलाम को यह ख़िताब कैसे मिल गया?, लेकिन वे इस सिलसिले में कुछ नहीं बोले। अब वे हँसकर बोले, ''जमालुद्दीन याक़ूत और छः महीने के लिए मुफ़्त लंगरख़ाना? अमाँ यार क्या कहते हो?'' कल्लन मियाँ ने अचरज के साथ लियाक़त अली की ओर देखा।

''जमालुद्दीन याक़ूत ने तराई की जंग में सुल्तान द्वारा बख़्शा गया तमाम इनाम और सोना लाला करोड़ीमल को बेचकर आज से एक लंगरख़ाना हौज़शम्सी के नज़दीक खुलवा दिया है, जिसमें सैकड़ों लोग खाना खा रहे थे। मैं भी उधर चला गया था। वहाँ तमाम लोग गोश्त-रोटी उड़ा रहे थे। जुमा की वजह से आज बकरे का

गोश्त और खमीरी रोटियाँ लंगरख़ाने में पकी थीं। आज इतनी गोश्त-रोटी खा ली है कि अब रात को ख़ाने की कोई ज़रूरत नहीं है। अब यह सुबह तक ही हज़म होगी।''

कल्लन मियाँ को सुनकर हैरत हो रही थी। उनकी समझ में नहीं आ रहा था कि एक तो याक़ूत ने अपना सोना सामने ही लाला करोड़ीमल को बेच दिया है और लाला करोड़ीमल ने हमें इसकी भनक भी नहीं लगने दी। बाज़ार में भी कहीं कोई चर्चा नहीं हुई। दूसरे उन्हें इस बात का भी अचरज हो रहा था कि जब सुल्तान तीन महीने के लिए लंगरख़ाना खुलवाए हैं और वज़ीर-ए-आज़म व बेगमें एक-एक महीने के लिए लंगरख़ाने खुलवाए हैं तो जमालुद्दीन याक़ूत को छः महीने के लिए लंगरख़ाना खुलवाने की क्या पड़ी थी? अगर कहीं किसी ने इस सिलसिले में सुल्तान के कान भर दिए तो जमालुद्दीन याक़ूत की किसी वक़्त सामत आ सकती है।

अब कल्लन मियाँ का ध्यान लियाक़त अली की ओर गया और वे बोले, ''माले-मुफ़्त दिले-बेरहम। जनाब लियाक़त अली, शर्म आनी चाहिए। जहाँ भिखारी, मुहताज, कंगाल, ग़रीब और मज़दूर खाना खाते हैं, वहाँ क़तार में उनके साथ बैठकर आप जैसे खानदानी आदमी ने मुफ़्त का खाना खाया है।''

लियाक़त अली मुस्कराए और बोले, ''अरे कल्लन मियाँ, शर्म किसलिए? मैं क्या, वहाँ तो मरहूम मोहम्मद फ़ाज़िल जैसे रईस के बिगड़े हुए साहबज़ादे मुहम्मद आक़िल और मुहम्मद कामिल तक गोश्त-रोटी तोड़ रहे थे।''

कल्लन मियाँ को सुनकर ताज़्ज़ुब हुआ। वे बोले, ''जब ऐसे-ऐसे रईस घराने के लोग लंगरख़ाने में जाकर खाना खाएँगे तो हमारी दुकान का क्या होगा?'' अब उन्हें महसूस हुआ कि दुकान में आज ग्राहक क्यों नहीं दिख रहे हैं।

''जनाब, होगा वही जो मंजूर-ए-ख़ुदा होगा।'' अभी लियाक़त अली और कल्लन मियाँ की बातचीत चल ही रही थी कि क़िले के ग़ज़नी दरवाज़े से तमाम हाथी गुज़रने लगे। इन हाथियों की पीठ पर हौदे नहीं थे। कल्लन मियाँ को समझते देर नहीं लगी कि शाही फीलख़ाने से हाथी नहाने जा रहे हैं।

लियाक़त अली आज इतनी गोश्त-रोटी खा आए थे कि कुछ ही देर में उन्हें गहरी नींद आ गयी। वे तक़रीबन दो घड़ी तक गावतकिया लगाए सोते रहे। मियाँ कल्लन ने उन्हें जगाना ठीक नहीं समझा। इसी बीच क़िल-ए-रायपिथौरा के ग़ज़नी दरवाज़े से सुल्तान इल्तुतमिश की सवारी निकलकर ख़्वाजा क़ुतुबुद्दीन की ख़ानक़ाह की ओर जाने लगी। मियाँ कल्लन को समझते देर नहीं लगी कि सुल्तान की सवारी कहाँ जा रही है।

सुल्तान की सवारी के साथ तक़रीबन बीस हथियारबन्द सिपाही ही रहे होंगे, लेकिन क़ुव्वतुलमुल्क जमालुद्दीन याक़ूत उनके घोड़े के पीछे-पीछे चल रहे थे।

सुल्तान घोड़े पर सवार थे। सुल्तान की आमद की ख़बर सुनते ही लाला करोड़ीमल, लाला हज़ारीमल, मियाँ कल्लन और दुकानों के सभी नौकर दुकान से बाहर निकलकर अदब के साथ झुक गये। फूलवाली कजरी और पानवाली असग़री बेगम भी सुल्तान की शान में दुकान से नीचे उतरकर अदब के साथ खड़ी हो गयीं। जहाँ हर शख़्स की नज़र सुल्तान की ओर लगी थी, वहीं कजरी की नज़र क़ुव्वतुलमुल्क जमालुद्दीन याक़ूत पर टिकी थी।

अब शाही सवारी असग़री बेगम और कजरी के नज़दीक आ गयी थी। सुल्तान को देखने की ख़्वाहिश हर किसी की तरह उन्हें भी थी। वे अच्छी तरह समझती थीं कि सुल्तान ज़मीन पर अल्लाह का नुमाइंदा होता है। सुल्तान की सवारी आँखों से ओझल होते ही कजरी मुस्करा उठी। उसे मुस्कराता देखकर असग़री बेगम ने पूछा, "अरे मुस्कराने की क्या बात है? काहे मुस्करा रही है?"

कजरी ने आह भरी और किसी तरह अपनी हँसी रोककर बोली, "असग़री बेगम, हमें क़ुव्वतुलमुल्क जमालुद्दीन याक़ूत बेहद पसन्द हैं। काश! वे एक बार मेरी तरफ़ मुस्कराकर देख भर लेते तो मैं ख़ुद को उनके हवाले कर देती।"

कजरी की बात सुनकर असग़री बेगम भौंचक्की रह गयीं। वे बोलीं, "देख कजरी, सोच-समझकर ज़ुबान खोला कर। दीवारों के भी कान होते हैं। क़ुव्वतुलमुल्क जमालुद्दीन याक़ूत कोई मामूली आदमी नहीं हैं। सुल्तान उन्हें ख़ुद इज़्ज़त बख़्शते हैं। सुल्तान ने उन्हें क़ुव्वतुलमुल्क के आला ख़िताब से नवाज़ा है। दिल्ली शहर की तमाम रईसजादियाँ ही नहीं, शहज़ादियाँ तक उन पर जान छिड़कती हैं।"

"असग़री बेगम, आप तो जानती हैं, मेरे आगे-पीछे कोई नहीं है। मैं अपने दिल की बात तुझे ही बता पाती हूँ। क़ुव्वतुलमुल्क पर मेरा दिल आ गया है। मैंने ऐसा ताक़तवर मर्द आज तक नहीं देखा है।"

"क्या तेरा दिमाग़ खराब हो गया है? ख़ुद को क्या समझती है? यह मुँह और मसूर की दाल।"

"असग़री बेगम, ऐसे हम बदसूरत भी नहीं हैं। तमाम दिल्ली के लौंडे हमारे ऊपर जान छिड़कते हैं।" इतना कहकर वह हँस पड़ी।

"कम्बख़्त लौंडों की बात छोड़ और ख़्वाब देखने बन्द कर।"

"ख़्वाब कभी-कभी हक़ीक़त में भी बदल जाते हैं।" कजरी इठलाती हुई बोली।

"अच्छा चल! अब अपनी दुकान सँभाल! मेरी दुकान पर ग्राहक आ गये हैं। मैं तो चली। तेरी बकवास से पेट नहीं भरने वाला है।" कजरी ने फिर एक आह भरी और अपनी दुकान की ओर चल दी।

इधर मियाँ कल्लन ने लियाक़त अली को झकझोरकर उठाया और बोले,

‘‘मियाँ लियाक़त अली, अब काफ़ी देर सो चुके हैं। उठिए, सुल्तान इल्तुतमिश की सवारी जा रही है।’’

‘‘कहाँ?’’ लियाक़त अली आँखें मिच-मिचाकर बोले।

‘‘अरे जनाब, पहले उठें तो!’’

कुछ ही देर में लियाक़त अली उठ गये। इस बीच मियाँ कल्लन और दूसरे नौकर दुकान से बाहर निकल आए थे। लियाक़त अली भी दुकान के बाहर आ चुके थे। वे देर तक सुल्तान को देखते रहे। सुल्तान की सवारी निकल जाने के बाद लियाक़त अली ने मियाँ कल्लन से पूछा, ‘‘सुल्तान इतनी गर्मी में कहाँ जा रहे हैं?’’

‘‘हमारे ख़याल से सुल्तान ख़्वाजा क़ुतुबुद्दीन की ख़ानक़ाह की ओर जा रहे हैं।’’

‘‘आजकल हर किसी की ज़ुबान पर सुल्तान इल्तुतमिश के बाद अगर किसी का नाम है तो वह है, ख़्वाजा क़ुतुबुद्दीन।’’

‘‘जनाब, ख़्वाजा बहुत पहुँचे हुए सूफ़ी हैं। क्या आप कभी उनकी ख़ानक़ाह की ओर गये हैं?’’

‘‘नहीं। हम आज तक कभी उधर नहीं गये। और आप?’’

‘‘जब से ख़्वाजा क़ुतुबुद्दीन दिल्ली तशरीफ़ लाए हैं, हम महीने में एक-दो बार हज़रत की क़दमबोसी के लिए चले जाते हैं।’’

‘‘ख़्वाजा साहब कहाँ के रहने वाले हैं? वे किस तरह दिल्ली तशरीफ़ लाए? क्या आप हज़रत के बारे में कुछ जानते हैं?’’ लियाक़त अली ने एक साथ कई सवाल दाग़ दिए।

अब तक मियाँ कल्लन और लियाक़त अली दुकान में वापस आ गये थे और दोनों एक-एक गावतकिए के सहारे बैठ गये। मियाँ कल्लन बोले, ‘‘हज़रत ख़्वाजा क़ुतुबुद्दीन इस्फ़हान के फरगना शहर में एक हज़ार एक सौ छियासी ईसवी में पैदा हुए थे। वे हज़रत अली के बेटे हुसैन से सोलहवीं पीढ़ी से हैं।’’

‘‘हज़रत ख़्वाजा क़ुतुबुद्दीन इतनी छोटी उम्र में कैसे सूफ़ी हो गये?’’ लियाक़त अली ने पूछा।

‘‘हज़रत ख़्वाजा क़ुतुबुद्दीन ने छोटी उम्र में ही बगदाद शहर में हज़रत शहाबुद्दीन सुहरावर्दी से तालीम हासिल की। बगदाद शहर में ही इनकी मुलाक़ात हज़रत ख़्वाजा मुईनुद्दीन चिश्ती से हुई। हज़रत ने बगदाद शहर में ही हज़रत अब्दुल क़ादिर ज़िलानी से भी तालीम हासिल की। जब हज़रत ख़्वाजा मुईनुद्दीन चिश्ती बगदाद से हिन्दुस्तान की ओर रवाना हुए, तब हज़रत भी उनके साथ हिन्दुस्तान की ओर चल दिए। बगदाद में ही हज़रत ख़्वाजा क़ुतुबुद्दीन, हज़रत ख़्वाजा बहाउद्दीन ज़कारिया और हज़रत ख़्वाजा जलालुद्दीन तबरेज़ी के भी नज़दीक पहुँचे। जनाब लियाक़त अली,

आगे की कहानी आपको ख़ुद ही मालूम है कि दिल्ली पहुँचने पर सुल्तान इल्तुतमिश और दिल्ली शहर की अवाम ने किस तरह उन्हें अपनी पलकों पर बिठाया।''

''हमें आज हज़रत ख़्वाजा क़ुतुबुद्दीन के सिलसिले में अच्छी जानकारी हासिल हुई। अब मैं भी हज़रत की दरगाह पर जाता रहूँगा।''

''लेकिन जनाब, हज़रत की दरगाह पर जाने के लिए आपको अफीम ख़ाने से तौबा करनी पड़ेगी।''

''क़सम ख़ुदा की। आज से ही कम्बख़्त अफीम से तौबा करता हूँ। अब कभी न छुऊँगा।''

''रंडियों के कोठों पर भी जाने से तौबा कर लें।''

मियाँ कल्लन की अगली सलाह सुनकर लियाक़त अली काफ़ी पशोपेश में पड़ गये और कुछ देर ख़ामोश रहकर बोले, ''अफीम से तौबा कर ली है। रही रंडियों के कोठे पर जाने की बात तो वहाँ तो एक-से-एक इज़्ज़तदार रईस जाते हैं। अभी इस सिलसिले में ज़रा सोचूँगा। ख़ुदा जाने, ख़्वाजा क़ुतुबुद्दीन की सोहबत से यह बुरी आदत भी छूट जाए।''

नौ

जहाँ क़ुव्वतुलमुल्क जमालुद्दीन याक़ूत ने तराई की जंग में पाए इनाम से दिल्ली शहर में छः महीने के वास्ते मुफ़्त लंगरख़ाना खुलवा दिया था, वहीं शहज़ादे रुकुनुद्दीन ने तराई की जंग में सुल्तान से मिले इनाम-इकराम से शहर के बाहर एक ख़ूबसूरत हम्माम अपने वास्ते एक साल में तैयार करा लिया। इस हम्माम की चहारदीवारी तक़रीबन एक हज़ार हाथ लम्बी और एक हज़ार हाथ चौड़ी होने के साथ-साथ काफ़ी ऊँची थी। चहारदीवारी के बीचो-बीच अस्सी हाथ लम्बा और अस्सी हाथ चौड़ा लाल पत्थर का ख़ूबसूरत हम्माम था। हम्माम तक पहुँचने के लिए चारों दिशाओं में ख़ूबसूरत मज़बूत फाटक थे। इन फाटकों से अन्दर घुसते ही ख़ूबसूरत नहरें और फव्वारे नज़र आते थे। नहरों में काफ़ी तादाद में तैरती हुई बतखें अच्छी लग रही थीं। समूची चहारदीवारी के अन्दर कोई ऊँचा पेड़ नहीं था। फूलों के छोटे-छोटे पौधे जगह-जगह से खाँदकर मालियों ने लगाए थे।

हम्माम के अन्दर और बाहर मर्द नाम की चीज़ नहीं थी। यहाँ तक कि लौंडियाँ, कनीज़ें और ख़िदमतगार औरतें सभी जवान थीं। वे अपने-अपने फ़न में माहिर थीं। हम्माम के अन्दर ही शराबख़ाना मौजूद था, जिसमें अंगूरी, ईरानी, इराकी और

इस्फ़हानी शराब हर वक़्त मौजूद रहती थी। यहाँ एक-से-एक ख़ूबसूरत जड़ाऊ सुराहियाँ और जड़ाऊ प्याले मौजूद थे। मेवाख़ाना, पोशाकख़ाना और इत्रख़ाना भी यहाँ मौजूद थे।

मेवाख़ाने में काजू, किशमिश, बादाम, चिरौंजी, अखरोट और पिस्ता भरा पड़ा था। इत्रख़ाने में चमेली, चम्पा, बेला और दूसरे कई तरह के इत्र मौजूद थे। पोशाकख़ाना दो हिस्सों में बँटा था। एक हिस्से में शहज़ादे के वास्ते क़ीमती जड़ाऊ पोशाकें, रंगीन ख़ूबसूरत पगड़ियाँ, कमर पेटियाँ और जड़ाऊ जूतियाँ अनगिनत तादाद में मौजूद थीं। दूसरे हिस्से में गर्मी के दिनों के वास्ते मलमल की महमूदी, सालू, डोरिया, झोना, सिरीसाफ़, मिहिरकुल और छींट की बारीक कपड़े की ज़नानी पोशाकें मौजूद थीं। जिनमें सुनहरा गोटा, टप्पा और लचके का ख़ूबसूरत बारीक काम शाही कारीगरों द्वारा किया गया था। किसी-किसी पोशाक में क़ीमती मोती भी टँके थे। जनानियों के वास्ते शहज़ादे ने यहाँ कुछ जेवरात भी रखा रखे थे। शराबख़ाने के बगल के कमरे में शर्बतख़ाना मौजूद था, जिसमें शर्बत-ए-अनार, शर्बत-ए-नीलोफर, शर्बत-ए-फालसा, शर्बत-ए-आम, शर्बत-ए-जामुन, शर्बत-ए-अनन्नास, शर्बत-ए-बनफ़शा और नीबू की शिकंजबीन के मटके भरे रखे थे।

जहाँ बाहर से हम्माम अस्सी हाथ लम्बा और अस्सी हाथ चौड़ा था, वहीं इसके अन्दर चालीस हाथ व्यास का गोलाकार ख़ूबसूरत तालाब था, जिसमें केवड़े का ठंडा पानी दो हाथ से कुछ कम गहरा था। शहज़ादे ने हम्माम के तालाब में उतरने के वास्ते चंदन की लकड़ी के चार ख़ूबसूरत ज़ीने अलग-अलग दिशा में तैयार कराए थे। हर ज़ीने में दस-दस सीढ़ियाँ मौजूद थीं। हम्माम की छत पर हल्के हरे रंग का झाड़-फ़ानूस मौजूद था, जिसमें हरे रंग की ही सौ मोमबत्तियाँ जल रही थीं।

हम्माम में मौजूद लौंडियाँ और कनीज़ें बेसब्री से शहज़ादे की आमद का इन्तज़ार काफ़ी देर से कर रही थीं। शहज़ादा आज पहली मर्तबा इधर आ रहा था। आख़िर इंतजार की घड़ियाँ ख़त्म हुईं। हम्माम के पूर्वी दरवाज़े से शहज़ादे की पालकी दाख़िल हुई। पालकी को आठ ताक़तवर ख़ूबसूरत जवान औरतें अपने कन्धों पर उठाए थीं। पालकी के साथ चल रही दूसरी ज़नानी टोली फाटक के बाहर ही रुक गयी। कुछ ही देर में पालकी हम्माम के सामने आहिस्ता के साथ रखकर पालकी ढोनेवाली लड़कियाँ एक किनारे अदब के साथ खड़ी हो गयीं।

जैसे ही शहज़ादा पालकी से बाहर निकला, दारोग़-ए-हम्माम शहज़ादे की क़दमबोसी के लिए झुक गयी। अब शहज़ादे ने चारों ओर नज़र फैलाई। उसे जगह-जगह खिले हुए ख़ूबसूरत फूल अच्छे लगे। नहरों के किनारे-किनारे गुलाब के फूल उसे ख़ासतौर पर पसन्द आए। शहज़ादे ने गर्मी से बचने के लिए इस वक़्त बारीक अटान की मलमल की पोशाक पहन रखी थी। उसने गर्मी की वजह से सिर की

पगड़ी पालकी में ही छोड़ दी। दारोग़-ए-हम्माम के इशारे पर शहज़ादा हम्माम के अन्दर की ओर चल दिया। शहज़ादे के लड़खड़ाते क़दमों से दारोग़-ए-हम्माम को समझने में देर नहीं लगी कि शहज़ादे ने शराब पी रखी है। शहज़ादे के हम्माम में दाख़िल होते ही दारोग़-ए-हम्माम जानबूझकर बाहर रुक गयी। अब हम्माम चारों ओर से बन्द हो गया, लेकिन दारोग़-ए-हम्माम के हुक़्म से तेज़ धूप में भी हम्माम के बाहर जवान तातारी बाँदियाँ नंगी तलवारें लिए पहरा दे रही थीं। शहज़ादे की आमद होते ही हम्माम के अन्दर मौजूद कनीज़ों, लौडियों और बाँदियों में ख़ुशी की लहर दौड़ गयी। वे सब उसकी शान में अदब के साथ झुक गयीं।

चंदन की लकड़ी के चारों ज़ीनों की प्रत्येक सीढ़ी पर दो-दो मादरजात नंगी ख़ूबसूरत जवान लड़कियाँ शहज़ादे की क़दमबोसी के लिए हाथ में जलती हुई मोमबत्ती लिए खड़ी थीं। प्रत्येक लड़की के चेहरे पर मुस्कराहट थी। शहज़ादे पूरब की ओर के ज़ीने से मुस्कराते हुए तालाब में उतरने लगे। ज़ीने की हर सीढ़ी पर मौजूद जवान लड़की अपनी मोहक अदाओं से शहज़ादे का मन मोहने की हर संभव कोशिश कर रही थी। शहज़ादे किसी की आँख में आँख डालते, किसी को प्यार से हल्का धक्का देते, किसी की सुनहरी जुल्फ़ों से खेलते, किसी के गालों की चिकोटी लेते, किसी के स्तनों से खेलते, किसी के गले में अपनी ख़ूबसूरत बाहें डालते तो किसी के गुलाबी गालों का बोसा लेते और किसी के नाज़ुक होंठों का बोसा लेते आगे बढ़ रहे थे। बाकी तीन सीढ़ियों पर खड़ी लड़कियाँ ख़ामोशी के साथ तमाशा देख रही थीं। उनके चेहरों से हँसी और मुस्कराहट गायब थी। वे समझ रही थीं कि शहज़ादा जिस सीढ़ी से तालाब में उतरा है, उसी सीढ़ी पर खड़ी लड़कियाँ इनाम की असली हकदार होंगी।

अब शहज़ादे ने हाथ का इशारा किया। शहज़ादे का इशारा पाते ही सीढ़ियों पर खड़ी तमाम लड़कियाँ पानी में उतर आईं। शहजादे ने हुक़्म फ़र्माया, तमाम लड़कियाँ अपनी नाभि पर जली हुई मोमबत्तियाँ रखकर पानी में तैरें। हुक़्म पाकर लड़कियाँ पानी में चित होकर अपनी नाभि में जलती हुई मोमबत्ती रखकर तैरने लगीं। वे सभी अच्छी तैराक थीं। मोमबत्तियों की रोशनी में उनके बदन का हर अंग साफ-साफ दिख रहा था। शहज़ादा अब भी उनके नंगे बदन के अंगों से छेड़खानी कर रहा था। वह उनके अंडाकार, गोलाकार और नाशपाती जैसी बनावट के स्तनों से ख़ासतौर पर खेल रहा था।

शहज़ादे की मलमल की पोशाक भीगकर उसके बदन से चिपट गयी। अब शहज़ादा तक़रीबन नंगा-सा दिख रहा था। इस बीच किसी भी लड़की की मोमबत्ती नहीं बुझी। हर लड़की ने अपनी ओर से पूरी सावधानी बरत रखी थी। अब शहज़ादे का इशारा पाकर लड़कियाँ पानी में खड़ी हो गयीं। वे अब कमर तक पानी में डूबी

हुई थीं। सभी के बाएँ हाथ में जलती हुई मोमबत्तियाँ थीं। वे एक-दूसरे पर पानी उलीच रही थीं। जहाँ लड़कियाँ उलीचे गये पानी से अपनी मोमबत्ती बचा रही थीं, वहीं उन्हें हम्माम की छत से फ़व्वारों द्वारा गिर रहे बूँद-बूँद पानी से जलती मोमबत्ती को बचाना भी ज़रूरी था।

कुछ ख़िदमतगुज़ार नंगी औरतें सुराही और प्याले लिये शहज़ादे के साथ-साथ दूसरी लड़कियों को भी शराब पिला रही थीं। कुछ ही देर में शराब की मस्ती उन सब पर अच्छी तरह छा गयी। वे मस्ती के आलम में एक-दूसरे पर और तेज़ी से पानी उछालने लगीं। शहज़ादा भी शराब के नशे में पूरे जोश-ओ-खरोश के साथ शमा-खेल में जुटा था। तक़रीबन एक घंटे से ज़्यादा समय तक यह खेल चलता रहा। हर कोई पूरी मस्ती में था। यास्मीन को छोड़कर धीरे-धीरे सभी लड़कियों की मोमबत्तियाँ बुझ गयीं। केवल यास्मीन की मोमबत्ती अब तक जल रही थी। उसके चेहरे पर गहरी मुस्कराहट थी। उसे ऐसा महसूस हो रहा था, जैसे उसने कोई क़िला फ़तेह कर लिया हो। शहज़ादे ने आगे बढ़कर उसे गोद में उठा लिया। हाज़िरीन लड़कियों ने उसे मुबारकबाद पेश की।

अब शहज़ादे के हुक़्म से सभी लड़कियाँ उस जगह पर जाकर खड़ी हो गयीं, जहाँ शहज़ादे की आमद के वक़्त खड़ी थीं। शहज़ादे ने चारों ओर खड़ी लड़कियों की ओर उड़ती हुई नज़र डाली और पश्चिमी ज़ीने से यास्मीन की कमर में बायाँ हाथ डालता हुआ सीढ़ियाँ चढ़ने लगा। वह अपने दाहिने हाथ से अब भी पहले की तरह लड़कियों से छेड़खानी कर रहा था। लड़कियों के भीगे बदन पर उनकी ज़ुल्फ़ों से कमर पर बहता पानी जंघाओं से होता हुआ पैरों की ओर जाता हुआ बेहद ख़ूबसूरती पैदा कर रहा था। उनके बदन पर जगह-जगह पानी की बूँदें मोती जैसी दिख रही थीं। यास्मीन की भीगी लट से टप-टप पानी की बूँदें उसके बाएँ स्तन पर गिर रही थीं।

ख़ुदा का नूर यास्मीन! सोलह साल की संगमरमर पर तराशी हुई अधखिली कली यास्मीन! उसका इकहरा लम्बा बदन, क़िताबी चेहरा, मदभरी नीली आँखें, कमानदार पतली कमर तक लम्बे सुनहले बाल किसी को भी सहज अपनी ओर आकर्षित करने के लिए काफ़ी थे। उसके सुडौल ज़िस्म का एक-एक अंग जैसे साँचे में ढला हुआ था। उसकी चाल ऐसी कि जैसे गुलाब के फूल की हिलती-डुलती डाल हो।, लेकिन नाज़-ओ-अदा में अभी कच्चापन था। हालाँकि यही कच्चापन उसकी ख़ूबसूरती में और चार चाँद लगा रहा था। सीढ़ियों पर उसका एक-एक क़दम तड़पती-मचलती हसीन नदी की तरह रफ़्ता-रफ़्ता आगे बढ़ रहा था। हर हसीना की नज़र उसके नाज़ुक बदन पर ही लगी थी। अगर कोई उसे मुहब्बत की नज़र से देख रहा था तो कोई उसे ग़ैरत की नज़र से ताक रहा था, लेकिन आज का

दिन यास्मीन के नाम लिखा था। शहज़ादा उसकी कमर में हाथ डाले हुए दूसरी लड़कियों से छेड़खानी कर रहा था, लेकिन यास्मीन को अच्छा नहीं लग रहा था।

धीरे-धीरे सभी सीढ़ियाँ पार कर शहज़ादा हम्माम की आरामगाह की ओर चल दिया। उसके पैर अब भी लड़खड़ा रहे थे। सीढ़ियों पर वह कई जगह गिरते-गिरते बचा, लेकिन यास्मीन ने उसे सावधानी के साथ बचा लिया। आरामगाह में पहुँचते ही ख़िदमतगुज़ार लड़कियाँ शहज़ादे और यास्मीन के बदन साफ़-सफ़ेद मुलायम कपड़ों से पोछने लगीं। कुछ ही देर में ख़िदमतगुज़ार लड़कियों ने शहज़ादे और यास्मीन को इत्र में डूबी मनपसन्द पोशाकें पहना दीं। एक ख़िदमतगुज़ार लड़की ने शहज़ादे के पैरों में जड़ाऊ क़ुतुबशाही जूतियाँ पहना दीं। दो ख़िदमतगुज़ार लड़कियाँ शहज़ादे के अलग-अलग कानों में हीरे जड़ी बालियाँ पहना रही थीं।

इसी बीच एक ख़िदमतगुज़ार लड़की ने सोने की तश्तरी में बसरे के मोतियों का तिहरा हार लाकर यास्मीन के सामने पेश किया। उसका इशारा पाकर यास्मीन ने हार शहज़ादे के गले में डाल दिया। गले में हार डालते ही शहज़ादे ने यास्मीन को अपनी बाहों में भर लिया और उसके सुर्ख़ गालों के कई बोसे ले डाले। अब शहज़ादे ने सभी लड़कियों को पोशाकें इनाम में बख़्शीं। पूर्वी और पश्चिमी ज़ीने में मौजूद लड़कियों को मोती टँकी पोशाकें ख़ासतौर पर दी गयीं। शहज़ादे ने यास्मीन को पाँच जड़ाऊ पोशाकों के साथ-साथ तमाम जड़ाऊ जेवर इनाम में बख़्शे। जड़ाऊ जेवरों और क़ीमती पोशाकों को पाकर यास्मीन ख़ुश थी।

अब शहज़ादा यास्मीन को लेकर हम्माम की ख़्वाबगाह की ओर चल दिया। शहज़ादे ने वहाँ यास्मीन के साथ शाम तक का वक़्त बिताया। इसी बीच दारोग़-ए-हम्माम ने आकर पर्दे की आड़ से शहज़ादे को बताया कि सुल्तान इल्तुतमिश मथुरा और दिल्ली के बीच शिकार खेलकर क़िल-ए-रायपिथौरा अभी कुछ देर पहले ही पहुँचे हैं। यह ख़बर सुनते ही शहज़ादा जल्दी ही घोड़े पर सवार होकर सुल्तान की क़दमबोसी के लिए चल दिया। दारोग़-ए-हम्माम को लगा कि शहज़ादा कहीं रास्ते में गिर न जाए, इसलिए उसने अपना घोड़ा शहज़ादे के घोड़े के पीछे दौड़ा दिया।

क़िल-ए-रायपिथौरा के चप्पे-चप्पे में ख़ुशी की लहर थी। आख़िर क्यों न हो? सुल्तान इल्तुतमिश शिकार खेलकर कई दिनों बाद लौटे थे। उनकी आमद क़िले के अन्दर हो चुकी थी। वे कुछ ही देरी में क़ुश्क-ए-दिलक़ुशा में पहुँचने वाले थे। जहाँ उन्होंने दिल्ली और मथुरा के बीच के जंगलों में ख़ुद दो शेर मारे थे, वहीं बीस हाथी खेदा के ज़रिये पकड़वाए थे। जाल लगाकर पच्चीस ख़ूबसूरत हिरण भी पकड़कर लाए गये थे।

क़ुश्क-ए-दिलक़ुशा की रौनक़ आज देखने लायक़ थी। वह उसी तरह सजाया

गया, जैसे तराई की जंग से लौटते वक़्त सजाया गया था। सारी सजावट साकी रौशनबानो की देखरेख में की गयी थी। सुल्तान की आमद के पहले से ही वहाँ मलिक-ए-आलम क़ुतुब बेगम, जहाँशाह तुर्कान बेगम के साथ-साथ शहज़ादी रज़िया और शहज़ादी सज़िया सुल्तान की नज़र-नियाज उतारने के वास्ते मौजूद थीं। इस मुबारक मौक़े पर शहज़ादी रज़िया के भाई शहज़ादे नासिरुद्दीन महमूद, ग़यासुद्दीन मुहम्मद, मुईज़ुद्दीन और क़ुतुबुद्दीन मौजूद थे। सुल्तान की ख़ास साकी रौशनबानो और ताजुद्दीन यल्दौज़ की ख़ास रक़्क़ासा गुलसुल्तानबानो बेगमों के हुक़्म से इधर-से-उधर दौड़ रही थीं।

आख़िर इंतजार की घड़ियाँ ख़त्म हुईं। सुल्तान क़ुश्क-ए-दिलक़ुशा में दाख़िल हुए। उनके चेहरे पर मुस्कराहट थी। मुबारकबाद की रस्म अदायगी के बाद सबसे पहले मलिका-ए-आलम क़ुतुब बेगम ने अशर्फ़ियों से उनकी नज़र उतारी और उसके बाद जहाँशाह तुर्कान बेगम ने भी अशर्फ़ियों के साथ-साथ कुछ अनमोल हीरे सुल्तान को नज़र किए। जहाँ शहज़ादी रज़िया ने पच्चीस अशर्फ़ियों से सुल्तान की नज़र उतारी, वहीं शहज़ादी सज़िया ने दस अशर्फ़ियाँ अपने अब्बाहुज़ूर को नज़र कीं। बेगमों और शहज़ादियों की नज़र अदायगी के बाद शहज़ादों ने आगे बढ़कर अपने अब्बाहुज़ूर को एक-एक सौ अशर्फ़ियाँ नज़र कीं। सुल्तान ने शहज़ादों की नज़रें क़ुबूल कीं। सुल्तान शहज़ादों को देखकर मुस्करा उठे। इस मुबारक मौक़े पर सुल्तान ने अपनी बेगमों और शहज़ादों के साथ-साथ शहज़ादियों को तमाम जड़ाऊ जेवरात इनाम में बख़्शे।

जहाँ साकी रौशनबानो सुल्तान के वास्ते शराब भरी हुई सुराही और प्याला लेकर हाज़िर हो गयी थी, वहीं क़ादिरबीवीबानो सुल्तान की ख़ातिर-तवज्जो में लगी थी। नई कनीज़ गुलसुल्तानबानो सुल्तान पर पंखा झल रही थी। सुल्तान ने दो दिन पहले ही शिकार में पकड़े गये हाथी और हिरण दिल्ली भिजवा दिए थे। उनकी ख़ास हिदायत पर एक हाथी का बच्चा और नन्हा हिरण क़ुश्क-ए-दिलक़ुशा के सामने मैदान में नीम के पेड़ की छाया में बाँध रखा गया था। नन्हा हिरण तो इस बीच हरी घास चरने लगा था, लेकिन हाथी का बच्चा कुछ खा-पी नहीं रहा था। वह अपने पास किसी को भी फटकने नहीं देता था। पता नहीं कैसे, शहज़ादी रज़िया ने आज सुबह ही उसे गाय का दूध अपने हाथों पिलाया। हालाँकि हाथी के बच्चे की देखरेख में जो फीलवान लगे थे, वे शहज़ादी रज़िया को हाथी के बच्चे के पास जाने से बराबर रोक रहे थे। उन्हें डर था कि कहीं हाथी का बच्चा गुस्से में आकर शहज़ादी के ऊपर हमला न बोल दे।

शहज़ादी सज़िया के दिमाग़ में बराबर नन्हा हिरण और हाथी का बच्चा घूम रहा था। उससे न रहा गया। वह अपने अब्बाहुज़ूर की ओर मुख़ातिब होकर बोली,

“अब्बाहुज़ूर, आपने क़ुश्क-ए-दिलक़ुशा के सामने नन्हे हिरन और हाथी के बच्चे को क्यों बँधवा रखा है?”

दोनों बेगमों को शहज़ादी सज़िया की बात बेमौक़े लगी। मलिक-ए-आलम क़ुतुब बेगम बोलीं, “शहज़ादी, सुल्तान-ए-आलम अभी-अभी शिकार से लम्बे सफ़र के बाद लौटे हैं। इस तरह बेमौक़े की बात अच्छी नहीं है।”

सुल्तान मुस्कराए और बोले, “बेगम, शहज़ादी को पूरी बात कहने का मौक़ा दिया जाए।”

अब वे शहज़ादी की ओर रुख़ कर बोले, “शहज़ादी, आप क्या पूछ रही थीं?”

“अब्बाहुज़ूर, गुस्ताखी माफ़ हो। मैं जानना चाहती थी, आपने शिकार में पकड़े तमाम हाथी फीलख़ाने में भिजवा दिए हैं और हिरनों को हिरनख़ाना में भिजवा दिया गया है, लेकिन एक नन्हा हिरन और हाथी का बच्चा क्यों क़ुश्क-ए-दिलक़ुशा के सामने बँधवा रखा है?”

“शहज़ादी, नन्हा हिरन आपके वास्ते है।” शहज़ादी सज़िया ईनाम पाकर ख़ुश थी। वह अदब के साथ अपनी कुर्सी से खड़ी होकर अपने अब्बाहुज़ूर को तस्लीम बजाने लगी।

शहज़ादी सज़िया फिर बोली, “अब्बाहुज़ूर, हमें नन्हा हिरन पाकर ख़ुशी है, लेकिन हुज़ूर से एक और गुज़ारिश है, नन्हे हिरन का नाम ख़ुद रखें।”

सुल्तान कुछ देर तक सोचते रहे और फिर बोले, “माबदौलत नन्हे हिरन का नाम लतीफ़ रखते हैं।”

सुल्तान की ज़ुबान से लतीफ़ लफ़्ज़ निकलते ही बेगमों की ज़ुबान से एक साथ निकल पड़ा, “बहुत ख़ूब...बहुत ख़ूब...बहुत ख़ूब।”

बेगमों की ज़ुबान से बहुत ख़ूब, बहुत ख़ूब लफ़्ज़ निकलते ही शहज़ादे और मौजूद तीनों कनीज़ों के साथ-साथ शहज़ादियों की ज़ुबान से भी एक साथ निकल पड़ा, “बहुत ख़ूब...बहुत ख़ूब...बहुत ख़ूब।”

कुछ देर की ख़ामोशी के बाद शहज़ादी सज़िया फिर बोली, “अब्बाहुज़ूर, एक नयी बात आपको बताती हूँ। हाथी का बच्चा दो दिन पहले ही क़िले में दाख़िल हो चुका था, लेकिन उसने तमाम फीलवानों की कोशिश के बाद भी दो दिन तक कुछ खाया-पिया नहीं। आज सुबह आपाजान ने ख़ुद अपने हाथों उसे गाय का दूध पिलाया, जिसे उसने आसानी के साथ पी लिया।”

सुल्तान ख़ुश हुए। वे शहज़ादी रज़िया की ओर देखकर बोले, “शहज़ादी सज़िया के और कुछ पूछने से पहले ही माबदौलत इस हाथी के बच्चे का नाम वक़्त बहादुर रखते हैं और इसे शहज़ादी रज़िया को इनाम फ़र्माते हैं।”

एक बार फिर क़ुश्क-ए-दिलक़ुशा में मौजूद सभी की ज़ुबान से निकल पड़ा, "बहुत ख़ूब...बहुत ख़ूब...बहुत ख़ूब।"

शहज़ादी सज़िया ने फिर अपने अब्बाहुज़ूर पर नया सवाल दाग़ दिया, "अब्बाहुज़ूर, हाथी की उम्र कितनी होती है?"

जहाँशाह तुर्कान बेगम जो काफ़ी देर से ख़ामोश थीं, वे बीच में बोल पड़ीं, "शहज़ादी, इस तरह के फ़िज़ूल सवाल सुल्तान से नहीं किए जाते।"

सुल्तान जहाँशाह तुर्कान बेगम की ओर मुख़ातिब होकर बोले, "बेगम, शहज़ादी को सवाल करने दो। इससे शहज़ादियों की जानकारी ही बढ़ेगी।"

अब सुल्तान शहज़ादी सज़िया की ओर देखकर बोले, "शहज़ादी, यूँ तो हाथी की उम्र एक सौ पचास साल से दो सौ साल तक बताई जाती है। कुछ लोग हाथी की उम्र एक सौ बीस साल से एक सौ पचास साल के अन्दर बताते हैं, लेकिन माबदौलत का ख़याल है, हाथी की उम्र आम इनसान की उम्र से कम नहीं होती है और इस तरह हाथी की उम्र सौ साल माननी चाहिए, लेकिन हाथी की ज़िन्दगी का सबसे ख़ुशहाल वक़्त पन्द्रह साल से लेकर पचास साल के बीच होता है।"

"अब्बाहुज़ूर, इस बच्चे की उम्र कितनी होगी?" अब शहज़ादी सज़िया ने एक और सवाल कर दिया।

"माबदौलत का जहाँ तक ख़याल है, इसकी उम्र एक साल होनी चाहिए।"

"अब्बाहुज़ूर, आपने कैसे जाना, इसकी उम्र एक साल ही है।"

"शहज़ादी, माबदौलत ने हाथी की कनौतियाँ, लौल, सूँड़, दाँत और नाख़ून तो ख़ुद देखे ही हैं और जहाँ तक उसकी लम्बाई का सवाल है, अभी उसकी लम्बाई तीन हाथ से कम ही है। हाथी की उम्र जानने के वास्ते उसकी लम्बाई की नाप भी ज़रूरी है।"

"अब्बाहुज़ूर, हाथी के बच्चे को क्या खिलाना चाहिए?" शहज़ादी रज़िया अपनी छोटी बहन के सवाल पर मुस्करा उठी।

"उसे रोज़ाना दाल-चावल की खिचड़ी के साथ-साथ कभी-कभी गुड़ खिलाना चाहिए। हाथी मीठा काफ़ी पसन्द करता है। हाथी के बच्चे को लगातार दूध नहीं पिलाना चाहिए। उससे बच्चा कमज़ोर और नाज़ुक हो जाता है।"

"और अगर हाथी को गन्ने का रस पिलाया जाए तो?" शहज़ादी रज़िया अपनी छोटी बहन के सवाल पर हँस पड़ी।

"गन्ने का रस हाथी शौक़ से पीता है। कभी-कभी उसे पके हुए केले भी खिलाना चाहिए। हाथी को केला काफ़ी पसन्द है।" सुल्तान अपनी दाढ़ी पर हाथ फेरते हुए बोले।

बेगमें और शहज़ादे शहज़ादी सज़िया के फ़िज़ूल सवाल ख़ामोश होकर सुन रहे

थे। जहाँशाह तुर्कान बेगम बोलीं, "सुल्तान ने आज हम सभी को इनाम-इकराम बख़्शा है। गुज़ारिश है, क़ुश्क-ए-दिलक़ुशा में नई दाख़िल हुई कनीज़ गुलसुल्तानबानो को भी इस ख़ास मौक़े पर कुछ इनाम बख़्शा जाए।" क़ुश्क-ए-दिलक़ुशा की कनीज़ रौशनबानो और क़ादिरबीवीबानो के ऊपर जहाँशाह तुर्कान बेगम ने कई बार अपना जाल फेंका था, लेकिन वे उनके क़ब्ज़े में नहीं आयीं। उन्होंने सोचा, क्यों न नयी कनीज़ गुलसुल्तानबानो को अपनी मेहरबानी से मिलाया जाए।

सुल्तान ने अपनी गर्दन घुमाकर पंखा झल रही कनीज़ गुलसुल्तानबानो के चेहरे पर उड़ती हुई नज़र डाली और मुस्कराकर बोले, "बेगम की ख़्वाहिश जुरूर पूरी होगी। माबदौलत जल्दी ही गुलसुल्तानबानो के वास्ते रक़्स की महफ़िल सजवाने का हुक़्म अता करते हैं। इस महफ़िल में कनीज़ गुलसुल्तानबानो का गाना और रक़्स दोनों का लुत्फ़ लिया जाएगा।"

कनीज़ गुलसुल्तानबानो के चेहरे पर मुस्कराहट छा गयी। वह अदब के साथ सुल्तान के आगे आकर कोर्निश बजाने लगी। जहाँ मौजूद सभी के चेहरों पर मुस्कराहट छाई हुई थी, वहीं साकी रौशनबानो के चेहरे पर मुस्कराहट तो थी, लेकिन यह मुस्कराहट दिल से नहीं थी।

जहाँशाह तुर्कान बेगम और सुल्तान के बीच बात-चीत चल ही रही थी कि शहज़ादा रुकुनुद्दीन लड़खड़ाता हुआ क़ुश्क-ए-दिलक़ुशा में आ घुसा। पहरेदारों की ही नहीं, बल्कि दारोग़-ए-क़ुश्क-ए-दिलक़ुशा की भी हिम्मत नहीं हुई कि वह शहज़ादे को रोक सके। शहज़ादे को इस हालत में देखते ही सुल्तान की भौंहें तन गयीं। उनकी आँखें फैल गयीं, नथुने फूल गये। गुस्से के मारे उनका सारा शरीर काँप उठा। वे सोचने लगे, क्यों न शाहज़ादे को फ़ौरन बाहर निकाल दिया जाए?

शहज़ादा कोर्निश बजाकर बोला, "अब्बाहुज़ूर का इक़बाल बुलन्द हो। अब्बाहुज़ूर ने दो शेर मारे हैं। अदना शहज़ादा हुज़ूर को मुबारकबाद पेश करता है।" शहज़ादे के पैर अब भी लड़खड़ा रहे थे। वहाँ मौजूद दूसरे शहज़ादों को रुकुनुद्दीन की हालत देखकर हँसी ही नहीं आ रही थी, बल्कि हैरत हो रही थी।

सुल्तान इल्तुतमिश जहाँशाह तुर्कान बेगम की ओर मुख़ातिब होकर बोले, "बेगम, आपने अपने लाड़ले की करतूत देखी?" जहाँशाह तुर्कान बेगम की नज़रें शर्म के मारे झुक गयीं। उनकी ज़ुबान से एक लफ़्ज भी नहीं निकल सका। सुल्तान का गुस्सा देखकर क़ुश्क-ए-दिलक़ुशा में सन्नाटा छा गया।

कुछ देर की ख़ामोशी के बाद हिम्मत बाँधकर क़ुतुब बेगम बोलीं, "हुज़ूर से दरख़्वास्त है, इस ख़ुशी के मौक़े पर शहज़ादे को माफ़ कर दिया जाए।"

सुल्तान ने एक नज़र जहाँशाह तुर्कान बेगम की ओर डाली और गुस्से में बोले, "जहाँशाह तुर्कान बेगम, आपके लाड़ले शहज़ादे के वास्ते मलिक-ए-आलम क़ुतुब

बेगम ख़ुद माफ़ी की दरख़्वास्त पेश कर रही हैं।''

अब जहाँशाह तुर्कान बेगम रुक-रुककर बहुत धीमी आवाज़ में बोलीं, ''हुज़ूर, इस बार और शहज़ादे को माफ़ कर दें।''

सुल्तान कुछ देर तक सोचते रहे। वे शहज़ादे की ओर मुख़ातिब होकर बोले, ''शहज़ादे, माबदौलत ने आपकी मुबारकबाद क़ुबूल कर ली है, लेकिन इस वक़्त बेहतर यही है, आप क़ुश्क-ए-दिलक़ुशा से फ़ौरन बाहर चले जाएँ और फ़िलहाल एक महीने तक माबदौलत का सामना न करें।''

''सुल्तान रहम...सुल्तान रहम!'' जहाँशाह तुर्कान बेगम सुल्तान से अपने लाड़ले बेटे के वास्ते रहम की भीख माँग रही थीं। शहज़ादा अब भी ख़ामोश खड़ा था।

अब सुल्तान ज़ोर से चिल्लाए, ''क़ादिरबीवीबानो!''

सुल्तान का हुक़्म सुनते ही भारी-भरकम क़ादिरबीवीबानो कुछ ही देर में हाज़िर हो गयीं। वे सुल्तान का इशारा पाते ही शहज़ादे को लेकर क़ुश्क-ए-दिलक़ुशा से बाहर हो गयीं।

दस

कई रोज़ से कोहरे में समूची दिल्ली डूबी हुई थी। हाथ-को-हाथ नहीं सूझ रहा था। हवाएँ काफ़ी तेज़ चल रही थीं। ऐसी सर्दी पहले कभी नहीं देखी गयी थी। इधर छुट-पुट बूँदा-बाँदी भी हो रही थी। सल्तनत की ओर से चौराहे-चौराहे पर लकड़ी के अलाव जलवा दिए गये थे। जहाँ राहगीर, अमीर-ग़रीब और भिखमंगे सर्दी से किसी तरह अपनी जान बचा रहे थे, लेकिन सुबह से ही आसमान खुल गया था। धूप निकल आने से शहज़ादी रज़िया घुड़सवारी के वास्ते शिकारगाह की ओर निकल पड़ी। खराब मौसम की वजह से वह एक हफ़्ते से क़िल-ए-रायपिथौरा से बाहर नहीं निकली थी। उसके साथ बाँदी गुल-ए-अब्बासी, नयनज्योतिबाई और चंचलबाई मौजूद थीं। इन चारों के चेहरे नक़ाब से ढँके थे। बाँदियाँ अपने साथ तीर-कमान, ज़िरह-बख़्तर, खोद, तलवारें, कटारें, नैज़े और भालों के साथ-साथ दो शिकारी कुत्ते, एक बाज़ और शाहीन भी लिये थीं। हिफ़ाज़त के वास्ते एक छोटा फ़ौज़ी दस्ता उनके साथ था। शहज़ादी के हुक़्म से क़ुव्वतुलमुल्क जमालुद्दीन याक़ूत भी उनके साथ थे।

क़िल-ए-रायपिथौरा से निकलते ही शहज़ादी ने अपने घोड़े को तेज़ दौड़ाना

शुरू कर दिया। तुर्की घोड़ा ऐड़ पाते ही हवा से बातें करने लगा। शहज़ादी के घोड़े के पीछे जमालुद्दीन याक़ूत का सफ़ेद ईरानी घोड़ा लगा था। सरपट दौड़ते घोड़ों की वजह से आम और ख़ास सभी लोग रास्ता छोड़कर सड़क के किनारे आ गये थे। तीनों बाँदियों के कच्छी घोड़े कुछ पीछे रह गये थे! शहज़ादी को शिकारगाह पहुँचने में ज़्यादा देर नहीं लगी। शिकारगाह ग़ज़नी दरवाज़े से तीन कोस की दूरी पर थी। शिकारगाह की बारहदरी के नज़दीक पहुँचने पर शहज़ादी ने अपने घोड़े को रोक लिया। जमालुद्दीन याक़ूत झट-पट अपने घोड़े से उतरे और उन्होंने शहज़ादी के घोड़े की लगाम थाम ली। कुछ ही देरी में तीनों बाँदियाँ भी अपने घोड़ों के साथ बारहदरी पहुँच गयीं। सुल्तान के हुक़्म से लाल पत्थर की बारहदरी एक साल पहले ही तैयार हुई थी। बारहदरी के चारों ओर कोई चौहद्दी नहीं थी।

बाँदी गुल-ए-अब्बासी ने शहज़ादी के हुक़्म से अंगरक्षकों को शिकारगाह से कुछ पहले ही रोक दिया था। बारहदरी में कुछ देर सुस्ताने के बाद शहज़ादी और जमालुद्दीन याक़ूत ने फिर तेज़ी के साथ शिकारगाह में चारों ओर घोड़े दौड़ाए। वे दोनों कभी अपने तेज़ दौड़ते घोड़ों को एकदम झटके के साथ रोक देते थे तो कभी उनके घोड़े ऊँची और लम्बी छलाँग लगाते थे।

बारहदरी से आधा कोस की दूरी पर एक छोटी नदी बह रही थी, लेकिन नदी में पानी कमर से ऊपर सीने तक था। दोनों घोड़ों ने अलग-अलग जगहों से कई बार नदी पार की। उन्होंने शिकारगाह के जंगली रास्ते में घनी झाड़ियों के दाएँ-बाएँ होकर तेज़ी से घोड़े दौड़ाए। जमालुद्दीन याक़ूत ने घोड़े पर सवार रहते हुए बरगद के पेड़ की शाखा और उसकी मज़बूत लताओं को पकड़कर घोड़े को खाली छोड़ दिया और वे पेड़ पर चढ़ गये। उन्होंने यही करतब शहज़ादी से भी करवाए। दो बार तो ऐसा करतब करने में शहज़ादी को थोड़ी तकलीफ़ हुई, लेकिन शहज़ादी ने इस कसरत को जल्दी सीख लिया।

अब जमालुद्दीन याक़ूत ने दो टीलों के बीच की गहरी खाई को घोड़े पर सवार होकर पार किया। उन्होंने ऐसा करने के लिए शहज़ादी को मना किया, लेकिन शहज़ादी नहीं मानी। उसके तुर्की घोड़े को गहरी खाई पार करने में कोई दिक़्क़त नहीं हुई। अब जमालुद्दीन याक़ूत ने सूखी झाड़ियों में गुल-ए-अब्बासी के ज़रिये आग लगवाई और अपने घोड़े को आग के बीच से छलाँग लगवाई। घोड़ा बिना किसी डर के तेज़ी के साथ लम्बी-लम्बी छलाँग लगाकर आग से बाहर जमालुद्दीन याक़ूत को निकाल ले गया। घोड़ा और जमालुद्दीन याक़ूत पूरी तरह से महफ़ूज़ थे। आग से जलने का कोई निशान तक जमालुद्दीन याक़ूत और उनके घोड़े को नहीं आया था। ऐसा ही करतब शहज़ादी ने भी करना चाहा, लेकिन जमालुद्दीन याक़ूत ने शहज़ादी के घोड़े की लगाम पकड़ ली और इस तरह का ख़तरनाक खेल उसे नहीं करने दिया।

बाँदियाँ गुल-ए-अब्बासी, नयनज्योतिबाई और चंचलबाई बड़े ग़ौर से जमालुद्दीन याक़ूत और शहज़ादी के घोड़ों के करतब देख रही थीं। अब शहज़ादी ने तीर चलाने की मशक़्क़त शुरू की। याक़ूत ने शहज़ादी से अलग-अलग जगहों पर दस निशाने लगाने को कहा। सभी निशाने ठीक जगह पर बैठे। हर निशाने के ठीक जगह पर बैठने पर तीनों बाँदियों की ज़ुबान से बार-बार वाह...वाह और बहुत ख़ूब...बहुत ख़ूब निकल रहा था। शहज़ादी तीर चला ही रही थी कि न जाने कहाँ से कुछ परिन्दे आसमान से गुज़रे। शहज़ादी ने एक परिन्दे पर निशाना साधा। तीर कमान से छूटते ही परिन्दा ज़मीन पर आ गिरा। सभी बाँदियों और याक़ूत की ज़ुबान से एक बार फिर निकल पड़ा, "बहुत ख़ूब...बहुत ख़ूब।"

परिन्दा अभी ज़मीन पर गिरा ही था कि न जाने कहाँ से एक नीलगाय दौड़ती हुई उधर से गुज़री। शहज़ादी ने तुरन्त पूरी ताक़त से उस पर तीर छोड़ा। तेज़ दौड़ती नीलगाय पर निशाना सटीक बैठा। वह वहीं ढेर हो गयी। दोनों शिकारी कुत्ते काफ़ी देर से आराम कर रहे थे। शहज़ादी का इशारा पाते ही दोनों कुत्ते तेज़ी से दौड़कर घायल नीलगाय पर टूट पड़े। कुछ ही देर में दोनों कुत्तों ने नीलगाय का पेट फाड़ डाला और नुकीले दाँतों से नोच-नोचकर भरपूर ताजे गोश्त का लुत्फ़ लिया।

जमालुद्दीन याक़ूत की ख़ास गुज़ारिश पर शहज़ादी बारहदरी में आकर गावतकिए के सहारे कुछ देर आराम करने लगी। ख़िदमतगार ने बारहदरी में शहज़ादी के आराम के लिए पूरा इन्तज़ाम कर रखा था। उसने बारहदरी में कालीन बिछवा दिए थे। वहाँ सूखे मेवों और पीने के पानी का पूरा इन्तज़ाम था। इस बीच बाँदी गुल-ए-अब्बासी ने शहज़ादी के बदन का पसीना पोंछ दिया। शहज़ादी के इशारे पर बाँदी नयनज्योतिबाई साफ़ कपड़ा लेकर जमालुद्दीन याक़ूत के चेहरे का पसीना पोंछने लगी, लेकिन याक़ूत ने कपड़ा उसके हाथों से ले लिया और ख़ुद पसीना पोंछने लगे। जमालुद्दीन याक़ूत पसीना पोंछने के बाद शहज़ादी के नज़दीक ही अदब के साथ सिर झुकाए ख़ामोश खड़े रहे। तीनों बाँदियाँ भी उनके नज़दीक खड़ी थीं। शहज़ादी ने ख़ामोशी तोड़ी। वे बोलीं, "जनाब क़ुव्वतुलमुल्क जमालुद्दीन याक़ूत, आप और आप के घोड़े की जितनी तारीफ़ की जाए, कम है।"

"शुक्रिया, शहज़ादी साहिबा। बन्दा और बन्दे का घोड़ा शहज़ादी का हर हुक़्म बजाने में फ़क्र महसूस करता है। हुक़्म, शहज़ादी साहिबा।"

अब शहज़ादी ने बात का रुख़ पलटा और बोलीं, "वाक़ई तमाम जानवरों में घोड़ा ख़ूबसूरत ही नहीं, बल्कि बेहद कारगर जानवर होता है। अब्बाहुज़ूर एक दिन बता रहे थे, जिस घर में घोड़ा होता है, उस घर में भूत-प्रेत, चुड़ैल और जिन्द कभी नहीं आते हैं।"

"शहज़ादी साहिबा, आप वज़ा फ़र्मा रही हैं। बताते तो इतना हैं, जिस घर में

घोड़े होते हैं, वहाँ अचानक मौत नहीं होती है। शैतान भी घोड़े की आवाज़ से डरता है, लेकिन घोड़े से लगातार मेहनत करानी चाहिए और मेहनत कराने के बाद उसकी वक़्त से मालिश होनी चाहिए। ऐसा न होने पर अच्छे-से-अच्छे घोड़े बेकार हो जाते हैं।''

''आप वज़ा फ़र्मा रहे हैं।''

क़िल-ए-रायपिथौरा से निकलने के वक़्त से ही शहज़ादी और बाँदियों ने अपने दोनों हाथों में कोहनी तक के चमड़े के दस्ताने पहन रखे थे। बाँदी गुल-ए-अब्बासी की कलाई पर इस वक़्त शाहीन बैठी थी और बाज नयनज्योतिबाई की कलाई पर बैठा अपनी तेज़ निगाह से इधर-उधर ताक रहा था। वह शहज़ादी के हुक़्म का इन्तज़ार कर रहा था। दोनों परिन्दों को शहज़ादी बेहद प्यार करती थीं। यह दोनों तक़रीबन तीन साल से शहज़ादी के पास थे। इन्हें उनके अब्बाहुज़ूर ने कभी बतौर इनाम दिया था। शहज़ादी की निगाह अब भी जंगल की ओर लगी थी। हालाँकि जंगली जानवर और परिन्दे इन लोगों के शिकारगाह में पहुँचते ही चौकन्ने हो गये थे। जहाँ जंगली जानवर दूर अन्दर घने जंगल में चले गये थे, वहीं परिन्दे पेड़ों से उड़कर कहीं दूर निकल गये थे।

एक हिरन का बच्चा न जाने कैसे झुंड से छूट गया था। वह इधर-उधर अपने माँ-बाप को खोज रहा था। शहज़ादी ने नयनज्योतिबाई की कलाई पर बैठे बाज़ को अपने दोनों हाथों में ले लिया और कुछ देर तक उसके बदन को हौले-हौले सहलाती रही। फिर उसने बाज़ को हिरन पकड़ने का इशारा किया। तीनों बाँदियाँ ही नहीं, बल्कि जमालुद्दीन याक़ूत भी आश्चर्य के साथ शहज़ादी के बाज़ का करतब देख रहे थे। उन्हें क़त्तई उम्मीद नहीं थी कि वह अपने से कई गुने भारी जानवर को उठा लाएगा।

शहज़ादी के हाथों से बाज़ के छूटते ही वह आसमान में काफ़ी ऊँचाई पर जल्दी ही पहुँच गया। कुछ देर आसमान में उड़ने के बाद उसने ज़मीन की ओर एक तेज़ गोता लगाया और पलक झपकते ही वह नन्हे हिरण को लेकर आसमान में उड़ गया। अब बाज़ ने एकबार फिर गोता लगाया और वह हिरण को लेकर सीधे बारहदरी आ पहुँचा। हिरण के बच्चे को कोई खरोंच तक नहीं आई थी। शहज़ादी ने हिरण के बच्चे को अपनी गोद में उठा लिया और वह उसे देर तक सहलाती रही। इस बीच हिरन का बच्चा शहज़ादी की गोद से भागने की हर संभव कोशिश कर रहा था। अब शहज़ादी ने उसे जमालुद्दीन याक़ूत को सौंप दिया। जमालुद्दीन याक़ूत देर तक बच्चे के साथ खेलते रहे।

अब शहज़ादी ने बाँदी गुल-ए-अब्बासी की कलाई पर बैठी शाहीन को अपने हाथों में लिया और उसे आसमान में उड़ रहे कबूतरों को पकड़ने का इशारा किया।

शहज़ादी का इशारा पाते ही शाहीन जल्दी ही आसमान में काफ़ी ऊँचाई पर पहुँच गयी। उसे कबूतर पकड़ने में देरी नहीं लगी। कुछ ही देरी में शाहीन कबूतर लेकर शहज़ादी के सामने हाज़िर हो गयी। अब शहज़ादी ने हुक़्म फ़र्माया कि नन्हे हिरण और कबूतर को उसके महल ले चला जाए। जमालुद्दीन याक़ूत अदब के साथ झुककर बोले, ''शहज़ादी, ऐसा ही होगा, लेकिन...।''

''लेकिन क्या?'' शहज़ादी चौंककर बोली।

''शहज़ादी साहिबा से गुज़ारिश है, इस बच्चे को छोटी शहज़ादी सज़िया को इनाम फ़र्मा दिया जाए। सुल्तान ने दिल्ली और मथुरा के बीच जंगलों से जो हिरन का बच्चा पकड़वाकर शहज़ादी को इनाम फ़र्माया था, वह मादा थी। यह बच्चा नर है। दोनों की जोड़ी हो जाएगी। छोटी शहज़ादी का हिरण अकेलापन महसूस नहीं करेगा।''

''बहुत ख़ूब...बहुत ख़ूब। जमालुद्दीन याक़ूत, आपने हमारी जुबान छीन ली।''

तीनों बाँदियों की ज़ुबान से भी बहुत ख़ूब...बहुत ख़ूब निकल पड़ा। वातावरण में कुछ देर के लिए ख़ामोशी छा गयी। इस ख़ामोशी को बाँदी गुल-ए-अब्बासी ने तोड़ा। वह कोर्निश बजाकर बोली, ''शहज़ादी का इक़बाल बुलन्द रहे। अर्ज़ है, अगर इन दोनों की जल्द शादी करा दी जाए तो कैसा रहेगा?''

शहज़ादी मुस्कराकर बोली, ''हम अपनी प्यारी बाँदी गुल-ए-अब्बासी की अर्ज़दाश्त मंजूर करते हैं। अब्बाहुज़ूर और अम्मीजान से पूछकर हम जल्दी ही इन दोनों की शादी कराना चाहेंगे और आप सभी लोगों को उस शादी में शरीक़ होने का दावतनामा अभी से देते हैं।'' सभी बाँदियाँ शहज़ादी की बात सुनकर हँस पड़ीं। जमालुद्दीन याक़ूत भी बिना मुस्कराए नहीं रह सके।

अब शहज़ादी जमालुद्दीन याक़ूत की ओर मुख़ातिब होकर बोलीं, ''जनाब, आपको एक तकलीफ़ देती हूँ। आप नीलगाय का गोश्त लाकर हमारे प्यारे बाज़ दिलफरेब और प्यारी शाहीन दिलबहार को खिला दें।''

''जो हुक़्म शहज़ादी साहिबा।'' इतना कहकर जमालुद्दीन याक़ूत नीलगाय की ओर चल दिए। कुछ ही देर में उनके द्वारा लाए गये गोश्त को दिलफरेब बाज़ और दिलबहार शाहीन चट कर गये।

जमालुद्दीन याक़ूत की गुज़ारिश पर शहज़ादी क़िल-ए-रायपिथौरा की ओर चल पड़ी। अब शहज़ादी घोड़े को उतनी तेज़ी से नहीं दौड़ा रही थी, जितनी तेज़ी से शिकारगाह पर आते समय दौड़ा रही थी। क़िल-ए-रायपिथौरा पहुँचने पर शहज़ादी अपने महल की ओर चल दी। उसने जमालुद्दीन याक़ूत को छुट्टी दे दी। वे घुड़साल की ओर चल दिए। इस वक़्त महल में केवल शहज़ादी रज़िया और बाँदी नयनज्योतिबाई ही मौजूद थीं। बाक़ी दोनों बाँदियों की छुट्टी कर दी गयी थी। नयनज्योतिबाई ने

शहज़ादी की पोशाक बदलने में मदद की। जब शहज़ादी कुछ देर आराम कर चुकी, तब बाँदी नयनज्योतिबाई बोली, ''आज शहज़ादी से एक ख़ास बात करनी है।''

''बता, क्या कहती है?'' शहज़ादी ने नज़र उठाकर बाँदी की ओर देखा।

''गुस्ताख़ी माफ़ हो। अर्ज़ है, कल मुझे अनंगपुर की ओर पीपल के पेड़ के नीचे एक बूढ़ा साधु मिल गया था। उसके सिर और दाढ़ी के ही नहीं, समूचे शरीर का एक-एक बाल पूरी तरह सफ़ेद हो चुका था। वह कड़ाके की सर्दी में सिर्फ़ लँगोटी लगाए था। उसने मुझसे पानी पिलाने को कहा। पीपल के पेड़ के पास ही एक कुआँ था। कुएँ पर रस्सी और बाल्टी मौजूद थी। मैंने जल्दी से एक बाल्टी पानी भरा और साधु को पिलाने लगी। मुझे ताज्जुब इस बात का हो रहा था कि दुबला-पतला साधु, जिसकी एक-एक पसली दिख रही थी, समूची बाल्टी का पानी पी गया। पानी पीने के बाद साधु बोला, बेटी तेरी कुछ जिज्ञासा है। मैं कुछ जवाब देती, इससे पहले ही साधु ने कहा कि तू अपनी मालकिन शहज़ादी रज़िया के बारे में कुछ जानना चाहती है। मैंने उसकी हाँ-में-हाँ मिलाई। तब उसने कहा कि तुम्हारी शहज़ादी किसी दिन हिन्दुस्तान की सुल्तान बनेगी। उसके सितारे बहुत ऊँचे हैं।''

''ख़ामोश! क्या बकती है?'' शहज़ादी रज़िया ने बाँदी नयनज्योतिबाई को डाँट दिया।

''हुज़ूर, गुस्ताख़ी माफ़ की जाए। मुझे उस साधु ने जो कुछ बताया था, वह मैंने हुज़ूर को साफ़-साफ़ बता दिया।''

''क्या मुझे उस साधु से मिला सकती है?'' शहज़ादी बाँदी की आँखों-में-आँखें डालती हुई बोलीं।

''हुज़ूर, साधु-संन्यासी का कोई ठिकाना नहीं होता है। वे तो रमते जोगी हैं। उनका दिल जिधर चाहा, चल दिए। मैं कल शाम को फिर खाना लेकर साधु से मिलने उस स्थान पर गयी थी, जहाँ सुबह के वक़्त साधु मुझे मिले थे, लेकिन अफ़सोस, वे न जाने कहाँ जा चुके थे?''

इसी बीच बाँदी चंचलबाई शर्बत भरी सुराही और प्याला लेकर हाज़िर हो गयी थी। चंचलबाई अभी सुराही से प्याले में शर्बत उड़ेल ही रही थी कि शहज़ादी बोली, ''नयनज्योतिबाई को भी एक प्याला शर्बत दो। पता नहीं, इसका क़िस्सा कब तक चले?''

''शहज़ादी, गुस्ताखी माफ़ हो। आज हमें माफ़ करें।''

''आखिर क्यूँ?'' शहज़ादी ने अचरज के साथ पूछा। बाँदी नयनज्योतिबाई का जवाब सुनकर चंचलबाई भी हैरान थी।

''शहज़ादी, आज मकर संक्रान्ति का त्योहार होने की वजह से मेरा उपवास है।''

"उपवास के क्या मायने हैं?"

"हुज़ूर, आप इसे अपने पाक रोज़ा की तरह समझ सकती हैं।"

शहज़ादी ने नयनज्योतिबाई को घर जाने की इजाज़त दे दी। बाँदी नयनज्योतिबाई तस्लीम बजाकर महल से बाहर हो गयी। अब महल में शहज़ादी के साथ केवल बाँदी चंचलबाई रह गयी थी। शर्बत पीने के बाद शहज़ादी चंचलबाई से बोली, "अब हम लोग महल की छत की ओर चलते हैं। वहाँ से जमुना ज़्यादा दूर नहीं है। छत से मकर संक्रान्ति का तमाशा देखने में मज़ा आएगा।"

बाँदी चंचलबाई शहज़ादी के पीछे-पीछे जीने द्वारा छत की ओर चल दी। महल की छत पर पहुँचने पर शहज़ादी ने देखा कि आसमान में तमाम रंग-बिरंगी पतंगें उड़ रही हैं। उसका भी दिल चाहा कि वह भी लुत्फ़ उठाए। अब उसने इधर-उधर जमुना किनारे नज़र दौड़ाई। जमुना में तमाम आदमी-औरतें और बच्चे नहा रहे हैं। वहाँ तख़्त बिछाए कुछ पंडित भी दिखे।

शहज़ादी चंचलबाई से बोलीं, "क्यूँ न हम लोग यह नज़ारा नज़दीक से उतरकर देखें?" चंचलबाई ने शहज़ादी की हाँ-में-हाँ मिलाई और वे दोनों महल की छत से निकलकर अपने-अपने घोड़ों पर सवार होकर क़िले के बदायूँ दरवाज़े से जमुना की ओर चल दीं। कुछ अंगरक्षक घोड़ों पर सवार होकर फौरन शहज़ादी के पीछे-पीछे चल दिए। महल से बाहर निकलने पर शहज़ादी हमेशा अपने चेहरे पर नक़ाब डाले रहती है, लेकिन घोड़े की सवारी और उसकी चाल-ढाल से हर कोई शख़्स आसानी से समझ जाता था कि यह सुल्तान इल्तुतमिश की प्यारी शहज़ादी रज़िया ही है। हालाँकि दरबार के मुल्ला, मौलवी, सैयद, शैख़ और उलेमा हज़रात को शहज़ादी का क़िले से इस तरह बाहर घूमना-फिरना बेहद नागवार लगता था।

जिस रास्ते से शहज़ादी का घोड़ा गुज़र रहा था, उस रास्ते पर मौजूद अवाम शहज़ादी की शान में झुककर कोर्निश बजा रही थी। शहज़ादी जमुना किनारे पहुँचकर देर तक मकर संक्रान्ति का नज़ारा ग़ौर से देखती रही। जमुना पर हज़ारों लोगों की भीड़ जमा थी। इस भीड़ में कुछ लोग नहा रहे थे, कुछ सूर्य को अर्घ्य दे रहे थे और कुछ लोग खिचड़ी का दान ग़रीबों को कर रहे थे। अब शहज़ादी ने चंचलबाई को हुक्म फ़र्माया, "आज हमारी ओर से तमाम दिल्ली के लोगों को खिचड़ी खिलवाई जाए! खिचड़ी हिन्दू खानसामे ही बनाएँ! जिससे हिन्दुओं को खाने में कोई किसी तरह का एतराज़ न हो।"

"बेहतर हुज़ूर।"

ग्यारह

सुल्तान ताजुद्दीन यल्दौज़ को दिल्ली से बदायूँ भेजे हुए अभी ज़्यादा वक़्त नहीं गुज़रा था कि उनकी मौत हो गयी। हालाँकि बन्दी सुल्तान ताजुद्दीन यल्दौज़ की उम्र लगभग सत्तर साल हो गयी थी, उनकी मौत की ख़बर सुनकर सुल्तान इल्तुतमिश को गहरा धक्का लगा। सुल्तान ताजुद्दीन यल्दौज़ ख़ुद लाहौर से चलकर तराई के मैदान में जंग लड़ने आ पहुँचे थे। वे ग़ज़नी से लेकर दकन तक समूचे हिन्दुस्तान को अपने क़ब्ज़े में लेने का ख़्वाब देख रहे थे। इस जंग में उनकी बुरी तरह हार हुई और बन्दी बनाए गये। फिर भी सुल्तान ने बदायूँ के क़िले में उनके वास्ते तमाम सुख-सुविधाओं का इन्तज़ाम करा रखा था। वे बेरोक-टोक क़िले में अपने महल से सटे हुए बाग़ में आ-जा सकते थे। वहाँ बन्दी सुल्तान के खाने-पीने का बेहतरीन इन्तज़ाम था। उन्हें बेहतरीन-से-बेहतरीन शराब मुहैया कराई जाती थी। उनका दिल बहलाने के लिए रक़्स और गाने की महफ़िल सजती थी। ख़िदमतगार बाँदियाँ-लौंडियाँ उनकी ख़िदमत में हर वक़्त लगी रहती थीं। वे सिर्फ़ नज़रबन्द थे, लेकिन उन्हें बन्दी होने का ग़म लगातार खाए जा रहा था। जहाँ उनकी सल्तनत का ताजो-तख़्त उनके हाथ से निकल गया था, वहीं वे अपने बीवी-बच्चों से कोसों दूर थे, लेकिन मौत को कौन टाल सकता था?

बन्दी सुल्तान ताजुद्दीन यल्दौज़ की मौत को अभी ज़्यादा वक़्त नहीं गुज़रा था कि न जाने कैसे अचानक सुल्तान इल्तुतमिश की मलिक-ए-आलम क़ुतुब बेगम की मौत की ख़बर सुनकर समूची दिल्ली गहरे शोक़ में डूब गयी। अचानक हुई मौत की वजह किसी की समझ में नहीं आ रही थी। हर कोई अलग-अलग ढंग से अपना-अपना कयास लगा रहा था। शाही हकीम ख़ुद हैरत में थे। उनकी समझ में नहीं आ रहा था कि बेगम साहिबा की मौत की क्या वजह हो सकती है। अगर उन्हें किसी ने जहर दिया होता तो जहर के निशान उनके बदन पर दिखाई देते। ऐसा कोई निशान बेगम के बदन पर नहीं था। सुल्तान इल्तुतमिश भी समझ नहीं पा रहे थे कि बेगम की मौत आख़िर कैसे हुई?

सुल्तान को इस बात की भी तकलीफ़ थी कि उन्होंने जैसे ही अपनी प्यारी बेगम की मौत की ख़बर सुनी, वैसे ही उन्हें एक और मनहूस ख़बर सुनने को मिली। उनकी शादी के वक़्त मरहूम सुल्तान क़ुतुबुद्दीन ऐबक़ ने उनकी बेगम के साथ जो ख़्वाजासरा नादिर भिजवाया था और जिसे बेगम ने शहज़ादी रज़िया की ख़िदमत में लगा दिया था, वह बेगम की मौत की ख़बर बर्दाश्त नहीं कर सका। उसकी भी कुछ देर पहले मौत हो गयी। इसी बीच सुल्तान के ख़्वाजासरा नेकनाम की भी मौत हो

गयी।

जल्दी ही यह ख़बर दिल्ली से दूर अवध सूबे में सुल्तान के बेटे नासिरुद्दीन महमूद को भिजवाई गयी। हिन्दुस्तान के सूबों अमरोहा, मंदावर, संभल, बुलन्दशहर, बदायूँ, कोइल, अवध, कड़ा-मानिकपुर, बयाना, ग्वालियर, नागौर, हाँसी, उच्छ, समाना, सुनम, कोहराम, भटिंडा और सरहिन्द के वास्ते तेज़ हरकारे भिजवाए गये। हरकारे जिन-जिन थानों से होकर गुज़र रहे थे। वहाँ के लोगों को इस मनहूस ख़बर से गहरा सदमा पहुँच रहा था।

क़िल-ए-रायपिथौरा में मौजूद शहज़ादे, शहज़ादियाँ, बेगमें, क़ाज़ी, मुल्ला, आलिम-फ़ाज़िल, सैयद-शैख़, अमीर-उमरा के साथ-साथ उलेमा हज़रात भी इस ख़बर को सुनकर सन्न रह गये। हालाँकि तुर्कान-ए-चिहिलगानी बन्दागान-ए-शम्सी के चालीस तुर्क अमीरों और मलिकों में से कई सुल्तान इल्तुतमिश से नाराज़ रहते थे, लेकिन उन्हें भी क़ुतुब बेगम की मौत ने झक-झोरकर रख दिया। क़ुश्क-ए-फ़ीरोज़ी, क़ुश्क-ए-लाल, क़ुश्क-ए-सफ़ेद, क़ुश्क-ए-सब्ज़, क़ुश्क-ए-दिलक़ुशा और क़ुश्क-ए-अक़ीक़-ए-सुर्ख़ में मौजूद ख़िदमतगुज़ार बाँदियाँ, लौंडियाँ और हिजड़ों ने रो-रोकर आसमान सिर पर उठा लिया। क़िल-ए-रायपिथौरा के चारों ओर चल रहे लंगरख़ानों में मौजूद ग़रीबों, भिखारियों, मुहताजों और कंगालों ने जैसे ही यह मनहूस ख़बर सुनी, भूखे रहने पर भी खाना नहीं खाया। वे दुआ माँग रहे थे कि अल्लाह बेगम को जन्नत बख़्शे। हौज़ शम्सी पर चल रहे लंगरख़ाना के यतीम गहरे मातम में डूब गये थे। वे ख़ामोश रहकर बेगम के मरने का ग़म मना रहे थे। एक-दूसरे से बात भी नहीं कर रहे थे।

शहज़ादे रुक़ुनुद्दीन की अम्मीजान शाह तुर्कान बेगम को क़ुतुब बेगम से ज़्यादा मुहब्बत नहीं थी। वे अपने बेटे रुक़ुनुद्दीन को सल्तनत का वलीअहद बनवाना चाहती थीं और इस मामले में क़ुतुब बेगम उनकी ख़ास रुकावट थीं, लेकिन आज उनकी ही नहीं, शहज़ादे रुक़ुनुद्दीन की भी आँखों से आँसू बह रहे थे। शहज़ादे को रह-रहकर याद आ रहा था कि क़ुतुब बेगम ने कई बार अब्बाहुज़ूर सुल्तान इल्तुतमिश के गुस्से से उसे बचाया था। शहज़ादे की आँखों में आँसू देखकर उसकी हवेली की कनीज़ें और बाँदियाँ हैरान थीं। शहज़ादे ने जब से यह मनहूस ख़बर सुनी, एक बूँद शराब तक अपने हलक से नीचे नहीं उतारी।

क़िले के ग़ज़नी दरवाज़े के सामने की सड़क पर मौजूद ग़ज़नी बाज़ार में यह ख़बर सबसे पहले पहुँची। लाला हज़ारीमल, लाला करोड़ीमल, मियाँ कल्लन, मियाँ जुम्मन ने ही नहीं, असग़री बेगम और कजरी ने भी अपनी दुकानें बन्द कर दीं। धीरे-धीरे यह मनहूस ख़बर जहाँ-जहाँ पहुँच रही थी, वहाँ के बाज़ार बन्द हो रहे थे। यहाँ तक कि रंडीख़ाना में मौजूद तमाम रंडियाँ और भड़ुए अपना सिर नोच रहे थे।

रंडीख़ाने की तमाम गलियाँ वीरान हो चुकी थीं। अब वहाँ तबला और सारंगी की आवाज़ सुनाई नहीं दे रही थी। इन गलियों की पान, इत्र और फूलों के गजरों तक की दुकानें बन्द हो गयीं। क़िले में मौजूद नौबतख़ाना से नौबत बजना बन्द हो गयी थी। नौबत बन्द होने के कुछ वक़्त बाद वज़ीर-ए-आज़म के हुक़्म से मातमी आवाज़ निकलने लगी।

वज़ीर-ए-आज़म निजामुलमुल्क जुनैदी के दफ़्तर में ही नहीं, आरिज़-ए-मुमालिक, दीवान-ए-इंशा, दीवान-ए-रसातल, नायब वज़ीर, वरीद-ए-मुमालिक, क़ाज़ी-ए-मुमालिक, सद्र-ए-जहाँ, सद्र-उस-सुदूर, वकील-ए-दर, अमीर-ए-हाजिब, सर-ए-जाँदार, अमीर-ए-आख़ुर और शाइन-ए-पीलाँ के तमाम दफ़्तरों में गहरा सन्नाटा छाया था। क़िले के अन्दर मौजूद तमाम कारख़ाने बन्द करवा दिए गये। जब बाज़ार और क़िले में मौजूद तमाम लोगों की यह हालत थी, तब शहज़ादी रज़िया और शहज़ादी सज़िया की क्या हालत रही होगी, बयान नहीं की जा सकती। दोनों शहज़ादियाँ रो-रोकर अपनी जान दिए दे रही थीं। शहज़ादी रज़िया की बाँदियों ने दोनों शहज़ादियों को किसी तरह सँभाला। शहज़ादी रज़िया को सुल्तान द्वारा बख़्शा गया हाथी का बच्चा वक़्त बहादुर खाना नहीं खा रहा था। उसकी देखभाल कर रहे फीलवान ने बताया कि वह लगातार आँसू बहा रहा है।

सुल्तान इल्ततुमिश ने क़ुश्क-ए-दिलक़ुशा के दारोग़ा-ए-ख़ास को हुक़्म दे रखा था कि वज़ीर-ए-आज़म निजामुलमुल्क जुनैदी और क़ुव्वतुलमुल्क जमालुद्दीन याक़ूत के अलावा उनसे मिलने की इजाज़त और किसी को नहीं है। सुल्तान की ख़ास कनीज़ें फ़ातिमाबानो, क़ादिरबीवीबानो, साकी रौशनबानो और नई कनीज़ गुलसुल्तानबानो सुल्तान का सामना करने की हिम्मत नहीं जुटा पा रही थीं। जमालुद्दीन याक़ूत का भी रोते-रोते बुरा हाल था, लेकिन उसे सुल्तान को भी सँभालना था। सुल्तान ने सुबह से एक बूँद पानी तक नहीं पिया था। वे न तो रो रहे थे और न ही किसी से बात कर रहे थे। सुल्तान के न बोलने की वजह से जमालुद्दीन याक़ूत और वज़ीर-ए-आज़म बड़ी ही पशोपेश में थे। हालाँकि वज़ीर-ए-आज़म ने बेगम के शव को नहलाने-धुलाने और क़ब्रगाह तक पहुँचाने के वास्ते तमाम हुक़्म दे रखे थे।

जहाँ दिल्ली के तमाम मन्दिरों में पंडित बेगम की आत्मा की शान्ति के लिए प्रार्थनाएँ कर रहे थे, वहीं मस्जिदों में बेगम की रूह के वास्ते अमन की दुआएँ माँगी जा रही थीं। क़ाज़ी-ए-सल्तनत के हुक़्म से बेगम के महल के बाहर क़ुरआन का पाठ हो रहा था। कुछ लोग दरगाहों पर जाकर मरहूम बेगम की रूह के वास्ते दुआएँ माँग रहे थे। फ़क़ीर क़ाज़ीमुद्दीन ज़ाहिद अपने चितकबरे गधे पर बैठे तसवीह फेरते हुए जहाँ रोज़ाना अल्लाह-अल्लाह जपा करते थे, वहीं आज कुछ शेर बुलन्द आवाज़

में दोहरा रहे थे। फ़क़ीर डील-डौल से न तो बहुत मोटे थे और न बहुत दुबले-पतले, लेकिन उनका चेहरा हर वक़्त चमकता रहता था। उनकी आँखों में तेज़ था। वे हमेशा की तरह काला कबा पहने थे। उनके एक हाथ में गधे की लगाम थी और दूसरे हाथ से तसवीह फेर रहे थे। कई फ़क़ीर उनके पीछे-पीछे ख़ामोशी के साथ चल रहे थे। फ़क़ीर की ज़ुबान से निकले शेर थे—

'मर्गे न अहमक़ न बुख़रद रा गुज़ाश्त। न यके नेको न यक बद रा गुज़ाश्त।।
गर तु ज़ीं क़ौसी वगर जाँ दीगरी। हमचो ईशाँ बुगुज़री ता बिनगरी।।'

लाला करोड़ीमल, लाला हज़ारीमल, मियाँ जुम्मन, मियाँ कल्लन और उनके नौकर फ़क़ीर के सामने अदब के साथ झुक गये। इन्हें देखकर फ़क़ीर ठहर गये। कल्लन मियाँ की दुकान से फ़क़ीर तक़रीबन रोज़ाना गुज़रते थे। वे अकसर उनकी दुकान पर एक गोश्त का टुकड़ा और एक रोटी गधे पर बैठे-बैठे ही खा लेते थे। कल्लन मियाँ ने अपने नौकर मंसूर को इशारा किया। मंसूर मालिक का इशारा पाते ही दुकान से कुछ चपातियाँ और गोश्त ले आया, लेकिन फ़क़ीर ने आज गोश्त-रोटी नहीं खाई। कल्लन मियाँ ने रोटियाँ गधे को खिलाने के लिए कोशिश की, लेकिन उसने भी सिर हिलाकर मना कर दिया। जब ख़ुद फ़क़ीर क़ाज़ीमुद्दीन ज़ाहिद और उनका गधा कुछ नहीं खा रहा था तो दुकान के सामने मौजूद फ़क़ीर और भिखमंगे हिम्मत कैसे जुटा सकते थे। इसी बीच असग़री बेगम और फूलवाली कजरी नज़दीक आ गयी थीं। क़ुतुब बेगम की मौत की ख़बर सुनकर दोनों लगातार आँसू बहा रही थीं। उन्हें रोता देखकर फ़क़ीर बोले, "रोओ मत। आख़िर रोकर कुछ पाओगी?"

दोनों औरतें फ़क़ीर की शान में एक बार फिर झुक गयीं। कुछ देर बाद आँसू पोंछकर असग़री बेगम बोलीं, "हुज़ूर, क़ुतुब बेगम मर गयीं।"

"रोना बन्दकर। तेरा खाविन्द कच्ची उम्र में मर गया था और तू भी मर जाएगी। हमें भी मरना है। कोई न बचेगा। सुना तूने, कोई न बचेगा।"

लाला करोड़ीमल बात का रुख़ बदलते हुए फ़क़ीर के सामने अदब के साथ झुककर बोले, "हज़रत, आपको आज तक किसी ने शाइरी पढ़ते नहीं देखा है। इस शाइरी के मतलब क्या हैं?"

फ़क़ीर मुस्कराकर बोले, "जनाब, मौत ने किसी को कभी बख़्शा नहीं है। वह हर एक के घर आई है। उसके लिए ज़ाहिल और दानिशमंद सभी एक समान हैं। तुम चाहे ज़ाहिल हो या फिर दानिशमंद, इस फ़ानी दुनिया से जहाँ सभी उठ गये, वहीं तुम भी उठ जाओगे।"

"क्या यह शेर हुज़ूर ने लिखा है?" कल्लन मियाँ ने हिम्मत जुटाकर पूछा।

"नहीं। हमें लिखने-पढ़ने से क्या मतलब?"

"हुज़ूर, तब किसने लिखा है?"

"इसे अत्तार ने लिखा है।"

"हुज़ूर, अत्तार कौन हैं?"

"अत्तार का पूरा नाम है, फरीदुद्दीन अत्तार। वह सन् एक हजार एक सौ सत्तावन ईसवी में निशापुर में पैदा हुए थे। शुरू में इनका नाम था, अबू तालिब मोहम्मद। दवाइयाँ बेचने की वजह से इनका नाम पड़ा, अत्तार। इनके वालिद का नाम था, अबूबक्र इब्राहीम। वह कई मुल्क घूम चुका है और इस वक़्त दमिश्क में है। वह जल्दी हिन्दुस्तान भी आएगा।" इतना कहकर फ़क़ीर अल्लाहू...अल्लाहू करने लगे।

"क्या वे सूफ़ी हैं?" लाला हज़ारीमल ने पूछा।

"इस सिलसिले में एक क़िस्सा है। अत्तार जब दवाइयाँ बेचता था, तब उसकी दुकान पर एक सूफ़ी भिखारी के वेश में न जाने कहाँ से आ गया। उसने कहा, अरे अल्लाह के नाम पर दे दे, मौला के नाम पर दे दे। अत्तार दुकानदारी में उलझा था। उसने फ़क़ीर की ओर देखा तक नहीं। हालाँकि फ़क़ीर कई बार बोला, अल्लाह के नाम पर दे दे, मौला के नाम पर दे दे। फिर भी अत्तार ने उसकी तरफ़ ताका नहीं। अब फ़क़ीर ने अत्तार से पूछा, आपकी जान कैसे निकलेगी? अत्तार को फ़क़ीर का सवाल अटपटा लगा। फिर भी उसने जवाब दिया, जिस तरह आपकी। अब फ़क़ीर फिर बोला, क्या आप हमारी तरह मर सकते हैं? इस पर अत्तार ने कहा, क्यों नहीं?

इतना सुनते ही फ़क़ीर अपने लकड़ी के प्याले को सिर के नीचे रखकर आराम से लेट गया और बुलन्द आवाज़ में अल्लाह को आवाज़ लगाई। कुछ देर बाद अत्तार ने देखा कि फ़क़ीर मर चुका था। इसके बाद अत्तार को न जाने क्या हुआ। उसने हमेशा-हमेशा के लिए दवाइयों की दुकान बन्द कर दी और वह सूफ़ी हो गया। तमाम दुनिया में मसनवी लिखनेवालों में सनाई के अलावा उसका कोई मुक़ाबला नहीं कर सकता। अरे उसके लिखे दीवान के साथ-साथ 'तज़किरातुल औलिया' और 'मन्तक़ुलतीर' पढ़ो। इन्हें पढ़कर मज़ा आ जाएगा। अगर फ़ारसी पढ़ना न आता हो तो किसी से पढ़वाकर सुनो। अच्छा बर्खुरदार, अब हमारे गधे को रास्ता दे दो।" लाला हज़ारीमल और वहाँ मौजूद दूसरे लोग सोच रहे थे कि एक तरफ़ तो फ़क़ीर कहते हैं, उन्हें पढ़ने-लिखने से क्या मतलब? और दूसरी ओर अत्तार के दीवान की तारीफ़ के पुल बाँध रहे हैं।

वहाँ मौजूद सभी लोगों ने फ़क़ीर के लिए रास्ता छोड़ दिया। फ़क़ीर अल्लाह-अल्लाह पुकारते हुए आगे बढ़ गये। अब वे ज़ोर-ज़ोर से वही शेर फिर दोहरा रहे थे। फ़क़ीर के शेर पढ़ने के बाद न जाने क्यों गधा ढेंचूँ...ढेंचूँ चिल्ला रहा था। ऐसा लग रहा था, जैसे गधा भी फ़क़ीर के रंग में रंग गया हो। वहाँ मौजूद सभी लोग फ़क़ीर

को तब तक ताकते रहे, जब तक वे उनकी आँखों से ओझल नहीं हो गये।

जहाँ तमाम दिल्ली क़ुतुब बेगम की मौत के सिलसिले में शोक़ में डूबी हुई थी, वहीं ख़्वाजा क़ुतुबुद्दीन की ख़ानक़ाह में आम के पेड़ों के ऊपर सैकड़ों की तादाद में कौए काँव-काँव की आवाज़ से आसमान सिर पर उठा लिये थे। ख़्वाजा की ख़ानक़ाह में दो कमरे और उनसे सटा हुआ लम्बा-चौड़ा दालान था। ख़्वाजा साहब मगरिब की नमाज़ अदा कर चुके थे। जनाब फरीदुद्दीन मसऊद के साथ-साथ तीन और मुरीद ख़्वाजा के नज़दीक ही चटाईयों पर बैठे थे। शाम के वक़्त रोज़ाना कुछ लोग ख़्वाजा को सुनने के लिए यहाँ जमा हो जाते थे। इन्हीं में जनाब लियाक़त अली भी मौजूद थे।

फरीदुद्दीन मसऊद बोले, "हज़रत, क़ुतुब बेगम की मौत से सुल्तान इल्तुतमिश ही नहीं, तमाम दिल्लीवालों को गहरा सदमा पहुँचा है।"

ख़्वाजा क़ुतुबुद्दीन कुछ देर तक न जाने क्या बुद-बुदाते रहे। फिर बोले, "फरीदुद्दीन मसऊद, मौत का कोई ठिकाना नहीं है। मौत तो कभी किसी पर आ सकती है। मौत से जैसे तमाम दुनिया के लोग सामना करते हैं, ठीक वैसे ही सुल्तान को अपनी बेगम की मौत का सामना करना पड़ेगा। हम मरहूम बेगम की रूह के लिए दुआ के अलावा कर भी क्या सकते हैं? आप लोग भी मरहूम बेगम की रूह के लिए अल्लाह से दुआ माँगें।" इतना बोलकर ख़्वाजा ने अपने दोनों हाथ ऊपर उठा दिये। वहाँ मौजूद सभी लोगों के हाथ दुआ के वास्ते उठ गये।

"लेकिन हुज़ूर, बेगम की अभी कोई ख़ास उम्र नहीं थी।"

ख़्वाजा मुस्कराए और बोले, "क्या दुनिया में जईफ़ ही मरते हैं?"

"नहीं हुज़ूर।"

"तब ऐसे सवाल के क्या मायने हैं? अरे मौत के सामने क्या बूढ़ा और क्या जवान। मौत का फ़रिश्ता गूँगा और बहरा होता है। वह किसी की कोई फ़रियाद नहीं सुनता है। उसके सामने शाही हकीम और दवा-दारू से भी कोई काम नहीं चलता है। अगर दुनिया में मौत ही नहीं होगी, तब दुनिया बेढंगी नहीं हो जाएगी। मौत से न तो कोई ताक़तवर लड़ सकता है और न ही कोई सुल्तान। बड़े-से-बड़े आलिम-फ़ाज़िल, मुल्कों के सुल्तान, शाही हकीम और तमाम पैग़म्बर, जिन्होंने शायद मुर्दों में भी जान फूँकी होगी, ख़ुद को मौत के साये से बचा नहीं सके। दुनिया में साल के दरम्यान लाखों लोग मरते हैं, उनकी कोई परवाह नहीं करता।, लेकिन जब अपना कोई अज़ीज़ मर जाता है, तब हम रोने लगते हैं। मसऊद, मौत की हक़ीक़त को समझें।" इतना कहकर ख़्वाजा साहब ख़ामोश हो गये।

कुछ रुककर ख़्वाजा साहब फिर बोले—

"चंग दर गुफ़्तए यज़दानो पैगंबर ज़न अज़ाँ के।

काँ चे क़ुरआनो ख़बर नेस्त फ़िसानस्तो हवस।।''

भीड़ में से लियाक़त अली उठकर खड़ा हो गये। वहाँ मौजूद सभी लोग उसका चेहरा ताक रहे थे। उन्होंने अदब के साथ झुककर पूछा, ''आलाहज़रत, इस शेर के क्या मायने हैं?''

''शेर के मायने हैं, अल्लाह और पैग़म्बर के कहने पर चल! क़ुरआन और हदीस को पढ़! उसके सिवा सब बेकार की बातें हैं। सुनो, कौए भी यही कह रहे हैं।'' ख़्वाजा की बात सुनकर भीड़ में मौजूद तमाम लोगों की हँसी छूट गयी, लेकिन लियाक़त अली संजीदा थे। उन्हें हँसी नहीं आई।

''हुज़ूर, यह शेर किसने लिखा है?'' मौजूद कुछ लोगों को लियाक़त अली का सवाल बेतुका लगा।

''यह सूफ़ी शाइर सनाई ने लिखा है।'' ख़्वाजा धीमी आवाज़ में बोले।

फ़िज़ा में कुछ देर तक ख़ामोशी छाई रही। इस ख़ामोशी को फरीदुद्दीन मसऊद ने फिर तोड़ा। वे बोले, ''हुज़ूर, अगर इजाज़त हो तो क़ुतुब बेगम के मरने की ख़बर किसी मुरीद के ज़रिये अजमेर शरीफ़ भिजवा दी जाए!''

ख़्वाजा मुस्कराए और बोले, ''पीर-ओ-मुर्शिद ख़्वाजा मुईनुद्दीन चिश्ती अजमेरी से कुछ छिपा नहीं है। कहीं ऐसा हो सकता है, उन्हें ख़बर न हुई हो? फिर भी अगर आपका दिल नहीं मानता है तो किसी को अजमेर भेज दो।''

''बहुत अच्छा, हुज़ूर।'' कौए अब भी काँव-काँव मचाए थे।

बारह

सुबह से आसमान साफ़ था, लेकिन दोपहर होने से पहले ही न जाने कहाँ से उमड़-घुमड़कर काले-काले बादल छा गये। हवा भी तेज़ चलने लगी। इसके बाद बरसात ऐसी हुई कि रुकने का नाम नहीं ले रही थी। नदी-नाले उफनाने लगे। सड़कें पानी में डूब गयीं। तालाब पानी से लबालब भर गये। क़िल-ए-रायपिथौरा के सामने के मैदान में लगे फ़ौज़ के ख़ेमों में कमर तक पानी भर गया। जहाँ हाथी चिंघाड़ रहे थे, वहीं ऊँट तेज़ आवाज़ में बिलबिला रहे थे। घोड़े बारिश की वजह से हिन-हिनाने ही नहीं लगे, बल्कि खूँटे उखाड़कर इधर-उधर भागने लगे। इस बेमौसम बरसात ने ख़ासी तवाही मचा दी। बंजारों की बैलगाड़ियों में लदा अनाज भीग गया। बंजारे अपनी क़िस्मत पर रो रहे थे। खोदे जा रहे हौज़ शम्सी में दस हाथ पानी भर गया। मज़दूरों की छुट्टी कर दी गयी। जहाँ तमाम लोग इस भयंकर बारिश में मौत के मुँह

में समा गये, वहीं सैकड़ों परिन्दे तूफ़ान में ख़ुदा को प्यारे हो गये।

बुखारा और ग़ज़नी की सीमा से लगे मुल्कों की तवारीख़ी जानकारी देने के वास्ते सुल्तान इल्तुतमिश ने क़ाज़ी कबीरुद्दीन को शहज़ादी रज़िया के लिए ख़ासतौर पर तैनात कर रखा था। इस सिलसिले में क़ाज़ी की तारीफ़ ख़ुद वज़ीर-ए-आज़म निज़ामुलमुल्क जुनैदी ने की थी। क़ाज़ी कबीरुद्दीन ग़ज़नी, खुरासान, काशगर, इराक और आस-पास के मुल्कों की तवारीख़ की ख़ासी जानकारी रखते थे। जहाँ उन्हें तवारीख़ी क़िताबें पढ़ने का शौक़ था, वहीं वे तवारीख़ शौक़िया तौर पर लिखते भी थे। उनके क़ुतुबख़ाने में कई शागिर्द मदद के वास्ते हर वक़्त लगे रहते थे।

शहज़ादी रज़िया के महल में क़ाज़ी कबीरुद्दीन के अलावा बाँदी गुल-ए-अब्बासी और नयनज्योतिबाई के साथ-साथ ख़्वाजासरा इनायत ही मौजूद था। बाकी बाँदियों को शहज़ादी ने छुट्टी दे रखी थी। शहज़ादी ने न जाने क्यों आज सुबह ही समूचे महल में सफ़ेद पर्दे लगाने का हुक़्म फ़र्माया था। दीवानख़ाने में सफ़ेद पर्दों के अलावा कालीन तक सफ़ेद बिछवाए गये। इस तरह के कालीन शहज़ादी की ख़ास गुज़ारिश पर सुल्तान इल्तुतमिश ने पहली मर्तबा शाही कारख़ाने में तैयार कराए थे। शहज़ादी के हुक़्म पर नयनज्योतिबाई ने आज गुलदस्तों में गुलाब की जगह सफ़ेद गुल-ए-लाला के फूल लगाए थे। नयनज्योतिबाई शहज़ादी की फ़रमाईश पर हैरान थी। शहज़ादी ने इससे पहले कभी भी महल में गुल-ए-लाला के फूल नहीं मँगवाए थे। उनकी ख़ास हिदायत पर दोनों बाँदियाँ और ख़्वाजासरा इनायत ने भी सफ़ेद पोशाकें पहन रखी थीं। शहज़ादी ने पोशाकें इन्हें दो दिन पहले ही इनाम में बख़्शी थीं।

शहज़ादी ने ढाके की सफ़ेद मलमल की दोहरी पोशाक पहन रखी थी जो जगह-जगह मोतियों से टँकी थी। जेवर के नाम पर अकेला तिहरा मोतियों का हार उनके गले में पड़ा था। शहज़ादी इस वक़्त देखने में जन्नत की परी लग रही थीं। शहज़ादी और क़ाज़ी के बीच की दूरी बनाए रखने के लिए क़ीमती मोतियों का पर्दा ख़्वाजासरा इनायत ने सुबह ही लगा दिया था। शहज़ादी की पोशाक में कोई ख़ुशबू नहीं लगी थी और न ही किसी बाँदी ने अपनी पोशाक में ख़ुशबू लगाई थी। फिर भी समूचा दीवानख़ाना चमेली की तेज़ ख़ुशबू से भर गया था। क़ाज़ी को चमेली की ख़ुशबू पसन्द थी। वे हर वक़्त चमेली की ख़ुशबू अपनी पोशाक में लगाए रखते थे।

क़ाज़ी की अधपकी दाढ़ी बता रही थी कि उनकी उम्र पचास साल से कुछ ज़्यादा हो गयी है। रंग गोरा था, मगर भारी-भरकम शरीर के साथ-साथ बाहर निकला पेट उनके शरीर को बेडौल बना रहा था। उन्होंने सिर पर भारी पगड़ी के साथ क़ीमती जड़ाऊ कबा पहन रखा था। इत्तिफ़ाक़ था, क़ाज़ी ने भी आज सफ़ेद पगड़ी, सफ़ेद कबा और पायज़ामा पहन रखा था। सुल्तान ने तीन दिन पहले ही

इनाम में यह पोशाक उन्हें बख़्शी थी। वे फ़ारस और तुर्किस्तान के तमाम राजवंशों के विषय में शहज़ादी को जानकारी दे चुके थे। वे आज रोज़ाना से कहीं ज़्यादा वक़्त शहज़ादी के महल में गुज़ार चुके थे, लेकिन तेज़ बारिश की वजह से वापस अपनी हवेली पर लौटना फ़िलहाल मुश्किल था। लम्बा वक़्त गुज़र जाने की वजह से बाँदी गुल-ए-अब्बासी शर्बत और सूखे मेवे दोबारा क़ाज़ी और शहज़ादी के वास्ते परोस गयी थी।

शहज़ादी को चमेली की तेज़ गन्ध पसन्द नहीं थी। उसने पूछा, "क़ाज़ी साहब, क्या आपको चमेली की ख़ुशबू ज़्यादा पसन्द है?"

शहज़ादी की बात सुनकर क़ाज़ी थोड़ी देर के लिए सिट-पिटा गये। उन्हें अपनी ग़लती का एहसास हो गया। वे यह भी जानते थे कि पढ़ते वक़्त शहज़ादी कोई ख़ुशबू लगाकर नहीं आती हैं। वे बोले, "शहज़ादी साहिबा, गुस्ताख़ी माफ़ हो। मोटे होने की वजह से मुझे गर्मी कुछ ज़्यादा ही लगती है। बदन से हर वक़्त पसीना छूटता रहता है। पसीने की बू न महसूस हो, इसलिए हुज़ूर ख़ुशबू पोशाक में लगवा लेता हूँ।" इतना बोलते ही नज़दीक ही मौजूद दोनों बाँदियों की हँसी छूट गयी, लेकिन शहज़ादी ने उन्हें डाँट दिया। दीवानख़ाने में कुछ देर के लिए ख़ामोशी छा गयी।

कुछ देर रुककर क़ाज़ी बोले, "हुज़ूर, शायद अब बारिश बन्द हो गयी हो। शहज़ादी का क़ीमती वक़्त फ़ुज़ूल बर्बाद हो रहा है। हमें चलने की इजाज़त दें।"

"क़ाज़ी साहब, क़ीमती वक़्त तो आपका बर्बाद हो रहा है। हमें इस वक़्त कुछ नहीं करना है। शायद बारिश अभी बन्द नहीं हुई है, लेकिन फिर भी दिखवा लेते हैं।"

शहज़ादी ने ताली बजाई। ताली की आवाज़ सुनते ही नज़दीक खड़ी बाँदी गुल-ए-अब्बासी हाज़िर हो गयी। उसकी ओर मुखातिब होकर शहज़ादी बोलीं, "इनायत को कहो, बाहर देखकर आएँ, क्या बारिश बन्द हो गयी है?" शहज़ादी का हुक़्म सुनकर बाँदी उलटे पैरों वापस हो गयी।

जल्दी ही ख़्वाजासरा इनायत ने आकर बताया, "हुज़ूर, बारिश अभी बहुत तेज़ है। तमाम क़िले में पानी-ही-पानी दिख रहा है। अपने बाग़ में भी पानी भर गया है। पहरेदार तो इतना तक बता रहे हैं कि ऐसी बारिश पिछले बीसियों सालों में नहीं हुई थी। हुज़ूर, ग़ज़नी दरवाज़े के सामनेवाली सड़क पर तो घुटनों के ऊपर तक पानी भरा है।"

इनायत की बात पर शहज़ादी को हँसी आ रही थी। इनायत अभी हाल ही में शहज़ादी की नौकरी में आया था। उसकी उम्र अभी बारह साल नहीं हुई थी। उसका रंग सुर्ख़ था। गाल पर दाहिनी ओर तिल उसकी ख़ूबसूरती में चाद चाँद लगा रहा था। उसकी नीली आँखें और कमानीदार भौहें हर किसी का ध्यान जल्दी ही अपनी

ओर आकर्षित कर लेती हैं। बताते हैं, उसके बराबर ख़ूबसूरत कोई और ख़्वाजासरा क़िल-ए-रायपिथौरा में इस वक़्त नहीं है। सुल्तान इल्तुतमिश को यह ख़्वाजासरा तराई की जंग में मिला था। उसे इतना याद है, वह कश्मीर का रहनेवाला है और उसे किसी सौदागर ने लाहौर में मरहूम सुल्तान ताजुद्दीन यल्दौज के हाथों बेंच दिया था। शहज़ादी चेहरे पर बनावटी गुस्सा लाते हुए बोलीं, ''जनाब इनायत, आपसे गुल-ए-अब्बासी ने क्या कहा था?''

''हुज़ूर, मुझसे कहा था, बाहर देखकर आओ। क्या बारिश हो रही है?''

''लेकिन आप तो किसी क़िस्सागो की तरह पूरा क़िस्सा बयान कर रहे हैं।''

''हुज़ूर, अब कभी ऐसी ग़लती नहीं होगी। इस बार हमें माफ़ कर दें।'' इनायत अदब के साथ झुककर बोला।

इनायत का लटका चेहरा देखकर शहज़ादी मुस्कराकर बोलीं, ''जाइए! बारिश जब बन्द हो जाए, तब बता जाइएगा।''

''बहुत अच्छा हुज़ूर।'' इतना कहकर इनायत तस्लीम बजाकर उलटे पैरों वापस हो गया। वह क़ाज़ी कबीरुद्दीन को भी तस्लीम बजाना नहीं भूला।

एक ओर क़ाज़ी तेज़ बारिश की वजह से सोच रहे थे कि वे आज बुरे फँस गये हैं तो दूसरी तरफ़ कमसिन ख़्वाजासरा इनायत के बारे में सोच रहे थे कि बेचारा इतनी कम उम्र में अपने माँ-बाप और अपने मुल्क से अलग हो गया है। वे यह भी सोच रहे थे कि इनायत न जाने कितने हाथों में बिककर मरहूम सुल्तान ताजुद्दीन यल्दौज़ के पास पहुँचा होगा। बेचारा न जाने कब तक शहज़ादी रज़िया की ख़िदमत में रह पाएगा। फिर सोचने लगे, क़िले के अन्दर न जाने ऐसे कितने हिजड़े होंगे जो अपने माँ-बाप, नाते-रिश्तेदार और दोस्तों की याद में कभी-कभी तड़प उठते होंगे। वे यह भी सोचने लगे कि इन बेचारों की हँसती-खेलती ज़िन्दगी से खिलवाड़ करके उन्हें बधिया बनाकर हमेशा-हमेशा के लिए नामर्द बना दिया जाता है। ख़ुदा ऐसे ज़ालिम लोगों को कभी माफ़ नहीं करेगा।

इस बीच शहज़ादी बाँदी नयनज्योतिबाई की ओर देखकर बोलीं, ''क़ाज़ी साहब की पालकी के कहाँरों को हमारे महल में आए हुए काफ़ी वक़्त गुज़र गया है। बारिश में न जाने कहाँ बैठे हैं?''

''हुज़ूर, वे बारहदरी में आराम कर रहे हैं।''

''उन्हें भी शर्बत और सूखे मेवे भिजवा दें!''

''हुज़ूर, इसकी क्या जुरूरत है।'' क़ाज़ी बोले।

''क़ाज़ी साहब, इसकी जुरूरत है। आख़िर वे भी इंसान हैं। सारा दिन पालकी ढोते हैं। वे आप और हमसे कहीं ज़्यादा मेहनत करते हैं।''

''हुज़ूर की उम्रदराज हो। ख़ुदा आपको बरकत दे। आप वज़ा फ़र्मा रही हैं।''

क़ाज़ी ने शहज़ादी की हाँ-में-हाँ मिलाई।

शहज़ादी शर्बत का घूँट लेती हुई फिर बोलीं, "जनाब क़ाज़ी साहब, आज हमें सुल्तान महमूद ग़ज़नवी के बारे में जानकारी दें? वैसे भी इस वक़्त बारिश की वजह से आप अपनी हवेली नहीं पहुँच सकते। बारिश इतनी तेज़ है कि पालकी में भी अन्दर पानी पहुँच सकता है।" क़ाज़ी कबीरुद्दीन ने तक़रीबन दस साल से घोड़े की सवारी बन्द कर रखी थी। शरीर के बेडौल हो जाने की वजह से वे बिना किसी की मदद के घोड़े पर सवार नहीं हो सकते थे, इसलिए पालकी की ही सवारी पसन्द करते थे।

क़ाज़ी साहब दोजानू काफ़ी देर से बैठे थे। शहज़ादी समझ रही थी कि अब तक उनकी टाँगें दुखने लगी होंगी, इसलिए वे बोलीं, "क़ाज़ी साहब, आप काफ़ी देर से दोजानू बैठे हैं, थक गये होंगे। आप तकल्लुफ़ छोड़कर आराम से बैठें।"

"नहीं हुज़ूर, अब इस तरह बैठने की आदत बन चुकी है।"

"नहीं...नहीं। आप आराम से बैठें।"

अब क़ाज़ी आराम से बैठ गये और बोले, "शहज़ादी, सामानी सुल्तानों में कभी बादशाह अब्दुल मलिक बुख़ारा पर हुकूमत करते थे। सन् नौ सौ बासठ ईसवी में अचानक इनकी मौत हो गयी। दरबार के तमाम सिपहसालार दो गुटों में बँट गये। एक गुट इनके चाचा को गद्दी सौंपना चाहता था तो दूसरा गुट इनके भाई को गद्दी देना चाहता था। उस वक़्त खुरासान की सूबेदारी अलप्तगिन के पास थी। सूबेदार अलप्तगिन ने सोच-समझकर अब्दुल मलिक के चाचा को गद्दी पर बैठाने की सिफ़ारिश करने का फ़ैसला लिया। इस वास्ते अलप्तगिन ने अपना एलची बुख़ारा की ओर रवाना कर दिया।"

"क्या खुरासान के सूबेदार अलप्तगिन का बुख़ारा में मौजूद तमाम अमीरों पर इतना दबदबा था कि वे अलप्तगिन की बात मानने को तैयार हो जाते?"

"शहज़ादी, आप वजा फ़र्मा रही हैं। सूबेदार अलप्तगिन का ऐसा ही दबदबा था, लेकिन हुज़ूर, एलची के बुख़ारा पहुँचने से पहले ही दरबार में मौजूद अमीरों ने बादशाह अब्दुल मलिक की मौत के कुछ दिनों बाद ही उसके भाई को गद्दी पर बैठा दिया। अब वहाँ का ताजो-तख़्त मरहूम बादशाह के भाई के पास था। सूबेदार अलप्तगिन ने महसूस किया कि उसने जल्दबाज़ी में ग़लत फ़ैसला ले लिया है। ऐसे हालात में उसने ठंडे दिमाग़ से काम लिया और सामानी बादशाह की ओर से मुँह मोड़कर फ़ौरन ग़ज़नी की ओर कूच कर दिया। ग़ज़नी पहुँचकर उसने सुल्तान अबू बक्र लाविक को वहाँ से भगा दिया और छोटे-मोटे दुश्मनों का ख़ात्मा कर डाला, लेकिन सन् नौ सौ उनहत्तर ईसवी में अलप्तगिन की भी मौत हो गयी। हालाँकि उसने आठ साल पूरी शान-ओ-शौकत के साथ ग़ज़नी की बादशाहत की।"

"तब कौन तख़्त पर बैठा?" शहज़ादी रज़िया को तवारीख़ में ख़ासी दिलचस्पी थी। वह क़ाज़ी द्वारा बताई जा रही सामानी तवारीख़ को ग़ौर से सुन रही थी।

"हुज़ूर, सुल्तान अलप्तगिन की मौत के बाद उसका बेटा अबू इसाक़ को ग़ज़नी की गद्दी मिली, लेकिन पता नहीं कैसे एक साल के अन्दर ही वह मर गया। अबू इसाक़ की मौत के बाद अलप्तगिन के तीन सूबेदार लगातार ग़ज़नी की गद्दी पर बैठे।"

"वे तीनों सूबेदार कौन-कौन रहे?" बाँदी गुल-ए-अब्बासी को इस तवारीख़ में कोई मज़ा नहीं आ रहा था। वह चाह रही थी कि जल्दी-से-जल्दी क़ाज़ी दीवानख़ाने से रफ़ा-दफ़ा हों। जिससे वह शहज़ादी के साथ बारिश का लुफ़्त ले सके, लेकिन बाँदी नयनज्योतिबाई क़ाज़ी द्वारा सुनाई जा रही तवारीख़ को ग़ौर से सुन रही थी। उसे तवारीख़ सुनने में मज़ा आता था।

"शहज़ादी, इनमें पहला सूबेदार बिलप्तगिन था।"

"बिलप्तगिन कुल कितने साल गद्दी पर बैठा?" शहज़ादी ने नया सवाल किया।

"हुज़ूर, बिलप्तगिन ने तक़रीबन सात साल तक बादशाहत की। वह नौ सौ सत्तर से नौ सौ सतहत्तर ईसवी तक गद्दी पर बैठा।"

"उसके बाद कौन बादशाह हुआ?"

"हुज़ूर, सुल्तान बिलप्तगिन की मौत के बाद मरहूम अलप्तगिन के दूसरे सूबेदार पिराई को ग़ज़नी की बादशाहत मिली, लेकिन उसे ऐशो-आराम पसन्द था। उसने अवाम पर तमाम ज़ुल्म ढाए। इसीलिए जल्दी ही उसका तख़्ता पलट दिया गया।"

"तब किसे गद्दी मिली?"

"मरहूम सुल्तान अलप्तगिन के तीसरे सूबेदार सुबुक्तगिन को अब बादशाहत मिल गयी। यह सूबेदार मौक़े की नज़ाकत देखकर हिन्दुस्तान की सरहद से ग़ज़नी के नज़दीक आ पहुँचा था। सुबुक्तगिन जल्दी ही अमीर नसीरुद्दीन सुबुक्तगिन के नाम से अवाम में मशहूर हो गया। उसे ग़ज़नी की बादशाहत दिलाने में अवाम का भी बड़ा हाथ था। इस वास्ते वह अवाम का दुख-दर्द बाँट रहा था। उसने अवाम के वास्ते अपने मुल्क में तमाम सरायें और मस्ज़िदें तामीर कराईं। सुल्तान सुबुक्तगिन सल्तनत की सरहदें बढ़ाने में जल्दी लग गया। उसने आस-पास के कई क़िलों पर धावा बोलकर उन्हें अपने क़ब्ज़े में ले लिया। शहज़ादी, इसी सुल्तान सुबुक्तगिन का बेटा सुल्तान महमूद था।" लगातार बोलने से क़ाज़ी का गला सूख गया था। वे इस बीच सामने रखा शर्बत का प्याला उठाकर एक बार में ही पी गये।

"जनाब, तवारीख़ में सामानी बादशाह अब्दुल मलिक, अलप्तगिन, बिलिप्तगिन

और सुबुक्तगिन का इतना नाम नहीं सुना जाता, जितना सुल्तान महमूद ग़ज़नवी का हुआ। क्या यह सच है?''

''शहज़ादी, आप वज़ा फ़र्मा रही हैं। सुबुक्तगिन ने जब ग़ज़नी के आस-पास के क़िलों पर क़ब्ज़ा कर लिया तो उसकी निगाह हिन्दुस्तान की ओर गयी। उस वक़्त हिन्दुस्तान के पंजाब इलाक़े पर राजा जयपाल हुकूमत कर रहा था। सुबुक्तगिन अपने चौदह साल के बेटे महमूद के साथ फ़ौज़ लेकर ग़ज़नी से काबुल दरिया की ओर चल दिया। उसके काबुल दरिया के नज़दीक पहुँचने पर दरिया पार राजा जयपाल भी अपनी फ़ौज़ लेकर आ गया। सुबुक्तगिन रुक-रुककर राजा जयपाल की फ़ौज़ पर हमला करने लगा। इन हमलों से राजा जयपाल परेशान हो गया और वह अपनी फ़ौज़ लेकर लमगान घाटी की ओर बढ़ गया। इस घाटी में सुबुक्तगिन और राजा जयपाल के बीच कई दिनों तक जंग होती रही। इसी बीच न जाने कहाँ से बर्फ़ीला तूफ़ान आ गया। राजा जयपाल की फ़ौज़ के सिपाही और घोड़े इस तरह के मौसम को बर्दाश्त करने के आदी नहीं थे। उसके घोड़े और सिपाही मरने लगे। राजा जयपाल ने मज़बूर होकर सुल्तान सुबुक्तगिन से समझौता कर लिया। समझौते के मुताबिक़ राजा जयपाल को पचास हाथी और दस लाख दिरहम अपने दुश्मन बादशाह को ख़िराज़ देने थे।''

''लेकिन सुल्तान महमूद ने हिन्दुस्तान में आकर तमाम लड़ाइयाँ कैसे जीतीं? और राजा जयपाल का क्या हुआ?'' शहज़ादी ने एक और सवाल किया।

''शहज़ादी, सुल्तान सुबुक्तगिन इस जंग के बाद ग़ज़नी वापस लौट गये। सुल्तान के ग़ज़नी वापस होते ही राजा जयपाल समझौते के मुताबिक़ किए गये तमाम वादे भूल गये और सुबुक्तगिन के एलची जो उससे ख़िराज़ वसूलने आए थे, उन्हें क़ैदख़ाने में डलवा दिया। राजा ने अपने एलची के ज़रिये ग़ज़नी ख़बर भिजवाई कि जब तक सुल्तान सुबुक्तगिन राजा जयपाल के आदमियों को नहीं छोड़ेगा, तब तक राजा जयपाल भी उसके एलचियों को क़ैदख़ाने से बाहर नहीं निकालेगा। हुज़ूर, अब मज़बूर होकर सुबुक्तगिन को एक और जंग राजा जयपाल से लड़नी पड़ी।''

''यह जंग कहाँ हुई?'' शहज़ादी अभी सवाल पूछ ही रही थी कि दीवानख़ाने की पश्चिमी दीवार पर लगी खिड़की हवा के तेज़ झोके से खुल गयी। खिड़की खुल जाने की वजह से बारिश का तेज़ पानी दीवानख़ाने में आने लगा। नयनज्योतिबाई जो शहज़ादी के नज़दीक ही खड़ी क़ाज़ी की जुबानी तवारीख़ सुन रही थी, खिड़की के नज़दीक पहुँची और खिड़की किसी तरह बन्द की। बाँदी गुल-ए-अब्बासी ने इसी बीच दीवानख़ाने में आया पानी पोंछ दिया था।

खिड़की खुल जाने और बारिश का पानी दीवानख़ाने में आ जाने की वजह से क़ाज़ी का ध्यान बारिश की ओर चला गया। उन्हें अपनी हवेली पहुँचने की फ़िक्र

सता रही थी, लेकिन इस बारिश में निकलना नामुमकिन था। अब वे बोले, "शहज़ादी, यह जंग भी लमगान घाटी में ही हुई। लमगान घाटी तक सुल्तान सुबुक्तगिन लूट-मार करते हुए आ पहुँचे। इसी बीच राजा जयपाल ने अपने भाई रईस के अलावा अजमेर, कन्नौज, कालिन्जर और दिल्ली के राजाओं से किसी तरह मदद इकट्ठी की। हुज़ूर, बताते तो इतना तक हैं, राजा जयपाल के पास उस वक़्त एक लाख घोड़े और उससे कहीं ज़्यादा फ़ौज़ मौजूद थी जब कि सुल्तान सुबुक्तगिन के पास राजा के मुक़ाबले बहुत कम फ़ौज़ थी। इस जंग में राजा जयपाल की हार हुई। उसे सिन्धु दरिया के किनारे तक खदेड़ दिया गया। अब सुल्तान सुबुक्तगिन का पेशावर से लेकर लमगान के तमाम इलाक़े में क़ब्ज़ा हो गया। इस इलाक़े में क़ब्ज़ा बरकरार रखने के वास्ते उसने पेशावर में दो हज़ार फ़ौज़ और तमाम थानेदार महसूल की वसूली के लिए तैनात कर दिए।"

"क़ाज़ी साहब, सुल्तान महमूद ने हिन्दुस्तान में कुल कितनी लड़ाइयाँ लड़ीं?" शहज़ादी अपने पहले सवाल को भूली नहीं थीं।

"शहज़ादी, सुल्तान महमूद ने हिन्दुस्तान में कुल सत्रह हमले किए। तक़रीबन सभी हमलों में उसकी फ़तेह हुई। इन हमलों में थानेश्वर, मथुरा, कन्नौज, ग्वालियर, कालिंजर और सोमनाथ के मंदिर पर किए गये हमले तवारीख़ में ख़ासे मशहूर हैं।"

"क्या महमूद को अपने वालिद के मरने के बाद आसानी से ग़ज़नी की गद्दी मिल गयी थी?" शहज़ादी के इस सवाल को सुनकर क़ाज़ी समझ गये कि शहज़ादी क़ाफ़ी बारीकी के साथ सुल्तान महमूद की तवारीख़ सुनना चाह रही हैं।

क़ाज़ी बोले, "नहीं शहज़ादी। सुल्तान सुबुक्तगिन ने न जाने क्यों मरने से पहले अपने छोटे बेटे इस्माइल को ताजो-तख़्त सौंपने का फ़ैसला ले लिया था। उस वक़्त इस्माइल ग़ज़नी से दूर बल्ख में था और महमूद भी निशापुर में अपनी फ़ौज़ के साथ था। ताजो-तख़्त हासिल करने के लिए दोनों भाई बल्ख और निशापुर से ग़ज़नी की ओर चल दिए। दोनों भाइयों में ग़ज़नी के नज़दीक जंग हुई। इस जंग में महमूद की फ़तेह हुई। उसने इस्माइल को जुर्जान क़िले के क़ैदख़ाने में डाल दिया, लेकिन महमूद ने उसके ऐशो-आराम के वास्ते तमाम इन्तज़ाम करा दिए थे। शहज़ादी को बताना ज़रूरी समझता हूँ, महमूद ने तीस साल की उम्र में ग़ज़नी की बादशाहत हासिल की थी। ख़लीफ़ा ने ख़ुश होकर उसे 'यमीनउद्दौला' और 'अमीन-उल-मिल्लत' जैसे आला ख़िताब से नवाज़ा था।"

"सुना है, सुल्तान महमूद ख़ूबसूरत नहीं थे, बल्कि उनके चेहरे पर चेचक के दाग़ भी थे।" शहज़ादी के सवाल पर दोनों बाँदियों की हँसी छूट गयी, लेकिन शहज़ादी ने जानबूझकर नज़रअन्दाज़ किया।

"हुज़ूर, वज़ा फ़र्मा रही हैं। बताते हैं, सुल्तान महमूद ने एकबार अपने वज़ीर से

कहा, तमाम दानिशमंद बताते हैं, बादशाह का चेहरा देखकर लोगों की आँखों की रौशनी तेज़ हो जाती है, लेकिन मेरे जैसा चेहरा यदि कोई देखे तो उसकी आँख भी ख़राब हो सकती है। सुल्तान महमूद का वज़ीर होशियार ही नहीं, हाज़िर-जवाब भी था। वह बोला, हुज़ूर, आपका चेहरा हज़ारों में से कोई एक देख पाता है, लेकिन आपकी अच्छी आदतों का हर किसी पर गहरा असर पड़ता है। हज़रत, आप ख़ुदा के बताए रास्ते पर हमेशा चलते रहिएगा। आपको अवाम की मोहब्बत हासिल होगी।''

''सुल्तान महमूद की मौत कब और कैसे हुई?'' शहज़ादी सुल्तान महमूद की क़ाविलियत, दिलेरी और मौक़े-बेमौक़े उसके द्वारा लिये गये फ़ैसलों की कायल थीं। वे सुल्तान के बचपन से लेकर मौत तक के एक-एक लम्हे की जानकारी हासिल करना चाह रही थीं। उनका इस वक़्त किया गया सवाल बेमानी नहीं था।

''हुज़ूर, सुल्तान महमूद ने सोमनाथ के मंदिर में दो सौ मन सोना, तमाम हीरे-जवाहरात के साथ-साथ, पाँच सौ रक़्क़ासाएँ और हज़ारों की तादाद में ग़ुलाम पाए थे। वे इन्हें लेकर अपनी फ़ौज़ के साथ आगे बढ़े। उन्हें आगे बढ़ने पर जाटों का सामना करना पड़ा। सुल्तान ने नदियों को पार करने के वास्ते चौदह सौ नावों का जंगी बेड़ा तैयार कराया। अड़ियल जाटों ने भी नौसैनिक बेड़ा तैयार कराया। इस जंग में सुल्तान महमूद के उम्दा जंगी बेड़े का जाट सामना नहीं कर सके। हुज़ूर, इस जंग में तमाम जाट मारे गये और न जाने कितने क़ाफ़िर पानी में डूबकर दोज़ख़ में चले गये। इसके बाद सुल्तान ने आख़िरी जंग में राय की बूवैही रियासत का ख़ात्मा करने का हुक़्म फ़र्माया। ख़ुदा के फ़ज़्ल से हमेशा की तरह यह जंग भी सुल्तान ने जीती। सुल्तान इस नये मुल्क पर ठीक से हुकूमत चलाने के लिए ख़ुद रवाना हुए। वे कुछ वक़्त वहाँ बिताने के बाद सन् एक हजार उनतीस ईसवी में बल्ख लौटे। हुज़ूर, इस बीच उन्हें तपेदिक ने घेर लिया था, जिसकी वजह से अपने आख़िरी दिन बिताने के वास्ते वे अगले बसंत में ग़ज़नी लौट आए। जहाँ तिरसठ साल की उम्र में तीस अप्रैल एक हज़ार तीस ईसवी को ख़ुदा को प्यारे हो गये। अल्लाह उन्हें जन्नत बख़्शे।'' क़ाज़ी के दोनों हाथ दुआ के वास्ते ऊपर उठ गये।

''सुना है, सुल्तान महमूद शाइरीपसन्द थे।'' शहज़ादी को भी शाइरी पसन्द थी। वे चुपके-चुपके शाइरी लिखने की कोशिश करती थीं, लेकिन इसकी जानकारी न तो फ़ातिमाबानो को थी और न ही सुल्तान इल्तुतमिश को थी। वे कभी-कभी अपनी लिखी शाइरी बाँदी गुल-ए-अब्बासी और नयनज्योतिबाई को सुनाया करती थीं।

''जी हाँ हुज़ूर। आपने हमें बताया था कि आप इस वक़्त फिरदौसी का शाहनामा पढ़ रही हैं। आज इस क़िताब की तमाम दुनिया में शोहरत है। मशहूर शाइर फिरदौसी सुल्तान महमूद के ही दरबार में थे।''

"हमने शाहनामा अभी आधा ही पढ़ा है। हमारी समझ से इसके जोड़ की मसनवी आज तक नहीं लिखी गयी है। आख़िर शाइर फिरदौसी ने भी किसी उस्ताद से ही शाइरी सीखी होगी। उनका उस्ताद कौन था?"

शहज़ादी से ऐसे सवाल की क़ाज़ी को उम्मीद नहीं थी। हालाँकि इस सिलसिले में क़ाज़ी की जानकारी मुकम्मिल थी। वे बोले, "शहज़ादी, फिरदौसी के उस्ताद शाइर असदी रहे।, लेकिन हुज़ूर, वे मुनाज़िराह लिखा करते थे।"

"मायने?" शहज़ादी ने इस लफ़्ज़ को पहली मर्तबा सुना था।

"मुनाज़िराह का मतलब जोशो-खरोश की शाइरी से है।"

"सुल्तान महमूद के दरबार में और कौन-कौन शाइर मौजूद थे?"

"हुज़ूर, सुल्तान महमूद के दरबार में उतबी, अबुल फ़ज़ल बैहाकी, उंसरी, ग़ज़री, राज़ी, फ़ारुख़ी, मिनचरी और असजादी जैसे एक-से-एक आला शाइर रहे। जिन्हें वक़्त-वक़्त पर सुल्तान काफ़ी इनाम बाँटते थे। हुज़ूर, शाइर उंसरी की शागिर्दी में तक़रीबन चार सौ शाइर मौजूद थे।"

"क्या सुल्तान महमूद भी शाइरी करते थे?"

"हुज़ूर, गुस्ताख़ी माफ़ हो। फ़िलहाल मुझे इस सिलसिले में कोई जानकारी नहीं है। इतना ज़रूर है, सुल्तान के दरबार में बेहद दानिशमंद तवारीख़ लिखनेवाला अबू रेहाँ अलबेरूनी भी रहा।"

"क्या इसी दानिशमंद ने 'क़िताब-उल-हिन्द' लिखी?"

"हुज़ूर, वज़ा फ़र्मा रही हैं। इस क़िताब को ज़रूर पढ़िएगा।"

"सुल्तान महमूद के मरने के बाद ग़ज़नी का ताजो-तख़्त किसे मिला?" शहज़ादी ने क़ाज़ी से एक और सवाल कर दिया। अभी बारिश रुकी नहीं थी। इस बीच बाँदी गुल-ए-अब्बासी बाहर जाकर मौसम का मिज़ाज देख आती थी। उसे बारिश बेहद पसन्द थी। उसका तवारीख़ सुनने में मन नहीं लग रहा था। वह चाह रही थी, क़ाज़ी जल्दी-से-जल्दी दीवानख़ाने से तशरीफ़ ले जाएँ।

"हुज़ूर, मोहम्मद और मसूद सुल्तान के दो बेटे थे जो एक ही दिन पैदा हुए थे। उनमें से कौन बड़ा था और कौन छोटा, इसकी सही जानकारी किसी को नहीं है। सुल्तान ने मरते वक़्त शहज़ादे मोहम्मद को ग़ज़नी का ताजो-तख़्त सौंपने का फ़ैसला लिया। शहज़ादे मोहम्मद को ग़ोरकान के क़िले से बुलाकर तख़्त पर बैठा दिया गया। शहज़ादा मोहम्मद ख़ासा पढ़ा-लिखा था। उसके ख़यालात नेक थे। वह अरबी में शाइरी किया करता था। अभी शहज़ादे मोहम्मद को तख़्त पर बैठे दो महीने ही बीते थे, शहज़ादे मसूद के वफ़ादार हाकिम अली दयाह, अबुल नज़्म अहमद अयाज़ और ग़ुलामों के एक दल ने एक साज़िश की तहत शाही घोड़ों को लूट लिया। शहज़ादा मसूद अपने भाई से जंग लड़ने के लिए तैयार हो गया। उसने अपनी फ़ौज़

के सामने बुलन्द आवाज़ में ऐलान किया, 'ग़ज़नी के ताजो-तख़्त का सही फ़ैसला किसी शाही फ़र्मान से नहीं होगा, इसका सही फ़ैसला मैदान-ए-जंग में तलवार करेगी।' शहज़ादी, इस जंग में शहज़ादे मोहम्मद की हार हुई। शहज़ादे मसूद ने शहज़ादे मोहम्मद को क़ैद करने के बाद कंधार के क़िले में भेज दिया और उसे अन्धा करा दिया।''

''शहज़ादे मसूद ने अच्छा नहीं किया। आख़िर शहज़ादा मोहम्मद उसका भाई था। उसे इस तरह का बर्ताव अपने भाई से नहीं करना चाहिए था।''

''शहज़ादी, आप वज़ा फ़र्मा रही हैं, लेकिन ताजो-तख़्त के वास्ते क्या जायज़ है और क्या नाजायज़, यह शहज़ादों की समझ से परे की बात है। कहावत है, इस दुनिया में जो जैसा करेगा, वह वैसा भरेगा। आख़िर सुल्तान मसूद का भी बाद में वही हाल हुआ। शहज़ादे मसूद को कैसे गद्दी मिली? उसने क्या-क्या तकलीफें उठाईं? जाँनिसार वज़ीर-ए-आज़म हसनाक, अमीर अली ख़ेशवन्द, मरहूम सुल्तान के भाई यूसुफ़ और दूसरे लोगों के साथ उसने क्या बर्ताव किया, तवारीख़ में यह लम्बी कहानी है। हुज़ूर, इसे कभी बाद में सुनाऊँगा।''

इसी बीच ख़्वाजासरा इनायत आ पहुँचा और उसने बताया कि बारिश बन्द हो चुकी है। अब क़ाज़ी कबीरुद्दीन आदाब बजाकर शहज़ादी की इजाज़त लेकर पालकी की ओर चल दिए।

तेरह

सूरज पूरब की ओर से निकल रहा था। मौसम में हल्का-सा बदलाव आ गया था। अब थोड़ी-थोड़ी सर्दी पड़ने लगी थी। आसमान में तोते क़तारों में पूरब से पश्चिम की ओर जा रहे थे। पानवाली असग़री बेगम और फूलवाली कजरी की दुकानें खुल चुकी थीं। असग़री बेगम की दुकान पर छुट-पुट ही ग्राहक थे, लेकिन कजरी की दुकान पर ग्राहकों की ख़ासी भीड़ थी। इसकी दुकान खुलने से पहले ही तमाम ग्राहक रोज़ाना इकट्ठे हो जाते थे। इन ग्राहकों में अधिकतर कुछ नई उम्र के आवारा, लोफ़र और शोहदे मौजूद थे। हमेशा की तरह दुकान खुलते ही क़िले की कुछ बाँदियाँ गुलाब के ताज़े फूल बेगमों और शहज़ादियों के वास्ते ख़रीद ले गयी थीं। कुछ भगवान के भक्त मन्दिरों में पूजा-अर्चना के लिए भी फूल ले जा रहे थे।

असग़री बेगम ने आज आसमानी रंग की पोशाक पहन रखी थी। यह पोशाक उन्होंने कल ही चौक बाज़ार से ख़रीदी थी। उनकी पोशाक की तारीफ़ दुकान खुलते

ही कजरी ने की थी। जहाँ कुर्ती और लँहगे में सलमे-सितारे ख़ूबसूरती से टँके थे, वहीं किनारे-किनारे लगाया गया गोटा लाजवाब था। उसके सिर के बाल घने और लम्बे थे। वह चोटी के बजाय जूड़ा बाँधना ज़्यादा पसन्द करती थी। उसके जूड़े में जूही की कलियों का गजरा कजरी ने ख़ुद बाँध दिया था जो उसकी ख़ूबसूरती में चार चाँद लगा रहा था। पान उसके मुँह में हमेशा भरा रहता था। जिसकी वजह से होंठ हमेशा गुलाबी ही दिखते थे। असग़री बेगम की उम्र तीस साल के क़रीब पहुँच रही थी, लेकिन वे अब भी पच्चीस से कम ही दिखती थीं।

इधर कजरी ने किमख़्वाब का सुर्ख़ लँहगा और चोली पहन रखी थी। लँहगे और चोली में जगह-जगह क़ीमती सलमें-सितारे जड़े थे जो लक-लक दमक रहे थे। चोली की दोनों डोरियों को उसने अपनी नंगी पीठ पर बाँध रखा था। डोरियों के दोनों किनारों पर चाँदी के छोटे-छोटे घुँघरू बँधे थे जो हिलने-डुलने पर रुन-झुन, रुन-झुन की मधुर आवाज़ निकाल रहे थे।

कजरी को जेवर पहनने का शौक़ शुरू से ही था। उसने माथे पर सोने की झूमर, कानों में लम्बे झुमके, नाक में नथ, गले में चम्पाकली, भुजाओं में बाजूबन्द, कलाइयों में चार-चार सोने की चूड़ियाँ, उँगलियों में तीन-तीन अँगूठियों के अलावा दाहिने हाथ के अँगूठे में आरसी पहन रखी है जिसके छोटे आइने में वह अपना चेहरा कभी-कभी देख लेती है और अपनी ख़ूबसूरती पर ख़ुद ही फ़िदा हो उठती है। उसने अपनी पतली नाजुक कमर में सोने के पानी चढ़ी हल्की करधनी और पैरों में पाजेब पहनी थी। उसने यह सारे जेवर लाला करोड़ीमल की दुकान से पिछले तीन सालों में ख़रीदे थे।

चूँकि उसके आगे-पीछे और कोई नहीं था, इसलिए अपनी कमाई दिल खोलकर जेवरों और क़ीमती पोशाकों पर ख़र्च कर रही थी। असग़री बेगम के बहुत समझाने पर भी उसने चाँदी की जगह पैरों में पहनने के लिए ख़ासतौर पर सोने की पाज़ेब लाला करोड़ीमल से बनवाई थी। उसके शौक़ से लाला करोड़ीमल ख़ुद दंग रह गये थे। बेगमों और शहज़ादियों के अलावा उसकी दुकान से किसी रईस की बीवी ने भी सोने की पाजेब अब तक नहीं ख़रीदी थी। हालाँकि असग़री बेगम ने उसे यह भी बताया था कि पैरों में सोने के जेवर पहनना अपशकुन होता है, लेकिन वह नहीं मानी थी।

कजरी अब बीस वर्ष की भरपूर जवान हो चुकी थी। जवानी उसके अंग-अंग से फूट रही थी। उसका खुलता हुआ गोरा रंग, हसीन लम्बा चेहरा, लम्बी सुतवाँ नाक, छरहरा लम्बा बदन, हिरनी जैसी आँखों की स्याह पुतलियाँ और उठे हुए सीने को जो कोई एक नज़र देखता था, उस पर फ़िदा हो जाता था। उसके होंठ ऐसे थे, जैसे ताज़ा गुलाब की पंखुड़ियाँ हों। वह अपने लम्बे काले बालों में कभी चोटी नहीं

गूँथती थी। सिर के खुले बाल उसकी नंगी पीठ पर हमेशा नागिन की तरह लहराते रहते थे और बालों की एक लट हमेशा उसके चेहरे के दाहिनी ओर रक़्क़ासा की तरह इठलाती रहती थी।

रोज़ाना की तरह क़ुव्वतुलमुल्क जमालुद्दीन याक़ूत स्याह इराकी घोड़े पर सवार होकर ईदगाह होते हुए शहज़ादे रुकुनुद्दीन की ख़ास हवेली की ओर सैर के वास्ते गये थे। वे रोज़ाना अपने घोड़े को तीन कोस एक ओर से और तीन कोस दूसरी ओर से दौड़ाते थे। शहज़ादे की हवेली की ओर आने से हवेली के अन्दर की ख़बर एक ख़ास बाँदी उन तक पहुँचाती थी। उन्होंने इस ख़ूबसूरत बाँदी को सुल्तान के हुक़्म पर किसी तरह शहज़ादे की बाँदियों के बीच पहुँचा दिया था। इसके वास्ते हवेली की दारोग़-ए-ख़ास को अच्छी रक़म दिलवाई थी। सुल्तान इल्तुतमिश ने क़ुश्क-ए-दिलक़ुशा में शहज़ादे को दिन में शराब के नशे में पाकर उसकी जासूसी करने के लिए याक़ूत को ख़ास ज़िम्मेदारी दे रखी थी। सुल्तान नहीं चाहते थे कि उनका लाड़ला शहज़ादा भरी जवानी में शराब और शबाब में इस कदर डूब जाए कि उसे यह भी होश न रहे कि वह हिन्दुस्तान के सुल्तान का बेटा ही नहीं, बल्कि ताजो-तख़्त का दावेदार भी है। शहज़ादे के ख़िलाफ़ की जा रही जासूसी की ख़बर जहाँशाह तुर्कान बेगम को भी नहीं थी।

जब याक़ूत घोड़े पर सवार होकर कजरी की दुकान से निकलते थे, तब कजरी अपना काम-काज रोककर एकटक उन्हें निहारती रहती थी। कजरी याक़ूत पर जी-जान से फ़िदा थी। याक़ूत की दिलेरी, उसके चौड़े सीने और रुस्तम जैसी ताक़त पर वह कई साल पहले से ही मर मिटी थी। वह अकसर असग़री बेगम से याक़ूत की तारीफ़ किया करती थी। असग़री बेगम उसके दिल की गहराइयों तक झाँक चुकी थी। उन्होंने कितनी बार उसे समझाया था कि क़ुव्वतुलमुल्क जमालुद्दीन याक़ूत का ख़याल अपने दिलो-दिमाग़ से निकाल दे। उसने यह भी कहा था, कहाँ मामलूक हुकूमत का ख़ास ओहदेदार और कहाँ तू अदना छोकरी, लेकिन कजरी को तो ख़्वाबों में भी याक़ूत-ही-याक़ूत दिखाई पड़ते थे।

वह अभी याक़ूत के ख़यालों में ही डूबी हुई थी कि शोहदे रफ़्फ़न ने उसे छेड़ दिया। रफ़्फ़न, जिनका पूरा रफ़्फ़ानुद्दीन बिन आसिफ़उद्दीन है, एक मरहूम रईस के साहबजादे हैं। इनके दादा हुज़ूर कभी बुख़ारा से सुल्तान मुहम्मद ग़ोरी के ज़माने में हिन्दुस्तान अपनी क़िस्मत आजमाने आए थे। यहाँ आकर उनकी क़िस्मत भी चमकी। मरहूम सुल्तान क़ुतुबुद्दीन ऐबक़ के ज़माने में फ़ौज़ में उन्हें ऊँचा ओहदा मिला। उन्होंने दौलत भी ख़ूब कमाई, लेकिन उनके मरने के बाद मियाँ रफ़्फ़न के वालिद की जल्दी मौत हो गयी और मेहनत से कमाई गयी दौलत मियाँ रफ़्फ़न के हाथों लग गयी। अब क्या था, मियाँ रफ़्फ़न दोनों हाथों दौलत लुटा रहे थे। वे संगत बुरी होने की

वजह से शराब और शबाब में ही नहीं डूब गये, बल्कि उन्हें जुआ खेलने की बुरी लत भी लग गयी।

इस वक़्त उनकी उम्र पच्चीस साल से ज़्यादा नहीं है, फिर भी तीस से कहीं ज़्यादा दिखते हैं। बेचारी वालिदा मोहतरमा ने उनकी शादी एक रईस खानदान की शरीफ़ लड़की से करा दी, लेकिन उस बेचारी को अपने शौहर से मोहब्बत नहीं मिल सकी। वे कुछ दिन बेगम की जवानी के साथ खेलते रहे, लेकिन जल्दी ही अपनी रातें रंडीख़ाने में गुज़ारने लगे। रात में पी गयी शराब अभी उतरी नहीं थी कि सुबह-सुबह दो प्याला अंगूरी पीकर कजरी की दुकान पर आ लपके। इन्हें तीन-चार शोहदे हर वक़्त घेरे रहते हैं। आज भी यह शोहदे इनके आगे-पीछे मँडरा रहे हैं। वे देर तक कजरी को टक-टकी बाँधे देखते रहे। जब उसने इनकी ओर कोई ग़ौर नहीं किया, तब वे बोले, ''जाने-मन! ख़ुदा की क़सम, आज ग़ज़ब ढा रही हो। आज शहज़ादी रज़िया लग रही हो। जी चाहता है, अभी आगोश में भर लूँ।'' मियाँ रफ़्फ़न के साथ उनके इर्द-गिर्द घूमनेवाले शोहदे हँस पड़े।

''बकवास बन्द कर! अपना गजरा सँभाल और कम्बख़्त जा किसी रंडी के पैर पकड़कर उसकी जूतियाँ चाट!''

''कजरी, हम तेरी इसी अदा पर मर मिटे हैं। अरे तमाम दिल्ली में एक तू ही ऐसी तुनक मिज़ाज हसीना है जो रईस रफ़्फ़ानुद्दौला से सख़्त अल्फ़ाज़ में बोलती है। अरे मैं बकवास नहीं कर रहा हूँ, हक़ीक़त बयान कर रहा हूँ। एक बार तू मेरा हाथ थाम ले। क़सम तेरी हसीन ज़ुल्फ़ों की, अपनी ख़ास हवेली तेरे नाम कर दूँगा। बतौर...रखैल...नहीं, बाकायदा...तेरे साथ...निकाह पढ़ाऊँगा।'' अधिक शराब पीने की वजह से रफ़्फ़ानुद्दौला की ज़ुबान लड़खड़ा रही थी। दोस्त पान चबाते हुए इनकी हाँ-में-हाँ मिला रहे थे।

''अरे कम्बख़्त भाग! अपनी ख़ास हवेली तूने पहले ही अपनी रंडी अम्मा शाहबानो के नाम कर दी है। ख़बरदार जो इस तरह की बात कभी आगे की। वरना...।''

''वरना क्या?''

अभी कजरी और मियाँ रफ़्फ़न के बीच बातचीत हो ही रही थी, इस बीच न जाने कहाँ से जनाब लियाक़त अली असग़री बेगम की दुकान पर आ गये। उन्होंने पान का एक बीड़ा लगवाया और उसे अपने दाहिने कल्ले में दाब लिया। अब वे कजरी की दुकान पर हो रही बातचीत को ख़ामोशी के साथ सुनने लगे। कजरी की दुकान पर खड़े दूसरे ग्राहक मौज़ ले रहे थे। आख़िर क्यों न लेते? वे एक तरफ़ मियाँ रफ़्फ़न से मुफ़्त की शराब पी रहे थे और दूसरी तरफ़ गोश्त, नान और कबाब उड़ा रहे थे। बात आगे बढ़ते देख लियाक़त अली कजरी की दुकान पर आ गये और मियाँ

रफ़्फ़न से बोले, "मियाँ, इस तरह की बात नहीं करते। कजरी और फूलवालियों की तरह नहीं है। यह शरीफ़ लड़की है। मियाँ गजरा मिल गया हो तो रास्ता नापो।"

मियाँ रफ़्फ़न ने घूरकर लियाक़त अली की ओर देखा और बोले, "जनाब, अपने गिरेबान में ख़ुद हाथ डालकर देखो। आप भी रंडियों के कोठों पर जाते हैं और हमें रास्ता दिखाते हैं। आपकी नापाक हरकतों की वजह से हवेली तो पहले ही गिरवी रख गयी है। अब आपके पास बचा ही क्या है? बेहतर होगा, जनाब ख़ुद रास्ता नाप लें और हमें सबक़ न सिखाएँ।" इतना सुनते ही वहाँ खड़े दूसरे शोहदे खिल-खिलाकर हँस पड़े।

कजरी लियाक़त अली की इज़्ज़त के ख़िलाफ़ सुनते ही खौल पड़ी। वह तेज़ आवाज़ में बोली, "मियाँ रफ़्फ़न, होश में आकर बात करो! माना कि जनाब लियाक़त अली कभी कोठों पर जाया करते थे। शहर के एक-से-एक रईस कोठों पर जाते हैं, लेकिन तुम्हें पता नहीं, अब जनाब लियाक़त अली सुबह-शाम शैख़ क़ुतुबुद्दीन की ख़ानक़ाह में जाते हैं और ज़्यादा-से-ज़्यादा वक़्त वहीं गुज़ारते हैं। अरे यह सूफ़ी हैं, सूफ़ी। इनसे माफ़ी माँगो।"

मियाँ रफ़्फ़न ताव खाकर बोले, "देख कजरी, मैं अभी तक तुझसे मज़ाक़ कर रहा था। वाक़ई तू मज़ाक़ के क़ाबिल है, लेकिन अब मैं सच कहता हूँ, एक बार मेरा हाथ थाम ले और यह दुकान हमेशा के वास्ते बन्दकर! क़सम तेरी, तुझे सिर से पैर तक सोने के जड़ाऊ जेवरात से लाद दूँगा। ज़री की क़ीमती-से-क़ीमती पोशाकें पहनाऊँगा। तू मेरे साथ रहकर ऐश करेगी, ऐश।"

अब कजरी दुकान से उतर आई और चिल्लाकर बोली, "कम्बख़्त, आज मैं तुझे क़ुव्वतुलमुल्क जमालुद्दीन याक़ूत से ठीक कराती हूँ। तू ऐसे नहीं मानेगा।" इतना कह कर वह दुकान छोड़कर बीच सड़क पर आकर खड़ी हो गयी। लियाक़त अली ने उसे समझाने की बहुत कोशिश की। आवारा लौंडे, लोफ़र और शोहदे दुकान से हटकर बीच सड़क पर कजरी के इर्द-गिर्द जमा हो गये। वे सभी कजरी पर हँस रहे थे।

मियाँ रफ़्फ़न फिर बोले, "कजरी, यह मुँह और मसूर की दाल। तू तो ऐसे खड़ी है, जैसे जमालुद्दीन याक़ूत तेरा खाविन्द लगता हो। तेरी उँगलियों पर नाचता हो। अरे मैं तेरी औक़ात अच्छी तरह से जानता हूँ। कम्बख़्त, चन्द सोने के जेवर पर किसी के साथ रात गुज़ार सकती है। यह जो सोने के जेवरात तूने पहन रखे है, फूलों के बेचने से नहीं ख़रीदे जा सकते। इन्हें तेरे किसी यार ने ही दिए होंगे।"

"कम्बख़्त, मैं तुझे अपनी औक़ात दिखाती हूँ। आज मैं क़ुव्वतुलमुल्क जमालुद्दीन याक़ूत को बीच सड़क पर रोककर न दिखाऊँ तो मेरा नाम कजरी नहीं। इतना ही नहीं, मैं आज उन्हें अपने हाथों फूलों का गजरा नज़र करूँगी। तू देखता जा। अब मैं

क्या करती हूँ, लेकिन ग़ौर से सुन ले, अगर तू अपने असली बाप से पैदा है, तब भागना नहीं।''

कजरी की बात सुनकर वहाँ मौजूद सभी शोहदे हँस पड़े। लियाक़त अली ने इन सब को फिर समझाने की कोशिश की, लेकिन वे नहीं माने। वे अब भी शरारत से बाज नहीं आ रहे थे। जहाँ यह आवारा कजरी से छेड़–छाड़ कर रहे थे, वहीं पूरब की ओर से फक़ीर क़ाज़ीमुद्दीन ज़ाहिद हमेशा की तरह अपने गधे पर सवार होकर इधर ही आ रहे थे। उनकी ज़ुबान से निकल रहा था, ''अल्लाहू...अल्लाहू...अल्लाहू।''

कुछ ही देर में पश्चिम की ओर से क़ुव्वतुलमुल्क जमालुद्दीन याक़ूत का घोड़ा सरपट दौड़ता हुआ इधर ही आ रहा था। घोड़े की टप–टप की आवाज़ सुनते ही सारे शोहदे इधर–उधर भाग खड़े हुए। मियाँ रफ़्फ़न का अब कहीं अता–पता नहीं था। जूतियाँ ज़रूर उनकी भागते हुए रास्ते में छूट गयी थीं। जनाब लियाक़त अली एक किनारे सड़क पर खड़े हो गये। कजरी अब भी बीच सड़क पर खड़ी थी। असग़री बेगम अपनी दुकान से नीचे उतर आई थीं। पास–पड़ोस के दूसरे दुकानदार भी अपनी दुकानों से नीचे उतरकर अदब के साथ खड़े हो गये। घोड़े को नज़दीक आते देखकर भी कजरी अपनी जगह से हिली नहीं। वह क़ुव्वतुलमुल्क की ओर दोनों हाथ जोड़कर नतमस्तक खड़ी थी। उसे बीच रास्ते में खड़ा देखकर याक़ूत ने लगाम खींचते हुए घोड़े को रोक लिया। असग़री बेगम और लियाक़त अली क़ुव्वतुलमुल्क जमालुद्दीन याक़ूत की शान में झुक गये। याक़ूत ने घोड़े की पीठ पर बैठे–बैठे पूछा, ''आपको क्या तकलीफ़ है? मैं आपकी क्या ख़िदमत कर सकता हूँ?''

कजरी कुछ नहीं बोली। याक़ूत की शीरीं ज़ुबान से निकले अल्फ़ाज़ सुनते ही कजरी का गुस्सा काफ़ूर हो गया। मियाँ रफ़्फ़न की हरकतें उसके दिमाग़ में अब कहीं नहीं थीं। वह याक़ूत को सामने देखकर अपना दुख–दर्द कब का भूल गयी थी, लेकिन वह अब भी हाथ जोड़े खड़ी थी। लियाक़त अली हिम्मत जुटाकर याक़ूत के घोड़े के नज़दीक आ गये और अदब के साथ झुककर बोले, ''हुज़ूर का इक़बाल बुलन्द हो। कुछ शोहदे इस फूलवाली को छेड़ रहे थे। मैंने उन्हें समझाने की कोशिश की, लेकिन वे मेरी बात नहीं मान रहे थे। हुज़ूर, इसी वास्ते यह अपनी फ़रियाद लेकर हुज़ूर से दरख़्वास्त कर रही है।''

अब तक फ़क़ीर क़ाज़ीमुद्दीन ज़ाहिद की भी सवारी आ चुकी थी। फ़क़ीर को देखते ही जमालुद्दीन याक़ूत अपने इराकी घोड़े से नीचे उतर आए और अदब के साथ फ़क़ीर की शान में झुक गये। वे फ़क़ीर की ओर मुख़ातिब होकर बोले, ''हुज़ूर, दरख़्वास्त है, हज़रत सल्तनत के वास्ते दुआ करें।''

फ़क़ीर ने अपना दाहिना हाथ आसमान की तरफ़ उठा दिया और बोले, ''तवारीख़ तुझे और शहज़ादी रज़िया को हमेशा याद रखेगी।'' इतना बोलकर

फ़क़ीर पश्चिम की ओर चल दिए। याक़ूत, कजरी और लियाक़त अली फ़क़ीर को तब तक देखते रहे, जब तक उनका गधा और वे उन सब की आँखों से ओझल न हो गये।

न जाने क्यों कजरी की आँखों से आँसू बह निकले। याकूत उसके आँसुओं को देखकर बोले, ''मैं अभी उन शोहदों को पकड़वाता हूँ, जिन्होंने आपको तंग किया। फ़िलहाल आप रोना बन्द करें।''

कजरी बहुत धीमी आवाज़ में बोली, ''हुज़ूर, उन शोहदों को माफ़ कर दें। मेरे आँसू ख़ुशी के मारे निकल रहे हैं।''

''क्यों?''

''हुज़ूर की क़दमबोसी करने का आज ख़ूबसूरत मौक़ा मिला है।''

''ताज़्ज़ुब है, शोहदे आपको छेड़ रहे थे। फिर भी आप उनके लिए माफ़ी की दरख़्वास्त पेश करती हैं।''

''हुज़ूर की क़दमबोसी के बाद शोहदे अब ऐसी जुर्रत फिर कभी नहीं करेंगे। गुस्ताख़ी की माफ़ी चाहती हूँ। हुज़ूर से एक ख़ास अर्ज़ और है।''

''बताइए।''

''मैं हुज़ूर को आज अपने हाथों ताज़े गुलाब के फूलों का एक गुलदस्ता नज़र करना चाहती हूँ। बड़ी उम्मीद के साथ दरख़्वास्त है, हुज़ूर इसे क़ुबूल करेंगे।'' इतना कहकर कजरी अपनी दुकान की ओर बढ़ गयी और कुछ ही देर पहले से तैयार किया गया ख़ास गुलदस्ता लेकर याक़ूत के सामने पेश हो गयी। याक़ूत ने कजरी के हाथों गुलदस्ता ले लिया। गुलदस्ता देते वक़्त कजरी ने याक़ूत के दाहिने हाथ का जानबूझकर हल्का स्पर्श किया। वह उनके हल्के स्पर्श से रोमांचित हो उठी। याक़ूत कुछ भी नहीं समझ सके।

याक़ूत ने गुलदस्ते के बदले कुछ देना चाहा, लेकिन कजरी ने लेने से इन्कार कर दिया। वह अदब के साथ झुककर बोली, ''हुज़ूर की क़दमबोसी के बाद एक और दरख़्वास्त पेश है।''

''जल्दी बताइए!''

''हुज़ूर, एक बार शहज़ादी रज़िया साहिबा की क़दमबोसी करने की इजाज़त चाहती हूँ। बन्दी इसके लिए हुज़ूर की ताउम्र शुक्रगुज़ार रहेगी।''

याक़ूत ने एक नज़र कजरी के चेहरे पर डाली। कजरी अब भी दोनों हाथ जोड़े नतमस्तक खड़ी थी। उनकी समझ में नहीं आ रहा था कि यह लड़की किस मिज़ाज की है। वे यह भी नहीं सोच पा रहे थे कि कजरी को आख़िर क्या जवाब दें। उनकी ज़िन्दगी में ऐसा वाक़िया पहली मर्तबा आया था। अपने आक़ा की ग़ुलामी, घुड़सवारी, तीरंदाज़ी और तलवारबाज़ी के अलावा किसी चीज़ की ओर कभी उनका ध्यान नहीं

गया था।

वे कुछ देर बाद बोले, "कोशिश करूँगा।" इतना कहकर जनाब याक़ूत घोड़े पर सवार होकर क़िल-ए-रायपिथौरा की ओर चल दिए। कजरी देर तक उन्हें अपलक निहारती रही। याक़ूत के आँखों से ओझल होते ही असग़री बेगम ने नज़दीक आकर कजरी को इस मुलाक़ात के वास्ते मुबारकबाद दी। जनाब लियाक़त अली भी कजरी को मुबारकबाद देना नहीं भूले। समूचे बाज़ार में आज कजरी और याक़ूत की मुलाक़ात की ही चर्चा बनी रही। शोहदों का अब कहीं अता-पता नहीं था। मियाँ रफ़्फ़न सूरज ढलने के बाद कजरी को अकेला पाकर उसकी दुकान पर आए और उन्होंने अपने किए पर पछतावा दिखाते हुए माफ़ी माँगते हुए क़सम खाई कि अब वे ताउम्र कभी किसी औरत से छेड़खानी नहीं करेंगे। दूसरों की बहू-बेटियों को अपनी बहन की तरह समझेंगे। कजरी तो उन्हें पहले ही माफ़ कर चुकी थी।

चौदह

आज तमाम दिल्ली ख़्वाजा क़ुतुबुद्दीन की ख़ानक़ाह की ओर उमड़ी चली आ रही थी। क्या हिन्दू, क्या मुसलमान, क्या पारसी, क्या सिख और क्या ईसाई। तमाम मज़हबों के लोग ख़ानक़ाह की ओर बढ़े चले आ रहे थे। न जाने कहाँ-कहाँ से तमाम सिलसिलों के फ़क़ीर भी इधर ही आ रहे थे। आख़िर भीड़ ख़ानक़ाह की ओर क्यों न पहुँचे, आज हिन्दुस्तान के सुल्तान इल्तुतमिश और उनकी प्यारी शहज़ादी रज़िया ख़्वाजा की ख़ानक़ाह में पहुँचे हैं। भीड़ में कुछ फ़क़ीर ख़िरका पहने थे, कुछ रंग-बिरंगे लबादा पहने थे और कुछ पैबन्द लगी गुदड़ी पहने थे। इन फ़क़ीरों में काले और कत्थई रंग की पोशाकें अधिकतर पहने थे। भीड़ बराबर बढ़ती चली जा रही थी। सड़कों पर अब भी फ़क़ीरों का ताँता लगा था। भीड़ में से कुछ फ़क़ीर अला अल्लाह...अला अल्लाह ज़ोर-ज़ोर से चिल्ला रहे थे। कुछ अल्लाहू...अल्लाहू पुकारते हुए धीमी-धीमी आवाज़ में तस्वीह फेरते हुए आगे बढ़ रहे थे। कुछ इललल्लाह...इललल्लाह बोल रहे थे। कुछ इल्लल्लाहू...इल्लल्लाहू ख़ामोशी के साथ अपनी ज़ुबान से निकाल रहे थे और कुछ हू...हू...हू की आवाज़ निकाल रहे थे।

आम आदमी इन फ़क़ीरों को सामने देखकर अदब के साथ झुक जाता था। कुछ फ़क़ीर ऊँटों पर सवार थे, कुछ घोड़ों पर सवार थे, कुछ गधों पर सवार थे। कुछ पैदल चल रहे थे। जो फ़क़ीर घोड़ों, ऊँटों और गधों पर सवार थे, उन जानवरों की लगाम उनके मुरीद पकड़े हुए शान के साथ चल रहे थे। जहाँ तमाम दिल्ली के लोग ख़्वाजा

की ख़ानक़ाह की ओर बढ़े चले आ रहे थे, वहीं फ़क़ीर क़ाज़ीमुद्दीन ज़ाहिद ख़्वाजा की ख़ानक़ाह से कहीं दूर कल्लन मियाँ की दुकान पर गोश्त-रोटी खा रहे थे। उनके प्यारे गधे को कल्लन मियाँ ने घसियारी मंडी से ताज़ी हरी-हरी घास मँगवा दी थी। हालाँकि जब से ख़बर मिली थी कि सुल्तान और शहज़ादी ख़्वाजा क़ुतुबुद्दीन की ख़ानक़ाह पहुँचे हैं, तब से मियाँ कल्लन ख़ानक़ाह की ओर जाने के लिए बेचैन थे।

ख़ानक़ाह आम के पेड़ों से घिरी थी। सर्दी धीरे-धीरे कम हो रही थी। पेड़ों पर बौर आ गया था। पेड़ों पर कौए और कोयलें साथ-साथ बैठे थे। पेड़ों पर बैठे तमाम बन्दर न जाने क्यों ख़ामोश थे। वे उछल-कूद नहीं मचा रहे थे। ख़ानक़ाह के शर्बतख़ाने में शर्बत बाँटा जा रहा था। यहाँ लम्बी क़तारें लगी थीं। लंगरख़ाने में डेगों में खिचड़ी पक रही थी। यहाँ मौजूद हर आदमी जहाँ खिचड़ी को ख़ुदा की नियामत समझकर खा रहा था, वहीं शर्बत को आब-ए-हयात समझकर पी रहा था। सुल्तान इल्तुतमिश और उनकी प्यारी शहज़ादी रज़िया ने भी खिचड़ी खाई और शर्बत पिया। शहज़ादी रज़िया के वास्ते ख़्वाजा के मुरीदों ने पहले से ही पर्दा लगा रखा था। सुल्तान ख़्वाजा क़ुतुबुद्दीन से कुछ ही दूरी पर चटाई पर बैठे थे। ख़्वाजा क़ुतुबुद्दीन की दाहिनी ओर कुछ दूरी पर उनके ख़ास मुरीद फरीदुद्दीन गंजशकर, हमीदुद्दीन नागौरी और जलालुद्दीन तबरेज़ी बैठे थे। जनाब लियाक़त अली ख़्वाजा के ख़ास मुरीदों में शामिल हो गये थे। वे भीड़ में सबसे आगे की क़तार में बैठे थे। मजलिस देर से लगी थी। ख़्वाजा अपनी तक़रीर बयान कर चुके थे। ख़्वाजा जब अपनी तक़रीर बयान करते थे, तब बीच में कोई बोलता नहीं था। ख़्वाजा के तक़रीर करने के बाद ही लोग सवाल करते थे।

ख़्वाजा क़ुतुबुद्दीन चिश्ती सिलसिले से थे। उनके पीरो-मुर्शिद हज़रत ख़्वाजा शैख़ मुईनुद्दीन चिश्ती अजमेरी ने उन्हें ख़्वाजा का दर्ज़ा दिया था। ख़्वाजा ने हल्के बादामी रंग का वह ख़िरका पहन रखा था, जिसे कभी उनके पीरो-मुर्शिद ने बख़्शा था। ख़्वाजा के लम्बे स्याह बाल ख़िरक़े पर लहरा रहे थे। उनके ख़ूबसूरत चेहरे से नूर टपक रहा था। सुल्तान द्वारा कोई सवाल किए जाने से पहले ही भीड़ में से एक चोटीधारी पंडित अवनीश चन्द्र वाजपेयी ने खड़े होकर अदब के साथ झुककर पूछा, ''ख़्वाजा साहब, चिश्ती सिलसिले के अलावा इस वक़्त सूफ़ियों के और कौन-कौन से सिलसिले हिन्दुस्तान और दूसरे मुल्कों में मौजूद हैं?''

ख़्वाजा क़ुतुबुद्दीन, जिनकी उम्र चालीस पार हो चुकी थी, मुस्कराए और बोले, ''इस सवाल का जवाब तो गंजशकर से ही पूछ लिया होता। कोई भी सूफ़ी आपके सवाल का जवाब आसानी से दे सकता है। जनाब, चिश्ती सिलसिले के अलावा जो और सिलसिले तमाम मुल्कों में इस वक़्त मौजूद हैं, उनमें से ख़ास-ख़ास सहरवर्दी, नक्शबन्दी, क़ादिरी, शत्तारी, वारसी, औवेसी, कलन्दरी, मदारी और मलंग हैं।''

अब बाजपेयी ने नया सवाल किया, ''हजरत, सूफ़ी मार्ग की कौन-कौन-सी मंज़िलें हैं?''

ख़्वाजा एक बार फिर मुस्कराए और बोले, ''इनमें तौबा, वारा, जुहद, फ़क्र, सब्र, शुक्र, ख़ौफ़, रजा, तवक्कुल और रिज़ा हैं। हम इनका कल की मजलिस में खुलासा करेंगे।''

अब वाजपेयी अपनी जगह पर बैठ गये। सुल्तान इल्तुतमिश ने बड़े ग़ौर के साथ ख़्वाजा द्वारा मजलिस में चिश्ती सिलसिले के बारे में आज जो तक़रीर की थी, सुनी। सुल्तान ख़्वाजा की शान में अदब के साथ झुककर बोले, ''हज़रत पीर दस्तगीर सलामत, हमें तौबा किस-किस तरह से करनी चाहिए?''

''सुल्तान, आपने क्या उम्दा सवाल किया है। तौबा जुबान से ही नहीं की जाती। इन्सान के वास्ते तौब-ए-जुबान, तौब-ए-दिल, तौब-ए-चश्म, तौब-ए-गौस, तौब-ए-पा और तौब-ए-नफ़्स भी ज़रूरी है।'' सुल्तान ख़्वाजा के जवाब से पूरी तरह मुतमइन हुए। हालाँकि वहाँ मौजूद आम आदमी इसे ठीक से नहीं समझ सका।

शहज़ादी रज़िया आज पहली मर्तबा ख़्वाजा से किसी तरह इजाज़त मिलने पर ख़ानक़ाह आई थीं। इससे पहले ख़्वाजा की ख़ानक़ाह में किसी बेगम या फिर किसी शहज़ादी को आने की इजाज़त ख़्वाजा ने नहीं दी थी। ख़्वाजा के एक और ख़ास मुरीद नजमुद्दीन सुगर की सिफ़ारिश पर ही शहज़ादी को यह ख़ूबसूरत मौक़ा मिल पाया था। हालाँकि नजमुद्दीन सुगर किसी ख़ास वजह से आज ख़ानक़ाह में मौजूद नहीं थे। शहज़ादी रज़िया ने पर्दे की आड़ में से पूछा, ''आला हज़रत, इश्क़ किसे कहते हैं?'' शहज़ादी के सवाल पर कुछ देर के वास्ते सन्नाटा छा गया। भीड़ का आम आदमी एक-दूसरे का चेहरा ताक रहा था। लियाक़त अली सोच रहे थे कि देखें, ख़्वाजा साहब इस बाबत क्या जवाब देते हैं। सुल्तान ख़ुद शहज़ादी के सवाल पर हैरत में थे।

''शहज़ादी, इश्क़ दो तरह का होता है। पहला इश्क़ है, इश्क़-ए-मज़ाज़ी। जिसके मायने हैं, दुनियादारी मोहब्बत। एक बाप अपने बेटे से मोहब्बत करता है। भाई भाई से मोहब्बत करता है, माँ बेटी से मोहब्बत करती है, ग़ुलाम अपने मालिक से मोहब्बत करता है, सुल्तान अपने वफ़ादार सिपहसालारों से मोहब्बत करता है। आप अपनी महरूम अम्मीजान से मोहब्बत करती थीं और आज अपने वालिद सुल्तान इल्तुतमिश से मोहब्बत करती हैं। इस मोहब्बत को इश्क़-ए-मज़ाज़ी कहते हैं। इसके अलावा दूसरा इश्क़, इश्क़-ए-हक़ीक़ी है। जब मुरीद या फिर कोई भी आम आदमी, चाहे वह किसी भी मज़हब का क्यों न हो, अल्लाह से लौ लगाता है तो इसी लौ को हम इश्क़-ए-इलाही यानि इश्क़-ए-हक़ीक़ी कहते हैं। हमारे जैसे

तमाम सूफ़ी दुनिया में मौजूद हैं। उन्हें इश्क़-ए-मज़ाज़ी से मतलब नहीं। वे इश्क़-ए-हक़ीक़ी ही जानते हैं। वैसे शहज़ादी, इश्क़ तीन अक्षरों से मिलकर बना है, जिनमें पहला अक्षर एन है, जिसके मायने हैं, अल्लाह से इबादत। दूसरा अक्षर है, शीन। जिसके मायने हैं, शरीयत के कानून के तहत इंसान चले। इश्क़ का तीसरा अक्षर है, काफ, जिसके मायने हैं, क़ुर्बानी। हमारी समझ से शहज़ादी इश्क़ के मायने ठीक से समझ गयी होंगी।''

शहज़ादी अदब के साथ झुककर बोलीं, ''आला हज़रत, आज इश्क़ के सही मायने हुज़ूर की मुबारक जुबान से हमारी समझ में आ गया। हुज़ूर, एक और सवाल अर्ज़ के साथ पेश करना चाहती हूँ।''

''बोलें शहज़ादी।''

''दुनिया में तमाम तरह के फ़क़ीर हैं। सही फ़क़ीर कौन है?''

''शहज़ादी, फ़क़ीर लफ़्ज़ चार अक्षरों से बना है। पहला अक्षर है, फे। फे के मायने हैं, फ़ाक़ा, जिसे हिन्दू उपवास कहते है। दूसरा अक्षर है, काफ, जिसके मायने हैं, कन्नत। हिन्दू इसके मतलब संतोष से लगाते हैं। अगला अक्षर है, ये, जिसके मायने हैं, याद-ए-इलाही यानि अल्लाह की याद में इंसान लगातार डूबा रहे और आख़िरी अक्षर है, रे। जिसके मायने हैं, रियाज़त। हिन्दू लोग इसे प्रायश्चित कहते हैं। हमारे ख़याल से यहाँ मौजूद पंडित अवनीश चन्द्र वाजपेयी फ़क़ीर लफ़्ज़ के सही मायने समझ गये होंगे?''

भीड़ में से पंडित अवनीश चन्द्र वाजपेयी उठकर खड़े हो गये और अदब के साथ झुककर बोले, ''हज़रत, मैं ही क्या, यहाँ मौजूद हर मज़हब का आदमी फ़क़ीर के ही नहीं, बल्कि इश्क़ और तौबा के सही मायने समझ गया है।'' इतना कहकर वाजपेयी अपनी जगह पर बैठ गये।

ख़्वाजा कुछ देर ख़ामोश रहने के बाद फिर बोले, ''शहज़ादी, सूफ़ी सिलसिले के कुछ बुज़ुर्गों ने चार मंज़िलें बताई हैं। वे हैं शरीयत, तरीक़त, मारिफ़त और हक़ीक़त। कुछ सूफ़ी इनके अलावा दूसरी मंज़िलें भी बताते हैं। वे हैं, नासूत, मलकूत, जबरूत, लाहूत और हाहूत।''

शहज़ादी और सुल्तान को इसमें ज़्यादा दिलचस्पी नहीं थी। भीड़ में मौजूद लोग सुल्तान और शहज़ादी द्वारा ख़्वाजा से किए जाने वाले सवालों के जवाब ग़ौर से सुन रहे थे। अब सुल्तान ने पूछा, ''हज़रत पीर दस्तगीर सलामत, तसव्वुफ़ क्या है?''

''सुल्तान, तसव्वुफ़ को हिन्दू लोग अध्यात्म कहते हैं। हम इसे रूहानियत और मारिफ़त भी कहते हैं। तसव्वुफ़ की आठ ख़ासियत हैं। जैसे उदारता, जिसे हम रवादारी या आज़ाद ख़याली कहते हैं। इसके अलावा दोस्ती, सब्र, क़ुर्बानी, ग़रीबी, ऊनी कपड़े पहनना, घूमा-फिरी और फ़क़ीरी हैं। इस्लाम के मुताबिक़ तसव्वुफ़ में

सखावत, रज़ा, सब्र, इशारत, गुरबत, सूफ, सियाहत और फ़क्र ज़रूरी है।'' भीड़ में आगे बैठे लियाक़त अली ग़ौर से ख़्वाजा द्वारा दिए गये बयान को सुन रहे थे। ख़्वाजा द्वारा तसव्वुफ़ के बारे में दिए गये बयान को उनके दोनों बेटे सैयद अहमद और सैयद महमूद अच्छी तरह समझ गये। सुल्तान और शहज़ादी की भी समझ में तसव्वुफ़ के मायने समझ में आ गये, लेकिन वहाँ मौजूद तमाम हिन्दू ऐसे भी थे जो फ़ारसी के तमाम लफ़्ज़ नहीं समझ रहे थे। वे इतना तो समझ गये कि हमारे साधु, सन्त और संन्यासी जो सोचते-विचारते हैं, तक़रीबन वही तसव्वुफ़ है और वही अध्यात्म है।

शहज़ादी ने पूछा, ''आला हज़रत, राम-रहीम में क्या फ़र्क़ है?''

ख़्वाजा ज़ोर से हँसे। उनके लम्बे बालों ने माथे का काफ़ी हिस्सा ढँक लिया। वे दाहिने हाथ से बालों को हटाते हुए मुस्कराकर बोले, ''शहज़ादी, राम-रहीम, अल्लाह, ख़ुदा, ख़ालिक़, करीम, हज़रत, केशव, सत्तनाम, सत् अलख, निरंजन और निराकार सब एक ही अल्लाह के नाम हैं। हदीस में लिखा है, 'कुन्तों कनज़न मखफीयन् फाह बबतो अन ओरिफ़ो फखलकतुल ख़ल्क़।' शहज़ादी, इसके मायने हैं, मैं एक छिपा हुआ ख़ज़ाना था। फिर मैंने इच्छा ज़ाहिर की कि लोग मुझे जानें। इसलिए मैंने इस दुनिया को बनाया। हिन्दुओं के उपनिषदों में भी ऐसा ही आया है। वहाँ लिखा है, 'सोऽकामयत। बहुस्यां प्रजायेयेति।' यानि मैं सामने आऊँ और दूर-दूर तक फैल जाऊँ।''

''हज़रत पीर दस्तगीर सलामत, दुनिया में तसव्वुफ़ किस मुल्क से शुरू हुआ?'' सुल्तान का दिमाग़ अब भी तसव्वुफ़ पर टिका था। वे तसव्वुफ़ के बारे में ज़्यादा-से-ज़्यादा जानकारी हासिल करना चाहते थे। आज उन्हें न जाने कितने दिनों के बाद ख़्वाजा के नज़दीक पहुँचने का मौक़ा मिल पाया था। वे इस मौक़े को ऐसे ही नहीं गवाना चाहते थे। शहज़ादी भी इस तरह की जानकारी चाहती थीं। उन्हें ख़ुशी हुई, उनके सवाल को अब्बाहुज़ूर ने ही ख़्वाजा साहब के सामने पेश कर दिया।

''सुल्तान, कुछ सूफ़ियों का मानना है, तसव्वुफ़ सबसे पहले यूनान और रूम मुल्क से शुरू हुआ। पहले हमारा भी ख़याल कुछ ऐसा ही था, लेकिन हमें हिन्दुस्तान आने पर पता लगा, तसव्वुफ़ इस्लाम से बहुत पहले हिन्दुस्तान में मौजूद था। इसके लिए हिन्दुओं के उपनिषदों को पढ़ा जा सकता है।'' ख़्वाजा की तक़रीर पर जहाँ सुल्तान और दूसरे मुसलमान चौंक पड़े, वहीं उनके ख़ास मुरीद फरीदुद्दीन गंजशकर, हमीदुद्दीन नागौरी और जलालुद्दीन तबरेज़ी को सुनकर ताज़्जुब हुआ, लेकिन भीड़ में मौजूद पंडित अवनीश चन्द्र वाजपेयी के चेहरे पर चमक आ गयी थी। आख़िर क्यों नहीं आती? ख़्वाजा ख़ुद इस बात को मंजूर कर रहे थे।

तसव्वुफ़ का सम्बन्ध हिन्दुओं के उपनिषदों से है, इस बात को सुनकर शहज़ादी चौंकीं। उनकी ज़ुबान से निकल पड़ा, ''आला हज़रत, क्या तसव्वुफ़ की शुरुआत हिन्दुओं के उपनिषदों से...?''

''हाँ शहज़ादी, आपने पाक क़ुरआन में एक आयत पढ़ी होगी, 'इन्ना लिलाह व इन्ना इलैहे राजेयून।' शहज़ादी, इसके मायने हैं, हम लोग अल्लाह से पैदा हुए हैं और फिर अल्लाह में ही लौट जाएँगे। हिन्दुओं के उपनिषदों में एक जगह लिखा है–

'यतो वा इमानि भूतानि जायन्ते येन जातानि जीवन्ति।
यत्प्रयन्त्यभिसं विशन्ति, तद्विजिज्ञासस्व, तद् ब्रह्ममेति।।'

शहज़ादी, उपनिषद के इस श्लोक के भायने हैं, यह सब सामने दिखाई देनेवाले परिन्दे और जानवर, जिससे पैदा हुए हैं और जिसके सहारे ज़िन्दा रहते हैं, वे इस दुनिया से मरने के बाद जहाँ जाकर पहुँचते हैं, उसको जानने की कोशिश करो। वही ब्रह्म यानि अल्लाह है। हिन्दुओं के उपनिषदों में एक जगह और लिखा है, 'एषयोनिः सर्वस्य प्रभवाप्ययौ हि भूतानाम्।' इसके मायने हैं, वही उद्‌गम स्थल है, जिससे सब पैदा होते हैं और उसी में सब लौट जाते हैं।'' सुल्तान, शहज़ादी और ख़्वाजा के मुरीदों को इस बात का बेहद ताज्जुब हो रहा था कि ख़्वाजा साहब फ़ारसी के साथ-साथ बेहतरीन हिन्दवी और संस्कृत जुबान भी बोल लेते हैं। ख़्वाजा को हिन्दुस्तान आए हुए कई साल हो चुके थे। वे जानते थे कि हिन्दुओं की पुरानी क़िताबों से तसव्वुफ़ की काफ़ी जानकारी उन्हें मिल सकती है, लेकिन इसके वास्ते हिन्दवी और संस्कृत भाषाओं का सीखना ज़रूरी है।

ख़्वाजा क़ुतुबुद्दीन द्वारा दी जा रही तक़रीर को सभी मौजूद लोग ग़ौर से सुन रहे थे। वे फिर बोले, ''शहज़ादी, आपने क़ुरआन अच्छी तरह से पढ़ रखी है। उसमें एक आयत आती है, 'तुमको ख़ाक़ से पैदा किया गया है और दोबारा ख़ाक़ में मिला दूँगा और फिर तुमको इस ख़ाक़ से ज़िन्दा करूँगा।' यह आयत उपनिषद के श्लोक से कितनी मिलती-जुलती है। जहाँ पाक क़ुरआन में क़यामते क़ब्रा का ज़िक्र है, वहीं हिन्दुओं की क़िताबों में इसे महाप्रलय बोला गया है। हिन्दुस्तान में वक़्त-वक़्त पर तमाम साधु-सन्त पैदा हुए हैं जो सूफ़ियों से कहीं बढ़कर थे। इनमें जैन मज़हब के महावीर, बुद्ध मज़हब के गौतमबुद्ध के अलावा शंकराचार्य और रामानुजाचार्य का काफ़ी ऊँचा नाम है। जहाँ हिन्दुओं के उपनिषद लाजवाब हैं, वहीं गीता का भी जवाब नहीं। शहज़ादी, अल्लाह के नज़दीक पहुँचने के वास्ते सभी मज़हब एक ही रास्ता बताते हैं। यहाँ सिर्फ़ लफ़्ज़ का फ़र्क है।''

ख़्वाजा कुछ देर रुककर फिर बोले, ''पीरो-मुर्शिद ख़्वाजा ग़रीबनवाज़ ने कभी हमें बताया था, हज़रत मोहम्मद ने एक ख़्वाब में उनसे कहा था, 'अल्लाह ने हिन्दुस्तान को तुम्हारे हाथों सौंप दिया है। आप वहाँ जाकर राजपूताने के अजमेर शहर में बस जाएँ। अल्लाह की दुआ, तुम्हारे और तुम्हारे मुरीदों की मेहनत से इस्लाम मज़हब इस मुल्क में काफ़ी दूर-दूर तक फैलेगा।' जहाँ हज़रत ख़्वाजा ग़रीब नवाज़ अजमेर में आकर बस गये, वहीं उनके हुक़्म से हम दिल्ली में ठहर गये और हमने यहाँ रहकर उपनिषदों को पढ़ा। हम यहाँ जो भी बयान कर रहे हैं, इसमें पूरी

ईमानदारी और सच्चाई है। सुल्तान, हम फिर अपने पुराने सवाल तसव्वुफ़ पर आते हैं। इस्लाम के मुताबिक़ तसव्वुफ़ चार अक्षरों से बना है, जिसका पहला अक्षर ते है। ते के मायने हैं, तिलावत। दूसरा अक्षर स्वाद है, जिसके मायने हैं, दिल की सफाई। तीसरा अक्षर है, वाव, जिसके मायने हैं, वावस्ता यानि अल्लाह की नज़दीकी। आख़िरी अक्षर है, फे, जिसके मायने हैं, अल्लाह में खो जाना, उसमें डूब जाना। हमारी समझ से सुल्तान ही नहीं, शहज़ादी भी अब तसव्वुफ़ के मायने समझ गयी होंगी।'' सुल्तान और शहज़ादी दोनों एक बार फिर ख़्वाजा की शान में अदब के साथ झुक गये।

अब सुल्तान ने एक और सवाल पूछा, ''हज़रत पीर दस्तगीर सलामत, इल्म क्या है?''

''सुल्तान, तमाम मज़हबों में दानिशमंदों ने इल्म के अलग-अलग मायने बताए हैं। हमारे ख़याल से इल्म दो तरह का होता है। जिसमें पहला है, इल्म-ए-सफ़ीना। जिसके मायने हैं, पाक क़ुरआन में जो कुछ लिखा है, अगर उसे हम ठीक से समझ गये तो इसे इल्म-ए-सफ़ीना कहेंगे और अगर हम दिली मोहब्बत से अल्लाह को ठीक से समझ सके तो इसे कहेंगे, इल्म-ए-सीना। हमारे ख़याल से सुल्तान को इल्म के बाबत कुछ जानकारी हो गयी होगी।''

शहज़ादी के दिमाग़ में तमाम सवाल आ-जा रहे थे। उन्होंने अदब के साथ झुककर पूछा, ''आला हज़रत, जहाँ दूसरे मुल्कों में तमाम मर्द सूफ़ी हुए हैं, क्या वहाँ कुछ सूफ़ी औरतें भी हुई हैं?''

''शहज़ादी, अरब से लेकर तमाम इस्लामी मुल्कों में सूफ़ी औरतें हुई हैं, जिनमें राबिया का नाम सबसे ऊपर है। हम उनके पाक पाँव की खाक़ के बराबर भी नहीं हैं।''

''आला हज़रत, सूफ़ी राबिया का पूरा नाम क्या है?''

''शहज़ादी, राबिया का पूरा नाम है, राबिया-अल-अदाविया-अल-बसरी।''

''क्या हिन्दुस्तान में इस वक़्त कोई सूफ़ी औरत मौजूद है?''

''जी हाँ शहज़ादी। इस वक़्त हिन्दुस्तान में सूफ़ी औरत बीवी सारा का कोई मुक़ाबला नहीं।''

सुल्तान एक बार फिर ख़्वाजा की शान में अदब के साथ झुककर बोले, ''हज़रत पीर दस्तगीर सलामत से इस बन्दे की एक ख़ास गुज़ारिश है।''

''वह क्या?''

''हज़रत, गुस्ताख़ी माफ़ हो। हुज़ूर से दरख़्वास्त है। हुज़ूर क़ाज़ी-ए-सल्तनत का ओहदा मंजूर करें।''

ख़्वाजा मुस्कराए और बोले, ''सुल्तान, आपने सिकंदर बादशाह का नाम तो सुना ही होगा। उसने तमाम दुनिया को फ़तेह किया था। एक बार यही सिकंदर

फ़क़ीर डायोजिनीज के पास गया और उनसे बोला, 'हुज़ूर, मैं आपकी क्या ख़िदमत कर सकता हूँ?' तब फ़क़ीर डायोजिनीज बोले थे, 'फ़िलहाल सिर्फ़ हमारी धूप छोड़ दो।' यक़ीन है, सुल्तान हमारा जवाब समझ गये होंगे।''

''हज़रत, मैं हुज़ूर के मुबारक अल्फ़ाज़ के मायने समझ गया, लेकिन अर्ज़दाश्त है, हुज़ूर इस सिलसिले में अपनी मुबारक ज़ुबान से किसी ख़ास दानिशमंद की सिफ़ारिश करें, जिससे हम इस ओहदे पर उस क़ाबिल इंसान की तैनाती कर सकें।''

ख़्वाजा क़ुतुबुद्दीन क़ाक़ी देर तक पशोपेश में पड़े रहे। वे कुछ देर सोचकर बोले, ''सुल्तान, अगर ठीक समझें, तब इस ओहदे को नजमुद्दीन सुगर को सौंप दें।''

''हज़रत, ऐसा ही होगा।''

''अब हमारी इबादत का वक़्त हो गया है। हमें इजाज़त दें।''

ख़्वाजा फ़रीदुद्दीन गंजशकर की ओर मुख़ातिब होकर बोले, ''अरे गंजशकर, ज़रा अपना वह क़ीमती शेर सुना दो, जिसे रोज़ाना सुनाते हैं।''

अब वहाँ मौजूद सभी लोगों की निगाहें फरीदुद्दीन गंजशकर के चेहरे की ओर थीं। फरीदुद्दीन गंजशकर अपने पीरो-मुर्शिद के सामने अदब के साथ झुक गये और उन्होंने अपना शेर पढ़ना शुरू किया-

''घासी तन खायो और चुन-चुन खायो माँस।
दो नयन मत खाईयो पिया मिलन की आस।।'

शेर सुनकर वहाँ मौजूद हर कोई व्यक्ति वाह-वाह कर रहा था। ख़्वाजा क़ुतुबुद्दीन क़ाक़ी शेर सुनने के बाद जमैयतख़ाना की ओर चल दिए। ख़्वाजा के जाते ही कौए काँव-काँव करने लगे। बन्दर भी एक डाल से दूसरी डाल पर उछल-कूद मचाने लगे। लोग उनकी इस हरकत पर चौंक रहे थे। कुछ लोग एक-दूसरे से सवाल कर रहे थे कि अब तक कौए और बन्दर आख़िर क्यों ख़ामोश थे?

भीड़ धीरे-धीरे छँटने लगी। भीड़ में नाथपंथी गुरु गोरखनाथ का कोई चेला जिसने सिर-से-पैर तक पीले रंग की पोशाक पहन रखी थी, बुलन्द आवाज़ में गाने लगा।

''देवल ज़ात्रा सुंनि ज़ात्रा तीरथ जात्रा पाणीं।
अतीत जात्रा सुफल बोलै अमृत वाणीं।।
अवधू मन चंगा तो... ।''

नज़दीक खड़े एक हिन्दू ने नाथपंथी साधु से इस पद के मायने पूछे। साधु ने कोई जवाब नहीं दिया और वह अलख निरंजन...अलख निरंजन...अलख निरंजन करता हुआ, चिमटा बजाता हुआ आगे बढ़ गया।

पन्द्रह

बदायूँ! दिल्ली का सबसे नज़दीकी सूबा! अमरोहा, मन्दावर, सम्भल, कोइल, अवध, कड़ा-मानिकपुर और हाँसी सूबों में से सबसे ज़्यादा उपजाऊ सूबा! हर कोई अमीर और मलिक बदायूँ का इक़्तादार बनने का ख़ूबसूरत ख़्वाब देखा करता है। सुल्तान इल्तुतमिश को भी जन्नतनशीं सुल्तान क़ुतुबुद्दीन ऐबक़ ने बदायूँ का इक़्तादार बनाया था। अब सुल्तान ने जहाँशाह तुर्कान बेगम की सिफ़ारिश पर शहज़ादे रुक़ुनुद्दीन को बदायूँ का इक़्तादार तैनात कर दिया। बेगम ने शहज़ादे को एक हफ़्ता पहले पूरी शान-ओ-शौकत के साथ बदायूँ के वास्ते विदा किया। हालाँकि सुल्तान ने शहज़ादे के बदायूँ रवानगी से पहले तमाम हिदायतें उसे दी थीं और बहुत सोच-समझकर हरम साथ ले जाने की इजाज़त दी थी।

शहज़ादे के दिल्ली से बदायूँ चले जाने की वजह से अवाम ने राहत की साँस ली। यूँ तो सुल्तान भी शहज़ादे को दिल्ली से बाहर किसी-न-किसी बहाने भेजना चाहते थे। उन्हें शहज़ादे की ऐयाशियों की पल-पल की ख़बर मिल रही थी। इसलिए सुल्तान ने शहज़ादे को ज़िम्मेदारियों का एहसास कराने के वास्ते ही बदायूँ का इक़्तादार नियुक्त किया। दूसरे उनका ख़याल था कि बदायूँ नज़दीक होने से उन्हें शहज़ादे के बारे में राई-रत्ती ख़बर मिलती रहेगी।

दीवान-ए-आम में जिस दिन सुल्तान ने शहज़ादे को बदायूँ का इक़्तादार तैनात करने का फ़ैसला लिया था, उस दिन से ही दरबार के अमीर, मलिक, शैख़, सैयद, मुल्ला, मौलवी, आलिम, फ़ाज़िल और उलेमा हज़रात सुल्तान के फ़ैसले पर अचरज महसूस कर रहे थे। वे सोच रहे थे कि बदायूँ जैसे सरसब्ज़ सूबे की ज़िम्मेदारी एक ऐयाश शहज़ादे को सुल्तान ने बिना सोचे-समझे कैसे दे दी? अगर इस सिलसिले में सबसे अधिक हैरत किसी को हो रही थी तो वे थे, वज़ीर-ए-आज़म जुनैदी और क़ुव्वतुलमुल्क जमालुद्दीन याक़ूत। तुर्कान-ए-चिहिलगानी बन्दागान-ए-शम्सी के चालीस तुर्क ग़ुलाम भी सुल्तान के इस नाज़ुक फ़ैसले से हैरत में थे। इस ख़बर को सुनते ही जहाँशाह तुर्कान बेगम ने जी भरकर इनाम-इकराम अपनी बाँदियों, लौंडियों और हिजड़ों में बाँटा। उन्होंने तमाम दिल्ली में जगह-जगह फ़क़ीरों के वास्ते लंगरख़ाने खुलवा दिए।

जहाँशाह तुर्कान बेगम ने शहज़ादे रुक़ुनुद्दीन को बदायूँ का इक्तादार तैनात करने की ख़ुशी में क़ुश्क-ए-सफ़ेद को दुल्हन की तरह सजवाया था। सुल्तान के साथ शहज़ादी रज़िया और सज़िया के वास्ते दावत का ख़ास इन्तज़ाम कराया था। बेगम के दस्तरख़्वान की शान-ओ-शौक़त देखने लायक़ थी। सोने और चाँदी की ढेरों रक़ाबियाँ लाल रंग के रेशमी रूमालों से ढँकी थीं। इन रक़ाबियों में तरह-तरह के

गोश्त, कबाब, बिरयानी, कोरमा और पुलाव मौजूद थे। भेंड़, बकरी, ऊँट, मुर्ग़ा और मछली के तैयार गोश्त जहाँ ख़ुशरंग थे, वहीं ख़ुशबूदार थे। हर गोश्त का अलग-अलग ज़ायक़ा था। क़ुतुबशाही कबाब, महमूदी कबाब से लेकर कोफ़्ता और शामी कबाब की ख़ुशबू क़ुश्क-ए-सफ़ेद की फ़िजा में तैर रही थी। बिरयानी अलग-अलग गोश्त और अलग-अलग चावल से तैयार की गयी थीं। इनमें तीतर, बटेर, सीमुर्ग़, मुर्ग़, बकरा और भेंड़ के गोश्तवाली बिरयानी ख़ास थीं। महमूदी, शान-ए-क़ुतुब, मुतंजन और मोती पुलाव भी तैयार कराए गये थे।

जहाँ कई तरह की रोटियाँ थीं, वहीं चटनियाँ भी तरह-तरह की मौजूद थीं। आज का ख़ास खाना जहाँशाह तुर्कान बेगम के खानसामाँओं ने तैयार किया था, लेकिन शाही कानून के मुताबिक़ खाने को शाही खानसामाँओं द्वारा चख लेने के बाद ही सुल्तान के सामने पेश किया गया। शहज़ादी रज़िया भी यही चाहती थीं। हालाँकि बेगम को इससे गहरा धक्का लगा। और क्यों नहीं लगता? वे सुल्तान की सबसे ख़ास बेगम जो ठहरीं, लेकिन शाही कानून, कानून था। यह कानून तो सुल्तान महमूद गज़नवी के ज़माने से चला आ रहा था।

शहज़ादी रज़िया और सज़िया को ही नहीं, सुल्तान को ख़ुद खाना बेहद पसन्द आया। उन्होंने खाने की ख़ासतौर पर तारीफ़ की। सुल्तान की ज़ुबान से खाने की तारीफ़ सुनने के बाद मारे ख़ुशी के बेगम का दिल बाग़-बाग़ हो उठा। बेगम मुस्कराकर बोलीं, "शुक्रिया हुज़ूर।"

"बेगम, वाक़ई आज का खाना बेमिसाल रहा। आपके खानसामाँओं ने काफ़ी मेहनत से पकाया है। वे इनाम के हक़दार हैं, लेकिन देखा जाए तो असल खाना तो बस कोरमा-चपाती है, बाक़ी सब रईसों के नखरे हैं।" सुल्तान हँसकर बोले।

जहाँशाह तुर्कान बेगम सुल्तान के आख़िरी अल्फ़ाज़ सुनकर चौंकीं, लेकिन उन्होंने अपने दिलो-दिमाग़ पर जल्दी काबू पा लिया। अब बेगम ने सुल्तान के सामने तरह-तरह के अंगूरों की रक़ाबियाँ पेश कीं और बोलीं, "सुल्तान को शुरू से फलों में अंगूर सबसे ज़्यादा पसन्द हैं। यह ख़ास अंगूर हुज़ूर ने जमुना किनारे तीन साल पहले क़ुतुब बाग़ में लगवाए थे। उन्हीं की लताओं से तोड़कर लाए गये हैं।"

सुल्तान लम्बे हल्के बादामी रंग के अंगूरों के गुच्छे से कुछ अंगूर खाकर बोले, "बेगम, क्या क़ुतुब बाग़ से अंगूर निकलने लगे?"

"हुज़ूर, आपने ग़ज़नी, काबुल और लाहौर से जो अंगूर की क़िस्में मँगवाकर क़ुतुब बाग़ में लगवाई थीं, उनमें भरपूर अंगूर फल रहे हैं। मालियों ने पचास टोकरा आज ही निकाला है।"

"बहुत ख़ूब...बहुत ख़ूब।" सुल्तान ने अंगूर के कुछ और दाने मुँह में डालते हुए शहज़ादी सज़िया और रज़िया से कहा कि वे भी अंगूरों का ज़ायका लें।

शहज़ादी सज़िया अंगूर के दाने खाते हुए बोली, "अब्बाहुज़ूर, मैं देखती हूँ, आप हमेशा अंगूर खाना ही ज़्यादा पसन्द करते हैं। आपकी दूसरे फलों में ज़्यादा दिलचस्पी नहीं है। आख़िर अंगूर में ऐसी क्या ख़ासियत है जो आप अंगूर ही ज़्यादा पसन्द करते हैं?"

"शहज़ादी, अंगूर और फलों के मुक़ाबले बेहद मीठा, ख़ूबसूरत और साफ़-सुथरा फल है। यह ख़ून को बढ़ाता है। ज़िस्म को ताक़त देता है। प्यास को बुझाता है। इसकी तासीर ठंडी है। इतना ही नहीं, यह कब्ज़ को दूर करता है। नक़सीर फूटने पर अंगूर खाने से फ़ायदा पहुँचता है। बुखार आने पर हकीम इसे खाने को कहते हैं। अंगूर ही नहीं, अंगूर की पत्तियों का रस दमा और खाँसी में फ़ायदा ही नहीं पहुँचाता है, बल्कि गुर्दों का दर्द भी दूर करता है। इसे गर्मी के दिनों में ख़ासतौर पर खाना चाहिए।"

"अब्बाहुज़ूर ने अंगूर के फ़ायद-ही-फ़ायदे गिना दिए।" शहज़ादी रज़िया बोली।

सुल्तान अभी अपनी बात पूरी भी नहीं कर पाए थे कि बेगम मुस्कराकर बोलीं, "गुस्ताख़ी माफ़ करें। शराब-ए-अंगूर की भी जितनी तारीफ़ की जाए, कम है। हुज़ूर को बेहद पसन्द है।"

"बहुत ख़ूब...बहुत ख़ूब। बेगम, आपने हमारी ज़ुबान छीन ली। शराब-ए-अंगूर का कोई जवाब नहीं है। कुछ दिन पहले इस्फ़हान से जो खेप शराब-ए-अंगूर की आई थी, उसे आपने भी चखा था। उस शराब का कोई मुक़ाबला नहीं था।"

"क्या हुज़ूर को एक प्याला पेश कराई जाए?" बेगम सुल्तान की आँखों-में-आँखें डालते हुए बोलीं। बेगम की आँखों में नशा छाया था।

"बेगम, शराब का मज़ा खाना खाने से पहले आता है। खाना खाने के बाद शराब पीना अच्छी बात नहीं, लेकिन अगर बेगम की तबियत चल रही हो तो अलबत्ता अपने वास्ते मँगा सकती हैं। माबदौलत को कोई एतराज़ नहीं है।"

सुल्तान की बात सुनकर बेगम शर्म के मारे पानी-पानी हो गयीं। दोनों शहज़ादियाँ मुस्करा उठीं। बेगम ने अपनी झेंप मिटाने के वास्ते बात का रुख़ बदलते हुए दशहरी आम की रक़ाबी सुल्तान के सामने एक ख़ास अदा के साथ पेश की और बोलीं, "हुज़ूर, शहज़ादे नासिरुद्दीन महमूद ने अवध सूबे से ख़ासतौर पर दशहरी आम हुज़ूर के ही वास्ते भेजे हैं। यह आम अंगूरों से कहीं ज़्यादा मीठे हैं।"

सुल्तान को अपने सबसे बड़े बेटे नासिरुद्दीन महमूद की याद आ गयी। उन्होंने बेटे को काफ़ी दिनों से देखा नहीं था। हालाँकि उन्हें आम ज़्यादा पसन्द नहीं थे। फिर भी एक टुकड़ा मुँह में डालते हुए बोले, "बेगम, मीठा ही नहीं, लाजवाब है। इतना मीठा आम पहले कभी नहीं चखा था। वैसे बेगम ने आज की दावत के वास्ते कौन-

कौन से और आम मँगवा रखे हैं? आपको आम बेहद पसन्द हैं।''

''हुज़ूर के वास्ते दशहरी आम के अलावा लँगड़ा, तोतापरी, चौंसा, बादामी, अंगूरा, बहराइची, करेला, सरप्पा, चितला, नीमचढ़ा, किशनभोग, मालदा, बंगलोटी और गुलाख़ास फ़िलहाल मँगवाए हैं। हुज़ूर, हुक़्म करें, किस आम को हज़रत के सामने पेश किया जाए।''

''फ़िलहाल आज अपने बेटे द्वारा भिजवाए दशहरी आम को ही खाना पसन्द करेंगे।''

दोनों शहज़ादियाँ आमों की इतनी क़िस्मों के नाम सुनकर हैरत में थीं। वे यह तो जानती थीं कि जहाँशाह तुर्कान बेगम को आम पसन्द हैं, लेकिन उन्हें मालूम नहीं था कि बेगम को इस कदर आम पसन्द हैं।

''बेगम, माबदौलत यह तो जानते थे कि आपको आम खाना बेहद पसन्द है, लेकिन माबदौलत आपकी पसन्द की दाद देते हैं। हमें आम की आधी क़िस्में भी आज तक मालूम न थीं। बहरहाल हमें अवध का दशहरी पसन्द आया। आज हम दशहरी आम खाकर ख़ुश हुए। हम इस ख़ुशी के मौक़े पर ऐलान करते हैं, शहज़ादे नासिरुद्दीन महमूद को हमारी ओर से शाह का ख़िताब, ख़ास क़ीमती ख़िलअत और हमारी ख़ास तलवार शाह-ए-क़ुतुब भिजवाई जाए। हम दिल्ली के नज़दीक कायदे की जगह तलाश करवाकर एक दशहरी आम का बाग़ लगवाएँगे और...।'' दोनों शहज़ादियाँ भाई को मिले शाह के ख़िताब से ख़ुश हुईं, लेकिन जहाँशाह तुर्कान बेगम को ख़ुशी नहीं हुई।

''और उस बाग़ का नाम होगा, बाग़-ए-जहाँशाह तुर्कान।'' शहज़ादी रज़िया जो कम ही बोलती हैं, अनजाने में उनकी जुबान से निकल पड़ा।

''शहज़ादी, आपने हमारी ज़ुबान छीन ली। आपकी सिफ़ारिश पर उस बाग़ का नाम बाग़-ए-जहाँशाह तुर्कान ही होगा।''

''शुक्रिया, अब्बाहुज़ूर।'' शहज़ादी रज़िया ने शुक्रिया तो अदा किया, लेकिन उनके दिमाग़ में तेजी से घूम रहा था कि जहाँशाह तुर्कान बेगम के लिए अब्बाहुज़ूर आम का बाग़ लगवाने जा रहे हैं, लेकिन उसकी मरहूम अम्मीजान क़ुतुबशाह बेगम के वास्ते क्या कर रहे हैं? अभी तक उनकी याद में कोई ख़ास इमारत तक नहीं बन सकी है। उनके दिमाग़ में रह-रहकर आ रहा था कि अब्बाहुज़ूर दिन-ब-दिन जहाँशाह तुर्कान बेगम के हाथ की कठपुतली बनते जा रहे हैं। बेगम ने तुर्कान-ए-चिहिलगानी बन्दागान-ए-शम्सी के कई तुर्कों को अपनी ओर मिला लिया है। वे अब्बाहुज़ूर को कभी धोख़ा दे सकते हैं। शाही हरम में जहाँशाह तुर्कान बेगम का ही हुक़्म चलता है। सुल्तान ने इनकी ही सिफ़ारिश पर ऐयाश शहज़ादा रुक्नुद्दीन फ़ीरोजशाह को बदायूँ सूबे का इक़्तादार बनाया है।

अब बेगम ने सोने और चाँदी के बर्कों में लिपटे तमाम क़िस्म के पान सुल्तान के सामने पेश किए। बेगम ही नहीं, शहज़ादियाँ भी जानती थीं कि अब्बाहुज़ूर को पान पसन्द ही नहीं, उनकी कमज़ोरी है। जड़ाऊ पान की तश्तरी में कपूरी, देशावरी, जगन्नाथी, साँची, गंजामी, छत्तीसगढ़ी, सौंफिया, बंगला, बनारसी और महोबा के ककेर पान क़रीने से लगे थे। यह पान मुश्की मसालों से लबरेज़ थे। इनमें चाँदी, सोने और मोतियों की भस्म ख़ासतौर पर मिलाई गयी थी। पान में लगनेवाले कत्थे को गुलाब जल में घोला गया था। उसे केवड़े के फूलों पर सुखाया गया था। चूना दूध में भिगोया गया था। कत्था, चूना, सुपारी, सौंफ, गरी, लौंग, छोटी इलायची, तम्बाकू और किवाम को पान लगानेवाली ख़ास बाँदियों ने बहुत क़ायदे से पान के पत्ते पर लगाया था। यह ख़ास बाँदियाँ अलग-अलग तरीके से पान की गिलौरियाँ बाँधने में महारत रखती थीं।

महोबा के ककेर पान की गिलौरी मुँह में रखते हुए सुल्तान बोले, ''यूँ तो दुनिया के कई मुल्कों में पान खाया जाता है, लेकिन हिन्दुस्तान में पान खाने के लोग ज़्यादा शौक़ीन हैं। माबदौलत अपनी छोटी शहज़ादी को ख़ासतौर पर बताना चाहेंगे, हिन्दुओं की संस्कृत ज़ुबान में पान को ताम्बूल और नागवल्ली कहते हैं। मराठी में इसे विडेचा बोलते हैं, तेलगू में इसे तामालायक बोलते हैं। कन्नड़ ज़ुबान में विलमादले, गुजराती में नागुबेल, मलयालम में वेतीला और तमिल ज़ुबान में इसे वेतीलाई कहते हैं। माबदौलत ने हिन्दुस्तान की तमाम ज़ुबानों में अलग-अलग बोले जानेवाले पान को इस वास्ते पहले ही बता दिया कि कहीं हमारी प्यारी शहज़ादी सज़िया इस सिलसिले में कुछ पूछ न बैठे।'' इतना सुनते ही शहज़ादी रज़िया की हँसी छूट गयी। बेगम भी अपनी हँसी नहीं रोक सकीं। शहज़ादी सज़िया सुल्तान की ज़ुबान से निकले अल्फ़ाज़ सुनकर झेंप गयी।

शहज़ादी सज़िया अपनी झेंप मिटाने के वास्ते बोली, ''अब्बाहुज़ूर ने तमाम ज़ुबानों में पान के नाम गिना दिए। अब्बाहुज़ूर तो इन ज़ुबानों को नहीं सीखे हैं। तब इनकी जानकारी कैसे मिली?''

''शहज़ादी, दिल्ली में पान की दुकानों की भरमार है। हमने एकबार वज़ीर-ए-आज़म जुनैदी से कहा था कि वह ऐसे शख़्स को हमारे सामने पेश करें जो पान के बाबत ज़्यादा-से-ज़्यादा जानकारी रखता हो। तब वे एक बुज़ुर्ग तम्बोली को बुलाकर लाए थे। वह अपने को चौरसिया कहता था। मैंने पहले इस कौम का नाम नहीं सुना था। वह बनारस का रहनेवाला था। उसी ने हमें पान के बाबत तमाम जानकारी दी। उसी ने बताया कि तवायफ़ के कोठे से लेकर भगवान के भोग तक में पान चढ़ता है। उसने इस सिलसिले में माबदौलत को एक शेर भी सुनाया था।''

''अब्बाहुज़ूर, क्या हम भी उस शेर का लुत्फ़ उठा सकते हैं?''

''क्यों नहीं...क्यों नहीं! हम अपनी प्यारी शहज़ादी सज़िया को वह शेर सुनाते हैं—

दुनिया में कौन है जो तेरे इश्क़ से बेगाना है।
शैख़ बिरहमन ही नहीं, कन्हैया भी दीवाना है।।''

''बहुत ख़ूब...बहुत ख़ूब।'' बेगम की ज़ुबान से निकल पड़ा। शेर को सुनकर दोनों शहज़ादियाँ भी मुस्करा उठीं।

सुल्तान के पान खाने के बाद बेगम ने भी पान की एक गिलौरी मुँह में डाली और पान की तश्तरी शहज़ादी रज़िया की ओर बढ़ाई। शहज़ादी रज़िया बोलीं, ''गुज़ारिश है, हमें माफ़ करें।'' हालाँकि शहज़ादी रज़िया कभी-कभी पान का ज़ायका ले लेती थीं, लेकिन वे सुल्तान और जहाँशाह तुर्कान बेगम के सामने नहीं खाती थीं।

बेगम ने तश्तरी शहज़ादी सज़िया की ओर बढ़ाई। शहज़ादी बोली, ''अब्बाहुज़ूर और आपको मालूम है, मैंने आज तक कभी पान नहीं चखा। अर्ज़ है, हमें माफ़ करें।''

सुल्तान अपनी दोनों शहज़ादियों को देर तक ग़ौर से निहारते रहे। उन्हें इस बात की ख़ुशी थी कि दोनों शहज़ादियाँ सादगी पसन्द है। वे सोचने लगे, कहाँ हमारी दोनों शहज़ादियाँ और कहाँ शहज़ादा रुकुनुद्दीन फ़ीरोजशाह। वे बेगम की ओर मुख़ातिब होकर बोले, ''बेगम, हमारी शहज़ादी रज़िया को कसरत, तलवारबाज़ी, घुड़सवारी, तीरंदाज़ी और दूसरे जंगी हथियार चलाने से जहाँ फुर्सत नहीं है, वहीं शहज़ादी सज़िया को नमाज़ और पाक क़ुरआन से फुर्सत नहीं है। माबदौदलत की प्यारी छोटी शहज़ादी इतनी ही उम्र में सूफ़ी हो गयी है। हमें अपनी दोनों शहज़ादियों पर फ़क्र है। फ़िलहाल आज दोनों शहज़ादियाँ आप की पकड़ में कैसे आ गयीं?''

''हुज़ूर, दोनों शहज़ादियाँ अपने-अपने फन में माहिर हैं, लेकिन ऐसा नहीं है, हमने कभी इनसे कुछ कहा हो और इन्होंने हमारी बात को नज़र अन्दाज़ किया हो।''

''बेगम, माबदौलत अपनी प्यारी शहज़ादियों से यही उम्मीद रखते हैं।''

बेगम ने सुल्तान से गुज़ारिश की कि आज ख़ासतौर से नयी बाँदी, जिसे आला हज़रत ने गुलसुल्तानबानो के ख़िताब से नवाज़ा है, हुज़ूर की तबीअत बहलाने के वास्ते रंगमहल में बेसब्री से इन्तज़ार कर रही है। हुज़ूर रंगमहल चलकर उसके गाने और रक़्स का लुत्फ़ लें। सुल्तान बेगम के साथ रंगमहल की ओर चल दिए। शहज़ादी रज़िया ने सुल्तान से दरख़्वास्त की कि वह सुल्तान मुहम्मद ग़ोरी की तवारीख़ पढ़ रही है। उसे चलने की इजाज़त दे दी जाए। शहज़ादी सज़िया की अर्ज़दाश्त थी कि उसे पाक क़ुरआन पढ़ना है। दोनों शहज़ादियों की अर्ज़दाश्त मंजूर

की गयी। शहज़ादियाँ भी बेगम और अपने अब्बाहुज़ूर के बीच कबाब में हड्डी नहीं बनना चाहती थीं।

शहज़ादी रज़िया अपने महल की ओर अकेली ही आ रही थीं। बाँदी नयनज्योतिबाई देर से शहज़ादी का इन्तज़ार कर रही थी और बाँदियाँ शहज़ादी के हुक़्म से जा चुकी थीं। शहज़ादी ने उसे देखते ही पूछा, ''क्या तू अभी गयी नहीं?''

''मैं हुज़ूर को सुलाने से पहले कैसे जा सकती थी?''

शहज़ादी रज़िया सुल्तान द्वारा सुनाए गये शेर को गुनगुनाने लगी। उसने इस शेर को कई बार पढ़ा। बाँदी नयनज्योतिबाई समझ न पा रही थी कि शहज़ादी ऐसा क्यों कर रही हैं। अब शहज़ादी ने उससे पूछा, ''बता, इस शेर में क्या छिपा है?''

बाँदी नयनज्योतिबाई अपने दिमाग़ पर देर तक ज़ोर मारती रही। उसकी समझ में नहीं आ रहा था कि वह शहज़ादी को क्या जवाब दे। उसने एकबार दिमाग़ पर और ज़ोर दिया और बोली, ''शहज़ादी, इस शेर में पान ही ऐसी चीज़ है जिसके सब दीवाने हैं।''

''बहुत ख़ूब...बहुत ख़ूब। मैं आज तेरी क़ाबिलियत की कायल हो गयी। वाक़ई, समूची बाँदियों में तेरा सानी नहीं।''

''शहज़ादी, आयुर्वेद के सबसे बड़े विद्वान महर्षि 'चरक' ने भी बताया है कि पान पेट के कीड़ों को मारता है, कफ़ को दूर करता है, बदबू का नाश करता है और कामाग्नि को बढ़ाता है।''

''कामाग्नि क्या होती है?''

''गुस्ताख़ी माफ़ हो। हुज़ूर, कामाग्नि के मायने शादी के बाद अच्छी तरह से समझ में आते हैं।'' इतना कहकर नयनज्योतिबाई मुस्करा दी।

''तू वक़्त-बेवक़्त बकवास कर जाती है। कभी-कभी तेरी बकवास बर्दाश्त के बाहर हो जाती है। कम्बख़्त मैंने कितनी बार समझाया, हमारे सामने ऐसी बकवास मत किया कर।''

नयनज्योतिबाई बात का रुख़ बदलकर बोली, ''शहज़ादी, पान का एक बाज़ार दिल्ली में काफ़ी पुराना है, जिसे पान दरीबा कहते हैं। दिल्ली में पान के शौक़ीन इतने ज़्यादा हैं कि वे सुबह-सुबह पान दरीबा जाकर एक ढोली पान रोज़ाना ख़रीदते हैं और ढोली मज़दूर से लदवाकर शान के साथ अपनी हवेली की ओर चल देते हैं। हुज़ूर, फूलवाली कजरी को भूली नहीं होंगी। वह शहज़ादी के जन्मदिन पर ढेरों फूल के गुलदश्ते लाई थी, उसके मुँह में हर वक़्त पान दबा रहता है। वह क़ादिरबीवीबानो से कम ताक़तवर नहीं है।''

''तूने कैसे जाना? क्या तूने कभी उसके साथ ज़ोर-आजमाइश की?''

"हुज़ूर, उसे एक रात अकेले कई बदमाश लौंडों ने घेर लिया था। उसने अकेले ही उन सब की वह गत बनाई कि वे ज़िन्दगी भर नहीं भूलेंगे।"

"क्या सच कहती है?"

"हुज़ूर, मैं झूठ बोलकर क्या करूँगी। वह फूलों की दुकान छोड़कर हुज़ूर की क़दमबोसी चाहती है।"

"मायने!"

"हुज़ूर, वह आपकी ख़िदमत में रहकर घोड़े की सवारी, तलवारबाज़ी और तीरंदाज़ी सीखना चाहती है।"

शहज़ादी देर तक कुछ सोचती रहीं। फिर वे बोलीं, "उसे कल पेश कर!"

"बहुत अच्छा हुज़ूर। शहज़ादी ने शायद आज जहाँशाह तुर्कान बेगम की दस्तरख़्वान पर पान नहीं खाया है। क्या पान की एक गिलौरी पेश करूँ?"

"हमें गिलौरी मत पेश कर! बल्कि बता, जहाँ पान खाने के इतने फ़ायदे हैं, वहाँ क्या इसके खाने से कुछ नुक़सान भी पहुँच सकता है?"

"शहज़ादी, अगर पान में ज़हर मिला दिया जाए तो पान खाते ही इन्सान अपनी ज़िन्दगी से हाथ धो बैठेगा। पान जहाँ फ़ायदेमन्द है, वहाँ ऐसे नाजुक मौक़ों पर बेहद ख़तरनाक भी।"

नयनज्योतिबाई का जवाब सुनकर शहज़ादी गहरी चिन्ता में पड़ गयीं। उन्हें अपने अब्बाहुज़ूर की चिन्ता सताने लगी। उनका दिमाग़ दूर तक घूम गया। वे सोचने लगीं, जहाँशाह तुर्कान बेगम कभी भी अब्बाहुज़ूर और सल्तनत के वास्ते ख़तरा बन सकती हैं। जहाँ दस्तरख़्वान पर लगाई गयी तमाम रक़ाबियों की तरकारियों और रोटियों को शाही खानसामाँओं द्वारा चखकर पेश किया जाता है, वहीं आज अब्बाहुज़ूर को पेश की गयी पान की गिलौरी चखी नहीं गयी थी और इसके चखने का सवाल भी नहीं उठता। अब शहज़ादी ने नयनज्योतिबाई को छुट्टी दे दी, लेकिन शहज़ादी मारे फ़िक्र के देर रात तक करवटें बदलती रहीं। उन्होंने सुबह उठते ही क़सम खाई कि वे ताउम्र पान नहीं खाएँगी।

सोलह

सारी रात तेज़ बारिश हुई, लेकिन सुबह होते ही मौसम साफ़ हो गया। आसमान में बादल का एक टुकड़ा तक मौजूद नहीं था। परिन्दे क़तारों में पूरब से पश्चिम की ओर जा रहे थे। सुल्तान इल्तुतमिश और जहाँशाह तुर्कान बेगम तीन दिन पहले ही

मथुरा के जंगलों में शिकार को चले गये थे। यह पहला मौक़ा था, जब सुल्तान के साथ शिकार के लिए जहाँशाह तुर्कान बेगम गयी हैं। शिकार पर पहली मर्तबा जाने के वजह से जहाँशाह तुर्कान बेगम की ख़ुशी का ठिकाना नहीं था। सुल्तान और बेगम के साथ क़ुव्वतुलमुल्क जमालुद्दीन याक़ूत भी गये हैं। चूँकि शिकार में कई दिन लगने थे, इसलिए ढेरों तम्बू, कनात और दूसरी ज़रूरत के वे सामान भी साथ ले जाए गये थे, जिनकी शाही काफ़िले के साथ हमेशा ज़रूरत रहती है। सैकड़ों की तादाद में जहाँ शिकारी मौजूद थे, वहीं खेदा लगानेवाले मज़दूरों की भी भारी तादाद थी। इतना ही नहीं, बीस शिकारी चीते और पचास शिकारी कुत्ते भी सुल्तान के साथ गये हैं।

शहज़ादी रज़िया ने कल दिन में ही सूरजकुंड के मेले में जाने की गुपचुप योजना बना ली थी। भादौं सुदी छठ को सूरजकुंड में विशाल मेला हर वर्ष लगता है। यह मेला सैकड़ों वर्षों से लगता चला आ रहा है। शहज़ादी की योजना की जानकारी तुर्कान-ए-चिहिलगानी बन्दागान-ए-शम्सी के तुर्क अमीरों और वज़ीर-ए-आज़म निज़ामुलमुल्क जुनैदी को नहीं थी। शहज़ादी की योजना में केवल बाँदी गुल-ए-अब्बासी, चंचलबाई और नयनज्योतिबाई ही शामिल थीं। शहज़ादी के हुक़्म से बाँदी नयनज्योतिबाई और चंचलबाई चार कच्छी घोड़ों को लेकर सूरजकुंड के रास्ते में पड़नेवाले गाँव अनंगपुर में एक बाग़ में हाज़िर थीं। उन्होंने नये घोड़े कल दिन में बाज़ार से काठियों सहित ख़रीद लिए थे। दोनों बाँदियाँ मर्दाने वेश में तलवारों और तीर कमानों से लैस थीं।

सूरज उगते ही शहज़ादी रज़िया एक मामूली-सी पालकी में मामूली पोशाक पहनकर गुल-ए-अब्बासी के साथ आकर बैठ गयीं। शहज़ादी ने अपना पूरा बदन काले रंग के बुर्के से ढँक रखा था। जहाँ सूरजकुंड जाने के लिए ग़ज़नी दरवाज़े से होकर जाना पड़ता है, वहीं बाँदी के हुक़्म से कहाँर पालकी लेकर बदायूँ दरवाज़े की ओर चल दिए। गुल-ए-अब्बासी ने पहले ही पता लगा लिया था कि क़िले के बदायूँ दरवाज़े पर किसका पहरा है। इस पालकी को दो ही कहाँर ढो रहे थे। क़िले के बदायूँ दरवाज़े पहुँचने पर पहरेदारों के हाकिम ने पालकी रोकी। हाकिम की उम्र पैंतीस साल से ज़्यादा नहीं थी। वह देखने में तुर्क लगता था। उसने कड़क आवाज़ में कहाँरों से पूछा, ''पालकी में कौन-कौन है?''

बाँदी गुल-ए-अब्बासी ने पालकी का दाहिना पर्दा उठाया और अपना सिर बाहर निकालकर बोली, ''जनाब, पालकी में मैं शहज़ादी रज़िया की ख़ास बाँदी गुल-ए-अब्बासी और मेरी बीमार बहन कनार-ए-अब्बासी।''

बाँदी गुल-ए-अब्बासी को पहरेदारों का हाकिम काफ़ी पहले से भलीभाँति जानता था। जब उसकी तैनाती ग़ज़नी दरवाज़े पर थी, उस वक़्त दिन में तक़रीबन एक-दो बार गुल-ए-अब्बासी से उसकी मुलाक़ात हो जाती थी। वह गुल-ए-

अब्बासी की ख़ूबसूरती पर फ़िदा था। कभी-कभी उससे मामूली छेड़-छाड़ भी कर लेता था। मुखिया ने गुल-ए-अब्बासी को देखा। उसे देखते ही उसका चेहरा खिल उठा। वह बोला, ''जानेमन, बहुत दिनों बाद दिखी हो, किधर जाना है? आपको कई रोज़ से देखा नहीं था। हम आपके दीदार के वास्ते कब से तरस रहे हैं?''

गुल-ए-अब्बासी मुस्कराकर बोली, ''मेरा ग़ज़नी दरवाज़े से बराबर आना-जाना रहता है। आप वहाँ कई रोज़ से नहीं थे, इसलिए मुलाक़ात नहीं हो सकी।''

''जानेमन, हमारी तैनाती पन्द्रह दिन से बदायूँ दरवाज़े पर है। हमें कभी-कभी अपना हसीन मुखड़ा दिखा दिया करें।'' वह अपनी तराशी हुई दाढ़ी पर हाथ फेरता हुआ बोला।

''ज़रूर...ज़रूर। हमें अब जाने दें। आज हमारी बहन की तबीअत ठीक नहीं है। हकीम को दिखाना ज़रूरी है। शायद वापसी में देर हो सकती है।''

''जानेमन, कोई बात नहीं। आप हमारे होते हुए क़त्तई फ़िक्र न करें। हमारी टोली का शाम तक पहरा है, लेकिन सूरज ढलने से पहले एकबार फिर अपना हसीन चेहरा ज़रूर दिखा दीजिएगा।'' इतना बोलकर पहरेदारों के हाकिम ने दरवाज़ा खोलने का हुक्म फ़र्माया। दूसरे पहरेदारों ने साखू की मज़बूत लकड़ी का दरवाज़ा खोल दिया। कहाँर दरवाज़ा खुलते ही पालकी लेकर क़िले से बाहर हो गये। अब वे हुक्म के मुताबिक़ तेज़ चाल से अनन्तपुर गाँव की ओर चल दिए।

शहज़ादी को पहरेदारों के हाकिम की बेहूदी बातें सुनकर हैरत ही नहीं हो रही थी, गुस्सा भी आ रहा था। वे बहुत धीमी आवाज़ में बोलीं, ''एक मामूली पहरेदार की इतनी जुर्रत! तूने मुझे इस बारे में पहले क्यों नहीं बताया? कम्बख़्त को वह सज़ा देती कि उसकी सात पुश्तें याद करतीं।''

शहज़ादी की तरह बाँदी भी बहुत धीमी आवाज़ में बोली, ''हुज़ूर, मैं इस तरह की बातें जान-बूझकर ख़ुद नज़र-अन्दाज़ करती हूँ। कभी-कभी छोटे ओहदे के आदमी भी बड़े काम आ जाते हैं। जैसा कि हमारे साथ आज ही हुआ। वरना शक़ होने पर पालकी का पर्दा उठाकर इन्हें तलाशी लेने की इजाज़त सुल्तान-ए-आलम ने ख़ुद दे रखी है।'' शहज़ादी को लगा, शायद वह सही बोल रही है। अब शहज़ादी ख़ामोश हो गयीं। वे कभी-कभी पर्दा उठाकर बाहर का नज़ारा देख लेती थीं।

सूरजकुंड के मेले के लिए चारों ओर से आदमी, औरतें और बच्चे चले जा रहे थे। कोई-कोई आदमी घोड़े पर सवार था। रईसों की औरतें पालकी में जा रही थीं, लेकिन अधिकतर लोग पैदल ही जा रहे थे। कुछ दुकानदार बैलगाड़ियों और ऊँटगाड़ियों में अपना सामान बेचने के वास्ते ले जा रहे थे। कुछ हिन्दू-मुसलमान फ़क़ीर और भिखमंगे भी मेले की ओर जा रहे थे। बाँदी नयनज्योतिबाई और चंचलबाई अनन्तपुर से सटे एक मामूली बाग़ में शहज़ादी का बेसब्री से इन्तज़ार कर

रही थीं। उन्होंने शहज़ादी के वास्ते मर्दानी पोशाक अपने पास रख रखी थी।

आख़िर उनके इन्तज़ार की घड़ियाँ ख़त्म हुईं। बाग़ के ख़ास दरवाज़े पर कहाँरों ने पालकी रोक दी। शहज़ादी और बाँदी गुल-ए-अब्बासी पालकी से बाहर निकल आईं। शहज़ादी के हाथों की उँगलियों के अलावा कोई और अंग नहीं दिख रहा था। उन्होंने पैरों में मामूली जूतियाँ पहन रखी थीं, जिससे किसी को शक़ न हो। दोनों कहाँरों में से एक कहाँर हिम्मत बाँधकर बोला, ''आपने बदायूँ दरवाज़े पर पहरेदारों को बताया था कि आप अपनी बीमार बहन को लेकर हकीम को दिखाने जा रही हैं।, लेकिन आप हमें यहाँ ले आईं। जितनी मज़दूरी तय थी, उससे ज़्यादा होती है। हमें आप मुनासिब मज़दूरी दे दें। जिससे हम शहर लौट सकें।''

बाँदी बोली, ''हम कहाँ से आते हैं और कहाँ जाते हैं, आपको इससे मतलब नहीं। और जहाँ तक आपकी मज़दूरी का सवाल है, हम कई गुनी मज़दूरी देते हैं। आपको अब सारा दिन यहीं रुकना है। आप में से एक आदमी अनन्तपुर गाँव जाकर अपने खाने-पीने का सामान ख़रीद लाए। पानी पीने के वास्ते कुआँ यहाँ मौजूद ही है। लोटा-डोर तो आपके पास होगी ही?''

अब बाँदी ने अपना बटुआ खोलकर दो चाँदी के टंके कहाँरों को दिए। उन्होंने चाँदी के दो टंके अभी तक बचा भी नहीं पाए थे। चाँदी के खनकते टंकों को देखकर दोनों कहाँरों का चेहरा खिल उठा। बाँदी ने अब एक टंका और कहाँर के हवाले किया और बोली, ''आप इस टंके में से अपने खाने-पीने का सामान ला सकते हैं।, लेकिन सख़्त हिदायत है, हमारे बारे में कभी किसी से कोई बात नहीं करेंगे। आपको वापसी पर मज़दूरी अलग से मिलेगी।''

दोनों कहाँर बाँदी के सामने अदब के साथ झुक गये और बोले, ''हुज़ूर, आप बेफ़िक्र रहें। हम हिन्दू हैं। हम गंगा मैया की सौगन्ध खाकर कहते हैं, इस सिलसिले में कभी अपनी जुबान नहीं खोलेंगे।'' शहज़ादी रज़िया ख़ामोश रहकर बाँदी गुल-ए-अब्बासी और कहाँरों के बीच हो रही बातचीत सुन रही थीं। उन्हें बातचीत में लुत्फ़ आ रहा था।

जहाँ कहाँर बाग़ के दरवाज़े पर रुके गये, वहीं वे दोनों बाग़ के अन्दर घुस गयीं। इन दोनों को देखकर बाँदी नयनज्योतिबाई और चंचलबाई के चेहरे खिल उठे। नयनज्योतिबाई मुस्कराते हुए अदब के साथ झुककर बोली, ''शहज़ादी हुज़ूर को इस मामूली पोशाक में देखकर मुझे हँसी आ रही है।''

अब तक शहज़ादी ने अपने बुर्के की नक़ाब हटा दी थी। वे आँखें तरेरकर बोलीं, ''अरे कम्बख़्त, तुझे कितनी बार समझा चुकी हूँ, सोच-समझकर बोला कर! दीवारों के भी कान होते हैं।''

''बेहतर हुज़ूर।''

''यह क्या हुज़ूर...हुज़ूर की रट लगा रखी है। हमारी मर्दानी पोशाक कहाँ है?''

''यहीं मौजूद है, हुज़ूर।''

''फिर वही हुज़ूर...हुज़ूर...हुज़ूर।''

''गुस्ताख़ी माफ़ हो। अब ऐसी ग़लती कभी नहीं होगी।''

''अरे कम्बख़्त गुस्ताख़ी...गुस्ताख़ी छोड़! हम लोग यहाँ मामूली लोगों की तरह हैं। सारा दिन बहुत सोच-समझकर बात करना होगा! कहीं किसी को शक़ नहीं होना चाहिए! ख़याल रहे, हम लोग तीर-कमान और तलवारों से लैस हैं, लेकिन लोगों को ऐसा महसूस होना चाहिए कि हम लोग तिज़ारती हैं। ऐसा लगे, हम ख़ासतौर पर घोड़ों की तिज़ारत करते हैं।''

''लेकिन तीर-कमान और तलवारों से तो...।''

''हम किसी के पूछने पर कह सकते हैं कि ज़माना खराब है। अपनी हिफ़ाज़त के वास्ते हथियार रखना ज़रूरी है।''

अब शहज़ादी ने बाग़ के चारों ओर नज़र दौड़ाई। उसे बाग़ में कोई नहीं दिखा। बाग़ में अधिकतर आम के पेड़ थे, जिनकी फ़स्ल बहुत पहले तोड़ी जा चुकी थी। फिर भी होशियारी के लिए शहज़ादी ने तीनों बाँदियों को तीन अलग-अलग दिशाओं में जाने का इशारा किया। वे कुछ ही देरी में लौट आईं और बोलीं, ''फ़िक्र की कोई बात नहीं है, यहाँ कोई मौजूद नहीं है।''

शहज़ादी ने ज़नाने कपड़ों के ऊपर ही मर्दाने कपड़े पहन लिए। सिर के बालों को अच्छी तरह साफे से ढँक लिया। शहज़ादी की तरह गुल-ए-अब्बासी ने भी अपनी पोशाक बदल ली। इन दोनों ने दूसरी बाँदियों की तरह दो-दो तलवारें अपनी कमरबन्द में खोंस लीं। तीरों से भरे तरकश को बाएँ कन्धों पर डाल लिया। दाहिने कन्धे पर कमान डाल ली। और अब चारों महिलाएँ बाग़ के दूसरे दरवाज़े से घोड़ों पर सवार होकर सूरजकुंड के मेले की ओर चल दीं। उनकी पोशाकें हिन्दुओं जैसी थीं। शहज़ादी और बाँदी गुल-ए-अब्बासी अब तक काफ़ी कुछ हिन्दवी सीख गयी थीं। इसलिए कोई डर की बात नहीं थी।

शहज़ादी और उसके साथ मौजूद तीनों बाँदियाँ बाग़ से जैसे ही निकलीं, आसमान में फिर बादल आ गये, लेकिन बारिश नहीं हो रही थी। रास्ते में ज्वार, बाजरा, जुनरी और मक्का के जगह-जगह खेत खड़े थे। शहज़ादी को हरे-भरे खेत अच्छे लग रहे थे। ज्वार-बाजरा और दूसरी फ़स्लों के पेड़ तेज़ हवा में रक़्क़ासाओं की तरह झुक-झुककर रक़्स कर रहे थे, लेकिन अधिकतर खेतों में कोई फ़स्ल नहीं थी। शहज़ादी ने इस वास्ते बाँदी नयनज्योतिबाई से पूछा। वह बोली, ''इस इलाक़े में कोई नदी या नहर नहीं है। किसान ईश्वर की मेहरबानी पर ही रहते हैं। जहाँ पर कुएँ

मौजूद हैं, वहाँ के लोगों ने ही फ़स्ल बोई होगी।''

चारों सवार धीरे-धीरे सूरजकुंड के मेले की ओर बढ़ रहे थे। अब वे उस रास्ते पर आ गये थे, जिस रास्ते पर आम आदमी चल रहा था। रास्ते में पड़ रहे गड्ढों में पानी भर गया था। लोग कीचड़ बचाकर निकल रहे हैं। रास्ते के दोनों ओर खाली खेतों में भी बारिश का पानी भर गया था। जहाँ पीले-पीले मेढक टर्र, टर्र की आवाज़ कर रहे थे। शहज़ादी को उनकी आवाज़ दरबारी संगीत से कम अच्छी नहीं लगी। घोड़ों के सामने आते ही लोग रास्ता छोड़ देते थे। धीरे-धीरे यह लोग सूरजकुंड के मेले में जा पहुँचे।

सवारों ने चारों ओर नज़र दौड़ाई। मेले में एक ओर घोड़े, बैल, भेंड़, बकरी, ऊँट और गायें बिक रही थीं। दूसरी ओर क़तार में बिसातख़ाने की कई दुकानें थीं। जहाँ पर टिकुली, बिन्दु, सिन्दूर, आलता, शीशा, कंघी और रंग-बिरंगी चोलियाँ बिक रही थीं। युवतियाँ चोलियाँ ख़रीद रही थीं। ग़ैर शादीशुदा युवतियाँ चोलियाँ नहीं ख़रीद रही थीं, लेकिन अपनी भाभियों के साथ हँसी-मज़ाक़ करते हुए उनके सीने पर चोलियाँ लगा-लगाकर दिखा रही थीं।

जहाँ एक ओर मिट्टी के बरतन बिक रहे थे, वहीं दूसरी ओर लकड़ी का घरेलू सामान जैसे चकला, बेलन, तख़्त, अलमारी और दूसरे सामान बिक रहे थे। एक ओर मिठाइयों की दुकानें लगी थीं। जहाँ इन दुकानों में लड्डू पेड़ा, बर्फी और बालूशाही बिक रही थी, वहीं कोई-कोई हलवाई गुड़ की जलेबियाँ बना रहा था। जहाँ इन दुकानों पर बर्रों की भरमार थी, वहीं भारी तादाद में मक्खियाँ भी भिन-भिना रही थीं।

अब यह लोग सूरजकुंड की ओर चल दिए। सूरजकुंड पक्का तालाब था जो पहाड़ों के बीच मौजूद था। कुंड के नज़दीक ही पीपल का विशाल पेड़ था, जिसकी लोग पूजा कर रहे थे। पेड़ की शाखाओं पर तमाम लँगोट लटक रहे थे। कुछ लोगों ने वहाँ लकड़ी के खड़ाऊ भी चढ़ा रखे थे। तमाम औरतें पूड़ी, गुड़ और बताशा चढ़ा रही थीं। हर कोई पीपल का चक्कर लगा था और पीपल से दोनों हाथ लगाकर अपने माथे पर लगा रहा था। कुछ लोग पीपल पर तेल चढ़ा रहे थे। कुछ लोग घी और तेल के दीपक जला रहे थे। कुछ लोग पीले और लाल धागों को पीपल के चारों ओर लपेट रहे थे। कोई-कोई रईस मारकीन का सफ़ेद कपड़ा लपेट रहा था। एक पुजारी पास ही बैठा था जो कपड़ा और पैसा इकट्ठा कर रहा था। पुजारी गोरा-चिट्टा और काफ़ी तगड़ा था। उसका पेट बाहर निकल आया था। उसने अपने माथे पर ही नहीं, भुजाओं और सीने पर काफ़ी चन्दन लगा रखा था। शहज़ादी और बाँदी गुल-ए-अब्बासी को यह तमाशा अज़ीबोग़रीब लगा, लेकिन शहज़ादी यहाँ कुछ बोलना नहीं चाहती थीं।

पीपल के पेड़ से हटकर एक छोटी-सी हवेली थी। शायद उसमें कोई रह रहा था। अब तक चारों सवार सूरजकुंड की दीवार के नज़दीक पहुँच गये थे। घोड़ों पर बैठे-बैठे ही इन चारों ने कुंड की ओर अपनी-अपनी नज़रें दौड़ाईं। कुंड में पानी लबालब भरा था। लोग कुंड में नहा रहे थे। पानी तक जाने के वास्ते चारों दिशाओं में धारदार लाल पत्थर की सीढ़ियाँ बनी थीं, लेकिन वे गीली हो गयी थीं। फिसलने के डर से हर व्यक्ति बचा-बचाकर आगे क़दम रख रहा था। पश्चिम दिशा की ओर सूर्य मंदिर था। लोग उस मंदिर में भी जा रहे थे। कुंड के चारों कोनों पर ख़ूबसूरत बुर्ज़ियाँ मौजूद थीं।

शहज़ादी की इजाज़त पाकर बाँदी नयनज्योतिबाई और चंचलबाई मंदिर में चली गयीं। वे जब तक नहीं लौटीं, तब तक शहज़ादी और गुल-ए-अब्बासी पीपल के पेड़ की पूजा कर रहे लोगों, कुंड में स्नान कर रहे लोगों और कुंड के चारों ओर फैले हरे-भरे पहाड़ का लुत्फ़ उठाती रहीं। कुछ ही देर में दोनों बाँदियाँ सूर्य देव के दर्शन कर लौट आईं। अब यह चारों सवार मेले में और अन्दर की ओर चल दिए। इन्होंने एक स्थान पर देखा, वहाँ दो-तीन ज्योतिषी लोगों की हस्तरेखा देख रहे हैं। सवारों के नज़दीक पहुँचते ही उन्हें डाकू समझकर वहाँ मौजूद लोग दूर हट गये। अब यह चारों सवार अपने-अपने घोड़ों से नीचे उतर आए। वे एक ज्योतिषी, जिसकी उम्र तक़रीबन सत्तर साल हो चुकी होगी, उसके नज़दीक पहुँच गये। ज्योतिषी के सिर और दाढ़ी के एक-एक बाल सफ़ेद हो चुके थे।

ज्योतिषी ने अपने सामने ज़मीन पर एक कपड़ा बिछा रखा था, जहाँ कुछ पोथियाँ मौजूद थीं। इन चार सवारों को इकट्ठा देखकर ज्योतिषी घबराया, लेकिन उसने अपने पर जल्दी काबू पा लिया। वह बहुत मधुर आवाज़ में बोला, ‘‘आइए जिजमान, हम आपकी क्या ख़िदमत कर सकते हैं?’’

चारों सवारों ने हाथ जोड़कर ज्योतिषी का अभिवादन किया। शहज़ादी बोली, ‘‘ज्योतिषी जी, हम लोग यहाँ तिज़ारत के सिलसिले में आए हैं। इस इलाक़े से ज़्यादा वाक़िफ़ नहीं हैं। अगर...।’’

ज्योतिषी ने पूछा, ‘‘जिजमान, कहाँ से पधारे हैं?’’

‘‘हम दूर लाहौर की तरफ़ से आए हैं। उधर के सुल्तान आपस में लड़ रहे हैं। जिसकी वजह से हमारा धन्धा चौपट हो गया था। इस वास्ते हम धन्धे की तलाश में इधर आए हैं।’’

‘‘जिजमान बैठ जाइए। हमारे यहाँ ज्योतिष विद्या का काम पीढ़ी-दर-पीढ़ी हो रहा है। हम आपकी हाथ की रेखाएँ देखकर बता सकते हैं, आपको किस रोज़गार में फ़ायदा होगा।’’

अब शहज़ादी आगे बढ़कर बोलीं, ‘‘अगर आपको जानकारी हो तो आप हमें

सूरजकुंड, क़िले और यहाँ की तवारीख़ बता दें। आपका मेहनताना मिल जाएगा।''

ज्योतिषी समझ गया कि उसके जिजमान दौलतमंद हैं, इसलिए उसने विस्तार से जानकारी देना ठीक समझा। वह बोला, ''कभी यहाँ तोमर राजा अनंगपाल हुए हैं। उनके पाँच बेटे थे। इन पाँच बेटों में से मैं तीन बेटों के नाम जानता हूँ। इन तीनों के नाम थे, तुडंगपाल, महिपाल और सूरजपाल। राजा अनंगपाल ने कभी यहाँ शहर बसाया था। इसी अनंगपुर गाँव को कभी अड़गपुर और अनकपुर भी बोला जाता था। यहीं से कुछ दूरी पर मेहरौली के नज़दीक इनके बेटे महिपाल ने छोटा शहर महिपालपुर बसाया था। राजा महिपाल ने वहाँ पर क़िला के अलावा एक ताल भी बनवाया था। इसी प्रकार तुडंगपाल ने भी क़िला रायपिथौरा से थोड़ी दूर एक क़िले का निर्माण कराया। जिजमान, सबसे छोटे बेटे सूरजपाल ने इस सूरजकुंड को बनवाया, जहाँ आप मौजूद हैं।'' ज्योतिषी एक साँस में तमाम क़िस्सा बयान कर गया।

चंचलबाई ने पूछा, ''तब तो सूर्य मन्दिर को भी इसी सूरजपाल ने बनवाया होगा?''

''जिजमान, आप ठीक कह रहे हैं। कुंड से मन्दिर तक पहुँचने के लिए लाल पत्थर की पचास सीढ़ियाँ हैं। सीढ़ियों के दोनों ओर ऊँची-ऊँची दीवारें मौजूद हैं, जिससे भीड़-भाड़ में कोई नीचे न गिर जाए।''

''ज्योतिषी जी, लोग सूर्य की पूजा क्यों करते है? जब कि वह आग का एक गोला है।'' शहज़ादी ने पूछा।

''उपनिषदों में लिखा है, समस्त देवता, गन्धर्व और ऋषि-मुनि का ताप सूर्य की किरणों में मौजूद रहता है। स्कन्दपुराण में उल्लेख आया है, बिना सूर्य को अर्घ्य दिए भोजन नहीं करना चाहिए। प्रातः सूरज निकलने पर ताँबे के लोटे में साफ़ पानी, चावल, चंदन, लाल फूल और कुश लेकर सूर्य मंत्र का जाप करते हुए धीरे-धीरे सूर्य को जल चढ़ाना चाहिए। सूर्य भगवान को जल देने से इन्सान की उम्र बढ़ती है। इन्सान जल्दी बीमार नहीं होता है। उसके यश, वैभव और धन-धान्य में बढ़ोत्तरी होती है। इतना ही नहीं, उसे मनोवांछित फल भी मिलता है।''

''ज्योतिषी जी, माफ़ कीजिएगा। ईश्वर-अल्लाह सब जगह मौजूद हैं। वह हमारे अच्छे-बुरे कार्यों को रात-दिन देख रहा है। तब मंदिरों में घंटा-घड़ियाल बजाने की क्या ज़रूरत है?''

''इसमें दो बातें हैं। इन्सान की तरह भगवान भी विश्राम करते हैं। हालाँकि उन्हें उतने विश्राम की आवश्यकता नहीं है, जितनी हमें है। घंटे-घड़ियाल बजाकर भगवान के दरबार में आदमी अपनी हाज़िरी दर्ज़ करा देता है। जैसे सुल्तान के दरबार में जब कोई ओहदेदार पहुँचता है, तब बुलन्द आवाज़ में उस आदमी के आने की

सूचना दी जाती है। बहुधा भगवान भी समाधि में डूबे रहते हैं। उन्हें जगाने के लिए घंटे-घड़ियाल बजाने पड़ते हैं। घंटे-घड़ियाल बजाने से मंदिर के आसपास सोये लोग जग जाते हैं और वे नहा-धोकर अपने-अपने दैनिक कार्यों में लग जाते हैं। जिजमान, घंटा काल का प्रतीक है। जब प्रलय, जिसे क़ुरआन शरीफ़ में क़ियामत बताया गया है, आएगी, तब इसी प्रकार ज़ोरदार शोर-गुल होगा।''

''और पीपल के पेड़ की पूजा क्यों करते हैं?'' शहज़ादी ने अगला प्रश्न किया।

''पद्म पुराण में लिखा है कि जो कोई व्यक्ति इस वृक्ष की पूजा करता है, वह सीधे स्वर्ग को जाता है। पीपल के पेड़ की पूजा से व्यक्ति को सन्तान प्राप्ति होती है। पीपल के पेड़ को मंदिर के नज़दीक अवश्य लगाना चाहिए। आप यहाँ भी देख रहे हैं कि सूर्य मंदिर के नज़दीक ही पीपल का विशाल पेड़ मौजूद है। इस सम्बन्ध में एक ख़ास बात और है।''

''वह क्या?'' चंचलबाई ने पूछा।

पीपल के पेड़ की छाया गर्मियों में सुखद और शीतल होती है, लेकिन सर्दियों में इस पेड़ की छाया इन्सान को गर्मी देती है।, लेकिन एक बात ध्यान देने की है, रात में पीपल के पेड़ के नीचे कभी नहीं सोना चाहिए?''

''वह क्यों?''

''रात में इस पेड़ पर तमाम अशुभ आत्माएँ आ जाती हैं। भूत-प्रेत और चुड़ैल आ जाते हैं। इस पेड़ को कभी काटना नहीं चाहिए।''

''क्यों?'' शहज़ादी ने पूछा।

''इस पेड़ को काटने से ब्रह्म हत्या लगती है।''

शहज़ादी के साथ-साथ बाँदियाँ भी ज्योतिषी की बात ग़ौर से सुन रही थीं। चंचलबाई ने पूछा, ''ज्योतिषी जी, पीपल के पेड़ पर चढ़ाए जा रहे चढ़ावे और सूर्य मंदिर पर चढ़ाए जा रहे चढ़ावे को आख़िर यहाँ कौन लेता है?''

''जिजमान, पुश्तों से लकड़पुर और अड़गपुर के पुजारी चढ़ावा ले जाते हैं। शायद राजा सूरजपाल ने इनके पुरखों को यह अधिकार दिया होगा। मैं एक और बात आपको बताता हूँ। यहीं से तक़रीबन दो कोस की दूरी पर पूरब की ओर एक प्राकृतिक कुंड और मौजूद है, जिसे सिद्ध कुंड कहते हैं। यहाँ की तरह वहाँ भी एक मेला लगता है। वह स्थान बहुत ही रमणीक है। यहाँ से कुछ दूरी पर किलोखड़ी जगह है, वहाँ भी कभी एक क़िला था जो अब वीरान हो गया है। वहाँ पर राजा अनंगपाल के वंशज तक़रीबन सौ बरस तक राज्य किए हैं। राजा अनंगपाल ने ही लालकोट क़िला बनवाया था, जिसका तमाम हिस्सा अब क़िल-ए-रायपिथौरा में शामिल हो गया है। राजा ने वहाँ एक ताल और सत्ताईस मंदिर बनाए थे। हिन्दुओं के

दुर्भाग्य की बात है, वहाँ मौजूद सत्ताईस मंदिरों को मरहूम सुल्तान क़ुतुबुद्दीन ऐबक़ ने ध्वस्त करा दिया और क़ुव्वतुल इस्लाम मस्जिद बनवा दी। जिजमान, आप ही बताएँ, मरहूम सुल्तान ने क्या यह अच्छा काम किया?''

''ज्योतिषी जी, मरहूम सुल्तान ने ठीक नहीं किया है। ऐसा नहीं होना चाहिए था।'' शहज़ादी बोलीं।

''हालाँकि वर्तमान सुल्तान इल्तुतमिश अच्छे इन्सान हैं। हम उनकी लम्बी उम्र के लिए ईश्वर से प्रार्थना करते हैं। लोग उन्हें सूफ़ी बताते हैं, लेकिन उन्होंने भी हिन्दुओं पर जजिया लगा रखा है। अब आप ही बताएँ, यह कहाँ का इंसाफ़ है? एक ही मुल्क में रहनेवाले दो मज़हबों के लोगों को सुल्तान अलग-अलग नज़र से देख रहे हैं।''

''क्या यहाँ हिन्दुओं पर जजिया लगता है?'' शहज़ादी ने पूछा।

''जिजमान, आप इस इलाक़े में नये हैं। जब आप स्थाई रूप से इस मुल्क में बस जाएँगे, तब आप को भी जजिया देना होगा। ख़ैर छोड़िए, इन बातों को। मैं राजा अनंगपाल की तवारीख़ आपको बताता हूँ। तोमर राजा अनंगपाल के कोई पुत्र नहीं था। उनके यहाँ दो राजकुमारियाँ थीं। बड़ी राजकुमारी का विवाह कन्नौज के राजा विजयचन्द से हुआ था और छोटी राजकुमारी का विवाह अजमेर के राजा विग्रहराज के छोटे भाई सोमेश्वर के साथ। बड़ी राजकुमारी और राजा विजयचन्द से कन्नौज के प्रतापी राजा जयचन्द पैदा हुए और इधर राजा सोमेश्वर से पृथ्वीराज चौहान पैदा हुए। राजा जयचन्द यह उम्मीद लगाए हुए थे कि राजा अनंगपाल को कोई पुत्र न होने की वजह से वे उन्हें गोद ले लेंगे और उन्हें कन्नौज के साथ-साथ दिल्ली की भी गद्दी मिल जाएगी, लेकिन राजा विग्रहपाल ने अपने भतीजे पृथ्वीराज चौहान को गोद ले लिया। इसी वजह से राजा जयचन्द को राजा पृथ्वीराज चौहान फूटी आँखों नहीं देखना चाहते थे। आख़िर कन्नौज में स्वयंवर के अवसर पर राजा पृथ्वीराज चौहान को निमंत्रण नहीं देने पर उन्होंने राजकुमारी संयोगिता का हरण कर लिया।''

''क्या पृथ्वीराज चौहान और राजा जयचन्द की राजकुमारी संयोगिता की यही असली कहानी थी?'' शहज़ादी ने पूछा।

''जी हाँ, जिजमान।''

''आपने हमें काफ़ी जानकारी दी। हम ख़ुश हुए।'' इसी बीच बाँदी गुल-ए-अब्बासी ने अपने बटुए से एक चाँदी का टंका ज्योतिषी की ओर बढ़ा दिया। चारों सवारों ने वहाँ से जाने से पूर्व एकबार फिर ज्योतिषी का हाथ जोड़कर अभिवादन किया। चाँदी का टंका पाकर बूढ़ा ज्योतिषी ख़ुश हो गया। पास ही बैठे दूसरे ज्योतिषी लालच के साथ उसकी ओर ताक रहे थे। वे सोच रहे थे कि सारे दिन में जो कमाई होगी, चाँदी के एक टंके से कम ही होगी।

अब सवार मेले के उस हिस्से में चले गये, जिधर घोड़ों की ख़रीद-फ़रोख़्त हो रही थी। घोड़ों के कुछ देर तक मोल-भाव करने के बाद सवार मेले के बीचो-बीच आ गये। शहज़ादी ने देखा कि नव दम्पत्ति, जिनकी उम्र सात-आठ साल से ज़्यादा नहीं होगी, गाजे-बाजे के साथ पालकी में बैठे सूर्य मंदिर की ओर जा रहे हैं। इस जोड़े के साथ इनके माँ-बाप, भाई-बहन और तमाम रिश्तेदार भी जा रहे थे। शहज़ादी को ताज़्जुब हो रहा था कि इतनी छोटी उम्र में इनकी शादी क्यों कर दी गयी। जब कि यह बच्चे शादी का मतलब भी नहीं समझ रहे हैं। उसने घोड़े की पीठ पर बैठे-बैठे ही बाँदी चंचलबाई से पूछा, ''इन बच्चों की शादी इतनी कम उम्र में क्यों कर दी जाती है?''

''समाज का रिवाज़ ही ऐसा है। यहाँ तो बच्चे के पैदा होते ही कोई-कोई माँ-बाप शादी का रिश्ता तय कर देते हैं।''

''हैरत की बात है।'' ऐसा सुनकर शहज़ादी को आश्चर्य हो रहा था।

बाँदी नयनज्योतिबाई ने महसूस किया कि एक सवार, जिसने अपने चेहरे का अधिकाधिक हिस्सा सफ़ेद साफे से ढँक रखा था, जैसे उन सब का पीछा कर रहा हो, लेकिन उसने इस सम्बन्ध में शहज़ादी और दूसरे सवारों को कुछ नहीं बताया। शहज़ादी को अब तेज़ भूख लग आई थी। उसने खाना खाने के लिए गुल-ए-अब्बासी से कहा। सभी सवारों ने चारों ओर नज़र दौड़ाई। पास ही एक हलवाई साफ़-सुथरी गर्मा-गरम पूड़ी और आलू की सब्ज़ी बेच रहा था। नयनज्योतिबाई ने शहज़ादी को उस ओर इशारा किया। शहज़ादी बिना किसी संकोच के उस ओर चल दीं। भूख के सामने कुछ दिखाई नहीं दे रहा था। शहज़ादी और बाँदियों ने बरगद के हरे-हरे पत्तों पर बड़े प्रेम से पूड़ी-सब्ज़ी खाई। पूड़ी-सब्ज़ी खाने के बाद बाँदी गुल-ए-अब्बासी ने चाँदी के दो टंके दुकानदार को दिए। चाँदी के दो टंकों को देखकर दुकानदार ख़ुश हो गया।

पास ही पानी की प्याऊ लगी थी। लोग उँजली भरकर पानी पी रहे थे। बाँदियाँ तो ऐसे ही पानी पी सकती थीं, लेकिन शहज़ादी की समस्या थी। उसने इस तरह कभी पानी नहीं पिया था। चंचलबाई शहज़ादी के चेहरे का हाव-भाव अच्छी तरह समझ गयी। अब चंचलबाई की नज़र मिट्टी के बर्तनों की दुकान पर पड़ी। वह मिट्टी के चार प्याले ख़रीद लाई। उन्हें धोकर उसने शहज़ादी और दूसरी बाँदियों को पानी पिलाया। पानी पीने के बाद पानी पिलानेवाले बिरहमन को बाँदी गुल-ए-अब्बासी ने एक चाँदी का टंका इनाम में दिया। बिरहमन कभी चाँदी के टंके को देख रहा था तो कभी इन सवारों को। साठ साल की लम्बी ज़िन्दगी में उसे आज तक किसी ने चाँदी का टंका नहीं दिया था। उसे हैरत हो रही थी। वह सोचने लगा, आख़िर यह सवार कौन हैं?

शहज़ादी के कहने पर सभी सवार वापस दिल्ली की ओर चल दिए। वे सवार अभी कुछ ही दूर निकले थे कि एक स्थान पर भारी भीड़ दिखी। वहाँ एक जादूगर डुग-डुगी बजाकर लोगों को इकट्ठा कर रहा था। वह तरह-तरह के जादू के करतब दिखा रहा था। कभी वह अपने मुँह से लोहे का गोला निकाल रहा था तो कभी मुँह से लोहे की तमाम कीलें निकाल रहा था। कभी वह रोटी की तरह काँच चबा रहा था। कभी वह टोकरी से कबूतर को गायब कर देता था और कभी खाली टोकरी में कबूतर ला देता था। भीड़ में आदमी, औरतें और बच्चे सभी शामिल थे। यहाँ एक-से-एक अमीर-ग़रीब, बेवकूफ़-अक़्लमंद, आहिल-जाहिल और शरीफ़-रज़ील सभी तरह के लोग मौजूद थे। सवार कुछ देर यहाँ रुककर आगे बढ़ गये। उनके लिए यह कोई नया तमाशा नहीं था।

घोड़ों ने अभी तक कुछ नहीं खाया था। उन्हें भूख लग रही थी। सवार अभी मेले से बाहर ही निकल रहे थे कि घसियारिनें घास बेचते दिखीं। गुल-ए-अब्बासी ने उनसे घास ख़रीदकर चारों घोड़ों के सामने डाल दी। घोड़े देर तक घास चबाते रहे। हालाँकि उसने दूर-दूर तक नज़र दौड़ाई, लेकिन उसे कहीं घोड़ों का रातब बिकता नहीं दिख रहा था। इस बीच चारों सवार एक दरी बिछाकर आराम करते रहे। रास्ते से निकलनेवाला हर आदमी इनके सुडौल घोड़ों को ताक रहा था। घोड़ों के घास खा लेने के बाद उन्हें पानी पिलाया गया। अब सवार अपनी मंज़िल की ओर चल दिए।

नयनज्योतिबाई ने पीछे मुड़कर देखा, वही सवार जो इन सवारों पर नज़र रखे हुए था, प्याऊ के पास आकर पानी पी रहा है। उसने पानी पीने के बाद बिरहमन से कुछ बातचीत की। नयनज्योतिबाई जो सवारों में सबसे पीछे थी, वह कुछ सुन नहीं सकी। अभी चारों सवार मेले से बाहर निकले ही थे कि न जाने कहाँ से फ़क़ीर क़ाज़ीमुद्दीन ज़ाहिद अपने चितकबरे गधे पर सवार होकर मेले की ओर आ रहे थे। वे अपने दाहिने हाथ से तसवीह फेर रहे थे और अल्लाहू...अल्लाहू बोल रहे थे।

जैसे ही शहज़ादी ने उन्हें देखा, वे घोड़े से उतरकर उनके सामने अदब के साथ झुक गयीं। उस वक़्त उनके आगे-पीछे दूर तक कोई नहीं था। अब शहज़ादी बोलीं, "हज़रत की उम्रदराज हो। हज़रत, हमारे वास्ते कुछ दुआ करें।"

फ़क़ीर बोले, "शहज़ादी, आपका इस तरह क़िले से बाहर निकलना क़त्तई ठीक नहीं है। दुश्मन बेहद चालाक है। होशियार रहने की ज़रूरत है।"

शहज़ादी और दूसरी बाँदियाँ हैरत में थीं। उनकी समझ में नहीं आ रहा था कि फ़क़ीर ने उन्हें कैसे पहचान लिया? अब शहज़ादी बोलीं, "हज़रत, हमें माफ़ करें। ऐसी ग़लती फिर कभी नहीं होगी। क़िले के अन्दर जी ऊब गया था, इसलिए...।"

"क़िले के अन्दर जी बहलाने के और कई तरीके हैं। वैसे आप जमालुद्दीन

याक़ूत के बग़ैर फिर कभी अकेले क़िले से बाहर न निकलें।" इतना कहकर फ़क़ीर अल्लाहू...अल्लाहू करते हुए आगे बढ़ गये। तीनों बाँदियाँ फ़क़ीर की ज़ुबान से निकले अल्फ़ाज़ सुनकर चौंक पड़ीं। उनकी समझ में नहीं आ रहा था कि फ़क़ीर ने आख़िर जमालुद्दीन याक़ूत का ही नाम क्यों लिया? शहज़ादी फ़क़ीर की ज़ुबानी जमालुद्दीन याक़ूत का नाम सुनकर मुस्करा पड़ीं।

अभी चारों सवार मेले से आधा कोस ही निकले होंगे कि नयनज्योतिबाई को वही सवार कुछ दूरी पर पीछे आता दिखाई पड़ा। अब उसने शहज़ादी और दूसरी बाँदियों को आगाह कर दिया। शहज़ादी ने सभी सवारों को घोड़ों की रफ़्तार कम करने का हुक़्म दिया। धीरे-धीरे सवारों और उनका पीछा कर रहे सवार के बीच दूरी घट रही थी। अब शहज़ादी ने पीछे मुड़कर देखा, सवार राजपूत नौजवान लग रहा था। संयोग से तेज़ हवा की वजह से उसके चेहरे पर से साफा हट गया। सवार के चेहरे पर दाढ़ी नहीं थी, लेकिन उसकी काली नुकीली मूँछें चेहरे को रौबदार बना रही थीं। शहज़ादी का इशारा पाते ही सभी सवारों ने अपने-अपने घोड़ों का रुख़ पीछे मेले की ओर कर दिया और एक झटके में उस सवार को अपनी गिरफ़्त में ले लिया। हमला इतनी तेज़ था कि सवार को भागने का कोई मौक़ा नहीं मिल सका।

अब चारों सवार उस सवार को साथ लेकर उसी बाग़ की ओर चल दिए, जहाँ कहाँर उनका इन्तज़ार कर रहे थे। पीछा कर रहे सवार के चेहरे पर हवाइयाँ उड़ रही थीं। बाँदी गुल-ए-अब्बासी ने एकान्त पाकर अपनी तलवार की नोक से उसके साफे को हवा में उछाल दिया। सवार के घने काले बाल हवा में लहराने लगे। अब उसने सवार की मूँछों पर हाथ डाला। सवार की नकली मूँछें उसके हाथ में आ गयीं। शहज़ादी समेत सभी बाँदियाँ हैरत में पड़ गयीं। शहज़ादी की ज़ुबान से निकल पड़ा, "बाँदी गुलबदन।"

बाँदी गुलबदन जहाँशाह तुर्कान बेगम की ख़ास बाँदियों में से थी। उसका आना-जाना शहज़ादी के महल में भी था। बाँदी गुलबदन झट अपने घोड़े से उतरकर तलवार ज़मीन पर फेंककर शहज़ादी के पैरों पर गिर गयी। उसकी ज़ुबान से निकला, "शहज़ादी हुज़ूर रहम...शहज़ादी हुज़ूर रहम।"

बाँदी गुल-ए-अब्बासी शहज़ादी की ओर मुख़ातिब होकर बोली, "हुज़ूर, इससे पूछा जाए, आख़िर इसने ऐसा क्यों किया?"

शहज़ादी कुछ बोलतीं, इससे पहले ही बाँदी गुलबदन रोकर बोली, "शहज़ादी हुज़ूर, मैंने जो किया है, वह माफ़ी के लायक़ नहीं है, लेकिन हुज़ूर, मैंने जो कुछ किया है, जहाँशाह तुर्कान बेगम के हुक़्म से किया है। मैंने उनका नमक खाया है। आप चाहें हमें मौत के घाट उतार दें, लेकिन मैं हुज़ूर से माफ़ी की तलबगार हूँ। हुज़ूर मेरे छोटे बच्चों पर रहम करें। मेरा खाविन्द मर चुका है। उनका सहारा कोई नहीं है।"

"हुज़ूर, इस बदतमीज़ को सज़ा-ए-मौत का हुक़्म फ़र्माएँ। मैं अपनी तलवार से अभी इसका सिर धड़ से अलग कर देती हूँ।" बाँदी गुल-ए-अब्बासी बोली।

शहज़ादी को बाँदी गुलबदन पर दया आ रही थी। वे समझ रही थीं कि इसमें इस बेचारी का कोई दोष नहीं है। क़िले के अन्दर ऐसी साज़िश अकसर होती रहती हैं। आज अगर बाँदी गुल-ए-अब्बासी भी जहाँशाह तुर्कान बेगम की ख़िदमत में होती तो उनके हुक़्म से वह भी वही करती जो आज इसने किया है। शहज़ादी बोलीं, "गुलबदन, तूने हमारा राज़ जानने की कोशिश की। तूने जो काम किया है, उसकी सज़ा तुझे मिलनी चाहिए। हम तुझे एक शर्त पर माफ़ कर सकते हैं।"

"शहज़ादी साहिबा, हुक़्म फ़र्माएँ। आपके एक हुक़्म पर बाँदी अपनी जान देने के लिए ताउम्र तैयार रहेगी।"

"गुलबदन, तूने हमारे ख़िलाफ़ जहाँशाह तुर्कान बेगम के हुक़्म से जासूसी की है। अगर जहाँशाह तुर्कान बेगम हमारे ख़िलाफ़ फिर कभी कोई साज़िश करती हैं, तब तू किसी-न-किसी तरह हमें ख़बर करेगी। अगर मंजूर हो तो बोल?"

"शहज़ादी साहिबा, मुझे मंजूर है। बाँदी ताउम्र वफ़ादार रहेगी।" गुलबदन ने अपना सिर शहज़ादी के दाहिने पैर पर रख दिया।

"अच्छा, अब क़िले पहुँच और हमारे अगले हुक़्म का इन्तज़ार कर!" बाँदी गुलबदन ने अदब के साथ झुककर अपना साफा उठा लिया और शहज़ादी का हुक़्म पाते ही घोड़े पर सवार होकर क़िले की ओर चल दी।

अब बाँदी गुल-ए-अब्बासी बोली, "शहज़ादी हुज़ूर, आपने नाहक उसे माफ़ कर दिया।"

"गुल-ए-अब्बासी, आज हमने अपने दुश्मन की साज़िश को नाकाम कर दिया। हमें यक़ीन है, दुश्मन अगर कोई नई साज़िश करता है, तब हमें बाँदी गुलबदन वक़्त से ज़रूर ख़बर करेगी।" बाँदी गुल-ए-अब्बासी और दूसरी बाँदियों की हिम्मत नहीं थी कि इस सिलसिले में शहज़ादी से कुछ और कह सकें।

अब चारों सवार बाग़ की ओर चल दिए और पहले की तरह शहज़ादी और गुल-ए-अब्बासी पालकी में सवार होकर क़िल-ए-रायपिथौरा की ओर चल दीं। हुक़्म के मुताबिक़ कुछ देर बाद बाँदी नयनज्योतिबाई और चंचलबाई अपने-अपने घोड़ों पर सवार होकर दिल्ली शहर की ओर चल दीं। शहज़ादी और गुल-ए-अब्बासी के खाली घोड़े उनके घोड़ों के पीछे-पीछे आ रहे थे।

शहज़ादी रात भर करवटें बदलती रहीं। उन्हें नींद नहीं आ रही थी। वे सोच रही थीं कि उसने जहाँशाह तुर्कान बेगम का आख़िर क्या बिगाड़ा है जो उन्होंने उसके ख़िलाफ़ बाँदी गुलबदन से जासूसी कराई। वे एक तरफ़ अब्बाहुज़ूर को ख़ुश करने

के वास्ते दस्तरख़्वान पर उसे और छोटी शहज़ादी को इज़्ज़त के साथ बुलवाती हैं और दूसरी तरफ़...। वे इन्हीं ख़यालों में डूबी हुई थीं कि उसे फ़क़ीर क़ाज़ीमुद्दीन ज़ाहिद की बात याद आ गयी। वे सोचने लगीं, तमाम फ़ौज़ होते हुए भी फ़क़ीर ने क्यों कर जमालुद्दीन याक़ूत का ही नाम लिया। जब कि तुर्कान-ए-चिहिलगानी बन्दागान-ए-शम्सी में तमाम तुर्क ग़ुलाम मौजूद हैं। फ़क़ीर मलिक अलाउद्दीन जानी, मलिक इज़्ज़ुद्दीन कबीर ख़ाँ और मलिक इज़्ज़ुद्दीन सालारी में से किसी का नाम ले सकते थे। वे मलिक अल्तूनिया का भी नाम ले सकते थे जो उसकी मोहब्बत में न जाने कब से पागल है, लेकिन वही उससे मोहब्बत का इज़हार नहीं कर रही है।

अब वे जमालुद्दीन याक़ूत की यादों में खो गईं। जमालुद्दीन याक़ूत सुल्तान इल्तुतमिश की सल्तनत का एक ख़ास सुतून! जाँबाज़, दिलेर, मौत से कभी न डरनेवाला, साया की तरह सुल्तान के इर्द-गिर्द मँड़रानेवाला, एक वफ़ादार हाकिम! वे याक़ूत के बारे में सोचते-सोचते न जाने क्यों मुस्करा उठीं। उनके अंग-अंग में गुदगुदी होने लगी।

अब उनका ध्यान हिन्दुओं पर लगाए गये जजिया महसूल पर चला गया। उन्होंने सोचा, वे मौक़ा देखकर इस मामले में अपने अब्बाहुज़ूर से बात करेंगी। हिन्दू-मुसलमान दोनों मामलूक सल्तनत के सुतून हैं। अगर सुल्तान ने एक सुतून की ओर ध्यान न दिया तो सल्तनत चरमरा जाएगी। सुल्तान को समूचे हिन्दुस्तान की अवाम के साथ एक-सा व्यवहार करना चाहिए।

अभी शहज़ादी जजिया के बारे में सोच ही रही थीं कि उन्हें हिन्दुओं में हो रहे बाल-विवाह नाजायज़ लगे। पीपल के पेड़ की हो रही पूजा पर ध्यान जाते ही उनकी हँसी छूट गयी। वे सोचने लगीं कि हिन्दुओं में कौम बिरहमन सबसे ज़्यादा पढ़ी-लिखी ही नहीं, बल्कि चालाक भी है। वह आम अवाम को उल्लू बना रही है। उसे धोख़े में रखकर लूट रही है। फिर वे सोचने लगीं, आम अवाम चाहे हिन्दू हो, चाहे मुसलमान अन्धविश्वास के जाल में बुरी तरह जकड़ी हुई है। इन्हें इस जाल से कैसे छुटकारा दिलाया जाए? उन्हें यह ख़राब लग रहा था कि मरहूम सुल्तान क़ुतुबुद्दीन ऐबक़ ने हिन्दुओं के सत्ताइस मंदिर ज़मींदोज़ कराकर क़ुव्वतुल इस्लाम मस्जिद तामीर कराकर सही काम नहीं किया। मरहूम सुल्तान को चाहिए था, वे मंदिरों से हटकर मस्जिद की तामीर कराते। इस तरह की तमाम बातें सोचते-सोचते आधी रात से ज़्यादा गुज़र गयी।

वे पलंग से उठकर बैठ गयीं और टहलने लगीं। उनका ध्यान बाँदी गुल-ए-अब्बासी के साथ बदायूँ दरवाज़े पर पहरेदारों के हाकिम के फूहड़ मज़ाक़ पर चला गया। जहाँ उसका मज़ाक़ उन्हें खराब लगा था, वहीं वे यह भी सोचने लगीं कि इस तरह तो कभी कोई भी हसीना पहरेदारों की आँखों में धूल झोंककर क़िले के अन्दर-

बाहर आ-जा सकती है। यह सल्तनत के वास्ते ख़तरा है। उसे अब्बाहुज़ूर से इस सिलसिले में बात करना ज़रूरी है। अब वे फिर पलँग पर आकर लेट गईं। नींद उनसे कोसों दूर थी। अब उनका ध्यान अवाम की बर्बाद हो रही फ़स्ल पर चला गया। वे सोचने लगीं, अवाम कितनी मेहनत-मशक़्क़त के साथ अपनी फ़स्ल उगाती है और तमाम लोग अपने घोड़ों से खड़ी फ़स्ल को चरा देते हैं। बहुधा आँधी-तूफ़ान और बाढ़ में फ़स्ल बर्बाद हो जाती है, लेकिन सल्तनत के कारिन्दे कोड़े मार-मारकर लगान वसूलते हैं। यह क़त्तई अच्छा नहीं है।

अब उनका ध्यान दिल्ली के राजा पृथ्वीराज चौहान और कन्नौज के राजा जयचन्द की राजकुमारी संयोगिता के स्वयंवर की कहानी पर चला गया। वे सोचने लगीं कि राजा पृथ्वीराज चौहान दिलोजान से राजकुमारी संयोगिता पर फ़िदा थे। राजकुमारी संयोगिता भी उनसे मोहब्बत करती थीं। वे इस क़िस्से को पहले से जानती थीं। सोचने लगीं, क्या इस मुल्क में ऐसा भी कोई बहादुर, दिलेर और जाँबाज़ है जो मुझे...। इन्हीं मीठे ख़यालों में उन्हें रात के अन्तिम पहर में न जाने कब नींद आ गयी।

सत्रह

पश्चिम दिशा में लालिमा छा गयी थी। सूरज ढलने जा रहा था। परिन्दे अपने-अपने घोंसलों की ओर जा रहे थे। इन परिन्दों में ज़्यादा तादाद में तोते थे। घने जंगल के पूर्वी किनारे सुल्तान और अन्य ओहदेदारों के दूर तक ख़ेमे लगे थे। सुल्तान को शिकार पर आए एक हफ़्ता गुज़र गया था, लेकिन अब तक कोई ख़ास शिकार हाथ नहीं आया था। अब तक कुछ परिन्दे, मुर्ग़ाबियाँ, दस हिरणों के साथ-साथ दो तेंदुए ही मारे गये थे। गोश्त के वास्ते जमुना से भरपूर मछलियाँ ज़रूर मिल रही थीं और बंजारे ज़रूरत के मुताबिक़ भेंड़ें और बकरियाँ पहुँचा रहे थे। एक हफ़्ते से लगातार बारिश हो रही थी। बारिश की वजह से हाथियों और शेरों को पकड़ने के लिए खेदा नहीं लग पा रहा था। हर आदमी बारिश थमने की ही राह देख रहा था।

सुल्तान के लाल ख़ेमे में सुल्तान के अलावा जहाँशाह तुर्कान बेगम ही मौजूद थीं। ख़ेमा अच्छा-ख़ासा लम्बा-चौड़ा था, जिसके अन्दर फर्श पर क़ीमती कालीन बिछे थे। कालीन पर दो जड़ाऊ तख़्त भी मौजूद थे, जिनके ऊपर ईरानी कालीन बिछे थे। समूचा ख़ेमा केवड़े की ख़ुशबू से महक रहा था। एक तख़्त के पास चौकी पर रेशमी कपड़े में पाक क़ुरआन रखी थी। सुल्तान जहाँ पाँच बार नमाज़ पढ़ते हैं, वहीं

पाँच बार पाक क़ुरआन भी पढ़ते हैं। ख़ेमे में दक्षिण की ओर एक क़तार में कई तलवारें, भाले, नैजे और तीर-कमान क़रीने से लगे हैं। ख़ेमा जहाँ बाहर से लाल रंग का है, वहीं अन्दर से हल्के नीले रंग की छींट बहुत ख़ूबसूरत दिख रही है।

ख़ास बाँदी गुलसुल्तानबानो और साकी रौशनबानो को आज जान-बूझकर जहाँशाह तुर्कान बेगम ने सुल्तान के ख़ेमे में आने के लिए रोक दिया था। सुल्तान पाक क़ुरआन पढ़ने के बाद मगरिब की नमाज़ अदा कर चुके थे। नमाज़ अदा करने के बाद बेगम ने ख़ुद इस्फ़हानी शराब भरी सुराही और दो प्याले सुल्तान के सामने लगा दिए। सूखे मेवों से भरी एक तश्तरी भी पास रखी थी। दो तश्तरियों में भुने हुए तीतर, बटेर और मुर्ग़ के टुकड़े रखे थे। दो खाली प्याले देखकर सुल्तान को समझने में देर नहीं लगी कि बेगम भी शराब का लुत्फ़ उठाना चाहती हैं। इसी बीच बेगम ने शराब का प्याला भरकर सुल्तान के सामने पेश किया। सुल्तान कभी जड़ाऊ प्याले को देख रहे थे तो कभी उनकी नज़र बेगम के ख़ूबसूरत चेहरे पर पड़ रही थी। वे सोच रहे थे कि इतनी उम्र हो जाने के बावजूद बेगम आज भी तरो-ताज़ा हैं। उन्होंने बेगम का दाहिना हाथ अपने हाथ में लेकर चूम लिया। बेगम मुस्कराकर बोलीं, ''हुज़ूर, शराब नोश फ़र्माएँ।''

सुल्तान शराब का घूँट लेते हुए बोले, ''बेगम, माबदौलत जब से शिकार पर आए हैं। कम्बख़्त बारिश थमने का नाम नहीं ले रही है। अभी तक न तो कोई हाथी पकड़ा गया और न ही कोई शेर जाल में फँसा है। माबदौलत ने शेर के शिकार के वास्ते घने जंगल में दो मचान बनवा रखे हैं, लेकिन बारिश की वजह से वहाँ तक पहुँचने का अभी मौक़ा ही नहीं मिला।''

''मेरे सरताज, फ़िक्र की कोई बात नहीं है, बारिश जल्दी थम जाएगी। तब हुज़ूर जी भरकर शिकार कर सकते हैं।'' बेगम शराब की चुस्की लेकर बोलीं।

''बेगम, माबदौलत ने आपको अभी तक नहीं बताया है कि जमुना दरिया में आज सुबह दो जाल घड़ियालों को पकड़ने के वास्ते डलवा दिए हैं। यह जाल ख़ासतौर पर मोटी-मोटी रस्सियों से तैयार कराए गये हैं। जाल की रस्सियाँ रेशम और सूत के मज़बूत धागे से तैयार कराई गयी हैं, जिससे घड़ियाल रस्सियों को अपने नुकीले दातों से काट न सकें।''

''क्या हुज़ूर ने जाल यहीं आकर तैयार कराए हैं?''

''हाँ बेगम, जाल कल ही तैयार होकर लाए गये हैं। यहाँ के केवट जाल बुनने में माहिर हैं। वे मछलियों को पकड़ने के लिए जाल बुनते रहते हैं। उनके बुने जालों की लम्बाई तक़रीबन सौ हाथ और चौड़ाई बीस हाथ होगी। दरिया के दोनों किनारों पर जालों को रस्सों के ज़रिये बीस-बीस ताक़तवर आदमी पकड़ने के लिए लगा दिए गये हैं। दरिया में एक जाल और दूसरे जाल के बीच की दूरी एक हज़ार हाथ से

कम नहीं होगी। इसके अलावा दो नावों में अलग-अलग दस-दस आदमी जालों को बीच से खींचने के लिए भी लगाए गये हैं। अगर बारिश नहीं हो रही होती, तब हम भी इस अनोखे शिकार का लुत्फ़ लेते। माबदौलत के ख़याल से आज कुछ घड़ियाल ज़रूर फँस सकते हैं।'' सुल्तान ने प्याले से एक और चुस्की ली।

''क्यों नहीं...क्यों नहीं। सुल्तान जिस काम को अपने मुबारक हाथों में लें, कहीं हो सकता है, वह पूरा न हो।'' बेगम एक प्याला और भरकर सुल्तान को देते हुए बोलीं।

''बेगम, माबदौलत ने हुक़्म दिया है, दोनों जालों को धीरे-धीरे नज़दीक लाया जाए जिससे घड़ियाल सिमटकर एक जगह इकट्ठे हो जाएँ। हमें जानकारी मिली थी, जमुना में तमाम घड़ियाल मथुरा के इर्द-गिर्द मौजूद हैं। जो जानवर पानी पीने के लिए दरिया के किनारे आ जाते हैं, उन्हें घड़ियाल चालाकी से पानी के अन्दर खींच ले जाते हैं और उनका काम तमाम कर देते हैं। माबदौलत को यह भी शिकायत मिली है जो तीर्थयात्री मंदिरों के दर्शन से पहले जमुना में नहाते हैं, उनमें से कई औरतों और बच्चों को घड़ियाल पानी में खींच ले गये हैं।''

''हुज़ूर, अवाम को इससे राहत मिलेगी। जानवर भी अपनी जान कम्बख़्त घड़ियालों से छुड़ा सकेंगे। हालाँकि घड़ियालों के खाने के वास्ते दरिया में मछलियों और कछुओं की कोई कमी नहीं है। फिर भी यह इंसान और जानवरों पर हमला करते रहते हैं।''

सुल्तान शराब की चुस्की लेते हुए बोले, ''बेगम, माबदौलत ने आज घड़ियालों को पकड़ने की ज़िम्मेदारी क़ुव्वतुलमुल्क जमालुद्दीन याक़ूत को दे रखी है। उम्मीद है, आज कई घड़ियाल पकड़े जाएँगे।''

''हुज़ूर, तमाम घड़ियालों का क्या करेंगे?'' बेगम को घड़ियालों में ज़्यादा दिलचस्पी नहीं थी।

सुल्तान मुस्कराए और बोले, ''क़िल-ए-रायपिथौरा के चारों ओर जो पक्की खंदक है, उसमें माबदौलत इन घड़ियालों को छुड़वाना चाहते हैं, जिससे दुश्मन कभी तैरकर दीवार तक आना चाहे तो घड़ियाल उसे चट कर जाएँ। खंदक के अन्दर काफ़ी बड़ी-बड़ी मछलियाँ हैं जो कभी निकाली नहीं जाती हैं। घड़ियालों को खाने की कमी नहीं होगी और कमी होने पर इनके वास्ते गोश्त डलवा दिया जाया करेगा।''

जमालुद्दीन याक़ूत का नाम सुनते ही बेगम के चेहरे के हाव-भाव बदलने लगे। बेगम शुरू से ही जमालुद्दीन याक़ूत के ख़िलाफ़ थीं। वे मुस्कराकर बोलीं, ''गुस्ताख़ी माफ़ हो। एक बात हमारे दिल में काफ़ी दिनों से खटक रही है। अगर हुज़ूर इजाज़त दें तो...।'' अब तक बेगम भी शराब के तीन प्याले पी चुकी थीं।

बेगम अपनी बात पूरी भी नहीं कर पाई थीं कि सुल्तान बोले, ''आप तमाम हिन्दुस्तान की मलिका ही नहीं, सुल्तान इल्तुतमिश के दिल की भी मलिका हैं। आपके दिल में जो कुछ भी हो, बयान करें।''

''गुस्ताख़ी की एकबार फिर माफ़ी चाहती हूँ। हुज़ूर जमालुद्दीन याक़ूत को ज़्यादा ही तरजीह दे रहे हैं। यह मैं ही नहीं कह रही हूँ, तुर्कान-ए-चिहिलगानी बन्दागान-ए-शम्सी के तमाम तुर्क अमीरों और मलिकों का भी कहना है। वज़ीर-ए-आज़म जुनैदी भी कुछ ऐसा ही सोच रहे हैं। हुज़ूर, गुस्ताख़ी माफ़ हो। मैं जो कुछ कह रही हूँ, सल्तनत की ख़ुशहाली के वास्ते कह रही हूँ। आख़िर क्या ज़रूरत है, एक ग़ुलाम के वास्ते तमाम दरबारियों को बेमतलब नाराज़ किया जाए?''

सुल्तान को माजरा समझने में देर नहीं लगी। वे सोचने लगे, जमालुद्दीन याक़ूत को बेगम अपने रास्ते से हटाना चाहती हैं। जमालुद्दीन याक़ूत बेगम का ही नहीं, बल्कि शहज़ादे रुकुनुद्दीन की भी आँखों का काँटा है। इधर सुल्तान बेगम को भी नाराज़ नहीं करना चाहते थे। सुल्तान बेगम के बाएँ कन्धे पर हाथ रखकर बोले, ''बेगम, आप समझने की कोशिश करें। जमालुद्दीन याक़ूत ज़रूर एक हब्शी ग़ुलाम है। उसकी मेहनत, ईमानदारी और वफ़ादारी देखकर ही उसे तरक़्क़ी दी गयी है। तुर्कान-ए-चिहिलगानी बन्दगान-ए-शम्सी के तमाम तुर्क अमीर और मलिक उसकी तरक़्क़ी देखकर जल रहे हैं। इन तुर्कों की आदत है, किसी-न-किसी तरह सुल्तान पर नाजायज़ दबाव डाला जाए। सुल्तान के वफ़ादार आदमियों के दूर-से-दूर तबादले किसी-न-किसी तरह करा दिए जाएँ। इन कम्बख़्तों को ऐयाशी के अलावा और दूसरा कोई काम नहीं है। माबदौलत ने जमालुद्दीन याक़ूत जैसा जाँबाज़ आदमी आज तक नहीं देखा है। जमालुद्दीन याक़ूत बिना हथियार के शेर तक से टकरा सकता है। उसमें फौलादी ताक़त है। बेगम, यक़ीन कीजिए, वह जितना हमारा वफ़ादार है, उतना ही आपका।''

''क्या हुज़ूर ने उसे कभी आजमाया है?'' बेगम सुल्तान की आँखों-में-आँखें डालते हुए बोलीं। शराब की वजह से उनकी आँखें नशीली हो गयी थीं।

''एकबार नहीं, कई बार।''

सुल्तान अभी अपनी पूरी बात नहीं कर सके थे कि क़ादिरबीवीबानो ने आकर अर्ज़ की, ''सुल्तान का इक़बाल बुलन्द हो। कुव्वतुलमुल्क जमालुद्दीन याक़ूत ग्यारह घड़ियाल जमुना से पकड़कर लाए हैं। हुज़ूर, ढेरों मछलियाँ भी पकड़ी गयी हैं। वे हुज़ूर से मिलने की इजाज़त चाहते हैं।''

सुल्तान क़ादिरबीवीबानो की बात सुनते ही तख़्त से उठ बैठे और घड़ियालों को देखने के वास्ते ख़ेमे से बाहर निकल आए। उनके पीछे-पीछे जहाँशाह तुर्कान बेगम भी थीं। काफ़ी देर से रिमझिम-रिमझिम बारिश हो रही थी, लेकिन अब बन्द हो

गयी थी। अलबत्ता, हवा बहुत तेज़ चल रही थी। तेज़ हवा के थपेड़े बदन में लग रहे थे। ख़ेमे के नज़दीक ही आकाश दिया जल चुका था, जिसकी रौशनी चारों ओर फैल रही थी।

ख़ेमे के बाहर याक़ूत के अलावा आज के शिकार का मुखिया और उसका साथी मौजूद था। सुल्तान पर नज़र पड़ते ही याक़ूत क़दमबोसी के लिए झुक गये और बोले, ''आक़ा का इक़बाल बुलन्द हो। हुज़ूर, ग्यारह घड़ियाल पेश-ए-नज़र हैं।'' जहाँशाह तुर्कान बेगम पर नज़र पड़ते ही याक़ूत उन्हें कोर्निश बजाने लगे।

अब याक़ूत ने शिकार के मुखिया बासुदेव केवट से सुल्तान का परिचय कराया। वे बोले, ''आक़ा, यह बासुदेव केवट हैं। वर्षों से जमुना में शिकार करते आ रहे हैं। इन्हीं की टोली की मेहनत से घड़ियाल जाल में फँस सके हैं।'' दोनों केवट सुल्तान और बेगम की शान में लगातार कोर्निश बजा रहे थे।

''माबदौलत बेहद ख़ुश हुए। आज तक कभी ग्यारह घड़ियाल एक साथ नहीं पकड़े गये। माबदौलत बासुदेव केवट को पच्चीस अशर्फ़ियाँ इनाम फ़र्माते हैं और हुक़्म है, इनके हर साथी को एक-एक अशर्फ़ी इनाम में दी जाए! बासुदेव केवट को शाही शिकारियों की टोली में भर्ती कर लिया जाए! क्या बासुदेव केवट को कोई एतराज़ तो नहीं है?''

बासुदेव केवट अदब के साथ झुककर बोला, ''सुल्तान का इक़बाल बुलन्द हो। आलाहज़रत ने इस नाचीज़ पर एक साथ कई मेहरबानियाँ की हैं, इसके लिए ताउम्र एहसानमंद ही नहीं रहूँगा, बल्कि मैं और मेरी औलाद हमेशा हुज़ूर की क़दमबोसी करती रहेगी।''

''माबदौलत बासुदेव केवट से जानना चाहते हैं, उन्होंने आज से पहले कभी और भी घड़ियाल पकड़े हैं?''

''सुल्तान का इक़बाल बुलन्द हो। मैंने आज के पहले तीन बार अपने जाल में एक-एक घड़ियाल फँसाया था।'' जहाँशाह तुर्कान बेगम सुल्तान और बासुदेव केवट की बातचीत सुन रही थीं, लेकिन उन्हें घड़ियालों की बू पसन्द नहीं आ रही थी। वे ख़ेमे के अन्दर जाना चाहती थीं, लेकिन सुल्तान की वजह से हिम्मत नहीं जुटा पा रही थीं। कहाँ ख़ेमे के अन्दर केवड़े की ख़ुशबू और कहाँ गन्दे घड़ियालों की बू?

''क्या आप घड़ियालों के बारे में कुछ ख़ास जानकारी रखते हैं?'' सुल्तान ने पूछा।

बासुदेव केवट अदब के साथ झुककर बोला, ''हुज़ूर, घड़ियाल पानी का राजा है। वह मछलियाँ बड़े चाव से खाता है। नदी में मछलियों की कोई कमी नहीं है। घड़ियाल जब जोड़ा बनाते हैं, तब एक महीने के बाद मादा के गर्भ में अंडे तैयार हो जाते हैं। मादा पानी से बाहर निकलकर जगह-जगह ज़मीन खोदकर कई गड्ढे तैयार

करती है। अब वह अंडों को इन गड्ढों में तह बनाकर रखती जाती है। अंडों की हिफ़ाज़त के वास्ते दो अंडों के बीच बालू रखती है। हुज़ूर, अंडा सेने के लिए ज़रूरत के मुताबिक़ ज़मीन से गर्मी मिलती रहती है। तक़रीबन सत्तर दिन में अंडे से बच्चा तैयार हो जाता है।'' बासुदेव केवट ने बेगम की मौजूदगी की वजह से जान-बूझकर यह नहीं बताया कि घड़ियाल जोड़े कैसे बनाते हैं। वह उनकी मौजूदगी में कैसे बताता कि एक ताक़तवर नर घड़ियाल जोड़ा बनाने से पहले तमाम नर घड़ियालों को खदेड़कर दूर भगा देता है और शाही हरम की तरह कई मादाओं का हरम तैयार कर लेता है। फिर वह अपने दोनों जबड़ों से टक...टक की तेज़ आवाज़ निकालकर मादाओं को अपनी ओर आकर्षित करता है। तब मादा औरत की तरह नर घड़ियाल के नज़दीक खिसककर आ जाती है।

''मादा घड़ियाल एकबार में कितने अंडे देती है?'' सुल्तान घड़ियाल के बारे में अधिक-से-अधिक जानकारी करना चाह रहे थे।

''जवान मादा घड़ियाल एक ब्यात में तक़रीबन चालीस अंडे देती है, लेकिन हुज़ूर जैसे-जै़से उसकी उम्र बढ़ती जाती है, वह और भी ज़्यादा अंडे एक ब्यात में देती जाती है। बताया जाता है कि वह एक ब्यात में अधिक-से-अधिक अस्सी अंडे तक दे देती है।, लेकिन हुज़ूर, मादा घड़ियाल एक गड्ढे में पाँच-छः तक ही अंडे रखती है।''

''लेकिन इन अंडों की हिफ़ाज़त कैसे होती है?'' जहाँ क़ुव्वतुलमुल्क जमालुद्दीन याक़ूत केवटों के मुखिया बासुदेव की बात ग़ौर से सुन रहे थे, वहीं जहाँशाह तुर्कान बेगम को इन बातों में कोई लुत्फ़ नहीं आ रहा था। वे किसी-न-किसी बहाने ख़ेमे के अन्दर जाना चाहती थीं।

बासुदेव बोला, ''हुज़ूर, गड्ढों में अंडे रखने के बाद नर और मादा गहरे पानी में नहीं जाते हैं, बल्कि वे बालू के नज़दीक ही पानी में रहते हैं और बीच-बीच में पानी से निकलकर अंडों की देख-भाल करते रहते हैं।''

''घड़ियालों को किसका ख़तरा रहता है?'' बेगम पहली बार बोलीं।

''मलिक-ए-आलम, वैसे तो कई जंगली जानवर इनके अंडों के दुश्मन हैं, लेकिन इनका सबसे बड़ा दुश्मन गीदड़ है। उससे बचाना ज़रूरी रहता है।''

''घड़ियाल का अंडा कितना बड़ा होता है?'' सुल्तान ने पूछा।

''हुज़ूर, घड़ियाल का अंडा मुर्ग़ी के अंडे से तीन गुना बड़ा होता है।''

''क्या घड़ियाल का गोश्त भी खाया जाता है?''

''जी हाँ हुज़ूर, घड़ियाल का गोश्त बहुत उम्दा होता है। हाँडी में पकाने पर उसमें पानी या तेल नहीं डाला जाता है।''

''वह क्यों?''

"हुज़ूर, घड़ियाल के गोश्त में चर्बी बहुत अधिक होती है। हाँडी गर्म होने पर चर्बी धीरे-धीरे पिघलने लगती है और उस चर्बी से शोरबा काफ़ी अच्छा तैयार हो जाता है।"

"बहुत ख़ूब...बहुत ख़ूब।"

"क्या घड़ियाल के गोश्त में काफ़ी ज़्यादा ताक़त होती है?" सुल्तान ने नया सवाल किया।

"हुज़ूर, घड़ियाल के गोश्त में इतनी ज़्यादा ताक़त होती है कि...।" केवट बोलते-बोलते ख़ामोश हो गया।

"आप ख़ामोश क्यों हो गये?"

"सुल्तान-ए-आलम, गुस्ताख़ी माफ़ हो। यह अदना केवट मलिक-ए-आलम के सामने बयान करने की हिम्मत नहीं जुटा सकता है। कभी हुज़ूर को अकेले में...।"

सुल्तान का इशारा पाकर जहाँ बेगम ख़ेमे के अन्दर चली गयीं, वहीं सुल्तान जमालुद्दीन याक़ूत की ओर मुख़ातिब होकर बोले, "जनाब, आप भी थक गये होंगे। फ़िलहाल आप अपने ख़ेमे में जाकर आराम फ़र्माएँ और हमारे अगले हुक़्म का इन्तज़ार करें।" जमालुद्दीन याक़ूत सुल्तान को कोर्निश बजाते हुए उलटे पैरों वापस हो गये।

अब सुल्तान बासुदेव केवट की ओर मुख़ातिब होकर बोले, "आप क्या कहना चाह रहे थे?"

"आलाहज़रत, ज़रूरत से ज़्यादा बोलने के लिए माफ़ी का तलबगार हूँ। घड़ियाल का शिश्न उसके पेट की थैली के अन्दर रहता है। शिकारी उसे खींचकर काट लेते हैं और उसके गोश्त के छोटे-छोटे टुकड़े बनाकर सुखाकर रख लेते हैं। इन टुकड़ों को गोश्त की तरह पकाने पर एक ही टुकड़ा खाने से मर्द में औरत के वास्ते कई गुना ताक़त बढ़ जाती है। हुज़ूर, गुस्ताख़ी माफ़ हो। दिल्ली में कुछ पानवाले इन टुकड़ों को सुपारी की तरह कतरकर पान में डालते हैं। वे आशिक मिज़ाज लोगों को मनमानी क़ीमत पर पान बेचते हैं।"

"आपके पास इस मामले में क्या कोई सुबूत है?" सुल्तान को बासुदेव केवट की बात पर यक़ीन नहीं हो रहा था।

बासुदेव को यह जानकारी अपने बुजुर्गों से मिली थी। वह दो बार दिल्ली के दरीबा बाज़ार इस सिलसिले में जा चुका था। वह अदब के साथ बोला, "आलाहज़रत, गुस्ताख़ी माफ़ हो। आयुर्वेद के आचार्य 'चरक' ने चरकसंहिता में लिखा है, 'शिशुमारस्य नक्रस्य भिषक् शुक्राणि संहरेत्'।"

"क्या आप सच बोल रहे हैं?"

"हुज़ूर, चरकसंहिता में एक जगह और लिखा है, 'तप्ते सर्पिषि नक्राण्डं ताम्रचूडाण्डमिश्रितम्'।"

"ताज़्जुब है। माबदौलत को शाही हकीमों ने इस मामले में आज तक कभी कुछ नहीं बताया।"

बासुदेव केवट समझ रहा था कि सुल्तान उसकी बात में मज़ा ले रहे हैं। अब तक उसकी झिझक खुल गयी थी। वह बोला, "आलाहज़रत, चरकसंहिता में ही नहीं, आयुर्वेद के दूसरे आचार्य 'सुश्रुत' ने भी सुश्रुत संहिता में एक श्लोक के ज़रिये इस सम्बन्ध में उल्लेख किया है, लेकिन इस वक़्त वह मुझे याद नहीं है।"

सुल्तान संस्कृत के श्लोक समझ नहीं पाए थे, इसलिए वे बोले, "क्या आप शाही हकीमों और संस्कृत जुबान के जाननेवालों के सामने अपनी बात कह सकते हैं?"

"हुज़ूर, हुक़्म के मुताबिक़ मैं कभी भी अपनी बात कहने के लिए तैयार हूँ। मेरी बात ग़लत नहीं है। अगर मेरी बात ग़लत निकले तो मेरा सिर क़लम कर दिया जाए।" बासुदेव केवट का साथी केवट गर्दन झुकाकर सुल्तान और बासुदेव के बीच हो रही बातों को ख़ामोश रहकर सुन रहा था।

अब सुल्तान ने पकड़े हुए घड़ियालों पर नज़र डाली और बोले, "सबसे बड़े घड़ियाल की नाप-तौल की जाए।"

बासुदेव केवट फीता साथ लेकर आया था। दोनों केवटों ने सबसे लम्बे घड़ियाल को नापा। वह तक़रीबन बीस हाथ लम्बा था और उसका वजन पैंतीस मन के क़रीब था। सुल्तान घड़ियालों को अभी देख ही रहे थे कि क़ुव्वतुलमुल्क जमालुद्दीन याक़ूत तेज़ क़दमों से सुल्तान के नज़दीक फिर आ पहुँचे और बोले, "आक़ा, सुल्तान नासिरुद्दीन क़ुबाचा की नीयत ठीक नहीं है। अभी-अभी वज़ीर-ए-आज़म जुनैदी का परचा लगा है।"

"परचे में क्या लिखा है?" इसी बीच सुल्तान ने दोनों केवटों को वहाँ से चले जाने का हुक़्म फ़र्मा दिया था।

"आक़ा, परचे में लिखा है, नासिरुद्दीन क़ुबाचा की नीयत ठीक नहीं है। वे दिल्ली सल्तनत से जंग शुरू करने के मंसूबे बना रहे हैं।"

"और क्या लिखा है?"

"आक़ा, वज़ीर-ए-आज़म ने हुज़ूर से गुज़ारिश की है, हो सके तो सुल्तान-ए-आलम जल्द-से-जल्द वापस दिल्ली लौट आएँ।"

सुल्तान को मामला समझने में देर नहीं लगी। उन्होंने हुक़्म फ़र्माया, "जनाब, तमाम ओहदेदारों को हुक्म है, सुबह जल्द-से-जल्द अपने-अपने ख़ेमे समेटकर दिल्ली कूच करने की तैयारी करें। अब आप भी जा सकते हैं।"

सुल्तान अभी जमालुद्दीन याक़ूत को हुक़्म ही फ़र्मा रहे थे कि चार शाही शिकारी चीतों के दो छोटे बच्चों को लेकर हाज़िर हो गये। सुल्तान को देखते ही वे चारों अदब के साथ झुककर कोर्निश बजाने लगे। वे क़ुव्वतुलमुल्क जमालुद्दीन याक़ूत को भी कोर्निश बजाना नहीं भूले। सुल्तान की नज़र चीतों के बच्चों पर थी। उन्होंने पूछा, "आप लोगों को यह दोनों बच्चे कहाँ से मिल गये?"

शाही शिकारियों का हाकिम बोला, "सुल्तान-ए-आलम, हम लोग जंगल में शिकार के वास्ते घूम रहे थे। वहीं जंगल में एक मादा चीता हमें मरी हुई दिखाई पड़ी। उसी मरी मादा चीता के नज़दीक दोनों बच्चे बेचैनी के साथ इधर-उधर हो रहे थे। हमारे आदमियों ने इन्हें घेरकर पकड़ लिया। मरी हुई मादा चीता की खाल निकालने का हुक़्म फ़र्मा दिया गया है। जल्दी ही हुज़ूर के सामने पेश की जाएगी।"

सुल्तान दोनों चीते के बच्चे पाकर बेहद ख़ुश हुए। वे जमालुद्दीन याक़ूत की ओर मुख़ातिब होकर बोले, "आप इन बच्चों की देखरेख ख़ुद करें। माबदौलत दिल्ली पहुँचते ही इन बच्चों को शहज़ादी रज़िया को बतौर इनाम देना चाहेंगे। शहज़ादी परिन्दों और जंगली जानवरों से बेहद मुहब्बत करती है।"

"जो हुक़्म सुल्तान-ए-आलम।"

अठारह

जब से जहाँशाह तुर्कान बेगम बदायूँ गयी हैं, शहज़ादी रज़िया रात को अपने अब्बाहुज़ूर को पाक क़ुरआन सुनाने के बाद कभी-कभी क़ुश्क-ए-दिलक़ुशा में रुक जाती हैं। सुल्तान का आज रात के पहरेदारों को सख़्त हुक्म है, एक पहर रात गुज़र जाने के बाद उन्हें कोई भी न जगाए, चाहे कितना भी ज़रूरी काम हो। सुल्तान सुबह से शाम तक हुकूमत के तमाम कामों में लगे रहने की वजह से थकान महसूस करने लगे हैं। दरबारी काम-काज अधिक होने की वजह से दिन में आराम करना छोड़ दिया है। धीरे-धीरे उम्र बढ़ रही है। लाहौर और बंगाल से लेकर राजपूताना तक की फ़िक्र सता रही हैं। इन सूबों से बग़ावत की बू आने लगी है, जिसे सुल्तान अच्छी तरह समझ रहे हैं। वे ख़ुद दिल्ली से बाहर निकलकर बग़ावत कुचलना चाहते हैं।

इधर कई रोज़ से सुल्तान और शहज़ादी रज़िया क़ुश्क-ए-दिलक़ुशा में एक ही दस्तरख़्वान पर खाना खा रहे हैं। सुल्तान ने बेगम को बदायूँ एक महीने पहले इसलिए भेजा था कि शहज़ादे रुकुनुद्दीन की दिन-ब-दिन बढ़ रही ऐयाशियों पर लगाम लग सके। शहज़ादे की शिकायतें सुल्तान तक लगातार पहुँच रही थीं।

सुल्तान ने चलते-चलते बेगम से यह भी कहा था कि वे अपने लाड़ले शहज़ादे को अच्छी तरह समझा दें। अगर उनकी ऐयाशियाँ कम नहीं हुईं, तब बदायूँ की इक़्ता कभी भी छीनी जा सकती है। हालाँकि बेगम दिल्ली छोड़कर बदायूँ नहीं जाना चाहती थीं, लेकिन वे यह भी नहीं चाहती थीं कि उनका लाड़ला शहज़ादा जो सुल्तान की नज़रों में पहले से ही गिरा हुआ है, कहीं और न गिर जाए।

क़ुश्क-ए-दिलक़ुशा के जिस कमरे में सुल्तान सो रहे थे, वहाँ से एक कमरा छोड़कर अगले कमरे में शहज़ादी गहरी नींद में सो रही थीं। तक़रीबन आधी रात बीत चुकी थी। सुल्तान की आँखों में नींद नहीं थी। वे जाग रहे थे। इस बीच उन्हें अपनी मरहूम बेगम क़ुतुब बेगम की याद आ गयी। वे सोचने लगे, क़ुतुब बेगम की औलादों में शहज़ादी रज़िया का कोई मुक़ाबला नहीं है। अगर माबदौलत के शहज़ादे नाक़ाबिल ही रहे तो क्या हिन्दुस्तान का ताजो-तख़्त शहज़ादी रज़िया संभाल सकती है? वे फिर सोचने लगे, क्या तुर्कान-ए-चिहिलगानी बन्दागान-ए-शम्सी के तुर्क अमीर और मलिक हिन्दुस्तान में एक औरत की तख़्तनशीनी बर्दाश्त करेंगे? क्या वे उसके मातहत रहकर भरे दरबार में उसकी क़दमबोसी करेंगे? सुल्तान इन्हीं ख़्वाबों में देर तक डूबे रहे। आख़िर कुछ सोचकर वे अपने पलंग से उठे और शहज़ादी के कमरे में पहुँचे। उन्होंने शहज़ादी को जगाया। शहज़ादी गहरी नींद में होने की वजह से चौंक पड़ीं। उन्होंने पूछा, "अब्बाहुज़ूर, ख़ैरियत तो है?"

"बेटी, मैं आज आपसे बहुत ज़रूरी बात करना चाह रहा हूँ।"

"अब्बाहुज़ूर, हुक़्म फ़र्माएँ। आपके एक हुक़्म पर मैं अपनी जान क़ुर्बान कर सकती हूँ।" शहज़ादी अपने खुले बालों को समेटते हुए बोलीं।

"बेटी, अल्लाह आपको लम्बी उम्र दे। आपके भाईजान नासिरुद्दीन महमूद शाह दिल्ली से कोसों दूर हैं। वे अपनी ज़िम्मेदारी बख़ूबी निभा रहे हैं, लेकिन आपके भाई रुकुनुद्दीन, ग़यासुद्दीन, मुईजुद्दीन और क़ुतुबुद्दीन अपनी जिम्मेदारियाँ अभी नहीं समझ रहे हैं। माबदौलत ऐसे हालात में आपसे काफ़ी उम्मीद रखते हैं।" सुल्तान शहज़ादी के सिर पर हाथ फेरते हुए बोले।

"अब्बाहुज़ूर, हुक़्म फ़र्माएँ।"

"बेटी, आप हमारे पीछे-पीछे आएँ। हम आज एक राज की बात आपको बताना चाहेंगे।" अब सुल्तान के पीछे-पीछे शहज़ादी चल रही थीं। वे समझ नहीं पा रही थीं कि ऐसी क्या आफ़त आ गयी है जिसे अब्बाहुज़ूर इतनी रात में बताना चाहते हैं। वे यह तो समझ रही थीं कि अब्बाहुज़ूर जहाँशाह तुर्कान बेगम पर जितना भरोसा पहले करते थे, अब नहीं कर रहे हैं। शहज़ादी अनन्तपुर मेले की घटना को अभी भूल नहीं पाई थीं। वे मौक़ा तलाश कर अपने अब्बाहुज़ूर को आगाह करना चाहती थीं। जब सुल्तान अपने जड़ाऊ पलंग के पास पहुँचे, तब बोले, "बेटी, ज़रा इस

पलंग को खिसकाने में हमारी मदद करो।''

''अब्बाहुज़ूर, इस काम के वास्ते किसी ख़िदमतगार को बुला लिया होता। आख़िर यह सब आपको करने की क्या ज़रूरत है?'' शहज़ादी हैरत में थीं।

''बेटी, इस काम के वास्ते किसी ख़िदमतगार को नहीं बुलाया जा सकता।'' शहज़ादी ने अपने अब्बाहुज़ूर से बहस करना मुनासिब नहीं समझा। बाप-बेटी ने मिलकर आसानी के साथ पलंग एक किनारे खिसका दिया। अब सुल्तान ने पलंग के नीचे रखे एक चौड़े पत्थर को आसानी से हटा दिया। पत्थर के हटते ही नीचे एक सुरंग दिखने लगी। सुरंग देखकर शहज़ादी को ताज़्ज़ुब हुआ। वे सोचने लगीं, क़ुश्क-ए-दिलक़ुशा में अब्बाहुज़ूर के पलंग के ठीक नीचे सुरंग और उसको इसका इल्म तक नहीं। अब उन्होंने सुल्तान से पूछा, ''अब्बाहुज़ूर, क्या इस सुरंग के बाबत किसी और को जानकारी है?''

''नहीं बेटी, किसी को भी नहीं। जिन कारीगरों ने इस सुरंग की तामीर की थी, उन्हें काफ़ी दौलत देकर ग़ज़नी के नज़दीक भेज दिया गया है। वे वहाँ एक अमीर की तरह अपनी ख़ुशहाल ज़िन्दगी जी रहे हैं।''

सुल्तान ने अब शहज़ादी से चिराग़ लाने को कहा। वे कुछ ही देर में चिराग़ लेकर आ गयीं। अब सुल्तान बोले, ''बेटी, आप चिराग़ लेकर सुरंग में नीचे उतर जाएँ। आपके पीछे-पीछे हम भी आते हैं।''

शहज़ादी हुक़्म के मुताबिक़ सीढ़ियों से नीचे उतरने लगीं। अब सुल्तान ने अकेले ही पलंग को अपनी जगह पर ला दिया और वे भी सुरंग में उतरने लगे। सुल्तान ने सुरंग में उतरने से पहले आहिस्ता-आहिस्ता पत्थर सरकाकर अपनी जगह रख दिया था।

सुरंग ज़्यादा चौड़ी नहीं थी। मकड़ी का जाला चारों ओर फैला था। शहज़ादी एक हाथ में चिराग़ पकड़े थीं और एक हाथ से मकड़ी का जाला हटा रही थीं। वे नहीं चाह रही थीं कि उनके अब्बाहुज़ूर के चेहरे से जाला छू भी पाए। सँकरी तीस सीढ़ियाँ उतरने के बाद पश्चिम दिशा में तक़रीबन छः हाथ चौड़ा रास्ता मिल गया। रास्ते पर लाल पत्थर बिछे हुए थे। यहाँ सुरंग की ऊँचाई तक़रीबन पाँच हाथ रही होगी। गर्मी के दिन होते हुए भी सुरंग में हल्की ठंडक थी। शहज़ादी सुरंग को देखकर भौंचक्की थीं। वे बोलीं, ''अब्बाहुज़ूर, यहाँ तो ठंडक है।''

''हाँ बेटी, हिन्दुस्तान में एक-से-एक क़ाबिल कारीगर मौजूद हैं। यह कारीगरों के फ़न का कमाल है।''

अब भी शहज़ादी की समझ में नहीं आ रहा था कि उसके अब्बाहुज़ूर उसे कहाँ ले जा रहे है। उसने पूछा, ''अब्बाहुज़ूर, हम कहाँ जा रहे हैं?''

''बेटी, हम लोग कुछ ही देर में अपनी मंज़िल पर पहुँच जाएँगे। घबराने की

कोई बात नहीं है।''

''अब्बाहुज़ूर, हमें आपके होते हुए घबराने की क्या ज़रूरत है।''

चिराग़ की वजह से रास्ता साफ़ दिख रहा था। तक़रीबन एक हज़ार हाथ चलने के बाद वहाँ एक महल की दीवार दिखी। इस बीच बाप और बेटी को कई चक्करदार मोड़ों से गुज़रना पड़ा। मोड़ क्या पूरी भूल-भुलैया थी। अंजान आदमी इन रास्तों में कहीं भटक सकता था। महल की दीवार में कोई दरवाज़ा या खिड़की नहीं थी। पास ही एक दीवार में पत्थर के हाथी का सिर बना था और उसकी सूँड़ से तेज़ी के साथ पानी गिर रहा था जो एक छोटी नहर में तब्दील हो रहा था। नहर के मुहाने के नज़दीक एक चौकोर पत्थर रखा था। सुल्तान ने उसे एक ओर खिसकाया। शहज़ादी की समझ में अब भी नहीं आ रहा था कि उसके अब्बाहुज़ूर आख़िर क्या कर रहे हैं। पत्थर खिसकाने के बाद वहाँ ठोस लोहे का एक पहिया दिखाई दिया। अब सुल्तान ने उस पहिए को बायीं ओर खिसकाया। ऐसा करते ही महल की दीवार में एक दरवाज़े के बराबर पत्थर धीमे-धीमे एक ओर खिसक गया। शहज़ादी यह करिश्मा देखकर भौंचक्की थीं।

अब बाप-बेटी महल में दाख़िल हो गये। सुल्तान ने शहज़ादी के चिराग़ से वहाँ मौजूद दूसरे चिराग़ों को रौशन करने को कहा। शहज़ादी ने थोड़ी ही देर में तमाम चिराग़ रौशन कर दिए। अब शहज़ादी ने देखा, महल में तमाम भारी-भारी पत्थर के संदूक मौजूद हैं। हर एक संदूक के बायीं ओर ज़मीन से तक़रीबन आधा हाथ ऊपर एक गोल पत्थर अलग से उसी रंग का लगा था, जिस रंग के पत्थर का संदूक था। सुल्तान ने एक संदूक की उसी जगह पर अपने दाहिने हाथ की हथेली से ज़ोर मारा। संदूक धीरे-धीरे ख़ुद-ब-ख़ुद खुलने लगा। उस संदूक में हज़ारों की तादत में सोने की ईंटें मौजूद थीं। शहज़ादी उन्हें देखकर हैरत में पड़ गयीं। उनकी ज़ुबान से निकल पड़ा, ''हैरत...अब्बाहुज़ूर हैरत!''

अब सुल्तान बोले, ''बेटी, इसमें हैरत की कोई बात नहीं। अभी आपने सोना ही देखा है। माबदौलत आपको तमाम जवाहरात के संदूक खोलकर दिखाते हैं।'' अब सुल्तान ने उसी प्रकार दूसरे संदूकों को भी एक-एक करके खोला। इन संदूकों में हीरा, नीलम, पुखराज, माणिक, मूँगा, मोती और ढेरों सोने की अशर्फ़ियाँ भरी पड़ी थीं। शहज़ादी बेशुमार दौलत देखकर इतनी भौंचक्की रह गयीं कि उनका सिर चकराने लगा। उनकी ज़ुबान से निकल पड़ा, ''अब्बाहुज़ूर, यह बेशुमार दौलत... ।''

''बेटी, हिन्दुस्तान को सोने की चिड़िया सही ही बताया गया है। सोना, चाँदी और जवाहरात की यहाँ कोई कमी नहीं। आप इस दौलत को देखकर भौंचक्की हैं। यह दौलत तमाम जंग जीतकर इकट्ठी की गयी है। वक़्त-वक़्त पर अवाम पर जो महसूल लगाया जाता है, वह ख़ज़ाना इसके अलावा अलग है। माबदौलत उस

ख़ज़ाने में से एक चौथाई हिस्सा फ़ौज़ पर ख़र्च करते हैं। एक चौथाई ख़ज़ाने से तमाम ओहदेदारों को तनख़्वाह दी जाती है और एक चौथाई अवाम की सहूलियतों के लिए ख़र्च करते हैं। मसलन मस्ज़िद, सराय, शफ़ाख़ाना और सड़कें इसी दौलत से बनवाई जाती हैं। इसके अलावा इसी दौलत में से ग़रीबों के वास्ते लंगरख़ाना भी चलता है।''

सुल्तान के इशारे पर शहज़ादी एक संगमरमर के तख़्त पर बैठ गयीं। सुल्तान भी शहज़ादी के नज़दीक बैठ गये। अब सुल्तान बोले, ''बेटी, माबदौलत ने आपको आज तक यह नहीं बताया कि हम इस मुकाम तक कैसे पहुँचे हैं? माबदौलत आज पहली बार आपको यह क़िस्सा बयान करते हैं।''

''अब्बाहुज़ूर, हमारी भी ख़्वाहिश थी। आपकी मुबारक ज़ुबान से क़िस्सा सुनकर हमारा भी हौसला बढ़ेगा।''

सुल्तान बोले, ''बेटी, माबदौलत कभी तुर्किस्तान के इल्बरी कबीले में पैदा हुए थे। अफ़सोस, हमें अपनी मरहूम अम्मीजान का नाम तक याद नहीं है। हमारे मरहूम वालिद का नाम ईल खाँ था। हमारे मरहूम अब्बाहुज़ूर ग़रीब थे। हमारे चचेरे भाईयों ने बचपन में ही हमें घोड़ों का तमाशा दिखाने के वास्ते एक सौदागर को बेच दिया था। हमारी वालिदा और वालिद को कुछ पता नहीं था। उन बेचारों का रो-रोकर बुरा हाल हुआ होगा। हालाँकि हमारे चचेरे भाइयों ने हमें धोख़े से बेचकर दौलत हथिया ली, लेकिन ख़ुदा उन्हें माफ़ करे। बेटी, सौदागर हमें बुखारा ले आया। उसने जल्दी ही बुखारा शहर के सद्र-ए-जहाँ के एक रिश्तेदार को हमें बेच दिया।''

सुल्तान अभी अपनी बात पूरी तरह कह भी न पाए थे कि शहज़ादी ने आश्चर्यचकित होकर पूछा, ''अब्बाहुज़ूर, ताज़्जुब है। आपके चचेरे भाइयों ने हमारे दादा और दादी की इजाज़त के बिना आपको बचपन में ही बेच दिया और आप अपने वालिद और वालिदा की मोहब्बत से महरूम हो गये। इतना होने पर भी अल्लाह से आप अपने चचेरे भाइयों के वास्ते माफ़ी की दरख़्वास्त कर रहे हैं।''

''बेटी, नेकी कर और दरिया में डाल। इस कहावत को हमेशा याद रखने की ज़रूरत है।''

''अब्बाहुज़ूर, हमें माफ़ करें। हम इस कहावत को कभी नहीं भूलेंगे। अल्लाह हमें बरकत दे जिससे हम अब्बाहुज़ूर के नक़्श-ए-क़दम पर चल सकें।''

''बेटी, अल्लाह से दुआ माँगता हूँ, तुझे हमसे कहीं ज़्यादा कामयाबी दे।''

शहज़ादी अपने अब्बाहुज़ूर के सामने अदब के साथ झुक गयीं और बोलीं, ''अब्बाहुज़ूर, उस सौदागर ने भी बुखारा में जल्दी ही सद्र-ए-जहाँ के रिश्तेदार के हाथों आपको बेच दिया। आख़िर उसे ऐसी क्या जल्दी थी?''

''बुख़ारा के सद्र-ए-जहाँ के रिश्तेदार पाक ज़िन्दगी बसर कर रहे थे। अल्लाह

उन्हें जन्नत बख़्शे। सद्र-ए-जहाँ के रिश्तेदार और उनकी बेगम ने अपने बेटों की तरह हमारी परवरिश की। हमें पाक क़ुरआन पढ़ना सिखाया। क़ुरआन हिफ़्ज हो जाने के बाद हमें घुड़सवारी सिखाई। घुड़सवारी के बाद हमें तमाम जंगी हथियारों को चलाना सिखाया। वे हमें अपने बेटों के साथ एक ही दस्तरख़्वान पर खाना खिलाते थे। बेटी, उन्होंने कभी हमें महसूस नहीं होने दिया कि हम एक अदना ग़ुलाम हैं। हम भी दिलो-जान से उनकी ख़िदमत कर रहे थे।''

''अब्बाहुज़ूर, अल्लाह का लाख-लाख शुक्र है। अल्लाह ने आपकी वालिदा और वालिद से आपको अलग किया, लेकिन बुखारा में आपको सद्र-ए-जहाँ के रिश्तेदार ने वही मुहब्बत दी जो आपको वालिद और वालिदा दे सकते थे, बल्कि हम तो यह भी कहेंगे, मरहूम दादाजान और दादीजान ज़्यादा-से-ज़्यादा आपको क़ुरआन पढ़ा सकते थे। आप बता ही चुके हैं, वे ग़रीब थे।''

''बेटी, आप वज़ा फ़र्मा रही हैं। आज हम जो कुछ भी हैं, अल्लाह की मेहरबानी से हैं। यह ताजो-तख़्त और हिन्दुस्तान जैसा ख़ूबसूरत मुल्क अल्लाह की मेहरबानी से है। हमें एक पल के वास्ते भी उसे नहीं भूलना चाहिए। वही देनेवाला है और वही लेनेवाला है। वह जो कुछ भी करता है, अच्छा ही करता है। सूरज, चाँद और सितारे उसी के इशारे पर वक़्त से निकलते हैं और वक़्त से ढलते हैं। बेटी, एक दिन की बात है। हमारे आक़ा ने हमें अंगूर ख़रीदने बाज़ार भेजा और हमें अंगूर ख़रीदने के वास्ते एक दीनार दिया। हमसे वह दीनार रास्ते में कहीं खो गया। हम दीनार खो जाने की वजह से रो रहे थे। हमें इस बात की बेहद तकलीफ़ हो रही थी कि अब हम अंगूर कैसे ख़रीदेंगे। इसी वक़्त न जाने कहाँ से एक दरवेश, जिसकी उम्र तक़रीबन सत्तर साल रही होगी, उसके सिर और दाढ़ी के बाल एक-एक सफ़ेद हो गये थे। उन्होंने आकर हमारे सिर पर हाथ फेरा और हमारे आँसू पोंछते हुए बेहद मोहब्बत भरे लहजे में बोले, ''आप क्यों रो रहे हैं?''

''अब्बाहुज़ूर, तब आप क्या बोले?''

''हमारे आक़ा ने अंगूर ख़रीदने के वास्ते हमें एक दीनार दिया था। दीनार हमसे न जाने कहाँ खो गया। हम अब भी सुबक-सुबककर रो रहे थे। दरवेश ने हमसे कहा, घबराने की कोई ज़रूरत नहीं है। हम आपको वही दीनार देते हैं जो आपसे खो गया था। वे आगे बोले, दीनार हम आपको एक शर्त पर देते हैं। हम उनसे बोले, हुज़ूर आप हुक्म फ़र्माएँ। वे बोले, ज़िन्दगी में जब कभी आपको ऊँचे-से-ऊँचा ओहदा मिले, तब फ़क़ीर, दरवेश और ख़ुदा के नेक बन्दों की हमेशा मदद करना और अपने आपको कभी भूल न जाना। हम दरवेश से बोले, हुज़ूर ऐसा ही होगा। अब दरवेश ने हमसे कहा, अब आप अंगूर ख़रीदकर अपने आक़ा के पास पहुँचाएँ। आपके आक़ा बड़ी बेसब्री के साथ आपका इन्तज़ार कर रहे हैं। हम दरवेश को

तस्लीम बजाकर अंगूर ख़रीदने चले गये। अब हमने मुड़कर देखा तो वहाँ दरवेश मौजूद नहीं थे। हमने घर जाकर यह क़िस्सा अपने आक़ा को सुनाया। दरवेश को खोजने के लिए आक़ा हमारे साथ निकल पड़े। उन्होंने बुखारा में उन दरवेश की बहुत खोज की, लेकिन वे दुबारा नहीं दिखे।''

''अल्लाह, दरवेश को जन्नत दें, जिसकी दुआ से अब्बाहुज़ूर को हिन्दुस्तान का ताजो-तख़्त हासिल हुआ है।''

''बेटी, हमें बुखारा में सद्र-ए-जहाँ के रिश्तेदार ने इतना क़ाबिल बना दिया था कि हमारी चारों तरफ़ शोहरत होने लगी। हमारी शोहरत सुनकर हमें हाज़ी बुखारी ने काफ़ी क़ीमत में ख़रीद लिया। बुखारा में अब भी हमारे ख़रीदार मौजूद थे जो किसी भी क़ीमत पर हमें ख़रीदने के लिए तैयार थे। ग़ुलामों के बाज़ार में हमारी ऊँची-से-ऊँची क़ीमत लगने लगी। अब हमें जमालुद्दीन चुस्तक़बा ने ख़रीद लिया। वे हमें लेकर ग़ज़नी आ पहुँचे। वे जानते थे कि हमारी क़ीमत बुखारा से कहीं ज़्यादा ग़ज़नी में लग सकती है। ग़ज़नी में हमारी ख़ूबसूरती की शोहरत दूर-दूर तक फैल गयी। हमारी ईमानदारी, वफ़ादारी और पाक़ीजगी के बारे में कहीं बढ़-चढ़कर जमालुद्दीन चुस्तक़बा ने तारीफ़ की। उन्होंने हमसे घुड़सवारी के तमाम करतब कराकर ग़ज़नी की अवाम को दिखवाए। उन्होंने हमसे तीरंदाज़ी के कौशल ही नहीं कराए, बल्कि तलवारबाज़ी और जंगी हथियारों से बड़े-बड़े पहलवानों से सामना करवाया। कोई भी जाँबाज़ हमारे सामने टिक नहीं सका। धीरे-धीरे हमारी शोहरत ग़ज़नी के सुल्तान मुइज़्ज़ुद्दीन मोहम्मद साम उर्फ़ शहाबुद्दीन मुहम्मद ग़ौरी तक पहुँच गयी। सुल्तान ने जमालुद्दीन चुस्तक़बा को ख़बर भिजवाई कि वह हमें देखना चाहते हैं।''

''अब्बाहुज़ूर, हमें सुनकर ताज़्ज़ुब हो रहा है, एक ग़ुलाम को बेचने के वास्ते उसका आक़ा क्या-क्या करता है।''

''ताज़्ज़ुब की कोई बात नहीं है। ग़ुलाम का आक़ा अपने ग़ुलाम को जब क़ाबिल बना देता है तो वह उसकी ज़्यादा-से-ज़्यादा क़ीमत वसूलना चाहता है। आपने अभी तक ग़ुलामों का बाज़ार नहीं देखा है। माबदौलत कभी चुपके से आपको ग़ुलामों के बाज़ार ले चलेंगे। तब आप अपनी आँखों से देख लीजिएगा, वहाँ क्या-क्या होता है।''

''अब्बाहुज़ूर, क्या जमालुद्दीन चुस्तक़बा ग़ज़नी के सुल्तान के पास आपको लेकर गया?''

''बेटी, जमालुद्दीन चुस्तक़बा हमें लेकर सुल्तान के पास पहुँचा। सुल्तान ने हमारी क़ीमत एक हज़ार सोने के दीनार लगाई, लेकिन हमारे नये आक़ा जमालुद्दीन चुस्तक़बा ने इस क़ीमत पर हमें बेचने से इन्कार कर दिया।''

''अब्बाहुज़ूर, एक सौदागर की इतनी मज़ाल कि वह सुल्तान के सामने ग़ुलाम

को बेचने से इन्कार कर दे।''

''बेटी, बात सुल्तान की नहीं थी, बात तो ख़रीद–फरोख़्त की थी। जहाँ एक ख़रीददार था, वहाँ एक बेचनेवाला। यह तिज़ारत है, तिज़ारत के धन्धे में किसी चीज़ की सही क़ीमत न लगने पर तिज़ारिती उसे क्यों बेचेगा?''

''अब्बाहुज़ूर, तब क्या हुआ?''

''सुल्तान के सामने और किसी रईस की हिम्मत नहीं पड़ रही थी कि वह हमें ख़रीद सके। ऐसे हालात में जमालुद्दीन चुस्तक़बा एक साल ग़ज़नी में बिताने के बाद बुखारा वापस लौट आया। वह हमारे साथ जिन और ग़ुलामों को बेचने के लिए ग़ज़नी ले गया था, वे सब–के–सब बिक चुके थे। अब वह तीन साल तक बुखारा में रुका। इस बीच उसने सैकड़ों ग़ुलाम ख़रीदे। वह हमें इन ग़ुलामों के साथ लेकर फिर ग़ज़नी रवाना हुआ। ग़ज़नी में एक साल के अन्दर उसके तमाम ग़ुलाम बिक गये, लेकिन अब भी हमें कोई नहीं ख़रीद रहा था। इसी बीच सुल्तान के ग़ुलाम क़ुतुबुद्दीन ऐबक़ गुजरात की जंग जीतने के बाद नसीरुद्दीन हुसैन के साथ दरबारी काम–काज के सिलसिले में ग़ज़नी आए। उन्होंने हमारी शोहरत सुनी। सुल्तान उनसे बेपनाह मोहब्बत करते थे। उन्होंने सुल्तान से गुज़ारिश की कि ग़ुलाम इल्तुतमिश को ख़रीदने की इजाज़त उसे दे दी जाए।''

''क्या तब सुल्तान ने इजाज़त दी?''

''बेटी, सुल्तान के हुक़्म से ग़ज़नी में हमें कोई नहीं ख़रीद सकता था। सुल्तान की ज़ुबान से निकले लफ़्ज़ की क़ीमत होती है। अगर उस वक़्त सुल्तान क़ुतुबुद्दीन ऐबक़ को हमें ख़रीदने की इजाज़त दे देते, तब तमाम मुल्क में उनकी बदनामी होती। इस बदनामी से बचने के लिए उन्होंने नया रास्ता निकाला।''

शहज़ादी ने पूछा, ''अब्बाहुज़ूर, वह रास्ता क्या था?''

''सुल्तान मुहम्मद ग़ोरी के हुक़्म से ग़ज़नी में हमें कोई नहीं ख़रीद सकता था। सुल्तान मुहम्मद ग़ोरी क़ुतुबुद्दीन ऐबक़ से बोले, आप दिल्ली में इस ग़ुलाम को ख़रीद सकते हैं। हमें इसमें कोई एतराज़ नहीं है। सुल्तान की इजाज़त मिलने से क़ुतुबुद्दीन ऐबक़ ख़ुश हुए। उन्होंने नसीरुद्दीन हुसैन को दरबारी कामकाज के लिए ग़ज़नी छोड़ दिया और हुक़्म दिया, तमाम काम निपटाने के बाद वे जमालुद्दीन चुस्तक़बा और हमें लेकर दिल्ली पहुँचें। तक़रीबन दो महीने बाद हमारे आक़ा जमालुद्दीन चुस्तक़बा और हम दिल्ली आ गये, जहाँ क़ुतुबुद्दीन ऐबक़ ने एक लाख जीतल में हमें ख़रीद लिया।''

शहज़ादी की ज़ुबान से निकल पड़ा, ''एक लाख जीतल!''

''बेटी, हमारे नये आक़ा मरहूम क़ुतुबुद्दीन ऐबक़ हमें किसी भी क़ीमत पर ख़रीद सकते थे। अल्लाह उनको जन्नत दे। उन्होंने हमें जल्दी ही सरजानदार बना

दिया। वे हमें अपने बेटे की तरह मानते थे। हमारी ख़िदमत से ख़ुश होकर उन्होंने जल्दी ही हमें अमीर-ए-शिकार बनाया। ग्वालियर की जंग जीतने के बाद आक़ा ने हमें ग्वालियर शहर का अमीर बना दिया। इसके बाद बरन, जिसे बुलन्दशहर भी कहते हैं, उसका इक़्तादार बनाया और फिर बाद में बदायूँ सूबे की इक़्ता सौंपी। जब हम बदायूँ के इक़्तादार थे, उसी वक़्त ग़ज़नी के सुल्तान मुहम्मद ग़ोरी को दुश्मन से निपटने के लिए फ़ौज़ की ज़रूरत हुई। हमारे आक़ा हमें और हमारी फ़ौज़ को लेकर ग़ज़नी पहुँचे और वहाँ झेलम दरिया के किनारे दुश्मन से जंग हुई जिसमें हमारी फ़तेह हुई। सुल्तान मुहम्मद ग़ोरी ने ख़ुश होकर हमें खिलअत बख़्शी और हमारे आक़ा को हुक़्म दिया, वे बेटे की तरह हमारा ख़याल रखें। इतना ही नहीं, सुल्तान ने ख़ुश होकर ग़ुलामी की जंजीरों से हमें आज़ाद करवाया। इसके बाद हमारे आक़ा सुल्तान क़ुतुबुद्दीन ऐबक़ की मौत हो गयी। अल्लाह उन्हें जन्नत बख़्शे! बेटी, आक़ा की मौत के बाद माबदौलत को हिन्दुस्तान का ताजो-तख़्त कैसे मिला, आप जानती ही हैं।''

अब सुल्तान इल्तुतमिश शहज़ादी रज़िया को लेकर उसी रास्ते क़ुश्क-ए-दिलक़ुशा आ पहुँचे, जिस रास्ते वे ख़ज़ाने तक गये थे। शहज़ादी रज़िया वापस आकर अपने पलंग पर लेट गयीं, लेकिन उनकी नींद उड़ चुकी थी। कभी उनका ध्यान क़ुश्क-ए-दिलक़ुशा के नीचे छिपे ख़ज़ाने की ओर चला जाता था तो कभी अपने अब्बाहुज़ूर की पिछली ज़िन्दगी के बारे में सोचने लगती थीं।

उन्नीस

क़िल-ए-रायपिथौरा के पीछे जमुना किनारे कहीं खाली जगह नहीं बची थी। दूर-दूर तक फ़ौज़ के पड़ाव कई रोज़ से लगने शुरू हो गये थे। वहाँ जंगी हथियारों का भारी जमावड़ा लग गया था। जमुना किनारे बसनेवाले परिन्दे न जाने कहाँ चले गये थे। आम आदमी उस रास्ते से गुजर नहीं रहा था। सुबह-सुबह जमुना नहानेवाले लोग दूसरे घाटों पर जाकर स्नान कर रहे थे। क़िले के पीछे हज़ारों की तादाद में हाथी, घोड़े, ऊँट, खच्चर और बैलगाड़ियाँ जमा थीं। ऊँटों और खच्चरों पर तमाम ख़ेमे और दूसरे ज़रूरत के सामान लदे थे। इधर सुल्तान कई महीनों से शाही कारख़ाने में तीर-कमान, भाला, नैज़ा, तलवारें और ढालें तैयार करा रहे थे। शहर में ही नहीं, शहर के इर्द-गिर्द लोहार दिन-रात लगकर जंगी हथियार तैयार कर रहे थे। उन्हें इन हथियारों की अच्छी क़ीमत मिल रही थी। सुल्तान के हुक़्म से अनाज और ज़रूरत के दूसरे सामान पचासों बैलगाड़ियों पर लदवा दिए गये थे। बंजारों को ख़बर कर दी

गयी थी कि वे फ़ौज़ी काफ़िले के इर्द-गिर्द मौजूद रहकर ज़रूरत के सामान वक़्त से मुहैय्या कराते रहें।

दीवान-ए-आम आज ख़ासतौर पर सजाया गया था। वहाँ तिल रखने तक की जगह नहीं बची थी। दीवान-ए-आम के ठीक सामने शाही ख़ेमा लगा था, जिसे चार दिन की मेहनत के बाद पचासों मज़दूरों ने मिलकर खड़ा किया था। ख़ेमे की सजावट देखने लायक़ थी। यहाँ काफ़ी भीड़ जमा थी। छोटी-छोटी रियासतों के तमाम ओहदेदार, बाँदियाँ, लौंडियाँ, हिजड़े और दूसरे ख़िदमतगार यहाँ मौजूद थे। नौबतख़ाने में सुल्तान की शान में नौबत बज रही थी। दीवान-ए-आम में शहज़ादा ग़यासुद्दीन, मुइज़्ज़ुद्दीन और क़ुतुबुद्दीन पहले से ही मौजूद थे। सुल्तान ने छोटे शहज़ादे का नाम अपने आक़ा के नाम पर बहुत सोच-समझकर रखा था।

वज़ीर-ए-आज़म जुनैदी, क़ुव्वतुलमुल्क जमालुद्दीन याक़ूत, मलिक इख़्तयारुद्दीन अल्तूनिया के अलावा तुर्कान-ए-चिहिलगानी बन्दागान-ए-शम्सी के तमाम अमीरों और मलिकों के साथ-साथ क़ाज़ी-ए-सल्तनत नज़मुद्दीन सुगर और दूसरे ओहदेदार सुल्तान इल्तुतमिश की आमद का बेसब्री के साथ इन्तज़ार कर रहे थे। सभी हाज़िरीन की निगाहें शाही तख़्त पर लगी थीं। शाही तख़्त कई मन ठोस सोने से बना था। जिस पर तमाम जवाहरात जगह-जगह जड़े थे। शाही तख़्त के सामने चाँदी का कठघरा मौजूद था, जिसके अन्दर किसी को जाने की इजाज़त नहीं थी। वज़ीर-ए-आज़म और शहज़ादे सुल्तान की इजाज़त मिलने पर ही घेरे के अन्दर जा सकते थे।

इसी बीच ऐलान हुआ, शहज़ादी रज़िया और शहज़ादी सज़िया पर्दे के पीछे तशरीफ़ ला रही हैं। तमाम हाज़िरीन शहज़ादी रज़िया की शान में अदब के साथ झुक गये। शहज़ादी रज़िया के साथ उनकी ख़ास बाँदी नयनज्योतिबाई मौजूद थी।

अब नक़ीब ने ज़ोरदार आवाज़ लगाई "बाअदब होशियार, हर क़दम फ़तेह-नुसरत, नज़र माल-औ-दौलत, ज़ुबान मुबारिक, बख़्शिशो इज़्ज़त, सुल्तान-ए-आलम, सुल्तान-उल-मुइज़्ज़म शम्सुद्दुनियाँ वद्दीन अबुल मुज़फ़्फ़र इल्तुतमिश तशरीफ़ ला रहे हैं।"

नक़ीब की आवाज़ सुनते ही दीवान-ए-आम में मौजूद तमाम हाज़िरीन आँखें नीची रखते हुए अदब के साथ झुक गये। सुल्तान के दीवान-ए-आम में क़दम रखते ही नक़ीब ने फिर ज़ोरदार आवाज़ लगाई, "हर क़दम मुलाहजा, फ़ज़्ल-ए-इलाही, सुल्तान इल्तुतमिश ज़िन्दाबाद...ज़िन्दाबाद...ज़िन्दाबाद।" दीवान-ए-आम बुलन्द नारों से गूँज उठा। अब सुल्तान शाही तख़्त पर आकर बैठ गये। वे तख़्त पर बैठते ही अपने दोनों हाथ ऊपर उठाकर अल्लाह से सल्तनत और मुल्क की अवाम की ख़ैरियत के वास्ते दुआ माँगने लगे। वज़ीर-ए-आज़म जुनैदी ने सुल्तान के सामने

अदब के साथ झुककर दीवान-ए-आम की कार्यवाही शुरू करने की इजाज़त चाही जो दी गयी।

अब वज़ीर-ए-आज़म ने छोटे शहज़ादे क़ुतुबुद्दीन से गुज़ारिश की, "शहज़ादे हुज़ूर, आपके बड़े भाईजान बदायूँ सूबे के इक़्तादार शहज़ादे रुक्नुद्दीन ने बेशुमार अशर्फ़ियाँ सुल्तान-ए-आलम की नज़र के वास्ते भेजी हैं। गुज़ारिश है, अशर्फ़ियों भरी थाल सुल्तान-ए-आलम के हुज़ूर में पेश करें।"

वज़ीर-ए-आज़म के इस ऐलान को सुनते ही पहले तो शहज़ादा चौंका, लेकिन जल्दी ही सँभल गया। वह आगे बढ़कर सुल्तान के सामने कोर्निश बजाने लगा। शहज़ादे ने वज़ीर-ए-आज़म से सोने की थाल लेकर सुल्तान के सामने पेश की जो क़ुबूल की गयी। अब शहज़ादा उलटे क़दमों से उसी स्थान पर वापस आ गया, जहाँ वह पहले खड़ा था। सुल्तान को समझने में देर नहीं लगी कि अशर्फ़ियाँ उन्हें ख़ुश करने के लिए जहाँशाह तुर्कान बेगम ने भिजवाई हैं। उन्हें यह भी ख़बर मिल गयी थी, जहाँशाह तुर्कान बेगम बदायूँ से चल चुकी हैं और जल्दी ही दिल्ली पहुँचनेवाली हैं। सुल्तान भी बेगम की वापसी से पहले दिल्ली नहीं छोड़ना चाहते थे। उन्हें रात ही ख़बर मिल गयी थी कि बेगम पिछले पड़ाव पर पहुँच चुकी हैं। उम्मीद थी कि आज शाम तक बेगम दिल्ली पहुँच जाएँगी।

सुल्तान मुस्कराकर बोले, "माबदौलत शहज़ादे ग़यासुद्दीन को ख़िलअत, जड़ाऊ तलवार और जड़ाऊ कटार इनाम में बख़्शते हैं।"

शहज़ादा अदब के साथ झुककर तीन बार कोर्निश बजाने लगा और उसने वज़ीर-ए-आज़म के पास जाकर ख़िलअत और इनाम लिये। वज़ीर-ए-आज़म ने उसे मुबारकबाद पेश की।

शहज़ादे ग़यासुद्दीन को इनाम-इकराम मिलने के बाद सुल्तान ने शहज़ादे मुइज़्ज़ुद्दीन को भी शहज़ादे ग़यासुद्दीन के बराबर इनाम-इकराम बख़्शे। अब सुल्तान फिर बोले, "माबदौलत अपने छोटे शहज़ादे क़ुतुबुद्दीन को भी ख़िलअत, जड़ाऊ तलवार और जड़ाऊ जमधर इनाम में बख़्शते हैं।"

शहज़ादा क़ुतुबुद्दीन दो क़दम चलकर सुल्तान को कोर्निश बजाने लगा। उसे इस बात की ख़ुशी थी कि उसे पहली मर्तबा सुल्तान के हाथों ख़िलअत मिली थी। उसने भी वज़ीर-ए-आज़म के पास जाकर ख़िलअत क़ुबूल की।

अब वज़ीर-ए-आज़म बोले, "सुल्तान-ए-आलम ने ख़ुश होकर मलिक इख़्तियारुद्दीन अल्तूनिया को ख़िलअत बख़्शी है। उनसे गुज़ारिश है, वे ख़िलअत मंजूर करें।"

मलिक अल्तूनिया सुल्तान के सामने हाज़िर होकर कोर्निश बजाने लगे। उन्होंने वज़ीर-ए-आज़म के हाथों ख़िलअत लेते हुए उन्हें शुक्रिया अता किया। शहज़ादी

सज़िया अपनी आपाजान की आँखों-में-आँखें डालते हुए बोली, "आपाजान, मलिक अल्तूनिया को ख़िलअत मिलने से आप ख़ुशी का इज़हार क्यों नहीं कर रही हैं?"

"शहज़ादी सज़िया, हमें मलिक अल्तूनिया से क्या लेना-देना है?" शहज़ादी रज़िया बेरुख़ी से बोलीं।

"आपाजान, हरम में ही नहीं, क़िल-ए-रायपिथौरा में इस बात की चर्चा है कि मलिक अल्तूनिया आपाजान से मोहब्बत करते हैं।" इतना सुनते ही बाँदी नयनज्योतिबाई मुस्करा पड़ी।

"लेकिन हमें उससे मोहब्बत नहीं है। शहज़ादी, इस तरह की फ़ुज़ूल बातें अब कभी न करना।"

शहज़ादी रज़िया की चढ़ी हुई आँखें देखकर शहज़ादी सज़िया ने माफ़ी की दरख़्वास्त पेश की। शहज़ादी रज़िया ने उसके सिर पर हाथ फेरा और बोलीं, "आप यक़ीन करें, हमें मलिक अल्तूनिया से मोहब्बत नहीं है।"

अब सुल्तान के हुक़्म से वज़ीर-ए-आज़म जुनैदी ने तुर्कान-ए-चिहिलगानी बन्दागान-ए-शम्सी के कई अमीरों, क़ाज़ी-ए-सल्तनत के साथ-साथ दूसरे ओहदेदारों को ख़िलअतें, तलवारें, कटारें इनाम में बख़्शीं। आख़िर में सुल्तान के हुक़्म से वज़ीर-ए-आज़म ने ऐलान किया, "सुल्तान-ए-आलम जमालुद्दीन याक़ूत की बहादुरी, ईमानदारी, वफ़ादारी और जाँबाज़ी से बेहद ख़ुश हैं। सुल्तान-ए-आलम उन्हें शाही घुड़साल से ख़ास तुर्की घोड़ा चाँदी की जीन के साथ इनाम फ़र्माते हैं।" सुल्तान की ज़ुबान पर जमालुद्दीन याक़ूत का नाम आते ही हाज़िरीन में हलचल-सी होने लगी।

जमालुद्दीन याक़ूत दो क़दम आगे बढ़कर सुल्तान के सामने कोर्निश बजाने लगे। उन्हें कोर्निश बजाते देखकर सुल्तान के चेहरे पर मुस्कराहट छा गयी। दीवान-ए-आम में मौजूद तमाम अमीरों और दूसरे ओहदेदारों को ख़ुशी नहीं हो रही थी। जमालुद्दीन याक़ूत से तमाम तुर्क अमीर और मलिक नाराज़ रहते थे। वे नहीं चाहते थे कि उनके होते हुए सुल्तान याक़ूत को किसी तरह की ख़ास इज़्ज़त बख़्शें। इन अमीरों का वश चलता तो वे बहुत पहले ही याक़ूत को मौत के घाट उतार देते, लेकिन शाही पर्दे की पीछे शहज़ादी रज़िया ख़ुश थीं।

जमालुद्दीन याक़ूत एकबार फिर अदब के साथ सुल्तान के सामने झुक गये और वज़ीर-ए-आज़म के पास पहुँचते ही कोर्निश बजाने लगे। वज़ीर-ए-आज़म से शाही फ़र्मान लेने के बाद वे उलटे पैरों अपनी जगह पर आ गये। इस बीच इशारे से आँखों-ही-आँखों में तीनों शहज़ादों ने उन्हें मुबारकबाद दी। याक़ूत अदब के साथ तीनों शहज़ादों को कोर्निश बजाने लगे। वे पर्दे के पीछे बैठी शहज़ादियों को भी कोर्निश बजाना नहीं भूले।

सुल्तान याक़ूत की तरफ़ देखकर मन्द-मन्द मुस्करा रहे थे। वे सोच रहे थे कि इस आदमी के आगे-पीछे कोई नहीं है, फिर भी सल्तनत की ख़ुशहाली के लिए हर वक़्त अपनी जान हथेली पर लिए रहता है। चालीसा के कम्बख़्त अमीर न जाने क्यूँ इसके पीछे पड़े हुए हैं? और-तो-और मलिक अल्तूनिया, जिसे हम दूसरे मलिकों के मुक़ाबले कुछ ज़्यादा ही पसन्द करते हैं, वह भी इसे पसन्द नहीं करता है।

अभी दीवान-ए-आम की कार्यवाही चल ही रही थी कि मुइज़्ज़ी दरवाज़े पर लगी सोने की जंजीर से घंटियों की तेज़ आवाज़ सुनाई दी। इस आवाज़ को सुनकर हर हाज़िरीन हैरत में था। हिन्दुस्तान के लोग अधिकतर सफ़ेद कपड़े पहनते थे। इसलिए सुल्तान का हुक़्म था जो भी फ़रियादी हो, वह दिन में लाल कपड़े पहनकर घर से बाहर निकले, जिससे सल्तनत के ओहदेदार फ़रियादी समझकर उसकी फ़रियाद फ़ौरन सुनें और फ़रियादी की शिकायत जल्दी-से-जल्दी दूर की जा सके।

सुल्तान के भी कानों में इंसाफ की जंजीर में लगी घंटियों की आवाज़ पड़ी। वे बोले, ''शायद कोई ख़ास फ़रियादी फ़रियाद लेकर आया है। उसे फौरन दीवान-ए-आम में पेश किया जाए!''

सुल्तान का हुक़्म सुनते ही दीवान-ए-आम का दारोग़ा मुइज़्ज़ी दरवाज़े पर पहुँचा। उसने देखा, वहाँ एक बुढ़िया लगातार इंसाफ की जंजीर बजा रही है। तमाम ओहदेदारों के समझाने पर भी वह जंजीर नहीं छोड़ रही थी। दारोग़ा के समझाने पर वह उसके पीछे-पीछे क़िले के अन्दर चल दी। दारोग़ा ने उसे ले जाकर सुल्तान के सामने पेश कर दिया।

सुल्तान ने बुढ़िया से पूछा, ''मोहतरमा, ऐसी क्या तकलीफ़ है जो दिन में आपको जंजीर बजानी पड़ी? जब कि माबदौलत के हुक़्म से इंसाफ़ की जंजीर दिन में बजाने की मुमानियत है।''

बुढ़िया सुल्तान के सामने दोनों हाथ जोड़कर बोली, ''सुल्तान, ईश्वर आपको लम्बी उम्र दे। आपका ताजो-तख़्त ताउम्र सलामत रहे। हुज़ूर, मैं एक बेवा औरत हूँ। घर में मेरी जवान बेटी के अलावा और कोई नहीं है। मेरी बेटी के पिता कई साल पहले प्लेग की बीमारी से मर गये थे। जवान बेटा दो साल पहले जमुना में नहाने गया था, उसे घड़ियाल खींच ले गया। हुज़ूर, मेरी बड़ी बेटी वृन्दावन में ब्याही है। उसको बच्चा होनेवाला था। हमारे दामाद के यहाँ कोई औरत नहीं थी। मैं और मेरी छोटी बेटी उसकी देख-भाल करने के लिए वृन्दावन चले गये। वहाँ मैं बीमार पड़ गयी, इसीलिए काफ़ी दिनों तक रुकना पड़ा। मैं और बेटी कल शाम को ही वृन्दावन से दिल्ली आए हैं। यहाँ आकर देखा तो हमारे घर का छप्पर ग़ायब है। घर का सारा सामान भी ग़ायब था। पड़ोस से मालूम हुआ कि होली पर कुछ शरारती लड़कों ने छप्पर उठाकर आग के हवाले कर दिया। हुज़ूर, मुझे और मेरी बेटी को पूरी रात खुले

आसमान के नीचे गुज़ारनी पड़ी।'' इतना बोलते-बोलते बुढ़िया की आँखों से आँसू बहने लगे। दीवान-ए-आम के तमाम हाज़िरीन सोच रहे थे कि सुल्तान बुढ़िया की शिकायत पर क्या फ़ैसला लेते हैं?

सुल्तान की भी आँखें नम हो आई थीं। उनको अपने वतन तुर्किस्तान और अपनी मरहूम अम्मीजान की याद आ गयी थी। वे बोले, ''मोहतरमा, हमें बेहद अफ़सोस ही नहीं, हमारे लिए शर्म की बात है। हमारे सिर के नीचे इस तरह की बेहूदा हरकतें हो रही हैं। ग़रीब का घर उजाड़ा जा रहा है। माबदौलत हिन्दुओं के त्योहार होली, दीवाली और दशहरा के दुश्मन नहीं हैं। हम चाहते हैं, अवाम इन्हें ख़ुशी-ख़ुशी मनाए, लेकिन होली जैसे पाक़ीजा त्योहार पर इस तरह की बेहूदा हरकतें हमें क़त्तई बर्दाश्त नहीं। शहर कोतवाल को हुक्म है, अगर इस तरह की शिकायतें फिर हमारे कानों में पहुँचेंगी तो इसकी पूरी ज़िम्मेदारी उनकी होगी। शहर कोतवाल अभी मौक़-ए-वारदात पर जाकर पता करें, किन शरारती लड़कों ने इस तरह की नाजायज़ हरकत की है। उन्हें पकड़कर मुनासिब सज़ा दें, जिससे आइन्दा इस तरह की हरकत कोई और करने की जुर्रत न करे।''

शहर कोतवाल दीवान-ए-आम में ही खड़े थे। सुल्तान की ज़ुबान से निकले अल्फ़ाज़ सुनकर उनकी घिग्घी बँध गयी। वे सुल्तान को कोर्निश बजाकर दीवान-ए-आम से फौरन बाहर निकल गये।

अब सुल्तान फिर बोले, ''मोहतरमा, आपका छप्पर आज शाम तक छा जाएगा और जो सामान ग़ायब हो गया है, उसकी भरपाई आज शाम तक शहर कोतवाल करेंगे। अभी आप बता रही थीं कि आपके साथ जवान बेटी भी है। क्या वह कुछ पढ़ी-लिखी है?''

''सुल्तान, मेरी बेटी सात जमात पास है। वह हिन्दवी अच्छी तरह पढ़-लिख सकती है।''

''क्या वह शाही नौकरी करना पसन्द करेगी?''

बुढ़िया देर तक कुछ सोचती रही, फिर बोली, ''ज़रूर करेगी।''

''माबदौलत आज से ही अपनी छोटी शहज़ादी की ख़िदमत में आपकी बेटी को सौंपते हैं। उसे मुनासिब तनख़्वाह दी जाएगी। उसकी एक महीने की तनख़्वाह आज ही आपके घर पहुँच जाएगी। आपकी बेटी को क़िले से घर आने-जाने के वास्ते पालकी दी जाएगी। आपकी बेटी का नाम क्या है?''

''हुज़ूर, मेरी बेटी का नाम चन्द्रकला है।''

''बहुत ख़ूबसूरत नाम है। मोहतरमा, अब आप जा सकती हैं। हमारा ख़िदमतगार आपको घर छोड़ आएगा।''

''सुल्तान-ए-आलम, आपका बहुत-बहुत शुक्रिया। हुज़ूर के बारे में जैसा सुना

था, ठीक वैसा पाया। ईश्वर आपका ताजो-तख़्त ताउम्र सलामत रखे।'' इतना कहकर बुढ़िया दीवान-ए-आम से बाहर निकल गयी।

शहज़ादी रज़िया अपनी छोटी बहन की ओर मुख़ातिब होकर बोलीं, ''शहज़ादी, चन्द्रकला की आपके महल में आमद मुबारक हो।''

''शुक्रिया आपाजान।'' शहज़ादी रज़िया के पीछे खड़ी बाँदी नयनज्योतिबाई ने भी छोटी शहज़ादी को मुबारकबाद पेश की।

दीवान-ए-आम की कार्यवाही ख़त्म होने से पहले सुल्तान बुलन्द आवाज़ में बोले, ''दीवान-ए-आम में मौजूद तमाम हाज़िरीन अच्छी तरह समझने की कोशिश करें। माबदौलत को अल्लाह ने हिन्दुस्तान का ताजो-तख़्त अवाम की ख़िदमत के वास्ते बख़्शा है। रणथम्भौर, मन्दौर और लखनौती के सूबेदार बग़ावत पर उतर आए हैं। उन्होंने शाही ख़ज़ाने में समझौते के मुताबिक़ ख़िराज़ भिजवाना बन्द कर दिया है। माबदौलत जंग के जानी दुश्मन हैं। हम नहीं चाहते, बेमतलब जंग छेड़ी जाए, जिससे मुल्क को भारी नुक़सान उठाना पड़े। जहाँ जंग में एक सुल्तान की जीत होती है, वहीं तमाम औरतें बेवा हो जाती हैं। बच्चे यतीम हो जाते हैं, फ़स्लें बरबाद हो जाती हैं। हज़ारों हाथी, घोड़े, ऊँट और खच्चर मौत की नींद सो जाते हैं, लेकिन इन सूबों के सूबेदारों ने हमें मज़बूर कर दिया है कि हम ख़ुद दिल्ली से जल्द-से-जल्द कूच करें।

माबदौलत का हुक़्म है, दुश्मन जंग के दौरान अगर हथियार डाल देता है तो उसे सज़ा-ए-मौत न दी जाए! उसे क़ब्ज़े में ले लिया जाए! जंग के दौरान पकड़े गये सिपाहियों, ग़ुलामों और ख़िदमतगारों के साथ दुश्मन की तरह बर्ताव न करते हुए अच्छा सलूक किया जाए! फ़ौज़ बिना हमारे हुक़्म के कहीं भी हिन्दुओं के मंदिरों को ज़मींदोज़ नहीं करेगी! फ़स्लों का कहीं नुक़सान न हो। अगर कहीं नुक़सान हो भी जाता है तो किसान को मौक़े पर ही मुआवजा दे दिया जाए! जंग के दौरान बूढ़े, अपाहिज, बेवा औरतों और उनके बच्चों की जो हो सके, मदद की जाए!

वज़ीर-ए-आज़म निज़ामुलमुल्क जुनैदी को हुक़्म है, फ़ौज़ के सिपाही से लेकर ऊँचे-से-ऊँचे ओहदेदारों को तीन महीने की पेशगी तनख़्वाह दे दी जाए! जिससे वे जंग में रवाना होने से पहले अपने बीवी-बच्चों का इन्तज़ाम कर सकें। अगर जंग के दौरान कोई सिपाही घायल हो जाता है तो उसका फौरन इलाज हो! फ़ौज़ी क़ाफ़िले के साथ हर वक़्त चलता-फिरता शफ़ाख़ाना मौजूद रहे! किसी भी सिपाही की जंग के दौरान मौत होने पर उसके बेटे को फ़ौज़ में दाख़िल कर लिया जाए, अगर वह ऐसा चाहता है तो! अगर मरहूम सिपाही के घर में कोई जवान बेटा न हो तो उसके परिवार को पेंशन दी जाए! तमाम हाज़िरीन ग़ौर से सुने, किसी शहर में डेरा डालने पर हमारा कोई भी हाकिम या सिपाही उस शहर के रंडीख़ाने की ओर नज़र नहीं

उठाएगा। इतना ही नहीं, किसी की बहू-बेटी पर हाथ डालने पर उसके हाथ काट लिए जाएँगे!" हुक़्म फ़र्माने के बाद सुल्तान इल्तुतमिश शाही तख़्त से उठ बैठे।

सुल्तान क़ुश्क-ए-दिलक़ुशा की ओर जाने के बजाय ख़्वाजा क़ुतुबुद्दीन की ख़ानक़ाह की ओर घोड़े पर सवार होकर चल दिए। वज़ीर-ए-आज़म जुनैदी और मलिक अल्तूनिया उनके साथ चलना चाहते थे, लेकिन सुल्तान ने उन्हें मना कर दिया। सुल्तान के पीछे-पीछे जमालुद्दीन याक़ूत, सर-ए-जाँदार (सुल्तान के अंगरक्षकों का हाकिम) और उनके कुछ ख़ास सिपाही थे। ग़ज़नी दरवाज़े से बाहर निकलते ही सुल्तान की नज़र फ़क़ीर क़ाज़ीमुद्दीन ज़ाहिद पर पड़ी। वे हमेशा की तरह अपने चितकबरे गधे पर सवार होकर न जाने कहाँ जा रहे थे। उन्हें देखकर सुल्तान घोड़े से नीचे उतर गये और फ़क़ीर की शान में अदब के साथ झुककर बोले, "हज़रत, सल्तनत और अवाम की ख़ुशहाली के वास्ते दुआ करें।"

फ़क़ीर मुस्कराए और पूछा, "सुल्तान कैसे हो?"

"हज़रत, आपकी दुआ से ठीक हूँ।"

"शहज़ादे रुकुनुद्दीन का क्या हाल है?"

"हज़रत, उसे बदायूँ का इक़्तादार बना दिया है।"

"बहरहाल उस पर नज़र रखने की ज़रूरत है। आप उसे सही तालीम नहीं दिला सके। आपकी औलाद में शहज़ादी रज़िया औरत होते हुए भी सबसे क़ाबिल है।" इतना कहकर फ़क़ीर ने अपने गधे का मुँह कल्लन मियाँ की दुकान की ओर मोड़ दिया। वह भी समझ रहा था, वहाँ हरी-हरी घास खाने को मिलेगी। फूलवाली कजरी और असग़री बेगम अपनी-अपनी दुकानों से उतरकर फ़क़ीर और सुल्तान को बात करते हुए देख रही थीं, लेकिन वे सुन नहीं सकीं कि उन दोनों के बीच क्या बातचीत हुई। जैसे ही फ़क़ीर क़ाज़ीमुद्दीन ज़ाहिद इन दोनों के सामने से गुज़रे, दोनों अदब के साथ फ़क़ीर की शान में झुक गयीं।

फ़क़ीर के आँखों से ओझल होने पर सुल्तान फिर घोड़े पर सवार होकर ख़्वाजा क़ुतुबुद्दीन की ख़ानक़ाह की ओर चल दिए। ख़ानक़ाह से बाहर नाथपंथी गुरु गोरखनाथ का चेला अलख निरंजन...अलख निरंजन बोलता हुआ और अपना चिमटा बजाता हुआ बाहर निकल रहा था। उसने सुल्तान को देखने पर भी उनकी ओर देखा तक नहीं। सर-ए-जाँदार को इस आदमी पर गुस्सा आया, लेकिन सुल्तान की मौजूदगी की वजह से वे कुछ नहीं बोले। वे सोचने लगे, अगर यह कमबख़्त अकेले कहीं मिल गया होता तो इसका अलख निरंजन का जवाब ऐसा चखाता कि इसकी कई पुश्तें याद करतीं। इसी बीच जनाब लियाक़त अली ख़ानक़ाह से बाहर निकले। जैसे ही उनकी नज़र सुल्तान पर पड़ी, वे अदब के साथ झुककर सुल्तान को कोर्निश बजाने लगे। सुल्तान ने उनकी कोर्निश का जवाब मुस्कराकर दिया।

जमालुद्दीन याक़ूत फ़क़ीरों और दरवेशों की आदतों से अच्छी तरह वाक़िफ़ थे। वे जहाँ सुल्तान की आदत से वाक़िफ़ थे, वहीं फ़क़ीरों और दरवेशों की भी आदतों को अच्छी तरह जानते थे। वे यह भी जानते थे कि सुल्तान को फ़क़ीरों और दरवेशों की सोहबत पसन्द है। सुल्तान के कानों में अलख निरंजन...अलख निरंजन की धीमी-धीमी आवाज़ अब भी सुनाई पड़ रही थी। वे इस आवाज़ को सुनकर मुस्करा रहे थे। सुल्तान ख़ानक़ाह के ख़ास दरवाज़े पर पहुँचने पर घोड़े से उतर गये और सर-ए-जाँदार को बाहर ही रुकने का हुक्म फ़र्माया। जमालुद्दीन याक़ूत सुल्तान के पीछे-पीछे ख़ानक़ाह में चल दिए।

ख़ानक़ाह में ख़्वाजा क़ुतुबुद्दीन के नज़दीक जनाब फरीदुद्दीन गंजशकर, हमीदुद्दीन नागौरी और जलालुद्दीन तबरेज़ी बैठे थे। नज़दीक ही ख़्वाजा के दोनों बेटे बैठे थे। उनके बीच तसव्वुफ़ को लेकर बातचीत हो रही थी। ख़्वाजा के सामने पहुँचने पर सुल्तान ख़्वाजा की शान में अदब के साथ झुक गये और ख़्वाजा के कहने पर चटाई पर बैठ गये। अब ख़्वाजा ने याक़ूत से बैठने को कहा, लेकिन सुल्तान के सामने वह कैसे बैठ सकता था? तब सुल्तान बोले, "याक़ूत, यह शाही दरबार नहीं है, यह तो शहंशाहों के शहंशाह का दरबार है। यहाँ क्या सुल्तान और क्या कंगाल। यहाँ सभी बराबर हैं। आप बैठ जाइए!"

याक़ूत सुल्तान से कुछ दूरी बनाकर एक अलग चटाई पर बैठ गये। अब ख़्वाजा ने पूछा, "सुल्तान, ख़ैरियत तो है?"

"हज़रत की क़दमबोसी के वास्ते आया था।"

"सल्तनत का क्या हाल है?"

"हज़रत, लखनौती, रणथम्भौर और मंदौर में बग़ावत हो रही है।"

"क्या जंग का इरादा है?"

"हज़रत, हम जंग नहीं चाहते, लेकिन...।"

"आप क्या चाहते हैं, क्या नहीं, हमें नहीं मालूम, लेकिन होगा वही जो मंजूर-ए-ख़ुदा होगा। जहाँ तक सल्तनत का सवाल है, उसके लिए आप जो कुछ कर रहे हैं, फ़िलहाल काफ़ी है। और जहाँ तक अवाम का सवाल है, उसका ख़याल हम और आप से कहीं ज़्यादा शहज़ादी रज़िया रखती है। उस पर भरोसा करते हुए आप दिल्ली छोड़ सकते हैं।" सुल्तान सोचने लगे, फ़क़ीर क़ाज़ीमुद्दीन ज़ाहिद ने भी तक़रीबन यही कहा था। क्या आगे हिन्दुस्तान के ताजो-तख़्त की मालिक उनकी प्यारी शहज़ादी रज़िया होगी? ख़्वाजा क़ुतुबुद्दीन की ज़ुबान से रज़िया का नाम निकलने पर फरीदुद्दीन गंजशकर, हमीदुद्दीन नागौरी और जलालुद्दीन तबरेज़ी को समझने में देर नहीं लगी कि सुल्तान की तमाम औलादों में शहज़ादी रज़िया का कोई मुक़ाबला नहीं है, लेकिन वे तीनों इस बात पर फ़िक्रमन्द थे कि शहज़ादी रज़िया को

तुर्कान-ए-चिहिलगानी बन्दागान-ए-शम्सी के अमीर, मलिक और कुछ सूबों के सूबेदार भला कैसे बर्दाश्त करेंगे? आख़िर वह औरत है।

कुछ देर ख़ामोश रहने के बाद ख़्वाजा ने पूछा, "सुल्तान, नये क़ाज़ी-ए-सल्तनत का क्या हाल है?"

"हुज़ूर की सिफ़ारिश पर मैंने नजमुद्दीन सुगर को क़ाज़ी-ए-सल्तनत मुकर्रर कर दिया है। फ़िलहाल वे अपने काम को सही अंजाम दे रहे हैं।"

ख़्वाजा ने जमालुद्दीन याक़ूत पर नज़र डाली। याक़ूत अदब के साथ झुक गये। अब ख़्वाजा बोले, "जनाब जमालुद्दीन याक़ूत, सुल्तान इल्तुतमिश ने अपने मरहूम आक़ा सुल्तान क़ुतुबुद्दीन ऐबक़ की ईमानदारी और वफ़ादारी के साथ ख़िदमत की थी, ठीक उसी तरह आप भी अपने आक़ा सुल्तान इल्तुतमिश की ख़िदमत कर रहे हैं। आपका इरादा नेक है। तवारीख़ आपको याद रखेगी।" सुल्तान याक़ूत की वफ़ादारी, जाँबाज़ी और ईमानदारी पर पहले से ही ख़ुश थे। ख़्वाजा की ज़ुबान से याक़ूत की तारीफ़ सुनकर उनका दिल बाग़-बाग़ हो उठा।

अब ख़्वाजा सुल्तान की ओर मुख़ातिब होकर बोले, "सुल्तान, अब हमारा अल्लाह से लौ लगाने का वक़्त हो गया है। अब हमें इजाज़त दें।" जहाँ ख़्वाजा उठकर अन्दर के कमरे की ओर चल दिए, वहीं सुल्तान उनकी क़दमबोसी के वास्ते झुक गये। ख़्वाजा के जाते ही आम के पेड़ों पर बैठे बन्दर इधर-उधर उछल-कूद मचाने लगे। न जाने कहाँ से कौए भी काँव-काँव करने लगे जब कि वे अभी तक ख़ामोश थे।

बीस

रात अँधेरी थी। कहीं-कहीं जुगनूँ चमक रहे थे और झींगुर बोल रहे थे। टिटहरियाँ टीं-टीं की आवाज़ निकाल रही थीं। कहीं-कहीं मेढक भी टर्र-टर्र की आवाज़ निकाल रहे थे। कल दिन में असाढ़ महीने की पहली बारिश हुई थी। हवा काफ़ी तेज़ थी। लम्बे-लम्बे पेड़ों की शाखाएँ तेज़ हवा की वजह से खरभरा-खरभराकर कहीं-कहीं टूट रही थीं। पेड़ों के पत्ते फड़-फड़ा रहे थे। वातावरण में कभी सड़-सड़ाहट और कभी सन-सनाहट की तेज़ आवाजें सुनाई दे रही थीं, लेकिन सिपाही से लेकर तमाम ओहदेदार अपने-अपने ख़ेमों में बेख़बर सो रहे थे। मलिक अल्तूनिया का ख़ेमा सुल्तान इल्तुतमिश के ख़ेमे से काफ़ी दूर था। वहाँ से गंगा नदी अधिक दूर नहीं थी। एक पहर रात बीतने के बाद मलिक अल्तूनिया अपने चार साथियों नसीम,

बैरम, तेज़ सिंह और कर्पूरी सिंह को साथ लेकर बनारस के मणिकर्णिका घाट की ओर चल दिया। उसके ख़ेमे से घाट की दूरी तक़रीबन तीन कोस रही होगी। सभी पाँचों व्यक्ति घोड़ों पर सवार थे और जंगी हथियारों से लैस थे।

जंगल में साँभर, चीतल, हिरन, सुअर और जंगली भैंसे काफ़ी तादाद में मौजूद थे। शाही फ़ौज़ को यहाँ भरपूर शिकार मिल रहा था। अभी सवार आधा कोस की दूरी तय किए होंगे कि दक्षिण दिशा से उत्तर की ओर रास्ते को एक हिरण काटकर निकल गया। उसके पीछे-पीछे तीन हिरण और निकले। मलिक अल्तूनिया ने अपने पीछे चल रहे सवार से पूछा, "कौन जानवर थे?"

"हुज़ूर, हिरण थे।" तेज़ सिंह बोला। उसका घोड़ा मलिक अल्तूनिया के सबसे नज़दीक था।

"दिन में जंगल में तमाम जगह खोजने पर भी हिरण नहीं दिखे। अब रात में ऐसे ही घूम रहे हैं।"

"हुज़ूर, जंगली जानवर हैं, उनका क्या ठिकाना। कब किधर को चल दें।"

"ठीक कहते हो।"

मलिक अल्तूनिया कल दिन में इधर शिकार को आया था, लेकिन इस वक़्त घने अँधेरे की वजह से कच्चा रास्ता ठीक से सूझ नहीं रहा था। घोड़े अन्दाज़ से आगे बढ़ रहे थे। रास्ते में कहीं-कहीं पानी भी भर गया था। धीमी रफ़्तार में घोड़े सँभल-सँभलकर चल रहे थे। रास्ते के दोनों ओर दूर-दूर तक ऊँची-ऊँची काँस की झाड़ियाँ फैली हुई थीं, जिनमें तेज़ सर-सराहट हो रही थी। सवारों ने किसी तरह एक कोस लम्बा झाड़ियों भरा रास्ता तय किया। अब रास्ते के दोनों ओर दूर-दूर तक कपास के पौधे फैले थे, लेकिन अँधेरे की वजह से इन पौधों की ख़ूबसूरती देखने को नहीं मिल रही थी। यद्यपि बीच-बीच में बिजली की चमक में हरे-भरे कपास के पौधे दिखलाई पड़ जाते थे। इसी बीच हवा का एक तेज़ झोका आया। ऐसा महसूस हुआ, शायद आँधी आ रही है, लेकिन आँधी नहीं थी। कुछ ही देर में हल्की बूँदा-बाँदी होने लगी, लेकिन जल्दी ही रुक गयी। बूँदा-बाँदी से इन सवारों की पोशाकें भीग गयीं।

मणिकर्णिका घाट एक कोस ही रह गया था। अब रास्ते के दोनों ओर शहतूत के दरख़्त दूर तक फैले थे। बनारस में रेशमी साड़ियों और दूसरे रेशमी वस्त्रों का बहुत अधिक काम होता है। आधा बनारस बुनकरों से भरा है, इसीलिए यहाँ के किसान शहतूत की खेती बहुतायत में करते हैं। जहाँ यहाँ के रेशमी वस्त्र हिन्दुस्तान के कोने-कोने में जाते हैं, वहीं दूसरे मुल्कों में भी इनकी अच्छी खपत है। मलिक अल्तूनिया ने दो दिन पहले ही तमाम रेशमी वस्त्र ख़रीदे थे। इन वस्त्रों में ज़नानी और मर्दानी दोनों तरह की पोशाकें थीं। उसने क़ीमती जड़ाऊ मँहगी पोशाकें ख़ासतौर पर

शहज़ादी रज़िया के वास्ते ख़रीदी थीं। मलिक अल्तूनिया को कल ही कर्पूरी सिंह ने ठीक से रास्ता समझा दिया था। कर्पूरी सिंह कल सुबह मणिकर्णिका घाट हो आया था और मलिक अल्तूनिया के हुक़्म के मुताबिक़ तमाम जानकारी हासिल कर लाया था। इतना ही नहीं, वह पंडित शिवशंकर शुक्ल से मलिक अल्तूनिया के मिलने का वक़्त भी तय कर आया था।

अब यह लोग मणिकर्णिका घाट पहुँच गये। रात के अँधेरे में भी वहाँ चारों ओर प्रकाश फैला था। यह प्रकाश लाशों के जलने से हो रहा था। जगह-जगह लाशें जल रही थीं। लकड़ी के सूखे बोटों से आग की तेज़ लपटें निकल रही थीं। इतनी अधिक जलती लाशें देखकर मलिक अल्तूनिया हैरत में पड़ गया। वह सोचने लगा, क्या समूचा बनारस मौत के मुँह में समाया जा रहा है। उसने ग़ज़नी, ग़ोर, लाहौर, तबरहिन्दा और दिल्ली में इतनी इकट्ठी लाशें कहीं नहीं देखी थीं और इस वक़्त तो कहीं कोई जंग भी नहीं हो रही थी।

कर्पूरी सिंह ने मलिक अल्तूनिया से निवेदन किया कि पंडित शिवशंकर शुक्ल ने कह रखा है कि हुज़ूर के साथ अकेला मैं ही आऊँ। मलिक ने नसीम, बैरम और तेज़ सिंह को घाट के एक कोने में रुक जाने का हुक़्म दिया। हुक़्म के मुताबिक़ तीनों सवार पाँचों घोड़ों के साथ वहीं रुक गये। अब कर्पूरी सिंह मलिक को लेकर निश्चित स्थान की ओर बढ़ गया। घाट के एकदम किनारे पंडित शिवशंकर शुक्ल एक जली हुई चिता के सामने आसन पर बैठे थे। चिता काफ़ी जल चुकी थी, लेकिन लकड़ी के बोटों से आग की लपटें निकल रही थीं। वे एक बटलोई में चिता पर चावल पका रहे थे। बीच-बीच में मंत्रों का जाप कर रहे थे। कर्पूरी सिंह और मलिक अल्तूनिया पंडित शिवशंकर शुक्ल के सामने चिता से हटकर खड़े हो गये। लगभग आधा घंटा बाद शुक्लजी ने अपनी आँखें खोलीं। आँखें खोलते ही दोनों व्यक्ति नतमस्तक हो गये।

पंडित शिवशंकर शुक्ल का शरीर भीमकाय था। उनकी घनी काली दाढ़ी नंगे सीने पर झूल रही थी। सिर के बाल औरतों की तरह काले और लम्बे थे। जो कभी-कभी उनके चेहरे को ढँक लेते थे। गले में रुद्राक्ष और इंसान की हड्डियों की माला मौजूद थी। वे भुजाओं में भी रुद्राक्ष की माला लपेटे थे। माथे पर चन्दन का त्रिपुंड लगा था। बाक़ी पूरे शरीर में ताज़े मुर्दे की चिता की भभूत लपेट रखी थी। वे वस्त्र के नाम पर खाली लँगोटी लगाए थे। उनके आसन के सामने कच्चे चावल, जव, सिंदूर, बतासा, गुलाब के फूल, हल्दी और रोरी रखी थी। इस वक़्त तांत्रिक पंडित शिवशंकर शुक्ल से बड़ा तांत्रिक बनारस में और कोई नहीं था। उन्होंने मलिक को देखा और पूछा, ''आप तुर्क हैं?''

मलिक अल्तूनिया तांत्रिक के सामने अदब के साथ झुककर बोला, ''हज़रत,

वज़ा फ़र्मा रहे हैं।''

''आप अपने साथी को यहाँ से अपने तीन और साथियों के पास भेज दें। आपके मन में यह विचार आ रहा है कि आप अकेले ही मुझसे बात करना चाहते हैं।'' मलिक का इशारा पाते ही कर्पूरी सिंह वहाँ से चले गये।

''तुर्क, हमें सब कुछ मालूम है। फिर भी बता दें, आप क्या चाहते हैं? आपके यहाँ आने का मकसद किसी हसीना की मोहब्बत से सम्बन्ध रखता है।''

मुर्दे के जलने की तीव्र गन्ध मलिक अल्तूनिया को असहनीय लग रही थी। कभी-कभी वह अपनी नाक पर रेशमी रुमाल रख लेता था। तांत्रिक को समझने में देर नहीं लगी। उसने कुछ मंत्र पढ़कर कच्चे चावल चिता की ओर फेंके। चावल फेंकते ही वहाँ केवड़े की ख़ुशबू आने लगी। मलिक अल्तूनिया हैरत में पड़ गया। उसने ऐसा करिश्मा अपनी तमाम ज़िन्दगी में अब तक नहीं देखा था। थोड़ी देर के वास्ते वह शहज़ादी रज़िया के हसीन ख़्वाबों में डूब गया। उसे ऐसी ख़ुशबू शहज़ादी रज़िया के महल क़ुश्क-ए-फ़ीरोज़ी में ही मिलती थी। अब वह तान्त्रिक की ओर मुखातिब होकर बोला, ''हज़रत, आप वज़ा फ़र्मा रहे हैं। मैं सुल्तान इल्तुतमिश का ख़िदमतगार मलिक अल्तूनिया हूँ। मैं शहज़ादी रज़िया से मोहब्बत करता हूँ, लेकिन शहज़ादी मुझसे मोहब्बत नहीं करती। मैं चाहता हूँ, हज़रत ऐसा कुछ इन्तज़ाम करें, जिससे शहज़ादी मुझसे मोहब्बत करने लगे।''

''जय हो! योगेश्वर, भोगेश्वर, प्राज्ञेश्वर, भृंगेश्वर, हस्तीश्वर, बटुकेश्वर, मध्यमेश्वर, पशुपतीश्वर, भद्रेश्वर, स्थानेश्वर, कामेश्वर, अजेश्वर, ईशानेश्वर, वेदेश्वर, संगमेश्वर, नदीश्वर, कालेश्वर, भैरवेश्वर महाराज की जय हो। तुर्क, तूने शहज़ादी से मोहब्बत के वास्ते क्या-क्या नहीं किया। तूने मौलवियों से गंडे बनवाकर पहने, ताबीज़ बनवाकर पहने, नक़्श बनवाकर पहनी। तू कई मज़ारों पर शहज़ादी से मोहब्बत के वास्ते दुआ माँगने गया, लेकिन तेरी एक भी दुआ क़ुबूल नहीं हुई। क्या मैं सच कहा रहा हूँ?'' तांत्रिक ने जोरदार अट्टहास लगाया। उसकी गूँज वातावरण में फैल गयी।

''हज़रत, वज़ा फ़र्मा रहे हैं।'' मलिक अल्तूनिया सोच रहा था कि हज़रत को यह सब कैसे मालूम हो गया। मैंने जो कुछ शहज़ादी की मोहब्बत के वास्ते इन्तज़ाम करवाया है, उसे मेरे अलावा और कोई नहीं जानता है। तब यह तांत्रिक कैसे जान गया?

''तुर्क, तूने मुश्क, जाफ़रान और गुलाब के फूलों को पिसवाकर जिस नजूमी के ज़रिये मोहब्बत की बादी नक़्श तैयार करवाई, उस नक़्श को तैयार करने में नजूमी ने सितारों का ख़याल नहीं रखा। इसीलिए नक़्श काम नहीं आई। नजूमी ने नक़्श के सभी नौ खानों में इस तरह अंक लिखे कि जिस लाइन में देखा जाए, उनका कुल

योग पन्द्रह होता था। चाहे नक़्श के एक कोने से दूसरे कोने को मिलाकर पढ़ा जाए, तब भी अंकों का योग पन्द्रह ही था। नजूमी ने इस नक़्श को हरे-भरे ऊँचे बरगद के पेड़ पर ख़ुद टाँगा था। मैं तो यह भी जानता हूँ कि तूने सात सौ छियासी बार वज़ू करते हुए और शरबत को सामने रखकर शहज़ादी का नाम लेकर 'बिस्मिल्लाहिर्रहमानिर्रहीम' पढ़ा। तूने शहज़ादी की मोहब्बत पाने के लिए क्या-क्या नहीं किया!, लेकिन तू हर तरफ़ से असफल ही रहा। अरे तुर्क, तूने जिस औरत के ज़रिये वह शरबत शहज़ादी तक भिजवाया था, उसको शहज़ादी ने चखा तक नहीं।''

तांत्रिक ने फिर अट्टहास लगाया। वह बोला, ''याद रहे, उस औरत के ख़िलाफ़ कभी कोई कार्यवाही नहीं करना, क्योंकि उसने तेरे हुक़्म के मुताबिक़ तेरे फ़र्ज़ को सही अंज़ाम दिया था, लेकिन शहज़ादी ने शरबत नहीं पिया। इसमें उसका दोष नहीं है।'' चिता पर रखी हाँडी में पक रहे चावल में से माड़ चिता पर गिर रहा था, लेकिन उस ओर तांत्रिक कोई ग़ौर नहीं कर रहा था। अब तांत्रिक ने अपनी आँखें बन्द कर लीं। वह कुछ देर के लिए न जाने कहाँ खो गया। मलिक अल्तूनिया तांत्रिक के सामने खड़े रहकर उसके चेहरे को ख़ामोशी के साथ पढ़ रहा था। उसकी हिम्मत नहीं हो रही थी कि वह तांत्रिक को टोके। कुछ देर बाद तांत्रिक ने आँखें खोलीं। हाँड़ी के चावल अब तक पक चुके थे। तांत्रिक ने हाँड़ी से पका चावल का एक दाना निकालकर मलिक की तरफ़ बढ़ाया और उसे चखने के लिए कहा। मलिक दाना मुँह में नहीं डालना चाह रहा था, लेकिन तांत्रिक के सामने इनकार करने की हिम्मत नहीं हुई। दाना मुँह में डालते ही मलिक को ऐसा महसूस हुआ, जैसे उसमें फ़ौलादी ताक़त आ गयी हो। चावल के दाने का ज़ायका इतना लज़्ज़तदार था, जितना लज़्ज़तदार खाना उसने शाही दस्तरख़्वान पर भी नहीं खाया था।

''चावल कैसा लगा?'' तांत्रिक ने पूछा।

''हज़रत, ऐसा लज़्ज़तदार खाना पहले कभी नहीं खाया था। मुझे ऐसा महसूस हो रहा है, जैसे मेरे बदन में तमाम दुनिया की ताक़त आ गयी हो।''

''तुर्क, अगर हम तुम्हें हाँड़ी के तमाम चावल खिला दें, तब आपकी क्या हालत होगी?''

''हज़रत, बस! मैं तो सिर्फ़ हज़रत की क़दमबोसी और दुआ के वास्ते ही आया था।''

''वह भी प्राप्त होगी, प्रतीक्षा कर!''

तांत्रिक पंडित शिवशंकर शुक्ल और मलिक अल्तूनिया की बातचीत अभी चल ही रही थी कि थोड़ी दूर पर नयी तैयार की गयी चिता में उठ रही तेज़ लपटों में एक संन्यासी पलक झपकते ही कूद पड़ा। यह दृश्य देखते ही मलिक अल्तूनिया का

रोम-रोम काँप उठा। उसने कभी जीवन में सोचा नहीं था कि इस प्रकार कोई हिन्दू संन्यासी अपने आपको आग के हवाले कर सकता है।

संन्यासी को आग की लपटों के बीच कूदते देखकर तांत्रिक की ज़ुबान से एक बार फिर निकल पड़ा, "जय हो! योगेश्वर, भोगेश्वर, प्राज्ञेश्वर, भृंगेश्वर, हस्तीश्वर, बटुकेश्वर, मध्यमेश्वर, पशुपतीश्वर, भद्रेश्वर, स्थानेश्वर, कामेश्वर, अजेश्वर, ईशानेश्वर, वेदेश्वर, संगमेश्वर, नदीश्वर, कालेश्वर, भैरवेश्वर महाराज की जय हो। अरे, अग्निपात...अग्निपात...अग्निपात!

त्वमग्ने रुद्रस्त्वं सुधामहोदधिस्त्वं सर्वे मारुता: क्षिप्रमीयिरे,
त्वं वातैर्यासि सगरीयस्त्वं प्रस्थिमायीरूप: पातयन् माम्।"

"हज़रत, यह मैं क्या देख रहा हूँ! एक आदमी आग की जलती लपटों में जान-बूझकर कूद गया है।"

"भैरव...भैरव...भैरव...! तुर्क, तू यह सब नहीं समझेगा। यह सब बातें किसी और मज़हब में नहीं हैं। संन्यासी भैरव की पूजा के बाद परमात्मा में विलीन हो गया। वह सीधा स्वर्ग जाएगा। यह अग्निपात है, अग्निपात! धन्य है, संन्यासी और धन्य है बनारस, लेकिन अफ़सोस, मेरा अग्निपात का अभी समय नहीं आया है। तुर्क, यहाँ न जाने कितने संन्यासी अग्निपात अलग-अलग तरीक़ों से करते हैं। कोई संन्यासी अग्निपात पतंगपात की तरह करता है तो कोई हंसपात की तरह। कोई मृगपात की तरह करता है तो कोई मुसलपात की तरह। कोई शाखापात की तरह करता है तो कोई विमानपात की तरह। कोई वृषपात की तरह तो कोई सिंहपात की तरह। अभी जिस संन्यासी ने अग्निपात किया है, वह हंसपात की तरह किया है। भैरव...भैरव...भैरव...!" तांत्रिक प्रसन्न मुद्रा में था।

"हज़रत, संन्यासी आग में ही जलकर अपनी जान क्यों देते हैं? अगर उन्हें अपनी जान गँवानी ही है तो वे दूसरे तरीक़ों से भी अपनी जान दे सकते हैं।"

तान्त्रिक हँसा और बोला, "तुर्क, तू नहीं समझेगा। तुझे कैसे समझाऊँ? इस शरीर की रचना पंचमहाभूतों से हुई है और पंचमहाभूतों में अग्नि सबसे तेज तत्त्व है। इसीलिए साधु-संन्यासी अग्निपात करते हैं। अब अपनी बात बता, तू मुझसे क्या चाहता है?" तान्त्रिक अपने दाएँ हाथ से दाढ़ी सहलाता हुआ बोला।

"हज़रत, मैं बता चुका हूँ, सुल्तान इल्तुतमिश की शहज़ादी रज़िया मुझसे मोहब्बत नहीं करती है। कुछ ऐसा उपाय कर दें, जिससे वह मुझसे मोहब्बत करने लगे।"

"भैरव...भैरव...भैरव...! तुर्क, तू काशी आ गया है, तुझे भी मोक्ष मिलेगा। तू ज़िन्दगी के लुत्फ़ को मोक्ष समझ सकता है। तू शहज़ादी के साथ अपना विवाह चाहता है। वह भी होगा। भैरव...भैरव...भैरव! तुर्क, भगवान शिव माँ पार्वती से

कहते हैं, मेरे तमाम भक्तों में से यहाँ ब्रह्मा, विष्णु, इन्द्र, कुबेर और व्यास निवास करते हैं। यह स्थान महाकाल उज्जैन, कालिंजर और प्रयाग से भी कहीं अधिक उच्च और श्रेयष्कर है। अब तू मेरी शरण में आ गया है। मैं तेरा काम अवश्य करूँगा, लेकिन तुर्क मेरी एक शर्त है?'' तान्त्रिक ने मलिक अल्तूनिया की आँखों-में-आँखें डालीं।

''हज़रत, हुक़्म फ़र्माएँ!'' मलिक अल्तूनिया ने तान्त्रिक की आँखों में इतना तेज़ देखा कि वह डर गया। उसकी आँख मिलाने की हिम्मत नहीं पड़ रही थी।

''तुर्क, यहाँ दो बार सुल्तान क़ुतुबुद्दीन ऐबक़ आया था। उसने यहाँ के तमाम मंदिरों को ज़मींदोज़ करवा दिया था। हिन्दुस्तान में उसे ज़्यादा वक़्त नहीं गुज़रा था कि भगवान शिव ने पोलो खेलते वक़्त लाहौर में उसे घोड़े से गिरा दिया और उसकी मौत हो गयी।''

तान्त्रिक फिर हँसा और बोला, ''तुर्क, अब तू ही बता, क्या घोड़े से गिरने से आम आदमी मर सकता है? सुल्तान की मौत तो मन्दिरों को ज़मींदोज़ करवाने से हुई। भगवान शिव ने तीसरी आँख खोल दी। उनकी तीसरी आँख खुलते ही सुल्तान का काम तमाम हो गया। मेरी बात अच्छी तरह से समझ! तू और तेरा सुल्तान यहाँ कोई मंदिर नहीं गिरवाएगा। अगर तू इसके लिए तैयार है तो मैं तेरी मोहब्बत के वास्ते उपाय कर सकता हूँ।''

मलिक अल्तूनिया देर से उलझन में था। वह सोच रहा था कि तांत्रिक न जाने कौन-सी शर्त लगा दे। तान्त्रिक की शर्त सुनकर उसे राहत मिली। वह मुस्कराकर बोला, ''हज़रत, आज बेफिक्र रहें। अब यहाँ कोई मन्दिर जमींदोज़ नहीं होगा।''

तांत्रिक ने फिर एकबार अट्टहास किया और ज़ोरदार आवाज़ में चिल्लाया, ''भैरव...भैरव...भैरव! तुर्क, काल भैरव ने तुझे और तेरे सुल्तान को सद्बुद्धि दी है। अब मैं तेरे लिए बगलामुखी यन्त्र की सिद्धि करूँगा।''

''हज़रत, वह क्या है?'' मलिक अल्तूनिया की कुछ समझ में नहीं आ रहा था।

''तुर्क, तू न समझेगा।''

अब तांत्रिक की ज़ुबान से निकल पड़ा-

''ॐ ह्लीं बगलामुखि सर्वदुष्टानां वाचं मुखं पदं स्तम्भय।
जिह्वां कीलय बुद्धिं विनाशय ह्लीं ॐ स्वाहा।।''

कुछ देर बाद तान्त्रिक फिर बोला, ''हम तान्त्रिक हैं। हम तन्त्र के अलावा और किसी विद्या में विश्वास नहीं करते। अभी जो मैंने मन्त्र पढ़ा है, मैं इक्कीस दिन तक इस मन्त्र का बगलामुखी देवी के मन्दिर में जाकर सुबह, दोपहर और शाम एक लाख बार जप करूँगा और जप करने के बाद यन्त्र तैयार करूँगा। इस यन्त्र को आप या आपका कोई आदमी एक महीने के बाद मुझसे ले जा सकता है। मैं विश्वास दिलाता

हूँ कि तेरा विवाह शहज़ादी रज़िया से अवश्य होगा। इसे दुनिया की कोई ताक़त रोक नहीं सकती।''

जहाँ मलिक अल्तूनिया को तांत्रिक की ज़ुबान से निकले शब्दों को सुनकर बेहद ख़ुशी हुई, वहीं उसकी बात सुनकर उलझन में भी फँस गया। वह सोचने लगा, न जाने कब सुल्तान का हुक़्म हो और हमें बनारस से कूच करना पड़ जाए। मलिक को सोचता देखकर तांत्रिक बोला, ''तू क्या सोच रहा है? अधिक सोचने की ज़रूरत नहीं है। सुल्तान इल्तुतमिश तीन दिन के अन्दर फ़ौज़ी ख़ेमे उखाड़ने का हुक़्म फ़र्माने जा रहा है। इसके बाद वह पाटलीपुत्र होता हुआ लखनौती जाएगा। वापसी में वह बनारस नहीं आएगा, लेकिन बनारस के नज़दीक चुनार के क़िले में कई रोज़ ठहरेगा। तब आप आसानी से यह यन्त्र मुझसे ले जा सकते हैं। वैसे एक उपाय और भी है।''

''हज़रत, वह क्या है?'' मलिक की जिज्ञासा इस बाबत बढ़ रही थी।

''कर्पूरी सिंह को एक महीने के लिए बनारस छोड़ दो। कर्पूरी सिंह यहाँ रुककर मुझसे यन्त्र ले जाए। वह पाटलीपुत्र जाकर समय से यन्त्र पहुँचा सकता है।''

''सुल्तान कहीं...।''

''तू बेकार की बातें क्यों सोचता है। मैं यक़ीन के साथ कहता हूँ कि कर्पूरी सिंह इस यन्त्र को समय से तुझे पाटलीपुत्र में दे देगा।''

''हज़रत, ऐसा ही करूँगा, लेकिन एक बात और है?''

''वह क्या है?''

''हज़रत, शहज़ादी रज़िया एक हब्शी ग़ुलाम जमालुद्दीन याक़ूत से मोहब्बत करती है।''

''भैरव...भैरव...भैरव...! भगवान शिव इस तुर्क को सद्‌बुद्धि दें। तू फ़िजूल की बातें क्यों करता है? तेरे भाग्य में जो लिखा है, वही होगा। और हब्शी ग़ुलाम के भाग्य में जो कुछ होगा, वह होकर रहेगा। उसे कोई नहीं रोक सकता। मैं भी नहीं, लेकिन तेरा विवाह शहज़ादी रज़िया से होकर रहेगा। तू क्यों तमाम दुनिया के जंजाल में पड़ता है। अपना काम कर! भैरव...भैरव...भैरव! अब तेरी समझ में कुछ आया?''

''हज़रत, आपकी पूजा के वास्ते हमें क्या-क्या इन्तज़ाम करना होगा?''

''पूजा में तमाम सामग्री लगती है। एक है जो बताऊँ।''

''हज़रत, बता सकें तो...।''

अब तांत्रिक ने सामग्री बतानी शुरू की, ''केशर, चन्दन, रोरी, सिन्दूर, रुई, पान, सुपाड़ी, चावल, ऋतुफल, पुष्पफल, पुष्पमाला, अनेक तरह के पीले पुष्प, तुलसी, दूर्वा घास, कपूर, रुद्राक्षमाला, आसन, पंचपात्र, आचमनी, अर्घा, नारियल, गरीगोला, हल्दी की बुकनी, हल्दी की माला, यज्ञोपवीत, गंगाजल, नवग्रह की

लकड़ी, हवन के लिए लकड़ी, तिल, जव, पीलावस्त्र, टिकुली, आभूषण, अबीर, बुक्का, पंचामृत, बालू, पेड़ा, बतासा, बगलायन्त्र, सुगन्धित द्रव्य, चौकी, पीढ़ा, सफ़ेद कपड़ा, लाल कपड़ा, सुतरी, केले का खम्भा, बन्दनवार, कलश, पंचपल्लव, सप्तमृत्तिका, सर्वौषधि, गोमूत्र और गाय का गोबर। क्या तू इस सामग्री का इन्तज़ाम कर सकता है?''

''हज़रत, यह मेरे बस की बात नहीं है।''

इतनी ज़्यादा सामग्री सुनकर मलिक अल्तूनिया चौंक पड़ा। उसने अपनी पोशाक के अन्दर से एक थैली निकाली और तांत्रिक के पैरों पर रख दी। तांत्रिक बोला, ''हम तांत्रिक हैं। हमें सोने के सिक्कों से कोई मतलब नहीं, लेकिन अगर तू ले ही आया है तो इन्हें ग़रीबों में बँटवा दूँगा। अगर कर्पूरी सिंह को मेरे पास एक महीने बाद भेज देगा तो यन्त्र तेरे पास पाटलीपुत्र पहुँच जाएगा।''

मलिक अल्तूनिया अदब के साथ झुककर तान्त्रिक से बोला, ''हज़रत, ज़रूर भेज दूँगा। अब रात काफ़ी गुज़र गयी है। हमें अपने ख़ेमे में वापस जाना है। हुज़ूर, अब हमें इजाज़त दें।''

तांत्रिक की इजाज़त पाकर मलिक अल्तूनिया उस ओर चल पड़ा जहाँ उसके साथी उसका इन्तज़ार कर रहे थे।

इक्कीस

शहज़ादी रज़िया फ़ज्र की नमाज़ अदा करने के बाद अपने महल से सटे बाग़ में रोज़ाना टहलने निकल जाती हैं। पिछले पाँच सालों से बिना नागा किए वह इस वक़्त टहलती हैं, लेकिन सूरज निकलते-निकलते अपने महल वापस आ जाती हैं। बाग़ में टहलने के वक़्त बाँदी नयनज्योतिबाई के अलावा दूसरी कोई और बाँदी मौजूद नहीं रहती हैं। यह वह वक़्त रहता है, जब कि तमाम हरमसरा गहरी नींद में सो रहा होता है। जब वे बाग़ में जाती हैं, तब बाग़ में चिराग़ जलते रहते हैं। उनके बाग़ से निकलने पर ही चिराग़ बुझाए जाते हैं। शहज़ादी ने अपनी बाँदियों, लौंडियों और हिजड़ों को साफ़तौर पर मना कर रखा है कि बाग़ में घूमते वक़्त वे वहाँ कतई न घुसें। उन्हें बहुत ही कोई ज़रूरी काम होने पर बाग़ में आने की इजाज़त दी गयी है।

बरसात शुरू हो जाने से बाग़ में बेले के फूल काफ़ी ज़्यादा तादाद में खिल गये थे। इन फूलों की ख़ुशबू दूर-दूर तक फैल रही थी। शहज़ादी और नयनज्योतिबाई इस ख़ुशबू का लुत्फ़ देर से उठा रही थीं। बारहदरी में बेले की लताएँ काफ़ी ऊँचाई

तक चढ़ चुकी थीं। बदन में ताज़ी हवा अच्छी लग रही थी। बाग़ में बेले के अलावा चमेली, केतकी, मोगरा और कई तरह के गेंदा के फूल ख़ूब खिले थे। बाग़ में गुलाब के फूल भी काफ़ी खिले थे, लेकिन उन पर वह शबाब न था जो जाड़ों के दिनों में रहता है। अलबत्ता, नहर में कमलदल काफ़ी संख्या में खिले हुए थे जो हर किसी का मन मोह सकते थे।

चिड़ियों की चीं...चीं...चीं...चीं...शुरू हो गयी थी जो शहज़ादी को बेहद पसन्द थी। वे इन चिड़ियों से बेपनाह मोहब्बत करती थीं। शहज़ादी इस वक़्त बाजरा, मकई और दूसरे अनाज इन चिड़ियों के वास्ते रोज़ाना ख़ुद डालती हैं। उन्हें इस काम में मज़ा मिलता है। उनके इस नेक काम में नयनज्योतिबाई का पूरा सहयोग रहता है। बाग़ की तमाम चिड़ियाँ उनसे इतना घुल-मिल गयी हैं कि कभी-कभी उनके सिर और कन्धों पर आकर बैठ जाती हैं।

बाग़ में नर्म घास की मुलायमियत इस कदर है कि ईरानी कालीन भी इसके सामने फीके पड़ जाएँ। इस तरह की नर्म घास क़िल-ए-रायपिथौरा में ही नहीं, दिल्ली के किसी बाग़ में मौजूद नहीं है। शहज़ादी ने मालियों को ख़ास हिदायत दे रखी है कि वे घास की उसी तरह हिफ़ाज़त करें, जितनी अपने बदन की करते हैं। हुक्म के मुताबिक़ माली भी अपनी ज़िम्मेदारी बख़ूबी निभा रहे हैं। नयनज्योतिबाई के मना करने पर भी शहज़ादी रोज़ाना नंगे पैर घास पर टहलती हैं। उनका कहना है कि ओस पड़ी घास पैरों के तलवों को ठंडक देती है।

शहज़ादी बाग़ के अन्दर के फूल तोड़ना क़त्तई पसन्द नहीं करती थीं। फिर भी आज न जाने क्यों नयनज्योतिबाई ने एक बेले के फूलों का गुच्छा तोड़ लिया और शहज़ादी के सामने झुककर अदब के साथ मुस्कराती हुई बोली, "हुज़ूर, गुस्ताख़ी माफ़ हो। अगर शहज़ादी साहिबा इजाज़त दें तो यह ख़ूबसूरत फूलों का गुच्छा शहज़ादी की कातिल ख़ूबसूरत चोटी में खोंस दूँ।"

"कमबख़्त, सबेरे-सबेरे यह क्या मज़ाक़ सूझा है। अभी तो हमें हम्माम में जाना है।"

"हुज़ूर, गुस्ताख़ी माफ़ हो। पता नहीं क्यों, आज हुज़ूर की चोटी में यह ख़ूबसूरत फूलों का गुच्छा लगाने के लिए मेरा दिल मचल रहा है। इससे हुज़ूर की ख़ूबसूरती में चार-चाँद लग जाएँगे।"

शहज़ादी समझ रही थीं कि नयनज्योतिबाई कभी-कभी उसके पीछे पड़कर रह जाती है। वे उससे बाँदी की तरह नहीं, बल्कि अपनी छोटी बहन सज़िया की तरह मोहब्बत करती हैं। शहज़ादी बनावटी गुस्सा अपने चेहरे पर लाकर बोलीं, "चल लगा दे, लेकिन ख़याल रहे, आइन्दा बाग़ से कभी फूल तोड़ने की जुर्रत न करना।"

"हुज़ूर, कान पकड़ती हूँ। अब ऐसी ग़लती कभी नहीं होगी।" नयनज्योतिबाई

ने अपने दोनों कान पकड़े। ऐसा देखकर शहज़ादी मुस्करा उठी। अब नयनज्योतिबाई ने शहज़ादी की चोटी में फूलों का गुच्छा लगा दिया।

"नयनज्योतिबाई, तू शादी क्यों नहीं कर लेती है? तू ख़ूबसूरत है, जवान है और तुझे हिन्दवी की अदबी क़िताबों का अच्छा ख़ासा इल्म है। अगर तू चाहे तो क़िले के अन्दर ही किसी हिन्दू अमीर से तेरी शादी कराई जा सकती है।"

"हुज़ूर, शादी की बात हमारे दिमाग़ में अभी तक नहीं आई है। जब तक शहज़ादी हुज़ूर की शादी नहीं हो जाती है, मैं अपनी शादी के बारे में कैसे सोच सकती हूँ?"

"आख़िर क्यों?"

"मैं तो हुज़ूर की ख़िदमत में ही अपनी तमाम उम्र गुज़ारना चाहती हूँ।"

"लेकिन मैं तो शादी करनेवाली नहीं हूँ।" शहज़ादी की बात में गम्भीरता थी।

"क्यों शहज़ादी हुज़ूर?"

"मुझे आज तक कोई मर्द पसन्द नहीं आया।"

"हुज़ूर, गुस्ताख़ी माफ़ हो। जनाब मलिक अल्तूनिया में क्या कमी है? वे बहादुर ही नहीं, जाँबाज़ भी हैं। वे ऊँचे खानदान से ताल्लुक़ रखते हैं। तुर्कान-ए-चिहिलगानी बन्दागान-ए-शम्सी के तमाम अमीरों और मलिकों में उनका ओहदा ऊँचा है। उन्हें सुल्तान-ए-आलम भी पसन्द करते हैं। दूसरे वे हुज़ूर से मोहब्बत करते हैं। कई बार अपनी मोहब्बत का इज़हार भी कर चुके हैं। मौक़ा मिलने पर शहज़ादी हुज़ूर के बारे में कभी-कभी मुझसे भी पूछते रहते हैं।"

"क्या तू उन्हें चाहती है? अगर ऐसा है तो तुझे उनके हरम में भिजवा सकती हूँ।" शहज़ादी मुस्कराकर बोलीं।

"तौबा...तौबा! हुज़ूर, बाँदी के ज़ेहन में ऐसी बात कभी नहीं आ सकती। कहाँ राजा भोज और कहाँ गंगू तेली। हुज़ूर, मैं सच कहती हूँ। वे आपसे बेपनाह मोहब्बत करते हैं। शायद वे आपसे रिश्ते के लिए सुल्तान-ए-आलम से गुज़ारिश भी कर चुके हैं।"

"तेरी बात में सच्चाई हो सकती है, लेकिन वह मुझसे शादी ही नहीं करना चाहता, हिन्दुस्तान के ताजो-तख़्त का हसीन ख़्वाब भी देख रहा है।"

"वह कैसे?" बाँदी ने अचरज के साथ पूछा।

"अब्बाहुज़ूर मरहूम सुल्तान क़ुतुबुद्दीन ऐबक़ के दामाद हैं। इस रिश्ते से मरहूम सुल्तान हमारे नाना हुए। हमारे जन्नतनशीं नानाहुज़ूर शहज़ादे आरामशाह यानी हमारे मामूँजान के होते हुए भी अब्बाहुज़ूर को हिन्दुस्तान का ताजो-तख़्त सौंपना चाहते थे। वे अब्बाहुज़ूर की क़ाबिलियत को अच्छी तरह समझते थे। हालाँकि तुर्कान-ए-चिहिलगानी बन्दागान-ए-शम्सी के कुछ अमीरों और मलिकों ने एक साज़िश के

तहत हमारे मामूँजान को हिन्दुस्तान के तख़्त पर लाहौर में बिठा दिया, लेकिन बाद में दिल्ली के नज़दीक जंग के दौरान वे मारे गये और इस तरह अब्बाहुज़ूर को हिन्दुस्तान का ताजो-तख़्त मिल गया। जनाब मलिक अल्तूनिया भी यही हसीन ख़्वाब देख रहे हैं जो हमें नापसन्द है।''

शहज़ादी और बाँदी की बातचीत अभी चल ही रही थी कि न जाने कहाँ से एक सर-सराता हुआ तीर शहज़ादी के दाहिने बाजू के बगल से सँटकर तेज़ी के साथ निकल गया। शहज़ादी के दाहिनी बाँह का कुर्ता तीर छूने से फट गया, लेकिन शहज़ादी बाल-बाल बच गयी। उसे खरोंच तक नहीं आई। संयोग यह हुआ, शहज़ादी जहाँ खड़ी थी, वहीं बाईं ओर बेले की लता के कई गुच्छे उसे बेहद प्यारे लग रहे थे। उसने बाईं ओर झुककर एक गुच्छे को अपने हाथ में ले लिया और उसकी ख़ुशबू लेने लगी। यह घटना इतनी जल्दी में घटी कि समझ में नहीं आया कि आख़िर तीर कहाँ से आया, लेकिन इतना आसानी से समझ में आ गया कि तीर ठीक सामने दक्षिण दिशा से आया था।

घटना को देखते ही नयनज्योतिबाई का सारा शरीर काँप उठा। उसने हद से कहीं ज़्यादा बाहर जाकर शहज़ादी की दाहिनी बाँह को अपने दोनों हाथों में ले लिया और जब वह पूरी तरह आश्वस्त हो गयी कि शहज़ादी को क़त्तई चोट नहीं लगी है तो उसने शहज़ादी की दाहिनी बाँह चूम ली। बाँह चूमते वक़्त उसकी आँखों में आँसू भर आए, लेकिन शहज़ादी ख़ामोशी के साथ बोलीं, ''देख, किस कमबख़्त ने यह बेहूदा हरकत की है?''

नयनज्योतिबाई अपनी कमर में खोंसी तलवार म्यान से खींचकर दक्षिण दिशा की ओर भागी। उसने देखा, बाग़ के अन्दर उन दोनों के अलावा और कोई मौजूद नहीं है। अब उसने चहारदीवारी के बाहर झाँककर देखा, एक तातारी जवान औरत जिसके चेहरे से नक़ाब हटी थी और जिसका बदन काले बुर्केसे ढका था, ज़मीन पर पड़ी थी। वह जहर खा चुकी थी। तीरों भरा तरकश अब भी उसके बाएँ कन्धे पर मौजूद था। कमान उसके दाहिनी ओर ज़मीन पर पड़ी थी। अब नयनज्योतिबाई को पक्का इत्मीनान हो गया कि क़ातिल मर चुकी है। वह दीवार फाँदकर बाग़ के अन्दर वापस आ गयी और तीर को लेकर समूचा वाक़िया शहज़ादी को बताया। शहज़ादी ने इस मामले में फ़िलहाल कोई प्रतिक्रिया व्यक्त नहीं की।

शहज़ादी की ख़ामोशी देखकर नयनज्योतिबाई हैरत में थी। वह बोली, ''शहज़ादी, हुक़्म दीजिए। दारोग़-ए-हरमसरा को इत्तला की जाए।''

''कोई ज़रूरत नहीं है।'' शहज़ादी ऐसे बात कर रही थी, जैसे कुछ हुआ ही न हो।

''आख़िर क्यों, शहज़ादी साहिबा?'' नयनज्योतिबाई की समझ में नहीं आ रहा

था कि इतने संगीन मामले को क्यों शहज़ादी इतने हल्के में ले रही हैं।

"हरमसरा और क़िले के लोगों को ऐसा महसूस हो, जैसे हमें इस मामले की कोई जानकारी नहीं है।"

"हुज़ूर, गुस्ताख़ी माफ़ हो। इससे क्या फ़ायदा होगा?"

"फ़ायदा और नुक़सान से हमें कोई मतलब नहीं है। फ़िलहाल इतना समझ ले, हम इस मामले से बेख़बर हैं। हम लोग अब क़ुश्क-ए-फ़ीरोज़ी की ओर चलते हैं, वहीं बातचीत होगी। ख़याल रहे, किसी बाँदी या फिर किसी पहरेदार ख़्वाजासरा को भी इस मामले की जानकारी नहीं होनी चाहिए कि हम पर कोई क़ातिलाना हमला हुआ है। अब हम रोज़ाना की तरह वापस चलते हैं।"

"और हुज़ूर यह तीर?"

"लाश के इर्द-गिर्द कोई दिखलाई तो नहीं पड़ा था?" शहज़ादी ने बाँदी की आँखों में झाँकते हुए पूछा।

"नहीं हुज़ूर।"

"तब तीर ले जाकर उस औरत के तरकश में रख आ!" शहज़ादी ने तीर पर एक नज़र डाली। उसे समझने में देर नहीं लगी कि तीर ज़हर बुझा है। वह सोचने लगी, ख़ुदा का लाख-लाख शुक्र है जिसने आज हमें बचा लिया।

शहज़ादी का हुक़्म पाते ही बाँदी तीर लेकर दक्षिण की ओर उसी जगह पहुँच गयी, जहाँ चहारदीवारी के बाहर लाश पड़ी थी। बाँदी ने तीर उस औरत के तरकश में रख दिया और चहारदीवारी फाँदकर बाग़ के अन्दर आ गयी। अब शहज़ादी उसे साथ लेकर क़ुश्क-ए-फ़ीरोज़ी की ओर चल दीं।

गलियारे के हिजड़े पहरेदार रोज़ की तरह शहज़ादी को देखकर कोर्निश बजा रहे थे। शहज़ादी हर कोर्निश का जवाब जान-बूझकर मुस्करा-मुस्कराकर दे रही थी।

जहाँशाह तुर्कान बेगम की आँखों में रात से ही नींद नहीं थी। वे पूरी रात में बमुश्किल एक घड़ी ही सो पायी थीं। वे काफ़ी देर से क़ुश्क-ए-सफ़ेद की खिड़की के नज़दीक किसी का बेसब्री के साथ इन्तज़ार कर रही थीं, लेकिन वे जिसका इन्तज़ार कर रही थीं, वह अब तक नहीं आया था। उन्होंने सोच रखा था कि अगर काम हो गया होगा तो कौल के मुताबिक़ उसे खिड़की के रास्ते अन्दर कर लेंगी और इनाम-इकराम देकर सुरंग के रास्ते क़िले से बाहर निकाल देंगी।

देर तक इन्तज़ार करने पर भी खिड़की के नज़दीक कोई नहीं आया। अब बेगम चहलक़दमी करने लगीं। वे भारी उलझन में थीं। कभी उनका ध्यान सुल्तान इल्तुतमिश की ओर चला जाता तो वे सोचने लगतीं, सुल्तान उनसे बेपनाह मोहब्बत करते हैं। उन्होंने हमें जहाँशाह तुर्कान बेगम के आला ख़िताब से नवाज़ा है। सुल्तान

ने हमारी सिफ़ारिश पर शहज़ादे रुकुनुद्दीन को बदायूँ सूबे का इक़्तादार बनाया है। फिर वे सोचने लगतीं, माना कि सुल्तान क़ुतुब बेगम के मरने के बाद उनसे बेपनाह मुहब्बत करते हैं, फिर भी शहज़ादी रज़िया के मुक़ाबले उन्हें कम तरजीह देते हैं। अब उनका ध्यान शहज़ादी रज़िया की ओर चला गया। वे सोचने लगीं, शहज़ादी की ताक़त दिन-ब-दिन बढ़ती चली जा रही है। वह ख़ुद को किसी शहज़ादे से कम नहीं समझती है। अगर ख़ुदा-न-खास्ता शहज़ादी रज़िया और मलिक अल्तूनिया की शादी हो गयी तो शहज़ादी की ताक़त दोगुनी हो जाएगी। वे यह भी सोचने लगीं, कमबख़्त हब्शी ग़ुलाम को सुल्तान ने न जाने क्यों इतनी छूट दे रखी है।

अब बेगम का ध्यान अवध के सूबेदार शहज़ादे नासिरुद्दीन महमूद शाह की ओर चला गया। वे सोचने लगीं, जहाँ शहज़ादा नासिरुद्दीन महमूद शाह उम्र में उनके बेटे शहज़ादे रुकुनुद्दीन से बड़ा है, वहीं उसकी ताक़त भी उनके बेटे से कहीं अधिक है। शहज़ादे रुकुनुद्दीन के मुक़ाबले सुल्तान शहज़ादे नासिरुद्दीन महमूद शाह को हर मामले में कहीं ज़्यादा तरजीह देते हैं। वे अपने लाड़ले की ऐयाशियों के बारे में सोचकर परेशान हो उठीं। हालाँकि बदायूँ के सफ़र में वे उसे काफ़ी-कुछ समझा आई थीं, लेकिन उसकी आदत में कोई सुधार नहीं हुआ। उसकी शिकायतें अब भी उनके कानों में पहुँच रही थीं। वे सोचने लगीं, बदायूँ की इक़्ता के मुक़ाबले अवध की सूबेदारी काफ़ी मायने रखती है। उनके लाड़ले को अभी तक जंग का कोई ख़ास तजुर्बा हासिल नहीं हो सका है, जब कि शहज़ादे नासिरुद्दीन महमूद शाह अकेले ही कई जंग जीत चुके हैं। वे सुल्तान की आँखों के तारे हैं। उनके बेटे को सुल्तान केवल एक तराई की जंग में ताज़ुद्दीन यल्दौज़ के मुक़ाबले अपने साथ उनकी ख़ास सिफ़ारिश पर ही ले गये थे। उन्हें अपने बेटे का मुस्तक़बिल अँधेरे में डूबता नज़र आ रहा है।

वे अभी इसी उधेड़-बुन में थीं कि महल के गलियारे में हल्का शोर सुनाई दिया। महल की बाँदियाँ, लौंडियाँ और हिजड़े आपस में कुछ बातचीत कर रहे थे। बेगम ने पलंग पर लेटे-लेटे ही ताली बजाई। थोड़ी ही देर में एक जवान पहरेदार बाँदी अदब के साथ झुककर कोर्निश बजाने लगी। वह बेगम के हुक़्म का इन्तज़ार कर रही थी।

"यह क्या तमाशा लगा रखा है? हमारी मीठी नींद में खलल डाल दिया।" पलंग पर लेटे-लेटे उनींदी आँखों से बेगम बोलीं। बाँदी डर रही थी और सोच रही थी कि बेगम साहिबा की आँख हम लोगों की बातचीत से खुल गयी है। वह सोच रही थी, पता नहीं आज किसकी सामत आएगी?

वह अदब के साथ झुककर बोली, "बेगम साहिबा का इक़बाल बुलन्द हो। शहज़ादी रज़िया के बाग़ के बाहर एक तातारी औरत की लाश पड़ी है।"

"लाश! कहाँ! क्या तू देखकर आई है?" इतना सुनते ही बेगम को साँप सूँघ गया।

"नहीं हुज़ूर।"

"तब किसने देखा, उसे फौरन हाज़िर कर!" बेगम ज़ोरदार आवाज़ में बोलीं।

"हुज़ूर, क़ुश्क-ए-सफ़ेद के बाहर शहज़ादी रज़िया की बाँदियाँ आपस में इस तरह की बातचीत कर रही थीं।"

"ठहर! मामला संगीन लगता है, मैं ख़ुद चलकर देखती हूँ।" बेगम पलंग से उठ बैठीं। पहरेदार बाँदी ने उन्हें जूतियाँ पहना दीं। अब वे महल से बाहर निकल आईं और उस जगह की ओर चल दीं, जिधर बाँदी पहरेदार ने लाश के बारे में जानकारी दी थी। बाँदी पहरेदार गर्दन झुकाए उनके पीछे-पीछे चल रही थी। गलियारे में पहुँचते ही पहरे पर मौजूद बाँदियाँ और ख़्वाजासरा कोर्निश बजाकर उनके पीछे हो लिए। अब बेगम लाश के नज़दीक पहुँच चुकी थीं।

बेगम को देखकर दारोग़-ए-हरमसरा अदब के साथ झुककर उन्हें कोर्निश बजाने लगी। शर्म और डर के मारे उसकी गर्दन झुकी हुई थी। उसने सपने में भी नहीं सोचा था कि ऐसे नाजुक मौक़े पर जहाँशाह तुर्कान बेगम ख़ुद आ सकती हैं। बेगम ने दारोग़-ए-हरमसरा की ओर मुख़ातिब होकर पूछा, "आप और आपके तमाम पहरेदारों के होते हुए यह औरत कैसे मरी?"

"बेगम साहिबा, इसने जहर खा लिया है।"

"वजह! यह औरत किसकी ख़िदमत में थी?" बेगम ने एक साथ दो सवाल दाग़ दिए।

दारोग़-ए-हरमसरा के पास जहाँशाह तुर्कान बेगम के सवाल का कोई जवाब नहीं था। वह डर के मारे काँप रही थी। हालाँकि हरमसरा में उसकी तूती बोलती थी। मज़ाल था, कोई बाँदी उसकी तरफ़ नज़र उठाकर देख ले, लेकिन आज स्थित ठीक विपरीत थी। दूसरी पहरेदार औरतों की भी डर के मारे घिघ्घी बँधी थी। इस नाजुक हालात में दारोग़-ए-हरमसरा किसी तरह हिम्मत जुटाकर बोली, "हुज़ूर, माफ़ी की दरख़्वास्त पेश करती हूँ। इस औरत को क़िले में पहले कभी देखा नहीं गया था।"

"हम जानना चाहती हैं, आख़िर यह औरत क़िले के अन्दर कैसे आई? इसका इरादा क्या था? यह किसी बाँदी या लौंडी की रिश्तेदार तो नहीं है? इसने जहर क्यों खाया? इन तमाम सवालों की फौरन जाँच की जाए! इस सिलसिले में जिसने लापरवाही बरती हो, या फिर जो कोई इस साज़िश में शामिल हो, उसे सख़्त-से-सख़्त सज़ा दी जाए! मालूम होना चाहिए, हमारी शहज़ादी रज़िया सुबह अपने बाग़ में रोज़ाना टहलने आती हैं। इस कमबख़्त औरत का कोई ग़लत इरादा उनके बारे में तो नहीं था। इसका भी पता लगाया जाए!"

जहाँशाह तुर्कान बेगम के इर्द-गिर्द तमाम बाँदियाँ, लौडियाँ और ख़िदमतगार औरतें सिर झुकाए खड़ी थीं। वहीं शहज़ादी की ख़ास बाँदी नयनज्योतिबाई भी खड़ी थी। बेगम ने उसकी ओर मुखातिब होकर पूछा, ''हमारी प्यारी शहज़ादी रज़िया इस वक़्त कहाँ हैं?''

बाँदी अदब के साथ झुककर बोली, ''बेगम साहिबा का इक़बाल बुलन्द हो। शहज़ादी रज़िया इस वक़्त अपने हम्माम में नहा रही हैं।''

''क्या वे रोज़ाना की तरह सुबह अपने बाग़ में टहलने आई थीं?''

''जी हाँ, बेगम साहिबा। वे कुछ देर पहले ही हमारे साथ बाग़ में टहलकर क़ुश्क-ए-फ़ीरोज़ी वापस पहुँचीं और नहाने के वास्ते हम्माम में चली गयीं।''

''क्या हमारी प्यारी शहज़ादी को इस औरत के बारे में कोई जानकारी दी गयी?''

''बेगम साहिबा, गुस्ताख़ी की माफ़ी चाहती हूँ। शहज़ादी साहिबा के हम्माम में चले जाने के बाद ही हमें इस औरत के बारे में जानकारी हुई है।'' नयनज्योतिबाई का बर्ताव इस वक़्त ऐसा था कि बेगम साहिबा को उससे किसी तरह की कोई शंका न होने पावे।

बेगम मन-ही-मन सोचने लगीं, कमबख़्त शहज़ादी आज न जाने कैसे बच गयी। उन्हें अचूक निशानेबाज़ तातारी औरत की नाकामयाबी पर ताज़्जुब हो रहा था। दारोग़-ए-हरमसरा ने हिम्मत जुटाकर पूछा, ''बेगम साहिबा, लाश का क्या किया जाए?''

''दोपहर तक इसके बारे में तमाम जाँच पूरी कर ली जाए और इसके बाद इसे दफ़्न कर दिया जाए। इस साज़िश में जिस किसी का हाथ पाया जाए, इसकी इत्तिला हमें फ़ौरन की जाए!'' इतना कहकर जहाँशाह तुर्कान बेगम क़ुश्क-ए-सफ़ेद की ओर चल दीं।

वहाँ मौजूद बाँदियों, लौंडियों और दूसरी ख़िदमतगुज़ार औरतों में अकेली बाँदी नयनज्योतिबाई खड़ी-खड़ी सोच रही थी, जहाँशाह तुर्कान बेगम कितनी मक़्क़ार औरत है? काश! इसे सुल्तान-ए-आलम समझ पाते।

बाईस

रणथम्भौर क़िले की फ़तेह के बाद सुल्तान ने हाँसी का क़िला फ़तेह किया। इधर-उधर के छोटे-मोटे क़िलेदारों ने सुल्तान के सामने ख़ुद ही अपने हथियार डाल दिए

थे। अब सुल्तान दिल्ली की ओर रवाना हुए। एक महीने के लम्बे सफ़र के बाद सुल्तान का क़ाफ़िला दिल्ली के नज़दीक पहुँचा। शाही क़ाफ़िले से पहले गुर्ज़बरदार हटो-बचो, सुल्तान-ए-आलम की सवारी आ रही है, इस तरह की बुलन्द आवाज़ों से लोगों को सावधान कर रहे थे। सुल्तान इल्तुतमिश अपने प्यारे हाथी दिलपसन्द में सोने के हौदे पर बैठे थे। उनके आगे पाँच सौ घुड़सवार नंगी तलवारें लिये चल रहे थे।

सुल्तान के पीछे तक़रीबन तीन सौ हाथी चल रहे थे। हाथियों पर ख़ूबसूरत झूलें पड़ी थीं। उनके गले में लटकी घंटियाँ बज रही थीं। हाथियों के पीछे तीन हज़ार घुड़सवारों की लम्बी फ़ौज़ थी। घुड़सवारों की फ़ौज़ के पीछे ऊँटों, खच्चरों की लम्बी-लम्बी क़तारें थीं। इन क़तारों के पीछे बैलगाड़ियों में अकूत सोना-चाँदी और दूसरा क़ीमती सामान लदा था। बैलों के गले में गाड़ीवानों ने तरह-तरह की घंटियाँ बाँध रखी थीं, जिनकी आवाज़ दूर तक जा रही थी। गाड़ीवानों ने अपने-अपने बैलों को मनपसन्द रंगीन पोशाकें पहनाई थीं। बैलगाड़ियों के पीछे तीन हज़ार घुड़सवार सोना-चाँदी और दूसरे क़ीमती सामान की हिफ़ाज़त के वास्ते चल रहे थे।

सुल्तान की अगवानी के वास्ते वज़ीर-ए-आज़म निज़ामुलमुल्क जुनैदी और क़ाज़ी-ए-सल्तनत नज़मुद्दीन सुगर ख़ुद आए थे। इनके साथ तुर्कान-ए-चिहिलगानी बन्दागान-ए-शम्सी के कई अमीर और मलिक भी मौजूद थे। अभी वज़ीर-ए-आज़म और क़ाज़ी-ए-सल्तनत सुल्तान की सवारी के नज़दीक पहुँच भी नहीं पाए थे कि शहज़ादी रज़िया अपने ख़ास तुर्की घोड़े पर सवार होकर आ पहुँचीं। उनका घोड़ा ख़ुदादाद वज़ीर-ए-आज़म और क़ाज़ी-ए-सल्तनत को देखकर भी नहीं ठहरा। घोड़ा अब भी सरपट दौड़ रहा था। शहज़ादी के घोड़े के पीछे बाँदी गुल-ए-अब्बासी, नयनज्योतिबाई, चंचलबाई और पचास बाँदियाँ घोड़ों पर सवार थीं जो तीर-कमान और तलवारों से लैस थीं। उन सभी ने हरे रंग की एक-सी पोशाकें पहन रखी थीं। वज़ीर-ए-आज़म और क़ाज़ी-ए-सल्तनत शहज़ादी की इस हरकत से हैरान थे।

क़ाज़ी-ए-सल्तनत और वज़ीर-ए-आज़म अपने-अपने घोड़ों पर एक-दूसरे के काफ़ी नज़दीक थे। वे एक-दूसरे की आवाज़ आसानी से सुन सकते थे। शहज़ादी रज़िया की हरकत देखकर क़ाज़ी-ए-सल्तनत को हैरत हुई। वे वज़ीर-ए-आज़म से बोले, "जनाब वज़ीर-ए-आज़म, हम यह क्या देख रहे हैं?"

बूढ़ा वज़ीर-ए-आज़म काफ़ी संजीदा था। वह बोला, "क़ाज़ी-ए-सल्तनत, हम इस मामले में कुछ नहीं कह सकते।"

"शहज़ादी रज़िया का आम अवाम के बीच घुड़सवारी करना और हमें नज़रअन्दाज़ करते हुए सुल्तान की फ़ौज़ की तरफ़ घोड़ा दौड़ाना क़त्तई ठीक नहीं है।"

"क़ाज़ी-ए-सल्तनत, आप सल्तनत के क़ाज़ी ज़रूर हैं, लेकिन शहज़ादी को गुनाहगार साबित करने की हिम्मत आप में नहीं है। हम भी सल्तनत के वज़ीर-ए-आज़म हैं, लेकिन हम सभी हुक्म के ग़ुलाम हैं। जब सुल्तान-ए-आलम ही शहज़ादी को जान-बूझकर बढ़ावा दे रहे हैं, तब हम लोग क्या कर सकते हैं? हम लोग तो सुल्तान-ए-आलम के नौकर हैं।" वज़ीर-ए-आज़म की ज़ुबान से निकले नौकर लफ़्ज़ को सुनकर क़ाज़ी-ए-सल्तनत को गहरी ठेस पहुँची। वे एकबार सोचने लगे, बेकार ही उन्होंने क़ाज़ी-ए-सल्तनत का ओहदा लेना मंजूर किया।

लगभग आधा मंज़िल घोड़ा दौड़ाने के बाद सुल्तान की फ़ौज़ शहज़ादी रज़िया को नज़र आई। फ़ौज़ के सिपाहियों ने जैसे ही शहज़ादी रज़िया को देखा, वे अपने घोड़ों पर बैठे-बैठे ही उसकी शान में झुक गये। क्या अहदी, क्या घुड़सवार और क्या ऊँचे ओहदेदार सभी के सिर शहज़ादी की शान में झुके हुए थे। जैसे ही शहज़ादी का घोड़ा ख़ुदादाद सुल्तान के हाथी के नज़दीक पहुँचा, घोड़ा अपने दोनों पैरों पर खड़ा हो गया और उसने ज़ोर से हिन-हिनाकर सुल्तान इल्तुतमिश की अगवानी की। सुल्तान अपनी प्यारी बेटी को देखकर ख़ुश थे। वे अपने हाथी के हौदे से मारे ख़ुशी के कूद पड़े। सुल्तान को हाथी के हौदे से कूदते देखकर हाथी के नज़दीक ही चल रहा मज़बूत कद-काठी का याक़ूत झट अपने घोड़े से उतर आया और उसने पलक झपकते ही सुल्तान को अपनी दोनों बाहों में भर लिया और बोला, "आक़ा, गुस्ताख़ी की माफ़ी चाहता हूँ।"

सुल्तान मुस्कराकर बोले, "माबदौलत को वफ़ादार याक़ूत से ऐसी ही उम्मीद थी। हम ख़ुश हुए।"

जैसे ही सुल्तान याक़ूत से अलग हुए, वैसे ही जमालुद्दीन याक़ूत शहज़ादी को देखकर अदब के साथ झुक गये। शहज़ादी याक़ूत को देखकर मुस्करा उठीं, लेकिन याक़ूत की नज़रें अदब के मारे झुकी हुई थीं। अब तक शहज़ादी और उसकी बाँदियाँ भी अपने-अपने घोड़ों से नीचे उतर आई थीं।

सुल्तान ने अपनी बेटी को सीने से लगा लिया। वे बोले, "कैसी हो बेटी?"

"अब्बाहुज़ूर की दुआ से अच्छी हूँ। आपके दीदार काफ़ी दिनों बाद हुए हैं।"

"बेटी, आपने यहाँ तक आने की जहमत क्यों उठाई?"

"हमें अब्बाहुज़ूर की मोहब्बत खींच लाई।"

अब शहज़ादी ने कमर में बाँधी सोने की अशर्फ़ियों की थैली अपने अब्बाहुज़ूर की शान में पेश की और अपने अब्बाहुज़ूर का अँगरखा चूम लिया। सुल्तान के चेहरे पर एकबार फिर ख़ुशी की लहर दौड़ गयी।

मलिक अल्तूनिया की नज़र शहज़ादी के चेहरे पर लगी हुई थी। हालाँकि शहज़ादी ने झिरझिरी नक़ाब से अपना चेहरा ढँक रखा था। सुल्तान के हाथी के हौदे

से नीचे उतरने पर मलिक अल्तूनिया और मलिक इज़्ज़ुद्दीन कबीर ख़ाँ भी अपने-अपने घोड़ों से नीचे उतर आए। मलिक अल्तूनिया कभी शहज़ादी को देख रहे थे तो कभी उनकी नज़र ख़ुद के गले में लटके बगलामुखी यन्त्र पर थी। वे कुछ देर के वास्ते शहज़ादी के हसीन ख़्वाबों में डूब गये। वे सोचने लगे, दिल्ली पहुँचते ही सुल्तान उनका निकाह शहज़ादी से ज़रूर करा देंगे। और फिर शहज़ादी उसकी हमबिस्तर...।

अब सुल्तान बोले, ''सीढ़ी!''

मलिक अल्तूनिया और मलिक इज़्ज़ुद्दीन के आगे जो हाथी चल रहा था, उस पर ठोस चाँदी की सीढ़ी मौजूद थी। हाथी का महावत सीढ़ी लेकर फौरन आ पहुँचा। महावत का इशारा पाकर हाथी दिलपसन्द ज़मीन पर बैठ गया। कुछ ही देर में हौदे पर सीढ़ी लगा दी गयी। अब सुल्तान ने शहज़ादी को हाथी पर चढ़ने का हुक़्म फ़र्माया। शहज़ादी हाथी के हौदे में जाकर बैठ गयीं। सुल्तान भी सीढ़ी से चढ़कर हाथी के हौदे में जाकर बैठ गये। महावत का इशारा मिलते ही हाथी दिलपसन्द उठकर आगे बढ़ने लगा। शहज़ादी की बाँदियाँ जहाँ अपने घोड़ों पर सवार हो गयीं, वहाँ मलिक अल्तूनिया और मलिक इज़्ज़ुद्दीन कबीर ख़ाँ भी घोड़ों पर बैठ चुके थे। हाथी दिलपसन्द के क़दम बढ़ाते ही जमालुद्दीन याक़ूत भी घोड़े पर सवार हो गये।

वज़ीर-ए-आज़म और क़ाज़ी-ए-सल्तनत के साथ-साथ तुर्कान-ए-चिहिलगानी बन्दागान-ए-शम्सी के कई अमीर और मलिक सुल्तान का बेसब्री से इन्तज़ार कर रहे थे। जैसे ही सुल्तान की सवारी नज़दीक आई, सुल्तान के हाथी दिलपसन्द के हौदे में उनके साथ शहज़ादी को देखकर दोनों साहिबान ही नहीं, तमाम अमीर भौंचक्के रह गये। उन्होंने सपने में भी नहीं सोचा था कि कभी इस तरह का मौक़ा भी आ सकता है।, लेकिन वक़्त की नज़ाकत देखकर अमीर और मलिक क्या, वज़ीर-ए-आज़म तक सुल्तान और शहज़ादी को कोर्निश बजाने लगे। अब वज़ीर-ए-आज़म, क़ाज़ी-ए-सल्तनत, अमीरों और मलिकों ने सुल्तान की अशर्फ़ियों से अगवानी की। सुल्तान को अशर्फ़ियाँ देखकर उतनी ख़ुशी नहीं हुई, जितनी ख़ुशी उन्हें अपनी बेटी को देखकर हो रही थी।

सुल्तान की शान में तमाम दिल्ली को कल से ही सजाया जा रहा था। सड़कों के किनारे-किनारे सुल्तान के इस्तक़बाल में लोग लम्बी-लम्बी क़तारों में काफ़ी देर से खड़े थे। क़िल-ए-रायपिथौरा ही नहीं, तमाम दिल्ली में जश्न-ए-चिराग़ाँ का हुक़्म जहाँशाह तुर्कान बेगम ने दिया था। लोगों ने शहर की हवेलियाँ, बाग़, मंदिर और मस्जिद अपनी-अपनी औकात के मुताबिक़ सजाए थे। सुल्तान मुइज़्ज़ी दरवाज़े से कुश्क-ए-दिलकुशा पहुँचे। मुअज़्ज़ी दरवाज़े से लेकर कुश्क-ए-दिलकुशा तक

दोनों क़तारों में खड़ी कनीज़ें सुल्तान के ऊपर मोती बिखेर रही थीं। सुल्तान की शान में नौबतख़ाने में नौबत बज रही थी। क़ुश्क-ए-दिलक़ुशा में उनकी नज़र-नियाज़ जहाँशाह तुर्कान बेगम ने उतारी। सुल्तान की ख़ास बाँदियाँ फ़ातिमाबानो, क़ादिरबीवीबानो, रौशनबानो और गुलसुल्तानबानो सुल्तान की ख़िदमत में लग गयीं।, लेकिन सुल्तान रात क़ुश्क-ए-दिलक़ुशा में नहीं बिताए। उन्होंने मुहिम के बाद पहली ख़ूबसूरत रात क़ुश्क-ए-सफ़ेद में जहाँशाह तुर्कान बेगम के साथ बिताई।

दीवान-ए-आम की सजावट आज देखने लायक़ थी। एक-से-एक बेहतरीन मुलायम ईरानी कालीन समूचे दीवान-ए-आम में बिछाये गये थे। समूचा-दीवान-ए-आम बेले की ख़ुशबू से तराबोर था। जगह-जगह अँगीठियों में अम्बर सुलग रहा था। वज़ीर-ए-आज़म ने दीवान-ए-आम में नए झाड़-फानूस लगवाए थे। यहाँ के एक-एक खम्बे को क़िमख़्वाब के क़ीमती थानों से सजवाया था। दीवान-ए-आम के सामने क़ुतुबशाही ख़ेमा लगा था। दीवान-ए-आम ही नहीं, समूचा ख़ेमा तक खचाखच भरा था। अब नक़ीब ने ज़ोरदार आवाज़ लगाई, "बाअदब होशियार, हर क़दम फ़तेह नुसरत, नज़र माल-औ-दौलत, ज़ुबान मुबारिक, बख़्शिशो इज़्ज़त सुल्तान-ए-आलम, सुल्तान-उल-मुइज़्ज़म शम्सुद्दुनियाँ वद्दीन अबुल मुज़फ़्फ़र इल्तुतमिश तशरीफ़ ला रहे हैं।"

दीवान-ए-आम का दरबार आज तक़रीबन एक साल के बाद लगा था। आज के दरबार में वज़ीर-ए-आज़म और क़ाज़ी-ए-सल्तनत के अलावा आरिज़-ए-मुमालिक, दीवान-ए-इंशा, वरीद-ए-मुमालिक, सद्र-ए-जहाँ, सद्र-ए-सुदूर, वकील-ए-दर, अमीर-ए-हाज़िब और सर-ए-जाँदार मौजूद थे। इनके अलावा तुर्कान-ए-चिहिलगानी बन्दागान-ए-शम्सी के अधिकतर अमीर और मलिक भी मौजूद थे। बाँदियाँ, लौंडियाँ और ख़िदमतगार अपने-अपने मालिकों के साथ आज की ख़ास कार्यवाही देखने के लिए यहाँ मौजूद थे। तीनों शहज़ादे सुल्तान के आने से पहले ही अपनी जगह ले चुके थे। शहज़ादियाँ पर्दे के पीछे जड़ाऊ क़ुर्सियों में बैठ चुकी थीं। शहज़ादियों के बैठते ही जहाँशाह तुर्कान बेगम भी वहाँ आ पहुँचीं। दोनों शहज़ादियाँ और उनकी बाँदियाँ उनके सामने अदब के साथ झुक गयीं।

सभी हाज़िरीन की निगाहें शाही तख़्त की ओर लगी थीं। तक़रीबन एक साल से शाही तख्त खाली पड़ा था। सुल्तान दिल्ली से लखनौती और वहाँ से रणथम्भौर और हाँसी होते हुए कल ही क़िल-ए-रायपिथौरा में तशरीफ़ लाए थे। नक़ीब ने फिर ज़ोरदार आवाज़ लगाई, "हर क़दम मुलाहजा, फ़ज़्ले इलाही, सुल्तान इल्तुतमिश ज़िन्दाबाद...ज़िन्दाबाद...ज़िन्दाबाद।"

सुल्तान शाही तख़्त पर बैठ चुके थे। उनके पीछे दो ख़ूबसूरत जवान बाँदियाँ

पंखा झलने लगीं। चाँदी के कठघरे के बाहर चार गुर्जबरदार मुस्तैदी के साथ खड़े थे। उनकी पैनी नज़र तमाम हाज़िरीन पर टिकी थी। अब समूचा दीवान-ए-आम ज़िन्दाबाद...ज़िन्दाबाद के बुलन्द नारों से गूँज रहा था। सुल्तान ने तख़्त पर बैठते ही हाज़िरीन पर उड़ती हुई नज़र डाली और वज़ीर-ए-आज़म से पूछा, ''निज़ामुलमुल्क, दिल्ली की अवाम का क्या हाल है?''

बूढ़ा वज़ीर-ए-आज़म अदब के साथ झुककर बोला, ''सुल्तान-ए-आलम का इक़बाल बुलन्द हो। दिल्ली की अवाम ख़ुश है। किसी भी चीज़ की कहीं कोई कमी नहीं है। जहाँ पहले आम अवाम के घर लकड़ी और छप्पर के हुआ करते थे, वहीं अब पक्की ईंट के बनने लगे हैं। चारों ओर चैन-अमन है। दिल्ली की शानो-शौक़त की ख़बर सुनकर खुरासान, चीन, यूनान, रूम से ही नहीं, तमाम मुल्कों से कशीदाकार, कलाकार, दरवेश और अलग-अलग तरह के दस्तकार दिल्ली की ओर उसी तरह खिंचे चले आ रहे हैं, जैसे परवाने शमा के इर्द-गिर्द आकर मँड़राने लगते हैं। सुल्तान-ए-आलम, तमाम इस्लामी मुल्कों से दीनदार और आलिम-फ़ाज़िल क़ाफ़िलों में दिल्ली की ओर आ रहे हैं। काग़ज बनानेवाले, चूना से गारा बनानेवाले और मेहराबदार छतें बनानेवाले दस्तकार दिल्ली आ चुके हैं जो सुल्तान-ए-आलम के हुक़्म के मुन्तज़िर हैं।''

''दिल्ली में ग़ुलामों का क्या हाल है?''

''सुल्तान-ए-आलम, दिल्ली के ग़ुलाम बाज़ार ग़ुलामों से भर गये हैं। एक नया ग़ुलाम लड़का जो पढ़ा लिखा नहीं है और किसी दस्तकारी की जानकारी नहीं रखता है। उसे एक घटिया घोड़े की क़ीमत से भी कम दामों में ख़रीदा जा सकता है। घरेलू काम के वास्ते एक कनीज़ की क़ीमत इससे भी कम है। हुज़ूर, दिल्ली के बाइज़्ज़त लोग वे चाहे ग़रीब-से-ग़रीब क्यों न हों, अपने पास कम-से-कम एक ग़ुलाम रखते हैं। इस वक़्त दिल्ली में तक़रीबन साठ हज़ार से कम ग़ुलाम नहीं होंगे।''

''तब तो यह ग़ुलाम अपने मालिकों पर बोझा होंगे?'' सुल्तान को एक नयी फ़िक्र हुई।

''सुल्तान-ए-आलम, ऐसा नहीं है। दिल्ली के ग़ुलामों का अलग-अलग दस्तकारी में कोई जवाब नहीं है। कुछ ग़ुलाम तो अपने मालिकों के दिन फिर जाने की वजह से उन्हें उलटा कमाकर खिला रहे हैं। हुज़ूर, मैंने दिल्ली में ऐसे ग़ुलाम ख़ुद अपनी आँखों से देखे हैं।''

''दिल्ली की आबादी का क्या हाल है?'' सुल्तान दिल्ली के बारे में हर तरह की जानकारी ज़्यादा-से-ज़्यादा लेना चाह रहे थे। उन्हें डर था कि कहीं दिल्ली की आबादी घट न गयी हो। अवाम रोज़ी-रोटी के वास्ते कहीं दूसरे शहरों में न चली

गयी हो।

"सुल्तान-ए-आलम, दिल्ली की आबादी इधर लगातार बढ़ रही है। इसके सामने ग़ज़नी, बगदाद, काबुल, लाहौर और मुल्तान फीके पड़ गये हैं। दर्ज़ी, रफूगर, पटवा, रंगरेज़, सुनार, तमोली, महाजन, सर्राफ़, जौहरी और तिज़ारतियों की भारी भीड़ दिल्ली में हो गयी है। ज़ेवरात और जवाहरात के तमाम पारखी और तिज़ारती दूर-दूर से यहाँ आ पहुँचे हैं। तरह-तरह की दस्तकारी की वजह से आम आदमी की आमदनी बढ़ी है। दिल्ली के घर-घर में चर्खे से धागा बुना जा रहा है। धुनकर कपास की धुनाई कर रहे हैं। इस वजह से दिल्ली के आसपास के गाँवों में कपास की खेती ज़ोरों पर हो रही है। हुज़ूर, दस्तकारी की वजह से आम आदमी की माली हालत में काफ़ी सुधार हुआ है।"

"और दिल्ली में तिज़ारत का क्या हाल है?" सुल्तान को तिज़ारतियों की भी गहरी चिन्ता थी।

"हुज़ूर, दिल्ली में दूर-दूर के मुल्कों से तिज़ारती अपना सामान बेचने के वास्ते आ रहे हैं। यहाँ उन्हें अपने माल की क़ीमत अच्छी मिल रही है। वापसी में तिज़ारती यहाँ के बने माल को अपने मुल्कों में ले जा रहे हैं। दिल्ली में उनके ठहरने के लिए सरायों में और शहरों के मुक़ाबले बेहतर इन्तज़ाम है। यहाँ चोर-उचक्कों का कोई डर नहीं है। हुज़ूर, एक और अच्छी ख़बर है।"

"वह क्या?"

"सुल्तान-ए-आलम, दिल्ली के कुछ हिन्दुओं ने बिना ज़ोर-ज़बरदस्ती किए इस्लाम मज़हब क़ुबूल कर लिया है।"

"आख़िर उन्होंने अपना मज़हब क्यों बदला?" सुल्तान को फ़िक्र हुई कि उनके पीछे कहीं हिन्दुओं को ज़बरदस्ती मुसलमान न बनाया गया हो।

"हुज़ूर, शायद वे बुतों की पूजा में यक़ीन नहीं कर रहे थे। मैंने इस मामले में पता लगवाया था। कुछ लोगों का कहना है, इस्लाम मज़हब क़ुबूल कर लेने से उन्हें हर दस्तकारी का काम आसानी से मिल सकता है। जब कि हिन्दू मज़हब में उन्हें उनकी जाति के हिसाब से ही दस्तकारी का काम दिया जाता है।"

"वज़ीर-ए-आज़म, हमारी सल्तनत में बाक़ी हिन्दुओं का क्या हाल है?"

"सुल्तान-ए-आलम, दिल्ली में हिन्दुओं का हाल अच्छा है। उन्हें अपने मंदिरों में पूजा करने की कोई मनाही नहीं है।"

"माबदौलत हिन्दुओं की माली हालत के बारे में जानना चाह रहे हैं?"

"सुल्तान-ए-आलम, हिन्दुओं की माली हालत काफ़ी अच्छी है। कोई-कोई हिन्दू सूदख़ोर इज़्ज़तदार मुसलमानों को कर्ज़ा दे रहे हैं। इसे मैंने अपनी आँखों से देखा है।"

वज़ीर-ए-आज़म की जुबानी अवाम का हाल सुनकर सुल्तान ख़ुश हुए। वे सोचने लगे, उनके पीछे दिल्ली में कोई ख़ास गड़बड़ी नहीं हुई है। अवाम की ख़ुशी सुल्तान की ख़ुशी है। वे मुस्कराकर बोले, ''निज़ामुलमुल्क, माबदौलत अवाम की बेहतरी की ख़बर सुनकर ख़ुश हुए। हम आज इस ख़ास मौक़े पर अपने क़ाज़ी-ए-सल्तनत नज़मुद्दीन सुगर को शैख़-उल-इस्लाम के आला ख़िताब से नवाज़ते हैं।'' सुल्तान की ज़ुबान से निकले अल्फ़ाज़ सुनकर जितनी ख़ुशी क़ाज़ी-ए-सल्तनत नज़मुद्दीन सुगर को हुई, उससे कम जहाँशाह तुर्कान बेगम को भी नहीं हुई। जहाँशाह तुर्कान बेगम ने क़ाज़ी-ए-सल्तनत के ओहदे में तरक़्क़ी करने की सिफारिश कल रात ही सुल्तान से की थी, लेकिन इस ख़बर को सुनकर शहज़ादी रज़िया भौंचक्की थीं। उन्हें उम्मीद नहीं थी कि अब्बाहुज़ूर जंग से लौटने के बाद इतनी जल्दी क़ाज़ी-ए-सल्तनत के ओहदे में तरक़्क़ी कर देंगे, लेकिन अब क्या किया जा सकता था? तीर कमान से निकल गया था।

इतना सुनते ही क़ाज़ी-ए-सल्तनत अदब के साथ झुककर सुल्तान की शान में कोर्निश बजाने लगे। जहाँ दीवान-ए-आम में मौजूद तमाम हाज़िरीन की ज़ुबान से मुबारक हो...मुबारक हो, के अल्फ़ाज़ निकल रहे थे, वहीं वज़ीर-ए-आज़म जुनैदी ने नज़मुद्दीन सुगर के नज़दीक आकर उन्हें मुबारकबाद पेश की। दीवान-ए-आम एकबार फिर मुबारक हो...मुबारक हो, अल्फ़ाज़ से गूँज उठा।

अब सुल्तान ने जड़ाऊ पर्दे के पीछे नज़र डाली और बोले, ''आज हम अपनी प्यारी बेटी शहज़ादी रज़िया को चन्द्रबरदायी की लिखी क़िताब 'पृथ्वीराजरासो' इनाम में बख़्शते हैं। इस क़िताब को शहज़ादी रज़िया के वास्ते उनके बड़े भाई शहज़ादे नासिरुद्दीन महमूद शाह ने भेजा है। शहज़ादी इसे ज़रूर पढ़ें। इस क़िताब के अलावा निज़ामुलमुल्क तूसी ने तक़रीबन एक सौ पचास साल पहले एक क़िताब 'सियासतनामा' लिखी थी, उस क़िताब को भी हम अपनी प्यारी बेटी को इस ख़ास मौक़े पर देते हैं। हमें उम्मीद है, शहज़ादी इस क़िताब को पढ़कर सियासत के बारे में काफ़ी जानकारी हासिल करेंगी।''

पर्दे के पीछे से शहज़ादी रज़िया बोलीं, ''शुक्रिया अब्बाहुज़ूर।''

सुल्तान फिर बोले, ''माबदौलत ने एक साल की लम्बी मुहिम में पाक क़ुरआन की ख़ुद नक़्ल की है। हम अपने हाथ से नक़्ल की गयी क़ुरआन शरीफ़ अपनी छोटी शहज़ादी सज़िया को देते हैं। उम्मीद है, हमारी छोटी शहज़ादी जो काफ़ी मज़हबी है, इसे पाकर ख़ुश होगी।''

शहज़ादी सज़िया का चेहरा खिल उठा। उसकी ज़ुबान से भी निकल पड़ा, ''शुक्रिया अब्बाहुज़ूर।''

अब सुल्तान ने नया ऐलान किया, ''माबदौलत अपने हब्शी ग़ुलाम जमालुद्दीन

याक़ूत की दिलेरी, जाँबाज़ी और वफ़ादारी से बेहद ख़ुश हैं। मामबदौलत आज इस ख़ास मौक़े पर जमालुद्दीन याक़ूत को ग़ुलामी से आज़ाद करने का ऐलान करते हैं। वज़ीर-ए-आज़म, आप इस तरह का अहदनामा लिखकर मामबदौलत के आज ही दस्तख़त करा लें।"

सुल्तान की जुबान से निकले अल्फ़ाज़ सुनकर जमालुद्दीन याक़ूत हैरान थे। वे अदब के साथ सुल्तान की शान में झुक गये। उनकी जुबान से निकला, "आक़ा, गुस्ताख़ी माफ़ हो। इसकी क्या ज़रूरत थी?"

सुल्तान बोले, "जमालुद्दीन याक़ूत, इसकी ज़रूरत थी।"

जहाँ क़ाज़ी-ए-सल्तनत को शैख़-उल-इस्लाम का आला ख़िताब पाने पर दीवान-ए-आम में चारों ओर से मुबारक हो...मुबारक हो, की तेज़ आवाजें आ रही थीं, वहीं सुल्तान के इस ऐलान से दीवान-ए-आम में सन्नाटा छा गया। दीवान-ए-आम में मौजूद क्या लौंडियाँ-बाँदियाँ, क्या ख़्वाजासरा और ख़िदमतगार, क्या मुल्ला-मौलवी, क्या आलिम-फ़ाज़िल, क्या अमीर-मलिक, क्या सैयद-शैख़ और क्या आम ओहदेदार, हर कोई सुल्तान के ऐलान से हैरत में था। दीवान-ए-आम में मौजूद उलेमा-हज़रात को जैसे साँप सूँघ गया हो। वे कुछ कहना चाहते थे, लेकिन मौक़े की नज़ाकत देखकर ख़ून का घूँट पीकर रह गये।, लेकिन पर्दे की आड़ में बैठी शहज़ादी रज़िया के चेहरे पर वह ख़ुशी थी जो शायद पहले कभी नहीं देखी गयी थी। सुल्तान के इस तरह का ऐलान करते ही शहज़ादी सज़िया और बाँदी नयनज्योतिबाई ने शहज़ादी को मुबारकबाद पेश की जो उसने ख़ुशी-ख़ुशी क़ुबूल की।

इस ऐलान को सुनते ही पर्दे के पीछे बैठी जहाँशाह तुर्कान बेगम का ख़ून खौल उठा। वे मारे गुस्से के वहाँ से उठकर चली गयीं। उनकी बाँदी गुलबदन भी उनके पीछे-पीछे चल दी। बाँदी नयनज्योतिबाई बेगम के चले जाने पर हँस पड़ी, लेकिन शहज़ादी रज़िया की जुबान से निकला, "ख़ामोश! वे अब्बाहुज़ूर की ख़ास बेगम हैं। कितनी बार समझाया है, वक़्त की नज़ाकत समझकर चलाकर।" शहज़ादी के डाँटने पर भी नयनज्योतिबाई मन-ही-मन मुस्करा रही थी।

अब सुल्तान ने वज़ीर-ए-आज़म से पूछा, "निज़ामुलमुल्क, सूबों से वक़्त से ख़िराज़ आ रहा है?"

"जी हाँ, सुल्तान-ए-आलम।"

"क्या सभी सूबों से आ रहा है? अगर ऐसा है तो सल्तनत के वास्ते इससे अच्छी बात क्या हो सकती है।"

वज़ीर-ए-आज़म कुछ देर के वास्ते उलझन में फँस गये। जहाँशाह तुर्कान बेगम ने अपने लाड़ले शहज़ादे रुक्नुद्दीन को बदायूँ के साथ-साथ बरन और कोइल की भी इक़्ता दिलाने की सिफ़ारिश उनसे की थी। बदायूँ ही एक ऐसा सूबा था, जहाँ से

ख़िराज़ वक़्त से नहीं आ रहा था। शहज़ादे ने पिछली फ़स्ल में से वसूल किया गया ख़िराज़ अभी नहीं भेजा था। इधर शहज़ादे की ऐयाशियों की शिकायतें और बढ़ गयी थीं। उन्हें सुल्तान के सवाल का अभी जवाब देना था। वे बोले, "सुल्तान-ए-आलम...।"

"माबदौलत पूछ रहे हैं, क्या कोई ऐसा भी सूबा है, जहाँ से ख़िराज़ वक़्त से नहीं आ रहा है?"

"सुल्तान-ए-आलम, बदायूँ से इधर ख़िराज़ नहीं पहुँचा है।"

इतना सुनते ही सुल्तान को गुस्सा आ गया। वे बोले, "कमबख़्त शहज़ादे को फौरन ताकीद करो, एक महीने के अन्दर बक़ाया तमाम ख़िराज़ दिल्ली भिजवा दे और आगे भी वक़्त से भिजवाता रहे। अगर वह ऐसा नहीं करता है, तब माबदौलत उसे सख़्त-से-सख़्त सज़ा देंगे।"

दीवान-ए-आम में मौजूद तमाम हाज़िरीन की जुबान से एक साथ निकल पड़ा, "सुल्तान-ए-आलम रहम...सुल्तान-ए-आलम रहम।"

"आप सभी साहिबान ख़ामोश रहें। माबदौलत अपने बिगड़ैल शहज़ादे के बाबत किसी तरह की कोई सिफ़ारिश सुनने के लिए तैयार नहीं हैं।" हालाँकि जहाँशाह तुर्कान बेगम और उनकी ख़ास बाँदी गुलबदन दीवान-ए-आम से वापस चली गयी थीं, लेकिन बेगम का एक ख़ास ख़्वाजासरा दीवान-ए-आम की कार्यवाही सुनने के लिए मौजूद था। वह दीवान-ए-आम में सबसे पीछे एक किनारे खड़ा था। वह अदब के साथ सुल्तान के सामने झुका ओर दूसरे लोगों की नज़र बचाकर दीवान-ए-आम से बाहर हो गया। वह जल्दी-से-जल्दी इस ख़बर से बेगम को वाक़िफ़ कराना चाह रहा था।

अब सुल्तान ने तुर्कान-ए-चिहिलगानी बन्दागान-ए-शम्सी के तमाम अमीरों को तलवारें, कटारें और दूसरे जंगी हथियार इनाम में बख़्शे। सुल्तान की ओर से निजामुलमुल्क, शहज़ादे ग़यासुद्दीन, मुइज़्ज़ुद्दीन, क़ुतुबुद्दीन और दूसरे अमीरों को इनाम-इकराम में तलवारें और कटारें बख़्शी गयीं। शहज़ादी रज़िया को सुल्तान ने इस ख़ास मौक़े पर पाँच हज़ार सोने की अशर्फ़ियाँ इनाम में बख़्शीं। शहज़ादी सज़िया को भी इनाम-इकराम में तीन हज़ार सोने की अशर्फ़ियाँ मिलीं। आख़िर में सुल्तान ने हुक़्म फ़र्माया, "वज़ीर-ए-आज़म, ग़रीबों, मुहताजों ओर मिस्कीनों के वास्ते दिल्ली शहर में एक महीने तक मुफ़्त लंगरख़ाने चलाए जाएँ! दिल्ली शहर की वे सड़कें जो आज तक कच्ची हैं, उन्हें फ़ौरन पक्का कराया जाए! सड़कों के किनारे-किनारे दोनों ओर छायादार और फलदार दरख़्त लगवाए जाएँ! तिज़ारतियों और राहगीरों के वास्ते हर मुहल्ले में एक-एक नयी सराय तामीर हो! जानवरों को पानी पीने के वास्ते आधा-आधा कोस की दूरी पर चरही बनाई जाएँ! जंग के दौरान जो सिपाही या

ओहदेदार मारा गया हो, उसके घरवालों में से जवान लड़के को शाही नौकरी में रखा जाए! अगर उस घर में कोई जवान लड़का न मौजूद हो तो उसकी बेवा को ताउम्र पेंशन दी जाए! जंग के दौरान जो ग़ुलाम पकड़े गये हैं, उन्हें दूसरे ग़ुलामों की तरह दस्तकारी सिखाई जाए!''

दीवान-ए-आम की कार्यवाही ख़त्म होने के बाद सुल्तान ने उन घोड़ों और ग़ुलामों का मुआयना किया जो पिछली मुहिम के दौरान हाथ लगे थे। घोड़ों और ग़ुलामों का मुआयना करने के बाद सुल्तान अपने तुर्की घोड़े पर सवार होकर ख़्वाजा क़ुतुबुद्दीन की दरगाह की ओर चल पड़े। उनके पीछे-पीछे जमालुद्दीन याक़ूत और सर-ए-जाँदार जा रहे थे। वज़ीर-ए-आज़म और शैख़-उल-इस्लाम अच्छी तरह समझ रहे थे कि सुल्तान ख़्वाजा क़ुतुबुद्दीन बख़्तियार क़ाक़ी की ख़ानक़ाह में किसी और को साथ ले जाना पसन्द नहीं करते हैं। सर-ए-जाँदार के साथ उनके कुछ ख़ास सिपाही सुल्तान की सवारी के पीछे-पीछे उनकी हिफ़ाज़त के वास्ते चल रहे थे।

सुल्तान के जाने के बाद वज़ीर-ए-आज़म निज़ामुलमुल्क जुनैदी और नया ओहदा पाए शैख़-उल-इस्लाम नज़मुद्दीन सुगर आपस में बात करने लगे। वज़ीर-ए-आज़म बोले, ''मरहूम सुल्तान क़ुतुबुद्दीन ऐबक़ जब गुजरात की मुहिम से लौटे थे, तब बीस हज़ार ग़ुलाम पकड़कर लाए गये थे और जब मरहूम सुल्तान कालिंजर की मुहिम से लौटे, तब उनके साथ पचास हज़ार ग़ुलाम थे।, लेकिन सुल्तान-ए-आलम लखनौती और रणथम्भौर की मुहिम से लौटकर आए हैं, तब भी आज दो हज़ार ग़ुलाम ही पकड़कर लाए गये हैं।''

शैख़-उल-इस्लाम नज़मुद्दीन सुगर बोले, ''जनाब वज़ीर-ए-आज़म, हमें तो अफ़सोस इस बात का है, इतनी बड़ी मुहिम में काफ़िर हिन्दुओं का एक भी मंदिर ज़मींदोज़ नहीं किया गया।''

''आख़िर हम कर भी क्या सकते हैं? सुल्तान दिन-ब-दिन सूफ़ी होते जा रहे हैं।''

तेईस

सुल्तान को सपनों में नासिरुद्दीन क़ुबाचा ही दिखता था। उन्होंने रात सपने में उसे देखा था और अभी कुछ देर पहले नींद में उन्हें क़ुबाचा ही दिखा। वे नींद से जैसे जागे, उन्होंने ताली बजाई। कुछ ही देर में बाँदी क़ादिरबीवीबानो हाज़िर हो गयीं।

सुल्तान बोले, ''हमारी तबीयत कुछ नासाज है। आप जाकर फ़ातिमाबानो को भेज दें। माबदौलत उनकी ज़ुबानी पाक क़ुरआन की कुछ आयतें सुनना चाहते हैं।''

कुछ ही देर में फ़ातिमाबानो क़ुरआन लेकर हाज़िर हो गयीं। सुल्तान बोले, ''फ़ातिमाबानो, हमें क़ुरआन पढ़कर सुनाएँ, जिससे हमारे जी को कुछ तसल्ली मिले।''

फ़ातिमाबानो सुल्तान को देर तक क़ुरआन सुनाती रहीं। सुल्तान क़ुरआन की आयतें सुन रहे थे और आँखें बन्द रखते हुए अल्लाहू...अल्लाहू करते हुए तसवीह फेर रहे थे। अब सुल्तान ने उन्हें जाने की इजाज़त दे दी। फ़ातिमाबानो क़ुश्क-ए-दिलक़ुशा से जैसे ही जाने को हुईं, सुल्तान बोले, ''साकी रौशनबानो को भेज दो।''

साकी रौशनबानो सुल्तान की मनपसन्द इस्फ़हानी शराब भरी सुराही और प्याले लेकर हाज़िर हो गयी। वह बेहद हसीन होने के साथ-साथ चुल-बुली भी थी। गुलसुल्तानबानो के आने से पहले वह ही सुल्तान की सबसे नज़दीकी कनीज़ थी। सुल्तान कभी-कभी दिल बहलाने के वास्ते उससे हँसी-मज़ाक़ कर लिया करते थे। सुल्तान का ख़ुद हँसी-मज़ाक़ करना उसे अच्छा लगता था। हरम की तमाम कनीज़ें उससे जलती थीं। वे उसकी जगह पाने के लिए हर हथकंडा अपना रही थीं, लेकिन कामयाब नहीं हो रही थीं। सुल्तान कुछ देर तक उसके ख़ूबसूरत चेहरे को देखते रहे। उसने सुल्तान को शराब प्याले से ही नहीं पिलाई, बल्कि अपनी मदभरी आँखों से भी पिलाई। जब सुल्तान तीन प्याले शराब गले से नीचे उतार चुके, तब बोले, ''अब तू जा और गुलसुल्तानबानो को भेज दे।'' साकी रौशनबानो अच्छी तरह समझती थी कि उसके जाने के बाद सुल्तान एक-दो प्याले गुलसुल्तानबानो के हाथों से भी पीते हैं, इसलिए वह सुराही और प्याले जैसे-के-तैसे छोड़ गयी।

इक्कीस-बाईस साल की गुलसुल्तानबानो! उसका एक-एक क़दम हसीन रक़्क़ासा की तरह उठ रहा था। उसके पैर की पाजेब छुन-छुन बज रही थी। सुल्तान ने एक नज़र उस पर डाली। वे पहली नज़र में ही घायल हो गये। गुलसुल्तानबानो का परीजमाल चेहरा, सुतवाँ नाक, बड़ी-बड़ी चमकीली आँखें, कटार की मानिन्द कमानदार भौहें, सुर्ख़ सेब की तरह ख़ूबसूरत गाल, गुलाबी रसीले होंठ, चौड़े सीने पर उठे हुए भारी उरोज, पतली बलखाती कमर और सीने की तरह ही चौड़े कूल्हे। सुल्तान देर तक उसे एकटक देखते रहे। वे सोचने लगे, अल्लाह ने ज़रूर इसे फुरसत के वक़्त बनाया होगा।

गुलसुल्तानबानो अपनी शीरीं ज़ुबान में अदब के साथ बोली, ''हुक़्म, सुल्तान-ए-आलम।''

सुल्तान अब भी उसे देखे जा रहे थे। उनकी नज़रें उसके ख़ूबसूरत चेहरे से हट नहीं रही थीं। उन्हें लग रहा था, जैसे वे हक़ीक़त नहीं, ख़्वाब देख रहे हों।

गुलसुल्तानबानो अपने दोनों नुकीले उरोजों के बीच बेले के फूलों से गुंथी लम्बी लटकती स्याह चोटी को एक ख़ास अदा के साथ पीछे फेंकते हुए फिर बोली, ''हुक़्म, सुल्तान-ए-आलम।''

सुल्तान जैसे नींद से जागे हों। वे बोले, ''शराब।''

उसने इस्फ़हानी शराब से प्याला भरा और अपने दोनों नाजुक हाथों से एक ख़ास अदा के साथ सुल्तान के सामने पेश किया। अब भी सुल्तान की नज़र शराब के प्याले के बजाय गुलसुल्तानबानो के हसीन चेहरे पर लगी थी। वह फिर बोली, ''हुज़ूर, शराब।''

अब सुल्तान ने गुलसुल्तानबानो के हाथों से प्याला अपने दाहिने हाथ में ले लिया और जैसे ही उन्होंने प्याले पर नज़र डाली, उन्हें प्याले में शराब की जगह गुलसुल्तानबानो का हसीन चेहरा दिख रहा था। गुलसुल्तानबानो फिर मुस्कराकर बोली, ''हुज़ूर, शराब नोश फ़र्माइए।''

सुल्तान ने प्याले से शराब की चुस्कियाँ लेना शुरू कर दीं। गुलसुल्तानबानो के दोनों हाथ अपने हाथों में लेते हुए और उसके गुलाबी गालों का बोसा लेते हुए सुल्तान बोले, ''गुलसुल्तानबानो, आपके बिना न जाने क्यों ज़िन्दगी अधूरी-सी लगने लगती है। जब आप हमारे नज़दीक होती हैं, तब हमारी ज़िन्दगी रौशन हो उठती है।''

''गुस्ताख़ी माफ़ हो। हुज़ूर, आप तो गुल को भूल ही गये थे।''

''नहीं गुलसुल्तानबानो, ऐसा हरगिज नहीं था।''

''हुज़ूर, जब आप लखनौती और रणथम्भौर की मुहिम पर गये थे, तब मैंने हुज़ूर से चलते वक़्त कितनी मिन्नतें की थीं कि हुज़ूर हमें भी साथ ले चलें, लेकिन हुज़ूर ने हमारी एक नहीं सुनी। हमने तक़रीबन एक साल का लम्बा वक़्त कैसे काटा, हुज़ूर को क्या पता?''

''गुल, उस वक़्त की बात दूसरी थी। माबदौलत ने मुहिम पर जाने से पहले हुक़्म फ़र्माया था, शाही फ़ौज़ का कोई भी आदमी अपने साथ किसी औरत को लेकर नहीं जाएगा। वरना हम आपको कैसे छोड़ सकते थे?''

''हुज़ूर, गुस्ताख़ी माफ़ हो। औरतों के बिना मर्द में तलवार उठाने की ताक़त कहाँ रहती है? उसे तनहाई खाने को दौड़ती है। थके-माँदे मर्द को औरत की एक मुस्कान देखने भर से उसकी थकान ख़ुद-ब-ख़ुद भाग जाती है। वह जोशो-ख़रोश से लबरेज़ हो जाता है। हुज़ूर, गुस्ताख़ी की फिर माफ़ी चाहती हूँ। औरत के बिना मर्द किसी काम का नहीं।''

अगर इस वक़्त सुल्तान के सामने कोई दूसरा इस तरह की गुस्ताख़ी करता तो शायद सुल्तान उसे क़ैदखाने में डाल देते, लेकिन सुल्तान आज गुलसुल्तानबानो के

सामने अपनी शान-ओ-शौक़त क्या, ताजो-तख़्त को भी भूल गये थे।

गुलसुल्तानबानो ने सुराही से शराब प्याले में उड़ेली और सुल्तान को पेश करते हुए बोली, "हुज़ूर बड़े संगदिल हैं। गुस्ताख़ी की माफ़ी चाहती हूँ। हुज़ूर का दिल्ली से बाहर जहाँशाह तुर्कान बेगम के बग़ैर वक़्त कैसे कटा होगा?" गुलसुल्तानबानो अब कमसिन हसीना नहीं थी। वह जवान औरत के हर हथकंडे से अच्छी तरह वाक़िफ़ हो गयी थी। वह जानती थी, जवानी चार दिन की है। जवानी ख़त्म होते ही उसे ऐसे ख़ूबसूरत मौक़े फिर कभी नहीं मिल पाएँगे। उसने सोच-समझकर सही जगह चोट की थी।

"अरे गुल, तुमने किसका नाम ले लिया? माबदौलत जहाँशाह तुर्कान बेगम से आजिज़ आ गये हैं। वे अपने बेटे शहज़ादे रुक्नुद्दीन की हरकतें नहीं देख रही हैं और उलटे हमें फ़ुज़ूल नसीहतें देती रहती हैं।" सुल्तान शराब के नशे में भूल गये थे कि उनके सामने एक मामूली कनीज़ है। एक कनीज़ के सामने उन्हें जहाँशाह तुर्कान बेगम जो इस वक़्त उनकी ख़ास बेगम हैं, उनके ख़िलाफ़ नहीं बोलना चाहिए था।

शराब का प्याला होंठों से लगाने के बाद सुल्तान फिर बोले, "गुल, तमाम हरम में तुम्हारे जैसा हसीन कोई दूसरा नहीं है, लेकिन हमें एक बात बताओ, क्या तुम्हें कभी मरहूम सुल्तान ताज़ुद्दीन यल्दौज़ की याद आती है?" सुल्तान उसकी ख़ूबसूरत चोटी से खेलते हुए बोले।

गुलसुल्तानबानो सुल्तान का बायाँ हाथ चूमती हुई बोली, "हुज़ूर, सुल्तान ताज़ुद्दीन यल्दौज़ हमारे पहले मालिक थे। उन्होंने हमें मोहब्बत दी। अल्लाह उन्हें जन्नत बख़्शे, लेकिन हुज़ूर की नज़दीकी पाकर हमारी ज़िन्दगी में बहार आ गयी है। अब हम बेहद ख़ुश हैं। अब अल्लाह से यही दुआ माँगती हूँ, हमें ताउम्र हुज़ूर की क़दमबोसी करने का ख़ूबसूरत मौक़ा मिलता रहे।"

सुल्तान ने गुलसुल्तानबानो को अपनी दोनों बाहों में भर लिया और उसकी कई बार पेशानी चूमी। पेशानी चूमते ही गुलसुल्तानबानो का बदन जलने लगा। इसी बीच सुल्तान ने उसके दोनों गालों के ताबड़तोड़ कई बोसे लिए। वह भी सुल्तान की गोद में बेधड़क लेट गयी। वे अब उसके बदन के तमाम अंगों से खेल रहे थे। गुलसुल्तानबानो को भी न जाने क्या हो गया था। उसने हद से आगे बढ़कर अपनी दोनों बाहें सुल्तान के गले में डाल दीं और उनके दाहिने गाल का बोसा ले लिया। आज तक किसी कनीज़ की इतनी हिम्मत नहीं हुई थी कि वह इस तरह की हरकत दे। साकी रौशनबानो कई सालों से सुल्तान के काफ़ी नज़दीक थी, लेकिन उसकी कभी ऐसी हिम्मत नहीं हुई थी। जब कि उसे भी इस तरह के ख़ूबसूरत मौक़े कई बार मिले थे। सुल्तान भी उसे बेहद मोहब्बत करते थे। फ़िलहाल सुल्तान शराब और शबाब के नशे में डूब गये थे।

अभी गुलसुल्तानबानो सुल्तान की गोद में ही थी कि क़ादिरबीवीबानो आ पहुँचीं। वे नीची नज़र रखकर बोलीं, "हुज़ूर, शहज़ादी रज़िया तशरीफ़ ला रही हैं।"

शहज़ादी का नाम सुनते ही गुलसुल्तानबानो एक झटके के साथ सुल्तान से अलग हो गयी और जल्दी ही उसने अपने कपड़े दुरुस्त किए। अब तक शहज़ादी अन्दर आ चुकी थीं। उन्होंने सुल्तान को आदाब बजाया। सुल्तान बोले, "आओ बेटी, कई रोज़ बाद दिखीं।"

गुलसुल्तानबानो शहज़ादी को देखकर कोर्निश बजाकर चल दी। शहज़ादी अब तक तख़्त के नज़दीक रखी जड़ाऊ कुर्सी पर बैठ चुकी थीं। अब सुल्तान शहज़ादी की ओर मुख़ातिब हुए और पूछा, "बेटी, हरम और दिल्ली में ख़ैरियत तो है?"

"अल्लाह के फ़ज़्ल-ओ-करम से सब ठीक है।"

"बेटी, हमें दिल्ली के हालात रोज़ाना मिलते रहते हैं, लेकिन हमारी होशियार बेटी हालात पर ख़ुद नज़र रखती है। आपकी निगाह में दिल्ली के हालात कैसे हैं?"

"अब्बाहुज़ूर, दिल्ली के हालात फ़िलहाल ठीक हैं, लेकिन अब्बाहुज़ूर को होशियार रहने की हर वक़्त ज़रूरत है।"

"बेटी, माबदौलत कुछ समझे नहीं।"

"अब्बाहुज़ूर ने ख़्वाजा क़ुतुबुद्दीन बख़्तियार क़ाक़ी की सिफ़ारिश पर नज़मुद्दीन सुगर को क़ाज़ी-ए-सल्तनत का ओहदा दिया था। अब उन्हें शैख़-उल-इस्लाम के ऊँचे ओहदे पर पहुँचा दिया। गुस्ताख़ी की माफ़ी चाहती हूँ। क्या हमें बताएँगे, क़ाज़ी-ए-सल्तनत को शैख़-उल-इस्लाम के ऊँचे ओहदे पर आपने अपनी मर्ज़ी से पहुँचाया या फिर किसी की सिफ़ारिश पर?"

"क्या हुआ?" सुल्तान का नशा काफ़ूर हो गया था।

"अब्बाहुज़ूर ने हमारी बात का कोई जवाब नहीं दिया?" शहज़ादी काजू भरी तशतरी पेश करती हुई बोलीं।

सुल्तान ने एक घूँट शराब गले से नीचे उतारी और बोले, "बेटी, अब आपसे क्या छिपाना। आपकी अम्मीजान के मरने के बाद माबदौलत ज़हनी तौर पर काफ़ी टूट गये थे। हमें तुर्कान बेगम ने सहारा दिया। हम यह भी जानते हैं, तुर्कान बेगम के इरादे बहुत नेक नहीं हैं। वे आपके बड़े भाई शहज़ादे नासिरुद्दीन महमूद शाह का हक़ उससे छीनना चाहती हैं। हमने जहाँशाह तुर्कान बेगम की ही सिफ़ारिश पर नज़मुद्दीन सुगर को शैख़-उल-इस्लाम के ओहदे पर बिठाया है। नज़मुद्दीन सुगर पाक और संजीदा क़िस्म का आदमी है। वह इस्लाम का हिमायती है। उसकी वजह से हिन्दुस्तान में इस्लाम की तरक़्क़ी होगी। वह यह भी कहता है, हिन्दुस्तान जल्दी ही इस्लामी मुल्क बन जाएगा। बेटी, उसने दिल्ली में एक सराय और एक मस्जिद तामीर कराई है।"

"गुस्ताख़ी माफ़ हो। नज़मुद्दीन सुगर को अभी अब्बाहुज़ूर पहचान नहीं सके हैं।"

"बेटी ऐसा नहीं है।" सुल्तान हैरत में थे। शहज़ादी ने अभी तक इस तरह उनके सामने बात नहीं की थी।

"अब्बाहुज़ूर, नज़मुद्दीन सुगर उन आदमियों में से है जिनके बारे में कहा जाता है कि कुछ लोग ऐसे होते हैं जो जिस थाली में खाते हैं, उसी में छेद करते हैं।"

"बेटी, माबदौलत कुछ समझे नहीं।"

"अब्बाहुज़ूर, हमें पक्की ख़बर मिली है, नज़मुद्दीन सुगर ख़्वाजा क़ुतुबुद्दीन बख़्तियार क़ाक़ी के ख़िलाफ़ अवाम को भड़का रहे हैं। शायद उन्होंने अब्बाहुज़ूर से भी ख़्वाजा साहब की शिकायत की होगी।"

सुल्तान ने एक घूँट शराब और गले से नीचे उतारी। वे देर तक कुछ सोचते रहे। फिर बोले, "याद आया, वह एक दिन कह रहा था, ख़्वाजा की ख़ानक़ाह में कभी रक़्स और क़व्वाली की महफ़िल सजी थी। उसका कहना है, इस्लाम इसकी इजाज़त नहीं देता।"

"क्या हम अब्बाहुज़ूर की क़ीमती राय इस सिलसिले में जान सकते हैं?"

"माबदौलत की राय में यह गुनाह नहीं।"

"तब शैख़-उल-इस्लाम अवाम को गुमराह न करें। हुज़ूर से हमारी यही दरख़्वास्त है।"

"बेटी, और कुछ?"

"हुज़ूर शिया और सुन्नियों को एक नज़र से देखने की कोशिश करें।"

"आख़िर क्या बात हुई?" सुल्तान को ताज़्ज़ुब हो रहा था जो शहज़ादी कभी उनसे आँख-से-आँख मिलाकर बात भी नहीं करती थी, वही आज उनके साथ सवाल-जवाब कर रही है। वे सोचने लगे, शहज़ादी रज़िया अब बच्ची नहीं रही। वह जवान ही नहीं, समझदार हो गयी है। उनके पीछे वह अवाम और सल्तनत पर पूरी नज़र रखती है। सल्तनत और अवाम का भला-बुरा अच्छी तरह समझती है।

"हमें ख़बर मिली है, दिल्ली के कुछ इस्माइली शिया हुज़ूर से नाराज़ हैं। वे किसी हद तक जा सकते हैं।"

"आख़िर क्यों?" सुल्तान को सुनकर ताज़्ज़ुब हुआ।

"उनका कहना है, सुन्नियों के मुक़ाबले शिया मुसलमानों को सुल्तान ने नहीं के बराबर ओहदे दिए हैं।"

सुल्तान को महसूस हुआ कि उनकी बेटी कुछ ग़लत नहीं कह रही है। वे अपनी बेटी के सवाल का जवाब इस वक़्त सीधे-सीधे नहीं दे पा रहे थे। उन्होंने बात का रुख़ पलटते हुए पूछा, "बेटी, सुना है, आपने छोटी शहज़ादी की ख़िदमत से

चन्द्रकला को अपनी ख़िदमत में ले लिया है।''

''अब्बाहुज़ूर, मैंने अपनी छोटी बहन की मर्ज़ी से उसे अपनी ख़िदमत में लिया है। मैंने उसमें वे तमाम ख़ूबियाँ देखीं जो एक जाँबाज़ सिपाही में होती हैं।''

''क्या हमारी प्यारी बेटी चन्द्रकला को अपनी तरह सिपाहगीरी सिखा रही हैं?''

''जी हाँ अब्बाहुज़ूर। क्या हुज़ूर से इस सिलसिले में किसी ने शिकायत की है?''

''शिकायत नहीं, यों ही तुर्कान बेगम हमें बता रही थीं।''

सुल्तान कुछ सोचकर फिर बोले, ''बेटी, हमें सच-सच बताएँ, जब माबदौलत लखनौती और रणथम्भौर की मुहिम पर गये थे, तब हमें वज़ीर-ए-आज़म ने ख़त लिखकर बताया था, आपके बाग़ के बाहर एक तातारी औरत जो तीर-कमान से लैस थी और जिसका कोई रिश्तेदार या मिलनेवाला क़िले के अन्दर मौजूद नहीं था, उसने जहर खाकर अपनी जान दे दी थी। आपको इस सिलसिले में क्या कोई जानकारी है? आख़िर वह कहाँ से आई और उसने क्यों जहर खाया?''

अब शहज़ादी ने अपने अब्बाहुज़ूर को सारा वाक़िया ही बता देना ठीक समझा। वे बोलीं, ''अब्बाहुज़ूर, जब आपने आज पूछ ही लिया तो मैं बताती हूँ। हम जान-बूझकर इस वाक़िया को छिपा गये। एक दिन की बात है, हम अपनी बाँदी नयनज्योतिबाई के साथ रोज़ाना की तरह सुबह अपने बाग़ में टहल रहे थे। उसी बीच न जाने कहाँ से हमारे बगल से एक ज़हरीला तीर निकल गया। अल्लाह की मेहरबानी से हम दोनों बच गयीं। हमारे ही हुक्म से नयनज्योतिबाई उस तीर को उठाकर तातारी औरत के तरकश में रख आई थी। मैंने ही बाँदी को हिदायत दी थी कि वह इस वाक़िया के बारे में अपनी जुबान न खोले। चाहे इस सिलसिले में क़ाज़ी-ए-सल्तनत ही नहीं, वज़ीर-ए-आज़म भी कुछ पूछें। हालाँकि दारोग़-ए-हरम ने उससे कुछ जानकारी हासिल करनी चाही थी, लेकिन वह जान-बूझकर उसके सामने अनजान बनी रही।''

शहज़ादी की जुबानी इस वाक़िया को सुनकर सुल्तान भौंचक्के रह गये। वे गहरी चिन्ता में डूब गये। वे बोले, ''बेटी, आपने इतनी बड़ी ख़बर छिपा ली। अगर हमारी प्यारी बेटी को कुछ हो गया होता, तब शायद आज हम भी ज़िन्दा न होते। किस कमबख़्त की साज़िश से यह हरकत हुई? आपका किस पर शक जा रहा है?''

''अब्बाहुज़ूर, इस वाक़िया को फ़िलहाल भूल जाइए। आपके कन्धों पर तमाम हिन्दुस्तान की ज़िम्मेदारी है। छोटी-मोटी बातों पर ग़ौर न फ़र्माएँ।''

''यह छोटी-मोटी बातें नहीं हैं। हमारी प्यारी बेटी की ज़िन्दगी का सवाल था। अब माबदौलत समझ गये हैं। जिस शख़्स ने यह हरकत दिलवाई होगी, ज़रूर उसी

ने आपके बाग़ में जहरीले साँप भी छुड़वाए होंगे।''

''अब्बाहुज़ूर, इसी वजह से मैंने शहर की कुछ लड़कियों को सिपाहगीरी सिखवाना शुरू कर दिया है। वे वक़्त ज़रूरत पर काम आएँगी।''

''बेटी, इस सिलसिले में वज़ीर-ए-आज़म, क़ाज़ी-ए-सल्तनत ने ही नहीं, तुर्कान-ए-चिहिलगानी बन्दागान-ए-शम्सी के कई अमीरों और मलिकों ने माबदौलत से शिकायत की है। इतना ही नहीं, मलिक अल्तूनिया को भी आपकी सिपाहगीरी से चिढ़ है।''

''हमारे प्यारे अब्बाहुज़ूर की क्या राय है?''

''बेटी, हमें इस सिलसिले में कोई शिकायत नहीं है।'' सुल्तान हँसकर बोले।

''अब्बाहुज़ूर, गुस्ताख़ी माफ़ हो। क्या इस सिलसिले में जहाँशाह तुर्कान बेगम ने आपसे कुछ नहीं कहा?''

''बेटी, आप तो जानती हैं, जहाँशाह तुर्कान बेगम आपकी ही सिपाहगीरी से नाख़ुश हैं। फिर वे कैसे तमाम लड़कियों को सिपाहगीरी सिखाना पसन्द करेंगी।''

शहज़ादी जान रही हैं कि जहाँशाह तुर्कान बेगम उसे फूटी आँखों देखना पसन्द नहीं करती हैं। उन्होंने उसके पीछे ही नहीं, उसकी ख़ास-ख़ास बाँदियों के अलावा कजरी और चन्द्रकला के ख़िलाफ़ भी जासूस लगवा रखे हैं। उन्हें बराबर ख़बर मिल रही है, वज़ीर-ए-आज़म और जहाँशाह तुर्कान बेगम की जल्दी-जल्दी मुलाक़ातें हो रही हैं। बेगम की बाँदी गुलबदन के ज़रिये उसे काफ़ी कुछ जानकारी हासिल हो रही है। वे सोच-समझकर बोलीं, ''अब्बाहुज़ूर, वे हमारी अम्मीजान की तरह हैं। हम उनकी हमेशा इज़्ज़त करते हैं। वे हमारे बारे में कुछ भी सोचें, हमें उनसे कोई शिकायत नहीं है।''

शहज़ादी और सुल्तान कुछ देर तक ख़ामोश रहे। सुल्तान इस बात को आगे नहीं बढ़ाना चाहते थे। शहज़ादी भी अपने अब्बाहुज़ूर का दिल नहीं दुखाना चाहती थीं, इसलिए उन्होंने बात आगे नहीं बढ़ाई। अब वे अपने अब्बाहुज़ूर का अँगरखा चूमती हुई बोलीं, ''अब्बाहुज़ूर, एक बात पूछूँ?''

''पूछो, बेटी।'' सुल्तान शहज़ादी के दोनों हाथ अपने हाथों में थामते हुए बोले।

''ख़्वारिज़्म के शाह जलालुद्दीन माँगबरनी के एलची की मौत कैसे हुई?''

''बेटी, ख़ुदा जानता है, वह ख़ुद की मौत मरा है। क्या कोई शक़ है?'' बेटी की जुबानी ऐसी ख़बर सुनकर सुल्तान चौंक पड़े।

''अब्बाहुज़ूर, गुस्ताख़ी माफ़ करें। क़िले के बाहर तमाम बातें सुनने को आ रही हैं।''

''क्या बातें सुनने में आ रही हैं?'' सुल्तान चौंके।

''कुछ लोगों का कहना है, अब्बाहुज़ूर ने उसे मरवाया है।''

"बेटी, ख़ुदा गवाह है जो कोई ऐसा कह रहा है, फ़िजूल बक रहा है। शाह का एलची ठंडे मुल्क का रहनेवाला था। वह हिन्दुस्तान की गर्मी बर्दाश्त नहीं कर सका। वह गर्मी की वजह से ही मरा है।"

"और अब्बाहुज़ूर ने ख़्वारिज़्म के शाह को क्यों नहीं पनाह दी?" शहज़ादी ने अगला सवाल पूछा।

"बेटी, मंगोलों को तो आप अच्छी तरह जान रही हैं। वे कितने खूंखार और ज़ालिम होते हैं। वे दौलत और ताजो-तख़्त के लिए अपने बाप को भी नहीं छोड़ते। अगर माबदौलत शाह के माँगने पर उसे पनाह दे देते, तब चंगेज़ ख़ाँ जैसा ज़ालिम आदमी हमेशा-हमेशा के वास्ते हमारा दुश्मन बन बैठता। उसके साथ बेहिसाब फ़ौज़ थी। उसकी फ़ौज़ भी उसकी तरह खूंखार और ज़ालिम है। ख़्वारिज़्म के शाह को पनाह देने पर चंगेज़ ख़ाँ हिन्दुस्तान की सरजमीं में घुसकर दिल्ली पहुँच सकता था। और अगर माबदौलत कहीं उससे जंग हार जाते, तब दिल्ली के तमाम सेठ, साहूकार और इज़्ज़तदार मुसलमानों का क्या हाल हुआ होता? अवाम की बहू-बेटियों की इज़्ज़त ख़तरे में पड़ सकती थी।

बेटी, हमने जो कुछ भी किया, मुल्क की हिफ़ाज़त और ख़ैरियत के वास्ते किया। वैसे भी चंगेज खाँ और ख़्वारिज़्म के शाह हिन्दुस्तान की सरहद तक आ ही पहुँचे थे। अब देर ही कितनी थी? दो सुल्तानों के झगडे के बीच हमारी तमाम फ़ौज़ और अवाम मारी जाती। हमारी ख़ुशहाल दिल्ली क़ब्रिस्तान में तब्दील हो जाती और बाद में तवारीख़ हमें ही ज़िम्मेदार ठहराती। माबदौलत का दो सुल्तानों के बीच के झगड़े में पड़ना क़त्तई ठीक नहीं था। और अगर हम ख़ुदा की मेहरबानी से ख़्वारिज़्म के शाह के साथ मिलकर चंगेज़ ख़ाँ को हरा भी देते, तब क्या ज़रूरी था, शाह की नीयत आगे भी ठीक ही बनी रहती। बेटी, कहावत है, साँप को दूध पिलाने पर भी वह कभी काटना नहीं भूलता।"

दिल्ली में फ़ौज़ की भर्ती हो रही थी। जंगी हथियार ख़रीदे जा रहे थे। शाही कारखानों के अलावा मुल्क के तमाम हिस्सों में नये ख़ेमे तैयार हो रहे थे। फ़ौज़ को एक महीने की पेशगी तनख़्वाह दे दी गयी थी। तुर्कान-ए-चिहिलगानी बन्दागान-ए-शम्सी के अमीरों को हुक़्म हुआ है, उन्हें कभी भी जंग के वास्ते जाना पड़ सकता है। इन तमाम बातों की जानकारी शहज़ादी को थी, फिर भी वे ख़ामोश रहकर अपने अब्बाहुज़ूर द्वारा दी जा रही दलीलें सुन रही थीं। उन्होंने पूछा, "अब जब कि हिन्दुस्तान की सरहद से चंगेज़ ख़ाँ और ख़्वारिज़्म के शाह का ख़तरा टल गया है, तब सुल्तान नासिरुद्दीन क़ुबाचा से जंग लड़ना क्या ज़रूरी है? क्या जंग टाली नहीं जा सकती? सुल्तान क़ुबाचा की बेगम हमारी मरहूम अम्मीजान की सगी बहन हैं। इस तरह वे हमारी खालाजान हुईं। आख़िर इस जंग से उनके दिल पर क्या

गुज़रेगी?''

''बेटी, माबदौलत को अच्छी तरह याद है। जहाँ मरहूम आक़ा क़ुतुबुद्दीन ऐबक़ ने अपनी बेटी यानि आपकी मरहूम अम्मीजान की शादी माबदौलत के साथ की थी, वहीं मरहूम आक़ा ने अपनी बड़ी बेटी नासिरुद्दीन क़ुबाचा को ब्याही थी। शहज़ादा अलाउद्दीन बहरामशाह उन्हीं दोनों से पैदा हुआ है। शहज़ादे की अम्मीजान की मौत हो जाने के बाद मरहूम आक़ा ने क़ुबाचा को अपनी एक और बेटी ब्याह दी। बेटी, वक़्त की नजाक़त समझने की कोशिश कीजिए। सियासत कहती है, अब हमेशा-हमेशा के वास्ते क़ुबाचा से दो-दो हाथ कर लिए जाएँ। माबदौलत ने लखनौती और रणथम्भौर से लौटने के बाद आपको निज़ामुलमुल्क तूसी का लिखा सियासतनामा दिया था, शायद आपने पढ़ लिया होगा?''

''जी हाँ अब्बाहुज़ूर।''

''तब हमारी प्यारी बेटी सियासत का खेल बहुत कुछ समझ गयी होगी?''

''अब्बाहुज़ूर, समझ ही रही हूँ।''

''बेटी, आपको अभी बहुत कुछ समझने की ज़रूरत है। सुल्तान को पड़ोसी मुल्कों पर हमेशा गिद्ध की तरह पैनी नज़र रखनी होती है। कब कौन पड़ोसी सुल्तान फ़ौज़ में नयी भर्ती कर रहा है, कब कौन हमारे दुश्मन से गिल रहा है, पड़ोसी सुल्तान की नीयत कैसी है? हमारे सूबों के अपने अमीर और मलिक क्या किसी दुश्मन पड़ोसी मुल्क के सुल्तान के साथ ख़तो-क़िताबत तो नहीं कर रहे हैं? उनके अन्दर बग़ावत की बू तो नहीं आ रही है?

दारुल हुकूमत में कौन क्या कर रहा है, उस पर बारीक नज़र रखनी होती है। दारुल हुकूमत में मौजूद मंदिरों, मस्जिदों और सरायों पर भी पैनी नज़र रहनी चाहिए। कभी-कभी तिज़ारतियों के वेश में दुश्मन के जासूस आ जाते हैं और वे यहाँ की राई-रत्ती ख़बर दुश्मन के पास भेजते रहते हैं। बेटी, ऊँचे-से-ऊँचे ओहदेदारों से लेकर एक सिपाही तक पर नज़र रखनी पड़ती है। कभी-कभी ताजो-तख़्त के वास्ते शाही हरम में भी गहरी साज़िशें चलनी शुरू हो जाती हैं। सुल्तान की बेगमें अपने-अपने शहज़ादों को मुल्क की बादशाहत दिलाने के वास्ते क्या कुछ नहीं कर सकतीं?''

''और कुछ अब्बाहुज़ूर?''

''सुल्तान को ही नहीं, सूबों के शहज़ादों को भी चाहिए, हरम में कभी भी शाही मुहर और क़लमदान लेकर न जाएँ।''

''आख़िर क्यों?''

''बेटी, शराब के नशे में सुल्तान और शहज़ादे कभी-कभी बहक जाते हैं। उस वक़्त बेगमें उनसे बड़े-बड़े वादे करा लेती हैं। शाही मुहर और क़लमदान मौजूद

रहने पर बेगमें कुछ भी लिखा सकती हैं।''

''और...।''

''बेटी, सल्तनत में एक जगह कहीं ज़्यादा भीड़ नहीं होनी चाहिए। मेले-ठेलों में भीड़ अकसर हो जाती है, वहाँ पहले से जासूस लगा देने चाहिए।''

''और अब्बाहुज़ूर...?''

''बेटी, सुल्तान को कभी एक जगह नहीं ठहरना चाहिए। जैसे एक जगह ठहरने से पानी गन्दा हो जाता है, उसी तरह सुल्तान के एक जगह ठहर जाने से सूबों से बग़ावत की बू आने लगती है। ख़ुदा का शुक्र है, इस वक़्त दारुल हुकूमत दिल्ली में अमन-चैन है। इसलिए माबदौलत सुल्तान नासिरुद्दीन क़ुबाचा से निपटना चाहते हैं। हमारे ख़याल से प्यारी बेटी की तमाम खाम-ख़यालियाँ अब दूर हो गयी होंगी।''

शहज़ादी ने अब्बाहुज़ूर का दाहिना हाथ चूमते हुए अपनी दोनों आँखों से लगाया और बोलीं, ''अब्बाहुज़ूर, वज़ा फ़र्मा रहे हैं।''

''बेटी, माबदौलत की आख़िरी ख़ास बात और समझ लें। हिन्दुस्तान जैसे बड़े मुल्क पर अगर हुकूमत करनी है, तब हिन्दू और मुसलमान के भेद-भाव को हमेशा-हमेशा के वास्ते दिमाग़ से निकाल देना चाहिए। हज़रत मोहम्मद साहब ने अपने साथ के लोगों से मरते वक़्त कहा था, मैं ग़ैर मुसलमानों की हमेशा सरपरस्ती करता रहा हूँ, आप सभी साहिबान इसका निबाह पूरी ईमानदारी से करते रहना। याद रखना,मैं क़ियामत के दिन ख़ुद उनकी पैरवी करूँगा।''

''बहुत ख़ूब...बहुत ख़ूब।''

शहज़ादी रज़िया आगे कुछ कहतीं, इससे पहले क़ादिरबीवीबानो आकर बोलीं, ''सुल्तान-ए-आलम, गुस्ताख़ी की माफ़ी चाहती हूँ। वज़ीर-ए-आज़म मिलने की इजाज़त चाहते हैं। उनका कहना है, सल्तनत के वास्ते कुछ ज़रूरी बात करना चाहते हैं।''

सुल्तान कुछ बोलते, इससे पहले शहज़ादी बोलीं, ''अब्बाहुज़ूर, अब हमें इजाज़त दें।''

''अरे बेटी, माबदौलत तो भूल ही गये थे। हमने कभी आपको दो चीतों के बच्चे बख़्शे थे। उनका क्या हाल है?''

''अब्बाहुज़ूर, वे तन्दुरुस्त हैं। वे अकसर हमारे साथ खेलते हैं।''

''क्या हमारी बेटी को इन जंगली जानवरों से डर नहीं लगता?''

''अब्बाहुज़ूर, जंगली जानवर भी इंसान की तरह मोहब्बत के भूखे होते हैं। जब वे इंसान से भरपूर मोहब्बत पा जाते हैं, तब वे उनके बन जाते हैं। हमें उन दोनों से कोई डर नहीं लगता है। अब हमें चलने की इजाज़त दें। हम जल्दी ही उन दोनों को हुज़ूर के सामने पेश करना चाहेंगे।''

"ज़रूर...ज़रूर बेटी। हम उन्हें देखना पसन्द करेंगे। हमने उनके कुछ नाम रखे थे, इस वक़्त भूल रहे हैं। उनके क्या नाम हैं?"

"अब्बाहुज़ूर ने अपनी मुबारक ज़ुबान से उनके नाम रखे थे, रहमान और रहीम। अब हम चलें?"

"अच्छा बेटी।" शहज़ादी रज़िया अपने अब्बाहुज़ूर के दोनों हाथ चूमकर क़ुश्क-ए-दिलक़ुशा से बाहर हो गयीं।

चौबीस

बरसात के दिन ख़त्म हो गये थे। काफ़ी दिनों से सुल्तान नासिरुद्दीन क़ुबाचा के ख़िलाफ़ जंग लड़ने की तैयारियाँ ज़ोर-शोर के साथ चल रही थीं। आज सुल्तान इल्तुतमिश सूरज निकलने से बहुत पहले ही सोकर उठ गये। उन्होंने बाँदी क़ादिरबीवीबानो से कहा कि फ़ातिमाबानो को बुला लें। फ़ातिमाबानो क़ुश्क-ए-दिलक़ुशा में पहले से ही मौजूद थीं। सुल्तान के कहने पर उन्होंने पाक क़ुरआन की ख़ास आयतें सुनाईं। फ़ातिमाबानो ने क़ुरआन की सूर: बक़र: की आयत एक सौ नब्बे पर ज़्यादा ज़ोर दिया, जिसके मायने थे, जो लोग तुमसे लड़ते हैं, तुम भी ख़ुदा के रास्ते में उनसे लड़ो, मगर जंग में कभी ज़्यादती नहीं करना। ख़ुदा ज़्यादती करनेवालों को अपना दोस्त नहीं मानता। सुल्तान क़ुरआन की इस आयत के बारे में देर तक सोचते रहे। उनके दिल ने कहा कि क़ुरआन में जो कुछ लिखा है, मैं उसके मुताबिक़ ही जंग लड़ने जा रहा हूँ। ख़ुदा हमारी मदद करे।

सुल्तान की सवारी क़ुव्वुतुल इस्लाम मस्जिद की ओर चल दी। सुल्तान ने वहाँ आम आदमी के साथ नमाज़ अदा की। मस्जिद के मौलाना ने उन्हें फ़तेह की दुआ दी। नमाज़ में मौजूद तमाम लोगों ने भी सुल्तान को दुआ दी। दिल्ली के लोग आज सुबह से ही मंदिरों, मस्जिदों और दरगाहों पर जाकर सुल्तान की फ़तेह के वास्ते दुआ माँग रहे थे। मस्जिद के बाहर मौजूद फ़क़ीरों के वास्ते हुक़्म हुआ, इन्हें वापसी तक दोनों वक़्त मुफ़्त खाना खिलाया जाए।

शहर कोतवाल ने जैसे ही यह हुक़्म सुना, उसने अपने नायब को पास बुलाकर समझा दिया कि फ़क़ीरों के वास्ते आज से ही लंगरख़ाना खोल दिया जाए। फ़क़ीर भी सुल्तान की फ़तेह के वास्ते अल्लाह से दुआ माँगने लगे। क़ुव्वुतुल इस्लाम मस्जिद में नमाज़ अदा करने के बाद सुल्तान क़ुश्क-ए-दिलक़ुशा में लौट आए। वहाँ हल्का नाश्ता करने के बाद उन्होंने फ़ौलादी जिरह बख़्तर पहना। सिर पर क़ुतुबशाही

खोद पहनी। सुल्तान की लम्बी दाढ़ी जो जगह-जगह से सफ़ेद हो गयी थी, फ़ौलादी जिरह बख़्तर पर झूल रही थी।

नौबतख़ाने में लगातार नौबत बज रही थी, जिसकी आवाज़ क़िल-ए-रायपिथौरा में ही नहीं, बाहर तक जा रही थी। जहाँ क़िल-ए-रायपिथौरा में जंग पर जाने के वास्ते तमाम तैयारियाँ चल रही थीं, वहीं कल्लन मियाँ की दुकान पर फ़क़ीर क़ाज़ीमुद्दीन ज़ाहिद अपने चितकबरे गधे पर आराम से बैठे गोश्त-रोटी खा रहे थे। दिन-ब-दिन कल्लन मियाँ की दुकान पर ग्राहकों की लम्बी-लम्बी क़तारें लगने लगी थीं। आज भी काफ़ी भीड़ थी। फ़क़ीर पूरे दिन में एक रोटी और गोश्त का एक टुकड़ा ही खाते थे। हमेशा की तरह कल्लन मियाँ ने गधे को हरी घास डाल दी। कल्लन मियाँ ने गधे को कई बार चने का रातब खिलाने की कोशिश की, लेकिन उसने चखा नहीं। उसे हरी घास ही पसन्द थी। वह भी अपने मालिक की तरह अपने उसूलों का पक्का था।

जब फ़क़ीर गोश्त-रोटी खा चुके तो उन्होंने एक कुल्हड़ भरकर पानी पिया। फ़क़ीर के वहाँ आ जाने से कल्लन मियाँ की दुकान के खानसामाँ और नौकर फ़क़ीर के नज़दीक आकर खड़े हो गये थे। सामने के दुकानदार लाला करोड़ीमल और लाला हज़ारीमल अपनी गद्दियाँ छोड़कर फ़क़ीर की क़दमबोसी के वास्ते आ चुके थे। कल्लन मियाँ की गोश्त की दुकान के बगल में मौजूद शरबतख़ाना के नौकर भी अपना-अपना काम छोड़कर आ गये। फ़क़ीर को तमाम ग्राहकों ने घेर रखा था। असग़री बेगम भी अपनी पान की दुकान बन्दकर आ पहुँची थी। न जाने कहाँ से लियाक़त अली भी आ पहुँचे। उन्होंने फ़क़ीर की शान में अदब के साथ झुककर पूछा, "हज़रत, सुल्तान-ए-आलम नासिरुद्दीन क़ुबाचा से जंग लड़ने के वास्ते जा रहे हैं। हुज़ूर, जंग में फ़तेह किसकी होगी?"

फ़क़ीर मुस्कराए और बोले, "फ़तेह सच्चाई और ईमानदारी की होगी।"

लियाक़त अली एक बार फिर अदब के साथ झुककर बोले, "हज़रत, ज़रा खुलकर समझा दें।"

"अहमक़ हो। हमारी समझ में नहीं आ रहा है, इतनी ज़रा-सी बात आप नहीं समझ सकते। इसे तो एक छोटा बच्चा भी समझ सकता है। जब कि आप कई सालों से ख़्वाजा क़ुतुबुद्दीन बख़्तियार क़ाक़ी की सोहबत का फ़ायदा उठा रहे हैं।"

फ़क़ीर की जुबान से निकले अल्फ़ाज़ सुनकर लियाक़त अली ख़ामोश हो गये। वहाँ मौजूद तमाम लोग फ़क़ीर के अल्फ़ाज़ के मायने जान चुके थे। अभी फ़क़ीर और लियाक़त अली की बातचीत हो ही रही थी कि न जाने कहाँ से गुरु गोरखनाथ का चेला अलख निरंजन...अलख निरंजन करता हुआ आ पहुँचा। जैसे ही उसकी नज़र फ़क़ीर पर पड़ी, वह अदब के साथ झुक गया, लेकिन रुका नहीं। अब भी

अलख निरंजन...अलख निरंजन की आवाज़ हर किसी को सुनाई दे रही थी।

फ़क़ीर फिर बोले, "देखो, कनफटा साधु भी यही कह रहा है। मैं ग़ौर से सुन रहा हूँ, उसके अलख निरंजन...अलख निरंजन से यही आवाज़ निकल रही है कि जंग सच्चाई और ईमानदारी की ही होगी।" इतना कहकर फ़क़ीर अल्लाहू...अल्लाहू कहकर बाज़ार की ओर चल दिए। वहाँ मौजूद सभी लोग फ़क़ीर की सवारी को देख रहे थे। इन लोगों के कानों में अलख निरंजन...अलख निरंजन की आवाज़ अब भी आ रही थी।

क़िल-ए-रायपिथौरा के बाहर भारी तादाद में हाथी, घोड़े, ऊँट, खच्चर और बैलगाड़ियों में फ़ौज़ के दस्ते मुहिम पर जाने के वास्ते तैयार खड़े थे। फ़ौज़ के दस्ते ग़ज़नी, हौज़रानी, बुरका और मुइज़्ज़ी दरवाज़े से लेकर जमुना किनारे तक लम्बी-लम्बी क़तारों में दूर तक फैले थे। हाथियों पर जड़ाऊ रंगीन झूलें पड़ी थीं। उनके हौदों की ख़ूबसूरती देखते ही बनती थी। अधिकतर हाथियों के हौदों में तलवारें, तीर-कमान और दूसरे जंगी हथियार भरे थे।

कई हाथियों के हौदों पर अशर्फ़ियाँ भी भरी थीं, जिनकी देखरेख के लिए सिपाही मुस्तैदी के साथ तीर-कमान और तलवारों से लैस थे। घोड़ों की साज़-सज्जा भी देखने लायक़ थी। किसी-किसी घोड़े पर सोने और चाँदी की जीन कसी थी। घोड़ों के चेहरे और बदन रंग-बिरंगी झूलों से ढँके थे। कुछ बैलगाड़ियों में फ़ौज़ का राशन भरा था और कुछ बैलगाड़ियों में शाही ख़ेमे लदे थे। इन बैलगाड़ियों के पीछे दूर तक क़तारों में अहदी खड़े थे।

घोड़ों के बाद ऊँटों की भी क़तारें देखने लायक़ थीं। इनके ऊपर भी रंग-बिरंगी झूलें पड़ी थीं। फ़ौज़ के दस्ते की शुरू की क़तारों के सिपाही हरे रंग की पोशाकें पहने थे। उनके पीछे की क़तारों के सिपाहियों की क़तारें हलके नीले रंग की थीं और इनके बाद की क़तारों के सिपाही पीली रंग की पोशाकों में मुस्तैदी के साथ अपनी-अपनी सवारियों पर बैठे थे। राजपूत सिपाहियों ने आज केसरिया रंग की पोशाक पहन रखी थी। राजपूतों के अलावा फ़ौज़ में अरब, पठान, तुर्क, मंगोल और मुइज़्ज़ी क़बीलों के सिपाही काफ़ी तादाद में थे। कुछ सिपाही बुखारा और कज़ानिस्तान से भी आकर फ़ौज़ में भर्ती हुए थे।

सुल्तान ने इस मुहिम में कुछ ख़ास-ख़ास बाँदियों और लौंडियों को साथ ले जाने की छूट दे रखी थी। सुल्तान के साथ ख़ुद क़ादिरबीवीबानो, गुलसुल्तानबानो, रौशनबानो और फ़ातिमाबानो जा रही थीं। सुल्तान ने वज़ीर-ए-आज़म जुनैदी के साथ एक हफ़्ता पहले दस हज़ार फ़ौज़ सुल्तान नासिरुद्दीन क़ुबाचा को घेरने के वास्ते भेज रखी थी। इसके अलावा वज़ीर-ए-आज़म की ही ख़ास देखरेख में एक फ़ौज़ का दस्ता अमीर-ए-हाजिब मलिक इज़्ज़ुद्दीन मोहम्मद सालारी की देखरेख में उनके

साथ भेजा गया है। दूसरा फ़ौज़ का दस्ता जो मलिक तबरहिन्दा कज़लक़ ख़ान संजर सुल्तानी की देखरेख में सीधे भेजने का हुक़्म हुआ था, उसे भी वज़ीर-ए-आज़म की ही देखरेख में रहना था। सुल्तान का हुक़्म पाकर मलिक तबरहिन्दा मुल्तान की ओर कई रोज़ पहले फ़ौज़ लेकर सीधे चल पड़ा था।

सुल्तान समूची मुहिम की कमान ख़ुद अपने हाथों में रखना चाहते थे। हालाँकि वज़ीर-ए-आज़म ने उन्हें समझाने की कई बार कोशिश की थी कि क़ुबाचा को आसानी से हराया जा सकता है। सुल्तान-ए-आलम को इस मामूली जंग में जाने की ज़रूरत नहीं है, लेकिन वे नहीं माने। सुल्तान मुहिम में जाने से एक दिन पहले ख़्वाजा क़ुतुबुद्दीन बख़्तियार क़ाक़ी से दुआ माँगने भी गये। वे शैख़ जलालुद्दीन तबरेज़ी, शैख़ हमीदुद्दीन नागौरी और शैख़ फरीरुद्दीन गंजशकर की भी क़दमबोसी करना न भूले।

सुल्तान की विदाई का वक़्त धीरे-धीरे नज़दीक आ रहा था। अब वह वक़्त भी आ गया, जब सुल्तान की रवानगी होनी थी। हिन्दू ज्योतिषियों और मुसलमान नजूमियों की राय के मुताबिक़ सुल्तान को एक घड़ी दिन चढ़ने के बाद दीवान-ए-ख़ास से अपने हाथी दिलपसन्द के हौदे पर बैठकर जंग के वास्ते निकलना था। सुल्तान की विदाई के वक़्त शहज़ादी रज़िया, सज़िया, जहाँशाह तुर्कान बेगम, शहज़ादे ग़यासुद्दीन, मुइज़्ज़ुद्दीन, क़ुतुबुद्दीन, शैख़-उल-इस्लाम नज़मुद्दीन सुगर, शहर कोतवाल और क़िल-ए-रायपिथौरा के क़िलेदार मौजूद थे। बेगम, शहज़ादियाँ और बाँदियाँ पर्दे की आड़ में मौजूद थीं। जहाँ क़िल-ए-रायपिथौरा के तमाम अमीर और मलिक, ऊँचे-ऊँचे ओहदेदार सुल्तान की विदाई के वक़्त मौजूद थे, वहीं बाँदियों में नयनज्योतिबाई, गुल-ए-अब्बासी, चंचलबाई, चन्द्रकला और फूलवाली कजरी भी मौजूद थी। जहाँशाह तुर्कान बेगम की ख़ास बाँदी गुलबदन उनके साथ थी।

सुल्तान शाही तख़्त से उठने के बाद पर्दे की आड़ में ज़नानख़ाने की ओर चल दिए। वहाँ जहाँशाह तुर्कान बेगम ने जंग में जीत की दुआ के साथ उन्हें क़ुतुबशाही तलवार सौंपी। शहज़ादी रज़िया सोचने लगीं, काश! अगर इस वक़्त उनकी मरहूम अम्मीजान ज़िन्दा होतीं तो यह काम उनके हाथों ही होता। जहाँशाह तुर्कान बेगम की दुआ क़ुबूल करने के बाद सुल्तान ने शहज़ादी रज़िया की दुआ क़ुबूल की। विदाई की वजह से शहज़ादी की आँखें भर आई थीं। सुल्तान ने अपनी प्यारी बेटी को अपने सीने से लगा लिया और उसकी पीठ थप-थपाकर बोले, "बेटी, आपकी दुआ से माबदौलत जंग फ़तेह करने के बाद जल्दी लौटेंगे।"

शहज़ादी अपने अब्बाहुज़ूर के दोनों हाथ चूमते हुए बोली, "मैं अल्लाह से जंग की फ़तेह और अब्बाहुज़ूर की सलामती की दुआ माँगती हूँ।"

अब सुल्तान ने दीवान-ए-आम में पहुँचकर अपने तीनों शहज़ादों ग़यासुद्दीन,

मुइज़्ज़ुद्दीन और क़ुतुबुद्दीन की दुआएँ क़ुबूल कीं। इसके बाद तुर्कान-ए-चिहिलगानी बन्दागान-ए-शम्सी के अमीरों और मलिकों, शहर कोतवाल और क़िलेदार की भी दुआएँ क़ुबूल हुईं। हिन्दू ज्योतिषियों और मुसलमान नजूमियों ने सुल्तान की जीत के वास्ते ख़ास यन्त्र और ताबीज़ तैयार किए थे। सुल्तान की इजाज़त मिलने पर इन्हें उनके बाजुओं में बाँध दिया गया। इन्हें बाँधने के वक़्त मुसलमान नजूमियों ने क़ुरआन की कुछ ख़ास आयतें पढ़ीं, वहीं हिन्दू ज्योतिषियों ने वेद-मन्त्र पढ़कर फ़तेह की दुआ दी। मलिक अल्तूनिया की दुआ क़ुबूल करने के बाद सुल्तान उसकी पीठ थप-थपाकर बोले, "मलिक अल्तूनिया, माबदौलत को आप पर नाज़ है। माबदौलत की ग़ैरहाज़िरी में शहज़ादी रज़िया की हिफ़ाज़त की ज़िम्मेदारी आप पर है।"

इतना सुनते ही मलिक अल्तूनिया की बाँछें खिल गयीं। वह सोचने लगा, अब शहज़ादी रज़िया से मुलाक़ात के वास्ते कोई दिक़्क़त नहीं होगी। वह अदब के साथ झुककर बोला, "सुल्तान-ए-आलम, बेफ़िक्र रहें। शहज़ादी रज़िया की हिफ़ाज़त मैं अपनी जान से बढ़कर करूँगा।"

"माबदौलत को अपने वफ़ादार मलिक से यही उम्मीद है।" मलिक अल्तूनिया एक बार फिर सुल्तान की क़दमबोसी के वास्ते झुक गया। सुल्तान के हटते ही उसका ध्यान गले में लटके बगलामुखी यन्त्र की ओर चला गया। यन्त्र का ख़याल आते ही वह मन-ही-मन मुस्करा उठा।

यूँ तो शहज़ादी रज़िया अपने अब्बाहुज़ूर सुल्तान इल्तुतमिश की विदाई से दुखी थीं, लेकिन जमालुद्दीन याक़ूत की विदाई उन्हें बर्दाश्त नहीं हो रही थी। वे सोच रही थीं, काश! एक बार जमालुद्दीन याक़ूत उसकी नज़रों-से-नज़र मिलाकर देख भर ले। जमालुद्दीन याक़ूत शहज़ादी की क़दमबोसी के वास्ते एक बार झुके भी थे, लेकिन शाही अदब-क़ायदे की वजह से उनकी नज़रें झुकी हुई थीं।

सुल्तान और जमालुद्दीन याक़ूत शहज़ादी की आँखों से जैसे ही ओझल हुए, शहज़ादी की आँखें भर आईं। इसे शहज़ादी सज़िया और बाँदी नयनज्योतिबाई ने भी देखा। जहाँशाह तुर्कान बेगम की आँखों से शहज़ादी की हालत छिप नहीं सकी। वे शहज़ादी के नज़दीक आकर उसके बाएँ कन्धे पर हाथ रखकर बोलीं, "शहज़ादी, आँसू कैसे?"

शहज़ादी आँसू पोंछती हुई बोलीं, "अब्बाहुज़ूर की जुदाई बर्दाश्त नहीं हो रही है।"

"शहज़ादी, सुल्तान-ए-आलम तो इससे पहले भी कई बार जंग पर गये थे, तब आपको इतनी तकलीफ़ नहीं हुई थी, लेकिन आज क्यों इस तरह आँसू बहा रही हैं?"

''आप कहना क्या चाहती हैं?'' शहज़ादी अब तक अपने को सँभाल चुकी थी।

''मैं तो ऐसे ही...।''

''आप साफ़-साफ़ बयान कर सकती हैं। हमें सुनकर तकलीफ़ नहीं होगी।''

जहाँशाह तुर्कान बेगम मुस्कराकर बोलीं, ''आपको सुनकर तकलीफ़ पहुँचेगी। मैं नहीं चाहती...।''

''नहीं। हमें कोई तकलीफ़ नहीं होगी। आप खुलकर कहें।'' शहज़ादी बेगम की ज़ुबान से निकलने वाले अल्फ़ाज़ पहले ही समझ गयी थी।

शहज़ादी रज़िया और जहाँशाह तुर्कान के बीच जब बातचीत हो रही थी, तब नज़दीक ही शहज़ादी सज़िया खड़ी थी। शहज़ादियों और बेगम से कुछ दूर शहज़ादी की ख़ास बाँदियाँ नयनज्योतिबाई और गुल-ए-अब्बासी खड़ी थीं। उन्हीं के नज़दीक बेगम की ख़ास बाँदी गुलबदन भी मौजूद थी। शहज़ादी और बेगम के बीच हो रही बातचीत इन सब को सुनाई दे रही थी। जहाँशाह तुर्कान बेगम अगर चाहतीं तो बाँदियों को हटाकर भी शहज़ादी से बातचीत कर सकती थीं, लेकिन वे जान-बूझकर बाँदियों को सुनाते हुए शहज़ादी से बात कर रही थीं। बेगम बोलीं, ''अफ़सोस, सुल्तान-ए-हिन्द की शहज़ादी रज़िया एक हब्शी ग़ुलाम से...।''

बेगम अपनी बात पूरी भी नहीं कर पाई थीं कि शहज़ादी बोलीं, ''बेगम साहिबा, हम अपनी मरहूम अम्मीजान से कहीं कम इज़्ज़त आपकी नहीं करते हैं। हमें आपकी ज़ुबान से इस तरह के अल्फ़ाज़ सुनकर हैरत हो रही है।''

''शहज़ादी रज़िया, मैं तो पहले ही कह रही थी, आपको सुनकर तकलीफ़ होगी।''

शहज़ादी रज़िया को जहाँशाह तुर्कान बेगम की बेतुकी और बेमौक़े की बातें पसन्द नहीं आ रही थीं। उन्हें अचरज इस बात का हो रहा था कि आम लोगों के सामने जहाँशाह तुर्कान बेगम उससे फ़ुज़ूल बातें कर रही हैं। वे जहाँशाह तुर्कान बेगम की एक-एक साज़िश से अच्छी तरह वाक़िफ़ थीं, लेकिन फिर भी बर्दाश्त कर रही थीं।, लेकिन बर्दाश्त करने की भी एक हद होती है। अब उनकी आँखों के सामने तमाम पिछली साज़िशें जो बेगम ने उसके ख़िलाफ़ करवाई थीं, एक-एक कर आने लगीं। अनायास ही उनकी ज़ुबान से निकल पड़ा, ''बेगम साहिबा, आप होश में तो हैं?'' इतना सुनते ही जहाँशाह तुर्कान बेगम की ख़ास बाँदी गुलबदन के होश उड़ गये। बाँदी नयनज्योतिबाई और गुल-ए-अब्बासी को भी शहज़ादी से ऐसी उम्मीद नहीं थी।

जहाँशाह तुर्कान बेगम ने कभी नहीं सोचा था कि उनकी उम्र से आधी उम्र की शहज़ादी कभी उनसे इस तरह भी बात करने की हिम्मत जुटा सकती है। आख़िर वे

सुल्तान इल्तुतमिश की ख़ास बेगम थीं। सुल्तान ने तमाम हरम की देखरेख उन्हें ख़ुद सौंप रखी है। वे इसे कैसे बर्दाश्त कर सकती थीं? वे गुस्से में बोलीं, ''शहज़ादी, हम तो होश में हैं, लेकिन शहज़ादी अपने होशो-हवास खो चुकी हैं।''

शहज़ादी ने बेगम के साथ वक़्त की नजाक़त देखते हुए बहस करना मुनासिब नहीं समझा। हालाँकि जहाँशाह तुर्कान बेगम ने शहज़ादी सज़िया और तमाम बाँदियों के सामने शहज़ादी रज़िया को शर्मसार करना चाहा था। बेगम फिर बोलीं, ''शहज़ादी, मैं अब भी आपको समझाती हूँ, आप सिपाहगीरी का खेल फ़ौरन बन्द करें!''

''आपको क्या तकलीफ़ है?'' शहज़ादी बेगम की आँखों में झाँकते हुए बोलीं।

''इसमें सुल्तान-ए-आलम की बेइज़्ज़ती हो रही है। हम इसे कैसे बर्दाश्त कर सकते हैं?''

''गुस्ताख़ी माफ़ हो। अब्बाहुज़ूर की बेइज़्ज़ती तो भाई रुक़ुनुद्दीन की नाजायज़ हरकतों और उनकी ऐयाशी की वजह से हो रही है, हमारी वजह से नहीं।''

''वह मर्द है।'' बेगम बुलन्द आवाज़ में बोलीं। उनकी ज़ुबान से निकले अल्फ़ाज़ वहाँ मौजूद हर किसी ने सुना।

''माफ़ करें, ख़ुदा ने औरत और मर्द दोनों को एक-सा बनाया है।''

''लेकिन पाक क़ुरआन औरत को मर्द के बराबर दर्ज़ा नहीं देती।''

''कहाँ लिखा है? अफ़सोस की बात है, औरत चहारदीवारी के अन्दर क़ैद रहे और मर्द गुलछर्रे उड़ाता रहे।''

शहज़ादी सज़िया अब दुनियादारी की बातें समझने लगी थी। वह भी जवान हो चुकी थी। उसे अपनी आपाजान की बेइज़्ज़ती बर्दाश्त नहीं हो रही थी। वह अपनी बड़ी बहन के नज़दीक आकर बोली, ''आपाजान, अब चलिए भी...।''

शहज़ादी रज़िया अपनी छोटी बहन और बाँदियों के साथ क़ुश्क-ए-फ़ीरोज़ी की ओर चल दीं। जहाँशाह तुर्कान बेगम चलते-चलते बोलीं, ''देख लूँगी! तुझे ऐसा सबक़ सिखाऊँगी, जिसे ताउम्र याद करेगी।'' जहाँशाह तुर्कान बेगम की ज़ुबान से निकले अल्फ़ाज़ न तो शहज़ादी रज़िया सुन सकीं और न ही शहज़ादी सज़िया। शहज़ादी रज़िया की बाँदियाँ भी ठीक से कुछ नहीं सुन सकीं, लेकिन उन्होंने ऐसा महसूस ज़रूर किया कि बेगम ने शहज़ादी के ख़िलाफ़ कुछ लफ़्ज़ निकाले हैं। बाँदी गुलबदन बेगम के पीछे-पीछे ख़ामोश चल रही थी। उसने बेगम की ज़ुबान से निकले अल्फ़ाज़ सुने, लेकिन वह बेचारी क्या कर सकती थी।

पच्चीस

सुल्तान नासिरुद्दीन क़ुबाचा की उम्र पैंसठ साल पार हो चुकी थी। उसकी दाढ़ी का एक-एक बाल सफ़ेद हो चुका था, लेकिन दाढ़ी मेंहदी से हमेशा रंगी रहती थी। उसने बढ़ती उम्र में भी अपनी शानो-शौकत में कोई कमी नहीं आने दी। वह इत्र में डूबी क़ीमती किमख़्वाब की पोशाकें पहनता था, जिसमें ज़री और ज़रदोज़ी का बारीक-से-बारीक काम होता था। एक बार पोशाक पहन लेने के बाद वह जल्दी दुबारा उसे नहीं पहनता था। उसकी पगड़ी में क़ीमती जवाहरात का सरपेच हर वक़्त मौजूद रहता था। गले में बसरा के मोतियों का सतलड़ा हार उसकी ख़ूबसूरती में चार चाँद लगाता था। उसका चेहरा भारी, माथा चौड़ा और आँखें शराब के नशे की वजह से हर वक़्त लाल रहती थीं। देखनेवाले को महसूस होता था, जैसे उसकी आँखों से ख़ून टपक रहा हो।

उसके महलों की सजावट देखते ही बनती थी। वह क़ीमती कालीन और पर्दे ईरान से मँगवाता था। उसके महलों के आइने विलायत से आते थे। शाही कारख़ानों के वास्ते एक-से-एक क़ाबिल कारीगर दूर-दूर के मुल्कों से मुल्तान आते रहते थे। चाहे दर्ज़ी हों, चाहे ज़रदोज़ी का काम करनेवाले, चाहे सर्राफ़, चाहे जौहरी, चाहे सुनार हों, या चाहे पटवा, हर कारीगर की उसके यहाँ इज़्ज़त थी, लेकिन वह अपनी आदत से मज़बूर था। किसी कारीगर द्वारा ज़रा-सा भी काम ख़राब हो जाने पर वह उन्हें कड़ी-से-कड़ी सज़ा देता था।

सुल्तान उम्दा घोड़ों का शौक़ीन ही नहीं, पारखी भी था। उसकी घुड़साल में उच्छ, ईरान, इराक, तुर्किस्तान, सिविस्तान और न जाने किन-किन मुल्कों से घोड़े आते रहते थे। उसके शुतुरख़ाना में हर मुल्क के एक-से-एक ख़ूबसूरत ऊँट थे। उसने ऊँटों की कई खेपें अरब से मँगाई थी। उसके शुतुरख़ाना में ऐसे-ऐसे ऊँट भी थे जो बिना सोए कई दिन-रात लगातार सफ़र कर सकते थे। सुल्तान हाथियों का भी शौक़ीन था। उसने शाही फीलख़ाने के वास्ते तमाम हाथी हिन्दुस्तान से मँगवाए थे, लेकिन उसे घोड़े की सवारी ही पसन्द थी।

सुल्तान शिकार का बेहद शौक़ीन था। जब वह शिकार पर निकलता था, लगातार पन्द्रह-पन्द्रह दिन जंगल में ही गुज़ार देता था। मुल्तान और भक्कर क़िले के अन्दर शिकारी चीतों, शिकारी कुत्तों और शिकारी बाजों की कोई कमी नहीं थी। उसके बाएँ बाजू पर उसका प्यारा बाज हमीद अकसर बैठा रहता था। सुल्तान का ज़रा-सा इशारा पाते ही वह पलक झपकते ही किसी का भी चेहरा लहू-लुहान कर सकता था। सुल्तान की ज़्यादा शराबनोशी के वक़्त मस्ती के आलम में हमीद उसके साथ दस्तरख़्वान पर बैठकर मौज़ से गोश्त उड़ाता था। हालाँकि उसकी इस आदत

को दरबार का कोई अमीर पसन्द नहीं करता था।

वह खाने-पीने का बेहद शौक़ीन था। उसके शाही दस्तरख़ान की जितनी तारीफ़ की जाए, कम है। उसके दस्तरख़्वान की बराबरी ईरान, इराक, हिन्दुस्तान और विलायत के सुल्तान नहीं कर सकते थे। शाही दस्तरख़्वान के वास्ते भेंड़, बकरियों और मुर्गियों को दूर-दूर के मुल्कों से मँगवाया जाता था। वह मछली खाने का बेहद शौक़ीन था, लेकिन तली हुई मछली में अगर एक भी काँटा मिल जाए तो खानसामाँ की ख़ैर नहीं होती थी। उसके दस्तरख़्वान के वास्ते मसाले हिन्दुस्तान से आते थे। जिनकी वह अच्छी-से-अच्छी क़ीमत अदा करता था। वह शराब पीने का बेहद शौक़ीन था। शराबनोशी के वक़्त किसी फ़र्मान पर उसके दस्तख़त कराना आसान नहीं था।

वह मुल्क के कोने-कोने से एक-से-एक हसीन लौंडियाँ और बाँदियाँ ढूँढ़-ढूँढ़कर मँगवाता था। ग़ुलामों के सौदागर दूर-दूर के मुल्कों से हसीन लौंडियों को ढूँढ़कर सुल्तान के वास्ते लाते थे, जिन्हें मुँह माँगी क़ीमत दी जाती थी, लेकिन ग़ुलामों के वास्ते उसका मिज़ाज हमेशा सख़्त रहता था। वह ग़ुलामों से कड़ी-से-कड़ी मेहनत लेता था। इतना ही नहीं, वह कभी-कभी ग़ुलामों से जानवरों जैसा बर्ताव करता था।

मरहूम सुल्तान क़ुतुबुद्दीन ऐबक़ की बेटी के अलावा दूसरी बेगमें उससे बहुत डरती थीं। हरम के अन्दर मौजूद बाँदियाँ और लौंडियाँ ही नहीं, ख़्वाजासरा भी उससे थर-थर काँपते थे। सुल्तान ऐयाश भी बहुत था। शाही हरम में एक बार घुस जाने पर जल्दी बाहर नहीं निकलता था। उसे ढलती उम्र में भी सुरा और सुन्दरी से सबसे ज़्यादा लगाव था। शहज़ादे अलाउद्दीन भी हूबहू अपने वालिद के नक़्श-ए-क़दम पर चल रहे थे। वे भी सुरा और सुन्दरी में जवानी से पहले ही डूब गये थे।

उसके दरबार के अक़ील, आलिम, फ़ाज़िल और तवारीख़ लिखनेवाले शोभा बढ़ाते थे। शाइर उसकी तारीफ़ में मसनवियाँ लिखकर इनाम पाते थे। चित्रकारी का वह दुश्मन था। उसके दरबार में कोई चित्रकार नहीं था। वह मौलानाओं, मुल्लाओं और उलेमा हज़रात की अपने सामने एक नहीं सुनता था। जब वे पाक क़ुरआन, हदीस और शरीअत के मुताबिक़ अपनी राय पेश करते थे, तब उनकी राय पसन्द न होने पर कहता था, 'मुझे नहीं मालूम, आपका कानून क्या है? और मैं यह भी नहीं जानता कि आपके द्वारा पेश की गयी राय कानूनी है या फिर ग़ैरकानूनी। वह जायज़ है या नाजायज़। मैं सल्तनत के वास्ते जो मुनासिब समझता हूँ, वही करता हूँ।' दरबार के मौलाना, मुल्ला और उलेमा हज़रात उसके सनकीपन की वजह से ख़ौफ़ खाते थे। वह बहुत ही जालिम इंसान था। छोटी-सी-छोटी ग़लती पर सज़-ए-मौत दे देना, उसके लिए बड़ी बात नहीं थी।

यही जालिम सुल्तान नासिरुद्दीन क़ुबाचा आज रात ठीक से सो नहीं पाया था। उसने तमाम रात हसीन जवान कनीज़ों के बीच रहते हुए शराब पीकर गुज़ारी। सुल्तान सुबह तक नशे में ही था। उसका ध्यान बराबर दिल्ली के सुल्तान इल्तुतमिश की ओर जा रहा था। उसने सुबह होते ही दीवान-ए-ख़ास में अपने बेटे शहज़ादे अलाउद्दीन बहरामशाह, वज़ीर-ए-आज़म ऐनुलमुल्क हुसैन अशअरी, मीरबख़्शी, दरबार के उलेम-ए-ख़ास और क़ाज़ी-ए-सल्तनत को तलब किया। वह कई दिन से सुल्तान इल्तुतमिश की वजह से परेशान था। उसे ख़बर हो गयी थी कि सुल्तान और उसकी फ़ौज़ उच्छ की ओर लगातार आगे बढ़ रही है। फिर भी उसने अपने चेहरे से कुछ जाहिर नहीं होने दिया और बात का रुख़ अलग दिशा में मोड़ते हुए उलेमा हज़रत से पूछा, "सुल्तान इल्तुतमिश के बारे में क्या राय है?"

उलेमा हज़रत सुल्तान का सवाल सुनते ही दाएँ-बाएँ झाँकने लगे। उलेमा हज़रत कई बार पहले सुल्तान इल्तुतमिश के बारे में अपनी अच्छी राय दे चुके थे, लेकिन वे समझते थे कि अगर उन्होंने सुल्तान इल्तुतमिश की ज़रा भी तारीफ़ की तो मौजूदा हालात देखते हुए सुल्तान नाराज़ हो सकता है। उलेमा हज़रत सुल्तान को नाराज़ नहीं करना चाहते थे। वे जान रहे थे कि सुल्तान अब भी नशे में हैं, इसलिए उन्होंने अपनी जान बचाने के वास्ते बीच का रास्ता अख़्तियार किया। वे बोले, "सुल्तान-ए-आलम, दिल्ली का सुल्तान इल्तुतमिश सूफ़ी है, लेकिन वह सूफ़ी होते हुए भी उच्छ की ओर बढ़ा चला आ रहा है जो जायज़ नहीं है।"

उलेमा हज़रत का जवाब सुनते ही सुल्तान बौखला उठा। वह बोला, "माबदौलत ने आपसे क्या पूछा था और आप क्या जवाब दे रहे हैं? क्या जायज़ है और क्या नाजायज़, वह कहाँ जा रहा है और कहाँ आ रहा है, माबदौलत यह नहीं पूछ रहे हैं।" सुल्तान पर पंखा झल रही बाँदियों की डर के मारे जान निकल रही थी। सुल्तान के नज़दीक एक मक्खी देर से घूम रही थी। बाँदियों को डर था, अगर मक्खी सुल्तान के चेहरे पर बैठ गयी, तब ख़ैर नहीं।

"हुज़ूर...।"

"क्या हुज़ूर...हुज़ूर लगा रखा है। माबदौलत को याद है, आप पहले भी सुल्तान इल्तुतमिश की तारीफ़ कर चुके हैं। हमें बेहद अफ़सोस है। हमारा ओहदेदार रोटी हमारी खाता है और तारीफ़ दुश्मन की करता है। आप अभी सुल्तान इल्तुतमिश को सूफ़ी बता रहे थे। सुल्तान इल्तुतमिश सूफ़ी बनने का ढोंग करता है। वह अव्वल दर्ज़े का ढोंगी है। हिन्दुस्तान की अवाम को गुमराह कर रहा है। आक़ा मरहूम क़ुतुबुद्दीन ऐबक़ के साहबज़ादे आरामशाह को उसने मौत के घाट उतारकर दिल्ली और लाहौर के ताजो-तख़्त पर नाजायज़ क़ब्ज़ा किया। क्या एक सूफ़ी को ऐसा करना चाहिए था? उसने राजपूताने के राजपूतों पर कहर बरपा किया। ख़िलज़ी

सुल्तान से ज़बरदस्ती लखनौती की गद्दी छीनी। माबदौलत के हाथ में लाहौर था, उसने शहर पर नाजायज़ क़ब्ज़ा किया। क्या सूफ़ी यही करते हैं?''

उलेमा हज़रत ही नहीं, क़ाज़ी-ए-सल्तनत, वज़ीर-ए-आज़म, मीरबख़्शी और शहज़ादे तक सुल्तान की ज़ुबान से निकले अल्फ़ाज़ सुनकर बड़े ही पशोपेश में थे। किसी की भी हिम्मत नहीं पड़ रही थी कि वह कुछ बोले। किसी तरह हिम्मत बाँधकर उलेमा हज़रत अदब के साथ झुककर बोले, ''सुल्तान-ए-आलम, मैं तो...''

''यह क्या मैं...मैं लगा रखी है। आप सुल्तान इल्तुतमिश की तारीफ़ करते थे। उसे सूफ़ी बताते हैं। वह काफ़िर हिन्दुओं का ही नहीं, जैन, बौद्ध और दूसरे मज़हबों को माननेवालों का भी ख़ैरख़्वाह है।''

अब सुल्तान का बेटा शहज़ादा अलाउद्दीन हिम्मत जुटाकर बोला, ''अब्बाहुज़ूर, सुल्तान इल्तुतमिश ने तो दिल्ली में सत्ताईस हिन्दू मंदिरों को गिरवाकर क़ुव्वतुल इस्लाम मस्जिद बनवाई है, तब वह कैसे काफ़िर हिन्दुओं का ख़ैरख़्वाह हुआ?''

''बर्खुरदार, आपके पास सही जानकारी नहीं है। यह तमाम मंदिर मरहूम आक़ा क़ुतुबुद्दीन ऐबक़ के हुक़्म से गिराए गये थे। शायद शहज़ादे तवारीख़ नहीं पढ़ते, जब कि माबदौलत ने आपके वास्ते कई उस्ताद लगा रखे हैं। हमारे ख़याल से उस्ताद आपको सही तवारीख़ नहीं पढ़ा रहे हैं। वे हराम की तनख़्वाह तोड़ रहे हैं। माबदौलत इनकी जल्दी ख़ैर-ख़बर लेंगे। शहज़ादे, बनारस में जो मंदिर गिराए गये, वे भी मरहूम आक़ा के हुक़्म से गिराए गये। सुल्तान इल्तुतमिश ईद-बकरीद के बराबर हिन्दुओं के तीज-त्योहारों को तवज़्ज़ो देता है। वह उनके त्योहारों में शरीक़ होता है।'' सुल्तान की बात की ओर किसी ने ख़ास ग़ौर नहीं फ़र्माया।

''अब्बाहुज़ूर, सुना है, सुल्तान इल्तुतमिश ने इंसाफ़ के वास्ते सोने की जंजीर लगवा रखी है। वह इंसाफ़ पसन्द है।''

''बेटे, यह सब दिखावा है। सोने की जंजीर से वह अपनी शानो-शौक़त दिखाना चाहता है और माबदौलत की बराबरी करना चाहता है। अगर वह सूफ़ी है तो सोने की जगह फ़ौलाद की जंजीर लगवा सकता था। माबदौलत की नज़र में सुल्तान इल्तुतमिश काफ़िर है, काफ़िर!''

''वह कैसे?''

सुल्तान ज़ोर से हँसा और बोला, ''बेटे, वह कहता है, हमारी सल्तनत में क्या हिन्दू, क्या जैन, क्या बौद्ध और क्या मुसलमान, सब-के-सब एक ही हवा में साँस लेते हैं। सभी हिन्दुस्तान की पाक नदियों गंगा और जमुना का पानी पीते हैं। वह आगे भी कहता है, हिन्दुस्तान को अल्लाह ने जो उपजाऊ ज़मीन दी है, सभी क़ौम और मज़हबों के लोग उसकी फ़स्ल से एक जैसी रोटी खाते हैं। सभी मज़हबों के

लोगों के रीति-रिवाज़ एक से हैं। जहाँ मुसलमानों ने हिन्दुओं के रीति-रिवाज़ों को अपना लिया है। वहीं हिन्दू भी मुसलमानों के तौर-तरीक़ों पर अमल कर रहे हैं। अब बेटे आप ही बताइए, सुल्तान इल्तुतमिश काफ़िर नहीं तो और क्या है?"

शहज़ादे के पास सुल्तान के सवाल का कोई जवाब नहीं था। अब सुल्तान ने वज़ीर-ए-आज़म ऐनुलमुल्क हुसैन अशअरी की ओर मुख़ातिब होकर पूछा, "सुल्तान इल्तुतमिश और उसकी फ़ौज़ इस वक़्त कहाँ है? उसका इरादा क्या है? आपके जासूसों ने क्या ख़बर दी है? अफ़सोस, आपने हमें इस सिलसिले में कुछ बताना भी मुनासिब नहीं समझा।"

वज़ीर-ए-आज़म अशअरी अदब के साथ झुककर बोले, "सुल्तान का इक़बाल बुलन्द हो। हुज़ूर, गुस्ताख़ी माफ़ हो। मैं हुज़ूर को इस सिलसिले में आज ही ख़बर करनेवाला था, लेकिन हुज़ूर ने सुबह-सुबह ही हमें तलब कर लिया।"

"ठीक है, अब हमें बताएँ। सुल्तान इल्तुतमिश की फ़ौज़ कितनी है? वह कहाँ तक आ पहुँची है? उसका इरादा क्या है?"

"हुज़ूर, सुल्तान इल्तुतमिश की फ़ौज़ का इरादा नेक नज़र नहीं आ रहा है। दिल्ली के सुल्तान ने दस हज़ार फ़ौज़ का दस्ता वज़ीर-ए-आज़म जुनैदी की देखरेख में रवाना कर दिया था। दस हज़ार फ़ौज़ का एक दूसरा दस्ता मलिक तबरहिन्दा कज़लक़ खाँ संजर सुल्तानी की कमान में मौजूद है। इसके अलावा दस हज़ार फ़ौज़ अमीर-ए-हाज़िब मलिक इज़्ज़ुद्दीन मोहम्मद सालारी लेकर चल रहा है। हमें अपने ख़ास जासूसों के ज़रिये ख़बर मिली है, सुल्तान ने लाहौर के मुक़्तादार मलिक नासिरुद्दीन एतिमूर को भी जंग के वास्ते आगाह कर दिया है। इन दस्तों के पीछे सुल्तान इल्तुतमिश ख़ुद बीस हज़ार फ़ौज़ के साथ मदद के वास्ते आ रहे हैं। हुज़ूर, यह चारों फ़ौज़ के दस्ते उच्छ में घुस आए हैं।"

"और माबदौलत के पास इस वक़्त क़ितनी फ़ौज़ है?" सुल्तान को उम्मीद न थी कि सुल्तान इल्तुतमिश की फ़ौज़ में पचास हज़ार के क़रीब फ़ौज़ होगी।

"सुल्तान, गुस्ताख़ी माफ़ हो। तक़रीबन तीन साल पहले तूर्ती की जंग जो तक़रीबन चालीस दिन तक चली थी, उसमें काफ़ी फ़ौज़ के सिपाही मारे गये और इधर हाल में ख़्वारिज़्म के शाह की फ़ौज़ की एक टुकड़ी, जिसकी कमान ख़िलज़ियों के हाथों में थी और जिन्होंने सिविस्तान के मंसूरा क़िले पर क़ब्ज़ा कर लिया था, उस जंग में भी शाही फ़ौज़ को काफ़ी नुक़सान पहुँचा। हालाँकि परवरदिगार की मदद से सुल्तान को इस जंग में कामयाबी मिली थी। हुज़ूर...।"

सुल्तान वज़ीर-ए-आज़म को बीच में टोकते हुए बोले, "वज़ीर-ए-आज़म, माबदौलत को लगता है, आप बूढ़े हो गये हैं और आप ज्यों-ज्यों बूढ़े हो रहे हैं, त्यों-त्यों आपका दिमाग़ भी बूढ़ा हो रहा है। माबदौलत ने आपसे सीधे-सीधे पूछा

है, हमारे पास कुल कितनी फ़ौज़ है?'' सुल्तान वज़ीर-ए-आज़म को ऐसे ताक रहा था, जैसे बाज अपने शिकार को ताकता है।

सुल्तान की डाँट सुनते ही वज़ीर-ए-आज़म की घिग्घी बँध गयी। वे डरते-डरते बोले, ''सुल्तान का इक़बाल बुलन्द हो। हुज़ूर, शाही फ़ौज़ में इस वक़्त तक़रीबन पन्द्रह हज़ार सवार मौजूद हैं। इसके अलावा तक़रीबन दो हज़ार अहदी अलग से हैं। कुछ नई फ़ौज़ भी भर्ती हो रही है।''

''लाहौल बिला क़ुव्वत। हमारे पास इतनी कम फ़ौज़ है और हमें मालूम भी नहीं है। माबदौलत इतनी कम फ़ौज़ से सुल्तान इल्तुतमिश की पचास हज़ार फ़ौज़ से कैसे सामना करेंगे?'' अब धीरे-धीरे सुल्तान का नशा काफ़ूर हो रहा था।

''सुल्तान, मैंने जल्दी-से-जल्दी और फ़ौज़ भर्ती करने का हुक़्म फ़र्मा दिया है। दूर-दराज के तमाम गाँवों से जवान फ़ौज़ में भर्ती हो रहे हैं। उन्हें मुनासिब तनख़्वाह देने का हुक़्म भी फ़र्मा दिया है।''

''आपकी नौसिखिया फ़ौज़ सुल्तान इल्तुतमिश की सिखी-सिखाई फ़ौज़ का सामना नहीं कर सकती। माबदौलत को किसी-न-किसी तरह सुल्तान इल्तुतमिश से जंग टालने के वास्ते समझौता करना होगा।''

दीवान-ए-ख़ास में मौजूद सभी लोग ख़ामोश थे। वज़ीर-ए-आज़म अशअरी और शहज़ादा अलाउद्दीन सुल्तान इल्तुतमिश की फ़ौज़ का सामना करना चाहते थे। अब सुल्तान ने मीरबख़्शी की ओर मुख़ातिब होकर पूछा, ''ख़ज़ाने का क्या हाल है?''

''सुल्तान, ख़ज़ाने में कोई कमी नहीं है।''

''क्या माबदौलत जंग रोकने के वास्ते सुल्तान इल्तुतमिश को दिल्ली के सिक्कों की क़ीमत के बराबर एक करोड़ सिक्के दे सकते हैं?''

शहज़ादा अलाउद्दीन बोला, ''अब्बाहुज़ूर, एक करोड़ रक़म काफ़ी होती है। इतनी रक़म से एक जंग लड़ी जा सकती है।''

''और माबदौलत कहीं जंग हार गये, तब क्या हस्र होगा, उसे भी समझ रहे हैं। हुक़्म है, शहज़ादे अलाउद्दीन ख़ुद एक करोड़ सिक्के लेकर सुल्तान इल्तुतमिश से जाकर मुलाक़ात करें। इसके अलावा एक हज़ार थान उम्दा कपड़ों के भी उसे नज़र करें। माबदौलत को पूरी उम्मीद है, शहज़ादे को देखकर सुल्तान पिघल जाएगा। हमारा यह भी हुक़्म है, बाकी तमाम ख़ज़ाना आज ही ऊँटों पर लदवाकर फ़ौज़ी दस्ते के साथ भक्कर के क़िले में भिजवा दिया जाए! सुल्तान इल्तुतमिश की फ़ौज़ अगर ख़ुदा-न-खास्ता मुल्तान पहुँच भी जाती है, तब भी ख़ज़ाना महफ़ूज़ रहेगा।''

''सुल्तान, शहज़ादे को सुल्तान इल्तुतमिश के दरबार में भेजने के बजाय किसी अमीर को भी भेजा जा सकता है?'' वज़ीर-ए-आज़म ने अपना मशविरा पेश

किया।

सुल्तान ने वज़ीर-ए-आज़म की बात पर ग़ौर नहीं फ़र्माया। उसने क़ाज़ी-ए-सल्तनत की ओर मुख़ातिब होकर पूछा, "जनाब, सल्तनत की ख़ुशहाली किसमें है? जंग में या फिर चैन-अमन में?"

क़ाज़ी-ए-सल्तनत अदब के साथ झुककर बोले, "सुल्तान का इक़बाल बुलन्द हो। तमाम दुनिया में चैन-अमन से बड़ी कोई चीज़ नहीं है।"

"जनाब, सुल्तान इल्तुतमिश के पास शहज़ादे को भेजना सही है या फिर किसी अमीर को भेजना सही होगा?"

"हुज़ूर, शहज़ादे को दुश्मन के दरबार में भेजना सियासत के ख़िलाफ़ है। हुज़ूर से दरख़्वास्त है, सुल्तान इल्तुतमिश के पास किसी अमीर को भेज दिया जाए।"

"क़ाज़ी-ए-सल्तनत, आप हमारी सल्तनत के ख़ासम-ख़ास क़ाज़ी हैं। हमें बताएँ, सुल्तान इल्तुतमिश से हमारा क्या रिश्ता है?"

"हुज़ूर का सुल्तान इल्तुतमिश से साढ़ूभाई का रिश्ता है।"

"तब सुल्तान इल्तुतमिश और शहज़ादे अलाउद्दीन का क्या रिश्ता हुआ?"

"हुज़ूर, दोनों के बीच मौसा और भतीजे का रिश्ता हुआ। हमारे ख़याल से शहज़ादे जैसे आपके बेटे हैं, वैसे ही सुल्तान इल्तुतमिश के भी बेटे हुए।" होशियार क़ाज़ी-ए-सल्तनत मौक़े की नजाक़त देखकर बोले।

"अब आप ने वज़ा फ़र्माया। माबदौलत एक तीर से दो शिकार करना चाहते हैं। सुल्तान इल्तुतमिश ने हमारे शहज़ादे को अभी तक देखा नहीं है। सुल्तान इल्तुतमिश एक तरफ़ तो एक करोड़ सिक्के और एक हज़ार क़ीमती कपड़ों के थान पाकर ख़ुश हो जाएगा, दूसरी ओर शहज़ादे को सामने देखकर उसके दिल में शहज़ादे के लिए मोहब्बत पैदा होगी। आक़ा क़ुतुबुद्दीन ऐबक़ की मरहूम बेटी से सुल्तान इल्तुतमिश की दो बेटियाँ हैं, वे अब जवान हो चुकी होंगी। उनका क्या नाम है?"

वज़ीर-ए-आज़म बोले, "हुज़ूर, बड़ी शहज़ादी का नाम है, रज़िया और छोटी शहज़ादी को सज़िया कहते हैं।"

"माबदौलत ने सुना है, शहज़ादी रज़िया बेहद ख़ूबसूरत होने के साथ-साथ घुड़सवारी, तीरंदाज़ी और तलवारबाज़ी में काफ़ी होशियार है। सुल्तान इल्तुतमिश उसकी शादी के वास्ते ज़रूर कोई शहज़ादा खोज रहा होगा। हमारा प्यारा शहज़ादा अलाउद्दीन बेहद ख़ूबसूरत है। अगर शहज़ादा शहज़ादी रज़िया के वास्ते सुल्तान को पसन्द आ गया तो माबदौलत शहज़ादी रज़िया और शहज़ादे अलाउद्दीन की शादी के वास्ते इनकार नहीं करेंगे।" सुल्तान द्वारा पेश किये गये मशविरे पर वज़ीर-ए-आज़म ही नहीं, क़ाज़ी-ए-सल्तनत और मीरबख़्शी तक हैरान थे। वे सोच रहे थे, सुल्तान न जाने क्यों बेसिर-पैर की बातें कर रहे हैं।

सुल्तान की ज़ुबान से निकले अल्फ़ाज़ सुनकर शहज़ादे की तबीयत बाग़-बाग़ हो उठी। वह कुछ देर के वास्ते हसीन ख़्वाबों में डूब गया। दीवान-ए-ख़ास में मौजूद वज़ीर-ए-आज़म ने मौक़े की नजाक़त देखकर सुल्तान की चापलूसी करना ही मुनासिब समझा। उनकी ज़ुबान से निकल पड़ा, "बहुत ख़ूब...बहुत ख़ूब। हम सुल्तान-ए-आलम के आला दिमाग़ की दाद देते हैं।"

क़ाज़ी-ए-सल्तनत और मीरबख़्शी कब पीछे रहनेवाले थे। सुल्तान की तारीफ़ में उनकी ज़ुबान से भी निकल पड़ा, "बहुत ख़ूब...बहुत ख़ूब।" हालाँकि वे दोनों अच्छी तरह समझ रहे थे कि सुल्तान द्वारा पेश किया गया मशविरा एक शैख़चिल्ली के मशविरे की तरह है। वे यह भी समझ रहे थे कि वज़ीर-ए-आज़म मौक़े की नजाक़त देखते हुए सुल्तान की चापलूसी कर रहे हैं।

सुल्तान फिर बोले, "शहज़ादे, आप फ़ौरन रवानगी की तैयारी करें। शहज़ादे के साथ पाँच सौ घुड़सवार भेजे जाएँ! मीरबख़्शी फ़ौरन एक करोड़ सिक्के और एक हज़ार थान शहज़ादे के साथ भिजवाने का इन्तज़ाम करें! अब माबदौलत आराम फ़र्माना चाहते हैं। फ़िलहाल आज का दरबार बर्ख़ास्त किया जाता हैं।"

इतना कहकर सुल्तान तख़्त से उठ बैठे। तख़्त के पीछे पंखा झल रहीं दोनों बाँदियाँ सुल्तान को सहारा देकर ख़्वाबगाह की ओर ले चलीं। दीवान-ए-ख़ास में मौजूद सभी हाज़िरीन एकबार फिर सुल्तान के सामने अदब के साथ झुक गये।

छब्बीस

कजरी की दुकान रोज़ाना की तरह क़िस्म-क़िस्म के फूलों से सजी थी। बारिश न होने की वजह से बाज़ार में फूलों की काफ़ी कमी हो गयी थी। फुलहट्टी में फूलों के दाम आसमान छूने लगे थे, लेकिन कजरी पर इसका कोई ख़ास असर नहीं था। वह मुँह माँगी क़ीमत पर सूरज निकलने से पहले ही ज़रूरत के मुताबिक़ फूल ख़रीद लाई थी। दूसरी फूलवालियाँ देखती ही रह गयी थीं। कजरी के जाने के बाद वे आपस में उसी के बारे में बात कर रही थीं। उनमें से एक पचास साल की उम्र की राधा जो वर्षों से फूलों का ही काम कर रही थी, बोली, "कमबख़्त पता नहीं कैसे इतने मँहगे फूल ख़रीद ले गयी है। आख़िर इसे किस भाव में बेंचेगी?"

जमुना, जिसकी उम्र पैंतालीस साल की हो रही थी, वह राधा की बात बड़े ग़ौर से सुन रही थी। फूलों के धन्धे में वह भी तक़रीबन बीस साल से काम कर रही थी। वह राधा की ओर मुख़ातिब होकर बोली, "जीजी, उसकी बात छोड़ो। ग्राहक फूलों

की क़ीमत उसके फूल देखकर नहीं लगाते हैं। उसकी जवानी, ख़ूबसूरती और अदाओं को देखकर देते हैं। देख नहीं रही हो, कैसी बनी-ठनी रहती है। एक-से-एक क़ीमती जेवर पहनती है। भड़कीली पोशाकें न जाने कहाँ से ख़रीदकर लाती है। उसकी पोशाक हर वक़्त इत्र से भीगी रहती है। शहर के लफंगे लौंडे हर वक़्त उसकी दुकान पर खड़े ही रहते हैं। उसकी दुकान दिल्ली में बदनाम है।''

''बहन, आदमियों की क्या बात करती हो, आदमी तो पैदाइशी रसिया होता है। जिधर ख़ूबसूरत लड़की दिखी नहीं, उसकी लार टपक पड़ी। अब दूर क्या जाऊँ, हमारे मर्द को ही देख लो। मैं तो कमा-कमाकर मर रही हूँ और वह हर वक़्त कमबख़्त रंडियों के तलवे चाटता रहता है।''

''जीजी, आप उन्हें समझाती क्यों नहीं?''

''अब उन्हें क्या समझाऊँ। मैं तो समझा-समझाकर हार गयी हूँ। अब तो उनकी शर्म-हया भी मर गयी है। घर में बेटी जवान हो रही है। उसकी शादी की उन्हें कोई फ़िक्र नहीं है।''

''कहीं लड़का दिखा?''

''कहाँ दिखा! और कौन देखने जाए! हमें इस धन्धे से फुरसत नहीं और उनका सारा दिन रंडीख़ाने में गुज़र जाता है।''

''यह नाशमिटी रंडियाँ भी मर्दों को अपने जाल में फँसा लेती हैं। सुल्तान उन्हें क्यों नहीं दिल्ली से निकाल बाहर करते।''

''जमुना, उन बेचारियों की क्या ग़लती है? कमबख़्त पेट की आग बुझाने के लिए वे मजबूर होकर धन्धा करती हैं। कुछ लड़कियों को भड़ुए दूर-दूर के गाँवों में जाकर धोख़े से फँसाकर कोठों पर बेच देते हैं। मजबूरी न जाने क्या-क्या कराती है।'' राधा और जमुना आज फुलहट्टी में फूल नहीं ख़रीद सकी थीं। दोनों अपने-अपने घरों की ओर खाली डलियों के साथ मुँह लटकाकर चल दीं। वे सोच रही थीं, कल के बचे फूलों से ही आज किसी तरह दिन काटा जाएगा।

कजरी ने अभी दुकान खोली ही थी कि न जाने कहाँ से एक छोटा घुड़सवारों का फ़ौज़ी दस्ता दुकान पर आ धमका। इस दस्ते में कुल दस सिपाही और एक उनका सरदार था। सरदार की उम्र तीस साल से ज़्यादा नहीं रही होगी। वह चार हाथ लम्बा ख़ूबसूरत जवान था। उसने क़ीमती किमख़्वाब की जड़ाऊ पोशाक पहन रखी थी। उसके गले में पचलड़ा क़ीमती मोतियों का हार लटक रहा था। कमर के पटके में दो-दो जड़ाऊ तलवारें और एक कटार खुँसी थी। उसकी आँखें बड़ी-बड़ी और चमकीली थीं। उसकी नुकीली मूँछें और काली दाढ़ी तराशी हुई थी। वह किसी को भी एक नज़र में अपनी ओर खींच सकता था। उसकी वेश-भूषा से लगता था, जैसे वह सल्तनत का ऊँचा हाकिम हो। सरदार और सिपाहियों को अचानक अपनी दुकान

पर देखकर कजरी घबरा गयी। वह अदब के साथ झुककर बोली, "हुज़ूर, क्या फूल चाहिए? अभी-अभी फुलहट्टी से ताज़े फूल लेकर आई हूँ।"

सरदार ने कजरी के सवाल का कोई जवाब नहीं दिया और उल्टे उससे पूछा, "लड़की, क्या तेरा ही नाम कजरी है?"

"जी हाँ हुज़ूर। बन्दी को ही कजरी कहते हैं। मैं हुज़ूर की क्या ख़िदमत कर सकती हूँ?" कजरी डर गयी थी। वह सोचने लगी, न जाने कौन-सी आफ़त आनेवाली है। वह यह भी सोचने लगी कि उसने चोरी-उचक्की जैसा कोई काम नहीं किया है। फिर सोचने लगी, कहीं किसी ने उसकी उल्टी-सीधी शिकायत तो नहीं कर दी। अब वह सोचने लगी, ज़रूर यह हाकिम शहर कोतवाल हो सकता है।

सरदार कजरी को अपनी पैनी नज़र से देख रहा था। वह सोच रहा था कि कजरी के बारे में जैसा तेज़ सिंह ने बताया था, ठीक वैसा ही पाया। वाक़ई यह लड़की हसीन है। कोई भी इसे एक नज़र देखकर आपा खो सकता है। सरदार बोला, "हमें फूल चाहिए।"

अब कजरी की जान-में-जान आई। वह अपनी रटी-रटाई ज़ुबान में बोली, "हुज़ूर, गुलाब, बेला, चमेली, मोगरा, चम्पा, केतकी, रायबेल, रतनमंजरी और मालती में से किसके-किसके फूल बाँध दूँ।" इतने फूलों के इकट्ठे नाम सुनकर फ़ौज़ी दस्ते का सरदार चौंक उठा। वह सोचने लगा, लड़की अभी जवान है, लेकिन दुकानदारी में काफ़ी होशियार है।

कजरी की दुकान पर फ़ौज़ी दस्ते को आया देखकर पानवाली असग़री बेगम दुकान से नीचे उतर आई। वह सोचने लगी, इस लड़की ने न जाने क्या लफड़ा कर डाला है जो फ़ौज़ी दस्ता इसकी दुकान पर आया है। उसने अदब के साथ झुककर घोड़े पर सवार सरदार को सलाम बजाया। इसके अलावा वह कर भी क्या सकती थी। जल्दी ही यह ख़बर बाज़ार भर में फैल गयी। बाज़ार में मौजूद कल्लन मियाँ, लाला करोड़ीमल और लाला हज़ारीमल अपनी-अपनी दुकानों से बाहर निकल आए। इन दुकानों के नौकर चुपके-चुपके फ़ौज़ी दस्ते को देख रहे थे। फ़ौज़ी दस्ते का सवार कजरी की आँखों-में-आँखें डालते हुए बोला, "हमें दुकान के सारे-के-सारे फूल चाहिए।"

कजरी के सामने आज तक ऐसा कोई ग्राहक नहीं आया था जिसने दुकान के सभी फूल एक साथ ख़रीद लिये हों। अब कजरी दुकान से नीचे उतर आई और अदब के साथ झुककर बोली, "हुज़ूर, दुकान आपकी है। आप सभी फूल ख़रीद सकते हैं। बन्दी तो फूल बेचने के लिए ही बैठी है।"

फ़ौज़ी दस्ते के साथ दो ऊँट भी मौजूद थे। सरदार का इशारा पाते ही बिना मोल-भाव किए तेज़ सिंह, कर्पूरी सिंह, नसीम और बैरम फूलों को जल्दी-जल्दी

ऊँटों पर मौजूद थैलियों में भरने लगे। कजरी सोचने लगी, कमबख़्त न जाने फूलों की क़ीमत देंगे या नहीं। अगर इन लोगों ने फूलों की क़ीमत न चुकाई तो आज बड़ा नुक़सान होगा।

दुकान के सभी फूल ऊँटों पर लद चुके थे। असग़री बेगम बड़े ग़ौर से तमाशा देख रही थी। अब दुकान पर एक गुलदस्ता, गुलाब के फूलों का एक हार और एक टोकरी में ज़रा से फूल बचे थे। सिपाही नसीम इन्हें भी उठाने लगा। कजरी सिपाही से अकड़कर बोली, ''जनाब, गुलदस्ता, फूलों का हार और इन थोड़े से फूलों को हाथ न लगाएँ। इनका सौदा पहले हो चुका है। मैं इन्हें नहीं बेच सकती।''

सिपाही नसीम बोला, ''गुस्ताख़ लड़की, तुझे पता नहीं है, फूलों का ख़रीददार कौन है?''

''जनाब, फूलों का ख़रीददार कोई भी हो। मैं जिन फूलों का पहले सौदा कर चुकी हूँ, उन फूलों को अब कैसे बेच सकती हूँ?'' कजरी तेज़ ज़ुबान में बोली।

सरदार मुस्कराकर बोला, ''नसीम, इस लड़की के बारे में जैसा सुना था, ठीक वैसा पाया।''

''हुज़ूर, गुस्ताख़ी माफ़ हो। हमारे बारे में हुज़ूर ने क्या सुना है?''

''सुना था, आप ख़ूबसूरत हैं और गुस्ताख़ भी।''

''हुज़ूर की शान के ख़िलाफ़ कोई ग़लती हो गयी हो तो हमें माफ़ करें। और जहाँ तक हमारी ख़ूबसूरती का सवाल है, वह तो अल्लाह की देन है।'' कजरी का डर निकल गया था।

अब सिपाही नसीम ने एक नज़र कजरी पर डाली और बहुत धीमी आवाज़ में बोला, ''गुस्ताख़ लड़की, तू अपनी तेज़ ज़ुबान बहुत देर से चला रही है। एक शरीफ़ औरत की तरह बात करना सीख। फूलों का ख़रीददार कोई मामूली आदमी नहीं है। यह सल्तनत के ख़ास मलिक अल्तूनिया हैं। आज अगर तेरी जगह कोई दूसरा होता, तो अब तक कब का मौत के घाट उतार दिया गया होता।''

सिपाही नसीम ने फूलों के एवज़ में एक सोने की अशर्फ़ी कजरी की हथेली पर रख दी। सोने की अशर्फ़ी देखकर कजरी चौंकी। वह सोचने लगी, सोने की एक अशर्फ़ी में तो तमाम फुलहट्टी ख़रीदी जा सकती है। कजरी मलिक अल्तूनिया का नाम कई बार सुन चुकी थी। वह यह भी जानती थी कि इनकी शहज़ादी रज़िया के साथ शादी की बातचीत चल रही है।

अब वह मलिक अल्तूनिया के सामने जाकर अदब के साथ झुककर कोर्निश बजाने लगी, लेकिन मलिक ने कोई ग़ौर नहीं फ़र्माया। वह जानता था कि कजरी तक़रीबन रोज़ाना क़िल-ए-रायपिथौरा में शहज़ादी रज़िया के पास आती-जाती है और सिपाहगीरी सीख रही है। वह मुस्कराकर बोला, ''शहज़ादी रज़िया से हमारा

सलाम कहना।''

इतना कहकर मलिक अल्तूनिया ने अपने घोड़े को एड़ लगाई। घोड़ा सरपट हवा से बातें करने लगा। कजरी देर तक फ़ौज़ी दस्ते को देखती रही। अब असग़री बेगम कजरी के नज़दीक आ पहुँची थी। उसने पूछा, ''कौन था?''

''मलिक अल्तूनिया।'' कजरी अपना निचला होंठ दाँतों से दबाती हुई आँखें मटका-मटकाकर बोली।

''मलिक अल्तूनिया। वह भी तेरी दुकान पर? क्या दिन में सपना तो नहीं देख रही है? हमें तो सुनकर अचरज हो रहा है।''

''असग़री बेगम, अचरज काहे कर रही हो? यह किसी ऐरे-गैरे की दुकान नहीं है। यह कजरी फूलवाली की दुकान है, जिसकी शोहरत तमाम दिल्ली में है। क़िल-ए-रायपिथौरा के एक-एक अमीर से लेकर मलिक तक के यहाँ इस दुकान से ही फूल जाते हैं। मलिक अल्तूनिया जैसे न जाने कितने ग्राहक इस दुकान पर आते रहते हैं, जिसे फूलों की ज़रूरत होगी, वह मेरी दुकान पर आएगा।''

''अरी पगली, तुझे कितनी बार समझा चुकी हूँ, ज़मीन पर चलना सीख! आसमान में उड़ने की कोशिश मत कर! आसमान पर उड़नेवाले कभी भी ज़मीन पर गिर सकते हैं। फिर उन्हें ज़मीन पर चलना भी मुश्किल होता है। हमें तेरी हरकतें देखकर अब डर लगने लगा है।''

''आपको डर क्यों लग रहा है?''

''ग्राहकों से लड़ना-झगड़ना तेरे लिए पहले आम बात थी। अब जब से सिपाहगीरी सीखने लगी है, तब से तेरी जुबान कैंची की तरह और तेज़ हो गयी है। अरे मीठी जुबान बोलना सीख! कहीं किसी दिन कोई लफड़ा हो गया तो ख़ुदा जाने क्या होगा?''

''असग़री बेगम, कभी कुछ नहीं होगा। आप बेकार मत घबराया करें। मैं अब दुकान बन्द करने जा रही हूँ। हमारे फूल बिक ही गये हैं।'' इतना कहकर कजरी ने सोने की अशर्फ़ी हवा में उछाली और एक ख़ास अदा के साथ अपनी दाहिनी हथेली की मुट्ठी में थाम ली।

कुछ ही देर में मलिक अल्तूनिया के कजरी की दुकान पर आने की ख़बर समूचे बाज़ार में आग की तरह फैल गयी। कई दुकानदारों ने आकर कजरी को मुबारकबाद दी, लेकिन कजरी की समझ में नहीं आ रहा था, उसे किस बात पर मुबारकबाद दी जा रही है। अब उसने जल्दी-जल्दी दुकान बन्द की और गुलाब के फूलों का हार, गुलदस्ता और फूलों की एक छोटी टोकरी उठाकर बाज़ार की ओर मटक-मटककर चल दी। कुछ ही दूरी पर कँहार पालकी लिए खड़े थे। वह किराया बिना पूछे शान के साथ पालकी में बैठ गयी और उसने चन्द्रकला के घर की ओर चलने को कहा।

दुकानदार उसकी इस अदा को ग़ौर से देख रहे थे।

चन्द्रकला का घर कजरी की दुकान से लगभग आधा कोस की दूरी पर था। वह एक बार उसके घर पर पहले भी जा चुकी थी। रास्ता उसे पता था। चन्द्रकला का घर जो पहले कच्चा था, अब वहाँ चार कमरों का पक्का मकान बन गया था। उसने अपनी माँ के लिए घर के आँगन में एक छोटा-सा ख़ूबसूरत मंदिर बनवा दिया था, जिसमें राधा-कृष्ण की मूर्ति स्थापित कराई थी। उसने मंदिर की स्थापना के समय समूचे मुहल्ले के लोगों को दावत दी थी। वह जब से क़िल-ए-रायपिथौरा आने-जाने लगी थी, इस परिवार की मुहल्ले में काफ़ी इज़्ज़त बढ़ गयी है।

चन्द्रकला नहा-धोकर तैयार हो चुकी थी। वह मंदिर में पूजा भी कर चुकी थी। वह क़िला जाने के लिए तैयार हो रही थी। उसने अपने कपड़े बदलते हुए माँ से पूछा, "अम्मा, वापसी पर बाज़ार से कुछ लाना तो नहीं है?"

बूढ़ी माँ बोली, "बेटी, घर में हम दो ही प्राणी और एक नौकरानी चन्दा है। खर्च ही कितना है? आज ईश्वर का दिया हमारे यहाँ सब कुछ मौजूद है। चन्दा मुझे कोई काम नहीं करने देती है। अब बैठे-बैठे तबीयत ऊब जाती है।"

"अम्मा, कहो तो एक दिन क़िला घुमा लाऊँ। शहज़ादी रज़िया और सज़िया बहुत अच्छी हैं। वे आपको अकसर याद करती हैं।"

अभी माँ-बेटी की बातचीत चल ही रही थी कि नौकरानी चन्दा ने आकर बताया कि कजरी फूलवाली आई हैं। चन्द्रकला बोली, "उन्हें इज़्ज़त के साथ ले आओ और बैठक में बैठाओ। घर में मिठाई रखी है। उन्हें मिठाई के साथ पानी पिलाओ। और सुनो, उनसे कहना, मैं अभी आती हूँ।" नौकरानी चन्दा बाहर की ओर चली गयी और कजरी को बैठक में बिठा दिया। कजरी ने कँहारों को मुनासिब भाड़ा देकर उनकी छुट्टी कर दी। चन्द्रकला की पालकी दरवाज़े के बाहर पहले से लगी थी। कजरी ने सोचा, आज चन्द्रकला के साथ ही पालकी में बैठकर क़िला जाऊँगी।

अब तक चन्द्रकला और उसकी माँ बैठक में आ चुकी थीं। कजरी ने चन्द्रकला की माँ के पैर छुए। माँ बोलीं, "बेटी, जुग-जुग जिओ।" बूढ़ी माँ ने कजरी को बाहों में भरकर उसका माथा चूम लिया। कजरी की तबीयत बाग़-बाग़ हो उठी। उसे अपनी स्वर्गीय माँ की याद आ गयी।

अब चन्द्रकला ने कजरी के दोनों हाथों को अपने हाथों में लेकर पूछा, "आज कैसे इधर का रास्ता भूल गयी हो?"

"आज सुबह-सुबह ही दुकान के सारे-के-सारे फूल बिक गये। सोचा, आपके घर चलकर अम्मा के दर्शन कर आऊँ। अम्मा जी का आशीर्वाद लेकर आपके साथ

क़िला चलूँगी।''

''यह आपने अच्छा किया, लेकिन यह तो बताओ, इतनी सुबह-सुबह सारे फूल कैसे बिक गये?''

''चन्द्रकला, यह लम्बी कहानी है। रास्ते में बताऊँगी।''

अब कजरी फूलों की डलिया चन्द्रकला की माँ को देते हुए बोली, ''अम्मा, यह फूल आपके मंदिर के वास्ते लाई हूँ। इन्हें हमारी तरफ़ से भगवान को चढ़ा देना।''

बूढ़ी माँ बोली, ''बेटी, जा तू ही अपने हाथों भगवान को चढ़ा दे।''

कजरी फूलों की डलिया लेकर आँगन की ओर चल दी। चन्द्रकला आगे-आगे रास्ता दिखा रही थी। मंदिर में राधा-कृष्ण की मूर्ति देखकर कजरी की तबीयत बाग़-बाग़ हो उठी। वह फूल चढ़ाकर चन्द्रकला से बोली, ''चन्द्रकला, मूर्तियाँ बहुत अच्छी हैं। ईश्वर आपके परिवार की मदद करे।'' कजरी राधा और कृष्ण की संगमरमर की बनी छोटी-छोटी मूर्तियों को एकाग्रचित्त होकर देख रही थी। राधा और कृष्ण का छोटा-सा मंदिर संगमरमर का बना था। भगवान को रेशमी कपड़े पहनाए गये थे। सिर पर सितारों और मोतियों से जड़े छोटे-छोटे मुकुट देखने में अच्छे लग रहे थे।

चन्द्रकला और कजरी के पीछे-पीछे माँ भी आँगन में आ गयी थीं। वे बोलीं, ''बेटी, तुझे कृष्ण-कन्हैया जैसा दूल्हा मिले।''

कजरी चन्द्रकला की ओर मुस्कराकर बोली, ''अम्मा, पहले चन्द्रकला की शादी कर लो। फिर हमारे बारे में सोचना।''

''बेटी, अब क्या बताऊँ? चन्द्रकला जब से क़िला जाने लगी है, इसे शादी के नाम से चिढ़ होने लगी है। अब यह सिपाहगीरी सीख रही है। काश! मैं मरने से पहले इस बेटी के भी हाथ पीले कर पाती।''

''अम्मा, हर समय शादी की बात न किया करो। शहज़ादी रज़िया मुझसे उम्र में कहीं ज़्यादा बड़ी हैं, लेकिन उन्होंने अभी तक शादी नहीं की। मैं उनकी शादी हो जाने के बाद ही अपनी शादी के बारे में सोचूँगी।''

''बेटी, वे सुल्तान-ए-आलम की शहज़ादी हैं और हम ग़रीब ब्राह्मण हैं। कहावत है, कहाँ राजा भोज और कहाँ गंगू तेली। हमारा उनका क्या मुक़ाबला? अब तो तेरी शादी के बारे में मोहल्ले के कुछ बुजुर्ग भी मुझे आगाह करने लगे हैं।''

''वे क्या कहते हैं?''

''बेटी, वे हमारे हितैषी हैं। उनका कहना है, बेटी जवान हो गयी है। अपने ज़िन्दा रहते हाथ पीले कर दें।''

''अम्मा, उनसे कहना हमारी फ़िक्र छोड़ें। अपनी जवान लड़कियों के बारे में

सोचें। हम उनकी बेटियों की शादी में पूरी मदद करेंगे। अब आगे मेरी शादी के बारे में बात मत करना। मुझे देर हो रही है। अब मैं चलती हूँ।''

बूढ़ी माँ ने अपना माथा पकड़ लिया और बोली, ''पता नहीं, परमात्मा इस लड़की को कब सद्‌बुद्धि देगा?''

अब तक दोनों लड़कियाँ घर से बाहर निकल आई थीं। पालकी के कँहार उनका ही इन्तज़ार कर रहे थे। अब वे पालकी में बैठकर क़िले की ओर चल दीं।

नौकरानी चन्दा चन्द्रकला की माँ से बोली, ''अम्मा, आप चन्द्रकला के बारे में अधिक चिन्ता न किया करें। उनकी शादी में शहज़ादी रज़िया और शहज़ादी सज़िया दोनों ही मदद करेंगी। आपकी बेटी बहुत होनहार है। वह किसी दिन आपका नाम बहुत ऊँचा करेगी। ईश्वर उसे बुरी नज़र से बचाए।''

''चन्दा, तेरे मुँह में घी-शक्कर।''

पालकी अब मुहल्ले से बाहर निकल चुकी थी। चन्द्रकला ने कजरी से पूछा, ''अब बता, आज सारे फूल सुबह-सुबह कैसे बिक गये।''

''चन्द्रकला, आज जैसे ही दुकान सजाई, मलिक अल्तूनिया फ़ौज़ी दस्ते के साथ दुकान पर आ धमके। मैंने उन्हें पहले कभी नहीं देखा था। फ़ौज़ी दस्ते को अपनी दुकान पर देखकर मेरी तो रूह काँप गयी।, लेकिन जब वे अपनी मीठी जुबान में बोले कि हमें दुकान के सारे-के-सारे फूल चाहिए, तब मेरी जान-में-जान आई। अब उन्होंने दुकान के सारे फूल ऊँटों पर लदवाने का हुक़्म फ़र्माया। सिपाही फूल ऊँटों पर लादने लगे। मैं सोच रही थी कि कहीं इन्होंने फूलों की क़ीमत न चुकाई तो आज भारी नुक़सान उठाना होगा, लेकिन उनके एक सिपाही ने फूलों की क़ीमत के बाबत एक सोने की अशर्फ़ी मुझे दी।''

अब कजरी ने अपने बटुए से सोने की अशर्फ़ी निकालकर चन्द्रकला को दिखाई। चन्द्रकला देर तक अशर्फ़ी को उलट-पुलटकर देखती रही। उसने पूछा, ''तुझे मालूम कैसे हुआ, वे मलिक अल्तूनिया ही थे।''

''मुझे सिपाही ने अशर्फ़ी देते वक़्त बताया था।''

''वे देखने में कैसे लग रहे थे?''

''अब आपको क्या बताऊँ, वे लम्बे-चौड़े और हट्टे-कट्टे ही नहीं, बेहद ख़ूबसूरत थे। उन पर कोई लड़की अपनी जान छिड़क सकती है।''

''तू तो नहीं मर मिटी?'' चन्द्रकला मुस्कराकर बोली।

''चन्द्रकला, जब सिपाही ने हमें बताया कि वे मलिक अल्तूनिया हैं, तब मैं तो उन्हें देखते ही रह गयी।''

कजरी कुछ देर रुककर फिर बोली, ''एक बात कहूँ, शहज़ादी रज़िया और मलिक अल्तूनिया की जोड़ी बहुत अच्छी रहेगी।''

"कजरी, यह शादी होना मुश्किल है।"

"आख़िर क्यों?"

"शहज़ादी इस शादी के लिए तैयार नहीं होंगी।"

"लेकिन तमाम दिल्ली में तो यही चर्चा है कि सुल्तान मुल्तान से वापसी पर इन दोनों की शादी जल्दी करेंगे।"

"तू ठीक कह रही है। मैंने भी कुछ ऐसा ही सुना है, लेकिन शहज़ादी उनसे मोहब्बत नहीं करती हैं।"

कजरी ने अचरज के साथ पूछा, "क्यों, उनमें क्या कमी है? ख़ूबसूरत हैं, जवान हैं, आला ख़ानदान से हैं और तुर्कान-ए-चिहिलगानी बन्दागान-ए-शम्सी के ख़ास मलिक हैं। सुल्तान उन पर जान छिड़कते हैं।"

"कजरी, उनमें कोई कमी नहीं है, लेकिन मलिक अल्तूनिया के हरम में पहले से दो-दो बेगमें मौजूद हैं।"

"लेकिन मलिक अल्तूनिया शहज़ादी रज़िया के ख़्वाब देख रहे हैं।"

"तुझे कैसे मालूम?"

"उन्होंने चलते-चलते मुझसे कुछ कहा था।"

"क्या कहा था?"

"उन्होंने कहा था, शहज़ादी रज़िया से हमारा सलाम कहना।"

"और कुछ?"

"बस वे इतना कहकर घोड़े को एड़ लगाकर चल दिए।"

अब कजरी ने चन्द्रकला के दोनों हाथ अपने हाथों में लेते हुए पूछा, "क्या शहज़ादी किसी और से...।"

चन्द्रकला कजरी के दाहिने कान में बहुत धीमी आवाज़ में बोली, "अरे धीमे बोल। हमारी बात कहीं कँहार न सुन लें। शहज़ादी साहिबा क़ुव्वतुलमुल्क जमालुद्दीन याक़ूत से...।"

इतना सुनते ही कजरी चौंक पड़ी। उसने सपने में भी नहीं सोचा था कि सुल्तान इल्तुतमिश की लाड़ली शहज़ादी एक हब्शी ग़ुलाम से मोहब्बत कर सकती है। क़िल-ए-रायपिथौरा का ग़ज़नी दरवाज़ा नज़दीक आ गया था। दोनों लड़कियाँ ख़ामोश हो गयीं। पालकी बेरोक-टोक क़िले में दाख़िल हो गयी। पहरेदार अब चन्द्रकला की पालकी को पहचान गये थे।

चन्द्रकला ने कजरी के दोनों हाथ अपने हाथों में लेते हुए पूछा, "तुझे सुल्तान के बारे में कोई ख़ास जानकारी है?"

"नहीं। क्यों क्या कोई बात हुई?" कजरी ने अचरज से पूछा।

"सुल्तान नासिरुद्दीन क़ुबाचा का शहज़ादा अलाउद्दीन उच्छ में सुल्तान-ए-

आलम के हुज़ूर में पेश हुआ था। उसने सुल्तान-ए-आलम के हुज़ूर में एक करोड़ सिक्के और एक हज़ार रेशमी और सूती कपड़ों के थान नज़र किए। सुल्तान ने उसे अपना बेटा समझते हुए उसकी खातिरदारी में किसी तरह की कमी नहीं आने दी। उसके वास्ते शराब और शबाब की कमी नहीं रखी गयी। शहज़ादा वहाँ रहकर कुछ ही दिनों में ऐशो-आराम में डूब गया। जब उसने सुल्तान-ए-आलम से मुल्तान वापस जाने की इजाज़त माँगी, तब सुल्तान ने उससे पूछा, यहाँ क्या तकलीफ़ है? आख़िर उसे मजबूर होकर सुल्तान के पास रुकना पड़ा। जब काफ़ी दिनों तक शहज़ादा मुल्तान वापस नहीं पहुँचा, तब सुल्तान नासिरुद्दीन क़ुबाचा डर के मारे मुल्तान छोड़कर भक्कर भाग गये। सुल्तान-ए-आलम का बिना जंग लड़े मुल्तान के क़िले पर क़ब्ज़ा हो गया। जहाँ उनके हाथ तमाम ग़ुलाम आए, वहीं तमाम दौलत भी हाथ लगी।''

''क्या आप इस फ़तेह के सिलसिले में शहज़ादी रज़िया को मुबारकबाद पेश कर चुकी हैं?''

''नहीं। हमें कल रात ही ख़बर मिली थी। हमारी समझ में नहीं आ रहा है, इस ख़ुशी के मौक़े पर शहज़ादी हुज़ूर को मुबारकबाद के साथ क्या चीज़ नज़र करूँ?''

''अरे सोचना क्या है? मेरे पास एक गुलाब के फूलों का गुलदस्ता और हार मौजूद है। मैं शहज़ादी को हार पहना दूँगी और आप उन्हें गुलदस्ता नज़र कर दें। आख़िर हम कौन राजा-महाराजा हैं जो हीरे, मोती, जवाहरात और सोने की अशर्फ़ियाँ नज़र करेंगे। मैं ठहरी एक मज़दूरनी और तू ठहरी एक ग़रीब बेवा बिरहमन की बेटी।'' इतना कहकर कजरी ज़ोर-ज़ोर से हँसने लगी। उसके हँसने पर दोनों गालों में गड्ढे पड़ जाते थे जो उसकी ख़ूबसूरती और बढ़ा देते थे। उसकी हँसी पालकी से बाहर भी जा रही थी।

''अरे कजरी, धीमे से हँस। क़िले के अन्दर इतनी ज़ोर से हँसना शाही अदब-क़ायदा के ख़िलाफ़ है। कहीं दारोग़-ए-हरम ने हमें इस तरह हँसते देख लिया, तब ख़ैर नहीं।''

''क्या यहाँ हँसने पर भी पाबन्दी है?''

''न तो यह बाज़ार है और न ही तेरी दुकान। यह शाही क़िला है। यहाँ ज़ुबान पर लगाम लगाना सीख।''

''जल्दी लगाना सीख लूँगी।'' इतना बोलते ही वह फिर हँस पड़ी। अब तक क़ुश्क-ए-फ़ीरोज़ी का ख़ास दरवाज़ा आ गया था। कँहारों ने पालकी धीमे से नीचे रख दी। दोनों लड़कियाँ पालकी से बाहर निकल आईं। अब जहाँ कजरी के हाथ में गुलाब के फूलों का हार था, वहीं चन्द्रकला अपने दाहिने हाथ में फूलों का गुलदस्ता पकड़े थी।

पालकी से उतरते ही उन दोनों की नज़र ख़्वाजासरा इनायत पर पड़ी। आज इनायत ने गुलाबी रंग की भड़कीली नई पोशाक पहन रखी थी। कमर में बँधे रेशमी पटके में एक कटार खुँसी थी। सिर पर गुलाबी रंग की ही ख़ूबसूरत नयी पगड़ी थी। जिसका एक किनारा उसके दाहिने कन्धे पर लहलहा रहा था। उसके गले में तिहरा मोतियों का हार लटक रहा था। पैरों में नई क़ुतुबशाही जूतियाँ थीं, जिनमें सलमे-सितारे जड़े थे। चूँकि इनायत कश्मीर का रहनेवाला था, इसलिए उसका चेहरा ख़ूबसूरत होने के साथ-साथ सुर्ख़ था। उसकी आँखें बड़ी-बड़ी और चमकीली थीं। दोनों लड़कियाँ उसे एकटक निहार रही थीं। वह चन्द्रकला की ओर अदब के साथ झुककर बोला, ''चन्द्रकला आपा, आदाब बजाता हूँ।''

''आदाब अर्ज़ इनायत मियाँ। आज आप बहुत ख़ूबसूरत दिख रहे हैं। यह नई-नई रेशमी पोशाक, नई रेशमी पगड़ी और फिर नई-नई क़ुतुबशाही जूतियाँ। वाह क्या बात है?''

इनायत मुस्कराकर बोला, ''आपा, क्या आपको ख़बर नहीं है? सुल्तान-ए-आलम ने मुल्तान पर बिना जंग लड़े क़ब्ज़ा कर लिया है। हमें नई पोशाक, नयी पगड़ी, नयी जूतियाँ और मोतियों का हार शहज़ादी हुज़ूर ने कल रात इनाम में बख़्शा था। हरकारा कल आपके चले जाने के बाद यह ख़ुशख़बरी लाया था। शहज़ादी हुज़ूर आज आपको भी इनाम बख़्शेंगीं।''

''तुझे कैसे पता?'' चन्द्रकला ने उसके बाएँ कन्धे पर प्यार से हाथ रखकर पूछा।

''शहज़ादी हुज़ूर आज बेहद ख़ुश हैं।'' इनायत ख़ुश था, लेकिन वह कजरी की ओर देख भी नहीं रहा था। वह उससे नाराज़ था। इसे कजरी भी समझ रही थी। इस बारे में कुछ-कुछ जानकारी चन्द्रकला को भी थी।

चन्द्रकला बोली, ''आपने कजरी आपा को आदाब क्यों नहीं बजाया? जब कि वे उम्र में मुझसे भी बड़ी हैं।''

''हमारी इनसे खुट्टी हो गयी है। हम इन्हें आदाब नहीं बजाते।'' ऐसा लगता था, जैसे इनायत एक बच्चे की तरह कजरी से रूठ गया हो।

''क्यों, मैंने तेरा क्या ले लिया जो मुझसे इस तरह नाराज़ है?'' कजरी बोली।

''आपने हमारे गाल नोच-नोचकर लाल कर दिए हैं। गाल नोचने से दर्द हो उठता है।''

''गाल तो तेरे सेब की तरह पहले से ही लाल हैं, मेरे नोचने से नहीं। तू कश्मीरी जो ठहरा।'' जैसे ही कजरी उसकी ओर बढ़ी, वह उल्टे पैर पीछे हटता गया। उसे डर था, कजरी रोज़ की तरह आज भी उसके गाल नोचेगी। चन्द्रकला उसकी हालत देखकर मन्द-मन्द मुस्करा रही थी। अच्छा था, वहाँ कोई और मौजूद नहीं था।

कजरी फिर बोली, "अच्छा अब पास आ जाओ। वादा करती हूँ, फिर कभी तेरे गाल नहीं नोचूँगी।" इनायत आँखों-ही-आँखों में चन्द्रकला से पूछना चाह रहा था कि वह कजरी की बात पर इत्मीनान करे या नहीं।

इनायत डर के मारे कजरी के नज़दीक अब भी नहीं आ रहा था। अब चन्द्रकला बोली, "अब डरने की बात नहीं है। जब इन्होंने वादा कर लिया है, तब निभाएँगी। हम इसके ख़ुद गवाह हैं।"

अब इनायत डरता-डरता कजरी के नज़दीक आया। कजरी मुस्कराकर बोली, "हम आपसे फिर वादा करते हैं, अब आगे आपके गाल नहीं नोचेंगे, लेकिन हमारी एक शर्त है।"

"वह क्या?"

"आप मुझसे शादी करना मंजूर करें।"

शादी के नाम पर इनायत बुरी तरह चौंका और बोला, "हम कैसे शादी कर सकते हैं? हम हिजड़े हैं। हिजड़ों की शादी कहाँ होती है?"

"आप हमेशा दूसरे मर्दों की तरह ठाठ-बाठ से रहते हैं। उनकी तरह बात करते हैं। उनकी तरह मर्दानी पोशाक पहनते हैं। अब आपकी दाढ़ी भी निकलनेवाली है। आज आपने शहज़ादा की तरह जड़ाऊ भड़कीली पोशाक पहन रखी है। जो आपकी ख़ूबसूरती और मर्दानगी में चार चाँद लगा रही है। आपने कमर के पटके में मर्दों की तरह कटार खोंस रखी है। ज़िस्म में क़ुव्वतुलमुल्क जमालुद्दीन याक़ूत की तरह फ़ौलादी ताक़त है। घुड़सवारी और तीर-कमान चलाना सीख ही लिया है। हमें आपमें कोई कमी नहीं नज़र आती है। अगर इजाज़त दें, तब यह गुलाब का हार आपके गले में डाल दूँ। हिन्दुओं में जब कोई लड़की किसी लड़के के गले में हार डाल देती है, तब उन दोनों की शादी हो जाती है।" कजरी मुस्कराती हुई हार लेकर उसकी ओर बढ़ी।

इनायत के चेहरे का रंग उड़ गया था। वह चन्द्रकला की ओर देखकर बोला, "चन्द्रकला आपा, आप ही इन्हें समझा दें। हम हिजड़ा हैं। हम कैसे शादी कर सकते हैं?" चन्द्रकला की हँसी फूट रही थी, लेकिन वह किसी तरह अपनी हँसी रोके थी।

"हिजड़ा है तो क्या हुआ? जब हम शादी करने के लिए ख़ुद तैयार हैं, तब तुझे किस बात की तकलीफ़ है? क्या हम जवान नहीं हैं? क्या हम ख़ूबसूरत नहीं हैं?" कजरी इठलाकर बोली।

"आप ख़ूबसूरत हैं, लेकिन...।"

"लेकिन क्या? अरे तू भी ख़ूबसूरत है। अब चौदह वर्ष का जवान हो चुका है। हिन्दुओं में दस साल के लड़कों की शादी हो जाती है। आख़िर तू कब तक कुँवारा रहेगा।"

"आप समझती क्यों नहीं? हम हिजड़ा...।"

"क्या तूने हिजड़ा...हिजड़ा की रट लगा रखी है। तुझमें क्या वह नहीं है जो दूसरे मर्दों में होता है।" कजरी उसका दाहिना गाल नोंचती हुई बोली।

"हम बच्चा कैसे पैदा कर सकेंगे?" इनायत तक़रीबन रोते-रोते बोला। अब चन्द्रकला अपनी हँसी नहीं रोक सकी। उसकी हँसी छूट ही गयी।

"अच्छा पहले यह बता, तुझे यह बात किसने बताई कि हिजड़ा बच्चा नहीं पैदा कर सकता। सच-सच जवाब देने पर ही मैं तेरा गाल छोड़ूँगी।"

इनायत के गाल में वाक़ई दर्द होने लगा था। वह तक़रीबन रोते-रोते बोला, "क़िले के सभी हिजड़े ऐसा ही बताते हैं।" अब कजरी ने उसका गाल छोड़ दिया। इनायत अपना गाल सहलाने लगा।

अब कजरी बोली, "अच्छा अब फौरन जा और शहज़ादी साहिबा को बता कि उनके हुज़ूर में मैं और चन्द्रकला आपा पेश होना चाहती हैं।"

ख़्वाजासरा इनायत ने सोचा, चलो जान तो बची। वह तेज़ क़दमों से अन्दर चला गया और कुछ ही देर में वापस आकर बोला, "शहज़ादी हुज़ूर आपका इन्तज़ार कर रही हैं। अब आप जा सकती हैं।"

कजरी और चन्द्रकला क़ुश्क-ए-फ़ीरोज़ी के उस कमरे में पहुँच गयीं, जहाँ शहज़ादी के साथ बाँदी गुल-ए-अब्बासी और नयनज्योतिबाई मौजूद थीं। शहज़ादी के नज़दीक ही उनके दोनों प्यारे चीते रहमान और रहीम ख़ामोश बैठे थे। इनायत, चन्द्रकला और कजरी के पीछे-पीछे वापस लौट आया था। वह इन दोनों लड़कियों के पीछे खड़ा था। पहले चन्द्रकला ने गुलदस्ता देकर शहज़ादी रज़िया को मुबारकबाद पेश की और फिर कजरी ने शहज़ादी को हार पहनाकर मुबारकबाद दी। शहज़ादी ने उन दोनों की मुबारकबाद क़ुबूल की। कजरी की निगाह दोनों चीतों पर टिकी थी। वह एक ही बार इन दोनों के सामने आई थी। वह अन्दर-ही-अन्दर चीतों से डर रही थी। जैसे ही शहज़ादी ने कजरी की मुबारकबाद क़ुबूल की, वैसे ही इनायत की ज़ुबान से निकल पड़ा, "शहज़ादी हुज़ूर, यह आपने क्या किया?"

"क्यों, क्या हुआ?" शहज़ादी ने पूछा। अब कजरी और चन्द्रकला की नज़र इनायत पर पड़ी। वे दोनों उसके मासूम चेहरे को ताक रही थीं।

"हमें अभी-अभी कजरी आपा बता रही थीं कि जब एक लड़की किसी के गले में हार डाल देती है, तब उसकी उससे शादी हो जाती है।"

शहज़ादी कुछ बोलतीं, इससे पहले कजरी बोली, "इनायत मियाँ, मैंने ऐसा कब कहा?"

"शहज़ादी हुज़ूर, ख़ुदा झूठ न बोलवाए। चन्द्रकला आपा इस बात की गवाह हैं!"

चन्द्रकला बोली, ''इनायत मियाँ, आप जो कुछ कह रहे हैं, सच कह रहे हैं। लेकिन चन्द्रकला ने जो कहा था, वह भी सही कहा था।''

चन्द्रकला का जवाब सुनकर इनायत हैरान था। उसकी समझ में नहीं आ रहा था कि चन्द्रकला आपा दोतरफ़ा बात क्यों कर रही हैं? वह बोला, ''चन्द्रकला आपा, यह कैसे हो सकता है? हम दोनों में से कोई एक झूठ बोल रहा है।''

''इनायत मियाँ, समझने की कोशिश करें। कजरी ने आपसे कहा था, जब कोई लड़की किसी लड़के के गले में हार डालती है, तब उस लड़की की उस लड़के के साथ शादी हो जाती है, लेकिन कजरी ने यह नहीं कहा था कि कोई लड़की जब किसी दूसरी लड़की के गले में हार डालती है, तब उनकी आपस में शादी हो जाती है। कजरी आपा ने शहज़ादी साहिबा के गले में हार डाला है, इसके मायने यह नहीं हुए कि कजरी आपा और शहज़ादी साहिबा की आपस में शादी हो गयी है। अब आप समझे!''

शहज़ादी ने मुस्कराकर पूछा, ''चन्द्रकला, आख़िर माज़रा क्या है?''

चन्द्रकला ने शुरू से लेकर आख़िर तक की पूरी कहानी शहज़ादी को सुनाई। शहज़ादी के अलावा वहाँ मौजूद सभी बाँदियों की हँसी छूट गयी। बेचारे इनायत मियाँ सिर लटकाए ख़ामोश खड़े थे। शहज़ादी को उनके ऊपर तरस आ रहा था। वे एकबार सोचने लगीं, मासूम लड़कों को आख़िर क्यों हिजड़ा बनाकर उनकी ज़िन्दगी बरबाद की जाती है। वे बोलीं, ''इनायत मियाँ, अब आप जा सकते हैं। अब आगे कजरी फिर कभी आपके गाल नहीं नोंचेंगी और न ही आपसे इस तरह की शरारत करेंगी।''

इनायत जाते-जाते बोला, ''शहज़ादी हुज़ूर, गुस्ताख़ी माफ़ हो। आप इनसे हमारे सामने वादा करा लीजिए।''

''अब आप जाइए! यह हमारा हुक़्म है।'' अब इनायत उल्टे पैरों महल से बाहर निकल गया, लेकिन कुछ ही देर में वहाँ फिर आ पहुँचा।

''अब आप क्यों आ गये?'' शहज़ादी ने पूछा।

''शहज़ादी हुज़ूर, मलिक अल्तूनिया की बाँदियाँ ढेरों टोकरियों में फूल लेकर आई हैं। वे शहज़ादी हुज़ूर के वास्ते मलिक अल्तूनिया का कोई पैग़ाम भी लाई हैं।''

इनायत के जाने के बाद कुछ ही देर में मलिक अल्तूनिया की बाँदियाँ कई डलिया फूल लेकर हाज़िर हुईं। उनमें से एक बाँदी ने अदब के साथ झुककर शहज़ादी रज़िया के सामने एक ख़लीता पेश किया। ख़लीता खोलने से पहले शहज़ादी ने मलिक अल्तूनिया की बाँदियों को महल से बाहर जाने की इजाज़त दे दी। अब शहज़ादी ने ख़लीता खोला। उसमें लिखा था, 'शहज़ादी साहिबा, सुल्तान-ए-आलम के इक़बाल से मुल्तान फ़तेह हो गया है। इस ख़ुशी के मौक़े पर

मुबारकबाद पेश करने के साथ थोड़े से फूल हुज़ूर की ख़िदमत में पेश कर रहे हैं। उम्मीद है, इन्हें शहज़ादी क़ुबूल करेंगी। शहज़ादी के हुज़ूर में अर्ज़दाश्त है, दिल्ली और उसके आस-पास काफ़ी दिनों से बारिश नहीं हुई है। जिन्सों के दाम बढ़ रहे हैं। इस सिलसिले में हुज़ूर से गुफ़्तगू करने की इजाज़त चाहते हैं। उम्मीद है, नाउम्मीद नहीं करेंगी।'

शहज़ादी मलिक अल्तूनिया के ख़त के एक-एक लफ़्ज़ पर ग़ौर फ़र्मा रही थीं। सभी बाँदियाँ ख़ामोश थीं, लेकिन कजरी से न रहा गया। वह बोली, "शहज़ादी हुज़ूर, गुस्ताख़ी माफ़ हो। आज सुबह-सुबह मलिक अल्तूनिया फ़ौज़ी दस्ते के साथ हमारी दुकान पर आए थे। उन्होंने हमारी दुकान के सारे-के-सारे फूल ख़रीद लिये थे। हुज़ूर, यह वही फूल हैं।"

शहज़ादी कुछ-कुछ माज़रा समझ रही थीं। वे सोचने लगीं, आख़िर मलिक अल्तूनिया को कजरी की दुकान पर जाने की ख़ुद क्या ज़रूरत थी? अब शहज़ादी कजरी से बोलीं, "कजरी, क्या मलिक अल्तूनिया ने आपसे कुछ कहा था?"

"शहज़ादी हुज़ूर, उन्होंने चलते-चलते कहा था, शहज़ादी साहिबा से हमारा सलाम कहना।" इतना बोलकर कजरी सिर नीचा कर ख़ामोश हो गयी। वह डर रही थी, कहीं शहज़ादी नाराज़ न हो जाएँ। शहज़ादी माज़रा ठीक से समझ गयी थीं।

वे बोलीं, "गुल-ए-अब्बासी, आप हमारी तरफ़ से मलिक अल्तूनिया को ख़त लिख दें कि वे हमसे कल एक घड़ी दिन चढ़ने के बाद दीवान-ए-ख़ास में मिल सकते हैं। ख़त अभी उस बाँदी को जाकर दे दें जो मलिक का हमारे वास्ते पैग़ाम लाई है।"

"बहुत अच्छा, हुज़ूर।" बाँदी गुल-ए-अब्बासी ख़त लिखने की तैयारी करने लगी।

अब शहज़ादी ने नयनज्योतिबाई की ओर मुख़ातिब होकर पूछा, "हमारी ज़नानी फ़ौज़ का क्या हाल है?"

बाँदी नयनज्योतिबाई अदब के साथ झुककर बोली, "शहज़ादी साहिबा, हमारी फ़ौज़ में तक़रीबन चालीस लड़कियाँ भर्ती हो चुकी हैं। वे घुड़सवारी और तलवारबाज़ी सीख चुकी हैं। कुछ लड़कियाँ जो पहले ही फ़ौज़ में भर्ती हो गयी थीं, वे दूसरे जंगी हथियारों को भी चलाना सीख गयी हैं। बाकी लड़कियों को जंगी हथियार चलाना सिखाया जा रहा है। उम्मीद है, वे भी एक महीने के अन्दर जंगी हथियारों को अच्छी तरह चलाना सीख जाएँगी।"

शहज़ादी बोलीं, "हमें अब्बाहुज़ूर की काम्याबी पर ख़ुशी है। उम्मीद है, भक्कर का क़िला भी जल्दी क़ब्ज़े में आ जाएगा। तब दिल्ली सल्तनत का क़ब्ज़ा दूर-दूर तक हो जाएगा। उस मुल्क पर क़ब्ज़ा हो जाने पर वहाँ की अवाम राहत महसूस

करेगी। सुल्तान नासिरुद्दीन क़ुबाचा के सनकी मिज़ाज से वहाँ की अवाम काफ़ी दिनों से परेशान थी। हम इस ख़ुशी के मौक़े पर अपनी सभी बाँदियों और ज़नानी फ़ौज़ की लड़कियों को दो-दो अशर्फ़ियाँ और दो-दो नई पोशाकें इनायत फ़र्माते हैं।''

न जाने कब ख़्वाजासरा इनायत आ गया था। उसकी ओर किसी का ध्यान नहीं था। उसे महल के अन्दर आने-जाने की मनाही नहीं थी। उसने पूछा, ''क्या शहज़ादी हुज़ूर ने हमें कुछ हुक़्म फ़र्माया है?''

ख़्वाजासरा इनायत की नादानी पर हर किसी को हँसी आ रही थी। अब नयनज्योतिबाई उससे बोली, ''शहज़ादी हुज़ूर ने हुक़्म फ़र्माया है कि उनकी ओर से तमाम बाँदियों और ज़नानी फ़ौज़ की लड़कियों को दो-दो अशर्फ़ियाँ और दो-दो ज़नानी पोशाकें इनायत की जाएँ। यानि उन्हें इनाम बख़्शा जाए। क्या आप इनायत के मायने नहीं समझ रहे थे?''

''शहज़ादी हुज़ूर, मुझसे ग़लती हो गयी।''

शहज़ादी मुस्कराकर बोलीं, ''जनाब, आपसे कोई ग़लती नहीं हुई। हम आपको भी दो अशर्फ़ियाँ और दो पोशाकें इनाम फ़र्माते हैं।''

''लेकिन हुज़ूर ज़नानी नहीं, मर्दानी।'' इतना सुनते ही वहाँ मौजूद सभी लड़कियों की हँसी फूट निकली।

शहज़ादी फिर बोलीं, ''इनायत मियाँ, अब आप तशरीफ़ ले जाएँ!'' इनायत अदब के साथ झुककर उल्टे क़दमों बाहर निकल गया।

शहज़ादी फिर बोलीं, ''गुल-ए-अब्बासी, आज ज़नाने फ़ौज़ी दस्ते को घुड़सवारी और तलवारबाज़ी की मशक़्क़त करने की कोई ज़रूरत नहीं। सभी लड़कियों को हुक़्म दिया जाए, वे बाज़ार में जाकर गेहूँ, जौं, चना, अरहर, मूँग, उर्द, मसूर और तमाम तरकारियों के बाज़ार भाव पता करें। मुसलमान लड़कियों के वास्ते हुक़्म है, वे गोश्त की दुकानों पर जाकर पता लगाएँ, मुर्ग़, भेंड़, बकरी, ऊँट और दूसरे जानवरों का गोश्त किस भाव बिक रहा है। वे मछलियों की भी क़ीमत दरियाफ़्त करें। इन सब जिन्सों के भाव पता करने के बाद दोपहर बाद वे हमसे आकर मिलें। हमारा यह भी हुक़्म है, वे पता लगाएँ कि कोई इंसान भूख की वजह से मर तो नहीं रहा है? अगर कहीं ऐसी हालत हो तो जल्दी-से-जल्दी उसकी मदद की जाए। अब हमारा नमाज़ का वक़्त हो रहा है। हमें अकेला छोड़ दें। गुल-ए-अब्बासी के वास्ते हुक़्म है, वे रहमान और रहीम को यहाँ से ले जाएँ।''

सत्ताईस

मलिक अल्तूनिया रात भर शहज़ादी रज़िया के हसीन ख़्वाबों में डूबा रहा। वह सुबह जल्दी ही उठकर तैयार होने लगा। ख़िदमतगार ने उसके सामने अलग-अलग रंग की कई पोशाकें पेश कीं, लेकिन उसकी समझ में नहीं आ रहा था कि आज के ख़ास मौक़े पर वह कौन-सी पोशाक पहने। आख़िर उसने हल्की आसमानी रंग की किमख़्वाब की जड़ाऊ पोशाक पहनी। इस पोशाक के किनारे-किनारे लगे गोटे में मोती और दूसरे जवाहरात बहुत ही ख़ूबसूरती के साथ टाँके गये थे। उसने पोशाक के रंग की ही नयी पगड़ी पहनी, जिसमें जवाहरात जड़ा ख़ूबसूरत सरपेच लगा था। ख़िदमतगार ने उसके सामने कई तरह की जूतियाँ पेश कीं, लेकिन उसे कोई पसन्द नहीं आ रही थीं। आख़िर उसे आसमानी रंग की एक जड़ाऊ जूती नज़र आई। उसने उसे ही पहना। गले में तिहरा मोतियों का हार डालने के बाद उसने अपने चेहरे और पोशाक को आइने में ग़ौर से निहारा। उसे कहीं से कोई कमी नज़र नहीं आ रही थी। वह सोच नहीं पा रहा था कि शहज़ादी को कौन-सी ख़ुशबू ज़्यादा पसन्द है। आख़िर उसने इत्र-ए-जास्मिन की शीशी की ओर ख़िदमतगार को इशारा किया। ख़िदमतगार ने उसकी पोशाक में ख़ुशबू लगा दी। इतना सब होने पर भी उसका सारा ध्यान बगलामुखी यन्त्र पर था जिसे कभी बनारस में पंडित शिवशंकर शुक्ल ने तैयार किया था। वह सोचने लगा, आज शहज़ादी से मुलाक़ात होने पर यन्त्र ज़रूर काम करेगा।

हवेली के बाहर तेज़ सिंह तुर्की, ईरानी, इराकी और कच्छी घोड़ों की काठियाँ कसे तैयार खड़ा था। वह मलिक का इन्तज़ार कर रहा था। जैसे ही मलिक बाहर निकला, तेज़ सिंह अदब के साथ झुक गया। मलिक ने काठियाँ कसे सभी घोड़ों पर नज़र डाली। उसे तुर्की सफ़ेद घोड़ा पसन्द आया। तेज़ सिंह ने आगे बढ़कर घोड़े की लगाम मलिक को थमा दी। अब मलिक रक़ाब में पैर डालकर एक झटके के साथ घोड़े पर सवार हो गया। उसने तेज़ सिंह को अपने साथ चलने का इशारा किया। तेज़ सिंह का कच्छी घोड़ा नज़दीक खड़ा था। वह अपने घोड़े पर सवार होकर मलिक के पीछे-पीछे चलने लगा।

मलिक की हवेली से क़िल-ए-रायपिथौरा ज़्यादा दूर नहीं था। उसे वहाँ पहुँचने में ज़्यादा देर नहीं लगी। जैसे ही मलिक का घोड़ा दीवान-ए-आम के सामने पहुँचा, दारोग़-ए-दीवान-ए-आम ने आगे बढ़कर मलिक के घोड़े की लगाम थाम ली और अदब के साथ झुककर बोला, ''मलिक अल्तूनिया का इक़बाल बुलन्द हो। हुज़ूर, गुस्ताख़ी माफ़ हो। सुल्तान-ए-आलम ने दीवान-ए-आम से आगे घोड़े पर सवार होकर जाने की इजाज़त अपने किसी शहज़ादे को भी नहीं दी है। हुज़ूर से इस वास्ते

माफ़ी की दरख़्वास्त है।"

इतना सुनते ही मलिक घोड़े से उतर पड़ा। दारोग़-ए-दीवान-ए-आम ने घोड़े की लगाम थामकर खुद ही उसे एक स्थान पर बाँध दिया। तेज़ सिंह अपने घोड़े से पहले ही उतर गये थे। उनके घोड़े को वहाँ मौजूद एक ख़िदमतगार ने खूँटी से बाँध दिया। अब तेज़ सिंह मलिक अल्तूनिया के साथ दीवान-ए-ख़ास की ओर चल पड़े। तेज़ सिंह को आगे बढ़ता देखकर दारोग़-ए-दीवान-ए-आम उनसे बोला, "शहज़ादी हुज़ूर ने मलिक के अलावा किसी और शख़्स को इजाज़त नहीं दी है।" तेज़ सिंह को दारोग़-ए-दीवान-ए-आम के पास मजबूर होकर ठहरना पड़ा।

दीवान-ए-ख़ास के बाहर बाँदी गुल-ए-अब्बासी मलिक अल्तूनिया का इन्तज़ार कर रही थी। उसने मलिक की अगवानी ली और अपनी शीरीं ज़ुबान में बोली, "जहे नसीब। हुज़ूर की उम्र दराज़ हो। आज हमें मलिक अल्तूनिया की अगवानी का ख़ूबसूरत मौक़ा मिला है। उम्मीद है, हुज़ूर के रू-ब-रू होने के और कई मौक़े जल्दी-जल्दी मिलते रहेंगे।"

"इंशा अल्लाह, ज़रूर।"

बाँदी गुल-ए-अब्बासी ने मलिक अल्तूनिया को दीवान-ए-ख़ास में रखी एक जड़ाऊ कुर्सी पर बिठा दिया और अदब के साथ झुककर बोली, "मैं हुज़ूर के पहुँच जाने की ख़बर शहज़ादी हुज़ूर को फौरन करती हूँ।" इतना कहकर गुल-ए-अब्बासी दीवान-ए-ख़ास के अगले रास्ते से बाहर निकल गयी।

शहज़ादी रज़िया को दीवान-ए-ख़ास पहुँचने में कोई ज़्यादा देर नहीं लगी। वे जड़ाऊ पर्दे के पीछे आकर सोने की कुर्सी पर बैठ गयीं। शहज़ादी के साथ बाँदी नयनज्योतिबाई मौजूद थी। जैसे ही शहज़ादी पर्दे के पीछे हाज़िर हुईं, मलिक अल्तूनिया कुर्सी से उठकर शहज़ादी के हुज़ूर में अदब के साथ झुककर बोले, "शहज़ादी का इक़बाल बुलन्द हो। हमें मजबूर होकर शहज़ादी को तकलीफ़ देनी पड़ी। इसके लिए मलिक माफ़ी की दरख़्वास्त पेश करता है।" अब तक बाँदी गुल-ए-अब्बासी मलिक अल्तूनिया के पीछे आकर खड़ी हो गयी थी। उसने अपनी पोशाक के पटके में एक जड़ाऊ तलवार और एक कटार खोंस रखी थी। शहज़ादी के पीछे खड़ी बाँदी नयनज्योतिबाई भी हथियारों से लैस थी।

मलिक अल्तूनिया ने हिम्मत बाँधकर शहज़ादी के सामने अर्ज़ की, "शहज़ादी के हुज़ूर में एक नायाब हार पेश करने की इजाज़त चाहता हूँ। उम्मीद है, शहज़ादी साहिबा नाउम्मीद नहीं करेंगी।"

"जनाब मलिक अल्तूनिया, हम आपको नाउम्मीद नहीं करते हैं। आप अपना नायाब तोहफा हमें पेश कर सकते हैं।"

अब मलिक ने एक जड़ाऊ बेशक़ीमती हार निकाला, जिसे बाँदी गुल-ए-

अब्बासी ने आगे बढ़कर अदब के साथ अपने हाथों में ले लिया। बाँदी गुल-ए-अब्बासी हार लेकर शहज़ादी के पास पहुँची। शहज़ादी ने उसे ग़ौर से देखा और बोलीं, "हमें मलिक अल्तूनिया द्वारा नज़र किया गया तोहफा पसन्द आया। हम इसे क़ुबूल करते हैं।"

मलिक अल्तूनिया एक बार फिर अपनी कुर्सी से खड़े हो गये और अदब के साथ झुककर बोले, "शहज़ादी को तोहफा पसन्द आया। हमारे लिए इससे बड़ी ख़ुशी की बात और क्या हो सकती है?"

"मलिक अल्तूनिया, अब आप आराम से बैठ जाइए। हमारे हुज़ूर में बार-बार खड़े होने की कोई ज़रूरत नहीं है। आप हमसे जिन्सों के बढ़ते दामों के बारे में कुछ ख़ास गुफ़्तगू करना चाह रहे थे।"

"हुज़ूर, इधर बारिश नहीं होने की वजह से तक़रीबन सभी जिन्सों के दाम काफ़ी बढ़ गये हैं।"

"किन-किन जिन्सों के दाम ख़ासतौर पर बढ़े हैं? कुछ हमें भी मालूम हो!"

"लगभग सभी जिन्सों के दाम बढ़ चुके हैं।"

"इस वक़्त बाज़ार में गेहूँ का भाव क्या है?"

"हमें सही भाव मालूम नहीं है, लेकिन इतना ज़रूर मालूम है, गेहूँ का भाव काफ़ी बढ़ गया है।"

"हमें अफ़सोस है। मलिक अल्तूनिया ने हमें ख़त लिखकर कल ही बताया था कि तमाम जिन्सों के दाम बाज़ार में बढ़ गये हैं, लेकिन उन्हें यह नहीं मालूम कि बाज़ार में इस वक़्त गेहूँ किस भाव बिक रहा है। आपको नहीं मालूम है, लेकिन हम आपको बताते हैं। बारिश से पहले दिल्ली के बाज़ारों में गेहूँ चाँदी के एक टंका में चार मन बिक रहा था, अब ढाई मन बिक रहा है। हमारी समझ से आपको जौ, चना, अरहर और गोश्त के भी सही भाव नहीं मालूम होंगे?"

शहज़ादी की ज़ुबान से निकले अल्फ़ाज़ सुनकर मलिक चौंक गये थे। उन्हें हैरत हो रही थी कि शहज़ादी को गेहूँ के भाव कैसे मालूम हुए? मलिक अभी इसी ऊहापोह में थे कि शहज़ादी फिर बोलीं, "जनाब, बाज़ार में जौ, जो एक टंका में पाँच मन बिक रहा था, आज तीन मन बिक रहा है। जहाँ चना एक टंका में चार मन बिक रहा था, अब दो मन बिक रहा है। उर्द की दाल चार मन के बजाय तीन मन मिल रही है। इसी तरह अरहर की दाल भी एक टंका में चार मन के बजाय तीन मन मिल रही है। हिन्दू और मुसलमान दोनों मज़हबों के बनियों ने बारिश का बहाना पाकर जिन्सों को गोदामों में जान-बूझकर रोक रखा है। वे ज़्यादा-से-ज़्यादा मुनाफ़ा कमाना चाहते थे। आप शहर कोतवाल को हुक़्म दें, वे गोदामों पर छापे डलवाएँ और अनाज को बाहर निकलवाएँ, जिससे अवाम को सही क़ीमत पर अनाज मिल सके।"

शहज़ादी ने फिर पूछा, "मलिक, आप गोश्त तो खाते ही होंगे?"

"जी हाँ शहज़ादी। हर मुसलमान की तरह मैं भी गोश्त खाता हूँ।"

"बाज़ार में गोश्त के क्या भाव हैं?"

"शहज़ादी साहिबा, हमें माफ़ करें। हमें सही दाम मालूम नहीं। यह सब काम ख़िदमतगारों का है। हमें इसकी जानकारी रखने की क्या ज़रूरत है?"

"मलिक अल्तूनिया, अब्बाहुज़ूर दूर जंग पर गये हैं। उनकी ग़ैरमौजूदगी में अवाम को कोई तकलीफ़ न पहुँचे, इसलिए हमें सभी जिन्सों की क़ीमत बराबर देखते रहना चाहिए। कहीं मुनाफ़ाखोरी नहीं होना चाहिए। मैं मलिक को बताना चाहूँगी, बकरे के गोश्त के दाम शहर में बेतहाशा बढ़ गये हैं। जहाँ चाँदी के एक टंका में दो मन बकरे का गोश्त आता था, वहीं अब एक मन मिल रहा है। इतना ही नहीं, घी और तेल के भी दाम बनियों ने बढ़ा दिए हैं। तमाम घर ऐसे हैं, जहाँ रात में तेल की कमी की वजह से चिराग़ नहीं जल रहे हैं।"

शहज़ादी कुछ देर ख़ामोश रहकर बोलीं, "अब कोई और ख़ास बात बाकी तो नहीं?" शहज़ादी को इस बात पर गुस्सा आ रहा था कि अमीर और मलिक अपनी हवेलियों में पड़े-पड़े आराम फ़र्माते रहते हैं। वे शराब और शबाब में डूबे रहते हैं। उन्हें इतनी तक फुर्सत नहीं है, कभी-कभी बाज़ार में जाकर अवाम का हाल-चाल जानने की कोशिश करें। दूसरी तरफ़ हमारे अब्बाहुज़ूर हैं जो रात में वेश बदलकर अवाम के बीच घूमते रहते हैं। वे दिल्ली की अवाम की राई-रत्ती ख़बर रखते हैं। उनके दिल्ली से बाहर जाते ही अमीर और मलिक कामचोर हो गये हैं। वे एक दूसरे के ख़िलाफ़ दिन रात नयी-नयी साज़िशें बुनते रहते हैं। मालूम होता है, नायब वज़ीर-ए-सल्तनत को भी इसकी कोई जानकारी नहीं है। आज दोपहर बाद उन्हें बुलाकर गुफ़्तगू करनी होगी।

अब मलिक ने इधर-उधर देखा। उसके पीछे बाँदी गुल-ए-अब्बासी खड़ी थी। पर्दे में रहते हुए भी शहज़ादी और नयनज्योतिबाई उसे नज़र आ रही थीं। अब मलिक हिम्मत जुटाकर बोला, "क्या शहज़ादी साहिबा से तख़्लिया में बात हो सकती है?"

"क्यों नहीं। हम मलिक अल्तूनिया की ख़ुशी के वास्ते उन्हें नाउम्मीद नहीं करेंगे।"

शहज़ादी की ज़ुबान से निकला, "तख़्लिया!" इतना सुनते ही बाँदी गुल-ए-अब्बासी और नयनज्योतिबाई दीवान-ए-ख़ास से दूर हट गयीं, लेकिन वे ऐसी जगह खड़ी थीं, जहाँ से शहज़ादी और मलिक अल्तूनिया उनको नहीं देख सकते थे, लेकिन उनकी नज़र उन दोनों पर थी।

शहज़ादी ने बात ख़ुद शुरू की। वे बोलीं, "मलिक, आप क्या कहना चाहते थे?"

"मैं शहज़ादी साहिबा से कई बार मुहब्बत का इज़हार कर चुका हूँ, लेकिन शहज़ादी साहिबा...।"

मलिक अपनी बात पूरी भी नहीं कर सके थे कि शहज़ादी उन्हें बीच में टोककर बोलीं, "आप हमसे मुहब्बत करते हैं, हमें एतराज़ नहीं। हम भी अपने अब्बाहुज़ूर से मुहब्बत करते हैं। अपनी छोटी बहन से मुहब्बत करते हैं। मुहब्बत कोई बुरी बात नहीं है।"

"शहज़ादी साहिबा, सुल्तान-ए-आलम आपके साथ हमारी शादी का वादा कर चुके हैं।"

"अब्बाहुज़ूर ने वादा किया होगा, लेकिन उन्होंने हमें इस बाबत कोई जानकारी नहीं दी। हम इस सिलसिले में अब्बाहुज़ूर से ख़ुद बात करेंगे। वैसे शादी की जल्दी क्या है?" शहज़ादी मुस्कराकर बोलीं।

"शहज़ादी साहिबा, हम आपसे बेपनाह मुहब्बत करते हैं। हम आपके बग़ैर अब नहीं रह सकते।"

शहज़ादी अब तक मलिक अल्तूनिया की ज़ुबान से निकले अल्फ़ाज़ किसी तरह बर्दाश्त कर रही थीं। वे बोलीं, "मलिक अल्तूनिया, क्या आप मुहब्बत के सही मायने जानते हैं? अगर आप नहीं जानते तो हम आपको समझाए देते हैं। मुहब्बत इबादत है, मुहब्बत जन्नत तक पहुँचने का सही रास्ता है। मुहब्बत की कोई जाति नहीं, उसका कोई मज़हब नहीं, भलाई-बुराई का उसे कोई इल्म नहीं। मोहब्बत वक़्त और जगह की पाबन्द नहीं। एक आदमी का दूसरे आदमी से मुहब्बत करना इंसानियत है। आपने हमसे मुहब्बत का इज़हार किया, हमें अच्छा लगा।, लेकिन अगर इज़हार न करते तो हमें और अच्छा लगता। मुहब्बत आँखों से नहीं, दो जिस्मों के मिलने से नहीं, वह दिल से होती है, रूह से होती है। आप मुहब्बत को सही मायने में समझना चाहते हैं तो कभी वक़्त निकालकर ख़्वाजा क़ुतुबुद्दीन बख़्तियार क़ाक़ी की ख़ानक़ाह चले जाना या फिर रास्ते में कहीं चलते-फिरते फ़क़ीर क़ाज़ीमुद्दीन ज़ाहिद दिख जाएँ तो उनसे मुहब्बत के मायने समझ लेना। मुहब्बत तो कबूतर कबूतरी से करता है। एक माँ अपने नन्हे बच्चे से करती है। सूफ़ी अल्लाह से मुहब्बत करता है। मुहब्बत में परवाना शमां पर जल जाता है, लेकिन हवस के वास्ते छल-कपट, तंत्र-मंत्र, साज़िश और जादू-टोने से आदमी बाज़ नहीं आता है। अगर आप मुहब्बत के मायने अब भी न समझे हों तो हम आपको मुहब्बत के बारे में एक सूफ़ी के ख़यालात बताते हैं। सूफ़ी कहता है, अगर इश्क़ न होता, इन्तज़ाम आलम-ए-सूरत न पकड़ता, इश्क़ के बग़ैर ज़िन्दगी बवाल है, इश्क़ को दिल दे देना कमाल है। इश्क़ बनाता है, इश्क़ जलाता है। दुनिया में जो कुछ है, इश्क़ का जलवा है। आग इश्क़ की गर्मी है, हवा इश्क़ की बेचैनी है, पानी इश्क़ की रफ़्तार है, ख़ाक इश्क़ की

क़ियाम है। मौत इश्क़ की बेहोशी है, ज़िन्दगी इश्क़ की होशियारी है, रात इश्क़ की नींद है। दिन इश्क़ का जागना है, नेकी इश्क़ की क़ुरबत है, गुनाह इश्क़ की दूरी है और बहिश्त इश्क़ का शौक़ है। हमारी समझ से अब आप मुहब्बत यानि इश्क़ के मायने समझ गये होंगे?''

मलिक अल्तूनिया इतना तो अच्छी तरह समझ रहा था कि सुल्तान इल्तुतमिश सूफ़ियाना ख़यालों के इंसान हैं, लेकिन उसे यह नहीं पता था कि शहज़ादी भी उनके नक़्श-ए-क़दम पर चल रही हैं। मलिक कुर्सी से उठकर खड़े हो गये और शहज़ादी के हुज़ूर में अदब के साथ झुककर बोले, ''शहज़ादी के नज़दीक आने से हम इश्क़ के मायने समझ गये। उम्मीद है, शहज़ादी से और नज़दीकियाँ बढ़ने पर हम इश्क़ की बारीकियाँ भी समझ जाएँगे। अब हमें चलने की इजाज़त दें।''

शहज़ादी की जुबान से निकला, ''इजाज़त है।''

अट्ठाईस

सुबह-सुबह का वक़्त था। मौसम ख़ुशनुमा था। शहज़ादी रज़िया अपने ख़ास हाथी वक़्त बहादुर के हौदे में बैठकर ग़ज़नी दरवाज़े से बाहर निकलीं। उनके चेहरे पर हल्की नक़ाब पड़ी थी। फिर भी चेहरा साफ़ दिख रहा था। वक़्त बहादुर को कभी सुल्तान इल्तुतमिश ने मथुरा के नज़दीक के जंगलों से पकड़वाया था। उस वक़्त वह बच्चा था। वक़्त बहादुर के साथ ही एक नन्हा हिरण भी पकड़ में आया था, जिसका नाम सुल्तान ने लतीफ़ रखा था और उसे शहज़ादी सज़िया को इनाम में बख़्शा था। जब से वक़्त बहादुर शहज़ादी रज़िया को इनाम में मिला, वे उसका ख़ुद ख़याल रखती हैं। वक़्त बहादुर भी शहज़ादी से बेपनाह मुहब्बत करता है। शहज़ादी को देखते ही वह ज़ोरदार चिंघाड़ लगाकर उनकी क़दमबोसी के वास्ते झुक जाता है। शहज़ादी के हाथी के पीछे बाँदी नयनज्योतिबाई, गुल-ए-अब्बासी, चन्द्रकला और कजरी मौजूद थीं। वे चारों घोड़ों पर सवार थीं। शहज़ादी की हिफ़ाज़त के वास्ते बीस घुड़सवार तलवारों और दूसरे जंगी हथियारों से लैस होकर वक़्त बहादुर के आगे-आगे चल रहे थे। इन सवारों के आगे दो नक़ीब और कुछ ख़िदमतगार पैदल चल रहे थे। इनके घोड़ों के पीछे सौ सवारों का एक फ़ौज़ी दस्ता था।

क़िले के बाहर ज़मीन पर तमाम नजूमी और ज्योतिषी अपनी-अपनी दरियाँ बिछाए बैठे थे। उनके सामने हिन्दू और मुसलमान आदमी, औरतें अपने भविष्यफल की जानकारी ले रहे थे। मुसलमान औरतें बुर्क़ा ओढ़े बैठी थीं। कुछ नजूमी फाल

निकालकर लोगों के भविष्य बता रहे थे। उन्हें जैसे इत्मीनान था कि जैसा ज्योतिषी और नजूमी बता देंगे, उनकी क़िस्मत के मुताबिक़ ठीक वैसा होकर रहेगा। हालाँकि ख़राब ग्रह-दशा होने पर वह इन्हें उनसे बचने के उपाय भी बताते हैं। इस पेशे में अधिकतर ठग घुस आए हैं। वे अवाम को लूटने के लिए हर तरह के हथकंडे अपनाते हैं और बेचारी भोली-भाली अवाम लुटती रहती है।

शहज़ादी की सवारी जैसे ही ग़ज़नी दरवाज़े से बाहर निकली, वहाँ मौजूद सभी लोग शहज़ादी की शान में उठकर खड़े हो गये और क़दमबोसी के लिए झुक गये। कुछ हिन्दू ज्योतिषी वहाँ मौजूद लोगों को बता रहे थे कि आज आपको सुबह-सुबह गणेश जी ने दर्शन दिए हैं। आपका आज का दिन अच्छा कटेगा। जैसे ही शहज़ादी की सवारी उनकी आँखों से ओझल हुई, वे सभी अपने कारोबार में फिर लग गये।

शहज़ादी की सवारी आज ख़ासतौर पर ग़ुलाम बाज़ार के लिए निकली थी। उसने क़ाज़ी-ए-सल्तनत कबीरुद्दीन और शहर कोतवाल को पहले ही इत्तला करा दी थी कि वे शहज़ादी की ग़ुलाम बाज़ार में मौजूदगी के वक़्त वहाँ मौजूद रहें। ग़ुलाम बाज़ार का रास्ता नालसाज़गंज और रक़ाबगंज से होकर गुज़रता था। वहाँ की सड़क ज़्यादा चौड़ी नहीं थी। सड़क पर इक्का-दुक्का लोग आ-जा रहे थे। अधिकतर लोगों को जानकारी हो गयी थी कि शहज़ादी रज़िया की सवारी इस रास्ते से गुज़रनेवाली है। इसीलिए लोगों ने रास्ता खाली कर दिया था, लेकिन फिर भी नक़ीब बुलन्द आवाज़ में चिल्ला रहा था, ''बाअदब, बामुलाहिजा होशियार, शहज़ादी रज़िया बिन्त सुल्तान इल्तुतमिश की सवारी आ रही है।''

जैसे ही शहज़ादी की सवारी नालसाज़गंज के नज़दीक पहुँची, उसने देखा, वहाँ मौजूद तमाम लोग घोड़ों के खुरों में नाल ठोक रहे हैं। शहज़ादी ने इससे पहले कभी घोड़ों में नाल ठोकते नहीं देखा था। उसने यह तजुर्बा भी कर लेना ठीक समझा। शहज़ादी का इशारा पाते ही महावत ने वक़्त बहादुर को इशारा किया। महावत का इशारा पाते ही वक़्त बहादुर ज़मीन पर बैठ गया। इस बीच ख़िदमतगार ने आकर शहज़ादी के वास्ते हौदे पर सीढ़ी लगा दी। शहज़ादी के हौदे से उतरते ही तमाम सवार अपने-अपने घोड़ों से नीचे उतर पड़े। जैसे ही शहज़ादी हौदे से नीचे उतरीं, वहाँ नाल लगा रहे लोग अपना-अपना काम छोड़कर शहज़ादी की शान में अदब के साथ झुक गये। अब तक शहज़ादी को उसकी बाँदियों ने ढालों के बीच सुरक्षा के वास्ते घेर लिया था। नालसाज़गंज के मकानों से औरतें, लड़कियाँ और बच्चे शहज़ादी को छिप-छिपकर ताक रहे थे। वे सभी इस बात से ख़ुश थे कि शहज़ादी रज़िया पहली मर्तबा उनके मुहल्ले में तशरीफ़ लाई हैं।

अब शहज़ादी एक बुजुर्ग उस्ताद के नज़दीक पहुँचीं और उससे पूछा, ''जनाब, आपका नाम क्या है?''

"शहज़ादी हुज़ूर, मेरा नाम बशीरुद्दीन है।" बशीरुद्दीन की उम्र साठ साल से ऊपर रही होगी। सर्द मौसम में भी उसके बदन से पसीना छूट रहा था। उसका चेहरा गोल और आँखें अन्दर की ओर धँसी हुई थीं। गालों की ऊपर की हड्डियाँ उभरी हुई साफ़-साफ़ दिख रही थीं। उसके बदन पर अधिक कपड़े नहीं थे। सिर पर कोई टोपी नहीं थी। सिर और दाढ़ी के बाल काफ़ी सफ़ेद हो गये थे। वह शहज़ादी को अपने नज़दीक पाकर ख़ुश नज़र आ रहा था।

"आप इस काम को कब से कर रहे हैं?" शहज़ादी ने पूछा।

वह अदब के साथ झुककर बोला, "हुज़ूर, हमें ठीक से याद नहीं, लेकिन जब से हम समझदार हुए थे, तब से यही काम कर रहे हैं।"

शहज़ादी और उस्ताद बशीरुद्दीन की बात वहाँ मौजूद तमाम नाल लगानेवाले ग़ौर से सुन रहे थे। उन्होंने शहज़ादी को अपने बीच पाकर अपना-अपना काम बन्द कर रखा था। शहज़ादी उनकी ओर मुख़ातिब होकर बोलीं, "आप सभी लोग अपना-अपना काम करते रहें। हम आपका काम बारीकी से देखना चाहते हैं।"

शहज़ादी का हुक़्म पाते ही वहाँ मौजूद छोटे-बड़े उस्ताद अपने-अपने कामों में जुट गये। कुछ कम उम्र के लड़के भी इस काम को सीख रहे थे। शहज़ादी ने देखा, पहले घोड़े की पुरानी नाल जो घिस गयी होती है, उसे निकालने के लिए घोड़े के पैर को आदमी अपनी दोनों जाँघों के बीच दाब लेता है और फिर उसमें लगी पाँचों कीलों को एक-एककर निकालता है। कीलें निकालने के बाद पुरानी नाल को एक लोहे के छोटे यन्त्र से आसानी से खींच लेता है। नाल उखाड़ने के बाद लोहे की रेती से घोड़े के खुर रेतकर सफाई की जाती है। जब खुर की सफाई अच्छी तरह से हो जाती है, तब नई नाल जलते कोयले के अन्दर ख़ूब अच्छी तरह से गर्म करने के बाद खुर में सावधानी से चिपका दी जाती है। इसके बाद कीलें ठोककर नाल को अच्छी तरह लगा देते हैं। अधिकतर घोड़े जिनके खुरों में नाल पहले लगाई जा चुकी हैं, वे ख़ामोश रहकर आसानी से यह काम करा लेते हैं।, लेकिन कुछ नए बिगड़ैल घोड़ों को बाँधकर ज़मीन पर लिटा दिया जाता है, तब उनके खुरों में नाल लगाई जाती है। शहज़ादी और उसके नज़दीक खड़ी बाँदियाँ इस काम को बड़े ग़ौर से देख रही थीं। उनके लिए यह अजूबा था। अब शहज़ादी ने उस्ताद बशीरुद्दीन से पूछा, "आपके मुहल्ले में इस काम में तक़रीबन कितने लोग लगे हैं?"

"हुज़ूर, हमें सही जानकारी नहीं है, लेकिन अन्दाज़ के तौर पर बता सकता हूँ कि इस काम में पाँच सौ से अधिक ही लोग लगे हैं।"

"एक घोड़े में पुरानी नालें निकालने और नयी नालें लगाने में तक़रीबन कितना वक़्त लगता है?"

"शहज़ादी हुज़ूर, एक घोड़े में कितना वक़्त लगता है, सही तौर पर नहीं बताया

जा सकता, लेकिन एक नालसाज़ एक दिन में पाँच-छः घोड़ों में नालें ठोंक लेता है।''

''क्या आप बता सकते हैं, घोड़ों में नालसाज़ी का काम कब से शुरू हुआ?''

''हुज़ूर, हमारे बुजुर्ग बताया करते थे कि यह काम सबसे पहले मुल्क रोम में आज से तक़रीबन पाँच सौ बरस पहले शुरू हो गया था। बाद में यह काम दूसरे मुल्कों और हमारे हिन्दुस्तान में भी शुरू हुआ।''

''जंगली घोड़ों में नाल नहीं रहती, फिर भी वे तेज़ी से दौड़ते हैं। फिर हमें घोड़ों में नाल लगाने की ज़रूरत क्यों पड़ी?'' शहज़ादी का सवाल सुनकर वहाँ मौजूद बाँदियाँ और कारीगर चौंक पड़े।

उस्ताद बशीरुद्दीन मुस्कराकर बोले, ''शहज़ादी, जंगली घोड़ों पर न तो कोई सामान लादा जाता है और न ही उन पर सवारी की जाती है। इसलिए वे जंगल में दौड़ते रहते हैं, लेकिन फ़ौज़ी घोड़ों पर सवारी होती है और कभी-कभी माल भी लादा जाता है। घोड़ों के खुर घायल न हो जाएँ, इस वास्ते नाल लगाना ज़रूरी है।'' शहज़ादी को नालसाज़ी के वास्ते काफ़ी जानकारी हासिल हो चुकी थी। उसने हुक़्म फ़र्माया, नालसाज़गंज मुहल्ले के हर एक नालसाज़ को कल ही चाँदी के पाँच-पाँच टंका इनाम फ़र्माए जाएँ। शहज़ादी की जुबान से ऐसे अल्फ़ाज़ निकलते ही वहाँ मौजूद तमाम नालसाज़ अदब के साथ झुककर कोर्निश बजाने लगे।

जैसे ही शहज़ादी वक़्त बहादुर के हौदे पर चढ़ने को हुईं, उस्ताद बशीरुद्दीन अदब के साथ झुककर बोला, ''शहज़ादी हुज़ूर से एक गुज़ारिश है।''

''आप बेहिचक और बेख़ौफ़ होकर बयान करें।''

''शहज़ादी साहिबा अपने ख़ास घोड़ों में नाल लगाने के वास्ते हमें भी एक मौक़ा दें। हमें शहज़ादी की ख़िदमत करने में ख़ुशी होगी।''

''ज़रूर...ज़रूर। हम आपको इस वास्ते ज़ल्दी ही मौक़ा देंगे।''

अब शहज़ादी गुल-ए-अब्बासी की ओर मुख़ातिब होकर बोलीं, ''आप कल ही से पाँच-पाँच घोड़ों में नाल लगवाने के वास्ते यहाँ भिजवा दें।''

गुल-ए-अब्बासी की जुबान से निकला, ''शहज़ादी हुज़ूर, हुक़्म की तामील होगी।'' शहज़ादी का हुक़्म सुनते ही उस्ताद बशीरुद्दीन का चेहरा खिल उठा। वह अदब के साथ शहज़ादी की शान में झुककर कोर्निश बजाने लगा।

अब शहज़ादी हौदे में सवार होकर रक़ाबगंज की ओर चल दीं। अभी शहज़ादी की सवारी ज़्यादा दूर नहीं निकल सकी थी कि न जाने कहाँ से फ़क़ीर क़ाज़ीमुद्दीन ज़ाहिद अपने चितकबरे गधे पर सवार होकर रक़ाबगंज की ओर से नालसाज़गंज की ओर आ रहे थे। बाँदी गुल-ए-अब्बासी जो शहज़ादी के पीछे बैठी पंखा झल रही थी, उसने शहज़ादी को बताया कि गधे पर सवार और कोई नहीं, बल्कि फ़क़ीर

क़ाज़ीमुद्दीन ज़ाहिद हैं। शहज़ादी ने महावत से कहा कि वह वक़्त बहादुर को ज़मीन पर बिठा दे। महावत ने इशारे से वक़्त बहादुर को ज़मीन पर बिठा दिया। अब शहज़ादी सीढ़ी के सहारे एक बार फिर नीचे उतर आईं। वे पैदल चलकर फ़क़ीर के सामने पहुँचीं और अदब के साथ उनकी शान में झुक गयीं।

फ़क़ीर ने शहज़ादी से पूछा, ''शहज़ादी कैसी हो?''

''हज़रत की दुआ से अच्छी हूँ।''

जैसे ही शहज़ादी फ़क़ीर के क़रीब पहुँचीं, बाँदियाँ और ख़िदमतगार अदब के साथ अलग हट गये। उन दोनों की आपस में जो बात हो रही थी, वहाँ मौजूद लोगों को सुनाई नहीं पड़ रही थी। अब शहज़ादी फिर बोलीं, ''हज़रत, सल्तनत और अवाम के वास्ते दुआ करें।''

''सुल्तान नासिरुद्दीन क़ुबाचा के अब आख़िरी दिन आ गये हैं। सुल्तान इल्तुतमिश जल्दी दिल्ली लौट रहे हैं। जहाँशाह तुर्कान बेगम और शैख़-उल-इस्लाम नसीमुद्दीन सुगर से होशियार रहें।''

''हज़रत ने जो हुक़्म फ़र्माया है, उस पर संजीदगी के साथ ग़ौर फ़र्माऊँगी। हज़रत से गुज़ारिश है, सल्तनत और अवाम के वास्ते दुआ करें।''

''जल्द ही अज़मेर शरीफ़ से ख़्वाजा मुईनुद्दीन चिश्ती दिल्ली तशरीफ़ ला रहे हैं। दिल्ली की अवाम के वास्ते ख़ुशख़बरी है। ख़्वाजा की क़दमबोसी के वास्ते चूकने की ज़रूरत नहीं है।''

''हज़रत की जुबानी ख़्वाजा मुईनुद्दीन चिश्ती की दिल्ली आने की ख़बर सुनकर हमें बेहद ख़ुशी हुई। हम उनके वास्ते पलकें बिछाए हैं। अब हमें उम्मीद है, हज़रत और ख़्वाजा मुईनुद्दीन चिश्ती की दुआ से सल्तनत और अवाम को ख़ुशहाली मिलेगी। हज़रत से एक बात पूछना चाहती हूँ।''

''शहज़ादी, पूछो। क्या पूछना चाहती हो?''

''अमीर मलिक अल्तूनिया के बारे में हज़रत का क्या ख़याल है?''

''मलिक आपसे जल्दी-से-जल्दी शादी करने की ख़्वाहिश रखता है। फ़िलहाल अभी उसकी वफ़ादारी ताजो-तख़्त और आपके साथ है। आगे हमें पता नहीं।'' शहज़ादी मलिक अल्तूनिया के बारे में जो कुछ जानकारी चाह रही थीं, तक़रीबन मिल गयी थी।

अब शहज़ादी अदब के साथ झुककर बोलीं, ''हज़रत, गुस्ताख़ी माफ़ हो। हुज़ूर को कुछ अशर्फ़ियाँ नज़र करना चाहती हूँ।''

''शहज़ादी, फ़क़ीरों को दौलत से क्या वास्ता। आप इस दौलत से ग़रीबों के वास्ते लंगरख़ाना खुलवा दें जो सुल्तान इल्तुतमिश के दिल्ली पहुँचने तक बराबर चलता रहे। जहाँ तक हमारा सवाल है, हम कल्लन मियाँ की दुकान पर रोज़ाना एक

रोटी और एक गोश्त का टुकड़ा खा लेते हैं। कमबख़्त हमारा गधा भी उसकी घास के अलावा कहीं कुछ और नहीं खाता है। वह आपकी अशर्फ़ियाँ भी नहीं खाएगा।'' फ़क़ीर ज़ोर से हँसे। फ़क़ीर के हँसने की आवाज़ बाँदियों ने भी सुनी। अब फ़क़ीर अल्लाहू...अल्लाहू करते हुए मुहल्ला नालसाज़गंज की ओर चल दिए। जैसे ही फ़क़ीर अपने चितकबरे गधे पर बैठकर वक़्त बहादुर के नज़दीक से गुज़रे, वक़्त बहादुर ने फ़क़ीर की शान में ज़ोरदार चिंघाड़ लगाई, लेकिन वक़्त बहादुर की चिंघाड़ का कोई असर उनके गधे पर नहीं पड़ा। वह मस्ती के आलम में ढेंचू...ढेंचू करता हुआ आगे बढ़ता चला जा रहा था।

अब शहज़ादी की सवारी मुहल्ला नालसाज़गंज से होकर रक़ाबगंज पहुँचने ही वाली थी कि शहज़ादी ने अपनी बायीं ओर देखा, एक लम्बे-चौड़े हाते के अन्दर तमाम कबूतर दाना चुँग रहे हैं। वे सोचने लगीं, आजकल बाज़ार में अनाज के भाव बढ़ रहे हैं, तब भी ग़रीब अवाम इन परिन्दो के वास्ते अपने घर से लाकर दाना डालती है। उन्होंने हौदे के पीछे बैठी नयनज्योतिबाई से कहा, ''इन परिन्दो के वास्ते रोज़ाना एक मन बाजरा भिजवाने के वास्ते शहर कोतवाल के पास हुक़्म भिजवा देना।''

''बहुत अच्छा, शहज़ादी साहिबा।'' शहज़ादी अब भी कबूतरों को ग़ौर से देख रही थीं।

कुछ ही देरी में मुहल्ला रक़ाबगंज आ गया। नक़ीब फिर एकबार बुलन्द आवाज़ में बोला, ''बाअदब, बामुलाहिजा होशियार, शहज़ादी रज़िया बिन्त सुल्तान इल्तुतमिश की सवारी आ रही है।''

मुहल्ला रक़ाबगंज के लोगों ने जैसे ही शहज़ादी को देखा, वे सब अपना-अपना काम छोड़कर शहज़ादी की शान में अदब के साथ झुक गये। वहाँ जगह-जगह भट्टियों में लोहा गर्म किया जा रहा था। कोई लोहे को घन से पीट रहा था और कोई-कोई लोहे को अपने-अपने हिसाब से ढाल रहा था। शहज़ादी यहाँ अपने हौदे से नीचे नहीं उतरीं। उन्होंने गुल-ए-अब्बासी से कहा कि वह जाकर पता लगाए कि इस मुहल्ले में रक़ाब बनाने का काम कितने लोग कर रहे हैं। बाँदी गुल-ए-अब्बासी ने एक बुज़ुर्ग आदमी से जाकर पता किया। उसने बताया, इस काम में तक़रीबन एक हज़ार आदमी लगे हैं। शहज़ादी ने मुहल्ला रक़ाबगंज में तीन महीने के वास्ते एक लंगरख़ाना खुलवाने का हुक़्म फ़र्माया।

ग़ुलाम बाज़ार आने ही वाला था। जैसे ही शहज़ादी की सवारी ग़ुलाम बाज़ार में घुसी, उसकी नज़र शहर कोतवाल और क़ाज़ी-ए-सल्तनत कबीरुद्दीन पर सबसे पहले पड़ी। घोड़े की पीठ पर बैठे-बैठे दोनों हाकिमों ने शहज़ादी को आदाब बजाया। शहर कोतवाल एक झटके के साथ अपने घोड़े से नीचे उतर आया और

शहज़ादी की शान में कोर्निश बजाने लगा। क़ाज़ी-ए-सल्तनत कबीरुद्दीन को दो ख़िदमतगारों ने किसी तरह घोड़े से उतारा। वे काफ़ी मोटे थे। उनका वज़्न लगभग तीन आदमियों के बराबर था। हालाँकि वे हमेशा पालकी में चला करते थे, लेकिन आज न जाने क्यों घोड़े पर सवार होकर ग़ुलाम बाज़ार पहुँचे थे।

शहज़ादी के ग़ुलाम बाज़ार पहुँचते ही वहाँ मौजूद लोगों के बीच एकबार सन्नाटा छा गया। किसी भी आदमी को यह उम्मीद नहीं थी कि सुल्तान की लाड़ली शहज़ादी ख़ुद ग़ुलाम बाज़ार तशरीफ़ ला सकती हैं। वहाँ मौजूद क्या सौदागर, क्या दलाल, क्या ग़ुलाम लड़के, क्या ग़ुलाम क़नीज़ें और क्या ग़ुलामों के ख़रीददार सभी शहज़ादी की शान में अदब के साथ झुककर कोर्निश बजाने लगे। शहज़ादी के ग़ुलाम बाज़ार पहुँचने से अगर सबसे ज़्यादा ख़ुशी किसी में थी तो सौदागरों में थी। उन्हें उम्मीद थी कि शहज़ादी आज ज़रूर कुछ ग़ुलाम लड़कों और कनीज़ों को ख़रीदेंगी और उन्हें इस बाबत अच्छी क़ीमत मिलेगी।

चन्द्रकला और कजरी इससे पहले कभी ग़ुलाम बाज़ार से नहीं गुज़री थीं। उन्हें यहाँ का माहौल अज़ीबो-ग़रीब लग रहा था। शहज़ादी के आने की वजह से ग़ुलामों की नीलामी कुछ देर के वास्ते रुक गयी। शहज़ादी का इशारा पाते ही ग़ुलामों की नीलामी फिर शुरू कर दी गयी। ग़ुलाम बाज़ार के चबूतरे पर एक-एक ग़ुलाम लड़के को लाया जा रहा था और उसकी क़ीमत लगाई जा रही थी। हालाँकि ख़रीददार शहज़ादी की मौजूदगी की वजह से संकोच के साथ क़ीमत लगा रहे थे।

सौदागर हिन्दुस्तान के कोने-कोने से भारी तादाद में ग़ुलाम बेचने लाए थे। कुछ सौदागर दूसरे मुल्कों से भी ग़ुलाम ख़रीदकर उन्हें अच्छे भाव में बेचने के लिए कई महीनों के सफ़र के बाद दिल्ली लाए थे। कुछ सौदागरों के पास अपने ऊँट थे और कुछ के पास अपने घोड़े मौजूद थे। इनमें से कुछ सौदागर ऐसे भी थे जो घोड़ों और ग़ुलामों दोनों की तिज़ारत करते थे। बाज़ार में सबसे ज़्यादा माँग हब्शी ग़ुलामों की थी। कनीज़ों में तातारी कनीज़ों की माँग अधिक थी। उनकी क़ीमत मुँह माँगी मिल रही थी। उन्हें अधिकतर अमीर या मलिक ही ख़रीदते थे। शहज़ादी ने ख़ुद दस लड़कों की यहाँ ख़रीददारी की और उसने बाँदी गुल-ए-अब्बासी को हुक़्म दिया कि इन लड़कों से पूछकर पता लगा लें कि उन्हें कौन-सा काम पसन्द है। इन्हें इनकी पसन्द का ही काम करने को दिया जाए और इनके खाने-पीने और रहने का बेहतर इन्तज़ाम कर दिया जाए।

ग़ुलाम लड़कों की बिक्री होने के बाद अब ग़ुलाम लड़कियों की बिक्री शुरू हुई। कुछ ख़रीददारों ने लड़कियों को ख़रीदा। शहज़ादी अच्छी तरह समझ रही थीं कि उनकी क़ीमत काफ़ी कम लग रही है। इसी बीच एक ख़ूबसूरत लड़की, जिसकी उम्र तक़रीबन सोलह-सत्रह साल रही होगी, चबूतरे पर बिकने के वास्ते आई। अब

उसकी बोली शुरू हुई। पहली बोली चाँदी के दस टंका की लगी। एक दूसरे ख़रीददार ने उसकी क़ीमत बारह टंका लगाई। अब तीसरा ख़रीददार लड़की की क़ीमत पन्द्रह टंका लगा रहा था। इन ख़रीददारों में एक खूसट आदमी, जिसकी उम्र तक़रीबन साठ साल पार कर गयी होगी, वह अपनी मूछों पर हाथ फेरता हुआ बोला, ''इस लड़की की क़ीमत बीस टंका।''

शहज़ादी इस ख़रीददार को ग़ौर से देख रही थीं। वे सोचने लगीं, ज़रूर यह आदमी इस लड़की को अपनी हवस का शिकार बनाना चाहता है। बीस टंका से ज़्यादा कोई लड़की की क़ीमत नहीं लगा रहा था। इसी बीच ग़ुलाम बाज़ार का ख़ास दलाल बुलन्द आवाज़ में चिल्लाया, ''बीस टंका एक।''

अब वह ज़ोरदार आवाज़ में फिर बोला, ''बीस टंका दो।''

वह आगे कुछ बोलता, इससे पहले ही शहज़ादी ने बाँदी गुल-ए-अब्बासी से कहा कि इस लड़की की क़ीमत पचास टंका लगा दो। दलाल के आगे बोलने से पहले ही गुल-ए-अब्बासी ज़ोरदार आवाज़ में बोली, ''लड़की की क़ीमत पचास टंका।''

भीड़ में मौजूद तमाम ख़रीददारों के बीच खुसर-फुसर होने लगी। वे आपस में बात कर रहे थे, एक लड़की की क़ीमत पचास टंका। आज सुबह से जितनी लड़कियों की बिक्री हुई थी, किसी लड़की की क़ीमत पन्द्रह टंका से अधिक नहीं गयी थी। अब खूसट ख़रीददार का मुँह लटक गया था। पचास टंका से ऊपर क़ीमत लगाने की उसकी हिम्मत नहीं पड़ रही थी। शहज़ादी के इशारे से गुल-ए-अब्बासी ने हाथी के हौदे से लाकर पचास चाँदी के टंके की थैली दलाल के हवाले कर दी। दलाल ने लड़की गुल-ए-अब्बासी को सौंप दी। लड़की अदब-कायदा समझती थी। वह गुल-ए-अब्बासी के सामने झुक गयी और बोली, ''मैं हुज़ूर को आदाब बजाती हूँ। हुज़ूर मुझे जो भी काम सौपेंगी, मैं पूरी ईमानदारी और वफ़ादारी के साथ करूँगी।''

गुल-ए-अब्बासी लड़की को लेकर शहज़ादी के नज़दीक पहुँची। लड़की जान गयी थी कि शहज़ादी सुल्तान इल्तुतमिश की साहबज़ादी हैं। वह अदब के साथ झुककर उन्हें कोर्निश बजाने लगी। अब शहज़ादी ने कजरी को अपने नज़दीक बुलाया और बोलीं, ''हम काफ़ी दिनों से देख रहे हैं, सिपाहगीरी सीखने की वजह से आपका काफ़ी वक़्त बर्बाद होता है। हम इस लड़की को आपकी मदद के वास्ते इनाम में बख़्शते हैं। यह आपकी दुकान पर रहकर मदद करेगी। कुछ ही दिनों में फूल ख़रीदना और बेचना सीख जाएगी।''

''शुक्रिया, हुज़ूर।'' कजरी अदब के साथ झुककर बोली।

अब शहज़ादी ने लड़की से पूछा, ''लड़की, आपका नाम क्या है?''

"शहज़ादी साहिबा, मेरा नाम मोहिनी है। मेरे माँ-बाप बचपन में मर गये थे। मैं घरों में जा-जाकर झाड़ू-पोंछा का काम करती थी, लेकिन महँगाई की वजह से मेरे काम छूट गये हैं। मुझे तीन रोज़ से खाना नहीं मिला है। मुझे मजबूर और लाचार देखकर मेरे चचेरे भाई ने एक सौदागर के हाथ बेच दिया। उस सौदागर ने मुझे इस सौदागर के हाथों बेचा जिसने आज मुझे हुज़ूर के हाथों बेचा।"

"क्या आप अपने चचेरे भाई के पास वापस जाना चाहती हैं? यदि आप जाना चाहती हैं तो हम आपकी मदद कर सकते हैं।"

"हुज़ूर, मैं अब वापस नहीं जाऊँगी। मेरी क़िस्मत मुझे जहाँ ले जाना चाहती थी, मैं वहाँ पहुँच गयी। मैं अब ख़ुश हूँ।"

"आपको अब आगे कोई तकलीफ़ नहीं होगी।"

मोहिनी को पाकर कजरी का चेहरा खिल उठा। उसे नयनज्योतिबाई, गुल-ए-अब्बासी और चन्द्रकला ने मुबारकबाद दी। मोहिनी अदब के साथ अपनी मालकिन कजरी के सामने झुक गयी। कजरी सोच रही थी, अब उसके दिन और अच्छे आ गये हैं। उसने कभी नहीं सोचा था कि उसे यूँ ही मुफ़्त में एक कनीज़ मिल जाएगी।

अब एक चौदह साल की ख़ूबसूरत लड़की को सौदागर चबूतरे पर बेचने के लिए लाया। लड़की जैसे ही चबूतरे पर पहुँची, वह दहाड़ मारकर रोने लगी। लड़की सुबह से ग़ुलाम बाज़ार में ख़ामोश खड़ी थी। सौदागर लड़की को नीलामी के वास्ते आगे खींच रहा था, लेकिन लड़की उससे हाथ छुटाकर भागना चाहती थी। शहज़ादी ने महसूस किया कि लड़की के साथ ज़ोर-ज़बरदस्ती की जा रही है। अब शहज़ादी ग़ुलाम बाज़ार के चबूतरे के नज़दीक पहुँच गयीं और सौदागर से पूछा, "आपने इस लड़की को कहाँ से ख़रीदा है?"

सौदागर अदब के साथ झुककर बोला, "शहज़ादी हुज़ूर, मैंने इस लड़की को ग़ुलामों के दलाल कमालुद्दीन से ख़रीदा है।"

"क्या यहाँ कमालुद्दीन मौजूद है?"

कमालुद्दीन नज़दीक ही खड़ा था। उसकी उम्र तीस साल से ज़्यादा नहीं थी। एक नज़र देखने में ही यह आदमी चलता-फिरता नज़र आता था। वह दो क़दम आगे बढ़कर बोला, "शहज़ादी का इक़बाल बुलन्द हो। हुज़ूर, मैंने इस लड़की को सौदागर ज़हीरुद्दीन को तीन टंका में कल बेचा था।"

अब शहज़ादी ने कमालुद्दीन से कई सवाल एक साथ कर डाले, "लड़की को आपने किस गाँव से ख़रीदा? आपने इस एवज़ में कितनी क़ीमत चुकाई? लड़की के माँ-बाप का पता-ठिकाना क्या है? आप वहाँ इसे कब ख़रीदने गये थे?"

दलाल कमालुद्दीन के पास शहज़ादी के सवालों का कोई जवाब नहीं था। उसने सोचा, शहज़ादी के सामने झूठ बोलने से काम नहीं चलेगा। वह शहज़ादी के पैरों पर

झुक गया और तक़रीबन रोते-रोते बोला, "शहज़ादी साहिबा, हमें माफ़ कर दें। हमसे ग़लती हुई। हम इस लड़की को बहला-फुसलाकर लाए हैं।"

"क्या आपने सौदागर ज़हीरुद्दीन को इस बाबत जानकारी दी थी?"

"शहज़ादी हुज़ूर, मैंने सौदागर को इस सिलसिले में पूरी जानकारी दे दी थी। तभी सौदागर ने हमें तीन टंके दिए थे, वरना लड़की की क़ीमत दस टंका के बराबर होती है।"

शहज़ादी और दलाल की बातचीत होते वक़्त शहर कोतवाल और उसके सिपाही नज़दीक आ गये थे। अब शहज़ादी ने सौदागर ज़हीरुद्दीन से पूछा, "क्या यह सच बोल रहा है?"

सौदागर ज़हीरुद्दीन के सामने ऐसा मामला पहले कभी नहीं आया था। उसे इसी बाज़ार में आगे भी कारोबार करना था। उसने डर के मारे गुनाह क़ुबूल करना ही ठीक समझा। वह अदब के साथ झुककर बोला, "शहज़ादी हुज़ूर, मुझसे ग़लती हुई। हुज़ूर के सामने माफ़ी की दरख़्वास्त पेश है। हुज़ूर, दलाल कमालुद्दीन जो कुछ कह रहा है, सही कह रहा है।"

शहज़ादी ने क़ाज़ी-ए-सल्तनत कबीरुद्दीन से पूछा, "जनाब क़ाज़ी-ए-सल्तनत, इन्हें क्या सज़ा मिलनी चाहिए?"

"शहज़ादी हुज़ूर, दलाल कमालुद्दीन की नंगी पीठ पर बीस कोड़े लगाए जाएँ और सौदागर ज़हीरुद्दीन को दस कोड़ों की सज़ा दी जाए।"

अब शहज़ादी ने शहर कोतवाल को हुक़्म फ़र्माया, "लड़की को फौरन हिफ़ाज़त के साथ इसके माँ-बाप के पास पहुँचा दिया जाए और क़ाज़ी-ए-सल्तनत द्वारा किए गये इंसाफ़ के मुताबिक़ दलाल और सौदागर को अभी सज़ा दी जाए।"

दलाल और सौदागर ज़ोर-ज़ोर से चिल्ला रहे थे, "शहज़ादी हुज़ूर रहम...शहज़ादी हुज़ूर रहम...शहज़ादी हुज़ूर रहम।"

शहज़ादी की सवारी वापस क़िल-ए-रायपिथौरा की ओर चल दी। उन्हें दलाल और सौदागर को लगाए जा रहे कोड़ों की आवाज़ साफ़-साफ़ सुनाई दे रही थी।

उनतीस

तीन महीने से सुल्तान इल्तुतमिश की फ़ौज भक्कर के क़िले को घेरे थी, लेकिन अभी तक कामयाबी हासिल नहीं हो सकी थी। वज़ीर-ए-आज़म जुनैदी बराबर ख़बर भेज

रहे थे कि जल्दी कामयाबी हासिल होनेवाली है।, लेकिन सुल्तान रोज़-रोज़ इन्हीं ख़बरों को सुनकर ऊब गये थे। सुल्तान ने तक़रीबन पन्द्रह दिन पहले वज़ीर-ए-आज़म जुनैदी को हुक्म फ़र्माया था कि क़िले पर पूरी ताक़त एक साथ झोंक दी जाए। सुल्तान इस मुहिम को और आगे नहीं खींचना चाहते थे। उन्हें अब दिल्ली वापस जाने की भी चिन्ता सता रही थी। उन्हें अपनी प्यारी शहज़ादियों और शहज़ादों की याद सताने लगी थी। सुल्तान बदायूँ के इक़्तादार जहाँशाह तुर्कान बेगम के बेटे शहज़ादे रुकुनुद्दीन की ओर से बेफ़िक्र नहीं थे।

हरकारा के ज़रिये दिल्ली से आए कई ख़त उनके सामने रखे थे। उन्होंने उन ख़तों में से नायब वज़ीर, जहाँशाह तुर्कान बेगम और शहज़ादी रज़िया के ख़त अलग किए। उन्होंने शहज़ादी रज़िया का ख़त पहले खोला। उसमें लिखा था, 'अब्बाहुज़ूर को मुल्तान की फ़तेह मुबारक हो। अल्लाह से दुआ करती हूँ, जल्द-से-जल्द भक्कर का क़िला भी अब्बाहुज़ूर के हाथ आ जाए। दीगर हाल है, दिल्ली और उसके आस-पास बारिश नहीं होने की वजह से अनाज के दाम काफ़ी बढ़ गये हैं। हालाँकि इस सिलसिले में शहर कोतवाल को बुलाकर ताक़ीद कर दी गयी है कि वे बनियों के गोदामों में छापे डलवाकर छिपे हुए माल को बाहर निकलवाएँ। इस काम में कुछ कामयाबी भी मिली है। फिर भी अवाम के वास्ते जगह-जगह लंगरख़ाने खुलवा दिए गये हैं।'

सुल्तान ने जहाँशाह तुर्कान बेगम का ख़त खोला। उसमें लिखा था, 'मेरे सरताज़, आला हज़रत दिल्ली से काफ़ी दूर हैं। हालाँकि मैंने हुज़ूर से मुहिम पर जाने के वक़्त दरख़्वास्त पेश की थी कि हुज़ूर हमें भी अपने साथ उच्छ और मुल्तान के सफ़र में साथ ले चलें, लेकिन हुज़ूर ने हमारी एक नहीं सुनी। मुल्तान पर फ़तेह पाने के लिए तहेदिल से हुज़ूर को मुबारकबाद पेश करती हूँ। उम्मीद है, मुल्तान की तरह जल्दी भक्कर के क़िले पर भी हुज़ूर फ़तेह पा लेंगे। गुस्ताख़ी की माफ़ी चाहती हूँ। मुझे मजबूर होकर लिखना पड़ रहा है, हुज़ूर की ग़ैरहाज़िरी में शहज़ादी रज़िया अपनी ज़नानी फ़ौज़ के साथ सरेआम दिल्ली के बाज़ारों में घूम रही हैं। हालाँकि उनकी हिफ़ाज़त फ़ौज़ी दस्ता कर रहा है, लेकिन हमें डर है, कहीं उनके साथ कोई वारदात न हो जाए, जिससे मैं हुज़ूर को मुँह दिखाने लायक़ न रहूँ। अफ़सोस है, हमारे लाख समझाने पर भी शहज़ादी रज़िया कहना नहीं मान रही हैं। हुज़ूर से दरख़्वास्त है, शहज़ादी को ख़त लिखकर उन्हें समझाने की कोशिश करें। अल्लाह हुज़ूर को कामयाबी दे और शहज़ादी की हिफ़ाज़त करे। आमीन।'

सुल्तान ने नायब वज़ीर-ए-आज़म के हाथ से लिखा ख़त खोला। ख़त में लिखा था, 'सुल्तान-ए-आलम को मुल्तान की फ़तेह मुबारक हो। अल्लाह से रात-दिन दुआ करता हूँ, हुज़ूर को सुल्तान नासिरुद्दीन क़ुबाचा पर जल्द-से-जल्द फ़तेह

हासिल हो। हुज़ूर, दिल्ली के हालात तक़रीबन ठीक हैं। बारिश न होने की वजह से अनाजों के दाम कुछ बढ़ गये थे, जिन पर काबू पा लिया गया है। ग्वालियर के राजा मंगलदेव ने शाही ख़ज़ाने में ख़िराज़ भिजवाना बन्द कर दिया है। वह मनमानी कर रहा है। सुल्तान-ए-आलम हुक़्म दें तो ग्वालियर के राजा मंगलदेव के ख़िलाफ़ मुहिम छेड़ दी जाए और हुज़ूर के आने से पहले उसे बन्दी बनाकर क़दमों में डाल दिया जाए। सुल्तान-ए-आलम और हिन्दुस्तान की अवाम के वास्ते ख़ुशख़बरी है, बगदाद के हज़रत ख़लीफ़ा हुज़ूर को इज़्ज़त बख़्शने के लिए अपने आदमियों के ज़रिये ख़िलअत और ताजो-तख़्त की सनद भेज रहे हैं। हज़रत ख़लीफ़ा ने सुल्तान को 'नासिर-अमीर-उल-मौमनीन' और 'सुल्तान-ए-आज़म' के आला ख़िताब से भी नवाज़ा है। नाचीज़ नायब वज़ीर हुज़ूर को इस सिलसिले में मुबारकबाद पेश करता है। उम्मीद है, हुज़ूर क़ुबूल करेंगे।'

सुल्तान इल्तुतमिश ने तीनों ख़तों पर ग़ौर फ़र्माया। तीनों ख़तों में उन्हें मुल्तान की कामयाबी पर मुबारकबाद पेश की गयी थी और भक्कर के क़िले पर कामयाबी के वास्ते दुआ की गयी थी। जहाँशाह तुर्कान बेगम ने अपने ख़त में शहज़ादी रज़िया की शिकायत की थी। सुल्तान अच्छी तरह समझ रहे थे कि जहाँशाह तुर्कान बेगम शहज़ादी रज़िया को फूटी आँख नहीं देख सकतीं। अब उन्होंने नायब वज़ीर-ए-आज़म के ख़त पर ग़ौर फ़र्माया। नायब वज़ीर-ए-आज़म को ख़लीफ़ा के आदमियों के आने की ख़बर जल्दी ही मिली होगी, लेकिन उसने इस ख़बर को शहज़ादी रज़िया और जहाँशाह तुर्कान बेगम से जान-बूझकर छिपाया होगा। सुल्तान ने यह भी महसूस किया कि बारिश न होने की वजह से दिल्ली के हालात का जो सही खुलासा शहज़ादी रज़िया ने अपने ख़त में किया था, वैसा दोनों ख़त में नहीं हुआ है। वे अब अच्छी तरह समझ रहे थे कि अवाम की जितनी फ़िक्र हमारी प्यारी बेटी शहज़ादी रज़िया को है, उतनी न तो हमारी बेगम साहिबा को है और न ही नायब वज़ीर-ए-आज़म को। नायब वज़ीर-ए-आज़म के ख़त से ग्वालियर के राजा मंगलदेव की हरकतें सुनकर उन्हें तकलीफ़ पहुँची। वे सोचने लगे, भक्कर फ़तेह के बाद जल्दी ही दिल्ली वापस लौटना होगा और राजा मंगलदेव के दिमाग़ दुरुस्त करने होंगे।

इन ख़तों को पढ़कर सुल्तान ने कुछ उलझन महसूस की। सुल्तान को कुछ पिछली बातें याद आ गयीं। शहज़ादी रज़िया के साथ उसके महल से लगे बाग़ में हुई वारदातें वे अभी भूले नहीं थे। वे सोचने लगे, शहज़ादी रज़िया के मामले में जहाँशाह तुर्कान बेगम के इरादे ठीक नहीं हैं। बेगम न जाने क्यों उसके ख़िलाफ़ साज़िश रचती रहती हैं। दिल्ली वापस पहुँचकर बेगम को अब सख़्त हिदायतें देनी पड़ेंगी। वे देर तक इन्हीं उलझनों में फँसे रहे। दिल्ली और मुल्तान की इतनी अधिक दूरी होने की

वजह से वे इस वक़्त कर भी क्या सकते थे। उन्होंने ताली बजाई। ताली बजाते ही क़ादिरबीवीबानो हाज़िर हुईं। वे बोलीं, "हुक़्म, सुल्तान-ए-आलम।"

"साकी रौशनबानो को भेज दो।" क़ादिरबीवीबानो को समझने में क़त्तई देर नहीं लगी कि सुल्तान इस वक़्त किसी उलझन में हैं। वे अच्छी तरह जानती थीं कि सुल्तान दिन में शराबनोशी किसी बड़ी उलझन के आ जाने पर ही करते हैं। वैसे सुल्तान अब रोज़ाना रात को खाना खाने से पहले शराब नहीं पीते।

सुल्तान का हुक़्म पाते ही क़ादिरबीवीबानो उल्टे पैरों ख़ेमे से बाहर हो गयीं। कुछ ही देर में साकी रौशनबानो शराब भरी सुराही और प्याला लेकर हाज़िर हुई। वह चाहती थी, आज सुल्तान के साथ अधिक-से-अधिक समय गुज़ारे। जब से सुल्तान इस मुहिम पर आए हैं, उन्होंने शराबनोशी काफ़ी कम कर दी है। वह आज मिले मौक़े का फ़ायदा उठाना चाहती थी। लम्बे सफ़र और ख़ेमों में अकेले पड़े रहने की ज़िन्दगी से वह ऊब गयी थी। उसे रह-रहकर क़ुश्क-ए-दिलक़ुशा की रंगीन यादें आ रही थीं। उसने ख़ेमे में आते ही सुल्तान से गुज़ारिश की, "सुल्तान-ए-आलम, अगर चाहें तो रक़्स और गाने की महफ़िल सजवाई जाए।"

सुल्तान बहुत धीमी आवाज़ में बोले, "नहीं, कोई ज़रूरत नहीं!"

सुल्तान एक प्याला शराब पीने के बाद बोले, "आप जाएँ और गुलसुल्तानबानो को भेज दें।" रौशनबानो इधर काफ़ी दिनों से ऐसा महसूस कर रही थी कि दिन-ब-दिन सुल्तान उसके मुक़ाबले गुलसुल्तानबानो को ज़्यादा तवज़्ज़ो दे रहे हैं। वह सोचने लगी, कल की छोकरी गुलसुल्तानबानो के अगर जल्दी पर नहीं कतरे गये, तब उसकी हमेशा-हमेशा के लिए छुट्टी हो सकती है, लेकिन वह ऐसा हरगिज़ नहीं होने देगी। चाहे उसे इस बाबत कितनी बड़ी क़ीमत क्यों न चुकानी पड़े।

साकी रौशनबानो बेमन से ख़ेमे से बाहर निकल गयी और उसने गुलसुल्तानबानो को जाकर बताया कि उसे सुल्तान-ए-आलम याद फ़र्मा रहे हैं। रौशनबानो के सुल्तान के ख़ेमे में जाने के वक़्त गुलसुल्तानबानो उनके नज़दीक ही मौजूद थी। उसे उम्मीद थी कि जल्दी ही सुल्तान-ए-आलम उसे याद फ़र्माएँगे। जैसे ही साकी रौशनबानो ख़ेमे के अन्दर गयी थी, वैसे ही गुलसुल्तानबानो ने क़िमख़्वाब की नयी पोशाक पहनी। चेहरे को ठंडे पानी से धोकर साफ़ किया। आँखों में बारीक काजल लगाया, बालों को दुरुस्त किया और चोटी बाँधकर उसमें बेले के फूलों का ताज़ा गजरा क़रीने से लगाया। उसने कई जड़ाऊ ज़ेवर भी पहने। अब उसने एकबार ख़ेमे में लगे आदमकद आइने के सामने जाकर अपनी ख़ूबसूरती का ख़ुद मुआयना किया। उसे कानों में पहने बुन्दे पसन्द नहीं आए। उन्हें उतारकर उसने लम्बे-लम्बे जड़ाऊ झाले पहने। वह कुछ देर तक झालों को ग़ौर से देखती रही। वह अपनी ख़ूबसूरती को देखकर एकबार ख़ुद मुस्करा उठी। उसने इस वक़्त जान-बूझकर बेले की ही

ख़ुशबू लगाई। वह जानती थी कि सुल्तान को बेले की ख़ुशबू ज़्यादा पसन्द है। अब वह हमेशा की तरह इठलाती हुई सुल्तान के नज़दीक पहुँची और अदब के साथ बोली, "मैं हुज़ूर का दिल बहलाने के वास्ते क्या कर सकती हूँ?"

सुल्तान बोले, "तबीयत कुछ नासाज़ है। फ़िलहाल एक प्याला शराब दो।"

गुलसुल्तानबानो ने एक ख़ास अदा के साथ सुल्तान को शराब भरा प्याला पेश किया। सुल्तान देर तक शराब और गुलसुल्तानबानो की नज़दीकी का लुत्फ़ उठाते रहे। सुल्तान कब तीन प्याला शराब पी गये, उन्हें पता ही नहीं चला। इसी बीच क़ादिरबीवीबानो ख़ेमे में आकर हाज़िर हुईं और अदब के साथ झुककर बोलीं, "सुल्तान-ए-आलम का इक़बाल बुलन्द हो। हुज़ूर, गुस्ताख़ी की माफ़ी चाहती हूँ। मुल्तान से आए, मिनहाज सिराज मिलने की इजाज़त चाह रहे हैं।"

क़ादिरबीवीबानो का बेवक़्त ख़ेमे के अन्दर आना गुलसुल्तानबानो को बहुत ख़राब लगा, लेकिन वह कर ही क्या सकती थी। वह सोच रही थी कि अगर यह कमबख़्त इस वक़्त न आती, तब उसे सुल्तान से कम-से-कम एक मुट्ठी मोती इनाम में ज़रूर मिलते। इस कमबख़्त की वजह से उसका नुक़सान हुआ। सुल्तान अब उसके दोनों गालों को अपने हाथों में भरते हुए बड़े प्यार भरे लहजे में बोले, "यह सुल्तान नासिरुद्दीन क़ुबाचा का ख़ास आदमी है। इससे मिलना ज़रूरी है। माबदौलत आपको इसके चले जाने के बाद जल्दी फिर बुलाएँगे।" गुलसुल्तानबानो सुल्तान का दाहिना हाथ चूमते हुए बेमन से ख़ेमे से बाहर निकल गयी।

अब सुल्तान क़ादिरबीवीबानो से बोले, "उनसे कहो, कुछ इन्तज़ार करें। माबदौलत उनसे कुछ देर बाद बारगाह-ए-फ़लकताज़ में मुलाक़ात करेंगे।" क़ादिरबीवीबानो उलटे पैरों वापस हो गयीं।

बारगाह-ए-फ़लकताज़ की रौनक़ देखकर मिनहाज सिराज भौंचक्का रह गया था। उसने ऐसा ख़ेमा ग़ज़नी, ग़ोर, भक्कर और मुल्तान क़िलों में कहीं नहीं देखा है। उसने ख़ेमे को देखकर महसूस किया कि तमाम मुल्कों से हिन्दुस्तान के सुल्तान कहीं ज़्यादा दौलतमन्द हैं। ख़ेमे में लगे एक-एक झाड़-फानूस में दो-दो सौ मोमबत्तियाँ एक साथ जलाई जा सकती थीं। ख़ेमे के पर्दे बेहद ख़ूबसूरत थे। समूचे ख़ेमे में किनारे-किनारे मोती टँके थे। पर्दों पर ज़रदोज़ी का बेहतरीन काम था। ख़ेमा काफ़ी लम्बा-चौड़ा था, लेकिन उसे ऐसे तैयार किया गया था कि उसकी चोबें अन्दर एक भी मौजूद न थीं। समूचा ख़ेमा देखने में दीवान-ए-आम की तरह दिखता था।

ख़ेमे में घुसते ही उसके पैर ख़ूबसूरत ईरानी कालीनों में धँस गये। सुल्तान पर नज़र पड़ते ही उसने अदब के साथ झुककर सात बार कोर्निश बजाई। सुल्तान के अलावा बारगाह-ए-फ़लकताज़ में जमालुद्दीन याक़ूत मौजूद थे, जिनके हाथ में नंगी

तलवार थी। उसे पता न था कि यह आदमी कौन है? और किस ओहदे का है? फिर भी उसने याक़ूत को इज़्ज़त बख़्शने के वास्ते उसके सामने अपना सिर झुका दिया। याक़ूत ने भी बदले में सिर झुकाकर उसे इज़्ज़त बख़्शी। सुल्तान के पीछे दो जवान ख़ूबसूरत बाँदियाँ दोनों ओर से पंखा झल रही थीं। लड़कियाँ बेहद ख़ूबसूरत थीं। मिनहाज सिराज सोचने लगा कि हिन्दुस्तान में ईरान, इराक और टर्की से कहीं ज़्यादा ख़ूबसूरती मौजूद है।

सुल्तान ने महसूस किया कि इस आदमी की उम्र पैंतीस साल से ज़्यादा नहीं होगी। लम्बाई चार हाथ से कम न रही होगी। चेहरे से क़ाबिलियत झलक रही थी। उसने जड़ाऊ पोशाक पहन रखी है। सिर पर पगड़ी पोशाक के ही रंग की थी। उसकी आँखें बड़ी-बड़ी, चेहरा सुर्ख़, नाक लम्बी, माथा चौड़ा और स्याह दाढ़ी क़रीने से तराशी गयी थी।

मिनहाज सिराज अदब के साथ झुककर बोले, "सुल्तान-ए-आलम, ख़ाकसार अशर्फ़ियों और जवाहरात के बजाय अबुल हसन हुज हज्विरी की लिखी क़िताब 'कश्फ़ुल महजूब', नज़र करना चाहता है।"

सुल्तान ने जमालुद्दीन याक़ूत को इशारा किया। उन्होंने आगे बढ़कर मिनहाज सिराज के हाथों से क़िताब ले ली और सुल्तान के पास जाकर उन्हें पेश की। सुल्तान ने क़िताब के कुछ पन्ने उलटे और पूछा, "इस क़िताब में क्या ख़ास बात है?"

"सुल्तान, इस क़िताब को लिखनेवाला अबुल हसन हुज हज्विरी काफ़ी ऊँचे दर्ज़े का सूफ़ी था। इस क़िताब में तमाम सूफ़ियों के बारे में जहाँ जानकारी दी गयी है, वहीं क़िताब में सूफ़ीवाद के बारे में बारीक जानकारियाँ हैं।"

सुल्तान ने उससे पूछा, "जनाब, आपका पूरा नाम क्या है?"

"सुल्तान, ख़ाकसार को अबू बकर उस्मान बिन सिराजुद्दीन मुहम्मद जूज़जानी के नाम से पुकारा जाता है। हुज़ूर, सहूलियत के वास्ते ख़ाकसार को मिनहाज सिराज के नाम से पुकार सकते हैं। हुज़ूर को बताना मुनासिब समझता हूँ, हमारे मोहतरम वालिद को जन्नतनशीं सुल्तान मुइज़्ज़ुद्दीन मुहम्मद बिन साम, जिन्हें तवारीख़ शहाबुद्दीन मुहम्मद ग़ोरी के नाम से याद करती है, उन्हीं सुल्तान ने हिन्दुस्तान की फ़ौज़ में हमारी पैदाइशी से कहीं पहले क़ाज़ी का ओहदा इनायत किया था। मोहतरम वालिद की मौत के बाद हमारी परवरिश ग़ोर के सुल्तान ग़यासुद्दीन मुहम्मद बिन साम की साहबज़ादी शहज़ादी माह-ए-मुल्क ने की। अल्लाह उनकी रूह को जन्नत बख़्शे।" इतनी जानकारी देने के बाद वह अदब के साथ एकबार फिर सुल्तान के सामने झुक गया।

सुल्तान अच्छी तरह समझ गये कि मिनहाज सिराज ख़ानदानी आदमी है। यह आदमी हर तरह से ऐतबार करने लायक़ है। ज़रूर इसकी परवरिश एक शहज़ादे की

तरह की गयी होगी। उन्होंने पूछा, "आप सुल्तान नासिरुद्दीन क़ुबाचा की ख़िदमत में आने से पहले कहाँ थे?"

"मरहूम सुल्तान ग़यासुद्दीन बिन साम को अल्लाह जन्नत बख़्शे। उन्होंने ख़ाकसार को ग़ोर से नीमरोज़ अपना एलची बनाकर सुल्तान ताज़ुद्दीन नियाल्तिगीन के पास भेजा था। वहाँ से दो साल पहले ख़ाकसार हिन्दुस्तान आया। हुज़ूर, इस बीच हमें ग़ज़नी और बामियान शहर घूमने का मौक़ा मिला।"

"बामियान के लोग अधिकतर किस मज़हब को मानते हैं?"

"हुज़ूर, बामियान में अधिकतर लोग गौतम बुद्ध द्वारा चलाये गये बुद्ध मज़हब को मानते हैं। वहाँ गौतम बुद्ध की ऊँची-ऊँची कई मूर्तियाँ हैं, जिनकी लोग इबादत करते हैं, लेकिन हुज़ूर वहाँ भी इस्लाम मज़हब को माननेवाले काफ़ी लोग हैं।"

"सुल्तान नासिरुद्दीन क़ुबाचा ने आपको कौन-सा ओहदा दिया था?" सुल्तान ने उससे अगला सवाल किया।

"सुल्तान ने हमें मदरस-ए-फ़ीरोज़ी की ज़िम्मेदारी सौंप रखी है।"

"क्या आप मुल्तान छोड़कर माबदौलत के साथ हिन्दुस्तान की दारुल हुकूमत दिल्ली चलना पसन्द करेंगे?"

"नाचीज़ हुज़ूर की ख़िदमत के वास्ते हाज़िर है।"

"मदरस-ए-फ़ीरोज़ी के अलावा सुल्तान नासिरुद्दीन क़ुबाचा ने आपको और कोई ख़ास काम सौंप रखा है?"

"सुल्तान अकसर तज़्कीर सुनना पसन्द करते हैं।"

"माबदौलत आज रात को आपसे तज़्कीर सुनना चाहेंगे।"

"जहे नसीब। ख़ाकसार को उम्मीद नहीं थी, इतनी जल्दी सुल्तान की ख़िदमत करने का ख़ूबसूरत मौक़ा मिल जाएगा। हुज़ूर के पास जब वक़्त हो, हमें बुलवा लें। हमें पहले से कुछ-कुछ इल्म था, हुज़ूर तज़्कीर सुनना पसन्द करते हैं। हुज़ूर के सूफ़ियाना ज़िन्दगी बसर करने की शोहरत दूर-दूर तक के मुल्कों में है।"

सुल्तान मिनहाज सिराज के जवाब से ख़ुश हुए। फिर भी उन्होंने सोचा, क्यों न इस शख़्स की क़ाबिलियत का पता लगा लिया जाए। उन्होंने पूछा, "जनाब, सूफ़ियों की अल्लाह तक पहुँचने की कुल कितनी मंज़िले हैं?"

"सुल्तान, सूफ़ियों की ख़ासतौर पर चार ही मंज़िलें हैं।"

"कौन-कौन?"

"शरीयत, तरीक़त, हक़ीक़त और मारिफ़त। हुज़ूर, वैसे कुछ कामिल साहिबान सात मंज़िलें भी बताते हैं।"

"कौन-कौन?"

"उबूदिय्यत, इश्क़, जुहद, मारिफ़त, वज़्द, हक़ीक़त और वस्ल।"

"बहुत ख़ूब। अल्लाह के बारे में आपका क्या ख़याल है?"

"हुज़ूर, अल्लाह के बारे में जितना कुछ कहा जाए, कम है। जितना कुछ सुना जाए, कम है। जितना कुछ देखा जाए, कम है। जितना कुछ महसूस किया जाए, कम है। हम जिधर नज़र फेरते हैं, हर ओर अल्लाह का जलवा दिखता है। अल्लाह तमाम दुनिया का मालिक है। वह जिसको चाहे मुल्क का ताजो-तख़्त दे और जिसे चाहे बरबादी दे। अल्लाह के सिवा दुनिया में और कोई इबादत के क़ाबिल नहीं है। अल्लाह में इतना जलाल है कि इंसान अपनी आँखों से उसे देख नहीं सकता। वह निहायत रहीम, रहमदिल, मेहरबान और हमदर्द है। वह अपने हज़ारों हाथों से हमारी मदद करता है। अल्लाह के बारे में कहा गया है, न वह काबा में है और न वह काशी में है। वह हर इंसान के दिल में बसता है। हुज़ूर, दूध में जैसे घी नहीं दिखाई देता है, सरसों में तेल नहीं दिखाई देता, फूलों में ख़ुशबू नहीं दिखाई देती, बीज में छिपा हुआ दरख़्त नहीं दिखाई देता, हमें अपनी बुराई और ग़ैर की भलाई नहीं दिखती, वैसे ही अल्लाह जर्रे-जर्रे में मौजूद रहते हुए हमें दिखाई नहीं देता है। अल्लाह बेहद मेहरबान है, लेकिन दानिशमन्द कहते हैं, उसका एक हाथ जहाँ नाजुक और लतीफ़ है, वहीं दूसरा हाथ बेहद सख़्त है। उसके सामने छोटे-से-छोटा गुनाह छिप नहीं सकता। उसके यहाँ इंसाफ़ है। वह हमारे गुनाहों की सज़ा देगा। हमें क़ियामत के दिन उसके सामने छोटे-से-छोटे गुनाह का भी हिसाब देना होगा।"

"बहुत ख़ूब...बहुत ख़ूब। माबदौलत आपके जवाब से ख़ुश हुए। माबदौलत अब आप से आख़िरी सवाल पूछना चाहेंगे।"

"हुक़्म करें, सुल्तान।"

"मंसूर हल्लाज के बारे में आप क्या जानते हैं?"

"हुज़ूर, मंसूर हल्लाज का पूरा नाम अबुलमुगीस अल-हुसैन बिन मंसूर अल-हल्लाज था। वह पर्सिया में कहीं आज के तक़रीबन साढ़े तीन सौ साल से पहले पैदा हुआ था। धुनिया यानि जुलाहे का काम करने की वजह से उसे अल-हल्लाज कहते हैं। उसने बगदाद में आकर सूफ़ी तश्तरी, अमर मक्की और जुनैद के साथ रहकर बहुत कुछ सीखा। वह दुनिया से निराला था। कुछ लोग उसे अहमक़, जिद्दी और क़ाफ़िर भी बताते थे, लेकिन कुछ लोग उसे ऊँचा फ़क़ीर कहते थे। जो लोग उसे काफ़ी ऊँचा फ़क़ीर बताते थे, उनमें ख़ास-ख़ास नाम हैं, अबू याकूब नहर जूरी, अबू याकूब इक़्ता, अमर बिन उस्मान अल-मक्की इब्न अता और अबुल क़ासिम नसराबादी।"

"माबदौलत जानना चाहते हैं, मंसूर को सूली पर क्यों चढ़ाया गया?"

"हुज़ूर, उस वक़्त बगदाद में ख़लीफ़ा मुक्तदिर का ज़माना था। मंसूर हल्लाज ख़लीफ़ा की परवाह नहीं करता था। वह अनल हक...अनल हक हर वक़्त बोलता रहता था। उसे ख़लीफ़ा और सल्तनत के ऊँचे ओहदेदारों ने समझाने की कोशिश

की, लेकिन वह नहीं माना। तब उसे क़ैदखाने में डाल दिया गया। उसने क़ैदख़ाने में भी अनल हक...अनल हक बोलना नहीं छोड़ा।''

''उसे कितने सालों तक क़ैदख़ाने में डाला गया?''

''हुज़ूर, बताते हैं, वह लगातार आठ सालों तक क़ैदखाने में रहा और बाद में उसे सूली पर चढ़ा दिया गया।''

''सुना है, उसे सूली पर चढ़ाने के वक़्त तमाम तकलीफ़ दी गयी।'' सुल्तान को काफ़ी कुछ जानकारी थी, लेकिन वे मिनहाज सिराज को जुबानी असलियत सुनना चाहते थे।

''हुज़ूर, क़ैदखाने से बाहर निकालने पर उसे तीन सौ कोड़ों की सज़ा दी गयी। जब उस पर कोड़े की मार पड़ती थी, तब वह ज़ोर से चिल्लाता था, 'हुसैन...हुसैन डरना नहीं।' इतना ही नहीं, हर कोड़े की मार पर उसकी जुबान से निकलता था, अनल हक...अनल हक। कोड़ों की सज़ा भुगतने के बाद उसका बदन छलनी हो गया था। बदन से ख़ून बह रहा था। वह अब भी अनल हक...अनल हक चिल्ला रहा था। वहाँ उस वक़्त तक़रीबन एक लाख लोग मौजूद थे। भीड़ में से एक फ़क़ीर ने उससे पूछा, 'जनाब, इश्क़ क्या है?' इस हालत में भी वह मुस्कराकर बोला, 'आज देखोगे, कल देखोगे और परसों देखोगे।''

''मंसूर हल्लाज इस तरह बोलकर वहाँ मौजूद भीड़ को क्या बताना चाहता था?''

''सुल्तान, वह कह रहा था, आज उसे मार डाला जाएगा, कल उसे जला दिया जाएगा और परसों उसका नामो-निशान मिटा दिया जाएगा। ख़लीफ़ा के हुक्म से सूली पर चढ़ाते वक़्त भीड़ ने उस पर पत्थर बरसाए। उसका चेहरा लहूलुहान हो गया। जल्लाद ने जब उसके हाथ में छेद किया, तब भी वह मुस्करा रहा था। उसने बहते खून को अपनी बाहों में लगाया। भीड़ में मौजूद किसी आदमी ने उससे पूछा, 'आपने अपनी बाहों में ख़ून क्यों लगाया?' हुज़ूर, वह बोला, 'मैंने वजू किया है।' उस आदमी ने फिर पूछा, 'यह वजू कैसा है?' वह बोला, 'यह इश्क़ का वजू है। ख़ून से ज़्यादा साफ़-सुथरा वजू दूसरा नहीं होता।' इतना ही नहीं, अब उसकी दोनों आँखें निकाल ली गयीं। उस पर अब भी पत्थर बरसाए जा रहे थे, लेकिन भीड़ में ऐसे भी लोग मौजूद थे जो रो रहे थे।''

''क्या उसका सब्र अब भी बाक़ी था?''

''हुज़ूर, उसने इतनी तक़लीफ़ उठाने पर भी सब्र नहीं छोड़ा। वह अनल हक...अनल हक अब भी चिल्ला रहा था। अब उसने अपना चेहरा ऊपर उठाया और बोला, 'अल्लाह, इन लोगों ने मुझे बहुत तकलीफ़ दी है। हमारी आँखें निकाल ली हैं, हमारे हाथ काट डाले हैं। इन्होंने जो कुछ किया है, तेरे रास्ते में ही किया है। अब

यह मेरा सिर काटेंगे, लेकिन जब यह मेरा सिर काटेंगे, तब भी मुझे तू ही दिखेगा।' इतना कहकर वह फिर ज़ोर से चिल्लाया, 'अनल हक...अनल हक।' हुज़ूर, इतनी तकलीफ़ मंसूर हल्लाज को देने के बाद ख़लीफ़ा के हुक़्म से उसकी नाक और कान काट डाले गये। शाम का वक़्त हो रहा था। सूरज ढलने को था। अब ख़लीफ़ा ने हुक़्म फ़र्माया, इसका सिर काट दिया जाए और फिर इसे जला दिया जाए। हुज़ूर, जिस दिन उसका सिर काटा गया, उसके अगले दिन उसे जला दिया गया और उसके अगले दिन उसकी राख टाइग्रिस नदी में बहा दी गयी।''

सुल्तान ही नहीं, वहाँ मौजूद जमालुद्दीन याक़ूत की भी आँखें भर आई थीं। सुल्तान के पीछे खड़ी बाँदियों की आँखों से आँसू बहने लगे। उन दोनों ने किसी तरह अपने आँसू पोंछे। उन्हें डर था, कहीं सुल्तान की नज़र उन पर न पड़ जाए। वे इस हालात में भी सुल्तान पर पंखा झल रही थीं। सुल्तान को क़िस्सा सुनकर बेहद तकलीफ़ पहुँची। वे भरे गले से बोले, ''मंसूर हल्लाज के साथ ख़लीफ़ा ने जो कुछ किया, अच्छा नहीं किया। हालाँकि वह जिद्दी था। अनल हक...अनल हक कहकर वह मुल्क के लोगों को बताना चाहता था कि जो कुछ है, मैं ही हूँ। आपने कुछ देर पहले बयान किया था कि अल्लाह जर्रे-जर्रे में मौजूद है। तब मंसूर हल्लाज ने अगर यह कहा कि जो कुछ है, मैं ही हूँ। उसने कोई ख़ास गुनाह नहीं किया। इस फ़ानी दुनिया में ख़लीफ़ा के नाम लेनेवाले बहुत कम मिलेंगे, लेकिन मंसूर हल्लाज का नाम तवारीख़ में हमेशा याद किया जाएगा। अगर ख़लीफ़ा मुक्तदिर का नाम कभी याद भी किया जाएगा तो मंसूर हल्लाज की वजह से ही याद किया जाएगा।''

''हुज़ूर, वज़ा फ़र्मा रहे हैं।'' मंसूर हल्लाज का क़िस्सा सुनाते-सुनाते मिनहाज सिराज की भी आँखें भर आई थीं।

''सुना है, मंसूर हल्लाज कीमियागीरी जानता था।''

''हुज़ूर ने सही सुना है। वह कीमियागीरी के अलावा जादू और हकीमी भी जानता था। वह कभी हिन्दुस्तान भी आया था। उसने यहीं रहकर जादू सीखा था। उसके बारे में कहा जाता है, वह आसमान की ओर हाथ उठाकर अपनी मुट्ठी में सिक्कों को भर लेता था। उसने इन्हीं ख़लीफ़ा के मरे हुए तोते को ज़िन्दा कर दिया था। उसने जादू के ज़ोर से एकबार दो-तीन दिनों के वास्ते कई क़ैदियों को क़ैदख़ाने से गायब कर दिया था।''

सुल्तान को जादू-टोने में कोई ख़ास दिलचस्पी नहीं थी। उन्होंने पूछा, ''क्या उसने कोई क़िताब भी लिखी थी?''

''हुज़ूर, उसने कई क़िताबें लिखी हैं, लेकिन उसकी सबसे मशहूर किताब 'किताबुत तवासीन' है।''

''क्या कहीं मिल सकती है?''

"हुज़ूर, मैंने इस क़िताब को ग़ोर के क़ुतुबख़ाने में देखा था। वहीं से इसकी नक़्ल कराई जा सकती है।"

"माबदौलत चाहेंगे, इस क़िताब की नक़्ल हमें देखने को मिले।"

"सुल्तान के लिए यह कोई मुश्किल बात नहीं है।"

अब सुल्तान जमालुद्दीन याक़ूत की ओर मुख़ातिब होकर बोले, "याक़ूत, जनाब मिनहाज सिराज आज से शाही मेहमान रहेंगे। इन्हें किसी तरह की कोई तकलीफ़ नहीं होनी चाहिए।"

जमालुद्दीन याक़ूत कुछ कह भी न पाए थे कि पहरेदार तक़रीबन दौड़ता हुआ बारगाह-ए-फ़लकताज़ में आया और बोला, "सुल्तान-ए-आलम मुबारक हो। अभी-अभी हरकारा भक्कर से ख़बर लाया है, क़िले पर हुज़ूर का क़ब्ज़ा हो गया है।"

बारगाह-ए-फ़लकताज़ में मौजूद जमालुद्दीन याक़ूत और मिनहाज सिराज की ज़ुबान से एक साथ निकल पड़ा, "सुल्तान मुबारक हो...मुबारक हो...मुबारक हो।" इस ख़बर को सुनकर बाँदियाँ भी ख़ुश थीं। उन्हें उम्मीद थी, जल्दी ही इनाम-इकराम की बरसात होनेवाली है।

"हरकारा कहाँ है?" सुल्तान ने पूछा।

"सुल्तान-ए-आलम, हरकारा बाहर मौजूद है। हुज़ूर, अभी भेजता हूँ।"

अब पहरेदार उल्टे पैरों कोर्निश बजाता हुआ बाहर हो गया और कुछ ही देर में हरकारा बारगाह-ए-फ़लकताज़ में हाज़िर होकर बोला, "सुल्तान-ए-आलम को भक्कर के क़िले पर फ़तेह मुबारक हो।" हरकारा के हाथ में वज़ीर-ए-आज़म का भेजा हुआ खलीता मौजूद था। सुल्तान का इशारा पाकर जमालुद्दीन याक़ूत ने हरकारे से खलीता लेकर सुल्तान के सामने पेश किया। सुल्तान ने खलीते की मुहर ख़ुद तोड़ी और उसमें से ख़त निकालकर पढ़ा, 'सुल्तान को भक्कर क़िले पर हुई फ़तेह मुबारक हो। फ़ौज़ ने भक्कर क़िले के साथ-साथ वहाँ मौजूद समूचे ख़ज़ाने पर अपना क़ब्ज़ा कर लिया है। मैंने ख़ज़ाने और तमाम कारख़ानों पर ख़ुद अपनी मुहर लगा दी है। सुल्तान नासिरुद्दीन क़ुबाचा ने जब सोचा कि अब उनकी ख़ैर नहीं है, तब वे सिन्धु दरिया की ओर किसी सुरंग से बाहर निकल गये।, लेकिन दरिया को पार करते वक़्त न जाने कैसे उनकी नाव उलट गयी और वे नदी में डूबकर मर गये।'

सुल्तान को भक्कर क़िला फ़तेह करने की जितनी ख़ुशी थी, उतना ही ग़म सुल्तान नासिरुद्दीन क़ुबाचा के मरने का था। उनकी ज़ुबान से निकला, "अल्लाह, मरहूम सुल्तान नासिरुद्दीन क़ुबाचा की रूह को जन्नत बख़्शे।"

तीस

मुल्तान और भक्कर की जंग फ़तेह करने के बाद सुल्तान इल्तुतमिश दिल्ली से बाहर पहले पड़ाव पर रात ही पहुँच चुके थे। उनकी शान में क़िल-ए-रायपिथौरा के क़ुश्क-ए-दिलक़ुशा, क़ुश्क-ए-फ़ीरोज़ी, क़ुश्क-ए-सफ़ेद, क़ुश्क-ए-लाल, क़ुश्क-ए-अक़ीक़-ए-सुर्ख़ ही नहीं, दीवान-ए-आम, दीवान-ए-ख़ास, नौबतख़ाना, हम्माम, सुल्तान की ख़्वाबगाह और क़िले के अन्दर मौजूद सभी कारख़ानों की सजावट देखते ही बनती थी। क़ुश्क-ए-फ़ीरोज़ी को फूलों से कजरी और मोहिनी ने मिलकर ख़ासतौर पर सजाया था। इस महल की सजावट में कल से आज तक का समूचा दिन लग गया था। दोनों लड़कियों ने एक पल भर के लिए भी आराम नहीं किया था। जब कि दोनों की मदद में तक़रीबन दस बाँदियाँ और लगी थीं। हालाँकि जहाँशाह तुर्कान बेगम और सुल्तान के ख़ास ख़िदमतगारों ने क़ुश्क-ए-सफ़ेद और क़ुश्क-ए-दिलक़ुशा को अपनी ओर से सज़ाने में कोई कोर-कसर नहीं छोड़ी थी, फिर भी क़ुश्क-ए-फ़ीरोज़ी की सजावट के सामने दोनों की सजावट फ़ीकी थी।

नायब वज़ीर-ए-आज़म ने ख़ासतौर पर क़िल-ए-रायपिथौरा के दरवाज़ों बुर्का, हौज़रानी, ग़ज़नी, मुइज़्ज़ी, बदायूँ, बगदादी, हौज़ख़ास और मंडारकुल को इस तरह सजवाया था जो देखते ही बनता था। उसने क़िले की बुर्ज़ियों को भी बड़ी ख़ूबसूरती से सजवाया था। समूचे क़िले में दो दिन पहले से ही जश्न-ए-चिराग़ाँ हो रहा था। जहाँ नायब वज़ीर-ए-आज़म ने क़िले के दरवाज़ों और बुर्ज़ियों को सजवाने में कोई कमी नहीं रखी थी, वहीं शहर कोतवाल ने सूरजकुंड, अनंगताल, हौज़ शम्सी, लोहे की कीली, ईदगाह और क़ुव्वतुल इस्लाम मस्जिद को एक हफ़्ता पहले से ही सजवाना शुरू करा दिया था। तुर्कान-ए-चिहिलगानी बन्दागान-ए-शम्सी के अमीरों और मलिकों ने अपनी-अपनी हवेलियाँ सजाने की आपस में होड़ लगा रखी थी। इन हवेलियों की भी सजावट देखते ही बनती थी। हालाँकि तमाम अमीरों और मलिकों की हवेलियों में मलिक अल्तूनिया की हवेली की सजावट सबसे बेहतर थी।

शहर के मंदिरों की सजावट में हिन्दू अवाम ने भी बढ़-चढ़कर हिस्सा लिया था। अवाम ने जगन्नाथ मंदिर, हनुमान मंदिर, योगमाया मंदिर, कालीदेवी मंदिर, राजा पृथ्वीराज चौहान के मंदिर और जैन पार्श्वनाथ मंदिर को फूलों से सजाया था। आख़िर अवाम इन्हें क्यों न सजाती, सुल्तान हिन्दू, मुसलमान, सिख, ईसाई और यहूदियों को एक ही नज़र से देखते हैं। अवाम ने शहर की दरगाहों, सड़कों, बाज़ारों, सरायों के साथ-साथ ख़्वाजा क़ुतुबुद्दीन क़ाक़ी की ख़ानक़ाह, शैख़ हमीदुद्दीन नागौरी

की ख़ानक़ाह और शैख़ जलालुद्दीन तबरेज़ी की ख़ानक़ाह को भी दिलो-जान से सजाया।

सूरज ढलने में तक़रीबन एक घड़ी ही बाक़ी थी। नजूमियों और हिन्दू ज्योतिषियों की राय के मुताबिक़ सुल्तान को आज रात शुरू होने से पहले ही क़िल-ए-रायपिथौरा में पहुँच जाना था। सुल्तान की अगवानी के वास्ते शहर के बाहर नायब वज़ीर-ए-आज़म, शैख़-उल-इस्लाम नजमुद्दीन सुगर और तुर्कान-ए-चिहिलगानी बन्दागान-ए-शम्सी के तमाम अमीर मौजूद थे। जैसे ही शाही फ़ौज़ दिखाई देने लगी, वहाँ मौजूद हर आदमी सुल्तान इल्तुतमिश ज़िन्दाबाद...सुल्तान इल्तुतमिश ज़िन्दाबाद के बुलन्द नारे लगाने लगा। सुल्तान की अगवानी के लिए दिल्ली से दो मंज़िल पीछे से ही सड़कों के किनारे-किनारे अवाम सुल्तान का फूलों से इस्तक़बाल कर रही थी।

अवाम को इस बात को लेकर हैरत हो रही थी कि सुल्तान जब दिल्ली से मुहिम के वास्ते निकले थे, तब से कहीं ज़्यादा घुड़सवार, हाथी, ऊँट, खच्चर और बैलगाड़ियाँ उनके काफ़िले के साथ मौजूद हैं। मिनहाज सिराज सुल्तान का इस्तक़बाल होते देखकर सोच रहा था कि सनकी और जिद्दी सुल्तान नासिरुद्दीन क़ुबाचा से अवाम अपनी जान छुड़ाने के वास्ते दूर-दूर भागती थी और दिल्ली की अवाम सुल्तान की एक नज़र पाने को न जाने कब से सड़कों पर भूखी-प्यासी खड़ी है। काफ़िले में मौजूद घुड़सवारों और अहदियों के चेहरे ख़ुशी के मारे खिले थे। हाथियों के हौदों में सोना, चाँदी, अशर्फ़ियाँ और जवाहरात भरे पड़े थे।

सुल्तान हाथी दिलपसन्द के हौदे पर सवार थे। हौदे में पीछे क़ादिरबीवीबानो उन पर पंखा झल रही थीं। इतनी भारी फ़तेह के बाद भी सुल्तान के चेहरे पर ज़्यादा ख़ुशी नहीं थी। उनके बदन पर फ़ौलादी जिरहबख़्तर और सिर पर फ़ौलादी खोद होने की वजह से चेहरे का रंग दूर से पढ़ना आसान नहीं था। वे इस बात को लेकर फ़िक्रमन्द थे कि जहाँ मुल्तान और उच्छ में हमेशा कम बारिश होती थी, वहाँ बारिश ख़ूब हो रही थी। वहाँ की फ़स्लें लह-लहा रही थीं, लेकिन दिल्ली के आस-पास बारिश का नामो-निशान तक नहीं था। जब कि इस वक़्त तक तमाम तालाब पानी से लबा-लब भर जाया करते थे। उनकी जहाँ तक नज़र गयी थी, खेत बिना फ़स्लों के खाली पड़े थे। वे सोचने लगे, जाने-अनजाने में उनसे कोई भूल तो नहीं हो गयी है। उन्होंने फ़ौरन फ़ैसला लिया, वे आज ही ख़्वाजा क़ुतुबुद्दीन बख़्तियार क़ाक़ी की ख़ानक़ाह में जाकर उनकी क़दमबोसी करेंगे।

सुल्तान इन्हीं उलझनों में थे। वे सोचने लगे, उनकी अवाम उनसे कितनी मोहब्बत करती है। सड़कों के दोनों ओर लम्बी-लम्बी क़तारों में बूढ़े, जवान, लड़के, लड़कियाँ, लूले-लँगड़े सभी उनके इस्तक़बाल के लिए खड़े हैं। सभी के

चेहरों पर मुस्कराहट है। सुल्तान की नज़र एक अंधे आदमी पर पड़ी। उसके हाथों में भी फूल थे। उसे देखकर सुल्तान का दिल भर आया। सुल्तान ने हौदे से फूल उठाए और उसकी ओर फेंके। फूल उसके पैरों के पास जाकर गिरे। उसके पास खड़े लोगों ने बताया कि उस पर ख़ुद सुल्तान ने फूल फेंके हैं। उसकी जुबान से निकला, ''जहे क़िस्मत! अल्लाह सुल्तान इल्तुतमिश का ताजो-तख़्त क़ियामत तक कायम रखे।''

इस वाक़िया से वहाँ मौजूद अवाम के चेहरे खिल उठे। इन चेहरों में मुसलमान ही नहीं, काफ़ी तादाद में हिन्दू और जैन मज़हब के लोग थे। वे लगातार सुल्तान का फूलों से इस्तक़बाल कर रहे थे। सुल्तान का हौदा फूलों से भर गया था। सुल्तान अब भी फूल अवाम पर फेंक रहे थे, लेकिन हौदा खाली नहीं हो रहा था। यह तमाशा देखकर क़ादिरबीवीबानो और महावत को ही नहीं, सुल्तान के इर्द-गिर्द चल रहे अमीरों और मलिकों को भी हैरत हो रही थी। हिन्दुस्तान की तवारीख़ में शायद ऐसा पहली मर्तबा हुआ था।

सुल्तान के हाथी दिलपसन्द के नज़दीक ही वज़ीर-ए-आज़म जुनैदी, क़ुव्वतुलमुल्क जमालुद्दीन याक़ूत, कज़लक़ ख़ाँ संजर मलिक तबरहिन्दा और अमीर-ए-हाज़िब मलिक इज़्ज़ुद्दीन मुहम्मद सालारी अपने-अपने घोड़ों पर सवार थे। हर किसी के चेहरे पर चमक थी। शाही सवारी ग़ज़नी दरवाज़े के नज़दीक आ पहुँची थी। ग़ज़नी दरवाज़े से तक़रीबन आधा कोस की दूरी से ही सुल्तान पर फूलों की बरसात दिल्ली के दुकानदार करने लगे थे। जैसे ही शाही क़ाफ़िला ग़ज़नी बाज़ार के नज़दीक पहुँचा, ग़ज़नी बाज़ार में दोनों ओर खड़ी अवाम सुल्तान की शान में सुल्तान-ए-आलम ज़िन्दाबाद...सुल्तान-ए-आलम ज़िन्दाबाद के बुलन्द नारे लगाने लगी। सुल्तान ने यहाँ भी अवाम पर फूल बिखेरे। बाज़ार में मौजूद तमाम दुकानदार अपनी-अपनी दुकानों से बाहर आ गये थे। कल्लन मियाँ, लाला करोड़ीमल, लाला हज़ारीमल और असग़री बेगम सुल्तान की सवारी को ग़ौर से देख रहे थे। इन लोगों ने भी सुल्तान के ऊपर फूल बिखेरे। इसी बीच जमालुद्दीन याक़ूत की नज़र कजरी की दुकान की ओर चली गयी। उसकी दुकान बन्द थी। वह सोचने लगा, मन-मौज़ी लड़की का क्या ठिकाना, पता नहीं, कहाँ चली गयी हो?

सुल्तान की सवारी ग़ज़नी दरवाज़े पर जैसे ही पहुँची, रंग-बिरंगी पोशाकें पहने कनीज़ों ने सुल्तान पर मोती बिखेरना शुरू कर दिए। मोतियों की बरसात नौबतख़ाने तक होती रही। वहाँ मौजूद हर आदमी सोच रहा था कि आज सुल्तान क़ुश्क-ए-दिलक़ुशा जाएँगे या फिर जहाँशाह तुर्कान बेगम के पास क़ुश्क-ए-सफ़ेद। जैसे ही सुल्तान की सवारी ग़ज़नी दरवाज़े के नज़दीक पहुँची, नौबतख़ाने में नौबत और तेज़ बजनी शुरू हो गयी। नौबतख़ाने के शोर के बीच सुल्तान महावत से ख़ामोशी के साथ बोले, ''क़ुश्क-ए-फ़ीरोज़ी।''

महावत को समझने में देर नहीं लगी। वह हाथी को लेकर क़ुश्क-ए-फ़ीरोज़ी की ओर चल दिया। ग़ज़नी दरवाज़े से नौबतख़ाने और नौबतख़ाने से क़ुश्क़-ए-सफ़ेद तक जहाँशाह तुर्कान बेगम ने अपनी ख़ास बाँदियाँ तैनात कर रखी थीं। जैसे ही बेगम की ख़ास बाँदी गुलबदन ने देखा कि सुल्तान की सवारी क़ुश्क-ए-फ़ीरोज़ी की तरफ़ जा रही है, वह तक़रीबन दौड़ी-दौड़ी क़ुश्क-ए-सफ़ेद पहुँची। इस भाग-दौड़ में उसकी साँस फूल गयी थी। उसे बदहवाश हालत में देखकर बेगम ने पूछा, "अरे कमबख़्त, क्या हुआ?"

गुलबदन अदब के साथ झुककर बहुत धीमी आवाज़ में बोली, "बेगम साहिबा, सुल्तान शहज़ादी रज़िया के महल की ओर तशरीफ़ ले गये हैं।"

गुलबदन की ज़ुबान से निकले अल्फ़ाज़ सुनकर जहाँशाह तुर्कान बेगम सन्न रह गयीं। वे यह तो सोच रही थीं कि सुल्तान क़ुश्क-ए-दिलक़ुशा भी जा सकते हैं, लेकिन उन्हें ऐसी उम्मीद क़त्तई नहीं थी कि सुल्तान अपनी शहज़ादी रज़िया के महल में इतनी लम्बी मुहिम के बाद सीधे भी जा सकते हैं। वे बोलीं, "क़ुश्क-ए-फ़ीरोज़ी में जाकर वहाँ का हाल-चाल ले और हमें ख़बर कर!" गुलबदन उल्टे पैरों महल से बाहर हो गयी।

शहज़ादी रज़िया के महल में शहज़ादी सज़िया भी आ गयी थी। वह भी अपनी बड़ी बहन की तरह ख़ुश थी। सुल्तान के साथ मौजूद अमीर, मलिक, नायब वज़ीर-ए-आज़म, वज़ीर-ए-आज़म जुनैदी और दूसरे ओहदेदार दीवान-ए-आम की ओर चले गये थे। ज़नाने महलों की ओर जाने की किसी को इजाज़त नहीं थी। यहाँ तक कि मलिक अल्तूनिया को भी नहीं। सुल्तान ने जमालुद्दीन याक़ूत को इतनी छूट दे रखी थी कि जब वे ज़नाने महलों की ओर जाएँ, तब वह उनकी हिफ़ाज़त के वास्ते साथ रहे। हालाँकि शाही अदब-क़ायदा देखते हुए याक़ूत शहज़ादी रज़िया के महल की ओर जाना नहीं चाहते थे। वे सुल्तान की मौजूदगी में शहज़ादी का सामना भी नहीं करना चाहते थे। वे पीछे मुड़ना ही चाहते थे कि सुल्तान बोले, "आप माबदौलत के साथ रहें।" अब कैसे हुक़्म उदूली की जा सकती थी?

क़ुश्क-ए-फ़ीरोज़ी के ख़ास दरवाज़े पर शहज़ादी रज़िया और सज़िया ने अपने अब्बाहुज़ूर की अशर्फ़ियों से नज़र उतारी। सुल्तान ने ख़ुशी के मारे अपनी दोनों बेटियों को एक-एककर गले लगा लिया। जैसे ही सुल्तान ने शहज़ादी रज़िया को अपने गले लगाया, शहज़ादी की नज़र सुल्तान के पीछे खड़े जमालुद्दीन याक़ूत पर पड़ी। शहज़ादी और याक़ूत की आँखें चार हुईं। शहज़ादी ने पहली मर्तबा याक़ूत के चेहरे पर मुस्कराहट देखी। शहज़ादी जान-बूझकर देर तक अपने अब्बाहुज़ूर के सीने से चिपकी रहीं, लेकिन याक़ूत ने अदब के मारे आँखें झुका लीं।, लेकिन शहज़ादी सज़िया, नयनज्योतिबाई, गुल-ए-अब्बासी, चंचलबाई, कजरी और चन्द्रकला से

कुछ छिप नहीं सका। भीड़ में मौजूद बाँदी गुलबदन भी यह तमाशा देख रही थी।

क़ुश्क-ए-फ़ीरोज़ी में सुल्तान के ऊपर शहज़ादी की बाँदियों ने गुलाब के फूल बिखेरे। इस काम में कजरी, मोहिनी और चन्द्रकला भी पीछे नहीं रहीं। इन तीनों ने सुल्तान को इतने नज़दीक से पहली मर्तबा देखा था। जैसे ही सुल्तान के तीनों शहज़ादों ग़यासुद्दीन, मुइज़्ज़ुद्दीन और क़ुतुबुद्दीन को ख़बर मिली कि उनके अब्बाहुज़ूर सीधे उनकी आपाजान शहज़ादी रज़िया के महल में चले गये हैं, वे तीनों तक़रीबन दौड़े-दौड़े वहाँ पहुँचे। तीनों शहज़ादों ने अपने अब्बाहुज़ूर को सौ-सौ सोने की अशर्फ़ियाँ नज़र कीं। शहज़ादा रुक्नुद्दीन इस ख़ास मौक़े पर दिल्ली आना चाहता था, लेकिन सुल्तान ने हरकारा भेजकर बदायूँ न छोड़ने की उसे ताक़ीद कर दी थी। जहाँशाह तुर्कान बेगम को इससे बेहद तकलीफ़ पहुँची थी। जहाँशाह तुर्कान बेगम सुल्तान की क़दमबोसी करने के लिए परेशान थीं, लेकिन क़ुश्क-ए-फ़ीरोज़ी पहुँचने में अपनी तौहीन समझ रही थीं।

सुल्तान देर तक दोनों शहज़ादियों और शहज़ादों को मुहिम के बारे में जानकारी देते रहे। वे कुछ देर आराम करने के बाद क़ुश्क-ए-दिलक़ुशा की ओर चल दिए। उन्होंने चलते-चलते शहज़ादी रज़िया की इस बात पर तारीफ़ की कि उनकी ग़ैरमौजूदगी में बारिश न होने की वजह से पड़े अकाल में अवाम के वास्ते काफ़ी अच्छा काम किया। उन्हें पता चल गया था कि दिल्ली के हर एक मुहल्ले में शहज़ादी की ओर से महीनों से लंगरख़ाने चल रहे हैं।

क़ुश्क-ए-सफ़ेद में जड़ाऊ मेज़ पर ताज़े गुलाब के फूलों का गुलदस्ता रखा था, जिसे सुल्तान के वास्ते ख़ासतौर पर बनवाया गया था। इसी मेज़ पर सोने की बड़ी थाल में अशर्फ़ियाँ रखी थीं और छोटी थाल में हीरे-मोती और दूसरे जवाहरात सुल्तान की नज़र-नियाज़ उतारने के वास्ते रखे थे। जहाँशाह तुर्कान बेगम की नज़र कभी-कभी इस जड़ाऊ मेज़ पर रखे सामान पर चली जाती थी। उन्हें सुल्तान पर ही नहीं, ख़ुद अपने ऊपर गुस्सा आ रहा था। बाँदियाँ और ख़्वाजासरा बेगम के डर की वजह से महल के बाहर निकल गये थे। वे समझ रहे थे कि बेगम का कभी भी गुस्सा फूट सकता है। इसी बीच बाँदी गुलबदन आकर हाज़िर हुई। उसे देखते ही बेगम ने पूछा, "वहाँ कौन-कौन था?"

"बेगम साहिबा, वहाँ शहज़ादी रज़िया के अलावा शहज़ादी सज़िया और उनकी बाँदियाँ मौजूद थीं। तीनों शहज़ादे ग़यासुद्दीन, मुइज़्ज़ुद्दीन और क़ुतुबुद्दीन भी सुल्तान की आमद की ख़बर सुनकर आ पहुँचे थे।"

"कमबख़्त वहाँ क्यों कर चले गये? क्या थोड़ा इन्तज़ार नहीं कर सकते थे? अच्छा बता, शहज़ादी रज़िया ने सुल्तान की कितनी अशर्फ़ियों से नज़र उतारी?" वे

सोच रही थीं कि जितनी अशर्फ़ियों से शहज़ादी रज़िया ने सुल्तान की नज़र उतारी है, वे उससे कहीं ज़्यादा अशर्फ़ियों से सुल्तान की नज़र उतारेंगी, लेकिन उन्हें पता नहीं था कि सुल्तान अशर्फ़ियों के भूखे नहीं हैं।

''बेगम साहिबा, शहज़ादी रज़िया ने सुल्तान-ए-आलम की एक हज़ार अशर्फ़ियों से नज़र उतारी और शहज़ादी सज़िया ने पाँच सौ अशर्फ़ियों से उतारी।''

''क्या शहज़ादों ने भी कुछ नज़र किया?''

''शहज़ादों ने सौ-सौ अशर्फ़ियाँ सुल्तान-ए-आलम को नज़र कीं।''

''सुल्तान ने शहज़ादी रज़िया को क्या इनाम बख़्शा?'' वे सोच रही थीं कि सुल्तान को मुल्तान और भक्कर की फ़तेह में भारी ख़ज़ाना हासिल हुआ है। कहीं ऐसा न हो, वे अपनी लाड़ली शहज़ादी पर तमाम ख़ज़ाना लुटा दें और वे देखती ही रह जाएँ।

''सुल्तान ने वहाँ मौजूद किसी को भी कोई इनाम नहीं बख़्शा, लेकिन...।''

''लेकिन क्या?'' बेगम चौंकीं।

''बेगम साहिबा, सुल्तान ने पहले शहज़ादी रज़िया को अपने सीने से लगाया और उसके बाद शहज़ादी सज़िया को भी इतनी ही इज़्ज़त बख़्शी।''

इतना सुनते ही बेगम की भौंहें तन गयीं। उनके चेहरे से ऐसा लग रहा था, जैसे शहज़ादी रज़िया अगर उनके सामने इस वक़्त मौजूद होती तो शायद उसे कच्चा चबा जातीं। अब बेगम ने गुलबदन से पूछा, ''वहाँ तीनों शहज़ादों के अलावा और कोई मर्द मौजूद तो नहीं था?''

''बेगम साहिबा, सुल्तान-ए-आलम ने आज क़ुश्क-ए-फ़ीरोज़ी तक जाने की इजाज़त जमालुद्दीन याक़ूत को दे रखी थी। जमालुद्दीन याक़ूत क़ुश्क-ए-फ़ीरोज़ी के ख़ास दरवाज़े पर रुक गये थे, लेकिन वहीं पर शहज़ादियों, शहज़ादों और बाँदियों ने सुल्तान की नज़र उतारी थी।''

''क्या उस वक़्त दोनों शहज़ादियाँ पर्दे में थीं?''

''छोटी शहज़ादी सज़िया ने अपने चेहरे पर नक़ाब डाल रखी थी, लेकिन शहज़ादी रज़िया बेनक़ाब थीं।''

शहज़ादी रज़िया के बारे में बेनक़ाब होने की ख़बर सुनकर जहाँशाह तुर्कान बेगम भौंचक्की रह गयीं। वे सोचने लगीं, तब तो हब्शी ग़ुलाम जमालुद्दीन याक़ूत की नज़र शहज़ादी रज़िया पर ज़रूर पड़ी होगी। उन्होंने फ़ैसला लिया, वे सुल्तान से मिलते ही इस बात की शिकायत करेंगी। उनकी ज़ुबान से निकला, ''हमारी समझ में नहीं आ रहा है, सुल्तान को क्या होता जा रहा है? वे शहज़ादी रज़िया को जान-बूझकर क्यों बढ़ावा दे रहे हैं?''

वे कुछ देर रुककर फिर बोलीं, ''क्या सुल्तान अब भी वहीं रुके हैं?''

''सुल्तान-ए-आलम क़ुश्क-ए-फ़ीरोज़ी में कुछ देर आराम करने और शर्बत पीने के बाद क़ुश्क-ए-दिलक़ुशा की ओर चल दिए। मैं उनकी नज़र बचाकर क़ुश्क-ए-दिलक़ुशा पहुँच गयी। मैंने सुल्तान की साकी रौशनबानो को मिलाने की कोशिश की। वह क़ुश्क-ए-दिलक़ुशा के अन्दर-बाहर आ-जा रही थी। उस पर भरोसा किया जा सकता था। हम क़ुश्क-ए-दिलक़ुशा में इजाज़त के बग़ैर अन्दर नहीं जा सकते थे। हमें साकी रौशनबानो से ही पता चला कि सुल्तान कुछ देर आराम फ़र्माने के बाद ख़्वाजा क़ुतुबुद्दीन बख़्तियार क़ाक़ी की ख़ानक़ाह की ओर चले गये।''

जहाँशाह तुर्कान बेगम को शुरू से ही ख़्वाजा से चिढ़ थी। वे क़त्तई नहीं चाहती थीं कि सुल्तान और ख़्वाजा की मुलाक़ातें अब आगे और हों। वे सोचने लगीं, सुल्तान अभी-अभी लम्बे सफ़र से आए हैं और उन्होंने हमसे मुलाक़ात करना भी मुनासिब नहीं समझा। उनके पास हमारे लिए वक़्त नहीं था, लेकिन एक फ़क़ीर के दरवाज़े पर जाकर क़दमबोसी करने के वास्ते उनके पास वक़्त था। उन्होंने गुलबदन से पूछा, ''सुल्तान के साथ और कौन-कौन फ़क़ीर की ख़ानक़ाह गया है?''

''हुज़ूर, हमेशा की तरह क़ुव्वतुलमुल्क जमालुद्दीन याक़ूत और सर-ए-जाँदार सुल्तान की ख़िदमत में मौजूद थे।''

''कमबख़्त याक़ूत पर नज़र रखनी होगी।''

रात अँधेरी थी। एक पहर गुज़र चुका था। ख़्वाजा क़ुतुबुद्दीन बख़्तियार क़ाक़ी आँखें बन्द किए हुए अब भी अल्लाह की इबादत में जुटे थे। तमाम मुरीद और ख़िदमतगार सो गये थे। ख़्वाजा का बड़ा बेटा सैयद अहमद जाग रहा था। छोटा बेटा सैयद महमूद सोने चला गया था। सैयद अहमद ने ख़ानक़ाह के बाहर घोड़ों के टापों की आवाज़ सुनी। वह फ़ौरन ख़ानक़ाह के ख़ास दरवाज़े पर पहुँचा। वह सुल्तान इल्तुतमिश को देखकर चौंक गया। अब तक सुल्तान घोड़े से नीचे उतर गये थे। उसकी जुबान से निकला, ''सुल्तान-ए-आलम, इस वक़्त?''

''क़िले में तबीयत नहीं लग रही थी। सोचा, हज़रत की क़दमबोसी कर आऊँ।''

अब तक सैयद अहमद के साथ सुल्तान और जमालुद्दीन याक़ूत ख़ानक़ाह के अन्दर आ चुके थे। हमेशा की तरह सर-ए-जाँदार और उसके सिपाही ख़ानक़ाह के बाहर ही रुक गये। ख़्वाजा के बेटे सैयद अहमद ने सुल्तान को इज़्ज़त के साथ एक कमरे में चटाई पर बिठा दिया और कहा, ''अब्बाहुज़ूर, इस वक़्त इबादत में हैं। जैसे ही उनकी आँख खुलेगी, मैं उन्हें ख़बर कर दूँगा।'' इतना कहकर सैयद अहमद कमरे से बाहर हो गया।

अब उसने अपने अब्बाहुज़ूर के कमरे में झाँककर देखा। ख़्वाजा ने आँखें खोल दी थीं। सैयद अहमद बोला, "सुल्तान-ए-आलम आए हुए हैं। मिलने की इजाज़त चाहते हैं।"

ख़्वाजा बोले, "उन्हें भेज दो।"

सैयद अहमद ने जाकर सुल्तान से कहा कि अब्बाहुज़ूर याद फ़र्मा रहे हैं। सुल्तान सैयद अहमद के पीछे-पीछे चल दिए। सुल्तान के कमरे में घुसते ही ख़्वाजा बोले, "सुल्तान को इस वक़्त हमारी ख़ानक़ाह में आने की क्या ज़रूरत पड़ गयी?"

"हज़रत की क़दमबोसी के वास्ते आया था।" इतना बोलते ही सुल्तान ख़्वाजा की शान में झुक गये। ख़्वाजा ने उन्हें इशारा किया कि सामने बिछी चटाई पर बैठ जाएँ। सुल्तान ख़्वाजा के सामने दोजानू बैठ गये।

ख़्वाजा बोले, "आप हिन्दुस्तान के सुल्तान हैं। सुना है, आज ही मुल्तान और भक्कर को फ़तेह कर दिल्ली पहुँचे हैं। आपको इस वक़्त आराम की ज़रूरत थी। आख़िर हम कहाँ भागे जा रहे थे? सुबह मुलाक़ात हो सकती थी।"

"हज़रत, दिल्ली और उसके आसपास बारिश नहीं हो रही है। अवाम का बुरा हाल है। शहर और क़िले में अनाज के गोदाम खाली हो रहे हैं। अगर इसी तरह कुछ महीने और बीत गये तो हुज़ूर भुखमरी का अन्देशा है।"

ख़्वाजा ने अपनी दोनों आँखें बन्द कर लीं और दोनों हाथ उठाकर अल्लाह की इबादत करने लगे। उन्होंने कुछ देर बाद आँखें खोलीं और बोले, "अल्लाह का हुक़्म है। सुल्तान शैख़ हमीदुद्दीन नागौरी से मिल लें। अवाम को अब और तकलीफ़ नहीं होगी। अब हमें अल्लाह की इबादत करने दें।" इतना कहकर ख़्वाजा ने अपनी दोनों आँखें बन्द कर लीं। सुल्तान एकबार फिर ख़्वाजा की शान में झुक गये। कमरे के बाहर जमालुद्दीन याक़ूत और सैयद अहमद आपस में बातचीत कर रहे थे। सुल्तान को बाहर आता देखकर सैयद अहमद उनके नज़दीक पहुँचे और सुल्तान को ख़ानक़ाह के ख़ास दरवाज़े तक छोड़ आए।

शैख़ हमीदुद्दीन नागौरी की ख़ानक़ाह ख़्वाजा क़ुतुबुद्दीन बख़्तियार क़ाक़ी की ख़ानक़ाह से ज़्यादा दूर नहीं थी। ख़्वाजा की ख़ानक़ाह से बाहर निकलकर सुल्तान सर-ए-जाँदार से बोले, "आप और आपके तमाम सिपाही किसी पास की सराय में जाकर रात गुज़ारें। हमें फ़िलहाल अकेला छोड़ दें।" सर-ए-जाँदार सुल्तान का हुक़्म सुनकर चौंका। उसकी समझ में नहीं आ रहा था कि वह क्या करे? सुल्तान को जमालुद्दीन याक़ूत के साथ अकेला छोड़ना ठीक नहीं समझ रहा था। उसे सुल्तान की हिफ़ाज़त के वास्ते वज़ीर-ए-आज़म के हुक़्म से तैनात किया गया था। वह यह भी सोचने लगा कि उससे सुल्तान ने रात सराय में गुज़ारने को क्यों कहा है? वह इसी सोच-विचार में लगा था कि सुल्तान हज़रत हमीदुद्दीन नागौरी की ख़ानक़ाह की ओर

घोड़े पर सवार होकर चल दिए। जमालुद्दीन याक़ूत उनके पीछे-पीछे चल दिए।

सुल्तान को शैख़ हमीदुद्दीन नागौरी की ख़ानक़ाह पहुँचने में कोई देर नहीं लगी। ख़ानक़ाह में मौजूद सभी लोग सो गये थे। अकेले शैख़ हमीदुद्दीन नागौरी ही ख़ामोश रहकर तसवीह फेर रहे थे। वे सुल्तान को वहाँ देखकर चौंके और सुल्तान से पूछा, ''इतने बड़े मुल्क के सुल्तान को हमारी ख़ानक़ाह में इस वक़्त आने की क्या ज़रूरत थी?''

''हुज़ूर, ख़्वाजा क़ुतुबुद्दीन बख़्तियार क़ाक़ी का हुक़्म था, जिसकी वजह से हुज़ूर की क़दमबोसी करने चला आया। बारिश नहीं हो रही है। अगर हुज़ूर दुआ करें तो बारिश हो सकती है।''

''अफ़सोस की बात है, क़िले और तमाम शहर में मुल्तान और भक्कर की फ़तेह के बाद जश्न-ए-चिराग़ाँ हो रहा है और भूखी-प्यासी अवाम के पास चिराग़ जलाने के लिए तेल नहीं है।'' हज़रत शिकायती लहज़े में बोले।

''हुज़ूर के सामने माफ़ी की दरख़्वास्त पेश है। हमें माफ़ कर दें, लेकिन अवाम के वास्ते...।''

''हम इस वक़्त अल्लाह की इबादत में हैं। कल हमारे पास जमालुद्दीन याक़ूत को भेज देना।''

''हुज़ूर...।''

सुल्तान अभी अपनी पूरी बात भी नहीं कर सके थे कि ख़्वाजा बोले, ''सुल्तान, हमारी इबादत में खलल न डालें।'' अब शैख़ हमीदुद्दीन नागौरी तसवीह फेरते हुए बेरुख़ी के साथ ख़ानक़ाह के एक कमरे की ओर चल दिए। सुल्तान उनकी क़दमबोसी के वास्ते झुक गये। जमालुद्दीन याक़ूत सोच रहे थे कि शैख़ हमीदुद्दीन नागौरी आख़िर ख़्वाजा क़ुतुबुद्दीन बख़्तियार क़ाक़ी के मुरीद ही हैं, फिर क्यों इस तरह बेरुख़ी दिखा रहे हैं।

सुल्तान ख़ानक़ाह से बाहर निकलकर याक़ूत से बोले, ''चलो, बगदादी दरवाज़े की ओर चलते हैं।''

सुल्तान का हुक़्म सुनकर जमालुद्दीन याक़ूत उनके घोड़े के पीछे-पीछे कुछ दूरी बनाकर बगदादी दरवाज़े की ओर चल दिए। रात का सन्नाटा चारों ओर छाया हुआ था। हाथ-को-हाथ नहीं सूझ रहा था। गर्मी से बुरा हाल था। सुल्तान और याक़ूत आधी दूरी भी न तय कर पाए थे कि न जाने कहाँ से आसमान में बादल छा गये। चाँद और तारे बादलों की ओट में छिप गये। बिजली चमकने लगी। बादलों की गड़-गड़ाहट शुरू हो गयी। देखते-ही-देखते मूसलाधार बारिश होने लगी। अचानक बारिश देखकर सुल्तान और जमालुद्दीन याक़ूत दोनों ही भौंचक्के थे। सुल्तान ने घोड़े की पीठ पर बैठे-बैठे ही शैख़ हमीदुद्दीन नागौरी और ख़्वाजा क़ुतुबुद्दीन बख़्तियार

क़ाक़ी को याद किया और उनका शुक्रिया अदा किया। याक़ूत सुल्तान से बोले, "आक़ा, ख़्वाजा और शैख़ हमीदुद्दीन नागौरी की दुआ से बारिश शुरू हो गयी है। आक़ा, हमारी मुबारकबाद क़ुबूल करें।"

"याक़ूत, बारिश नहीं हो रही है, आब-ए-हयात बरस रहा है।" सुल्तान की ख़ुशी का ठिकाना नहीं था। बारिश से भीगने की वजह से घोड़ों को गर्मी से राहत मिली।

"आक़ा वज़ा फ़र्मा रहे हैं।"

सुल्तान को अब भी शैख़ हमीदुद्दीन नागौरी के अल्फ़ाज़ याद आ रहे थे। हज़रत ने चलते-चलते उनसे कहा था, क़िले और दिल्ली में जश्न-ए-चिराग़ाँ हो रहा है। भूखी-प्यासी अवाम के पास चिराग़ जलाने के लिए तेल नहीं है। वे सोचने लगे, अब आगे ऐसा नहीं होने पाएगा। अभी वे कुछ ही दूर निकले थे कि रास्ते में सड़क के किनारे उन्हें एक कच्चा मकान दिखाई पड़ा, जिस पर छप्पर पड़ा था। सुल्तान को पता नहीं कौन-सी ताक़त उस मकान की ओर खींच रही थी। इस मकान के इर्द-गिर्द बारिश नहीं हो रही थी। सुल्तान उस मकान की ओर ही बढ़ रहे थे। याक़ूत की समझ में कुछ नहीं आ रहा था। वे सोच रहे थे, सुल्तान को न जाने क्या हो गया है। सर-ए-जाँदार और उसके सिपाहियों को क़िले-के-बजाय सराय में ठहरने का हुक़्म फ़र्मा दिया और अब पता नहीं, किसके घर की ओर बढ़े चले जा रहे हैं। सुल्तान ने घर के दरवाज़े के पास जाकर आवाज़ लगाई, "कोई इस घर में मौजूद है?"

घर के अन्दर से आवाज़ आई, "कौन?"

"ख़िदमतगार।"

कुछ ही देर में घर का दरवाज़ा खुला। एक बूढ़ी औरत, जिसकी उम्र तक़रीबन साठ साल रही होगी, बाहर निकली। घर के बाहर घुप्प अँधेरा छाया था। सहसा आसमान में बिजली तड़की। कुछ ही देर में बिजली की रौशनी चारों ओर फैल गयी। बुढ़िया ने देखा, उसके सामने घोड़ों पर सवार कोई फ़ौज़ी हाकिम हैं। वे दोनों बारिश में बुरी तरह भीग गये हैं। बुढ़िया बोली, "मैं एक ग़रीब बेवा हूँ। अभी कुछ देर पहले ही बहुत दिनों के बाद बारिश हुई है। आपका इतनी रात में हमारे ग़रीबख़ाने पर कैसे आना हुआ? मैं ग़रीब बेवा आपकी क्या ख़िदमत कर सकती हूँ?"

अब तक सुल्तान और याक़ूत अपने-अपने घोड़ों से नीचे उतर आये थे। सुल्तान ने बुढ़िया से पूछा, "अम्मा, आपने घर में चिराग़ क्यों नहीं जलाया?"

"हुज़ूर, हमारे घर में कई रोज़ पहले तेल ख़त्म हो गया था। मैं पास की सराय में झाडू लगाने का काम करती हूँ। बीमार हो जाने की वजह से सराय में कई रोज़ से नहीं पहुँच सकी। जब घर में अनाज का एक दाना भी नहीं है, तब तेल कहाँ से आता?"

''आपके घर में और कौन-कौन है?''

''हुज़ूर, हमारे घर में दो जवान बेटियाँ हैं।''

''क्या दोनों सो गयीं?''

बुढ़िया की समझ में नहीं आ रहा था कि यह हाकिम इस तरह के सवाल क्यों कर रहा है? कई रोज़ से ग़ुलामों के सौदागर उसकी बेटियों को ख़रीदने के वास्ते उसके घर के चक्कर लगा रहे थे।, लेकिन उसने उन्हें साफ़-साफ़ बता दिया था कि चाहे भूख और प्यास से मर ही क्यों न जाएँ, लेकिन अपनी प्यारी बेटियों का सौदा नहीं करेंगी। सौदागर ही नहीं, रंडियों के भड़ुओं को जब से जानकारी हुई की बेवा बुढ़िया की लड़कियाँ हसीन हैं और वे जवान हो गयी हैं, वे भी घर के इर्द-गिर्द चक्कर मार रहे थे। बुढ़िया को डर था, कहीं घुड़सवारों का इरादा ग़लत तो नहीं है। कहीं वे उनकी लड़कियों को ज़बरदस्ती उठा तो नहीं ले जाएँगे। वह बोली, ''हुज़ूर, गुस्ताख़ी माफ़ हो। हमारे बारे में आपने काफ़ी कुछ जान लिया, लेकिन आपने हमें अपने बारे में कुछ नहीं बताया।''

सुल्तान कुछ बोलते, इससे पहले याक़ूत बोले, ''अम्मा, आपके दरवाज़े पर सुल्तान-ए-हिन्द इल्तुतमिश ख़ुद मौजूद हैं। कोई डरने की बात नहीं है।''

इतना सुनते ही बुढ़िया सुल्तान इल्तुतमिश की क़दमबोसी के वास्ते झुक गयी। सुल्तान ने उसे अपनी दोनों बाहों में भर लिया। बिजली एकबार फिर चमकी। सुल्तान ने देखा, बुढ़िया के बदन के कपड़े तार-तार हैं। इसी बीच बुढ़िया की दोनों बेटियाँ बाहर निकल आईं। उन्हें भूख के मारे नींद नहीं आ रही थी। दोनों बेटियाँ सुल्तान की शान में अदब के साथ झुक गयीं। बड़ी बेटी अमीना बोली, ''सुल्तान-ए-आलम का इक़बाल बुलन्द हो। हमारी समझ में नहीं आ रहा है, हम लोग इस टूटे-फूटे घर में सुल्तान का इस्तक़बाल कैसे करें?''

सुल्तान बोले, ''बेटी, इसकी कोई ज़रूरत नहीं।''

सुल्तान ने बिजली की चमक में देखा कि दोनों लड़कियाँ जवान हैं, ख़ूबसूरत हैं, लेकिन उनके चेहरे सूखे और उतरे हुए हैं। उन्होंने पूछा, ''क्या आप लोगों ने रात का खाना खाया है?''

दोनों लड़कियाँ ख़ामोश थीं। वे कुछ कहना नहीं चाह रही थीं, लेकिन बुढ़िया बोली, ''सुल्तान-ए-आलम, तीन रोज़ से हमारी दोनों बेटियों के गले से कुछ नीचे नहीं उतरा है। बेचारी भूखे पेट जाग रही थीं। घर में अनाज का एक दाना भी नहीं है।''

''तब लंगरख़ाना क्यों नहीं चली गयीं? वहाँ ज़नानियों के वास्ते अलग इन्तज़ाम है।''

''सुल्तान, मैंने इन दोनों से इस वास्ते कहा था, लेकिन दोनों शर्म की वजह से

नहीं जा रही थीं। आज शाम को किसी तरह गयीं, लेकिन उस वक़्त लंगरख़ाना बन्द हो गया था।''

''या ख़ुदा!'' सुल्तान की ज़ुबान से निकला। उनकी आँखों में आँसू भर आए। उन्होंने सपने में भी नहीं सोचा था कि उनकी अवाम की यह भी हालत हो सकती है।

अब सुल्तान याक़ूत की ओर मुख़ातिब होकर बोले, ''याक़ूत, कहीं से जाकर इनके वास्ते खाना ले आओ।''

''सुल्तान-ए-आलम, इस वक़्त तकलीफ़ उठाने की क्या ज़रूरत है?'' बुढ़िया बोली।

''अम्मा, ज़रूरत है।''

सुल्तान का हुक़्म सुनते ही याक़ूत घोड़े पर सवार होकर चल दिए। इधर बुढ़िया की गुज़ारिश पर सुल्तान घर के अन्दर दाख़िल हो गये। उन्होंने अपना घोड़ा घर के बाहर बाँध दिया। याक़ूत को ख़याल आया, ग़ज़नी बाज़ार में कल्लन मियाँ की दुकान के अलावा तमाम दिल्ली में शायद इस वक़्त कोई ही दुकान खुली हो। उन्होंने घोड़े को एड़ लगाई। घोड़ा टप-टप करता हुआ दौड़ पड़ा। अभी जमालुद्दीन याक़ूत कुछ ही आगे बढ़े थे कि बारिश होने लगी। कल्लन मियाँ दुकान बन्द करने जा रहे थे। दुकान से लगा शर्बतख़ाना बन्द हो चुका था। वे घोड़े की टप-टप की आवाज़ सुनकर दुकान से बाहर निकल आए। बाहर बारिश हो रही थी। मोमबत्तियों की रौशनी में कल्लन मियाँ ने देखा, कोई घुड़सवार घोड़े से उतर रहा है। घुड़सवार की पोशाक और पगड़ी भीगी हुई है। घुड़सवार ने दुकान के नज़दीक आकर पूछा, ''क्या खाना मिल सकता है?''

कल्लन मियाँ जमालुद्दीन याक़ूत को अच्छी तरह पहचानते थे। उन्हें अपनी आँखों पर यक़ीन नहीं हो रहा था। वे अदब के साथ झुककर बोले, ''जहे क़िस्मत! क़ुव्वतुलमुल्क जमालुद्दीन याक़ूत इतनी रात को हमारे ग़रीबख़ाने पर। हुज़ूर की क़दमबोसी करता हूँ।''

''हमें कुछ खाना चाहिए।''

''हुज़ूर, तीन-चार आदमियों के वास्ते ठंडा गोश्त और कुछ रोटियाँ बची रखी हैं। अगर हुज़ूर इजाज़त दें तो ताज़ा गोश्त पकाने का इन्तज़ाम करूँ।''

''कोई ज़रूरत नहीं। आपके पास जितना कुछ मौजूद है, हमें बाँध दें।''

कल्लन मियाँ ने जल्दी ही हड़िया में गोश्त और रोटियाँ बाँधकर जमालुद्दीन याक़ूत के हवाले कर दीं। याक़ूत ने उनसे कुछ मोमबत्तियाँ भी माँग लीं। चलते-चलते जमालुद्दीन याक़ूत ने एक अशर्फ़ी निकालकर कल्लन मियाँ की हथेली पर रख दी। कल्लन मियाँ बोले, ''हुज़ूर, इसकी क्या ज़रूरत है?''

''इसे रख लीजिए।'' जमालुद्दीन याक़ूत गोश्त और रोटी की हड़िया लेकर

घोड़े पर सवार होकर बुढ़िया के घर की ओर चल दिए। कल्लन मियाँ एकबार फिर याक़ूत की शान में झुक गये। वे सोचने लगे, इतने बड़े मुल्क के हाकिम को रात के वक़्त गोश्त-रोटी की क्या ज़रूरत पड़ गयी? जब कि इसके यहाँ न जाने कितने बावर्ची लगे होंगे और दस्तरख़्वान पर रोज़ाना न जाने कितने लोग खाना खाते होंगे? इसके हुक़्म से महीनों हौज़ शम्सी पर लंगरख़ाना चलता रहा। सुल्तान से वह जो कुछ पाता है, ग़रीबों में लुटा देता है।

कुछ ही देर में जमालुद्दीन याक़ूत खाना लेकर बुढ़िया के घर पहुँच गये। सुल्तान बुढ़िया के घर अँधेरे में ही बैठे थे। इस बीच सुल्तान ने पता कर लिया था कि बेवा, जिसका नाम राबिया है, उसका खाविन्द तीन साल पहले प्लेग की बीमारी में मर गया था। उसकी बड़ी बेटी का नाम अमीना है। वह इक्कीस साल की है। छोटी बेटी का नाम हसीना है। वह अट्ठारह साल की हैं। दोनों लड़कियाँ पाँच-पाँच जमात पास हैं। वे अच्छी तरह क़ुरआन शरीफ़ पढ़ना सीख गयी हैं। जमालुद्दीन याक़ूत ने बुढ़िया को खाना सौंप दिया। वे कल्लन मियाँ की दुकान से मोमबत्तियाँ ले आए थे। बुढ़िया ने किसी तरह मोमबत्ती जलाई। मोमबत्ती की रौशनी होते ही सुल्तान ने देखा कि घर में कुछ मिट्टी के बर्तन और चटाईयों के अलावा और कुछ ख़ास सामान नहीं है। वे याक़ूत से मुख़ातिब होकर बोले, "अम्मा को हमारी ओर से पचास अशर्फ़ियाँ दे दो। कल सुबह शहर कोतवाल को हुक़्म दें, वे अम्मा के वास्ते यहीं आस-पास पक्का मकान बनवा दें।"

"आक़ा, हुक़्म की तामील होगी।"

याक़ूत ने अशर्फ़ियों भरी थैली बुढ़िया को सौंप दीं। बुढ़िया और उसकी दोनों बेटियाँ सुल्तान के सामने अदब के साथ झुक गयीं। बुढ़िया बोली, "सुल्तान-ए-आलम के बारे में जैसा कुछ सुना था, उससे कहीं ज़्यादा पाया। अल्लाह सुल्तान की उम्रदराज़ करे। हुज़ूर का ताजो-तख़्त ताक़ियामत सलामत रहे।"

सुल्तान बोले, "रात काफ़ी गुज़र गयी है। आप लोग खाना खाकर सो जाएँ और अब हमें चलने की इजाज़त दें।"

बुढ़िया सुल्तान की शान में झुक गयी। दोनों बेटियाँ अमीना और हसीना सुल्तान की क़दमबोसी कर रही थीं। वे सोच रही थीं कि अल्लाह के यहाँ देर है, अन्धेर नहीं। सुल्तान और याक़ूत घर से बाहर निकल आए। बाहर तेज़ बारिश हो रही थी। अब वे दोनों घोड़ों पर सवार होकर बगदादी दरवाज़े की ओर चल दिए। बुढ़िया और उसकी बेटियाँ अमीना और हसीना सुल्तान को जाते देख रही थीं। सुल्तान और याक़ूत के आँखों से ओझल हो जाने पर बुढ़िया सोचने लगी, सुल्तान इल्तुतमिश हिन्दुस्तान का सुल्तान नहीं, फ़रिश्ता है।

इकत्तीस

उसका गुलचेहरा नाम था। जहाँशाह तुर्कान बेगम ने सुल्तान की ग़ैरमौजूदगी में उसे ग़ुलामों के बाज़ार से मुँहमागी क़ीमत में ख़रीदा था। बेगम ने उसकी जो क़ीमत अदा की थी, उतनी क़ीमत दिल्ली के ग़ुलाम बाज़ार में आज तक किसी कनीज़ की नहीं लगी थी। इस कनीज़ की इतनी भारी क़ीमत चुकाने से दिल्ली के तमाम अमीर ही नहीं, शहज़ादियाँ और शहज़ादे तक चौंक गये थे।, लेकिन कनीज़ बेगम की ख़ास पसन्द थी। कनीज़ की उम्र अभी बीस साल पूरी नहीं हुई थी। उसका बदन गुलअफ़्शां और गुलअन्दाम की तरह बेहद ख़ूबसूरत था। वह जहाँ पहुँच जाती थी, वहाँ की फ़िज़ा गुलज़ार हो उठती थी। उसके गाल गुलइज़ार की माफ़िक थे। उसकी जुबान गुलशकर जैसी शीरीं थी। उसका जो भी पहले नाम रहा हो, बेगम को इससे कोई मतलब नहीं था। बेगम ने उसका नाम उसको देखकर गुलचेहरा रखा था। क़ुश्क-ए-सफ़ेद के हिजड़े और बाँदियाँ उसे इसी नाम से पुकारते थे। उसको आए अभी छः महीने ही बीते थे, लेकिन इस बीच वह बेगम के काफ़ी नज़दीक पहुँच गयी थी। महल की तमाम बाँदियाँ उसकी ख़ूबसूरती देखकर जल उठी थीं। वे कभी-कभी कहती थीं, 'चार दिन की चाँदनी, फिर अँधेरी रात।'

सुल्तान जब से मुहिम से वापस आए थे, तब से अभी तक क़ुश्क-ए-सफ़ेद नहीं पहुँचे थे। उनकी बेगम से अभी तक मुलाक़ात नहीं हुई थी। क़िले की बारहदरी में रोज़ाना दोपहर को इसी बात की गुफ़्तगू बाँदियाँ कर रही थीं। सुल्तान जिस दिन क़िल-ए-रायपिथौरा पहुँचे थे, वे सबसे पहले क़ुश्क-ए-फ़ीरोज़ी जाकर अपनी बेटियों से मिले थे और फिर कुछ देर क़ुश्क-ए-दिलक़ुशा में आराम फ़र्माने के बाद रात में क़िले से बाहर निकल गये थे। बेगम हमेशा की तरह देर रात तक उनका इन्तज़ार करती रहीं। मलिक-ए-आलम मरहूम क़ुतुबबेगम के मरने के बाद सुल्तान जब किसी मुहिम से लौटते थे तो पहली रात जहाँशाह तुर्कान बेगम के महल में ही गुज़ारते थे और उन्हीं की दस्तरख़्वान पर खाना खाते थे, लेकिन अबकी बार ऐसा नहीं हुआ। बेगम ने सुल्तान की वापसी पर एक-से-एक उम्दा पकवान तैयार कराये थे। उनके वास्ते पुरानी-से-पुरानी इस्फ़हानी शराब मँगवाई थी। बेगम सुल्तान का आधी रात बीत जाने के बाद भी इन्तज़ार करती रहीं, लेकिन सुल्तान नहीं पहुँचे। बेगम को कब नींद आ गयी, पता नहीं चला। सुबह जब आँख खुली, तब तक सूरज एक नैज़ा ऊपर चढ़ चुका था।

बेगम का सुल्तान से रूठना वाजिब था। बेगम ने दोपहर में भी सुल्तान का इन्तज़ार किया, लेकिन वे नहीं आए। रात में बेगम ने सुल्तान के वास्ते फिर दस्तरख़्वान तैयार कराई, ख़ुद भड़कीली पोशाक और जड़ाऊ जेवर पहने, लेकिन रात इन्तज़ार में ही गुज़र गयी। इसी तरह बेगम की तीन रातें इन्तज़ार करते ही चली गयीं। तब बाँदी गुलबदन ने उन्हें समझाया, हुज़ूर का इस तरह रूठना ठीक नहीं है। हुज़ूर यहाँ रूठी पड़ी हैं और उधर सुल्तान ख़्वाबगाह में गुलसुल्तानबानो के साथ गुलछर्रे उड़ा रहे हैं। बाँदी गुलबदन की बात बेगम की समझ में आ गयी। उन्होंने फ़ैसला लिया कि वे आज रात में क़ुश्क-ए-दिलक़ुशा जाकर सुल्तान से ज़रूर मुलाक़ात करेंगी।

बेगम दोपहर में हम्माम में जाकर नहा चुकी थीं, लेकिन कनीज़ गुलचेहरा के कहने पर सूरज ढलने के बाद बेगम फिर हम्माम पहुँचीं। वहाँ बेगम की ख़िदमत के वास्ते कई बाँदियाँ मौजूद थीं। बाँदियों ने बेगम को हम्माम में अच्छी तरह नहलाया। सुल्तान को रिझाने के वास्ते हम्माम के पानी में बेले का इत्र मिलाया गया था। जिससे बेगम का बदन महकता रहे। बेगम ने हम्माम से वापस आने पर बाँदियों को महल से बाहर निकाल दिया। अब महल में बेगम और कनीज़ गुलचेहरा ही मौजूद थीं।

गुलचेहरा ने बेगम के बदन को मुलायम सफ़ेद कपड़े से अच्छी तरह पोंछा। उनके भीगे बाल सुखाए और बालों को कंघी से साफ़ किया। गुलचेहरा बालों की तरह-तरह से चोटियाँ बनाने में माहिर थी। उसने बेगम के लम्बे काले बालों की नये ढंग से चोटी बनाई। अब उसने बेगम को जड़ाऊ नुकीली चोली पहनाई। बेगम के सामने कई जड़ाऊ पोशाकें फैली थीं, लेकिन गुलचेहरा के कहने पर उन्होंने गुलाबी रंग की जड़ाऊ कुर्ती और सलवार पहनी। कुर्ती और सलवार में किनारे-किनारे ज़रदोज़ी का बारीक काम था। ख़ूबसूरत मोती और दूसरे जवाहरात जगह-जगह टँके थे। इसके अलावा पोशाक में कई जगह जवाहरात के ज़रिये मछलियाँ उकेरी गयी थीं जो किसी की भी निगाहें अपनी ओर खींच सकती थीं।

बेगम ने गुलचेहरा के सामने पहली मर्तबा जेवरख़ाना जाकर जड़ाऊ जेवरात के बक्से खोले। गुलचेहरा ने इतने क़ीमती जड़ाऊ जेवर इससे पहले कभी नहीं देखे थे। वह इन्हें देखकर भौंचक्की रह गयी। सिर, गला, बाजू, उँगलियों और कमर के ही नहीं, पैरों में पहननेवाले जेवरात के अलग-अलग बक्से मौजूद थे। बेगम गुलचेहरा से मुस्कराकर बोलीं, ''आज मैं तेरी पसन्द के जेवर पहनूँगी।''

गुलचेहरा ने सबसे पहले बेगम के सिर पर सोने की जड़ाऊ झूमर बाँधी। बालों की चोटी में जड़ाऊ जंजीरें क़रीने से पिरोईं, कानों में हीरों के लम्बे-लम्बे झुमके पहनाए। अब वह बेगम की नाक में नथ पहनाने चली। बेगम बोलीं, ''मैंने पहले

कभी नथ नहीं पहनी थी, इसे रहने दे।''

गुलचेहरा मुस्कराकर बोली, ''बेगम साहिबा, नथ औरत के चेहरे को सबसे ज़्यादा हसीन बनाती है। मर्द नथ को देखकर जल्दी फ़िदा हो जाते हैं। हुज़ूर, गुस्ताख़ी माफ़ करें। कोठों पर नथ उतारने की रस्म है।'' इतना कहकर वह मुस्करा उठी।

बेगम नथ उतारने के मायने अच्छी तरह समझ रही थीं। वे भी मुस्करा पड़ीं। उन्होंने उसकी आँखों-में-आँखें डालते हुए पूछा, ''क्या तेरी कभी किसी ने नथ उतारी है?''

''हुज़ूर, सच कहती हूँ। अभी तक कोई ऐसा क़िस्मतवाला मर्द नहीं मिला। कनीज़ बेगम साहिबा की ग़ुलाम है। वे जिससे चाहें, हमारी नथ उतरवा सकती हैं। हम कहाँ इनकार कर पाएँगे।''

''कोई बातें बनाना तुझसे सीखे। कितनी बार समझाया, कम बोला कर। ज़माना खराब है।''

''बेगम साहिबा, हुज़ूर के रहते हमें ज़माने से डरने की ज़रूरत नहीं। हुज़ूर की ग़ुलामी में रहकर हम ज़माने से नहीं हैं, हमसे ज़माना है।'' वह हँसती हुई बोली।

''अच्छा अब ख़ामोश हो जा!''

बेगम ने गुलचेहरा के कहने पर भारी जड़ाऊ नथ पहन ली और आदमकद आइने में अपने चेहरे को निहारा। वे ख़ुद पर फ़िदा हो गयीं और उनकी जुबान से निकल पड़ा, ''बहुत ख़ूब। वाक़ई नथ पहनने से औरत की ख़ूबसूरती में चार चाँद लग जाते हैं।''

''हुज़ूर, मैंने कुछ ग़लत नहीं कहा था।''

''तूने सही कहा था।'' बेगम ने एक बार फिर अपने ख़ूबसूरत चेहरे को आइने में देखा।

गुलचेहरा ने सोने की कई चम्पाकली हाथ में लेकर देखीं। उसे एक काफ़ी चौड़ी जड़ाऊ चम्पाकली पसन्द आई। उसने बेगम की गर्दन में उसे पहना दिया। चम्पाकली पहनाने के बाद उसने बेगम के गले में सतलड़ा मोतियों का हार पहनाया। जिसमें एक भारी पन्ना नीचे लटक रहा था। हार में बीस-बीस मोतियों के दानों के अन्तर पर पन्ने चमक रहे थे। अब उसने बेगम के बाजुओं में जड़ाऊ बाजूबन्द और जोशन बाँधे। दोनों हाथों की उँगलियों में जवाहरात जड़ी अँगूठियाँ पहनाकर दोनों अँगूठों में आरसी पहनाईं। अब कमर की बारी थी। कमर के जेवरात से एक बक्सा भरा पड़ा था, जिसमें कमरपेटी, करधनी, बधीकमर और हेकल-ए-कमर काफ़ी तादाद में मौजूद थीं। उसने एक जड़ाऊ बधीकमर बेगम को दिखाई, लेकिन बेगम को ख़ास पसन्द नहीं आई। बेगम ने अपनी पसन्द की हेकल-ए-कमर बक्से में से

उठाई और बोलीं, "तू इसे पहना दे।"

गुलचेहरा को भी हेकल-ए-कमर पसन्द आई। उसने सलवार के ऊपर हेकल-ए-कमर पहना दी। अब उसने बेगम के पैरों में सोने की जड़ाऊ पाजेब पहनाई। बेगम ने एकबार फिर आदमकद आइने में ख़ुद को निहारा और बोलीं, "गुलचेहरा, अब काफ़ी हो गया। अब और ज़ेवर पहनने की बदन में जगह नहीं है।"

गुलचेहरा मुस्कराकर बोली, "बेगम साहिबा, अभी हाथों के दोनों पंजों में दस्तबन्द पहनाना बाकी रह गया है। उन्हें पहनना ज़रूरी है।" बेगम ना-नुकर करती रहीं, लेकिन वह नहीं मानी। आख़िर उसने बेगम के पंजों में जड़ाऊ दस्तबन्द पहना ही दिए। दस्तबन्द काफ़ी लम्बे और ख़ूबसूरत थे। अब उसने बेगम की दोनों कलाइयों में जड़ाऊ सोने के चार-चार कंगन जो बीच से पेंच द्वारा खुल जाते थे, पहनाए। ज़ेवरात पहनाने के बाद गुलचेहरा ने बेगम के सामने ज़नानी जड़ाऊ जूतियाँ कफ़्श, चढ़वा, क़ुतुबशाही, महमूदी, घेतला और ख़ुर्दनोका पेश कीं। बेगम को एक ख़ुर्दनोका जूती पसन्द आई। उन्होंने उसे ही पहना।

अब बेगम एकबार फिर आदमकद आइने में जाकर सिर-से-पैर तक निहारने लगीं। उन्होंने इतने अधिक जेवर और इतनी जड़ाऊ पोशाक पहले नहीं पहनी थी। वे ख़ुद की ख़ूबसूरती देखकर इतरा उठीं। इत्तिफ़ाक़ था, गुलचेहरा ने भी आज गुलाबी रंग की पोशाक पहन रखी थी। बेगम ने एक जड़ाऊ हार बक्से से निकालकर उसके गले में पहना दिया। वह अदब के साथ झुक गयी और बोली, "शुक्रिया हुज़ूर।"

जड़ाऊ हार पहनने पर गुलचेहरा की ख़ूबसूरती और बढ़ गयी थी। बेगम हँसकर बोलीं, "गुलचेहरा, तू वाक़ई गुलचेहरा ही नहीं, गुलअफ़्शा है। तेरा समूचा बदन गुलअफ़्शा दरख़्त की मानिंद तराशा हुआ है।"

"बेगम साहिबा, गुस्ताख़ी माफ़ हो। हुज़ूर भी आज गुलपैरहन की माफ़िक लग रही हैं। हुज़ूर की पोशाक और जेवरात भी गुलपोश की मानिन्द हैं।" बेगम गुलबदन की हाज़िर-जवाबी और अपनी तारीफ़ सुनते ही मुस्करा उठीं और मन-ही-मन बोलीं, आज सुल्तान इल्तुतमिश की ख़ैर नहीं।

बेगम अकेले ही क़ुश्क-ए-दिलक़ुशा की ओर चल दीं। क़ुश्क-ए-सफ़ेद से लेकर क़ुश्क-ए-दिलक़ुशा तक पतले रास्ते में दोनों ओर ख़ूबसूरत कनातें लगी थीं। रास्ते में जगह-जगह तातारी मज़बूत कद-काठी की जवान बाँदियाँ पहरे पर थीं। बेगम के निकल जाने के बाद वे आपस में बात करने लगीं। उनमें से एक बोली, "इस उम्र में भी ऐसी भड़कीली पोशाक और इतने जड़ाऊ जेवर?"

दूसरी बाँदी बोली, "अरे आहिस्ता बात कर! अगर कहीं किसी ने सुन लिया तो ख़ैर नहीं। वे सुल्तान-ए-आलम की ख़ास बेगम हैं। वे चाहे जो पहनें, उनकी क़िस्मत है। अलबत्ता, हमारी क़िस्मत में तो पहरेदारी ही बदी है। हमें दो वक़्त की

रोटी मिल जाए, काफ़ी है।''

कुश्क-ए-दिलकुशा के बाहर क़ादिरबीवीबानो पहरे पर थीं। वे बेगम को देखते ही अदब के साथ झुककर कोर्निश बजाने लगीं। बेगम के अलावा अगर कोई और होता तो उसे क़ादिरबीवीबानो अन्दर न जाने देतीं, लेकिन बेगम को रोकने की जुर्रत उनमें कहाँ थी? बेगम जैसे ही अन्दर पहुँची, उन्होने देखा, सुल्तान फ़ातिमाबानो से क़ुरआन शरीफ़ की आयतें सुन रहे हैं। बेगम के आने से सुल्तान चौंके और मज़ाक़िया लहज़े में बोले, ''आइए बेगम साहिबा। हिन्दुस्तान का सुल्तान कुश्क-ए-दिलकुशा में जहाँशाह तुर्कान बेगम के इस्तक़बाल के लिए हाज़िर है।''

फ़ातिमाबानो की नज़र जैसे ही बेगम पर पड़ी, वे उनकी पोशाक और जड़ाऊ जेवरात देखकर चौंक पड़ीं। उन्होंने बेगम को इस तरह की भड़कीली पोशाक और तमाम जड़ाऊ जेवरात में लदे-फँदे इससे पहले कभी नहीं देखा था। फ़ातिमाबानो उठकर बेगम को कोर्निश बजाने लगीं और सुल्तान की ओर मुख़ातिब होकर बोलीं, ''सुल्तान-ए-आलम, अब बेगम साहिबा हुज़ूर की ख़िदमत में आ गयी हैं। हमें चलने की इजाज़त दें।'' फ़ातिमाबानो समझती थीं कि बेगम को क़ुरआन की आयतें सुनना पसन्द नहीं हैं। इस बात को सुल्तान भी अच्छी तरह समझते थे। सुल्तान ने आँख के इशारे से फ़ातिमाबानो को जाने की इजाज़त दे दी। फ़ातिमाबानो ने क़ुरआन शरीफ़ को मखमली कपड़े के अन्दर बाँधा और अपने माथे से लगाकर जड़ाऊ मेज़ पर रखकर महल से बाहर हो गयीं। अब तक बेले की ख़ुशबू समूचे महल में फैल गयी थी।

बेगम ने बात की शुरूआत की। वे बोलीं, ''मेरे सरताज़, आप हमें भूल ही गये थे।''

सुल्तान उनके दोनों हाथों को अपने हाथों में लेते हुए बोले, ''नहीं बेगम, कैसी बात करती हैं? माबदौलत लम्बी मुहिम के बाद सल्तनत के तमाम पचड़ों में फँस गये थे। हमारी ग़ैरमौजूदगी में तुर्कान-ए-चिहिलगानी बन्दागान-ए-शम्सी के तमाम अमीरों और मलिकों में आपस की खींच-तान शुरू हो गयी थी। उन्हें बुलाकर समझाना-बुझाना ज़रूरी था। सूबों से आ रही ख़िराज़ के काग़ज़ भी देखने थे। इधर ग्वालियर का राजा मंगलदेव मनमानी कर रहा है। उससे निपटने के वास्ते सोचना पड़ रहा है। माबदौलत की लखनौती से वापसी होते ही वहाँ के सूबेदार ग़यासुद्दीन ख़िलज़ी ने फिर बग़ावत शुरू कर दी। उसके ख़िलाफ मुहिम छेड़ना ज़रूरी हो गया है। माबदौलत सोच रहे हैं, अवध के सूबेदार शहज़ादे नासिरुद्दीन महमूद शाह को लखनौती भेज दिया जाए जिससे और सूबों में बग़ावत की आग न सुलग सके। इन पचड़ों के अलावा माबदौलत अपनी अवाम से काफ़ी वक़्त से दूर थे। अवाम से ही माबदौलत का ताजो-तख़्त है। उसकी ख़ुशहाली के लिए भी सोचना ज़रूरी है।''

अवाम के नाम पर बेगम को गुस्सा आया, लेकिन वे गुस्से को पीकर बोलीं, ''हुज़ूर के पास अवाम के लिए वक़्त है, लेकिन एक कनीज़ के लिए नहीं।''

''बेगम, कभी आप हमारी कनीज़ थीं, लेकिन अब आप हमारी सबसे चहेती बेगम जहाँशाह तुर्कान हैं।''

अब सुल्तान ने बेगम की पोशाक और जड़ाऊ जेवरात पर गहरी नज़र डाली और बोले, ''बेगम, आप इस पोशाक और जड़ाऊ जेवरात में बेहद ख़ूबसूरत दिख रही हैं। इस वक़्त आपकी उम्र तीस साल से ज़्यादा नहीं लग रही है। आप इसी तरह रहा करें। माबदौलत को अच्छा लगता है।'' सुल्तान उनके दाहिने गाल का बोसा लेते हुए बोले।

''हुज़ूर को मज़ाक़ करने के वास्ते क्या और कोई नहीं मिला?'' बेगम सुल्तान के हाथ चूमते हुए बोलीं।

''नहीं बेगम, आपकी ख़ूबसूरती देखकर हमें ख़्वाबगाह याद आ रही है।''

''हुज़ूर मज़ाक़ कर रहे हैं।''

''नहीं बेगम। हम मज़ाक़ नहीं कर रहे हैं। आपकी ख़ूबसूरती देखकर हम अपने दिलो-दिमाग़ पर काबू नहीं पा रहे हैं। आपने शायद पहली मर्तबा नथ पहनी है। इसने आज हमें पागल बना दिया है।'' बेगम को गुलचेहरा की याद आ गयी। वे सोचने लगीं, कमबख़्त की उम्र कम ही है, लेकिन मर्दों को रिझाने के तमाम हथकंडे अभी से जान गयी है। ख़ूबसूरती में उसका मुक़ाबला गुलसुल्तानबानो या फिर साकी रौशनबानो क़त्तई नहीं कर सकतीं। वह एकदम गुलाब के ताज़े फूल की तरह है। अभी कमसिन भी है। क्यों न एक दिन उसे सुल्तान की ख़िदमत में पेश किया जाए। आख़िर कब काम आएगी। मैंने भी उसके लिए मुँहमागी क़ीमत चुकाई है। सुल्तान एकबार मज़ा चख लेने के बाद क़ुश्क-ए-सफ़ेद खिचे चले आएँगे।

बेगम समझ रही थीं कि सुल्तान पर उनकी ख़ूबसूरती का कुछ-कुछ असर होने लगा है। उन्होंने सुल्तान से मतलब की कुछ बातें करना ठीक समझा। वे बोलीं, ''हुज़ूर, गुस्ताख़ी माफ़ हो। हमें हुज़ूर से कुछ शिकायतें हैं।''

''बेगम, आप बयान कर सकती हैं।'' सुल्तान बेगम के गाल का बोसा लेते हुए बोले।

''हमें हुज़ूर ने मुहिम के दरम्यान एक ख़त भी लिखना मुनासिब नहीं समझा। हमारे दिल पर गहरी चोट लगी। हुज़ूर को क्या पता, हमारा एक-एक दिन कटना कितना मुश्किल हो रहा था। हम रात-दिन हुज़ूर की ही याद में तड़पते रहते थे।''

''बेगम, माना हमसे ग़लती हुई, लेकिन आप ख़ुद समझ सकती हैं। लम्बा सफ़र, ख़ेमों की ज़िन्दगी, आँधी-तूफ़ान से परेशानियाँ, मुल्तान के बाद भक्कर के घेरे ने हमें परेशान कर रखा था। सुल्तान नासिरुद्दीन क़ुबाचा मुल्तान से ख़ज़ाना लेकर

भक्कर भाग गया था। हमने काफ़ी मुश्किल के बाद तीन महीने के अन्दर किसी तरह भक्कर पर फ़तेह पाई। बेगम, ख़ुदा झूठ न बोलवाए, हमें वक़्त नहीं मिला।'' सुल्तान ने बेगम के दोनों हाथ अपने हाथों में लेकर चूम लिए। वे किसी-न-किसी तरह बेगम की शिकायत को यहीं ख़त्म कर देना चाहते थे।

''हमने हुज़ूर को ख़त भी लिखा था, लेकिन हुज़ूर ने कोई जवाब नहीं दिया।''

''बेगम, हमें आपका ख़त मिला था। ख़त के ज़रिये मुल्तान की फ़तेह की मुबारकबाद भी हमें मिली। हमने आपकी मुबारकबाद तहेदिल से क़ुबूल की।, लेकिन आप का ख़त मिलते ही भक्कर की फ़तेह की ख़बर मिल गयी और तब माबदौलत ने सोचा, अब तो दिल्ली वापस ही चल रहे हैं। इसी वास्ते ख़त का जवाब देना मुनासिब नहीं समझा। आपकी शिकायत बेमानी है। इस शिकायत के अलावा और कोई शिकायत तो नहीं है?'' सुल्तान बेगम का दाहिना हाथ चूमते हुए बोले।

बेगम महसूस कर रही थीं कि सुल्तान उनसे बात तो कर रहे हैं, लेकिन उनकी नज़र उनके उठे हुए उरोजों पर लगी है। वे बोलीं, ''हुज़ूर, गुस्ताख़ी माफ़ करें। मुल्तान और भक्कर का क़िस्सा हुज़ूर की ज़ुबानी सुन लिया, लेकिन हुज़ूर जब क़िले वापस आए तो सीधे शहज़ादी रज़िया के महल जा पहुँचे। मैं हुज़ूर का इस्तक़बाल करने के लिए इन्तज़ार ही करती रही। हुज़ूर की नज़र-नियाज़ उतारने के वास्ते कई रोज़ से तैयारियाँ चल रही थीं। दस्तरख़्वान हुज़ूर की ग़ैरमौजूदगी की वजह से सूनी पड़ी रही। हमने हुज़ूर का तक़रीबन आधी रात तक इन्तज़ार किया। फिर पता नहीं, कब हमें नींद आ गयी और हम बिना खाए ही सो गये। सुल्तान-ए-आलम ख़ुद समझ रहे होंगे कि इस वजह से हमारी तमाम बाँदियाँ न जाने क्या सोच रही होंगी?''

''बेगम, हमें इस बात का अफ़सोस है। आप हमारा इन्तज़ार करती रहीं और बिना खाए सो गयीं। जहाँ तक शहज़ादी रज़िया के महल सीधे चले जाने का सवाल है। इस मामले में हमारी साफ़गोई है। हम हर मुहिम के बाद आपके महल में ही सीधे आते थे और सबसे पहले हमारा इस्तक़बाल करने के लिए आपको ही मौक़ा मिलता था। अब बेटियाँ सयानी हो गयी हैं। उनकी भी कुछ ख़्वाहिशात हैं। माबदौलत ने सोचा, क्यों न इसी बहाने उन्हें एक मौक़ा दे दिया जाए। उनकी तबीयत बहल जाएगी और हमारी संजीदा बेगम कुछ ख़ास ग़ौर नहीं फ़र्माएँगी।''

''आपने शहज़ादी रज़िया को मौक़ा दिया, हमें नागवार नहीं लगा।, लेकिन हुज़ूर, क़ुश्क-ए-फ़ीरोज़ी में अपने साथ हब्शी ग़ुलाम जमालुद्दीन याक़ूत को भी लेकर गये, हमें क़त्तई अच्छा न लगा। हमें ख़बर मिली कि जमालुद्दीन याक़ूत के सामने शहज़ादी रज़िया बेनक़ाब थीं। हुज़ूर, गुस्ताख़ी माफ़ हो। इससे शहज़ादी

रज़िया की बदनामी का डर है। वह सुल्तान-ए-आलम की ही बेटी नहीं, हमारी भी बेटी हैं। कौन माँ अपनी बेटी की फ़िक्र नहीं करेगी?''

सुल्तान सब कुछ समझ रहे थे। वे अनाड़ी नहीं थे। उन्होंने अपनी तमाम उम्र इसी तरह नहीं गुज़ार दी थी। वे सोच रहे थे कि बेगम कितनी होशियारी और चालाकी के साथ शहज़ादी रज़िया की शिकायत ही नहीं कर रही हैं, उसे बेमतलब बदनाम कर रही हैं। उसे हमारी नज़रों में जान-बूझकर गिराना चाहती हैं। वे बोले, ''बेगम, आप कहना क्या चाहती हैं? साफ़-साफ़ बयान करें। जहाँ तक जमालुद्दीन याक़ूत का सवाल है, उसे माबदौलत ने काफ़ी पहले ग़ुलामी से आज़ाद कर दिया है। अब उसे ग़ुलाम न बोलें। वह सल्तनत के क़ुव्वतुलमुल्क के ऊँचे ओहदे पर तैनात है। उस जैसा ईमानदार, वफ़ादार और जाँबाज़ हमें सल्तनत में कहीं नहीं दिख रहा है। उसकी वफ़ादारी पर किसी तरह की शक करना ठीक नहीं है।''

''हुज़ूर, गुस्ताख़ी माफ़ हो। शहज़ादी रज़िया की सिपाहगीरी, ज़नानी फ़ौज़ की लगातार भर्ती और जब चाहा, क़िले से बाहर घूमना क़त्तई ठीक नहीं है। वह अब बच्ची नहीं है। जवान हो गयी है। हमारी नेक सलाह है। कहीं कोई बात हो, इससे पहले उसका निकाह मलिक अल्तूनिया से पढ़ा दिया जाए। मलिक हुज़ूर के सामने इस सिलसिले में ख़ुद दरख़्वास्त पेश कर चुका है। उसका ख़ानदान आला दर्जे का है।''

''बेगम, शहज़ादी रज़िया को माबदौलत अच्छी तरह जान रहे हैं। वह हमारी बेटी है। सिपाहगीरी का उसे शौक़ है। तलवारबाज़ी, घुड़सवारी और जंगी हथियारों को चलाना शहज़ादों के साथ-साथ शहज़ादियों को भी सीखना ज़रूरी है। पता नहीं, कब कौन-सा वक़्त आ पड़े। शहज़ादी रज़िया की जितनी फ़िक्र आपको है, उससे कहीं ज़्यादा हमें है, लेकिन हम उसकी मर्ज़ी के बग़ैर उसका निकाह नहीं पढ़ा सकते।''

अब बेगम ने शहज़ादी रज़िया के सिलसिले में ज़्यादा बात करना मुनासिब नहीं समझा। वे समझ गयीं कि शहज़ादी रज़िया के बारे में वे कुछ भी कहेंगी, सुल्तान उसके ख़िलाफ़ सुनने के लिए तैयार नहीं हैं। अब बेगम ने अगली शिकायत पेश की, ''हुज़ूर, मुहिम से लौटने के बाद आप फ़ौरन न जाने कहाँ चले गये थे। तमाम क़िले में आपके चले जाने से सभी लोग परेशान थे। इस तरह क़िले से हुज़ूर का निकलना ख़तरे से खाली नहीं रहता है। सल्तनत में हुज़ूर के कई दुश्मन भी हैं। वे हमेशा मौक़े की तलाश में रहते हैं। हुज़ूर को इसकी कोई फ़िक्र नहीं है, लेकिन हम फ़िक्र के मारे मरे जा रहे हैं।''

''बेगम, आप हमारी फ़िक्र न किया करें। हमारे साथ जमालुद्दीन याक़ूत ही नहीं, सर-ए-जाँदार और उसका फ़ौज़ी दस्ता मौजूद था। हम आपको बताना चाहेंगे,

बारिश न होने की वजह से माबदौलत ख़्वाजा क़ुतुबुद्दीन बख़्तियार क़ाक़ी की ख़ानक़ाह में उनसे दुआ माँगने गये थे और उनकी दुआ से उसी रात ख़ूब बारिश हुई। माबदौलत ख़्वाजा के शुक्रगुज़ार हैं। आपको भी ख़्वाजा का शुक्रगुज़ार होना चाहिए।'' सुल्तान शैख़ हमीदुद्दीन नागौरी के यहाँ जाने की बात जान-बूझकर छिपा गये थे।

''हुज़ूर, गुस्ताख़ी माफ़ हो। बारिश ख़्वाजा की दुआ से नहीं हुई। उस रात बेहद गर्मी बढ़ गयी थी। हमने ऐसी गर्मी पहले कभी नहीं देखी थी। बेहद गर्मी की वजह से ही आसमान में बादल कहीं से आ गये और जब आसमान में बादल आ गये, तब बारिश होनी ही थी।''

सुल्तान ने बेगम की बात का कोई जवाब नहीं दिया। अब बेगम ने ताली बजाई। ताली बजाते ही क़ादिरबीवीबानो हाज़िर हो गयीं। सुल्तान कुछ बोलते, इससे पहले ही बेगम बोलीं, ''साकी रौशनबानो को भेज दो।'' क़ादिरबीवीबानो हुक़्म की तामील में उल्टे पैरों वापस हो गयीं।

जल्दी ही साकी रौशनबानो हाज़िर हो गयी। उसने पहले सुल्तान को कोर्निश बजाई और उसके बाद अदब के साथ झुककर जहाँशाह तुर्कान बेगम को कोर्निश बजाई। वह कुछ बोलती, उससे पहले ही बेगम बोलीं, ''शराब लेकर आ!''

''बेगम साहिबा, कौन-सी शराब पेश करूँ?''

''कम्बख़्त, जानती तो है, सुल्तान-ए-आलम इस्फ़हानी शराब के शौक़ीन हैं।'' बेगम झुँझलाकर बोलीं।

बेगम का हुक़्म सुनकर साक़ी रौशनबानो कमरे से बाहर निकल गयी और कुछ ही देरी में इस्फ़हानी शराब भरी सुराही और दो प्याले लेकर हाज़िर हो गयी। साक़ी रौशनबानो प्यालों में शराब डालने ही जा रही थी कि बेगम बोलीं, ''तू जा! हम आज खुद सुल्तान-ए-आलम को शराब पिलाएँगे।'' रौशनबानो ख़ामोशी के साथ बाहर हो गयी।

अब सुल्तान बोले, ''बेगम, आपकी नज़रों की शराब काफ़ी है। इस शराब को पीने की ज़रूरत नहीं है।''

बेगम ने सुल्तान की जुबान से निकले अल्फ़ाज़ की ओर कोई ख़ास ग़ौर नहीं फ़र्माया। वे प्यालों में शराब ढालने लगीं। वे जब एक प्याला में शराब ढाल चुकीं, तब सुल्तान ने सुराही उनके हाथ से ले ली और उठाकर अलग रख दी। बेगम बोलीं, ''मेरे सरताज़, ऐसा क्यों कर रहे हैं? इस्फ़हानी शराब हुज़ूर की ख़ास पसन्द है।''

सुल्तान मुस्कराकर बोले, ''बेगम, आप जानती हैं, हमें शाइरी करना नहीं आता, लेकिन कभी किसी शाइरा ने एक शेर लिखा था। क्या सुनाऊँ?''

''इर्शाद।''

‘‘नज़र नज़र से मिला के जो दे दिया साकी,
उस एक जाम पर क़ुर्बान लाख मयख़ाने।’’

‘‘बहुत ख़ूब...बहुत ख़ूब। यह तो शेरो-शाइरी की बात हुई। शाइरों ने तो साकी, शराब और मयख़ाने पर न जाने कितना लिखा है। ईरान के शाइर इस मामले में सबसे आगे हैं। फ़िलहाल हुज़ूर हमें सुराही दें, जिससे मैं हुज़ूर के प्याले में शराब ढाल सकूँ।’’

‘‘बेगम, माबदौलत ने शराब पीना छोड़ दिया। आपके वास्ते प्याला भरा रखा है। आप पिएँ, हमें कोई एतराज़ नहीं।’’

बेगम चौंकीं और बोलीं, ‘‘हुज़ूर ने शराब छोड़ दी। हमें सुनकर यक़ीन नहीं हो रहा है।’’

‘‘बेगम, हम पर यक़ीन करें। हिन्दुस्तान का सुल्तान इस मामले में झूठ नहीं बोल सकता।’’

‘‘आख़िर कब से?’’

‘‘अभी कुछ ही दिन हुए।’’

‘‘आख़िर हुज़ूर ने ऐसा क्यों किया?’’

‘‘हकीम कहते हैं, शराब पीने से सेहत बिगड़ती है। हमारी उम्र बढ़ रही है। आप जवान हैं, पी सकती हैं।’’

‘‘हुज़ूर, जब आप ही नहीं पी रहे हैं, तब हम कैसे पी सकते हैं? हम भी आज शराब नहीं पिएँगे। क्या हुज़ूर ने रात का खाना खा लिया?’’

‘‘नहीं। क्या बेगम हमारा साथ देंगी?’’

‘‘जहे क़िस्मत। हमारे लिए फ़क्र की बात होगी।’’

अब सुल्तान और बेगम उस कमरे की ओर चल दिए, जहाँ पर दस्तरख़्वान बिछी थी। दस्तरख़्वान के नज़दीक खड़ी बाँदियाँ सुल्तान और बेगम की शान में अदब की साथ झुक गयीं। सुल्तान बोले, ‘‘आप सभी जा सकती हैं। ज़रूरत पड़ने पर बुला लेंगे। आज हमारी बेगम अपने नाज़ुक हाथों से तमाम रक़ाबियों से ख़ुद ही खाना निकालेंगी।’’ सुल्तान का हुक़्म सुनते ही वहाँ मौजूद बाँदियाँ कोर्निश बजाती हुई उल्टे पैरों चली गयीं।

बेगम दस्तरख़्वान पर लगी रकाबियों को देखकर चौंक पड़ीं। वहाँ कुल चार ही रकाबियाँ ढँकी रखी थीं। बेगम को देखकर ताज़्जुब हो रहा था। इससे पहले जब भी उन्हें शाही दस्तरख़्वान पर बैठने का मौक़ा मिला था, तब वहाँ पचासों रकाबियाँ अलग-अलग पकवानों की लगी रहती थीं। अब बेगम ने एक-एक रक़ाबी पर पड़े रेशमी रूमालों को अलग हटाया। इन रकाबियों में से एक रक़ाबी में बकरे का गोश्त

और सालन था। दूसरी रक़ाबी में कुछ चपातियाँ थीं। तीसरी रक़ाबी में सादा चावल था और चौथी रक़ाबी में लौकी की तरकारी थी। बेगम को लौकी की तरकारी देखकर चिढ़ हुई। उन्होंने गोश्त के अलावा आज तक कोई तरकारी चखी नहीं थी।

अब बेगम से न रहा गया। वे बोलीं, ''क्या हुज़ूर हमारी ग़ैरमौजूदगी में इसी तरह का खाना खाते रहे? तभी हुज़ूर की सेहत दिनों-दिन गिरती जा रही है। इससे बेहतर खाना तो फ़क़ीरों को लंगरख़ानों में खिलाया जा रहा है।''

''बेगम, अवाम भूखी-प्यासी रह रही है और माबदौलत तरह-तरह के पकवान शाही बावर्चीख़ाने में तैयार कराएँ। यह क़त्तई ठीक नहीं है। शाही ख़ज़ाना हमारा नहीं है। यह अवाम का है। अवाम के बुरे वक़्त में काम आता है। अल्लाह ने हमें इसकी हिफ़ाज़त के वास्ते भेजा है। क्या सुल्तान और क्या अवाम सभी अल्लाह के बन्दे हैं। अवाम पर मुल्कगीरी करने का मतलब यह नहीं है, हम उनकी तकलीफ़ों को जान-बूझकर नज़रअन्दाज़ करते रहें। आख़िर हमें भी अल्लाह के यहाँ जवाब देना होगा।''

''हुज़ूर, गुस्ताख़ी माफ़ करें। अब हम अवाम...अवाम सुनते-सुनते थक गये हैं। जो जिसकी क़िस्मत में बदा है, उसको वही मिलेगा। अल्लाह ने हमारी क़िस्मत में मुल्कगीरी दी है। हमें मुल्कगीरी का लुत्फ़ उठाना चाहिए। अगर अवाम की बदक़िस्मती में सूखी रोटियाँ बदी हैं तो हुज़ूर लाख चाहें, उन्हें सूखी रोटियाँ ही खाने को मिलेंगी।''

''बेगम, गुस्सा थूको और हमारे साथ बैठकर खाना खाओ!''

आख़िर बेगम ने सुल्तान के साथ बेमन से खाना खाया। वे जिस मकसद से क़ुश्क-ए-दिलक़ुशा आई थीं, कामयाब नहीं हो सकीं। उन्होंने क़ुश्क-ए-सफ़ेद पहुँचने पर तमाम जेवर और पोशाक उतार फेंकी। उनका गुस्सा देखकर गुलचेहरा को भी सामने आने की हिम्मत नहीं हुई।

बत्तीस

ख़्वाजा मुईनुद्दीन चिश्ती अजमेरी तीन दिन पहले ही दिल्ली तशरीफ़ लाए थे। वे ख़्वाजा क़ुतुबुद्दीन बख़्तियार क़ाक़ी की ख़ानक़ाह में ठहरे थे। ख़्वाजा की दिल्ली आमद पर उनके इस्तक़बाल के वास्ते तमाम दिल्ली उमड़ पड़ी थी। सुल्तान ख़ुद दो दिन पहले उनकी क़दमबोसी के वास्ते गये थे। सुल्तान को ख़ानक़ाह पहुँचने पर भी यह पता न चल पाया कि ख़्वाजा किस सिलसिले में दिल्ली आए हैं। उन्हें लगातार

ख़बर मिल रही थी कि शैख़-उल-इस्लाम नजमुद्दीन सुगर अपने ओहदे का नाजायज़ फ़ायदा उठाते हुए ख़्वाजा क़ुतुबुद्दीन बख़्तियार क़ाक़ी को बेमतलब परेशान कर रहे हैं। शैख़-उल-इस्लाम ने ख़्वाजा क़ुतुबुद्दीन बख़्तियार क़ाक़ी की ख़ानक़ाह में वक़्त-वक़्त पर हो रहे रक़्स और क़व्वाली की शिकायत सुल्तान से की थी, लेकिन सुल्तान ने उनकी शिकायत को नज़रअन्दाज़ कर दिया था।

सुल्तान परसों दोपहर बाद जब दीवान-ए-आम में बैठे थे, उस वक़्त उन्हें अचानक ख़बर मिली कि ख़्वाजा क़ुतुबुद्दीन बख़्तियार क़ाक़ी कुछ ही देर में दीवान-ए-आम पहुँच रहे हैं। सुल्तान कुछ सोच पाते, तब तक ख़्वाजा दीवान-ए-आम में तशरीफ़ ला चुके थे। ख़्वाजा को देखकर सुल्तान शाही तख़्त से नीचे उतर आए और उनकी शान में झुककर अदब के साथ पूछा, "हज़रत का कैसे आना हुआ? हज़रत ने हमें बुला लिया होता।"

ख़्वाजा बोले, "सुल्तान, अजमेर में हज़रत ख़्वाजा मुईनुद्दीन चिश्ती की ख़ानक़ाह के नज़दीक छोड़ी ज़मीन पर लोग नाजायज़ क़ब्ज़ा किये हैं। वे लोग ज़मीन का बेज़ा इस्तेमाल कर रहे हैं। ख़्वाजा को अल्लाह की इबादत करने में तकलीफ़ न हो, इस वास्ते सुल्तान अगर चाहें, तब ज़मीन ख़ानक़ाह के वास्ते दे सकते हैं।"

सुल्तान ने उसी वक़्त वज़ीर-ए-आज़म जुनैदी को हुक़्म दिया कि वे अजमेर शरीफ़ के कोतवाल को इस वास्ते फ़ौरन हुक़्मनामा भेज दें। सुल्तान की गुज़ारिश पर भी ख़्वाजा क़ुतुबुद्दीन बख़्तियार क़ाक़ी वहाँ देर तक नहीं ठहरे।

सुल्तान जब भक्कर और मुल्तान को फ़तेह करने के बाद दिल्ली वापस लौटे थे, उस वक़्त उनकी शान में दिल्ली की जो सजावट की गयी थी, उससे कहीं ज़्यादा सजावट अब हुई थी। शहर में एक भी भिखारी नज़र नहीं आ रहा था। तमाम भिखारियों को शहर के बाहर पहुँचा दिया गया था। उनके वास्ते वहाँ लंगरख़ाने में तरह-तरह के गोश्त और तरह-तरह की रोटियाँ पक रही थीं। अब उन्हें शहर आने की क्या ज़रूरत थी? दिल्ली को इतना ख़ूबसूरती के साथ क्यों न सजाया जाता, सल्तनत के वास्ते एक साथ दो-दो नहीं, बल्कि तीन-तीन ख़ुशियाँ थीं। ख़्वाजा मुईनुद्दीन चिश्ती की दिल्ली आमद, बगदाद के ख़लीफ़ा द्वारा बख़्शी जा रही इज़्ज़त और अभी तीन रोज़ पहले ही लखनौती से आई फ़तेह की ख़बर। उनके बड़े शहज़ादे अवध के सूबेदार नासिरुद्दीन महमूद शाह ने लखनौती के सूबेदार ग़यासुद्दीन ख़िलज़ी द्वारा की जा रही बग़ावत कुचल डाली थी। इस जंग में ग़यासुद्दीन ख़िलज़ी को हार का सामना करना पड़ा और शहज़ादे के हाथ भारी ख़ज़ाना लगा।

ख़लीफ़ा के एलची मौलाना रज़ीउद्दीन हसन सग़ानी की शान में पेशावर, सरहिन्द, लाहौर, तबरहिन्दा और पानीपत से लेकर दिल्ली तक हर जगह मौजूद थानेदारों ने कहीं कोई कमी नहीं आने दी। दिल्ली के बाहर जाकर नायब वज़ीर-ए-

आज़म ने उसका ख़ुद इस्तक़बाल किया। अवाम ने भी तहेदिल से एलची का इस्तक़बाल किया। दिल्ली के बाहर से ही एलची की शान में सड़क के दोनों ओर सजे-धजे घोड़े, ऊँट और हाथी खड़े थे। घोड़ों और ऊँटों पर रंगीन पोशाकें पहने सवार मौजूद थे। हाथियों के महावतों ने भी नई पोशाकें पहनी थीं। सवार और महावत एलची की शान में झुक रहे थे। सड़क के दोनों ओर खड़ी अवाम एलची पर फूल बरसा रही थी। कनीज़ों ने एलची को ग़ज़नी दरवाज़े पर रोककर ताज़े फूलों के गुलदस्ते नज़र किए। उसकी इतनी आव-भगत किसी दूसरे मुल्क में नहीं हुई थी। एलची ने देखा, ग़ज़नी दरवाज़े से लेकर नौबतख़ाने और नौबतख़ाने से दीवान-ए-आम तक क़तारों में ख़्वाजासरा क़ीमती रंग-बिरंगी पोशाकें और जेवर पहने खड़े थे। अधिकतर ख़्वाजासराओं के हाथों में जड़ाऊ लाठियाँ थीं। लाठियों में जगह-जगह चाँदी के घुँघरू बँधे थे। कोई-कोई ख़्वाजासरा अपनी कमर में तलवार खोंसे था। ख़्वाजासराओं के सामने से एलची के गुज़रने पर वे अदब के साथ झुककर कोर्निश बजा रहे थे। दीवान-ए-आम के दरवाज़े पर भी कनीज़ों ने उसका इस्तक़बाल गुलदस्ते पेशकर किया।

मुल्तान और लाहौर से लगातार दिल्ली तक एलची ने देखा कि खेतों में हरी-भरी फ़स्लें खड़ी हैं। उसने बगदाद के इर्द-गिर्द इतनी ख़ूबसूरत फ़स्लें नहीं देखी थीं। वह सड़कों के किनारे-किनारे फलदार दरख़्त देखकर ख़ुश हुआ। फलदार दरख़्तों की क़तारें ख़त्म होने पर जगह-जगह छायादार दरख़्त नज़र आए। चार-चार, पाँच-पाँच कोस की दूरी पर राहगीरों और सौदागरों के ठहरने के वास्ते सरायें मौजूद थीं। जानवरों के पानी पीने के वास्ते चरहीं मौजूद थीं। इन्हें सबेरे-सबेरे ही मस्कों द्वारा भर दिया जाता था। एलची को दिल्ली आए दो दिन गुज़र चुके थे, लेकिन नजूमियों की साइत के मुताबिक़ आज ही उसे क़िले के दीवान-ए-आम में पेश होना था। इन दो दिनों में एलची और उसके ख़िदमतगारों ने क़ुव्वतुल इस्लाम मस्जिद, क़ुतुब मीनार और लोहे की कीली देखी। वह क़ुतुब मीनार को देखकर हैरत में था। उसने ऐसी मीनार बगदाद और ग़ज़नी में नहीं देखी थी। वह लोहे की कीली देखकर भौंचक्का रह गया। उसे बताया गया कि यह कीली सैकड़ों वर्षों से यहीं मौजूद है और सर्दी, गर्मी और बरसात में भी इसमें जंग नहीं लगती।

नौबतख़ाने में नौबत बज रही थी, जिसकी धीमी-धीमी आवाज़ दीवान-ए-आम तक पहुँच रही थी। दीवान-ए-आम में हर ओहदेदार अपनी जगह वक़्त से पहले ही ले चुका था। समूचा दीवान-ए-आम बेले की ख़ुशबू से महक रहा था। पर्दे की आड़ में जहाँशाह तुर्कान बेगम के अलावा शहज़ादी रज़िया और शहज़ादी सज़िया मौजूद थीं। इनकी ख़िदमत में ख़ास-ख़ास बाँदियाँ भी मौजूद थीं। बेगम के आते ही दोनों शहज़ादियों ने अपनी क़ुर्सियों से उठकर उन्हें आदाब बजाया। उन्होंने आदाब

का जवाब बेमन से दिया। वे शहज़ादियों से एक ख़ास दूरी बनाकर जड़ाऊ कुर्सी पर बैठ गयीं। दीवान-ए-आम में तुर्कान-ए-चिहिलगानी बन्दागान-ए-शम्सी के तमाम अमीर और मलिक शैख़-उल-इस्लाम नजमुद्दीन सुगर के साथ मौजूद थे। क़ाज़ी-ए-सल्तनत, उलेमा हज़रात, नायब वज़ीर-ए-आज़म, वज़ीर-ए-आज़म जुनैदी और क़ुव्वतुलमुल्क जमालुद्दीन याक़ूत अपनी-अपनी जगह ले चुके थे। शहज़ादी रज़िया की निगाहें जमालुद्दीन याक़ूत के चेहरे पर टिकी थीं।

बेगम की सिफ़ारिश पर शहज़ादे रुकुनुद्दीन भी दिल्ली आ चुके थे। आज के दरबार में शहज़ादे रुकुनुद्दीन, ग़यासुद्दीन, मुइज़्ज़ुद्दीन और क़ुतुबुद्दीन मौजूद थे। इनके अलावा दीवान-ए-आम में मरहूम सुल्तान नासिरुद्दीन क़ुबाचा के वज़ीर ऐनुलमुल्क हुसैन अशअरी और तवारीख़ लिखनेवाले मिनहाज सिराज को ख़ास जगह दी गयी। इन ऊँचे ओहदेदारों के अलावा तमाम अमीर, सैयद, शैख़, आलिम, फ़ाज़िल, शाइर, मुल्ला, मौलवी और सल्तनत के दूसरे फ़नकार हाज़िर थे। तमाम ओहदेदारों को दीवान-ए-आम में जगह नहीं मिल सकी थी, इसलिए वे दीवान-ए-आम के सामने मौजूद लम्बे-चौड़े शाही ख़ेमे में खड़े थे।

नक़ीब ने ज़ोरदार आवाज़ लगाई, ''बाअदब होशियार, हर क़दम फ़तेह नुसरत, नज़र माल-औ-दौलत, जुबान मुबारिक, बख़्शिशो इज़्ज़त सुल्तान-ए-आलम, सुल्तान-उल-मुइज़्ज़म शम्सुद्दुनिया वद्दीन अबुल मुज़फ़्फ़र इल्तुतमिश तशरीफ़ ला रहे हैं।''

हाज़िरीन की निगाहें शाही तख़्त की ओर लग गयीं। जैसे ही सुल्तान इल्तुतमिश की आमद हुई, नक़ीब एकबार फिर बुलन्द आवाज़ में चिल्लाया, ''हर क़दम मुलाहजा, फ़ज़्ल-ए-इलाही, सुल्तान इल्तुतमिश ज़िन्दाबाद...ज़िन्दाबाद...ज़िन्दाबाद।''

समूचा दीवान-ए-आम ही नहीं, शाही ख़ेमा भी ज़िन्दाबाद...ज़िन्दाबाद के बुलन्द नारों से गूँज उठा। शाही तख़्त पर जलवा अफ़रोज़ होते ही सुल्तान की शान में तमाम हाज़िरीन अदब के साथ झुक गये। उन्हें हाज़िरीन ने लखनौती पर दुबारा फ़तेह के सिलसिले में मुबारकबाद पेश की। वज़ीर-ए-आज़म ने मुबारकबाद पेश करने के बाद शहज़ादे नासिरुद्दीन महमूद शाह के बहादुरी के क़िस्से बयान किए। सुल्तान ही नहीं, तमाम हाज़िरीन ख़ुश हुए।

दीवान-ए-आम की कार्यवाही चल ही रही थी कि नक़ीब ने एकबार फिर ज़ोरदार आवाज़ लगाई, ''बगदाद के हज़रत ख़लीफ़ा के ख़ास एलची मौलाना रज़ीउद्दीन हसन सग़ानी दीवान-ए-आम में तशरीफ़ ला रहे हैं।''

दीवान-ए-आम एकबार फिर हज़रत ख़लीफ़ा ज़िन्दाबाद...ज़िन्दाबाद के बुलन्द नारों से गूँज उठा। ख़लीफ़ा के एलची मौलाना रज़ीउद्दीन हसन सग़ानी ने अदब के साथ झुककर सुल्तान को इज़्ज़त बख़्शी। मौलाना कभी हिन्दुस्तान में पैदा हुए थे, लेकिन वे बगदाद में जाकर बस गये थे। दीवान-ए-आम में उनके वास्ते सोने की

कुर्सी मौजूद थी। नायब वज़ीर-ए-आज़म ने एलची के नज़दीक जाकर उसे इज़्ज़त के साथ कुर्सी पर बिठा दिया। एलची के साथ बीस ख़ास ख़िदमतगार भी थे। दीवान-ए-आम में उनके वास्ते पहले से जगह छोड़ रखी गयी थी। वे वहाँ क़तारों में खड़े हो गये। दीवान-ए-आम में मौजूद तमाम हाज़िरीन की निगाहें ख़लीफ़ा के एलची पर लगी थीं और एलची की नज़र शाही तख़्त पर थी। वह दीवान-ए-आम की शानो-शौकत देखकर हैरान था। उसे यहाँ के मुक़ाबले बगदाद के क़िले का दीवान-ए-आम फीका नज़र आ रहा था। ऐसा उसे क्यों न महसूस होता, दीवान-ए-आम की सजावट एक हफ़्ता पहले से ही हो रही थी। इसे सजाने में ख़िदमतगारों ने जी-जान लगा दी थी।

सुल्तान की इजाज़त लेकर वज़ीर-ए-आज़म जुनैदी ने आज की कार्यवाही शुरू की। वे बोले, "बगदाद के हज़रत ख़लीफ़ा की उम्रदराज हो। हज़रत ख़लीफ़ा के एलची का हम ही नहीं, दीवान-ए-आम में मौजूद तमाम हाज़िरीन और हिन्दुस्तान की दारुल हुकूमत दिल्ली की अवाम तहेदिल से इस्तक़बाल करती है। हमें उम्मीद है, जनाब को सफ़र में कोई तकलीफ़ नहीं हुई होगी। जनाब की हिन्दुस्तान आमद पहली मर्तबा हुई है, इसलिए मुनासिब समझता हूँ, मुल्क हिन्दुस्तान के बारे में ज़्यादा-से-ज़्यादा जानकारी करा दी जाए। हिन्दुस्तान बहुत बड़ा मुल्क है। इसे सोने की चिड़िया यूँ ही नहीं कहा जाता है। हिन्दुस्तान में सोने की तमाम ख़ानें हैं। यहाँ की ख़ानों से हीरे और दूसरे जवाहरात भारी तादाद में निकलते हैं।

यहाँ खरीफ, रबी और जायद में अलग-अलग क़िस्म की फ़स्लें उगाई जाती हैं। आम, सेब, संतरा, अखरोट, अमरूद, लीची, बादाम और नाशपाती से लेकर अनार तक तमाम फल इस मुल्क में मौजूद हैं। यहाँ चार-चार महीने सर्दी, गर्मी और बारिस होती हैं। यहाँ गंगा, जमुना, नर्मदा, सिन्धु, सतलज, रावी, झेलम और चिनाव दरिया मौजूद हैं जो हर वक़्त पानी से लबा-लब भरी रहती हैं। यहाँ की पैदावार में गेहूँ, चना, जौं, सरसों, मटर, बाजरा, अरहर, मूँग, मसूर और उर्द ख़ूब पैदा होता है। हिमालय जैसे तमाम पहाड़ इस मुल्क की हिफ़ाज़त करते हैं। सवारी के वास्ते घोड़ों की इस मुल्क में कोई कमी नहीं है। यहाँ की ज़मीन उपजाऊ है। मुल्क में कच्छ और राजपूताने का हिस्सा ही रेगिस्तान है, लेकिन वहाँ भी ऊँटों के ज़रिये आसानी से सफ़र होता है। ग़ुलामों की यहाँ कोई कमी नहीं है। सौदागर दूर-दूर के मुल्कों से ग़ुलाम बेचने के वास्ते यहाँ आते हैं। सुल्तान अवाम को एक ही नज़र से देखते हैं।"

"क्या मुसलमान और काफ़िर को इस मुल्क में बराबर का दर्ज़ा मिला है?" एलची ने पूछा।

"जी हाँ, जनाब।, लेकिन हुज़ूर को बताना मुनासिब है, जहाँ मुसलमान अपनी आमदनी का चालीसवाँ हिस्सा ज़कात में निकालता है, वहीं हिन्दुओं और दूसरे

काफ़िरों से जजिया वसूला जाता है। इन लोगों से जजिया वसूलने पर सल्तनत उनकी हिफ़ाज़त की ज़िम्मेदारी ख़ुद लेती है।''

वज़ीर-ए-आज़म जुनैदी ने फिर बोलना शुरू किया, ''सुल्तान ने दिल्ली ही नहीं, मुल्क के कोने-कोने में तालीम के वास्ते तमाम मदरसे खुलवा दिए हैं। जहाँ क़ुरआन शरीफ़, हदीस, इल्म-ए-फिक्हा, इल्म-ए-किरअत, उसूल-ए-कलाम, इल्म-ए-बयान, इल्म-ए-नज़र, इल्म-ए-इलाही और इल्म-ए-तिब्ब की तालीम दी जाती है। सुल्तान ने दिल्ली शहर के अलावा दूसरे सूबों में ऊँची तालीम के वास्ते दारुल उलूम खुलवाए हैं। दूर-दूर के मुल्कों से यहाँ आला दर्जे के सूफ़ी आ रहे हैं। जहाँ अजमेर शरीफ़ में ख़्वाजा हज़रत मुईनुद्दीन चिश्ती की ख़ानक़ाह है, वहीं दिल्ली में ख़्वाजा क़ुतुबुद्दीन बख़्तियार क़ाक़ी, शैख़ हमीदुद्दीन नागौरी और शैख़ जलालुद्दीन तबरेज़ी की ख़ानक़ाहें हैं। जहाँ इस्लाम के बारे में ही नहीं, ख़ुदा से दिल लगाने के वास्ते अवाम को तालीम दी जाती है।''

ख़लीफ़ा का एलची वज़ीर-ए-आज़म जुनैदी द्वारा हिन्दुस्तान और हिन्दुस्तान के सुल्तान की शान में पेश की जा रही लच्छेदार बातों को सुनकर ऊब गया था। अब एलची अपनी जगह से उठ खड़ा हुआ और बोला, ''सुल्तान, अगर इजाज़त दें तो हम हज़रत ख़लीफ़ा द्वारा भेजी गयी ख़िलअत पेश करें।''

सुल्तान बोले, 'हज़रत ख़लीफ़ा को अल्लाह जन्नत बख़्शे। माबदौलत उनके ग़ुलाम हैं। आपको इजाज़त लेने की कोई ज़रूरत नहीं है।'' इतना कहकर सुल्तान शाही तख़्त से उठ बैठे और सीढ़ियों के ज़रिये नीचे उतर आए। सुल्तान को शाही तख़्त छोड़ते देखकर हाज़िरीन हैरत में पड़ गये। उन्होंने कभी नहीं सोचा था कि सुल्तान हज़रत ख़लीफ़ा के एलची के वास्ते शाही तख़्त से उतरकर ख़िलअत लेना मंज़ूर करेंगे।

एलची ने अपने ख़िदमतगार को इशारा किया। ख़िदमतगार ने पहले दिल्ली के सुल्तान की सनद जो हज़रत ख़लीफ़ा के हाथों और दस्तख़त के साथ लिखी गयी थी और जिसमें हज़रत ख़लीफ़ा के दाहिने हाथ का पंजा छपा था, अदब के साथ सोने के थाल में पेश की। सुल्तान ने अदब के साथ सनद अपने हाथों में ली और अपने माथे से लगाई। अब एलची ने सुल्तान के वास्ते हज़रत ख़लीफ़ा द्वारा भेजी गयी ख़िलअत पेश की। जमालुद्दीन याक़ूत ने आगे बढ़कर सुल्तान के हाथों से सनद और ख़िलअत ले ली। शहज़ादी रज़िया की निगाहें अब भी जमालुद्दीन याक़ूत पर टिकी थीं। अब एलची ने सुल्तान के सामने एक जड़ाऊ सोने का ख़लीता पेश किया और बोले, ''सुल्तान, इसमें हज़रत ख़लीफ़ा ने हुज़ूर को सुल्तान-ए-आज़म के आला ख़िताब के अलावा 'नासिर-अमीर-उल-मौमनीन' से भी नवाज़ा है। उम्मीद है, सुल्तान इससे ख़ुश हुए होंगे।''

सुल्तान कुछ जवाब देते, इससे पहले ही तमाम हाज़िरीन चिल्ला पड़ी, ''सुल्तान-ए-आज़म ज़िन्दाबाद...सुल्तान-ए-आज़म ज़िन्दाबाद...सुल्तान-ए-आज़म ज़िन्दाबाद।''

हाज़िरीन के ख़ामोश होने के बाद सुल्तान बोले, ''हम बेहद ख़ुश हैं। हमें हज़रत ख़लीफ़ा से यही उम्मीद थी। ख़ुदाबन्दे करीम हज़रत ख़लीफ़ा को लम्बी उम्र दे। उनकी मौजूदगी में इस्लाम मज़हब दूर-दूर के मुल्कों में फैले।''

सुल्तान के ख़ामोश होते ही एलची ने उन्हें एक क़िताब नज़र की। सुल्तान ने पूछा, ''यह कौन-सी क़िताब है?''

''सुल्तान, इस क़िताब का नाम 'सफ़ीनतुल खुलफ़ा' है। क़िताब में अमन के बारे में काफ़ी कुछ लिखा गया है। हज़रत ख़लीफ़ा ने इसे आपके वास्ते ख़ासतौर पर भेजा है।''

सुल्तान ने एलची के हाथों क़िताब लेकर हज़रत ख़लीफ़ा का बहुत-बहुत शुक्रिया अदा किया। अब सुल्तान शाही तख़्त पर जाकर बैठ गये। एलची फिर बोला, ''हज़रत ख़लीफ़ा ने सुल्तान के शहज़ादों के वास्ते भी ख़िलअत भेजी हैं। सुल्तान के शहज़ादे इन्हें मंजूर करते हुए हज़रत ख़लीफ़ा को इज़्ज़त बख़्शें।''

अब शहज़ादे रुकुनुद्दीन, ग़यासुद्दीन, मुईजुद्दीन और क़ुतुबुद्दीन ने अपनी जगह से उठकर ख़िलअतें क़ुबूल कीं और एलची का शुक्रिया अता किया। ख़िलअत, शाही सनद और ख़िताब पाने की कार्यवाही ख़त्म होने के बाद एलची अपनी जगह पर जाकर बैठ गया।

अब सुल्तान बोले, ''माबदौलत के लिए ही नहीं, बल्कि हिन्दुस्तान की अवाम के वास्ते आज का दिन ख़ुशी का दिन है। माबदौलत हज़रत ख़लीफ़ा के एलची का तहेदिल से शुक्रिया ही अता नहीं करते, बल्कि उनका ख़ुद इस्तक़बाल करते हैं। इस ख़ास मौक़े पर माबदौलत हज़रत ख़लीफ़ा के वास्ते पाँच हज़ार सोने की अशर्फ़ियाँ, तमाम जवाहरात, अर्क़ बेला, अर्क़ हिना, अर्क़ यासमीन, अर्क़ चम्पा और अर्क़ बहार से भरी तमाम क़ुप्पियाँ, दो-दो हज़ार रेशमी और सूती कपड़ों के थान, दो पालतू चीते, दस हाथी, बीस घोड़ों के साथ-साथ सौ ग़ुलाम लड़के और सौ ग़ुलाम लड़कियाँ नज़र करते हैं। यह ग़ुलाम संगतराश, दर्ज़ी, ज़रदोज़ी, रंगरेज़ी, पटवागीरी और नानबाई के काम के ख़ासे जानकार हैं। कनीज़ें पाक होने के साथ-साथ क़ुरआन शरीफ़ और हदीस की ख़ासी जानकार हैं। उम्मीद है, हज़रत ख़लीफ़ा को इससे ख़ुशी होगी। इतना ही नहीं, माबदौलत हज़रत ख़लीफ़ा के एलची को जड़ाऊ पोशाक नज़र करते है। उम्मीद है, जनाब इसे क़ुबूल करेंगे।''

एलची ने वज़ीर-ए-आज़म जुनैदी के पास जाकर ख़िलअत ले ली। सुल्तान फिर बोले, ''माबदौलत जनाब को पाँच सौ सोने की अशर्फ़ियाँ और जवाहरात के साथ-साथ जड़ाऊ तलवार नज़र करते हैं। जनाब इन्हें भी क़ुबूल कर हमें इज़्ज़त बख़्शें।''

एलची ने आगे बढ़कर वज़ीर-ए-आज़म से अशर्फ़ियाँ और जवाहरात ले लिये। वज़ीर-ए-आम जुनैदी ने जड़ाऊ तलवार ख़ुद एलची की कमर में खोंस दी। सुल्तान ने एलची के साथ आए ख़िदमतगारों को इस ख़ास मौक़े पर सौ-सौ सोने की अशर्फ़ियाँ और एक-एक जड़ाऊ कटार इनाम में बख़्शी।

सुल्तान फिर बोले, ''माबदौलत को उम्मीद है। हज़रत ख़लीफ़ा के एलची को शाही मेहमान रहते हुए किसी तरह की कोई तकलीफ़ नहीं हो रही होगी। वे तमाम मुल्क में जहाँ कहीं घूमना चाहें, वज़ीर-ए-आज़म को बता दें, जिससे सफ़र में ज़्यादा-से-ज़्यादा आराम मिल सके।''

''शुक्रिया, सुल्तान-ए-आज़म।'' एलची खड़ा होकर अदब के साथ झुककर बोला।

जैसे ही एलची की जुबान से सुल्तान-ए-आज़म लफ़्ज निकला, तमाम हाज़िरीन एकबार फिर चिल्ला उठी, ''सुल्तान-ए-आज़म ज़िन्दाबाद...सुल्तान-ए-आज़म ज़िन्दाबाद।''

सुल्तान बोले, ''हमें हज़रत ख़लीफ़ा के एलची माफ़ करें। अब हमारी नमाज़ का वक़्त हो गया है।'' इतना कहकर सुल्तान शाही तख़्त से उठ बैठे।

तैंतीस

मौसम न ज़्यादा गर्म था और न ज़्यादा सर्द। आसमान में कहीं-कहीं बादल छाए थे। वसंत का आगमन हो चुका था। पेड़-पौधों पर बहार आ गयी थी। पेड़ों पर हरी-हरी पत्तियाँ हर किसी का ध्यान अपनी ओर खीच रही थीं। क़ुश्क-ए-फ़ीरोज़ी से लगे शहज़ादी के बग़ीचे में चिड़ियाँ चह-चहा रही थीं। वे एक डाल से दूसरी डाल पर फुदक रही थीं। बग़ीचे में बह रही छोटी-सी नहर में कमलदल आहिस्ता-आहिस्ता आगे बढ़ रहे थे। नहर के किनारे-किनारे दोनों ओर क़तारों में लगे गुलाब के पौधों में काफ़ी तादाद में फूल खिले थे। नहर के बीचो-बीच फ़व्वारा चल रहा था। जिसका पानी गोल घेरा बनाकर हौज़ में गिर रहा था। कुछ सफ़ेद कबूतर फ़व्वारे के किनारे बैठे एक-एक बूँद पानी पी रहे थे। शहज़ादी रज़िया उन्हें ग़ौर से देख रही थीं।

कबूतरख़ाना का दरबा खुला था। शहज़ादी की बाँदियाँ गुल-ए-अब्बासी और नयनज्योतिबाई कबूतरों को दाना चुँगा रही थीं। कोई-कोई कबूतर बाजरे के दाने चुँग रहे थे। कोई-कोई कबूतर बाजरे की तरफ़ ताक भी नहीं रहा था, वे चावल के दाने चुँग रहे थे। कुछ कबूतर मक़ई के अलावा कुछ नहीं खा रहे थे। शहज़ादी रज़िया कुछ

ख़ास-ख़ास कबूतरों को गुँदे हुए आटे में पिसा हुआ पिश्ता, बादाम और मक्खन मिलाकर बनाई गयी छोटी-छोटी गोलियाँ खिला रही थीं। जिन्हें वे झपट-झपटकर खा रहे थे। कोई-कोई कबूतर अपने साथी कबूतर को दौड़ा रहा था। शहज़ादी ने महसूस किया कि जिन कबूतरों को इस तरह की ताक़तवर खुराक दी जा रही है, वे दूसरे कबूतरों के मुक़ाबले आसमान में देर तक उड़ने की क़ुव्वत रखते हैं। उनके उड़ने की रफ़्तार भी ज़्यादा है।

दरबे में जंगली कबूतरों को छोड़कर हर जाति के कबूतर मौजूद थे, जिन्हें दूर-दूर से मँगवाया गया था। कुछ सफ़ेद कबूतर कभी-कभी उड़कर बाँदियों और शहज़ादी के कन्धों पर आकर बैठ जाते थे। एक कबूतर गुल-ए-अब्बासी के सिर पर आकर बैठ गया। यह कबूतर न तो उड़ने का नाम ले रहा था, न ही दाना चुँग रहा था और न ही वह अपने दरबे में जा रहा था। गुल-ए-अब्बासी ने इस कबूतर को अपने दोनों हाथों से दबोच लिया और चूमने के बाद खुली हवा में छोड़ दिया। कबूतर हल्की फड़-फड़ाहट के साथ आसमान में उड़ गया, लेकिन वह जल्दी ही दुबारा उसके सिर पर आकर बैठ गया। शहज़ादी और नयनज्योतिबाई कभी कबूतर को देख रही थीं तो कभी उनकी नज़र गुल-ए-अब्बासी के चेहरे पर चली जाती थी। कबूतर ने अपने पंजों के ज़रिये गुल-ए-अब्बासी के बाल बिखेर दिए। शहज़ादी उसे देखकर बोलीं, "कितना ख़ूबसूरत नज़ारा दिख रहा है। अगर कोई मुसव्विर इस वक़्त यहाँ मौजूद होता, तब हम तेरी तस्वीर ज़रूर बनवा देते।"

बाँदी नयनज्योतिबाई ने पूछा, "शहज़ादी हुज़ूर, गुस्ताख़ी माफ़ हो। इस्लाम में इंसान की तस्वीर बनाने की मुमानियत क्यों है?"

"इसलिए कि अल्लाह ने इंसान को पैदा किया है। अल्लाह के अलावा इंसान को बनाने की ताक़त और किसी में नहीं है। अगर कोई इंसान किसी इंसान की तस्वीर बनाता है तो वह अल्लाह की शान के ख़िलाफ़ है। पाक क़ुरआन शरीफ़ और हदीस इसकी इजाज़त नहीं देते। इंसानी तस्वीरें बनाना और आपस में उनका लेना-देना इंसान का नहीं, शैतान का काम बताया गया है। शाही दरबार के मुल्ला, मौलवी, सैयद, शैख़ और उलेमा हज़रात इंसानी तस्वीर बनाने की इजाज़त क़त्तई नहीं दे सकते।"

"शहज़ादी हुज़ूर, माना कि मुल्ला, मौलवी, सैयद, शैख़ और उलेमा हज़रात इजाज़त नहीं देते, लेकिन क्या शहज़ादी इसे जायज़ समझती हैं?"

"क्या जायज़ है और क्या नाजायज़, हम नहीं जानते, लेकिन इंसानी तस्वीरें बनाने में हमें कोई एतराज़ नहीं।" शहज़ादी ने दो-टूक जवाब दिया।

गुल-ए-अब्बासी के सिर पर बैठा कबूतर उड़ गया था। वह शहज़ादी की ओर मुख़ातिब होकर बोली, "शहज़ादी साहिबा, काफ़ी दिन हुए नयनज्योतिबाई से

पंडितों और संस्कृत ज़ुबान की बातें नहीं हुईं। यह सुबह-शाम अब भी अपने पड़ोस में पंडित के घर जाकर संस्कृत पढ़ती है। इससे पूछा जाए, संस्कृत जुबान में कबूतर का क्या कोई दूसरा नाम है? यह ज़रूर जानती होगी।''

शहज़ादी रज़िया के पास इस वक़्त कोई ख़ास काम नहीं था। वे वक़्त काटने के वास्ते बग़ीचे में आ गयी थीं। वे नयनज्योतिबाई से बोलीं, ''गुल-ए-अब्बासी जो पूछ रही है, उसका जवाब दे।''

नयनज्योतिबाई कुछ जवाब देती, उससे पहले एक कबूतर उसके कन्धे पर आकर बैठ गया। उसके सिर के बाल हवा में उड़ने लगे। उसने कन्धे पर बैठे कबूतर की ओर उड़ती नज़र डाली और फिर शहज़ादी की ओर मुख़ातिब होकर बोली, ''शहज़ादी, संस्कृत ज़ुबान में कबूतर के कई नाम हैं। पहले मैं बता दूँ, हिन्दवी में कबूतर को परेवा कहते हैं। अभी तीन रोज़ पहले ही पंडित जी हमें कवि कालिदास और वाणभट्ट के कुछ श्लोक पढ़ा रहे थे। वहीं पर कबूतर के बारे में बात हुई। पंडित जी ने हमें बताया कि कबूतर को संस्कृत में कपोत, पारावत, कलरव, कंठीरव, रक्तलोचन, अरुणलोचन, कामी, मदन काकुरव और मदन मोहन वाग्विलासी कहा गया है।''

नयनज्योतिबाई ने संस्कृत जुबान में कबूतर के इतने अधिक नाम गिना दिए थे कि न तो गुल-ए-अब्बासी समझ सकी और न ही शहज़ादी रज़िया की कुछ समझ में आया। शहज़ादी बोलीं, ''तूने जल्दी-जल्दी इतने नाम गिना दिए, हमारी समझ में कुछ नहीं आया। हमें एक-एक नाम के बारे में ठीक से बता।''

''हुज़ूर, संस्कृत में कबूतर को कपोत कहा गया है। कपोत का मतलब जहाज से है। जैसे समुद्र में जहाज तेज़ी से चलते हैं, उसी तरह कबूतर तेज़ी के साथ उड़ता है। पारावत का मतलब है, लम्बी उड़ान भरने का दम-खम। कबूतर लम्बी उड़ान भरता है, इसीलिए इसका नाम पारावत पड़ा है। इसे कलरव इसलिए कहते हैं कि जब यह गुटर-गूँ...गुटर-गूँ अपनी शीरीं जुबान में बोलता है, तब बहुत अच्छा लगता है। इसी तरह कंठीरव भी शीरीं जुबान बोलनेवाले का नाम बताया गया है। जहाँ तक रक्तलोचन और अरुणलोचन नाम का सवाल है, रक्त से मतलब ख़ून से है और लोचन का अर्थ आँख है। हिन्दवी और संस्कृत जुबान में अरुण सूरज को कहा गया है। चूँकि ख़ून और सूरज का एक-सा लाल रंग होता है और कबूतर की भी आँख लाल होती है, इसीलिए संस्कृत के कवियों ने कबूतर के यह नाम दिए हैं।'' इतना कहकर नयनज्योतिबाई ख़ामोश हो गयी।

गुल-ए-अब्बासी बोली, ''शहज़ादी हुज़ूर, इसने अभी कुछ और नाम बतलाए थे। उनके भी मायने समझाए।'' गुल-ए-अब्बासी जानती थी कि नयनज्योतिबाई संस्कृत जुबान में क़ाबिलियत रखती है। वह कभी-कभी ऐसी जानकारी देती है,

जैसी कोई दानिशमंद भी नहीं दे सकता।

"हुज़ूर, गुस्ताख़ी माफ़ हो। मैं उनके मायने नहीं समझा सकती।"

"क्या तुझे उनके मायने मालूम नहीं हैं?" शहज़ादी ने पूछा।

"नहीं, ऐसा नहीं है।, लेकिन मैं बता न सकूँगी।"

"आख़िर ऐसी क्या बात है जो तू हमें नहीं बतला सकती?"

"बस ऐसे ही।" नयनज्योतिबाई अपनी आँखें नीची करती हुई बोली। वह शहज़ादी की आँखों-से-आँखें मिलाकर बात नहीं कर रही थी।

"हमारा हुक़्म है, अगर तू लफ़्ज़ के मायने जान रही है, तब हमें फ़ौरन बता।"

नयनज्योतिबाई बोली, "हुज़ूर, गुस्ताख़ी की फिर एकबार माफ़ी चाहती हूँ। मैं इनके मायने बताना नहीं चाहती थी, लेकिन शहज़ादी के हुक़्म से ही बता रही हूँ। हमारी जुबान से कुछ ऐसा-वैसा निकल जाए तो शहज़ादी हमें माफ़ कर दें। हुज़ूर, संस्कृत में कहीं-कहीं कबूतर को कामी कहा गया है। कामी का मतलब है, जो काम-वासना में डूबा रहे।"

शहज़ादी काम-वासना का मतलब नहीं समझती थीं। उन्होंने पूछा, "काम-वासना का क्या मतलब है?"

"हुज़ूर, काम-वासना का मतलब इस तरह से समझ लीजिए, जैसे कोई मर्द अपनी औरत के साथ दिन-रात ख़्वाबगाह में पड़ा रहे और वह जल्दी बाहर नहीं निकले।" नयनज्योतिबाई इससे ज़्यादा खुलकर काम-वासना के मतलब नहीं समझाना चाहती थी। वह सोच रही थी कि शहज़ादी कहीं ऐसा कुछ न समझ बैठें कि बिना शादी के इन बातों को यह कैसे जान गयी।

शहज़ादी को ही नहीं, गुल-ए-अब्बासी को भी हँसी आ गयी। गुल-ए-अब्बासी बोली, "तूने अभी संस्कृत जुबान में कुछ और लफ़्ज कबूतर के बताए थे, उनके भी मायने समझा दे।"

"शहज़ादी हुज़ूर, गुस्ताख़ी की एकबार फिर माफ़ी चाहती हूँ। मैंने संस्कृत जुबान में कबूतर के नाम मदन काकुरव और मदन मोहन वाग्विलासी बताए थे। मदन काकुरव का मतलब है, काम-क्रीड़ा के वक़्त मीठी जुबान निकालनेवाला। कबूतर ऐसे वक़्त मीठी जुबान निकालता है। मदन मोहन वाग्विलासी के मायने हैं, कबूतर शीरीं जुबान बोलते हुए कबूतरी को अपने तमाम हाव-भाव दिखाते हुए लगातार कोशिश करते हुए अपनी ओर खींचे। मर्द भी औरत को रिझाने के वास्ते ऐसा ही कुछ करते हैं। हुज़ूर, शाइरों ने अपनी शाइरी में एक लफ़्ज कबूतरदम का कहीं-कहीं प्रयोग किया है, जिसके मायने हैं, ख़ूब खींचकर लिया गया बोसा।"

शहज़ादी गुल-ए-अब्बासी की ओर मुख़ातिब होकर बोलीं, "गुल-ए-अब्बासी, नयनज्योतिबाई अब जवान हो गयी है। हमें इसके वास्ते किसी कबूतर की तलाश

करनी होगी।'' शहज़ादी के इतना बोलते ही गुल-ए-अब्बासी की हँसी फूट निकली। नयनज्योतिबाई शर्मसार हो गयी। अब वह शर्म के मारे सिर झुकाए खड़ी थी।

कुछ देर बाद शहज़ादी फिर बोलीं, ''नयनज्योतिबाई, कबूतर को बंगाली जुबान में पायरा बोला जाता है। अरब के लोग कबूतर को यमामा और याहू बोलते हैं। बगदाद में आज भी कबूतरों के ज़रिये ख़त-ओ-क़िताबत होती है।''

अब बाँदी गुल-ए-अब्बासी बोली, ''शहज़ादी हुज़ूर ने वज़ा फ़र्माया। हुज़ूर आज से नहीं, सैकड़ों साल से आशिक माशूक के पास कबूतरों के ज़रिये ही ख़त भेजते थे। किसी शाइर ने इस सिलसिले में क्या ख़ूब कहा है

ख़त कबूतर किस तरह ले जाए बामे यार पर।
कि पर कतरने को लगी हैं कैंचियाँ दीवार पर।।
ख़त कबूतर इस तरह ले जाए बामे यार पर।
कि पर ही पर तहरीर हो और पर गिरे दीवार पर।।''

''बहुत ख़ूब...बहुत ख़ूब। क्या ख़ूब लिखा है, तहरीर कबूतर के पर पे लिखी जाए और पर किसी तरह यार के घर की दीवार पर जाकर गिर जाए। वाक़ई शाइरों का जवाब नहीं है।''

शहज़ादी कुछ क़दम आगे बढ़कर दरबे के नज़दीक पहुँच गयी थीं। वे देखना चाह रही थीं कि दरबे की सफ़ाई ठीक से हो रही है या नहीं। उसने नयनज्योतिबाई से पूछा, ''इस दरबे में किन-किन जातियों के कबूतर हैं, तुझे कुछ जानकारी है?''

''नहीं शहज़ादी साहिबा।'' नयनज्योतिबाई बहुत धीमी आवाज़ में बोली। वह भी शहज़ादी के नज़दीक आ गयी थी।

''नयनज्योतिबाई, दरबे में गिरहबाज़, लोटन, गोला, शीराज़ी, कलसरा, चितकबरा और लक्का जाति के कबूतर मौजूद हैं।''

अब शहज़ादी ने नज़दीक ही बैठे दो कबूतरों को अपने अलग-अलग हाथों में ले लिया और बोलीं, ''यह दोनों ही कबूतर लक्का जाति के हैं। इसमें से यह फूलपैरा है। इसके पैरों में लगे पंख खिले हुए फूल की मानिंद हैं, इसलिए इसे फूलपैरा कहते हैं और जो यह दूसरा कबूतर है, इसके पैरों में पंख नहीं हैं, इसलिए इसे नंगपैरा बोला जाता है।'' शहज़ादी दूसरे हाथ के कबूतर को दिखाती हुई बोलीं।

गुल-ए-अब्बासी को कबूतरों के बारे में ज़्यादा जानकारी नहीं थी। उसने शहज़ादी से पूछा, ''हुज़ूर, तमाम कबूतर हमें एक से ही दिखते हैं। इनमें कौन नर है और कौन मादा, समझ में नहीं आ रहा है।''

''हर जाति के कबूतरों में मादा हमेशा नर से छोटी होती है। बाहर से देखने में इनकी यही एक पहचान है।''

नयनज्योतिबाई देर से सोच रही थी कि शहज़ादी कभी किसी से मज़ाक़ नहीं करती हैं। आज पहली मर्तबा उन्होंने मुझसे मज़ाक़ करते हुए कहा, अब तेरे लिए कबूतर की तलाश करनी होगी। उसने भी मौक़े का फ़ायदा उठाना चाहा। वह शहज़ादी की ओर मुख़ातिब होकर बोली, "हुज़ूर, कल क़ुव्वतुलमुल्क जमालुद्दीन याक़ूत से मुलाक़ात हुई थी।"

शहज़ादी याक़ूत का नाम सुनते ही चौंकीं। उन्होंने पूछा, "कहाँ और कब?"

"हुज़ूर, मैं कल क़िले से घर जा रही थी और वे क़ुतुबुद्दीन बख़्तियार क़ाक़ी की ख़ानक़ाह से आ रहे थे। उन्हें शायद सुल्तान-ए-आलम ने वहाँ भेजा होगा। उन्होंने मुझे देखकर अपना घोड़ा रोक दिया। मैं भी उन्हें देखकर ठहर गयी। उन्होंने पूछा, "कैसी हो? मैंने बताया, हुज़ूर की दुआ से ठीक हूँ।"

"बस इतनी-सी बात हुई?" शहज़ादी ने उसकी आँखों में झाँककर पूछा।

"नहीं शहज़ादी साहिबा। उन्होंने यह भी पूछा, शहज़ादी साहिबा कैसी हैं?"

"क्या सच कहती है?" शहज़ादी जो नहीं कहना चाहती थीं, वह उनकी जुबान से एक झटके में निकल गया, लेकिन बाद में सोचने लगीं कि उन्हें इस तरह नहीं बोलना चाहिए था। नयनज्योतिबाई और गुल-ए-अब्बासी समझ गयीं कि शहज़ादी का दिन-ब-दिन जमालुद्दीन याक़ूत की ओर खिंचाव हो रहा है, लेकिन शहज़ादी हम लोगों के सामने जाहिर नहीं करना चाहतीं।

"हुज़ूर, उन्होंने यह भी कहा, हमारी तरफ़ से शहज़ादी साहिबा को सलाम कहना। उनसे कहना, जहाँशाह तुर्कान बेगम और शहज़ादे रुक्नुद्दीन की ओर से होशियार रहें। मैंने उनसे कहा, हुज़ूर ख़ुद भी शहज़ादी साहिबा को ताक़ीद कर सकते हैं। तब वे बोले, मौक़ा मिलने पर ज़रूर बात करूँगा। शहज़ादी साहिबा, गुस्ताख़ी माफ़ हो। मैंने संस्कृत जुबान में कबूतर के कई नाम और उनके मायने हुज़ूर को बताए हैं। हुज़ूर, याक़ूत के क्या मायने हैं, हमें भी बताएँ।" उसने बड़ी संजीदगी से पूछा।

शहज़ादी जमालुद्दीन याक़ूत के ख़्वाबों में डूबी थीं। वे नयनज्योतिबाई का सवाल सुनकर चौंकीं और बोलीं, "हीरा, माणिक, मोती और फ़ीरोज़ा की तरह याक़ूत एक क़ीमती जवाहरात है।"

"तब हुज़ूर याक़ूती के क्या मतलब हुए?" गुल-ए-अब्बासी सोच रही थी कि यह लड़की बेमतलब के सवाल शहज़ादी से क्यों पूछ रही है।

"याक़ूती एक यूनानी दवा है। इस दवा में याक़ूत की भस्म डाली जाती है।"

आज नयनज्योतिबाई को मज़ाक़ सूझ रहा था। अब उसने पूछा, "शहज़ादी हुज़ूर, याक़ूत-ए-जिगरी किसे कहते हैं?"

"जो याक़ूत कलेजी के रंग का होता है, उसे याक़ूत-ए-जिगरी बोलते हैं।" शहज़ादी कबूतरों को आटे की गोलियाँ खिलाती हुई बोलीं।

"और हुज़ूर याक़ूत-ए-रवाँ और याक़ूत-ए-सय्याल किन्हें कहा जाता है?"

"दोनों ही याक़ूत लाल शराब की तरह होते हैं, इसलिए दानिशमन्दों ने इनके यह नाम रखे हैं।"

नयनज्योतिबाई शहज़ादी के पीछे पड़ गयी थी। गुल-ए-अब्बासी सोच रही थी, इसे आज न जाने क्या हो गया है। तमाम शाही अदब-क़ायदा छोड़कर शहज़ादी से क्यों सवालात कर रही है। नयनज्योतिबाई फिर नया सवाल पूछ बैठी, "हुज़ूर, गुस्ताख़ी माफ़ हो। याक़ूत-ए-रुम्मानी कौन-सा याक़ूत होता है?"

अब शहज़ादी की समझ में आया कि यह हमसे मज़ाक़ कर रही है। वे बोलीं, "कमबख़्त, एक तरफ़ तो कहती है, हमें फ़ारसी जुबान नहीं आती और दूसरी तरफ़ आज हमारे सामने याक़ूत की फ़ेहरिस्त रख दी। समझ ले, याक़ूत-ए-रुम्मानी अनार के गुलाबी दानों की तरह होता है।"

"हुज़ूर, जान की अमान पाऊँ। एक और सवाल हमारे दिल में है, इजाज़त दें तो बयान करूँ।" वह अदब के साथ झुककर बोली।

"कमबख़्त, बयान कर।" शहज़ादी झुँझलाहट के साथ बोलीं।

"हुज़ूर, गुस्ताख़ी माफ़ हो। वैसे ख़िताब तो सुल्तान ही ओहदेदारों को देते हैं, लेकिन कभी-कभी अवाम भी अपने प्यारे सुल्तान से ख़ुश होकर उन्हें किसी ख़ास ख़िताब से नवाज़ती है और उस ख़िताब का चलन आम हो जाता है। क्या हम क़ुव्वतुलमुल्क जमालुद्दीन याक़ूत को याक़ूत-ए-रुम्मानी का ख़िताब दे सकते हैं?" इतना सुनते ही बाँदी गुल-ए-अब्बासी की जान ही निकल गयी। उसने सपने में भी नहीं सोचा था कि नयनज्योतिबाई इस तरह की जुर्रत शहज़ादी के सामने कभी कर सकती है।

शहज़ादी भी सोच रही थीं कि नयनज्योतिबाई वैसे तो उनसे हलकी-फुलकी कभी-कभी मज़ाक़ कर लेती है, लेकिन इस तरह की मज़ाक़ आज उसने पहली मर्तबा की है। नयनज्योतिबाई उनकी सबसे प्यारी और मुँहलगी बाँदी है। उन्होंने उसे कभी बाँदी नहीं समझा, बल्कि एक सहेली की तरह उसके साथ पेश आती हैं। वे अपने दिल की बात उससे खुलकर कभी-कभी कह लेती हैं, लेकिन गुल-ए-अब्बासी की मौजूदगी की वजह से वे बनावटी गुस्सा चेहरे पर लाते हुए बोलीं, "गुस्ताख़ लड़की, सोच-समझकर बोला कर! जब जी में जो आया, बिना सोचे-समझे अनाप-सनाप बोल जाती है।"

"हुज़ूर, कान पकड़ती हूँ। अब ऐसी ग़लती फिर कभी नहीं होगी" नयनज्योतिबाई दोनों कान पकड़कर बोली।

कुछ देर तक ख़ामोशी छाई रही। माहौल संजीदा हो गया था। संजीदा माहौल को ख़त्म करने के वास्ते नयनज्योतिबाई अदब के साथ झुककर शहज़ादी से बोली,

''शहज़ादी हुज़ूर, गुस्ताख़ी माफ़ करें। अगर आज घर वापस जाते वक़्त क़ुव्वतुलमुल्क जमालुद्दीन याक़ूत नज़र आ जाएँ, तब उनके सलाम का क्या जवाब दूँ?''

''कमबख़्त, उन्हीं के साथ हमबिस्तर हो जाना।'' शहज़ादी खिसियाकर बोलीं।

अब शहज़ादी ने गुल-ए-अब्बासी से पूछा, ''क्या इधर गुलबदन से मुलाक़ात हुई?''

''शहज़ादी हुज़ूर, आज ही उससे हमारी दोपहर में बारहदरी में मुलाक़ात हुई थी।''

''क्या कोई नयी ख़बर?''

''हुज़ूर, नयी ख़बर कोई नहीं मिल सकी। बस वही पुराने राग अलाप रही थी कि जहाँशाह तुर्कान बेगम किसी-न-किसी तरह शहज़ादे रुकुनुद्दीन को वलीअहद बनवाने की कोशिश में हैं।''

''और कुछ?''

''और हुज़ूर, बता रही थी कि जहाँशाह तुर्कान बेगम सुल्तान-ए-आलम पर लगातार दबाव डाल रही हैं कि हुज़ूर की जल्दी-से-जल्दी मलिक अल्तूनिया के साथ शादी हो जाए।''

शहज़ादी ज़ोर के साथ हँसीं और बोलीं, ''वलीअहद। वह भी भाईजान नासिरुद्दीन महमूद शाह के रहते हुए, ख़्वाब में भी न सोचें। वैसे मलिक अल्तूनिया हमसे मुलाक़ात करने का वक़्त माँग रहा है।''

''तब हुज़ूर ने क्या सोचा है?''

''अभी सोचा कुछ नहीं। समझ में नहीं आ रहा है, वक़्त दूँ या न दूँ।''

''उनके दिल की बात सुनने में हर्ज़ ही क्या है?'' गुल-ए-अब्बासी बोली।

''मैं उन्हें कई बार बता चुकी हूँ कि हमारे मन में अभी शादी का ख़याल नहीं है। फिर भी...।''

अभी शहज़ादी और गुल-ए-अब्बासी की बातचीत चल ही रही थी कि ख़्वाजासरा इनायत बग़ीचे में आया और अदब के साथ झुककर बोला, ''शहज़ादी साहिबा का इक़बाल बुलन्द हो। हुज़ूर, क़ादिरबीवीबानो मिलने की इजाज़त चाह रही हैं।''

''उन्हें भेज दे।''

इनायत हुक़्म पाने पर भी अपनी जगह से टस-से-मस नहीं हुआ। वह ख़ामोश खड़ा रहा। शहज़ादी ने पूछा, ''अब क्या है? बोलता क्यों नहीं?''

''कजरी आपा...।''

इनायत अपनी पूरी बात कह भी नहीं कर सका था कि शहज़ादी उसे बीच में टोकती हुई बोलीं, ''क्या अब भी तेरे गाल नोच रही है?''

"जी हाँ हुज़ूर।" वह अदब के साथ झुककर बोला।

"तब तो तेरे गाल फ़ौलाद की मानिंद मज़बूत हो गये होंगे।"

"हुज़ूर, दुखते हैं।" इनायत के लहजे में बेहद मासूमियत थी। उसकी मासूमियत देखकर नयनज्योतिबाई हँस पड़ी।

"अच्छा जा, फ़िलहाल क़ादिरबीवीबानो को भेज दे। मैं कजरी को डाँटूगी।"

इनायत चलते-चलते बोला, "लेकिन वे हुज़ूर का हुक़्म क्यों नहीं मानतीं?" इतना सुनते ही शहज़ादी की ही नहीं, दोनों बाँदियों की भी हँसी छूट गयी।

कुछ ही देर में क़ादिरबीवीबानो बग़ीचे में हाज़िर थीं। वे अदब के साथ झुककर बोलीं, "शहज़ादी हुज़ूर, सुल्तान-ए-आलम हुज़ूर आपको याद फ़र्मा रहे हैं।"

"आप चलिए। हम आते हैं।"

शहज़ादी अकेली ही क़ुश्क-ए-दिलक़ुशा की ओर चल दीं। क़ुश्क-ए-दिलक़ुशा में अकेले सुल्तान इल्तुतमिश बैठे थे। उनकी दाढ़ी के तमाम बाल सफ़ेद हो चुके थे, जिन्हें उन्होंने मेंहदी से रंगवाना बन्द कर दिया था। गालों पर कहीं-कहीं झुर्रियाँ पड़ गयी थीं। हाथों की नसें उभर आई थीं। खाना सादा खाते थे। दावतें उड़ाने का शौक़ ख़त्म हो गया था। उनका ज़्यादा-से-ज़्यादा वक़्त अल्लाह की इबादत में गुज़र रहा था। अवाम उन्हें सूफ़ी सुल्तान के नाम से पुकारने लगी थी। फ़ातिमाबानो कुछ देर पहले क़ुरआन शरीफ़ की आयतें सुनाकर चली गयी थीं। शहज़ादी ने पहुँचते ही उन्हें आदाब बजाया और नज़दीक जाकर उनका अँगरखा चूम लिया। वे पलंग के पास रखी जड़ाऊ कुर्सी पर बैठ गयीं और बोलीं, "अब्बाहुज़ूर ने हमें कैसे याद फ़र्माया?"

सुल्तान बेटी की ओर देखकर मुस्करा उठे। बेटी के दोनों हाथ अपने हाथों में लेकर बोले, "आपने सुना ही होगा, ख़्वाजा क़ुतुबुद्दीन बख़्तियार क़ाक़ी हमेशा के लिए दिल्ली छोड़कर ख़्वाजा मुईनुद्दीन चिश्ती के साथ अजमेर जा रहे थे। यह ख़बर सुनते ही दिल्ली की तमाम अवाम उनकी ख़ानक़ाह पहुँच गयी। अवाम वहाँ से हटने का नाम नहीं ले रही थी। ख़्वाजा मुईनुद्दीन चिश्ती ने अवाम को समझाने की कोशिश की, लेकिन अवाम का कहना था, ख़्वाजा क़ुतुबुद्दीन बख़्तियार क़ाक़ी के दिल्ली से चले जाने के बाद दिल्ली सूनी हो जाएगी। तब ख़्वाजा मुईनुद्दीन चिश्ती ने ख़्वाजा क़ुतुबुद्दीन बख़्तियार क़ाक़ी को दिल्ली रुकने पर मज़बूर किया। ख़ुदा का लाख-लाख शुक्र है। ख़्वाजा क़ुतुबुद्दीन बख़्तियार क़ाक़ी दिल्ली रुक गये।"

"अब्बाहुज़ूर, दिल्ली की अवाम ख़्वाजा से बेइन्तहाँ मोहब्बत करती है। जिस तरह अब्बाहुज़ूर ख़्वाजा के बिना नहीं रह सकते, वैसे ही अवाम ख़्वाजा के बिना नहीं रह सकती। क्या ख़्वाजा मुईनुद्दीन चिश्ती अभी दिल्ली में ठहरे हैं? हम अब्बाहुज़ूर के साथ उनकी क़दमबोसी करना चाहते हैं।"

"बेटी, यही बताने के वास्ते माबदौलत ने आपको याद फ़र्माया था। ख़्वाजा

मुईनुद्दीन चिश्ती कल रात दिल्ली छोड़कर कब निकल गये, कुछ पता नहीं चला। माबदौलत चलते-चलते हज़रत की क़दमबोसी नहीं कर सके।''

''अब्बाहुज़ूर, अब देर करने की ज़रूरत नहीं है, शैख़-उल-इस्लाम नजमुद्दीन सुगर के बाबत जल्दी फ़ैसला लेना होगा। उनकी ही वजह से ख़्वाजा साहब दिल्ली छोड़ रहे होंगे।''

''बेटी, आप वज़ा फ़र्मा रही हैं। माबदौलत वज़ीर-ए-आज़म से मुलाक़ात करने के बाद आज ही इस मामले में आख़िरी फ़ैसला ले लेंगे।''

''अब्बाहुज़ूर, जैसा मुनासिब समझें।''

सुल्तान कुछ देर तक न जाने क्या सोचते रहे। शहज़ादी ने पूछा, ''अब्बाहुज़ूर, तमाम सूबों के हाल तो ठीक हैं?'' वे सोच रही थीं, पता नहीं किस सूबे से कौन-सी आफ़त आ गयी हो। शायद अब्बाहुज़ूर ने उसे इन्हीं मुद्दों पर बात करने के वास्ते बुलाया हो।

''बेटी, तमाम सूबों के हाल तक़रीबन अच्छे हैं। ग्वालियर के राजा मंगलदेव के ख़िलाफ़ जल्दी मुहिम छेड़नी होगी। वह अपनी हरकतों से बाज नहीं आ रहा है।''

''बदायूँ के वास्ते शहज़ादे रुकुनुद्दीन की वापसी कब होगी?'' शहज़ादी जल्दी-से-जल्दी शहज़ादे को उसकी माँ से अलग करना चाहती थीं। उन्हें कहीं से ख़बर मिली थी कि दोनों माँ-बेटे किसी नई साज़िश में लगे हैं।

''उसकी ऐयाशी में फ़िलहाल कमी आई है। बेगम का कहना है, कुछ दिन दिल्ली रुककर वह भी माबदौलत की ख़िदमत कर ले।''

सुल्तान कुछ देर रुककर फिर बोले, ''आप की बाँदियों ने क्या कोई नई ख़बर दी है?''

''जहाँशाह तुर्कान बेगम अब्बाहुज़ूर से शहज़ादे को वलीअहद का दर्ज़ा दिलवाना चाहती हैं।''

''हाँ, हमसे भी ऐसी ही सिफ़ारिश कर रही थीं। वे माबदौलत से शराब बन्द कर देने और शाही दस्तरख़्वान पर फ़ुज़ूलख़र्ची रोक देने की वजह से नाराज़ हैं। उनकी शिकायत है, भक्कर और मुल्तान की वापसी के बाद हम कंजूस हो गये हैं। उनका कहना है, लखनौती की फ़तेह के बाद बगदाद के हज़रत ख़लीफ़ा से ख़िलअत, ख़िताब और सनद पाने के बाद भी कोई इनाम-इकराम शहज़ादों को हमारी ओर से नहीं दिए गये। अब बेटी आप ही बताएँ, क्या आप या शहज़ादों को किसी चीज़ की कोई कमी है?''

''अब्बाहुज़ूर, हमारे पास क्या नहीं है। हमारे पास जो है, वह दूसरे मुल्क के किसी शहज़ादे या शहज़ादी के पास नहीं होगा। दौलत तो आती-जाती है, लेकिन अब्बाहुज़ूर हमें जो मोहब्बत देते हैं, वह किसी के नसीब में नहीं। हमारी अवाम ख़ुश

है, इससे ज़्यादा हमें क्या चाहिए?''

''बेटी, माबदौलत ने भी जहाँशाह तुर्कान बेगम को यही समझाया, लेकिन वे समझने की कोशिश नहीं कर रही हैं। जहाँ तक शहज़ादे रुकुनुद्दीन को वलीअहद का ख़िताब देने का सवाल है, माबदौलत आपके भाई शहज़ादे नासिरुद्दीन महमूद शाह का हक़ कैसे छीन सकते हैं?''

''अब्बाहुज़ूर वज़ा फ़र्मा रहे हैं।''

''बेटी, आपकी ज़नानी फ़ौज़ का क्या हाल है?''

''सभी बाँदियाँ घुड़सवारी, तलवारबाज़ी और जंगी हथियारों को चलाने में माहिर हो गयी हैं। मैंने ख़ुद अभी दो दिन पहले मौक़े पर जाकर उनका मुआयना किया था। अब वे मर्दों से पीछे नहीं हैं।''

''अच्छा है। बेटी, आपसे एक बात और करनी थी?'' वे अपनी बेटी के हाथ चूमते हुए बोले। ऐसा लग रहा था, जैसे सुल्तान आज तमाम मुहब्बत अपनी बेटी पर उड़ेल रहे हैं।

''अब्बाहुज़ूर, हुक़्म करें।''

''माबदौलत आपकी शादी मलिक अल्तूनिया के साथ करना चाह रहे हैं। आपको कोई एतराज़ तो नहीं?''

शहज़ादी कुछ जवाब देतीं, उससे पहले ही क़ादिरबीवीबानो बदहवाश-सी शाही अदब-कायदा छोड़ते हुए दाख़िल हुईं। वे ज़ोर-ज़ोर से चिल्ला रही थीं, ''सुल्तान-ए-आलम, ग़ज़ब हो गया...सुल्तान-ए-आलम, ग़ज़ब हो गया।'' वे दहाड़ मारकर रो रही थीं और अपना सीना पीट रही थीं।

सुल्तान और शहज़ादी उनकी हालत देखकर हक्के-बक्के रह गये। सुल्तान ने पूछा, ''आख़िर हुआ क्या?''

''सुल्तान-ए-आलम, हरकारा अभी-अभी ख़बर लाया है, शहज़ादे नासिरुद्दीन महमूद शाह अल्लाह को प्यारे हो गये।''

इतना सुनना था कि शहज़ादी और सुल्तान दहाड़ मार-मारकर रोने लगे। यह ख़बर आग की तरह क़िल-ए-रायपिथौरा में ही नहीं, समूची दिल्ली में फैल गयी।

चौंतीस

शहज़ादे नासिरुद्दीन महमूद शाह की मौत की ख़बर सुनने के बाद क़िल-ए-रायपिथौरा में चालीस दिन का मातम मनाने का फ़ैसला लिया गया। क़िले के

अलावा दिल्ली शहर में भी शहज़ादे की मौत का मातम मनाया जा रहा था। क़िले और महलों पर ही नहीं, हवेलियों, बाज़ारों और घरों में भी ज़रूरत के मुताबिक़ ही रौशनी हो रही थी। शहर के तिज़ारतियों ने तीन दिन तक बाज़ार बन्द रखे। रंडीख़ाने की रौनक़ बेरौनक़ हो गयी। सुल्तान क़ुश्क-ए-दिलक़ुशा से बाहर नहीं निकल रहे थे। उन्होंने दो दिन तक कुछ नहीं खाया। कभी-कभी ही एक-दो घूँट पानी पीते थे। उन्होंने शहज़ादी रज़िया की गुज़ारिश पर तीसरे दिन खिचड़ी खाई। हालाँकि शहज़ादी रज़िया और सज़िया की भी तक़रीबन यही हालत थी। दोनों शहज़ादियाँ चटाइयों पर सो रही थीं। जड़ाऊ पलंग सूने पड़े थे। भड़काऊ पोशाक और जेवर उनके महलों में कोई बाँदी तक नहीं पहन रही थी। ख़ुशबू से सभी दूर थीं।

सल्तनत के दस्तावेज़ों पर कोई दस्तख़त नहीं हो रहे थे। क़ुश्क-ए-दिलक़ुशा में शहज़ादी रज़िया, जमालुद्दीन याक़ूत और फ़ातिमाबानो के अलावा किसी को आने की इजाज़त नहीं थी। यहाँ तक कि क़ादिरबीवीबानो, साकी रौशनबानो और गुलसुल्तानबानो को भी इजाज़त नहीं दी गयी। वज़ीर-ए-आज़म जुनैदी और मलिक अल्तूनिया सुल्तान से मिलने के लिए आए, लेकिन क़ादिरबीवीबानो ने अन्दर नहीं जाने दिया। ऐसा ही सुलूक शहज़ादे ग़यासुद्दीन, मुइज़्ज़ुद्दीन, क़ुतुबुद्दीन और जहाँशाह तुर्कान बेगम के साथ हुआ। जहाँशाह तुर्कान बेगम ने अन्दर जाने के वास्ते ज़ोर-ज़बरदस्ती करनी चाही, फिर भी क़ादिरबीवीबानो ने अन्दर नहीं जाने दिया। बेगम खिसियाकर क़ुश्क-ए-सफ़ेद वापस लौट गयीं।

सुल्तान अकेले में सोचते रहते कि उनका लाड़ला बेटा नासिरुद्दीन महमूद शाह कितना बहादुर, कितना जाँबाज़ और कितना क़ाबिल था। उसे माबदौलत ने बहुत सोच-समझकर अवध के सूबे की ज़िम्मेदारी सौंपी थी। उसने ग़यासुद्दीन ख़िलज़ी के ख़िलाफ़ जंग में उसे हराया ही नहीं, बल्कि मौत के घाट उतार दिया। लखनौती पर फ़तेह पाने के बाद वे उसे कोई इनाम-इकराम भी नहीं दे सके। हमारी मरहूम क़ुतुब बेगम सल्तनत का ताजो-तख़्त हासिल करने के फ़ौरन बाद अल्लाह को प्यारी हो गयीं। अच्छा हुआ, उन्हें यह दिन नहीं देखना पड़ा।

सुल्तान कभी-कभी सोचते, जहाँशाह तुर्कान बेगम साज़िश-पर-साज़िश बुन रही हैं। उनके रास्ते का काँटा हमेशा-हमेशा के लिए निकल गया। शहज़ादा रुक़ुनुद्दीन किसी-न-किसी बहाने से दिल्ली में रुका है। वे कुछ दिनों बाद उसे वलीअहद बनाए जाने पर ज़ोर देंगी। माबदौलत ऐसे वक़्त उसे दिल्ली छोड़ने का हुक़्म भी नहीं फ़र्मा सकते। वे देर तक इन्हीं ख़यालों में डूबे रहे। कब नींद आई, जान न सके। सुल्तान ने ख़ुद अपने हाथों शहज़ादा ग़यासुद्दीन को अवध की सूबेदारी सौंपने का हुक़्मनामा लिख दिया जिससे सूबे में बदइंतिज़ामी के चलते कोई बग़ावत न हो सके।

चिलचिलाती धूप। घोड़ा पसीने से तर-बतर। सवार के सिर-से-पैर तक पसीना बह रहा था। सवार ने गर्मी की वजह से अपने चेहरे को साफे से ढँक रखा था। वह शहज़ादे रुक्नुद्दीन की हवेली की ओर जा रहा था। उससे काफ़ी फ़ासले पर एक और सवार उसी दिशा में जा रहा था। आगेवाला सवार शहज़ादे की हवेली के ख़ास दरवाज़े पर कुछ देर के वास्ते रुका और पहरेदार से बातचीत करने के बाद अन्दर चला गया। पिछले सवार ने हवेली से कुछ दूरी बनाकर अपने घोड़े को एक पीपल के पेड़ की छाया में रोक दिया। यह सवार हर तरह की होशियारी बरत रहा था। वह नहीं चाहता था, किसी को कोई शक़-ओ-शुबहा हो। उसने रास्ते में अपने घोड़े की चाल अधिक नहीं होने दी थी। घोड़े के गले में बँधे चमड़े के पट्टे, जिसमें घुँघरू लगे थे, पहले ही उतार दिए थे। घोड़ा तुर्की, अरबी, इराकी न होकर मामूली जाति का था। पीपल के पेड़ के नीचे छाया में घोड़े को आराम मिला।

अभी ज़्यादा देर नहीं हुई थी कि हवेली से घुड़सवार बाहर निकल आया। उसने अपने दाएँ-बाएँ देखा और पश्चिम दिशा की ओर चल दिया। घुड़सवार के चौराहा पार करने के बाद एक नया घुड़सवार जो हवेली की चारदीवारी के बायीं ओर छिपा खड़ा था, पीपल के नीचे आ पहुँचा। दोनों घुड़सवारों में क्या बात हुई, किसी तीसरे आदमी को पता नहीं चल सका। हवेली के बायीं ओर छिपा घुड़सवार अब क़िले की ओर वापस चला गया और दूसरा घुड़सवार पहलेवाले घुड़सवार का उसी तरह पीछा करने लगा। पहलावाला घुड़सवार अब तक शहर के बाहर निकल गया था। वह पश्चिम की ओर ही जा रहा था। पीछा कर रहे सवार ने उसका अब तक पीछा नहीं छोड़ा था। अब पहलेवाला घुड़सवार शहज़ादे रुक्नुद्दीन के हम्माम पहुँच गया। पहरेदार से कुछ बात करने के बाद वह अन्दर चला गया।

दारोग़-ए-हम्माम ने घुड़सवार को देखते ही पहचान लिया और उसने ताज़्जुब के साथ पूछा, "गुलबदन, इस वक़्त यहाँ?"

"जहाँशाह तुर्कान बेगम ने शहज़ादे के वास्ते ख़ास ख़बर भेजी है।" गुलबदन अदब के साथ झुककर बोली।

"आपको कैसे पता चला, शहज़ादे हुज़ूर यहाँ हैं?"

"मैं इससे पहले शहज़ादे की हवेली गयी थी, वहीं हमें पता चला, शहज़ादे हुज़ूर यहाँ आराम फ़र्मा रहे हैं।"

अब तक एक लड़की ख़िदमतगार ने गुलबदन के घोड़े की लगाम थामकर घोड़े को छाया में ले जाकर बाँध दिया और दारोग़-ए-हम्माम गुलबदन को लेकर एक ख़ास कमरे में चली गयी। उसे वहाँ बिठाकर बोली, "मैं अभी शहज़ादे हुज़ूर को ख़बर करती हूँ। आप तब तक यहीं आराम फ़र्माएँ।" इतना कहकर दारोग़-ए-

हम्माम कमरे से बाहर निकल गयी। गुलबदन ने देखा, कमरे की सजावट क़ुश्क-ए-सफ़ेद के कमरों से भी बेहतर है। क़ीमती ईरानी कालीन, क़ीमती झाड़-फानूस और बेहतरीन आदमकद आइने मौजूद हैं। कई जड़ाऊ सुराहियाँ और प्याले भी मौजूद हैं। गुलबदन ने एक आदमकद आइने में ख़ुद को निहारा, उसका चेहरा पसीने से डूबा था। उसने सिर पर बँधे साफे से चेहरा पोंछा और एक बार फिर अपने चेहरे को आइने में देखने लगी।

शहज़ादे रुक्नुद्दीन हम्माम में नंगी कनीज़ों के साथ नहा रहे थे। वे दारोग़-ए-हरम को देखकर चौंके और बोले, ''आपको यहाँ आने की क्या ज़रूरत पड़ गयी?''

दारोग़-ए-हम्माम अदब के साथ झुककर बोली, ''शहज़ादे, हुज़ूर की अम्मीजान जहाँशाह तुर्कान बेगम का हरकारा आया है। वह हुज़ूर से अभी मिलना चाहता है।''

''उसे बिठा दो। हम जल्दी आते हैं।'' शहज़ादा कनीज़ों की तरह मादरजात नंगा था, लेकिन उसका निचला बदन हम्माम के पानी में डूबा था।

दारोग़-ए-हम्माम अदब के साथ झुककर उलटे पैरों वापस हो गयी। उसने जाकर गुलबदन को बताया कि शहज़ादे आ रहे हैं। गुलबदन को ज़्यादा इन्तज़ार नहीं करना पड़ा। शहज़ादा गुलबदन को अच्छी तरह पहचानता था। शहज़ादे के आते ही दारोग़-ए-हम्माम कमरे से बाहर निकल गयी। शहज़ादे ने गुलबदन से पूछा, ''इस वक़्त यहाँ आने की क्या ज़रूरत पड़ गयी?''

गुलबदन अदब के साथ झुककर बोली, ''शहज़ादे, जहाँशाह तुर्कान बेगम ने हुज़ूर को याद फ़र्माया है।''

''क्या अभी?'' शहज़ादे ने दो प्याला शराब पी रखी थी। वह फ़ौरन क़िले नहीं जाना चाहता था।

''हुज़ूर, बेगम साहिबा ने कहा है कि शहज़ादे सूरज ढलने से पहले उनसे क़ुश्क-ए-सफ़ेद में मिल लें। उन्होंने यह भी कहा है कि शहज़ादे हौज़रानी दरवाज़े से ही क़िले में घुसें।''

''ऐसा क्यों?'' शहज़ादा चौंका। वह सोचने लगा, आख़िर ऐसी क्या बात है कि उसे एक ख़ास दरवाज़े से बुलाया जा रहा है। वह सोचने लगा, कहीं कोई साज़िश तो नहीं है, लेकिन उसे गुलबदन पर ऐतबार था।

''हुज़ूर, मैं इस सिलसिले में ज़्यादा कुछ नहीं बता सकती। शायद दूसरे दरवाज़ों के पहरेदार शहज़ादे को मौजूदा हालात में क़िले के अन्दर न जाने दें। हौज़रानी दरवाज़े पर जो पहरेदार हैं, उन पर बेगम साहिबा ज़्यादा ऐतबार करती हैं। क्योंकि वे बेगम साहिबा के ख़ास आदमी हैं।''

शहज़ादा सोच-समझकर बोला, ''आप चलें। हम वक़्त से पहुँच जाएँगे।''

गुलबदन शहज़ादे को कोर्निश बजाकर कमरे से बाहर हो गयी और कुछ ही देर

में घोड़े पर सवार होकर हम्माम से बाहर निकल गयी। हम्माम के ख़ास दरवाज़े से वापस आने पर उसने चारों तरफ़ ग़ौर से देखा, वहाँ दूर-दूर तक कोई नहीं था।, लेकिन उसे पता नहीं था कि हम्माम के नज़दीक ही एक बरगद के पेड़ के नीचे दो घुड़सवार छिपे हैं जो उसका पीछा कर रहे हैं। दोनों घुड़सवारों में से एक घुड़सवार जो क़िले से लगातार गुलबदन का पीछा कर रहा था, शहज़ादी रज़िया की ख़ास बाँदी गुल-ए-अब्बासी थी और दूसरी घुड़सवार जो हम्माम के नज़दीक गुल-ए-अब्बासी के आने से पहले ही पहुँच गयी थी, चन्द्रकला थी। दोनों घुड़सवार अब अच्छी तरह समझ गयी थीं कि क़िले से शहज़ादे रुक्नुद्दीन की हवेली और हवेली से हम्माम तक आनेवाला सवार गुलबदन के अलावा और कोई नहीं हो सकता। गुल-ए-अब्बासी चाहती तो गुलबदन को रोककर उसके हम्माम आने का मकसद पूछ सकती थी, लेकिन मौक़े की नज़ाकत देखते हुए उसने ऐसा करना ठीक नहीं समझा। अब गुल-ए-अब्बासी और चन्द्रकला बरगद के पेड़ के नीचे छाया में कुछ देर तक रुकी रहीं। उन्होंने उसका पीछा करना ज़रूरी नहीं समझा।

कुछ देर के बाद शहज़ादा रुक्नुद्दीन हम्माम से बाहर निकला। वह तुर्की घोड़े पर सवार था। जब दारोग़-ए-हम्माम ने हम्माम का दरवाज़ा बन्द कर लिया, तब दोनों बाँदियों ने कुछ फ़ासिला रखकर शहज़ादे का पीछा किया। दोनों बाँदियों ने मर्दानी पोशाक पहन रखी थी और चेहरे को धूप से बचाने के लिए साफे से छिपा रखा था। रास्ते में दोनों बाँदियों के बीच कोई बातचीत नहीं हुई। शहज़ादा पहले अपनी हवेली गया और वहाँ दो-तीन घंटे आराम करने के बाद बाहर निकला। उसके साथ चार घुड़सवार और थे। दोनों बाँदियाँ पीपल के पेड़ के नीचे आराम फ़र्माती रहीं। दोनों ने वहीं भुने चने खाए और पास की प्याऊ से पानी पिया। तेज़ गर्मी की वजह से प्यास के मारे उनकी जान निकल रही थी।

शहज़ादा जैसे ही ग़ज़नी बाज़ार के नज़दीक पहुँचा, उसे चितकबरे गधे पर बैठे फ़क़ीर क़ाज़ीमुद्दीन ज़ाहिद नज़र आए। शहज़ादे ने इससे पहले उनसे कभी मुलाक़ात नहीं की थी। हालाँकि उसने फ़क़ीर और उनके चितकबरे गधे के बारे में काफ़ी कुछ सुन रखा था। उसने अपने साथ चल रहे घुड़सवारों को कुछ फ़ासिले पर रोक दिया। दोनों बाँदियाँ शहज़ादे को वहाँ रुका देखकर रास्ता बदलकर क़िले की ओर चल दीं। शहज़ादा फ़क़ीर की शान में अदब के साथ झुककर बोला, "हज़रत का इक़बाल बुलन्द हो। हज़रत, क़दमबोसी की इजाज़त दें।"

फ़क़ीर शहज़ादे को अच्छी तरह पहचानते थे, फिर भी पूछा, "आप कौन हैं? हमसे क्या चाहते हैं?"

"हज़रत, मैं सुल्तान इल्तुतमिश का बेटा शहज़ादा रुक्नुद्दीन हूँ। अभी कुछ दिन हुए भाई शहज़ादे नासिरुद्दीन महमूद का इन्तिकाल हो गया है।"

“तब हम क्या करें?” फ़क़ीर बेरुख़ी से बोले।

“हज़रत, हिन्दुस्तान के ताजो-तख़्त के वास्ते हमारे लिए दुआ करें।”

“अभी सुल्तान ज़िन्दा है।”

“अब्बाहुज़ूर बीमार रहते हैं। भाईजान नासिरुद्दीन महमूद शाह का इन्तिकाल हो गया है। हम नहीं चाहते, हमें अभी फ़ौरन हिन्दुस्तान का ताजो-तख़्त मिल जाए, लेकिन अब्बाहुज़ूर के मरने के बाद...।”

“ऐसी जल्दी क्या है?” फ़क़ीर अपनी सफ़ेद दाढ़ी पर हाथ फेरते हुए बोले।

“अब्बाहुज़ूर ने ख़ुद को कुश्क-ए-दिलकुशा में क़ैद कर लिया है। हमें नहीं लगता, ज़्यादा दिन...।”

“क्या चाहता है, सुल्तान जल्दी मर जाएँ।” फ़क़ीर बेरुख़ी से बोले।

“हज़रत, नहीं। ऐसा नहीं चाहता हूँ।”

इस बीच शहज़ादे ने फ़क़ीर के पैर पकड़ लिए थे। वह कह रहा था, “हज़रत, हमारे लिए ताजो-तख़्त के वास्ते दुआ करें।”

फ़क़ीर खिसियाकर बोले, “शहज़ादे, हमारे पैर पकड़ने से अच्छा होता, गधे के पैर पकड़ लेते।”

“हज़रत, हमें ताजो-तख़्त मिलेगा या नहीं?”

“तुझे हिन्दुस्तान का ताजो-तख़्त मिलेगा।” फ़क़ीर शहज़ादे से अपनी जान छुड़ाना चाहते थे।

“हमारी कौन मदद करेगा?”

“तेरी बदमिज़ाज अम्मी जहाँशाह तुर्कान बेगम। तू सुधरनेवाला नहीं है, लेकिन वह तुझे हिन्दुस्तान का ताजो-तख़्त दिलाकर रहेगी। हालाँकि हिन्दुस्तान और अवाम के वास्ते अच्छा नहीं होगा।”

शहज़ादा समझ रहा था, फ़क़ीर क़ाज़ीमुद्दीन ज़ाहिद और फ़क़ीरों के मुक़ाबले आला दर्जे के फ़क़ीर हैं। दिल्ली में हर कोई शख़्स इनकी इज़्ज़त करता है। इन्हें पता ही होगा, कौन गद्दी पर बैठेगा? कब बैठेगा? कितने दिन गद्दी पर रहेगा? उसे गद्दी से कौन उतारेगा? उसने पूछा, “हज़रत, हिन्दुस्तान के ताजो-तख़्त के हम कितने दिन मालिक रहेंगे?”

फ़क़ीर दोनों हाथ ऊपर उठाकर बोले, “यह तो अल्लाह ही बता सकता है। हमें नहीं मालूम। अब हमें चलने दें। हम और हमारे गधे को भूख लग रही है। कल्लन मियाँ की दुकान पर पक रहे गोश्त की ख़ुशबू आ रही है।”

शहज़ादे ने सोचा कि फ़क़ीर कुछ चाहता है। उसने अपने गले से बसरे के मोतियों का क़ीमती पचलड़ा हार उतारा और ज़बरदस्ती फ़क़ीर के गले में डाल दिया। फ़क़ीर ने उसे बहुत रोका और कहा, “फ़क़ीरों को अशर्फ़ियों और जवाहरात

से कोई मतलब नहीं रहता। हार हमारे वास्ते बेकार है।''

''हज़रत, इसे क़ुबूल करें। यह कभी आपके काम आएगा।'' इतना कहकर शहज़ादा क़िले के हौज़रानी दरवाज़े की ओर चल दिया। कुछ फ़ासिले पर रुके घुड़सवार भी अब उसके पीछे-पीछे हो लिए। रास्ता बदलकर गुल-ए-अब्बासी और चन्द्रकला अब भी शहज़ादे का पीछा कर रही थीं। उन्होंने शहज़ादे का पीछा हौज़रानी दरवाज़े तक किया, लेकिन वे उस रास्ते से क़िले के अन्दर दाख़िल नहीं हुईं। वे वहीं से वापस लौट पड़ीं और चन्द्रकला के घर की ओर चल दीं। वहाँ पहुँचकर दोनों ने अपनी पोशाक बदली और फिर क़िले की ओर चलकर क़ुश्क-ए-फ़ीरोज़ी पहुँच गयीं।

फ़क़ीर अल्लाहू...अल्लाहू करते हुए ग़ज़नी बाज़ार की ओर चल दिए। उन्होंने देखा, कजरी की दुकान पर अकेली मोहिनी बैठी है। दुकान हमेशा की तरह फूलों और गजरों से सजी है, लेकिन तेज़ गर्मी की वजह से वह पंखा झलकर अपने बदन का पसीना सुखा रही है। फ़क़ीर उसकी दुकान पर जा पहुँचे। मोहिनी दुकान से उतरकर नीचे आ गयी और फ़क़ीर की शान में अदब के साथ झुक गयी। वह बोली, ''मैं हज़रत की क्या ख़िदमत कर सकती हूँ?''

फ़क़ीर ने गले में पड़ा पचलड़ा मोतियों का हार मोहिनी को दिखाया और बोले, ''मोहिनी, आज हम मोतियों का हार पहने हैं। हमारा गधा काफ़ी मेहनत करता है। हमें दिन भर इधर-से-उधर ढोता है। इसका गला खाली है। आज इसे गुलाब के फूलों का हार पहना दे। यह ख़ुश होकर तुझे दुआ देगा।'' फ़क़ीर की बात सुनकर मोहिनी को हँसी आ रही थी, लेकिन वह फक़ीर की काफ़ी इज़्ज़त करती थी। वह उनका हुक़्म सुनकर दुकान की ओर चल दी।

अब तक असग़री बेगम अपनी दुकान से उतरकर फ़क़ीर के नज़दीक पहुँच गयी थीं। वे फ़क़ीर की शान में झुककर बोलीं, ''हज़रत, हमें भी कभी ख़िदमत का मौक़ा दें।''

''आज हम ख़ुश हैं। हमारे गले में मोतियों का हार पड़ा है। मोहिनी हमारे प्यारे गधे को गुलाब के ताज़े फूलों का हार पहनाने जा रही है। हमारा प्यारा गधा गुलाब के फूलों का हार पहन ले, फिर तुझे ख़िदमत बताता हूँ।''

मोहिनी ने ताज़े गुलाब के फूलों का हार गधे को पहना दिया। गधा ख़ुश हुआ। वह ढेंचूँ...ढेंचूँ चिल्लाने लगा। फ़क़ीर बोले, ''असग़री बेगम, हमारे प्यारे गधे ने मोहिनी को दुआ दे दी। अब आप भी हमें एक अच्छा-सा पान खिला दें।''

इतना सुनते ही असग़री बेगम का चेहरा खिल उठा। वह न जाने कब से इस दिन का इन्तज़ार कर रही थी। वह दौड़ी-दौड़ी अपनी दुकान पर गयी और पान का बीड़ा लगाकर ले आई। उसने बीड़ा फ़क़ीर को पेश किया। फ़क़ीर ने पान के बीड़े

को अपने मुँह में दाब लिया। हालाँकि इससे पहले उन्हें किसी ने पान खाते नहीं देखा था। अब वे पान चबाते हुए बोले, ''असग़री बेगम, हमारे पास दौलत नहीं है, खाली यह हार है।''

''हज़रत, हमें दुआ दें।'' असग़री बेगम फ़क़ीर की क़दमबोसी के वास्ते फिर झुक गयी।

''हमारे प्यारे गधे ने असगरी बेगम को दुआ दे दी। हम दुआ देते हैं, आपकी दुकान में बरकत होगी।''

मोहिनी और असग़री बेगम ख़ुशी के मारे नाच रही थीं। आख़िर क्यों न नाचतीं, फ़क़ीर जल्दी किसी के हाथ से कुछ नहीं लेते थे। आज फ़क़ीर ने ख़ुद मोहिनी से कहा कि उसके गधे को फूलों का हार पहना दो और असग़री बेगम से माँगकर पान खाया। दिल्ली शहर के बड़े-से-बड़े दुकानदार इतनी-सी बात के लिए सालों से मनौती माँगे हुए हैं, लेकिन उनकी मुराद आज तक पूरी नहीं हुई।

अब फ़क़ीर कल्लन मियाँ की दुकान की ओर चल दिए। जैसे ही फ़क़ीर कल्लन मियाँ की दुकान के सामने पहुँचे, हमेशा की तरह कल्लन मियाँ दुकान से उतरकर उनकी शान में झुक गये। उन्होंने देखा, फ़क़ीर के गले में मोतियों का हार पड़ा है। हार में नीचे काफ़ी बड़ा हीरा लगा है। फ़क़ीर को मोतियों का हार पहने देखकर उन्हें ताज़्जुब हुआ। वे बोले, ''हज़रत, यह हार?''

''घूर-घूरकर क्या देख रहे हो? नकली नहीं है। एकदम असली है।'' इतना बोलकर फ़क़ीर हँस पड़े।

फ़क़ीर को इस हालत में देखकर कल्लन मियाँ की दुकान के नौकरों और ग्राहकों ने उन्हें घेर लिया। वहाँ मौजूद सभी लोग हैरत में थे। ख़बर जल्दी ही तमाम बाज़ार में फैल गयी। लाला करोड़ीमल और लाला हज़ारीमल अपनी-अपनी दुकानों से उतरकर भीड़ में इकट्ठे हो गये। भीड़ धीरे-धीरे बढ़ रही थी। मोहिनी और असग़री बेगम भी अपनी दुकानें छोड़कर वहाँ आ पहुँचीं। न जाने कहाँ से घूमते-घामते लियाक़त अली भी वहाँ आ गये। फ़क़ीर के गले में मोतियों का हार पड़ा होने की वजह से हर आदमी ताज़्जुब कर रहा था। भीड़ में कोई-कोई ऐसे लोग भी थे जो सोच रहे थे कि फ़क़ीर इतना क़ीमती हार न जाने कहाँ से पा गये? कल्लन मियाँ फ़क़ीर की बेइन्तहाँ इज़्ज़त करते थे। वे सोच रहे थे, अल्लाह की क़ुदरत है। फ़क़ीर किसी सुल्तान से कम नहीं। यह मन-मौज़ी हैं। यह कभी कुछ भी पा सकते हैं। पता नहीं, फ़क़ीर कब तक इस हार को पहनेंगे? क्या पता, अभी उतारकर फेंक दें।

फ़क़ीर ने एक नज़र भीड़ में मौजूद लाला करोड़ीमल पर डाली। वे उनसे बोले, ''चलो, हम आपकी दुकान पर चलते हैं।''

भीड़ ने फ़क़ीर के गधे को जगह दे दी। फ़क़ीर गधे पर बैठे-बैठे ही लाला

करोड़ीमल की दुकान पर जा पहुँचे। लाला भी उनके पीछे-पीछे दुकान पर जा पहुँचे। अब तक लाला करोड़ीमल के नौकर राममोहन और श्याम के अलावा लाला हज़ारीमल की दुकान के नौकर भी भीड़ में शामिल हो गये। अब लाला करोड़ीमल दोनों हाथ जोड़कर फ़क़ीर से बोले, ''मैं हज़रत की क्या ख़िदमत कर सकता हूँ?''

''हम हार बेचने आए हैं।'' फ़क़ीर अपने गले से हार उतारते हुए बोले।

''हज़रत को ऐसी क्या ज़रूरत पड़ गयी? लाला ख़िदमत के वास्ते ऐसे ही हाज़िर है।''

फ़क़ीर हँसते हुए बोले, ''लाला, ख़रीद-फरोख़्त आपका काम है। क्या आप आम ग्राहकों से भी ऐसी ही बातें करते हैं?''

लाला करोड़ीमल एकबार फिर फ़क़ीर की शान में झुक गये और बोले, ''हज़रत, आप आम आदमी नहां हैं। आप ख़ास हैं।''

''हम आम हैं या ख़ास, हम नहीं जानते। फ़िलहाल हम लाला की दुकान पर हार बेचने आए हैं। लाला इस हार की क़ीमत लगाओ।'' फ़क़ीर दाहिने हाथ से हार को हवा में लहराते हुए बोले।

क़ीमती हार को देखकर लाला को लालच आ गया था। वे उनमें लगे मोतियों और क़ीमती हीरे को ग़ौर से देख रहे थे। उन्होंने एक ही नज़र में जान लिया, हार क़ीमती नहीं, बल्कि बेशक़ीमती है। वे बोले, ''मैं इसके बाबत हज़रत को सोने की पचास अशर्फ़ियाँ दे सकता हूँ।''

''लाला, हार क़ीमती बसरे के मोतियों का है। उस पर एक बड़ा हीरा भी है। पचास अशर्फ़ियाँ तो मोतियों की ही क़ीमत है। क्या क़ीमती हीरा मुफ़्त में लेना चाहते हो? कुछ और क़ीमत लगाओ।'' भीड़ में मौजूद अधिकतर लोग जान रहे थे कि लाला करोड़ीमल हार को सस्ते में ख़रीदने की कोशिश कर रहे हैं। लाला हज़ारीमल समझ रहे थे कि हार की क़ीमत सौ अशर्फ़ियों से कम नहीं है। उनके दिमाग़ में ख़याल आया, काश, आज अगर उनके पास लाला करोड़ीमल के बराबर दौलत होती तो वे इस हार को फ़ौरन ख़रीद लेते।

''हज़रत, साठ अशर्फ़ियाँ तक दे सकता हूँ। इससे ज़्यादा इस वक़्त हमारे पास नहीं हैं।''

''तो उधार कर लो। फिर दे देना।''

''हज़रत, सत्तर अशर्फ़ियाँ काफ़ी होंगी।''

''लाला, माल सौ अशर्फ़ियों का है। दस और बढ़ा दो। नुक़सान में नहीं रहोगे।'' लाला करोड़ीमल अच्छी तरह समझते थे कि हार कहीं भी एक सौ बीस अशर्फ़ियों में बिक सकता है। उन्होंने झट हामी भर दी।

फ़क़ीर भीड़ की ओर देखकर बोले, ''आप लोग इस ख़रीद-फरोख़्त के गवाह

हैं। लाला करोड़ीमल ने अस्सी अशर्फ़ियाँ इस हार की क़ीमत लगाई है। साठ अशर्फ़ियाँ हमें अभी दे रहा है। बाक़ी उधार रहीं।''

अब फ़क़ीर ने लाला करोड़ीमल की ओर मुख़ातिब होकर पूछा, ''बाकी बीस अशर्फ़ियाँ कब दोगे?'' भीड़ सोच रही थी कि फ़क़ीर को न जाने क्या हो गया है? कल्लन मियाँ सोचने लगे, फ़क़ीर ऐसे तो नहीं थे। आज इनका दिमाग़ कैसे फिर गया?

लाला बोले, ''हज़रत, बाक़ी बीस अशर्फ़ियाँ तीन दिन के अन्दर दे दूँगा।''

फ़क़ीर ने हार लाला को सौंप दिया और बोले, ''लाला, अब हार आपका हुआ। फ़िलहाल साठ अशर्फ़ियाँ हमें इसी वक़्त दे दो। हमें ज़रूरत है।''

लाला ने हार लेकर दुकान की तिजोरी में रख दिया और साठ अशर्फ़ियाँ ख़ुद गिनकर एक थैली में रखीं और थैली फ़क़ीर को लाकर सौंप दी। फ़क़ीर ने थैली को हाथ में लेकर उसके वज़्न का अन्दाज़ा लगाया। वे कल्लन मियाँ की ओर मुख़ातिब होकर बोले, ''इन्हें गिन दो। वैसे लाला बेईमान नहीं है। अशर्फ़ियाँ पूरी ही होंगी।''

कल्लन मियाँ ने थैली अपने हाथ में ले ली और अशर्फ़ियों को गिनकर देखा, वे पूरी साठ थीं। उसने थैली फ़क़ीर को वापस कर दी। अब फ़क़ीर ने अपनी नज़र भीड़ के चारों ओर दौड़ाई। उनकी नज़र सबसे पहले मोहिनी पर पड़ी। उसे उन्होंने नज़दीक बुलाया और थैली से एक अशर्फ़ी उसकी हथेली पर रख दी और बोले, ''इस लड़की ने हमारे प्यारे गधे को अभी कुछ देर पहले गुलाब का हार पहनाया था। हम आप सब लोगों के सामने इसके हार की क़ीमत वापस करते हैं।''

मोहिनी ना...ना करती रही, लेकिन फ़क़ीर नहीं माने। उसे अशर्फ़ी रखनी पड़ी। अब फ़क़ीर ने असग़री बेगम को नज़दीक बुलाया और उसे भी एक अशर्फ़ी दी। वह भी मोहिनी की तरह मना करती रही, लेकिन फ़क़ीर नहीं माने। वे बोले, ''आज तूने हमें पान खिलाया है। पान की क़ीमत उधार नहीं रखूँगा।'' इतना कहकर वे ज़ोर से हँसे।

फ़क़ीर को पान खाते किसी ने कभी नहीं देखा था। भीड़ को ताज़्जुब हुआ कि आज फ़क़ीर ने पान भी चबाया है। हार की वजह से इस ओर किसी का ध्यान नहीं गया था। अब फ़क़ीर ने लाला हज़ारीमल की ओर मुख़ातिब होकर पूछा, ''कजरी की माँ तेरी क्या लगती थी?''

लाला हज़ारीमल को सुनकर ताज़्जुब हुआ। वे सोचने लगे, फ़क़ीर ऐसा सवाल उनसे क्यों कर रहे हैं? वे बोले, ''हज़रत, वह हमारी ख़िदमतगार थी।''

''कजरी तेरी क्या है?'' अब फ़क़ीर ने नया सवाल पूछा।

''हज़रत, वह मेरी बेटी जैसी है।''

''लाला सच-सच बोल। क़ियामत के दिन तुझे भी अल्लाह के यहाँ जवाब

देना होगा। क्या कजरी तेरी बेटी नहीं है?''

लाला हज़ारीमल की आँखें शर्म के मारे नीचे झुक गयीं। उनकी आँखों से आँसू बहने लगे। आज सरेआम लाला हज़ारीमल की इज़्ज़त में दाग़ लग गया था। उन्होंने सोचा नहीं था, कभी ऐसा भी वक़्त आ सकता है। वे बोले, ''हज़रत, हमसे ग़लती हुई। कजरी हमारी ही बेटी है, लेकिन लोक-लाज की वजह से हम उसे बेटी का दर्ज़ा नहीं दे सके।''

''क्या तुझे उसकी माँ की याद कभी आती है?''

''हज़रत, हमें उसकी याद अब भी सताती है। कजरी को जब भी देखता हूँ, उसकी याद आ जाती है। मैंने कजरी को बहुत समझाने की कोशिश की थी, लेकिन उसने हमारी मर्ज़ी के ख़िलाफ़ फूलों की दुकान खोली। वह मुझसे बात भी करना पसन्द नहीं करती।''

''वह क्या करती है, क्या नहीं करती है, हमें उससे मतलब नहीं। तूने कजरी की माँ को अपनी बीवी की तरह इस्तेमाल किया, ग़लत किया। उसकी याद में एक मंदिर बनवा दे। तेरे पाप धुल जाएँगे।''

''हज़रत, कुछ रक़म का इन्तज़ाम होते ही बनवा दूँगा।''

''रक़म की कोई कमी नहीं है। हमें अभी लाला करोड़ीमल ने साठ अशर्फ़ियाँ दी हैं। हम अभी दो ही ख़र्च कर पाए हैं। दस अशर्फ़ियाँ तुझे देते हैं। क्या मंदिर के वास्ते काफ़ी होंगी?''

लाला हज़ारीमल इतना सुनते ही ख़ुश हो गये। उन्होंने कभी नहीं सोचा था कि ऐसा भी हो सकता है। वे सोचने लगे, ईश्वर जब देता है, तब छप्पर फाड़कर देता है। वे अदब के साथ झुककर बोले, ''हज़रत, काफ़ी होंगी।''

अब फ़क़ीर ने दस अशर्फ़ियाँ निकालकर लाला हज़ारीमल को दे दीं। उन्होंने एकबार फिर भीड़ पर नज़र डाली। उन्हें वहाँ लियाक़त अली खड़े दिखे। फ़क़ीर ने उन्हें नज़दीक बुलाया और बोले, ''लियाक़त अली, तुमने अपने अब्बा की मेहनत से कमाई दौलत कोठों की रक़्क़ासाओं पर उड़ा दी। कुछ दौलत लफंगे लौंडों पर भी उड़ाई।''

''हज़रत, हमें माफ़ करें। हमसे जवानी में तमाम गलतियाँ हुईं। हज़रत जानते हैं, मैंने अपनी तमाम गन्दी आदतें छोड़ दी हैं और अपना तमाम वक़्त ख़्वाजा क़ुतुबुद्दीन बख़्तियार क़ाक़ी की ख़ानक़ाह में बिताता हूँ।''

''तुम्हारे अब्बा की रूह अब तक भटक रही है। उसे चैन नहीं है।''

''हज़रत, हम अब क्या करें? हुज़ूर ही रास्ता बताएँ।''

''एक मस्जिद बनवा दो। दस अशर्फ़ियाँ तुम भी ले लो।''

भीड़ चौंक रही थी। फ़क़ीर आज ही तमाम अशर्फ़ियाँ लुटाए दे रहे हैं।

अशर्फ़ियाँ बाँटते वक़्त अगर किसी को अधिक तकलीफ़ हो रही थी तो लाला करोड़ीमल को हो रही थी। वे अब भी अशर्फ़ियों को लालच के साथ देख रहे थे जब कि अशर्फ़ियों से कहीं ज़्यादा क़ीमत का हार उन्हें मिल चुका था। अब फ़क़ीर कल्लन मियाँ की ओर मुख़ातिब हुए और बोले, ''कल्लन मियाँ, हम सालों से आपकी मुफ़्त गोश्त-रोटी तोड़ रहे हैं। हमारा गधा भी मुफ़्त की घास खा रहा है। आपको क्या चाहिए?''

''हमें हज़रत की क़दमबोसी का मौक़ा मिलता रहे। हमें और कुछ नहीं चाहिए।'' कल्लन मियाँ फ़क़ीर के सामने झुक गये।

''अशर्फ़ियाँ भी नहीं?''

''नहीं हज़रत।'' कल्लन मियाँ ने आगे बढ़कर फ़क़ीर का दाहिना पैर चूमकर अपनी दोनों आँखों से लगाया।

अब फ़क़ीर बोले, ''गोश्त-रोटी और हरी घास की क़ीमत तो आपने हमारी क़दमबोसी करने के बाद पा ली और पा ही नहीं ली, अच्छी-ख़ासी पा ली। मियाँ कल्लन, आप फ़ायदे में रहे। हालाँकि हमें भी नुक़सान नहीं है।''

अब फ़क़ीर ने भीड़ पर नज़र डाली। भीड़ में कुछ भिखारी मौजूद थे। फ़क़ीर लियाक़त अली से बोले, ''मियाँ लियाक़त, ज़रा गिनकर बताओ, भीड़ में कितने भिखारी हैं?''

लियाक़त अली ने देखा, भिखारी भीड़ में बिखरे हुए हैं। उन्होंने भिखारियों को एक क़तार में खड़ा किया। वे कुल आठ थे। अब फ़क़ीर लियाक़त अली को आठ अशर्फ़ियाँ देते हुए बोले, ''सभी को एक-एक अशर्फ़ी बाँट दो।''

लियाक़त अली ने भिखारियों को अशर्फ़ियाँ बाँटनी शुरू कीं। भिखारी क़तार तोड़कर लियाक़त अली पर टूट पड़े। फ़क़ीर बोले, ''कमबख़्त नहीं सुधरेंगे।''

अब फ़क़ीर के पास तीस अशर्फ़ियाँ ही बची थीं। वे पन्द्रह अशर्फ़ियाँ लाला हज़ारीमल को देकर बोले, ''इन अशर्फ़ियों से हनुमान मंदिर के पास लंगरख़ाना खुलवा दो। जब तक अशर्फ़ियाँ ख़त्म न हो जाएँ, तब तक उसे चलाते रहना। आगे ख़ुदा मालिक है।'' लाला हज़ारीमल ने अदब के साथ झुककर फ़क़ीर से पन्द्रह अशर्फ़ियाँ ले लीं और उन्होंने वादा किया कि वे कल से ही लंगरख़ाना चलवा देंगे।

अब फ़क़ीर कल्लन मियाँ से बोले, ''तुम बची पन्द्रह अशर्फ़ियाँ ले लो।''

कल्लन मियाँ के दिमाग़ में एकबार यह ख़याल आया कि कहीं फ़क़ीर गोश्त-रोटी और घास की क़ीमत तो नहीं चुका रहे हैं। इस ख़याल के आते ही उन्हें तकलीफ़ हुई। वे फ़क़ीर से उतनी ही मुहब्बत करते थे, जितनी अल्लाह से। वे जिस दिन फ़क़ीर को देखते नहीं थे, रोटी नहीं खाते थे। वे आम आदमी की तरह नहीं थे। फ़क़ीर की अल्लाह की तरह इबादत करते थे। वे बोले, ''हज़रत, मैं क्या करूँगा?''

फ़क़ीर बोले, "आप भी लाला हज़ारीमल की तरह शहर के बाहर बदायूँ के रास्ते पर लंगरख़ाना खुलवा दो। उस रास्ते से तमाम राहगीर दिल्ली आते-जाते हैं। उनकी मदद हो जाएगी।" फ़क़ीर ने बची पन्द्रह अशर्फ़ियाँ कल्लन मियाँ को सौंप दीं।

फ़क़ीर अब भीड़ में चारों तरफ़ देखकर बोले, "आप लोग गवाह हैं। लाला करोड़ीमल ने बाकी बीस अशर्फ़ियाँ तीन दिन के अन्दर देने को कहा है। जब अशर्फ़ियाँ मिल जाएँगी, तभी ख़र्च करने की सोचूँगा। अब हमें और हमारे प्यारे गधे को तेज़ भूख लग रही है। कल्लन मियाँ, आप हमें गोश्त-रोटी खिला दें और हमारे प्यारे गधे को हरी-हरी घास खिला दें।"

भीड़ धीरे-धीरे छँटने लगी थी। भीड़ में मौजूद एक आदमी किसी आदमी से बोला, "फ़क़ीर पागल है।"

पैंतीस

कई रोज़ के बाद आज पहली मर्तबा क़ुश्क-ए-सफ़ेद में लगे झाड़-फानूस जलाए गये थे। आज के पहले कुछ चिराग़ जलाकर ही किसी तरह काम चलाया जा रहा था। क़ुश्क-ए-सफ़ेद से गुलबदन को छोड़कर सभी बाँदियों और ख़्वाजासराओं की छुट्टी कर दी गयी। बाँदी गुलचेहरा को बेगम ने जान-बूझकर मौक़े से हटा दिया था। वे नहीं चाहती थीं कि शहज़ादे रुक्नुद्दीन की नज़र उस पर पड़े। वे शहज़ादे की आदतों से अच्छी तरह वाक़िफ़ थीं। शहज़ादा रुक्नुद्दीन सूरज ढलते-ढलते क़ुश्क-ए-सफ़ेद पहुँच गया। वहाँ सबसे पहले उसकी मुलाक़ात बाँदी गुलबदन से हुई। शहज़ादे को देखते ही गुलबदन उसके सामने अदब के साथ झुक गयी और बोली, "शहज़ादे का इक़बाल बुलन्द हो। जहाँशाह तुर्कान बेगम हुज़ूर का ही इन्तज़ार कर रही हैं।"

शहज़ादा गुलबदन को बिना कुछ जवाब दिए महल के अन्दर दाख़िल हो गया। जहाँशाह तुर्कान बेगम जड़ाऊ पलंग पर लेटी थीं। वे शहज़ादे को देखकर उठकर बैठ गयीं। शहज़ादे ने अपनी अम्मीजान को कोर्निश बजाई और पलंग के पैताने बैठकर उनके दोनों हाथ अपने हाथों में लेते हुए चूम लिए। अब शहज़ादा बोला, "अम्मीजान, आपने हमें कैसे याद किया?"

बेगम शिकायती लहज़े में बोलीं, "बेटे, हम आपको वलीअहद बनवाने के लिए न जाने क्या-क्या सपने देख रहे हैं और आप न जाने किस दुनिया में रहते हैं? आपका तीन दिन से कोई अता-पता नहीं है। हमें मज़बूर होकर गुलबदन को आपके

पास भेजना पड़ा।''

''अम्मीजान, आप तो जान रही हैं, अब्बाहुज़ूर किसी को मिलने की इजाज़त नहीं दे रहे हैं। इसी वास्ते क़िले आना मुनासिब नहीं समझा।''

''बेटे, इजाज़त यूँ ही माँगने से नहीं मिलती।'' बेगम पलंग पर रखे जड़ाऊ पानदान से पान चबाती हुई बोलीं।

''तब हम क्या करें?''

''बेटे, अपने अब्बाहुज़ूर की ख़िदमत का कोई मौक़ा हाथ से न जाने दो। यह न भूलो, शहज़ादे नासिरुद्दीन महमूद शाह के मर जाने से आपके वास्ते ताजो-तख़्त का रास्ता साफ़ हो गया है। अभी इस रास्ते में कई और काँटे हैं। सुल्तान ने शहज़ादे नासिरुद्दीन महमूद शाह की मौत की ख़बर सुनते ही शहज़ादे ग़यासुद्दीन को अवध की सूबेदारी का हुक़्मनामा ज़ारी कर दिया है।''

''अम्मीहुज़ूर, क्या यह सच है?'' शहज़ादे ने अचरज के साथ पूछा।

''बेटे, यह सच है। शहज़ादे ग़यासुद्दीन के अलावा अभी आपके रास्ते में शहज़ादे मुईजुद्दीन और क़ुतुबुद्दीन भी काँटे हैं। आपके अब्बाहुज़ूर आपसे कहीं ज़्यादा मुहब्बत उन दोनों से करते हैं।''

''लेकिन वे दोनों अभी कमसिन हैं। सियासी दाँव-पेंच से कोसों दूर हैं।''

''सियासी दाँव-पेंच से आप कोसों दूर हैं, वे नहीं।''

''कैसे?''

''तवारीख़ गवाह है। हिन्दुस्तान में ही नहीं, दुनिया के दूसरे मुल्कों में नन्हे-नन्हे बच्चों को कई बार शाही तख़्त पर बिठाया गया। बेटे, ताजो-तख़्त उम्र का मुहताज नहीं है।'' बेगम पीकदान में थूककर बोलीं।

''अम्मीहुज़ूर, अब्बाहुज़ूर हमें मिलने का मौक़ा नहीं दे रहे हैं। हमारी समझ में कुछ नहीं आ रहा है, हम क्या करें?''

बेगम शतरंज की माहिर खिलाड़ी की तरह सियासी दाँव-पेंच अच्छी तरह जान गयी थीं। वे कनीज़ से जहाँशाह तुर्कान बेगम के ऊँचे ओहदे पर ऐसे ही नहीं पहुँच गयी थीं। बेगम शहज़ादे के बाएँ कन्धे पर हाथ रखकर बोलीं, ''बेटे, ताजो-तख़्त के वास्ते सुल्तान के साथ-साथ अवाम का दिल जीतना ज़रूरी है। आपका रोज़ा और नमाज़ से अब तक दूर-दूर तक वास्ता नहीं रहा। आप फ़ौरन पाँच बार की नमाज़ पढ़ना शुरू कर दें। रमज़ान के पाक महीने में रोज़ा रखें। हर जुमा के दिन क़ुव्वतुल इस्लाम मस्जिद में आम आदमी के साथ नमाज़ पढ़ें। जुमा के दिन अवाम ही नहीं, तुर्कान-ए-चिहिलगानी बन्दगान-ए-शम्सी के तमाम अमीर और मलिक वहाँ नमाज़ पढ़ने जाते हैं। उनकी नज़र में बने रहना ज़रूरी है। अवाम के दिलो-दिमाग़ में आपकी वही पुरानी ऐयाशी की तस्वीर बनी हुई है। अगर हमारी नसीहत के मुताबिक़

चलोगे तो धीरे-धीरे आपकी पुरानी तस्वीर धुल जाएगी और एक नई तस्वीर उभरकर सामने आएगी। वक़्त के मुताबिक़ इसी नई तस्वीर की ज़रूरत है।''

शहज़ादे को रोज़ा और नमाज़ से चिढ़ थी। वह अभी तक शराब और शबाब में डूबा था। उसे अपनी अम्मीजान द्वारा दी जा रही नसीहतें पसन्द नहीं आ रही थीं, लेकिन मौक़े की नज़ाकत देखते हुए सीधे-सीधे मना भी नहीं कर सकता था। उसने बेरुख़ी से पूछा, ''और कुछ, अम्मीजान?''

बेगम समझ रही थीं कि शहज़ादे की शराबनोशी और ऐयाशी अभी ख़त्म नहीं हुई है। बदायूँ से आनेवाली शिकायतों की जानकारी उन्हें सुल्तान से मिलती रहती थी। बाँदी गुलबदन ने भी उन्हें बताया था कि शहज़ादे अपनी हवेली में न होकर शहर से बाहर अपने हम्माम में मौजूद थे। बेगम को पता था कि शहज़ादे ने हम्माम के वास्ते कई जवान लड़कियाँ वहाँ रख छोड़ी हैं। वे बोलीं, ''बेटे, शराब पीना बन्द करो! शहर के बाहर हम्माम में जाना बन्द करो! किसी की बहू-बेटी पर बुरी नज़र डालना बन्द करो! अपने अब्बाहुज़ूर को ख़ुश करने के वास्ते कभी-कभी ख़्वाजा क़ुतुबुद्दीन बख़्तियार क़ाक़ी, शैख़ फरीरुदुद्दीन गंजशकर, शैख़ हमीदुद्दीन नागौरी और शैख़ जलालुद्दीन तबरेज़ी की ख़ानक़ाहों में जाकर दुआ माँगो।''

जहाँशाह तुर्कान बेगम ने शहज़ादे के सामने नसीहतों की लम्बी फ़ेहरिस्त रख दी। शहज़ादा सोचने लगा, उसकी अम्मीजान उसे सुल्तान न बनाकर फ़क़ीर बनाने जा रही हैं। ख़ुद रात होते ही शराब पीना शुरू कर देती हैं और हमें शराबनोशी करने की मनाही कर रही हैं। इन्हें अभी तक फ़क़ीरों और सूफ़ियों से चिढ़ थी। अब्बाहुज़ूर के ख़्वाजा क़ुतुबुद्दीन बख़्तियार क़ाक़ी की ख़ानक़ाह जाने पर ख़ुद इन्हें एतराज़ था, लेकिन आज हमें उसी रास्ते पर चलने की नसीहत देती हैं। वह बोला, ''अम्मीजान, गुस्ताख़ी माफ़ हो। आपने एक साथ न जाने कितनी ज़िम्मेदारियाँ हमें सौंप दीं। हम एक साथ इतनी ज़िम्मेदारियाँ कैसे उठा सकते हैं?''

''बेटे, मुल्क का ताजो-तख़्त का बोझा उठाने के वास्ते सुल्तान को न जाने क्या-क्या करना पड़ता है। उसकी रातों की नींद हराम हो जाती है। और एक आप हैं जो ज़रा-सी ज़िम्मेदारियों से अभी ही घबरा गये। इस तरह घबराने से काम नहीं चलेगा। इतना ही नहीं, आपको तुर्कान-ए-चिहिलगानी बन्दगान-ए-शम्सी के अमीरों और मलिकों को अपनी ओर मिलाना होगा। बूढ़ा वज़ीर-ए-आज़म जुनैदी मौक़ापरस्त ही नहीं, बेहद चालाक और होशियार है। कभी-कभी उससे मुलाक़ात करने में कोई बुराई नहीं है। दरबार के मुल्ला, मौलवी, सैयद, शैख़ और उलेमा हज़रात से मिल-जुलकर चलो। किसी शहज़ादे को ताजो-तख़्त दिलवाने में इन लोगों की काफ़ी अहमियत रहती है। हमारी सलाह है, कुछ दिनों के वास्ते मरहूम शहज़ादे नासिरुद्दीन महमूद शाह की यादगार में लंगरख़ाना खुलवा दो। सुल्तान को

इससे ख़ुशी होगी। इन सब बातों के अलावा कुछ लोगों से होशियार रहने की ज़रूरत है।''

''अम्मीहुज़ूर, किन लोगों से होशियार रहना होगा?''

''आपके अब्बाहुज़ूर का सबसे वफ़ादार आदमी क़ुव्वतुलमुल्क जमालुद्दीन याक़ूत है। वह जितना बहादुर और जाँबाज़ है, उतना ही चालाक है। वह शहज़ादी रज़िया के इर्द-गिर्द साये की तरह घूमता रहता है। शहज़ादी रज़िया उससे मुहब्बत करती है।''

''अम्मीहुज़ूर, आप क्या कह रही हैं?'' शहज़ादे को सुनकर हैरत हुई।

''हम जो कुछ कह रहे हैं, सही कह रहे हैं।''

''अब्बाहुज़ूर शहज़ादी रज़िया की शादी मलिक अल्तूनिया के साथ करना चाहते हैं।''

''वे शहज़ादी रज़िया की मर्ज़ी के ख़िलाफ़ शादी नहीं करेंगे। जमालुद्दीन याक़ूत खुलेआम नहीं, लेकिन अन्दर-अन्दर शहज़ादी को चाहता है। इन दोनों की मुहब्बत का अफ़साना बनाकर अफ़वाह फैलाई जा सकती है।'' बेगम ने शतरंज की आख़िरी चाल चली।

''अम्मीहुज़ूर, इससे हमें क्या फ़ायदा होगा?''

''शहज़ादी रज़िया बेहद चालाक है। उसकी नज़र हिन्दुस्तान के ताजो-तख़्त पर लगी है। वह काफ़ी दिनों से सिपाहगीरी कर रही है। घुड़सवारी, तलवारबाज़ी और जंगी हथियारों को चलाने में उसका कोई जोड़ नहीं है। आप ख़ुद जानते हैं, उसने छोटी-सी ज़नानी फ़ौज़ भी खड़ी कर रखी है। वह भी आपके अब्बाहुज़ूर के मरने के बाद ताजो-तख़्त की दावेदारी पेश कर सकती है। सुल्तान उसे दिलोजान से चाहते हैं। कहीं ऐसा न हो, आप और तीनों शहज़ादे हाथ मलते रह जाएँ और शहज़ादी ताजो-तख़्त की बाज़ी मार ले जाए।''

''लेकिन शहज़ादी रज़िया एक औरत हैं। एक औरत का शाही तख़्त पर बैठना न तो तुर्कान-ए-चिहिलगानी बन्दगान-ए-शम्सी के अमीरों और मलिकों को बर्दाश्त होगा और न ही वज़ीर-ए-आज़म जुनैदी को। अवाम भी ऐसा नहीं होने देगी।''

''बेटे, यहीं आप ग़लती कर रहे हैं। एकबार शाही तख़्त पर बैठ जाने के बाद दरबार के अमीर और मलिक सुल्तान की क़दमबोसी के वास्ते ख़ुद झुक जाएँगे।''

''कैसे?''

''शाही तख़्त पर बैठते ही शहज़ादी अमीरों और मलिकों के वास्ते ख़ज़ाना खोल देगी। उनके बीच ऊँचे-ऊँचे ओहदे बाँट देगी। अमीरों और मलिकों को इसके अलावा और क्या चाहिए?''

"अम्मीहुज़ूर, आप हमारे वास्ते अल्लाह से दुआ करें। हम आपकी दी गयी नसीहतें कभी नहीं भूलेंगे।"

इसी बीच गुलबदन महल के अन्दर आ गयी। वह अदब के साथ झुककर बोली, "बेगम साहिबा, मुबारक हो। सुल्तान-ए-आलम हुज़ूर को याद फ़र्मा रहे हैं।"

"क्या कहा, सुल्तान हमें याद फ़र्मा रहे हैं?" बेगम ने अचरज के साथ पूछा।

"जी हाँ, बेगम साहिबा। अभी-अभी क़ादिरबीवीबानो ख़ुद ख़बर लेकर आई थीं।"

बेगम ने सपने में भी नहीं सोचा था कि सुल्तान उन्हें इतनी जल्दी मुलाक़ात का मौक़ा दे देंगे। उनकी ज़ुबान से निकला, "अल्लाह, तेरा लाख-लाख शुक्र है। तूने सुल्तान को अक़्ल दी।"

अब बेगम शहज़ादे की ओर मुख़ातिब होकर बोलीं, "बेटे, सुल्तान हमें याद फ़र्मा रहे हैं। हम उनसे मिलकर कल ही आपको मिलने की इजाज़त दिला देंगे। आप अब हौज़रानी दरवाज़े से अपनी हवेली वापस लौट जाएँ। हमने आपको जो नसीहतें दी हैं, उन्हें भूलना नहीं।"

शहज़ादा पलंग से उठने से पहले अपनी अम्मीजान के हाथों को चूमना नहीं भूला। उसने अम्मीजान के दोनों हाथ अपने हाथों में लेकर चूम लिए। अब वह कोर्निश बजाकर क़ुश्क-ए-सफ़ेद से बाहर हो गया।

दोपहर बाद ऐसा आँधी-तूफ़ान आया कि दिल्ली तवाह हो गयी। ऐसी आँधी सालों से नहीं आई थी। कितने बूढ़े लोग कह रहे थे कि उन्होंने अपनी तमाम ज़िन्दगी में ऐसी आँधी पहले कभी नहीं देखी थी। आँधी की वजह से घरों के छप्पर उड़कर न जाने कहाँ जा गिरे थे। उनका कोई अता-पता नहीं था। पीपल, बरगद, इमली और नीम के पेड़ पत्तियों से नंगे हो गये। उनकी शाखाएँ टूट गयीं। न जाने कितने पेड़ जड़ से उखड़ गये। आम और जामुन के पेड़ पर लगे फलों से ज़मीन पट गयी। दुकानदारों ने अपनी-अपनी दुकानें बन्द कर दीं। वे अपनी जान बचाने के लिए दुकान के अन्दर छिप गये थे। आँधी की वजह से एकबार ऐसा अँधेरा हो गया कि हाथ-को-हाथ नहीं सूझ रहा था। हर कोई अपनी जान बचाने में लगा था। बाज़ार में बिकने आए ऊँट, बैल, घोड़े, गधे, भेंड़ और बकरियों को इस आँधी में जिधर रास्ता दिखा, उधर आँख बन्दकर भाग निकले। इन बेचारों की जान कौन बचाता? जानवरों के मालिक ख़ुद अपनी जान बचाने की सोच रहे थे। बाज़ार में बिकने आए मुर्ग़, तीतर और बटेर आँधी में ऐसे उड़े कि उनका पता ही नहीं चला, कहाँ गये।

इस आँधी-तूफ़ान को आख़िर कभी तो थमना था। तूफ़ान थमा, लेकिन भारी

तबाही मचा गया। तूफ़ान के थमने के बाद कुछ दुकानदारों ने अपनी दुकानें खोलीं। ग़ज़नी बाज़ार में लाला करोड़ीमल, लाला हज़ारीमल और कल्लन मियाँ ने अपनी-अपनी दुकानें खोल दीं। कल्लन मियाँ ने शरबतख़ाना खोलने की ज़रूरत नहीं समझी। असग़री बेगम और मोहिनी की दुकानें बन्द थीं। वे दोनों तूफ़ान के आने से कुछ पहले ही अपनी दुकानें बन्दकर घर चली गयी थीं। ग़ज़नी बाज़ार की ख़ास सड़क पर गिरे पेड़ों और उनकी शाखाओं को लोगों ने किसी तरह मिल-जुलकर एक किनारे किया। अब सड़क पर आने-जाने का रास्ता निकल आया था।

अभी लाला करोड़ीमल ने अपनी दुकान खोली ही थी कि फ़क़ीर क़ाज़ीमुद्दीन ज़ाहिद अपने चितकबरे गधे पर बैठे अल्लाहू...अल्लाहू करते हुए इधर ही आते दिखे। दोनों लाला और कल्लन मियाँ उन्हें देखकर अपनी-अपनी दुकानों से बाहर निकल आए। वे तीनों हमेशा की तरह फ़क़ीर की शान में अदब से झुक गये। फ़क़ीर अब भी अल्लाहू...अल्लाहू कर रहे थे। कल्लन मियाँ उनसे बोले, "हज़रत, यह तबाही कैसी?"

"मियाँ, आदमी पैदा होता है, फिर मरता है। कभी बूढ़ा मरता है, कभी जवान मरता है और कभी बच्चा मरता है। कोई बीमारी से मरता है कोई हादिसा का शिकार होकर मरता है। कोई भी इस फ़ानी दुनिया में हमेशा ज़िन्दा नहीं रहता। यह क़ुदरत का करिश्मा है। उसने बीज से बड़े-बड़े दरख़्त तैयार किए और जब दरख़्त अपनी शान पर इतराने लगे, तब क़ुदरत ने उन्हें बरबाद कर दिया। उन्हें सबक़ दिया, कभी इतराओ नहीं।"

"लेकिन हज़रत, आम आदमी ने ऐसा क्या किया? वह क्यों तवाह हुआ?"

"मियाँ, आदमी के अन्दर एक शैतान मौजूद है। शैतान आदमी से पता नहीं क्या-क्या कराता है। आदमी अपने अन्दर के शैतान को काबू में क्यों नहीं रखता?"

लाला करोड़ीमल को बाक़ी बीस अशर्फ़ियाँ फ़क़ीर को देनी थीं। उन्होंने हार एक सौ दस अशर्फ़ियों में बेच लिया था। वे फ़क़ीर से बोले, "हज़रत की बकाया अशर्फ़ियाँ तैयार हैं। हुक्म करें तो यहीं लाकर दे दूँ।"

"अरे लाला, ले आओ।, लेकिन आप तो कहते थे, तीन दिन...।"

फ़क़ीर अपनी बात पूरी भी नहीं कर सके थे कि लाला करोड़ीमल बोले, "हज़रत...।"

"ठीक है, ले आओ।" लाला हज़ारीमल नज़दीक ही खड़े थे। वे सोच रहे थे, फ़क़ीर इन बीस अशर्फ़ियों का न जाने क्या करेंगे?

लाला करोड़ीमल बीस अशर्फ़ियाँ एक थैली में रखकर ले आए। उन्होंने थैली फ़क़ीर को सौंप दी। फ़क़ीर ने थैली हाथ में लेकर वज़्न का अन्दाज़ा लगाया और बोले, "अशर्फ़ियाँ पूरी लगती हैं।"

"हज़रत, पूरी बीस हैं। चाहें तो गिनवा लें।"

"नहीं, कोई ज़रूरत नहीं।"

फ़क़ीर के पैबन्द लगे काले लबादे में कोई जेब नहीं थी। वे बोले, "थैली कहाँ रखें? लबादे में कोई जेब नहीं है। हमें आज तक जेब की कोई ज़रूरत नहीं पड़ी। आप ऐसा करें, एक रस्सी में थैली बाँध दें, हम उसे अपने गले में लटका लेंगे।"

लाला करोड़ीमल ने ऐसा ही किया। फ़क़ीर गले में थैली लटकाने ही जा रहे थे कि उन्होंने देखा, पूरब दिशा की ओर आसमान में काला धुआँ उठ रहा है। वे कल्लन मियाँ से बोले, "मियाँ कल्लन, रंगसाज़ मुहल्ले की ओर धुआँ कैसे उठ रहा है?"

कल्लन मियाँ ने ही नहीं, लाला करोड़ीमल और लाला हज़ारीमल ने भी देखा, आसमान में धुआँ धीरे-धीरे बढ़ रहा है। फ़क़ीर कल्लन मियाँ से बोले, "हम रंगसाज़ मुहल्ले की ओर चलते हैं। आप लोग अपनी-अपनी दुकानें सँभालें।"

फ़क़ीर अल्लाहू...अल्लाहू करते हुए रंगसाज़ मुहल्ले की ओर चल दिए। आज उनका प्यारा गधा घोड़े की चाल से दौड़ रहा था। कल्लन मियाँ के साथ-साथ दोनों लाला आसमान में बढ़ते जा रहे धुएँ को ताक रहे थे। धुएँ को देखकर उनकी दुकानों के नौकर भी बाहर आ गये। फ़क़ीर को रंगसाज़ मुहल्ला पहुँचने में देर नहीं लगी। उन्होंने देखा, कई रंगसाज़ परिवारों के घर जलकर राख हो गये हैं। लोग कुओं से पानी खींच-खींचकर आग बुझाने की कोशिश कर रहे हैं, लेकिन आग बुझने का नाम नहीं ले रही है। फ़क़ीर ने देखा, आग बुझाने की कोशिश में तमाम मुहल्ले के लोग लगे हैं। कई लड़कियाँ भी कुओं से पानी खींच रही हैं। अब फ़क़ीर की नज़र कजरी पर पड़ी। वहाँ कजरी ही नहीं, शहज़ादी रज़िया की जनानी फ़ौज़ की तमाम लड़कियाँ आग बुझाने में मदद कर रही थीं। फ़क़ीर ने कजरी को अपने नज़दीक बुलाया और पूछा, "आग कैसे लगी?"

कजरी फ़क़ीर को देखते ही अदब से झुक गयी और बोली, "हज़रत, कुछ पता नहीं चला।"

"शहज़ादी की जनानी फ़ौज़ यहाँ कहाँ से आ गयी?" फ़क़ीर ने अगला सवाल पूछा।

"हम सभी घुड़सवारी और तलवारबाज़ी की मशक़्क़त करने के बाद क़िले वापस जा रही थीं। हमने आसमान में धुआँ उड़ता देखा। हम सभी के पास अपने-अपने घोड़े थे। हम घोड़ों की वजह से जल्दी ही यहाँ पहुँच गये।"

"क्या कोई इंसान या जानवर तो नहीं जला?"

"नहीं हज़रत। परमात्मा की कृपा से ऐसा कुछ नहीं हुआ।"

फ़क़ीर ने अपने दोनों हाथ ऊपर उठाए और बोले, "अल्लाह, तेरा लाख-लाख शुक्र है।"

अब फ़क़ीर कजरी की ओर मुख़ातिब होकर बोले, ''कजरी, ज़रा पता लगा, कितने लोगों के घर जल गये?''

अब तक कई लोगों ने फ़क़ीर को चारों ओर से घेर लिया था। वे फ़क़ीर की क़दमबोसी कर रहे थे। उनकी जुबान से एक लफ़्ज भी नहीं निकल रहा था। कुछ ही देर में कजरी वापस आ गयी। उसके साथ गुल-ए-अब्बासी, चंचलबाई और चन्द्रकला भी थीं। वे सभी लड़कियाँ फ़क़ीर की क़दमबोसी के वास्ते अदब के साथ झुक गयीं। कजरी बोली, ''हज़रत, कुल दस घर आग से जले हैं।''

फ़क़ीर ने अपने गले से अशर्फ़ियों भरी थैली उतारी और थैली कजरी के हाथों में देते हुए बोले, ''कजरी, इस थैली में बीस अशर्फ़ियाँ मौजूद हैं। इनमें से दो-दो अशर्फ़ियाँ उन लोगों को बाँट दे, जिनके घर जल गये हैं। बेचारों की कुछ मदद हो जाएगी।''

कजरी कुछ सोच भी नहीं पाई थी कि फ़क़ीर अल्लाहू...अल्लाहू करते हुए कल्लन मियाँ की दुकान की ओर चल पड़े थे। उन्होंने और उनके गधे ने सुबह से कुछ खाया नहीं था। कजरी और भीड़ फ़क़ीर को जाते देख रही थी। सभी सोच रहे थे, फ़क़ीर के पास सोने की अशर्फ़ियाँ कहाँ से आयीं? कजरी की जुबान से निकल पड़ा, ''फ़क़ीर इंसान नहीं, फ़रिश्ता हैं।''

छत्तीस

सूर्यास्त होने को था। सड़क पर खेल रहे लड़के अपने-अपने घरों को जा चुके थे। बाज़ार बन्द होने जा रहे थे। राहगीर बसेरे के वास्ते सरायें खोज रहे थे। आसमान में उड़ रहे परिन्दे अपने-अपने घोंसले की ओर जा रहे थे। चन्दा ने बर्तन माँज-धो लिए थे। उसने दाल और चावल बीनकर आटा गूँद दिया। अब कोई ख़ास काम बाक़ी नहीं था। धुले हुए कपड़े जो सूख गये थे, उन्हें वह तह लगाकर रख चुकी थी। उसकी उम्र पैंतालीस साल पार कर चुकी थी। सिर के बाल कहीं-कहीं सफ़ेद हो गये थे, लेकिन अभी चेहरे पर चमक थी। साँवला रंग होने पर भी उसके चेहरे में आकर्षण था। वह हर किसी का जल्दी मन मोह लेती थी। उसके पास मोहल्ले भर की ख़बर रहती थी। मुहल्ले की औरतें उसे ख़बरनवीस के नाम से पुकारती थीं। किसी के घर में कोई बात हो और उसे पता न चले, ऐसा कभी नहीं हुआ। उसे चटपटी बातें करने में मज़ा आता था। मुहल्ले की औरतें जब उसे खाली देखतीं, घेर लेती थीं। वह सिलबट्टा पर मसाला पीसते-पीसते चन्द्रकला की अम्मा सावित्री देवी

से बोली, ''अम्मा जी, आज चन्द्रकला ने काफ़ी देर लगा दी। दिया-बत्ती का वक़्त हो गया है।''

''रोज़ अभी तक आ जाती थी। आज पता नहीं, किस काम में फँस गयी। अब आ ही रही होगी। बाहर जाकर देख ले, कोई पालकी आ रही है?'' सावित्री देवी माला फेरते-फेरते बोलीं।

चन्दा ने कोई जवाब नहीं दिया। वह उठकर घर के बाहर निकल गयी। कुछ देर सड़क पर रुककर पालकी की राह देखती रही। उसे दूर-दूर तक कोई पालकी नज़र नहीं आई। अब वह वापस लौट आई। कोई काम बाक़ी न होने की वजह से वह सरसों का तेल लेकर आ गयी और बिना कहे ही सावित्री देवी के सिर में तेल ठोंकने लगी। सावित्री देवी बोलीं, ''तुझे देर हो रही है, अपने घर निकल जा। तेरे बच्चे राह देख रहे होंगे।''

''नहीं अम्मा, बच्चे अब सयाने हो रहे हैं। लड़की तेरह साल की हो चुकी है। घर का कामकाज सँभालने लगी है। उसने खाना बनाने की तैयारी कर ली होगी। हमें जल्दी नहीं है। चन्द्रकला के घर आ जाने पर ही जाऊँगी। मैं आपको अकेला नहीं छोड़ सकती।''

''क्या लड़की को अभी तक खाना बनाना नहीं सिखाया?''

''अम्मा जी, खाना तो बना लेती है, लेकिन आजकल खाना बनाने में बस एक ही दिक़्क़त आती है।''

''वह क्या?'' सावित्री देवी ने पूछा।

''अम्मा जी, लकड़ी की टालवाला जलाने के वास्ते लकड़ी सूखी नहीं देता है। उसने सूखी लकड़ी अन्दर गोदाम में छिपाकर रखी हैं। आदमी को मज़बूर होकर गीली लकड़ी ख़रीदनी पड़ती है जो जलाए नहीं जलती। कभी-कभी सोचती हूँ, चन्द्रकला से कहकर उसकी शिकायत शहर कोतवाल से करा दूँ।''

चन्द्रकला की माँ सावित्री देवी की उम्र सत्तर साल से ऊपर हो गयी थी। उनके सिर के एक-एक बाल सफ़ेद हो गये थे। गालों में गड्ढे पड़ गये थे। चेहरे पर झुर्रियाँ छा गयी थीं। उनके सामने के दाँत टूट गये थे। कुछ दाढ़ें ही बची थीं। जिनके सहारे किसी तरह खाना चबा लेती थीं। वे कुछ दिनों से ऊँचा सुनने लगी थीं। उनके शरीर में गोश्त नाम की चीज़ नहीं दिखती थी। वे बहुत ही दुबली-पतली थीं। उन्हें मोतियाबिन्द की वजह से धुँधला-धुँधला दिखाई देता था। कई रोज़ पहले पड़ोस के हकीम नूरुद्दीन मोतियाबिन्द की दवा की शीशी दे गये थे और हिदायत देकर गये थे कि आँखों में दिन में कम-से-कम चार बार चार-चार बूँद दवा डालती रहें। उन्होंने चलते-चलते यह भी कहा था कि आपने दवा डालने में अगर ज़रा भी लापरवाही की, तब हमेशा-हमेशा के लिए आँखों की रोशनी जा सकती है। चूँकि उन्हें ऊँचा

सुनाई देता था, इसलिए वे चन्दा से तेज़ आवाज़ में बोलीं, "किसी की शिकायत कराना ठीक नहीं है। उसे कभी बुलाकर समझा दूँगी। फिर ऐसा नहीं करेगा।"

"अम्मा जी, कहावत है, लातों के भूत बातों से नहीं मानते।"

"चन्दा, ऐसा नहीं है। समझाने से इंसान समझ जाता है। लकड़ीवाला कोई नया आदमी नहीं है। काफ़ी वर्षों से लकड़ी ही बेच रहा है। हो सकता है, बरसात में लकड़ी भीग गयी हो।"

"चन्द्रकला ही खाना अधिकतर बनाती हैं। मैंने उनकी ग़ैरमौजूदगी में एक-दो बार ही बनाया है। उन्हें चूल्हा जलाने में कितनी तकलीफ़ होती होगी, मैं ही जानती हूँ।"

"उसे ज़रूर तक़लीफ़ होती होगी। मैं तो अपने हाथों आँखों में दवा भी डाल नहीं पाती। दिन में हमारी आँखों में दवा तू डाल देती है और रात में चन्द्रकला। खाना बनाना हमारे लिए बहुत दूर की बात है। अब कुछ सूझता नहीं है। अगर तुम दोनों न हो, तब रोटी भी न मिले।"

चन्दा सावित्री देवी के बालों में तेल ठोंक चुकी थी। अब उनके पैरों की मालिश करने लगी। वह मालिश करते-करते बोली, "अम्मा, कैसी बात करती हो? रोटी की आपके लिए क्या कमी है? चन्द्रकला को शहज़ादी रज़िया बहुत मानती हैं। उनके एक इशारे पर आपके लिए न जाने कितने ख़िदमतगार लग जाएँगे। देख तो रही हो, रोज़ाना चार कँहार उनके वास्ते पालकी लेकर आते हैं। आपकी बेटी ठाठ से क़िले आती-जाती हैं। उनक़ी मुहल्ले में काफ़ी इज़्ज़त बढ़ गयी है। और जब से चन्द्रकला सिपाहगीरी करने लगी हैं, मुहल्ले के लफंगे लड़के सीधे रास्ते पर आ गये हैं। वे उनकी पालकी देखते ही दायें-बायें छिपने लगते हैं। मैंने ख़ुद अपनी आँखों से देखा है।"

"चन्द्रकला शहज़ादी रज़िया की काफ़ी तारीफ़ करती है। उसने कई बार हमसे क़िले चलने को कहा। मैं ही नहीं जा पाई। शहज़ादी के एकबार दर्शन करना चाहती थी। वे सुल्तान की तरह ग़रीबों की मददगार हैं। चन्द्रकला ही नहीं, हर कोई शहज़ादी की तारीफ़ करता है।"

"सुना है, सुल्तान इधर काफ़ी बीमार चल रहे हैं। शहज़ादी रज़िया उनकी ही ख़िदमत में लगी रहती होंगी। इसी वजह से चन्द्रकला को आने में देर हो जाती है। वैसे देखा जाए तो बीमारी सुल्तान ने ख़ुद मोल ली है। जब देखो, जंग पर चल देते हैं। ईश्वर ने हमें ग़रीबी दी है, लेकिन इन्हें तो काफ़ी दौलतमन्द बनाया है। हीरे, जवाहरात और अशर्फ़ियों की इनके पास कोई कमी नहीं है। सैकड़ों नौकर-चाकर इनकी ख़िदमत में लगे हैं। तब पता नहीं, क्यों हमेशा जंग के वास्ते भागते रहते हैं? जंग में एक सुल्तान की जीत होती है और हज़ारों बेगुनाह सिपाही मारे जाते हैं। अब

देखो, ख़ुद ही बीमार पड़ गये हैं। इंसान को ईश्वर से डरना चाहिए। अब जब बिस्तर पर पड़ गये हैं, तब कहाँ कौन-सी जंग लड़ लेंगे?'' चन्दा अपनी भड़ास पूरी तरह से निकाल रही थी।

सावित्री देवी ने सुल्तान और जंग की बात पर कोई ध्यान नहीं दिया। वे अच्छी तरह जानती हैं कि चन्दा जब भी बोलना शुरू कर देती है, थमने का नाम नहीं लेती। शहज़ादी रज़िया को सावित्री देवी दिलो-जान से चाहती हैं। उन्हें शहज़ादी की तारीफ़ सुनना अच्छा लगता है। चन्दा ने आज शहज़ादी की तारीफ़ की, उन्हें अच्छा लगा। वे बोलीं, ''ईश्वर शहज़ादी रज़िया जैसी बेटी हर किसी को दें। चन्द्रकला हमें बता रही थी, शहज़ादी रज़िया सुल्तान की ख़िदमत में रात-दिन एक किए हैं।''

''आपकी चन्द्रकला भी इस मायने में किसी से कम नहीं हैं। वे आपका ही नहीं, मुहल्ले भर के बड़े-बूढ़ों का ध्यान रखती हैं।'' चन्द्रकला सावित्री देवी के पैरों की उँगलियाँ चटकाती हुई बोली।

''इसमें कोई शक़ नहीं है। चन्द्रकला जब से समझदार हुई है, हमारा काफ़ी ध्यान रखती है। मुहल्ले के लोग उसकी तारीफ़ करते हैं। जब वह घर पर रहती है, मुहल्ले के बच्चे उसे घेरे रहते हैं। वह उन्हें अकसर कुछ-न-कुछ खिलाती रहती है। बच्चों के आ जाने से हमारा दिल बहल जाता है।''

''वह तो मैं भी देखती हूँ।'' चन्दा बेमन से धीमी आवाज़ में बोली। बच्चों का घर पर आना उसे पसन्द नहीं था। वे जब भी आते थे, शोर-गुल मचाते थे।

सावित्री देवी ने सुन नहीं पाया कि चन्दा ने क्या कहा। वे बोलीं, ''बच्चे उससे क़िले की बातें सुनना पसन्द करते हैं। ईश्वर सुल्तान की तबीयत जल्दी ठीक कर दे। सुल्तान ने हमारा बुढ़ापा सँभाल दिया। हमें कहाँ-से-कहाँ पहुँचा दिया। वे अवाम का पूरा ख़याल रखते हैं। उन्होंने इंसाफ़ के वास्ते जंजीर लगवा दी। अगर उन्होंने जंजीर नहीं लगवाई होती, तब मैं कैसे उन तक पहुँच पाती? मुझे याद है, जब मैं और चन्द्रकला अपनी बेटी-दामाद के यहाँ मथुरा गयी थीं, होली में कुछ शरारती लड़कों ने हमारा छप्पर उठाकर जला दिया था।

मुझे हकीम नूरुद्दीन ने बताया कि सुल्तान ने इंसाफ़ के वास्ते जंजीर लगवा रखी है। मैंने क़िले के बाहर जाकर जैसे ही जंजीर बजाई, सुल्तान के आदमी फ़ौरन हाज़िर हो गये। वे मुझे लेकर क़िले के दीवान-ए-आम पहुँचे। मैं वहाँ की रौनक देखकर हक्की-बक्की रह गयी थी। सुल्तान ने मेरी फ़रियाद अच्छी तरह से सुनी। उन्हीं की बदौलत हमारा कच्चा मकान पक्का बन गया। चन्द्रकला को क़िले में अच्छी नौकरी मिल गयी। हमारी समझ में दिल्ली में सुल्तान के रहते कोई ऐसा आदमी न होगा जिसने इंसाफ माँगा हो और उसे न मिला हो। हमारी बेटी तो सुल्तान और शहज़ादी रज़िया की तारीफ़ करते कभी नहीं अघाती। उसने शहज़ादी के साथ रहकर घुड़सवारी

और तलवारबाज़ी अच्छी तरह सीख ली। अब मैं मर भी जाऊँ, तब भी मुझे उसकी चिन्ता नहीं है। वह आराम से कमा खा लेगी।''

''अम्मा, मरें आपके दुश्मन। चन्द्रकला जी की आप क़तई फ़िक्र न किया करें! वे अपना ही नहीं, चार और लोगों का पेट भर सकती हैं। उन्हीं के सहारे हमें भी दो वक़्त की रोटी मिल जाती है। सुल्तान ने आपके परिवार के साथ बहुत अच्छा किया है। इस मामले में सभी लोग सुल्तान की तारीफ़ करते हैं, लेकिन दिल्ली में कुछ लोग ऐसे हैं जो पीठ पीछे सुल्तान की बुराई करते हैं।''

सावित्री देवी चन्दा की बात सुनकर चौंकीं। उन्होंने पूछा, ''चन्दा, क्या तूने सुल्तान के ख़िलाफ़ कहीं कुछ सुना है?''

''कहते डर लगता है। आज ही जब मैं घर से निकल रही थी, तब कुछ लोग एक गली के नुक्कड़ पर सुल्तान के बारे में कह रहे थे, जैसी करनी, वैसी भरनी।''

''क्या मतलब?'' सावित्री देवी के माला के गुरिए जहाँ थे, वहीं रुक गये।

सावित्री देवी और चन्दा अभी बात ही कर रही थीं कि चन्द्रकला की पालकी दरवाज़े पर आ लगी। उसने कँहारों की छुट्टी कर दी। क़िले से आज उसके साथ कजरी भी आई थी। चूँकि सावित्री देवी ऊँचा सुनती हैं, इसलिए चन्दा तेज़ आवाज़ में बोल रही थी। चन्द्रकला ने आते ही पूछा, ''चन्दा, अम्मा को कौन-सा क़िस्सा सुना रही है?''

चन्दा ने चन्द्रकला के सवाल का कोई जवाब नहीं दिया। वह उठ खड़ी हुई और हाथ धोकर गुड़ के साथ एक लोटा जल और दो गिलास लेकर आ गयी। कजरी ने आते ही सावित्री देवी के पैर छुए। उन्होंने हमेशा की तरह उसे आशीर्वाद दिया। अब दोनों सहेलियाँ चारपाई पर आराम से बैठ गयीं। पानी पीने के बाद चन्द्रकला फिर बोली, ''चन्दा, तूने मेरी बात का जवाब नहीं दिया। मैं भी सुनूँ, अम्मा को आज कौन-सा क़िस्सा सुना रही थी?'' चन्द्रकला ने घर की दहलीज़ पर पैर रखते ही चन्दा की जुबान से निकला शब्द सुल्तान सुन लिया था।

चन्दा इस बीच दोनों लड़कियों को पंखा झलने लगी थी। वह पंखा झलते-झलते बोली, ''कुछ नहीं, हमारी गली के नुक्कड़ पर कुछ लोग आपस में सुल्तान-ए-आलम के बारे में बात कर रहे थे। वही अम्मा जी को बता रही थी।''

''लोग क्या कह रहे थे?'' चन्द्रकला ने चन्दा की ओर देखते हुए पूछा।

''दीदी जी, मैंने तो सिर्फ़ सुना है''

''अरे क्या सुना है? हम भी तो सुनें।'' चन्द्रकला झुँझलाकर बोली।

''सुल्तान-ए-आलम की हर आदमी तारीफ़ करता है, लेकिन...।''

''लेकिन क्या?''

''लोग कह रहे हैं कि सुल्तान-ए-आलम ने लखनौती पर तीन-तीन बार

हमला किया। आख़िर उन्हें क्या हासिल हुआ? सुल्तान-ए-आलम ग्वालियर के क़िले पर ग्यारह महीने तक घेरा डाले रहे, तब कहीं उन्हें जीत हासिल हुई। जब वहाँ का राजा मंगलदेव क़िला छोड़कर भाग गया, तब सुल्तान ने बेकसूर सात सौ लोगों को मौत के घाट उतरवा दिया।''

''और कुछ?''

''वे लोग यह भी कह रहे थे कि सुल्तान-ए-आलम ने उज्जैन पर हमला कर भगवान महाकालदेव की मूर्ति को तोड़वा डाला।''

चन्द्रकला ही नहीं, कजरी और सावित्री देवी चन्दा की बात ग़ौर से सुन रही थीं। जब चन्दा ने देखा कि चन्द्रकला मामले को लेकर काफ़ी संजीदा हैं, तब वह बोली, ''दीदी, भगवान की सौगन्ध खाकर कह रही हूँ। मैं जो कह रही हूँ, सुनी-सुनाई बात कह रही हूँ। क्या सच है और क्या झूठ, मुझे नहीं मालूम।''

सावित्री देवी ने अपनी बेटी से पूछा, ''चन्द्रकला, क्या यह सच बोल रही है? तुमने तो हमें कभी कुछ नहीं बताया।''

''अम्मा, इसने जो कुछ बताया है, सुना-सुनाया बताया है। इसकी बात में सच्चाई भी है। सुल्तान द्वारा तीन बार लखनौती मुहिम भेजने की जो बात इसने कही है, मैं उसके बारे में बताती हूँ। मरहूम सुल्तान क़ुतुबुद्दीन ऐबक़ के ज़माने से लखनौती का सूबा दिल्ली सल्तनत का हिस्सा हो गया था। वहाँ से बराबर ख़िराज़ आती रहती थी। सुल्तान क़ुतुबुद्दीन ऐबक़ की मौत के बाद वहाँ के सूबेदार ग़यासुद्दीन ख़िलज़ी ने दिल्ली ख़िराज़ भिजवाना बन्द कर दिया। इतना ही नहीं, उसने वहाँ अपने नाम के सिक्के चलवा दिए और वह अपने को ख़ुद मुख़्तार समझ बैठा। उसी को सबक़ सिखाने के वास्ते सुल्तान को ख़ुद लखनौती जाना पड़ा था। सुल्तान के वहाँ पहुँचने पर उसने बिना लड़े हथियार डाल दिए। वहाँ कोई ख़ून-खराबा नहीं हुआ। ख़िलज़ी सूबेदार ने सुल्तान से समझौता कर लिया था और वहाँ सल्तनत की ओर से मलिक अलाउद्दीन जानी को नुमाइंदा बनाकर तैनात कर दिया गया, लेकिन सुल्तान के दिल्ली पहुँचते ही ख़िलज़ी सूबेदार ने मलिक अलाउद्दीन जानी को वहाँ से भगा दिया और पहले की तरह मनमानी करने लगा। तब सुल्तान ने अवध से मरहूम शहज़ादे नासिरुद्दीन महमूद शाह को लखनौती भेजा।''

चन्दा बीच में बोल पड़ी, ''अम्मा जी, यही तो मैं कह रही थी।''

''चन्दा, तू बीच में मत बोल।''

चन्द्रकला अपनी माँ सावित्री देवी की ओर मुख़ातिब होकर बोलीं, ''अम्मा, शहज़ादे को सुल्तान की ओर से यह हुक्म था कि अगर ख़िलज़ी सूबेदार माफ़ी माँगने के लिए तैयार हो जाता है और बकाया ख़िराज़ तुरन्त दे देता है, तब उसके साथ जंग न लड़ी जाए। शहज़ादे के समझाने पर भी ख़िलज़ी सूबेदार बिना जंग लड़े

हथियार डालने को तैयार नहीं हुआ। ऐसे हालात में शहज़ादे को उससे जंग लड़नी पड़ी जिसमें ख़िलज़ी सूबेदार मारा गया। अब लखनौती सूबा फिर दिल्ली का पूरी तरह से हिस्सा हो गया, लेकिन शहज़ादे का इन्तिक़ाल होते ही तमाम ख़िलज़ी बग़ावत पर उतर आए। इख़्तियारुद्दीन बल्का ख़िलज़ी सरदार ने सूबे पर नाजायज़ क़ब्ज़ा कर लिया। सुल्तान इस घटना से बहुत दुखी हुए। इसी मामले को लेकर सुल्तान को तीसरी बार ख़ुद लखनौती जाना पड़ा। इस ख़िलज़ी सरदार ने भी सुल्तान के समझाने पर हथियार नहीं डाले और ख़ुद जंग के वास्ते मैदान में उतर आया। जंग में किसी एक की हार तो होनी ही थी। ख़िलज़ी सरदार की हार ही नहीं हुई, वह मारा भी गया।''

चन्द्रकला की जुबानी लखनौती की पूरी घटना सुनने पर सावित्री देवी और चन्दा समझ गयीं कि इन आक्रमणों में सुल्तान की कोई ग़लती नहीं है। उन्होंने लखनौती के साथ कोई ज़ोर-ज़बरदस्ती नहीं की। कजरी पूरे मामले को अच्छी तरह जानती थी। इसलिए वह ख़ामोश होकर सुन रही थी।

अब सावित्री देवी फिर बोलीं, ''बेटी, क्या वाक़ई सुल्तान ने ग्वालियर में बेकसूर सात सौ लोगों को मौत के घाट उतरवा दिया?''

चन्द्रकला कुछ बोलने ही जा रही थी कि कजरी ने उसे आँख का इशारा किया कि वह ख़ामोश रहे। अब कजरी बोली, ''अम्मा जी, ग्वालियर का राजा मंगलदेव पिछले कई वर्षों से दिल्ली ख़िराज़ नहीं भिजवा रहा था। सुल्तान ने उसे समझाने के लिए कई बार एलची भेजे। राजा ने एलची के साथ न तो अच्छा व्यवहार किया और न ही उन्हें कोई सन्तोषजनक उत्तर दिया। अब ऐसी स्थिति में आख़िर सुल्तान क्या करते? उन्होंने मज़बूर होकर ग्वालियर के ख़िलाफ़ जंग छेड़ी। शाही फ़ौज़ के ग्वालियर पहुँचने पर सुल्तान ने राजा मंगलदेव के पास फिर अपना एलची भेजा और उनके ज़रिये कहलवाया कि अगर राजा मंगलदेव पिछली बकाया ख़िराज़ देने के लिए तैयार हैं, तब वे अपनी फ़ौज़ के साथ वापस दिल्ली लौट सकते हैं।

सुल्तान के समझाने पर भी राजा नहीं माना। वह जंग के लिए तैयार हो गया। ग्वालियर का क़िला एक पहाड़ की चोटी पर स्थित है। क़िले का ग्यारह महीने तक घेरा पड़ा रहा। इस बीच भी सुल्तान राजा के पास जंग समाप्त करने के वास्ते ख़बर भेजते रहे। आख़िर ग्यारह महीने के घेरे के बाद राजा मंगलदेव क़िला छोड़कर भाग निकला। सुल्तान ने ग्वालियर के क़िले पर फ़तेह पाई। इस समूची जंग में सात सौ लोग मारे गये। अम्मा जी, इतनी लम्बी जंग में सात सौ लोगों का मारा जाना कोई ख़ास मायने नहीं रखता। आप जानती होंगी, कलिंग के युद्ध में एक लाख से ज़्यादा फ़ौज़ मारी गयी थी। इसी युद्ध के बाद सम्राट अशोक ने बौद्ध धर्म स्वीकार किया था।''

सावित्री देवी कजरी द्वारा ग्वालियर की जंग के बारे में सुनाए जा रहे क़िस्से को ख़ूब ग़ौर से सुन रही थीं। कजरी को पहले से पता था कि अम्मा को कम सुनाई देता है, इसलिए वह ज़ोर-ज़ोर से बोल रही थी। ग्वालियर का क़िस्सा सुनने के बाद अम्मा बोलीं, "लखनौती और ग्वालियर की जंग तो हमारी समझ में आती हैं, लेकिन उज्जैन की जंग क्यों हुई और क्या वाक़ई वहाँ भगवान महाकालदेव की मूर्ति तोड़ी गयी?"

"अम्मा जी, हर सुल्तान अपनी अवाम को ख़ुशहाल देखना चाहता है। सुल्तान इल्तुतमिश भी अपनी अवाम को ख़ुशहाल देखना चाहते हैं। आप देख ही रही हैं कि सुल्तान से दिल्ली की अवाम कितनी ख़ुश है। अवाम के वास्ते सरायें बनवाना, सड़कें बनवाना, शफ़ाख़ाना खुलवाना, अकाल के वक़्त लंगरख़ाना खुलवाना, दुश्मनों से अवाम की रक्षा करना जैसे काम करवाने के वास्ते दौलत की ज़रूरत होती है। सुल्तान को कहीं से पता चला था कि उज्जैन में महाकालदेव के मंदिर में तमाम दौलत छिपी है। इसी दौलत को पाने के वास्ते सुल्तान ने उज्जैन के ख़िलाफ़ मुहिम छेड़ी। सुल्तान की फ़ौज़ को वहाँ जाने पर पता लगा कि मंदिर में मूर्ति के नीचे ज़मीन के अन्दर अकूत दौलत छिपी हुई है। उस दौलत को पाने के लिए फ़ौज़ ने महाकालदेव की मूर्ति को तोड़ डाला।

तवारीख़ गवाह है, इससे पहले भी दौलत को पाने के लिए सुल्तान महमूद ग़ज़नवी ने सोमनाथ के मंदिर की मूर्ति को ख़ुद तोड़ा था। मूर्ति के तोड़ने पर वहाँ सुल्तान को ढेरों सोना और जवाहरात मिला था। अम्मा जी, मैं यहाँ यह भी बताना ज़रूरी समझती हूँ कि इस घटना के बाद शहज़ादी रज़िया बहुत दुखी हो गयी थीं। उन्होंने गुस्से के मारे कई रोज़ तक सुल्तान का सामना नहीं किया। इतना ही नहीं, उन्होंने हम लोगों के सामने भी इस मामले में गहरा अफ़सोस जताया।"

चन्दा कजरी की बात ग़ौर से सुन रही थी। अपनी आदत के मुताबिक़ उसे कल ही औरतों के बीच जाकर इस क़िस्से को चटपटा बनाकर सुनाना था। औरतें उससे ऐसे मौक़ों पर अकसर सवाल-जवाब भी करती थीं। इसलिए बाल की खाल निकालना उसकी फितरत में हो गया था। कजरी से उसे कोई डर भी नहीं था। वह चन्द्रकला और सावित्री देवी से ही डरती थी। आख़िर क्यों न डरे, उनसे उसे तनख़्वाह मिलती थी। कजरी से उसे कुछ मिलना नहीं था। उसने पूछा, "सुल्तान ने मालवा पर क्यों चढ़ाई की?"

कजरी जवाब देने ही जा रही थी कि चन्द्रकला बोली, "तू तो सल्तनत की पक्की ख़बरनवीस हो गयी है। तेरे पास न जाने कहाँ से तमाम ख़बरें पहुँचती रहती हैं। अम्मा ही नहीं, मुहल्ले की तमाम औरतें मुझसे कहती हैं कि चन्दा बहुत बोलती है। उसके पास शहर की एक-एक ख़बर रहती है।"

"दीदी जी, मुझे आपकी तरह सल्तनत से कोई तनख़्वाह नहीं मिलती है। अगर सल्तनत से मुझे तनख़्वाह मिलने लगे, तब शहर की राई-रत्ती ख़बर मुझसे ज़्यादा कोई नहीं दे सकता।" चन्दा ने लम्बी डींग हाँकी।

"तभी मुहल्ले की औरतें तुझे ख़बरनवीस के ख़िताब से पुकारती हैं।" चन्द्रकला आँखें चढ़ाकर बोली।

"वे मेरी इज़्ज़त भी करती हैं।"

अब चन्द्रकला अपनी माँ की ओर मुख़ातिब होकर बोली, "इसकी बातों पर ध्यान न दिया करें। यह तो रोज़ाना ही एक नया क़िस्सा लेकर बैठ जाती है। अम्मा, मालवा के बारे में वही कहानी है जो ग्वालियर के साथ रही। इससे अधिक मुझे कुछ नहीं मालूम।"

"बेटी, समझ में नहीं आ रहा है, सूफ़ी सुल्तान को क्या हो गया है? सुल्तान दिल्ली से बाहर रहकर कोई-न-कोई जंग छेड़ते रहते हैं। अब वे जवान नहीं हैं। दिनों-दिन बूढ़े हो रहे हैं। ख़ुद के वास्ते न सही, उन्हें अपनी अवाम की ख़ातिर ही सेहत का ख़याल रखना चाहिए। वे अभी मालवा की जंग से लौटे न थे कि बेमतलब बानियान की मुहिम पर चल पड़े और रास्ते में तबीयत ख़राब हो गयी। उन्हें बीमारी की वजह से मुहिम बीच में छोड़कर वापस दिल्ली आना पड़ा। सुल्तान जब तक दिल्ली वापस न आ गये, तमाम दिल्ली में मुर्दानी छाई रही। इस वक़्त न जाने कितने शाही हकीम उनकी तीमारदारी में लगे होंगे? कल तू ही बता रही थी कि उनकी हालत ठीक नहीं है। उन्हें ईश्वर सही-सलामत रखे। उन्होंने हमारे साथ बहुत अच्छा किया। कुछ भी हो, दिल्ली की अवाम उनसे ख़ुश है।" सावित्री देवी अपने दोनों हाथ ऊपर उठाकर बोलीं। वे मन-ही-मन भगवान से प्रार्थना कर रही थीं, हे भगवान सुल्तान को जल्द स्वस्थ करें।

अभी उन लोगों की बातचीत हो ही रही थी कि मोहिनी बदहवास हालत में आकर ज़ोर-ज़ोर से चिल्लाते हुए बोली, "दीदी, ग़ज़ब हो गया। हज़रत ख़्वाजा हमें हमेशा-हमेशा के लिए छोड़कर चले गये।"

मोहिनी बुरी तरह से रो रही थी और अपना सीना पीट रही थी। मोहिनी की हालत देखकर वहाँ मौजूद सभी लोग उठकर खड़े हो गये। वे उसे अचरज के साथ देख रहे थे। कजरी ने मोहिनी को अपनी बाहों में भर लिया और तक़रीबन रोते-रोते पूछा, "कौन ख़्वाजा क़ुतुबुद्दीन बख़्तियार क़ाक़ी?"

मोहिनी कुछ जवाब भी न दे पाई थी कि सावित्री देवी ने पूछा, "अरे क्या हुआ? क्यों चिल्ला रही है?"

"अम्मा जी, हज़रत ख़्वाजा क़ुतुबुद्दीन बख़्तियार क़ाक़ी का इन्तिकाल हो गया।"

कजरी ने पूछा, ''तुझे किसने बताया?''

''जनाब लियाक़त अली ग़ज़नी बाज़ार आए थे। उन्होंने बाज़ार में ख़बर दी। ख़बर सुनते ही ग़ज़नी बाज़ार की सभी दुकानें बन्द हो गयीं। मैंने जैसे ही सुना, भागी-भागी यहाँ चली आई।''

इस ख़बर को सुनते ही सावित्री देवी को चक्कर आ गया। उन्हें इस हालत में देखकर चन्द्रकला चिल्लाई, ''अरी चन्दा, अम्मा को क्या हो गया है? ज़रा दौड़कर पानी ला!''

अम्मा की हालत देखते ही चन्दा दौड़कर पानी लाई। उसने पानी के छींटे सावित्री देवी के चेहरे पर डाले, लेकिन उन्हें होश नहीं आया। वहाँ मौजूद चन्द्रकला ही नहीं, कजरी और चन्दा भी अम्मा जी की हालत देखकर घबरा गयी थीं। अब चन्द्रकला बोली, ''चन्दा, दौड़कर हकीम नुरुद्दीन को बुलाकर ला!''

चन्दा हकीम नूरुद्दीन को बुलाने निकल गयी। दोनों लड़कियाँ सावित्री देवी को होश में लाने के लिए हर संभव कोशिश कर रही थीं। हकीम नूरुद्दीन ने जैसे ही सुना, चन्द्रकला की अम्मा की तबीयत ठीक नहीं है, वे तक़रीबन दौड़े-दौड़े आए। उन्होंने सावित्री देवी की नब्ज़ देखी। हकीम नब्ज़ देखते ही रो पड़े।

सैंतीस

सुल्तान इल्तुतमिश की बीमारी की वजह से क़ुश्क-ए-दिलक़ुशा में कई रोज़ से उदासी छाई थी। जैसे ही ख़्वाजा क़ुतुबुद्दीन बख़्तियार क़ाक़ी की मौत की ख़बर वहाँ पहुँची, समूचा क़ुश्क-ए-दिलक़ुशा ही नहीं, क़िल-ए-रायपिथौरा मातम में डूब गया। अभी सुल्तान अजमेर के ख़्वाजा मुईनुद्दीन चिश्ती की मौत का ग़म भुला भी न पाए थे कि ख़्वाजा क़ुतुबुद्दीन बख़्तियार क़ाक़ी की मौत की ख़बर आ गयी। सुल्तान ने जैसे ही यह ख़बर सुनी, उनकी आँखों से आँसू बह निकले। फ़ातिमाबानो बेगम काफ़ी रात तक उन्हें क़ुरआन की आयतें सुनाती रहीं। देर रात शहज़ादी के कहने पर वे क़ुश्क-ए-दिलक़ुशा से बाहर हुईं। सुल्तान रात ही ख़्वाजा की ख़ानक़ाह जाना चाहते थे, लेकिन हकीमों की सलाह और शहज़ादी रज़िया की ज़िद की वजह से नहीं जा सके। बाप और बेटी देर से ख़ामोश थे। ख़ामोशी सुल्तान ने तोड़ी, ''बेटी, क्या कुछ पता चला, हज़रत ख़्वाजा साहब किसे अपना जानशीन बना गये हैं?''

''अब्बाहुज़ूर, अभी तक कुछ पता नहीं चल पाया। वैसे आपकी निगाह में

हज़रत का जानशीन बनने का कौन ज़्यादा दावेदार है?''

''बेटी, कुछ कहा नहीं जा सकता। शैख़ हमीदुद्दीन नागौरी, शैख़ जलालुद्दीन तबरेज़ी और फरीदुद्दीन गंजशकर तीनों ही हज़रत के जानशीन बनने की क़ाबिलियत रखते हैं। हज़रत के बेटे सैयद अहमद और सैयद महमूद भी जानशीन होने लायक़ हैं, लेकिन हमारी समझ से हज़रत ख़्वाजा उन्हें अपना जानशीन नहीं बनाएँगे।''

सुल्तान कुछ देर बाद फिर बोले, ''बेटी, याक़ूत को बुलवाओ। उसे ख़बर होगी। वह हज़रत का पक्का मुरीद है।''

शहज़ादी ने ताली बजाई। ताली बजाते ही क़ादिरबीवीबानो हाज़िर हुईं। शहज़ादी बोलीं, ''अब्बाहुज़ूर क़ुव्वतुलमुल्क जमालुद्दीन याक़ूत को याद फ़र्मा रहे हैं।''

क़ादिरबीवीबानो अदब के साथ झुककर वापस लौट गयीं। क़ादिरबीवीबानो के जाते ही शहज़ादी ने अपने चेहरे पर नक़ाब डाल ली। जमालुद्दीन याक़ूत क़ुश्क-ए-दिलक़ुशा के बाहर उसी वक़्त से खड़े थे, जब हज़रत ख़्वाजा के इन्तिक़ाल की ख़बर आई थी। वे सोच रहे थे, पता नहीं कब आक़ा ख़्वाजा की ख़ानक़ाह चल दें। जमालुद्दीन याक़ूत जल्दी ही सुल्तान और शहज़ादी के सामने हाज़िर हो गये और बोले, ''हुक़्म आक़ा।'' याक़ूत के आते ही शहज़ादी ने नज़र ऊपर उठाई और देर तक उनके चेहरे को देखती रहीं।

सुल्तान पलंग से उठकर बैठ गये। उन्होंने याक़ूत से पूछा, ''हज़रत ख़्वाजा साहब किसे अपना जानशीन बना गये, कुछ पता है?''

''आक़ा। हज़रत ख़्वाजा फरीदुद्दीन गंजशकर को अपना जानशीन बनाकर अलविदा हो गये।''

सुल्तान और शहज़ादी ने देखा, याक़ूत की आँखें गीली हैं। शहज़ादी सोचने लगीं, क्या फ़ौलादी ज़िस्म का आदमी भी ऐसे मौक़े पर इतना जज़्बाती हो सकता है? वह इन्हीं ख़यालों में डूबी थीं कि सुल्तान बोले, ''हज़रत ख़्वाजा ने चलते-चलते सही फ़ैसला लिया। याक़ूत, रात काफ़ी गुज़र गयी है। शहज़ादी हमें इस वक़्त ख़ानक़ाह जाने की इजाज़त नहीं दे रही हैं। हम हज़रत की ख़ानक़ाह सुबह चलेंगे। आप अपनी हवेली जाकर कुछ देर आराम कर लें।''

''जो हुक़्म, मेरे आक़ा।'' जमालुद्दीन याक़ूत अदब के साथ झुककर उलटे पैरों वापस हो गये।

हज़रत ख़्वाजा की मौत की ख़बर सुनकर तमाम दिल्ली दहल गयी। दिल्ली के कोने-कोने से अवाम भागी-भागी ख़ानक़ाह की ओर आ रही थी। भीड़ को सँभालना मुश्किल हो रहा था। क़िल-ए-रायपिथौरा का हाल बहुत बुरा था। क़िले के अन्दर मौजूद शहज़ादे, शहज़ादियाँ, बेगमें, मुल्ला, मौलवी, सैयद, शैख़, अमीर, मलिक और उलेमा हज़रात सभी दुखी थे। क़िले के अन्दर मौजूद बाँदियों, लौंडियों

और ख़्वाजासराओं का भी यही हाल था। ख़्वाजा के ग़म में हर कोई आँसू बहा रहा था। सुल्तान को रात भर नींद नहीं आई। हालाँकि हकीम उन्हें नींद की दवा दे गये थे, लेकिन दवा का कोई ख़ास असर नहीं हुआ। शहज़ादी रज़िया देर रात सुल्तान के समझाने पर क़ुश्क-ए-दिलक़ुशा से क़ुश्क-ए-फ़ीरोज़ी गयीं।

अगर क़िल-ए-रायपिथौरा में किसी इंसान के ऊपर ख़्वाजा की मौत का असर नहीं हुआ था, तो वे थीं, जहाँशाह तुर्कान बेगम। जहाँशाह तुर्कान बेगम शहज़ादी रज़िया से बेहद खफ़ा थीं। शहज़ादी क़ुश्क-ए-दिलक़ुशा से एक पल के वास्ते भी नहीं हटती थीं। जहाँशाह तुर्कान बेगम सुल्तान के साथ अकेले कुछ वक़्त गुज़ारना चाहती थीं। वे अपने दिल की बात कहना चाह रही थीं। वे ऐसे मौक़े का कई रोज़ से इन्तज़ार कर रही थीं, लेकिन उन्हें मौक़ा नहीं मिला। उन्होंने अपना ग़म भुलाने के लिए आज सूरज ढलने से पहले ही चार प्याला इस्फ़हानी शराब पी ली। जैसे ही बाँदी गुलचेहरा को ख़्वाजा के इन्तिक़ाल की ख़बर मिली, वह दौड़ी-दौड़ी बेगम के पास पहुँची। गुलबदन इस वक़्त क़िले से बाहर थी। गुलचेहरा ने अन्दर जाकर देखा, बेगम अब भी शराब पी रही हैं। वह अदब के साथ बोली, "बेगम साहिबा, ख़्वाजा क़ुतुबुद्दीन बख़्तियार क़ाक़ी का अभी-अभी इन्तिक़ाल हो गया है।" बेगम को यह ख़बर पहले ही मिल गयी थी।

बेगम पर शराब रंग दिखाने लगी थी। वे बोलीं, "हम क्या करें?"

"हुज़ूर, आप सुल्तान-ए-आलम के पास जाना नहीं चाहेंगी?"

"क्यों?"

"शायद सुल्तान-ए-आलम हज़रत ख़्वाजा की ख़ानक़ाह जाना चाहें।"

"वे वहाँ हमेशा जाते रहते हैं। उनके पास उस सूफ़ी के लिए वक़्त था, हमारे वास्ते नहीं।"

"बेगम साहिबा, तब की बात और थी।"

"हम क्यों जाएँ? सुल्तान ने हमारी सिफ़ारिश पर कोई ग़ौर नहीं फ़र्माया। उन्होंने अभी तक रुक़ुनुद्दीन को सल्तनत का वलीअहद नहीं बनाया। वे अभी तक शहज़ादे नासिरुद्दीन महमूद शाह का बहाना बनाते रहे।, लेकिन अब तो उसका इन्तिक़ाल हो गया है। तू बख़ूबी जानती है, शहज़ादे ग़यासुद्दीन, मुईनुद्दीन और क़ुतुबुद्दीन से हमारा बेटा उम्र में बड़ा है।"

"और शहज़ादी रज़िया?" गुलचेहरा ने नया सवाल पैदा कर दिया।

बेगम शराब भरा प्याला गुलचेहरा पर फेंकती हुई बोलीं, "किस कमबख़्त का नाम ले लिया? असली फ़साद की जड़ यही है। अगर यह सिपाहगीरी न सीखती, तब हमारा रुक़ुनुद्दीन कब का वलीअहद बन गया होता। सुल्तान शहज़ादों से कहीं ज़्यादा अहमियत इसे देते हैं। जब कि तुर्कान-ए-चिहिलगानी बन्दगान-ए-शम्सी

का कोई अमीर और मलिक उसे पसन्द नहीं करता।''

''क्या मलिक अल्तूनिया भी नहीं?''

''मलिक अल्तूनिया का ख़याल तुझे कैसे आ गया? क्या तू उस पर मरती है?''

''सुना है, मलिक अल्तूनिया शहज़ादी पर जान छिड़कते हैं।''

''छिड़कता होगा।''

बेगम कुछ देर रुककर फिर बोलीं, ''वह शहज़ादी के साथ निकाह पढ़वाना चाहता है। उसने इस मामले में हमसे भी सिफ़ारिश की थी, लेकिन शहज़ादी उस हब्शी ग़ुलाम जमालुद्दीन याक़ूत से मुहब्बत करती है।''

''क्या शहज़ादी रज़िया जमालुद्दीन याक़ूत से मुहब्बत करती हैं?''

''तुझे क्या आज पता चला? तमाम क़िल-ए-रायपिथौरा में ही नहीं, दिल्ली की अवाम में भी इस बात की शोहरत है। हमें एक ही फ़िक्र खाए जा रही है कि हमारा बेटा रुक्नुद्दीन वलीअहद कैसे बने?''

''बेगम साहिबा, एक सूरत नज़र आती है।''

''वह क्या?''

''वज़ीर-ए-आज़म जुनैदी...।''

''बूढ़ा वज़ीर-ए-आज़म बड़ा घाघ है। कमबख़्त हमारे सामने हमारी बात करता है और पीठ पीछे क्या करता है, किसी को पता नहीं चलता। हमारे कहने पर भी उसने रुक्नुद्दीन के बारे में आज तक कोई सिफ़ारिश सुल्तान से नहीं की।''

''बेगम साहिबा, शहज़ादे रुक्नुद्दीन के पास बदायूँ और लाहौर की सूबेदारी का अच्छा-ख़ासा तजुर्बा है। वे जितने जाँबाज़ हैं, उतने ही ख़ूबसूरत।'' गुलचेहरा जान-बूझकर शहज़ादे की तारीफ़ उसकी माँ से कर रही थी जब कि वह ख़ुद उसे नापसन्द करती थी। शहज़ादे की ऐयाशियों के बारे में उसे क़ुश्क-ए-सफ़ेद आते ही तमाम जानकारी हो गयी थी।

''तू हमारे बेटे की ख़ूबसूरती का बखान क्यों कर रही है? क्या तूने उसे कभी देखा है?'' बेगम लड़खड़ाती जुबान में बोलीं।

''जी हाँ बेगम साहिबा।''

''कब और कहाँ?'' बेगम गुलचेहरा को आँख फाड़-फाड़कर देख रही थीं।

''बेगम साहिबा, एक दिन शहज़ादे रुक्नुद्दीन सूरज ढलने के बाद हुज़ूर से मिलने आए थे और हुज़ूर ने उनके आने से पहले हमें हटा दिया था। उसी दिन मैंने उन्हें चुपके-चुपके देखा था।''

''कमबख़्त, क्या तू हमारे बेटे पर फ़िदा हो गयी है?''

''नहीं बेगम साहिबा। हमारी ऐसी औकात कहाँ?''

बेगम शराब का एक घूँट लेती हुई बोलीं, "लगता है, तू भी मेरी तरह कनीज़ से मलिक-ए-आलम बनने का ख़्वाब देखने लगी है।"

"बेगम साहिबा, गुस्ताख़ी माफ़ हो। कनीज़ में ऐसी जुर्रत कहाँ?"

"यहाँ जो भी जवान हसीन कनीज़ें आती हैं, सभी शहज़ादों को फँसाने में लग जाती हैं।" बेगम प्याले से शराब का आख़िरी घूँट लेकर बोलीं।

गुलचेहरा के पास बेगम साहिबा की बात का कोई जवाब नहीं था। बेगम की जुबान अब ज़्यादा लड़खड़ाने लगी थी। वे बोलीं, "कमबख़्त, खड़ी-खड़ी क्या देख रही है? प्याला खाली है। सुराही से शराब क्यों नहीं ढालती?"

गुलचेहरा ने शराब भरा प्याला पेश किया। बेगम की जुबान लड़खड़ा रही थी, उनके हाथ काँप रहे थे। उन्होंने किसी तरह प्याला पकड़ा। जैसे ही उन्होंने शराब भरा प्याला अपने होंठों से लगाना चाहा, उन्हें प्याले में शहज़ादी रज़िया नज़र आने लगी। वे गुस्से में बोलीं, "कमबख़्त रज़िया यहाँ भी हमारा पीछा नहीं छोड़ रही है।"

अब बेगम ने शराब भरा प्याला फर्श पर फेंक दिया। इस्फ़हानी शराब ईरानी कालीन पर बिखर गयी। वे कुछ ही देर में पलंग पर लुढ़क गयीं। गुलचेहरा ने उनके बदन को रेशमी चादर से ढँक दिया। सुराही और प्याला हटाने के बाद गुलचेहरा महल से बाहर हो गयी।

शहज़ादी रज़िया क़ुश्क-ए-दिलक़ुशा की ओर जा रही थीं। उनके पीछे-पीछे बाँदी गुल-ए-अब्बासी मौजूद थी। शहज़ादी जैसे ही क़ुश्क-ए-दिलक़ुशा के ख़ास दरवाज़े पर पहुँची, वहाँ मौजूद क़ादिरबीवीबानो और जमालुद्दीन याक़ूत ने उन्हें कोर्निश बजाई। जमालुद्दीन याक़ूत से उनकी आँखें चार हुईं। शहज़ादी बिना कुछ बोले ही अन्दर चली गयीं। सुल्तान को गुलसुल्तानबानो पोशाक पहनने में मदद कर रही थी। बेटी को देखते ही सुल्तान के चेहरे पर चमक आ गयी। शहज़ादी ने सुल्तान के नज़दीक जाकर उनका अँगरखा चूमा और पूछा, "क्या अब्बाहुज़ूर ख़्वाजा क़ुतुबुद्दीन बख़्तियार क़ाक़ी के जनाजे के वास्ते तैयार हो रहे हैं?"

"बेटी, आप सही फ़र्मा रही हैं। बताओ इतनी सुबह-सुबह कैसे आना हुआ?"

"अब्बाहुज़ूर, आपको याद होगा, कभी दीवान-ए-आम में इंसाफ़ माँगने के वास्ते एक बुढ़िया आई थी। उसकी बेटी चन्द्रकला को आपने शहज़ादी सज़िया की ख़िदमत में लगा दिया था। मैंने बाद में उसे शहज़ादी से माँग लिया था। इस बात की जानकारी अब्बाहुज़ूर को है। चन्द्रकला हमारी जनानी फ़ौज़ में है। वह हमारे काफ़ी नज़दीक है। कल रात हज़रत ख़्वाजा की मौत की ख़बर सुनते ही उसकी माँ का इन्तिक़ाल हो गया। मैं उसके घर नहीं जा पाई। अगर अब्बाहुज़ूर इजाज़त दें, मैं उनके जनाजे में जमुना किनारे शामिल हो जाऊँ।"

सुल्तान देर तक कुछ सोचते रहे। वे बोले, ''इजाज़त है।, लेकिन आप अपनी हिफ़ाज़त के वास्ते फ़ौज़ी दस्ते को साथ ले जाएँ और वक़्त से वापस क़िले आ जाएँ।''

''अब्बाहुज़ूर, ऐसा ही होगा।''

शहज़ादी ने एकबार फिर अपने अब्बाहुज़ूर का अँगरखा चूमा और क़ुश्क-ए-दिलक़ुशा से बाहर निकल गयीं। बाहर निकलने पर उनकी मुलाक़ात एकबार फिर जमालुद्दीन याक़ूत से हुई, लेकिन वे कुछ बोलीं नहीं। शहज़ादी के जाते ही सुल्तान ने जमालुद्दीन याक़ूत को बुलवाया और उनसे बोले, ''याक़ूत, शहज़ादी रज़िया चन्द्रकला की माँ के जनाजे में जा रही है। उसकी हिफ़ाज़त के लिए फ़ौज़ी दस्ता साथ रहेगा, लेकिन माबदौलत चाहते हैं, शहज़ादी के पीछे-पीछे आप भी उसकी हिफ़ाज़त के लिए जाएँ। शहज़ादी को इसकी जानकारी न हो।''

''आक़ा, हुक़्म की तामील होगी।''

जमालुद्दीन याक़ूत के चले जाने के बाद सुल्तान ने महसूस किया कि उनके द्वारा दिए गये हुक़्म को गुलसुल्तानबानो ने सुन लिया है। वे गुलसुल्तानबानो की ओर मुख़ातिब होकर बोले, ''माबदौलत ने अभी जो कुछ कहा है, समझो सुना नहीं।''

गुलसुल्तानबानो अदब के साथ बोली, ''हुज़ूर, गुस्ताख़ी माफ़ हो। क्या लौंडी की वफ़ादारी पर कोई शक़ है?''

''नहीं। हमें आपसे ऐसी उम्मीद क़त्तई नहीं है। अब आप जाएँ और क़ादिरबीवीबानो से जाकर कहें कि सर-ए-जाँदार फ़ौरन हाज़िर हों। माबदौलत अभी हज़रत ख़्वाजा के जनाज़े में शामिल होने जा रहे हैं।''

गुलसुल्तानबानो अदब के साथ झुककर उलटे पैरों वापस चली गयी।

जहाँशाह तुर्कान बेगम ने रात खाना नहीं खाया था। वे जल्दी सो जाने की वजह से जल्दी उठ गयीं, लेकिन उनका बदन टूट रहा था। रात शराब कुछ ज़्यादा हो गयी थी। रात की खुमारी दूर करने के वास्ते उन्होंने हम्माम में जाकर गुस्ल किया। गुलचेहरा ने पोशाक बदलने में उनकी मदद की। गुलबदन इस वक़्त हाज़िर थी। उसे देखकर बेगम ने पूछा, ''क्या सुल्तान इस वक़्त क़ुश्क-ए-दिलक़ुशा में मौजूद हैं?''

''जी नहीं, बेगम साहिबा।''

''तब इतनी सुबह-सुबह कहाँ चले गये?''

''सुल्तान-ए-आलम हज़रत ख़्वाजा क़ुतुबुद्दीन बख़्तियार क़ाक़ी के जनाजे में शामिल होने के लिए अभी कुछ देर पहले ही निकले हैं।''

''कमबख़्त आज भी हाथ से मौक़ा निकल गया।''

बेगम कुछ देर रुककर फिर बोलीं, ''शहज़ादी रज़िया के बारे में क्या ख़बर

है?''

''सुल्तान-ए-आलम के क़ुश्क-ए-दिलक़ुशा छोड़ने से कुछ देर पहले वे उनसे मिली थीं।''

''शहज़ादी रज़िया कोई मौक़ा नहीं छोड़ती। कम्बख़्त सुबह-सुबह वहाँ पहुँच गयी और हम रह गये। याक़ूत कहाँ है?''

''क़ुव्वतुलमुल्क सुबह से ही क़ुश्क-ए-दिलक़ुशा पर हाज़िर थे, लेकिन वे सुल्तान-ए-आलम के साथ नहीं गये।''

''तब कहाँ गया? कुछ पता है?''

''बेगम साहिबा, उनका कुछ अता-पता नहीं है।''

''तेरी मातहती में तमाम लौंडियाँ और बाँदियाँ लगी हैं। वे सब मुफ़्त की तनख़्वाह तोड़ रही हैं। कम-से-कम किसी एक को तो याक़ूत के पीछे लगाया जा सकता था?''

''बेगम साहिबा का हुक़्म न था।''

''क्या इन छोटी-छोटी बातों के लिए भी हुक़्म देना होगा?''

अब बेगम गुलचेहरा की ओर मुख़ातिब होकर बोलीं, ''तू महल से बाहर जा और हमारे अगले हुक़्म का इन्तज़ार कर।'' गुलचेहरा समझ गयी कि बेगम का मिज़ाज बिगड़ गया है।

गुलचेहरा के जाने के बाद बेगम गुलबदन से बोलीं, ''ख़्वाजासरा क़ुव्वतबख़्श को भेज!''

क़ुव्वतबख़्श तक़रीबन दस साल से बेगम साहिबा की ख़िदमत में था। इस वक़्त उसकी उम्र तीस साल हो चुकी थी। वह स्वभाव का चिढ़चिढ़ा होने के साथ-साथ बेरहम और ज़ालिम है। उसे देखते ही क़िले की बाँदियाँ काँप उठती हैं। समूचे क़िले में उसकी तूती बोलती है। बाँदियों को यह भी पता है कि वह जहाँशाह तुर्कान बेगम के काफ़ी नज़दीक है। क़ुव्वतबख़्श चाँदी से मढ़ी घुँघरू लगी लाठी लेकर हाज़िर हुआ। वह बेगम की शान में अदब के साथ झुककर बोला, ''हुक़्म, बेगम साहिबा।''

''तेरा ख़ास तीरन्दाज़ महीनों से मुफ़्त तनख़्वाह तोड़ रहा है। वह कहाँ है?''

''हुज़ूर, वह हमारे कमरे में मौजूद है और बेगम साहिबा के अगले हुक़्म का इन्तज़ार कर रहा है।''

''शहज़ादी रज़िया का कुछ पता-ठिकाना है?''

''वे अपनी बाँदियों के साथ जमुना किनारे गयी हैं।''

''वजह?''

''उनकी बाँदी चन्द्रकला की माँ कल रात गुज़र गयीं। शहज़ादी साहिबा उन्हीं

की मातमपुर्सी में गयी हैं।''

बेगम खिसियाकर बोलीं, ''बाप ख़्वाजा की मातमदारी में लगा है और बेटी रज़िया चन्द्रकला की अम्मा की मातमदारी में जुटी है। क़ुव्वतबख़्श, तू शहज़ादी रज़िया का उस तीरन्दाज़ से पीछा करा! आज किसी हालत में हाथ से मौक़ा नहीं निकलना चाहिए! किसी-न-किसी तरह शहज़ादी का काम तमाम हो जाना चाहिए! अगर वह ऐसा न कर सके, तब हमें वापस आकर अपना काला मुँह न दिखाए।''

''जो हुक़्म।''

''अगर काम हो गया, तब तुझे और उसे मालामाल कर दिया जाएगा।''

''बेगम साहिबा का इक़बाल बुलन्द हो। हमें हुज़ूर से यही उम्मीद है।''

''अब जा! हमें अकेला छोड़ दे।'' क़ुव्वतबख़्श अदब के साथ झुककर बाहर हो गया।

वह जल्दी ही अपने कमरे पर पहुँचा। तीरन्दाज़ क़ासिम आराम फ़र्मा रहा था। वह क़ुव्वतबख़्श के कमरे में चोरी-छिपे ठहरा था। उसके यहाँ ठहरने की ख़बर किसी को नहीं थी। क़ुव्वतबख़्श को बेवक़्त आते देखकर क़ासिम चौंका और पूछा, ''आज इतनी जल्दी कैसे लौट आए?''

ख़्वाजासरा क़ुव्वतबख़्श ने वह बात क़ासिम को बताई जो जहाँशाह तुर्कान बेगम और उसके बीच हुई थी। क़ासिम ने फ़ौरन तीर-कमान उठाई और घोड़े पर सवार होकर ख़्वाजासरा क़ुव्वतबख़्श के साथ-साथ चल दिया। उसे क़ुव्वतबख़्श ने बता ही दिया था कि शहज़ादी रज़िया जमुना किनारे चन्द्रकला की माँ के दाह-संस्कार में शामिल होने गयी हैं। ख़्वाजासरा क़ुव्वतबख़्श हौज़रानी दरवाज़े से उसे बाहर निकाल आया।

क़िले से बाहर निकलते ही उसने अपने घोड़े को ऐड़ लगाई। घोड़ा हवा से बातें करने लगा। कुछ दूर चलने पर उसे शहज़ादी का क़ाफ़िला नज़र आया। क़ासिम फ़ौज़ी दस्ते के हाकिम और ज़नानी फ़ौज़ की कई बाँदियों को पहचानता था। जब उसे पूरी तरह इत्मीनान हो गया कि क़ाफ़िला शहज़ादी रज़िया का ही है, तब वह नदी के ढलान से कुछ पहले झाड़ियों के झुरमुट के बीच छिप गया। उसने अपने घोड़े को जामुन के पेड़ की जड़ से बाँध दिया।

अब उसने चारों ओर नज़र दौड़ाई। उसे दूर-दूर तक कोई परिन्दा तक नज़र नहीं आया। वह सोचने लगा कि जब शहज़ादी का क़ाफ़िला दाह-संस्कार से वापस आएगा, तब चढ़ाई के वक़्त शहज़ादी के घोड़े की रफ़्तार कम होगी। उसी वक़्त शहज़ादी को जहरीले तीर से निशाना बनाया जा सकता है।, लेकिन उसने यह नहीं सोचा था कि उसका भी पीछा हो रहा है। क़ासिम के झुरमुट के बीच रुकते ही जमालुद्दीन याक़ूत ने अपने घोड़े को घनी झाड़ियों के पीछे ले जाकर बाँध दिया और

ख़ुद धीमे क़दमों के साथ क़ासिम की ओर बढ़ने लगे। उन्होंने अब ऐसी जगह चुन ली, जहाँ से क़ासिम पर आसानी के साथ सही निशाना लगाया जा सकता था।

चन्द्रकला की माँ के शव के साथ मुहल्ले के सभी लोग मौजूद थे। हकीम नूरुद्दीन ख़्वाजा क़ुतुबुद्दीन बख़्तियार क़ाक़ी के जनाजे के साथ जाना चाहते थे, लेकिन मुहल्ले के नाते यहाँ भी शामिल होना ज़रूरी था। कजरी और मोहिनी जब से चन्द्रकला के घर पहुँची थीं, तब से एक पल के लिए भी चन्द्रकला का साथ नहीं छोड़ा था। चन्दा रात में एकबार अपने घर बच्चों को ख़बर करने ज़रूर गयी थी। शहज़ादी की जनानी फ़ौज़ की अधिकतर लड़कियाँ आज मौजूद थीं। वे सभी चन्द्रकला को हिम्मत बँधा रही थीं।

जैसे ही शहज़ादी जमुना किनारे पहुँचीं, उन्हें वहाँ देखकर कुछ देर के लिए ख़ामोशी छा गयी। मुहल्ले के लोगों को क़त्तई उम्मीद नहीं थी कि शहज़ादी ख़ुद यहाँ पहुँच सकती हैं। यहाँ शहज़ादी रज़िया की मुलाक़ात चन्द्रकला से हुई। चन्द्रकला ने ख़ुद चिता में आग लगाई थी। चिता धू-धूकर जल रही थी। शहज़ादी को देखते ही चन्द्रकला फूट-फूटकर रोने लगी। उसे रोता देखकर ज़नानी फ़ौज़ की तमाम लड़कियों की भी आँखें भर आईं। शहज़ादी भी इससे अछूती न रहीं। अब शहज़ादी बोलीं, "चन्द्रकला, जो इस दुनिया में आया है, वह जाएगा। इसे कोई रोक नहीं सकता। आप क़त्तई फ़िक्र न करें। अपनी अम्मा का काम-काज निपटाने के बाद क़िले में आकर रहें।"

"जो हुक़्म शहज़ादी साहिबा।" शहज़ादी और चन्द्रकला से चन्दा ज़्यादा दूर नहीं थी। वह सोचने लगी, अगर चन्द्रकला क़िले में जाकर रहने लगेंगी तो उसका क्या होगा? उसे आगे कौन तनख़्वाह देगा?

वहाँ कुछ देर ठहरने के बाद शहज़ादी वापस चल दीं। शहज़ादी के चलते ही उनके साथ आईं बादियाँ और फ़ौज़ी दस्ता हरकत में आ गया। अभी शहज़ादी का क़ाफ़िला कुछ ही दूर चला होगा कि उसे फ़क़ीर क़ाज़ीमुद्दीन ज़ाहिद अपने चितकबरे गधे पर बैठे दिखे। वे इधर ही आ रहे थे। उन्हें देखकर फ़ौज़ी दस्ता एक किनारे हो गया। शहज़ादी ने जैसे ही उन्हें देखा, वे घोड़े से उतर गयीं और फ़क़ीर की शान में अदब के साथ झुककर बोलीं, "हज़रत, दुआ करें।"

फ़क़ीर तसवीह फेरते-फेरते बोले, "जहाँशाह तुर्कान बेगम से होशियार रहें। उसके इरादे नेक नहीं हैं।"

इतना कहकर फ़क़ीर आगे बढ़ गये। फ़ौज़ी दस्ता अपने रास्ते पर चलने लगा। जैसे ही क़ासिम ने तीर कमान पर लगाकर शहज़ादी पर निशाना साधा, याक़ूत की कमान से छूटा तीर उसके सीने में जाकर घुस गया। तीर के लगते ही क़ासिम एक ओर लुढ़क गया और उसकी जुबान से चीख निकली। इस चीख को फ़ौज़ी दस्ते ने

ही नहीं सुना, बल्कि शहज़ादी रज़िया ने ख़ुद सुना। शहज़ादी रज़िया कुछ कहतीं, इससे पहले ही फ़ौज़ी दस्ते के हाकिम ने हुक़्म देकर जख़्मी क़ासिम को चारों ओर से घेर लिया।

क़ासिम का घेरा पड़ने से पहले ही जमालुद्दीन याक़ूत मौक़-ए-वारदात पर पहुँच गये थे। इस बीच बाँदियों ने शहज़ादी को अपनी-अपनी ढालों के ज़रिये हिफ़ाज़त के वास्ते घेर लिया। गुल-ए-अब्बासी ने जब देखा कि वहाँ क़ुव्वतुलमुल्क ख़ुद मौजूद हैं तो वह दौड़ी-दौड़ी शहज़ादी के नज़दीक पहुँची। उसके कुछ बोलने से पहले ही शहज़ादी ने पूछा, ''क्या क़ातिल पकड़ लिया गया?'' शहज़ादी ने किसी आदमी को मौक़-ए-वारदात की ओर दौड़ते देखा था।

''शहज़ादी साहिबा, क़ातिल कोई और नहीं, बल्कि क़ुव्वतुलमुल्क जमालुद्दीन याक़ूत ख़ुद ही हैं।'' गुल-ए-अब्बासी असली माजरा नहीं समझ पाई थी। वह जमालुद्दीन याक़ूत को देखते ही शहज़ादी को ख़बर करने चली आई थी।

जमालुद्दीन याक़ूत का नाम सुनते ही शहज़ादी चौंकीं। उन्होंने अपने घोड़े को ऐड़ लगाई और जल्दी ही मौक़-ए-वारदात पर पहुँच गयीं। उन्होंने जमालुद्दीन याक़ूत से पूछा, ''वारदात कैसे हुई?''

''शहज़ादी साहिबा, गुस्ताख़ी माफ़ हो। आपकी हिफ़ाज़त के वास्ते आक़ा के हुक़्म से हुज़ूर का पीछा कर रहा था। मैंने रास्ते में महसूस किया कि कोई सवार आपका पीछा कर रहा है। इस सवार ने अपने घोड़े को यहाँ से थोड़ी दूर ले जाकर बाँध दिया और ख़ुद झाड़ी में छिपकर मौक़ा तलाशने लगा। जब आप चढ़ाई चढ़ रही थीं, तब इसने तीर-कमान से आपको निशाना बनाना चाहा। ख़ुदा का लाख-लाख शुक्र है, इसकी कमान से तीर छूटने से पहले ही हमारे तीर ने इसे जख़्मी कर दिया।''

''क्या यह ज़िन्दा है?''

फ़ौज़ी दस्ते के हाकिम और जमालुद्दीन याक़ूत ने अलग-अलग जख़्मी क़ासिम की नब्ज़ टटोली। जमालुद्दीन याक़ूत बोले, ''शहज़ादी साहिबा, अब यह ज़िन्दा नहीं है। शायद इसने जहर खा लिया।''

शहज़ादी फ़ौज़ी दस्ते के हाकिम से बोलीं, ''इस लाश को क़िले ले चलने का इन्तज़ाम करो।''

''जो हुक़्म शहज़ादी साहिबा।''

अब शहज़ादी ने अपने घोड़े को ऐड़ लगाई। वे फ़ौज़ी दस्ते को बिना कुछ हुक़्म दिए क़ुतुब मीनार की ओर चल दीं। कुछ देर रुकने के बाद जमालुद्दीन याक़ूत ने फिर शहज़ादी का पीछा किया। अभी वे कुछ ही आगे बढ़े थे कि फ़क़ीर क़ाज़ीमुद्दीन ज़ाहिद उन्हें नज़र आ गये। वे जमुना किनारे से वापस आ रहे थे। उन्हें देखकर याक़ूत

घोड़े से उतर आए और बोले, "हज़रत, दुआ करें।"

"लगे रहें...लगे रहें!" इतना कहकर फ़क़ीर अल्लाहू...अल्लाहू करते हुए उस दिशा की ओर चल दिए, जिस दिशा में शहज़ादी का क़ाफ़िला गया था।

ऐसा लगता था, जैसे समूची दिल्ली क़ुतुब मीनार के इर्द-गिर्द समा गयी हो। दिल्ली में शायद ही ऐसा कोई घर रहा हो, जिस घर से हज़रत ख़्वाजा के जनाज़े में कोई शामिल न हुआ हो। यही हाल क़िल-ए-रायपिथौरा का भी था। तक़रीबन आधा क़िला खाली हो चुका था। सुल्तान ने क़िले और शहर में एक हफ़्ते के वास्ते शोक मनाने का हुक़्म फ़र्माया। शाही कारख़ाने बन्द करा दिए गये। सुल्तान हज़रत ख़्वाजा की ख़ानक़ाह से क़ुतुब मीनार तक नंगे पैर चलने की ज़िद कर रहे थे। वे इस सिलसिले में वज़ीर-ए-आज़म जुनैदी का भी कहना नहीं मान रहे थे। किसी ने यह बात हज़रत ख़्वाजा के बड़े बेटे सैयद अहमद को जाकर बताई। सैयद अहमद को पता था कि सुल्तान कई रोज़ से बीमार चल रहे हैं। सैयद अहमद अवाम की ओर मुख़ातिब होकर कह रहे थे, "अब्बाहुज़ूर ने मरते वक़्त कहा था कि हमारे जनाजे को वही आदमी कन्धा दे, जिसकी नमाज़ हमेशा वक़्त से हुई हो और कभी कज़ा न हुई हो।"

अब वे सुल्तान के नज़दीक पहुँचे और बोले, "सुल्तान-ए-आलम, आप बीमार हैं, बीमारी की हालत में अगर आप पैदल चले तो हमारे अब्बाहुज़ूर की रूह को तकलीफ़ पहुँचेगी। उम्मीद है, सुल्तान-ए-आलम ऐसा काम नहीं करेंगे, जिससे हमारे अब्बाहुज़ूर की रूह को तकलीफ़ पहुँचे।" सुल्तान के पास सैयद अहमद की बात का कोई जवाब नहीं था। वे जनाज़े को कन्धा देने के बाद मज़बूर होकर पालकी में बैठ गये।

हज़रत ख़्वाजा के जनाजे को हर कोई कन्धा देना चाहता था, लेकिन वहाँ ऐसे चन्द लोग ही मौजूद थे जिन्होंने नमाज़ हमेशा वक़्त से पढ़ी थी और कभी उनकी नमाज़ कज़ा नहीं हुई थी। हज़रत ख़्वाजा के बेटे के ऐलान से हिन्दुओं को गहरा सदमा लगा। वे हज़रत ख़्वाजा की ख़्वाहिश के हिसाब से उनके जनाजे को कन्धा नहीं दे सकते थे।, लेकिन उन्होंने सोच लिया कि वे सभी जनाजे में आख़िर तक शामिल रहेंगे और हज़रत ख़्वाजा को मिट्टी देंगे। जनाजे में अवाम के साथ-साथ मुल्ला, मौलवी, सैयद, शैख़, अमीर, मलिक, उलेमा हज़रात, मंदिरों के पुजारियों के अलावा जामा मस्जिद और क़ुव्वतुल इस्लाम मस्जिद के इमाम भी मौजूद थे। जनाजे में ख़ासतौर पर शैख़ हमीदुद्दीन नागौरी और शैख़ जलालुद्दीन तबरेज़ी मौजूद थे, जिनके ऊपर भीड़ की निगाहें टिकी थीं।

जनाजे में दिल्ली के फ़क़ीर, भिखारी, मज़दूर और मुहताज भी भारी तादाद में

शामिल थे। ग़ज़नी बाज़ार से कल्लन मियाँ, लाला करोड़ीमल और हज़ारीमल भी मौजूद थे। हज़रत ख़्वाजा के इन्तिक़ाल की ख़बर मिलने के वक़्त से ही लियाक़त अली का रोते-रोते बुरा हाल था। गुरु गोरखनाथ का चेला भी जनाजे में शामिल था। वह सबसे अलग अलख निरंजन...अलख निरंजन चिल्ला रहा था। फ़क़ीर क़ाज़ीमुद्दीन ज़ाहिद भी भीड़ में शामिल हो गये थे। उन्होंने अपने गधे को एक किनारे खड़ा कर दिया था।

भीड़ धीरे-धीरे क़ुतुब मीनार के पास बढ़ती जा रही थी। हालाँकि शहर कोतवाल ने भीड़ का इन्तज़ाम करने के वास्ते सुबह से जगह-जगह फ़ौज़ी दस्ते तैनात कर दिए थे। सिपाहियों को हुक़्म था, भीड़ क़तारों में होकर ही चले। जिससे कोई आपा-धापी न हो सके। चूँकि सुल्तान ख़ुद जनाजे में शामिल थे, इसलिए किसी ने हुक़्म उदूली नहीं की। भीड़ में मौजूद लोग तरह-तरह की बातें कर रहे थे। कोई कह रहा था, अब ऐसा सूफ़ी फिर कभी ज़मीन पर पैदा नहीं होगा। कोई कह रहा था, हज़रत ख़्वाजा ने अपने मरने से पहले ही अपनी छड़ी और लम्बे चुग़ा को पाकपत्तन ख़्वाजा फरीदुद्दीन गंजशकर के पास भिजवा दिया है। कोई कह रहा था, हज़रत ख़्वाजा ने फरीदुद्दीन गंजशकर को बहुत सोच-समझकर ख़ानक़ाह की गद्दी सौंपी है। कोई-कोई कह रहा था, अजमेर में ख़्वाजा मुईनुद्दीन चिश्ती के इन्तिक़ाल को अभी कोई ख़ास वक़्त नहीं गुज़रा था कि हज़रत ख़्वाजा हमें अकेला छोड़कर चले गये। कोई-कोई कह रहा था, शैख़ हमीदुद्दीन नागौरी और शैख़ जलालुद्दीन तबरेज़ी भी ख़्वाजा फरीदुद्दीन गंजशकर से किसी मायने में कम नहीं हैं। उन्हें भी गद्दी मिल सकती थी। कोई-कोई कह रहा था, हज़रत ख़्वाजा के मरते ही उनकी ख़ानक़ाह के बन्दर और कौए न जाने कहाँ चले गये। वे कल दोपहर से ही गायब हो गये थे। इसी तरह की तमाम बातें हो रही थीं।

जनाज़े के वास्ते पहले से ही गड्ढा खोद रखा गया था। हज़रत ख़्वाजा के शव को गड्ढे में उतारते वक़्त सुल्तान ने सहारा दिया। अब वहाँ मौजूद हर आदमी ने बारी-बारी से हज़रत ख़्वाजा को मिट्टी दी। मिट्टी देने का कामकाज अभी चल ही रहा था कि घोड़ों के टापों की आवाज़ सुनाई दी। शहज़ादी रज़िया घोड़े पर सवार होकर इधर ही आ रही थीं। उनका समूचा बदन सफ़ेद क़बा से ढँका था। उनके सिर पर टोपी और चेहरे पर नक़ाब थी। उनके पैरों में सफ़ेद रंग की सस्ती जूतियाँ थीं। आँखों को छोड़कर शहज़ादी के बदन का कोई हिस्सा नहीं दिख रहा था। शहज़ादी के साथ कुछ बाँदियाँ और फ़ौज़ी दस्ता था।

सल्तनत के ऊँचे-ऊँचे ओहदेदार ही नहीं, अवाम तक शहज़ादी को वहाँ देखकर हैरत में पड़ गयी। सुल्तान भी बेटी को वहाँ देखकर चौंक पड़े। वे सोचने लगे, शहज़ादी ने जमुना किनारे जाने की इजाज़त माँगी थी। वह यहाँ कैसे आ

पहुँची?, लेकिन वे मौक़े की नज़ाक़त देखकर कुछ नहीं बोले। शहज़ादी से कुछ दूरी बनाकर जमालुद्दीन याक़ूत खड़े थे। जैसे ही सुल्तान की नज़र जमालुद्दीन याक़ूत पर पड़ी, उनकी शर्म के मारे गर्दन झुक गयी। वहाँ मौजूद शैख़ हमीदुद्दीन नागौरी, शैख़ जलालुद्दीन तबरेज़ी और फ़क़ीर क़ाज़ीमुद्दीन ज़ाहिद को देखकर शहज़ादी उनके सामने अदब के साथ झुक गयीं। अब शहज़ादी ने भी हज़रत ख़्वाजा को मिट्टी दी। वे मिट्टी देने के बाद क़िले की ओर चल दीं। जमालुद्दीन याक़ूत भी मिट्टी देने के बाद शहज़ादी के पीछे-पीछे चल दिए।

सुल्तान इल्तुतमिश गुस्ल करने के बाद क़ुश्क-ए-दिलक़ुशा में बेचैनी के साथ इधर-उधर टहल रहे थे। उनके दिमाग़ में रह-रहकर सवाल उठ रहा था कि आख़िर शहज़ादी रज़िया को इस मौक़े पर अवाम के बीच जाने की क्या ज़रूरत थी। जब कि इस्लाम के मुताबिक़ ऐसे मौक़ों पर औरतों को जनाजे के साथ क़ब्रिस्तान जाने की मनाही है। वे यह भी सोच रहे थे, वहाँ सल्तनत के सभी ओहदेदार मौजूद थे। ओहदेदार सोच रहे होंगे, शहज़ादी रज़िया को सुल्तान की भी कोई परवाह नहीं है। वे यह भी सोचने लगे, सल्तनत के मुल्ला, मौलवी, सैयद, शैख़ और उलेमा हज़रात तो इस मामले को लेकर न जाने क्या-क्या बातें करेंगे। हो सकता है, वे इस मामले को ज़्यादा तूल दें और दीवान-ए-आम में इस मुद्दे को उठाकर शहज़ादी और हमें अवाम के बीच नीचा दिखाने की कोशिश करें। उन्होंने ताली बजाई। ताली बजाते ही गुलसुल्तानबानो हाज़िर हुई। वे बोले, ''जमालुद्दीन याक़ूत को बुलाओ।''

जमालुद्दीन याक़ूत देर से क़ुश्क-ए-दिलक़ुशा के बाहर मौजूद थे। सुल्तान का हुक़्म मिलते ही वे महल के अन्दर पहुँच गये। सुल्तान ने उनसे पूछा, ''शहज़ादी वहाँ कैसे पहुँच गयी?''

जमालुद्दीन याक़ूत ने सुबह क़िले से बाहर निकलने से लेकर शहज़ादी के क़ुतुब मीनार तक पहुँचने का पूरा क़िस्सा बयान किया। सुल्तान गुस्से में थे, लेकिन शहज़ादी के साथ हुई वारदात को सुनकर उनके होश उड़ गये। वे शहज़ादी को ख़ुद से कहीं ज़्यादा चाहते थे। उन्होंने जमालुद्दीन याक़ूत की तारीफ़ की। अब सुल्तान ने फिर ताली बजाई। गुलसुल्तानबानो हाज़िर हो गयी। अब सुल्तान उससे बोले, ''शहज़ादी रज़िया से जाकर कहो, माबदौलत याद फ़र्मा रहे हैं।''

शहज़ादी रज़िया को क़ुश्क-ए-दिलक़ुशा पहुँचने में देर नहीं लगी। वे पहले से सोचे बैठी थीं कि अब्बाहुज़ूर उन्हें कभी भी बुला सकते हैं। शहज़ादी के आते ही सुल्तान ने उन्हें अपने सीने से लगा लिया और बोले, ''माबदौलत आपको इसीलिए जल्दी क़िले से बाहर नहीं निकलने देते हैं। आख़िर आज की वारदात के पीछे कौन हो सकता है?'' शहज़ादी रज़िया के हज़रत ख़्वाजा के जनाजे में शामिल होने की

बात जो देर से उनके दिमाग़ में घूम रही थी, इस वारदात के सामने फीकी पड़ गयी थी। सुल्तान ने जान-बूझकर उस बात को नहीं छेड़ा। उन्होंने सोचा, उस मुद्दे पर शहज़ादी से कभी भी बात की जा सकती है।

"अब्बाहुज़ूर, कुछ कहा नहीं जा सकता।"

"आख़िर कोई तो होगा? क्या शहज़ादे रुकुनुद्दीन की हरकत तो नहीं हो सकती?" सुल्तान शहज़ादे पर शक़ कर रहे थे।

"अब्बाहुज़ूर, हमारे ऊपर दो वारदातें पहले भी हो चुकी हैं। जिनसे हुज़ूर बख़ूबी वाक़िफ़ हैं। आज अगर मौक़-ए-वारदात पर जमालुद्दीन याक़ूत नहीं होते, तब हमारी जान जा सकती थी। जमालुद्दीन याक़ूत इनाम के हक़दार हैं। सल्तनत को ऐसे ही वफ़ादार लोगों की ज़रूरत है। आज हमारे ऊपर हुई वारदात तीसरी है। इन तमाम वारदातों का फ़िलहाल कोई चश्मदीद गवाह नहीं है। तब कैसे शहज़ादे रुकुनुद्दीन पर शक़ किया जाए?"

"बेटी, हमें बेहद अफ़सोस है। माबदौलत हिन्दुस्तान के सुल्तान होते हुए भी आज तक यह पता नहीं लगा सके, हमारी प्यारी बेटी की जान कौन लेना चाहता है?"

सुल्तान ने जमालुद्दीन याक़ूत से पूछा, "क्या आपको किसी पर शक़ है?"

"आक़ा, गुस्ताख़ी माफ़ हो। शक़ करने से कोई फ़ायदा नहीं। हम जल्दी ही क़ातिल को बेनक़ाब करने की कोशिश करेंगे।" शक़ क्या यक़ीनी तौर पर जमालुद्दीन कह सकते थे कि इन तमाम वारदातों के पीछे और कोई नहीं, बल्कि ख़ुद सुल्तान की ख़ास बेगम जहाँशाह तुर्कान बेगम का हाथ है।, लेकिन बिना किसी सुबूत के ऐसा कहना ठीक नहीं था। शहज़ादी रज़िया भी सीधे-सीधे जहाँशाह तुर्कान बेगम का नाम लेकर अपने अब्बाहुज़ूर का दिल नहीं दुखाना चाहती थीं।

अड़तीस

क़ुश्क-ए-दिलक़ुशा में सुल्तान इल्तुतमिश आराम फ़र्मा रहे थे। बीमारी ने उनका पीछा नहीं छोड़ा था। शहज़ादी रज़िया के पिछले जन्मदिन पर सुल्तान ने कुछ सिक्के ढलवाए थे, जिनमें ख़ुद उनकी औ़र शहज़ादी रज़िया की तस्वीर मौजूद थी। सुल्तान देर तक इन सिक्कों को ग़ौर से देखते रहे। शाम ढलने पर ख़िदमतगार महल के झाड़-फानूस और चिराग़ रौशन कर गया था। बाँदी गुलसुल्तानबानो ने आकर उन्हें दवा पिला दी थी। वह कुछ देर रुककर सुल्तान का दिल बहलाना चाहती थी, लेकिन

सुल्तान ने उसे वापस भेज दिया। सिक्कों से नज़र हटने के बाद वे देर तक झाड़-फानूस में जल रही मोमबत्तियों को ग़ौर से देखते रहे। जल रही मोमबत्तियों से उनकी नज़र हट नहीं रही थी। जलती मोमबत्तियाँ देखते-देखते सुल्तान अपने बचपन में खो गये।

वे सोचने लगे, बचपन में उनके भाइयों ने चुपके से उन्हें सौदागर जलालुद्दीन के हाथों बेच दिया था। फिर वे बिकते-बिकते किसी तरह सुल्तान क़ुतुबुद्दीन ऐबक़ के पास पहुँचे। आक़ा सुल्तान क़ुतुबुद्दीन ऐबक़ ने उनका ख़याल ही नहीं रखा, बल्कि उनकी परवरिश अपने बेटे आरामशाह की तरह की। मरहूम सुल्तान उनसे बेहद मुहब्बत करते थे। उन्होंने हमें बदायूँ का इक़्तादार मुकर्रर किया। अभी आक़ा को हिन्दुस्तान का ताजो-तख़्त सँभाले चार साल नहीं गुज़रे थे कि बदक़िस्मती से लाहौर में पोलो खेलते वक़्त घोड़े से गिर गये और उनकी मौत हो गयी। सुल्तान अपने बेटे आरामशाह को हिन्दुस्तान का ताजो-तख़्त नहीं सौंपना चाहते थे, लेकिन उनकी मौत के बाद दरबारी अमीरों ने उसे लाहौर में तख़्त पर बिठा दिया। हमें तुर्क अमीरों और मलिकों ने अली इस्माइल के ज़रिये दिल्ली बुलवाकर ताजो-तख़्त सौंप दिया।

सुल्तान फिर सोचने लगे, दिल्ली का ताजो-तख़्त मिलने के बाद हमें तुर्क अमीरों और मलिकों को अपने रास्ते से हटाना पडा। माबदौलत ने तराई की जंग में ताजुद्दीन यल्दौज़ को हराकर उसे बन्दी बनाया। तीन बार लखनौती पर चढ़ाई करनी पड़ी। मुल्तान और भक्कर के ख़िलाफ़ मुहिम छेड़कर नासिरुद्दीन क़ुबाचा को वहाँ से भागने पर मजबूर किया। ज़ालिम क़ुबाचा सिन्धु दरिया पार करते वक़्त डूबकर मर गया। रणथम्भौर, ग्वालियर, मंदौर, उज्जैन और मालवा के ख़िलाफ़ जंग लड़नी पड़ीं। हमने पंजाब के खोखरों का दमन किया। खूँखार मंगोलों के ख़तरे से किसी तरह हिन्दुस्तान की अवाम को बचाया। हालाँकि हम उस वक़्त आग और पानी के बीच बुरी तरह फँस गये थे।

हम चाहते हुए भी ख़्वारिज़्म के शाह के बड़े बेटे जलालुद्दीन मंगबरनी की मदद नहीं कर सके, जब कि वह हमसे मदद की गुहार लगा रहा था। इंसानियत कहती है, मदद माँगनेवाले आदमी की फ़ौरन मदद की जाए, लेकिन अगर हम उस वक़्त उसकी मदद करते, तब चंगेज़ ख़ाँ दिल्ली आ धमकता और अवाम उसके जुल्म से तबाह हो जाती। अब तवारीख़ इस मामले को जैसे चाहे लिखे, हमें इसकी कोई परवाह नहीं। हमने जो कुछ किया, अवाम की भलाई के वास्ते किया। हमारा इरादा बुरा नहीं था।

सुल्तान का ध्यान अब मुल्क के दूर-दराज के शहरों की ओर चला गया। जहाँ वे कई बार पूरी शानो-शौकत के साथ गये थे। वे आगे सोचने लगे, अब माबदौलत का क़ब्ज़ा लाहौर, मुल्तान, समाना, सियालकोट, जालंधर, उच्छ, मंदौर, नागौर,

हाँसी, भटिंडा, साँभर, रणथम्भौर, अजमेर, बयाना, बरन, अहिक्षेत्र, बदायूँ, बिजनौर, बहराइच, फर्रुखाबाद, कन्नौज, अवध, बनारस, कटेहर, लखनौती, देवकोट, गौढ़ और नोदिया तक है। मरहूम आक़ा सुल्तान क़ुतुबुद्दीन ऐबक़ ने भी नहीं सोचा होगा कि उनका वफ़ादार ग़ुलाम हिन्दुस्तान में उनकी डाली हुई नींव को इतनी मज़बूती देगा।

सुल्तान सोच रहे थे, हमने आक़ा द्वारा तामीर कराई जा रही क़ुतुब मीनार को कई सालों में हज़ारों मिस्त्री और मज़दूरों को लगाकर पूरा कराया। जब तक क़ुतुब मीनार खड़ी रहेगी, तवारीख़ हमें और आक़ा को याद करती रहेगी। आक़ा द्वारा तामीर कराई गयी क़ुव्वतुल इस्लाम मस्जिद के घेरे को हमने और बढ़ाया। अब अवाम भारी तादाद में वहाँ पाँचो वक़्त की नमाज़ पढ़ती है। हौज़ शम्सी की तामीर हो जाने से दिल्ली की अवाम की पानी की दिक़्क़त दूर हो गयी। हमने दिल्ली में जामा मस्जिद तामीर कराई। आज हज़ारों मुसलमान वहाँ वक़्त से नमाज़ पढ़ते हैं। बदायूँ में तामीर कराई गयी मस्जिद का कोई मुक़ाबला नहीं है। अब तो हमने ख़ुद के वास्ते मक़बरे की तामीर का भी हुक़्म फ़र्मा दिया है जो तामीर हो रहा है। अब हमें ख़्वाजा क़ुतुबुद्दीन बख़्तियार क़ाक़ी के नज़दीक दफ़्न होने में कोई तकलीफ़ नहीं होगी। ख़ुदा मरहूम हज़रत ख़्वाजा की रूह को जन्नत बख़्शे।

सुल्तान ख़याली दुनिया में डूबे थे। बीती ज़िन्दगी का एक-एक ख़याल घूम-घूमकर उनके दिमाग़ में आ रहा था। वे सोचने लगे, हमने जमालुद्दीन याक़ूत, बहाउद्दीन बलबन, इज़्ज़ुद्दीन मुहम्मद सालारी, क़ुराक़ुश ख़ाँ, क़ुतुबुद्दीन हसन ग़ोरी, अल्तूनिया और सैफ़ुद्दीन कूची जैसे क़ाबिल तजुर्बेकार और जाँबाज़ ग़ुलामों के साथ-साथ तुर्कान-ए-चिहिलगानी बन्दगान-ए-शम्सी के तमाम अमीरों और मलिकों को ऊँची-से-ऊँची क़ीमत पर ख़रीदा, लेकिन इस बीच प्यारी क़ुतुबबेगम की मौत के साथ-साथ हमारे सबसे बड़े बेटे नासिरुद्दीन महमूद शाह की मौत हो गयी, जिन्हें हम आज तक नहीं भूल पाए हैं। दोनों ही हमारे सबसे अज़ीज़ थे, हमारे दिल के टुकड़े थे। अल्लाह उन्हें जन्नत बख़्शे और हमारा कहा-सुना माफ़ करे। हमें अजमेर के ख़्वाजा मुईनुद्दीन चिश्ती और ख़्वाजा क़ुतुबुद्दीन बख़्तियार क़ाक़ी अकेला छोड़कर जन्नतनशीं हो गये। अब हमारी भी बारी है।

सुल्तान की नज़र एकबार फिर सोने की थाल में रखे सिक्कों पर चली गयी। वे सिक्के पर उकेरी गयी शहज़ादी की तस्वीर देर तक देखते रहे और सोचने लगे, हमारी प्यारी बेटी शहज़ादी रज़िया पर हर वक़्त ख़तरा मँडराता रहता है। उसके ऊपर एक-दो नहीं, बल्कि तीन-तीन वारदातें अब तक हो चुकी हैं। बूढ़ा और तजुर्बेकार वज़ीर-ए-आज़म जुनैदी आज तक इतना नहीं पता लगा सका कि इन वारदातों के पीछे किसका हाथ है। सुल्तान फिर सोचने लगे, जमालुद्दीन याक़ूत ही नहीं, शहज़ादी

रज़िया ख़ुद जान रही होगी कि इन वारदातों के पीछे किसका हाथ है? जब मावदौलत ही समझ रहे हैं कि इन वारदातों के पीछे जहाँशाह तुर्कान बेगम के अलावा और किसी का हाथ नहीं हो सकता, तब जमालुद्दीन याक़ूत और शहज़ादी रज़िया को क्यों पता नहीं होगा? शहज़ादी रज़िया और याक़ूत बेगम और हमारे बीच नाजुक रिश्ते को देखकर जान-बूझकर ख़ामोश हैं।

सुल्तान सिक्कों को देख ही रहे थे कि जहाँशाह तुर्कान बेगम आ पहुँचीं। उन्होंने आते ही सुल्तान का अँगरखा चूमा और बोलीं, ''मेरे सरताज़, आप दिन-ब-दिन कमज़ोर होते जा रहे हैं। हम आपकी सेहत को लेकर बेहद फ़िक्रमन्द हैं। खुराक कम हो जाने से हुज़ूर का दिन-ब-दिन वज़्न कम हो रहा है।''

सुल्तान ने बेगम की बात पर कोई ख़याल नहीं किया। उन्होंने पूछा, ''बेगम, माबदौलत की सल्तनत कहाँ-से-कहाँ तक है?''

क़ुश्क-ए-दिलक़ुशा में आते ही बेगम को इस तरह के सवाल की सुल्तान से कोई उम्मीद नहीं थी। वे चौंकीं और बोलीं, ''क्या हुज़ूर को ख़ुद पता नहीं है?''

''बेगम, हमें पता है, लेकिन फिर भी हम आपसे पूछते हैं।''

''हुज़ूर, आपको क्या हो गया है? आज आप किस तरह की बहकी-बहकी बातें कर रहे हैं?'' बेगम सुल्तान का दायाँ हाथ सहलाते हुए बोलीं।

''बेगम, हमें कुछ नहीं हुआ है। हम ठीक हैं। फिर भी हम आपकी जुबानी जानना चाहते हैं, माबदौलत की सल्तनत कहाँ तक है?''

अब बेगम को जवाब देना ही पड़ा। वे बोलीं, ''हुज़ूर की सल्तनत अमरोहा, बदायूँ, कोइल, मंदावर, संभल, बरन, कड़ा-मानिकपुर, अवध, बयाना, नागौर, ग्वालियर, हाँसी, उच्छ, मुल्तान, लाहौर, समाना, सुनम, क़ुहराम, भटिंडा और सरहिन्द सूबों तक फैली है। क्या हुज़ूर को कोई शक-ओ-शुबहा है?'

बेगम का जवाब सुनकर सुल्तान मुस्कराए और बोले, ''बेगम, आप जानती हैं। हमारी सेहत दिन-ब-दिन गिर रही है। शाही हकीम कुछ नहीं कर पा रहे हैं। क़िले में मौजूद नजूमी हमारी सेहत को लेकर झूठ बोल रहे हैं। उनका कहना है, हम जल्दी ठीक हो जाएँगे, लेकिन अब हम अपनी सेहत को लेकर नाउम्मीद हो गये हैं। क्या माबदौलत कभी इन शहरों का दौरा कर सकेंगे? क्या वहाँ पहुँचकर पहले की तरह ज़िन्दगी का लुत्फ़ उठा सकेंगे?''

''हुज़ूर जब सेहतयाब हो जाएँगे, तब ज़रूर सूबों का दौरा करेंगे। हुज़ूर को नाउम्मीद नहीं होना चाहिए।''

''बेगम, हमें पता है। अल्लाह के यहाँ से हमारा बुलावा आनेवाला है। आपने अभी जो सूबे गिनाए हैं। उन सूबों पर हमारा अब कोई क़ब्ज़ा नहीं है।''

''हुज़ूर, ऐसा क्यों कहते हैं? हुज़ूर के तमाम मुलाज़िम सूबों की देखरेख अच्छी

तरह से कर रहे हैं। हुज़ूर को कोई फ़िक्र नहीं करनी चाहिए। हुज़ूर के पास वज़ीर-ए-आज़म जुनैदी के साथ-साथ तुर्कान-ए-चिहिलगानी बन्दगान-ए-शम्सी के एक-से-एक क़ाबिल अमीर और मलिक मौजूद हैं। वे अपनी जिम्मेदारियाँ बख़ूबी समझते हैं।''

सुल्तान हँसे और बोले, ''बेगम, हमें अब कोई फ़िक्र नहीं है। अल्लाह ने हमें जिस काम के वास्ते हिन्दुस्तान भेजा था, उसे हमने पूरा किया। हमने कितने क़िले फ़तेह किए, कितने राजा और सुल्तान जंग के दौरान मारे गये, कुछ पता नहीं। फ़िलहाल हमें इस बात की तकलीफ़ हो रही है कि उज्जैन और मालवा में हमारी फ़ौज़ ने हिन्दुओं के मंदिरों को जवाहरात और सोना लूटने के लालच से ज़मीदोज़ किया। किसी भी मज़हबी इमारत को तोड़ने का हमें कोई हक़ नहीं था। हमें क़ियामत के दिन अल्लाह के यहाँ जवाब देना होगा। हम उस वक़्त क्या जवाब देंगे, हमारी समझ में नहीं आ रहा है? सोचकर दिल घबरा रहा है।''

बेगम को हिन्दुओं के मंदिर ज़मींदोज़ होने का कोई ग़म नहीं था। उन्होंने बात का रुख़ बदला। वे बोलीं, ''सुल्तान, अभी तमाम सूबों की बात क्यों कर रहे थे?''

सुल्तान बोले, ''हमें लगता है, अब हमारी सल्तनत क़िल-ए-रायपिथौरा तक ही रह गयी है।''

''हुज़ूर, ऐसा क्यों सोच रहे हैं? सल्तनत में चैन-अमन क़ायम है। हुज़ूर के इक़बाल से अवाम ख़ुश है। इस वक़्त हुज़ूर के पास हज़ारों मुलाज़िम हैं। वे सल्तनत को बख़ूबी देख रहे हैं। हुज़ूर के पास लाखों की तादाद में शाही फ़ौज़ है। कोई दुश्मन हमारा बाल बाँका नहीं कर सकता।''

सुल्तान मुस्कराए और बोले, ''बेगम, अब हमें तो दिख रहा है, हमारी सल्तनत क़िल-ए-रायपिथौरा में भी नहीं रह गयी है।''

बेगम सोच रही थीं कि सुल्तान आज उखड़ी-उखड़ी बातें क्यों कर रहे हैं। इन्होंने पहले कभी ऐसी बातें नहीं की थीं। क्या मौत का फ़रिश्ता जल्दी आनेवाला है? बेगम जल्दी-से-जल्दी हिन्दुस्तान के शाही तख़्त पर अपने बेटे शहज़ादे रुकुनुद्दीन को जलवा अफ़रोज़ होता देखना चाह रही थीं। इतना ही नहीं, वे सोच रही थीं, उनका बेटा रुकुनुद्दीन नाम का सुल्तान रहेगा। सल्तनत की समूची ताक़त उनके पास रहेगी। वे इसी तरह के हसीन ख़्वाब न जाने कब से देख रही थीं। वे सुल्तान का दाहिने हाथ चूमते हुए बोलीं ''हुज़ूर, इस तरह की बातें न करें। हमें सुनकर तकलीफ़ हो रही है। हुज़ूर जल्दी-से-जल्दी सेहतयाब हो जाएँगे। शाही हकीम बता रहे थे कि सुल्तान एक हफ़्ते के भीतर सेहतयाब हो जाएँगे।''

''शाही हकीम झूठ बोल रहे हैं। माबदौलत की सेहत अब इतनी गिर गयी है कि हम क़ुश्क-ए-दिलक़ुशा से न तो दीवान-ए-आम जा सकते हैं और न ही

दीवान-ए-ख़ास। वज़ीर-ए-आज़म जुनैदी रोज़ाना तमाम काग़ज़ात लेकर हाज़िर हो जाता है। हम बमुश्किल काग़ज़ात पर दस्तख़त कर पाते हैं। हम कैसे कह सकते हैं, माबदौलत की सल्तनत समूचे क़िल-ए-रायपिथौरा पर है? हम सोच रहे हैं, अब हमारी सल्तनत क़ुश्क-ए-दिलक़ुशा पर ही रह गयी है और कल को इसी पलंग तक ही रह जाएगी।'' सुल्तान अपनी ज़िन्दगी से हार मान गये थे। वे सोच रहे थे कि यह फ़ानी दुनिया है। यहाँ आदमी की हवस कभी पूरी नहीं होती है।

''मेरे सरताज़, इस तरह की फ़िजूल बातें दिलो-दिमाग़ से निकाल दें। हुज़ूर बहुत जल्द सेहतयाब हो जाएँगे। मैं सुबह-शाम अल्लाह से यही दुआ माँगती हूँ कि हुज़ूर जल्दी सेहतयाब हो जाएँ। हमें पक्का यक़ीन है, हुज़ूर जल्दी ही दीवान-ए-आम और दीवान-ए-ख़ास में शाही तख़्त पर जलवा अफ़रोज़ होंगे।''

सुल्तान ने कोई जवाब नहीं दिया। अब बेगम की नज़र सोने की थाल में रखे सिक्कों पर गयी। उन्होंने थाल में से एक सिक्का उठा लिया। वे सिक्के को उलट-पुलटकर देखने लगीं। वे सिक्के पर उभरी शहज़ादी रज़िया की तस्वीर देखकर चौंकीं और बोलीं, ''सिक्कों पर शहज़ादी रज़िया की तस्वीर तैयार कराकर हुज़ूर ने अच्छा किया। ऐसा किसी सुल्तान ने अब तक नहीं किया होगा। बाप और बेटी की मुहब्बत का यह नायाब नमूना तवारीख़ हमेशा याद रखेगी, लेकिन हुज़ूर से हमारी भी एक गुज़ारिश है।''

''बेगम, बोलें।''

''सुल्तान, शहज़ादे रुकुनुद्दीन की ख़ुशी के वास्ते उसकी भी तस्वीर सिक्कों में ढलवा सकते हैं।''

सुल्तान सोचने लगे, आख़िर दिल की बात बेगम की जुबान पर आ ही गयी। बेगम को अपने ऐयाश बेटे के अलावा और कुछ नहीं दिख रहा है। सुल्तान ने बेगम को फ़िलहाल कोई जवाब नहीं दिया। वे अब भी ख़ामोशी के साथ सिक्कों को देख रहे थे। वे सोच रहे थे कि शहज़ादे रुकुनुद्दीन की ऐयाशी अभी तक ख़त्म नहीं हुई हैं। शहज़ादे ग़यासुद्दीन मुहम्मद शाह, मुईज़्ज़ुदीन और क़ुतुबुद्दीन अभी सियासती दाँव-पेंच अच्छी तरह नहीं समझ रहे हैं। हालाँकि माबदौलत ने ग़यासुद्दीन मुहम्मद शाह को अवध की सूबेदारी सौंप रखी है। उसकी काफ़ी दिनों से कोई ख़ैर-ख़बर नहीं मिली है। सुल्तान को ख़ामोश देखकर बेगम बोलीं, ''हुज़ूर ने हमारी बात का कोई जवाब नहीं दिया?''

''बेगम, शहज़ादे रुकुनुद्दीन की ऐयाशियों से आप बख़ूबी वाक़िफ़ हैं। फिर भी माबदौलत ने सल्तनत के ख़ास सूबे बदायूँ की इक़्ता उसे दी और फिर आपकी ही सिफ़ारिश पर सल्तनत के सबसे ख़ास सूबे लाहौर की इक़्ता देकर उसकी शानो-शौकत में भारी इज़ाफ़ा किया। आपको इससे ख़ुश होना चाहिए।''

"हुज़ूर ने शहज़ादे रुकुनुद्दीन के साथ जो कुछ किया है, उसकी बेहतरी के लिए किया है। शहज़ादा ही नहीं, हम भी सुल्तान के शुक्रगुज़ार हैं, लेकिन सुल्तान को भूलना नहीं चाहिए, शहज़ादा रुकुनुद्दीन हमारा ही बेटा नहीं, हुज़ूर का भी बेटा है। शहज़ादा तमाम शहज़ादों में उम्र के हिसाब से बड़ा है। हम उसकी खातिर ही सुल्तान से गुज़ारिश कर रहे थे कि सिक्कों पर उसकी भी तस्वीर शहज़ादी रज़िया की तरह हुज़ूर तैयार करा दें।"

"बेगम, हम इस सिलसिले में अपना फ़ैसला जल्दी सुना देंगे।" सुल्तान ने संजीदा मसले को फ़िलहाल टाल दिया।

अब बेगम ने इस सिलसिले में कोई बात आगे करना मुनासिब नहीं समझा। अब उन्होंने दूसरा सियासती दाँव फेंका। वे बोलीं, "काश, आज मरहूम शहज़ादे नासिरुद्दीन महमूद ज़िन्दा होते, तब हम शहज़ादे रुकुनुद्दीन को सल्तनत का वलीअहद बनाने पर ज़ोर नहीं देते। दूसरे शहज़ादे रुकुनुद्दीन से छोटे हैं। इसीलिए काफ़ी दिनों से गुज़ारिश कर रही हूँ, हुज़ूर अपने ज़िन्दा रहते शहज़ादे रुकुनुद्दीन को वलीअहद मुकर्रर कर दें। हम नहीं चाहते, हुज़ूर के बाद ताजो-तख़्त के वास्ते शहज़ादों के बीच जंग छिड़े और तमाम फ़ौज़ बेमतलब मारी जाए।"

सुल्तान गुस्सा पीकर बोले, "बेगम, आप कुछ देर पहले कह रही थीं कि हम जल्दी सेहतयाब हो जाएँगे। वैसे भी हम इतनी जल्दी मरनेवाले नहीं हैं। हर काम वक़्त और ख़ुदा की मर्ज़ी से होता है। अगर शहज़ादे रुकुनुद्दीन की क़िस्मत में हिन्दुस्तान का ताजो-तख़्त बदा है, तब कोई उससे छीन नहीं सकता। आपको याद होगा, मरहूम आक़ा क़ुतुबुद्दीन ऐबक़ ने अपने ज़िन्दा रहते अपने इकलौते बेटे शहज़ादे आरामशाह को न तो वलीअहद बनाया था और न ही मरने से पहले उसे हिन्दुस्तान का ताजो-तख़्त सौंपा।"

"फिर भी वह गद्दी पर...।"

बेगम अपनी बात पूरी भी नहीं कर सकी थीं कि शहज़ादी रज़िया आ पहुँचीं। उन्होंने अपने अब्बाहुज़ूर को आदाब बजाया। वे जहाँशाह तुर्कान बेगम को भी आदाब बजाना न भूलीं। शहज़ादी के वहाँ पहुँचते ही सुल्तान के चेहरे पर मुस्कराहट आ गयी, लेकिन जहाँशाह तुर्कान बेगम सोचने लगीं कि यह कमबख़्त हमारा पीछा नहीं छोड़ेगी।

उनतालीस

दोपहर बाद का वक़्त था। गर्मी आज कुछ ज़्यादा ही थी। कल्लन मियाँ की दुकान के

ग्राहक अधिकतर खा-पीकर चले गये थे। उन्होंने सोचा, इस वक़्त कुछ फुरसत है। क्यों न कुछ देर लाला हज़ारीमल की दुकान पर चलकर बैठा जाए। लाला हज़ारीमल की दुकान पर जैसे ही कल्लन मियाँ पहुँचे, लाला के नौकर ने बताया कि वे लाला करोड़ीमल की दुकान की ओर गये हैं। अब कल्लन मियाँ लाला करोड़ीमल की दुकान की ओर चल दिए। दुकान पर जाकर देखा, लाला हज़ारीमल और लाला करोड़ीमल आमने-सामने बैठे पूड़ी और सब्ज़ी खा रहे हैं। कल्लन मियाँ एक खाली मोढ़े पर बैठ गये। उनके बैठते ही लाला करोड़ीमल बोले, "भाई कल्लन मियाँ, हमें आपसे शिकायत है।"

"लाला, हुक़्म करें।"

"इतना नज़दीक रहते हुए भी आपको हमारी दुकान पर आने का कभी वक़्त नहीं मिलता। हमें याद है, जिस दिन फ़क़ीर क़ाज़ीमुद्दीन ज़ाहिद मोतियों का हार पहनकर आए थे, उसी दिन आप हमारी दुकान पर तशरीफ़ लाए थे। आज आप बहुत अच्छे मौक़े पर आए हैं। आप भी दो पूड़ी-सब्ज़ी खाकर आनन्द लें।"

"लाला, आपने फ़क़ीर साहब से उस दिन हार बहुत सस्ते में ले लिया था। हार की क़ीमत सौ अशर्फ़ियों से कम नहीं थी।" कल्लन मियाँ हँसी-मज़ाक़ के लहजे में बोले।

"ईश्वर झूठ न बोलवाए। फ़क़ीर साहब की वजह से हार ख़रीद लिया। आप तो जानते ही हैं, इतना क़ीमती हार ख़रीदनेवाला ग़ज़नी बाज़ार में और कोई सर्राफ़ नहीं है। हमें हार में कोई ख़ास मुनाफ़ा नहीं मिला।" लाला करोड़ीमल आदत के मुताबिक़ सफ़ेद झूठ बोल गये।

"हार किसका था? फ़क़ीर साहब को कैसे मिला? क्या कुछ पता चला?" लाला हज़ारीमल ने पूछा।

कल्लन मियाँ बोले, "हार के बारे में पता चल गया है। शहज़ादे रुक्नुद्दीन ने हार फ़क़ीर साहब को नज़र किया था। फ़क़ीर साहब को दौलत से कोई वास्ता नहीं था। उन्होंने लाला से पाई अशर्फ़ियाँ फ़ौरन ख़र्च कर डालीं।"

इसी बीच लाला हज़ारीमल ने उठकर अपने हाथ धोए और कटोरदान से दोने में पूड़ी-सब्ज़ी निकालने लगे। कल्लन मियाँ बोले, "हमें पहले पता होता तो हम कुछ खाकर नहीं आते। अभी-अभी गोश्त-रोटी खाई है। गर्मी तेज़ हो रही है। हमें माफ़ कर दें।"

लाला करोड़ीमल बोले, "दो पूड़ी-सब्ज़ी खाने में कोई हर्ज़ नहीं है। मियाँ ऐसा मौक़ा फिर हाथ नहीं आएगा।"

"आख़िर क्यों? हम कभी भी दोपहर में आकर लाला की पूड़ी-सब्ज़ी खा सकते हैं।"

"मियाँ कल्लन, आप सही फ़र्मा रहे हैं, लेकिन मैं जो कुछ कह रहा हूँ, वह भी सही कह रहा हूँ। घर में पंडिताइन आकर दोनों वक़्त का खाना बना देती है। तुम्हारी भाभी दिन भर पलंग तोड़ती हैं। उन्होंने पंडिताइन के बीमार हो जाने की वजह से आज मज़बूर होकर खाना बनाया है। खाना बनाना उनके लिए पहाड़ जैसा काम है। उन्होंने खाना बनाते-बनाते हमें पचास बातें सुनाईं, लेकिन हम भी इस कान से सुने और उस कान से निकाल दिए।" इतना कहकर लाला हँस पड़े।

लाला हज़ारीमल ने कल्लन मियाँ के सामने दोने में चार पूड़ी और सब्जी लगा दी। लाला के नौकर ने कल्लन मियाँ के हाथ धुलवाए। कल्लन मियाँ ने सालों बाद आज पूड़ी-सब्जी खाई थी। पूड़ी-सब्जी में उन्हें जो मज़ा आया, वह गोश्त-रोटी में कभी नहीं मिला था। वे बोले, "भाई लाला, लगता है, भाभी ने पूड़ी-सब्जी में चाशनी घोल दी है। खाने में ऐसा लुत्फ़ तमाम ज़िन्दगी में कभी नहीं मिला। हमें पता न था, सब्जी और पूड़ी भी इतनी लज़ीज़ बन सकती है।"

लाला हज़ारीमल हँसते हुए बोले, "मियाँ कल्लन, हमारी भाभीजान को जब पलंग तोड़ने से वक़्त मिल जाएगा, तब इस तरह का लुत्फ़ खाने में फिर मिलेगा।"

इतना सुनते ही लाला करोड़ीमल और मियाँ कल्लन हँस पड़े। पास में खड़े लाला करोड़ीमल के नौकर राममोहन की भी हँसी छूट गयी। उसे हँसता देखकर लाला करोड़ीमल बोले, "क्यों हँसता है? चल जल्दी से हम लोगों के हाथ धुला।"

हाथ धोने के बाद लाला करोड़ीमल नौकर राममोहन से बोले, "गर्मी काफ़ी है। ज़रा दौड़कर तीन कुल्हड़ फालसे का शरबत ले आ।" लाला का हुक्म सुनते ही नौकर राममोहन दुकान से नीचे उतर गया।

अब इन लोगों के बीच कुछ देर तक इधर-उधर की बातें होती रहीं। बात घूम-फिर कर लियाक़त अली पर आ पहुँची। कल्लन मियाँ बोले, "लाला, अल्लाह मौत दे तो लियाक़त अली जैसी।"

लाला करोड़ीमल ने पूछा, "क्यों, लियाक़त अली की मौत में क्या कोई ख़ास बात हुई?"

"लियाक़त अली मरने से पहले एक दिन भी बीमार नहीं पड़ा। महीनों से रात-दिन मरहूम हज़रत ख़्वाजा की ख़ानक़ाह में अपना वक़्त गुज़ारता रहा। उसने अपनी हवेली बेच दी थी। उसे हवेली बेचने पर जो दौलत हासिल हुई, ख़ानक़ाह के लंगरख़ाने में सारी-की-सारी दे दी। उसने तीन दिन पहले फज़्र और जुहर की नमाज़ बकायदा वक़्त से अदा की । वह अस्र की नमाज़ पढ़ने के बाद जैसे ही उठने को हुआ, एक ओर लुढ़क गया। उसे न सर्दी, न जुकाम, न बुखार और न कोई बड़ी बीमारी थी। उसे परवरदिगार ने कितनी आसानी से उठा लिया। उसकी मौत पर उस

वक़्त ख़ानक़ाह में मौजूद तमाम लोग रोए थे। लोग रो-रोकर कह रहे थे, अजमेर के ख़्वाजा मुईनुद्दीन चिश्ती चले गये, ख़्वाजा क़ुतुबुद्दीन बख़्तियार क़ाक़ी चले गये और अब जनाब लियाक़त अली भी चले गये। उन लोगों को किसी तरह हज़रत ख़्वाजा क़ुतुबुद्दीन बख़्तियार क़ाक़ी के बड़े बेटे ने समझाकर ख़ामोश कराया। उसके मातम में न जाने कितने लोगों ने अपनी दुकानें बन्द कर दीं। हम ख़ुद उसे मिट्टी देने ईदगाह से सटे क़ब्रिस्तान गये थे। क़ब्रिस्तान में आदमी समा नहीं रहा था। उसकी मौत से दुखी होकर असग़री बेगम ने ही नहीं, बल्कि हिन्दू फूलवाली मोहिनी ने भी अपनी दुकान बन्द कर दी थी। जब उसने क़िले जाकर कजरी को उसकी मौत की ख़बर सुनाई, तब वह ऐसे रोई, जैसे उसके माँ-बाप मर गये हों।''

अब लाला हज़ारीमल बोले, ''भाई कल्लन, लियाक़त अली अच्छा इंसान था। उसकी मौत हज़रत ख़्वाजा की तरह ही हुई।''

''तमाम दिल्ली में उसका कोई सानी नहीं था। मैंने उसके अब्बा को ख़ुद देखा था। जब वे ग़ज़नी बाज़ार से गुज़रते थे, तब दुकानदार उनकी शान में अदब के साथ खड़े हो जाते थे। उनके घोड़े के साथ एक ख़िदमतगार हमेशा अलग घोड़े पर बैठकर चलता था। उनकी मौत के बाद जनाब लियाक़त अली यार-दोस्तों के चक्कर में पड़ गये। हवेली में रोज़ाना नाच-गाने की महफ़िल सजने लगी। देर रात तक शराबनोशी चलती रही। लियाक़त अली कभी-कभी आधी रात गुज़रने के बाद अपनी बीवी के पास न जाकर कमबख़्त रंडियों के कोठों पर चले जाते थे। एक दिन उनकी बीवी भी ख़ुदा का प्यारी हो गयी। वे फिर भी नहीं सुधरे। अब्बाहुज़ूर की गाढ़ी कमाई धीरे-धीरे ख़त्म होने लगी। अब यार-दोस्तों ने अपना-अपना पल्ला झाड़ लिया। जनाब को रोटी की भी मुश्किल हो गयी। वे हमारी दुकान पर आकर उधार गोश्त-रोटी और क़बाब खाने लगे। हमारा उन पर काफ़ी उधार हो गया था। हम फिर भी उन्हें खिला रहे थे।

एक दिन गर्मी के दिनों में लियाक़त अली दोपहर में हमारी दुकान पर आए। हमने उनसे कहा, जनाब अब बहुत हो गया। अब उधार नहीं खिलाऊँगा। आप चाहे जो कुछ कहें। तब वह बोला था, आज क्या हमें कल तक खाने की ज़रूरत नहीं है। हब्शी ग़ुलाम जमालुद्दीन याक़ूत ने हौज़ शम्सी पर आज से लंगरख़ाना खुलवा दिया है। बकरे का गोश्त और चपातियाँ जी भरकर खाकर आया हूँ। उनके इतना कहने पर मैंने उन्हें बहुत फटकारा। उन्हें मरहूम वालिद की याद दिलाई, लेकिन उसने हमारे सामने तमाम दलीलें पेश कीं। उसने कई ऐसे ख़ानदानी रईसजादों के नाम बताए जो लंगरखाने में गोश्त-रोटी खा रहे थे।, लेकिन एक दिन वह बदला तो ऐसा बदला कि उसके मुक़ाबले का आदमी आज तमाम दिल्ली में चिराग़ ढूढ़ने से भी नहीं मिलेगा।''

लाला करोड़ीमल बोले, "भाई कल्लन मियाँ, आपने जो कुछ कहा, सही कहा है। वाक़ई लियाक़त अली बहुत बदल गया था। वह पाँच वक़्त की नमाज़ पढ़ता था। रमज़ान के महीने में रोज़ा रखता था। ग़रीबों की मदद करता था। उसने शराब और रंडियों से बहुत पहले तौबा कर ली थी। ईश्वर उसकी आत्मा को शान्ति दे।"

अभी लाला करोड़ीमल, लाला हज़ारीमल और मियाँ कल्लन लियाक़त अली के बारे में बात ही कर रहे थे कि दूर से हटो-बचो की आवाज़ें सुनाई देने लगीं। इन लोगों ने सोचा, ज़रूर कोई ऊँचा ओहदेदार आ रहा होगा। तीनों शख़्स दुकान से बाहर निकल आए। पता चला कि सुल्तान इल्तुतमिश की सवारी आ रही है। सुल्तान की सवारी की ख़बर मिलते ही सभी दुकानदार और उनके नौकर अपनी-अपनी दुकानों से नीचे उतर आए। सुल्तान का हाथी दिलपसन्द जैसे ही इन लोगों के सामने से गुज़रा, पता चला सुल्तान जामा मस्जिद में जुहर की नमाज़ पढ़ने जा रहे हैं। शाही क़ाफ़िला गुज़र जाने के बाद लाला करोड़ीमल बोले, "सुना था, सुल्तान महीने भर से बीमार चल रहे थे। तब इतनी गर्मी में क़िले से क्यों बाहर निकले?"

"शायद सुल्तान की तबीयत ठीक हो गयी होगी। इसीलिए जुमा की नमाज़ पढ़ने निकले हैं।" लाला हज़ारीमल बोले।

अब कल्लन मियाँ को याद आया कि आज जुमा है। उन्होंने लाला करोड़ीमल और लाला हज़ारीमल से इजाज़त ली और वे जामा मस्जिद की ओर नमाज़ पढ़ने के वास्ते चल दिए। अब तक लाला करोड़ीमल का नौकर राममोहन फालसे का शरबत लेकर आ गया था। लाला करोड़ीमल ज़ोर से चिल्लाए, "कल्लन मियाँ फालसे का शरबत आ गया है।"

कल्लन मियाँ चलते-चलते बोले, "आप लोग पी लें। हमें नमाज़ की देर हो रही है।"

सुल्तान की सवारी के साथ जमालुद्दीन याक़ूत और सर-ए-जाँदार मौजूद थे। इन लोगों के साथ दो सौ सिपाहियों का दस्ता था। चूँकि शहर कोतवाल को सुल्तान के आने की ख़बर पहले से करा दी गयी थी, इसलिए वह भी अपने पचास सिपाहियों के साथ वहाँ मौजूद था। जामा मस्जिद के एक ओर तुर्की बाज़ार और दूसरी ओर उर्दू बाज़ार है। मस्जिद के ठीक पीछे किराना बाज़ार है। जुमा की नमाज़ के वक़्त वहाँ इतनी भीड़ हो जाती थी कि सड़कों पर पैर रखने की भी जगह नहीं बचती है।

सुल्तान ने हाथी के हौदे से उतरने के बाद आम आदमियों के साथ हौज़ पर जाकर वजू किया। सुल्तान वजू करने के बाद एक क़तार में आम आदमियों के साथ नमाज़ पढ़ने लगे। जमालुद्दीन याक़ूत, सर-ए-जाँदार और शहर कोतवाल सुल्तान के नज़दीक ही एक क़तार में नमाज़ पढ़ रहे थे। नमाज़ ख़त्म होने के बाद जैसे ही शाही

इमाम लोगों से कुछ कह रहे थे, वैसे ही न जाने कहाँ से इस्माइली शिया लोगों का एक झुंड वहाँ आ पहुँचा। इस झुंड के सभी सिपाही तलवारों और दूसरे जंगी हथियारों से लैस थे। इनका सरदार ज़ोर-ज़ोर से चिल्ला रहा था, ''मारो, काटो, सुल्तान आज बचने न पाए। देखते-ही-देखते जामा मस्जिद के चबूतरे पर बिछी सफ़ेद चादर ख़ून से लाल हो गयी। जमालुद्दीन याक़ूत, सर-ए-जाँदार और शहर कोतवाल ने सुल्तान को अपनी ढालों के घेरे में ले लिया। सुल्तान के नज़दीक जो भी बलवाई पहुँचने की कोशिश कर रहा था, जमालुद्दीन याक़ूत की तलवार से उसका सिर धड़ से अलग कर दिया जा रहा था।

आम नमाज़ी जिधर रास्ता पा रहा था, बेतहाशा भाग रहा था। सड़कों पर उनके जूते-चप्पल ही दिख रहे थे। इस हादसे में जहाँ सौ से अधिक इस्माइली शिया बलवाई मारे गये, वहीं तीस फ़ौज़ी दस्ते के सिपाही खेत रहे। शहर कोतवाल के भी कई सिपाही में मारे गये। जमालुद्दीन याक़ूत ने अपनी जान पर खेलकर किसी तरह सुल्तान को इस मार-काट से बाहर निकाला और उन्हें जल्दी से हाथी के हौदे पर चढ़ा दिया। तमाम शाही अदब-क़ायदा छोड़कर जमालुद्दीन याक़ूत नंगी तलवार लिये सुल्तान की हिफ़ाज़त के वास्ते उनके साथ हौदे में सवार हो गये। वे सुल्तान को बचाकर किसी तरह क़िल-ए-रायपिथौरा पहुँचे। इस मार-काट की ख़बर जल्दी ही तमाम दिल्ली में हो गयी। शहर की दुकानें बन्द हो गयीं। लोग अपने घरों में डर के मारे छिप गये। बलवे में कुछ लोग मारे गये, कुछ पकड़े गये, कुछ भाग गये और कुछ घायल हुए। शहर कोतवाल की हिम्मत नहीं पड़ रही थी कि वह क़िले जाकर सुल्तान का सामना करे।

जहाँ जामा मस्जिद में मार-काट हो रही थी, वहीं जहाँशाह तुर्कान बेगम शहर के बाहर शहज़ादे रुक़ुनुद्दीन के हम्माम में आराम से बैठी वज़ीर-ए-आज़म जुनैदी और शाही हकीम से बातचीत कर रही थीं। जहाँशाह तुर्कान बेगम ने शाही हकीम से पूछा, ''अब सुल्तान की सेहत का क्या हाल है?''

शाही हकीम अदब के साथ झुककर बोला, ''बेगम साहिबा, सुल्तान की सेहत ठीक नहीं है। हालाँकि हम हर कोशिश कर रहे हैं, लेकिन कोई दवाई कारगर नहीं हो रही है।''

''तब सुल्तान जामा मस्जिद नमाज़ पढ़ने क्यों चल दिए?''

''बेगम साहिबा, गुस्ताख़ी माफ़ हो। हमने सुल्तान से गुज़ारिश की थी कि वे क़ुश्क-ए-दिलक़ुशा से बाहर न निकलें, लेकिन हज़रत ने हमारी एक नहीं सुनी।''

बेगम वज़ीर-ए-आज़म की ओर मुख़ातिब होकर बोलीं, ''जनाब वज़ीर-ए-आज़म, आपने सुल्तान को कैसे जाने दिया?''

"बेगम साहिबा, हम भी सुल्तान-ए-आलम के एक नौकर हैं। उन्हें सलाह ही दे सकते हैं। सलाह मानना या न मानना उनकी मर्ज़ी पर है।"

"वैसे क़िले से बाहर नमाज़ पढ़ने की क्या कोई ख़ास वजह हो सकती है?"

"बेगम साहिबा, जहाँ तक हम सोच रहे हैं, सुल्तान अवाम की ग़लतफ़हमी दूर करना चाह रहे थे। वे एक महीने की लम्बी बीमारी की वजह से क़िले से बाहर नहीं निकल सके। आम अवाम उन्हें देख नहीं सकी, जिसकी वजह से शहर में कुछ-न-कुछ अफ़वाहें उठना लाज़िमी थीं। हमें सुनने को आया है, कुछ लोग अफ़वाह फैला रहे हैं कि सुल्तान की मौत हो गयी है। कुछ लोग कह रहे हैं कि सुल्तान का बचना अब मुश्किल है। हालाँकि मैंने शहर कोतवाल को हुक़्म दे रखा है, ऐसी अफ़वाह फैलानेवाले लोगों को पकड़कर क़ैदख़ाने में डाल दिया जाए, लेकिन अवाम में हिन्दुस्तान के ताजो-तख़्त को लेकर भारी असमंजस की हालत है। शायद सुल्तान को इस तरह की ख़बर ज़रूर मिली होगी, तभी हज़रत ने क़िले से बाहर जामा मस्जिद में नमाज़ पढ़ने का इरादा बनाया।"

अब बेगम ने ताली बजाई। ताली की आवाज़ सुनते ही दारोग़-ए-हम्माम हाज़िर हुई। बेगम उससे बोलीं, "शाही हकीम को ले जाकर हम्माम के दीवानख़ाने में बिठा दो। और देखो, यहाँ कोई आने न पावे। हमें वज़ीर-ए-आज़म से कुछ ख़ास गुफ़्तगू करना है।"

शाही हकीम कोर्निश बजाकर दारोग़-ए-हम्माम के साथ बाहर निकल गया। अब बेगम वज़ीर-ए-आज़म से बोलीं, "सुल्तान को क़िले से बाहर जामा मस्जिद में नमाज़ पढ़ने की सलाह कौन दे सकता है?"

"हुज़ूर, जमालुद्दीन याक़ूत के अलावा और कोई नहीं हो सकता। वह ही इस तरह की सलाह देने की हिम्मत जुटा सकता है।"

"शाही हकीम ने सुल्तान की सेहत के बारे में जो कुछ भी कहा, आपने भी सुना। अब आपने ताजो-तख़्त के बारे में क्या सोचा है?"

"हुज़ूर, सुल्तान अभी ज़िन्दा हैं। उनकी सेहत सुधर सकती है। वे फिर से दीवान-ए-आम में जलवा अफ़रोज़ हो सकते हैं। जब सुल्तान हाथी के हौदे पर बैठकर जामा मस्जिद तक जा सकते हैं, तब मैं नहीं समझता कि सुल्तान की बीमारी लाइलाज है।"

"अल्लाह, सुल्तान को ज़ल्द सेहतयाब करे। हम भी यही चाहते हैं। कोई भी बेगम नहीं चाहेगी कि उसके खाविन्द को ज़रा भी तकलीफ़ हो।, लेकिन अगर ख़ुदा-न-खास्ता सुल्तान को कुछ हो गया, तब ताजो-तख़्त का हक़दार कौन होगा?"

"बेगम साहिबा, बड़े शहज़ादे नासिरुद्दीन महमूद शाह के मर जाने के बाद

शहज़ादे रुकुनुद्दीन का रास्ता साफ़ हो गया है। वे ही ताजो-तख़्त के असली हक़दार हैं। वैसे बाकी तीनों शहज़ादे ग़यासुद्दीन, मुईजुद्दीन और क़ुतुबुद्दीन में से ग़यासुद्दीन ही शहज़ादे रुकुनुद्दीन की मुखालफ़त कर सकते हैं। बाक़ी दोनों शहज़ादे ताजो-तख़्त के झमेले से अभी कोसों दूर हैं। जहाँ तक शहज़ादे ग़यासुद्दीन का सवाल है, वे दिल्ली से काफ़ी दूर अवध में बैठे हैं। उनकी हमें ज़्यादा फ़िक्र नहीं करना चाहिए।''

वज़ीर-ए-आज़म जुनैदी की बात सुनकर बेगम कुछ देर के लिए ख़ुश हुईं। वे बोलीं, ''क्या शहज़ादी रज़िया शहज़ादे रुकुनुद्दीन की मुखालफ़त नहीं करेगी?''

''उन्हें तुर्कान-ए-चिहिलगानी बन्दगान-ए-शम्सी का कोई अमीर या मलिक पसन्द नहीं करेगा। तुर्की और मुइज़्ज़ी अमीर और मलिक शहज़ादी रज़िया के सामने कभी अपना सिर नहीं झुकाएँगे। तवारीख़ गवाह है, आज तक कोई औरत शाही तख़्त पर नहीं बैठी है।''

''फिर भी शहज़ादी से होशियार रहने की ज़रूरत है। जहाँ उसके साथ ज़नानी फ़ौज़ का दस्ता है, वहीं अवाम उससे मुहब्बत करती है। आपको याद होगा, सुल्तान जब ग्वालियर की मुहिम पर गये थे, तब दिल्ली की हुकूमत उसे ही सौंप गये थे। उस वक़्त तुर्कान-ए-चिहिलगानी बन्दागान-ए-शम्सी के अमीर और मलिक उसकी मुखालफ़त नहीं कर सके थे।''

''बेगम साहिबा, उस वक़्त शहज़ादे रुकुनुद्दीन दिल्ली में मौजूद नहीं थे। वे यहाँ से कोसों दूर लाहौर में थे। अगर शहज़ादे रुकुनुद्दीन यहाँ मौजूद होते, तब सुल्तान शहज़ादी रज़िया को दिल्ली की हुकूमत की ज़िम्मेदारी नहीं सौंपते। यह ख़ूबसूरत मौक़ा उस वक़्त शहज़ादे रुकुनुद्दीन को ही मिलता।''

अब बेगम ने नया सवाल किया, ''शहज़ादी रज़िया का कौन-कौन अमीर और मलिक साथ दे सकता है?''

''कोई अमीर या मलिक शहज़ादी का साथ ताजो-तख़्त के वास्ते नहीं देगा। दिल्ली में मौजूद अमीरों और मलिकों में से मलिक अल्तूनिया ही ऐसा शख़्स है जो शहज़ादी से शादी के लालच में उसकी मदद कर सकता है।''

''दिल्ली के बाहर सूबों के इक़्तादारों में से कौन-कौन ऐसे हैं जो शहज़ादी की तरफ़ जा सकते हैं?'' बेगम वज़ीर-ए-आज़म का दिल टटोलना चाहती थीं।

''जहाँ तक हमारा ख़याल है, बदायूँ के इक़्तादार मलिक इज़्ज़ुद्दीन मुहम्मद सालारी, मुल्तान के इक़्तादार मलिक सैफ़ुद्दीन कूची और लाहौर के इक़्तादार मलिक अलाउद्दीन जानी ही ऐसे शख़्स हैं जो शहज़ादी की तरफ़दारी कर सकते हैं। हालाँकि मलिक सैफ़ुद्दीन कूची और मलिक अलाउद्दीन जानी दिल्ली से बहुत दूर हैं, इसलिए वे मौक़े पर शहज़ादी की मदद नहीं कर पाएँगे। बदायूँ के इक़्तादार मलिक इज़्ज़ुद्दीन मुहम्मद सालारी से ही थोड़ा-बहुत ख़तरा हो सकता है।''

"उसे किसी-न-किसी तरह लालच देकर अपनी ओर मिलाया जा सकता है।"

"बेहतर हुज़ूर।"

बेगम फिर बोलीं, "शहज़ादे रुकुनुद्दीन के बारे में जनाब से कुछ छिपा नहीं है। वह अब भी दिल्ली की अवाम का दिल नहीं जीत पाया है। दिल्ली की अवाम अभी भी भूली नहीं होगी कि शहज़ादा रुकुनुद्दीन वही है, जिसने कभी ग़रीब बिरहमन की लौंडियाँ को उठवा लिया था। शहज़ादे रुकुनुद्दीन...।"

बेगम अपनी बात ख़त्म भी नहीं कर पाई थीं कि वज़ीर-ए-आज़म बोले, "बेगम साहिबा, ग़रीब बिरहमन की लौंडियावाली बात अब काफ़ी पुरानी हो गयी है। शहज़ादे रुकुनुद्दीन उस वारदात के बाद काफ़ी दिनों तक दिल्ली से बाहर बदायूँ में रहे और इधर दिल्ली से दूर लाहौर में उनका रहना हुआ। सुल्तान के साथ जब से वे दिल्ली वापस आए हैं, उनकी अब तक कोई शिकायत नहीं मिली। अवाम इतने पुराने गड़े मुर्दे अब क्यों उखाड़ेगी?"

"शहज़ादा रुकुनुद्दीन इधर काफ़ी बदल गया है। वह पाँच वक़्त की नमाज़ पढ़ने लगा है। पिछले रमज़ान के महीने में उसने रोजे भी रखे थे। हमें उम्मीद है, दरबार के मुल्ला, मौलवी, सैयद, शैख़ और उलेमा हज़रात अब उससे नाराज़ नहीं होंगे।"

"बेगम साहिबा, वज़ा फ़र्मा रही हैं।"

अब बेगम ने पास ही रखी मखमली थैली उठाई और वज़ीर-ए-आज़म को देती हुई बोलीं, "इस थैली में बेशक़ीमती जवाहरात हैं। इन्हें आप रख लें।"

"हुज़ूर, इसकी क्या ज़रूरत है?"

"ज़रूरत है। आपको जल्दी-से-जल्दी बदायूँ के इक़्तादार मलिक इज़्ज़ुद्दीन मुहम्मद सालारी को अपनी ओर मिलाना होगा।"

अभी जहाँशाह तुर्कान बेगम और वज़ीर-ए-आज़म जुनैदी की आपस में बातचीत चल ही रही थी कि दारोग़-ए-हम्माम हाज़िर हुई। वह अदब के साथ झुककर बोली, "बेगम साहिबा, गुस्ताख़ी माफ़ हो। अभी-अभी गुलबदन ने आकर ख़बर दी है कि जामा मस्जिद में सुल्तान-ए-आलम पर इस्माइली शियाओं ने हमला बोल दिया था। क़ुव्वतुलमुल्क जमालुद्दीन याक़ूत सुल्तान-ए-आलम को किसी तरह से बचाकर क़िले पहुँचा पाए थे। इस हमले में दोनों ओर के तमाम सिपाही मारे गये। शहर के बाज़ार बन्द हो गये हैं।"

इस ख़बर को सुनते ही वज़ीर-ए-आज़म जुनैदी के होश उड़ गये। वे बेगम से बोले, "बेगम साहिबा, हमें इजाज़त दें।"

वज़ीर-ए-आज़म बेगम के जवाब का इन्तज़ार करने से पहले ही कमरे से बाहर हो गये।

चालीस

क़िल-ए-रायपिथौरा में हमेशा की तरह चिराग़ रौशन हो चुके थे, लेकिन वक़्त से पहले बाज़ार बन्द हो जाने की वजह से वहाँ अँधेरा छाया था। तुर्कान-ए-चिहिलगानी बन्दगान-ए-शम्सी का हर अमीर और मलिक यही सोच रहा था कि आज जो सुल्तान-ए-आलम के साथ हुआ, ग़लत हुआ। वे आपस में बात कर रहे थे कि क्या सूफ़ी सुल्तान की इतनी मुखालफ़त दिल्ली शहर में हो सकती है? क्या दिल्ली के लोग इतने नीचे तक जा सकते हैं? बाज़ार, गली, मुहल्ला, कूचा, मंदिर, मस्जिद, सरायें और लंगरख़ानों में ही नहीं, आम घरों में भी आज इसी वारदात को लेकर चर्चा हो रही थी।

क़िल-ए-रायपिथौरा के ही नहीं, शहर के भी मुल्ला, मौलवी, सैयद, शैख़ और उलेमा हज़रात इस हादसे को लेकर परेशान थे। मरहूम हज़रत ख़्वाजा क़ुतुबुद्दीन बख़्तियार क़ाक़ी, शैख़ हमीदुद्दीन नागौरी, शैख़ जलालुद्दीन तबरेज़ी, शैख़ नज़ीबुद्दीन नख़सबी और सैयद नूरुद्दीन मुबारक ग़ज़नवी की ख़ानक़ाहों में भी सुल्तान पर हुए हमले की चर्चा हो रही थी। क़िले की बाँदियाँ, लौंडियाँ और ख़्वाजासरा ही नहीं, पहरेदार तक आपस में इसी वारदात को लेकर बातचीत कर रहे थे। रात के वक़्त रंडियों के कोठे जो हमेशा आबाद रहते थे, आज वहाँ गहरी ख़ामोशी छाई थी। किसी भी कोठे पर कोई महफ़िल नहीं सजी थी। रंडियाँ सुल्तान पर हुए हमले से दुखी थीं।

सुल्तान के ऊपर हुए हमले की ख़बर सुनकर सबसे पहले क़ुश्क-ए-दिलक़ुशा में शहज़ादे मुइज़्ज़ुद्दीन और शहज़ादे क़ुतुबुद्दीन पहुँचे। उन्होंने सुल्तान की क़दमबोसी करने के बाद ख़ैरियत पूछी। सुल्तान ने दोनों शहज़ादों की पीठ ठोंककर उनसे कहा, ''कोई फ़िक्र की बात नहीं है। इतनी बड़ी हुकूमत में छोटी-मोटी बातें होती रहती हैं। इन वारदातों पर ज़्यादा ग़ौर नहीं फ़र्माना चाहिए।''

इतना कहकर सुल्तान ने दोनों शहज़ादों को वापस कर दिया। शहज़ादों के जाने के बाद शहज़ादी रज़िया और सज़िया सुल्तान के पास पहुँचीं। शहज़ादी सज़िया बुरी तरह रो रही थी। सुल्तान और शहज़ादी रज़िया ने उसे हिम्मत बँधाई। कुछ देर के बाद सुल्तान ने शहज़ादी सज़िया को साक़ी रौशनबानो के साथ उसके महल वापस भिजवा दिया।

इस बीच सुल्तान से उलेमा हज़रात और तुर्कान-ए-चिहिलगानी बन्दगान-ए-शम्सी के तमाम अमीर और मलिक भी मिलते रहे। सुल्तान से मिलनेवालों में सबसे बाद में वज़ीर-ए-आज़म जुनैदी और जहाँशाह तुर्कान बेगम थीं। शहज़ादी रज़िया ही

नहीं, बल्कि सुल्तान ख़ुद सोच रहे थे कि दोनों साहिबान जब क़िले के अन्दर मौजूद थे, तब उन्हें क़ुश्क-ए-दिलक़ुशा पहुँचने में इतनी देर क्यों हुई? जहाँशाह तुर्कान बेगम इस वक़्त बेहद फ़िक्रमंद थीं। वे सोच रही थीं कि शहज़ादा रुक़ुनुद्दीन अपनी हवेली से अब तक क़िले क्यों नहीं पहुँच पाया? जब कि उन्होंने बाँदी गुलबदन के ज़रिये उसकी हवेली ख़बर भिजवा दी है। वे यह भी सोचने लगीं कि शहज़ादे रुक़ुनुद्दीन की ग़ैरमौजूदगी के बारे में सुल्तान कुछ-न-कुछ ज़रूर सोच रहे होंगे।

सुल्तान क़ुश्क-ए-दिलक़ुशा में अपने जड़ाऊ पलंग पर लेटे थे। उनके दाहिनी ओर जहाँशाह तुर्कान बेगम और बायीं ओर शहज़ादी रज़िया जड़ाऊ क़ुर्सियों पर ख़ामोश बैठी थीं। वज़ीर-ए-आज़म जुनैदी कुछ देर पहले ही सुल्तान की ख़ैरियत लेकर चले गये थे। सुल्तान ने उन्हें हुक़्म दिया था कि शहर कोतवाल को उसके ओहदे से फ़ौरन हटा दिया जाए और नये शहर कोतवाल की तैनाती वज़ीर-ए-आज़म ख़ुद सोच-समझकर करें। इसी के साथ सुल्तान ने इस वारदात की जाँच जल्दी-से-जल्दी पूरी करने का हुक़्म फ़र्माया था।

शहज़ादी रज़िया बैठी-बैठी सोच रही थीं कि अब्बाहुज़ूर ने शहर कोतवाल के ख़िलाफ़ जाँच करवाने और उसे अपने ओहदे से हटाने का जो हुक़्म फ़र्माया है, सही फ़र्माया है।, लेकिन नये शहर कोतवाल की तैनाती का इख़्तियार वज़ीर-ए-आज़म जुनैदी को देकर ग़लत किया। अब्बाहुज़ूर को वज़ीर-ए-आज़म जुनैदी पर इतना भरोसा नहीं करना चाहिए। शहज़ादी पहले से ही शक़ कर रही थीं कि कहीं इस वारदात के पीछे शहर कोतवाल, वज़ीर-ए-आज़म जुनैदी और जहाँशाह तुर्कान बेगम आपस में मिले हुए न हों। उन्होंने सोचा, मौक़ा देखकर अब्बाहुज़ूर को इस सिलसिले में होशियार करना होगा।

सुल्तान को देर से ख़ामोश देखकर जहाँशाह तुर्कान बेगम बोलीं, ''मेरे सरताज़, आपको जामा मस्जिद जाकर नमाज़ पढ़ने की आख़िर क्या ज़रूरत थी? हुज़ूर क़िले की मस्जिद में नमाज़ पढ़ सकते थे। वैसे भी हुज़ूर की तबीयत ठीक नहीं है। हुज़ूर को इस हालत में क़िले से बाहर नहीं निकलना चाहिए था।''

''बेगम, आप नहीं समझेंगी, माबदौलत जामा मस्जिद में नमाज़ पढ़ने क्यों गये थे? माबदौलत तक़रीबन एक महीने से क़ुश्क-ए-दिलक़ुशा में बन्द हैं। हमें बीमारी ने इतना तोड़ दिया है कि हम दीवान-ए-आम और दीवान-ए-ख़ास तक एक महीने से नहीं पहुँच सके। माबदौलत को अवाम ने न जाने कब से नहीं देखा है। बानियान के बीच रास्ते से जब माबदौलत दिल्ली वापस लौटे, तब पालकी में बैठकर आए थे। हमें अवाम तब भी नहीं देख पाई थी। लम्बा वक़्त गुज़र जाने की वजह से अवाम के बीच तमाम तरह की ग़लतफ़हमियाँ पैदा हो रही थीं। कुछ शरारती शिया मज़हबी अफ़वाह फैला रहे थे कि माबदौलत की मौत हो गयी है। हमें अवाम की

गलतफ़हमियाँ दूर करने के वास्ते बीमारी हालत में जामा मस्जिद नमाज़ पढ़ने जाना पड़ा। माबदौलत ने सोचा था कि जामा मस्जिद पर अवाम से हमारी मुलाक़ात हो जाएगी और तमाम गलतफ़हमियाँ दूर हो जाएँगी।''

''हुज़ूर ने शहर कोतवाल के ख़िलाफ़ जो कार्यवाही की, वह नाकाफ़ी है। बेवकूफ़ कोतवाल को फ़ौरन क़ैदख़ाने में डलवा देना चाहिए। कम्बख़्त इस्माइली शियाओं को पकड़-पकड़कर मौत के घाट उतार देना चाहिए। इस्माइली शियाओं का हाकिम जो इस वारदात में बचकर निकल गया, उसे पकड़वाकर हाथी के पैर के नीचे कुचलवा देना चाहिए। इतना ही नहीं, जामा मस्जिद का अगर कोई मुलाज़िम इस वारदात में शामिल है तो उसे कड़ी-से-कड़ी सज़ा दी जाए।''

सुल्तान बेगम की जुबान से निकले अल्फ़ाज़ ग़ौर से सुन रहे थे। वे मुस्कराकर बोले, ''बेगम, और कुछ?''

''अगर इस वारदात में शाही इमाम भी शामिल हों तो उसे भी सख़्त-से-सख़्त सज़ा दी जाए।''

शहज़ादी रज़िया अब भी ख़ामोश बैठी थीं। सुल्तान उनसे बोले, ''बेटी, अब कोई फ़िक्र की बात नहीं है। अब आप हमें अकेला छोड़ दें। हमें जहाँशाह तुर्कान बेगम से कुछ ख़ास गुफ़्तगू करना है।''

शहज़ादी रज़िया अपने अब्बाहुज़ूर के दोनों हाथ चूमकर क़ुश्क-ए-दिलक़ुशा से बाहर निकल गयीं। क़ुश्क-ए-दिलक़ुशा से जाते वक़्त वे सोच रही थीं कि अब्बाहुज़ूर ने उन्हें अपने पास से क्यों हटा दिया? वे जहाँशाह तुर्कान बेगम से क्या ख़ास गुफ़्तगू करनेवाले हैं? वे यह भी सोचने लगीं कि इससे पहले अब्बाहुज़ूर ने उनके साथ ऐसा सलूक कभी नहीं किया था। आज न जाने अब्बाहुज़ूर को क्या हो गया है?

शहज़ादी रज़िया के चले जाने के बाद सुल्तान और जहाँशाह तुर्कान बेगम कुछ इधर-उधर की बात करते रहे। उन दोनों के बीच कुछ ख़ास बात नहीं हुई। सुल्तान को बेगम से कोई ख़ास बात नहीं करनी थी। वे जान-बूझकर शहज़ादी को अपने पास से हटाना चाहते थे। जिससे जहाँशाह तुर्कान बेगम को कोई किसी तरह की शक़ न हो। अब सुल्तान ने नींद का बहाना बनाकर बेगम को भी वहाँ से विदा कर दिया। बेगम के चले जाने के बाद सुल्तान ने ताली बजाई। ताली बजाते ही गुलसुल्तानबानो आकर सुल्तान के पैरों पर गिर पड़ी। उसकी आँखों से बेतहाशा आँसू बह रहे थे। सुल्तान ने देखा, उसकी आँखें रोते-रोते लाल हो गयी हैं। सुल्तान उससे बोले, ''गुलसुल्तानबानो, हमारे क़रीब आओ।''

गुलसुल्तानबानो सुल्तान के पैर छोड़कर उनके नज़दीक पहुँची। वह अब भी रो रही थी। सुल्तान ने ख़ुद अपने दाहिने हाथ से उसके आँसू पोंछे और बोले, ''गुल, हमें माफ़ करना। हम आपकी ईमानदारी और वफ़ादारी को अच्छी तरह समझते हैं।

हम जानते हैं, आप हमसे बेतहाशा मुहब्बत करती हैं। माबदौलत ने जब आपको पहली मर्तबा तराई की जंग के बाद देखा था, तब आप कमसिन थीं। उस वक़्त आप गुलाब की अधखिली कली की मानिंद लग रही थीं। जैसे ही माबदौलत ने आपको देखा, हम अपना आपा खो बैठे। अफ़सोस, हम आपके साथ इंसाफ़ नहीं कर सके।''

गुलसुल्तानबानो रोते-रोते बोली, ''सुल्तान-ए-आलम, हमें माफ़ करें। हमसे चढ़ती जवानी में कई भूलें हुईं। हमने हुज़ूर की मुहब्बत पाने के लिए हर हथकंडा अपनाया, लेकिन जब हमने देखा कि सुल्तान-ए-आलम हिन्दुस्तान के सुल्तान ही नहीं हैं, बल्कि वे एक सूफ़ी हैं। तब मैंने हुज़ूर से जान-बूझकर कुछ दूरी बनाई। ताकि सूफ़ी सुल्तान पर कोई दाग़ न लग सके।''

''गुल, हमें आज उस रात की याद आ रही है, जब हम मुल्तान के नज़दीक ख़ेमे में अकेले थे। आसमान में बादल गरज रहे थे। बिजली चमक रही थी और उसके बाद तेज़ बारिश हुई। हमारी आँखों के सामने आपका ख़ूबसूरत चेहरा ही नहीं, संगमरमरी बदन नाच रहा था। हम उस वक़्त बेकाबू हो गये थे। हम उस बारिश में आपके ख़ेमे तक चलकर गये थे। हमने आपके ख़ेमे का पर्दा उठाकर देखा। आप सो रही थीं। हम उस वक़्त आपके साथ हमबिस्तर होना चाहते थे, लेकिन ज़मीर ने हमें इसकी इजाज़त नहीं दी। हम आपको सोता देखकर वापस लौट आए। ख़ुदा का लाख-लाख शुक्र है। उस वक़्त परवरदिगार ने हमें एक ग़लत रास्ते पर जाने से बचा लिया और आपकी इज़्ज़त में कोई दाग़ नहीं लगा।''

''काश, मैं उस वक़्त जागती होती और कुछ देर के वास्ते ही सुल्तान-ए-आलम को ख़ुश कर पाती। लौंडी सुल्तान-ए-आलम के पैर की जूती है। उसे जब जैसा इस्तेमाल करना चाहें, कर सकते हैं। हम एतराज़ करने की जुर्रत नहीं कर सकते।''

''गुल, आप हमारी लौंडी नहीं हैं। हम आपको अपनी मलिका बनाने के ख़्वाब न जाने कब से देख रहे थे। जब आप भी हमसे इतनी मोहब्बत करती हैं, तब आज हमें साफ़-साफ़ बता दें, अगर आप किसी और से मुहब्बत करती हैं, तब हम आपका निकाह कल सुबह ही उसके साथ करा देंगे। यह हिन्दुस्तान के सुल्तान का वादा है।''

''नहीं हुज़ूर। सुल्तान-ए-आलम की ख़िदमत के अलावा मैं और कुछ सोच भी नहीं सकती।'' इतना कहकर वह सुल्तान के सीने से चिपट गयी।

''गुल, अब हमारी ज़िन्दगी का कोई भरोसा नहीं है। आप हमारी तरफ़ से पूरी तरह आज़ाद है। आपका जहाँ जी चाहे, जा सकती हैं। वैसे हम शहज़ादी रज़िया को आपके बारे में सब कुछ समझा देंगे। वह आपकी हर तरह से मदद करेगी।''

"हुज़ूर, वह तो देख रही हूँ। शहज़ादी साहिबा हमेशा ग़रीब लड़कियों की मदद करती रहती हैं। उन्होंने शहर में छोटे बच्चों के वास्ते कई मदरसे खुलवाए हैं। चन्द्रकला की माँ की मौत के बाद वे उनके जनाजे में शामिल हुई थीं। सुल्तान-ए-आलम की इजाज़त के बग़ैर ख़्वाजा क़ुतुबुद्दीन बख़्यिार क़ाक़ी के जनाजे में शामिल होकर उन्होंने मुल्ला, मौलवी, सैयद, शैख़ और उलेमा हज़रात को नाराज़ किया। ख़ुद उनके ऊपर तीन-तीन वारदातें हुईं। फिर भी वे जान-बूझकर ख़ामोश रहीं।"

"गुल, आपका क्या ख़याल है? इन वारदातों के पीछे किसका हाथ हो सकता है?"

"सुल्तान-ए-आलम, जान की अमान पाऊँ, तब अर्ज़ करने की हिम्मत करूँ।"

"गुल, हमें आप पर पूरा भरोसा है। आप बेख़ौफ होकर अपने दिल के जज़्बात ज़ुबान पर ला सकती हैं। हम आपसे मुहब्बत करते हैं। हम आपको अपनी मुहब्बत का वास्ता देकर कहते हैं। अगर आपने हमारा भी नाम लिया, तब भी हम आपको ताउम्र उसी नज़र से देखते रहेंगे, जिस नज़र से आज देखते हैं।"

"सुल्तान-ए-आलम, गुस्ताख़ी माफ़ हो। जहाँशाह तुर्कान बेगम के इरादे नेक नहीं दिखते।"

इतना सुनते ही सुल्तान देर तक ख़ामोश रहे। गुलसुल्तानबानो की नज़रें नीचे झुकी हुई थीं। उसकी आँखों से आँसू टपक रहे थे। सुल्तान बोले, "हमें सुनकर कोई तकलीफ़ नहीं इुई, बल्कि हम आपकी वफ़ादारी, ईमानदारी और साफ़गोई से ख़ुश हुए।"

सुल्तान अपने पलंग से उठे और नज़दीक रखी एक थैली को ख़ुद उठाकर ले आए। अब सुल्तान ने थैली गुलसुल्तानबानो की हथेली पर रख दी और बोले, "इस थैली में कुछ बेशक़ीमती हीरे हैं। इन्हें अपने पास रख लो। वक़्त पर काम आएँगे।"

गुलसुल्तानबानो एक बार फिर सुल्तान के पैरों पर गिर पड़ी। वह तक़रीबन रोते-रोते बोली, "सुल्तान-ए-आलम, हमें माफ़ करें। हमें इन क़ीमती हीरों की दरकार नहीं है। हम हुज़ूर की ख़िदमत के अलावा और कुछ नहीं चाहते।"

सुल्तान ने गुलसुल्तानबानो को अपने सीने से लगा लिया और उसकी पेशानी चूमते हुए बोले, "आपके सुल्तान-ए-आलम का चिराग़ अब बुझने को है। हम दफ़्न होने के बाद भी आपको भुला न सकेंगे। अब जाओ और नई ज़िन्दगी की शुरूआत करो। अगर ख़ुदा-न-खास्ता बदक़िस्मती से हमारे बाद कहीं शहज़ादा रुक़ुनुद्दीन हिन्दुस्तान का ताजो-तख़्त पा गया, तब कानून के मुताबिक़ हमारे हरम पर भी उसका क़ब्ज़ा हो जाएगा। तब आप उसकी मर्ज़ी के ख़िलाफ़ कुछ नहीं कर सकेंगी। वह ऐयाश है। तराई की जंग के बाद से ही उसकी आप पर गन्दी नज़र है। वह ताजो-तख़्त पाने के बाद आपको अपना हमबिस्तर बनाना चाहेगा। माबदौलत

नहीं चाहते कि जिसे हम चाहते हैं, उसके साथ हमारा ही बेटा हमबिस्तर हो। तब आदमी और जानवरों में क्या फ़र्क़ रह जाएगा।''

''सुल्तान-ए-आलम बेफ़िक्र रहें। तब गुलसुल्तानबानो जहर खा लेगी, शहज़ादे के साथ हमबिस्तर नहीं होगी।''

''ऐसी ज़रूरत नहीं पड़ेगी। अगर ऐसी नौबत आती है, तब आप शहज़ादी रज़िया के पास चली जाना। वह आपकी पूरी हिफ़ाज़त करेगी। आपने आज तक जैसी हमारी ख़िदमत की है, आगे उसकी भी करना। वह दिल की बहुत अच्छी है। फ़िलहाल आप अभी क़ुश्क-ए-फ़ीरोज़ी चली जाएँ और शहज़ादी रज़िया से जाकर कहें, माबदौलत उसे याद फ़र्मा रहे हैं।''

गुलसुल्तानबानो थैली लेकर क़ुश्क-ए-दिलक़ुशा से बाहर हो गयी। सुल्तान सोचने लगे, काश! माबदौलत गुलसुल्तानबानो को और पहले समझ पाते, तब शायद यह भी जहाँशाह तुर्कान बेगम की तरह आज हिन्दुस्तान की मलिका होती।

शहज़ादी रज़िया क़ुश्क-ए-फ़ीरोज़ी पहुँचकर गहरी चिन्ता में डूब गयीं। वे सोचने लगीं, अब्बाहुज़ूर ने उनके साथ पहली मर्तबा इस तरह का बर्ताव किया है। वे पिछले ख़यालों में खो गयीं। सोचने लगीं, अब्बाहुज़ूर शहज़ादों से कहीं ज़्यादा उनसे मुहब्बत करते हैं। फिर ऐसी क्या बात हो गयी कि जहाँशाह तुर्कान बेगम को रोककर हमें क़ुश्क-ए-दिलक़ुशा से बाहर कर दिया? ऐसी क्या ज़रूरी बात थी जो अब्बाहुज़ूर हमारे सामने नहीं करना चाहते थे?

क़ुश्क-ए-फ़ीरोज़ी में इस वक़्त शहज़ादी के साथ कजरी मौजूद थी। वह भी सुल्तान पर हुए हमले से परेशान थी। उसने शहज़ादी को दुखी देखा तो ख़ुद भी दुखी हो गयी। उसने हिम्मत बाँधकर पूछा, ''शहज़ादी साहिबा, क्या बात है? सुल्तान-ए-आलम ठीक तो हैं?''

''अब्बाहुज़ूर ठीक हैं। कोई फ़िक्र की बात नहीं है।''

अब शहज़ादी ने पूछा, ''चन्द्रकला कहाँ गयी?''

''वह वज़ीर-ए-आज़म जुनैदी का पीछा कर रही है। अभी कुछ देर पहले आई थी। बता रही थी, आज वज़ीर-ए-आज़म जुनैदी शहज़ादे रुक्नुद्दीन के हम्माम गये थे।''

''कुछ और कह रही थी?''

''उसका यह भी कहना था कि जहाँशाह तुर्कान बेगम भी वहाँ मौजूद थीं।''

''ज़रूर दोनों मिलकर कोई नया गुल खिलानेवाले हैं। हमें हर वक़्त होशियार रहने की ज़रूरत है। हमने गुल-ए-अब्बासी को गुलबदन के पीछे लगाया है। गुलबदन आजकल सही ख़बर नहीं दे रही है। नयनज्योतिबाई नहीं दिख रही है। वह

कहाँ है?''

''शहज़ादी साहिबा ने ही उसे जहाँशाह तुर्कान बेगम की जासूसी करने करने के लिए लगा रखा है। वह बेगम साहिबा की एक-एक हरकत पर अपनी नज़र रख रही है।''

शहज़ादी को याद आया कि उसने ही नयनज्योतिबाई को जहाँशाह तुर्कान बेगम के पीछे लगाया है। चंचलबाई पहले से ही शहज़ादे रुकुनुद्दीन की हवेली के इर्द-गिर्द रहकर शहज़ादे की पल-पल की ख़बर दे रही है। शहज़ादी सोचने लगीं, आज फ़क़ीर क़ाज़ीमुद्दीन ज़ाहिद कहीं मिल जाते तो अब्बाहुज़ूर के वास्ते उनसे दुआ माँगती। अब शहज़ादी बोलीं, ''कजरी, आप कल फ़क़ीर साहब को खोजकर उनसे मिलने की कोशिश करें। शाम के वक़्त उनकी आमद ग़ज़नी बाज़ार में रहती है। अगर वे मिल जाएँ तो उनसे अब्बाहुज़ूर की सलामती की दुआ माँगना। ग़ज़नी बाज़ार जाने पर मोहिनी, असग़री बेगम और कल्लन मियाँ से ज़रूर मिल लेना। कल्लन मियाँ की दुकान पर शहर की एक-एक ख़बर पहुँचती रहती है। आज के बलवे के पीछे किसका हाथ है? अवाम इस वारदात के बारे में क्या सोच रही है? कहीं शहर कोतवाल इस्माइली शियाओं से मिला तो नहीं है? इन सब बातों के बारे में फ़ौरन पता लगाने की ज़रूरत है। हमारी समझ में नहीं आ रहा है कि जब इस बलवे में पचासों लोग मारे गये और जमालुद्दीन याक़ूत की भी बाँह में घाव लगा, तब भी शहर कोतवाल को खरोंच तक नहीं आई।''

कजरी इधर काफ़ी दिनों से महसूस कर रही थी कि शहज़ादी का झुकाव क़ुव्वतुलमुल्क जमालुद्दीन याक़ूत की ओर है। वह बोली, ''शहज़ादी साहिबा, गुस्ताख़ी माफ़ हो। तमाम दिल्ली में आप और क़ुव्वतुलमुल्क के चर्चे हैं कि आप दोनों एक-दूसरे से मुहब्बत करते हैं। लगता है, कोई अफ़वाह फैला रहा है।''

शहज़ादी को कजरी से ऐसी उम्मीद नहीं थी। अगर कजरी की जगह आज कोई दूसरा होता तो न जाने उसे क्या सज़ा मिलती। शहज़ादी बोलीं, ''कजरी, ऐसा नहीं है। जमालुद्दीन याक़ूत को समझना आसान नहीं है। अब्बाहुज़ूर ने उसे न जाने कब से ग़ुलामी से आज़ाद कर दिया है। फिर भी वह अब्बाहुज़ूर और हमारे सामने ग़ुलामों की तरह ही बर्ताव करता है। हम उसकी वफ़ादारी से ख़ुश हैं। उस तरह का बहादुर, ईमानदार और वफ़ादार आदमी सल्तनत में ढूँढ़े नहीं मिलेगा। उसने कई बार हमारी और अब्बाहुज़ूर की जान बचाई है। उसके अलावा सल्तनत में और कोई ओहदेदार ऐसा नहीं है जिसकी वफ़ादारी पर आँख बन्द करके भरोसा किया जा सके। जो लोग हमारे और जमालुद्दीन याक़ूत के बीच ऐसा कुछ सोच रहे हैं, ग़लत सोच रहे हैं। और जहाँ तक अफ़वाह की बात है, ताजो-तख़्त हासिल करने के वास्ते पता नहीं क्या-क्या हथकंडा अपनाया जाता है? जहाँशाह तुर्कान बेगम और शहज़ादे रुकुनुद्दीन हमारे

ख़िलाफ़ किसी हद तक जा सकते हैं। इन दोनों से हर वक़्त होशियार रहने की ज़रूरत है।''

शहज़ादी और कजरी की बातचीत अभी हो ही रही थी कि ख़्वाजासरा इनायत आ पहुँचा। वह बोला, ''शहज़ादी हुज़ूर, गुलसुल्तानबानो मिलने की इजाज़त चाह रही हैं।''

''उन्हें भेज दो।''

कुछ ही देर में गुलसुल्तानबानो हाज़िर हो गयी। उसका चेहरा देखकर शहज़ादी और कजरी को अजीब-सा लगा। शहज़ादी ने पूछा, ''गुलसुल्तानबानो, यह क्या हाल बना रखा है? ख़ैरियत तो है?''

गुलसुल्तानबानो की जुबान से कुछ नहीं निकला। उसकी आँखों से आँसू बहने लगे। वह रोते-रोते बोली, ''ख़ुदाबन्दे करीम की दुआ से सुल्तान-ए-आलम बाल-बाल बच गये। अल्लाह सुल्तान-ए-आलम को सलामत रखे।''

''क्या अब्बाहुज़ूर सो गये हैं?''

''नहीं शहज़ादी साहिबा, वे हुज़ूर को याद कर रहे हैं।'' गुलसुल्तानबानो अपने आँसू पोछते हुए बोली।

''हमें ख़ुशी है, अब्बाहुज़ूर को आज के ख़ून-खराबे में एक खरोंच तक नहीं आई। उम्मीद है, इस वारदात का जल्दी पर्दाफ़ाश होगा। आप घबराएँ नहीं। आप चलें, हम पहुँचते हैं।''

शहज़ादी सोच रही थीं कि ऐसा क्या हुआ जो अब्बाहुज़ूर उन्हें अभी बुला रहे हैं जब कि उन्होंने ख़ुद हमें वापस कर दिया था। शहज़ादी कजरी को लेकर क़ुश्क-ए-दिलक़ुशा की ओर चल दीं। उनको क़ुश्क-ए-दिलक़ुशा पहुँचने में ज़्यादा देर नहीं लगी। महल के बाहर जमालुद्दीन याक़ूत से उनकी मुलाक़ात हुई। उनके बायें बाजू में सफ़ेद पट्टी बँधी थी, जिसपर ख़ून के धब्बे साफ़-साफ़ दिख रहे थे। जमालुद्दीन याक़ूत शहज़ादी के सामने अदब से झुक गये। शहज़ादी ने याक़ूत के जख़्म पर बँधी पट्टी पर उड़ती हुई नज़र डाली और एक आह भरकर अन्दर चली गयीं। चेहरे पर नक़ाब पड़ी होने की वजह से क़ादिरबीवीबानो और जमालुद्दीन याक़ूत उनके चेहरे के हाव-भाव नहीं समझ सके। शहज़ादी को आता देखकर सुल्तान बोले, ''आओ बेटी।''

''अब्बाहुज़ूर, हमें कैसे याद किया?''

''बेटी, मालूम होता है, अब वक़्त कम है। हिन्दुस्तान का ताजो-तख़्त आपको बुला रहा है।''

''अब्बाहुज़ूर, यह क्या कह रहे हैं?'' शहज़ादी उनके दोनों हाथ चूमती हुई बोलीं।

''शहज़ादा नासिरुद्दीन महमूद शाह वक़्त से कहीं पहले गुज़र गया। शहज़ादा रुकुनुद्दीन ऐयाश है। वह सल्तनत का बोझा उठाने के क़ाबिल नहीं है। शहज़ादे ग़यासुद्दीन, मुइज़्ज़ुद्दीन और क़ुतुबुद्दीन में अभी ऐसी समझ नहीं है जो हिन्दुस्तान के ताजो-तख़्त को सँभाल सकें। हमारी बदक़िस्मती है, वज़ीर-ए-आज़म जुनैदी भी क़ाबिल-ए-ऐतबार नहीं है। तुर्कान-ए-चिहिलगानी बन्दगान-ए-शम्सी के ग़ुलाम अमीर और मलिक आपके साथ कितनी वफ़ादारी निभाएँगे, मालूम नहीं। सूबों के इक़्तादारों में कौन किसकी मदद करेगा, कुछ पता नहीं। माबदौलत ने जहाँशाह तुर्कान बेगम को कनीज़ से हिन्दुस्तान की मलिक-ए-आलम तक पहुँचाया, लेकिन उनकी वफ़ादारी न तो हमारे साथ है और न ही सल्तनत के साथ। उन्हें सिर्फ़ यही दिख रहा है कि कब हमारी आँखें बन्द हो जाएँ और वे अपने नालायक़ बेटे रुकुनुद्दीन को हिन्दुस्तान का ताजो-तख़्त दिलाने में कामयाब हो सकें।''

सुल्तान ने शहज़ादी रज़िया के सामने पहली मर्तबा वज़ीर-ए-आज़म जुनैदी और जहाँशाह तुर्कान बेगम के ख़िलाफ़ ज़ुबान खोली थी। हालाँकि शहज़ादी पहले से ही समझ रही थीं कि जहाँशाह तुर्कान बेगम से अब्बाहुज़ूर इधर नाराज़ चल रहे हैं। वे कई रोज़ से मौक़ा देखकर सुल्तान को बेगम की ओर से ख़बरदार करना चाहती थीं, लेकिन अच्छा ही हुआ, सुल्तान ख़ुद अपने दिल की बात ज़ुबान पर ले आए। वज़ीर-ए-आज़म के बारे में वे नहीं सोच पा रही थीं कि सुल्तान को उस पर से भी भरोसा उठ गया है। फ़िलहाल शहज़ादी को इस वक़्त सुल्तान की सेहत की सबसे ज़्यादा फ़िक्र है। वे बोलीं, ''अब्बाहुज़ूर, हमें पूरी उम्मीद है आप जल्दी सेहतयाब हो जाएँगे। इस वक़्त ज़्यादा सोचने की ज़रूरत नहीं है।''

''काश! ऐसा हो सकता?, लेकिन माबदौलत जानते हैं, ऐसा नहीं होगा। सल्तनत के ताजो-तख़्त के वास्ते ख़ून-खराबा होगा। इसीलिए हम चाहते हैं, अपने मरने से पहले हिन्दुस्तान का ताजो-तख़्त आपके हवाले कर दें।''

''नहीं अब्बाहुज़ूर...नहीं अब्बाहुज़ूर।'' शहज़ादी की ज़ुबान से इतना ही निकल सका। उनकी आँखों से आँसू बहने लगे।

अब सुल्तान ने ताली बजाई। ताली बजाते ही क़ादिरबीवीबानो हाज़िर हुईं। सुल्तान बोले, ''जमालुद्दीन याक़ूत इस वक़्त कहाँ हो सकते हैं?''

''सुल्तान-ए-आलम, वे बाहर हुज़ूर के हुक़्म का इन्तज़ार कर रहे हैं।''

''उसके बाज़ू में तलवार से घाव हुआ है। क्या अभी तक अपनी हवेली नहीं गया?''

''नहीं सुल्तान-ए-आलम। वे कह रहे हैं, सुल्तान-ए-आलम के सो जाने के बाद ही क़ुश्क-ए-दिलक़ुशा से हटेंगे।''

''उन्हें भेज दो।''

जल्दी ही जमालुद्दीन याक़ूत हाज़िर हो गये। वे अदब के साथ झुकते हुए बोले, "हुक़्म आक़ा।"

"अब आपका जख़्म कैसा है? अभी तक हवेली क्यों नहीं गये?"

"आक़ा, कोई ख़ास जख़्म नहीं है। दो-चार दिन में ख़ुद-ब-ख़ुद भर जाएगा।"

"आप कल जनाब ताज-उल-मुल्क मुहम्मद दबीर को सुबह बुला लें। माबदौलत उनके साथ कुछ ख़ास गुफ़्तगू करना चाहेंगे।"

"आक़ा, हुक़्म की तामील होगी।"

"अब आप अपनी हवेली जाकर आराम कर लें।"

जमालुद्दीन याक़ूत सुल्तान को कोर्निश बजाकर महल से बाहर हो गये। वे शहज़ादी को भी कोर्निश बजाना नहीं भूले। अब सुल्तान ने फिर ताली बजाई। क़ादिरबीवीबानो एकबार फिर हाज़िर हो गयीं। उन्हें देखकर सुल्तान बोले, "गुलसुल्तानबानो को बुलाओ।"

गुलसुल्तानबानो जल्दी ही आ गयी। सुल्तान ने उसे अपने क़रीब बुलाया। वह कुछ क़दम आगे बढ़कर रुक गयी। शहज़ादी के सामने वह सुल्तान के क़रीब नहीं जाना चाहती थी। अब सुल्तान बोले, "हमारे और नज़दीक आओ।"

गुलसुल्तानबानो हौले-हौले क़दम रखती हुई सुल्तान के नज़दीक पहुँची। शहज़ादी सुल्तान के नज़दीक ही दाहिनी ओर जड़ाऊ कुर्सी पर बैठी थीं। सुल्तान ने गुलसुल्तानबानो का हाथ पकड़ा और शहज़ादी के हाथों में थमा दिया। शहज़ादी की समझ में नहीं आ रहा था, सुल्तान ऐसा क्यों कर रहे हैं? अब सुल्तान बोले, "बेटी, माबदौलत मरने से पहले गुलसुल्तानबानो को आपके हवाले करते हैं। आज से इसकी हिफ़ाज़त की ज़िम्मेदारी आप पर है।"

"अब्बाहुज़ूर, आप बेफ़िक्र रहें।"

जैसे ही सुल्तान ने गुलसुल्तानबानो का हाथ शहज़ादी के हाथों में सौंपा, उसकी आँखें भर आईं। वह शहज़ादी के सामने आँसुओं को रोकना चाह रही थी, लेकिन कामयाब नहीं हुई। उसकी आँखों से आँसू टपक पड़े। उसके बहते आँसुओं में से एक आँसू सुल्तान के हाथ पर गिरा और दूसरा शहज़ादी के हाथ पर। सुल्तान और शहज़ादी ने ग़ौर नहीं फ़र्माया। सुल्तान बोले, "गुल, अब जाओ। वक़्त कम है। हमें शहज़ादी से कुछ ख़ास गुफ़्तगू करनी है।" सुल्तान का हुक़्म पाते ही वह सुल्तान और शहज़ादी को कोर्निश बजाने के बाद चली गयी।

सुल्तान को देर रात तक नींद नहीं आई। वे ताजो-तख़्त को लेकर फ़िक्रमंद थे। शहज़ादी रज़िया ने उन्हें सुलाने की हर कोशिश की, लेकिन सुल्तान को आधी रात तक नींद नहीं आई। नींद आने पर ही शहज़ादी क़ुश्क-ए-फ़ीरोज़ी जा सकीं।

इकतालीस

देर रात जब शहज़ादे रुक्नुद्दीन को मालूम हुआ कि उसकी अम्मीजान जहाँशाह तुर्कान बेगम ने उसे याद फ़र्माया है, तब वह गहरी फ़िक्र में पड़ गया। कुछ देर तक उसे नींद नहीं आई। उसने पलंग से उठकर एक प्याला शराब और पी। शाम के वक़्त वह कई प्याला शराब पी चुका था। हालाँकि ख़िदमतगार बाँदी ने उसे गुलबदन के आने की ख़बर दी थी, लेकिन वह गुलबदन का शराब के नशे की हालत में सामना नहीं करना चाह रहा था। उसे डर था, कहीं गुलबदन उसकी शिकायत अम्मीजान से न कर दे। सुबह उठते ही वह जल्दी से तैयार हुआ और अपने घोड़े पर सवार होकर क़िले की ओर चल दिया। उसके साथ दस सिपाही हिफ़ाज़त के वास्ते थे। क़िले पहुँचकर साथ के सिपाही बारहदरी से पहले ही रुक गये। शहज़ादा जैसे ही क़ुश्क-ए-सफ़ेद पहुँचा, वहाँ दरवाज़े पर उसकी मुलाक़ात गुलबदन से हुई। गुलबदन शहज़ादे की शान में अदब के साथ झुक गयी और बोली, ''शहज़ादे का इक़बाल बुलन्द हो। मैं हुज़ूर को सूरज ढलते ही ख़बर करने गयी थी। वक़्त से न पहुँचने की वजह से बेगम साहिबा नाराज़ हैं। गुज़ारिश है, उनसे बेहद अदब-क़ायदे से बात करने की ज़रूरत है। चूँकि गुलबदन हुज़ूर की लौंडी ही नहीं, वफ़ादार ख़िदमतगार भी है, इसी वास्ते हुज़ूर को ताक़ीद करने की जुर्रत कर रही है।''

गुलबदन शहज़ादे रुक्नुद्दीन के काफ़ी नज़दीक है। वह वक़्त-बेवक़्त शहज़ादे की हवेली जाकर उन्हें क़िले की हर ख़बर पहुँचाती रहती है। कभी-कभी शहज़ादे के वास्ते नयी-नयी ख़ूबसूरत लड़कियों का भी इन्तज़ाम करती है। शहज़ादा उससे ख़ुश रहता है। शहज़ादे ने इधर-उधर देखा और अपने बायें हाथ की बीच की उँगली से अपनी हीरे जड़ी अँगूठी उतारी और बतौर इनाम गुलबदन की हथेली पर रख दी। गुलबदन ने अँगूठी अपनी दोनों आँखों से लगाई और चूमकर हिफ़ाज़त के साथ रख ली। अब शहज़ादा क़ुश्क-ए-सफ़ेद के अन्दर चला गया। उसने वहाँ देखा, कोई ख़ूबसूरत लड़की अकेली खड़ी है। शहज़ादा उसकी ख़ूबसूरती देखता ही रह गया। जैसे ही गुलचेहरा की नज़र शहज़ादे पर पड़ी, वह अदब के साथ झुककर कोर्निश बजाने लगी। शहज़ादे की नज़र अब तक उसके ख़ूबसूरत चेहरे पर लगी थी। गुलचेहरा अदब के साथ झुककर बोली, ''मैं शहज़ादे हुज़ूर की क्या ख़िदमत कर सकती हूँ?''

''आपका नाम क्या है?''

''हुज़ूर, कनीज़ को गुलचेहरा कहते हैं।''

''बहुत ख़ूब...बहुत ख़ूब। आपका जितना ख़ूबसूरत नाम है, उससे कहीं ज़्यादा

ख़ूबसूरत हैं।"

"शुक्रिया हुज़ूर।"

"अम्मीजान कहाँ हैं?"

"बेगम साहिबा हम्माम में गुस्ल करने गयी हैं। शहज़ादे हुज़ूर तशरीफ़ रखें। वे जल्दी ही आती होंगी।"

शहज़ादा जड़ाऊ कुर्सी पर बैठ गया। गुलचेहरा अब वहाँ से जाने लगी। शहज़ादा बोला, "आप कहाँ जा रही हैं?"

"हुज़ूर के वास्ते शरबत...।"

"कोई ज़रूरत नहीं। आप हमारे क़रीब आएँ।"

गुलचेहरा की हिम्मत नहीं हो रही थी कि वह शहज़ादे के नज़दीक जाए, लेकिन इनकार करने की भी जुर्रत नहीं थी। वह समझ रही थी कि वह तो एक लौंडी है और उसके सामने मौजूद है, कल का होनेवाला सुल्तान। वह झुकी नज़रों के साथ शहज़ादे के क़रीब पहुँची। उसका डर के मारे बदन काँप रहा था। शहज़ादे की आदत से वह अच्छी तरह वाक़िफ़ थी। अब शहज़ादे ने उसे अपनी दोनों बाहों में ले लिया और बोला, "अम्मीजान ने इस नायाब हसीना को अब तक हमसे कहाँ छिपा रखा था?"

इसी बीच पर्दे के पीछे से पैरों की आहट सुनाई दी। शहज़ादे ने गुलचेहरा को एक झटके के साथ छोड़ दिया। जहाँशाह तुर्कान बेगम ने आते ही देखा कि शहज़ादे रुकुनुद्दीन के नज़दीक ही गुलचेहरा खड़ी है। वे बोलीं, "गुलचेहरा, तू जा। हमें अपने बेटे से कुछ ख़ास बात करनी है।" गुलचेहरा अदब के साथ झुककर चली गयी।

शहज़ादे ने अपनी अम्मीजान के दोनों हाथ अपने हाथों में लेकर चूम लिए। वह अदब के साथ झुककर खड़ा हो गया। बेगम ने शहज़ादे की ओर मुख़ातिब होकर पूछा, "कल कहाँ थे?"

"अम्मी हुज़ूर...।" शहज़ादे को उम्मीद नहीं थी कि जाते ही उसे ऐसे सख़्त सवाल का सामना करना पड़ेगा। उसे कोई जल्दी जवाब नहीं सूझ रहा था।

"आपकी जुबान क्यों लड़-खड़ा रही है? हमने गुलबदन के ज़रिये सूरज ढलते ही आपको ख़बर भेजी थी। आपने गुलबदन से मिलना भी ज़रूरी नहीं समझा। वह आपकी बाँदी को ख़बर करके चली आई। हमें जवाब दें, आप कल कहाँ थे?" बेगम का मिज़ाज सख़्त था। वे देर रात तक शहज़ादे का इन्तज़ार करती रही थीं। आज अगर शहज़ादे की जगह कोई दूसरा होता तो उसे सख़्त-से-सख़्त सज़ा मिलती।

"अम्मीहुज़ूर...।"

"बोलिए। बहाना बनाने में इतनी देर क्यों लग रही है?"

"अम्मीजान, हमें माफ़ करें। हम गर्मी की वजह से सो गये थे। ख़िदमतगारों की हमें जगाने की हिम्मत नहीं हुई। जब हमें देर रात मालूम हुआ कि हमारी प्यारी अम्मीजान ने हमें याद फ़र्माया है, तब हम चलने को तैयार हुए, लेकिन उस वक़्त रात काफ़ी गुज़र चुकी थी, इसलिए हम जान-बूझकर नहीं आए। सोचा, सुबह मिल लेंगे।"

"बेटे, अपनी अम्मीजान से झूठ न बोलें। हमने आपको पैदा ही नहीं किया, पाला-पोसा भी है। हम आपकी नस-नस से अच्छी तरह वाक़िफ़ हैं। आपको कितनी बार समझाया है, वक़्त की नजाक़त समझो। एक बार वक़्त हाथ से निकल जाने पर कभी दुबारा हाथ नहीं आता। हम आपको जितना सुल्तान के नज़दीक ले जाने की कोशिश करते हैं, उतना ही आप...।"

"अम्मीजान, हमसे ग़लती हुई। हमें एकबार और मौक़ा दें।" शहज़ादा जहाँशाह तुर्कान बेगम के सामने गिड़गिड़ा रहा था।

"बेटे, हम आपको एक नहीं, सैकड़ों मौक़े दे चुके हैं, लेकिन आप अपनी आदतों से बाज नहीं आ रहे हैं। अभी भी वक़्त है, शराबनोशी और ऐयाशियाँ बन्द करें। आज नहीं तो कल आपको हिन्दुस्तान की हुकूमत सँभालनी होगी। हम आपको पहले भी समझा चुके हैं, अपनी गन्दी आदतों को छोड़ दो। अवाम के वास्ते नेक काम करके उसका दिल जीतो, लेकिन आप ऐसा कुछ नहीं कर रहे हैं। आपने हमारे लाख समझाने पर भी शाही दरबार के मुल्ला, मौलवी, सैयद, शैख़ और उलेमा हज़रात से मिलना भी गवारा नहीं समझा। आप देख रहे हैं, ताजो-तख़्त के एक नहीं, कई दावेदार मौजूद हैं। आपकी ज़रा-सी चूक शाही तख़्त के बजाय क़ैदख़ाने में पहुँचा सकती है।"

अब शहज़ादे ने अपनी अम्मीजान के पैर पकड़ लिए। आज पहली मर्तबा उसकी आँखों में आँसू भर आए थे। बेटे के आँसुओं को देखकर बेगम का रुख़ कुछ नरम हुआ। वे बोलीं, "सुल्तान रात देर से सोए होंगे। उनसे दोपहर के वक़्त मिलना मुनासिब होगा। आप दोपहर होने से पहले ही हमारे पास आ जाएँ। हमें आपके वास्ते आज फिर सुल्तान के सामने माफ़ी की दरख़्वास्त पेश करनी होगी। अगर सुल्तान ने पूछा, कल आप कहाँ थे, तब आपका क्या जवाब होगा?"

शहज़ादा एक झटके के साथ बोला, "अब्बाहुज़ूर से कह दूँगा कि सुबह शिकार को निकल गया था।"

"ठीक है। अब आप जा सकते हैं, लेकिन ख़याल रहे, वक़्त से पहले यहाँ आ जाएँ।"

"अम्मीजान, बेफ़िक्र रहें।"

शहज़ादा अपनी अम्मीजान के दोनों हाथ चूमकर बाहर निकल गया। क़ुश्क-ए-सफ़ेद से बाहर निकलते ही उसकी मुलाक़ात गुलबदन से फिर हुई। वह गुलबदन से मुस्कराकर बोला, "गुलचेहरा से कब मुलाक़ात कराओगी?"

गुलबदन अदब के साथ बोली, "हुज़ूर के शाही तख़्त पर जलवा अफ़रोज़ होने में अब ज़्यादा वक़्त नहीं है। गुलचेहरा क्या, तब न जाने कितनी गुलचेहरा नाज़नीन ख़ुद-ब-ख़ुद हुज़ूर की क़दमबोसी में झुक जाएँगीं।"

शहज़ादा मुस्कराकर चल दिया। शहज़ादे रुक्नुद्दीन के जाने के कुछ देर बाद गुलबदन और गुल-ए-अब्बासी का आमना-सामना हो गया। उस वक़्त गुलबदन कहीं जा रही थी। गुल-ए-अब्बासी ने उससे पूछा, "शहज़ादा रुक्नुद्दीन आज सुबह-सुबह कैसे?"

"क्या शहज़ादे रुक्नुद्दीन अभी यहाँ आए थे?" गुलबदन झूठ बोल गयी।

"क्यों, आपको पता नहीं?"

"हम अभी-अभी आ रहे हैं।"

"कोई नयी ख़बर?"

"शहज़ादे रुक्नुद्दीन को बेगम साहिबा ने रात बुलाया था। शायद सुल्तान-ए-आलम पर हुए हमले के सिलसिले में बेगम साहिबा बात करना चाह रही होंगी। हो सकता है, वे शहज़ादे के साथ ही क़ुश्क-ए-दिलकुशा जाना चाहती हों।"

"कल की वारदात के बारे में क्या कोई ख़ास जानकारी है?"

"क़सम ख़ुदा की, हमें कोई जानकारी नहीं। इतना जानती हूँ, इस्माइली शिया काफ़ी दिनों से सुल्तान से नाराज़ हैं।"

"नाराज़गी का सबब?"

"उनकी शिकायत है, उन्हें दरबार में बहुत कम ओहदे दिए गये हैं।"

"कुछ नई ख़बर हो तो हमें बताना"

"ज़रूर बताऊँगी।"

अब गुल-ए-अब्बासी क़ुश्क-ए-फ़ीरोज़ी की ओर चल दी। शहज़ादे रुक्नुद्दीन को गुल-ए-अब्बासी ने क़ुश्क-ए-सफ़ेद आते देख लिया था। शहज़ादे को देखते ही वह नज़दीक के बाग़ में छिप गयी थी। वह करौंदे की झाड़ी के पीछे से चुपके-चुपके शहज़ादे पर नज़र रख रही थी। उसने शहज़ादे और गुलबदन को आपस में बातचीत करते देखा था। शहज़ादे ने जब अपनी अँगूठी उतारकर गुलबदन को दी, तब भी उसने देख लिया था। वह सोचने लगी, गुलबदन सफ़ेद झूठ बोलने लगी है। वह इधर दिन-ब-दिन बदलती जा रही है। ज़रूर उसके दिमाग़ में होगा कि शहज़ादे रुक्नुद्दीन जल्दी सुल्तान बननेवाले हैं। इसी वास्ते वह कोई ख़ास ख़बर नहीं दे रही है।

सूरज निकलने में अभी काफ़ी देर थी, लेकिन परिन्दे अपने घोंसलों से बाहर निकल आए थे। वे आसमान में क़तारों में पूरब से पश्चिम की ओर जा रहे थे। जमुना नहानेवाले लोग पैदल ही जमुना की ओर जा रहे थे। फूलवालियाँ मंडी से फूल ख़रीदने के लिए अपने-अपने घरों से निकल पड़ी थीं। दही और मछली बेचनेवाली औरतें अभी अपने घरों से नहीं निकली थीं। जमालुद्दीन याक़ूत अपनी हवेली से ताज-उल-मुल्क मुहम्मद दबीर की हवेली की ओर अपने तुर्की घोड़े पर सवार होकर आराम से जा रहे थे। अब उनकी बाँह में ज़्यादा दर्द नहीं था। उनकी हवेली से ताज-उल-मुल्क मुहम्मद दबीर की हवेली ज़्यादा दूर नहीं थी। वे जल्दी ही उसकी हवेली पहुँच गये। घोड़े की टापों की आवाज़ सुनते ही हवेली के ख़िदमतगार ने ख़ास दरवाज़ा खोला। दरवाज़ा खोलते ही उसकी नज़र क़ुव्वतुलमुल्क जमालुद्दीन याक़ूत पर पड़ी। ख़िदमतगार सुबह-सुबह उन्हें हवेली पर देखकर भौंचक्का रह गया। वह अदब के साथ झुककर घोड़े की लगाम थामने लगा। वह घोड़े की लगाम थामते-थामते बोला, ''हुज़ूर-ए-आली ने इतनी सुबह आने की तकलीफ़ कैसे उठाई?''

''क्या ताज-उल-मुल्क सो रहे हैं?''

''हुज़ूर, अभी सो ही रहे होंगे, लेकिन मैं उन्हें जाकर जगाता हूँ।'' इतना कहकर उसने घोड़े को एक किनारे बाँध दिया।

ख़ास दरवाज़े के अन्दर आने पर जमालुद्दीन याक़ूत ने देखा कि हवेली के चारों तरफ़ तरह-तरह के फूल खिले हैं। हौज़ के ज़रिये छोटी-छोटी नालियों से फूलों की क्यारियों में पानी जा रहा है। उन्होंने महसूस किया कि ताज-उल-मुल्क फूल-पौधों का शौक़ीन है। अब ख़िदमतगार ने उन्हें ले जाकर हवेली के दीवानख़ाने में जाकर बिठा दिया और वह अपने मालिक को जगाने के लिए चल दिया। इसी बीच एक जवान कनीज़ पानदान लेकर हाज़िर हुई। वह अदब के साथ झुककर बोली, ''जनाब, पान नोश फ़र्माएँ। बड़े लज़ीज़ हैं।''

जमालुद्दीन याक़ूत ने आज तक पान नहीं चखा था। उन्होंने पान खाने से इनकार कर दिया। उन्होंने दीवानख़ाने की दीवारों पर नज़र डाली। चारों दीवारों पर अलग-अलग चार तस्वीरें लगी थीं। इन तस्वीरों में अलग-अलग क़िस्म के खिले फूल दिख रहे थे। कनीज़ अब तक दीवानख़ाने की खिड़कियाँ खोल चुकी थी। खिड़कियों से ताज़ी हवा आने लगी। रात का जलाया हुआ शमादान रौशन था। इसी बीच एक दूसरी कनीज़ शरबत भरी सुराही और प्याला लेकर हाज़िर हो गयी। उसकी गुज़ारिश पर भी जमालुद्दीन याक़ूत ने शरबत नहीं चखा। कनीज़ अभी वापस भी नहीं जा पाई थी कि भारी-भरकम शरीर के ताज-उल-मुल्क मुहम्मद दबीर हाज़िर हुए। उनका

पेट काफ़ी बाहर निकला था और आँखें उनींदी थीं। इससे साफ़ जाहिर हो रहा था कि वे अभी तक सो रहे थे। ताज-उल-मुल्क जमालुद्दीन याक़ूत के सामने अदब के साथ बोले, "जनाब क़ुव्वतुलमुल्क ने हमें याद कर लिया होता, हम हाज़िर हो गये होते। हुज़ूर ने इस ग़रीबख़ाने पर आकर क्यों तकलीफ़ उठाई। हुज़ूर, हुक्म करें। बन्दा हुज़ूर की क्या ख़िदमत कर सकता है?"

"आपको अभी आक़ा सुल्तान इल्तुतमिश ने याद फ़र्माया है।"

सुल्तान का नाम सुनते ही उसकी रूह काँप गयी। वह डरते-डरते बोला, "हुज़ूर, जान की अमान पाऊँ। ख़ैरियत तो है?"

"जनाब ताज-उल-मुल्क, सुल्तान कोई ज़रूरी दस्तावेज़ अभी लिखाना चाहते हैं।" अब ताज-उल-मुल्क की जान-में-जान आई। वह सोच रहा था, पता नहीं क्या आफ़त आ गयी जो क़ुव्वतुलमुल्क जैसा सल्तनत का आला हाकिम ख़ुद उसकी हवेली पर इतनी सुबह चलकर आया।

"हुज़ूर, थोड़ा वक़्त दें।" वह अभी तक पाखाना, पेशाब नहीं गया था। उसे जैसे ही ख़िदमतगार ने जगाया, वह दौड़ा-दौड़ा चला आया था।

जमालुद्दीन याक़ूत बोले, "हाँ, क्यों नहीं।"

"हुज़ूर, गुज़ारिश है, इस ग़रीब का शरबत नोश फ़र्माकर उसे इज़्ज़त बख़्शें।"

याक़ूत ने उसका मन रखने के लिए शरबत भरा प्याला उठाकर चुस्कियाँ लेनी शुरू कर दीं। ताज-उल-मुल्क को तैयार होने में ज़्यादा वक़्त नहीं लगा। अब वह नया रेशमी हरे रंग का चुग़ा, जिसमें किनारे-किनारे क़रीने से बेलबूटे बनाए गये थे, पहने था। उसके सिर पर लट्टूदार टोपी थी। गले में तिहरा मोतियों का हार डाल रखा था। उसके पैरों में ख़ूबसूरत जूतियाँ थीं। वह आते ही ख़िदमतगार से बोला, "घोड़ा तैयार करें।"

"घोड़ा हुज़ूर का इन्तज़ार कर रहा है।" ख़िदमतगार अदब के साथ बोला।

अब ताज-उल-मुल्क जमालुद्दीन याक़ूत की ओर मुख़ातिब होकर बोला, "हुज़ूर, पान नोश फ़र्माएँ।"

"हम पान नहीं खाते।"

"हुज़ूर, अगर इजाज़त दें तो हम खा लें। हलक़ सूख रहा है।"

"आप खा लें। हमें एतराज़ नहीं।"

अब जमालुद्दीन याक़ूत और ताज-उल-मुल्क मुहम्मद दबीर हवेली से बाहर निकल आए। ताज-उल-मुल्क के वास्ते दो घोड़े मय जीन के तैयार खड़े थे। ख़िदमतगारों ने जैसे ही अपने मालिक और जमालुद्दीन को देखा, अदब के साथ झुक गये। किसी तरह दो ख़िदमतगारों ने मिलकर ताज-उल-मुल्क को एक घोड़े पर चढ़ाया। वे हमेशा पालकी में ही चलते थे, लेकिन इतनी सुबह कँहार मौजूद नहीं थे।

कँहार सूरज निकलने के बाद ही आते थे। ताज-उल-मुल्क ने एक अलग घोड़े पर एक ख़िदमतगार को अपने साथ ले जाना चाहा, लेकिन जमालुद्दीन याक़ूत बोले, "कोई ज़रूरत नहीं। आपकी ख़िदमत के वास्ते क़िले में तमाम ख़िदमतगार मौजूद हैं। वापसी पर आपके साथ ख़िदमतगारों को भेज दिया जाएगा।"

दोनों सवार हवेली से बाहर निकल आए थे। जमालुद्दीन याक़ूत ताज-उल-मुल्क को बग़दादी दरवाज़े से क़िले के अन्दर ले गये। वे उन्हें दीवान-ए-आम, हम्माम और दीवान-ए-ख़ास से घुमाकर ले जाते हुए क़ुतुबबाग़ पहुँचे। क़ुतुबबाग़ में माली फूलों के पौधों को पानी लगा रहे थे। अब जमालुद्दीन याक़ूत और ताज-उल-मुल्क क़ुतुब नहर पर किनारे-किनारे चलने लगे। एक जगह ताज-उल-मुल्क फिसलते-फिसलते बचे, लेकिन उन्हें जमालुद्दीन याक़ूत ने बचा लिया। ताज-उल-मुल्क को बचाने पर उसके बदन का पूरा बोझा जमालुद्दीन याक़ूत पर आ गया। उनके बायें हाथ में लगी चोट में दर्द होने लगा, लेकिन उन्होंने कोई ग़ौर नहीं किया।

क़ुश्क-ए-दिलक़ुशा के बाहर क़ुतुब नहर के किनारे तक दोनों ओर क़तारों में तमाम तातारी बाँदियाँ नंगी तलवारों से लैस थीं। सुल्तान-ए-आलम के हुक़्म से वहाँ परिन्दा भी पर नहीं मार सकता था। दीवान-ए-आम से लेकर क़ुश्क-ए-दिलक़ुशा तक कौन आता है, कौन जाता है, किसी को कुछ पता नहीं था। सुल्तान के हुक़्म से क़ादिरबीवीबानो, फ़ातिमाबानो, शहज़ादी रज़िया, जहाँशाह तुर्कान बेगम और जमालुद्दीन याक़ूत के अलावा किसी को क़ुश्क-ए-दिलक़ुशा में आने की इजाज़त नहीं थी। यहाँ तक कि वज़ीर-ए-आज़म जुनैदी तक को भी नहीं।

क़ुश्क-ए-दिलक़ुशा के सामने इतना सख़्त पहरा देखकर ताज-उल-मुल्क चौंका, लेकिन वह ख़ामोशी के साथ सिर झुकाए जमालुद्दीन याक़ूत के पीछे-पीछे क़ुश्क-ए-दिलक़ुशा पहुँचा। उसके लिए यह पहला मौक़ा था, जब वह क़ुश्क-ए-दिलक़ुशा के अन्दर आया था। वह वहाँ की रौनक़ देखकर कुछ देर के लिए हक्का-बक्का रह गया। उसने देखा, सुल्तान पलंग पर ख़ामोश लेटे हैं। शाही हकीम सिर झुकाए ख़ामोश खड़े हैं। परदे की आड़ में बैठी फ़ातिमाबानो क़ुरआन का पाठ कर रही हैं। ताज-उल-मुल्क फ़ातिमाबानो की आवाज़ पहचानता था। सुल्तान ने जैसे ही आँखें खोलीं, ताज-उल-मुल्क अदब के साथ झुककर कोर्निश बजाने लगा।

सुल्तान बोले, "जनाब, हिन्दुस्तान के ताजो-तख़्त के वास्ते जल्दी-से-जल्दी माबदौलत की ओर से एक नामज़दनामा तैयार करें। जिसमें लिखें, मैं सुल्तान इल्तुतमिश अपने पूरे होशो-हवाश के साथ खुले दिमाग़ से हिन्दुस्तान का ताजो-तख़्त अपनी बेटी शहज़ादी रज़िया को सौंपता हूँ। हमारी बेटी शहज़ादी रज़िया में वे सभी क़ाबिलियत मौजूद हैं जो ताजो-तख़्त को सँभालने के वास्ते ज़रूरी हैं। जहाँ तक हमारे तीनों शहज़ादों का सवाल है, उनमें ताजो-तख़्त का बोझा उठाने की

क़ाबिलियत नहीं है।''

ताज-उल-मुल्क ने कभी सोचा भी नहीं था कि सुल्तान इल्तुतमिश तीनों शहज़ादों के होते हुए शहज़ादी रज़िया को हिन्दुस्तान का ताजो-तख़्त सौंप देंगे। वह उम्मीद कर रहा था कि शहज़ादे नासिरुद्दीन महमूद शाह के मर जाने के बाद हिन्दुस्तान का अगला सुल्तान शहज़ादा रुकुनुद्दीन ही होगा। वह सुल्तान के सामने अदब के साथ झुककर बोला, ''हुज़ूर, तैयार कर लाता हूँ।''

सुल्तान बोले, ''अब आप बाहर चलें और अगले हुक़्म का इन्तज़ार करें!'' ताज-उल-मुल्क एक बार फिर सुल्तान की शान में अदब के साथ झुक गया और कोर्निश बजाकर उल्टे पैर जिस रास्ते से आया था, उसी रास्ते से बाहर निकल गया।

सुल्तान फिर बोले, ''जमालुद्दीन याक़ूत, आप इसके दफ़्तर में जाकर अपनी देखरेख में नामज़दनामा तैयार कराएँ। माबदौलत जब तक नामज़दनामा पर अपने दस्तख़त के साथ शाही मुहर न लगा दें, ताज-उल-मुल्क क़िले से बाहर न निकलने पाए।''

''जो हुक़्म आक़ा।''

जमालुद्दीन याक़ूत के जाते ही शहज़ादी रज़िया वहाँ आ पहुँचीं। उन्होंने सुल्तान के दोनों हाथ चूमकर ख़ैरियत पूछी। सुल्तान बोले, ''बेटी, वक़्त कम है। क़ाज़ी-ए-सल्तनत कबीरुद्दीन, जलालुद्दीन और नसीरुद्दीन कासली को फ़ौरन बुलवा लें। माबदौलत हिन्दुस्तान के ताजो-तख़्त के बाबत अपना नामज़दनामा आपके नाम लिखवा रहे हैं।''

इतना सुनते ही शहज़ादी की आँखों में आँसू आ गये। वे अपने अब्बाहुज़ूर के दोनों हाथ पकड़कर बोलीं, ''अब्बाहुज़ूर, ऐसी क्या जल्दी है? आप ठीक हो जाएँगे। मैंने ख़ुद शाही हकीम से आपकी सेहत के बारे में बात की है। वे इस वक़्त हुज़ूर के सामने ख़ुद मौजूद हैं।''

''बेटी, शाही हकीम हमें और आपको झूठी दिलासा दे रहे हैं।'' इतना सुनते ही शाही हकीम की गर्दन शर्म के मारे नीचे झुक गयी। उनकी ज़ुबान से एक भी लफ़्ज़ नहीं निकल रहा था। वे अच्छी तरह से समझ रहे थे कि सुल्तान का अब आख़िरी वक़्त है।

सुल्तान बातचीत के दरम्यान तसवीह फेर रहे थे। वे बीच-बीच में कलमा भी पढ़ रहे थे। तीनों क़ाज़ी-ए-सल्तनत हुक़्म के मुताबिक़ हाज़िर हो गये थे। वे सब अल्लाह से सुल्तान की ख़ैरियत की दुआ माँग रहे थे। थोड़ी देर में जमालुद्दीन याक़ूत के साथ ताज-उल-मुल्क मुहम्मद दबीर नामज़दनामा लेकर हाज़िर हुए। सुल्तान ने उसे अपने काँपते हाथों में लिया और एक नज़र डालने के बाद बोले, ''जनाब ताज-उल-मुल्क, इस नामज़दनामे में नीचे लिखो, बीस शाबान छः सौ तैंतीस हिज़री,

तीस अप्रैल सन् एक हज़ार दो सौ छत्तीस ईसवी।''

ताज-उल-मुल्क ने हुक़्म के मुताबिक़ नामज़दनामा में तारीख़ लिख दी और फिर सुल्तान के हाथों में उसे सौंप दिया। अब सुल्तान बोले, ''तीनों क़ाज़ी-ए-सल्तनत को अगर कोई एतराज़ न हो तो इस नामज़दनामे पर बतौर गवाह अपने दस्तख़त कर दें।'' तीनों क़ाज़ी-ए-सल्तनत नहीं चाहते थे कि हिन्दुस्तान का ताजो-तख़्त किसी औरत के हाथ में जाए। वे सुल्तान के ख़ौफ़ के मारे इनकार नहीं कर सके और उन्होंने अपने-अपने दस्तख़त नामज़दनामे पर कर दिए।

अब सुल्तान नामज़दनामा को शहज़ादी रज़िया को देते हुए बोले, ''बेटी, ज़रा पढ़कर सुनाएँ।''

शहज़ादी रज़िया तक़रीबन रोते-रोते नामज़दनामा पढ़ने लगीं। उनकी ज़ुबान से एक-एक लफ़्ज़ बमुश्किल निकल रहा था। जब सुल्तान को इत्मीनान हो गया कि उन्होंने जैसा लिखने का हुक़्म फ़र्माया था, ताज-उल-मुल्क ने ठीक वैसा ही नामज़दनामा लिखकर तैयार किया है। तब सुल्तान ने नामज़दनामे पर अपने दस्तख़त करने के बाद शाही मुहर लगा दी। अब सुल्तान ने नामज़दनामा और शाही मुहर शहज़ादी रज़िया के हाथों में सौंप दी और बोले, ''बेटी, आप नामज़दनामा और शाही मुहर को ले जाकर किसी महफ़ूज़ जगह में रख दें जिससे यह क़ीमती दस्तावेज़ किसी के हाथों में न पड़ने पाए।''

शहज़ादी रज़िया अपने अब्बाहुज़ूर के पास से हटना नहीं चाह रही थीं। वे अब भी ख़ामोश बैठी अपने अब्बाहुज़ूर के चेहरे को ताक रही थीं। अब सुल्तान फिर बोले, ''बेटी, हमें इतनी जल्दी कुछ नहीं होनेवाला है। आप जमालुद्दीन याक़ूत को अपने साथ लिए जाएँ। चाहें तो जल्दी लौट भी आएँ।''

अब शहज़ादी जमालुद्दीन याक़ूत के साथ क़ुश्क-ए-फ़ीरोज़ी की ओर चल दीं, लेकिन उनका दिलो-दिमाग़ अब भी अपने अब्बाहुज़ूर की ओर लगा था। शहज़ादी जमालुद्दीन याक़ूत के साथ जल्दी ही क़ुश्क-ए-दिलक़ुशा वापस लौट आईं। सूरज एक घड़ी चढ़ने के बाद जहाँशाह तुर्कान बेगम भी वहाँ आ पहुँचीं।

सुल्तान की हालत ज्यों-की-त्यों बनी हुई थी। उनकी हालत में कोई सुधार नहीं हो रहा था। धीरे-धीरे आज का सूरज ढल गया। क़िल-ए-रायपिथौरा के चिराग़ रोज़ाना की तरह रौशन कर दिए गये। अब सुल्तान की आँखें बन्द होने लगीं। शहज़ादी रज़िया की ही आँखों में नहीं, बल्कि वहाँ मौजूद हर किसी की आँखों में आँसू भर आए। फ़ातिमाबानो अकेली ऐसी थीं जो धीमी आवाज़ में क़ुरआन की आयतें पढ़ रही थीं। आख़िरी वक़्त सुल्तान की ज़ुबान से निकला, ''ला इलाहि इल्लिल्लाह मुहम्मदुर्रसूल्लाह।''

क़लमा पढ़ते ही सुल्तान की आँखें हमेशा-हमेशा के लिए बन्द हो गयीं।

फ़ातिमाबानो अब भी पूरी लय के साथ क़ुरआन शरीफ़ की आयतें पढ़ रही थीं।

बयालीस

मरहूम सुल्तान नासिरुद्दीन क़ुबाचा का वज़ीर आइनुलमुल्क हुसैन अशअरी बेहद चालाक और मौक़ापरस्त था। भक्कर और मुल्तान की जंग हारने के बाद वह सुल्तान इल्तुतमिश की ख़िदमत में आकर हाज़िर हुआ था। उसने मरहूम सुल्तान को क़ुबाचा द्वारा छिपाए गये ख़ज़ाने की जानकारी दी थी। मरहूम सुल्तान इल्तुतमिश को उसकी वजह से ही सुल्तान क़ुबाचा का छिपा हुआ ख़ज़ाना हासिल हुआ। भक्कर और मुल्तान की जंग के बाद सुल्तान इल्तुतमिश जैसे ही दिल्ली की ओर कूच किए, वह उनके साथ दिल्ली चला आया। उसने दिल्ली में रहकर सुल्तान इल्तुतमिश और शहज़ादे रुकुनुद्दीन के साथ-साथ जहाँशाह तुर्कान बेगम का भी दिल जीत लिया। उसने सुल्तान और जहाँशाह तुर्कान बेगम के साथ-साथ शहज़ादे रुकुनुद्दीन को बेशक़ीमती हीरे नज़र किए। ऐसे क़ीमती हीरे अभी तक सुल्तान की नज़र से नहीं गुज़रे थे। सुल्तान ने उसे अपने दरबार में ऊँचा ओहदा दिया। वह शहज़ादे रुकुनुद्दीन की हवेली जाकर उनकी चापलूसी करता रहा। उसे यक़ीन था कि कभी-न-कभी हिन्दुस्तान का ताजो-तख़्त इसी शहज़ादे को मिलेगा। उसने दिल्ली पहुँचते ही तमाम अमीरों को अपनी ओर मिलाया। उनकी शान में बड़ी-बड़ी दावतों का इन्तज़ाम किया। अमीरों के वास्ते कई बार शराब, शबाब और रक़्स की महफ़िलें सजवाईं। उसने तमाम ओहदेदारों के अलावा उनके ख़िदमतगारों को भी किसी-न-किसी तरह अपनी ओर मिला लिया था।

जैसे ही अशअरी को ताज-उल-मुल्क मुहम्मद दबीर के ख़िदमतगार के ज़रिये ख़बर मिली कि क़ुव्वतुलमुल्क जमालुद्दीन याक़ूत सुबह-सुबह ताज-उल-मुल्क की हवेली पर ख़ुद पहुँचे थे, वह चौकन्ना हो गया। उसने अपने तमाम आदमी चारों ओर लगा दिए। सुल्तान की मौत की ख़बर वज़ीर-ए-आज़म से भी पहले उसके पास पहुँच गयी, लेकिन ख़बर मिलते-मिलते रात का एक पहर गुज़र चुका था।

आइनुलमुल्क हुसैन अशअरी घोड़े पर सवार होकर अकेला ही शहज़ादे रुकुनुद्दीन की हवेली की ओर चल दिया। उस वक़्त चारों ओर सन्नाटा छाया हुआ था। इस सन्नाटे को कुत्ते भौंक-भौंककर तोड़ रहे थे। शहज़ादे की हवेली के पहरेदार अशअरी को अच्छी तरह पहचानते ही नहीं थे, वे यह भी समझते थे कि अशअरी शहज़ादे के ख़ासम-ख़ास हैं। घोड़े के टापों की आवाज़ सुनते ही एक पहरेदार ने फाटक से बाहर झाँककर देखा। उसने अशअरी को देखकर फ़ौरन फाटक खोल दिया। अब उसने

अपने आने का मकसद पहरेदार को बताया।

पहरेदार ने शहज़ादे की ख़्वाबगाह पर पहरा दे रहीं बाँदियों को अशअरी के आने की ख़बर दी। शहज़ादे की ख़ास बाँदी ने ख़्वाबगाह जाकर उन्हें जगाया। उसने इस मनहूस ख़बर की जानकारी शहज़ादे को दी। शहज़ादा ख़बर सुनते ही रो पड़ा। वह हिन्दुस्तान का ताजो-तख़्त चाहता था, लेकिन अपने अब्बाहुज़ूर की मौत नहीं। अशअरी मातमपुर्सी के वास्ते बोला, ''हुज़ूर, सुल्तान-ए-आलम की मौत का हमें भी ग़म है। अल्लाह उनकी रूह को जन्नत बख़्शे। फ़िलहाल हुज़ूर वक़्त की नज़ाकत समझने की कोशिश करें। यह वक़्त रोने-धोने का नहीं है। इस वक़्त हिन्दुस्तान का ताजो-तख़्त हुज़ूर का बेसब्री से इन्तज़ार कर रहा है।''

शहज़ादा भी इस दिन का ख़्वाब न जाने कब से देख रहा था। उसने अपने आँसू पोंछे और जल्दी-जल्दी तैयार हुआ। शहज़ादा फ़ौज़ी दस्ते को लेकर क़िले के हौज़रानी दरवाज़े पर जा पहुँचा। रात का वक़्त होने की वजह से क़िले के तमाम दरवाज़े बन्द थे। घोड़ों के टापों की आवाज़ सुनकर हौज़रानी दरवाज़े के तमाम पहरेदार चौकन्ने हो गये। शहज़ादा बुलन्द आवाज़ में चिल्लाया, ''दरवाज़ा खोला जाए!''

दूसरी ओर से आवाज़ आई, ''कौन है?''

''मैं शहज़ादा रुकुनुद्दीन हूँ। हमारे अब्बाहुज़ूर की तबीयत नासाद है। हमारा इस वक़्त उनसे मिलना बेहद ज़रूरी है।''

''हुज़ूर, दरवाज़ा सुल्तान-ए-आलम के हुक़्म से बन्द है। हमें दरवाज़ा खोलने का हुक़्म नहीं है।'' पहरेदारों का हाकिम बोला।

हौज़रानी दरवाज़े के पहरेदार ही नहीं, पहरेदारों का हाकिम तक जहाँशाह तुर्कान बेगम से मिला हुआ था। बेगम द्वारा एकबार नहीं, कईबार इनाम बख़्शे गये थे। वे दरवाज़ा खोलने के वास्ते आपस में सलाह-मशविरा करने लगे। शहज़ादा फिर बोला, ''दरवाज़ा खोल दो। मैं शहज़ादा रुकुनुद्दीन वादा करता हूँ, आप सभी को मालामाल कर दूँगा।''

पहरेदार के हाकिम ने दरवाज़ा खुलवा दिया। अब शहज़ादे और दूसरे लोग क़िले में दाख़िल हो गये। शहज़ादे ने वादे के मुताबिक़ अशर्फ़ियों भरी थैली हाकिम की ओर उछाल दी, जिसे उसने हवा में ही अपने हाथों में ले लिया। जैसे ही शहज़ादे रुकुनुद्दीन, आइनुलमुल्क हुसैन अशअरी और फ़ौज़ी दस्ता दरवाज़े के अन्दर घुसा, वैसे ही वज़ीर-ए-आज़म जुनैदी और तुर्कान-ए-चिहिलगानी बन्दगान-ए-शम्सी के तमाम अमीर और मलिक क़िले के अन्दर घुस आए। वज़ीर-ए-आज़म को सुल्तान इल्तुतमिश की मौत की ख़बर किसी-न-किसी तरह हो चुकी थी। उन्होंने ख़बर पाते ही अपने तमाम ख़िदमतगार तुर्कान-ए-चिहिलगानी बन्दगान-ए-शम्सी के

अमीरों और मलिकों की हवेलियों पर भेज दिए। इन अमीरों और मलिकों के वास्ते ख़बर थी कि वे जल्दी-से-जल्दी वज़ीर-ए-आज़म की हवेली पहुँचें। वज़ीर-ए-आज़म का हुक़्म पाते ही कई अमीर और मलिक उनकी हवेली पर वक़्त से पहुँच गये थे।

हौज़रानी दरवाज़ा अभी खुला ही था। वज़ीर-ए-आज़म के साथ मौजूद अमीरों और मलिकों को पहरेदार रोक नहीं पाए। अब वज़ीर-ए-आज़म और उनके साथ आए अमीर और मलिक शहज़ादे के पीछे हो लिए। वे सब क़ुश्क-ए-दिलक़ुशा की ओर चल दिए, लेकिन तातारी बाँदियों ने उन्हें आगे नहीं बढ़ने दिया। वे इस नाजुक मौक़े पर किसी तरह का ख़ून-खराबा नहीं करना चाहते थे। क़ुश्क-ए-दिलक़ुशा के अन्दर नहीं पहुँच पाने पर भी शहज़ादा निराश नहीं हुआ। वह आइनुलमुल्क हुसैन अशअरी को लेकर क़ुश्क-ए-सफ़ेद जा पहुँचा, लेकिन वहाँ जहाँशाह तुर्कान बेगम मौजूद नहीं थीं। वे देर से क़ुश्क-ए-दिलक़ुशा में सुल्तान की मौत का मातम मना रही थीं। वे शहज़ादी रज़िया और जमालुद्दीन याक़ूत की मौजूदगी की वजह से क़ुश्क-ए-दिलक़ुशा से हटना नहीं चाह रही थीं। ऐसे मौक़े पर शहज़ादे रुक़ुनुद्दीन ने क़ुश्क-ए-सफ़ेद में ही ठहरना मुनासिब समझा। वहाँ गुलबदन मौजूद थी। शहज़ादा गुलबदन से बोला, ''किसी-न-किसी तरह हमारे यहाँ पहुँचने क़ी इत्तिला अम्मीजान तक पहुँचायी जाए।''

''शहज़ादे हुज़ूर, काम बेहद मुश्किल है, लेकिन मैं कोशिश करती हूँ।''

''गुलबदन, कोशिश नहीं, अम्मीजान को फ़ौरन इत्तिला करो।''

''हुज़ूर, मैं जाती हूँ।'' गुलबदन शहज़ादे को कोर्निश बजाकर क़ुश्क-ए-दिलक़ुशा की ओर चल दी। शहज़ादे रुक़ुनुद्दीन और आइनुलमुल्क हुसैन अशअरी वहीं रुक गये।

तातारी बाँदियाँ गुलबदन को अच्छी तरह पहचानती थीं, लेकिन वे उसे हुक़्म के मुताबिक़ क़ुश्क-ए-दिलक़ुशा के अन्दर नहीं जाने दे रही थीं। गुलबदन के बहुत कुछ कहने पर वे इस बात पर राजी हुईं कि उसके आने की ख़बर क़ादिरबीवीबानो तक पहुँचाई जा सकती है। एक तातारी बाँदी ने यह ख़बर क़ादिरबीवीबानो तक पहुँचायी। क़ादिरबीवीबानो महल के बाहर थीं, लेकिन फिर भी उन्हें सुल्तान की मौत की ख़बर हो चुकी थी। वे पशोपेश की हालत में थीं कि शहज़ादी रज़िया की मौजूदगी में अन्दर जाकर बेगम साहिबा को ख़बर की जाए या फिर नहीं। वे सोच नहीं पा रही थीं कि हिन्दुस्तान का अगला सुल्तान अब कौन होगा?

आख़िर उन्होंने सोच-समझकर अन्दर जाकर जहाँशाह तुर्कान बेगम को गुलबदन के आने की ख़बर दे दी। जहाँशाह तुर्कान बेगम महल से बाहर निकल आईं और उन्होंने गुलबदन से बात की। गुलबदन ने पूरा क़िस्सा उन्हें बता दिया। अब बेगम

गुलबदन के साथ क़ुश्क-ए-सफ़ेद की ओर चल दीं। क़ुश्क-ए-दिलक़ुशा में रुकने की अब कोई ख़ास ज़रूरत भी नहीं थी। सुल्तान-ए-आलम मर ही चुके थे। उन्हें ज़िन्दा नहीं किया जा सकता था। अब बेगम को हिन्दुस्तान का ताजो-तख़्त नज़र आ रहा था। वे किसी-न-किसी तिकड़म से अपने बेटे को हिन्दुस्तान के तख़्त पर जलवा अफ़रोज़ होते देखना चाहती थीं।

उनके क़ुश्क-ए-सफ़ेद पहुँचते ही शहज़ादा रुक़ुनुद्दीन उनके गले लगकर रोने लगा। चालाक आइनुलमुल्क हुसैन अशअरी बेगम को देखकर कोर्निश बजाने लगा और बोला, "बेगम साहिबा, सुल्तान-ए-आलम की मौत से हम सबको बेहद तकलीफ़ हुई है, लेकिन हिन्दुस्तान के ताजो-तख़्त के वास्ते यह ख़ूबसूरत मौक़ा हाथ से न जाने दें। वज़ीर-ए-आज़म जुनैदी के साथ-साथ तुर्कान-ए-चिहिलगानी बन्दगान-ए-शम्सी के तमाम अमीर और मलिक इस वक़्त हुज़ूर की क़दमबोसी के वास्ते क़िले के अन्दर मौजूद हैं।"

बेगम ने अशअरी की ओर मुख़ातिब होकर पूछा, "जनाब, हमें इस वक़्त क्या करना चाहिए?"

"बेगम साहिबा, इस वक़्त किसी महफ़ूज़ जगह पर वज़ीर-ए-आज़म जुनैदी के साथ-साथ तमाम अमीरों से मुलाक़ात करनी ज़रूरी है। हालाँकि वे सभी शहज़ादे रुक़ुनुद्दीन की ताजपोशी के लिए तैयार ही होंगे।"

बेगम कुछ देर तक न जाने क्या सोचती रहीं। आख़िर वे सोच-समझकर बोलीं, "हमारी समझ से क़ुश्क-ए-अक़ीक़-ए-सुर्ख़ सबसे महफ़ूज़ जगह है, जहाँ आम आदमी का आना-जाना नहीं है। आप वज़ीर-ए-आज़म जुनैदी और दूसरे अमीरों को लेकर वहाँ पहुँच जाएँ। मैं शहज़ादे को लेकर कुछ देर में पहुँचती हूँ।"

अशअरी बेगम को कोर्निश बजाकर बाहर हो गया। अब बेगम शहज़ादे से बोलीं, "बेटे, हमें मालूम हुआ है, आपके अब्बाहुज़ूर ने शहज़ादी रज़िया को हिन्दुस्तान का ताजो-तख़्त सँभालने के वास्ते कोई नामज़दनामा लिख दिया है, लेकिन उससे कोई फ़र्क़ पड़नेवाला नहीं है। इस वक़्त क़िले के अन्दर मौजूद ओहदेदारों में जमालुद्दीन याक़ूत को छोड़कर कोई शहज़ादी की तरफ़दारी नहीं करेगा। फिर भी हमें दुश्मन को कमज़ोर नहीं समझना चाहिए।"

"अम्मीहुज़ूर वज़ा फ़र्माती हैं। आप जैसा हुक़्म फ़र्माएँगी, हम वैसा ही करेंगे।" शहज़ादा अच्छी तरह समझ रहा था कि उसकी अम्मीजान के अलावा और कोई उसे शाही तख़्त पर किसी भी क़ीमत में नहीं बिठा सकता है।

बेगम ने ताली बजाई। ताली की आवाज़ सुनते ही गुलबदन हाज़िर हुई। वे उससे बोलीं, "जैसे ही वज़ीर-ए-आज़म जुनैदी और दूसरे हाकिम क़ुश्क-ए-अक़ीक़-ए-सुर्ख़ पहुँच जाएँ, हमें फ़ौरन ख़बर करें।" गुलबदन हुक़्म पाते ही बाहर

निकल गयी।

इस बीच बेगम शहज़ादे को तमाम नसीहतें देती रहीं। गुलबदन को लौटने में ज़्यादा वक़्त नहीं लगा। वह आते ही बोली, "बेगम साहिबा, वज़ीर-ए-आज़म और तमाम आला हाकिम हुज़ूर का इन्तज़ार कर रहे हैं।"

जहाँशाह तुर्कान बेगम और शहज़ादा रुकुनुद्दीन क़ुश्क-ए-अक़ीक़-ए-सुर्ख़ की ओर चल दिए। जैसे ही यह दोनों वहाँ पहुँचे, वज़ीर-ए-आज़म जुनैदी और तमाम ओहदेदार अदब के साथ झुक गये। बेगम और शहज़ादे अगल-बगल एक तख़्त पर बैठ गये। बेगम ख़ामोशी तोड़कर बोलीं, "वज़ीर-ए-आज़म, सुल्तान-ए-आलम की मौत हो गयी है। उनकी मौत से हमें ही नहीं, आप सबको भी गहरा सदमा पहुँचा होगा, लेकिन शाही तख़्त एक पल के लिए भी खाली नहीं रह सकता। हमने इसी सिलसिले में गुफ़्तगू करने के वास्ते आप सभी साहिबान को तकलीफ़ दी है। हम हमेशा से अपने वफ़ादार और तजुर्बेकार वज़ीर-ए-आज़म और तमाम ओहदेदारों के क़ीमती मशविरों पर ही चले हैं। आप सभी साहिबान की ताजो-तख़्त के वास्ते जो क़ीमती राय होगी, उस राय से हम क़त्तई अलग नहीं जाएँगे। चाहे आप किसी भी शख़्स की ताजपोशी की राय क्यों न दें। हमें आपकी राय सौ फ़ीसदी मंजूर होगी।" बेगम को पक्का यक़ीन था कि वज़ीर-ए-आज़म ही नहीं, कोई भी अमीर या मलिक इस वक़्त शहज़ादे रुकुनुद्दीन की मुख़ालफ़त नहीं करेगा। अगर इनमें से किसी भी अमीर या मलिक के दिमाग़ में शहज़ादे की मुख़ालफ़त करने का ख़याल होता तो वह यहाँ आधी रात के वक़्त हरगिज़ हाज़िर नहीं होता।

वज़ीर-ए-आज़म बोले, "बेगम साहिबा, सुल्तान-ए-आलम की मौत की ख़बर सुनते ही हम सबको भारी सदमा पहुँचा है, लेकिन मौत पर किसी का कोई बस नहीं है। अल्लाह सुल्तान की रूह को जन्नत बख़्शे। सुल्तान ने हमारा ही नहीं, अवाम का भी ताउम्र बेहद ख़याल रखा। कल सुल्तान-ए-आलम को उनके द्वारा बनवाए जा रहे मक़बरे में दफ़्न करना होगा। हमें उसकी भी तैयारियाँ करनी हैं। हम सभी चाहते हैं, सुल्तान-ए-आलम का जनाज़ा पूरी शानो-शौक़त के साथ क़िले से बाहर निकले। इस मौक़े पर दिल्ली की अवाम भारी तादाद में जनाजे में शामिल होगी। मैं इस सिलसिले में तमाम इन्तज़ाम करने के वास्ते सुबह होने से पहले ही शहर कोतवाल के पास हुक़्मनामा भिजवा दूँगा, लेकिन सुल्तान-ए-आलम के दफ़्न होने से पहले शाही तख़्त का फ़ैसला हो जाना ज़रूरी है।"

बेगम बोलीं, "आपकी इस सिलसिले में क्या राय है?"

"बेगम साहिबा का इक़बाल बुलन्द हो। बेगम साहिबा हमारी राय को बख़ूबी समझ रही हैं, लेकिन दूसरे अमीरों और मलिकों की भी क़ीमती राय ले लेना मुनासिब है।"

बेगम के कुछ बोलने से पहले ही अशअरी बोल उठे, "बेगम साहिबा, गुस्ताख़ी माफ़ हो। हम सभी मलिक-ए-आलम की सरपरस्ती में शहज़ादे रुकुनुद्दीन की ताजपोशी के वास्ते हाज़िर हुए हैं, शहज़ादे की मुख़ालफ़त के वास्ते नहीं।"

अब अशअरी तमाम अमीरों की ओर मुख़ातिब होकर बोले, "अगर हमारे बीच कोई अमीर या मलिक ऐसा है जो शहज़ादे रुकुनुद्दीन की ताजपोशी की मुख़ालफ़त कर रहा हो तो वह अभी यहाँ से चला जाए। उसकी जान-माल की पूरी हिफ़ाज़त की जाएगी।" कोई भी अमीर या मलिक वहाँ से टस-से-मस नहीं हुआ। वे सभी एक ऐयाश और निकम्मे शहज़ादे को ही शाही तख़्त पर बैठाना चाहते थे। जिससे उनकी मनमानियाँ चल सकें।

अब बेगम मलिक अल्तूनिया की ओर मुख़ातिब होकर बोलीं, "जनाब मलिक अल्तूनिया, आपकी ताजो-तख़्त के सिलसिले में क्या राय है?"

मलिक अल्तूनिया अदब के साथ झुककर बोले, "बेगम साहिबा का इक़बाल बुलन्द हो। हुज़ूर को मालूम है, मरहूम सुल्तान-ए-आलम हमारी और शहज़ादी रज़िया की शादी मुकर्रर कर दिए थे। हम भी शहज़ादी से शादी करना चाहते हैं, लेकिन हम क़त्तई नहीं चाहते कि तीनों शहज़ादों के रहते हुए हिन्दुस्तान के ताजो-तख़्त की मालिक शहज़ादी बनें। और जहाँ तक शहज़ादों का सवाल है, शहज़ादे रुकुनुद्दीन और शहज़ादों से उम्र में बड़े होने की वजह से तख़्त के पहले दावेदार हैं।"

बेगम को उम्मीद नहीं थी कि मलिक अल्तूनिया शहज़ादे की तरफ़दारी करेगा। वहाँ मौजूद दूसरे अमीरों और मलिकों ने भी शहज़ादे रुकुनुद्दीन की ही तरफ़दारी की। वज़ीर-ए-आज़म से लेकर अमीर तक कोई भी नहीं चाहता था कि शहज़ादों के होते हुए शहज़ादी रज़िया शाही तख़्त पर बैठें, क्योंकि वे एक औरत के सामने किसी भी क़ीमत पर अपना सिर नहीं झुकाना चाहते थे।

बेगम बोलीं, "शहज़ादे रुकुनुद्दीन की ताज़पोशी हो जाने के बाद वज़ीर-ए-आज़म जुनैदी पहले की तरह अपने ओहदे पर बरकरार रहेंगे। तुर्कान-ए-चिहिलगानी बन्दगान-ए-शम्सी के तमाम अमीरों और मलिकों के ओहदों में तरक़्क़ी की जाएगी। जो भी अमीर सूबों का इक़्तादार बनने की ख़्वाहिश रखता है, हम उसे यक़ीन दिलाते हैं, उसे उसके मनमाफ़िक़ इक़्तादारी देने की कोशिश की जाएगी। जहाँ तक मलिक अल्तूनिया की शहज़ादी रज़िया के साथ शादी होने का सवाल है, मातमी वक़्त गुज़र जाने के बाद इस मामले पर ग़ौर फ़र्माया जाएगा। आप सभी साहिबान की क़ीमती राय के मुताबिक़ शहज़ादे रुकुनुद्दीन की ताज़पोशी कल इसी जगह किया जाना ठीक होगा। वक़्त की नज़ाकत देखते हुए ताजपोशी के वास्ते नजूमियों की राय लेना फ़ुज़ूल है। शाही ताजो-तख़्त नजूमियों की राय से नहीं चला करते, वे हमेशा तीर, तलवार और अक़्ल से चलते आए हैं।"

बेगम कुछ देर बाद फिर बोलीं, "शहज़ादे रुकुनुद्दीन की कल ताज़पोशी होने के बाद दरबार फ़ौरन बर्ख़ास्त कर दिया जाएगा। नौबतख़ाने में अभी ख़बर करा दी जाए, वहाँ अब मातमी धुन बजाई जाए। सुल्तान-ए-आलम की मौत की ख़बर छिपाने से कोई फ़ायदा नहीं है।"

बेगम ने वज़ीर-ए-आज़म की ओर मुख़ातिब होकर पूछा, "मरहूम सुल्तान-ए-आलम के वास्ते मातमी वक़्त कब तक का रखा जाए?"

"हुज़ूर, हमारी राय से एक हफ़्ते का वक़्त काफ़ी होगा। सुल्तान-ए-आलम की मौत की वजह से सूबों के कुछ अमीर और मलिक बग़ावत पर उतर सकते हैं। इस वास्ते मातमी वक़्त ज़्यादा लम्बा रखना सल्तनत की सलामती के वास्ते मुनासिब नहीं है।"

"वज़ीर-ए-आज़म, हम जानना चाहते हैं, कौन-कौन सूबों के इक़्तादार शहज़ादे की ताजपोशी की मुख़ालफ़त कर सकते हैं?"

"बेगम साहिबा, हमारे ख़याल से इनमें सबसे पहले शहज़ादे हुज़ूर के ख़ुद के छोटे भाई अवध सूबे के इक़्तादार मलिक ग़यासुद्दीन मुहम्मद ही हैं जो शहज़ादे रुकुनुद्दीन की मुख़ालफ़त कर सकते हैं। जहाँ तक दोनों शहज़ादों मुईनुद्दीन और क़ुतुबुद्दीन का सवाल है, वे अभी इस झमेले में नहीं पड़ेंगे।, लेकिन बदायूँ के इक़्तादार इज़्ज़दुद्दीन मोहम्मद सालारी, मुल्तान के इक़्तादार इज़्ज़ुद्दीन कबीर ख़ाँ, हाँसी के इक़्तादार मलिक सैफ़ूद्दीन कूची और लाहौर के मुक़्तादार मलिक अलाउद्दीन जानी शहज़ादे की ताजपोशी की मुख़ालफ़त आगे-पीछे कर सकते हैं।"

शहज़ादा रुकुनुद्दीन अपने नायब मुक़्तादार मलिक अलाउद्दीन का नाम सुनकर चौंका और बोला, "क्या मलिक अलाउद्दीन जानी भी हमारी मुख़ालफ़त कर सकते हैं?"

"शहज़ादे हुज़ूर, गुस्ताख़ी माफ़ हो। हुज़ूर अभी तक मलिक अलाउद्दीन जानी को ठीक से समझ नहीं सके हैं। वह हुज़ूर का चापलूस है, लेकिन दिल का काला है।"

बेगम फिर बोलीं, "शहज़ादे रुकुनुद्दीन की ताजपोशी होते ही शाही फ़ौज़ और ख़ज़ाने के साथ-साथ सभी शाही कारख़ानों पर क़ब्ज़ा कर लिया जाए! बदायूँ की सरहद पर ख़ासतौर पर भारी तादाद में फ़ौज़ रवाना कर दी जाए! जिससे वहाँ का इक़्तादार दिल्ली की ओर कूच न कर सके। वैसे दूसरे सूबों की सरहदें जो दिल्ली की सरहद से मिलती हैं, सील कर दी जाएँ!"

वज़ीर-ए-आज़म बोले, "बेगम साहिबा, हुक़्म की तामील होगी।"

शहज़ादा ख़ामोश बैठा अपनी अम्मीजान द्वारा जारी किए जा रहे हुक़्म ग़ौर से सुन रहा था। उसकी बीच में बोलने की हिम्मत नहीं थी। अब बेगम ने आधी रात का

दरबार बर्ख़ास्त कर दिया। वज़ीर-ए-आज़म और दूसरे ओहदेदार बेगम और शहज़ादे की शान में अदब के साथ झुककर एक-एक कर जाने लगे। बेगम ने आँख के इशारे से आइनुलमुल्क हुसैन अशअरी को रोक लिया। सभी अमीरों के चले जाने के बाद बेगम ने उससे पूछा, "वज़ीर-ए-आज़म जुनैदी के बारे में आपका क्या ख़याल है? क्या यह बूढ़ा वज़ीर-ए-आज़म अब आगे सल्तनत का बोझा उठा सकेगा?" बेगम ने जब हुक़्म फ़र्माया था कि वज़ीर-ए-आज़म जुनैदी अपने ओहदे पर आगे भी बरकरार रहेंगे, तब उन्होंने अशअरी के चेहरे पर काफ़ी उतार-चढ़ाव देखा था। इसी वास्ते बेगम ने उन्हें रोक लिया था।

अशअरी अदब के साथ झुककर बोले, "बेगम साहिबा, हम इस बाबत क्या कह सकते हैं? हुज़ूर ख़ुद ही वाक़िफ़ हैं।"

"जनाब अशअरी, आपने हमारी ही नहीं, हमारे मरहूम खाविन्द सुल्तान की जो ख़िदमतगारी अभी तक की है, हम उससे ख़ुश हैं। आपने शहज़ादे रुक़ुनुद्दीन को वक़्त-बेवक़्त नेक सलाहें दीं। हमारे बेटे की ताजपोशी के वास्ते ख़ुद अपनी जान ख़तरे में डालकर हमारी हर तरह से मदद की, इसे हम ताउम्र भूल नहीं सकते। हम कल ही शहज़ादे रुक़ुनुद्दीन की ताजपोशी हो जाने के बाद शहज़ादे से आपको वज़ीर-ए-आज़म का आला ख़िताब दिलवा देंगे।" अशअरी बेगम और शहज़ादे की शान में अदब के साथ झुक गये।

बेगम ने अपने बेटे की ओर मुख़ातिब होकर पूछा, "शहज़ादे, आपको इस सिलसिले में कोई एतराज़ तो नहीं?"

"अम्मीहुज़ूर, हमें किस बात का एतराज़ हो सकता है। हमें ख़ुशी ही होगी।"

अशअरी बेगम की ओर मुख़ातिब होकर बोले, "बेगम साहिबा, गुस्ताख़ी माफ़ हो। तब जनाब जुनैदी का क्या होगा? वे सल्तनत के पुराने हाकिम हैं।"

"उनके बुढ़ापे को देखते हुए हम कल ही शहज़ादे की ताजपोशी हो जाने के बाद उन्हें दिल्ली सूबे का वज़ीर बनवा देंगे, जिससे उनका बुढ़ापा आराम से कट सके।"

"शुक्रिया हुज़ूर।"

तैंतालीस

जैसे ही शहज़ादे रुक़ुनुद्दीन की ताजपोशी की ख़बर क़िल-ए-रायपिथौरा के बाहर पहुँची, मुल्ला, मौलवी, सैयद, शैख़ और उलेमा हज़रात क़ुश्क-ए-अक़ीक़-ए-

सुर्ख़ की ओर शहज़ादे को मुबारकबाद देने के लिए अपनी-अपनी हवेलियों से निकल पड़े। जो मुल्ला, मौलवी, सैयद, शैख़ और उलेमा हज़रात शहज़ादे रुकुनुद्दीन को आज तक फूटी आँखों देखना पसन्द नहीं करते थे, वे भी शहज़ादे को क़ीमती-से-क़ीमती नज़रें पेश करने के लिए बेताब हो रहे थे। इनमें से कुछ तो ऐसे थे जो सुल्तान इल्तुतमिश के ज़िन्दा रहते उन पर अपनी जान छिड़कते थे और उनकी क़दमबोसी के वास्ते कोई मौक़ा नहीं चूकते थे, लेकिन वे आज सुल्तान के जनाजे में शामिल होने के बजाय शहज़ादे रुकुनुद्दीन की ताजपोशी में शामिल होने में फ़ख़्र महसूस कर रहे थे। कहावत है, उगते सूरज को सभी सलाम करते हैं, डूबते को नहीं।

दिल्ली की आम अवाम को जैसे ही जानकारी हुई कि सुल्तान इल्तुतमिश की रात मौत हो गयी है, उसे ऐसा महसूस हुआ जैसे उनका सब कुछ लुट गया हो। कितने घरों में सुबह से चूल्हा नहीं जला। उनका हरदिल अज़ीज़ सुल्तान उन्हें हमेशा-हमेशा के लिए अकेला छोड़कर चला गया था। इधर सुल्तान इल्तुतमिश की मौत से लोग बेहाल ही थे, उन्हें जैसे ही जानकारी हुई कि शहज़ादी रज़िया के बजाय शहज़ादे रुकुनुद्दीन की ताजपोशी होने जा रही है, अवाम को एक और करारा झटका लगा। अवाम बहुत पहले से ही सोच रही थी कि सुल्तान इल्तुतमिश किसी भी क़ीमत पर हिन्दुस्तान का ताजो-तख़्त अपने ऐयाश बेटे को नहीं सौंपेंगे। आम अवाम शहज़ादी रज़िया की ताजपोशी के सपने न जाने कब से सँजोए बैठी थी। अवाम के बीच कभी-कभी यह भी ज़िक्र होती रहती थी कि अगर औरत होने के नाते शहज़ादी रज़िया को ताजो-तख़्त हासिल नहीं हो सका, तब भी सुल्तान शहज़ादे रुकुनुद्दीन को ताजो-तख़्त नहीं सौंपेंगे। चाहे उन्हें बाक़ी तीनों शहज़ादों में से किसी एक को ताजो-तख़्त देना पड़े।

इस ख़ास मौक़े पर क़ुश्क-ए-अक़ीक़-ए-सुर्ख़ की सजावट कुछ ख़ास नहीं हुई थी। हमेशा की तरह फ़र्श पर ईरानी कालीन बिछे थे। महल में जो पर्दे पहले से पड़े थे, बदले नहीं गये थे। छत पर लगे झाड़-फ़ानूस भी पुराने ही थे। अमीरों और मलिकों को दिखाने के वास्ते जहाँशाह तुर्कान बेगम ने जान-बूझकर क़ुश्क-ए-अक़ीक़-ए-सुर्ख़ की सजावट नहीं कराई। वे दिखाना चाहती थीं कि सुल्तान इल्तुतमिश की मौत की वजह से शहज़ादे रुकुनुद्दीन और वे बेहद दुखी हैं। उन्हें अपने लाड़ले बेटे की ऐसे नाजुक मौक़े पर ताजपोशी से कोई ख़ास ख़ुशी नहीं है।

दीवानख़ाने के पूर्वी किनारे पर एक ख़ास ऊँचाई पर शाही तख़्त रखा था। शाही तख़्त के एक किनारे सोने की जड़ाऊ कुर्सी जहाँशाह तुर्कान बेगम के वास्ते ख़ासतौर पर रखी थी। जब कि पहले कभी किसी सुल्तान की ताजपोशी के वक़्त उसकी माँ या फिर उसकी ख़ास बेगम के लिए ऐसा इन्तज़ाम नहीं हुआ था। शहज़ादे रुकुनुद्दीन

और जहाँशाह तुर्कान बेगम की दीवानख़ाने में आमद होने ही वाली थी। निज़ामुलमुल्क वज़ीर-ए-आज़म जुनैदी से लेकर अमीर, मलिक, मुल्ला, मौलवी, हकीम, शाइर, सैयद, शैख़ और ऊँचे-ऊँचे ओहदेदार अपनी-अपनी जगह क़तारों में ख़ामोश खड़े शहज़ादे रुकुनुद्दीन की आमद का इन्तज़ार कर रहे थे। आज के जलसे के लिए दीवानख़ाने में उलेमा हज़रत के वास्ते ख़ास जगह मुकर्रर करते हुए उन्हें ख़ास इज़्ज़त दी गयी थी। आख़िर क्यों न दी जाती, उलेमा हज़रत अब तक शहज़ादे रुकुनुद्दीन से नाराज़ थे।

नक़ीब ने ज़ोरदार आवाज़ लगाई, "बाअदब बामुलाहिजा होशियार शहज़ादे रुकुनुद्दीन वल्द इल्तुतमिश तशरीफ़ ला रहे हैं।"

सभी हाज़िरीन की निगाहें शाही तख़्त पर टिक गयीं। अब शहज़ादे रुकुनुद्दीन अपनी अम्मीजान के साथ दीवानख़ाने में तशरीफ़ लाए। अब नक़ीब ने एकबार फिर ज़ोरदार आवाज़ लगाई, "शहज़ादे रुकुनुद्दीन वल्द इल्तुतमिश ज़िन्दाबाद...ज़िन्दाबाद... ज़िन्दाबाद।"

इसी के साथ दीवानख़ाने में मौजूद तमाम हाज़िरीन की जुबान से निकल पड़ा, "ज़िन्दाबाद...ज़िन्दाबाद...ज़िन्दाबाद।"

नक़ीब ने फिर ज़ोरदार आवाज़ लगाई, "जहाँशाह तुर्कान बेगम ज़िन्दाबाद... ज़िन्दाबाद...ज़िन्दाबाद।"

नक़ीब के आवाज़ लगाते ही वहाँ मौजूद हाज़िरीन की भी जुबान से निकल पड़ा, "ज़िन्दाबाद...ज़िन्दाबाद...ज़िन्दाबाद।"

अब तक बेगम जड़ाऊ सोने की कुर्सी पर बैठ गयी थीं। वज़ीर-ए-आज़म जुनैदी ने शहज़ादे रुकुनुद्दीन के सामने अदब के साथ झुककर उसे कोर्निश बजाई और उसे ले जाकर शाही तख़्त पर बिठा दिया। बाँदी गुलबदन सोने की जड़ाऊ थाल में शाही ताज लिए ख़ामोश खड़ी थी। दो बाँदियाँ शहज़ादे रुकुनुद्दीन पर पंखा झल रही थीं और दो ही बाँदियाँ जहाँशाह तुर्कान बेगम पर। अब वज़ीर-ए-आज़म जुनैदी ने शाही ताज शहज़ादे के सिर पर रखकर उनका दाहिना हाथ चूमकर मुबारकबाद पेश की।

नक़ीब ने एकबार फिर ज़ोरदार आवाज़ लगाई, "सुल्तान रुकुनुद्दीन वल्द इल्तुतमिश ज़िन्दाबाद...ज़िन्दाबाद...ज़िन्दाबाद।"

तमाम हाज़िरीन की जुबान से निकल पड़ा, "सुल्तान रुकुनुद्दीन ज़िन्दाबाद... ज़िन्दाबाद...ज़िन्दाबाद।"

सुल्तान रुकुनुद्दीन की ताजपोशी होने के बाद बाँदी गुलबदन ने अदब के साथ झुककर सुल्तान रुकुनुद्दीन और जहाँशाह तुर्कान बेगम को मुबारकबाद पेश की जो मुस्कराकर क़ुबूल की गयी। गुलबदन मुबारकबाद पेश करने के बाद अपनी जगह

छोड़कर हट गयी। वज़ीर-ए-आज़म जुनैदी बोले, ''दीवानख़ाने में मौजूद तमाम अमीरों और मलिकों की सुल्तान-ए-आलम से ख़ास गुज़ारिश है। हुज़ूर, सुल्तान रुकुनुद्दीन फ़ीरोज़शाह के आला ख़िताब को क़ुबूल करते हुए अपने अमीरों और मलिकों को इज़्ज़त बख़्शकर उनकी हौसला-अफ़ज़ाई करने की तकलीफ़ उठाएँ।''

सुल्तान रुकुनुद्दीन शाही अन्दाज़ में बोले, ''माबदौलत अपने तमाम अमीरों और मलिकों की ख़ुशी की ख़ातिर ख़िताब को क़ुबूल करते हुए हाज़िरीन का शुक्रिया अता करते हैं।''

हाज़िरीन की ज़ुबान से निकल पड़ा, ''मरहबा...मरहबा...मरहबा।''

सुल्तान की ज़ुबान से शाही तख़्त पर बैठते ही पहला अल्फ़ाज़ निकला ''बिस्मिल्लाहिर्रहमानिर्रहीम।''

सुल्तान फिर बोले, ''आज का ख़ास मौक़ा हमारे लिए खुशियों की सौगात लेकर आया है, लेकिन हमें अब्बाहुज़ूर की मौत ने तोड़ दिया है। हमारे ऊपर से उनका साया उठ गया है। हमें उनकी नेक सलाहें जो वक़्त-वक़्त पर मिलती रहती थीं, अब नहीं मिल पाएँगी। अल्लाह अब्बाहुज़ूर की रूह को जन्नत बख़्शे और हमें हिन्दुस्तान का ताजो-तख़्त सँभालने की क़ुव्वत दे। माबदौलत आप सभी साहिबान के तहेदिल से शुक्रगुज़ार हैं, जिन्होंने हिन्दुस्तान के ताजो-तख़्त की ज़िम्मेदारी हमें सौंपी है। अल्लाह हमें ताक़त दे जिससे हम अपने अमीरों, मलिकों, मुल्ला, मौलवी, सैयद, शैख़ और उलेमा हज़रात की उम्मीदों पर खरे उतर सकें। हम जानते हैं, कोई भी सुल्तान अकेले इतने बड़े मुल्क की हुकूमत नहीं चला सकता। हमें आप सबकी वफ़ादारी, ईमानदारी और जाँबाज़ी पर नाज़ है। हमें आपकी मदद की आगे भी ज़रूरत है। हमारा पहला फ़र्ज़ अवाम की ख़ुशहाली होगा। सूबों की सही देखरेख की ज़िम्मेदारी वहाँ तैनात इक़्तादारों की होगी। मरहूम सुल्तान इल्तुतमिश के ज़माने से चली आ रही इंसाफ़ की जंजीर आगे भी लगी रहेगी। फ़रियादी पहले की तरह अपनी फ़रियाद के वास्ते कभी भी जंजीर बजा सकते हैं।'' जहाँशाह तुर्कान बेगम द्वारा रात से रटाई गयी तकरीर को सुल्तान ने अपनी ज़ुबान में हूबहू हाज़िरीन के सामने रखकर बेगम साहिबा के दिल को जीत लिया। शहज़ादे ने हुकूमत का पहला इम्तिहान पास कर लिया था।

हाज़िरीन की ज़ुबान से एक साथ निकल पड़ा, ''आमीन...आमीन...आमीन।''

सुल्तान फिर बोले, ''हम इस ख़ास मौक़े पर अम्मीजान, जिनकी नेक सलाहों की वजह से हमें हिन्दुस्तान का ताजो-तख़्त हासिल हुआ, नए ख़िताब ख़ुदा-ए-जहाँशाह तुर्कान बेगम के आला ख़िताब से नवाज़ते हैं।''

दीवानख़ाने में मौजूद हाज़िरीन की ज़ुबान से एकबार फिर निकल पड़ा, ''मरहबा...मरहबा...मरहबा।'' बेगम साहिबा का चेहरा इतना सुनते ही गुलाब के

फूल की तरह खिल उठा। उन्हें इस वक़्त यह भी होश नहीं था कि क़ुश्क-ए-दिलक़ुशा में उनके खाविन्द की लाश दफ़्न होने के इन्तज़ार में रखी है। वहाँ तो शहज़ादी रज़िया और सज़िया अपने अब्बाहुज़ूर की मौत पर मातम मना रही थीं। उनके साथ गुलसुल्तानबानो, रौशनबानो, गुल-ए-अब्बासी, नयनज्योतिबाई, चंचलबाई, चन्द्रकला और कजरी जार-जार रो रही थीं। हमेशा की तरह फ़ातिमाबानो क़ुरआन की आयतें पढ़ रही थीं।

सुल्तान रुक्नुद्दीन फ़ीरोज़शाह को सबसे पहले जहाँशाह तुर्कान बेगम ने मुबारकबाद पेश करते हुए अशर्फ़ियों और जवाहरात भरी सोने की जड़ाऊ तश्तरी पेश की जो क़ुबूल की गयी। बेगम साहिबा की नज़र क़ुबूल होने के बाद वज़ीर-ए-आज़म जुनैदी ने भी जड़ाऊ तश्तरी में अशर्फ़ियाँ और क़ीमती जवाहरात नज़र किए। बूढ़ा वज़ीर-ए-आज़म जुनैदी काफ़ी वर्षों से सल्तनत का वज़ीर था। उसने इस बीच तमाम दौलत इकट्ठी कर रखी थी। वह आगे भी सल्तनत का वज़ीर-ए-आज़म बने रहने का ख़्वाब देख रहा था। इसी वास्ते उसने आज जो जवाहरात सुल्तान को नज़र किए थे, बेशक़ीमती थे। सुल्तान रुक्नुद्दीन फ़ीरोज़शाह ही नहीं, बेगम साहिबा भी इन क़ीमती जवाहरात को ग़ौर से देख रही थीं।

वज़ीर-ए-आज़म की नज़र क़ुबूल होने के बाद आइनुलमुल्क हुसैन अशअरी ने भी अपनी नज़र पेश की। उसने भी मरहूम सुल्तान नासिरुद्दीन क़ुबाचा के ज़माने में अकूत दौलत इकट्ठी की थी। वह सल्तनत के आला ओहदे वज़ीर-ए-आज़म से जुनैदी को हटवाकर ख़ुद वज़ीर-ए-आज़म का ओहदा लेने के लिए तभी से इन्तज़ार कर रहा था, जब वह मुल्तान से मरहूम सुल्तान इल्तुतमिश के साथ दिल्ली आया था। सुल्तान रुक्नुद्दीन फ़ीरोज़शाह ने ख़ुशी-ख़ुशी आइनुलमुल्क हुसैन अशअरी की नज़र क़ुबूल की।

अब तवारीख़ लिखनेवाले मिनहाज सिराज, जो इस वक़्त ग्वालियर के ख़िताबत, क़ज़ा, इमामत, एहतिसाब और शरई कामों की देख-भाल मरहूम सुल्तान इल्तुतमिश के हुक़्म से देख रहे थे उन्होंने सुल्तान को एक सौ अशर्फ़ियों की नज़र पेश की। इसके बाद वहाँ मौजूद तमाम ओहदेदारों ने अपनी-अपनी नज़र पेश की। तीनों क़ाज़ी-ए-सल्तनत, जिन्होंने मरहूम सुल्तान द्वारा शहज़ादी रज़िया के वास्ते हिन्दुस्तान के ताजो-तख़्त के नामज़दनामे पर बतौर गवाह अपने दस्तख़त किए थे, वे भी नये सुल्तान को मुबारकबाद पेश कर रहे थे।

सुल्तान रुक्नुद्दीन फ़ीरोज़शाह ने सबसे पहले वज़ीर-ए-आज़म जुनैदी को ख़िलअत के साथ-साथ जड़ाऊ तलवार इनाम में बख़्शी। बाँदी गुलबदन इस काम में सुल्तान का हाथ बँटा रही थी। उसने कभी सोचा नहीं था कि उसे भी कभी इतनी बड़ी इज़्ज़त मिल सकती है। जुनैदी ने आगे बढ़कर ख़िलअत क़ुबूल की और

सुल्तान का तहेदिल से शुक्रिया अदा किया। वज़ीर-ए-आज़म जुनैदी को ख़िलअत बख़्शने के बाद अब सुल्तान ने आइनुलमुल्क हुसैन अशअरी को ख़िलअत के साथ जड़ाऊ तलवार और एक कटार इनाम में बख़्शी। आइनुलमुल्क हुसैन अशअरी देर से सोच रहे थे कि सुल्तान रुकुनुद्दीन फ़ीरोज़शाह वज़ीर-ए-आज़म जुनैदी को क्या-क्या इनाम बख़्शते हैं और उसे क्या-क्या? ख़िलअत, जड़ाऊ तलवार के साथ एक जड़ाऊ कटार जुनैदी से अधिक पाने पर वे ख़ुश हुए।

सुल्तान की ओर से वहाँ मौजूद सभी ओहदेदारों को ख़िलअत के साथ-साथ जड़ाऊ तलवारें और कटारें इनाम में बख़्शी गयीं। दीवानख़ाने में मौजूद बाँदियों, लौंडियों और ख़्वाजासराओं को इनाम-इकराम बख़्शा गया। ग़रीबों, भिख़ारियों और मिस्कीनों के वास्ते लंगरख़ाने खुलवाने का हुक़्म हुआ। इस जलसे में शहज़ादे रुकुनुद्दीन के दोनों छोटे भाई शहज़ादे मुइज़्ज़ुद्दीन और शहज़ादे क़ुतुबुद्दीन भी मौजूद थे। सुल्तान द्वारा बख़्शी गयी ख़िलअत शहज़ादे मुईज़्ज़ुद्दीन ने क़ुबूल कर ली, लेकिन सबसे छोटे शहज़ादे क़ुतुबुद्दीन ने ख़िलअत और इनाम-इकराम लेने से इनकार किया। दीवानख़ाने में मौजूद सभी हाज़िरीन की निगाहें शहज़ादे क़ुतुबुद्दीन पर टिकी थीं। वे सोच रहे थे, पता नहीं सुल्तान इस शहज़ादे के साथ क्या सुलूक करेगा? वज़ीर-ए-आज़म जुनैदी, आइनुलमुल्क हुसैन अशअरी और जहाँशाह तुर्कान बेगम को शहज़ादे क़ुतुबुद्दीन का बर्ताव इस ख़ुशी के मौक़े पर नागवार गुज़रा। जहाँशाह तुर्कान बेगम की आँखें गुस्से के मारे लाल हो गयीं। सुल्तान मौक़े की नज़ाकत समझकर बोला, "शहज़ादे क़ुतुबुद्दीन हमारे छोटे भाई हैं। उन्हें नाराज़ होने का हक़ है। हम उन्हें जल्दी मना लेंगे। आगे उन्हें उनकी शान के मुताबिक़ ऊँचे-से-ऊँचा ओहदा दिया जाएगा।"

सुल्तान ने इसी के साथ अपना पहला दरबार बर्खास्त कर दिया।

शहज़ादी रज़िया की सारी रात क़ुश्क-ए-दिलक़ुशा में अब्बाहुज़ूर की लाश के पास रहकर गुज़र गयी। वे क़ुश्क-ए-दिलक़ुशा छोड़कर कहीं नहीं गयी थीं। उनकी अधिकतर बाँदियाँ उनके साथ मौजूद थीं। जैसे ही उन्हें शहज़ादे रुकुनुद्दीन की ताजपोशी की ख़बर मिली, उन्होंने एकान्त में क़ुव्वतुलमुल्क जमालुद्दीन याक़ूत को बुलवाया। जमालुद्दीन याक़ूत अदब के साथ शहज़ादी के सामने झुक गये। शहज़ादी ने उनसे पूछा, "क्या आपने शहज़ादे रुकुनुद्दीन की ताजपोशी की ख़बर सुनी?"

"जी हाँ शहज़ादी साहिबा।"

"यह सब कैसे हुआ?"

"शहज़ादी साहिबा, गुस्ताख़ी माफ़ हो। सल्तनत के अमीर और मलिक से लेकर वज़ीर-ए-आज़म जुनैदी तक तमाम ओहदेदार जहाँशाह तुर्कान बेगम के हाथों

बिक गये हैं। वे सब-के-सब बेईमान हैं। उन्होंने अपना ईमान बेच दिया। वे हुज़ूर को ताजो-तख़्त पर देखना ग़वारा नहीं कर सकते थे। उन्हें अल्लाह का कोई ख़ौफ़ नहीं है। जिन क़ाज़ियों ने नामज़दनामा पर बतौर गवाह दस्तख़त किए थे, वे भी शहज़ादे रुकुनुद्दीन की ताजपोशी के वक़्त क़ुश्क-ए-अक़ीक़-सुर्ख़ में मौजूद थे।'' आज पहली मर्तबा जमालुद्दीन याक़ूत को शहज़ादी ने गुस्से में देखा था।

''क्या इस ताजपोशी में हमारे दोनों छोटे भाई शहज़ादे मुइज़्ज़ुद्दीन और क़ुतुबुद्दीन भी शामिल थे?''

''जी हाँ शहज़ादी साहिबा। दोनों शहज़ादे वहाँ मौजूद थे, लेकिन वे वहाँ अपनी मर्ज़ी से नहीं आए थे, बल्कि उन्हें वहाँ ज़बरदस्ती लाया गया था। इस जलसे में शहज़ादे रुकुनुद्दीन फ़ीरोज़शाह की ताजपोशी के बाद वहाँ मौजूद तमाम ओहदेदारों ने नये सुल्तान की नज़र-नियाज़ उतारी। इन ओहदेदारों ने शहज़ादे को सुल्तान रुकुनुद्दीन फ़ीरोज़शाह के ख़िताब से नवाज़ा। शहज़ादे ने जहाँशाह तुर्कान बेगम को ख़ुदाबन्द-ए-जहाँशाह तुर्कान बेगम के आला ख़िताब से नवाज़ा है। शहज़ादे की ताजपोशी के बाद जब सुल्तान रुकुनुद्दीन फ़ीरोज़शाह के वास्ते ज़िन्दाबाद...ज़िन्दाबाद के नारे बुलन्द हो रहे थे, तब जहाँशाह तुर्कान बेगम की शान में भी हाज़िरीन ने ज़िन्दाबाद...ज़िन्दाबाद के नारे लगाए। नज़र-नियाज़ की रस्म अदायगी के बाद सुल्तान ने वहाँ मौजूद तमाम हाज़िरीन को ख़िलअत और इनाम-इकराम बख़्शे। शहज़ादे क़ुतुबुद्दीन को भी ख़िलअत बख़्शी गयी, लेकिन उन्होंने लेने से साफ़ इनकार कर दिया।''

''आपको इसकी जानकारी कैसे हुई?'' शहज़ादी ने अचरज से पूछा।

''शहज़ादी साहिबा, इस जलसे में हमारा एक ख़ास आदमी मौजूद था। उसी ने हमें कुछ देर पहले ख़बर दी है।''

शहज़ादी कुछ सोच-समझकर बोलीं, ''वक़्त का इन्तज़ार करें। अब्बाहुज़ूर का जनाज़ा कुछ ही देर में उठनेवाला है। हम इस नाज़ुक मौक़े पर फ़िलहाल कुछ नहीं कर सकते।, लेकिन अल्लाह के यहाँ देर है, अन्धेर नहीं। इस वक़्त गुस्से को थूक दें और अक़्ल से काम लें। सल्तनत के एक-एक ओहदेदार पर पैनी नज़र रखने की ज़रूरत है। अब्बाहुज़ूर के सुपुर्द-ए-ख़ाक हो जाने के बाद हम आगे की सोचेंगे। हमें वक़्त की नजाक़त देखते हुए तब तक ख़ामोश रहना है।''

''क्या शहज़ादी हुज़ूर सुल्तान-ए-आलम के जनाजे में शामिल होना तो नहीं चाहेंगी?''

''बेशक! हम जब ख़्वाजा क़ुतुबुद्दीन बख़्तियार क़ाक़ी के जनाजे में शामिल हुए थे, तब अपने अब्बाहुज़ूर के जनाजे में क्यों नहीं शामिल होंगे?''

''शहज़ादी हुज़ूर, गुस्ताख़ी माफ़ हो। तब की बात और थी। आज हालात हमारे

ख़िलाफ़ हैं। हमारे ख़याल से शहज़ादी का जनाजे में शामिल होना ख़तरे से खाली नहीं है।''

''हमें ख़तरों से खेलना होगा। हम जनाजे में ज़रूर जाएँगे। जनाजे में आप हमारे इर्द-गिर्द मौजूद रहें। वैसे हमारे साथ जनानी फ़ौज़ का दस्ता मौजूद रहेगा। हमें उम्मीद है, इन हालात में शहज़ादे रुकुनुद्दीन और जहाँशाह तुर्कान बेगम के दिमाग़ में कोई ख़तरनाक ख़याल नहीं आएँगे। फिर भी हमें होशियार रहने की ज़रूरत है।''

''जो हुक़्म शहज़ादी साहिबा।''

शहज़ादे रुकुनुद्दीन फ़ीरोज़शाह की ताजपोशी होने के बाद सुल्तान इल्तुतमिश का जनाज़ा क़ुश्क-ए-दिलक़ुशा से उठा। जनाजे के साथ मौजूद हर कोई रो रहा था। मरहूम सुल्तान के ख़िदमतगारों का रोते-रोते बुरा हाल था। तातारी बाँदियाँ, जिनके हाथों में हमेशा नंगी तलवार मौजूद रहती है, उनकी आँखों से आँसू बह रहे थे। सुल्तान के जनाजे को सबसे पहले सुल्तान रुकुनुद्दीन फ़ीरोज़शाह, शहज़ादे मुइज़्ज़ुद्दीन, शहज़ादे क़ुतुबुद्दीन और क़ुव्वतुलमुल्क जमालुद्दीन याक़ूत ने कन्धा दिया।

जैसे ही जमालुद्दीन याक़ूत ने अपने आक़ा के जनाजे को कन्धा दिया, वहाँ मौजूद मुल्ला, मौलवी, सैयद, शैख़, अमीर, मलिक, ख़ान और सल्तनत के ऊँचे-ऊँचे ओहदेदार हक्के-बक्के रह गये, लेकिन वे इस मौक़े पर कुछ नहीं कर सकते थे। हालाँकि सभी को मालूम था कि मरहूम सुल्तान का सबसे वफ़ादार आदमी जमालुद्दीन याक़ूत ही है।, लेकिन मुइज़्ज़, तुर्क अमीर और मलिक उन्हें फूटी आँख देखना पसन्द नहीं करते हैं।

क़ुश्क-ए-दिलक़ुशा से लेकर ग़ज़नी दरवाज़े तक सुल्तान के जनाजे पर क़तारों में खड़ी बाँदियाँ, लौंडियाँ, ख़्वाजासरा और दूसरे ख़िदमतगार फूल बिखेर रहे थे। नौबतख़ाने में लगातार मातमी धुन बज रही थी। धीरे-धीरे जनाज़ा ग़ज़नी दरवाज़े से क़िले के बाहर हो गया। ग़ज़नी दरवाज़े के बाहर भारी तादाद में भीड़ अपने सुल्तान के जनाजे में शामिल होने का इन्तज़ार कर रही थी। सुल्तान के जनाजे में अमीर-ग़रीब, आहिल-ज़ाहिल, शरीफ़-रज़ील, बेवकूफ़-अक़्लमंद, सखी-सूम, मुल्ला-मौलवी, आलिम-फ़ाज़िल, आस्तिक-नास्तिक और मालिक-मज़दूर सभी शामिल थे। आज दिल्ली के तमाम बाज़ार और कारख़ाने बन्द थे। सुल्तान के जनाजे में तक़रीबन हर पेशे के लोग मौजूद थे। इनमें धोबी, धानुक, बनिया, सुनार, मोची, नाई, कोरी, माली, अहीर, लोहार, कसाई, जुलाहे, ठठेरे, क़लईगर, आइनासाज़, बढ़ई, ख़रादी, रफ़ूगर, रंगरेज़, दर्ज़ी, ज़रदोज़ी, क़ुम्हार, तेली, तम्बोली, गंधी, हलवाई और पटवा पेशों के लोग भारी तादाद में मौजूद थे।

शहर का कोई भी भिखारी, मुहताज, कंगाल और मिस्कीन ऐसा नहीं बचा था जो सुल्तान के जनाजे में शामिल न हुआ हो। वे सब मरहूम सुल्तान से बेहद मुहब्बत

करते थे। सल्तनत के जल्लाद, जिन्होंने ताउम्र गुनाहगारों पर कोड़े बरसाए थे, उन्हें फाँसी पर लटकाया था, वे भी सुल्तान के जनाजे में शामिल थे। इन जल्लादों की आँखों में कभी किसी ने आँसू नहीं देखे थे, लेकिन आज उनकी आँखों से आँसू बह रहे थे। शहर के इस्माइली शिया ही कुछ ऐसे थे जो सुल्तान के जनाजे में शामिल नहीं हुए थे।

सुल्तान के जनाजे में मरहूम ख़्वाजा क़ुतुबुद्दीन बख़्तियार क़ाक़ी के दोनों बेटे सैयद अहमद और सैयद महमूद मौजूद थे। शैख़ हमीदुद्दीन नागौरी, शैख़ जलालुद्दीन तबरेज़ी और शैख़ नजीबुद्दीन नख़शवी की ख़ानक़ाहों से तमाम मुरीद सुल्तान के जनाजे में शामिल होने आए थे। मरहूम सुल्तान के दोनों बेटे शहज़ादे मुइज़्ज़ुद्दीन और शहज़ादे क़ुतुबुद्दीन जनाजे में सबसे आगे थे।

शहज़ादे क़ुतुबुद्दीन ने मौक़ा पाकर अपने भाई अवध के सूबेदार ग़यासुद्दीन मुहम्मद को अब्बाहुज़ूर की मौत और शहज़ादे रुक्नुद्दीन की ताजपोशी की ख़बर भिजवा दी थी। इस शहज़ादे ने तमाम सूबों के इक़्तादारों के पास मदद की गुहार के वास्ते हरकारे भेज दिए थे। शहज़ादा ख़ुद हिन्दुस्तान का ताजो-तख़्त अपने बड़े भाइयों के होते हुए नहीं चाहता था, लेकिन वह अपने ऐयाश भाई रुक्नुद्दीन को शाही तख़्त पर बैठा नहीं देख सकता था। जब उसे शहज़ादे मुइज़्ज़ुद्दीन ने ख़बर दी कि अब्बाहुज़ूर मरने से पहले उनकी आपाजान शहज़ादी रज़िया के लिए सल्तनत का ताजो-तख़्त का नामज़दनामा लिख गये हैं, तब उसे और तकलीफ़ हुई। उसे शहज़ादी रज़िया की ताजपोशी पर कोई एतराज़ नहीं था, लेकिन उसे किसी भी क़ीमत पर शहज़ादे रुक्नुद्दीन को सुल्तान देखना पसन्द नहीं था।

सुल्तान के जनाजे में छोटे ओहदेदार से लेकर वज़ीर-ए-आज़म तक सभी मौजूद थे। क़िल-ए-रायपिथौरा इस वक़्त ओहदेदारों से तक़रीबन खाली हो गया था।, लेकिन इतना होने पर भी जहाँशाह तुर्कान बेगम और वज़ीर-ए-आज़म जुनैदी ने मिलकर क़िले का चाक-चौबन्द इन्तज़ाम करा रखा था। हुक़्म के मुआफ़िक क़िलेदार ने चप्पे-चप्पे पर फ़ौज़ लगा रखी थी। शाही हरम के चारों ओर तातारी बाँदियों का सख़्त पहरा करा दिया गया था। जनाजे में आइनुलमुल्क हुसैन अशअरी भी शामिल थे, लेकिन वे सोच रहे थे कि वादे के मुताबिक़ जहाँशाह तुर्कान बेगम और सुल्तान रुक्नुद्दीन फ़ीरोज़शाह ने उन्हें आज वज़ीर-ए-आज़म का ओहदा क्यों नहीं सौंपा? वे यह भी सोच रहे थे कि कहीं उन्होंने कोई भूल तो नहीं की? क्या उनके साथ कोई धोख़ा तो नहीं हुआ है?

आज की भीड़ को सँभालना आसान खेल नहीं था। भीड़ के वास्ते शहर कोतवाल ने ख़्वाजा क़ुतुबुद्दीन बख़्तियार क़ाक़ी के जनाजे में किए गये इन्तज़ाम से कहीं ज़्यादा इन्तज़ाम कर रखा था। उसे अच्छी तरह मालूम था कि मरहूम सूफ़ी

सुल्तान को दिल्ली की अवाम बेहद मुहब्बत करती थी। आज दिल्ली का कोई ऐसा घर नहीं बचेगा, जहाँ से कोई आदमी मरहूम सुल्तान के जनाजे में शामिल न हो। भीड़ सँभाले न सँभल रही थी। इसी भीड़ में गुरु गोरखनाथ का चेला सबसे अलग 'अलख निरंजन...अलख निरंजन' कर रहा था। उसकी ओर अकसर लोगों की निगाहें उठ जाती थीं। इस चेले के नज़दीक ही फ़क़ीर क़ाज़ीमुद्दीन ज़ाहिद अपने चितकबरे गधे पर सवार थे। उनके इर्द-गिर्द ग़ज़नी बाज़ार के कल्लन मियाँ, लाला हज़ारीमल और लाला करोड़ीमल मौजूद थे, लेकिन किसी की जुबान से इस वक़्त कुछ नहीं निकल रहा था।

अभी सुल्तान के जनाज़े को सुपुर्द-ए-ख़ाक किया ही जा रहा था कि शहज़ादी रज़िया अपने तुर्की घोड़े पर सवार होकर वहाँ आ पहुँचीं। उन्हें वहाँ देखकर सुल्तान रुक़ुनुद्दीन फ़ीरोज़शाह हक्के-बक्के रह गये। हालाँकि उनकी हिफ़ाज़त के वास्ते फ़ौज़ी दस्ता उनके नज़दीक मौजूद था, लेकिन तब भी वे शहज़ादी से डर रहे थे। ज़नाने फ़ौज़ी दस्ते को देखकर वे सोचने लगे कि कहीं यह दस्ता उनके ऊपर हमला न कर दे। शहज़ादी के साथ उनकी ख़ास-ख़ास बाँदियों के अलावा आज गुलसुल्तानबानो भी मौजूद थी। हालाँकि उसने नक़ाब पहन रखी थी इसलिए उसे कोई पहचान नहीं सका।

शहज़ादी रज़िया के चेहरे पर हमेशा की तरह नक़ाब पड़ी थी, लेकिन उनकी गीली आँखों को हर किसी ने देखा। भीड़ की शहज़ादी रज़िया के साथ पूरी हमदर्दी थी। दिल्ली की तमाम अवाम उन्हें शाही तख़्त पर बैठे देखना चाहती थी, लेकिन भीड़ में मौजूद लोगों में इतनी हिम्मत नहीं थी कि इस नाजुक मौक़े पर सुल्तान रुक़ुनुद्दीन फ़ीरोज़शाह को घेरकर उसे मौत के घाट उतार दे। हालाँकि शहर कोतवाल के इन्तज़ाम को देखते हुए यह काम कोई मुश्किल नहीं था।

शहज़ादी ने अपनी गीली आँखों के साथ फ़ातिहा पढ़कर अपने अब्बाहुज़ूर को मिट्टी दी। ख़ुदा से उनकी रूह के वास्ते दुआ माँगी। इसके बाद शहज़ादी नज़दीक ही मरहूम ख़्वाजा क़ुतुबुद्दीन बख़्तियार क़ाक़ी के मक़बरे पर पहुँची। यहाँ उन्होंने फिर फ़ातिहा पढ़ा। उन्होंने फ़ातिहा पढ़ने के बाद मरहूम ख़्वाजा से दुआ माँगी और फिर वापस क़िले की ओर चल दीं। शहज़ादी द्वारा मिट्टी देने के बाद जमालुद्दीन याक़ूत ने भी अपने मरहूम आक़ा को सुपुर्द-ए-ख़ाक किया। इसके बाद वे शहज़ादी के ज़नाने फ़ौज़ी दस्ते के पीछे-पीछे चल दिए।

चवालीस

ख़्वाबगाह से सटी हम्माम की ख़ूबसूरती का जवाब समूचे क़िल-ए-रायपिथौरा में नहीं था। गुलचेहरा जैसे ही हम्माम में उतरी, वह हम्माम की ख़ूबसूरती देखकर ही दंग रह गयी। अब तक वह क़ुश्क-ए-सफ़ेद के हम्माम को ही सबसे ख़ूबसूरत हम्माम समझ रही थी, लेकिन इस संगमरमरी हम्माम की ख़ूबसूरती ही अलग थी। हम्माम का हौज़ ज़्यादा लम्बा-चौड़ा नहीं था, लेकिन हम्माम में पानी कहाँ से आ रहा था, कुछ पता नहीं था। हम्माम के चारों ओर आदमकद आइने लगे थे जिनमें समूचा बदन दिख रहा था।

सुल्तान क़ुतुबुद्दीन फ़ीरोज़शाह ने अपने हम्माम से दस सबसे ज़्यादा ख़ूबसूरत कनीज़ें छाँट-छाँटकर यहाँ बुलवा ली थीं। इन्हीं कनीज़ों में कनीज़ यासमीन, जिसने कभी शमा खेल में जीत हासिल की थी और उसे उस दिन शहज़ादे रुक्नुद्दीन का हमबिस्तर बनने का ख़ूबसूरत मौक़ा मिला था, वह भी मौजूद थी। उस दिन उसे सुल्तान ने हमबिस्तर ही नहीं बनाया था, इनाम-इकराम से मालामाल कर दिया था। उसने शहज़ादे रुक्नुद्दीन का दिल जीतने के वास्ते न जाने कौन-कौन सा हथकंडा अपनाया था, लेकिन वह कुछ ही दिनों बाद शहज़ादे के दिल से उतर गयी। शहज़ादे को तो रोज़ एक नई हसीना की ज़रूरत थी। जब शहज़ादे की बेगम ही उसके दिल से उतर गयी थीं, तब यासमीन की क्या औकात थी?

गुलचेहरा के हम्माम में क़दम रखते ही यासमीन के साथ-साथ सभी कनीज़ें अदब के साथ झुक गयीं। गुलचेहरा अभी तक शहज़ादों, शहज़ादियों और जहाँशाह तुर्कान बेगम के सामने अदब से झुकती थी, आज इकट्ठी दस बाँदियों को अपने सामने झुकते देखकर मुस्करा ही नहीं उठी, बल्कि इठला उठी। वह सोचने लगी, क्या रातों-रात उसके ओहदे में इतना अधिक इज़ाफ़ा हो गया है? उधर यासमीन सोच रही थी, हाय रे मेरी क़िस्मत, कहाँ मैं हिन्दुस्तान की मलिका बनने का हसीन ख़्वाब देख रही थी और कहाँ इस वक़्त एक कनीज़ की ख़िदमत में लगी हूँ।

कनीज़ों ने गुलचेहरा के बदन के एक-एक कर कपड़े उतारे। वह मादरजात नंगी हो गयी। वह पहली बार किसी औरत के सामने नंगी हुई थी। इस वास्ते शर्म महसूस कर रही थी, लेकिन धीरे-धीरे उसकी शर्म जाती रही। उसने सुन रखा था, सुल्तान जब शहज़ादे थे, उस वक़्त यही कनीज़ें उसके हम्माम में उसके साथ नंगे-नंगे नहाया करती थीं। अब कनीज़ों ने उसके समूचे बदन पर किसी ख़ुशबूदार ख़ास मरहम का लेप किया। गुलचेहरा ने एक कनीज़ से पूछा, ''इस मरहम को क्या कहते हैं?''

"मरहम का नाम है, हुस्न-ए-अफ़ज़ा।" कनीज़ अदब के साथ बोली।

इस बीच कनीज़ें उसके बदन की हौले-हौले मालिश करती रहीं। धीरे-धीरे उसे मालिश कराते मज़ा आने लगा था। बदन हल्का महसूस होने लगा था। कनीज़ों ने उसे कुछ देर बाद हम्माम में उतारा। हम्माम के पानी से गुलचेहरा का बदन छूते ही उसके बदन का एक-एक रोयाँ न जाने कहाँ गायब हो गया। अब उसका समूचा बदन संगमरमर की तरह चिकना हो गया। वह अपने बदन की ख़ूबसूरती देखकर दंग रह गयी। उसे मालूम नहीं था कि इस तरह का मरहम भी दुनिया में मौजूद है।

अब एक कनीज़ ने हम्माम में लगे एक सोने के पहिए को बाईं ओर घुमाया। पहिया घूमते ही हम्माम का गन्दा पानी न जाने कहाँ गायब हो गया। अब उसी बाँदी ने दूसरी ओर लगा सोने का पहिया घुमाया। इस पहिये को घुमाते ही हम्माम का हौज़ ताज़े ठंडे पानी से भर गया। इस पानी में बेले की ख़ुशबू महक रही थी।

अब कनीज़ों ने गुलचेहरा के एक-एक अंग को बड़ी ख़ूबसूरती के साथ धोकर साफ़ किया। गुलचेहरा देर तक हौज़ में ठंडे पानी का लुत्फ़ उठाती रही। इस बीच कनीज़ें उससे हल्की-फुल्की मज़ाक़ करती रहीं। उसे यह भी समझाती रहीं कि आज की रात सुल्तान को ज़्यादा-से-ज़्यादा ख़ुश करने में ही उसकी भलाई है। अब उनमें से एक कनीज़ बोली, "आपने अगर आज की रात सुल्तान को उसकी मर्ज़ी के मुताबिक़ ख़ुश कर दिया तो आप रातो-रात न जाने कहाँ-से-कहाँ पहुँच सकती हैं। तवारीख़ गवाह है, ईरान, इराक और अरब में कितनी कनीज़ें इसी तरह सुल्तानों की मलिका बनीं। इन मर्दों का क्या है, जिस औरत ने इनका दिल जीत लिया, यह उसके ही होकर रह गये।"

कनीज़ों ने उसे सहारा देकर हौज़ से बाहर निकाला। कनीज़ें इस बात से डर रही थीं कि कहीं गीले फ़र्श पर गुलचेहरा के पैर फिसल न जाएँ। अगर यह फिसल गयी और कहीं इसे कुछ चोट आ गयी, तब हम सब की ख़ैर नहीं है। अब कनीज़ों ने उसे संगमरमर के छोटे से चबूतरे पर बिठा दिया। इस चबूतरे पर बेले के इत्र में डूबी सफ़ेद तौलिया बिछी थी। कनीज़ यासमीन ने गुलचेहरा के बदन को सफ़ेद मखमली ख़ुशबूदार कपड़े से अच्छी तरह पोंछा। समूचे बदन को पोंछने के बाद कनीज़ों ने उसके एक-एक बाल सुलझाए। बालों को सुलझाने के बाद उन्हें देर तक सुखाया।

सुल्तान रुकुनुद्दीन फ़ीरोज़शाह ने आज गुलचेहरा के वास्ते क़िमख़्वाब की पोशाक और कुछ ख़ास जड़ाऊ जेवर हम्माम में भिजवा दिए थे। उसकी पोशाक में जड़ाऊ चोली और जड़ाऊ लहँगा था। चोली और लहँगा में सोने के बारीक तारों का काम था। चोली में जगह-जगह क़रीने से हीरे टँके थे। उसके इजारबन्द में दोनों ओर बसरे के क़ीमती मोतियों के गुच्छे थे। चोली इस तरह तैयार कराई गयी थी जिसमें समूची नंगी पीठ दिख रही थी। चोली की तरह ही लहँगे में भी जगह-जगह हीरे

और मोती टँके थे। लहँगे में हीरे और मोती इतनी तादाद में टँके थे कि क़िमख़्वाब का क़ीमती कपड़ा नहीं दिख रहा था। लहँगे की ख़ूबसूरती देखते ही बनती थी।

कनीज़ें गुलचेहरा की पोशाक ललचाई नज़र से देख रही थीं। उनमें से कुछ सोच रही थीं, काश! उन्हें भी कभी ऐसा ख़ूबसूरत मौक़ा मिलता। उन्होंने इतनी क़ीमती पोशाक आज तक किसी कनीज़ को पहनते पहले नहीं देखी थी। अब कनीज़ों ने गुलचेहरा को सिर-से-पैर तक एक-एककर जड़ाऊ जेवरात पहनाए। क़िमख़्वाब की क़ीमती हीरे-मोतियों टँकी पोशाक और जड़ाऊ क़ीमती जेवर पहनकर गुलचेहरा की ख़ूबसूरती में चार चाँद लग गये। उसने अब हम्माम के आदमकद आइने में ख़ुद को निहारा। यासमीन उससे बोली, ''आज आप वाक़ई बेहद ख़ूबसूरत दिख रही हैं। कहना ग़लत नहीं होगा, हमें आप हुस्नपरी लग रही हैं।'' गुलचेहरा मुस्कराकर रह गयी।

एक और कनीज़ बोली, ''आप हमें हुस्नपरी ही नहीं, हुस्न-ए-यूसुफ़ दिख रही हैं।''

हर कनीज़ अपनी-अपनी तरह से गुलचेहरा की ख़ूबसूरती का बयान कर रही थी। अब तीसरी कनीज़ बोली, ''आप बेहद क़िस्मतवाली हैं। सुल्तान की ख़्वाबगाह में क़िस्मतवालों को ही जाने का ख़ूबसूरत मौक़ा मिलता है, लेकिन ख़याल रहे, हम सभी कनीज़ें हुस्नफ़रोश हैं। जो भी कनीज़ अपने हुस्न के जादू से अपनी ख़ूबसूरती की जितनी क़ीमत चाहे ख़रीददार से वसूल ले। मैं आपको इतना बताए देती हूँ, सुल्तान जैसा हुस्नपरस्त तमाम हिन्दुस्तान में दूसरा कोई ढूँढ़े नहीं मिलेगा। आज आपको मौक़ा मिला है, आप अपनी हुस्न-ओ-अदा से सुल्तान को जी भरकर लूट लें। फिर शायद ऐसा ख़ूबसूरत मौक़ा हाथ न आए।''

अब एक तजुर्बेकार कनीज़ बोली, ''ऐ हूर-ए-जमाल, तू हमें हूर-ए-बिहिश्त नज़र आ रही है। आज नए सुल्तान के सामने अपनी ख़ूबसूरती का जलवा बिखेर! अपनी शीरीं हुस्न-ए-तकरीर और हुस्न-ए-अदा के जादू से सुल्तान के दिलो-दिमाग़ पर क़ब्ज़ा जमाकर क़ीमती इनाम-इकराम हासिल कर!, लेकिन याद रहे, सुबह हम्माम में मिलने पर हमें भूलना नहीं।'' गुलचेहरा सोच रही थी कि थोड़े से ही वक़्त में उसे इन कनीज़ों ने न जाने क्या-क्या ख़िताब दे डाले?

कनीज़ें गुलचेहरा के बालों की चोटी गूँथना चाहती थीं, लेकिन उसने मना कर दिया और कहा, इन्हें खुले रहने दो। गुलचेहरा के पैरों में जड़ाऊ क़ीमती क़ुतुबशाही जूतियाँ पहनाते वक़्त कनीज़ यासमीन की आँखें गीली हो गयीं। उसे अपने पिछले दिन याद आ गये। वह सोचने लगी, काश! आज गुलचेहरा की जगह उसे यह ख़ूबसूरत मौक़ा मिलता?

कनीज़ों ने गुलचेहरा को ख़्वाबगाह के ख़ास दरवाज़े तक पहुँचाकर मुबारकबाद

पेश की। उसने भी कनीज़ों का शुक्रिया अदा किया। गुलचेहरा ख़्वाबगाह को देखते ही भौंचक्की रह गयी। उसने इतना ख़ूबसूरत महल कभी पहले नहीं देखा था। उसने जैसे ही ख़्वाबगाह के फ़र्श पर अपने क़दम रखे, क़ीमती मुलायम ईरानी कालीन में धँसने लगे। गोल ख़्वाबगाह में कोई जगह ऐसी नहीं बची थी, जहाँ आदमकद आईने न लगे हों। वहाँ दीवार दिख ही नहीं रही थी। गुलचेहरा इन आदमकद आईनों में अपनी ख़ूबसूरती देर तक निहारती रही। वह अपनी ख़ूबसूरती देखकर ख़ुद ही इतरा उठी। अब उसने ख़्वाबगाह की छत पर नज़र डाली। समूची छत पर सोने की पालिश की गयी थी। सोने की पालिश के बीच हिरन, मोर और कुछ परिंदों की ख़ूबसूरत रंग-बिरंगी तस्वीरें बनी थीं, जिन्हें वह देर तक देखती रही।

अब उसने एक आदमकद आइने में ख़ुद को निहारा। उसने अपने ख़ूबसूरत बालों को पीछे से खींचकर अपने सीने के सामने लिया। अब कभी वह अपने बालों को बायीं ओर ले जाती थी और कभी दाहिनी ओर। कभी वह ख़ूबसूरत लम्बे बालों को चोली के बीचो-बीच लेकर अपनी ख़ूबसूरती आईने में निहार रही थी। वह एकबार फिर अपनी ख़ूबसूरती देखकर मुस्करा उठी और उसने बालों को दुबारा पीछे ढकेल दिया। गुलचेहरा अभी आईने में ख़ुद को देख ही रही थी कि सुल्तान रुकुनुद्दीन फ़ीरोज़शाह ने ख़्वाबगाह में अपने क़दम रखे। गुलचेहरा के चेहरे के बजाय उसकी पीठ उस वक़्त सुल्तान के सामने थी। जैसे ही गुलचेहरा ने सुल्तान को आईने में देखा, वह मुड़कर सुल्तान की क़दमबोसी के वास्ते झुक गयी। अब गुलचेहरा अपनी नाज़ुक अदा के साथ शीरीं ज़ुबान में बोली, ''सुल्तान-ए-आलम की ख़्वाबगाह में आमद बहुत-बहुत मुबारक हो।''

''आपकी भी शाही ख़्वाबगाह में आमद मुबारक हो!'' सुल्तान मुस्कराकर बोले।

सुल्तान देर तक गुलचेहरा की ख़ूबसूरती देखते रहे। वे सोचने लगे कि क्या यह वही गुलचेहरा है जो कुछ दिन पहले अम्मीजान जहाँशाह तुर्कान बेगम के यहाँ क़ुश्क-ए-सफ़ेद में हमें दिखलाई पड़ी थी। सुल्तान ने उसे अपनी बाहों में भर लिया और सबसे पहले उसकी पेशानी चूमी। सुल्तान के पेशानी चूमते ही गुलचेहरा का समूचा बदन कमल के फूल की तरह खिल उठा। उसने अपनी आँखें ऊपर उठायीं और पहली मर्तबा सुल्तान को ग़ौर से देखा। वह सोचने लगी, सुल्तान उससे कहीं कम ख़ूबसूरत नहीं हैं। अब सुल्तान ने उसका दाहिना हाथ पकड़कर शाही पलंग पर बिठा लिया।

जड़ाऊ शाही पलंग तक़रीबन आठ हाथ लम्बा और आठ हाथ चौड़ा था। पलंग पर कई मुलायम कालीन बिछे थे। इन कालीनों के ऊपर सफ़ेद मखमली चादर बिछी थी। चादर से बेले की भीनी-भीनी ख़ुशबू आ रही थी। पलंग पर एक किनारे दो

गावतकिया लगे थे। सफ़ेद मखमली चादर के किनारे-किनारे ख़ूबसूरत बसरे के मोती लटक रहे थे। गावतकियों में चाँदी के बारीक तारों के ज़रिये ख़ूबसूरत कढ़ाई की गयी थी। पलंग के नज़दीक ही एक जड़ाऊ मेज़ पर इस्फ़हानी शराब भरी सुराही और दो प्याले मौजूद होने के साथ-साथ दो तश्तरियों में सूखे मेवे रखे थे।

सुल्तान ने शाही ताज अपने सिर से उतारा जिसे गुलचेहरा ने एक खाली जड़ाऊ मेज़ पर रख दिया। अब गुलचेहरा बोली, ''सुल्तान-ए-आलम, क्या हुज़ूर की ख़िदमत में शराब पेश करूँ?''

''क्या आपने पहले कभी चखी है?'' सुल्तान ने उसकी आँखों में झाँकते हुए पूछा।

गुलचेहरा अदब के साथ झुककर बोली, ''जी नहीं, सुल्तान-ए-आलम।''

''आज माबदौलत गुलचेहरा को ख़ुद अपने हाथों पिलाएँगे।''

''हुज़ूर, गुस्ताख़ी माफ़ करें। लौंडी हुज़ूर की ख़िदमतगार है। उसे इतना ऊँचा दर्ज़ा न दें जिसे वह सँभाल न सके।''

सुल्तान गुलचेहरा के दोनों हाथों को अपने हाथों में लेते हुए बोले, ''आपको लौंडी कौन कहता है?''

''हुज़ूर, सभी जानते हैं कि हम एक कनीज़ हैं, सिर्फ़ कनीज़।''

''वे बेवकूफ़ हैं जो आपको कनीज़ कहते हैं। आज से आप कनीज़ नहीं, बल्कि सुल्तान रुक्नुद्दीन फ़ीरोज़शाह के दिल की मलिका हैं। माबदौलत ने जब आपको पहली मर्तबा अपनी अम्मीजान के यहाँ क़ुश्क-ए-सफ़ेद में देखा था, तब ही आपको अपना दिल दे बैठे थे। तब हम सोच रहे थे, हमारी अम्मीजान ने इस ख़ूबसूरत नगीने को अब तक न जाने कहाँ छिपा रखा था? गुलचेहरा, हमारी बात पर यक़ीन करो। हमने जब आपको पहली मर्तबा देखा था, हम तभी से आपको अपनी बेगम बनाने के ख़्वाब देखने लगे थे। ख़ुदा का लाख-लाख शुक्र है, जिसने हमें हिन्दुस्तान का ताजो-तख़्त सौंपा और आप जैसी ख़ूबसूरत हसीना को शाही ख़्वाबगाह का रास्ता दिखाया।''

''सुल्तान-ए-आलम, गुस्ताख़ी माफ़ हो। हुज़ूर की बेगम साहिबा हमसे कहीं ज़्यादा ख़ूबसूरत हैं। हम उनके पैर की जूती भी नहीं हैं। हमारी इतनी ज़्यादा तारीफ़ करना अच्छा नहीं।''

सुल्तान की आँखों के सामने अपनी बेगम का चेहरा नज़र आने लगा। वे बोले, ''गुलचेहरा, आप सच कहती हैं। हमारी बेगम साहिबा वाक़ई कभी ख़ूबसूरत थीं, लेकिन बच्चों के पैदा होते ही उनकी ख़ूबसूरती न जाने कहाँ चली गयी? अब वे हमसे कहीं ज़्यादा बच्चों से मुहब्बत करती हैं। दिन में पाँच बार नमाज़ पढ़ती हैं। रमज़ान के महीने में रोज़ा रखती हैं। रोज़ा रखने के दिनों में वे हमें अपना बदन नहीं

छूने देती हैं। हमें यह पसन्द नहीं है।''

सुल्तान कुछ देर बाद फिर बोले, ''क्या आप नमाज़ और रोज़ा रखती हैं?''

''जी नहीं हुज़ूर।''

''बहुत ख़ूब। हमें रोज़ा-नमाज़ से ही नहीं, मुल्ला, मौलवियों और उलेमाओं से भी चिढ़ है। जब हम शहज़ादे थे, तब यही मुल्ला, मौलवी और उलेमा हमें ऐयाश शहज़ादा बताते थे और आज जब माबदौलत हिन्दुस्तान के ताजो-तख़्त के मालिक हैं, तब वे दिखावे के वास्ते हमारी क़दमबोसी करते हैं। इन कमबख़्तों का कोई ईमान नहीं है।''

अब सुल्तान ने ख़ुद सुराही उठाकर दो प्यालों में शराब ढाली। सुल्तान ने एक प्याला गुलचेहरा को पेश किया और बोले, ''इसे पियो, इसे पीने के बाद जन्नत का मज़ा मिलेगा।''

''हुज़ूर, गुस्ताख़ी माफ़ हो। हमने कभी शराब चखी नहीं है।''

''आज चखकर देखें। ज़िन्दगी का लुत्फ़ मिलेगा।''

हालाँकि गुलचेहरा ने पहले एक-दो बार शराब पी थी, लेकिन वह जान-बूझकर सुल्तान के सामने झूठ बोल रही थी। उसने एक ही बार में प्याले की शराब गले के नीचे उतार ली। सुल्तान दो प्याला शराब पहले ही पीकर आए थे। वे तीसरा प्याला पीते-पीते बोले, ''गुलचेहरा, लगता है, आपने पहली बार ही शराब पी है। शराब की चुश्कियाँ धीरे-धीरे ली जाती हैं, एक झटके में नहीं।''

''हुज़ूर, गुस्ताख़ी माफ़ हो। हमें पता न था।''

अब गुलचेहरा शराब की चुश्कियाँ लेती रही। उसे शराब पीने में लुत्फ़ आ रहा था। उसे जन्नत यहीं दिखने लगी थी। धीरे-धीरे दोनों ने तीन-तीन प्याले शराब पी ली। अब सुल्तान खड़े होकर अपनी पोशाक उतारने लगे। गुलचेहरा पलंग से उठकर बोली, ''क्या मैं हुज़ूर की मदद करूँ?''

''कोई ज़रूरत नहीं।''

सुल्तान ने अपनी पोशाक उतार दी। वे तक़रीबन नंगे हो गये। गुलचेहरा पर शराब असर करने लगी थी। सुल्तान के ख़ूबसूरत नंगे बदन को देखकर उसके ऊपर मस्ती छाने लगी। उसका बदन धीरे-धीरे गर्म हो रहा था। उसने इससे पहले किसी मर्द का नंगा बदन नहीं देखा था। अब सुल्तान ने उसे पलंग पर लिटा लिया और उसकी चोली के इजारबन्द खोल दिए। गुलचेहरा के बदन से चोली हटते ही सुल्तान देर तक उसके खुले बदन को देखते रहे। अब वे उसके उठे हुए सख़्त उरोजों से देर तक खेलते रहे। सुल्तान पर शराब का असर हो गया था। वे अब तक पाँच प्याला शराब पी चुके थे। वे शराब के नशे में बहकते-बहकते बोले, ''माबदौलत ने अपनी बेगम के अलावा एक-से-एक ख़ूबसूरत नाज़नीन नंगे बदन देखी हैं, लेकिन

आपका नाज़ुक इकहरा संगमरमरी बदन, नूरानी ख़ूबसूरत चाँद-सा चेहरा, गुलाबी सेब की तरह भरे-भरे गाल और आँखें शराब भरे प्याले हैं। जी चाहता है, हमेशा-हमेशा के वास्ते इनमें डूब जाएँ।''

गुलचेहरा को सुल्तान द्वारा की जा रही तारीफ़ अच्छी लग रही थी। वह उनके सीने में हल्के-हल्के अपनी उँगलियाँ फेर रही थी। सुल्तान फिर बोले, ''आपके होंठ क्या, गुलाब की अधखिली पंखुड़ियाँ हैं और यह कमानदार भौहें, किसी क़ातिल की शमशीर से कम नहीं। आपकी हिरनी जैसी पतली कमर का तो कोई जवाब नहीं।'' सुल्तान उसकी नाज़ुक कमर चूमते हुए बोले।

अब सुल्तान गुलचेहरा के खुले बालों को अपने हाथों में लेते हुए बोले, ''आपकी हसीन जुल्फ़ें आसमान में लहराते हुए घने स्याह बादलों से कहीं ज़्यादा ख़ूबसूरत हैं।''

इस वक़्त गुलचेहरा भी जहाँशाह तुर्कान बेगम की तरह सपने देख रही थी। उसे पता चल गया था कि जहाँशाह तुर्कान बेगम पहले कनीज़ ही थीं। मरहूम सुल्तान इल्तुतमिश के नज़दीक आने पर वे कनीज़ से हिन्दुस्तान की मलिका बनीं। वह सोचने लगी, तब वह ख़ुद क्यों नहीं हिन्दुस्तान की मलिका बन सकती है? वह भी सुल्तान को आज की रात ज़्यादा-से-ज़्यादा ख़ुश करेगी। वह बोली, ''सुल्तान-ए-आलम, हमारे ज़िस्म की तारीफ़ कर रहे हैं जब कि हुज़ूर ख़ुद हमसे कहीं ज़्यादा ख़ूबसूरत हैं। हुज़ूर की ख़ूबसूरती पर तमाम क़िल-ए-रायपिथौरा की कनीज़ें आह भरती हैं।''

''आप माबदौलत को बहकाने की कोशिश न करें। हम इस वक़्त अपने पूरे होशो-हवाश में हैं। ख़ुदा जानता है, आप वाक़ई बेहद ख़ूबसूरत हैं। आपकी नाज-ओ-अदा में अभी कच्चापन है जो आपकी ख़ूबसूरती का और जलवा बिखेर रहा है। ख़ुदा ने आपको ज़रूर फुरसत में बनाया होगा।''

''हुज़ूर, ख़ुदा ने हमें हुज़ूर के वास्ते ही बनाया है। हुज़ूर की हुकूमत हमारे ज़िस्म पर ही नहीं, दिल पर भी है।''

गुलचेहरा के इतना कहते ही सुल्तान ने उसकी पेशानी चूम ली। पेशानी चूमने के बाद उन्होंने उसकी दोनों आँखें चूमीं। आँखें चूमने के बाद उसके दोनों गुलाबी गालों के बोसे लिए। अब सुल्तान ने अपने होंठ उसके पतले नाज़ुक होंठों पर रख दिए और एक लम्बा बोसा लिया। गुलचेहरा के गुलाबी गालों का बोसा लेने के बाद सुल्तान ने उसके दोनों उरोजों के बोसे लिए। सुल्तान यहीं नहीं रुके, अब उन्होंने आगे बढ़कर उसकी नाभि का भी चुम्बन लिया। वे इस खेल में अनाड़ी नहीं थे। वे इस खेल को सैकड़ों बार खेल चुके थे, लेकिन गुलचेहरा ज़रूर इस खेल में अनाड़ी थी। अब वह सिहर उठी। उसका गर्म होता बदन बेहद गर्म हो गया। शराब का नशा

पूरी तरह रंग ला रहा था। अब उसने शाही अदब-क़ायदे को बला-ए-ताक़ रखते हुए हद से बाहर जाकर अपने होंठ सुल्तान के होंठों पर रख दिए। दोनों इसी तरह देर तक पड़े रहे।

सुल्तान ने जैसे ही उसके लहँगे का इजारबन्द खोलना चाहा, वह बोली, ''हुज़ूर रौशनी?''

''घबराएँ नहीं। रौशनी में कुछ ज़्यादा ही लुत्फ़ मिलेगा।''

अब दोनों जवान ज़िस्म एक-दूसरे से रात भर खेलते रहे। सूरज एक नैज़ा ऊपर चढ़ने के बाद गुलचेहरा की आँख खुली। उसका अंग-अंग टूट रहा था। उसने उठकर सबसे पहले अपना लहँगा पहना और फिर चोली पहनी। आईने में देखकर अपने बिखरे बालों को दुरुस्त किया और एक नज़र सो रहे सुल्तान पर डालकर हम्माम की ओर चली गयी। जहाँ रातवाली कनीज़ें उसका इन्तज़ार कर रही थीं।

ख़ुदाबन्द-ए-जहाँशाह तुर्कान बेगम ने गुलबदन को सुल्तान की ख़्वाबगाह भेजकर पता कराया कि रुकुनुद्दीन फ़ीरोज़शाह सोकर उठे या नहीं। गुलबदन को दारोग़-ए-ख़्वाबगाह ने बताया कि सुल्तान अभी सो रहे हैं। वह दारोग़-ए-ख़्वाबगाह को बताकर चली आई कि सुल्तान जैसे ही सोकर उठें, उन्हें बता दिया जाए कि उनकी अम्मीजान याद फ़र्मा रही हैं।

दोपहर हो जाने पर सुल्तान जागे। जैसे ही वे गुस्ल कर तैयार हुए, दारोग़-ए-ख़्वाबगाह ने उन्हें बताया कि ख़ुदाबन्द-ए-जहाँशाह तुर्कान बेगम ने हुज़ूर को याद फ़र्माया है। सुल्तान सीधे क़ुश्क-ए-सफ़ेद की ओर चल दिए। महल के ख़ास दरवाज़े पर उनकी मुलाक़ात गुलबदन से हुई, लेकिन वे सीधे महल के अन्दर चले गये। गुलबदन उन्हें देखती रह गयी। उसे उम्मीद नहीं थी कि सुल्तान उसे इतनी जल्दी नज़रअंदाज़ करने लगेंगे।

जहाँशाह तुर्कान बेगम अपने बेटे का ही इन्तज़ार कर रही थीं। सुल्तान अपनी अम्मीजान के दोनों हाथ चूमकर बोले, ''अम्मीजान, आपने हमें याद फ़र्माया है?''

''सुल्तान क्या आजकल काफ़ी देर से सोकर उठते हैं?''

''अम्मीजान, रात सोने में देर हो गयी थी।''

''सुल्तान, अब आप शहज़ादे नहीं हैं। आपके पास हिन्दुस्तान के ताजो-तख़्त की ज़िम्मेदारी है। सल्तनत का बोझा उठाना आसान खेल नहीं है। अगर आप इसी तरह रात जाग-जागकर गुज़ार देंगे और सुबह के बजाय दोपहर में सोकर उठेंगे, तब सल्तनत का ख़ुदा ही मालिक है।''

''अम्मीजान, आप ग़लत...।''

''क्या ग़लत है और क्या सही, हम नहीं जानते, लेकिन हम इतना जानते हैं, सुल्तान को पता नहीं है, सल्तनत में कहाँ क्या हो रहा है?''

"अम्मीजान, क्या कोई ख़ास बात हुई?"

"कोई एक बात हो तो बताऊँ।"

"फिर भी...।"

"आपको याद होगा, जिस दिन आपकी ताजपोशी हुई थी, उस दिन आपकी नज़र-नियाज़ उतरने के बाद आपने तमाम ओहदेदारों, शहज़ादों और ख़िदमतगारों को इनाम-इकराम बाँटे थे। आपने शहज़ादे क़ुतुबुद्दीन को भी ख़िलअत बख़्शी थी, लेकिन उसने ख़िलअत क़ुबूल नहीं की थी।"

"अम्मीजान, वह अभी छोटा है, जल्दी समझ आ जाएगी।"

"अफ़सोस है, सुल्तान को न जाने कब समझ आएगी। हमें रात आइनुलमुल्क हुसैन अशअरी ने ख़बर दी है, शहज़ादे क़ुतुबुद्दीन ने अपने भाई शहज़ादे ग़यासुद्दीन मुहम्मद शाह को पैग़ाम भेजकर मदद की गुहार की है। उसने दूसरे सूबों में भी हरकारे भेजकर मदद माँगी है। यह सरासर बग़ावत है। बेटे, इस बग़ावत को कुचलना होगा। वरना...।"

"अम्मीजान, हुक़्म करें।"

"शहज़ादे क़ुतुबुद्दीन को फ़ौरन क़ैदख़ाने में डाल दिया जाए!"

"अम्मीजान...।"

"हम जो कहते हैं, उसे ग़ौर से सुनो! शहज़ादे क़ुतुबुद्दीन को क़ैद में डालने के बाद वादे के मुताबिक़ आइनुलमुल्क हुसैन अशअरी को अपना वज़ीर बनाएँ।"

"अम्मी हुज़ूर, हुक़्म की आज ही तामील हो जाएगी।"

सुल्तान कुछ देर रुककर फिर बोले, "और कोई हुक़्म?"

"सल्तनत की हुकूमत चलाने के वास्ते हमेशा आँख और कान खोलकर रखो!"

अब सुल्तान अपनी अम्मीजान के दोनों हाथ चूमकर क़ुश्क-ए-दिलक़ुशा की ओर चल दिए। उन्होंने बिना सोचे-समझे अपनी अम्मीजान द्वारा दी गयी राय के मुताबिक़ हुक़्मनामें जारी कर दिए। उन्होंने यह भी नहीं सोचा कि इसके आगे अंजाम क्या होंगें?

बेगम ने गुलबदन के ज़रिये गुलचेहरा को बुलवाया। गुलचेहरा हमेशा की तरह मामूली पोशाक पहनकर गुलबदन के साथ चल दी। सुल्तान द्वारा रात इनाम में बख़्शी गयी पोशाक उसने संदूक में बन्द कर दी। गले के हार को छोड़कर बाक़ी जेवर भी हिफ़ाज़त से संदूक में रख दिए। वह खाली हार पहनकर जहाँशाह तुर्कान बेगम को दिखाना चाहती थी कि उसे रात में इनाम में सुल्तान ने खाली हार दिया है। जैसे ही गुलचेहरा बेगम के सामने पहुँची, वह अदब के साथ झुककर कोर्निश बजाने लगी। बेगम ने देखा, गुलचेहरा की आँखें लाल हैं। बेगम की तजुर्बेकार आँखों ने फ़ौरन समझ लिया कि गुलचेहरा रात की जागी हुई है। उसे सोने का मौक़ा नहीं

मिला है।

अब बेगम ने उससे पूछा, "क्या रात भर जागती रही?"

"बेगम साहिबा, सुल्तान-ए-आलम...।"

"हमारा बेटा सुल्तान रुकुनुद्दीन फ़ीरोज़शाह अभी नादान है। वह आगा-पीछा नहीं समझ रहा है। तू जवान है, ख़ूबसूरत है, जवानी का लुत्फ़ लूटने का तुझे नया-नया मौक़ा मिला है। तुझे उसके साथ रात गुज़ारने में हमें कोई एतराज़ नहीं है।, लेकिन ख़याल रहे, जवानी का लुत्फ़ लूटती रहो, इनाम-इकराम जो मिलें, उन्हें रखती जाओ, लेकिन हुकूमत का हिस्सा बनने की कभी कोशिश मत करना। अगर तुमने भूल से कभी भी हुकूमत का हिस्सा बनने की कोशिश की, तब सज़ा भी समझ लो। हमारी हुक़्म-उदूली की सज़ा, सज़-ए-मौत के अलावा दूसरी नहीं है।"

"बेगम साहिबा, गुस्ताख़ी माफ़ करें। मैं हुज़ूर की कल भी लौंडी थी, आज भी लौंडी हूँ और कल भी लौंडी ही रहूँगी। मैंने सुल्तान-ए-आलम से रात ही गुज़ारिश की थी कि मैं तो हुज़ूर की जूती से अधिक नहीं हूँ। फिर भी उन्होंने हमें अपना हमबिस्तर बनाया। ख़ुदा झूठ न बुलवाए, लौंडी होकर सुल्तान-ए-आलम की हुक़्म-उदूली करने की हिम्मत मुझ ग़रीब में नहीं थी। हुज़ूर, मैं उस वक़्त मज़बूर थी, और जहाँ तक कल रात सुल्तान-ए-आलम की ख़्वाबगाह जाने का सवाल है, गुस्ताख़ी माफ़ हो। मैं बेगम साहिबा की मर्ज़ी के ख़िलाफ़ ख़्वाबगाह नहीं गयी थी।"

"बस-बस! हमें ज़्यादा सुनने की आदत नहीं है। हम फिर याद दिलाते हैं, ज़िन्दगी में कभी भी हद से आगे बढ़ने की कोशिश मत करना।"

"हुज़ूर...।"

"अब जा सकती हो।"

गुलचेहरा अदब के साथ झुककर कोर्निश बजाती हुई क़ुश्क-ए-सफ़ेद से बाहर निकल गयी। वह रास्ते भर यही सोच रही थी कि शाही हरम की शतरंजी चालों को समझना आसान नहीं है। ख़ैर, अब शतरंज की बिसात बिछ ही गयी है तो धीरे-धीरे मोहरों की चालों को भी समझना ही पड़ेगा।

पैंतालीस

आसमान में सूरज सिर के ऊपर था। तेज़ लू चल रही थी। लोगों का गर्मी के मारे बुरा हाल था। बाज़ार में ग्राहक नज़र नहीं आ रहे थे। कितने दुकानदार अपनी दुकानें

बन्दकर अपने घरों को आराम करने के लिए चले गये थे। सड़कों पर इक्के-दुक्के लोग ही दिख रहे थे। ऐसी गर्म दोपहर में दो सौ शाही सवारों का दस्ता शहज़ादे क़ुतुबुद्दीन की हवेली पर अचानक आ धमका। इन सवारों को देखकर हवेली के पहरेदार हक्के-बक्के रह गये। वे कुछ सोच पाते, तब तक फ़ौज़ी सवार हवेली में ज़बरदस्ती घुसने लगे। पहरेदारों ने उन्हें रोकने की कोशिश की, लेकिन नाकामयाब रहे।

शहज़ादे की हवेली में उसकी हिफ़ाज़त के वास्ते बीस सिपाही ही मौजूद थे। हवेली का दारोग़ा एक कुर्सी पर बैठा आराम कर रहा था। उसे कभी-कभी नींद की झपकी आ जाती थी। जैसे ही उसे एक पहरेदार ने फ़ौज़ी दस्ते के हवेली में घुसने की जानकारी दी, वह चौंककर उठ खड़ा हुआ। अब हवेली के दारोग़ा ने आगे बढ़कर फ़ौज़ी दस्ते के हाकिम से पूछा, "हवेली के अन्दर इस तरह ज़बरदस्ती घुसने की क्या ज़रूरत है?"

"हम शहज़ादे क़ुतुबुद्दीन को गिरफ़्तार करने आए हैं।" हाकिम बोला।

शहज़ादे क़ुतुबुद्दीन की गिरफ़्तारी की ख़बर सुनकर दारोग़ा चौंका। उसने पूछा, "शहज़ादे हुज़ूर को आप किसके हुक़्म से गिरफ़्तार करने आए हैं?"

"सुल्तान-ए-आलम का हुक़्म है।"

"आख़िर शहज़ादे हुज़ूर ने ऐसा क्या किया है जो उन्हें गिरफ़्तार किया जा रहा है।"

"हमें नहीं मालूम। हमें हुक़्म हुआ है, हम शहज़ादे को गिरफ़्तार करके लाएँ।"

"आप हमारे होते हुए शहज़ादे हुज़ूर को गिरफ़्तार नहीं कर सकते।"

"हम यहाँ ख़ून-खराबा करने नहीं आए हैं। हमें शहज़ादे क़ुतुबुद्दीन को गिरफ़्तार करने का हुक़्म मिला है। हम उन्हें गिरफ़्तार करके ही जाएँगे।"

हवेली के दारोग़ा ने अपनी कमर में खुंसी तलवार खींच ली। उसे देखकर हवेली के दूसरे पहरेदारों और सिपाहियों ने भी अपनी-अपनी तलवारें निकाल लीं। जैसे ही फ़ौज़ी दस्ते का हाकिम हवेली के अन्दर घुसने को हुआ, दरोग़ा ने उसके ऊपर तलवार का भरपूर वार किया, जिसे उसने अपनी ढाल पर रोक लिया। अब वहाँ तलवारें खटकने लगीं, चीख़-पुकार होने लगी। शोर-शराबे को सुनकर शहज़ादे की नींद टूट गयी। उसने भी हिफ़ाज़त के वास्ते तलवार खींच ली, लेकिन अब तक फ़ौज़ी दस्ते के सिपाही उसके कमरे में घुस आए थे। फ़ौज़ी दस्ते ने उसे चारों ओर से घेर लिया। इतने अधिक सिपाहियों को देखकर शहज़ादा हक्का-बक्का था। हालाँकि शहज़ादे की तलवार के वार से फ़ौज़ी दस्ते का एक सिपाही मारा गया, लेकिन उसे जल्दी पकड़ लिया गया। इस जंग में शहज़ादे के तीन सिपाही मारे गये और कई जख़्मी हुए। फ़ौज़ी दस्ते के भी दो सिपाही मारे गये और कई घायल हुए।

अब फ़ौज़ी दस्ते का हाकिम शहज़ादे को हथकड़ी लगाकर हवेली से बाहर

निकाल लाया। उसने शहज़ादे को ज़बरदस्ती एक सिपाही के घोड़े पर आगे बिठा दिया। शहज़ादे के हाथों मे हथकड़ियाँ पड़ी थीं, लेकिन फिर भी कई सवार उसे घेरकर चल रहे थे। बाज़ार के लोग शहज़ादे क़ुतुबुद्दीन को इस हालत में देखकर भौंचक्के थे। घरों के छज्जों से औरतें और लड़कियाँ बन्दी शहज़ादे को देख रही थीं। वे शहज़ादे की बेबसी पर अपने आँसू बहा रही थीं। उनमें से कोई कह रहा था, शहज़ादा अभी कमसिन है। आख़िर उसका क़ुसूर क्या है? उसे क्यों गिरफ़्तार किया गया?

बाज़ार के लोगों में से कोई कह रहा था, ज़रूर जहाँशाह तुर्कान बेगम के हुक़्म से शहज़ादे को गिरफ़्तार किया गया होगा। वह अपने बेटे सुल्तान रुक्नुद्दीन फ़ीरोज़शाह के सामने दूसरे शहज़ादों को फूटी आँख देखना पसन्द नहीं करती। वह धीरे-धीरे बाक़ी दोनों शहज़ादों को भी गिरफ़्तार कराएगी। कोई-कोई कह रहा था, मरहूम सुल्तान इल्तुतमिश के ज़माने में उनका यह सबसे छोटा लाड़ला शहज़ादा कितने ठाठ-बाठ से रहता था। आज बेचारे का क्या हाल है? कोई कह रहा था कि ज़रूर इसमें आइनुलमुल्क हुसैन अशअरी का हाथ होगा। कमबख़्त ने मुल्तान और भक्कर के सुल्तान नासिरुद्दीन क़ुबाचा को बर्बाद किया। अब सुल्तान रुक्नुद्दीन फ़ीरोज़शाह को भी बर्बाद करके रहेगा। बाज़ार में कोई कह रहा था, ईश्वर करे, इस ऐयाश सुल्तान की जल्दी मौत आ जाए और शहज़ादी रज़िया के हाथ मुल्क की हुकूमत लग जाए। शहज़ादी की हुकूमत में ऐसे जुल्म कभी नहीं होंगे। वहाँ तरह-तरह के लोग तरह-तरह की बातें कर रहे थे।

हौज़ शम्सी के लंगरख़ाना में तमाम भिखारी, फ़क़ीर, मुहताज और ग़रीब दोपहर का खाना खा रहे थे। जैसे ही यह मनहूस ख़बर वहाँ पहुँची, वे सभी बीच में खाना छोड़कर उठ खड़े हुए। वे सभी जानते थे कि कमसिन शहज़ादा बेहद सीधा-सादा है। वह ग़रीबों की हमेशा मदद करता है। उसने शहर में दो-तीन जगह लंगरखाने खुलवा रखे हैं। वह अपने मरहूम अब्बाहुज़ूर के नक़्श-ए-क़दम पर चल रहा है।

हौज़ शम्सी के नज़दीक ही एक आम के पेड़ के नीचे गुरु गोरखनाथ का चेला अपना अँगौछा बिछाकर आराम से लेटा था। वह बीच-बीच में अलख निरंजन...अलख निरंजन बोल रहा था। उसे जैसे ही किसी आदमी ने जाकर बताया कि सुल्तान रुक्नुद्दीन फ़ीरोज़शाह ने शहज़ादे क़ुतुबुद्दीन को गिरफ़्तार करा लिया है। वह इतना सुनने पर भी नहीं बोला और अलख निरंजन...अलख निरंजन करता रहा। अब एक आदमी ने उससे पूछा, ''गुरुजी, नये सुल्तान रुक्नुद्दीन फ़ीरोज़शाह के ज़माने में क्या ऐसा ही होगा?''

वह बोला, ''बच्चा, धैर्य से काम लो। लंका के रावण का अन्त हुआ था। मथुरा

के कंस का भी अन्त हुआ था। महाभारत में श्रीकृष्ण ने पांडवों के ज़रिये कौरवों का अन्त कराया था। इस दुनिया में अच्छाई और बुराई, सच्चाई और बेईमानी की लड़ाई जुग-जुग से चली आई है, लेकिन जीत हमेशा अच्छाई और सच्चाई की ही हुई है। गुरु के यहाँ देर है, अन्धेर नहीं। जल्दी ही सुल्तान और उसकी माँ का भी अन्त होनेवाला है।'' इतना कहकर वह फिर अलख निरंजन...अलख निरंजन बोलने लगा।

फ़ौज़ी दस्ते के सिपाही शहज़ादे क़ुतुबुद्दीन को लेकर क़िले में दाख़िल हो चुके थे। बन्दी शहज़ादे को इस हालत में देखकर क़िले की बाँदियाँ, लौंडियाँ और ख़्वाजासरा आँसू बहा रहे थे। जल्दी ही यह ख़बर आग की तरह तमाम क़िले में फैल गयी।

जैसे ही यह ख़बर नयनज्योतिबाई ने सुनी, वह तक़रीबन भागी-भागी शहज़ादी रज़िया के नज़दीक पहुँची। शहज़ादी ने उससे पूछा, ''अरे क्या आफ़त आ गयी है जो इस तरह भाग रही है?''

''शहज़ादी साहिबा, ग़ज़ब हो गया। शहज़ादे क़ुतुबुद्दीन को क़ैदख़ाने में डाल दिया गया है।''

शहज़ादी शहज़ादे क़ुतुबुद्दीन के क़ैदख़ाने की ख़बर सुनकर चौंक पड़ीं। उन्होंने एकबार फिर पूछा, ''क्या शहज़ादे क़ुतुबुद्दीन को क़ैदख़ाने में डाल दिया गया है?''

''जी हाँ शहज़ादी। शहज़ादे हुज़ूर को सुल्तान रुक़ुनुद्दीन फ़ीरोज़शाह ने क़ैदख़ाने में डलवा दिया है।''

इतना सुनते ही शहज़ादी रज़िया की आँखें भर आईं। शहज़ादी की समझ में नहीं आ रहा था कि ऐसा क्या ग़ुनाह शहज़ादे क़ुतुबुद्दीन से हो गया है जो सुल्तान रुक़ुनुद्दीन फ़ीरोज़शाह को इतना सख़्त क़दम उठाना पड़ा। वे बहुत धीमे से बोलीं, ''वजह?''

''शहज़ादे ने सुल्तान की ताजपोशी के वक़्त ख़िलअत लेने से इनकार किया था।''

''कोई और वजह?''

''शहज़ादे हुज़ूर ने सुल्तान रुक़ुनुद्दीन की ताजपोशी हो जाने के बाद बड़े शहज़ादे ग़यासुद्दीन मुहम्मद शाह के पास मदद की गुहार लगाई थी और दूसरे सूबों के इक़्तादारों से भी मदद माँगी थी।'' बोलते-बोलते नयनज्योतिबाई की आँखों में आँसू भर आए। वह लाख कोशिश के बावजूद भी अपने आँसू रोक नहीं सकी।

''क्या ख़बर पक्की है?'' शहज़ादी को अब भी यक़ीन नहीं आ रहा था।

''अफ़सोस! शहज़ादी साहिबा, ख़बर एकदम पक्की है।'' वह अपने आँसू पोंछते हुए बोली।

इस ख़बर को सुनकर शहज़ादी गहरी फ़िक्र में डूब गयीं। उन्होंने अपना सिर थाम लिया। वे देर तक इसी हालत में ख़ामोश बैठी रहीं। अब उन्होंने पूछा, ''क्या कोई और ख़बर है?''

''आइनुलमुल्क हुसैन अशअरी सुल्तान के वज़ीर बन गये हैं।''

शहज़ादी ने इस ख़बर पर कोई ख़ास तवज़्ज़ो नहीं दी। उन्होंने पूछा, ''गुल-ए-अब्बासी कहाँ है?''

''वे हुज़ूर के दोनों प्यारे चीतों रहमान और रहीम को गोश्त खिलाने के बाद बाग़ में कबूतरों को दाना चुँगाने चली गयीं।''

''उसे बुलाओ।''

नयनज्योतिबाई बाँदी गुल-ए-अब्बासी को बुलाने चली गयी। शहज़ादी इस वक़्त क़ुश्क-ए-फ़ीरोज़ी में अकेली ही थीं। वे कुछ देर पहले ही नींद से जागी थीं। वे ताजो-तख़्त की फ़िक्र में डूबी थीं। रात ठीक से सो नहीं सकी थीं। अब शहज़ादे क़ुतुबुद्दीन की ख़बर सुनकर उन्हें एक बड़ी फ़िक्र और लग गयी। अब तक गुल-ए-अब्बासी आ चुकी थी। उसे देखकर शहज़ादी ने पूछा, ''गुल-ए-अब्बासी, यह क्या सुन रही हूँ?''

''शहज़ादी साहिबा जो सुन रही हैं, सच सुन रही हैं।''

''तूने हमें अब तक क्यों नहीं बताया?''

गुल-ए-अब्बासी अदब के साथ झुककर बोली, ''हुज़ूर, मुझे जैसे ही ख़बर मिली, मैं फ़ौरन बताने आई थी, लेकिन उस वक़्त शहज़ादी हुज़ूर गहरी नींद में सो रही थीं। मैंने हुज़ूर को जगाना मुनासिब नहीं समझा।''

''क्या आज जमालुद्दीन याक़ूत से मुलाक़ात हुई?''

''जी नहीं। जनाब क़ुव्वतुलमुल्क जमालुद्दीन याकूत से क़िले के अन्दर मुलाक़ात करना तक़रीबन नामुमकिन है। उनसे उनकी हवेली जाकर ही मुलाक़ात हो सकती है।''

''और मलिक अल्तूलिया से...।''

''हुज़ूर, उनसे भी मुलाक़ात नहीं हो सकी। ख़ुदाबन्द-ए-जहाँशाह तुर्कान बेगम के हुक़्म से उनके चारों ओर पहरे बिठा दिए गये हैं। तक़रीबन मिलना नामुमकिन है।''

''बेगम साहिबा को ख़ुदाबन्द कहकर न पुकारें। मरहूम अब्बाहुज़ूर की रूह को अल्लाह जन्नत बख़्शे। उन्होंने कभी इन्हें जहाँशाह तुर्कान बेगम के ख़िताब से नवाज़ा था। अब्बाहुज़ूर की रूह को कोई तकलीफ़ नहीं पहुँचे, इस वास्ते हम उन्हें जहाँशाह तुर्कान बेगम के नाम से पुकारते हैं। हालाँकि वे इस ख़िताब के क़ाबिल नहीं हैं। शहज़ादे को क़ैदख़ाने में डलवाने के पीछे इनका ही हाथ हो सकता है।''

इसी बीच कजरी, चन्द्रकला और गुलसुल्तानबानो वहाँ पहुँच गयीं। अब शहज़ादी कजरी की ओर मुख़ातिब होकर बोलीं, ''आपको ताज़े हालात मालूम हो गये होंगे। शहज़ादे क़ुतुबुद्दीन...।''

''शहज़ादी साहिबा, हमें अभी-अभी जानकारी हुई है। हुज़ूर हुक्म दें, हमें क्या करना है?''

''अफ़सोस, शाही फ़ौज़ जो सल्तनत की ताक़त होती है, उसकी लगाम हमारे हाथ में नहीं है। अगर हमारे पास फ़ौज़ी ताक़त होती तो हम सबसे पहले अपने मरहूम अब्बाहुज़ूर की आख़िरी ख़्वाहिश के मुताबिक़ हिन्दुस्तान के ताजो-तख़्त पर क़ब्ज़ा करते। जहाँ तक शहज़ादे क़ुतुबुद्दीन को क़ैदख़ाने से बाहर निकालने का सवाल है, इन हालात में तक़रीबन नामुमकिन है।''

शहज़ादी कुछ देर तक सोचती रहीं। वे बोलीं, ''जमालुद्दीन याक़ूत से मुलाक़ात का क्या कोई रास्ता निकल सकता है?''

''क्या शहज़ादी हुज़ूर ख़ुद मिलना चाहती हैं?'' गुल-ए-अब्बासी ने पूछा।

''नहीं। काश, आपमें से किसी की भी मुलाक़ात उनसे हो सकती।''

अब तक गुलसुल्तानबानो ख़ामोश रहकर शहज़ादी और गुल-ए-अब्बासी की बातचीत सुन रही थी। वह शहज़ादी के सामने अदब के साथ झुककर बोली, ''क्या मैं शहज़ादी साहिबा की कुछ मदद कर सकती हूँ?''

''तू हमारी क्या मदद कर सकती है?''

''हुज़ूर, मैं जनाब क़ुव्वतुलमुल्क जमालुद्दीन याकूत तक पहुँच सकती हूँ।''

''तेरा इस वक़्त क़ुश्क-ए-फ़ीरोज़ी से बाहर निकलना ख़तरे से खाली नहीं है। सुल्तान रुक़ुनुद्दीन फ़ीरोज़शाह के आदमी तुझे ढूँढ़ रहे हैं। वे तुझे देखते ही पकड़ लेंगे और फिर तू ऐयाश सुल्तान की हवस का शिकार बनने से बच न पाएगी।''

''शहज़ादी साहिबा, एक रास्ता है।''

''क्या?'' शहज़ादी की नज़रें गुलसुल्तानबानो के चेहरे पर टिकी थीं।

''हुज़ूर, क़िले के पीछे एक बरगद का पेड़ मौजूद है। उसकी जड़ से थोड़ी दूर पर एक भारी पत्थर रखा है। उस पत्थर को एक ख़ास तरक़ीब से हटाकर सुरंग में अन्दर जाया जा सकता है। यह सुरंग सीधे जनाब क़ुव्वतुलमुल्क जमालुद्दीन याक़ूत की हवेली में जाकर खुलेगी। इसके अलावा भी एक और सुरंग क़ुश्क-ए-दिलक़ुशा से भी क़ुव्वतुलमुल्क जमालुद्दीन याक़ूत की हवेली जाती है।''

''क्या कभी जाना हुआ?'' शहज़ादी को इन सुरंगों की कोई जानकारी नहीं थी।

''जी हाँ। मरहूम सुल्तान इल्तुतमिश की रूह को ख़ुदा जन्नत बख़्शे। सुल्तान-ए-आलम हम पर काफ़ी ऐतबार करते थे। उन्होंने ही हमें दोनों सुरंगें बताई थीं। मैं

उन्हीं के हुक़्म से दोनों सुरंगों से जनाब क़ुव्वतुलमुल्क जमालुद्दीन याक़ूत की हवेली जा चुकी हूँ।''

''अब्बाहुज़ूर ने आपको जमालुद्दीन याक़ूत के पास क्यों भेजा था?'' शहज़ादी को ताज़्जुब हो रहा था कि उसे जिस खुफ़िया सुरंग की जानकारी अब्बाहुज़ूर ने नहीं दी, वह खुफ़िया जानकारी इसे कैसे दे दी?

''शहज़ादी साहिबा, कोई ख़ास वजह नहीं थी। सुल्तान इन सुरंगों की पुख़्ता जानकारी हासिल करना चाहते थे। वे जानना चाहते थे कि सुरंग के रास्ते आसानी से कोई आदमी आ-जा सकता है कि नहीं। सुल्तान-ए-आलम हर किसी को इन सुरंगों के बारे में जानकारी नहीं दे सकते थे। उन्होंने हम पर ऐतबार किया और हमें वहाँ भेजा।''

''क्या आपके सुरंग के अन्दर जाने की ख़बर जमालुद्दीन याक़ूत को पहले से थी?''

''शायद नहीं। वे हमें अपनी हवेली की ख़्वाबगाह में अचानक देखकर हैरत में पड़ गये थे।''

''क्या किसी और को भी इन सुरंगों की जानकारी हो सकती है?''

''हुज़ूर, कुछ कह नहीं सकती।, लेकिन हमारा जहाँ तक ख़याल है, इन सुरंगों की जानकारी और किसी को नहीं होगी। वज़ीर-ए-आज़म जुनैदी को सुरंगों के पता होने का सवाल ही नहीं है और जब सुल्तान-ए-आलम ने शहज़ादी हुज़ूर को भी इन सुरंगों की जानकारी नहीं दी, तब शहज़ादों को तो बताया ही नहीं होगा। सुल्तान-ए-आलम अपनी साक़ी रौशनबानो पर भी काफ़ी ऐतबार करते थे, लेकिन शायद उसे भी नहीं बताया होगा।'' शहज़ादी सोचने लगीं, जब मुझे सुरंगों की जानकारी नहीं है, तब सुल्तान रुक्नुद्दीन और जहाँशाह तुर्कान बेगम को नहीं सकती। उन्हें एक ही डर हो रहा था कि कहीं अब्बाहुज़ूर ने साकी रौशनबानो को इन सुरंगों की जानकारी न दे दी हो। साकी रौशनबानो इस वक़्त सुल्तान रुक्नुद्दीन फ़ीरोज़शाह के क़ब्ज़े में थी। उन्होंने सोचा, जमालुद्दीन याक़ूत के मिलने पर वह इस सिलसिले में उनसे ज़रूर बात करेंगी।

शहज़ादी कजरी की ओर मुख़ातिब होकर बोलीं, ''हम इस मुश्किल काम की ज़िम्मेदारी आपको सौंपते हैं। क़ुश्क-ए-दिलक़ुशा से जमालुद्दीन याकूत की हवेली जाना नामुमकिन है। उस पर सुल्तान रुक्नुद्दीन फ़ीरोज़शाह का क़ब्ज़ा है, लेकिन आप क़िले के पीछेवाली सुरंग से उनके यहाँ पहुँच सकती हैं।''

''शहज़ादी साहिबा, आपने पहली मर्तबा हमें कोई ख़ास ज़िम्मेदारी सौंपी है। उम्मीद है, हम ज़रूर कामयाब होंगे।''

अब शहज़ादी ने गुलसुल्तानबानो से पूछा, ''क्या सुरंग में रौशनी का इन्तज़ाम

है?''

''जी नहीं शहज़ादी साहिबा। रौशनी साथ ले जानी होगी। सुरंग में रौशनी के बग़ैर आगे बढ़ना मुश्किल है।''

''कजरी, इस काम को दिन के उजाले में अंज़ाम देना ठीक नहीं है। आप रात के अँधेरे में ही सुरंग से जा सकती हैं। रात के अँधेरे में किसी को कानो-कान ख़बर नहीं होगी। अगर आप सुरंग के रास्ते से अपने मकसद में कामयाब नहीं हो सकीं तो मोहिनी को फूलों के बहाने जमालुद्दीन याकूत की हवेली भेज सकती हो। वह जमालुद्दीन याकूत से सल्तनत के ताज़ा हालात पता कर लेगी। उससे यह भी कहना, मौक़ा मिलने पर जमालुद्दीन याक़ूत हमसे मिलने की कोशिश करें।''

''बेहतर शहज़ादी साहिबा, मैं आज ही रात में निकल जाती हूँ।''

''लेकिन बड़ी होशियारी से चाँद छिपने के बाद। आइने में बन्द जलते चिराग़ हमारे पास काफ़ी उम्दा क़िस्म के मौजूद हैं। उन्हें साथ ले लेना और ख़याल रहे, काला बुर्का पहनकर ही घर से निकलना। ज़रूरत समझो तो मदद के वास्ते गुल-ए-अब्बासी और चन्द्रकला को क़िले के पीछे तक साथ ले जा सकती हो।''

गुल-ए-अब्बासी को बुर्का पहनने की बात पर हँसी आ गयी। चन्द्रकला को भी हँसी आ रही थी। उसकी जुबान से न जाने कैसे निकल गया, ''शहज़ादी साहिबा, गुस्ताख़ी माफ़ हो। कजरी बहन को बुर्का पहनाकर क्या उनका निकाह किसी मुसलमान के साथ कराने का इरादा है?'' चन्द्रकला ज़्यादा नहीं बोलती थी, लेकिन आज न जाने कैसे उसकी जुबान से ऐसे अल्फ़ाज़ निकल गये। गुल-ए-अब्बासी और गुलसुल्तानबानो सुनकर चौंक पड़ीं। वे दोनों सोचने लगीं, आज चन्द्रकला की इतनी हिम्मत कैसे पड़ गयी?

''चन्द्रकला, यह वक़्त हँसने-हँसाने का नहीं है। वक़्त की नज़ाकत समझने की कोशिश करें।''

''हुज़ूर, हमसे ग़लती हुई। हमें माफ़ कर दें। आइन्दा ऐसी ग़लती कभी नहीं होगी।''

गुल-ए-अब्बासी ने पूछा, ''शहज़ादी साहिबा, अब हमें क्या करना चाहिए?''

''फ़िलहाल हमें जहाँशाह तुर्कान बेगम और सुल्तान रुक्नुद्दीन फ़ीरोज़शाह की साज़िशों से बचकर रहना होगा। हमारा अगला क़दम जो भी होगा, वह सुल्तान के क़िले से बाहर रहने पर ही हो सकता है। उससे पहले हुकूमत के ख़िलाफ़ कोई क़दम उठाना नादानी होगी।''

इसी बीच ख़्वाजासरा इनायत अन्दर आ पहुँचा। वहाँ मौजूद हर किसी ने देखा, उसकी आँखें रो-रोकर सूझ गयी हैं। उसकी आँखों से अब भी आँसू बह रहे हैं। वह अदब के साथ झुककर रोते-रोते बोला, ''शहज़ादी साहिबा का इक़बाल बुलन्द हो।

शहज़ादे मुइज़्ज़ुद्दीन हुज़ूर से मिलने की इजाज़त चाह रहे हैं।''

''जनाब इनायत, बच्चों की तरह रोना-धोना बन्द करें और उन्हें जाकर भेजें।'' हुक़्म सुनकर इनायत उल्टे पैर वापस लौट गया।

कुछ ही देर में शहज़ादे मुइज़्ज़ुद्दीन हाज़िर हो गये। उन्होंने शहज़ादी के दुपट्टे के किनारे को अपने दोनों हाथों में लेकर अपनी आँखों से लगाया और चूम लिया। अब शहज़ादे ने चारों ओर नज़र डाली। उसने देखा, वहाँ शहज़ादी के अलावा गुल-ए-अब्बासी, कजरी और चन्द्रकला के साथ-साथ गुलसुल्तानबानो भी मौजूद हैं। वह वहाँ गुलसुल्तानबानो को देखकर चौंका और बोला, ''आपाजान, हमें गुलसुल्तानबानो को यहाँ देखकर हैरत हो रही है। यह यहाँ कैसे?''

''शहज़ादे, इसमें हैरत की कोई बात नहीं है। अब्बाहुज़ूर ने मरने से पहले हमें इनकी ज़िम्मेदारी सौंप दी थी। यह यहाँ हिफ़ाज़त के साथ हैं। गुलसुल्तानबानो तीर-कमान और तलवार चलाना सीख रही हैं। घुड़सवारी इन्होंने पहले से ही सीख रखी है। ख़ुदा का लाख-लाख शुक्र है, अब्बाहुज़ूर ने मौक़ा निकालकर इन्हें घुड़सवारी सिखा दी थी।''

शहज़ादा बोला, ''आपाजान, गुस्ताख़ी माफ़ हो। हम इस वक़्त तख़्लिया चाहते हैं।''

''इसकी कोई ज़रूरत नहीं। हमारी सभी बाँदियाँ क़ाबिल-ए-ऐतबार हैं।''

''आपाजान, आपने शहज़ादे क़ुतुबुद्दीन के बारे में सुन ही लिया होगा।''

''सुना है।''

''और आइनुलमुल्क हुसैन अशअरी...।''

''वह भी सुना है।''

''डर है, कहीं भाईजान सुल्तान रुकुनुद्दीन फ़ीरोज़शाह हमें भी क़ैदख़ाने में न डाल दें।''

''शहज़ादे, ख़ुदा पर भरोसा रखें। हिम्मत से काम लें। आपने ऐसा कोई काम नहीं किया है जो हुकूमत के ख़िलाफ़ हो। आपको कुछ नहीं होगा।''

शहज़ादा जिस ख़ास ख़बर को लेकर आया था, उसे वह भूल ही गया था। वह बोला, ''आपाजान, हमें ख़बर मिली है, भाईजान ग़यासुद्दीन मुहम्मद शाह ने अवध में लखनौती से दिल्ली आ रहा शाही ख़ज़ाना लूट लिया है। इतना ही नहीं, वे पड़ोस के शहरों को भी लूट रहे हैं।''

''बहुत ख़ूब। इसका मतलब है, शहज़ादे क़ुतुबुद्दीन का हरकारा अवध पहुँच गया होगा। ज़रूर उसने ही शहज़ादे को ख़बर दी होगी। और कोई नयी ख़बर?''

''बदायूँ के इक़्तादार मलिक इज़्ज़ुद्दीन मुहम्मद सालारी सल्तनत के ख़िलाफ़ बग़ावत करने जा रहे हैं।''

"ख़बर कहाँ से मिली?"

"ख़बर हमारे ख़ास आदमी ने दी है। उसे मैंने अपने किसी काम से एक महीने पहले बदायूँ भेजा था। उसे जैसे ही यह ख़बर मिली, वह दिल्ली वापस लौट आया। उसी ने आज सुबह ख़बर दी।"

"शहज़ादे, यह हमारे लिए अच्छी ख़बर है। फ़िलहाल आपको होशियार रहने की ज़रूरत है। आप अपनी हवेली से जब भी बाहर निकलें, अपनी पोशाक के नीचे फ़ौलादी जिरह-बख़्तर पहनकर ही निकलें। फ़िलहाल हमसे भी मिलने की कोशिश न करें। जहाँशाह तुर्कान बेगम और सुल्तान की पैनी नज़रें आपका पीछा कर रही हैं। अगर आपको हमसे कुछ ज़रूरी बात करनी हो तो किसी वफ़ादार बाँदी को हमारे पास भेज सकते हैं। इन हालात में हवेली से बाहर निकलने की क़त्तई ज़रूरत नहीं है। सुल्तान के आदमी कभी भी आप पर हमला कर सकते हैं।"

शहज़ादी को शहज़ादे मुइज़्ज़ुद्दीन से सल्तनत की ताज़ी ख़बर मिल गयी थी। वे नहीं चाहती थीं कि शहज़ादा देर तक क़ुश्क-ए-फ़ीरोज़ी में ठहरे। वे बोलीं, "शहज़ादे, अब आप जा सकते हैं।"

शहज़ादे मुइज़्ज़ुद्दीन के चले जाने के बाद शहज़ादी सोचने लगीं, कहीं शहज़ादे क़ुतुबुद्दीन की तरह सुल्तान इसे भी क़ैदख़ाने में न डाल दें।

आधी रात गुज़र गयी थी। हवा बन्द थी। चारों ओर सन्नाटा छाया था। कजरी, चन्द्रकला और गुल-ए-अब्बासी अपने-अपने घोड़ों को एक पेड़ की जड़ में बाँधकर क़िले के पीछे जमुना किनारे चाँद डूबने का इन्तज़ार कर रही थीं। भारी उमस की वजह से पसीना नहीं सूख रहा था। उन तीनों ने अपने-अपने बदन को काले बुर्के में ढँक रखा था। बुर्के के नीचे तीनों ने एक-एक तलवार, कटार और खंजर छिपा रखे थे। सीने की हिफ़ाज़त के वास्ते फ़ौलादी जिरह-बख़्तर पहन रखे थे। वे एक बार बरगद के पेड़ के नीचे गुलसुल्तानबानो द्वारा बताए पत्थर को देख आई थीं। पत्थर को हटाने की तरक़ीब गुलसुल्तानबानो ने कजरी को अच्छी तरह समझा दी थी। इतना ही नहीं, उसने जमालुद्दीन याक़ूत की ख़्वाबगाह में लगे पत्थर को भी हटाने की तरक़ीब उसे बता दी थी। जैसे ही चाँद डूबने को हुआ, तीनों सहेलियाँ बरगद के पेड़ के नज़दीक पहुँच गयीं। उन्होंने इधर-उधर देखा, वहाँ दूर तक कोई दिखाई नहीं दे रहा था।

अब कजरी ने चन्द्रकला और गुल-ए-अब्बासी की मदद के बग़ैर पत्थर को एक ओर खिसका दिया। पत्थर के एक ओर खिसकते ही सुरंग में उतरने का रास्ता दिखने लगा। कजरी सुरंग में चिराग़ लेकर उतर गयी। उसने सुरंग में उतरने से पहले ही चिराग़ जला लिया था। सुरंग में उतरते ही चन्द्रकला और गुल-ए-अब्बासी ने

उसे मुबारकबाद दी और उससे कहा, हम जमुना किनारे रुककर आपके वापस आने का इन्तज़ार करेंगे। हालाँकि कजरी ने जवाब दिया, कोई ज़रूरत नहीं, लेकिन दोनों सहेलियाँ नहीं मानीं। वे उसके इन्तज़ार में रुक गयीं।

कजरी को गुलसुल्तानबानो ने सुरंग के अन्दर से पत्थर खिसकाकर अपने स्थान पर पहुँचने की भी जानकारी दे दी थी। उसकी दी गयी जानकारी के मुताबिक़ कजरी ने सुरंग के अन्दर से पत्थर को खिसकाकर यथास्थान पहुँचा दिया। अब कजरी जलते चिराग़ के सहारे धीरे-धीरे आगे बढ़ने लगी। बाहर से सुरंग के अन्दर मौसम अच्छा था। यहाँ न तो गर्मी थी और न ही उमस। कजरी ने देखा, सुरंग इतनी चौड़ी है कि आसानी से एक पालकी गुज़र सकती है। सुरंग की चौड़ाई और ऊँचाई काफ़ी थी। सुरंग के फ़र्श पर फिसलन ज़रूर थी। उसने आगे चलकर महसूस किया कि सुरंग में सीलन है। अभी वह एक चौथाई कोस ही चली होगी कि उसने देखा आगे सुरंग बन्द हो रही है। अब उसने चिराग़ के ज़रिये सुरंग के बन्द स्थान को ग़ौर से देखा। उसे गुलसुल्तानबानो ने पत्थर को खिसकाने की तरक़ीब समझा रखी थी। उसने वही तरक़ीब लगाई। पत्थर को खिसकने में ज़्यादा देर नहीं लगी।, लेकिन पत्थर खिसकने की हलकी आवाज़ से सो रहे जमालुद्दीन याक़ूत की आँख खुल गयी।

जमालुद्दीन याक़ूत ने फ़ौरन अपनी तलवार उठाई और तलवार को म्यान से बाहर निकाल लिया। वे एक झटके के साथ पत्थर के नज़दीक पहुँच गये और धीमी आवाज़ में बोले, ''कौन?''

कजरी जमालुद्दीन याक़ूत की आवाज़ अच्छी तरह पहचानती थी। जब उसे यक़ीन हो गया कि आवाज़ जमालुद्दीन याक़ूत की ही है, तब वह बोली, ''हुज़ूर, मैं कजरी हूँ।''

कजरी को सुरंग में पाकर जमालुद्दीन याक़ूत भौंचक्के रह गये। वे सोचने लगे, कजरी को सुरंग की जानकारी कैसे हुई? वे सोच ही रहे थे कि कजरी ने अपना हाथ ऊपर उठाया। जमालुद्दीन याक़ूत ने कजरी का हाथ पकड़कर उसे सुरंग से बाहर निकाल लिया। हालाँकि सुरंग की ऊँचाई जमालुद्दीन याक़ूत की हवेली तक आते-आते कम होती जा रही थी। कजरी ख़ुद भी आसानी के साथ बाहर निकल सकती थी।

जमालुद्दीन याक़ूत ने जैसे ही कजरी का हाथ उसे सुरंग से बाहर निकालने के लिए थामा था, वह पुरानी यादों में खो गयी थी। कभी वह जब फूल बेचा करती थी, जमालुद्दीन याक़ूत को ललचाई नज़रों से देखती थी। उसे सपनों में भी जमालुद्दीन याक़ूत दिखने लगे थे। वह असग़री बेगम से अकसर इस सिलसिले में बातें किया करती थी। हालाँकि असग़री बेगम उसे समझाती रहती थीं कि इस तरह के ख़्वाब

देखना बन्द करो। अपनी औकात में रहना सीखो। वह सोचने लगी, शहज़ादी रज़िया ख़ुद जमालुद्दीन याक़ूत पर फ़िदा हैं। अब उसे ऐसा सोचना भी पाप है।

कजरी जमालुद्दीन याक़ूत को देखकर अदब के साथ झुक गयी। जमालुद्दीन याक़ूत ने पूछा, "कजरी, आपको सुरंग की जानकारी कैसे हुई? और सुरंग से आने का क्या सबब है?"

कजरी ने हाथ में लिए चिराग़ को एक खाली मेज पर रख दिया और अपना बुर्का उतारकर बोली, "हुज़ूर, जहाँ तक सुरंग की जानकारी का सवाल है, सुरंग की जानकारी गुलसुल्तानबानो ने शहज़ादी साहिबा को आज ही दी है। मैं उस वक़्त शहज़ादी साहिबा के पास ही थी। शायद वे कभी पहले सुरंग से हुज़ूर के पास आ चुकी हैं। मैं शहज़ादी साहिबा के हुक़्म से ही हुज़ूर के पास आई हूँ।"

"ख़ैरियत तो है?" जमालुद्दीन याक़ूत सोचने लगे, क्या कोई आफ़त शहज़ादी पर आनेवाली तो नहीं है।

"शहज़ादी साहिबा से हुज़ूर की काफ़ी दिनों से मुलाक़ात नहीं हुई है। सुल्तान रुक़ुनुद्दीन फ़ीरोज़शाह ने शहज़ादे क़ुतुबुद्दीन को क़ैदख़ाने में डाल दिया है और जनाब आइनुलमुल्क हुसैन अशअरी को अपना वज़ीर बना लिया है। शहज़ादे क़ुतुबुद्दीन के क़ैद हो जाने से शहज़ादी साहिबा बेहद फ़िक्रमंद हो गयी हैं। हम सब पर भी सुल्तान रुक़ुनुद्दीन फ़ीरोज़शाह और जहाँशाह तुर्कान बेगम की नज़रें लगी हुई हैं। सल्तनत के सूबों के सही हालात शहज़ादी साहिबा तक नहीं पहुँच रहे हैं। हमें शहज़ादी साहिबा ने सुरंग के रास्ते हुज़ूर के पास इसीलिए भेजा है कि हम हुज़ूर से मिलकर सल्तनत के सूबों की सही जानकारी हासिल करें।"

जमालुद्दीन याक़ूत अपने पलंग पर आकर बैठ गये थे। उन्होंने कजरी से खाली कुर्सी पर बैठने को कहा, लेकिन उसकी हिम्मत नहीं हुई। वह बोली, "हुज़ूर, हम कल तक फूल बेचा करती थीं। हमें अपनी औकात मालूम है। हम हुज़ूर के सामने बैठने की हिम्मत नहीं जुटा सकते।"

"कजरी, शहज़ादे क़ुतुबुद्दीन और आइनुलमुल्क हुसैन अशअरी के बारे में जानकारी शहज़ादी साहिबा को हासिल हो गयी है। हमें ख़बर मिली है, अवध के सूबेदार शहज़ादे ग़यासुद्दीन मुहम्मद शाह ने लखनौती से दिल्ली आ रहा शाही ख़ज़ाना लूट लिया है। वे अवध के इर्द-गिर्द के शहरों में भी लूटमार कर रहे हैं। बदायूँ का इक़्तादार मलिक इज़्ज़ुद्दीन मुहम्मद सालारी बग़ावत पर उतर आया है। मुल्तान, लाहौर और हाँसी के इक़्तादार भी सुल्तान रुक़ुनुद्दीन फ़ीरोज़शाह के ख़िलाफ़ जल्दी बग़ावत करनेवाले हैं। हमें यह भी ख़बर मिली है कि इन बग़ावतों को कुचलने के लिए सुल्तान मुहिम पर निकलनेवाले हैं।"

कजरी को मतलब की जानकारी हासिल हो गयी। वह बोली, "हुज़ूर, इतनी

जानकारी काफ़ी है।''

''क्या शहज़ादी साहिबा ने और कोई हुक़्म दिया है?''

''हुज़ूर, शहज़ादी साहिबा ने कहा है कि मौक़ा मिलने पर हुज़ूर उनसे मिल लें।''

''इन हालात में हमारा क़ुश्क-ए-फ़ीरोज़ी जाना ठीक नहीं है। शहज़ादी साहिबा हर जुमेरात की शाम को मरहूम आक़ा के मक़बरे पर जाकर चिराग़ जलाती हैं। शहज़ादी साहिबा अगली जुमेरात को हमारा आक़ा के मक़बरे पर इन्तज़ार करें। हम हर हालत में वहाँ वक़्त से पहुँचने की कोशिश करेंगे।''

''हुज़ूर, अब हमें चलने की इजाज़त दें।''

कजरी ने अपना बुर्का पहन लिया और जैसे ही वह चिराग़ उठाने लगी, जमालुद्दीन याक़ूत बोले, ''अब आपको चिराग़ की ज़रूरत नहीं है। आपको सुरंग से जाने की भी कोई ज़रूरत नहीं है। हम आपको हवेली के पीछे के दरवाज़े से बाहर निकाल देते हैं।''

जमालुद्दीन याक़ूत और कजरी हवेली के पिछले दरवाज़े से बाहर खुली हवा में निकल आए। कजरी के मना करने पर भी जमालुद्दीन याक़ूत उसे वहाँ तक छोड़ आए, जहाँ गुल-ए-अब्बासी और चन्द्रकला उसका इन्तज़ार कर रही थीं। हालाँकि जमालुद्दीन याक़ूत ने उन दोनों से मुलाक़ात नहीं की।

जमालुद्दीन याक़ूत वापस अपनी हवेली लौट आए थे, लेकिन उन्हें इस बात की फ़िक्र हुई कि कहीं कजरी क़िले के पीछे सुरंग में घुसते वक़्त पत्थर को अपनी सही जगह पहुँचाना भूल तो नहीं गयी। वे इसकी जाँच करने के लिए चिराग़ लेकर उसी रास्ते सुरंग में उतर गये, जिस रास्ते कजरी सुरंग से आई थी।

छियालीस

सुल्तान रुकुनुद्दीन फ़ीरोज़शाह का हुक़्म था कि क़ुश्क-ए-दिलक़ुशा के चारों ओर दूर-दूर तक कोई मर्द दिखाई न दे। यहाँ तक कि ख़्वाजासराओं को भी क़ुश्क-ए-दिलक़ुशा से दूर हटा दिया गया था। अब वहाँ ख़ूबसूरत जवान कनीज़ें ही नज़र आ रही थीं। सुल्तान ने पहरे पर तैनात अधिक उम्र की तातारी बाँदियों को भी हटवा दिया था। उनकी जगह नई उम्र की तातारी बाँदियों ने ले ली थी। क़ुश्क-ए-दिलक़ुशा में तुर्कान-ए-चिहिलगानी बन्दगान-ए-शम्सी के किसी अमीर या मलिक को आने की इजाज़त नहीं थी। यहाँ तक कि सुल्तान ने अपने ख़ास वज़ीर

आइनुलमुल्क हुसैन अशअरी और वज़ीर-ए-आज़म जुनैदी को भी वहाँ आने से रोक दिया था। इनके वास्ते हुक़्म था, किसी ख़ास ज़रूरत पर वे अपनी किसी कनीज़ के ज़रिये सुल्तान तक अपनी ख़बर भेज सकते हैं। सुल्तान रुक्नुद्दीन फ़ीरोज़शाह की रात गुलचेहरा के साथ मज़े में गुज़र रही थी। कभी-कभी ख़्वाबगाह में नयी-नयी कनीज़ें भी हाज़िर हो जाती थीं। वे हमेशा की तरह देर से सोकर उठते थे। वे उठते ही गुस्ल करने के बाद दो-तीन प्याले शराब पीते और फिर कुछ देर आराम करते थे। शाम का वक़्त जमुना किनारे हाथियों, शेरों, चीतों और ऊँटों की लड़ाइयाँ देखने में गुज़र जाता था।

हालाँकि सुल्तान इल्तुतमिश भी कभी-कभी हाथियों, शेरों और चीतों की लड़ाइयाँ देखा करते थे, लेकिन सुल्तान रुक्नुद्दीन तो भेंड़, बकरा, हिरन, तीतर, बटेर और मुर्ग़ की भी लड़ाइयाँ क़िले के अन्दर शौक़ से देखते थे। इन लड़ाइयों को देखते वक़्त उनके इर्द-गिर्द जवान कनीज़ों की भीड़ लगी रहती थी। सुल्तान कभी-कभी जमुना किनारे बैलगाड़ियों और ऊँटगाड़ियों की दौड़ भी देखते थे। जहाँशाह तुर्कान बेगम ने उन्हें काफ़ी समझाने की कोशिश की, लेकिन वे अपनी मर्ज़ी से चल रहे थे, और क्यों नहीं चलते, वे किसी के नौकर नहीं थे। वे तमाम हिन्दुस्तान के सुल्तान थे।

सुल्तान हमेशा की तरह आज भी देर से सोकर उठे। उन्होंने गुस्ल करने के बाद तीन प्याले इस्फ़हानी शराब साकी रौशनबानो के हाथों पी। शराब पीने के बाद दोपहर का भोजन किया। भोजन करने के बाद वे फिर अपनी ख़्वाबगाह में आराम करने चले गये। ख़्वाबगाह में इस वक़्त दो जवान कनीज़ें उनका दिल बहला रही थीं। दिन में साकी रौशनबानो को ख़्वाबगाह में आने की इजाज़त लेने की ज़रूरत नहीं थी। साकी रौशनबानो ख़्वाबगाह में आकर बोलीं, ''सुल्तान-ए-आलम, गुस्ताख़ी माफ़ हो। हुज़ूर को ख़ुदाबन्द-ए-जहाँशाह तुर्कान बेगम के हुक़्म से आज दीवान-ए-आम के दरबार में शाही तख़्त पर जलवा अफ़रोज़ होना है।''

सुल्तान बोले, ''कनीज़ों से जाकर कहो, वे हमें तैयार होने में मदद करें।'' साकी रौशनबानो उल्टे पैर वापस हो गयी, लेकिन ख़्वाबगाह की कनीज़ें उसकी आमद से तिल-मिलाकर रह गयीं। वे सुल्तान के साथ अधिक-से-अधिक वक़्त गुज़ारना चाहती थीं।

सुल्तान ख़्वाबगाह से निकलकर पोशाकख़ाना की ओर चल दिए। पोशाकख़ाने में दो जवान कनीज़ें पहले से ही उनकी ख़िदमत में हाज़िर थीं। वे सुल्तान को देखकर अदब के साथ झुक गयीं और तरह-तरह के रंगों की क़िमख़्वाब की क़ीमती पोशाकें, जिनमें सोने के तारों का बारीक काम था, एक-एक कर पेश करने लगीं। सुल्तान ने हल्के आसमानी रंग की क़िमख़्वाब की पोशाक पहनी। गले में सतलड़ा

मोतियों का हार डाला। अब एक कनीज़ ने उनके सिर पर शाही ताज रखा। दूसरी कनीज़ ने उनके पैरों में क़ुतुबशाही जड़ाऊ जूतियाँ पहनाईं। पोशाक में बेले की ख़ुशबू लगाई गयी। कमर के पटके में जड़ाऊ तलवार और कटार खोंसी गयी। सुल्तान पोशाक पहनते-पहनते इन कनीज़ों से हल्की-फुल्की मज़ाक़ कर रहे थे। यह कनीज़ें सुल्तान की ख़िदमत में तक़रीबन एक महीने से लगी थीं। वे अब तक सुल्तान के साथ खुल गयी थीं। उन्हें भी सुल्तान के साथ कभी-कभी हल्की-फुल्की मज़ाक़ करने में अब डर नहीं लगता था।

अब सुल्तान इन्हीं दोनों कनीज़ों के साथ दीवान-ए-आम की ओर चल दिए। ख़ुदाबन्द-ए-जहाँशाह तुर्कान बेगम पहले से ही दीवान-ए-आम में पर्दे के पीछे सुल्तान की आमद का इन्तज़ार कर रही थीं। दीवान-ए-आम में वज़ीर आइनुलमुल्क हुसैन अशअरी, वज़ीर-ए-आज़म जुनैदी के अलावा तमाम सैयद, शैख़, मुल्ला, मौलवी, अमीर और मलिक सुल्तान का बेसब्री के साथ इन्तज़ार कर रहे थे। सुल्तान के ख़ास वज़ीर आइनुलमुल्क हुसैन अशअरी की दीवान-ए-आम में पहले से ही ख़ास जगह मुकर्रर थी। ख़िदमतगार बाँदियाँ और ख़्वाजासरा अपनी-अपनी जगह पर चौकन्ने खड़े थे।

नक़ीब ने ज़ोरदार आवाज़ लगाई, ''बाअदब होशियार, हरक़दम फ़तेह नुसरत, नज़र माल-औ-दौलत, ज़ुबान मुबारिक, बख़्शिशो इज़्ज़त, सुल्तान-ए-आलम, सुल्तान रुक्नुद्दीन फ़ीरोज़शाह वल्द अबुल मुज़फ़्फ़र इल्तुतमिश तशरीफ़ ला रहे हैं।''

सभी हाज़िरीन की निगाहें शाही तख़्त पर लग गयीं। नक़ीब ने एकबार फिर ज़ोरदार आवाज़ लगाई, ''हरक़दम मुलाहजा, फ़ज़्ल-ए-इलाही, सुल्तान रुक्नुद्दीन फ़ीरोज़शाह ज़िन्दाबाद...ज़िन्दाबाद...ज़िन्दाबाद।''

अब सुल्तान रुक्नुद्दीन फ़ीरोज़शाह शाही तख़्त पर जलवा अफ़रोज़ हो चुके थे। उनके पीछे खड़ी दो बाँदियाँ उन पर पंखा झल रही थीं। अब समूचा दीवान-ए-आम सुल्तान रुक्नुद्दीन फ़ीरोज़शाह ज़िन्दाबाद...ज़िन्दाबाद...ज़िन्दाबाद के बुलन्द नारों से गूँज उठा।

वज़ीर-ए-आज़म जुनैदी ने सुल्तान से इजाज़त लेने के बाद दीवान-ए-आम का कामकाज शुरू किया। वज़ीर-ए-आज़म जुनैदी कुछ बोलते, इससे पहले ही सुल्तान ने पूछा, ''जनाब जुनैदी, सल्तनत का क्या हाल है?''

बूढ़ा वज़ीर-ए-आज़म जुनैदी सुल्तान की शान में अदब के साथ झुककर बोला, ''हुज़ूर, दिल्ली की अवाम ख़ुशहाल है।''

''क्या माबदौलत की सल्तनत अब दिल्ली तक ही रह गयी है? हमारे मरहूम अब्बाहुज़ूर ने तो लखनौती, उच्छ, रणथम्भौर, ग्वालियर, मंदौर, उज्जैन ही नहीं,

मुल्तान और भक्कर के सूबों तक फ़तेह पाई थी। क्या यह तमाम सूबे अब सल्तनत की सरहद में नहीं हैं?''

वज़ीर-ए-आज़म जुनैदी को सुल्तान से ऐसे सवाल की उम्मीद नहीं थी। वे डरते-डरते बोले, ''हुज़ूर, मरहूम सुल्तान-ए-आलम इल्तुतमिश के ज़माने के सभी सूबे अब भी हुज़ूर की सरहद के अन्दर ही हैं, लेकिन...।''

''लेकिन क्या?''

अवध के सूबेदार शहज़ादे ग़यासुद्दीन मुहम्मद शाह द्वारा शाही ख़ज़ाने को लूटने की ख़बर कई रोज़ पहले दिल्ली आ चुकी थी, लेकिन किसी ओहदेदार की हिम्मत नहीं पड़ रही थी कि वह सुल्तान को इस ख़बर की जानकारी दे। वैसे भी सुल्तान के पास ऐसी ख़बरें सुनने का वक़्त नहीं था। उनका वक़्त तो जवान ख़ूबसूरत कनीज़ों, बाँदियों और लौंडियों के बीच गुज़र रहा था। वज़ीर-ए-आज़म हिम्मत बाँधकर बोले, ''हुज़ूर, अवध के सूबेदार शहज़ादे ग़यासुद्दीन मुहम्मद शाह ने लखनौती से दिल्ली आ रहा शाही ख़ज़ाना लूट लिया है।''

इतना सुनते ही सुल्तान की आँखों से ख़ून बरसने लगा। उनके नथुने फूल गये। भौहें ऊपर चढ़ गयीं। वे गुस्से में बोले, ''उसकी यह मजाल! क्या उसे पता नहीं है, माबदौलत ने बग़ावत करने के ज़ुर्म में अपने छोटे भाई शहज़ादे क़ुतुबुद्दीन को क़ैदख़ाने में डाल दिया है।''

''हुज़ूर, शहज़ादे ग़यासुद्दीन मुहम्मद शाह को इस बात का इल्म ज़रूर हो गया होगा, लेकिन...।''

''लेकिन क्या? माबदौलत की सल्तनत में बग़ावत करनेवालों के सिर कुचल दिए जाते हैं। शहज़ादे को हुक़्मनामा भेजा जाए, वह फ़ौरन शाही ख़ज़ाने को दिल्ली भिजवाए। वरना उसका भी वही हस्र होगा जो शहज़ादे क़ुतुबुद्दीन का हुआ है।''

''बहुत अच्छा हुज़ूर।''

''दूसरे सूबों के क्या हाल हैं?''

''हुज़ूर, बदायूँ, मुल्तान और हाँसी सूबों से भी बग़ावत की बू आ रही है।''

''इन सूबों में कौन-कौन इक़्तादार हैं। हमें उनके नाम बताएँ। माबदौलत उन्हें भी सबक़ सिखाएँगे।'' सुल्तान ऐशो-आराम में इतने डूब गये थे कि उन्हें यह भी होश नहीं था कि इन सूबों में इक़्तादार कौन-कौन हैं? सुल्तान के इस सवाल को सुनकर पर्दे के पीछे बैठी जहाँशाह तुर्कान बेगम ने अपना सिर पकड़ लिया। वे सोचने लगीं, इस कमबख़्त को कितनी भी नसीहतें दी जाएँ, सब बेकार हैं। वे फिर सोचने लगीं, अब वक़्त आ गया है। जब उन्हें ख़ुद सल्तनत के तमाम इख़्तियार अपने हाथों में लेने होंगे।

''हुज़ूर, बदायूँ में इस वक़्त मलिक इज़्ज़ुद्दीन मुहम्मद सालारी इक़्तादार हैं।

मुल्तान में मलिक सैफ़ुद्दीन कूची इक़्तादार हैं और लाहौर की इक़्ता मलिक अलाउद्दीन जानी के पास है।''

''हमें जल्दी-से-जल्दी इन मलिकों के ख़िलाफ़ मुहिम छेड़नी होगी। बाग़ियों के सिर कुचलने होंगे। शाही फ़ौज़ के हाकिमों को हुक़्म जारी किए जाएँ, वे मुहिम के लिए तैयार रहें। माबदौलत ख़ुद अपनी फ़ौज़ की हौसला-अफ़जाई के वास्ते जंग पर जाएँगे।''

''हुज़ूर, हुक़्म की फ़ौरन तामील होगी।''

अब सुल्तान ने अपने ख़ास वज़ीर आइनुलमुल्क हुसैन अशअरी की ओर मुख़ातिब होकर पूछा, ''क्या आप इधर कभी ग़ुलाम बाज़ार गये थे?''

''जी हाँ हुज़ूर।''

''क्या ग़ुलाम बाज़ार में जवान कनीज़ों की कमी तो नहीं है?''

''सुल्तान-ए-आलम, मैं कल ही ग़ुलाम बाज़ार गया था। मैंने वहाँ देर तक रुककर ग़ुलामों की ख़रीद-फरोख़्त ख़ुद देखी। ग़ुलाम बाज़ार में कनीज़ों की कोई कमी नहीं है, लेकिन इनकी क़ीमत दिन-ब-दिन बढ़ रही है।''

''अच्छा है, सौदागरों को वाज़िब क़ीमत मिल रही होगी। कुछ ख़ूबसूरत कनीज़ें दूसरे मुल्कों की बाज़ार में दिखें तो उन्हें किसी भी क़ीमत पर ख़रीद लें। हमारे हरम में ख़ूबसूरत कनीज़ों की कमी है।''

''सुल्तान-ए-आलम, मैं कल ही ग़ुलाम बाज़ार जाकर पता करता हूँ। दूसरे मुल्कों से आए सौदागरों से भी इस सिलसिले में बात करूँगा।''

''हमें अपने वफ़ादार वज़ीर से यही उम्मीद है।''

सुल्तान तीन प्याला शराब अपनी ख़्वाबगाह से पीकर आए थे। शराब की गर्मी उनके दिमाग़ पर पहले से छाई थी। वज़ीर-ए-आज़म जुनैदी ने सल्तनत का चिट्ठा खोलकर उनका दिमाग़ और गरम कर दिया। सुल्तान इस वक़्त सल्तनत के सियासी मामलों को लेकर अपने दिमाग़ को और परेशान नहीं करना चाहते थे। वे वज़ीर अशअरी की ओर मुख़ातिब होकर बोले, ''जनाब अशअरी, माबदौलत ने कभी आपसे कहा था कि अगली बार जब माबदौलत दीवान-ए-आम में तशरीफ़ लाएँ, तब दीवान-ए-आम की हाज़िरीन की दिलचस्पी के वास्ते बाज़ीगरों, भाड़ों, मदारियों और बहुरूपियों को बुलाया जाए। क्या वे हाज़िर हैं?''

''जी हाँ हुज़ूर। वे हुज़ूर की क़दमबोसी का सुबह से ही इन्तज़ार कर रहे हैं।''

वज़ीर अशअरी के हुक़्म से ख़िदमतगार ख़्वाजासराओं ने दीवान-ए-आम के अन्दर तमाशा दिखानेवालों को हाज़िर कर दिया। इनमें से एक मदारी अपने साथ बन्दर लाया था। इस तमाशागर और बन्दर को देखकर तमाम हाज़िरीन की हँसी छूट रही थी, लेकिन वे सुल्तान की वजह से अपनी हँसी रोके थे। सुल्तान के पीछे पंखा

झल रहीं कनीज़ें बन्दर को देखकर मुस्करा रही थीं। दीवान-ए-आम में मौजूद मुल्ला, मौलवी, सैयद, शैख़ और उलेमा हज़रात को यह तमाशा बेहद नागवार लग रहा था, लेकिन वे सनकी सुल्तान की आदत से अच्छी तरह वाक़िफ़ थे। वे इस बात पर मन-ही-मन अफ़सोस जता रहे थे कि कहाँ मरहूम सुल्तान इल्तुतमिश और कहाँ यह बेहूदा सुल्तान रुकुनुद्दीन फ़ीरोज़शाह?

पर्दे के पीछे बैठी ख़ुदाबन्द-ए-जहाँशाह तुर्कान बेगम गुस्से के मारे दीवान-ए-आम से उठकर चली गयीं। उन्हें सुल्तान की ऐसी हरकतें पसन्द नहीं थीं। उनके पीछे खड़ी गुलबदन दीवान-ए-आम में हो रहे तमाशे को देखना चाहती थी, लेकिन वह भी मजबूरीवश बेगम के पीछे-पीछे चल दी। सुल्तान ने बन्दर को देखकर पूछा, "बन्दर को अपने साथ कौन लाया है?"

एक मदारी सुल्तान की शान में कोर्निश बजाकर बोला, "सुल्तान का इक़बाल बुलन्द हो। हुज़ूर, मेरा नाम मोहन है। हमारा बन्दर कई करतब ऐसे दिखाता है, जिसे आदमी नहीं दिखा सकता है।"

सुल्तान ने पूछा, "आपका बन्दर क्या-क्या करतब दिखाता है? हमें भी दिखाएँ।"

बन्दर ने तरह-तरह से नाचकर दीवान-ए-आम की हाज़िरीन का मनोरंजन किया। बन्दर ने एक लाठी से लड़ाई के तमाम दाँव-पेंच ऐसे दिखाए, जैसे कोई ख़ास सीखा हुआ सिपाही ही इन दाँव-पेंचों को कर सकता था। अब मदारी बोला, "सुल्तान, हमारा बन्दर अब एक ख़ास तमाशा दिखाना चाहता है। हुज़ूर से गुज़ारिश है, आप अपनी अँगूठी दीवान-ए-आम में मौजूद किसी भी साहिबान की पोशाक में छिपा दें। मैं इस बन्दर की आँखों में पट्टी बाँध दूँगा। फिर भी बन्दर दीवान-ए-आम की तमाम हाज़िरीन में से अँगूठी को ढूँढ़ निकालेगा।"

मदारी की बात सुनकर सुल्तान ही नहीं, तमाम हाज़िरीन चौंक पड़े। सुल्तान बोले, "आप अपने बन्दर की आँखों में पट्टी बाँध दें। हम उसके बाद अपनी अँगूठी किसी हाकिम के पास छिपाएँगे।"

हुक़्म के मुताबिक़ मदारी ने बन्दर की आँखों में काली पट्टी बाँध दी। अब वह बोला, "दीवान-ए-आम में मौजूद कोई भी साहिबान हमारे बन्दर की आँखों में एक और पट्टी बाँध सकते हैं, जिससे यह न हो कि मदारी ने ऐसी पट्टी बाँधी थी जिससे बन्दर ने सुल्तान को अँगूठी देते वक़्त देख लिया हो।"

सुल्तान की इजाज़त मिलने पर एक ख़्वाजासरा ने अपने पटके को बन्दर की आँखों में बाँध दिया। अब सुल्तान ने इशारे से मलिक अल्तूनिया को अपने नज़दीक बुलाया और अपनी अँगूठी उन्हें दी। मलिक अल्तूनिया ने अँगूठी कमर में बँधे पटके में छिपा ली। अब मदारी ने बन्दर से कहा, "हमारे प्यारे बन्दर, आज हिन्दुस्तान के

सुल्तान रुकुनुद्दीन फ़ीरोज़शाह के दीवान-ए-आम में हमारी इज़्ज़त का सवाल है। अगर आप अँगूठी खोजकर ले आए तो सुल्तान हमें और आपको यहाँ से मालामाल करके भेजेंगे और अगर आप अँगूठी खोजने में नाकामयाब रहे तो हमारा और आपका अभी यहीं सिर क़लम कर दिया जाएगा।''

बन्दर अपनी जगह से चल पड़ा। वह दीवान-ए-आम में मौजूद तमाम हाज़िरीन के नज़दीक जाता रहा। कुछ हाज़िरीन बन्दर को अपने नज़दीक देखकर डर रहे थे। अब धीरे-धीरे बन्दर मलिक अल्तूनिया के नज़दीक पहुँच रहा था। उसने मलिक अल्तूनिया के पास जाकर उनके पटके को हाथ से पकड़ लिया और पटके में लगी गाँठ खोलकर अँगूठी निकाल ली। अँगूठी पाकर बन्दर ख़ुशी-ख़ुशी अपने मालिक मदारी के पास आ पहुँचा और उसे अँगूठी दे दी। दीवान-ए-आम में मौजूद हाज़िरीन ही नहीं, सुल्तान तक हैरत में पड़ गये। अब वे बोले, ''क्या दीवान-ए-आम में शहर कोतवाल मौजूद हैं?''

शहर कोतवाल सुल्तान की शान में अदब के साथ झुककर बोला, ''जी हाँ हुज़ूर। मैं हाज़िर हूँ।''

''जनाब, आप इस बन्दर और मदारी से सबक़ लें। आपके तमाम सिपाही कामचोर हैं। वे रात के सन्नाटे में गश्त देने के बजाय सोते रहते हैं। माबदौलत को दिल्ली शहर में कई जगह हुई चोरियों की शिकायत मिली है। हुक़्म है, मदारी को एक हज़ार सोने की अशर्फ़ियाँ बतौर इनाम बख़्शी जाएँ और बन्दर के वास्ते एक दर्ज़न क़िमख़्वाब की पोशाकें शाही कारख़ाने में फ़ौरन तैयार कराई जाएँ। माबदौलत इस होशियार बन्दर को मोतियों का हार इनाम में बख़्शते हैं और हम अपनी क़ीमती हीरे की अँगूठी बतौर इनाम मदारी को देते हैं। वज़ीर-ए-आज़म को हुक़्म है, बन्दर और मदारी की ताउम्र पेंशन बाँध दी जाए।''

बूढ़ा वज़ीर-ए-आज़म जुनैदी सुल्तान का हुक़्म सुनकर चौंका, लेकिन वह कर क्या सकता था। उसे सुल्तान के हुक़्म की तामील करनी थी। वह बोला, ''जो हुक़्म सुल्तान-ए-आलम।''

मदारी अपनी जगह से खड़े होकर सुल्तान को कोर्निश बजाने लगा और बोला, ''हमारे प्यारे बन्दर, तू नसीबवाला है, जिसकी हिन्दुस्तान के सुल्तान से मुलाक़ात हुई है। अब सुल्तान-ए-आलम की शान में अदब के साथ झुककर कोर्निश बजाओ।''

बन्दर अपनी जगह से उठा और सुल्तान की शान में अदब के साथ कोर्निश बजाने लगा। उसने सात बार कोर्निश बजाई। हाज़िरीन बन्दर के करतब देखकर हैरत में थे। अब सुल्तान बोले, ''बुज़ुर्ग ठीक कहा करते थे, बन्दर अक़्ल में आदमी से किसी तरह कम नहीं होता है। उसे सिखाने-पढ़ाने की सही ज़रूरत है। हमारे शहर कोतवाल इस बन्दर और मदारी को अपना मेहमान बनाकर कुछ दिन अपने पास रखें

और कुछ सीखें।''

शहर कोतवाल शर्म के मारे मरा जा रहा था। वह अदब के साथ झुककर बोला, ''जो हुक़्म सुल्तान-ए-आलम।''

बन्दर और मदारी का तमाशा ख़त्म हो जाने के बाद भाड़ों ने कई तमाशे दिखाए। एक भाँड़ ने बच्चों, जवानों और बूढ़ों की नक़्ल अपनी आवाज़ और चाल से हूबहू उतारी। उसने कई परिन्दों और जंगली जानवरों की आवाज़ निकालकर हाज़िरीन का दिल जीता। अब इस भाँड़ ने कुँजड़ी, बनियाइन, बिरहमन, तमोलिन, कसाइन, सुनारिन, बंजारिन, कुम्हारिन, लोहारिन, भिश्तिन, और पनिहारिन औरतों की नक़्लें उतारीं। सुल्तान नक़्लें देखकर लोट-पोट हो रहे थे। उनके पीछे खड़ी कनीज़ें अपनी हँसी रोक नहीं पा रही थीं। समूचा दीवान-ए-आम तमाशागाह बन गया था। यह भाँड़, भाँड़ कम था बल्कि नक़्क़ाल ज़्यादा था। सुल्तान ने उसे दो सौ सोने की अशर्फ़ियाँ इनाम में बख़्शीं। सुल्तान को इस तरह शाही ख़ज़ाना लुटाते देखकर तुर्कान-ए-चिहिलगानी बन्दगान-ए-शम्सी के पुराने मुइज़्ज़ी और तुर्क अमीर और मलिक ख़ून का घूँट पीकर रह गये।

अब दीवान-ए-आम में कई बहुरूपिए हाज़िर हुए। उन्होंने तमाम रूप बना रखे थे। उनमें से कोई शहर कोतवाल बना था। कोई शिव का रूप धारण किए था और कोई हनुमान बनकर तमाशा दिखा रहा था। हनुमान बने बहुरूपिए की लम्बी पूँछ देखकर दीवान-ए-आम में कई लोग हँस रहे थे। अब सुल्तान के सामने एक बूढ़ा बहुरूपिया जिसने हनुमान का रूप धारण कर रखा था, बोला, ''सुल्तान-ए-आलम का इक़बाल बुलन्द हो। सुल्तान-ए-आलम हम जैसे पेशेवर बहुरूपियों के फ़न के बेहद क़द्रदान हैं। हुज़ूर, मैं तक़रीबन चालीस साल से बहुरूपिया का काम कर रहा हूँ। मैंने हिन्दुस्तान के तमाम शहरों में जाकर अपने पेशे की करामात दिखाई है। हुज़ूर की दुआ से हमें इस पेशे ने काफ़ी तरक़्क़ी दी, लेकिन हुज़ूर अब मेरी नक़्ल नौसिखिए बहुरूपिया करने लगे हैं। वे मेरी रोज़ी-रोटी छीन रहे हैं। हुज़ूर से गुज़ारिश है, इनाम-इकराम से इस ग़रीब की झोली भर दी जाए।''

सुल्तान ने हुक़्म दिया, ''इस बहुरूपिए की झोली चाँदी से भर दी जाए।''

बूढ़ा बहुरूपिया सुल्तान की शान में अदब से झुककर कोर्निश बजाने लगा और बोला, ''हमें हुज़ूर से ऐसी ही उम्मीद थी।''

अब बाज़ीगरों की बारी थी। बाज़ीगरों ने सुल्तान की इजाज़त मिलने के बाद कई करतब दिखाए। एक बाज़ीगर ने गेंद हवा में उछाली। गेंद हवा में ही ग़ायब हो गयी। अब इसी बाज़ीगर ने एक डलिया खोलकर एक कबूतर दिखाया और सभी के सामने फिर डलिया बन्द कर दी। अब उसने फिर डलिया खोली, कबूतर वहाँ से नदारद था। अब उसने खाली डलिया हवा में खोलकर हाज़िरीन को दिखाई और

कुछ देर के बाद डलिया को बन्द कर दिया। अब उसने फिर डलिया खोली। अब डलिया में न जाने कहाँ से कबूतर आ गया था। अब उसने डलिया फिर बन्द कर दी। कुछ देर के बाद उसने फिर डलिया खोली। इस बीच वह अपनी आँखें बन्दकर मन-ही-मन न जाने क्या बुदबुदा रहा था। अब डलिया में कबूतर की जगह चार नन्हे-नन्हे कबूतर मौजूद थे। इस तमाशे को देखकर तमाम हाज़िरीन चौंक पड़े। सुल्तान को यह तमाशा देखकर ख़ुद अचरज हुआ।

अब दूसरे बाज़ीगर ने फ़ौलादी काँटे और काँच के तमाम टुकड़े आसानी से चबा लिए। इतना ही नहीं, उसने फ़ौलादी काँटे और काँच के टुकड़े चबाने के बाद पानी के साथ एक छोटे मेढक और कुछ मछलियों को निगल लिया। मेढक और मछली निगलने के बाद उसने एक छोटा-सा साँप भी निगल लिया। अब इस बाज़ीगर से सुल्तान ने पूछा, "क्या आपने जो मेढक, मछली और ज़िन्दा साँप निगला है, उसे बाहर निकाल सकते हैं?"

"जी हाँ सुल्तान-ए-आलम। मैं अभी निकालता हूँ।"

बाज़ीगर ने मेढक, मछली और साँप को एक बर्तन में उगल दिया। सुल्तान फिर बोले, "क्या आप फ़ौलादी काँटों और काँच को भी अपने मुँह से निकाल सकते हैं?"

बाज़ीगर बोला, "सुल्तान-ए-आलम, माफ़ी का तलबगार हूँ। अभी जो फ़ौलादी काँटों और काँच के टुकड़ों को चबाया है, वे अब कभी मुँह से वापस नहीं निकलेंगे। उन्हें मैं हजम कर जाऊँगा।"

"आप कहाँ के रहनेवाले हैं?"

"सुल्तान-ए-आलम का इक़बाल बुलन्द हो। हुज़ूर का ताजो-तख़्त ताक़ियामत सलामत रहे। हुज़ूर, मैं लखनौती का रहनेवाला हूँ। हमारे वास्ते आज बेहद ख़ुशी का दिन है। हमें आज सुल्तान-ए-आलम के दीदार हुए। हमारे लखनौती में एक-से-एक क़ाबिल बाज़ीगरों के कबीले मौजूद हैं, लेकिन हमारे फ़न के क़द्रदान दिन-ब-दिन कम हो रहे हैं। अकेले लखनौती में ही मुसलमान बाज़ीगरों के सात कबीले मौजूद हैं जो इस वक़्त भूखों मर रहे हैं। सुल्तान-ए-आलम से बहुत उम्मीद लगाकर आया हूँ। हुज़ूर, हमारे दम तोड़ रहे क़बीलों को बचाने में मदद करें। हम ताउम्र हुज़ूर की लम्बी उमर की दुआ करेंगे।"

"लखनौती में कौन-कौन से कबीले हैं? जरा हम भी सुनें।" सुल्तान जानना चाह रहे थे कि बाज़ीगर कहीं झूठ तो नहीं बोल रहा है।

"सुल्तान-ए-आलम, लखनौती के मुसलमान बाज़ीगर क़बीलों में से कालकौर, कालचौर, पर्वती, दवारकनी, चारी, अबथीबंसा और गनगौरा अभी मौजूद हैं। इन क़बीलों के बच्चों को छोटी उम्र से ही ऐसे फ़न सिखाए जाते हैं। जिससे वे बड़े होने

पर बाज़ीगरी के तमाम कमाल हासिल कर लें और अपनी रोज़ी-रोटी ख़ुद कमाने लगें।"

"इस बाज़ीगर को पाँच सौ सोने की अशर्फ़ियाँ इनाम में बख़्शी जाएँ और लखनौती के मुसलमान बाज़ीगरों के क़बीलों के वास्ते वहाँ के इक़्तादार को हुक़्म हो, इन क़बीलों की ज़्यादा-से-ज़्यादा मदद की जाए।"

बाज़ीगर ने सुल्तान की शान में सात बार कोर्निश बजाई। अब इन तमाशागरों को इनाम-इकराम देकर विदा कर दिया गया। सुल्तान भी शाही तख़्त से उठ गये। सुल्तान के उठते ही मदारी अपने बन्दर को लेकर शहर कोतवाल के नज़दीक पहुँचा और अदब के साथ झुककर बोला, "हुज़ूर-ए-आली, हमारे और हमारे बन्दर के वास्ते क्या हुक़्म है?"

शहर कोतवाल सुल्तान का हुक़्म सुनकर मन-ही-मन गुस्सा रहा था। वह बोला, "आप और आपके बन्दर के ठहरने का अभी बन्दोबस्त करता हूँ।"

कुछ हाज़िरीन शहर कोतवाल की हालत पर हँस रहे थे और कुछ तरस खा रहे थे।

सैंतालीस

सुल्तान रुकुनुद्दीन फ़ीरोज़शाह ने जब से हिन्दुस्तान का ताजो-तख़्त सँभाला, तमाम मसख़रे, मज़ाक़िया, हँसोड़े, नट, बाज़ीगर, भाँड़, शीरींकलामी और लतीफ़ेबाज़ दरबार में शामिल हो गये थे। वे सभी अपने-अपने फ़न में माहिर थे। इन फ़नकारों में कुछ नमकहलाल थे और कुछ नमकहराम। दरबार में ईरान, इराक, अरब और दूसरे मुल्कों से तमाम गायक लगातार दिल्ली आ रहे थे। ऐसे ही गायक हिन्दुस्तान के कोने-कोने से भी भारी तादाद में दिल्ली आ रहे थे। उन्हें पता था कि सुल्तान रुकुनुद्दीन फ़ीरोज़शाह गायकों के क़द्रदान हैं। इन गायकों में शाइरी, ग़ज़ल और क़व्वाली के गायक अधिक तादाद में थे। इन्हें दिल्ली दरबार में भारी इनाम-इकराम मिलने की उम्मीद थी। वे इसी लालच में दूर-दूर के मुल्कों से यहाँ आ पहुँचे थे।

इन्हीं गायकों के साथ चंग, डफ, दस्तक, रबाब, बाँसुरी, अर्गुन, शहनाई और तम्बूरा बजानेवाले एक-से-एक फ़नकार दिल्ली आ पहुँचे। कुछ फ़नकार ढोल बजाने में महारथ रखते थे और कुछ फ़नकारों ने आपस में मिलकर अलग-अलग टोलियाँ बना ली थीं। सुल्तान मौक़ा मिलने पर इनके फ़न का लुत्फ़ उठाने से चूकते नहीं थे। इन फ़नकारों में कुछ इतने ऊँचे दर्जे के फ़नकार थे, जिनके सामने क़ाबिल-

से-क़ाबिल रक़्क़ासा नाचते-नाचते थककर इनके पैर पकड़ने पर मज़बूर हो जाती थी और हमेशा-हमेशा के वास्ते इनकी लौंडी बन जाती थी। सुल्तान ने अपनी ओर से ख़ास-ख़ास गायकों के नए नाम दिए थे, चाँदख़ाँ, इसहाकख़ाँ, ख़्वाजाअलीख़ाँ, परवीनख़ाँ, दाउदख़ाँ, यूसुफख़ाँ, नैमतख़ाँ, हसनख़ाँ, शहबाज़ख़ाँ और जलालख़ाँ। गायकों के नए नाम के साथ ख़ाँ का ख़िताब लगा देने से तुर्कान-ए-चिहिलगानी बन्दगान-ए-शम्सी के अमीर, मलिक और ख़ान बेहद नाराज़ हो गये, लेकिन सुल्तान ने उनकी कोई परवाह नहीं की।

वज़ीर आइनुलमुल्क हुसैन अशअरी ने ग़ुलाम बाज़ार से तमाम रक़्क़ासाएँ ख़रीदकर सुल्तान का दिल बहलाने के वास्ते शाही हरम में पहुँचा दीं। इन रक़्क़ासाओं के पहले जो भी नाम रहे हों, सुल्तान ने इनके नए नाम रखे, दुख़्तरबाई, नुसरतबाई, लालबाई, सुन्दरबाई, हीरबाई, रसबाई, हरबाई, ख़ुशहालबाई, निहालबाई, कस्तूरीबाई और केसरबाई। हर रक़्क़ासा अपने-अपने नाम को सही अंजाम देने की क़ुव्वत रखती थी। वे सभी अपने-अपने फ़न में माहिर थीं। सुल्तान अकसर अपनी ख़ास कनीज़ों के साथ इनके रक़्स का लुत्फ़ उठाते थे।

मरहूम सुल्तान इल्तुतमिश के ज़माने में ही शाही फीलख़ाने में भारी तादाद में हाथी मौजूद थे। इनमें सौ के क़रीब हाथी ख़ासे के थे। सुल्तान ने इन हाथियों के नए नाम रखे, ख़ुदादाद, खालिकदाद, दिलक़ुशा, नेकबख़्त, फ़तेहबहादुर, फ़तेहमुबारक, फ़तेहनुसरत, कोहशिकन और क़िलाशिकन। महावत आरिफ़ सुल्तान के ख़ास हाथी अल्लाहबख़्श को नहला-धुलाकर तैयार कर चुका था। उसे नहलाने-धुलाने के बाद एक मन की रोटी, जिसमें भरपूर घी मिलाया गया था, खिलाई। महावत आरिफ़ ने उसे कई सेर गुड़ भी खिलाई। उसने उसे हल्की शराब पिलाई। सुल्तान का हुक़्म था कि ख़ासे के हाथियों को रोज़ाना थोड़ी शराब दी जाए।

अब आरिफ़ ने अल्लाहबख़्श की पीठ पर मुलायम रुई का गदेला कसा। उसने गदेले के किनारों पर लगी रस्सियाँ कसकर बाँध दी। चौड़े रेशमी कपड़े में धागे से गूँथकर सोने के घुँघरू बँधे थे। उसने इस पट्टे को अल्लाहबख़्श की गर्दन में बाँध दिया। अब कई ख़िदमतगारों की मदद से अल्लाहबख़्श की पीठ पर गदेले के ऊपर जड़ाऊ सोने का हौदा कसा गया। इस हौदे से सोने की चार जंजीरें लटक रही थीं। इन जंजीरों के नीचे किनारे पर सोने के घंटे लटक रहे थे। हौदा इतना लम्बा-चौड़ा था कि उसके अन्दर चार आदमी एक तरफ़ और चार आदमी दूसरी तरफ़ आराम से बैठ सकते थे। अब आरिफ़ ने अल्लाहबख़्श के माथे पर जड़ाऊ जेवर पतली रेशमी रस्सियों के सहारे कसकर बाँध दिए। चारों पैरों में रेशमी कपड़े में घुँघरूओं के गुच्छे बाँधे गये। उस पर ज़री के काम की रंगीन और भड़कीली झूलें लटकाई गयीं।

अब सुल्तान को अल्लाहबख़्श के तैयार हो जाने की ख़बर की गयी।

अल्लाहबख़्श दीवान-ए-ख़ास के बाहर सुल्तान के इन्तज़ार में तैयार खड़ा था। सुल्तान क़ुश्क-ए-दिलक़ुशा से निकलकर दीवान-ए-ख़ास होते हुए अल्लाहबख़्श के नज़दीक आ पहुँचे। सुल्तान को देखकर अल्लाहबख़्श ने एक चिंघाड़ भरी, जिसका मतलब लगाया गया कि अल्लाहबख़्श सुल्तान-ए-आलम की क़दमबोसी कर रहा है। सुल्तान के साथ चार ख़ूबसूरत कनीज़ें थीं। इन कनीज़ों में गुलचेहरा भी शामिल थी। सुल्तान ने उसका नाम अब गुलचेहराबानो रख दिया था। गुलचेहराबानो के साथ कनीज़ हसीनाबानो, माशूकाबानो और हुस्नाबानो मौजूद थीं। इन्हें सुल्तान दूसरी कनीज़ों से कहीं ज़्यादा पसन्द करते थे।

ख़ुदाबन्द-ए-जहाँशाह तुर्कान बेगम द्वारा सुल्तान रुक्नुद्दीन फ़ीरोज़शाह को दी जा रही नसीहतें कोई काम नहीं आ रही थीं। दरबार के मुल्ला, मौलवी, सैयद, शैख़ और उलेमा हज़रात सुल्तान से नाराज़ रह रहे थे। उनकी नाराज़गी अब खुलकर सामने आने लगी थी। बेगम ने इनाम-इकराम बाँटकर किसी तरह उनकी ज़ुबान बन्द की। जब बेगम ने मुल्ला, मौलवियों, सैयद, शैख़ और उलेमा हज़रात की ज़ुबान बन्द कर दी, तब तुर्कान-ए-चिहिलगानी बन्दगान-ए-शम्सी के मलिक और अमीर सुल्तान के ख़िलाफ़ बोलने लगे। सल्तनत का क्या वज़ीर-ए-आज़म, क्या ओहदेदार और क्या अवाम हर किसी की ज़ुबान पर यही लफ़्ज़ थे कि मामलूक ख़ानदान, जिसे सुल्तान क़ुतुबुद्दीन ऐबक़ और सुल्तान इल्तुतमिश ने अपने ख़ून-पसीने से सींचकर कहाँ-से-कहाँ पहुँचाया था, उसका मुस्तक़बिल डूबने में अब ज़्यादा वक़्त नहीं है।

सुल्तान इल्तुतमिश के ज़माने से चली आ रही इंसाफ़ की जंजीर अब भी लगी थी। फ़रियादी आकर इस जंजीर को बजा रहे थे, लेकिन उनकी फ़रियाद सुननेवाला कोई नहीं था। सुल्तान शराब-शबाब में डूबे थे। जब सुल्तान की ही यह हालत हो, तब उसके हाकिम भी शराब-शबाब में क्यों नहीं डूबेंगे? अब रही-सही कसर सुल्तान के वज़ीर आइनुलमुल्क हुसैन अशअरी ने पूरी कर दी। उसने सुल्तान के इर्द-गिर्द हसीन कनीज़ों का भीड़ लगा दी। वह चाहता था कि सुल्तान हमेशा शराब और शबाब में डूबे रहें, जिससे उसे सल्तनत को लूटने का मौक़ा मिलता रहे। वह यह भी चाहता था कि वज़ीर-ए-आज़म जुनैदी को किसी-न-किसी तरह सुल्तान की नज़रों में गिराया जाए, जिससे उसे वज़ीर-ए-आज़म के साथ-साथ निज़ामुलमुल्क का भी ख़िताब मिल सके।

सुल्तान रात-दिन आइनुलमुल्क हुसैन अशअरी द्वारा पहुँचाई जा रही हसीनाओं के साथ खेल रहे थे। शराब-शबाब की महफ़िलें सज रही थीं। कभी-कभी यह महफ़िलें आधी रात के वक़्त चाँदनी रात में जमुना दरिया पर नावों में भी लगती थीं। सल्तनत का इस तरह बदतर हाल देखकर ख़ुदाबन्द-ए-जहाँशाह तुर्कान बेगम भारी

ग़म में डूब गयीं। बेगम की समझ में नहीं आ रहा था कि वे ऐसे हालात में क्या करें, वे अपना ग़म दूर करने के वास्ते आज दोपहर से ही शराब पीने लगीं। चार प्याला शराब पी लेने के बाद बाँदी गुलबदन ने उन्हें रोकने की कोशिश की, लेकिन वे नहीं मानीं।

सुल्तान की सवारी ग़ज़नी दरवाज़े से बाहर निकली। अल्लाहबख़्श के पीछे कई हसीन कनीज़ें घोड़ों पर सवार थीं। इनके पीछे दो सौ सिपाहियों का फ़ौज़ी दस्ता था। शहर कोतवाल को जैसे ही ख़बर मिली कि सुल्तान तफ़रीह के वास्ते क़िले से बाहर आ रहे हैं, वह भी पचास सिपाहियों का दस्ता लेकर सुल्तान की क़दमबोसी के वास्ते हाज़िर हो गया। सुल्तान की नज़र जैसे ही उस पर पड़ी। वह अदब के साथ झुककर कोर्निश बजाने लगा। उसके साथ आया फ़ौज़ी दस्ता भी सुल्तान की शान में झुक गया। सुल्तान ने शहर कोतवाल को अपने नज़दीक बुलाया और पूछा, "क्या वह मदारी और बन्दर अभी मौजूद है?"

"जी हाँ सुल्तान-ए-आलम, उसकी मेहमाननवाज़ी में कोई कमी नहीं रखी जा रही है। हज़रत के हुक्म से उसे इनाम-इकराम दे दिए गये हैं।"

"क्या वज़ीर-ए-आज़म जुनैदी ने उन दोनों की पेंशन बाँध दी?"

"जी हाँ हुज़ूर।"

"क्या आपका फ़ौज़ी दस्ता उस क़ाबिल बन्दर से अब तक कुछ सीख पाया है?"

"हुज़ूर, सीख रहा है।"

"अब माबदौलत को शहर के अन्दर चोरी की शिकायत नहीं मिलनी चाहिए! अगर कोई इस तरह की शिकायत हमारे कानों तक पहुँची, तब आपकी ख़ैर नहीं।"

"हुज़ूर, नहीं मिलेगी।"

शहर कोतवाल के अल्लाहबख़्श के नज़दीक आने पर महावत आरिफ़ ने हाथी को आगे बढ़ने से रोक दिया था। जैसे ही उसने हाथी को अंकुश दिया, हाथी आगे बढ़ चला। हाथी के आगे बढ़ जाने पर शहर कोतवाल की ज़ुबान से निकल पड़ा, "जान बची और लाखों पाए।"

शहर कोतवाल की बेबसी पर फ़ौज़ी दस्ते के सिपाही मुस्करा रहे थे। हाथी के हौदे पर सवार चारों कनीज़ों की हँसी फूट रही थी, लेकिन सुल्तान ने कोई ग़ौर नहीं किया।

सुल्तान के हाथी अल्लाहबख़्श के आगे एक नक़ीब घोड़े पर सवार होकर चल रहा था। वह लगातार चिल्ला रहा था, "हटो, बचो, सुल्तान रुकुनुद्दीन फ़ीरोज़शाह की सवारी आ रही है।"

मकानों के छज्जों पर खड़ी औरतें, लड़कियाँ और बच्चे शाही सवारी को

नज़दीक से देखकर लुत्फ़ उठा रहे थे। वे सुल्तान की शान में अदब के साथ झुक रहे थे। सड़कों के किनारे कुछ मनचले ऐसे भी थे जो जवान ख़ूबसूरत कनीज़ों को ताक रहे थे। छज्जों पर खड़ी बुज़ुर्ग औरतें अपनी जवान लड़कियों को घरों के अन्दर ढकेलकर चिल्ला रही थीं, "अरे कमबख़्तो, अन्दर जाओ! कहीं सुल्तान की नज़र पड़ गयी तो उनके आदमी उठा ले जाएँगे। उस वक़्त हम कुछ नहीं कर पाएँगे। सुल्तान की ऐयाशी अभी ख़त्म नहीं हुई है। अब कोई फ़रियाद सुननेवाला नहीं है।"

नक़ीब के ज़ोरदार आवाज़ लगाने पर भी भिखारी, मुहताज, कंगाल, मिस्कीन और ग़रीब ही नहीं, तमाम इज़्ज़तदार लोग अल्लाहबख़्श के हौदे की ओर अपनी-अपनी नज़रें गड़ाए थे। फ़ौज़ी दस्ते के हटाने पर भी यह लोग अपनी जगह से हिल नहीं रहे थे। सुल्तान की जिधर नज़र उठ जाती थी, उधर के लोग सुल्तान की शान में अदब के साथ झुककर कोर्निश बजाने लगते थे। अल्लाहबख़्श के हौदे पर सुल्तान के हुक़्म से ढेरों चाँदी और सोने के सिक्के रखे थे, जिसकी भनक इन तमाशबीनों को हमेशा की तरह आज भी थी। फिर वे कैसे हटते?

सुल्तान ने तमाशबीनों के सामने कुछ सोने के सिक्के उछाले। सोने के सिक्के उछालते ही तमाशबीन इन पर टूट पड़े। उनमें आपस में गुत्थम-गुत्था होने लगी। फ़ौज़ी दस्ते के सिपाही भी तमाशबीनों की तरह सिक्कों को ललचाई नज़र से देख रहे थे, लेकिन उनमें से किसी में भी इतनी हिम्मत नहीं थी कि घोड़े से उतरकर सिक्का उठा ले। वे जानते थे कि इस तरह की हरकत से उन्हें अल्लाहबख़्श के पैरों के नीचे कुचल देने का हुक़्म फ़र्मा दिया जाएगा। अब सुल्तान ने गुलचहराबानो, हसीनाबानो, माशूकाबानो और हुस्नाबानो को हुक़्म दिया कि वे भी तमाशबीनों को चाँदी के सिक्के लुटाएँ।

कनीज़ें भी सोने और चाँदी के सिक्कों को ललचाई नज़र से देख रही थीं, लेकिन वे भी हुक़्म के मुताबिक़ मुस्करा-मुस्कराकर सिक्के लुटाने लगीं। वे सिक्के भी लुटा रही थीं और सुल्तान के सामने हुस्न-ओ-अदा का जलवा भी बिखेर रही थीं। जैसे ही सुल्तान की उन पर नज़र जाती, वे अपनी कँटीली मुस्कान से सुल्तान के दिल पर अपनी नज़रों के तीर चलाने से चूकती नहीं थीं। उनमें इस बात को लेकर आपस में होड़ थी कि आज कौन सुल्तान का दिल जीतेगा। आख़िर इन चारों में से किसी एक को आज की रात सुल्तान की ख़्वाबगाह में उनके साथ हमबिस्तर होना था। इस ख़ूबसूरत मौक़े को कोई कनीज़ अपने हाथों से जाने नहीं देना चाहती थी। सुल्तान को इस खेल में बेहद मज़ा आ रहा था। सुल्तान दिन में कई प्याला शराब पी चुके थे। हौदे के अन्दर इस्फ़हानी शराब भरी कई सुराहियाँ और प्याले मौजूद थे। सुल्तान माशूकाबानो की ओर देखकर बोले, "एक प्याला शराब दे।"

हुक़्म के मुताबिक़ माशूकाबानो ने प्याले में शराब ढाली और सुल्तान को एक

ख़ास अदा के साथ पेश की। बाकी तीनों बाँदियाँ सोचने लगीं कि सुल्तान ने उससे ही क्यों शराब माँगी। क्या यही आज सुल्तान के साथ रात में हमबिस्तर होगी? सुल्तान के बायें हाथ में शराब भरा प्याला था और दायें हाथ से वे सोने के सिक्के लुटा रहे थे। बाज़ार के लोग तमाशा देखकर हैरान थे। उन्होंने सूफ़ी सुल्तान इल्तुतमिश का ज़माना लगातार पच्चीस साल तक देखा था। वे हिन्दुस्तान के ताजो-तख़्त की क़िस्मत पर आँसू बहा रहे थे। उन्होंने कभी सोचा नहीं था कि एक दिन ऐसा भी देखने को मिलेगा।

अल्लाहबख़्श जिन दुकानों के सामने से गुज़र रहा था, उन दुकानों के दुकानदार दुकान से उठकर अदब के साथ सुल्तान की शान में कोर्निश बजा रहे थे। जैसे ही सुल्तान की सवारी की आमद की ख़बर ग़ज़नी बाज़ार पहुँची, असग़री बेगम अपनी दुकान से उतरकर तक़रीबन दौड़ी-दौड़ी फूलवाली मोहिनी की दुकान पर पहुँचीं और उससे बोलीं, "अरी मोहिनी, जल्दी दुकान बन्द कर!"

मोहिनी ने पूछा, "आख़िर क्यों?"

"अरी कमबख़्त, सवाल जवाब करने का वक़्त नहीं है। सुल्तान रुकुनुद्दीन फ़ीरोज़शाह की शाही सवारी आ रही है। अगर सुल्तान की नज़र पड़ गयी, तब उसके आदमी तुझे दिन-दहाड़े उठा ले जाएँगे और फिर तेरी क्या हालत होगी, तू ख़ुद अच्छी तरह जानती है।"

इत्तिफ़ाक़ से उस वक़्त असग़री बेगम और मोहिनी की दुकान पर कोई ग्राहक मौजूद नहीं था। असग़री बेगम के कहने पर मोहिनी ने अपनी दुकान बन्द कर दी और अपने घर की ओर चल दी। रास्ते में उसकी मुलाक़ात फ़क़ीर क़ाज़ीमुद्दीन ज़ाहिद से हो गयी। वे सामने गली से अपने चितकबरे गधे पर बैठकर अल्लाहू...अल्लाहू करते हुए इधर ही आ रहे थे। मोहिनी फ़क़ीर को देखकर उनकी शान में अदब के साथ झुक गयी। फ़क़ीर बोले, "आज इतनी जल्दी कहाँ चल दी? क्या दुकान बन्द कर दी?"

"हज़रत, आज दुकान जल्दी बन्द कर दी है।"

"आख़िर क्यों?"

"सुल्तान रुकुनुद्दीन फ़ीरोज़शाह की सवारी ग़ज़नी बाज़ार से गुज़र रही है। मैंने असग़री बेगम के कहने पर दुकान बन्द कर दी।"

"चलो अच्छा किया। सुल्तान की अक़्ल मारी गयी है। उसकी ऐयाशी ताजो-तख़्त पाने पर भी कम नहीं हुई, बल्कि दिन-ब-दिन बढ़ती ही जा रही है।"

"हज़रत, क्या सल्तनत में इसी तरह की अराजकता चलती रहेगी?"

"मोहिनी, घबराओ नहीं। सुल्तान के आख़िरी दिन नज़दीक हैं।"

"हज़रत, सुल्तान रुकुनुद्दीन फ़ीरोज़शाह को गद्दी पर बैठे अभी तीन माह ही

बीते हैं। इतनी जल्दी...।''

''इस फ़ानी दुनिया में किसी को भी एक पल का पता नहीं है। रुकुनुद्दीन ने ताजो-तख़्त का तीन महीने मज़ा ले लिया है।''

''हुज़ूर, तब आगे कौन गद्दी पर बैठेगा?''

फ़क़ीर मुस्कराए और बोले, ''जिसे तू चाहती है।''

''हज़रत, साफ़-साफ़ बयान करें।''

''इससे ज़्यादा साफ़ बयान हम क्या कर सकते हैं? इससे ज़्यादा साफ़ बयान अल्लाह ही कर सकता है।''

मोहिनी ने फ़क़ीर के सामने एक नया सवाल किया, ''क्या शहज़ादी रज़िया को हिन्दुस्तान का ताजो-तख़्त हासिल हो सकेगा?''

''अगर तू ही चाह रही है तो क्यों नहीं हासिल हो सकता?'' फ़क़ीर मुस्कराकर बोले। वे बीच-बीच में अल्लाहू...अल्लाहू भी बोल रहे थे।

''हज़रत...।''

''मोहिनी, अब हमें चलने दे। हमें और हमारे प्यारे गधे को भूख लग रही है। कल्लन मियाँ हमारा इन्तज़ार कर रहा होगा।''

फ़क़ीर अल्लाहू...अल्लाहू करते हुए ग़ज़नी बाजार की ओर चल दिए।

वादे के मुताबिक़ क़ुव्वतुलमुल्क जमालुद्दीन याक़ूत लगातार तीन जुमेरात को अपने आक़ा मरहूम सुल्तान इल्तुतमिश के मक़बरे पर नहीं पहुँच सके। उनकी हवेली के चारों ओर सुल्तान ने सख़्त पहरे बिठा दिए थे। वे एक तरह से हवेली में नज़रबन्द थे। आज जमालुद्दीन याक़ूत को किसी तरह मौक़ा मिल गया। वे पहरेदारों को चकमा देकर सुल्तान के मक़बरे की ओर घोड़े पर सवार होकर चल दिए। जमालुद्दीन याक़ूत ने फूलवाली मोहिनी के ज़रिये कजरी के पास सुल्तान के मक़बरे पर पहुँच न पाने की ख़बर करा दी थी। कजरी ने फ़ौरन शहज़ादी रज़िया तक ख़बर पहुँचा दी।

हमेशा की तरह शहज़ादी रज़िया हर जुमेरात की शाम को अपने मरहूम अब्बाहुज़ूर के मक़बरे पर अपनी ज़नानी फ़ौज़ के साथ जा रही थीं। क़िले से निकलने के वक़्त उन्हें जानकारी हो गयी थी कि सुल्तान रुकुनुद्दीन फ़ीरोज़शाह तफ़रीह के वास्ते क़िले से बाहर निकले हैं और जहाँशाह तुर्कान बेगम दोपहर से ही शराब पी रही हैं। बेगम के लगातार शराब पीने की ख़बर बाँदी गुलबदन के ज़रिये गुल-ए-अब्बासी को मिल गयी थी। शहज़ादी को उम्मीद थी कि जमालुद्दीन याक़ूत से आज मुलाक़ात हो सकती है। शहज़ादी अपने मरहूम अब्बाहुज़ूर की क़ब्र पर चिराग़ जलाकर अभी फ़ातिहा पढ़ ही रही थीं कि जमालुद्दीन याक़ूत आ पहुँचे। जमालुद्दीन याक़ूत को देखकर ज़नानी फ़ौज़ की लड़कियों के चेहरे खिल उठे।

शहज़ादी जैसे ही फ़ातिहा पढ़कर अपने अब्बाहुज़ूर की क़ब्र से मुड़ीं, कजरी ने जाकर उन्हें ख़बर दी कि क़ुव्वतुलमुल्क जमालुद्दीन याक़ूत हुज़ूर से मिलने की इजाज़त चाहते हैं। जमालुद्दीन याक़ूत के पहुँचने की ख़बर सुनकर शहज़ादी मन-ही-मन मुस्करा उठीं। वे बोलीं, "उन्हें यहीं भेज दें!"

कुछ ही देर में जमालुद्दीन याक़ूत शहज़ादी के सामने हाज़िर थे। वे शहज़ादी की शान में अदब के साथ झुक गये और बोले, "अगर शहज़ादी साहिबा इजाज़त दें तो मैं भी मरहूम आक़ा की क़ब्र पर फ़ातिहा पढ़ लूँ।"

शहज़ादी की ज़ुबान से निकला, "क्यों नहीं।"

जमालुद्दीन याक़ूत ने मरहूम सुल्तान की क़ब्र पर फ़ातिहा पढ़ा। वे फ़ातिहा पढ़ने के बाद शहज़ादी से बोले, "शहज़ादी साहिबा, ग़ुलाम माफ़ी का तलबगार है। हम वादे के मुताबिक़ हुज़ूर की क़दमबोसी के वास्ते हाज़िर नहीं हो सके।"

"जमालुद्दीन याक़ूत, हमें मालूम है, आपकी हवेली पर सख़्त पहरे बैठा दिए गये हैं। हम पर भी बारीक नज़र रखी जा रही है। सल्तनत के सही हालात हम तक नहीं पहुँच रहे हैं। आपसे मिलकर सल्तनत के नए हालात मालूम करने थे। इसी वास्ते हमने आपके पास कजरी को भेजा था।"

"हुज़ूर, गुस्ताख़ी माफ़ करें। कजरी को सुरंग के रास्ते हमारी हवेली भेजना ख़तरे से क़त्तई खाली नहीं था। जहाँशाह तुर्कान बेगम के खुफिया सिपाही इस वक़्त चप्पे-चप्पे पर नज़र रखे हैं। हुज़ूर, हमारे पास मोहिनी के ज़रिये ख़बर भिजवा सकती थीं।"

"हमें मालूम है, इसीलिए कजरी को रात के अँधेरे में भेजा था। कजरी अब काफ़ी होशियार हो गयी है। उसे जब पूरा इत्मीनान हो गया होगा, तभी वह सुरंग में उतरी होगी। उसे सुरंग के रास्ते भेजने का हमारा मकसद एक और भी था।"

"वह क्या शहज़ादी साहिबा?"

"हम जानना चाहते थे कि सुरंग से बेरोक-टोक आसानी से आप की हवेली जाया जा सकता है या नहीं। वैसे तो हम क़ुश्क-ए-दिलक़ुशा की सुरंग को भी दिखवाना चाहते हैं, लेकिन उस पर सुल्तान रुक़ुनुद्दीन का क़ब्ज़ा है।"

"हुज़ूर, जब से सुल्तान रुक़ुनुद्दीन फ़ीरोज़शाह ने हिन्दुस्तान का ताजो-तख़्त हासिल किया, तभी से हमने अपनी हवेली की ओर से उस सुरंग को बन्द करा दिया।"

"यह आपने अच्छा किया। अब क़ुश्क-ए-दिलक़ुशा से आपको सीधे-सीधे कोई ख़तरा नहीं हो सकता। ख़ैर छोड़िए, इस वक़्त सल्तनत के ताज़ा हालात क्या हैं?"

"हुज़ूर, हमें जो जानकारी थी, वह हमने कजरी को बता दी थी। बदायूँ,

मुल्तान और हाँसी में बग़ावत हो चुकी है। उम्मीद है, सुल्तान रुक्नुद्दीन फ़ीरोज़शाह तक़रीबन पन्द्रह दिन के अन्दर ख़ुद मुहिम के वास्ते निकल जाएँगे।''

''क्या आप यक़ीन के साथ कह सकते हैं?''

''हुज़ूर, सल्तनत के हालात इस क़दर बिगड़ गये हैं कि अगर सुल्तान दिल्ली से बाहर कूच के वास्ते नहीं निकले, तब एक महीने के अन्दर दिल्ली पर हमला हो सकता है।''

''तब तो सुल्तान रुक्नुद्दीन अपने साथ आपको भी ले जा सकते हैं?'' शहज़ादी नहीं चाहती थीं कि जमालुद्दीन याक़ूत दिल्ली छोड़कर सुल्तान के साथ जंग पर जाएँ।

''वे हमें साथ नहीं ले जाएँगे।''

''आख़िर क्यों?''

''ख़ुदाबन्द-ए-जहाँशाह तुर्कान बेगम और सुल्तान रुक्नुद्दीन फ़ीरोज़शाह हम पर यक़ीन नहीं कर रहे हैं, इसलिए वे हमें साथ नहीं ले जाएँगे।''

''काश! ऐसा हो सके।''

''अल्लाह ने चाहा तो ऐसा ही होगा।''

''अब आप चलें। आपको वक़्त से अपनी हवेली पहुँच जाना ज़रूरी है।''

अभी शहज़ादी रज़िया और जमालुद्दीन याक़ूत सुल्तान के मक़बरे से बाहर निकले ही थे कि क़ुव्वतुल इस्लाम मस्जिद के बगल से एक सरसराता हुआ तीर शहज़ादी के बगल से निकल गया। शहज़ादी बाल-बाल ही बचीं। इत्तिफ़ाक़ से तीरंदाज़ का निशाना चूक गया था। जमालुद्दीन याक़ूत तेज़ी के साथ उस ओर दौड़े, जिस ओर से तीर आया था। जमालुद्दीन याक़ूत जब तक मौक़-ए-वारदात पर पहुँचे, वहाँ एक तातारी औरत दम तोड़ चुकी थी। उसने ज़हर खा लिया था। उसके मुँह से झाग निकल रहा था। अब तक वहाँ शहज़ादी रज़िया के साथ-साथ गुल-ए-अब्बासी, चंचलबाई, कजरी और चन्द्रकला भी आ पहुँची थीं। तातारी औरत के दम तोड़ देने की वजह से पता नहीं चल सका कि इस औरत को किसने भेजा था। शहज़ादी सोच रही थीं कि अगर यह औरत इस वक़्त ज़िन्दा होती, तब इससे तमाम राज़ उगलवाए जा सकते थे। हालाँकि शहज़ादी और जमालुद्दीन याक़ूत ही नहीं, दूसरी बाँदियाँ भी यह जान रही थीं कि यह हरकत जहाँशाह तुर्कान बेगम के अलावा और किसी की नहीं हो सकती।

जमालुद्दीन याक़ूत बोले, ''शहज़ादी साहिबा से गुज़ारिश है, कुछ दिनों के वास्ते मरहूम आक़ा के मक़बरे पर आना बन्द कर दें।''

''यह नामुमकिन है।''

''ग़ुलाम की इल्तिजा है। उम्मीद है, आक़ा नाउम्मीद नहीं करेंगी।''

"अब आप ग़ुलाम नहीं हैं। मरहूम अब्बाहुज़ूर ने आपको बहुत पहले आज़ाद कर दिया था।"

"हुज़ूर, हमें मालूम है, लेकिन हम ताउम्र मरहूम आक़ा की साहबजादी के ग़ुलाम रहना ही पसन्द करेंगे।"

जमालुद्दीन याक़ूत की जुबान से निकले अल्फ़ाज़ सुनकर शहज़ादी रज़िया की आँखें भर आईं।

अड़तालीस

शहज़ादे क़ुतुबुद्दीन को क़ैदख़ाने की जिस कोठरी में क़ैद कर रखा है, उस कोठरी में हवा नाम की कोई चीज़ नहीं है। कोठरी में कोई रौशनदान नहीं है। क़ैदख़ाने की कोठरी की सफ़ाई आज तक नहीं हुई है। छत पर बेशुमार मकड़ी का जाला लगा है। ज़मीन पर चारों ओर तिलचट्टे घूम रहे हैं। वे कभी-कभी शहज़ादे की दरी पर ही नहीं, उसके बदन पर भी चढ़ जाते हैं। शहज़ादे क़ुतुबुद्दीन, जिनके आगे-पीछे बाँदियाँ, लौंडियाँ, ख़्वाजासरा और दूसरे ख़िदमतगार दिन-रात लगे रहते थे, वहीं वे आज क़ैदख़ाने की अँधेरी कोठरी में किसी तरह साँसें ले रहे थे। जिस शहज़ादे को पोशाक और जूतियाँ ख़ूबसूरत जवान कनीजें पहनाया करती थीं, वही शहज़ादा कई महीने से एक ही पोशाक बिना बदले पहने हैं। जो शहज़ादा संगमरमर के ख़ूबसूरत हम्माम में नहाया करता था, उसे न जाने कब से नहाने के वास्ते पानी नसीब नहीं हुआ। जिसके बालों में ख़ुशबूदार तेल की मालिश ख़ूबसूरत बाँदियाँ किया करती थीं, उसके बालों में जूँएं पड़ गयीं हैं। जिस शहज़ादे के एक इशारे पर तरह-तरह के शरबत जड़ाऊ प्यालों में अदब के साथ पेश किए जाते थे, वही शहज़ादा इस वक़्त एक-एक बूँद पानी के लिए तरस रहा है। उसे पानी की जगह पोश्त का पानी पिलाया जा रहा है। जो पहरेदार अदब के साथ झुककर सात-सात बार कोर्निश बजाया करते थे, वही पहरेदार अब उसे कोई इज़्ज़त नहीं बख़्शते हैं, बल्कि वक़्त-वक़्त पर उसकी बेइज़्ज़ती करने से चूकते नहीं हैं।

सूरज आग उगल रहा था। हवा बिल्कुल बन्द थी। दिल्ली की अधिकतर अवाम अपने-अपने घरों में आराम फ़र्मा रही थी। रईसों की हवेलियों में ख़िदमतगार खस की टट्टियों में पानी छिड़क रहे थे। कुछ रईसों ने गर्मी की वजह से सड़कों पर जगह-जगह प्याऊ लगवा रखे थे। शहर में जानवरों के वास्ते चरही मौजूद थीं, जिनमें सुबह, दोपहर और शाम ताज़ा पानी भरा जाता था। पीने के पानी की न तो

इंसान को कोई तकलीफ़ थी और न ही जानवर को। दोपहर हो चुकी थी। क़ैदियों को खाना बाँटा जा रहा था। खाने में जौ की मोटी रोटी और अरहर की पतली दाल थी। दाल क्या थी, उसमें पानी-ही-पानी था। क्या पता, इस दाल में भी पोश्त का पानी मिलाया गया हो। हमेशा की तरह पहरेदार कलीमुद्दीन शहज़ादे से बोला, "जनाब, खाना खा लें।"

शहज़ादा देर तक पहरेदार कलीमुद्दीन को घूरता रहा। हालाँकि उसे पहरेदार से कोई ख़ास नाराज़गी नहीं थी, लेकिन उसकी प्यास के मारे जान निकल रही थी। वह दिन-रात कोठरी में पड़े-पड़े अपने मरहूम अब्बाहुज़ूर के बारे में ही सोचता रहता था। उसे रह-रहकर याद आती थी कि अब्बाहुज़ूर के ज़माने में उसका क्या ठाठ-बाठ था। उनके गुज़रते ही हिन्दुस्तान का ताजो-तख़्त भाईजान रुक्नुद्दीन के हाथों में चला गया और भाईजान अपनी अम्मीजान की कठपुतली बनकर रह गये हैं। वे खाली नाम के ही सुल्तान हैं। असली हुकूमत जहाँशाह तुर्कान बेगम कर रही हैं। उन्हीं के हुक्म पर सुल्तान ने उन्हें क़ैद कराया है। शहज़ादा अब तक इन्हीं ख़यालों में उलझा हुआ था। वह बहुत धीमी आवाज़ में बोला, "हम खाना नहीं खाएँगे।"

पहरेदार कलीमुद्दीन शहज़ादे की हालत अच्छी तरह समझ रहा था, लेकिन वह क्या कर सकता था? उसका ऐसे क़ैदी से पहली मर्तबा पाला पड़ा था। उसने शहज़ादे से अदब के साथ पूछा, "आख़िर क्यों?"

"हम खाना नहीं खाएँगे।" शहज़ादे ने वही बात दोहराई। उसका प्यास के मारे दम निकल रहा था। उसे इस वक़्त खाना की नहीं, पानी की ज़रूरत थी।

"हुज़ूर, दारोग़-ए-ज़िन्दा का हुक्म है, हुज़ूर जब तक खाना न खाएँ, उन्हें पानी न दिया जाए और आज तो हुज़ूर ने पोश्त का पानी भी नहीं पिया।"

"हम आपको पहले कई बार बता चुके हैं, हम मर जाएँगे, लेकिन पोश्त का पानी नहीं पिएँगे।" शहज़ादे को पोश्त के पानी से चिढ़ थी।

"हुज़ूर, तब हमें मजबूर होकर दारोग़-ए-ज़िन्दा से शिकायत करनी होगी।" इतना कहकर पहरेदार कलीमुद्दीन ने फ़ौलादी दरवाज़े के नीचे से खाने की थाली अन्दर खिसका दी। उसने सोचा, शायद शहज़ादा खाना खा लेगा।

शहज़ादे क़ुतुबुद्दीन की कमर से लेकर पैरों तक बेड़ियाँ पड़ी थीं। जब शहज़ादे को शुरू-शुरू में क़ैदख़ाने में लाया गया था, तब उसकी कमर और पैर में बेड़ियाँ नहीं डाली गयी थीं। अभी चार रोज़ पहले ही उसे बेड़ियाँ पहनाई गयी थीं। जहाँशाह तुर्कान बेगम को डर था कि कहीं शहज़ादा किसी की साज़िश से क़ैदख़ाने से बाहर न हो जाए। सूबों मे हो रही बग़ावत की वजह से बेगम चौकन्नी हो गयी थीं। हालाँकि सुल्तान रुक्नुद्दीन नहीं चाहते थे कि शहज़ादे को बेड़ियाँ पहनाई जाएँ। बेड़ियों की वजह से शहज़ादा अँधेरी कोठरी में बमुश्किल चल पाता था। खाने की

थाली को देखकर शहज़ादा बोला, ''जनाब पहरेदार, हम आपको पहले ही बता चुके हैं, हम खाना नहीं खाएँगे। हमें पहले पानी दें। हमारा हलक सूख रहा है।''

''हुज़ूर, मैं मजबूर हूँ। मैं खाना से पहले आपको पानी नहीं दे सकता। अगर मैंने हुज़ूर को पानी दे दिया और कहीं दारोग़-ए-ज़िन्दा को ख़बर हो गयी, तब हमारी ख़ैर नहीं।''

अब शहज़ादे ने अपने दाहिने पैर से खाने की थाली दरवाज़े से बाहर सरका दी। शहज़ादे को ऐसा करते देख पहरेदार कलीमुद्दीन बोला, ''हुज़ूर, आप अच्छा नहीं कर रहे हैं। अब मुझे मज़बूर होकर दारोग़-ए-ज़िन्दा के पास जाना होगा।''

''आप जाइए। आपको किसी ने रोका नहीं है।'' शहज़ादा बेख़ौफ़ बोला।

कलीमुद्दीन ने खाने की थाली एक मेज़ पर रख दी और दारोग-ए-ज़िन्दा की ओर चल दिया। दारोग़-ए-ज़िन्दा का कमरा कोठरी से ज़्यादा दूर नहीं था। दारोग़-ए-ज़िन्दा नसीमुद्दीन सो रहा था। उसके खर्राटों की आवाज़ दूर तक जा रही थी। दो पहरेदार उस पर पंखा झल रहे थे, लेकिन फिर भी उसके बदन का पसीना नहीं सूख रहा था। बेगम ने शहज़ादे पर ख़ास नज़र रखने के लिए इस दारोग़ा को जान-बूझकर तैनात कराया था। बेगम की ही सिफ़ारिश पर कभी इसकी भर्ती हुई थी। बेगम ने ऐसे कई हाकिम क़िले में जगह-जगह तैनात करा रखे थे। वे शतरंज के हर मोहरे का अच्छी तरह इस्तेमाल करना जानती थीं। पहरेदार कलीमुद्दीन ने किसी तरह हिम्मत्त करके दारोग़-ए-ज़िन्दा को जगाया। दारोग़-ए-ज़िन्दा शक़्ल-सूरत का बेहद ख़ूबसूरत था, लेकिन वह जितना ख़ूबसूरत था, उतना ही दिल का काला था। वह मौक़ापरस्त था। उसका चापलूसी में कोई जवाब नहीं था। लम्बा-चौड़ा डील-डौल होने की वजह से वह हर किसी को अपनी ओर जल्दी आकर्षित कर लेता था। वह जागते ही बोला, ''क्या है? कमबख़्त आराम भी नहीं करने देते।'' दारोग़ा के जगते ही पहरेदार उस पर तेज़ी से पंखा झलने लगे।

''हुज़ूर, शहज़ादे खाना नहीं खा रहे हैं।''

''कौन शहज़ादा, कहाँ का शहज़ादा? कितनी बार कहा है, अब क़ुतुबुद्दीन शहज़ादे नहीं हैं। वे एक क़ैदी हैं, सिर्फ़ क़ैदी। फ़र्क़ सिर्फ़ इतना है, वे आम क़ैदी नहीं हैं, लेकिन इससे क्या फ़र्क़ पड़ता है? आख़िर वे क़ैदी ही तो हैं।''

''जी हाँ हुज़ूर।''

''वे खाना क्यों नहीं खा रहे हैं?''

''हुज़ूर...।''

''क्या हुज़ूर-हुज़ूर की रट लगा रखी है। बोलते क्यों नहीं? क्या उसे दारोग़-ए-ज़िन्दा नसीमुद्दीन वल्द शर्फ़ुद्दीन का कोई ख़ौफ़ नहीं है?''

''हुज़ूर, गुस्ताख़ी माफ़ हो। शायद नहीं।''

इतना सुनते ही दारोग़ा की नींद उड़ गयी। वह गुस्से में बोला, ''क्या कहा?

उसे हमारा कोई ख़ौफ़ नहीं? उसे पता नहीं, हमें देखते ही एक-से-एक खूँखार और शातिर क़ैदियों की रूह काँप उठती है।"

अब दारोग़-ए-ज़िन्दा चारपाई से उठकर पहरेदार कलीमुद्दीन के साथ शहज़ादे की कोठरी की ओर चल दिया। पंखा झल रहे पहरेदारों को राहत मिली। दो तंग गलियारे पार करने के बाद शहज़ादे की कोठरी आ गयी। शहज़ादे ने जैसे ही कोठरी के सामने दारोग़-ए-ज़िन्दा को देखा, उसने उसकी ओर से मारे नफ़रत के मुँह फेर लिया। दारोग़-ए-ज़िन्दा ने पूछा, "जनाब का क्या हाल है?"

शहज़ादे ने कोई जवाब नहीं दिया। दारोग़-ए-ज़िन्दा हवा में अपना बेंत लहराता हुआ तेज़ आवाज़ में बोला, "आप बोलते क्यों नहीं? क्या आपकी ज़ुबान में भी बेड़ियाँ पड़ी हैं?"

दारोग़-ए-ज़िन्दा की बेअदबी शहज़ादे को पसन्द नहीं आई। वह बुलन्द आवाज़ में बोला, "अदब से बात करो! हम इस वक़्त क़ैदी ज़रूर हैं, लेकिन हम शहज़ादे हैं और आप हमारे मुलाज़िम हैं।"

शहज़ादे को बुलन्द आवाज़ में बोलते देखकर दारोग़ा थोड़ी देर के लिए सकपका गया। अब वह नरमी के साथ बोला, "हाँ...हाँ। हम अदब से ही पूछ रहे हैं। हुज़ूर ने अब तक खाना क्यों नहीं खाया? जब कि दूसरे क़ैदी खा चुके हैं।"

"हम खाना नहीं खाएँगे।" शहज़ादा गुस्से में बोला।

"आख़िर क्यों?"

"पहले हमें पीने के वास्ते पानी दिया जाए।"

"मिलेगा। ज़रूर मिलेगा।, लेकिन अभी नहीं, खाना खाने के बाद। क्या हुज़ूर को पता नहीं है कि खाना खाने से पहले पानी पी लेने से आदमी की भूख मर जाती है। आप पहले खाना खा लें, फिर आपको पानी भी दिलवा दिया जाएगा।"

"हमें नसीहत देने की ज़रूरत नहीं है। हम पहले पानी पिएँगे। उसी के बाद खाना खाएँगे। मारे प्यास के हमारा हलक सूख रहा है।"

"मैं हुज़ूर को ताक़ीद करता हूँ, जिद न करें।" दारोग़ा ने कुछ सख़्ती बरती।

दारोग़-ए-ज़िन्दा ने पहरेदार से कहकर खाने की थाली फ़ौलादी दरवाज़े के नीचे से अन्दर करा दी। पहरेदार कलीमुद्दीन अदब के साथ बोला, "हुज़ूर, खाना खा लें।"

शहज़ादे ने गुस्से में आकर खाने की थाली पहले की तरह पैर से बाहर सरका दी। दारोग़-ए-ज़िन्दा बोला, "जनाब, क्या आप खाना नहीं खाएँगे?"

"नहीं।"

"मैं अभी जाकर ख़ुदाबन्द-ए-जहाँशाह तुर्कान बेगम से आपकी शिकायत करता हूँ।"

"बेगम साहिबा ख़ुदाबन्द कब से हो गयीं?" शहज़ादे ने दारोग़ा की आँखों-

में-आँखें डालते हुए पूछा।

"उन्हें सुल्तान रुकुनुद्दीन फ़ीरोज़शाह ने इस आला ख़िताब से नवाज़ा है।"

शहज़ादा हँसा और बोला, "मरहूम अब्बाहुज़ूर से अपनी तमाम ज़िन्दगी में एक ही ग़लती हुई थी जो उन्होंने एक कनीज़ को अपनी बेगम बनाया। चलो, यहाँ तक तो ठीक था, लेकिन उन्हें तुर्कान बेगम के ख़िताब से नवाज़ा और इतना ही नहीं, अम्मी हुज़ूर के ज़िन्दा रहते उन्हें जहाँशाह तुर्कान बेगम के ख़िताब से नवाज़ दिया। अब हमारे ऐयाश भाईजान रुकुनुद्दीन ने उन्हें ख़ुदाबन्द-ए-जहाँशाह तुर्कान बेगम का ख़िताब दे डाला। जनाब, ख़ुदा के यहाँ देर है, अन्धेर नहीं। जल्दी ही मौत का फ़रिश्ता आएगा और वह भाईजान रुकुनुद्दीन और बेगम साहिबा को मौत के घाट उतारेगा।"

"शहज़ादे, आप अब तमाम अदब-क़ायदा छोड़कर बदतमीज़ी पर उतर आए हैं। आप सुल्तान-ए-आलम रुकुनुद्दीन फ़ीरोज़शाह की ही नहीं, ख़ुदाबन्द-ए-जहाँशाह तुर्कान बेगम की भी बेइज़्ज़ती कर रहे हैं। सुल्तान-ए-आलम कभी आपको माफ़ नहीं करेंगे। कहीं ऐसा न हो, मौत का फ़रिश्ता आपकी ही मौत बनकर आ जाए।"

"अच्छा है, अल्लाह हमें इस ज़लील ज़िन्दगी से जल्दी उठा ले। हम जब से क़ैदख़ाने में आए हैं, हम अल्लाह की शान में न तो क़ुरआन शरीफ़ पढ़ पाए हैं और न ही नमाज़ पढ़ पाए हैं। पैरों में पड़ी बेड़ियों की वजह से हम नमाज़ पढ़ने में मजबूर हैं। ख़ुदा हमें माफ़ करे।" शहज़ादा अपने दोनों हाथ ऊपर उठाकर बोला।

"मैं अभी जाकर ख़ुदाबन्द-ए-जहाँशाह तुर्कान बेगम को बताता हूँ।"

"जाएँ, उन्हें बता दें। हमें अल्लाह के अलावा और किसी का ख़ौफ़ नहीं है।" शहज़ादा बुलन्द आवाज़ में बोला।

दारोग़-ए-ज़िन्दा गुस्से में आकर क़ुश्क-ए-सफ़ेद की ओर चल दिया। अभी वह क़ुश्क-ए-सफ़ेद के ख़ास दरवाज़े पर पहुँचा ही था कि उसे गुलबदन नज़र आ गयी। गुलबदन ने अदब के साथ पूछा, "दारोग़ा साहब, इधर कैसे?"

दारोग़ा गुलबदन को आदाब बजाता हुआ बोला, "गुलबदन, ख़ुदाबन्द-ए-जहाँशाह तुर्कान बेगम से मिलना ज़रूरी है। उन्हें किसी तरह ख़बर कर दें।"

"बेगम साहिबा इस वक़्त बेहद गुस्से में हैं।"

"आख़िर क्यों?"

"सुल्तान-ए-आलम के पास तीन बार ख़बर भिजवा चुकी हैं कि वे फ़ौरन आकर उनसे मिलें, लेकिन सुल्तान-ए-आलम अभी तक नहीं पहुँचे। बेगम साहिबा उनका इन्तज़ार करते-करते परेशान हो गयीं हैं।"

"सुल्तान-ए-आलम के पास कौन ख़बर लेकर गया था?"

"क़ुश्क-ए-दिलक़ुशा और सुल्तान-ए-आलम की ख़्वाबगाह पर हर किसी

को जाने की इजाज़त नहीं है। मैं ही ख़बर लेकर गयी थी।''

''सुल्तान-ए-आलम ऐसा कभी नहीं करते थे। वे ख़ुदाबन्द-ए-जहाँशाह तुर्कान बेगम की ख़बर सुनते ही उनकी क़दमबोसी के वास्ते दौड़े-दौड़े चले आते थे। वे उनकी बेहद इज़्ज़त करते हैं। इतना ही नहीं, उन्होंने बेगम साहिबा की मर्ज़ी के ख़िलाफ़ कभी कोई क़दम नहीं उठाया। आख़िर आज क्या बात हुई?''

''बात क्या है? वही कमबख़्त चारों कनीज़ें सुल्तान-ए-आलम को हर वक़्त घेरे रहती हैं। आप जानते ही हैं, जब शराब और शबाब इकट्ठी हो जाती है, तब क्या हालत होती है?''

''आप वज़ा फ़र्मा रही हैं। फ़िलहाल हमें मिलने की इजाज़त दिलवा दें। कहीं ऐसा न हो, सुल्तान-ए-आलम आ जाएँ और...।''

अभी गुलबदन और दारोग़-ए-ज़िन्दा आपस में बातचीत ही कर रहे थे कि सुल्तान रुक्नुद्दीन फ़ीरोज़शाह आ पहुँचे। सुल्तान ने दारोग़ा से पूछा, ''क्यों? कैसे आना हुआ?''

''सुल्तान-ए-आलम का इक़बाल बुलन्द हो। हुज़ूर, ख़ुदाबन्द-ए-जहाँशाह तुर्कान बेगम से मिलने की इजाज़त चाह रहा था।''

सुल्तान चलते-चलते बोले, ''आप रुके रहें!''

अब तक सुल्तान क़ुश्क-ए-सफ़ेद में दाख़िल हो चुके थे। वे अपनी अम्मीजान पर नज़र पड़ते ही ताड़ गये थे कि उसकी अम्मीजान उनसे बेहद नाराज़ हैं। वे अपनी अम्मीजान के दोनों हाथ चूमकर बोले, ''हमें अम्मीजान ने कैसे याद किया?''

''हिन्दुस्तान के सुल्तान को कमबख़्त कनीज़ों, भाँड़ों, हिजड़ों और दूसरे निकम्मे लोगों से फ़ुरसत नहीं है। अफ़सोस है, उन्हें अपनी अम्मीजान के लिए वक़्त निकालना भी मुश्किल है।''

सुल्तान बेगम साहिबा की नाराज़गी अच्छी तरह समझ गये। उन्होंने एक बार फिर अपनी अम्मीजान के दोनों हाथ चूम लिए और मुस्कराकर बोले, ''अम्मीजान, हुक़्म करें। आपका फ़र्माबरदार बेटा हर हुक़्म बजाने के लिए हाज़िर है।''

''शहज़ादे क़ुतुबुद्दीन के रंग-ढंग अच्छे नहीं दिख रहे हैं। उसके बारे में लगातार शिकायतें मिल रही हैं।''

सुल्तान बचपन से ही अपनी अम्मीजान द्वारा दी जा रही नसीहतें सुनते चले आ रहे थे। अब इन नसीहतों का उनके ऊपर कोई असर नहीं था। वे नहीं चाहते थे कि आज भी उनकी अम्मीजान वही पुरानी नसीहतें दोहराएँ। वे बोले, ''अम्मीजान, आपसे दारोग़-ए-ज़िन्दा मिलने की इजाज़त चाह रहा है।''

जहाँशाह तुर्कान बेगम का ध्यान सुल्तान की ओर से हट गया। वे बोलीं, ''ज़रूर शहज़ादे क़ुतुबुद्दीन ने कुछ गड़बड़ी की होगी। वरना वह इतनी दोपहर में मिलने नहीं आता। उसे फ़ौरन बुलाया जाए।''

सुल्तान ने ताली बजाई। ताली की आवाज़ सुनते ही बाँदी गुलबदन हाज़िर हुई। बेगम बोलीं, "दारोग़-ए-ज़िन्दा नसीमुद्दीन को जाकर भेज दो।"

गुलबदन के जाने के कुछ देर बाद ही दारोग़-ए-ज़िन्दा हाज़िर हो गया। उसने पहले ख़ुदाबन्द-ए-जहाँशाह तुर्कान बेगम को कोर्निश बजाई और उसके बाद सुल्तान रुकुनुद्दीन फ़ीरोज़शाह को। बेगम साहिबा ने उसकी ओर मुख़ातिब होकर पूछा, "शहज़ादे क़ुतुबुद्दीन के क्या हाल हैं?"

"ख़ुदाबन्द-ए-जहाँशाह तुर्कान बेगम का इक़बाल बुलन्द हो। हुज़ूर, वे खाना नहीं खा रहे हैं।"

"उनका सारा दिन कैसे कटता है?"

"उनका सारा दिन दरी पर लेटे-लेटे ही कटता है। जब उनके सामने पोश्त का पानी या फिर खाना पेश किया जाता है तो वे भद्दी-भद्दी गालियाँ देने लगते हैं, लेकिन हुज़ूर आज उन्होंने सारी हदें तोड़ दीं।"

"आख़िर हुआ क्या?"

"हुज़ूर, गुस्ताख़ी माफ़ हो। इस नाचीज़ की ज़ुबान में इतनी हिम्मत नहीं है कि वह बयान कर सके।"

"आप बेख़ौफ़ होकर बयान करें।"

"हुज़ूर...।" दारोग़ा की ज़ुबान लड़खड़ा रही थी।

"आप बेख़ौफ़ होकर बयान करें।"

"हुज़ूर, जान की अमान पाऊँ। शहज़ादे बोल रहे थे कि मरहूम सुल्तान इल्तुतमिश ने एक कनीज़ को अपनी बेगम...।"

"उसकी यह जुर्रत! और क्या कह रहा था?" जहाँशाह तुर्कान बेगम गुस्से में बुलन्द आवाज़ में बोलीं।

"वे बोल रहे थे कि उनकी गिरफ़्तारी के बारे में अभी तक उन पर कोई इल्ज़ाम नहीं लगाए गये हैं और न ही उन्हें क़ाज़ी-ए-सल्तनत के सामने पेश किया गया है।"

"लगता है, क़ैदख़ाने में उसके पर निकल आए हैं। हमें उसके परों को जल्दी कतरना होगा।"

अब बेगम साहिबा दारोग़-ए-ज़िन्दा की ओर मुख़ातिब होकर बोलीं, "अब आप जा सकते हैं। शहज़ादे क़ुतुबुद्दीन के बारे में जल्दी ही सुल्तान का हुक़्म आपको मिल जाएगा और जब तक सुल्तान का कोई हुक़्म न मिले शहज़ादे का पहरा और सख़्त करा दिया जाए।"

"हुज़ूर, हुक़्म की तामील होगी।"

दारोग़-ए-ज़िन्दा नसीमुद्दीन अदब के साथ झुककर बेगम साहिबा और सुल्तान को कोर्निश बजाकर उल्टे पैर वापस हो गया। सुल्तान कुछ बोलते, इससे पहले ही

बेगम बोलीं, ''अब पानी सिर के ऊपर बहने लगा है। शहज़ादे क़ुतुबुद्दीन को फ़ौरन मौत के घाट उतार दिया जाए।''

''अम्मीजान, गुस्ताख़ी माफ़ हो। आख़िर उसका क़ुसूर क्या है?'' सुल्तान अदब के साथ बोले। सुल्तान दिल के बुरे नहीं थे। वे मौज-मस्ती के साथ ज़िन्दगी गुज़ारना चाहते थे। वे क़त्तई नहीं चाहते थे कि उनके किसी भाई को मौत के घाट उतारा जाए।

''क्या यह मामूली क़ुसूर हैं? उसने अवध के अलावा बदायूँ, मुल्तान, हाँसी और लाहौर में अपने निजी हरकारे भिजवाए। वहाँ के इक़्तादार बग़ावत पर उतर आए हैं। इन बग़ावतों को कुचलने के लिए सुल्तान को खुद मैदान-ए-जंग में उतरना पड़ रहा है। वह इस वक़्त हिन्दुस्तान के ताजो-तख़्त का ख़्वाब देख रहा है। सोच रहा है, अवध में अपने भाई ग़यासुद्दीन और शहज़ादी रज़िया के साथ मिलकर किसी-न-किसी तरह आपका तख़्ता पलट दे। अगर यह दोनों मिल गये, तब सल्तनत के लिए भारी ख़तरा पैदा हो सकता है। क़ुतुबुद्दीन से दिल्ली की अवाम मुहब्बत करती है। वह शहज़ादे मुइज़्ज़ुद्दीन से बेहद चालाक है।''

''अम्मीजान...।''

''बेटे, उसी की शह पाकर अवध में शहज़ादे ग़यासुद्दीन ने लखनौती से आ रहा ख़ज़ाना लूटा है। हालात का फ़ायदा उठाकर राजपूताने के राजपूत ख़ुद मुख़्तार हो रहे हैं। सूबों से ख़िराज आना बन्द हो रहा है। सल्तनत का ख़र्च चलाने के वास्ते ख़ज़ाने की ज़रूरत होती है जो दिन-ब-दिन खाली हो रहा है। किसानों से मालगुज़ारी की वसूली कम आ रही है और सुल्तान...।''

''अम्मीजान, हमने क्या किया?''

''आप खुले हाथों सोना लुटा रहे हैं। आपके हरम में कनीज़ों की भरमार हो रही है। उनको भारी-भारी इनाम-इकराम बाँटे जा रहे हैं। हुकूमत को बख़ूबी चलाने के वास्ते शराब और शबाब में इतना ज़्यादा नहीं डूबना चाहिए कि सल्तनत का होश भी न रहे। आपको अपने मरहूम अब्बाहुज़ूर से सीख लेनी चाहिए। उन्होंने किस तरह हिन्दुस्तान के ताजो-तख़्त पर क़ब्ज़ा किया। तुर्कान-ए-चिहिलगानी बन्दगान-ए-शम्सी के अमीरों और मलिकों के साथ-साथ अपनी अवाम का दिल जीता। आपको उनके नक़्श-ए-क़दम पर चलना चाहिए। जहाँ तक शहज़ादे क़ुतुबुद्दीन का सवाल है, अब वह कमबख़्त हमारी बेइज़्ज़ती करने पर तुल गया है। इन हालात में उसे मौत के घाट उतारना होगा।''

''अम्मीजान, गुस्ताख़ी माफ़ हो। शहज़ादे क़ुतुबुद्दीन के साथ ज़्यादती होगी। उसके क़ुसूर ऐसे नहीं हैं कि उसे मौत के घाट उतारा जाए। दिल्ली की अवाम उससे बेहद मुहब्बत करती है। वह भड़क सकती है।''

''सुल्तान, हुकूमत के सामने अवाम भेंड़-बकरी से ज़्यादा अहमियत नहीं

रखती है। शाही हुक़्म बजाना अवाम का फर्ज़ है। अवाम से डरने की कोई ज़रूरत नहीं है।''

''अम्मीजान, शहज़ादे क़ुतुबुद्दीन को मौत के घाट उतारना कहीं जायज़ नहीं है। सल्तनत का कोई क़ाज़ी इस फ़ैसले को सही नहीं ठहराएगा।''

''ताजो-तख़्त की ख़ातिर क्या जायज़ होता है और क्या नाजायज़, हमें नहीं मालूम, लेकिन हम इतना जानते हैं, शहज़ादे क़ुतुबुद्दीन का ज़िन्दा रहना सल्तनत के वास्ते ख़तरे से खाली नहीं है, और जहाँ तक सल्तनत के क़ाज़ियों का सवाल है, वे हुकूमत के मुलाज़िम हैं। उनसे डरने की कोई बात नहीं है।''

''अम्मीजान, क्या कोई और रास्ता नहीं है?''

बेगम काफ़ी देर तक कुछ सोचती रहीं फिर बोलीं, ''तब उसे अन्धा कर दिया जाए।''

सुल्तान रुक्नुद्दीन नहीं चाहते थे कि शहज़ादे क़ुतुबुद्दीन को अन्धा किया जाए, लेकिन वे अपनी अम्मीजान के हुक़्म के सामने कुछ बोल नहीं सके। आख़िर उनकी भी अपनी कमज़ोरियाँ थीं।

अब बेगम साहिबा को पक्का यक़ीन हो गया कि उन्होंने एक फ़तेह पा ली है। वे शहज़ादी रज़िया को भी अपने रास्ते से जल्दी हटाना चाह रही थीं। इस वास्ते उन्होंने एक नया तीर छोड़ा। वे बोलीं, ''शहज़ादी रज़िया के बारे में कोई जानकारी हासिल हुई?''

''अम्मीजान, उनका सारा वक़्त क़ुश्क-ए-फ़ीरोज़ी के अन्दर ही गुज़रता है। अब वे अब्बाहुज़ूर के मक़बरे पर भी नहीं जातीं। आपके हुक़्म के मुताबिक़ क़ुव्वतुलमुल्क जमालुद्दीन याक़ूत और मलिक अल्तूनिया को भी उनसे मिलने की इजाज़त नहीं है।''

बेगम साहिबा ने ताली बजाई। गुलबदन एक बार फिर हाज़िर हो गयी। बेगम बोलीं, ''क़ुव्वतबख़्श को हाज़िर किया जाए!''

बेगम साहिबा का हुक़्म पाते ही गुलबदन ने क़ुश्क-ए-सफ़ेद से बाहर निकलकर क़ुव्वतबख़्श के पास ख़बर भिजवाई। वह ख़बर पाते ही भागा-भागा आया और अदब के साथ झुककर सुल्तान और बेगम साहिबा को कोर्निश बजाने लगा। बेगम साहिबा ने पूछा, ''हमने आपको क्या काम सौंपा है?''

''बेगम साहिबा का इक़बाल बुलन्द हो। हुज़ूर ने शहज़ादी रज़िया...।''

''आपको शहज़ादी रज़िया को ख़त्म करने के वास्ते एक नहीं चार-चार मौक़े दिए गये। आपने शुरू में जिस तीरन्दाज़ तातारी औरत को शहज़ादी पर बाग़ में निशाना लगाने को कहा था, उस कमबख़्त का निशाना चूक गया। फिर आपने ख़ुद फ़ैसला लेकर शहज़ादी के बाग़ में जहरीले साँप छोड़वाए, लेकिन शहज़ादी का बाल बाँका नहीं हो सका। जमुना किनारे चन्द्रकला की माँ को जलाने के वक़्त आपके

नाक़ाबिल तीरंदाज़ क़ासिम का निशाना चूका। हमारे खाविन्द मरहूम सुल्तान इल्तुतमिश के मक़बरे पर शहज़ादी रज़िया पर लगाया गया निशाना तातारी तीरंदाज़ ने गँवा दिया। वह कमबख़्त भी सही निशाना नहीं लगा सकी। आपने इतने अहम काम के वास्ते एक-से-एक नाक़ाबिल तीरन्दाज़ शहज़ादी रज़िया के पीछे लगाए। आख़िर हम आपको मोटी रक़म किस काम के वास्ते देते हैं? आप हमारी नज़र में निकम्मे हैं। इस पर भी आप क़ुव्वतबख़्श बन रहे हैं। आप नामाक़ूल ही नहीं, बेहद ग़ैरजिम्मेदार हैं। ख़ुदा जाने आपका नाम क़ुव्वतबख़्श किसने रख दिया है?''

''हुज़ूर, गुस्ताख़ी माफ़ हो। हमारा नाम मरहूम अम्मीजान ने रखा है।''

''ख़ामोश!'' बेगम चिल्लाकर बोलीं।

ख़्वाजासरा क़ुव्वतबख़्श गिड़गिड़ाकर बोला, ''हुज़ूर, हमें एक मौक़ा और बख़्शा जाए। अगर इस मौक़े पर हम चूक जाते हैं, तब हमें मौत के घाट उतार दिया जाए।''

''आपको मौत के घाट आसानी से नहीं उतारा जाएगा। अगर अगली बार आप फिर नाक़ामयाब रहे, तब आपकी बोटी-बोटी कटवाकर शिकारी कुत्तों के हवाले कर दी जाएगी।'' बेगम साहिबा की जुबान से निकला एक-एक लफ़्ज़ सुल्तान ग़ौर से सुन रहे थे। वे नहीं चाहते थे कि शहज़ादी रज़िया को मौत के घाट उतारा जाए। उन्हें पक्का यक़ीन था कि तुर्कान-ए-चिहिलगानी बन्दगान-ए-शम्सी का एक भी अमीर या मलिक उन्हें हिन्दुस्तान के शाही तख़्त पर पसन्द नहीं करेगा। उन्हें यह भी यक़ीन था कि वज़ीर-ए-आज़म जुनैदी और सल्तनत के दूसरे ओहदेदार भी शहज़ादी को पसन्द नहीं करते हैं। इतना ज़्यादा यक़ीन होने की वजह से ही सुल्तान शहज़ादी रज़िया को अपने रास्ते से हटाना ज़रूरी नहीं समझते थे, लेकिन अम्मीजान के सामने आते ही उनकी जुबान पर ताले लग जाते थे। वे ख़ामोश रहकर ख़ुदाबन्द-ए-जहाँशाह तुर्कान बेगम और दारोग़-ए-ज़िन्दा के बीच हो रही बातचीत को सुन रहे थे।

बेगम कुछ देर बाद फिर ख़्वाजासरा क़ुव्वतबख़्श से बोलीं, ''अब खड़े-खड़े क्या देख रहे हैं? हमारी नज़र से फ़ौरन दफ़ा हो जाएँ!''

उनचास

गुलाबी जाड़ा शुरू हो गया था। सूरज एक नैज़ा ऊपर चढ़ने जा रहा था। सुल्तान रुक्नुद्दीन फ़ीरोज़शाह की शान में सुबह से ही नौबतख़ाने में नौबत बज रही थी।

चापलूस मुल्ला-मौलवी क़िल-ए-रायपिथौरा की मस्जिद में ही नहीं, दीवान-ए-आम, क़ुश्क-ए-दिलक़ुशा और क़ुश्क-ए-सफ़ेद के बाहर बैठे न जाने क्या-क्या बुदबुदा रहे थे? किसी को पता नहीं चल रहा था कि वे सुल्तान की फ़तेह के वास्ते दुआ माँग रहे थे या फिर बददुआ। क़िले में ही नहीं, दिल्ली शहर के चौराहों-चौराहों पर सुल्तान रुकुनुद्दीन फ़ीरोज़शाह की पहली मुहिम को लेकर चर्चाएँ हो रही थीं। इन चर्चाओं में शहर के दुकानदार, तिज़ारती और दूसरे कारोबारी बढ़-चढ़कर हिस्सा ले रहे थे। हर आदमी सुल्तान की मुहिम को लेकर अलग-अलग तरह की बातें कर रहा था।

सुल्तान की हुकूमत से दिल्ली शहर का कोई आदमी ख़ुश नहीं था। लोग कह रहे थे कि सुल्तान नाम के ही सुल्तान हैं। असली हुकूमत ख़ुदाबन्द-ए-जहाँशाह तुर्कान बेगम के हाथों में है। शहज़ादे क़ुतुबुद्दीन को क़ैद कर लेने से अवाम सुल्तान से नाराज़ थी।, लेकिन अब उन्हें अन्धा कर दिया गया था। जैसे ही यह ख़बर क़िले के बाहर पहुँची, अवाम को भारी सदमा लगा। सुल्तान की इस हरकत से तमाम लोग भड़क गये थे। वे सुल्तान को ही नहीं, जहाँशाह तुर्कान बेगम को भी गालियाँ बक रहे थे। हर किसी इंसान की जुबान पर यही अल्फ़ाज़ थे, बेचारे सोलह-सत्रह साल के कमसिन शहज़ादे ने आख़िर ऐसा क्या गुनाह किया था जो उसे अन्धा किया गया? इतना ही नहीं, अवाम यहाँ तक कह रही थी कि जब मरहूम सुल्तान इल्तुतमिश शहज़ादी रज़िया के वास्ते ताजो-तख़्त का नामज़दनामा लिख गये थे, तब इस ऐयाश शहज़ादे को क्यों गद्दी पर बिठाया गया? अवाम इस सिलसिले में तुर्कान-ए-चिहिलगानी बन्दगान-ए-शम्सी के अमीरों और मलिकों को कोस रही थी।

क़ुश्क-ए-फ़ीरोज़ी में शहज़ादी रज़िया के सामने बाँदियाँ गुल-ए-अब्बासी, चंचलबाई, चन्द्रकला, गुलसुल्तानबानो और कजरी मौजूद थीं। गुल-ए-अब्बासी ने कुछ देर पहले ही शहज़ादी रज़िया को ख़बर दी थी कि सुल्तान जंगी लिबास पहनने के बजाय इस वक़्त अपनी ख़्वाबगाह में हसीनाओं के साथ रंगरेलियाँ मना रहे हैं। उन्हें यह ख़बर साकी रौशनबानो से मिली थी। क़ुश्क-ए-दिलक़ुशा से लौटते वक़्त गुल-ए-अब्बासी की अचानक मुलाक़ात फ़ातिमाबानो से हो गयी थी। वे किसी काम से शहर के बाहर जा रही थीं। गुलबदन चलते-चलते बोली, "सुल्तान मुहिम के वास्ते कूच करनेवाले हैं, इस वक़्त उन्हें क़ुरआन शरीफ़ पढ़कर सुनाना चाहिए था।"

वे बोलीं, "सुल्तान-ए-आलम के पास क़ुरआन शरीफ़ सुनने का क्या, रोज़ा-नमाज़ के लिए भी वक़्त नहीं है। उन्हें क़ुरआन शरीफ़ सुनना पसन्द नहीं है। उन्हें भाँड़ों और मसखरों से बेहूदा क़िस्से सुनने में मज़ा आता है।"

गुल-ए-अब्बासी ने फ़ातिमाबानो से हुई बातचीत को शहज़ादी रज़िया के सामने ठीक वैसे ही पेश किया, जैसे उसने उनकी जुबानी सुना था।

इन बातों को लेकर सभी बाँदियाँ सुल्तान की खिल्ली उड़ा रही थीं। उनका कहना था जो सुल्तान ऐयाशी में डूबा हो, वह मैदान-ए-जंग में कैसे तलवार उठाएगा? जिसके हाथों में शमशीर की जगह शराब के प्याले हों, उसके हाथों से शमशीर कैसे उठेगी? बाँदियाँ अच्छी तरह जानती थीं कि सुल्तान मैदान-ए-जंग में भी शराब और शबाब में डूबे रहेंगे। उन्हें क़त्तई यक़ीन नहीं था कि सुल्तान कामयाब होकर दिल्ली वापस लौटेंगे, लेकिन शहज़ादी रज़िया उन्हें बराबर ताक़ीद कर रही थी कि दुश्मन को कभी कमज़ोर नहीं समझना चाहिए। सुल्तान की खिल्ली उड़ाने पर शहज़ादी उन्हें डाँट रही थीं।

जमुना किनारे दूर तक क़तारों में खड़ी फ़ौज़ सुल्तान क़ुतुबुद्दीन फ़ीरोज़शाह के हुक़्म का इन्तज़ार कर रही थी। यहाँ फ़ौज़ के साथ वज़ीर-ए-आज़म जुनैदी, सुल्तान के ख़ास वज़ीर आइनुलमुल्क हुसैन अशअरी, तुर्कान-ए-चिहिलगानी बन्दगान-ए-शम्सी के तमाम अमीर और मलिक के साथ-साथ फ़ौज़ के सबसे बड़े ओहदेदार आरिज़-ए-ममालिक, क़ाज़ी-ए-लश्कर, फ़ौज़ के छोटे-बड़े ओहदेदार, सरखेल, सिपहसालार, ख़ान और अमीर-ए-आख़ुर के साथ-साथ तमाम जासूस मौजूद थे। यह जासूस घसियारों, बेलदारों, भाँड़ों, बाज़ीगरों, नटों और बंजारों के वेश में थे। इन ओहदेदारों के साथ-साथ भारी तादाद में अहदी और बेलदार भी मौजूद थे।

फ़ौज़ में भारी तादाद में हाथी, घोड़े, ऊँट, खच्चर के साथ-साथ बैलगाड़ियों और ऊँटगाड़ियों में खाने-पीने के सामान के अलावा दूसरे ज़रूरत के सामान लदे थे। बारगाह-ए-फ़लकताज़ जिस बैलगाड़ी पर लदी थी, उसे खींचने के वास्ते एक दर्जन मज़बूत बैल लगाए गये थे। हाथियों और ऊँटों पर तमाम सवार शाही परचम लिए थे जो हवा में फरफरा रहे थे। फ़ौज़ में जहाँ तलवार, शमशीर, भाला, नैज़ा, बरछी और गदा चलाने में माहिर जाँबाज़ मौजूद थे, वहीं ऊँटों पर ढोल, नगाड़े, दमामें, नक़्क़ारे और धौंसा बजानेवाले भी कम नहीं थे। भारी तादाद में घोड़ों पर सवार एक-से-एक तजुर्बेकार तीरंदाज़ मौजूद थे। सुल्तान की ओर से सभी को एक महीने की पेशगी तनख़्वाह दी गयी थी।

जहाँ फ़ौज़ में एक-से-एक जाँबाज़ मौजूद थे, वहीं भाँड़, मसखरे, मज़ाकिया, लतीफ़ेबाज़, शीरींकलामी, हिजड़े, रक़्क़ासाएँ, बाँदियाँ, लौंडियाँ और नाचने-गानेवालों की भी कोई कमी नहीं थी। इन्हें मुहिम में साथ ले जाने पर दिल्ली की अवाम ही नहीं, फ़ौज़ के सिपाही और दूसरे ओहदेदार हँस रहे थे। उन्हें याद था, जब मरहूम सुल्तान इल्तुतमिश पहली बार लखनौती की जंग पर गये थे, तब उनके साथ एक बाँदी या लौंडी तक नहीं थी। आख़िर अवाम उस दिन को कैसे भूल सकती थी?

दीवान-ए-आम में मुल्ला-मौलवी, शाइर-हकीम, आलिम-फ़ाज़िल, सैयद-शैख़ और उलेमा हज़रात सुल्तान को दुआएँ देने के साथ-साथ पहली मुहिम के वास्ते मुबारकबाद पेश करने के लिए बेसब्री से इन्तज़ार में खड़े थे। हालाँकि वे समझ रहे थे कि मुहिम कामयाब नहीं होगी। उन्हें हिन्दुस्तान के सुल्तान रुकुनुद्दीन फ़ीरोज़शाह का ही नहीं, अपना भी मुस्तक़बिल डूबता नज़र आ रहा था। दीवान-ए-आम में नजूमियों और हिन्दू ज्योतिषियों की कमी नहीं थी। नजूमी और ज्योतिषी सुल्तान की फ़तेह के वास्ते पेशीनगोई कर चुके थे। आख़िर क्यों नहीं करते, उन्हें हर महीने जो मुफ़्त में मोटी रक़म मिल रही थी। कहावत है, जिसका खाओ, उसका गाओ।

सुबह से ही सुल्तान रुकुनुद्दीन फ़ीरोज़शाह की ख़ास बेगम क़ुश्क-ए-लाल में सुल्तान का बेसब्री के साथ इन्तज़ार कर रही थीं। उन्हें पक्का यक़ीन था कि सुल्तान मुहिम में जाने से पहले उनसे ज़रूर मिलेंगे। हालाँकि सुल्तान को इनसे मुलाक़ात करने का महीनों से वक़्त नहीं मिला था। अलबत्ता, सुल्तान ने उनके पास तमाम जड़ाऊ जेवरात और क़िमख़्वाब की क़ीमती जड़ाऊ पोशाकों के साथ-साथ ढेरों सोने की अशर्फ़ियाँ पहुँचा दी थीं। वक़्त तो सुल्तान को अपने बेटे अलाउद्दीन मसऊद से भी मिलने का नहीं था जो रफ़्ता-रफ़्ता जवानी की दहलीज की ओर क़दम बढ़ा रहा था।

जहाँ क़ुश्क-ए-लाल में सुल्तान की बेगम सुल्तान का इन्तज़ार कर रही थीं, वहीं क़ुश्क-ए-सफ़ेद में ख़ुदाबन्द-ए-जहाँशाह तुर्कान बेगम बेटे का देर से इन्तज़ार कर रही थीं। जब वे इन्तज़ार करते-करते थक गयीं, तब उन्होंने गुलबदन को क़ुश्क-ए-दिलकुशा भेजा। सुल्तान ने रात ही हुक़्म फ़र्मा दिया था कि वे सूरज निकलते ही मुहिम के वास्ते दिल्ली से कूच कर जाएँगे। इसी वजह से वज़ीर-ए-आज़म जुनैदी और आरिज़-ए-ममालिक ने फ़ौज़ को हुक़्म फ़र्मा दिया था कि आधी रात के बाद से ही फ़ौज़ जमुना किनारे तैयार रहे। चाँदनी रात होने की वजह से फ़ौज़ को क़रीने से खड़ा करने में कोई ख़ास तकलीफ़ नहीं हुई थी, लेकिन फ़ौज़ बेमतलब खड़ी होने की वजह से थक रही थी। फ़ौज़ के सिपाहियों को ही नहीं, जानवरों तक को भूख लग आई थी। तमाम सवार रात को ही जमुना किनारे आ लगे थे। इसलिए उन्हें न तो नमाज़ पढ़ने का वक़्त मिल सका था और न ही कुछ खाने का। मसख़रे और भाँड़ उनकी खिल्ली और उड़ा रहे थे।

सुल्तान ने रात हुक़्म तो फ़र्मा दिया था, लेकिन वे ख़ुद देर से सोकर उठे। वे उठते ही गुस्ल करने के वास्ते हम्माम में चले गये। हम्माम में उनकी चारों ख़ास कनीज़ें गुलचेहराबानो, हसीनाबानो, माशूकाबानो और हुस्नाबानो पहले से ही सुल्तान का इन्तज़ार कर रही थीं। वहाँ कुछ जवान ख़िदमतगार कनीज़ें भी मौजूद थीं।

सुल्तान कुछ देर तक हम्माम में इन कनीज़ों के साथ मौज़ लेते रहे। हम्माम से निकलने के बाद वे ख़्वाबगाह की ओर चल दिए। उनके पीछे-पीछे उनकी चारों ख़ास कनीज़ें भी चल दीं। अब तक गुलबदन ख़्वाबगाह के ख़ास दरवाज़े पर पहुँच चुकी थी। ख़्वाबगाह के बाहर गुलबदन की मुलाक़ात साकी रौशनबानो से हो गयी। गुलबदन ने रौशनबानो को आदाब बजाने के बाद पूछा, "सुल्तान-ए-आलम इस वक़्त क्या कर रहे हैं?"

साकी रौशनबानो मज़ाक़िया लहजे में बोली, "क्या तू भी सुल्तान-ए-आलम की ख़्वाबगाह के ख़्वाब देखने लगी है? क्या यहाँ कनीज़ों की कमी है? जो तू भी...।"

साकी रौशनबानो गुलबदन से उम्र में बड़ी थीं। गुलबदन उनकी काफ़ी इज़्ज़त करती थी। वह अदब के साथ बोली, "आपाजान, कैसी बातें करती हो? अब हम जब दो बच्चों की अम्मा हो गयी हैं, तब क्या सुल्तान-ए-आलम के ख़्वाबगाह के ख़्वाब देखेंगी। हमारी न जाने कब की उमर निकल गयी।"

"अरी पगली, मैं तो यूँ ही मज़ाक़ कर रही थी। क्या ख़ुदाबन्द-ए-जहाँशाह तुर्कान बेगम ने सुल्तान-ए-आलम के बारे में कोई जानकारी चाही है?"

"वे उन्हें बुलवा रही हैं।"

"क्या बेगम साहिबा ने सुल्तान-ए-आलम को क़ुश्क-ए-सफ़ेद पहुँचने का हुक़्म फ़र्माया है?"

"आपाजान, अब आप चाहें इसे हुक़्म समझें या गुज़ारिश, हमें पता नहीं। हमें तो इतना पता है, बेगम साहिबा सुल्तान-ए-आलम को याद कर रही हैं।" साकी रौशनबानो ने गुलबदन से जैसा सवाल किया था, उसने ठीक वैसा ही जवाब दिया।

"अब सुल्तान-ए-आलम शहज़ादे नहीं हैं। वे सुल्तान हैं। वे इस वक़्त ख़ुद मुख़्तार ही नहीं, हिन्दुस्तान के ताजो-तख़्त के मालिक हैं। वे हम्माम में गुस्ल कर रहे हैं।"

इतना सुनते ही गुलबदन चौंकी। उसे इस बात को लेकर ताज़्ज़ुब हुआ कि सुल्तान-ए-आलम को नजूमियों की राय के मुताबिक़ सूरज निकलने से पहले ही दिल्ली से कूच कर जाना चाहिए था, लेकिन सुल्तान इस वक़्त गुस्ल कर रहे हैं। फ़ौज़ रात से ही उनके इन्तज़ार में जमुना किनारे खड़ी है। उसने अचरज के साथ पूछा, "क्या अभी तक सुल्तान-ए-आलम हम्माम में ही मौजूद हैं? उन्हें आज सुबह-सुबह ही मुहिम पर निकलना था। जमुना किनारे खड़ी फ़ौज़ रात से ही सुल्तान-ए-आलम का इन्तज़ार कर रही है।"

"फ़ौज़ और हम लोगों का काम है, इन्तज़ार करना। सुल्तान का काम है, हम लोगों को हुक़्म देना। माना कि सुल्तान-ए-आलम ने फ़ौज़ के वास्ते रात ही हुक़्म

फ़र्मा दिया था, लेकिन ख़ुदा जाने उन्हें याद भी है या नहीं। फ़ौज़ ही नहीं, दीवान-ए-आम में न जाने कितने ओहदेदार सुल्तान की क़दमबोसी के वास्ते देर से खड़े हैं। हालाँकि अब सुल्तान-ए-आलम हम्माम से निकल आए हैं, लेकिन हम्माम से निकलने के बाद वे ख़्वाबगाह चले गये।''

''आपाजान, इस वक़्त सुल्तान-ए-आलम का ख़्वाबगाह...?''

साकी रौशनबानो हँसी और बोली, ''सुल्तान-ए-आलम के रंगीं मिज़ाज का क्या पूछना। वे रात-दिन रंगींतरन्नुम, रंगींतबस्सुम, रंगींजमाल और रंगींअदावाली हसीनाओं की बाहों में पड़े रहना चाहते हैं। अब मरहूम सूफ़ी सुल्तान इल्तुतमिश का ज़माना नहीं है। आज हिन्दुस्तान के ताजो-तख़्त के मालिक सुल्तान रुक्नुद्दीन फ़ीरोज़शाह हैं। वे कब कहाँ जाते हैं, किसी को कुछ नहीं मालूम। उनके साथ किस वक़्त कौन रहता है, किसी को पता नहीं। वे सारी-सारी रात नयी-नयी हसीनाओं के साथ गुज़ारते हैं। जब सुल्तान तमाम रात जागकर ही गुज़ारेंगे, तब दिन में देर से ही सोकर उठेंगे। यह आज की बात नहीं है, यह रोज़ाना की बात है। बूढ़े वज़ीर-ए-आज़म को ज़रूरी दस्तावेज़ों पर दस्तख़त कराने में एड़ी-चोटी का पसीना बहाना पड़ता है। कमबख़्त आइनुलमुल्क हुसैन अशअरी न जाने कहाँ से खोजकर एक-से-एक ख़ूबसूरत कनीज़ ले आता है? यह आदमी सुल्तान को ही नहीं, सल्तनत को भी डुबोने जा रहा है।''

रौशनबानो कुछ देर रुककर फिर बोलीं, ''और जब सुल्तान-ए-आलम अपनी चारों ख़ास कनीज़ों से घिर जाते हैं, तब वे न जाने क्यों बेबस हो जाते हैं।''

''आपाजान, यह चार कनीज़ें कौन-कौन-सी हैं?'' गुलबदन ने रौशनबानो की आँखों-में-आँखें डालकर पूछा।

साकी रौशनबानो हँसी और बोलीं, ''क़िल-ए-रायपिथौरा का हर आदमी इनके बारे में अच्छी तरह से जान रहा है और एक तू है जो इनके बारे में हमसे सवाल कर रही है। अरे वही कमबख़्त चारों कनीज़ें गुलचेहराबानो, हसीनाबानो, माशूकाबानो और हुस्नाबानो हर वक़्त घेरे रहती हैं।''

गुलबदन जल्दी-से-जल्दी सुल्तान रुक्नुद्दीन फ़ीरोज़शाह की ख़बर क़ुश्क-ए-सफ़ेद पहुँचना चाह रही थी। उसे इन चारों कनीज़ों में कोई ख़ास दिलचस्पी नहीं थी। वह डर रही थी कि कहीं देर हो जाने पर बेगम साहिबा बिगड़ न ज़ाएँ। वह बोली, ''आपाजान, देर हो रही है। किसी तरह सुल्तान-ए-आलम को ख़बर करें, उनकी अम्मीजान याद फ़र्मा रही हैं। उनका गुस्सा आप भी जान रही हैं।''

''गुलबदन, तेरी जगह अगर कोई और होता तो मैं हरगिज़ सुल्तान-ए-आलम की ख़्वाबगाह में जाने की जुर्रत नहीं करती, लेकिन ख़ुदाबन्द-ए-जहाँशाह तुर्कान बेगम के पैग़ाम और तेरी वजह से ही मैं किसी तरह हिम्मत जुटाती हूँ।''

"शुक्रिया, आपाजान।"

इतना कहकर साकी रौशनबानो ख़्वाबगाह में अन्दर चली गयी। उसने देखा, कनीज़ हसीनाबानो सुल्तान रुकुनुद्दीन फ़ीरोज़शाह को देखकर शेर पढ़ रही है।

'रफ़्ता-रफ़्ता ये हुआ कैफ़े तसव्वर का असर,
दिल के आईन में तस्वीर उतर आई है।'

कनीज़ हसीनाबानो के शेर पढ़ते ही सुल्तान वाह-वाह कर उठे। वहाँ मौजूद तीनों कनीज़ें न चाहते हुए भी सुल्तान को देखकर वाह-वाह कर उठीं। कनीज़ हसीनाबानो के शेर के बदले में सुल्तान ने भी एक शेर पढ़ा।

'उसके जलवों में खिंचा हुस्न का नक़्शा कामिल,
उसकी तन्वीर में तस्वीर की रानाई है।'

चारों बाँदियों की ज़ुबान से एक साथ निकल पड़ा, "वाह-वाह। क्या बात है?"

अब कनीज़ हसीनाबानो ने सुल्तान को इशारा किया कि साकी रौशनबानो खड़ी हैं। सुल्तान ने साकी रौशनबानो की ओर मुख़ातिब होकर पूछा, "रौशनबानो, क्या बात है?"

साकी रौशनबानो अदब के साथ झुककर बोली, "सुल्तान-ए-आलम, माफ़ी की तलबगार हूँ। ख़ुदाबन्द-ए-जहाँशाह तुर्कान बेगम हुज़ूर को याद फ़र्मा रही हैं। गुलबदन सुल्तान-ए-आलम के हुक़्म के वास्ते इन्तज़ार में बाहर खड़ी है।"

"उससे कह दो, हम कुछ ही देर में क़ुश्क-ए-सफ़ेद पहुँचते हैं।"

"बेहतर हुज़ूर।" अब साकी रौशनबानो उलटे पैर ख़्वाबगाह से बाहर हो गयी। उसने गुलबदन से जाकर कहा कि वह क़ुश्क-ए-सफ़ेद पहुँचे। सुल्तान-ए-आलम पहुँच रहे हैं।

गुलबदन साकी रौशनबानो को आदाब बजाकर क़ुश्क-ए-सफ़ेद की ओर चल दी। सुल्तान अब भी ख़्वाबगाह में चारों कनीज़ों से घिरे थे। उन्हें फ़ौज़ और ओहदेदारों की कोई फ़िक्र नहीं थी, लेकिन वे जल्दी-से-जल्दी अपनी अम्मीजान के पास क़ुश्क-ए-सफ़ेद पहुँचना चाह रहे थे। वे बोले, "आप लोग चलने की तैयारी करें। हमें अभी जंगी लिबास पहनना है।"

सुल्तान के जंगी लिबास पहनने की बात सुनकर चारों हसीनाओं को हँसी आ रही थी, लेकिन उन सभी ने अपनी-अपनी हँसी किसी तरह रोकी। हुस्नाबानो ने आख़िर सुल्तान से पूछ ही लिया, "क्या सुल्तान-ए-आलम अभी से जंगी लिबास पहनेंगे?"

सुल्तान मुस्कराए और बोले, "माबदौलत जंगी लिबास में ही अपनी अम्मीजान से मिलना चाहते हैं। उन्होंने इससे पहले हमें जंगी लिबास में कभी नहीं देखा। हमें

जंगी लिबास में देखकर उनका गुस्सा काफ़ूर हो जाएगा। हमें उनसे सुबह होने से पहले ही मिलना था। वे इस वक़्त ज़रूर नाराज़ होंगी। उनकी नाराज़गी दूर करने का हमें यही रास्ता दिखलाई पड़ रहा है। जैसे ही हम दिल्ली से कूच करेंगे, जंगी लिबास उतार फेंकेगे। हमें फ़ौलादी ज़िरहबख़्तर और फ़ौलादी खोद पहनने में कोफ़्त होती है।''

''बहुत ख़ूब...बहुत ख़ूब। सुल्तान-ए-आलम के आला दिमाग़ का जवाब नहीं।'' माशूकाबानो बोली।

''अब आप सभी चलें। देर हो रही है।''

गुलचेहराबानो को छोड़कर तीनों कनीज़ें ख़्वाबगाह से बाहर निकल गयीं, लेकिन वह टस-से-मस नहीं हुई। सुल्तान की समझ में नहीं आ रहा था कि गुलचेहराबानो कैसे हुक़्म उदूली कर रही है। वे बोले, ''गुलचेहराबानो, क्या बात है? आपने हमारा हुक़्म सुना नहीं?''

''सुल्तान-ए-आलम का इक़बाल बुलन्द हो। हुज़ूर को अकेले में एक ख़ुशख़बरी सुनाना चाहती हूँ।''

''हमें फ़ौरन सुनाइए। जंग पर जाने से पहले ख़ुशख़बरी सुनना अच्छा शगुन है।''

गुलचेहराबानो ने सुल्तान के दोनों हाथ अपने हाथों में लेते हुए चूम लिए और मुस्कराकर बोली, ''सुल्तान-ए-आलम, मुबारक हो। मैं हुज़ूर के बच्चे की माँ बनने जा रही हूँ।''

इतना सुनते ही सुल्तान को ऐसा महसूस हुआ जैसे उन्हें किसी काले साँप ने डस लिया हो। उन्होंने अपने दोनों हाथ खींच लिए और बोले, ''गुलचेहराबानो, आप क्या कह रही हैं?''

''हुज़ूर, मैं सच कह रही हूँ। अभी तक इस बात की किसी को जानकारी नहीं है। मैं सबसे पहले यह ख़ुशख़बरी हुज़ूर को ही सुनाना चाहती थी।''

''आप बच्चे को गिरवा दें। अगर आप ऐसा नहीं करेंगी तो आपकी तन्दुरुस्ती ख़राब हो जाएगी। हमें आपकी ख़ूबसूरती और तन्दुरुस्ती की बेहद फ़िक्र है।''

''हुज़ूर, गुस्ताख़ी माफ़ हो। मैं हुज़ूर के बच्चे की परवरिश करना चाहती हूँ।''

सुल्तान देर तक न जाने क्या सोचते रहे। वे बोले, ''फ़िलहाल हमारे साथ चलने की तैयारी करें।'' इतना कहकर सुल्तान ख़्वाबगाह से बाहर निकल आए।

ख़्वाबगाह से बाहर निकलने पर उनकी मुलाक़ात दारोग़-ए-ख़्वाबगाह से हो गयी। उन्होंने उसे तलब किया। दारोग़-ए-ख़्वाबगाह सुल्तान के पीछे-पीछे ख़ामोश होकर चल रही थी। सुल्तान उससे बोले, ''हमारे साथ जंग पर गुलचेहराबानो नहीं जाएगी। उसे किसी तरह रोकें। हमारे जाने के बाद मौक़ा पाते ही उसे हमेशा-हमेशा

के लिए रास्ते से हटा दें।''

तजुर्बेकार दारोग़ा को समझने में देर नहीं लगी। वह पूरा माजरा समझ गयी। उसे पहले से ही शक हो रहा था कि गुलचेहराबानो पेट से है। वह अदब के साथ झुककर बोली, ''सुल्तान-ए-आलम का इक़बाल बुलन्द हो। हुज़ूर बेफ़िक्र होकर मैदान-ए-जंग में जाएँ। मैं मौक़ा देखते ही गुलचेहराबानो को हमेशा-हमेशा के वास्ते ख़त्म करा दूँगी।''

''हमें अपनी वफ़ादार दारोग़ा से यही उम्मीद है, लेकिन काम इतनी होशियारी से होना चाहिए कि किसी को भी कानो-कान ख़बर न हो। यह बात अम्मीजान के कानों में किसी तरह नहीं जानी चाहिए।''

''सुल्तान-ए-आलम, हुक़्म की तामील होगी। हुज़ूर, हम पर यक़ीन करें।''

सुल्तान ने अपने गले में पहना हार दारोग़ा को इनाम में बख़्श दिया। अब वे बोले, ''अब आप जा सकती हैं।''

दारोग़-ए-ख़्वाबगाह के जाने के बाद सुल्तान ने जल्दी-जल्दी जंगी लिबास पहना और क़ुश्क-ए-सफ़ेद की ओर चल दिए। क़ुश्क-ए-सफ़ेद के बाहर ही गुलबदन से उनकी मुलाक़ात हो गयी। सुल्तान को जंगी लिबास में देखकर गुलबदन ने उन्हें मुबारकबाद पेश की। सुल्तान ने उसकी ओर ग़ौर नहीं फ़र्माया। वे महल के अन्दर चले गये। हालाँकि ख़ुदाबन्द-ए-जहाँशाह तुर्कान बेगम सुल्तान से नाराज़ थीं, लेकिन वे उन्हें जंगी लिबास में देखकर मुस्करा उठीं। उनका गुस्सा काफ़ूर हो गया। उन्होंने जल्दी-जल्दी सुल्तान के गले में वह ताबीज़ पहनाया, जिसे उन्होंने बड़ी मेहनत के साथ तैयार कराया था। सुल्तान ने दोनों हाथ चूमकर अपनी आँखों से लगाए। बेगम साहिबा ने उन्हें फ़तेह की दुआ दी।

अब सुल्तान तेज़ क़दमों के साथ दीवान-ए-आम की ओर चल दिए। जहाँ उनका ख़ास हाथी अल्लाहबख़्श इन्तज़ार कर रहा था। बेगम साहिबा अपने बेटे को मैदान-ए-जंग में जाता देख रही थीं। आज पहली मर्तबा उनकी आँखों में आँसू थे।

पचास

रात बेमौक़े बारिश हो जाने की वजह से सर्दी बढ़ गयी थी। दिन में धूप नहीं निकली थी। सर्दी की वजह से रात होते ही क़िले की बाँदियाँ, लौंडियाँ और ख़्वाजासरा जल्दी ही रजाइयों में दुबक गये। केवल पहरेदार ही पहरा दे रहे थे। उन्होंने सर्दी से बचने के लिए जगह-जगह अलाव लगा लिए थे। वे बीच-बीच में अपने हाथ भी

सेंक रहे थे। ख़्वाजासरा क़ुव्वतबख़्श रजाई के अन्दर लेटा था, लेकिन नींद कोसों दूर थी। वह शहज़ादी रज़िया को ख़त्म करने के वास्ते हर रोज़ नये-नये हथकंडे अपनाता था, लेकिन कामयाबी नहीं मिल रही थी। उसकी समझ में नहीं आ रहा था कि क्या करे। उसे ख़ुदाबन्द-ए-जहाँशाह तुर्कान बेगम से रोज़ाना फटकार मिल रही थी। वह शहज़ादी रज़िया के ख़िलाफ़ सरेआम कोई क़दम नहीं उठा सकता था। उसे ही नहीं, बल्कि बेगम साहिबा को ख़ुद क़िलेदार, क़ुव्वतुलमुल्क जमालुद्दीन याक़ूत, मुल्ला, मौलवियों, उलेमा हज़रात और दूसरे ओहदेदारों के साथ-साथ अवाम के भड़कने का डर सता रहा था।

क़ुव्वतबख़्श को लाख कोशिश के बावजूद भी नींद नहीं आई। वह रजाई से निकलकर हौज़रानी दरवाज़े की ओर चल दिया। उसकी कोठरी से हौज़रानी दरवाज़ा ज़्यादा दूर नहीं था। हौज़रानी दरवाज़े के पहरेदार क़ुव्वतबख़्श को अच्छी तरह पहचानते थे। वे यह भी जानते थे कि क़ुव्वतबख़्श पर ख़ुदाबन्द-ए-जहाँशाह तुर्कान बेगम की कुछ ख़ास इनायत है। पहरेदार आपस में कुछ बातचीत कर रहे थे। वे क़ुव्वतबख़्श को देखकर ख़ामोश हो गये। क़ुव्वतबख़्श को माजरा समझने में देर नहीं लगी। वह समझ गया, ज़रूर कोई ख़ास बात हो रही है। उसने पहरेदारों के हाकिम से पूछा, ''क्या बात है? आप लोग ख़ामोश क्यों हो गये?''

पहरेदारों का हाकिम कुछ देर तक ख़ामोश रहा, लेकिन फिर बोला, ''जनाब, आपसे क्या छिपाया जाए। अभी-अभी ख़बर आई है कि कैलूगढ़ी से वज़ीर-ए-आज़म जुनैदी सुल्तान-ए-आलम का साथ छोड़कर बदायूँ की ओर भाग गये हैं।''

क़ुव्वतबख़्श इस ख़बर को सुनकर चौंका। उसे ख़बर पर यक़ीन नहीं हो रहा था। उसने पूछा, ''क्या वज़ीर-ए-आज़म जुनैदी ने बग़ावत कर दी?''

''हुज़ूर, कुछ ऐसा ही लगता है।'' हाकिम बोला।

''क्या ख़बर पक्की है?''

''हुज़ूर, ख़बर एकदम पक्की है। अभी-अभी हरकारा ख़बर लेकर आया है। हमें उसी से जानकारी मिली है।''

''वह किधर गया?''

''हरकारा क़िलेदार के पास ख़बर लेकर गया है।''

क़िलेदार क़ुव्वतबख़्श से चिढ़ता था, इसलिए उसने क़िलेदार के पास जाना मुनासिब नहीं समझा। उसने वहाँ रुकना भी ठीक नहीं समझा। वह तेज़ क़दमों के साथ क़ुश्क-ए-सफ़ेद की ओर चल दिया। क़ुश्क-ए-सफ़ेद की पहरेदार तातारी बाँदियाँ क़ुव्वतबख़्श को अच्छी तरह पहचानती थीं। वह एक पहरेदार तातारी बाँदी से बोला, ''हमें इसी वक़्त ख़ुदाबन्द-ए-जहाँशाह तुर्कान बेगम से मिलना ज़रूरी है। उन्हें जाकर ख़बर करें, हम मिलना चाहते हैं।''

पहरेदार तातारी बाँदी ने हाकिम से जाकर बात की। पहरेदार हाकिम क़ुश्क-ए-सफ़ेद के अन्दर दाख़िल हो गयी। बेगम साहिबा अभी जाग रही थीं। सुल्तान जब से क़िले से बाहर मुहिम पर गये थे, उन्होंने क़ुश्क-ए-सफ़ेद और ख़ुद की हिफ़ाज़त के वास्ते कई तातारी बाँदियों को लगा रखा है। यह बाँदियाँ जंगी हथियारों से लैस होकर बेगम साहिबा के इर्द-गिर्द बनी रहती हैं। अभी भी चार बाँदियाँ उनके इर्द-गिर्द मौजूद थीं। इन हथियारबन्द बाँदियों के अलावा जंगी हथियारों का ज़खीरा भी क़ुश्क-ए-सफ़ेद में मौजूद था। बेगम शहज़ादी रज़िया को ख़त्म करने के वास्ते तरह-तरह के हथकंडे अपना रही थीं, लेकिन उन्हें ख़ुद शहज़ादी का ख़ौफ़ सता रहा था। उन्हें डर था कि कहीं शहज़ादी रज़िया क़ुव्वतुलमुल्क जमालुद्दीन याक़ूत और क़िलेदार से मिलकर ज़नानी फ़ौज़ के साथ हमला न बोल दे। बेगम साहिबा पहरेदार तातारी हाकिम को देखकर चौंकीं और उससे आने का सबब पूछा। हाकिम अदब के साथ झुककर बोली, ''ख़ुदाबन्द-ए-जहाँशाह तुर्कान बेगम का इक़बाल बुलन्द हो। हुज़ूर, ख़्वाजासरा क़ुव्वतबख़्श मिलने की इजाज़त चाह रहे हैं।''

''उसे जाकर भेज दे।''

ख़्वाजासरा क़ुव्वतबख़्श बेगम साहिबा के हुज़ूर में पेश हुआ। उसका चेहरा पसीने से डूबा था। बेगम साहिबा ने पूछा, ''क्या बात हुई है जो सर्दी में भी पसीने से डूबे हैं।''

''बेगम साहिबा, ग़ज़ब हो गया। हुज़ूर...।'' क़ुव्वतबख़्श की जुबान लड़खड़ा रही थी। उनकी जुबान से अल्फ़ाज बमुश्किल निकल रहे थे।

''आप कुछ बोलेंगे भी या फिर...।''

''बेगम साहिबा, अभी-अभी ख़बर आई है, वज़ीर-ए-आज़म जुनैदी ने बग़ावत कर दी है।''

ख़बर सुनकर बेगम साहिबा के होश उड़ गये। उनकी जुबान से निकला, ''क्या कहा?''

''हुज़ूर, वज़ीर-ए-आज़म जुनैदी किलूगढ़ी से कुछ फ़ौज़ के साथ बदायूँ की ओर भाग गये हैं।''

''ख़बर कहाँ से मिली?''

''हुज़ूर, हमें ख़बर हौज़रानी दरवाज़े के पहरेदारों से मिली है। उन्होंने हमें बताया कि हरकारा अभी-अभी ख़बर लेकर क़िलेदार के पास गया है।''

उन्हें वज़ीर-ए-आज़म जुनैदी से ऐसी उम्मीद नहीं थी। अब बेगम साहिबा को यक़ीन हो गया कि ख़बर पक्की है। वे देर तक कुछ सोचती रहीं। फिर बोलीं, ''आप अभी जाकर गुलबदन से कहें, वह क़िलेदार के पास जाकर पता करे, क्या वाक़ई ख़बर पक्की है? गुलबदन को वहाँ भेजकर आप दारोग़-ए-ज़िन्दा के पास जाएँ और

उसे लेकर हमारे पास फ़ौरन हाज़िर हों!''

बेगम साहिबा का हुक़्म पाकर क़ुव्वतबख़्श गुलबदन के कमरे की ओर चल दिया। गुलबदन अभी जाग रही थी। क़ुव्वतबख़्श को कमरे के दरवाज़े पर देखकर गुलबदन चौंकी। क़ुव्वतबख़्श जैसे खूँखार और ज़ालिम ख़्वाजासरा से हर बाँदी और लौंडी डरती है। वह एक बार सोचने पर मजबूर हो गयी कि क्या बेगम साहिबा को उस पर कुछ शक़ तो नहीं हो गया है? क्या उसे मौत के घाट उतारने के वास्ते तो इसे नहीं भेजा है? वह कुछ पूछती, इससे पहले ही क़ुव्वतबख़्श ने सारा वाक़िया बयान कर दिया। गुलबदन बिना वक़्त बर्बाद किए क़िलेदार की ओर चल दी और क़ुव्वतबख़्श ने क़ैदख़ाने का रास्ता पकड़ा।

क़ैदख़ाने के एक ख़ास कमरे में दारोग़-ए-ज़िन्दा गहरी नींद में सो रहा था। दो पहरेदार नंगी तलवारें लिए उसके कमरे के बाहर पहरा दे रहे थे। पहरेदार ख़्वाजासरा क़ुव्वतबख़्श को देखकर चौंके। वे दोनों अदब के साथ ख़्वाजासरा की शान में झुक गये। उनमें से एक ने हिम्मत जुटाकर पूछा, ''जनाब ख़्वाजासरा साहब, इतनी रात में आने की कैसे तकलीफ़ उठाई? हुज़ूर, हुक़्म फ़र्माएँ।''

''दारोग़-ए-ज़िन्दा नसीमुद्दीन को फ़ौरन जगाओ!''

''हुज़ूर, गुस्ताख़ी माफ़ हो। दारोग़ा साहब अभी-अभी सोए हैं।''

''मै कहता हूँ, उन्हें फ़ौरन जगाओ!'' ख़्वाजासरा बुलन्द आवाज़ में बोला।

''हुज़ूर, अभी जगाता हूँ।'' पहरेदार गिड़गिड़ाकर बोला।

पहरेदार ने किसी तरह हिम्मत बाँधकर दारोग़ा को जगाया। दारोग़ा अभी भी रजाई ओढ़े था। ख़्वाजासरा क़ुव्वतबख़्श को सामने खड़ा देखकर उसकी हालत पतली हो गयी। वह रजाई से फ़ौरन बाहर निकला और अदब के साथ झुककर बोला, ''हुज़ूर, ख़ैरियत तो है?''

''आप अभी हमारे साथ चलें।''

''कहाँ?''

''रास्ते में बताऊँगा।''

दारोग़ा नसीमुद्दीन ने जल्दी-जल्दी वर्दी पहनी और चुपचाप क़ुव्वतबख़्श के पीछे-पीछे चल दिया। दोनों पहरेदार उन्हें जाता देख रहे थे। क़ैदख़ाने से बाहर निकल आने पर क़ुव्वतबख़्श ने दारोग़ा को बताया कि ख़ुदाबन्द-ए-जहाँशाह तुर्कान बेगम उसे याद फ़र्मा रही हैं। दारोग़ा नसीमुद्दीन बेगम साहिबा से डरता था। वह बेगम साहिबा का नाम सुनते ही घबरा गया। उसने घबराहट में ही पूछा, ''हुज़ूर, ख़ैरियत...?''

''हमें कुछ नहीं मालूम! हमें बस इतना पता है, जनाब वज़ीर-ए-आज़म जुनैदी सुल्तान-ए-आलम का साथ छोड़कर भाग गये हैं। हरकारा अभी-अभी क़िलेदार के

पास ख़बर लाया है। इसी ख़बर को सुनकर बेगम साहिबा ने आपको याद फ़र्माया है।'' दारोग़ा सोचने लगा, अगर वज़ीर-ए-आज़म ने बग़ावत कर दी है, तब क़ैदख़ाने से इसका क्या ताल्लुक़ हो सकता है? इस सिलसिले में क़िलेदार को बुलाना चाहिए।

गुलबदन क़िलेदार से मिलकर वापस लौट आई थी। उसे क़िलेदार से पूरी जानकारी हासिल हो गयी थी। क़िलेदार ने चलते-चलते उससे कहा था कि अगर बेगम साहिबा हमें याद फ़र्माएँ तो हम फ़ौरन हाज़िर होते हैं। गुलबदन ने क़ुश्क-ए-सफ़ेद पहुँचकर पूरी जानकारी बेगम साहिबा को दे दी।

दारोग़-ए-ज़िन्दा बेगम साहिबा को देखते ही झुककर कोर्निश बजाने लगा। बेगम साहिबा ने पूछा, ''दारोग़-ए-ज़िन्दा, शहज़ादे क़ुतुबुद्दीन का क्या हाल है?'' गुलबदन पर्दे की आड़ लेकर दारोग़-ए-ज़िन्दा और बेगम साहिबा की बातचीत ख़ामोश रहकर सुन रही थी। हालाँकि बेगम साहिबा ने अपने इर्द-गिर्द मौजूद तातारी बाँदियों को बाहर निकाल दिया था।

''हुज़ूर को मालूम ही है, वे अन्धे कर दिए गये हैं। उनके पैरों में बेड़ियाँ पड़ी हैं।''

''क्या शहज़ादे से क़ैदख़ाने में कोई मिलता-जुलता है?''

''नहीं हुज़ूर।''

''क्या शहज़ादे मुईजुद्दीन के कोई आदमी शहज़ादे क़ुतुबुद्दीन से क़ैदख़ाने में मिल रहे हैं?''

''नहीं हुज़ूर।'' दारोग़ा कोर्निश बजाता हुआ बोला।

''क्या शहज़ादी रज़िया की कोई बाँदियाँ क़ैदख़ाने की ओर आती-जाती हैं?''

''नहीं हुज़ूर।''

''क्या कभी क़िलेदार क़ैदख़ाने में तशरीफ़ लाए थे?''

''हुज़ूर, जनाब क़िलेदार तीन दिन पहले क़ैदख़ाने का मुआयना करने आए थे। उन्होंने शहज़ादे की कोठरी के बाहर से ही उनका हालचाल पूछा था।''

''तब शहज़ादा क्या बोला था?'' बेगम साहिबा सवाल-पर-सवाल कर रही थीं। ख़्वाजासरा क़ुव्वतबख़्श ख़ामोश रहकर बेगम साहिबा और दारोग़-ए-ज़िन्दा के बीच हो रहे सवाल-जवाब सुन रहा था।

''हुज़ूर, वे कुछ बोले नहीं।''

''आपने हमें ख़बर क्यों नहीं दी?''

''हुज़ूर, गुस्ताख़ी माफ़ हो। हमने कुछ ज़रूरी नहीं समझा।'' दारोग़ा बेगम साहिबा के हर सवाल पर लगातार कोर्निश बजा रहा था। वह बेहद डरा हुआ था। वह समझ रहा था कि बेगम साहिबा के एक इशारे पर उसे मौत के घाट उतारा जा

सकता है।

"आपको हमें ख़बर करनी चाहिए थी।"

"जी हाँ हुज़ूर, अब ऐसी ग़लती नहीं होगी।" दारोग़-ए-ज़िन्दा जान रहा था कि उसने कोई ग़लती नहीं की है, लेकिन बेगम साहिबा के सामने माफ़ी माँगने के अलावा और कोई चारा नहीं था।

"आप दोनों साहिबान अभी क़ैदख़ाने जाकर शहज़ादे का सिर उसके धड़ से अलग कर दें और कटे सिर को हमें अभी दिखाएँ!" पर्दे की आड़ में खड़ी गुलबदन बेगम साहिबा का हुक़्म सुनते ही चौंक पड़ी। वह नहीं चाहती थी कि शहज़ादे को मौत के घाट उतारा जाए, लेकिन वह क्या कर सकती थी। वह ख़ामोश रहकर आगे का हाल सुनने लगी।

दारोग़-ए-ज़िन्दा इस हुक़्म को सुनकर चौंक पड़ा। उसकी जुबान से निकला, "हुज़ूर...।"

"ख़ामोश! हम इस सिलसिले में कुछ नहीं सुनना चाहते हैं। हुक़्म की फ़ौरन तामील हो!"

"हुज़ूर।"

"अब आप दोनों साहिबान जा सकते हैं। हम आपका इन्तज़ार करेंगे।"

दोनों साहिबान ख़ामोश होकर हुक़्म की तामील बजाने के वास्ते क़ैदख़ाने की ओर चल दिए। खूँखार और ज़ालिम ख़्वाजासरा क़ुव्वतबख़्श सोच रहा था कि अन्धा शहज़ादा आख़िर क्या कर सकता है? वह भी नहीं चाहता था कि अन्धे कमसिन शहज़ादे को मौत के घाट उतारा जाए। दारोग़-ए-ज़िन्दा ने क़ैदख़ाने पहुँचकर शहज़ादे की कोठरी के इर्द-गिर्द पहरा दे रहे पहरेदारों को दूर हटा दिया। उसने अपने कमरे के बाहर पहरा दे रहे दोनों पहरेदारों की मदद ली। पहरेदारों ने खाली बोरा और थैला तैयार किया। अब दारोग़-ए-ज़िन्दा और ख़्वाजासरा क़ुव्वतबख़्श शहज़ादे की कोठरी की ओर चल दिए। शहज़ादा गहरी नींद में सो रहा था। दारोग़-ए-ज़िन्दा ने जैसे ही कोठरी का ताला खोला, शहज़ादे की नींद टूट गयी। उसकी कोठरी के बाहर चिराग़ जल रहा था। चिराग़ की रौशनी कोठरी के अन्दर आ रही थी। अन्धा शहज़ादा समझ नहीं सका कि कोठरी के अन्दर कौन दाख़िल हुआ है। उसने बुलन्द आवाज़ में पूछा, "कौन है?"

"हुज़ूर की मौत।" दारोग़-ए-ज़िन्दा बोला।

शहज़ादा दारोग़-ए-ज़िन्दा की आवाज़ अच्छी तरह पहचानता था। वह दारोग़ा की जुबान से निकले अल्फ़ाज़ सुनकर घबरा गया। बेचारा अन्धा शहज़ादा अपने बचाव में क्या कर सकता था? इसी बीच ख़्वाजासरा क़ुव्वतबख़्श ने उसे पकड़कर ज़मीन पर गिरा दिया। शहज़ादे के रोने की आवाज़ दूर-दूर तक जा रही थी। उसकी

रोने की आवाज़ दोनों पहरेदारों को ही नहीं, बल्कि दूसरे क़ैदियों को भी सुनाई दे रही थी। शहज़ादे को ज़ोर-ज़ोर से रोता देखकर तमाम क़ैदियों की नींद टूट गयी। क़ैदी शहज़ादे की कोई मदद नहीं कर सकते थे। अब ख़्वाजासरा क़ुव्वतबख़्श ने दारोग़-ए-ज़िन्दा को इशारा किया। दारोग़-ए-ज़िन्दा ने बिना मौक़ा गँवाए शहज़ादे का सिर उसके धड़ से अलग कर दिया। शहज़ादे ने मरते-मरते कलमा पढ़ा, जिसे उन दोनों ने सुना।

अब दोनों साहिबान शहज़ादे की कोठरी से बाहर निकल आए। दारोग़-ए-ज़िन्दा ने शहज़ादे के सिर को अपने कमरे में लाकर पहरेदारों से अच्छी तरह धुलवाया और एक थैली में रखकर ख़्वाजासरा के साथ क़ुश्क-ए-सफ़ेद की ओर चल दिया। ख़ुदाबन्द-ए-जहाँशाह तुर्कान बेगम इन्हीं दोनों का इन्तज़ार कर रही थीं। दारोग़-ए-ज़िन्दा ने जैसे ही थैला खोलकर शहज़ादे के सिर को बेगम साहिबा को दिखाया वे बोलीं, "इस बदबख़्त ने हमारी कभी खिल्ली उड़ाई थी। इस कटे हुए सिर और धड़ को ले जाकर अभी जमुना नदी में फेंक दो। जिससे मछलियाँ और कछुए इसके गोश्त को ही नहीं, हड्डियों को भी चबा जाएँ।"

ख़्वाजासरा क़ुव्वतबख़्श बोला, "बेगम साहिबा, और कोई हुक़्म?"

"काम बहुत ही होशियारी से करना है। किसी को कानो-कान ख़बर न हो। लाश को ठिकाने लगाने के बाद आप हमसे सुबह मिलें।"

ख़्वाजासरा क़ुव्वतबख़्श और दारोग़-ए-ज़िन्दा फिर वापस क़ैदख़ाने की ओर चल दिए। दारोग़ा ने क़ैदख़ाने पहुँचकर अपने दोनों पहरेदारों से शहज़ादे के धड़ को बोरे में रखाकर सिलवाया। शहज़ादे का कटा सिर जिस थैले में रखा था, उस थैले को भी सिलवाया गया। अब दारोग़ा के हुक़्म से पहरेदार दो घोड़े ले आए। उन पर काठियाँ कसी थीं। एक घोड़े पर ख़्वाजासरा क़ुव्वतबख़्श छोटे थैले को लेकर सवार हो गया। दारोग़ा ने दूसरे घोड़े पर पहरेदारों की मदद से शहज़ादे के धड़वाला बोरा लदवाया और फिर वह भी घोड़े पर सवार हो गया। अब दोनों सवार हौज़रानी दरवाज़े की ओर चल दिए। दोनों पहरेदार उन्हें जाता देख रहे थे। पहरेदार नहीं चाहते थे कि शहज़ादे को मार डाला जाए। वे भी इस गुनाह में किसी हद तक शामिल थे। उन्होंने शहज़ादे की रूह के वास्ते अल्लाह से दुआ माँगी और ख़ुद के वास्ते माफ़ी।

हौज़रानी दरवाज़े पर पहुँचते ही ख़्वाजासरा क़ुव्वतबख़्श पहरेदारों के हाकिम से बोला, "दरवाज़ा खोलें।"

ख़्वाजासरा क़ुव्वतबख़्श के ख़ौफ़ से क़िले का हर आम आदमी डरता था। फिर भी हाकिम की ज़ुबान से निकला, "हुज़ूर, इतनी रात को...।"

"ख़ामोश! सवाल-जवाब करने का वक़्त नहीं है। दरवाज़ा खोलो!"

ख़्वाजासरा के सख़्त मिज़ाज को देखते हुए हाकिम ने दरवाज़ा खोलवा दिया।

दोनों सवार जमुना नदी पर बने लकड़ी के पुल की ओर चल दिए। हाकिम और पहरेदार ख़ामोश रहकर उन दोनों पहरेदारों को जाता देख रहे थे। आधी रात के वक़्त दोनों सवारों को क़िले से बाहर जाता देखकर हर पहरेदार अलग-अलग कयास लगा रहा था। उनकी समझ में नहीं आ रहा था कि दारोग़-ए-ज़िन्दा घोड़े पर भरा बोरा क्यों लादे है?

आधी रात गुज़र जाने के बाद गुलबदन जहाँशाह तुर्कान बेगम की इजाज़त लेने के बाद अपनी कोठरी की ओर चल दी। कोठरी में पहुँचकर वह अपनी रजाई में घुस गयी। उसने काफ़ी कोशिश की कि किसी तरह नींद आ जाए, लेकिन उसे नींद नहीं आई। रात करवटें बदलते ही गुज़र गयी। अब उसे दूर कहीं मुर्ग़ की बाँग सुनाई दी। वह सोचने लगी, सबेरा होने में अब ज़्यादा वक़्त नहीं है। वह रजाई से निकलकर कोठरी से बाहर आ गयी। उसे दूर-दूर तक आदमी क्या, परिन्दा तक नज़र नहीं आ रहा था। वह कोठरी के सामने टहलने लगी। वह अभी टहल ही रही थी कि उसे कजरी आती दिखाई पड़ी। कजरी पाख़ाना के वास्ते जा रही थी। कजरी की भी नज़र गुलबदन पर पड़ गयी। उसने आदाब बजाकर हैरत के साथ पूछा, "आपाजान, इतनी सर्दी में टहल रही हैं?"

गुलबदन ने इधर-उधर देखा। उसे दूर-दूर तक कोई दिखाई नहीं दिया। अब वह कजरी के नज़दीक पहुँची और बोली, "कजरी, ग़ज़ब हो गया। रात शहज़ादे क़ुतुबुद्दीन को बेगम साहिबा ने मरवाकर उनकी लाश जमुना में फेंकवा...।"

गुलबदन की ज़ुबान से निकले अल्फ़ाज़ सुनकर कजरी चौंकी। उसने पूछा, "आपाजान, क्या कह रही हैं?"

"मैं सच कह रही हूँ। मैं सोच ही रही थी कि शहज़ादी हुज़ूर के पास इस ख़बर को कैसे भिजवाऊँ। तब तक आप नज़र आ गयीं। आप शहज़ादी हुज़ूर को इस मनहूस ख़बर को बता दें। अब मैं चलती हूँ। अगर किसी ने हम दोनों को एक साथ देख लिया, तब हमारी ख़ैर नहीं।"

कजरी गुलबदन से कुछ और बात करना चाहती थी, लेकिन गुलबदन अपनी कोठरी में घुस गयी थी। उसने अन्दर से दरवाज़े की साँकल लगा ली थी। कजरी का उसकी कोठरी में जाना क़त्तई ठीक नहीं था। अब कजरी पाख़ाने की ओर चल दी, लेकिन रास्ते भर उसके दिमाग़ में तरह-तरह की बातें आ रही थीं। वह शहज़ादे की आत्मा की शांति के लिए मन-ही-मन प्रार्थना कर रही थी। वह पाख़ाना से निपटने के बाद अपनी कोठरी पहुँची और सूरज निकलने का इन्तज़ार करने लगी। उसने सूरज निकलने से पहले ही नहा-धोकर पूजा कर ली और क़ुश्क-ए-फ़ीरोज़ी की ओर चल दी।

क़ुश्क-ए-फ़ीरोज़ी के बाहर ज़नानी फ़ौज़ की बाँदियाँ पहरा दे रही थीं।

ख़्वाजासरा इनायत जागकर अभी-अभी आया था। उसने कजरी को देखकर आदाब बजाया। वह सोचने लगा, कहीं आज सुबह-सुबह कजरी आपा उसके गाल न नोचने लगें। कजरी धीरे-धीरे उसकी ओर बढ़ने लगी। इनायत उन्हें अपने नज़दीक आता देखकर पीछे हटने लगा। अब वह बोली, "भाई इनायत, हमारे नज़दीक आओ। हम कुछ नहीं करेंगे।"

इनायत डरता-डरता कजरी के नज़दीक आया। कजरी ने उसे अपनी बाहों में भरकर उसकी पेशानी चूमी। इनायत ने देखा, कजरी की आँखों से आँसू बह रहे हैं। उसने पूछा, "आपाजान, क्या हुआ? आप क्यों रो रही हैं?"

"कुछ नहीं। ऐसे ही आँसू भर आए।" कजरी उसके गालों को थपथपाकर बोली।

इतना कहकर कजरी क़ुश्क-ए-फ़ीरोज़ी के अन्दर चल दी। कजरी अन्दर चली गयी थी, लेकिन इनायत के दिमाग़ में तमाम सवाल उठ रहे थे। वह सोच रहा था, कजरी आपा इतनी सुबह हाज़िरी बजाने नहीं आती थीं। वे क्यों रो रही थीं? उन्होंने आज उसके गाल क्यों नहीं नोचे? आज उसे इतना प्यार क्यों किया? उसके सवाल का क्यों कर कोई जवाब नहीं दिया? वे हमारे सामने से क्यों हटकर चली गयीं? तमाम सवालों के जवाब पाने के वास्ते इनायत अन्दर जा पहुँचा। उसने देखा, कजरी फ़र्श पर एक किनारे बैठे रो रही हैं। शहज़ादी अब तक जागी नहीं हैं। कजरी ने इनायत को अपने नज़दीक देखकर उसे अपने सीने से चिपटा लिया। इनायत को अपनी तमाम ज़िन्दगी में ऐसी मुहब्बत पहली मर्तबा हासिल हुई थी। उसे अपने बचपन की याद आ गयी। कभी उसकी बहन जो उससे तक़रीबन दस वर्ष बड़ी थी। वह भी उससे इसी तरह मुहब्बत करती थी। बहन से बिछड़ने पर उसे बहुत दुख हुआ था। अब वह पुराने ख़यालों में खो गया। कजरी को रोता देखकर इनायत की भी आँखों से आँसू बहने लगे। इसी बीच गुल-ए-अब्बासी न जाने कहाँ से आ पहुँची। उसने इन दोनों को रोता देखकर पूछा, "कजरी, क्या हुआ?"

अब कजरी ने सारा वाक़िया गुल-ए-अब्बासी को बताया। वाक़िया सुनने के बाद ख़्वाजासरा इनायत जार-जार रोने लगा। गुल-ए-अब्बासी ने उसे किसी तरह ख़ामोश किया। गुल-ए-अब्बासी की आँखों से भी आँसू बह रहे थे। अब गुल-ए-अब्बासी इनायत की ओर मुख़ातिब होकर बोली, "जनाब, आप जाकर पहरा दें। बिना इजाज़त किसी को अन्दर न आने दें। अपने आँसू पोंछ डालें और ख़याल रहे, यह ख़बर आपकी जुबान से बाहर नहीं निकलनी चाहिए। वरना...।"

ख़्वाजासरा इनायत बाहर ही गया था कि नयनज्योतिबाई, चन्द्रकला, चंचलबाई और गुलसुल्तानबानो एक साथ आ पहुँचीं। कजरी और गुल-ए-अब्बासी को रोते देखकर वे सभी भौंचक्की रह गयीं। उनकी समझ नहीं आ रहा था कि आख़िर क्या

हुआ है?

नयनज्योतिबाई ने गुल-ए-अब्बासी की ओर मुख़ातिब होकर पूछा, "क्या बात है? शहज़ादी साहिबा ठीक तो हैं?"

"वे अभी सो रही हैं। उन्हें आधी रात गुज़र जाने के बाद ही किसी तरह नींद आई थी। वे देर रात तक मुझसे बातें करती रहीं।"

"तब क्या बात है?"

"शहज़ादे क़ुतुबुद्दीन...।"

"शहज़ादे क़ुतुबुद्दीन को क्या हुआ?" नयनज्योतिबाई ने अचरज के साथ पूछा।

कजरी बोली, "उन्हें जहाँशाह तुर्कान बेगम ने मौत के घाट उतरवा दिया।"

"कब?"

"रात को।"

"किसने जानकारी दी?"

"मैं सुबह फारिग होने के वास्ते निकली थी। मेरी मुलाक़ात गुलबदन से हुई। उसने मुझे जानकारी दी।"

अब कजरी ने पूरी दास्तान सुनाई। इस मनहूस ख़बर को सुनकर वे सभी दुखी थीं। उनकी समझ में नहीं आ रहा था, ख़बर शहज़ादी को कैसे सुनाई जाए। आख़िर गुल-ए-अब्बासी बोली, "कजरी, शहज़ादे क़ुतुबुद्दीन की मौत से हम सबको सदमा पहुँचा है। शहज़ादी साहिबा शहज़ादे से बेहद मुहब्बत करती थीं। वे अपने भाई की मौत के सदमे से जल्दी उभर नहीं पाएँगी, लेकिन जिसे जाना था, वह चला गया। शहज़ादे हुज़ूर अब वापस नहीं आएँगे। आप हिम्मत बाँधकर शहज़ादी साहिबा को पूरा वाक़िया बताएँ।"

बाँदियाँ अभी आपस में बात कर ही रही थीं कि शहज़ादी रज़िया ने ताली बजाई। ताली की आवाज़ सुनते ही गुल-ए-अब्बासी उनके सामने हाज़िर हुई। उन्होंने पूछा, "और कौन-कौन मौजूद है?"

"वही अपनी ख़ास बाँदियाँ।"

"क्या कोई ख़ास बात हुई?"

"जी नहीं। हुज़ूर, गुस्ल के वास्ते गरम पानी तैयार है, गुस्ल कर लें।" गुल-ए-अब्बासी अपनी जुबान से कोई बात शहज़ादी को नहीं बताना चाहती थी।

शहज़ादी हमेशा की तरह गुल-ए-अब्बासी के साथ हम्माम में चली गयीं। बाँदियाँ उनके बाहर निकलने का इन्तज़ार कर रही थीं। शहज़ादी को गुस्ल में ज़्यादा वक़्त नहीं लगा। सभी बाँदियाँ अब तक शहज़ादी के पलंग के नज़दीक आ चुकी थीं। शहज़ादी को हैरत हो रही थी, आज किसी बाँदी ने उसे न तो कोर्निश बजाई और न ही आदाब। उसने पूछा, "आप सभी के चेहरे क्यों लटके हुए हैं?"

सभी बाँदियों की नज़रें कजरी के चेहरे पर लग गयीं। अब शहज़ादी ने कजरी से पूछा, "कजरी, क्या बात हुई?"

"हुज़ूर, शहज़ादे क़ुतुबुद्दीन...।"

"हमारे भाई क़ुतुबुद्दीन को क्या हुआ?" शहज़ादी ने चौंककर पूछा।

"हुज़ूर, वे अब इस दुनिया में नहीं हैं।" इतना बोलते ही वह फूट-फूटकर रोने लगी। बाकी सभी बाँदियों की भी आँखों से आँसू बहने लगे।

शहज़ादी ख़बर सुनकर भौंचक्की रह गयीं। उन्होंने पूछा, "क्या उन्हें किसी ने मार डाला?"

"हुज़ूर, जहाँशाह तुर्कान बेगम ने शहज़ादे को मरवा डाला।" कजरी रोते-रोते बोली।

"ख़बर कहाँ से मिली?"

"हमें ख़बर अभी कुछ देर पहले गुलबदन ने दी।"

"उसने क्या बताया?"

"हुज़ूर, मैं सुबह-सुबह फारिग होने के वास्ते जा रही थी। मैंने उन्हें कोठरी के सामने टहलते देखा। उस वक़्त काफ़ी अँधेरा था। गुलबदन मुझे देखकर नज़दीक आईं और बताया कि जहाँशाह तुर्कान बेगम ने शहज़ादे हुज़ूर को मरवा डाला है। उन्होंने हमें यह भी बताया कि शहज़ादे हुज़ूर की लाश जमुना दरिया में...।"

"कुछ पता है, इस गुनाह में और कौन-कौन शामिल रहा?"

"ख़्वाजासरा क़ुव्वतबख़्श और दारोग़-ए-ज़िन्दा नसीमुद्दीन।"

शहज़ादी की आँखों से आँसू बह रहे थे। वे गुस्से से बोलीं, "हमें मरहूम अब्बाहुज़ूर की रूह माफ़ करे। बेगम के साथ-साथ इन कमबख़्तों को भी बख़्शा नहीं जाएगा।"

शहज़ादी के आँसू अब भी बह रहे थे। गुल-ए-अब्बासी उनसे बोली, "शहज़ादी हुज़ूर, गुस्ताख़ी माफ़ हो। वक़्त रोने-धोने का नहीं है। वक़्त की नजाक़त देखते हुए फ़ौरन अगला क़दम उठाएँ।"

शहज़ादी देर तक कुछ सोचती रहीं। अब वे बोलीं, "काग़ज़ और क़लमदान लाओ!"

गुलसुल्तानबानो जल्दी ही काग़ज़ और क़लमदान लेकर आ गयी। शहज़ादी ने जमालुद्दीन याक़ूत को ख़त लिखना शुरू किया –

'शहज़ादे क़ुतुबुद्दीन को दुश्मनों ने मौत के घाट उतार दिया है। हम शहज़ादे की मौत का बदला लेंगे। आप बिना वक़्त जाया किए फ़ौज़ की टुकड़ी लेकर शहर कोतवाली पर क़ब्ज़ा कर लें और शहर कोतवाल को गिरफ़्तार करते हुए उसे नज़रबन्द कर लें। कोतवाली के सिपाहियों को इनाम-इकराम बाँटकर अपने साथ

मिला लें। कोतवाली पर क़ब्ज़ा हो जाने पर शहर के थानों पर क़ब्ज़ा करें। जहाँ चाँदी के टंका की दरकार हो, वहाँ सोने की अशर्फ़ियाँ लुटाएँ। याद रहे, सारा काम दोपहर तक ख़त्म हो जाना चाहिए। हमसे जुहर की नमाज़ के वक़्त जामा मस्जिद में आकर मिलें। बाक़ी हरकारा ख़बर देगा। अल्लाह आपको कामयाबी दे। आमीन।'

अब शहज़ादी रज़िया अपनी बाँदियों की ओर मुख़ातिब होकर बोलीं, "जनानी फ़ौज़ की तमाम लड़कियों को क़िले के अलग-अलग दरवाज़ों से शहर में भेजें। हिन्दू लड़की हिन्दुओं के मुहल्ले में जाएगी और मुसलमान लड़की मुसलमानी मुहल्लों में जाएगी। यह सभी लड़कियाँ शहर के कोने-कोने में इस ख़बर को पहुँचाएँ कि जहाँशाह तुर्कान बेगम ने बिना वजह बेगुनाह शहज़ादे क़ुतुबुद्दीन को मरवा डाला है। वे मुहल्ले-मुहल्ले जाकर यह भी कहें, जुहर की नमाज़ के वक़्त सभी लोग जामा मस्जिद पहुँचें। आज वहाँ सल्तनत के वास्ते नया ऐलान होगा।"

शहज़ादी कजरी की ओर मुख़ातिब होकर बोलीं, "कजरी, आज आपको एक और ज़रूरी काम सौंपती हूँ। आप इस ख़त को लेकर ग़ज़नी दरवाज़े से ग़ज़नी बाज़ार अभी चली जाएँ। ग़ज़नी दरवाज़े से गुल-ए-अब्बासी आपको बाहर निकाल देगी। वहाँ पहरेदारों का हाकिम जो इस वक़्त मौजूद है, उससे गुल-ए-अब्बासी की नज़दीकी है। आप ख़त और पाँच सौ सोने की अशर्फ़ियाँ लेकर मोहिनी के पास पहुँचा दें। मोहिनी ख़त और अशर्फ़ियाँ डलिया में रखकर ऊपर से कुछ गुलाब के फूल रख ले। वह इन्हें लेकर फ़ौरन जमालुद्दीन याक़ूत की हवेली पहुँचकर उनके हवाले कर दे। उन्हें अच्छी तरह यह भी समझा दे कि ख़त हमने ख़ुद अपने हाथों लिखा है और अशर्फ़ियाँ भी हमने कजरी के हाथों मोहिनी तक भिजवाई हैं। बाक़ी वे ख़ुद समझ जाएँगे।"

"शहज़ादी हुज़ूर, काम बख़ूबी हो जाएगा। हुज़ूर फ़िक्र न करें।"

शहज़ादी का हुक्म पाकर कजरी घोड़े पर सवार होकर ग़ज़नी दरवाज़े से बाहर निकल आई। ग़ज़नी दरवाज़े से ग़ज़नी बाज़ार की दूरी ज़्यादा नहीं थी। कजरी ने अभी तक़रीबन आधी दूरी ही तय की थी कि न जाने कहाँ से फ़क़ीर क़ाज़ीमुद्दीन ज़ाहिद अपने चितकबरे गधे पर बैठे अल्लाहू...अल्लाहू करते हुए आते दिखे। कजरी उन्हें देखकर घोड़े से नीचे उतर आई और उनकी शान में अदब के साथ झुककर बोली, "हज़रत, शहज़ादी रज़िया के वास्ते दुआ करें।"

"लड़की, घोड़े से क्यों उतर आई? जिस काम के वास्ते क़िले से बाहर निकली है, पहले उसे कर!"

"हज़रत, शहज़ादी रज़िया के वास्ते दुआ करें।" कजरी एक बार फिर फ़क़ीर की शान में झुक गयी।

"अल्लाह के यहाँ देर है, अन्धेर नहीं।"

"हज़रत, दुश्मनों ने शहज़ादे क़ुतुबुद्दीन को मार डाला है।"

"इस फ़ानी दुनिया में जो आया है, वह जाएगा। इसे कोई रोक नहीं पाएगा। माँ-बाप, भाई-बहन, नाते-रिश्तेदार इसमें कोई मदद नहीं कर पाएँगे। शहज़ादा छोटी-सी उम्र में अपना नाम रौशन कर गया। वह इतने वक़्त के लिए ही इस फ़ानी दुनिया में आया था। उसे जन्नत का ताज मिलेगा। उसके वास्ते ग़म मनाने की ज़रूरत नहीं है।"

"हज़रत, शहज़ादी रज़िया इस वक़्त बेहद दुखी हैं।"

"वे समझदार हैं। वक़्त उन्हें याद कर रहा है। हिन्दुस्तान की अवाम उनकी क़दमबोसी के वास्ते पलकें बिछाए है। उनसे कहना, इस वक़्त हिम्मत और हौसला न छोड़ें। हिन्दुस्तान की अवाम ही नहीं, अल्लाह उनके साथ है। अब हमें चलने दे। आज हमें तमाम काम निपटाने हैं।"

कजरी फ़क़ीर साहब से कुछ और बात करना चाहती थी, लेकिन वे उसे बिना मौक़ा दिए अल्लाहू...अल्लाहू करते हुए चल दिए। अब कजरी भी घोड़े पर सवार होकर मोहिनी की दुकान की ओर चल दी। अभी वह कुछ ही आगे बढ़ी थी कि गुरु गोरखनाथ का चेला अलख निरंजन...अलख निरंजन करता हुआ दिखाई पड़ा। कजरी उसे अपने सामने देखकर फिर घोड़े से उतर गयी। अब तक गुरु गोरखनाथ का चेला उसके नज़दीक आ गया था। कजरी उसे देखकर नतमस्तक हो गयी।

कजरी को सामने देखकर गुरु का चेला बोला, "लड़की, क्या चाहती है?"

"गुरु के चरणों की धूल।"

"गुरु और गुरु के चेले किसी कन्या से पैर नहीं छुआते हैं।"

"गुरु, मरहूम सुल्तान इल्तुतमिश के शहज़ादे क़ुतुबुद्दीन को दुश्मनों ने क़त्ल कर दिया है। क्या वे शहज़ादी रज़िया को भी नुक़सान पहुँचा सकते हैं?" फ़िक्रमन्द कजरी ने पूछा।

"क़त्तई नहीं। आसमान की ओर देखो, स्वर्ग का सिंहासन ख़ुद-ब-ख़ुद ज़मीन पर उतर रहा है। यह सिंहासन शहज़ादी रज़िया के वास्ते ही ज़मीन पर आ रहा है। गुरु के यहाँ देर है, अन्धेर नहीं। वक़्त शहज़ादी रज़िया को पुकार रहा है। उससे जाकर कहो, वक़्त किसी के दरवाज़े पर बार-बार नहीं आता। वे इस वक़्त का फ़ायदा उठा सकती हैं। अब हमें जाने दो।"

चेला अलख निरंजन...अलख निरंजन करता हुआ चल दिया। कजरी फिर अपने घोड़े पर सवार हो गयी। अभी उसका घोड़ा कुछ क़दम ही चला होगा कि उसकी नज़र नीम के पेड़ की एक शाखा पर चली गयी। वहाँ उसे नीलकंठ पक्षी का जोड़ा दिखाई दिया। कजरी इस जोड़े को देखकर ख़ुश हुई। वह सोच रही थी कि आज शगुन अच्छे हुए हैं। अब मोहिनी की दुकान आ गयी थी। इतनी सुबह कजरी

को दुकान पर देखकर मोहिनी चौंकी। वह दुकान सजाने ही जा रही थी। उसने दुकान से उतरकर कजरी की चरण रज ली। कजरी ने उसे आशीर्वाद दिया। अब उसने थैला और ख़त उसके हवाले करते हुए सब कुछ अच्छी तरह समझा दिया। होशियार मोहिनी को मामला समझने में देर नहीं लगी। हालाँकि शहज़ादे की मौत की ख़बर सुनकर उसकी आँखें भर आई थीं। उसे पता था कि शहज़ादा बेग़ुनाह था।

जैसे ही कजरी क़िले की ओर वापस लौटने को ही हुई, वहाँ असग़री बेगम आ पहुँचीं। वे असग़री बेगम से बात ही कर रही थीं कि कजरी के आने की ख़बर समूचे ग़ज़नी बाज़ार में फैल गयी। कजरी काफ़ी दिनों बाद इधर आई थीं। अब मोहिनी की दुकान पर कल्लन मियाँ, लाला हज़ारीमल और लाला करोड़ीमल भी आ पहुँचे।

कजरी बोली, "शहज़ादे क़ुतुबुद्दीन को ख़ुदाबन्द-ए-जहाँशाह तुर्कान बेगम ने रात क़त्ल करा दिया है। आज जुहर की नमाज़ के बाद शहज़ादी रज़िया जामा मस्जिद पहुँचेंगी। शहज़ादी साहिबा इस वक़्त बेहद दुखी हैं। उन्होंने जब से शहज़ादे की मौत की ख़बर सुनी, वे जार-जार रो रही हैं। गुज़ारिश है, ग़ज़नी बाज़ार की तमाम दुकानें बन्द करा दें और इस ख़बर को दिल्ली शहर के कोने-कोने में जल्दी-से-जल्दी भिजवाएँ।"

कल्लन मियाँ बोले, "हम सभी शहज़ादी रज़िया के साथ हैं। हमें उम्मीद है, आज ग़ज़नी बाज़ार ही नहीं, समूची दिल्ली बन्द रहेगी।"

लाला करोड़ीमल बोले, "कजरी, हम अभी जाकर शहर के दूसरे बाज़ारों को बन्द कराने की कोशिश करते हैं।"

"परमात्मा शहज़ादी रज़िया को ताक़त दे। मरहूम सुल्तान इल्तुतमिश उनके वास्ते ताजो-तख़्त लिख गये थे, लेकिन जहाँशाह तुर्कान बेगम ने अपने ऐयाश बेटे को गद्दी पर बिठाकर हिन्दुस्तान की अवाम के साथ धोख़ा किया। ईश्वर उन्हें कभी माफ़ नहीं करेगा।" लाला हज़ारीमल बोले।

शहज़ादे की मौत की ख़बर सुनकर वहाँ मौजूद हर किसी व्यक्ति की आँखें भर आई थीं। उन सभी के दिल से सुल्तान रुक्नुद्दीन फ़ीरोज़शाह और ख़ुदाबन्द-ए-जहाँशाह तुर्कान बेगम के वास्ते बददुआ निकल रही थी। अब क़जरी इन सबसे इजाज़त लेकर क़िले की ओर वापस लौट पड़ी। कल्लन मियाँ, लाला हज़ारीमल और लाला करोड़ीमल बाज़ार की दुकानें बन्द कराने के वास्ते चल दिए। मोहिनी ने जल्दी-जल्दी अपनी दुकान बन्द की और एक डलिया में अशर्फ़ियों का थैला रखकर ख़त उसी में छिपा दिया। अब उसने डलिया में ऊपर तक गुलाब के ताज़े फूल भर लिए और हमेशा की तरह डलिया अपने सिर पर रखकर क़ुव्वतुलमुल्क जमालुद्दीन याक़ूत की हवेली की ओर चल दी।

ग़ज़नी बाज़ार से जमालुद्दीन याक़ूत की हवेली ज़्यादा दूर नहीं थी। वह जल्दी

ही हवेली पहुँच गयी। हमेशा की तरह हवेली के पहरेदारों ने उसे दरवाज़े पर रोका नहीं। वह बेधड़क अन्दर घुस गयी। हवेली में घुसते ही उसकी मुलाक़ात जमालुद्दीन याक़ूत से हो गयी। वे सुबह-सुबह मोहिनी को हवेली में देखकर चौंके और पूछा, ''मोहिनी, आज इतनी जल्दी कैसे आ गयी?''

मोहिनी अदब के साथ झुककर बोली, ''हुज़ूर से एकान्त में कुछ ख़ास बात करनी है।''

इतना सुनते ही पहरेदार दूर हट गये। जमालुद्दीन याक़ूत मोहिनी को साथ लेकर हवेली के अन्दर दीवानख़ाने में जा पहुँचे। जमालुद्दीन याक़ूत ने पूछा, ''मोहिनी, आज कुछ घबराई हुई हैं। आख़िर क्या बात है?''

''कजरी दीदी अभी-अभी दुकान पर आई थीं। दीदी ने हुज़ूर को सलाम बोला है। वे हुज़ूर के वास्ते शहज़ादी रज़िया का एक ख़त और अशर्फ़ियों भरा थैला हमारे हवाले कर गयी हैं। दीदी का हुक्म था, ख़त और थैले को हुज़ूर के पास जल्दी-से-जल्दी पहुँचाया जाए। वे यह भी कहकर गयी हैं, ख़त में जो शहज़ादी हुज़ूर ने लिखा है, उस पर फ़ौरन अमल करने की ज़रूरत है।''

जमालुद्दीन याक़ूत ने मोहिनी से ख़त लेकर पढ़ा। शहज़ादे क़ुतुबुद्दीन की मौत की ख़बर पढ़कर जमालुद्दीन याक़ूत को गहरा धक्का लगा, लेकिन वे मौक़े की नजाक़त को समझकर जल्दी ही सँभल गये। अब वे बोले, ''हमें फ़ौरन कहीं निकलना होगा। आप अपनी दुकान पर जाएँ। अगर आपको डर लग रहा हो, तब हम किसी ख़िदमतगार को आपके साथ भेज सकते हैं।''

''नहीं हुज़ूर, कोई ज़रूरत नहीं।''

जमालुद्दीन याक़ूत ने अपने गले से तिहरा मोतियों का हार उतारकर मोहिनी के हाथों पर रख दिया ओर बोले, ''इसे रख लें। कभी काम आएगा।''

''हुज़ूर, इसकी क्या ज़रूरत है? हम वैसे ही हुज़ूर के ख़िदमतगार हैं।''

''हमें आप पर पक्का यक़ीन है। आज दिन में बेहद होशियारी से रहने की ज़रूरत है। बेहतर है, आज दुकान बन्द रखें।''

''हुज़ूर, आज तमाम ग़ज़नी बाज़ार बन्द रहेगा। ग़ज़नी बाज़ार के दुकानदार शहर की दूसरी दुकानों को भी बन्द कराने की कोशिश करेंगे। ऐसा फ़ैसला ग़ज़नी बाज़ार के दुकानदारों ने लिया है।''

''हम दुकानदारों की इज़्ज़त करते हैं। अगर अल्लाह ने हमें सलामत रखा, तब कभी उनका एहसान चुकाने की कोशिश करेंगे।''

''ईश्वर आपको सौ वर्ष तक सलामत रखे।''

''मोहिनी, हमें कल का पता नहीं है। हमने आज तक ईमानदारी और वफ़ादारी के साथ मामलूक ख़ानदान की ख़िदमत की है। अब बाक़ी बची ज़िन्दगी शहज़ादी

रज़िया की ख़िदमत में गुज़ारना चाहते हैं। अल्लाह शहज़ादी को कामयाबी दे।"

जमालुद्दीन याक़ूत कुछ देर ख़ामोश रहकर फिर बोले, "अब आप चलें।"

मोहिनी जमालुद्दीन याक़ूत को आदाब बजाकर ग़ज़नी बाज़ार की ओर वापस चल दी। जमालुद्दीन याक़ूत ने जल्दी-जल्दी अपने ख़िदमतगारों को तलब किया। याक़ूत की फ़ौज़ी टुकड़ी में इस वक़्त दो सौ सवार मौजूद थे। उन्होंने सवारों को फ़ौरन हाज़िर होने का हुक़्म फ़र्माया। जमालुद्दीन याक़ूत का हुक़्म पाते ही सभी सवार हवेली के इर्द-गिर्द इकट्ठे हो गये। उन्होंने हर एक सवार को एक-एक सोने की अशर्फ़ी इनाम में बख़्शी। वे सवारों से मुख़ातिब होकर बोले, "बहादुरों, शहज़ादे क़ुतुबुद्दीन को जहाँशाह तुर्कान बेगम ने आज रात में क़त्ल करवा दिया है। हमारे पास वक़्त बहुत कम है। हमें इसी वक़्त शहर कोतवाली पर क़ब्ज़ा करना है। कोतवाली पर क़ब्ज़ा करने के बाद आप हमारे अगले हुक़्म का इन्तज़ार करें। जहाँ तक हो सके, इस मुहिम में कोई ख़ून-खराबा न होने पाए।"

जमालुद्दीन याक़ूत का हुक़्म सुनते ही फ़ौज़ी दस्ता बिना वक़्त बर्बाद किए शहर कोतवाली पर जा पहुँचा। इस दस्ते ने बिना किसी ख़ून-खराबे के शहर कोतवाली पर क़ब्ज़ा कर लिया। शहर कोतवाल इस वक़्त अपने छोटे से गर्म हम्माम में दो नंगी कनीज़ों के साथ नंगे नहा रहे थे। जमालुद्दीन याक़ूत को जैसे ही यह ख़बर मिली, वे नंगी तलवार लिए हम्माम में जा पहुँचे। जमालुद्दीन याक़ूत को नंगी तलवार हाथ में लिए देखकर शहर कोतवाल की घिग्गी बँध गयी। नंगी कनीज़ों को जिधर रास्ता दिखा, वे उधर भाग खड़ी हुईं। कमर तक पानी में खड़ा शहर कोतवाल जमालुद्दीन याक़ूत से रहम की भीख माँग रहा था। वह हाथ जोड़कर चिल्ला रहा था, "हुज़ूर, हमारी जान बख़्श दें। हुज़ूर जो भी हुक़्म फ़र्माएँगे, हम तामील करेंगे।"

जमालुद्दीन याक़ूत बुलन्द आवाज़ में बोले, "कमबख़्त ख़ुदा से डर! सुल्तान रुक्नुद्दीन की तरह तू भी रंगरेलियाँ मना रहा है। हरामज़ादे, मजबूर कनीज़ों की इज़्ज़त से खेल रहा है। तुझे ख़ुदा कभी माफ़ नहीं करेगा।"

"हुज़ूर, हमें माफ़ करें। अब ऐसा कभी नहीं होगा।" कोतवाल गिड़-गिड़ाकर बोला।

अब तक चार सिपाही हम्माम में दाख़िल हो चुके थे। जमालुद्दीन याक़ूत उन्हें देखकर बोले, "इसे फ़िलहाल एक कमरे में बन्द कर दो।"

इतना कहकर जमालुद्दीन याक़ूत हम्माम से बाहर निकल आए। अब तक फ़ौज़ ने कोतवाली में मौजूद सभी तीस सिपाहियों को हिरासत में ले लिया था। जमालुद्दीन याक़ूत उनकी ओर मुख़ातिब होकर बोले, "आपके ऐयाश कोतवाल को गिरफ़्तार कर लिया गया है। अब आप सब क्या चाहते हैं?"

सिपाहियों का हाकिम बोला, "क़ुव्वतुलमुल्क जमालुद्दीन याक़ूत का इक़बाल

बुलन्द हो। हम सभी हुज़ूर की ख़िदमत के वास्ते हाज़िर हैं। हुज़ूर, हुक़्म करें।''

अब जमालुद्दीन याक़ूत ने कोतवाली के हर एक सिपाही को सोने की एक-एक अशर्फ़ी इनाम में बख़्शी और बोले, ''ऐयाश सुल्तान रुक्नुद्दीन फ़ीरोज़शाह की हुकूमत हमेशा-हमेशा के वास्ते ख़त्म हो गयी है। उन्होंने बेगुनाह शहज़ादे को अन्धा कराया और अब जहाँशाह तुर्कान बेगम ने शहज़ादे के सिर को उसके धड़ से अलग कराकर जमुना दरिया में मछलियों और कछुओं के हवाले करवा दिया।''

सिपाहियों का हाकिम बोला, ''क्या शहज़ादे क़ुतुबुद्दीन को मार डाला गया है?''

''जी हाँ जनाब। शहज़ादे क़ुतुबुद्दीन को जहाँशाह तुर्कान बेगम ने मरवा दिया है।''

''हुज़ूर, हुक़्म फ़र्माएँ। हुज़ूर और शहज़ादी रज़िया के वास्ते जान हाज़िर है।''

''क्या आप सभी शहज़ादी रज़िया की ख़िदमत के वास्ते तैयार हैं?'' जमालुद्दीन याक़ूत ने पूछा।

''हाँ-हाँ, हम सभी तैयार हैं।'' सभी सिपाही एक साथ चिल्ला पड़े।

''तब आप अभी दिल्ली शहर के तमाम थानों पर क़ब्ज़ा कर लें। जहाँ तक हो सके, ख़ून-खराबे से बचा जाए। बहुत मजबूरी में ही तलवार उठाई जाए। ख़याल रहे, इस नाजुक मौक़े पर किसी सिपाही ने अगर कोई दुकान लूटने की कोशिश की, तब उसका सिर काट लिया जाएगा।'' कोतवाली के सिपाही जमालुद्दीन याक़ूत की जुबान से निकले हर लफ़्ज को बड़े ग़ौर से सुन रहे थे।

जमालुद्दीन याक़ूत ने अपनी फ़ौज़ और कोतवाली के सिपाहियों को मिलाकर दस फ़ौज़ी टुकड़ियाँ तैयार कीं। उन्होंने प्रत्येक फ़ौज़ी टुकड़ी में बीस अपने सिपाही रखे और तीन सिपाही शहर कोतवाली के रखाए। अब उन्हें अलग-अलग दस थानों पर क़ब्ज़ा करने के लिए हुक़्म फ़र्माया गया। हुक़्म पाते ही फ़ौज़ी टुकड़ियाँ अलग-अलग रास्तों पर चल दीं। थानों पर यह हमला इतना अचानक हुआ था कि कोई थानेदार मुक़ाबला करने के लिए सँभल नहीं पाया। तमाम थानों पर आसानी से क़ब्ज़ा हो गया। जमालुद्दीन याक़ूत ने दिल्ली में घूम-घूमकर एक-एक थाने का ख़ुद मुआयना किया। थानेदारों और उनके सिपाहियों को भरोसा जताया कि उनके साथ पूरा इंसाफ़ किया जाएगा।

अब जमालुद्दीन याक़ूत फ़ौज़ी टुकड़ी लेकर जामा मस्जिद की ओर चल दिए।

इक्यावन

कजरी के ग़ज़नी बाज़ार जाते ही शहज़ादी रज़िया ने गुल–ए–अब्बासी को क़िलेदार के पास भेजा। शहज़ादी को क़िलेदार पर इत्मीनान था। वे सोच रही थीं कि शहज़ादे की मौत की जानकारी शायद क़िलेदार को नहीं होगी। क़िलेदार के पास गुल–ए–अब्बासी को पहुँचने में ज़्यादा देर नहीं लगी। गुल–ए–अब्बासी क़िलेदार को देखकर उसकी शान में अदब के साथ झुक गयी। क़िलेदार क़ुरआन शरीफ़ पढ़ रहे थे। उन्होंने गुल–ए–अब्बासी को देखकर क़ुरआन शरीफ़ उठाकर मेज़ पर रख दी और बोले, ''गुल–ए–अब्बासी, आज सुबह इतनी जल्दी कैसे आना हुआ?''

''जनाब क़िलेदार का इक़बाल बुलन्द हो। गुस्ताख़ी की माफ़ी चाहती हूँ। हम हुज़ूर का क़ीमती वक़्त ज़्यादा जाया नहीं करेंगे।''

अब तक क़िलेदार दीवान पर बैठ गये थे। उन्होंने पूछा, ''क्या बात है? शहज़ादी रज़िया कैसी हैं?''

''शहज़ादी साहिबा ठीक हैं, लेकिन...।''

''लेकिन क्या?''

''ख़ुदाबन्द–ए–जहाँशाह तुर्कान बेगम ने शहज़ादे क़ुतुबुद्दीन का क़त्ल करा दिया है।''

''कब? हमें ख़बर नहीं हुई।'' क़िलेदार ख़बर सुनकर चौंके।

''ख़ुदाबन्द–ए–जहाँशाह तुर्कान बेगम के हुक्म से दारोग़–ए–ज़िन्दा और ख़्वाजासरा क़ुव्वतबख़्श ने मिलकर रात में शहज़ादे को मार डाला।''

''बेहद अफ़सोस की बात है। इस वक़्त ख़्वाजासरा क़ुव्वतबख़्श के दिमाग़ सातवें आसमान पर हैं। उन्हें बेगम साहिबा ने ज़रूरत से ज़्यादा छूट दे रखी है। दारोग़–ए–ज़िन्दा नसीमुद्दीन बेहद चापलूस है। वह बेगम साहिबा की जूतियाँ चाटता रहता है। यह दोनों मिलकर कुछ भी कर सकते हैं। मौक़ा मिलते ही इनकी ख़बर ली जाएगी। वैसे भी ख़ुदा इन्हें माफ़ नहीं करेगा। अल्लाह शहज़ादे क़ुतुबुद्दीन को जन्नत बख़्शे।'' क़िलेदार ने दुआ के वास्ते हाथ ऊपर उठाए।

क़िलेदार ने कुछ देर रुककर पूछा, ''हमारे वास्ते शहज़ादी हुज़ूर का क्या हुक्म है?''

गुल–ए–अब्बासी ने क़िलेदार के सवाल का कोई जवाब नहीं दिया, बल्कि उसने पूछा, ''क्या वज़ीर–ए–आज़म जुनैदी सुल्तान–ए–आलम का साथ छोड़कर भाग गये हैं?''

''हमें कल रात ही हरकारे ने आकर ख़बर दी थी कि वज़ीर–ए–आज़म जुनैदी सुल्तान का साथ छोड़कर भाग गये हैं।''

"वजह?"

"वजह तो हर आदमी जान रहा है। सुल्तान-ए-आलम की ऐयाशी बन्द नहीं हुई है। वे मैदान-ए-जंग में अपने साथ माशूकाबानो, हुस्नाबानो और हसीनाबानो को ले गये हैं। मरहूम सुल्तान इल्तुतमिश के बाद वज़ीर-ए-आज़म जुनैदी की इज़्ज़त दिन-ब-दिन घट रही थी। वे घुटन महसूस कर रहे थे। उन्हें सुल्तान से मिलने के लिए बमुश्किल इजाज़त मिल पा रही थी। सुल्तान हर वक़्त हसीन कनीज़ों और भाँड़ों के बीच घिरे रहते हैं। सुल्तान का वज़ीर आइनुलमुल्क हुसैन अशअरी मनमानी चला रहा है। वह भी वज़ीर-ए-आज़म को कोई इज़्ज़त नहीं बख़्श रहा था। सुल्तान के वज़ीर आइनुलमुल्क हुसैन अशअरी उनके पीछे हर वक़्त सुल्तान के कान भरते रहते थे। वे वज़ीर-ए-आज़म बनने के ख़्वाब देख रहे थे। ऐसे में बूढ़े तजुर्बेकार वज़ीर-ए-आज़म जुनैदी आख़िर क्या करते? उन्होंने अपनी जान ख़तरे में देखकर ही यह क़दम उठाया होगा।"

"क्या सुल्तान-ए-आलम के साथ कनीज़ गुलचेहराबानो नहीं गयी?" गुल-ए-अब्बासी इस एक ही मुलाक़ात में तमाम जानकारी हासिल कर लेना चाहती थी।

"हमारा जहाँ तक ख़याल है, सुल्तान की चारों ख़ास कनीज़ों में से तीन ही सुल्तान के साथ गयी हैं। गुलचेहराबानो को सुल्तान के साथ जाते किसी ने नहीं देखा।"

"तब गुलचेहराबानो कहाँ गयी?" गुल-ए-अब्बासी ने क़िलेदार को और कुरेदा।

"हमें कुछ पता नहीं। क्या वह सुल्तान के हरम में मौजूद नहीं है?"

"नहीं। जिस दिन सुल्तान मैदान-ए-जंग के वास्ते क़िले से निकले थे, उसी वक़्त से गुलचेहराबानो ग़ायब है। हमें कहीं से जानकारी मिली है, वह पेट से थी।"

"तब उसे ज़रूर मौत के घाट उतार दिया गया होगा।" क़िलेदार बोले।

अब गुल-ए-अब्बासी को यक़ीन हो गया था कि गुलचेहराबानो को मरवा दिया गया है। वह यही सोच रही थी कि शायद गुलचेहराबानो भी सुल्तान के साथ गयी हो। अब उसने पूछा, "अवध, बदायूँ, हाँसी, मुल्तान और लाहौर के क्या हाल हैं?"

"वहाँ बग़ावत ज़ारी है।"

"सुल्तान-ए-आलम के क्या हाल हैं?"

"सुल्तान-ए-आलम हमेशा की तरह हसीन कनीज़ों की हसीन जुल्फ़ों में सो रहे होंगे। उन्हें सल्तनत से क्या मतलब है? सल्तनत तो ख़ुदाबन्द-ए-जहाँशाह तुर्कान बेगम चला रही हैं।"

"क्या हुज़ूर इन हा... में शहज़ादी रज़िया का साथ देंगे?" गुल-ए-अब्बासी

ने साफ़-साफ़ पूछा।

''शहज़ादी हुज़ूर की हम बेहद इज़्ज़त करते हैं। हम वादा करते हैं, उनके रास्ते में कभी नहीं आएँगे, लेकिन...।''

''लेकिन क्या?''

''हम खुलेआम शहज़ादी हुज़ूर का साथ अभी नहीं दे पाएँगे। हमारी अपनी मज़बूरी है। हमने शाही तख़्त की वफ़ादारी की क़सम खाई है। शहज़ादी हमें माफ़ करें।''

''शहज़ादी हुज़ूर आप पर बेहद भरोसा करती हैं। हमें उम्मीद है, आप अपने क़ौल से हटेंगे नहीं।''

''हम पर इत्मीनान रखें। यह एक तुर्क का क़ौल है।''

''अब हमें चलने की इजाज़त दें।''

''ख़ुदा हाफ़िज़।''

''ख़ुदा हाफ़िज़।''

गुल-ए-अब्बासी आदाब बजाकर क़ुश्क-ए-फ़ीरोज़ी की ओर चल दी। उसने क़ुश्क-ए-फ़ीरोज़ी पहुँचते ही देखा, कजरी वापस लौट आई है। उसने कजरी से पूछा, ''क्या काम हो गया?''

''मोहिनी मिल गयी थी। उसे ख़त और अशर्फ़ियाँ सौंप दी गयीं। वह उन्हें लेकर हमारे सामने ही क़ुव्वतुलमुल्क की हवेली की ओर चल दी थी।''

''क्या आपको ख़त और अशर्फ़ियाँ देते वक़्त किसी ने देखा तो नहीं?''

''नहीं। काम बहुत आसानी के साथ हो गया। उम्मीद है, मोहिनी अब तक क़ुव्वतुलमुल्क की हवेली से अपने काम को अंज़ाम देने के बाद लौट आई होगी।''

शहज़ादी रज़िया पोशाकख़ाने में पोशाक बदल रही थीं। वे कुछ ही देर में पोशाकख़ाने से बाहर निकल आईं। उन्हें लाल रंग की पोशाक में देखकर हर किसी को हैरत हुई। गुल-ए-अब्बासी उन्हें इस पोशाक में देखकर बोली, ''हुज़ूर, यह तो फ़रियादी की पोशाक है।''

''जानती हूँ।''

''तब हुज़ूर ने यह पोशाक क्यों पहनी?''

''आज हम भी दिल्ली की अवाम के पास जाकर इंसाफ़ माँगना चाहते हैं। सुल्तान के पास मरहूम अब्बाहुज़ूर द्वारा लगवाई गयी इंसाफ़ की जंजीर की आवाज़ सुनने का वक़्त नहीं है। मरहूम अब्बाहुज़ूर हमारे वास्ते हिन्दुस्तान के ताजो-तख़्त का नामज़दनामा लिख गये थे, जिस पर मरहूम अब्बाहुज़ूर के साथ-साथ ताज-उल-मुल्क मुहम्मद दबीर, क़ाज़ी-ए-सल्तनत कबीरुद्दीन, जलालुद्दीन और नसीरुद्दीन कासली के दस्तख़त मौजूद हैं। वे मरते वक़्त हमारी हिफ़ाज़त में शाही मुहर भी रख

गये हैं। ख़ुदा जाने, सुल्तान रुक्नुद्दीन फ़ीरोज़शाह ज़रूरी दस्तावेज़ों पर किस मुहर को लगवा रहे हैं।

मरहूम अब्बाहुज़ूर का लिखा हुआ नामज़दनामा और शाही मुहर आज भी हमारे पास मौजूद है। इस नामज़दनामे के ख़िलाफ़ जहाँशाह तुर्कान बेगम ने अपने ऐयाश बेटे रुक्नुद्दीन को तुर्कान-ए-चिहिलगानी बन्दगान-ए-शम्सी के अमीरों और मलिकों को मिलाकर शाही तख़्त पर बिठा दिया। जहाँशाह तुर्कान बेगम ने एक नहीं, अनेक बार हमारी जान लेने के वास्ते तमाम साज़िशें रचते हुए हम पर हमले कराए। ख़ुदा के फ़ज़्ल से हम बाल-बाल बच गये।

शाही ख़ज़ाना, जिसकी अवाम मालिक है, उसे हसीन कनीज़ों, लौंडियों और भाँड़ों पर लुटाया जा रहा है। दीवान-ए-आम में सरेआम बाज़ीगर और नट तमाशा दिखा रहे हैं। वहाँ मदारी बन्दरों को नचा रहे हैं। जहाँशाह तुर्कान बेगम ने हमारे बेगुनाह भाई शहज़ादे क़ुतुबुद्दीन को क़ैद कराया। उसे क़ैद कराकर अन्धा किया गया और आज रात उसे मौत की नींद सुला दिया गया। बेगम साहिबा को इतने पर भी चैन नहीं मिली। वे नहीं चाहती थीं, हमारे प्यारे भाई को श॥ही क़ब्रिस्तान में थोड़ी-सी जगह मिले। उन्होंने उसकी लाश जमुना दरिया में फेंकवाकर मछलियों और कछुओं के हवाले करा दी। हमारे भाई मुइज़्ज़ुद्दीन को उनकी हवेली में नज़रबन्द करा दिया गया है। आज हम अवाम की अदालत में जाकर सुल्तान रुक्नुद्दीन फ़ीरोज़शाह और ख़ुदाबन्द-ए-जहाँशाह तुर्कान बेगम के कारनामे गिनाएँगे। हमें पक्का यक़ीन है, अवाम हमारी फ़रियाद सुनकर सही फ़ैसला सुनाएगी। आज अवाम जो भी फ़ैसला सुनाएगी, हमें मंजूर होगा।'' शहज़ादी ने दिल में भरी भड़ास एक साथ निकाल दी।

सभी बाँदियाँ अच्छी तरह से समझ गयीं कि शहज़ादी आज अवाम की अदालत में जाकर रहेंगी। गुल-ए-अब्बासी बोली, ''हुज़ूर, जहाँशाह तुर्कान बेगम हमारी ग़ैरमौजूदगी में कुछ भी कर सकती हैं। आपकी छोटी बहन शहज़ादी सज़िया को सियासत से कोई लेना-देना नहीं है। उनका वक़्त नमाज़, रोजे और क़ुरआन शरीफ़ पढ़ने में ही गुज़रता है। हमारे पीछे उन पर ख़तरा आ सकता है।''

''आप वज़ा फ़र्मा रही हैं। हमारा हुक़्म है, ज़नानी फ़ौज़ लेकर क़ुश्क-ए-सफ़ेद पर फ़ौरन क़ब्ज़ा कर लिया जाए! जहाँ तक हो, तातारी बाँदियों से बिना जंग लड़े हथियार डलवा लिए जाएँ! जहाँशाह तुर्कान बेगम को क़ुश्क-ए-सफ़ेद में नज़रबन्द कर लिया जाए! जब वे नज़रबन्द हो जाएँगी, तब वे शहज़ादी के ख़िलाफ़ कुछ नहीं कर पाएँगी, लेकिन ख़याल रहे, इस हमले में जहाँशाह तुर्कान बेगम पर क़त्तई आँच नहीं आनी चाहिए। क़ुश्क-ए-सफ़ेद पर क़ब्ज़ा हो जाने के बाद क़ुश्क-ए-लाल पर भी क़ब्ज़ा कर लिया जाए! हालाँकि सुल्तान रुक्नुद्दीन फ़ीरोज़शाह की ख़ास बेगम और उनका कमसिन बेटा शहज़ादा अलाउद्दीन मसऊद सियासत से कोई ख़ास

मतलब नहीं रखते हैं, लेकिन फिर भी एहतियात के तौर पर उन्हें भी नज़रबन्द किया जाए!''

इतना सुनते ही गुल-ए-अब्बासी ज़नानी फ़ौज़ लेकर क़ुश्क-ए-सफ़ेद की ओर चल दी। शहज़ादी रज़िया के पास गुलसुल्तानबानो और कजरी ही रुकी थीं। बाक़ी बाँदियाँ या तो सुबह शहज़ादी के हुक़्म से शहर के अन्दर चली गयी थीं या फिर गुल-ए-अब्बासी के साथ गयी थीं। थोड़ी-सी मार-काट के बाद क़ुश्क-ए-सफ़ेद और क़ुश्क-ए-लाल पर ज़नानी फ़ौज़ ने आसानी के साथ क़ब्ज़ा कर लिया। हालाँकि इस हमले में क़ुश्क-ए-सफ़ेद की दो तातारी बाँदियाँ मारी गयीं और चार तातारी बाँदियाँ घायल हुईं।

ज़नानी फ़ौज़ की भी दो बाँदियाँ घायल हुई थीं, जिनकी मरहम-पट्टी कराई गयी। क़ुश्क-ए-लाल में क़ब्ज़ा होने में देर नहीं लगी। वहाँ कोई मुठभेड़ नहीं हुई। अब गुल-ए-अब्बासी ने शहज़ादी रज़िया के बिना हुक़्म के ही दारोग़-ए-हरम को भी गिरफ़्तार कर नज़रबन्द कर दिया। वादे के मुताबिक़ क़िलेदार ने किसी तरह की कोई मुख़ालफ़त इस मुहिम में नहीं की। अब क़िले की तमाम बाँदियाँ, लौंडियाँ और ख़्वाजासरा शहज़ादी रज़िया से आ मिले। इस वक़्त क़िले पर क़िलेदार का नहीं, बल्कि शहज़ादी रज़िया का क़ब्ज़ा था। गुल-ए-अब्बासी जब क़ुश्क-ए-लाल से लौट रही थी, तब उसकी मुलाक़ात गुलबदन से हो गयी। गुलबदन बेहद घबराई हुई थी। उसने पूछा, ''हमारे वास्ते क्या हुक़्म है?''

''आप बेख़ौफ़ होकर रहें। शहज़ादी रज़िया से पूछने के बाद ही कुछ बता सकूँगी।'' इतना कहकर गुल-ए-अब्बासी गुलबदन के सिर पर हाथ रखकर चल दी। ज़नानी फ़ौज़ की तमाम बाँदियाँ, जिन्हें यह जानकारी नहीं थी कि गुलबदन गुल-ए-अब्बासी के साथ मिली हुई है, उन्हें अब यह जानकारी हो गयी। हालाँकि ज़नानी फ़ौज़ की कुछ लड़कियों को पहले से ही शक़ था।

गुल-ए-अब्बासी ज़नानी फ़ौज़ लेकर ख़्वाजासरा क़ुव्वतबख़्श के कमरे पर पहुँची। ख़्वाजासरा क़ुव्वतबख़्श मारकाट को देखकर अपने कमरे में छिप गया था। वह सोच रहा था कि जब क़ुश्क-ए-सफ़ेद पर हमला हो सकता है और जहाँशाह तुर्कान बेगम को नज़रबन्द कर लिया गया है, तब उसे छोड़ा नहीं जाएगा। आख़िर उसे भी अपनी जान प्यारी थी। गुल-ए-अब्बासी को जब यक़ीन हो गया कि ख़्वाजासरा कमरे के अन्दर ही मौजूद है, तब उसने कमरे को बाहर से बन्द कराकर ताला लगवा दिया और दो बाँदियों को पहरे पर बिठा दिया।

अब गुल-ए-अब्बासी क़ैदख़ाने की ओर चल दी। दारोग़-ए-ज़िन्दा भी कहीं छिप गया था, लेकिन उसके आदमियों पर सख़्ती बरतने पर पता लग गया कि दारोग़ा कहाँ छिपा है। उसे भी ढूँढ़ निकालकर गिरफ़्तार कर लिया गया। गुल-ए-

अब्बासी ने उसे जान-बूझकर उसी कोठरी में बन्द करवा दिया, जिस कोठरी में रात शहज़ादा क़ुतुबुद्दीन बन्द था। गुल-ए-अब्बासी ने कोठरी में ताला लगवाकर उसकी चाभी ख़ुद अपने पास रख ली। दारोग़-ए-ज़िन्दा नसीमुद्दीन रहम की भीख माँग रहा था। ज़नानी फ़ौज़ की लड़कियाँ उसकी बेबसी पर हँस रही थीं। अब गुल-ए-अब्बासी ज़नानी फ़ौज़ की टुकड़ी के साथ क़ुश्क-ए-फ़ीरोज़ी की ओर चल दी। धीरे-धीरे ज़ुहर की नमाज़ का वक़्त नज़दीक आ रहा था। उसे पता था, शहज़ादी को जामा मस्जिद के लिए निकलना है।

जब शहज़ादी रज़िया को क़िले की ओर से पक्का इत्मीनान हो गया, तब वे ज़नानी फ़ौज़ के साथ जामा मस्जिद की ओर निकल पड़ीं। उनके चेहरे पर हमेशा की तरह नक़ाब पड़ी थी। शहज़ादी को लाल पोशाक में देखकर हर आदमी को हैरत हो रही थी। जैसे ही शहज़ादी घोड़े पर सवार होकर ग़ज़नी दरवाज़े पहुँचीं। ग़ज़नी दरवाज़े पर मौजूद तमाम पहरेदार उनके सामने अदब से झुककर कोर्निश बजाने लगे। शहज़ादी जैसे ही ग़ज़नी बाज़ार पहुँचीं, उन्होंने देखा, बाज़ार की तमाम दुकानें बन्द हैं। वे जिधर से गुज़र रही थीं, उधर मौजूद हर आदमी-औरत, बच्चा-जवान उन्हें कोर्निश बजा रहा था।

अब तक तमाम अवाम जामा मस्जिद पर पहुँच चुकी थी। जामा मस्जिद का चबूतरा ही नहीं, चारों ओर की सड़कें तक भरी पड़ी थीं। घरों के छज्जों और छतों से औरतें और लड़कियाँ जामा मस्जिद की ओर ही ताक रही थीं। आज की भीड़ में फ़क़ीर क़ाज़ीमुद्दीन ज़ाहिद भी मौजूद थे। उन्होंने अपना चितकबरा गधा कल्लन मियाँ को सौंप रखा था। वे मस्जिद के चबूतरे पर मौजूद थे। उन्हें भीड़ चारों ओर से घेरे हुए थी। भीड़ ने पहली मर्तबा फ़क़ीर साहब को जामा मस्जिद के चबूतरे पर खड़ा देखा था। इसी भीड़ में एक सड़क के किनारे गुरु गोरखनाथ का चेला अलख निरंजन...अलख निरंजन चिल्ला रहा था।

भीड़ में आलिम, फ़ाज़िल, शाइर, हकीम, सैयद, शैख़, मुइज़्ज़ी, मुल्ला, मौलवी, पंडित, उलेमा हज़रात ही नहीं, बल्कि अमीर, ग़रीब, भिखारी, मुहताज, बेवकूफ़, अक़्लमंद, आदमी और औरतें जमा थे। शहज़ादी रज़िया के घोड़े को हर आदमी रास्ता देता जा रहा था। हर कोई उनकी शान में झुक रहा था। ज़ुहर की नमाज़ का वक़्त हो चुका था। मस्जिद के चबूतरे पर ही नहीं, बल्कि सड़कों पर भी लोग नमाज़ पढ़ने लगे। शहज़ादी ने घोड़े से उतरकर नज़दीक से पानी लिया और वज़ू किया। अब वह सड़क पर ही मुसल्ला बिछाकर और लोगों की तरह नमाज़ पढ़ने लगीं। लोग उन्हें इस तरह नमाज़ पढ़ते देखकर हैरत में थे। कोई-कोई सोच रहा था कि मरहूम सुल्तान इल्तुतमिश की साहबज़ादी एक फ़रियादी की तरह लाल पोशाक में खुली सड़क पर बेख़ौफ़ होकर नमाज़ क्यों पढ़ रही हैं? औरतें उन्हें जामा मस्जिद

के इर्द-गिर्द बने मकानों से ताक रही थीं। उन्होंने अपनी तमाम ज़िन्दगी में ऐसा वाक़िया पहली मर्तबा देखा था।

ज़ुमा की नमाज़ अता हो चुकी थी। शहज़ादी रज़िया भी नमाज़ अता कर चुकी थीं। उनके नज़दीक ही क़ुव्वतुलमुल्क जमालुद्दीन याक़ूत नंगी तलवार लिए खड़े थे। शहज़ादी के इर्द-गिर्द गुल-ए-अब्बासी, नयनज्योतिबाई, चंचलबाई, चन्द्रकला, कजरी और गुलसुल्तानबानो उनकी हिफ़ाज़त के वास्ते खड़ी थीं। शाही इमाम को जैसे ही ख़बर मिली कि शहज़ादी रज़िया तशरीफ़ लाई हैं। वे उनके पास दौड़े-दौड़े पहुँचे। शहज़ादी उन्हें अपने सामने देखकर अदब के साथ झुक गईं। शाही इमाम ने शहज़ादी से पूछा, "शहज़ादी, हम आपकी क्या ख़िदमत कर सकते हैं?"

"आज हम अवाम के बीच फ़रियाद लेकर हाज़िर हुए हैं।"

"शहज़ादी और फ़रियाद?" शाही इमाम चौंककर बोले।

"हज़रत, इसमें हैरत की कोई बात नहीं है। जब हिन्दुस्तान के सुल्तान किसी की फ़रियाद नहीं सुन रहे हैं, तब हम अपनी फ़रियाद लेकर आख़िर कहाँ जाएँ? किसको अपनी फ़रियाद सुनाएँ? इंसाफ़ की जंजीर बजानेवाला जंजीर बजाते-बजाते थक जाता है, लेकिन उसकी फ़रियाद सुननेवाला कोई नहीं है। आज दिल्ली शहर में किसी की बहू-बेटी की इज़्ज़त महफ़ूज़ नहीं है। सल्तनत में कोई अदालत ऐसी नहीं है, जहाँ फ़रियादी की फ़रियाद सुनी जाए। हम पर चार-चार बार हमले कराए गये। दिल्ली का आम आदमी तक अच्छी तरह जान रहा है कि यह हमले किसने कराए थे। कभी कोई हमलावर पकड़ा नहीं जा सका और न ही हमला करानेवाले के ख़िलाफ़ कोई कार्यवाही हुई। हमारे बेगुनाह भाई को क़ैदख़ाने में डाला गया। उसकी आँखों में जलती हुई सलाइयाँ फिराई गयीं। अब उसे मौत के घाट उतार दिया गया है।

हमें मालूम है, मौत का बदला मौत है, लेकिन हम इस मामले की फ़रियाद लेकर कहाँ जाएँ? इस वक़्त हालात इतने बदतर हो चुके हैं कि हम आम आदमी की तरह क़ुश्क-ए-फ़ीरोज़ी से बाहर नहीं निकल पा रहे हैं। हम अपने मरहूम अब्बाहुज़ूर की क़ब्र पर चिराग़ जलाना चाहें, नहीं जला सकते। जहाँशाह तुर्कान बेगम के तीरंदाज़ हमारे सीने में जहरीले तीर उतारने के वास्ते जगह-जगह तैनात हैं। कहने को हम शहज़ादी हैं, लेकिन हम एक क़ैदी की ज़िन्दगी जी रहे हैं। हमसे तो बेहतर एक भिखारी है जो आम आदमी के बीच बैठकर लंगरख़ाना में खाना खा रहा है। वह कहीं भी खाना खाकर सो जाए, महफ़ूज़ है। उसके ऊपर मौत का साया नहीं मँडरा रहा है, लेकिन हमारे ऊपर हर वक़्त मौत का साया मँडराता रहता है। हमें बताया जाए, हम इन मामलों को लेकर किस अदालत का दरवाज़ा खटखटाएँ?"

शाही इमाम के अलावा वहाँ मौजूद तमाम मुल्ला-मौलवी, सैयद-शैख़ और

उलेमा हज़रात ने शहज़ादी की बात सुनी, लेकिन किसी के पास उनकी बात का कोई जवाब नहीं था। शाही इमाम की गर्दन झुकी हुई थी। फ़क़ीर क़ाज़ीमुद्दीन ज़ाहिद और गुरु गोरखनाथ का चेला ख़ामोशी के साथ जम्हूरी अदालत की कार्यवाही सुन रहे थे। शहज़ादी की बाँदियों के अलावा असग़री बेगम, मोहिनी, कल्लन मियाँ, लाला हज़ारीमल और लाला कारोड़ीमल सोच रहे थे कि देखते हैं, आज जम्हूरी हूकूमत क्या फ़ैसला सुनाती है? अब शहज़ादी के नज़दीक फ़क़ीर क़ाज़ीमुद्दीन ज़ाहिद जा पहुँचे। शहज़ादी उन्हें देखकर अदब के साथ झुक गईं। जमालुद्दीन याक़ूत और बाँदियाँ उनकी क़दमबोसी के वास्ते झुक गये। फ़क़ीर की शान में शाही इमाम भी झुककर एक किनारे हो गये। इसी बीच भीड़ में से कोई आदमी चिल्लाया, "गुनाहगार जहाँशाह तुर्कान बेगम को क़ैदख़ाने में डाल दिया जाए! अब पानी सिर से ऊपर बहने लगा है।"

एक आदमी और चिल्लाकर बोला, "गुनाहगार जहाँशाह तुर्कान बेगम को मौत के घाट उतारा जाए! उसने बेगुनाह शहज़ादे क़ुतुबुद्दीन का क़त्ल करा दिया है। उसने मरहूम सूफ़ी सुल्तान इल्तुतमिश की ख़्वाहिश के ख़िलाफ़ अपने उस ऐयाश बेटे को हिन्दुस्तान के शाही तख़्त पर बिठाया जो हमारी बहू-बेटियों की इज़्ज़त लूट रहा था। ऐसे सुल्तान को पकड़कर क़ैदख़ाने में डाल दिया जाए!"

फ़क़ीर क़ाज़ीमुद्दीन ज़ाहिद अवाम की ओर मुख़ातिब होकर बोले, "आप सभी ने शहज़ादी की बात ग़ौर से सुनी। हम जानना चाहते हैं, क्या आप मौजूदा हुकूमत से ख़ुश हैं?"

"नहीं-नहीं। हम क़त्तई ख़ुश नहीं हैं।" भीड़ एक साथ चिल्ला उठी।

"आप हिन्दुस्तान का ताजो-तख़्त किसके हाथों में सौंपना चाहते हैं?"

भीड़ में से कई लोग एक साथ चिल्लाकर बोले, "मरहूम सुल्तान इल्तुतमिश शहज़ादी रज़िया के वास्ते ताजो-तख़्त का नामज़दनामा लिखकर गये हैं। शहज़ादी रज़िया ताजो-तख़्त की असली वारिस हैं।"

"शहज़ादी को हिन्दुस्तान की हुकूमत सौंप देने से क्या किसी को एतराज़ है?" फ़क़ीर ने पूछा।

भीड़ में कानाफूसी होने लगी। यह कानाफूसी देर तक होती रही। अब भीड़ एक साथ बोली, "हमें कोई एतराज़ नहीं है।"

भीड़ में से एक आदमी बुलन्द आवाज़ में बोला, "हम शहज़ादी हुज़ूर से पूछना चाहेंगे, अगर उनके हाथों में हिन्दुस्तान की हुकूमत दे दी जाती है, तब उनका पहला फ़र्ज़ क्या होगा?"

शहज़ादी अभी ख़ामोश थीं। फ़क़ीर बोले, "शहज़ादी रज़िया, अवाम आपसे कुछ पूछ रही है। जवाब दें।"

शहज़ादी बोलीं, "हमारा पहला फ़र्ज़ होगा, अवाम की ख़ुशहाली।"

भीड़ में से एक आदमी ने और पूछा, "क्या सुल्तान रुकुनुद्दीन फ़ीरोज़शाह के गिरफ़्तार हो जाने पर आप उन्हें सज़ा-ए-मौत देंगीं?"

"गुनाहगार चाहे आम आदमी हो या फिर सुल्तान, हर किसी गुनाहगार को गुनाह की जाँच के बाद सज़ा दी जाएगी।" शहज़ादी ने बेबाकी के साथ जवाब दिया।

"क्या शहज़ादी साहिबा ख़ुदाबन्द-ए-जहाँशाह तुर्कान बेगम को क़ैदख़ाने में डालेंगी या उन्हें मौत की सज़ा मिलेगी?"

"हमारा जवाब वही है जो हमने अभी दिया था। गुनाहगार कोई भी हो, गुनाह की जाँच के बाद ही माक़ूल सज़ा दी जाएगी।"

एक आदमी चिल्लाकर बोला, "ख़्वाजासरा क़ुव्वतबख़्श और दारोग़-ए-ज़िन्दा नसीमुद्दीन को हाथी के पैर के नीचे डलवाकर मौत की नींद सुला दिया जाए! इन कमबख़्तों ने ही शहज़ादे क़ुतुबुद्दीन का क़त्ल किया है। क्या शहज़ादी ऐसा करेंगी?"

"हम पहले ही कह चुके हैं। गुनाह की जाँच के बाद ही गुनाहगार को सज़ा दी जाएगी।"

भीड़ में से अब एक और आदमी ने पूछा, "क्या सल्तनत में इस्माइली शियाओं को बराबरी का दर्ज़ा मिलेगा?" शायद यह आदमी इस्माइली शिया था। शहज़ादी भी समझ रही थीं कि मरहूम सुल्तान इल्तुतमिश के ज़माने में इस्माइली शियाओं को दरबार में उतने ओहदे नहीं मिले थे, जितने दूसरे मुसलमानों को मिले थे।

"इस्माइली शिया भी मुसलमान हैं। हमारी हुकूमत में मुसलमानों को ही नहीं, हिन्दू और दूसरे मज़हबों की अवाम को भी बराबरी का दर्ज़ा मिलेगा।"

"क्या औरतों को भी बराबरी का दर्ज़ा मिल सकता है?" किसी ने पूछा।

"अल्लाह ने औरत और मर्द को एक साथ बनाया है। हमें अल्लाह की राह पर चलना चाहिए। ख़याल रहे, औरत माँ है, बहन है, वह दाई माँ भी है। क्या आप उसे बराबरी का दर्ज़ा नहीं देना चाहेंगे?"

भीड़ शहज़ादी के सवाल को सुनकर ख़ामोश रही। इस सवाल का जवाब शाही इमाम के पास भी नहीं था। वे ख़ामोशी से खड़े अवाम और शहज़ादी के बीच हो रहे सवाल-जवाब सुन रहे थे। अब शहज़ादी बोलीं, "औरत और मर्द को जहाँ तक होगा, बराबरी का दर्ज़ा दिलवाया जाएगा। मुल्ला, मौलवियों और उलेमा हज़रात को हमारी हुकूमत में उनके ओहदे के मुताबिक़ इज़्ज़त बख़्शी जाएगी।"

"क्या शातिर मलिकों और अमीरों के ख़िलाफ़ कार्यवाही की जाएगी?" भीड़ में से फिर आवाज़ आई।

"अगर वे गुनाहगार हैं तो उनके गुनाह की जाँच के बाद उनके ख़िलाफ़ कार्यवाही होगी।" शहज़ादी बुलन्द आवाज़ में बोलीं। उनकी आवाज़ हर किसी को सुनाई दे रही थी।

भीड़ में से किसी ने पूछा, "आप सल्तनत की बेहतरी के लिए और क्या-क्या करेंगी?" शाही इमाम के साथ-साथ तमाम अवाम की नज़रें शहज़ादी के चेहरे पर लगी थीं। हालाँकि उनके चेहरे पर नक़ाब पड़ी थी।

"शाही दरबार में तमाम चुगलख़ोर भर गये हैं, उन्हें ढूँढ़-ढूँढ़कर बाहर निकाला जाएगा। दरबार में भाँड़, बाज़ीगर, गायक और रक़्क़ासाओं की भरमार हो गयी है। इन्हें दरबार के बाहर रोज़गार दिलाने की हर कोशिश की जाएगी। शाही दरबार में इनका कोई ख़ास काम नहीं है। हम दीवान-ए-आम और दीवान-ए-ख़ास को तमाशबीनों का अड्डा नहीं बनाना चाहेंगे। वहाँ सल्तनत के आला हाकिम, मुल्ला, मौलवी और उलेमा हज़रात सुल्तान को वक़्त-वक़्त पर शरई कानून के मुताबिक़ सलाह देते हैं। वे अवाम के नुमाइन्दे हैं। हमें उनकी खिल्ली नहीं उड़वानी है। वे इज़्ज़तदार हैं। हमें उनकी सलाह पर चलना होगा। इसके अलावा हम क़ुरआन शरीफ़ और हदीस के बताए रास्ते पर चलेंगे। बैतुलमाल पर अवाम का इख़्तियार है, उसे अवाम की बेहतरी के वास्ते ख़र्च किया जाएगा। भाँड़ों, बाज़ीगरों, नटों और मदारियों पर नहीं लुटाया जाएगा। इस दौलत से अवाम के वास्ते सड़कें और सराएँ बनवाई जाएँगी। शफ़ाख़ाना और लंगरख़ाना खोले जाएँगे।"

अब फ़क़ीर क़ाज़ीमुद्दीन ज़ाहिद बोले, "हम अवाम से पूछते हैं, क्या शहज़ादी रज़िया के हाथों में हिन्दुस्तान की हुकूमत सौंप दी जाए? अगर अब भी किसी को एतराज़ है तो हमें अभी बताए। अगर किसी को भी एतराज़ होता है तो उसकी पूरी बात सुनने के बाद ही हिन्दुस्तान के ताजो-तख़्त का फ़ैसला होगा। यह हमारा अवाम से वादा है।"

भीड़ कुछ देर तक ख़ामोश रही। अब भीड़ में से कुछ लोग एक साथ चिल्ला उठे, "हिन्दुस्तान की हुकूमत शहज़ादी रज़िया के हाथों में सौंप दी जाए!"

तमाम भीड़ एक साथ चिल्ला उठी, "हाँ-हाँ, हमें कोई एतराज़ नहीं है। शहज़ादी रज़िया को हिन्दुस्तान का ताजो-तख़्त सौंप दिया जाए!" भीड़ में कुछ ऐसे भी लोग थे जो नहीं चाहते थे कि हिन्दुस्तान की हुकूमत किसी औरत के पास जाए। वे हिन्दुस्तान के ताजो-तख़्त पर किसी औरत का बैठना क़त्तई गवारा नहीं कर रहे थे, लेकिन वे मौक़े की नज़ाकत देखने के बाद ख़ामोश रहे। भीड़ के बीच उन्हें अपनी खिल्ली नहीं उड़वानी थी। वे यह भी समझ रहे थे कि फ़क़ीर क़ाज़ीमुद्दीन ज़ाहिद हिन्दुस्तान की सल्तनत शहज़ादी रज़िया के ही हाथों में सौंपना चाहते हैं। उन्हें यह भी पता है कि फ़क़ीर साहब की इज़्ज़त दिल्ली की तमाम अवाम करती है।

अब घरों की छतों और छज्जों पर खड़ी औरतें भी चिल्लाकर बोलीं, "शहज़ादी रज़िया को हिन्दुस्तान की हुकूमत सौंपी जाए।"

औरतों को चिल्लाता देखकर लड़कियाँ और लड़के भी चिल्लाकर बोले, "हिन्दुस्तान की हुकूमत शहज़ादी रज़िया के हाथों में ही महफ़ूज़ रहेगी।"

फ़क़ीर क़ाज़ीमुद्दीन ज़ाहिद भीड़ की ओर मुख़ातिब होकर बुलन्द आवाज़ में फिर बोले, "मैं फ़क़ीर क़ाज़ीमुद्दीन ज़ाहिद तमाम अवाम की ओर से हिन्दुस्तान का ताजो-तख़्त शहज़ादी रज़िया बिन्त सुल्तान इल्तुतमिश के हाथों में सौंपता हूँ। आज से हिन्दुस्तान की हुकूमत पर शहज़ादी रज़िया का क़ब्ज़ा होगा। शहज़ादी रज़िया जो अब हिन्दुस्तान की सुल्तान हैं, उनसे मैं भी एक सवाल पूछना चाहता हूँ। अगर अवाम हमें इजाज़त दे तो हम सवाल पूछें।"

भीड़ एक साथ चिल्ला उठी, "दिल्ली की अवाम फ़क़ीर साहब की बेहद इज़्ज़त करती है। वे सुल्तान रज़िया से जो भी सवाल पूछना चाहें, पूछ सकते हैं।"

फ़क़ीर बोले, "सुल्तान रज़िया का इक़बाल बुलन्द हो। सुल्तान से तमाम सवाल अवाम पहले ही कर चुकी है। उन सवालों के जवाब भी अवाम को मिल चुके हैं। अवाम अपने सवालों के जवाब सुनकर ख़ुश है। शहज़ादी रज़िया को हिन्दुस्तान का सुल्तान न तो वज़ीर-ए-आज़म ने बनाया है और न ही तुर्कान-ए-चिहिलगानी बन्दगान-ए-शम्सी के अमीरों और मलिकों ने बनाया है। उन्हें यह दर्ज़ा हिन्दुस्तान की अवाम ने दिया है। तवारीख़ गवाह है, इस तरह आज तक किसी को भी हिन्दुस्तान का ताजो-तख़्त कभी हासिल नहीं हुआ था। हम सुल्तान से पूछना चाहते हैं, हिन्दुस्तान की हुकूमत मिलने पर अगर उन्होंने कानून के ख़िलाफ़ कोई क़दम उठाए तो उनके साथ क्या सलूक होगा?"

सुल्तान रज़िया बोलीं, "सुल्तान रज़िया बिन्त सुल्तान इल्तुतमिश तमाम अवाम के सामने वादा करती है। अगर हम कानून के मुताबिक़ कोई भी ग़लत क़दम कभी उठाते हैं तो अवाम को इख़्तियार है, वह हमें ताजो-तख़्त से बेदख़ल कर दे। हम अवाम से यह भी वादा करते हैं, हम जब तक ताजो-तख़्त के मालिक रहेंगे, तब तक अपनी शादी नहीं करेंगे। अवाम की ख़िदमत हमारा पहला फ़र्ज़ होगा।"

शहज़ादी के ऐलान से अवाम के चेहरे खिल उठे, लेकिन शहज़ादी के ऐलान से उनकी बाँदियाँ और ज़नानी फ़ौज़ की लड़कियाँ हैरत में थीं। हैरत तो क़ुव्वतुलमुल्क जमालुद्दीन याक़ूत को भी हो रही थी। अगर किसी को हैरत नहीं हो रही थी तो वे थे, फ़क़ीर क़ाज़ीमुद्दीन ज़ाहिद। सुल्तान रज़िया के इस ऐलान के बाद गुरु गोरखनाथ का चेला अलख निरंजन...अलख निरंजन चिल्लाने लगा। अब तमाम अवाम की नज़रें इस चेले पर लग गयीं। अवाम के बीच कुछ लोग कह रहे थे कि सुल्तान रज़िया ताजो-तख़्त की ज़िम्मेदारी बख़ूबी उठाएँगी।

"अवाम सुल्तान रज़िया को हुक़्म देती है, इसी वक़्त क़िल-ए-रायपिथौरा पर क़ब्ज़ा कर लिया जाए और जहाँशाह तुर्कान बेगम को क़ैदख़ाने में डाल दिया जाए!" फ़क़ीर के ऐलान करते ही शाही इमाम हक्के-बक्के रह गये। उन्हें उम्मीद नहीं थी कि इस तरह के नाजुक फ़ैसले इतनी जल्दी ले लिए जाएँगे। अब उन्हें अपनी कुर्सी हिलती नज़र आई। फ़क़ीर के इस ऐलान से शहज़ादी की बाँदियों और ज़नानी फ़ौज़ की लड़कियों के चेहरे खिल उठे। जनाब क़ुव्वतुलमुल्क जमालुद्दीन याक़ूत भी सुल्तान रज़िया को जल्दी ही शाही तख़्त पर बैठे देखना चाह रहे थे। उन्होंने मरहूम सुल्तान इल्तुतमिश के साथ कुछ वादे किए थे जो पूरे होने जा रहे थे।

भीड़ एकबार फिर चिल्ला उठी, "फ़क़ीर साहब ने जो कुछ कहा है, सही कहा है। दिल्ली की अवाम सुल्तान रज़िया के साथ है। अवाम ख़ुद क़िल-ए-रायपिथौरा पर हमला बोलेगी। अगर सुल्तान रज़िया के ख़िलाफ़ किसी ने तलवार उठाने की जुर्रत की तो उसे मौत के घाट उतार दिया जाएगा।"

फ़क़ीर फिर बोले, "अब देर किस बात की है। क़िल-ए-रायपिथौरा पर फ़ौरन धावा बोला जाए!"

फ़क़ीर का इतना कहना था कि तमाम भीड़ क़िल-ए-रायपिथौरा की ओर चल पड़ी। भीड़ के साथ गुरु गोरखनाथ का चेला भी अलख निरंजन...अलख निरंजन करता हुआ क़िले की ओर जा रहा था। भारी भीड़ को देखकर क़िल-ए-रायपिथौरा के दरवाज़ों पर तैनात पहरेदारों के हाथ-पैर फूल गये। पहरेदारों ने बिना किसी हीला-हवाली के दरवाज़े खोल दिए। देखते-ही-देखते सुल्तान रज़िया का क़िले पर क़ब्ज़ा हो गया। जहाँशाह तुर्कान बेगम पहले से ही क़ुश्क-ए-सफ़ेद में नज़रबन्द थीं। उन्हें क़ैदख़ाने में डाल दिया गया।

भीड़ में से अगर आज कोई क़िल-ए-रायपिथौरा की ओर नहीं गया था तो वे थे, शाही इमाम।

बावन

शाही ख़ेमे तराइन और मंसूरपुर के बीच पड़े थे। वहाँ दूर-दूर तक ख़ेमे-ही-ख़ेमे नज़र आ रहे थे। वज़ीर-ए-आज़म जुनैदी बदायूँ के इक़्तादार मलिक इज़्ज़ुद्दीन मुहम्मद सालारी से जाकर मिल गये थे। दोनों ने अब बदायूँ में ठहरना मुनासिब नहीं समझा, क्योंकि शाही फ़ौज़ वज़ीर-ए-आज़म जुनैदी का पीछा कर रही थी। दोनों ओहदेदार अपनी-अपनी फ़ौज़ लेकर लाहौर की ओर बढ़ निकले। वे जल्दी-से-

जल्दी लाहौर और मुल्तान के इक़्तादारों को अपनी ओर मिलाना चाहते थे। वज़ीर-ए-आज़म जुनैदी यह भी सोच रहे थे कि जब मुल्तान, लाहौर, बदायूँ और उनकी ख़ुद की फ़ौज़ इकट्ठी हो जाएगी, तब शाही फ़ौज़ को मात देना मुश्किल नहीं होगा।

बारगाह-ए-फ़लकताज़, जिसमें कभी मरहूम सुल्तान इल्तुतमिश का शाही दरबार लगा करता था, आज सुल्तान रुकुनुद्दीन फ़ीरोज़शाह की ख़्वाबगाह बन गया है। बारगाह में सुल्तान अपनी ख़ास कनीज़ों के साथ दिन-रात रंगरेलियाँ मनाते रहते हैं। उनका वक़्त अपने ख़ास लाल ख़ेमे में बहुत ही कम गुज़रता है। वे जब दिल्ली से कूच किए थे, तब से अब तक बारगाह में कोई दरबार नहीं लगा था। सुल्तान को इस वक़्त अपनी अम्मीजान जहाँशाह तुर्कान बेगम का कोई ख़ौफ़ नहीं था। उनकी इस आदत से तमाम अमीर, मलिक और दूसरे ऊँचे ओहदेदार ही नहीं, उनके ख़ास वज़ीर आइनुलमुल्क हुसैन अशअरी तक परेशान थे। ओहदेदार सुल्तान के साथ बैठकर जंग के सिलसिले में गुफ़्तगू करना चाहते थे, लेकिन उन्हें सुल्तान से बात करने का कोई मौक़ा नहीं मिल रहा था। सुल्तान को अगर अपनी ख़ास कनीज़ों से किसी तरह फुर्सत मिल भी जाए, तब उन्हें भाँड़, बाज़ीगर, मदारी, लतीफ़ेबाज़ और मज़ाक़िया घेर लेते थे।

सुल्तान भागमभाग की ज़िन्दगी से थकान-सी महसूस करने लगे थे। एक मंज़िल से दूसरी मंज़िल पहुँचने के लिए रोज़ाना ख़ेमे उखाड़ने पड़ते थे। वैसे भी ख़ेमों की ज़िन्दगी क़ुश्क-ए-दिलक़ुशा से बिल्कुल अलग थी। वहाँ का ऐशो-आराम यहाँ नहीं था। सुल्तान आज भी अपनी ख़ास तीनों कनीज़ों से सुबह से ही घिरे थे। इस वक़्त सुल्तान ही नहीं, तीनों कनीज़ें भी नशे में धुत थीं। वे अब तक पाँच-पाँच, छः-छः प्याले शराब अपने गले के नीचे उतार चुकी थीं। सुल्तान भी अब तक छः प्याला शराब पी चुके थे। उन सभी की ज़ुबान लड़खड़ा रही थी। सुल्तान ही नहीं, उनकी तीनों कनीज़ें एक-दूसरे से भद्दी-भद्दी मज़ाक़ कर रही थीं। माशूकाबानो ने इस्फ़हानी शराब भरा प्याला सुल्तान को पेश करते हुए पूछा, ''सुल्तान-ए-आलम ने निज़ामुलमुल्क वज़ीर-ए-आज़म जुनैदी को पकड़ने के वास्ते बदायूँ की ओर फ़ौज़ भेज रखी है। अगर वे पकड़ लिए गये, तब उनके ख़िलाफ़ क्या सुलूक किया जाएगा?''

सुल्तान ने बमुश्किल शराब भरा प्याला अपने दाहिने हाथ में पकड़ पाया। उनके हाथ काँप रहे थे। शराब प्याले से छलक कर उनकी क़ीमती पोशाक भिगो रही थी। उनके बोलने से पहले ही कनीज़ हुस्नाबानो लड़खड़ाती ज़ुबान से बोली, ''हुज़ूर, वज़ीर-ए-आज़म जुनैदी को मौत के घाट उतार दिया जाए! उनका सिर धड़ से अलग कर दिया जाए!'' कनीज़ें अपनी औकात भूलकर कुछ भी बोलने लगती थीं। सुल्तान ने इस ओर कभी ख़ास ग़ौर नहीं फ़र्माया था। वे मुस्कराकर रह गये।

कनीज़ हुस्नाबानो अपनी बात पूरी भी नहीं कर सकी थी कि माशूकाबानो बोली, "सुल्तान-ए-आलम, वज़ीर-ए-आज़म जुनैदी को पकड़वाकर हाथी के पैर के नीचे कुचलवा दिया जाए! उन्होंने हुज़ूर को धोख़ा दिया है। वे नमकहराम हैं।" सल्तनत के आला हाकिम के ख़िलाफ़ इस तरह के लफ़्ज़ निकालना सरासर मौत को दावत देने जैसा था, लेकिन सुल्तान कुछ नहीं बोले, बल्कि उन्होंने हुस्नाबानो के गले में अपनी दोनों बाहें डालते हुए उसके गुलाबी गाल का बोसा ले लिया। दाहिने हाथ में पकड़े प्याले से शराब छलककर हुस्नाबानो की नंगी पीठ पर गिर गयी। हुस्नाबानो ने कोई परवाह नहीं की और ख़ुद आगे बढ़कर सुल्तान की पेशानी चूम ली।

हुस्नाबानो और माशूकाबानो अब तक अपने-अपने मशविरे सुल्तान के सामने पेश कर चुकी थीं। तब हसीनाबानो क्यों ख़ामोश रहती। वह सुल्तान का बायाँ हाथ चूमते हुए बोली, "सुल्तान-ए-आलम का इक़बाल बुलन्द हो। वज़ीर-ए-आज़म जुनैदी ने पाज़ीपन का काम किया है। उनकी ज़िन्दा खाल खिचवाकर भूसा भरवा दिया जाए और क़िले के ग़ज़नी दरवाज़े पर टाँग दिया जाए! तमाम दिल्ली शहर में ऐलान करा दिया जाए, जो भी आदमी ग़ज़नी दरवाज़े से होकर गुज़रे, वह उनके ऊपर जूतियाँ मारे।"

सुल्तान सभी बाँदियों के मशविरे सुन चुके थे। शराब के नशे की वजह से वे कुछ सोच नहीं पा रहे थे। वे बोले, "माबदौलत आप सभी के बेशक़ीमती मशविरों के क़ायल हैं, लेकिन पहले वज़ीर-ए-आज़म जुनैदी को पकड़ लिया जाए। उसके बाद ही सज़ा सुनाई जाएगी। उन्हें सज़ा देते वक़्त आप सभी हमारे नज़दीक मौजूद रहेंगी।"

बारगाह-ए-फ़लकताज़ के ख़ास दरवाज़े पर इस वक़्त साकी रौशनबानो का पहरा था। सुल्तान के ख़ास वज़ीर आइनुलमुल्क हुसैन अशअरी परेशान थे। वे सुल्तान से बात करना चाहते थे। हालाँकि साकी रौशनबानो उन्हें बता चुकी थीं कि सुल्तान-ए-आलम इस वक़्त शराबनोशी कर रहे हैं। वे पाँच-छः प्याले शराब पी चुके हैं। इस वक़्त सल्तनत के मुतल्लिक़ कोई बात करना मुनासिब नहीं है।

अशअरी रौशनबानो से बोले, "रौशनबानो, दिल्ली से अभी-अभी हरकारा पहुँचा है। वह बहुत ही ख़ास ख़बर लेकर आया है। सुल्तान को इस ख़बर से फ़ौरन वाक़िफ़ कराना होगा। आप सुल्तान-ए-आलम के हुज़ूर में पेश होकर अगर कुछ कहने की जुर्रत नहीं कर पा रही हैं, तब हमें अन्दर जाने की इजाज़त दें।"

"हुज़ूर, गुस्ताख़ी माफ़ हो। हम हुक़्म के मुताबिक़ हुज़ूर को बारगाह-ए-फ़लकताज़ में दाख़िल होने की इजाज़त नहीं दे सकते। सुल्तान इस वक़्त अपनी ख़ास कनीज़ों के साथ मौजूद हैं।"

"रौशनबानो, दिल्ली में क़िल-ए-रायपिथौरा पर शहज़ादी रज़िया का क़ब्ज़ा

हो चुका है। ख़ुदाबन्द-ए-जहाँशाह तुर्कान बेगम क़ुश्क-ए-सफ़ेद में नज़रबन्द हैं। क़ुश्क-ए-लाल में सुल्तान-ए-आलम की ख़ास बेगम और हुज़ूर के बड़े शहज़ादे अलाउद्दीन मसऊद भी नज़रबन्द कर लिए गये हैं।''

साकी रौशनबानो बारगाह-ए-फ़लकताज़ में किसी क़ीमत पर जनाब अशअरी को नहीं भेज सकती थीं। उन्हें डर था कि अगर जनाब अशअरी इस वक़्त अन्दर दाख़िल हो गये, तब उसकी ख़ैर नहीं। सुल्तान ने उन्हें ख़ास हिदायत दे रखी थी कि जब वे अपनी ख़ास कनीज़ों के साथ मौजूद रहें, तब किसी मर्द को वहाँ आने की इजाज़त नहीं है। जनाब अशअरी की जुबान से निकले अल्फ़ाज़ सुनकर रौशनबानो भौंचक्की रह गयीं। हालाँकि वे सुल्तान रुक्नुद्दीन फ़ीरोज़शाह की हुकूमत से ऊब चुकी थीं। फिर भी उनकी जुबान से निकला, ''हुज़ूर, क्या कह रहे हैं?''

''रौशनबानो, हम जो कह रहे हैं, सही कह रहे हैं। वक़्त की नज़ाकत समझने की कोशिश करें। हमें सुल्तान-ए-आलम से मिलने की इजाज़त किसी तरह दिलवाएँ।''

अब रौशनबानो हिम्मत बाँधकर बारगाह-ए-फ़लकताज़ में दाख़िल हुईं। सुल्तान उन्हें देखकर चौंके। वे अदब के साथ झुककर बोलीं, ''सुल्तान-ए-आलम का इक़बाल बुलन्द हो। वज़ीर जनाब आइनुलमुल्क हुसैन अशअरी हुज़ूर से इसी वक़्त मिलने की इजाज़त चाहते हैं।''

''रौशनबानो, आप देख रही हैं, माबदौलत इस वक़्त फुर्सत में नहीं हैं। उनसे कहो, फुर्सत के वक़्त बात करें।''

''हुज़ूर, गुस्ताख़ी माफ़ हो। दिल्ली से हरकारा कुछ ख़ास ख़बर लाया है।''

''उससे कहो, वह आइनुलमुल्क हुसैन अशअरी से मिल ले। माबदौलत ने इस मुतल्लिक़ तमाम इख़्तियार उन्हें दे रखे हैं।''

''हुज़ूर, गुस्ताख़ी माफ़ हो। हरकारा जनाब आइनुलमुल्क हुसैन अशअरी से मिल चुका है। तभी वे हुज़ूर से...।''

हुस्नाबानो तमाम अदब-क़ायदा छोड़कर बीच में ही बोल पड़ी, ''सुल्तान-ए-आलम अपना हुक्म फ़र्मा चुके हैं। क्या आपको सुनाई नहीं दिया?''

इतना सुनते ही साकी रौशनबानो के बदन में आग लग गयी। उन्होंने सुल्तान इल्तुतमिश का ज़माना देखा था। मरहूम सुल्तान ख़ुद उनकी इज़्ज़त करते थे। सल्तनत के बड़े-से-बड़े ओहदेदार ही नहीं, वज़ीर-ए-आज़म जुनैदी तक उन्हें ख़ास इज़्ज़त बख़्शते थे। रौशनबानो सोचने लगीं, कल की कनीज़ की यह जुर्रत! इसे वक़्त आने पर कभी अच्छा सबक़ सिखाया जाएगा। शायद यह भूल गयी है कि सुल्तान के इर्द-गिर्द घूम रहीं हसीन कनीज़ों की ज़िन्दगी गुलाब के फूल की मानिंद बहुत कम रहती है। वे ख़ून का घूँट पीकर बोलीं, ''सुल्तान-ए-आलम का इक़बाल

बुलन्द हो। दिल्ली से हरकारा जो ख़बर लाया है, वह ख़बर हुज़ूर की अम्मीजान ख़ुदाबन्द-ए-जहाँशाह तुर्कान बेगम से ताल्लुक़ रखती है। अब हुज़ूर जो हुक्म फ़र्माएँ, हम वज़ीर अशअरी को जाकर बता दें।''

सुल्तान अपनी अम्मीजान का नाम सुनकर चौंके। उनकी ज़ुबान से निकल पड़ा, ''तख़्लिया।''

सुल्तान के तख़्लिया बोलते ही तीनों कनीज़ें बारगाह-ए-फ़लकताज़ से लड़खड़ाते क़दमों के साथ बाहर निकलने लगीं, लेकिन वे साकी रौशनबानो को मन-ही-मन बहुत बुरा-भला कह रही थीं। साकी रौशनबानो सुल्तान के हुक्म के इन्तज़ार में अब भी खड़ी थीं। सुल्तान बोले, ''उन्हें भेज दें।''

बारगाह-ए-फ़लकताज़ से रौशनबानो के निकलते ही वज़ीर अशअरी आ पहुँचे। वे सुल्तान की शान में अदब के साथ झुककर बोले, ''हुज़ूर, गुस्ताख़ी माफ़ हो। यह वक़्त शराबनोशी का नहीं है।''

सुल्तान ने अशअरी के चेहरे की ओर देखते हुए पूछा, ''क्यों क्या हुआ?''

''हुज़ूर को पता ही है कि वज़ीर-ए-आज़म जुनैदी बदायूँ के इक़्तादार मलिक इज़्ज़ुद्दीन मुहम्मद सालारी को लेकर लाहौर की ओर बढ़ रहे हैं। शाही फ़ौज़ उनका पीछा कर रही है। ख़बर यह भी है, कुछ तुर्क अमीरों और मलिकों ने कई ओहदेदारों को मौत के घाट उतार डाला है।''

''माबदौलत का हुक्म है, जिन अमीरों और मलिकों ने हमारे ओहदेदारों को मार डाला है, उन्हें पकड़कर हाथी के पैर के नीचे कुचलवा दिया जाए!''

''हुज़ूर, गुस्ताख़ी माफ़ हो। ऐसा करने से बग़ावत फैल सकती है। मौक़ा मिलते ही इनके ख़िलाफ़ कार्यवाही किया जाना मुनासिब होगा।''

अशअरी का जवाब माक़ूल था। सुल्तान नहीं चाहते थे कि बग़ावत भड़के। उन्होंने पूछा, ''रौशनबानो कह रही थी कि कोई हरकारा दिल्ली से अम्मीजान की ख़बर लेकर आया है।''

''हुज़ूर, शाही इमाम ने हरकारा भेजा है। उन्होंने ख़बर दी, क़िले पर शहज़ादी रज़िया का क़ब्ज़ा हो गया है।''

सुल्तान ख़बर सुनकर भौंचक्के रह गये। इस एक ही ख़बर ने उनके होश उड़ा दिए। शराब का नशा न जाने कहाँ गायब हो गया। वे बोले, ''क्या कहा? क़िले पर शहज़ादी रज़िया ने क़ब्ज़ा कर लिया है?''

''जी हाँ हुज़ूर।''

''और हमारी अम्मीजान?''

''सुल्तान-ए-आलम, बेहद अफ़सोस की बात है, ख़ुदाबन्द-ए-जहाँशाह तुर्कान बेगम क़ुश्क-ए-सफ़ेद में नज़रबन्द हैं।''

"हमारी बेगम और हमारे प्यारे बेटे अलाउद्दीन मसऊद का क्या हुआ?" सुल्तान अपनी अम्मीजान को ही नहीं, अपनी बेगम और बेटे को लेकर फ़िक्रमन्द हो गये।

"हुज़ूर, वे क़ुश्क-ए-लाल में नज़रबन्द हैं।"

"क्या कमबख़्त क़िलेदार सोता रहा?"

"शायद वह नमकहराम शहज़ादी रज़िया से मिल गया है।"

"हरकारे ने और क्या ख़बर दी?"

"हुज़ूर, जुमा की नमाज़ के वक़्त शहज़ादी रज़िया लाल पोशाक में अवाम के सामने पेश हुई थीं। वहाँ भारी भीड़ मौजूद थी। भीड़ में फ़क़ीर क़ाज़ीमुद्दीन ज़ाहिद भी मौजूद थे। शहज़ादी ने इंसाफ़ के वास्ते अपनी फ़रियाद अवाम के सामने रखी। अवाम ने उनकी फ़रियाद ग़ौर से सुनी और अवाम की राय के मुताबिक़ फ़क़ीर क़ाज़ीमुद्दीन ज़ाहिद ने शहज़ादी रज़िया को हिन्दुस्तान का ताजो-तख़्त सौंप दिया।"

"फ़क़ीर क़ाज़ीमुद्दीन ज़ाहिद कौन होते हैं, शहज़ादी रज़िया को ताजो-तख़्त दिलानेवाले?"

"हुज़ूर, फ़ैसला अवाम का था।"

"अवाम क्या है? अवाम भेंड़ की तरह है? उसे जिधर हाँका जाए, वह चल निकलेगी। क्या शाही इमाम शहज़ादी रज़िया से मिल गया है?"

"जी नहीं हुज़ूर। वे हुज़ूर के वफ़ादार आदमी हैं। उनसे ऐसी उम्मीद नहीं की जा सकती।"

"क्या शहर कोतवाल सो गया था? शहज़ादी रज़िया के क़िले से बाहर निकलते ही उन्हें गिरफ़्तार क्यों नहीं किया गया? माबदौलत ने उसे तमाम इख़्तियार दे रखे हैं।"

"हुज़ूर, शहर कोतवाल को पहले ही क़ुव्वतुलमुल्क जमालुद्दीन याक़ूत ने गिरफ़्तार कर लिया था। उन्होंने उसके सिपाहियों को अपनी ओर मिला लिया। जनाब क़ुव्वतुलमुल्क ने शहर कोतवाली पर ही नहीं, दिल्ली के तमाम थानों पर भी क़ब्ज़ा कर लिया था।"

सुल्तान ख़बर-पर-ख़बर सुनकर भौंचक्के थे। उनके होश उड़ गये थे। उन्होंने ऐसा ख़्वाब में भी नहीं सोचा था। वे बोले, "हमारी समझ में नहीं आ रहा है, आख़िर शहज़ादी रज़िया की इतनी हिम्मत कैसे बढ़ गयी?"

"हुज़ूर, सुल्तान-ए-आलम की ग़ैरमौजूदगी में ख़ुदाबन्द-ए-जहाँशाह तुर्कान बेगम ने शहज़ादे क़ुतुबुद्दीन को मौत के घाट उतरवा दिया। इसी वजह से शहज़ादी रज़िया बौखला गयी होंगी। ज़नानी फ़ौज़ उनके पास पहले से ही मौजूद थी। ज़रूर इसी फ़ौज़ की मदद से उन्होंने क़िले पर क़ब्ज़ा किया होगा।"

''अम्मीजान को आख़िर इसकी क्या ज़रूरत थी? कमसिन अन्धा शहज़ादा क्या कर सकता था? अम्मीजान हमें ज़िन्दगी भर नसीहतें देती रहीं और हमारे पीछे ख़ुद ग़लत क़दम उठा बैठीं। जनाब अशअरी...।''

''हुज़ूर।''

''हमें फ़ौरन दिल्ली वापस लौटना होगा। इस वक़्त हमारी अम्मीजान की जान ख़तरे में है। हमारी बेगम और बेटे पर भी ख़तरा मँडरा रहा है। कमबख़्त जुनैदी और दूसरे इक़्तादारों से बाद में निपट लिया जाएगा। पहले क़िल-ए-रायपिथौरा पर कब्ज़ा किया जाए! शहज़ादी रज़िया को गिरफ़्तार करने के बाद उसे क़ैदख़ाने में डाला जाए! उसने हुकूमत के ख़िलाफ़ क़दम उठाकर बग़ावत की है। उसे शायद पता नहीं है, हुकूमत से बग़ावत करनेवालों का क्या अंज़ाम होता है। माबदौलत कल सुबह दिल्ली के वास्ते कूच करेंगे। ख़याल रहे, शहज़ादी रज़िया का क़िले पर क़ब्ज़ा होने की बात बारगाह-ए-फ़लकताज़ से बाहर नहीं जानी चाहिए। वरना फ़ौज़ बग़ावत पर उतर सकती है।''

''हुज़ूर, हुक़्म की तामील होगी।'' वज़ीर असअरी झुककर बोले। इस वक़्त और कोई चारा नहीं था। अब वे सुल्तान की इजाज़त लेने के बाद बारगाह-ए-फ़लकताज़ से बाहर निकल गये।

सुल्तान देर तक न जाने क्या सोचते रहे। उन्होंने शराब का प्याला दूर फेंक दिया। शराब भरी सुराहियों को ठोकर मार दी। शराब ईरानी कालीनों पर बिखर रही थी। सुल्तान बारगाह-ए-फ़लकताज़ में बेचैनी के साथ इधर-उधर टहलने लगे। अब उनके न तो पैर लड़खड़ा रहे थे और न ही ज़ुबान। इसी बीच तीनों कनीज़ें माशूकाबानो, हसीनाबानो और हुस्नाबानो वहाँ फिर आ पहुँचीं। उन्होंने सुल्तान को बेचैनी के साथ टहलते देखा। वे सोचने लगीं, ज़रूर कोई ख़ास ख़बर दिल्ली से आई होगी। माशूकाबानो सुल्तान के नज़दीक आकर बोली, ''क्या सुल्तान-ए-आलम कुछ सोच रहे हैं? कमबख़्त वज़ीर ने बीच में आकर मज़ा किरकिरा कर दिया।''

सुल्तान ने कोई जवाब नहीं दिया। वे अब तक ख़ामोश थे। अब हसीनाबानो बोली, ''क्या हुज़ूर के वास्ते एक प्याला शराब पेश की जाए?''

''नहीं।''

हुस्नाबानो ने सुल्तान के दोनों हाथ अपने हाथों में ले लिए और उन्हें चूमकर बोली, ''क्या सुल्तान का दिल बहलाने के वास्ते भाँड़ों को बुलाया जाए। कई दिन गुज़र गये, हमने उनका तमाशा नहीं देखा।''

तीनों कनीज़ों की सलाह सुनने पर सुल्तान का ख़ून खौल उठा। वे बुलन्द आवाज़ में चिल्लाए, ''रौशनबानो!''

सुल्तान की आवाज़ बारगाह-ए-फ़लकताज़ से बाहर दूर तक जा पहुँची थी। फिर भी सुल्तान दोबारा चिल्लाए, "रौशनबानो!"

तीनों कनीज़ें सोचने लगीं, सुल्तान को हमारे बाहर जाते ही न जाने क्या हो गया है? क्या सुल्तान ने हमारे पीछे और शराबनोशी कर ली? क्या उन पर पागलपन का दौरा तो नहीं पड़ गया है? इसी बीच रौशनबानो दौड़ी-दौड़ी हाज़िर हुईं। वे अदब के साथ झुककर बोलीं, "हुक्म सुल्तान-ए-आलम।"

"इन कमबख़्तों को फ़ौरन गिरफ़्तार कर लिया जाए!"

"हुज़ूर।" रौशनबानो की समझ में कुछ नहीं आ रहा था। वे सोचने लगीं, जो सुल्तान अभी कुछ देर पहले इन हसीन कनीज़ों की जुल्फ़ों से खेल रहा था, वह इस तरह का हुक्म क्यों दे रहा है?

सुल्तान फिर बोले, "माबदौलत का हुक्म है, इन्हें फ़ौरन गिरफ़्तार कर लिया जाए! इन्हीं कमबख़्तों की वजह से आज हमारी यह हालत हुई।" सुल्तान रुक्नुद्दीन फ़ीरोज़शाह की आँखों में ख़ून उतर आया था। तीनों कनीज़ों का नशा काफ़ूर हो गया था। उनके होश उड़ गये थे। उन्होंने सोचा भी नहीं था कि कभी ऐसे हालात का भी सामना करना पड़ सकता है। तीनों कनीज़ें सुल्तान के पैरों पर गिरकर रहम की भीख माँग रही थीं। सुल्तान रहम की भीख देने के बजाय ठोकरें मार रहे थे।

इसी बीच रौशनबानो दारोग़-ए-फ़लकताज़ और कई तातारी बाँदियों को लेकर हाज़िर हो गयी थीं। दारोग़ा को देखते ही सुल्तान चिल्लाए, "इन कमबख़्तों को फ़ौरन गिरफ़्तार कर लिया जाए!"

तीनों कनीज़ें अब भी सुल्तान के पैरों पर पड़ी रहम की भीख माँग रही थीं।, लेकिन वहाँ रहम नाम की कोई चीज़ नहीं थी। कनीज़ें सुल्तान के पैर नहीं छोड़ रही थीं। दारोग़ा और तातारी बाँदियाँ उनकी चोटियाँ पकड़कर घसीटते हुए फ़लकताज़ से बाहर निकाल ले गयीं। साकी रौशनबानो सोच रही थीं, वक़्त बिगड़ते देर नहीं लगती।

तिरेपन

समूची दिल्ली में ख़ुशी का आलम था। शहर के बाज़ारों और मुहल्लों में जश्न मनाया जा रहा था। सड़कों पर अवाम की भारी भीड़ उतर आई थी। कुछ लोग पटाखे बजाकर अपनी ख़ुशी का इजहार कर रहे थे। हिन्दू और मुसलमान हलवाई ही नहीं, बल्कि शहर के तमाम रईस मिठाइयाँ बाँट रहे थे। कुछ दुकानदार राहगीरों को

शर्बत पिला रहे थे। आख़िर यह ख़ुशी क्यों न हो, अवाम ने ऐयाश सुल्तान रुक्नुद्दीन फ़ीरोज़शाह की हुकूमत से छुटकारा पा लिया था। रावण का राज्य ख़त्म हो चुका था। हिन्दुओं का पवित्र त्योहार दीवाली नज़दीक था। इस वास्ते दिल्ली के लोग दोहरी खुशियाँ मना रहे थे। अवाम में सबसे ज़्यादा ख़ुशी औरतों और लड़कियों को थी। उन्होंने कभी सोचा नहीं था कि हिन्दुस्तान के ताजो-तख़्त पर कभी कोई औरत भी बैठ सकती है। वे सोच रही थीं कि अब फ़रियादी की फ़रियाद फ़ौरन सुनी जाएगी। औरतों को मर्द के बराबर दर्ज़ा मिलेगा। अब न कोई मर्द अपनी औरत को मार-पीट सकेगा और न ही उसे सताएगा। मरहूम सुल्तान इल्तुतमिश के ज़माने में लगाई गयी सोने की जंजीर के बजते ही सुल्तान रज़िया फ़रियादियों की फ़रियाद सुनने के वास्ते निकल पड़ेंगी।

सुल्तान रज़िया के हुक़्म से क़ुश्क-ए-दिलक़ुशा पर तैनात सभी तातारी बाँदियों को हटा दिया गया। वहाँ पर दूसरी तातारी बाँदियाँ तैनात की गयीं। क़ादिरबीवीबानो के ओहदे में तरक़्क़ी करते हुए उन्हें क़ुश्क-ए-दिलक़ुशा का दारोग़-ए-ख़ास बनाया गया। फ़ातिमाबानो को इनाम-इकराम देकर उनका पहले का ओहदा बहाल किया गया। क़िलेदार क़ुश्क-ए-दिलक़ुशा की सजावट कुछ निराले ढंग से करा रहे थे। वहाँ का पुराना सामान हटवा दिया गया था। सुल्तान रज़िया नहीं चाहती थीं कि रुक्नुद्दीन फ़ीरोज़शाह की छाया तक मौजूद रहे। इस वास्ते वहाँ से जड़ाऊ सुराहियों और प्यालों को सबसे पहले हटवाया गया।

सुल्तान ने आज हरे रंग की क़िमख़्वाब की पोशाक पहन रखी थी। जेवरात के नाम पर उनके गले में तिहरा मोतियों का हार और कानों में बालियाँ ही मौजूद थीं। उनकी पोशाक हमेशा की तरह ही थी। पोशाक में कोई ख़ुशबू नहीं लगी थी। सुल्तान सादगी पसन्द थीं। उनके चेहरे से हिन्दुस्तान के सुल्तान का गुरूर नहीं टपक रहा था। क़ुश्क-ए-दिलक़ुशा के ख़ास दरवाज़े पर क़ुव्वतुलमुल्क जमालुद्दीन याक़ूत, नायब वज़ीर ख़्वाजा मुहज़्ज़बुद्दीन और क़िलेदार सुल्तान की आमद का इन्तज़ार कर रहे थे। जैसे ही सुल्तान बाहर निकलीं, तीनों ओहदेदार अदब के साथ उनकी शान में झुक गये। सुल्तान की ख़ास-ख़ास बाँदियाँ नंगी तलवारें लिए उनके साथ मौजूद थीं। सुल्तान ख़्वाजा मुहज़्ज़बुद्दीन की ओर मुख़ातिब होकर बोलीं, ''दुश्मन क़िले से ज़्यादा दूर नहीं है। हमें हर वक़्त चौकन्ना रहना चाहिए। क़िले के दरवाज़ों पर कहीं-कहीं सुल्तान रुक्नुद्दीन फ़ीरोज़शाह के ख़ास हाकिम तैनात होंगे। किसी-किसी दरवाज़े पर जहाँशाह तुर्कान बेगम के ख़ास हाकिम और पहरेदार तैनात होंगे। हम सबसे पहले क़िले के दरवाज़ों का मुआयना करना चाहेंगे।''

''सुल्तान-ए-आलम वज़ा फ़र्मा रही हैं।'' वज़ीर-ए-आज़म जुनैदी के नायब ख़्वाजा मुहज़्ज़बुद्दीन अदब के साथ झुककर बोले। ख़्वाजा का इशारा पाते ही सोने

की सीढ़ी हाज़िर हो गयी। हाथी वक़्त बहादुर ने चिंघाड़ लगाकर सुल्तान की क़दमबोसी की। सुल्तान रज़िया सीढ़ी के ज़रिये सोने के हौदे पर सवार हो गईं। उनके चेहरे पर नक़ाब पड़ी हुई थी।

वे सबसे पहले अजमेरी दरवाज़ा पहुँचीं। वहाँ पर मौजूद पहरेदार सुल्तान की शान में कोर्निश बजा रहे थे। उनके चेहरों पर मुस्कराहट थी। अजमेरी दरवाज़ा का मुआयना करने के बाद वे बुर्का, ग़ज़नी, मुइज़्ज़ी, बगदादी और बदायूँ दरवाज़े पर पहुँचीं। सुल्तान सबसे बाद में हौज़रानी दरवाज़े पर पहुँचीं। हौज़रानी दरवाज़े के हाकिम और पहरेदार शर्म के मारे सिर झुकाए थे। वे ख़ुद को गुनाहगार समझ रहे थे। वे सोच रहे थे, सुल्तान को ज़रूर उनके बारे में जानकारी करा दी गयी होगी।

उन्होंने दरवाज़ों का मुआयना करने के बाद क़िलेदार को हुक़्म फ़र्माया, ''पहरे पर तैनात सभी पहरेदारों की तब्दीली कर दी जाए! मौजूदा पहरेदारों को इनाम-इकराम देकर दूसरे कामों में लगा दिया जाए! उनकी तनख़्वाह में बढ़ोत्तरी कर दी जाए! हौज़रानी दरवाज़े पर तैनात पहरेदारों को एकमुश्त रक़म देकर नौकरी से हटा दिया जाए!''

सुल्तान ने क़िले के तमाम दरवाज़ों का मुआयना करने के बाद चीताख़ाना, फीलख़ाना, शुतुरख़ाना, घुड़साल, परिन्दाख़ाना और जंगली कुत्तों का मुआयना किया। तीनों ओहदेदार अब भी उनके साथ मौजूद थे। सुल्तान ने वहाँ के ओहदेदारों को हुक़्म दिया, जानवरों की खुराक में बढ़ोत्तरी की जाए! फीलख़ाने के हाकिम को हुक़्म हुआ, हाथियों को शराब न पिलाई जाए। उन्हें गन्ने का रस ही दिया जाए! वे जानवरों और परिन्दों का मुआयना करने के बाद अपने महल से सटे बाग में चली गयीं। उन्होंने बाग़ में जाने से पहले तीनों ओहदेदारों को वापस जाने की इजाज़त दे दी। उन्होंने बाग़ में हमेशा की तरह कबूतरों और दूसरे परिन्दों को दाना चुँगाया। इस वक़्त सुल्तान की ख़ास-ख़ास बाँदियाँ उनके साथ मौजूद थीं। वे उनकी मदद कर रही थीं। वे अभी कबूतरों को दाना चुँगा ही रही थीं कि न जाने कहाँ से एक सफ़ेद कबूतर उनके दाहिने कन्धे पर आकर बैठ गया। उन्होंने बड़े प्यार से उसे अपने दोनों हाथों में भर लिया और चूमकर उड़ा दिया। अब सुल्तान अपने दोनों प्यारे चीतों रहमान और रहीम को देखने के लिए चल दीं।

देर रात तक सुल्तान की ख़ास बाँदियाँ गुल-ए-अब्बासी, नयनज्योतिबाई, चंचलबाई, कजरी, चन्द्रकला और गुलसुल्तानबानो उनके साथ मौजूद थीं। सुल्तान अपनी बाँदियों से सल्तनत के बारे में अलग-अलग मशविरे करती रहीं। उन्हें अपनी बाँदियों पर ख़ासा यक़ीन था। इसी बीच गुल-ए-अब्बासी ने सुल्तान से पूछा, ''हुज़ूर का गुलबदन के बारे में क्या ख़याल है? क्या उसे ख़ास बाँदियों में शामिल

किया जाएगा?''

''गुलबदन ने हमारी ख़िदमत की है, लेकिन वह जहाँशाह तुर्कान बेगम की ख़ास बाँदी है। हम नहीं चाहतीं, जहाँशाह तुर्कान बेगम उसकी ईमानदारी और वफ़ादारी पर किसी तरह की उँगली उठाएँ। उसे इनाम-इकराम देकर पेंशन बाँध दी जाए! उसके अपने बच्चे हैं। अब वह उनकी परवरिश करे।''

''बेहतर हुज़ूर।'' गुल-ए-अब्बासी बोली। रात काफ़ी गुज़र गयी थी, इसलिए बाँदियाँ इजाज़त लेकर चली गयीं।

सुल्तान को आधी रात गुज़र जाने के बाद भी नींद नहीं आई। उनके दिमाग़ में तमाम ख़याल आ-जा रहे थे। क़ुश्क-ए-दिलक़ुशा के तहख़ाने में छिपा ख़ज़ाना उनके दिमाग़ में काफ़ी देर से घूम रहा था। उन्हें डर था, कहीं ख़ज़ाने का पता सुल्तान रुक्नुद्दीन फ़ीरोज़शाह को न लग गया हो। उन्हें रुक्नुद्दीन फ़ीरोज़शाह के ख़िलाफ़ जंग छेड़नी थी। वे सोच रही थीं कि क्या वज़ीर-ए-आज़म जुनैदी लौटकर वापस आएँगे? अगर वे वापस नहीं लौटते, तब वज़ीर-ए-आज़म का आला दर्ज़ा किस ओहदेदार को दिया जाए? क्या वज़ीर-ए-आज़म जुनैदी का नायब ख़्वाजा मुहज़्ज़बुद्दीन इस ओहदे की ज़िम्मेदारी बख़ूबी निभा पाएगा? सुल्तान क़ुव्वतुलमुल्क जमालुद्दीन याक़ूत के ओहदे में भी तरक़्क़ी करना चाहती थीं, लेकिन एक सवाल उनके ज़ेहन में बार-बार उठ रहा था कि क्या क़ुव्वतुलमुल्क जमालुद्दीन याक़ूत की तरक़्क़ी तुर्कान-ए-चिहिलगानी बन्दगान-ए-शम्सी के तुर्क, मुइज़्ज़ी अमीर और मलिक बर्दाश्त कर पाएँगे? वे अच्छी तरह जानती थीं कि सल्तनत के तमाम तुर्क, मुइज़्ज़ी अमीर और मलिक जमालुद्दीन याक़ूत से नाराज़ हैं।

वे सोचने लगीं, तुर्कान-ए-चिहिलगानी बन्दगान-ए-शम्सी के कौन-कौन अमीर और मलिक उनके साथ वफ़ादारी दिखाएँगे और कौन-कौन नमकहरामी करेंगे। वे यह भी सोचने लगीं कि तुर्कान-ए-चिहिलगानी बन्दगान-ए-शम्सी के ग़ुलामों में तुर्क और मुइज़्ज़ी क़बीलों के अलावा कुछ दूसरे क़बीलों या फिर हिन्दुस्तानी मुसलमानों को रखना होगा। वे यह भी सोच रही थीं कि सल्तनत में इस्माइली शियाओं को भी कुछ ओहदे देने होंगे। अब वे मलिक अल्तूनिया के बारे में सोचने लगीं।

मलिक अल्तूनिया उनसे शादी करने का इरादा रखता है। मरहूम अब्बाहुज़ूर भी चाहते थे कि मलिक अल्तूनिया से उनकी शादी हो जाए। वे सोचने लगीं कि जामा मस्जिद पर उन्होंने ख़ुद अवाम के सामने ऐलान किया था कि जब तक वे ताजो-तख़्त पर बरकरार रहेंगी, अवाम की ख़िदमत के वास्ते शादी नहीं करेंगी। अब उनके ज़ेहन में एक नया सवाल उठ रहा था कि क्या सल्तनत के बुज़ुर्ग अमीर, मलिक और ख़ान एक औरत को शाही तख़्त पर देखना पसन्द करेंगे या फिर नहीं। वे देर तक

इन्हीं ख़यालों में डूबी रहीं। आख़िर उन्हें किसी तरह रात के आख़िरी पहर में नींद आई। फिर भी वे सुबह जल्दी सोकर उठ गयीं। ताजो-तख़्त की ज़िम्मेदारी ने उनकी आँख वक़्त से पहले खोल दी थीं।

क़ुश्क-ए-दिलक़ुशा पर क़ादिरबीवीबानो की देख-रेख में तातारी बाँदियों का सख़्त-से-सख़्त पहरा था। हुक्म हुआ, शहज़ादी सज़िया, क़ादिरबीवीबानो, फ़ातिमाबानो, गुल-ए-अब्बासी, नयनज्योतिबाई, कजरी, चन्द्रकला, चंचलबाई, गुलसुल्तानबानो और ख़्वाजासरा इनायत के अलावा और कोई भी सुल्तान की बिना इजाज़त अन्दर नहीं आ सकता। सुल्तान के हुक्म से दिल्ली शहर में नया शहर कोतवाल तैनात किया गया। शहर के तमाम थानेदारों को बहाल करते हुए उन्हें नये-नये ओहदे दिए गये। उनकी जगह दूसरे थानेदारों की तैनाती की गयी।

रात और दिन में शहर के अन्दर गश्त तेज़ करा दी गयी। शहर में आने-जानेवाले तिज़ारतियों और दूसरे मुसाफ़िरों की अच्छी तरह पड़ताल करने का हुक्म हुआ। शहर के मुहल्ले-मुहल्ले में भिखारियों, मज़दूरों, राजगीरों, बाज़ीगरों, नटों, मदारियों और तिज़ारतियों के वेश में जासूस लगाए गये। क़िले के अन्दर जिन निकम्मे लोगों को ऊँचे-ऊँचे ओहदों पर सुल्तान रुक्नुद्दीन फ़ीरोज़शाह ने बिठा दिया था, उन्हें निकाल बाहर किया गया। पिछली हुकूमत में जिन रक़्क़ासाओं और गाने-बजानेवालों को भारी तादाद में भर्ती कर लिया गया था, उन्हें एकमुश्त रक़म देकर क़िले से बाहर कर दिया गया। क़िले में चंग, सारंगी, डफ, रबाब, बाँसुरी, अर्गुन, शहनाई, तंबूरा और ढोल भारी तादाद में इकट्ठे हो गये थे। इन सामानों को भी गाने-बजानेवालों में तक़सीम कर दिया गया।

क़ुश्क-ए-दिलक़ुशा में सुल्तान की पहली रात जागते ही कट रही थी। आधी रात गुज़र जाने के बाद सुल्तान पलंग से उतरीं। सुल्तान के हुक्म से क़ुश्क-ए-दिलक़ुशा में मौजूद जड़ाऊ पलंग को बाहर निकलवा दिया गया था और उसी स्थान पर क़ुश्क-ए-फ़ीरोज़ी से सुल्तान का पलंग उठवाकर लगवाया गया था। सुल्तान को न जाने क्यों यही पलंग पसन्द था। वे सुल्तान रुक्नुद्दीन फ़ीरोज़शाह द्वारा इस्तेमाल किए गये पलंग को अपनी फूटी आँखों देखना नहीं चाहती थीं। वे जानती थीं, इस पलंग पर न जाने कितनी हसीनाओं के साथ रुक्नुद्दीन फ़ीरोज़शाह हमबिस्तर हुए होंगे। उस पलंग को देखते ही उन्हें घिन आने लगी थी।

उन्होंने पलंग से उतरने के बाद उसे अपनी जगह से खिसकाया। उन्हें तहख़ाने के अन्दर जाने की तरक़ीब पहले से मालूम थी। उनके मरहूम अब्बाहुज़ूर उन्हें ख़ज़ाने का रास्ता अच्छी तरह से समझा गये थे। उन्होंने पलंग के नीचे फ़र्श पर मौजूद ख़ास पत्थर को एक ख़ास दिशा में हटाया। अब वहाँ सीढ़ियाँ दिखने लगी थीं। वे चिराग़ लेकर सीढ़ियों के ज़रिये तहख़ाने में उतर गयीं। उन्होंने अपनी कमर में दो-दो

तलवारें और एक कटार खोंस रखी थीं। वे कुछ ही देर में ख़ज़ाने के नज़दीक पहुँच गयीं। उन्होंने वहाँ एक-एक सन्दूक खोलकर देखे। ख़ुदा का लाख-लाख शुक्र है, ख़ज़ाना महफ़ूज़ था।

उन्होंने हीरा, मोती, नीलम, माणिक, पन्ना और पुखराज के बक्सों में से एक भी दाना छुआ नहीं। उन्होंने जल्दी-जल्दी सोने की अशर्फ़ियों को तीन अलग-अलग थैलों में भरा। वे एक-एक थैले को लेकर सीढ़ियों के ज़रिये क़ुश्क-ए-दिलक़ुशा में पहुँचा आईं। जब वे तीनों बोरियाँ पहुँचा चुकीं, तब उन्होंने फ़र्श के पत्थर को खिसकाकर अपनी जगह ला दिया। इसके बाद पलंग को उसी स्थान पर पहुँचा दिया। इस काम में काफ़ी वक़्त लग गया था। सर्दी की रात होने पर भी वे पसीने से तर-बतर हो गयी थीं। अब उन्होंने कमर में खोंसी दोनों तलवारें और कटार निकालकर पलंग के नज़दीक रख दीं और पोशाक बदलकर पलंग पर लेट गयीं, लेकिन नींद अब भी उनसे दूर थी। भोर होने से कुछ देर पहले उनकी आँख लगी। सुबह वे देर से सोकर उठीं। उनकी आँखों के लाल-लाल डोरे बतला रहे थे कि सुल्तान रात ठीक से सो नहीं सकी हैं। बाँदियाँ उनका देर से इन्तज़ार कर रही थीं। वे हम्माम में सुल्तान के गुस्ल का इन्तज़ाम कर चुकी थीं। वे कुछ ही देर में हम्माम में दाख़िल हो गयीं। हम्माम में सुल्तान को ज़्यादा देर नहीं लगी। वहाँ से लौटने के बाद वे सीधे पोशाकख़ाने की ओर चल दीं।

वे अभी पोशाक पहन ही रही थीं कि गुल-ए-अब्बासी ने अदब के साथ झुककर पूछा, "हुज़ूर, क़ुश्क-ए-लाल में मौजूद सुल्तान रुक्नुद्दीन फ़ीरोज़शाह की ख़ास बेगम और शहज़ादे अलाउद्दीन मसऊद के साथ क्या सुलूक होगा?"

सुल्तान बोलीं, "उन्होंने कोई जुर्म नहीं किया। शहज़ादे अलाउद्दीन मसऊद अभी बारह-तेरह साल के हैं। उन्हें दुनियादारी की कोई जानकारी नहीं है। हमने उन्हें काफ़ी दिनों से देखा नहीं है। उन्हें बाइज़्ज़त यहाँ ले आएँ!"

"क्या अभी?" गुल-ए-अब्बासी ने पूछा।

"कोई हर्ज़ नहीं, उन्हें लेकर आएँ!"

गुल-ए-अब्बासी कुछ तातारी बाँदियों को लेकर क़ुश्क-ए-लाल पहुँच गयीं। जैसे ही गुल-ए-अब्बासी और तातारी बाँदियों के क़ुश्क-ए-लाल में पहुँचने की ख़बर पहुँची, सुल्तान रुक्नुद्दीन फ़ीरोज़शाह की ख़ास बेगम अपने बेटे को सीने से चिपटाकर रोने लगीं। वे सोच रही थीं, ज़रूर सुल्तान रज़िया उनसे बदला लेंगी। वे सोचने लगीं, कहीं सुल्तान रज़िया उनके प्यारे बेटे को क़ैदख़ाने में न डाल दें! कहीं उसे अन्धा न कर दिया जाए! कहीं उसे मौत के घाट न उतार दिया जाए!

गुल-ए-अब्बासी उन्हें समझा रही थीं कि ऐसा कुछ नहीं होगा, लेकिन उनके अन्दर डर समाया हुआ था। लाख समझाने पर भी उनका डर नहीं निकल रहा था। वे

अच्छी तरह समझ रही थीं कि जब हुकूमत बदलती है, उस वक़्त नया सुल्तान अपने रास्ते के तमाम काँटों को साफ़ करा देता है। शहज़ादों को या तो क़ैदख़ाने में डाल दिया जाता है, या फिर उन्हें अन्धा कर दिया जाता है, या फिर उन्हें हमेशा-हमेशा के वास्ते मौत की नींद सुला दिया जाता है। उन्होंने गुल-ए-अब्बासी से काफ़ी मिन्नतें कीं। ख़ुद सुल्तान रज़िया के हुज़ूर में पेश होने की इजाज़त माँगी।

गुल-ए-अब्बासी अब भी उन्हें समझा रही थीं कि शहज़ादे पूरी तरह से उसकी हिफ़ाज़त में रहेंगे। बेगम ने कोई रास्ता न देख बेटे को गुल-ए-अब्बासी के साथ जाने की इजाज़त किसी तरह दी। उन्होंने चलते-चलते शहज़ादे को पचास अशर्फ़ियाँ भी दीं और उसे समझाया कि अदब के साथ सुल्तान रज़िया को अशर्फ़ियाँ नज़र करे। शहज़ादा अपनी अम्मीजान की इजाज़त लेने के बाद आदाब बजाकर गुल-ए-अब्बासी के पीछे-पीछे चल दिया। वह मुड़-मुड़कर अपनी अम्मीजान को देख रहा था। बेगम शहज़ादे को जाते-जाते ताक रही थीं। उनकी आँखों से आँसू बह रहे थे। वे सोच रही थीं कि आज उनका इकलौता बेटा उनसे हमेशा-हमेशा के वास्ते दूर हो रहा है।

शहज़ादा अलाउद्दीन मसऊद जैसे ही क़ुश्क-ए-दिलक़ुशा के ख़ास दरवाज़े पर पहुँचा, वहाँ मौजूद ख़्वाजासरा इनायत उनकी शान में अदब के साथ झुक गया। उसने शहज़ादे को कोर्निश बजाई। शहज़ादा उसे देखकर मुस्करा उठा। शहज़ादे ने आसमानी रंग की क़ीमती किमख़्वाब की जड़ाऊ पोशाक पहन रखी थी। सिर पर नन्ही ख़ूबसूरत पगड़ी मौजूद थी। पगड़ी में तिहरा मोतियों का सरपेच लगा था, जिसमें बीच-बीच में पन्ने पिरोए गये थे। शहज़ादे की कमर के पटके में एक तलवार खुंसी थी। उनके गले में तिहरा मोतियों का हार लटक रहा था। उसने दोनों कानों में मोतियों के बुन्दे पहन रखे थे। पैरों में जड़ाऊ ख़ूबसूरत क़ुतुबशाही जूतियाँ मौजूद थीं। कुल मिलाकर शहज़ादा बेहद ख़ूबसूरत दिख रहा था। जब शहज़ादा क़ुश्क-ए-दिलक़ुशा के अन्दर पहुँचा, तब सुल्तान रज़िया को देखकर अदब के साथ झुक गया। उसने सुल्तान की शान में सात बार कोर्निश बजाई। सुल्तान रज़िया अपने भतीजे को देखकर मुस्करा उठीं। शहज़ादे ने सोने की तश्तरी में पचास अशर्फ़ियाँ सुल्तान को नज़र कीं जो क़ुबूल की गयीं।

सुल्तान रज़िया ने पूछा, ''क्या आपको क़ुश्क-ए-लाल में कोई तकलीफ़ तो नहीं है?''

शहज़ादा बोला, ''जी नहीं, सुल्तान-ए-आलम।''

''आप इस वक़्त क्या-क्या पढ़ रहे हैं?''

''हम इस वक़्त क़ुरआन शरीफ़ पढ़ना सीख रहे हैं।''

''और तवारीख़?''

"जी नहीं। अभी हमारे उस्ताद ने तवारीख़ नहीं पढ़ाई।"

"आप तवारीख़ भी पढ़ें!"

"सुल्तान-ए-आलम के हुक्म से अब हम तवारीख़ भी पढ़ेंगे।" शहज़ादा कोर्निश बजाकर बोला।

शहज़ादे के इतना बोलते ही बाँदियाँ मुस्कराने लगीं, लेकिन सुल्तान ने उनकी ओर ग़ौर नहीं फ़र्माया। उन्होंने आगे पूछा, "क्या आप तलवार चलाना सीख गये हैं?"

"जी हाँ हुज़ूर।"

"और घुड़सवारी?"

"हमें घुड़सवारी का बेहद शौक़ है। हम कभी-कभी घुड़सवारी पर जाते हैं। हमें तीर-कमान चलाना भी पसन्द है।"

"बहुत ख़ूब...बहुत ख़ूब। आपकी अम्मीजान कैसी हैं?"

"अच्छी हैं। वे सुल्तान-ए-आलम से मिलने की इजाज़त चाह रही हैं।"

"उन्हें हमारा आदाब कहना। वे बेख़ौफ़ होकर रहें। किसी चीज़ की ज़रूरत समझें तो हमारे पास ख़बर भिजवा दें। हम उनसे जल्दी मुलाक़ात करना चाहेंगे।"

"शुक्रिया, सुल्तान-ए-आलम।" शहज़ादा एक बार फिर अदब के साथ झुक गया।

सुल्तान ने एक जड़ाऊ कटार शहज़ादे के पटके में बाँधकर उसे विदा किया। सुल्तान सोचने लगीं, अगर वक़्त से उनकी शादी हो गयी होती, तब उनका बेटा भी शहज़ादे अलाउद्दीन मसऊद की उम्र का होता।

दीवान-ए-आम में तिल रखने की भी जगह नहीं थी। सुल्तान रज़िया का यह पहला दरबार था। तमाम अमीर, मलिक, ख़ान, शाइर, हकीम, आलिम, फ़ाज़िल, सैयद, शैख़, क़िलेदार, शहर कोतवाल, मुल्ला, मौलवी, क़ाज़ी-ए-सल्तनत और उलेमा हज़रात अपनी-अपनी जगह मौजूद थे। दीवान-ए-आम में शहज़ादे मुइज़्ज़ुद्दीन को ख़ास जगह दी गयी थी। पर्दे की आड़ में शहज़ादी सज़िया मौजूद थीं। उनके साथ दो ख़ास बाँदियाँ भी मौजूद थीं। कजरी की ख़ास सिफ़ारिश पर मोहिनी को भी दीवान-ए-आम की पहली कार्यवाही देखने के वास्ते पर्दे की आड़ में जगह मिल गयी थी। मोहिनी के नज़दीक ही ख़्वाजासरा इनायत खड़ा था। वह सुल्तान से इजाज़त लेने के बाद आज की ख़ास कार्यवाही देखने के वास्ते आया था।

शाही तख़्त के सामने झीना-झीना पर्दा पड़ा था। इससे पहले कभी ऐसा पर्दा नहीं डाला गया था। हाज़िरीन में से कुछ लोग पर्दे को ग़ौर से देख रहे थे। हाज़िरीन के बीच कुछ कानाफूसी हो रही थी। पर्दे के अन्दर और बाहर सुल्तान की ख़ास-

ख़ास बाँदियाँ नंगी तलवारें लिए खड़ी थीं। ख़्वाजा मुहज़्ज़बुद्दीन अपनी ख़ास जगह ले चुके थे। क़ुव्वतुलमुल्क जमालुद्दीन याक़ूत नंगी तलवार लिए ख़्वाजा के नज़दीक खड़े थे। नक़ीब ने ज़ोरदार आवाज़ लगाई, ''बाअदब होशियार, हरक़दम फ़तेह नुसरत, नज़र माल-ओ-दौलत, जुबान मुबारक बख़्शिशो इज़्ज़त सुल्तान-ए-आलम, सुल्तान रज़ियतुद्दुनियाँ वद्दीन बिन्त सुल्तान इल्तुतमिश तशरीफ़ ला रही हैं।''

सभी हाज़िरीन की निगाहें शाही तख़्त की ओर लग गयीं। नक़ीब ने एक बार फिर ज़ोरदार आवाज़ लगाई, ''हरक़दम मुलाहिजा, फ़ज़्ल-ए-इलाही, सुल्तान रज़िया ज़िन्दाबाद...ज़िन्दाबाद...ज़िन्दाबाद।''

हाज़िरीन की जुबान से एक साथ निकल पड़ा, ''ज़िन्दाबाद...ज़िन्दाबाद... ज़िन्दाबाद।''

सुल्तान ने शाही तख़्त पर बैठते ही सबसे पहले ख़ुदा को याद किया और उसके बाद अपने मरहूम अब्बाहुज़ूर सुल्तान इल्तुतमिश को। सुल्तान ख़ुदा को याद करते हुए मन-ही-मन बोलीं, ''बिस्मिल्लाहिर्रहमानिर्रहीम। ए ख़ुदा, मुझे ताक़त, हिम्मत और हौसला दे, जिससे मैं तेरे द्वारा सौंपी गयी हिन्दुस्तान की हुकूमत को बख़ूबी चला सकूँ। अवाम को ख़ुशहाल रख सकूँ।''

दीवान-ए-आम में मौजूद तमाम हाज़िरीन में से सबसे पहले शहज़ादे मुइज़्ज़ुद्दीन ने अपनी बहन सुल्तान रज़िया को पाँच सौ सोने की अशर्फ़ियाँ और कुछ जवाहरात नज़र किए। क़ुव्वतुलमुल्क जमालुद्दीन याक़ूत ने अदब के साथ उनके हाथों से तश्तरी ले ली और गुल-ए-अब्बासी के हाथों में सौंप दी। गुल-ए-अब्बासी ने तश्तरी सुल्तान के सामने पेश की, जिसे उन्होंने ख़ुशी-ख़ुशी क़ुबूल किया। अब वज़ीर-ए-आज़म जुनैदी के नायब ख़्वाजा मुहज़्ज़बुद्दीन ने अशर्फ़ियों भरी सोने की तश्तरी सुल्तान की शान में पेश की। ख़्वाजा द्वारा पेश की गयी नज़र क़ुबूल की गयी। ख़्वाजा द्वारा पेश की गयी नज़र के बाद दूसरे अमीरों, मलिकों और ख़ानों ने भी अपनी-अपनी नज़रें पेश कीं। दीवान-ए-आम में मौजूद क़ाज़ी-ए-सल्तनत और उलेमा हज़रात की भी नज़रें क़ुबूल हुईं। सुल्तान की शान में शाइरों ने कसीदे पढ़े। इन कसीदों पर हाज़िरीन वाह-वाह कर रही थी।

सुल्तान बोलीं, ''माबदौलत तमाम हाज़िरीन का शुक्रिया अदा करते हैं, जिन्होंने हमें हिन्दुस्तान के ताजो-तख़्त की ज़िम्मेदारी सौंपकर हम पर यक़ीन किया है। हम हिन्दुस्तान की अवाम के भी शुक्रगुज़ार हैं जिसने हमें शाही तख़्त पर बिठाया है। हम यक़ीन दिलाते हैं, हिन्दुस्तान की अवाम की ख़ुशहाली हमारा पहला फ़र्ज़ होगा। हम हिन्दुस्तान की अवाम की ख़ुशहाली के वास्ते हर ख़तरा उठाने को तैयार हैं। उम्मीद है, हमारे वफ़ादार और जाँबाज़ अमीर, मलिक, ख़ान और सल्तनत के दूसरे ओहदेदार हमारे साथ क़दम-से-क़दम मिलाकर चलेंगे।''

सभी हाज़िरीन की जुबान से एक साथ निकल पड़ा, "मरहबा...मरहबा...मरहबा।"

सुल्तान फिर बोलीं, "हमारे तजुर्बेकार वज़ीर-ए-आज़म निज़ामुलमुल्क जुनैदी के भाग जाने की वजह से हम ख़्वाजा मुहज़्ज़बुद्दीन को सल्तनत का वज़ीर-ए-आज़म तैनात करते हैं। वज़ीर-ए-आज़म जुनैदी के नायब रहने की वजह से इन्हें सल्तनत के कामकाज का अच्छा-ख़ासा तजुर्बा हासिल है। वज़ीर-ए-आज़म जुनैदी की ग़ैरमौजूदगी में इन्होंने सल्तनत का कामकाज बख़ूबी निपटाया है।"

ख़्वाजा मुहज़्ज़बुद्दीन को वज़ीर-ए-आज़म तैनात करने की वजह से दीवान-ए-ख़ास में मौजूद हाज़िरीन की जुबान से एक साथ निकल पड़ा, "मुबारक हो...मुबारक हो।"

ख़्वाजा मुहज़्जबुद्दीन अपने ओहदे में ख़ासी बढ़ोत्तरी पाकर सुल्तान की शान में अदब से झुक गये। उन्होंने दीवान-ए-आम में मौजूद तमाम ओहदेदारों का शुक्रिया अदा किया।

सुल्तान फिर बोलीं, "माबदौलत आज के ख़ास मौक़े पर मलिक इख़्तियारुद्दीन अल्तूनिया, जिन्हें मरहूम अब्बाहुज़ूर ने काफ़ी इज़्ज़त दी थी। हम इन्हें बरन की इक़्ता की ज़िम्मेदारी देते हैं। मलिक अल्तूनिया को हुक़्म है, वे रुकुनुद्दीन फ़ीरोज़शाह की गिरफ़्तारी के बाद फ़ौरन बरन के वास्ते रवाना हो जाएँ!"

मलिक अल्तूनिया अदब के साथ सुल्तान रज़िया की शान में झुक गया। तमाम हाज़िरीन की जुबान से एक साथ निकल पड़ा, "मुबारक हो...मुबारक हो।" मलिक अल्तूनिया के ठीक पीछे खड़े उनके ख़ास सिपाही तेज़सिंह ने उन्हें मुबारकबाद पेश की।

बरन की इक़्ता मिलने पर मलिक अल्तूनिया ख़ुश हुआ, लेकिन वह किसी भी क़ीमत पर दिल्ली नहीं छोड़ना चाहता था। वह सुल्तान से शादी करने के ख़्वाब न जाने कब से देख रहा था। उसका अचानक बाँया हाथ गले में लटके बगलामुखी यन्त्र पर चला गया, जिसे कभी बनारस के तांत्रिक पंडित शिवशंकर शुक्ल ने तैयार किया था।

सुल्तान फिर बोलीं, "सुल्तान रुकुनुद्दीन फ़ीरोज़शाह की फ़ौज़ इस वक़्त जमुना दरिया से तीन कोस की दूरी पर मौजूद है। सुल्तान रुकुनुद्दीन फ़ीरोज़शाह कभी भी क़िले पर हमला बोल सकते हैं। क़िले और दिल्ली की हिफ़ाज़त के वास्ते माबदौलत का हुक़्म है, किसी भी हालत में जमुना दरिया पर बने पुल पर दुश्मन का क़ब्ज़ा न होने दिया जाए! दिल्ली की फ़ौज़ को पुल के दाहिने-बायें दो-दो कोस की दूरी से नावों द्वारा जमुना पार कराई जाए! सर्दी के दिन होने की वजह से जमुना में इस वक़्त पानी कम होगा, इसलिए घोड़ों, ऊँटों और हाथियों को पानी में घुसाकर

आसानी के साथ पार कराया जा सकता है। सुल्तान रुकुनुद्दीन की फ़ौज़ पर उत्तर, दक्षिण और पूरब की ओर से हमला बोलते हुए घेर लिया जाए! बाद में मौक़ा देखकर पुल से भी फ़ौज़ भेजी जा सकती है। हम इस ख़ास मौक़े पर फ़ौज़ को दो-दो महीने की पेशगी तनख़्वाह देने का हुक़्म फ़र्माते हैं। हुक़्म है, फ़ौज़ के तमाम सिपाहियों को आज ही तनख़्वाह बाँट दी जाए।''

ख़्वाजा बोले, ''सुल्तान-ए-आलम, हुक़्म की तामील होगी।''

''रुकुनुद्दीन फ़ीरोज़शाह की फ़ौज़ के इर्द-गिर्द बंजारों की अनाज भरी गाड़ियाँ मौजूद होंगी। उन पर क़ब्ज़ा कर लिया जाए! बंजारों को हिरासत में ले लिया जाए! ख़याल रहे, हमला भोर होने से पहले ही रात के अँधेरे में किया जाए! जहाँ तक हो सके, रुकुनुद्दीन फ़ीरोज़शाह और आइनुलमुल्क हुसैन अशअरी को ज़िन्दा पकड़ लिया जाए!''

तमाम हाज़िरीन की ज़ुबान से एक साथ निकल पड़ा, ''सुल्तान-ए-आलम, हुक़्म की तामील होगी।''

सुल्तान ने ख़्वाजा की ओर मुख़ातिब होकर पूछा, ''वज़ीर-ए-आज़म जुनैदी और सुल्तान रुकुनुद्दीन फ़ीरोज़शाह के अलावा इस वक़्त सल्तनत के सामने और कौन-कौन-सी ख़ास मुश्किलें हैं?''

''हुज़ूर, इस वक़्त मेवाती राजपूताने में छापामार जंग लड़ रहे हैं। मरहूम सुल्तान इल्तुतमिश को ख़ुदा जन्नत बख़्शे। उनकी मौत के बाद राजपूताने के तमाम राजपूत ख़ुद मुख़्तार हो गये हैं। चौहान उत्तर-पूर्वी राजपूताने को लूट रहे हैं। वे मेवातियों से मिल गये हैं। मौलाना नूरुद्दीन तुर्क क़रामेता, जिसे लोग नूर तुर्क के नाम से पुकारते हैं, उसके दिल्ली, गुजरात, सिन्ध और दोआबा में तक़रीबन एक हज़ार चेले हो गये हैं। वे सुन्नी दानिशमंदों को नासिबी और मुर्जी कहकर पुकारते हैं। उनसे सल्तनत के साथ-साथ सुन्नी मुसलमानों को ख़तरा हो रहा है।''

''यह क़रामेता कहाँ से पैदा हो गये हैं? हमने इनके बारे में आज तक कुछ नहीं सुना।'' सुल्तान ने पूछा।

''हुज़ूर, यह इस्माइली फ़िरक़े से ताल्लुक़ रखते हैं। तक़रीबन नौवीं शताब्दी में अब्दुल्ला और उनके मुरीद कर्मत ने इस फ़िरक़े को दूर-दूर के मुल्कों तक फ़ैलाया था। इस फ़िरक़े के लोगों को आपस में बराबरी का दर्ज़ा मिला है। ये इस्लामी दुनिया में सुन्नी मुसलमानों के वास्ते ख़तरा हैं।''

''राजपूताने के मेवातियों और चौहानों से बाद में निपट लिया जाएगा। नूर तुर्क को भी देखा जाएगा। फ़िलहाल हमें सुल्तान रुकुनुद्दीन फ़ीरोज़शाह से निपटना है। क्या और कोई ख़ास मसला आज के दरबार में पेश होना है?''

ख़्वाजा मुहज़्ज़बुद्दीन झिझकते हुए बोले, ''जहाँशाह तुर्कान बेगम...।''

जहाँशाह तुर्कान बेगम का नाम वज़ीर-ए-आज़म की जुबान से निकलते ही दीवान-ए-आम में मौजूद तमाम अमीरों और मलिकों की जुबान से एक साथ निकल पड़ा, "उन्हें फाँसी दी जाए।"

कोई-कोई कह रहा था, "उन्हें ज़िन्दा दीवार में चिनवा दिया जाए। वे शहज़ादे क़ुतुबुद्दीन की क़ातिल हैं।"

सुल्तान बोलीं, "जहाँशाह तुर्कान बेगम, जिन्हें भाईजान रुक्नुद्दीन फ़ीरोज़शाह ने हुकूमत मिलते ही ख़ुदाबन्द-ए-जहाँशाह तुर्कान बेगम के ख़िताब से नवाज़ा, उनका दर्ज़ा हमारी मरहूम अम्मीजान क़ुतुबबेगम के बाद आता है। माना कि वे गुनाहगार हैं, लेकिन उन्हें मौत की सज़ा बिना किसी जाँच के दिया जाना कत्तई ठीक नहीं है।"

क़ाज़ी-ए-सल्तनत बोले, "हुज़ूर, शरई कानून के मुताबिक़ उन्हें मौत की सज़ा दी जा सकती है। वे शहज़ादे क़ुतुबुद्दीन की क़ातिल हैं। उन पर लगाए गये तमाम इल्ज़ाम साबित हो चुके हैं।"

मलिक अल्तूनिया बोले, "हुज़ूर, अगर उन्हें मौत की सज़ा नहीं दी जानी है, तब उन्हें क़ैदख़ाने में डाल दिया जाए।"

"वज़ीर-ए-आज़म, आपकी इस सिलसिले में क्या राय है?" सुल्तान ने उनकी ओर मुख़ातिब होकर पूछा।

"हुज़ूर, हम मलिक अल्तूनिया की राय से इत्तिफ़ाक़ रखते हैं। उन्हें क़ैदख़ाने में डाला जा सकता है।"

अब सुल्तान ने हुक़्म फ़र्माया, "ख़ुदा हमें माफ़ करे। ख़ुदाबन्द-ए-जहाँशाह तुर्कान बेगम को क़ैदख़ाने में डाल दिया जाए!"

सुल्तान कुछ देर रुककर फिर बोलीं, "ख़्वाजासरा क़ुव्वतबख़्श और दारोग़-ए-ज़िन्दा नसीमुद्दीन ने मिलकर शहज़ादे क़ुतुबुद्दीन को मौत के घाट उतारा था। उनके गुनाह साबित हो चुके हैं। क़ाज़ी-ए-सल्तनत की सिफारिश है, इन दोनों को हाथी के पैर के नीचे कुचलवा दिया जाए!"

"हुज़ूर, इन दोनों को आज सूरज ढलने से पहले ग़ज़नी बाज़ार के चौराहे पर हाथी के पैर के नीचे कुचलवा दिया जाए।" वज़ीर-ए-आज़म बोले।

चौबन

रुक्नुद्दीन फ़ीरोज़शाह के ख़ेमे जमुना किनारे पड़े थे। ख़ेमे लगते-लगते अँधेरा हो

चुका था। सुल्तान देर से बारगाह-ए-फ़लकताज़ में बेसब्री के साथ इधर-से-उधर हो रहे थे। ख़िदमतगार बारगाह-ए-फ़लकताज़ के चिराग़ रौशन कर गये थे। अब उन्होंने आइनुलमुल्क हुसैन अशअरी को तलब किया। वज़ीर अशअरी कुछ ही देर में आ पहुँचे। वे बोले, "हमें अम्मीजान और बेगम के साथ-साथ बेटे शहज़ादे अलाउद्दीन मसऊद की याद सता रही है। उन पर न जाने क्या बीत रही होगी?"

"हुक़्म करें, सुल्तान-ए-आलम।" अशअरी अदब के साथ झुककर बोले।

"क़िले पर हमारी फ़ौज़ का क़ब्ज़ा होना बेहद ज़रूरी है। आप सुबह होते ही फ़ौज़ लेकर जमुना पर बने पुल पर क़ब्ज़ा कर लें! अब तक नावों की काफ़ी जुगाड़ हो चुकी है। मज़दूरों और बेलदारों की कोई कमी नहीं है। उनकी मदद से मौजूदा पुल के दायें-बायें आधा-आधा कोस की दूरी पर रात भर में दो पुल तैयार किए जा सकते हैं। जिससे फ़ौज़ आसानी से दरिया पार कर सकती है।"

"हुज़ूर, नावों के पुल तैयार किए जा रहे हैं। उम्मीद है, सूरज निकलने से पहले तैयार हो जाएँगे।"

"हमें आपसे यही उम्मीद थी। हम आपको फ़ौज़ की कमान सौंपते हैं। माबदौलत के पास अभी काफ़ी ख़ज़ाना मौजूद है। फ़ौज़ को एक महीने की पेशगी तनख़्वाह दे दी जाए! जिससे फ़ौज़ वफ़ादारी और जाँबाज़ी के साथ जंग लड़ सके। भाँड़ों, बाज़ीगरों, मदारियों और लतीफ़ेबाज़ों को फ़ौरन हटा दिया जाए!" सुल्तान की समझ में आ गया था कि इन कमबख़्तों पर अब तक फ़िजूल ख़र्च ही नहीं हो रहा था, क़ीमती वक़्त बर्बाद हो रहा था।, लेकिन अब तो देर हो चुकी थी। काश, सुल्तान को पहले ही अक़्ल आ जाती।

"हुज़ूर, भाँड़, बाज़ीगर, मज़ाक़िया, मदारी और लतीफ़ेबाज पहले ही भाग गये हैं। जो कुछ बचे-खुचे हैं, उन्हें हुज़ूर के हुक़्म से हटा दिया जाएगा।"

"अमीर और मलिक जो बग़ावत कर सकते हैं, उन पर नज़र रखना ज़रूरी है।"

"हुज़ूर, उन पर पहले से ही नज़र रखी जा रही है। अगर इस बीच कोई अमीर या मलिक बग़ावत करता है तो उसे मौत के घाट उतार दिया जाएगा।"

"फ़ौज़ के ओहदेदारों के पास ख़बर करा दें, फ़ौज़ रात आराम से गुज़ारे। सुबह होते ही जंग शुरू की जाए! जिससे दुश्मन को सँभलने का कोई मौक़ा न मिल सके।"

"सुल्तान-ए-आलम का इक़बाल बुलन्द हो। हुज़ूर के हुक़्म की तामील होगी।, लेकिन हुज़ूर...।" अशअरी अदब के साथ झुककर बोले।

"लेकिन क्या?"

"हुज़ूर, गुस्ताख़ी माफ़ हो। एक बुरी ख़बर है।"

"वह क्या?"

"हुज़ूर, तीनों गिरफ़्तार कनीज़ें हसीनाबानो, माशूकाबानो और हुस्नाबानो दारोग़-ए-ज़िन्दा को चकमा देकर न जाने कहाँ भाग गयीं?"

"क्या वे भाग गयीं?" सुल्तान ने अचरज के साथ पूछा।

"जी हाँ हुज़ूर।"

"वे भाग गयीं या फिर उन्हें कोई भगा ले गया?"

"हुज़ूर, कुछ कहा नहीं जा सकता।"

"उनके क़ीमती जेवरात कहाँ गये?"

"हुज़ूर, उनका कोई अता-पता नहीं है।"

"कोई बात नहीं, लेकिन दारोग़-ए-ज़िन्दा, जिसकी बदइन्तज़ामी से कनीज़ें भागीं, उसे मौत के घाट उतार दिया जाए! उसकी जगह किसी नये ओहदेदार की तैनाती की जाए!"

"सुल्तान-ए-आलम, हुक़्म की तामील होगी।"

"अब आप जा सकते हैं। माबदौलत आराम फ़र्माना चाहते हैं।" आइनुलमुल्क हुसैन अशअरी सुल्तान को आदाब बजाकर बारगाह-ए-फ़लकताज़ से बाहर हो गये। कुछ ही देर बाद सुल्तान लाल ख़ेमे की ओर चल दिए। कई ख़िदमतगार उनके पीछे-पीछे चल रहे थे। फ़ौज़ के सिपाही आपस में गुफ़्तगू कर रहे थे कि वज़ीर आइनुलमुल्क हुसैन अशअरी ने ख़ुद तीनों कनीज़ों को हिफ़ाज़त के साथ बाहर निकलवा दिया है और उनके क़ीमती जेवरात ख़ुद हड़प लिए हैं।

चाँदनी रात थी। भोर होने में अभी काफ़ी देर थी। सुल्तान रज़िया की फ़ौज़ रात में ही जमुना दरिया पार कर गयी थी। सुल्तान रुक़ुनुद्दीन फ़ीरोज़शाह और उनकी फ़ौज़ अभी सो रही थी। भोर होने से पहले ही मलिक अल्तूनिया ने बायीं ओर से और क़ुव्वतुलमुल्क जमालुद्दीन याक़ूत ने दाहिनी ओर से सुल्तान के ख़ेमों को घेर लिया। दिल्ली की बची फ़ौज़ ने पुराने पुल के रास्ते से सुल्तान की फ़ौज़ को पश्चिम दिशा में घेर लिया। अब तक फ़ौज़ ने ख़ेमों के चारों ओर गोल घेरा बना लिया था।

पहरेदार पहरे पर तैनात थे, लेकिन अचानक धावा हो जाने की वजह से सँभल नहीं सके। पहरेदारों ने दुश्मन का सामना किया, लेकिन अधिकतर मारे गये। दुश्मन ताज़ादम घोड़ों पर सवार थे जब कि सुल्तान के सिपाही और पहरेदार पैदल ही थे। दुश्मन के हमले की ख़बर अब तक सभी ख़ेमों के अन्दर पहुँच चुकी थी। जिस सिपाही ने जिधर मौक़ा पाया, उधर भाग निकला। कुछ फ़ौज़ के सिपाही अपनी जान बचाने के वास्ते जमुना दरिया में कूद गये। उनमें से कुछ जमुना दरिया तैरकर पार कर

गये, लेकिन कुछ डूबकर मर गये। जिस किसी ने सुल्तान रज़िया की फ़ौज़ का मुक़ाबला करना चाहा, वह मौत के मुँह में समा गया।

सुल्तान रुक्नुद्दीन फ़ीरोज़शाह की जब नींद खुली, उन्हें चारों ओर से घेर लिया गया था। दुश्मन को अचानक अपने सामने देखकर वे बुलन्द आवाज़ में बोले, "अरे कोई है?" उनकी आवाज़ सुननेवाला इस वक़्त वहाँ कोई मौजूद नहीं था। सुल्तान को आसानी के साथ गिरफ़्तार कर लिया गया, लेकिन न तो उनके हाथों में हथकड़ियाँ डाली गयीं और न ही पैरों में बेड़ियाँ पहनाई गयीं।

इस मामूली जंग में दुश्मन के हाथ ख़ज़ाना, जंगी हथियार, हाथी, घोड़े और ऊँट ही नहीं लगे, तक़रीबन पाँच हज़ार सिपाही भी पकड़े गये। सुल्तान के तमाम ख़ेमों के साथ-साथ बारगाह-ए-फ़लकताज़ पर भी सुल्तान रज़िया के सिपाहियों ने क़ब्ज़ा कर लिया था, लेकिन सुल्तान का वज़ीर आइनुलमुल्क हुसैन अशअरी न जाने कैसे निकल भागा था।

आसमान साफ़ था, लेकिन हल्का गुलाबी जाड़ा था। सूरज निकल चुका था। तोते क़तारों में पूरब से पश्चिम की ओर जा रहे थे। सुल्तान रज़िया के साथ नयनज्योतिबाई और चन्द्रकला मौजूद थीं। सुल्तान क़िल-ए-रायपिथौरा के अन्दर क़ुतुब बाग़ में टहल रही थीं। सुल्तान ने ज़नानी पोशाक के ऊपर चमड़े की जाकिट पहन रखी थी। उनके सिर पर टोपी थी, जिसमें उनके बाल छिपे हुए थे। चेहरे पर नक़ाब पड़ी थी। दोनों बाँदियों ने भी गरम पोशाकें पहन रखी थीं। सुल्तान बाँदियों के साथ हरम के सिलसिले में कुछ ज़रूरी बातें कर रही थीं। इसी बीच वे अपने प्यारे चीतों से भी खेल रही थीं। दोनों चीते रहमान और रहीम कभी-कभी सुल्तान के बदन पर अपने अगले पैर रख देते थे, लेकिन डाँटने पर ख़ामोश होकर बैठ जाते थे।

क़ुतुब नहर के किनारे-किनारे क़तारों में गुलाब के फूल काफ़ी तादाद में खिले थे, जिनकी ख़ुशबू हवा में तैर रही थी। बाग़ में चारों ओर तरह-तरह के दूसरे फूल भी खिले थे। नहर के बीच-बीच में फ़व्वारे चल रहे थे, जिनकी ख़ूबसूरती देखते ही बन रही थी। फ़व्वारों की वजह से थोड़ी ठंडक बढ़ रही थी। नहर में कमलदल रफ़्ता-रफ़्ता आगे बढ़ रहे थे। बह रही नहर से मछलियाँ कभी-कभी उछल जाती थीं, जिन्हें सुल्तान के पालतू चीते ग़ौर से ताक रहे थे। दोनों चीते जवान हो चुके थे। अब नयनज्योतिबाई और चन्द्रकला को इनसे डर नहीं लगता था। हालाँकि दोनों चीतों ने आज तक किसी के ऊपर हमला नहीं किया था, लेकिन आम आदमी इनके नज़दीक आने से डरता था।

सुल्तान ने वज़ीर-ए-आज़म ख़्वाजा मुहज़्ज़बुद्दीन को ख़ास गुफ़्तगू के वास्ते आज क़ुतुब नहर पर बुला रखा था। ख़्वाजा को देर से उठने की आदत थी। उन्हें

सल्तनत के तमाम दस्तावेज़ों को निपटाने में रोज़ाना आधी रात हो जाती थी। वे सुल्तान के हुक़्म की वजह से आज जल्दी उठ गये। जामा मस्जिद में हो रही अज़ान की आवाज़ दूर-दूर तक जा रही थी। उन्होंने जल्दी-जल्दी गुस्ल किया और फ़ज्र की नमाज़ पढ़ी।

ख़्वाजा ने क़िमख़्वाब की हल्के गुलाबी रंग की पोशाक पहनी और हल्की गुलाबी रंग की ही पगड़ी बाँधी। हमेशा की तरह गले में तिहरा मोतियों का हार डाला। ख़्वाजा की उम्र इस वक़्त साठ साल से ज़्यादा हो चुकी थी, लेकिन उनका भरा हुआ चेहरा रोबदार था। उनके माथे पर चोट का निशान था। शायद किसी जंग में चोट आई होगी। उनका बदन इकहरा था। दाढ़ी के तमाम बाल जल्दी ही सफ़ेद हो गये थे। उनकी बेगम अभी सो रही थीं, लेकिन खटपट से उनकी आँख खुल गयी। उनका बदन बेहद भारी था। वे बिना किसी कनीज़ की मदद से पलंग से उठ नहीं सकती थीं। जैसे ही ख़्वाजा क़ुतुब नहर की ओर चलने को हुए, उन्होंने लेटे-लेटे ही पूछा, ''हुज़ूर, इतनी जल्दी कहाँ जा रहे हैं?''

''हमें सुल्तान रज़िया ने याद फ़र्माया है।''

''आख़िर क्या हुआ जो इतनी जल्दी तलब किया?''

''कोई ख़ास बात नहीं, कल रात ही हुक़्म फ़र्माया था। शायद सल्तनत के वास्ते अकेले में कुछ बात करनी होगी।'' बेगम ने उन्हें ज़्यादा टोकना मुनासिब नहीं समझा।

ख़्वाजा की हवेली से क़िले की ज़्यादा दूरी नहीं थी। हवेली के बाहर ख़िदमतगार घोड़े और पालकी के साथ तैयार खड़े थे। ख़्वाजा को देखते ही ख़िदमतगार अदब के साथ झुक गये। सर्दी की वजह से कँहारों ने मोटी भड़काऊ पोशाक पहन रखी थी। ख़्वाजा ने पालकी से ही चलना मुनासिब समझा। उन्होंने हवेली के फाटक से बाहर निकलने पर देखा, सड़कों पर इक्के-दुक्के लोग आ-जा रहे हैं। कहीं-कहीं कुछ लोग अलाव से अपने हाथ सेंक रहे हैं। फूलवालियाँ फुलहट्टी से फूल ख़रीदने जा रही हैं। दही बेचनेवाली दही बेचने के वास्ते निकल पड़ी हैं। मछली और गोश्त बेचनेवाली औरतें भी सड़कों पर इक्का-दुक्का जा रही हैं। कुछ लोग पूजा के वास्ते मंदिरों की ओर जाते दिखाई पड़ रहे थे। जब से सुल्तान रज़िया ने हिन्दुस्तान का ताजो-तख़्त सँभाला था, तब से मंदिरों में भक्तों की आवा-जाही बढ़ गयी थी।

ख़्वाजा की पालकी को आठ कँहार लेकर चल रहे थे। कँहार कद-काठी के मज़बूत थे। वे सर्दी में भी नंगे पैर चल रहे थे। शायद उनकी आदत बन चुकी होगी। पालकी के पर्दे खुले थे। पर्दों के खुले होने की वजह से अन्दर रौशनी आ रही थी। इसी रौशनी में ख़्वाजा क़ुरआन शरीफ़ पढ़ रहे थे। हवेली में उन्हें क़ुरआन शरीफ़ पढ़ने का वक़्त नहीं मिल पाया था।

पालकी क़ुतुब मीनार और क़ुव्वतुल इस्लाम मस्जिद होते हुए मुइज़्ज़ी दरवाज़े पर आ लगी। पहरेदार इतनी सुबह वज़ीर-ए-आज़म को देखकर चौंके। वे उनकी शान में झुक गये। पालकी के पीछे-पीछे बीस सिपाहियों की एक छोटी टुकड़ी घोड़ों पर सवार थी। सिपाही मुइज़्ज़ी दरवाज़े के बाहर ही रुक गये। ख़्वाजा भी पालकी से नौबतख़ाने पर उतर गये। नौबतख़ाने में नौबत बज रही थी, जिसकी आवाज़ क़िले के बाहर तक जा रही थी। नौबतख़ाने से क़ुतुब नहर ज़्यादा दूर नहीं थी। ख़्वाजा पैदल ही क़ुतुब नहर की ओर चल दिए। नौबतख़ाने के नज़दीक खड़ी बाँदियाँ, लौंडियाँ और ख़्वाजासरा वज़ीर-ए-आज़म को देखकर चौंके। वे उनकी शान में अदब के साथ कोर्निश बजाने लगे।

नौबतख़ाने से ज़रा आगे चलने पर क़ुतुब नहर दिखाई पड़ने लगी। ख़्वाजा ने देखा, क़ुतुब नहर पर सुल्तान रज़िया अपनी ख़ास बाँदियों और दो चीतों के साथ उन्हीं का इन्तज़ार कर रही हैं। चीतों को देखकर ख़्वाजा कुछ देर के वास्ते ठिठक गये।, लेकिन वे हिम्मत बाँधकर आगे बढ़ने लगे। अब तक सुल्तान रज़िया की नज़र उन पर पड़ चुकी थी। वे सुल्तान को देखकर अदब के साथ झुककर कोर्निश बजाने लगे। बाँदियाँ नयनज्योतिबाई और चन्द्रकला वज़ीर-ए-आज़म को अपने सामने पाकर अदब के साथ झुक गयीं। चीते रहमान और रहीम ख़्वाजा को ग़ौर से देख रहे थे। उनकी बड़ी-बड़ी नीली आँखें चमक रही थीं। ख़्वाजा की हिम्मत उनसे आँख मिलाने की नहीं थी। जबकि उन्होंने अपनी तमाम उम्र में न जाने कितनी जंग जीती थीं, न जाने कितने जाँबाज़ों को मौत के घाट उतारा था। अपनी जवानी के दिनों में न जाने कितने बिगड़ैल हाथियों को क़ब्ज़े में किया था। बड़े-से-बड़े पहलवानों के उनके सामने पड़ते ही हौसले पस्त हो जाते थे, लेकिन उन्हें चीतों और शेरों से न जाने क्यों उन्हें डर लगता था।

वज़ीर-ए-आज़म सुल्तान की ओर मुख़ातिब होकर बोले, "सुल्तान-ए-आलम का इक़बाल बुलन्द हो! हुज़ूर हुक़्म दें, हमें कैसे याद किया?"

"ख़बर है, मलिक अलाउद्दीन जानी, मलिक इज़्ज़ुद्दीन कबीर ख़ाँ, मलिक इज़्ज़ुद्दीन मुहम्मद सालारी और मलिक सैफ़ुद्दीन कूची दिल्ली की ओर बढ़ रहे हैं। उनके इरादे ठीक नहीं लगते। उन्हें एक औरत का शाही तख़्त पर बैठना पसन्द नहीं आया।"

"हुज़ूर, हमें भी कुछ ऐसी ही ख़बर मिली है।" सुल्तान कुछ देर के वास्ते ख़ामोश हो गयीं।

ख़्वाजा फिर बोले, "हुज़ूर, बाग़ी मलिकों को दिल्ली के नज़दीक पहुँचने में तक़रीबन पन्द्रह दिन लग सकते हैं। इस बीच शाही फ़ौज़ को आसानी के साथ जमुना के उस पार उतारकर ख़ेमे गड़वाए जा सकते हैं। बाग़ी मलिकों के पास बहुत

ज़्यादा फ़ौज़ नहीं होगी। शाही फ़ौज़ उन्हें आसानी से हरा सकती है।''

''आप वज़ा फ़र्मा रहे हैं, लेकिन दुश्मन को कभी कमज़ोर नहीं समझना चाहिए। मरहूम अब्बाहुज़ूर यही सीख हमें दे गये हैं।''

''अल्लाह मरहूम सुल्तान इल्तुतमिश को जन्नत बख़्शे। मरहूम सुल्तान का कहना बिल्कुल जायज़ था। इस वक़्त और कोई दुश्मन दिल्ली के नज़दीक नहीं है। इसलिए बाग़ी मलिकों के ख़िलाफ़ भारी तादाद में फ़ौज़ उतारी जा सकती है।''

सुल्तान ने बात का रुख़ बदला और बोलीं, ''बदायूँ सूबा सल्तनत का अहम सूबा है। यह सूबा दिल्ली के काफ़ी नज़दीक है। मलिक इज़्ज़ुद्दीन मुहम्मद सालारी इक़्तादार बदायूँ ने सुल्तान रुकुनुद्दीन फ़ीरोज़शाह के ख़िलाफ़ सबसे पहले बग़ावत यहीं से की थी। हमें उम्मीद थी, मलिक सालारी जल्दी ही बदायूँ से चलकर हमसे मुलाक़ात करेंगे। अफ़सोस, वे दूसरे बागियों के साथ मिल गये। बदायूँ सूबे की देख-रेख के लिए किसी ख़ास ओहदेदार को जल्दी भेजना होगा। आप की निगाह में इस ओहदे के लिए कौन सबसे वफ़ादार मलिक है?''

ख़्वाजा को उम्मीद नहीं थी कि इस तरह का सवाल उनके सामने सुल्तान इतनी जल्दी रख देंगी। वे कुछ सोचकर बोले, ''मलिक इख़्तियारुद्दीन एतग़ीन के बारे में हुज़ूर की क्या राय है?''

''मलिक इख़्तियारुद्दीन एतग़ीन मरहूम अब्बाहुज़ूर के ज़माने में उनके वफ़ादार रहे। उन्हें अब्बाहुज़ूर ने सरजानदार बनाया था। उनकी क़ाबिलियत देखकर ही अब्बाहुज़ूर ने उन्हें मंसूरपुर, कूजा और नन्दना की इक़्तादारी सौंपी थी। वे बख़ूबी वहाँ की हुकूमत चला रहे हैं। हमें मलिक एतग़ीन की बदायूँ तैनाती में कोई एतराज़ नहीं है। आप आज ही इस बाबत हुक़्मनामा जारी करा दें। उन्हें हुक़्म हो, वे जल्दी-से-जल्दी दिल्ली पहुँचकर हमसे मिलें।''

''बेहतर हुज़ूर। हुक़्मनामा आज ही जारी हो जाएगा।'' वज़ीर-ए-आज़म अदब के साथ झुककर बोले।

''सुल्तान रुकुनुद्दीन फ़ीरोज़शाह के मामले में क़ाज़ी-ए-सल्तनत क्या कह रहे हैं?''

''हज़रत क़ाज़ी-ए-सल्तनत का कहना है, उन्हें फ़िलहाल क़ैदख़ाने में डाला जाए।''

''आपकी इस सिलसिले में क्या राय है?''

''हुज़ूर, गुस्ताख़ी माफ़ हो। ख़ुदाबन्द-ए-जहाँशाह तुर्कान बेगम के हुक़्म से शहज़ादे क़ुतुबुद्दीन को मौत के घाट उतारा गया था। हुज़ूर ने उन्हें क़ैदख़ाने में डलवा दिया है। ख़ुदाबन्द-ए-जहाँशाह तुर्कान बेगम के गुनाह से ज़्यादा बड़ा गुनाह सुल्तान रुकुनुद्दीन फ़ीरोज़शाह का नहीं है। इस वास्ते उन्हें क़ैदख़ाने में ही डलवाना मुनासिब

होगा।''

सुल्तान वज़ीर-ए-आज़म से अभी बात ही कर रही थीं कि उन्हें नौबतख़ाने की ओर से क़ुव्वतुलमुल्क जमालुद्दीन याक़ूत आते दिखे। वे सुल्तान की शान में झुककर कोर्निश बजाने लगे। उन्होंने वज़ीर-ए-आज़म को भी कोर्निश बजाई। वे बोले, ''सुल्तान-ए-आलम के इक़बाल से रुकुनुद्दीन फ़ीरोजशाह को गिरफ़्तार कर लिया गया है। क्या उन्हें यहीं पेश किया जाए?''

''कोई ज़रूरत नहीं। उन्हें क़ैदख़ाने की उसी कोठरी में बन्द करा दिया जाए, जिस कोठरी में शहज़ादे क़ुतुबुद्दीन क़ैद थे, जिससे उन्हें पता लगे, क़ैदख़ाने में मरहूम भाई क़ुतुबुद्दीन ने कैसी-कैसी तकलीफ़ें उठाई थीं।''

''जो हुक़्म सुल्तान-ए-आलम।''

अब सुल्तान ने पूछा, ''जनाब मलिक अल्तूनिया इस वक़्त कहाँ हैं? वे आपके साथ क्यों नहीं आए?''

''हुज़ूर, उनका कहना था, सुल्तान ने उन्हें हुक़्म दिया है कि सुल्तान रुकुनुद्दीन फ़ीरोज़शाह के गिरफ़्तार होते ही वे बरन के वास्ते कूच कर जाएँ। शायद इसीलिए वे हुज़ूर की क़दमबोसी के वास्ते नहीं आए।''

जमालुद्दीन याक़ूत का जवाब सुनकर सुल्तान मन-ही-मन मुस्करा उठीं। अब सुल्तान ने क़ुव्वतुलमुल्क जमालुद्दीन याक़ूत और वज़ीर-ए-आज़म को जाने की इजाज़त दे दी। वे दोनों कोर्निश बजाकर उल्टे पैर वापस हो गये। अब सुल्तान क़ुश्क-ए-दिलक़ुशा की ओर चल दीं। दोनों बाँदियाँ और चीते रहमान-रहीम उनके साथ-साथ चल रहे थे।

पचपन

दोपहर का वक़्त था। सुल्तान रज़िया ज़ुहर की नमाज़ अदा कर चुकी थीं। क़ुश्क-ए-दिलक़ुशा में इस वक़्त नयनज्योतिबाई, चंचलबाई, कजरी, चन्द्रकला और गुलसुल्तानबानो मौजूद थीं। गुलसुल्तानबानो ने अदब के साथ सुल्तान को शर्बत-ए-अर्क़ बहार पेश किया। गुल-ए-अब्बासी वेश बदलकर शहर गयी थीं। वे शहर के तमाम जासूसों से वक़्त-वक़्त पर मुलाक़ात करती रहती थीं। अवाम के हालचाल का पता लगाती थीं। काफ़ी दिनों से फ़क़ीर क़ाज़ीमुद्दीन ज़ाहिद और गुरु गोरखनाथ का चेला देखे नहीं गये थे, इसलिए ग़ज़नी बाज़ार जाकर उनका भी पता लगाना था। कल्लन मियाँ से भी उनका मिलना ज़रूरी था। तमाम जासूस उनकी दुकान पर खाना

खाने आते रहते हैं। कजरी की सिफ़ारिश पर सुल्तान ने यह काम कल्लन मियाँ को ख़ासतौर पर सौंप रखा था।

क़ुश्क-ए-दिलक़ुशा के पहरे पर इस वक़्त दारोग़ा क़ादिरबीवीबानो, ख़्वाजासरा इनायत और कुछ तातारी बाँदियाँ मौजूद थीं। ख़्वाजासरा इनायत अब जवान हो चुका था। उसकी दाढ़ी-मूँछ निकल आई थी, लेकिन उसका भोलापन अभी तक ख़त्म नहीं हुआ था। फूलवाली मोहिनी इठलाती हुई अपनी कमर में फूलों की डलिया रखे क़ुश्क-ए-दिलक़ुशा की ओर आ रही थी। तातारी बाँदियाँ उसे रोक नहीं रही थीं। वे जान रही थीं कि मोहिनी अकसर सुल्तान और कजरी से मिलने आती-जाती रहती है। उन्होंने सोचा, क़ुश्क-ए-दिलक़ुशा के ख़ास दरवाज़े पर उसे ख़्वाजासरा इनायत या फिर दारोग़ा क़ादिरबीवीबानो ज़रूर रोकेंगी। मोहिनी क़ादिरबीवीबानो को देखते ही अदब के साथ झुक गयी और उन्हें आदाब बजाया। ख़्वाजासरा इनायत उसे आदाब बजाकर बोला, "मोहिनी जी, हमें भी एक गुलाब की कली देती जाएँ।"

"आप गुलाब की कली लेकर क्या करेंगे?" मोहिनी ने इठलाकर पूछा।

"हम उसकी ख़ुशबू लेंगे। हमें गुलाब की ख़ुशबू पसन्द है।" इनायत हमेशा की तरह भोलेपन से बोला।

"आप कलियों की ख़ुशबू लेना कब से सीख गये?" मोहिनी आँखें मटकाकर बोली।

"क्यों? क्या कोई ख़ास बात हुई? कलियों और फूलों की ख़ुशबू तो सभी लेते हैं।"

मोहिनी फिर इठलाती हुई बोली, "क्या आप कली के मतलब समझते हैं?"

"क्यों नहीं? हम कली के क्या फूल तक के मतलब समझते हैं।"

"क्या कभी किसी कली पर आपका दिल आया?"

"क्या मतलब?" ख़्वाजासरा इनायत मोहिनी का सवाल सुनकर चौंक पड़ा।

"जनाब, कली का मतलब हसीन कमसिन लड़की से होता है।"

"आप क्यों मज़ाक़ कर रही हैं? हम तो हिजड़े हैं।"

"क्या हिजड़ों के दिल नहीं होते?" मोहिनी मुस्कराकर बोली।

"जी नहीं।" इनायत गर्दन नीची रखकर बोला।

मोहिनी ने उसके सीने पर अपना दाहिना हाथ रख दिया। उसका दिल जोरों से धड़क रहा था। अब वह अपना दाहिना कान उसके सीने पर लगाकर बोली, "आपका दिल तेज़ी से धड़क रहा है। तब आप कैसे कह रहे हैं कि हिजड़ों के दिल नहीं होते हैं।"

"हमें आपकी कोई बात समझ में नहीं आ रही है। आप कहना क्या चाह रही हैं?"

"हम रफ़्ता-रफ़्ता तुम्हें समझा देंगे।" मोहिनी उसके गाल की चिकोटी काटते हुए बोली।

दारोग़-ए-कुश्क-ए-दिलकुशा क़ादिरबीवीबानो यह तमाशा ग़ौर से देख रही थीं। वे मन-ही-मन मुस्करा रही थीं। वे बनावटी गुस्सा अपने चेहरे पर लाती हुई बोलीं, "मोहिनी, उस शरीफ़ ख़्वाजासरा को क्यों परेशान कर रही है?"

मोहिनी क़ादिरबीवीबानो के सामने अदब के साथ झुककर बोली, "दारोग़ा साहब, गुस्ताख़ी माफ़ हो। माना कि ख़्वाजासरा इनायत शरीफ़ है, लेकिन हम भी रज़ील नहीं हैं। हम इनका दिल बहला रहे हैं।"

"क्या तुझे कोई जवान मर्द ग़ज़नी बाज़ार में नहीं मिला जो इसका दिल बहला रही है। तू जवान है, ख़ूबसूरत है, किसी का भी हाथ पकड़ सकती है।"

"माना कि मैं जवान हूँ, ख़ूबसूरत हूँ, लेकिन ग़ुलाम हूँ। सुल्तान रज़िया ने कभी मुझे ग़ुलाम बाज़ार से ख़रीदा था। मैं ग़ुलाम रहकर किसी का कैसे हाथ थाम सकती हूँ?"

क़ादिरबीवीबानो को याद आया कि मोहिनी को कभी शहज़ादी रज़िया ने ग़ुलाम बाज़ार से ख़रीदा था और उसे कजरी को सौंप दिया था। वे बोलीं, "तब क्या इसी का हाथ थामना चाहती है?"

"दारोग़ा साहब, गुस्ताख़ी माफ़ हो। हुज़ूर इसकी भी इजाज़त नहीं दे रही हैं।" इतना बोलकर वह खिल-खिलाकर हँस पड़ी। क़ादिरबीवीबानो की भी हँसी छूट गयी। मौक़े पर मौजूद तातारी बाँदियाँ भी एक साथ हँस पड़ीं। इनायत ठीक से नहीं समझ रहा था कि वे सब क्यों हँस रही हैं। वह उन सभी को हँसता देखकर ख़ुद भी हँस पड़ा। अब क़ादिरबीवीबानो ने तातारी बाँदियों को डाँटा। वे डाँट सुनते ही ख़ामोश हो गयीं।

मोहिनी ख़्वाजासरा इनायत से मुस्कराकर बोली, "तुझे वापसी में एक ख़ूबसूरत गुलाब की कली दूँगी। अभी फ़िलहाल सुल्तान को जाकर ख़बर करें। हम उनके वास्ते ख़ास गुलाब के फूलों का गुलदस्ता लेकर आए हैं।"

ख़्वाजासरा इनायत ने एक बार क़ादिरबीवीबानो की ओर देखा। उनका इशारा पाकर वह अन्दर चला गया। सुल्तान रज़िया बाँदियों से कुछ गुफ़्तगू कर रही थीं। इनायत अदब के साथ झुककर बोला, "सुल्तान-ए-आलम, फूलवाली मोहिनी मिलने की इजाज़त चाह रही हैं।"

"उन्हें जाकर भेज दें!"

हुक्म के बावजूद ख़्वाजासरा इनायत वहीं रुका रहा। अब सुल्तान ने पूछा, "अब क्यों रुके हैं? क्या कोई ख़ास बात हुई?"

"हुज़ूर, फूलवाली मोहिनी हमें तंग करती हैं। उनको डाँट दीजिएगा।"

"उन्होंने क्या किया?" सुल्तान ने मुस्कराकर पूछा।

"उन्होंने हमसे मज़ाक़ की और हमारे गाल की चिकोटी काटी।"

ख़्वाजासरा इनायत का जवाब सुनकर वहाँ मौजूद सभी बाँदियों की हँसी छूट गयी। सुल्तान भी हँस पड़ीं। वे बोलीं, "जनाब, आप हमेशा किसी-न-किसी की शिकायत करते रहते हैं। आपको हर लड़की तंग करती है। आज तक किसी लड़की ने हमसे शिकायत नहीं की है कि आप उसे तंग करते हैं। आप इन लड़कियों से क्यों डरते हैं?"

"हुज़ूर, गुस्ताख़ी माफ़ हो। हम इनसे डरते नहीं हैं, बल्कि इनकी इज़्ज़त करते हैं। लड़कियाँ हमारी शराफ़त का नाजायज़ फ़ायदा उठाकर हमें तंग करती हैं।"

सुल्तान को इनायत की बात पर हँसी आ रही थी। वे मुस्कराकर बोलीं, "अब जाकर मोहिनी को भेज दो! हम उसे डाँट देंगे।" इनायत उल्टे क़दम वापस हो गया।

कुछ ही देर में मोहिनी सुल्तान के सामने हाज़िर थी। सुल्तान को मोहिनी से ग़ज़नी बाज़ार की ख़बर मिलती रहती थी। वह क़ुव्वतुलमुल्क जमालुद्दीन याक़ूत की भी ख़बर वक़्त-वक़्त पर देती रहती है। उसे अकेले दुकान चलाते हुए कई साल हो चुके थे। उसकी दुकान पर क्या बूढ़े, क्या जवान, क्या रईस, क्या ग़रीब, क्या आहिल, क्या ज़ाहिल, क्या शरीफ़, क्या रज़ील, क्या बेवकूफ़, क्या अक़्लमंद हर तरह के ग्राहक आते रहते हैं। इन लोगों से शहर की तमाम ख़बरें उसे आसानी से मिल जाती हैं। अब वह कजरी की तरह सभी लोगों के सामने खुलकर बात करने लगी है। लाला हज़ारीमल उसे अपनी बेटी की तरह मानते हैं। वह खाली वक़्त में उनकी दुकान पर चली जाती है। उनसे भी तमाम शहर की ख़बरें मिलती रहती हैं। जैसे ही मोहिनी का सुल्तान से सामना हुआ, उसने उनकी शान में अदब के साथ झुककर कोर्निश बजाई और गुलाब के ताज़े फूलों का गुलदस्ता नज़र किया। सुल्तान बोलीं, "आपकी आजकल शिकायत सुनी जा रही है।"

मोहिनी अदब के साथ झुककर बोली, "सुल्तान-ए-आलम, गुस्ताख़ी माफ़ हो! क्या हमसे कोई ग़लती हुई?"

सुल्तान मुस्कराकर बोलीं, "अभी-अभी ख़्वाजासरा इनायत आपकी शिकायत कर रहे थे।"

"हुज़ूर, हमने ऐसा कोई काम नहीं किया है जो ख़्वाजासरा इनायत हमारी शिकायत करें। हम यूँ ही उनका दिल बहला रहे थे।"

"किसी का दिल बहलाना कोई बुरी बात नहीं है, लेकिन उसके गाल की चिकोटी न काटा करें। वह बेहद सीधा-सादा है। आपकी ही तरह कजरी भी पहले उसके गालों की चिकोटी काटती थी। उस वक़्त वह हमेशा इनकी शिकायत किया

करता था।''

''हुज़ूर, अब आगे शिकायत नहीं मिलेगी।''

''ग़ज़नी बाज़ार का क्या हाल है?''

''हुज़ूर, ग़ज़नी बाज़ार का हाल अच्छा है। वहाँ की अवाम ख़ुश है। ख़्वाजासरा क़ुव्वतबख़्श और दारोग़-ए-ज़िन्दा नसीमुद्दीन को हाथी के पैर के नीचे कुचलवाने से लोग समझ गये हैं कि इस हुकूमत में गुनाहगार को बख़्शा नहीं जाएगा। उसे उसके गुनाह की सज़ा ज़रूर मिलेगी। इधर सुल्तान रुक्नुद्दीन फ़ीरोज़शाह के गिरफ़्तार हो जाने से अवाम ख़ुश है।''

''क्या हमारी हिन्दू अवाम भी ख़ुश है?''

''हुज़ूर, गुस्ताख़ी माफ़ हो। हिन्दू अवाम...।''

सुल्तान समझ गयीं कि मोहिनी अपनी बात कहने की हिम्मत नहीं जुटा पा रही है। वे बोलीं, ''मोहिनी, खुलकर बयान करें। आप हिन्दू अवाम के बारे में क्या कहना चाहती हैं?''

''हुज़ूर, जान की अमान पाऊँ तो...।''

''आप बेख़ौफ़ होकर बयान करें।''

''हुज़ूर, मैं कल ही लाला हज़ारीमल की दुकान पर फूल पहुँचाने गयी थी। वहाँ लाला करोड़ीमल और दूसरे हिन्दू रईस आपस में कुछ बातचीत कर रहे थे।''

''वे क्या बात कर रहे थे?'' सुल्तान की जिज्ञासा बढ़ रही थी।

''वे कह रहे थे, सुल्तान ने जामा मस्जिद पर कभी वादा किया था कि हिन्दू, मुसलमान और दूसरे तमाम मज़हबों के लोगों को एक नज़र से देखेंगी।''

''क्या हम उन्हें एक नज़र से नहीं देख रहे हैं?'' सुल्तान ने सवाल किया। उन्हें इस बात का अचरज हो रहा था कि मोहिनी इस तरह की बात क्यों कर रही है।

''हुज़ूर, उनका कहना है, हिन्दुओं को अपनी ज़ियारतगाह के सफ़र के वास्ते महसूल देना होता है। उन्हें जज़िया भी देना पड़ता है। जब कि मुसलमानों को न तो उनकी ज़ियारतगाह जाने पर कोई महसूल देना होता है और न ही उनसे जज़िया वसूला जाता है।''

मोहिनी की ज़ुबान से निकले अल्फ़ाज़ सुनकर सुल्तान गहरी चिन्ता में डूब गयीं। वे सोचने लगीं, हिन्दुओं से उनकी ज़ियारतगाह जाने पर क्यों महसूल वसूला जाता है? यह महसूल कब से वसूला जा रहा है? वे यह भी सोचने लगीं कि जब मुसलमानों से जज़िया नहीं वसूला जाता है तो हिन्दुओं से क्यों वसूला जाता है? आख़िर शरई कानून कैसा है? अब इस मामले में हमें जल्दी क़दम उठाना होगा। उन्होंने नयनज्योतिबाई की ओर मुख़ातिब होकर पूछा, ''हिन्दू अपनी किन-किन ज़ियारतगाहों पर अकसर जाते हैं?''

नयनज्योतिबाई ही नहीं, वहाँ मौजूद दूसरी हिन्दू बाँदियाँ मोहिनी द्वारा उठाए गये मुद्दे को लेकर मन-ही-मन ख़ुश थीं। वे सभी चाहती थीं कि हिन्दुओं से लिए जानेवाले दोनों महसूल जल्दी-से-जल्दी ख़त्म किए जाएँ। नयनज्योतिबाई बोली, "हुज़ूर, अधिकतर हिन्दू अपनी जिन ज़ियारतगाहों पर जाते हैं, वे हैं, प्रयाग, बनारस, गया, हरिद्वार, नासिक, मथुरा, अयोध्या और उज्जैन। दिल्ली और उसके आसपास के हिन्दू गढ़मुक्तेश्वर भी जाते रहते हैं। तमाम हिन्दुस्तान से हिन्दू अपने स्वर्गवासी पूर्वजों का पिंडदान करने के वास्ते गया जाते हैं। उनका अपना विश्वास है, गया में पिंडदान करने के बाद उनके पूर्वजों को स्वर्ग मिलेगा। उनकी आत्माओं को कोई कष्ट नहीं रहेगा। उन्हें यह भी यक़ीन है कि श्राद्ध-दान से शराबी, जुआरी, चोर, व्यभिचारी और दूसरे बड़े गुनाहगारों के तमाम गुनाह ख़त्म हो जाते हैं। ऐसा उल्लेख हिन्दुओं की प्राचीन पुस्तक गरुण पुराण में ही नहीं मिलता, बल्कि राजतरंगिणी में भी मिलता है। हुज़ूर, कभी कश्मीर के राजा श्रीहर्ष ने मुसाफ़िरों को गया जाने पर महसूल माफ़ कर दिया था। प्रयाग, उज्जैन, हरिद्वार और नासिक में जाकर हिन्दू जब स्नान करते हैं, तब वे समझते हैं कि उनके इस जीवन के समस्त पाप धुल गये हैं।" बोलते-बोलते नयनज्योतिबाई की आँखों में न जाने कैसे आँसू आ गये थे, जिसे सुल्तान रज़िया ने ही नहीं, बल्कि वहाँ मौजूद बाँदियों ने भी देखा।

सुल्तान ने पूछा, "आपकी आँखों में आँसू कैसे?"

नयनज्योतिबाई आँसू पोंछकर बोली, "हुज़ूर, मैंने कभी आपको बताया था कि हम अपने पड़ोस में पंडित जी के पास संस्कृत जुबान और हिन्दुओं की धार्मिक क़िताबों को पढ़ने जाते थे। हम इसके बदले उनके घर का कामकाज कर दिया करते थे। अभी कुछ ही दिन हुए बूढ़े पंडित जी इस दुनिया से उठ गये। उनके मरने के तीन दिन बाद उनकी पत्नी की भी मृत्यु हो गयी। पंडित जी ने मरते-मरते हमसे एक सिफ़ारिश की थी।"

"वह सिफ़ारिश क्या थी?"

"उन्होंने सुल्तान-ए-आलम के ताजो-तख़्त पाने पर हमें मुबारकबाद पेश की थी और बोले थे, अब ऐयाश सुल्तान रुक्नुद्दीन फ़ीरोज़शाह का ज़माना ख़त्म हो गया है। सुल्तान रज़िया दीन-दुखियों की मदद करती हैं। वे हिन्दुओं से तीर्थयात्रा कर लेना बन्द करा दें। वे यह भी कह रहे थे कि अपनी ग़रीबी की वजह से कभी प्रयाग जाकर कुंभ स्नान नहीं कर सके और न ही अपने पूर्वजों का गया जाकर पिंडदान कर सके।"

नयनज्योतिबाई का बयान सुनकर सुल्तान को तकलीफ़ पहुँची। वे बोलीं, "हम दीवान-ए-आम में हिन्दुओं से लगनेवाले ज़ियारतगाह सफ़र के महसूल और उनसे वसूले जानेवाले जज़िया के बारे में जल्दी फ़ैसला लेंगे। अल्लाह आपके पंडित

और उनकी बेगम को जन्नत बख़्शे।"

कजरी बोली, "हमें सुल्तान-ए-आलम से ऐसी ही उम्मीद थी।"

"और कोई ख़ास ख़बर?"

"जी नहीं, सुल्तान-ए-आलम।"

"क्या फ़क़ीर क़ाज़ीमुद्दीन ज़ाहिद और गुरु गोरखनाथ के चेले का पता चला जो अलख निरंजन...अलख निरंजन बोलता रहता था।"

"जी नहीं, हमें उनका कोई पता नहीं मिल सका। कल्लन मियाँ भी उनके बारे में कोई जानकारी नहीं दे सके।"

अब सुल्तान ने ऐलान किया, "हम आज मोहिनी को अपनी ग़ुलामी से आज़ाद करते हैं। हम आज ही इस बारे में अहदनामा लिख देंगे।"

सुल्तान का इतना कहना था कि चारों ओर से मुबारक हो...मुबारक हो, की झड़ी लग गयी। मोहिनी हर किसी की मुबारकबाद क़ुबूल कर रही थी। वह उनका शुक्रिया अदा कर रही थी। वह मारे ख़ुशी के सुल्तान के पैरों पर गिर पड़ी। सुल्तान ने दोनों कन्धे पकड़कर उसे उठाया और बोलीं, "मोहिनी, अगर हमारा वश चले तो हम हिन्दुस्तान के तमाम ग़ुलामों को आज़ाद कर दें।"

मौजूद बाँदियों की ज़ुबान से निकल पड़ा, "मरहबा...मरहबा...मरहबा।"

मुबारकबाद की रस्म अदायगी अभी हो ही रही थी कि गुल-ए-अब्बासी वहाँ आ पहुँची। वे अदब के साथ झुककर सुल्तान से बोलीं, "हुज़ूर, किस बात की मुबारकबाद मोहिनी को दी जा रही है?"

सुल्तान मुस्कराकर बोलीं, "हमने आज मोहिनी को ग़ुलामी से आज़ाद कर दिया है।"

गुल-ए-अब्बासी ने मोहिनी को मुबारकबाद पेश की। सुल्तान ने गुल-ए-अब्बासी से पूछा, ""अवाम के क्या हाल हैं?"

"सुल्तान-ए-आलम, दिल्ली की अवाम हुज़ूर की हुकूमत से ख़ुश है। दिल्ली में हर जगह सुल्तान रुकुनुद्दीन फ़ीरोज़शाह के क़ैद हो जाने, ख़्वाजासरा क़ुव्वतबख़्श और दारोग़-ए-ज़िन्दा नसीमुद्दीन को हाथी के पैर के नीचे कुचलवा देने की ही बातें हो रही हैं।"

"अवाम इस सिलसिले में क्या कह रही है?"

"अवाम सुल्तान रज़िया की हुकूमत की तारीफ़ कर रही है। वह कह रही है कि अवाम ने ऐयाश सुल्तान रुकुनुद्दीन फ़ीरोज़शाह से निज़ात पा ली है। इस वक़्त हिन्दू और मुसलमानों की बहू-बेटियाँ महफ़ूज़ हैं। कुछ फ़ालतू मज़ाक़िया, लतीफ़ेबाज और दूसरे कामचोर ज़रूर परेशान हैं।"

गुलसुल्तानबानो जो देर से ख़ामोश थी, वह बोली, "सुल्तान-ए-आलम ने

उनके वास्ते लंगरख़ाने खुलवा दिए हैं। वे दोनों वक़्त वहाँ गोश्त-रोटी और खिचड़ी खा सकते हैं।"

सुल्तान मोहिनी की ओर मुख़ातिब होकर बोलीं, "अब आप जा सकती हैं।"

मोहिनी सुल्तान का शुक्रिया अदा करने के बाद कोर्निश बजाती हुई वापस हो गयी। वापसी में उसकी मुलाक़ात क़ादिरबीवीबानो और ख़्वाजासरा इनायत से हुई। उसकी आज़ादी की ख़बर क़ुश्क-ए-दिलकुशा से बाहर आ चुकी थी। क़ादिरबीवीबानो, ख़्वाजासरा इनायत और वहाँ मौजूद तातारी बाँदियों ने उसे मुबारकबाद पेश की। उसने सभी का शुक्रिया अदा किया। वह अपनी डलिया में एक गुलाब की कली ख़्वाजासरा इनायत के लिए बचा लाई थी। उसने कली अदब के साथ इनायत को पेश की और उससे बोली, "शुक्रिया।" अभी ख़्वाजासरा इनायत गुलाब की कली की ख़ुशबू ले ही रहा था कि मोहिनी ने उसके दाहिने गाल की चिकोटी काटी और तेज़ क़दमों से बाहर निकल गयी। इनायत उसे देखता रह गया।

उसने ग़ज़नी बाज़ार पहुँचने पर सबसे पहले ग़ुलामी से आज़ाद होने की ख़बर असग़री बेगम को दी। असग़री बेगम ने उसे मुबारकबाद पेश की। अब असग़री बेगम के ज़रिये यह ख़बर ग़ज़नी बाज़ार में फैल गयी। ख़बर सुनते ही ग़ज़नी बाज़ार के दुकानदार मोहिनी की दुकान पर आ लगे। वे सभी मोहिनी को मुबारकबाद दे रहे थे। इस ख़बर को सुनकर लाला हज़ारीमल का चेहरा खिल उठा था। वे सोचने लगे, क्यों न मोहिनी को गोद लेकर अपनी बेटी बना लिया जाए। वे भीड़ के सामने बोले, "बेटी मोहिनी, ग़ज़नी बाज़ार का आम आदमी आज कितना ख़ुश है, बयान नहीं किया जा सकता। अगर तुम्हें कोई एतराज़ न हो तो हम तुम्हें बतौर बेटी गोद लेना चाहते हैं। उम्मीद है, इनकार नहीं करोगी।"

मोहिनी के माँ-बाप बचपन में ही गुज़र गये थे। उसे अपने माँ-बाप की मुहब्बत नहीं मिल सकी थी। उसने कभी सोचा भी नहीं था कि लाला हज़ारीमल जैसे रईस उसे गोद लेने को तैयार हैं। वह मारे ख़ुशी के लाला हज़ारीमल के सीने से चिपट गयी। ख़ुशी के मारे उसकी आँखों से आँसू बहने लगे। उसके आँसू देखकर लाला की भी आँखों से आँसू बह निकले। भीड़ ने पहली मर्तबा लाला की आँखों में आँसू देखे थे। अब भीड़ लाला हज़ारीमल को मुबारकबाद पेश कर रही थी।

कुछ ही देर में लाला करोड़ीमल और लाला हज़ारीमल द्वारा तमाम ग़ज़नी बाज़ार में लड्डू बाँटे जा रहे थे! इसी बीच कल्लन मियाँ ने भीड़ के सामने ऐलान किया, "आज हमारी दुकान पर खाना खाने पर किसी से कोई रक़म नहीं ली जाएगी। आप लोग हमारी दुकान पर मुफ़्त खाना खा सकते हैं।"

असग़री बेगम क्यों पीछे रहतीं। वे बोलीं, "आज हमारी दुकान से पान खाने पर किसी से कुछ नहीं लिया जाएगा। आप लोग इस ख़ुशी के मौक़े पर हमारी ओर

से पान खाएँ।"

ख़ुशी का यह आलम देर रात तक ग़ज़नी बाज़ार में चलता रहा।

मोहिनी तक़रीबन रोज़ाना सुबह-सुबह क़ुव्वतुलमुल्क जमालुद्दीन याक़ूत की हवेली ताज़े फूल लेकर जाती है। वह काफ़ी दिनों से सोच रही थी कि जमालुद्दीन याक़ूत, जिन्हें मरहूम सुल्तान इल्तुतमिश ने आज़ाद कर दिया था, उन्होंने अब तक अपनी शादी क्यों नहीं की है जब कि उनके पास दौलत भी है और शोहरत भी। वे हालाँकि साँवले रंग के हैं, लेकिन साँवला रंग तो भगवान कृष्ण का भी था। वे उनकी तरह ख़ूबसूरत हैं, जवान हैं और बहादुर हैं। उनकी बहादुरी और जाँबाज़ी की शोहरत तमाम हिन्दुस्तान में है। भगवान कृष्ण के पीछे राधा क्या, न जाने कितनी गोपियाँ मँडराती रहती थीं। फिर ऐसे ख़ूबसूरत जवान पर किसी लड़की का दिल क्यों नहीं फ़िदा हो सकता है। मोहिनी का भी खिंचाव धीरे-धीरे जमालुद्दीन याक़ूत की ओर अनजाने ही हो रहा था। वह जब तक उनको एक नज़र देख नहीं लेती है, उसे चैन नहीं पड़ता है। अपनी आज़ादी की ख़ुशी से उसे रात भर नींद नहीं आई। वह तमाम रात हसीन सपने देखती रही। सपनों में उसे याक़ूत...याक़ूत ही नज़र आ रहे थे।

उसने सुबह उठते ही गुस्ल किया और फुलहट्टी की ओर चल दी। उसने जल्दी-जल्दी फूल ख़रीदे और ग़ज़नी बाज़ार अपनी दुकान पर लेकर आ गयी। अब वह फूल ख़रीदने भी पालकी से ही जाया करती थी। दौलत की उसके पास कमी नहीं थी। दुकान अच्छी तरह से चल रही थी। वह जमालुद्दीन याक़ूत की हवेली और क़िले में सुल्तान रज़िया के पास फूल पहुँचाकर दुकान पर आ बैठती थी। दोपहर का खाना एक पंडित जी की दुकान से मँगवाकर खा लेती थी।

मोहिनी गुलाब के ताज़े फूल और एक गुलदस्ता लेकर जमालुद्दीन याक़ूत की हवेली की ओर चल दी। सड़क पर चल रहे कुछ लफ़ंगे उसे और उसकी पालकी को ताक रहे थे, लेकिन किसी की बोलने की हिम्मत नहीं थी। वे समझ रहे थे कि मोहिनी की पहुँच सुल्तान रज़िया तक है। ग़ज़नी बाज़ार से हवेली ज़्यादा दूर नहीं थी। जमालुद्दीन याक़ूत हमेशा की तरह हवेली में टहल रहे थे। वे उसे देखकर मुस्करा उठे और बोले, "आओ मोहिनी, आज आप कुछ ज़्यादा ही ख़ुश दिख रही हैं।"

मोहिनी जमालुद्दीन याक़ूत को आदाब बजाकर बोली, "हुज़ूर, सुल्तान रज़िया ने हमें आज़ाद कर दिया है।"

"कब?" जमालुद्दीन याक़ूत ने अचरज के साथ पूछा।

"हुज़ूर, हमें कल ही आज़ाद किया है।"

"मुबारक हो। हमें ख़ुशी हुई।"

"हुज़ूर, एक बात पूछ सकती हूँ?" मोहिनी के दिमाग़ में यह सवाल न जाने कब से कौंध रहा था।

"पूछिये।"

"हुज़ूर को मरहूम सुल्तान इल्तुतमिश ने आज़ाद कर दिया था। तब हुज़ूर ने आज तक अपनी शादी क्यों नहीं की?"

"हम शादी करके क्या करेंगे?" जमालुद्दीन याक़ूत मुस्कराकर बोले।

"हुज़ूर, औलाद से खानदान चलता है।"

जमालुद्दीन याक़ूत ज़ोर से हँसे और बोले, "मरहूम सुल्तान इल्तुतमिश को अल्लाह जन्नत बख़्शे। सुल्तान हमें अपने चश्मो-चिराग़ की नज़र से देखते थे। वे हमें शहज़ादों से भी ज़्यादा मुहब्बत करते थे। हमें मरहूम सुल्तान ने आज़ाद ज़रूर कर दिया था, लेकिन हम अपना फ़र्ज़ कैसे भूल सकते हैं? हमने मरहूम सुल्तान का नमक खाया है। हमें नमक का हिसाब चुकाना है। सुल्तान रज़िया हमेशा दुश्मनों से घिरी रहीं। उन पर एक बार नहीं, कई बार हमले हुए। वे इन हमलों में बाल-बाल बचीं। सुल्तान आज भी पूरी तरह से महफ़ूज़ नहीं हैं। हम अपनी शादी के बारे में सोच भी नहीं सकते।"

"अब सुल्तान-ए-आलम को किससे ख़तरा है?" मोहिनी ने पूछा।

"आपको मालूम ही है, वज़ीर-ए-आज़म जुनैदी सिरमूर की पहाड़ियों की ओर भाग गये हैं। उनके बेटे ज़ियाउलमुल्क को दुश्मनों ने क़त्ल कर दिया है। वे हुकूमत से इसका बदला लेना चाह रहे होंगे। बदायूँ, हाँसी, मुल्तान और लाहौर से उठी बग़ावत की आँधी दिल्ली की ओर तेज़ रफ़्तार से आ रही है। इस वक़्त सुल्तान रज़िया की हिफ़ाज़त करना हमारा पहला फ़र्ज़ है।"

मोहिनी बात का रुख़ बदलते हुए बोली, "हुज़ूर, एक और ख़ुशी की बात है।"

"जल्दी बतलाएँ।"

"हुज़ूर, हमें ग़ज़नी बाज़ार के लाला हज़ारीमल गोद लेने जा रहे हैं। उनके पास ख़ुद अपनी कोई औलाद नहीं है। उनकी पत्नी की बहुत पहले मौत हो चुकी है।"

"यह तो और ख़ुशी की बात है। अब आप हमारी एक बात मान लें।"

"हुज़ूर, हुक्म करें।"

"आप शादी कर लें। हर लड़की की शादी की एक उम्र होती है।"

"हुज़ूर, हमसे शादी कौन करेगा?"

"अगर आप तैयार हों तो सल्तनत के ऊँचे-से-ऊँचे हिन्दू ओहदेदार के साथ आपकी शादी कराई जा सकती है।" मोहिनी कैसे कहती कि वह तो उनके ही सपने

देख रही है।

वह बोली, "हुज़ूर, ऐसी कोई जल्दी नहीं है। अभी तो बहन कजरी ने ही शादी नहीं की। उनकी शादी के बग़ैर मैं अपनी शादी कैसे कर सकती हूँ?"

"आज आपने हमें दो-दो खुशियाँ सुनाईं। हम भी आज आपको इस ख़ास मौक़े पर एक छोटा-सा तोहफ़ा देना चाहते हैं। उम्मीद है, आप हमें नाउम्मीद न करेंगी।"

"हुज़ूर, हुक़्म फ़र्माएँ।"

"आज से आप हमारी बहन हुईं। वैसे सल्तनत की तमाम बेटियाँ हमारी बहन होती हैं, लेकिन हमारी अपनी कोई बहन नहीं है। आप हमें राखी के त्योहार पर राखी बाँधा करें।"

इतना सुनते ही मोहिनी की आँखों से आँसू बह निकले। उसने सपने में भी नहीं सोचा था कि क़ुव्वतुलमुल्क जमालुद्दीन याक़ूत के दिल में उसके वास्ते इतनी ऊँची जगह थी। वह सोचने लगी, उसने क्यों जमालुद्दीन याक़ूत के बारे में फ़िजूल बातें सोचीं। उसने गुलदस्ते से निकालकर एक धागा तोड़ा और जमालुद्दीन याक़ूत के दाहिने हाथ में बाँध दिया। जमालुद्दीन याक़ूत हवेली के अन्दर गये और कुछ जवाहरात लेकर लौट आए। उन्होंने जवाहरात मोहिनी के दाहिने हाथ पर रख दिए। मोहिनी बोली, "हुज़ूर, हम जवाहरात लेकर क्या करेंगे?

जमालुद्दीन याक़ूत ने उसकी बात का कोई जवाब नहीं दिया। वे बोले, "हमें भाईजान कहकर पुकारें। आज तक हमें किसी ने भाईजान कहकर नहीं पुकारा। हमारे कान इस लफ़्ज़ को सुनने के वास्ते तरस गये हैं।"

"हुज़ूर...।"

"हमें भाईजान कहें।"

"भाईजान।" मोहिनी की जुबान से बमुश्किल यह लफ़्ज़ निकल सका। अब वह जमालुद्दीन याक़ूत के पैरों पर गिर पड़ी।

जमालुद्दीन याक़ूत ने उसे उठाया और बोले, "हमारी वर्षों की मुराद आज पूरी हुई। हमें हमारी बहन मिल गयी।"

"भाईजान, अब हमें एक और इनाम दे दें।"

"हुक़्म करें, बहन मोहिनी।"

मोहिनी शरारती अन्दाज़ में बोली, "भाईजान, हमें भाभीजान ला दें।" वह इतना कहकर हवेली के ख़ास दरवाज़े की ओर चल दी। जमालुद्दीन याकूत उसे देखते ही रह गये।

छप्पन

दोपहर होने में अभी काफ़ी वक़्त था। फ़िज़ा में हल्की ठंडक थी। धूप नहीं निकली थी। सूरज बादलों की ओट में देर से छिपा था। हल्की-हल्की हवा बह रही थी। सुल्तान काफ़ी दिनों से कजरी और चन्द्रकला के बीच तलवारबाज़ी का मुक़ाबला देखना चाहती थीं। उन्हें और सुल्तानों की तरह न तो हाथियों और दूसरे जानवरों को लड़ाने का शौक़ था और न ही वे परिन्दों की लड़ाई देखना पसन्द करती थीं। जानवरों और परिन्दों की लड़ाई में तमाम जानवर और परिन्दे घायल हो जाते हैं जो उन्हें बेहद नागवार लगता है। उनके दिल को चोट पहुँचती है। क़िले के तमाम लोग जानते हैं, सुल्तान परिन्दों और जानवरों से बेहद मुहब्बत करती हैं। उनका यहाँ तक कहना है कि अगर इंसान को जरा-सी चोट लगती है, तब वह तड़प उठता है। बेचारा जानवर और परिन्दा अपने दर्द को न जाने कैसे बर्दाश्त करता होगा? उन्होंने जब से हिन्दुस्तान का ताजो-तख़्त सँभाला था, तमाम सिफ़ारिश के बावजूद भी हाथियों की लड़ाई नहीं कराई थी। उनकी ख़ुराक में बढ़ोत्तरी ज़रूर करवा दी थी।

आज क़ुश्क-ए-दिलक़ुशा के आँगन में सुल्तान रज़िया के सामने कजरी और चन्द्रकला देर से तलवारबाज़ी कर रही थीं। दोनों ही तलवारबाज़ी में महारथ हासिल कर चुकी थीं। कजरी ने आज हल्के गुलाबी रंग की पोशाक पहन रखी थी और चन्द्रकला ने हल्की नीली रंग की चुस्त पोशाक पहनी थी। दोनों के बायें हाथ में ढालें मौजूद थीं। वे अपने बचाव में एक-दूसरे द्वारा किए गये वार अधिकतर अपनी ढालों पर रोक रही थीं। चन्द्रकला जहाँ इकहरे बदन की थी, वहीं कजरी का बदन दोहरा था, लेकिन दोनों ही फुर्तीली थीं। तलवारबाज़ी के पैंतरेबाज़ी में चन्द्रकला कजरी से कुछ ज़्यादा जानकार थी, लेकिन कजरी की कलाई में चन्द्रकला के मुक़ाबले कुछ ज़्यादा ही ताक़त थी। दोनों अब तक थककर चूर हो चुकी थीं। सुल्तान की समझ में नहीं आ रहा था कि दोनों में कौन इक्कीस पड़ रहा है और कौन उन्नीस। वे दोनों अभी तलवारबाज़ी कर ही रही थीं कि ख़्वाजासरा इनायत आ पहुँचा। वह सुल्तान रज़िया के सामने अदब के साथ झुककर बोला, ''सुल्तान-ए-आलम, वज़ीर-ए-आज़म ख़्वाजा मुहज़्ज़बुद्दीन दोपहर बाद मिलने की इजाज़त चाह रहे हैं।''

सुल्तान बोलीं, ''उनसे जाकर कहो, वे हमसे दीवान-ए-ख़ास में मिलें।'' इनायत सुल्तान का हुक़्म पाकर वापस लौट गया। हालाँकि वह भी तलवारबाज़ी का लुत्फ़ उठाना चाहता था, लेकिन उसके लिए सुल्तान का हुक़्म बजाना ज़रूरी था।

अब सुल्तान ने कजरी और चन्द्रकला की तलवारबाज़ी बन्द करा दी और बोलीं, ''हमारी दोनों ही ख़ास बाँदियों का तलवारबाज़ी में कोई सानी नहीं है। हम

फ़ैसला नहीं कर पाए, आज की जंग में किसकी हार हुई और किसकी जीत।''

दोनों बाँदियाँ सुल्तान के सामने अदब के साथ झुक गयीं। सुल्तान ने उन दोनों को एक-एक जड़ाऊ तलवार इनाम में बख़्शी। अब वे टहलते-टहलते क़ुतुब नहर की ओर चल दीं। सुल्तान रोज़ाना कुछ वक़्त वहाँ गुज़ारती थीं। दोनों बाँदियाँ उनके साथ थीं। अचानक उनकी निगाह जमुना की ओर चली गयी। उन्होंने देखा, जमुना में हज़ारों की तादाद में लोग नहा रहे हैं। नहानेवालों में क्या बूढ़े क्या जवान, क्या मर्द क्या औरत, क्या लड़के, क्या लड़कियाँ और क्या बच्चे सभी भारी तादाद में मौजूद थे। तख़्तों पर कुछ पंडित बैठे थे जो लोगों को आशीर्वाद देने के साथ-साथ उनके माथे पर तिलक लगा रहे थे। सुल्तान ने इतने लोगों को एक साथ जमुना में नहाते पहले कभी नहीं देखा था। वे अभी जमुना की ओर ताक ही रही थीं कि न जाने कहाँ से नयनज्योतिबाई आ पहुँची। उसे देखकर सुल्तान ने पूछा, ''क्या कोई नई ख़बर?''

नयनज्योतिबाई बोली, ''हुज़ूर, कुछ देर पहले मोहिनी आई थी। मैंने उससे पूछा कि क्या अभी तक फ़क़ीर क़ाज़ीमुद्दीन ज़ाहिद और गुरु गोरखनाथ के चेले का कुछ पता चला।''

सुल्तान काफ़ी दिनों से फ़क़ीर और गुरु गोरखनाथ के चेले को लेकर चिन्तित थीं। उनकी समझ में नहीं आ रहा था कि आख़िर वे दोनों कहाँ चले गये। उनके दिमाग़ में यह भी ख़याल आ रहा था कि क्या कहीं उन दोनों को सुल्तान रुक़्नुद्दीन फ़ीरोज़शाह या फिर जहाँशाह तुर्कान बेगम के आदमियों ने मौत के घाट उतार तो नहीं दिया? उन्होंने पूछा, ''क्या वह कुछ बता सकी?''

''हुज़ूर, उसका कहना था, अभी तक कोई पता नहीं चल पाया है।''

''शहर कोतवाल को हुक़्म दिया जाए, वे शहर के चप्पे-चप्पे में ही नहीं, शहर के इर्द-गिर्द भी पता लगाएँ। हम बेहद फ़िक्रमंद हैं। हमारी समझ में नहीं आ रहा है, दोनों हज़रात आख़िर कहाँ ग़ायब हो गये?''

''हुज़ूर, मैं अभी जाकर शहर कोतवाल के पास ख़बर भिजवाती हूँ।''

''अभी जाने की ज़रूरत नहीं है। अभी हम क़ुश्क-ए-दिलक़ुशा की ओर चल रहे हैं। वहाँ से हरकारा शहर कोतवाल के पास भेज दिया जाए!''

''हुज़ूर, ऐसा ही होगा।'' नयनज्योतिबाई अदब के साथ झुककर बोली।

सुल्तान अब भी जमुना की ओर ताक रही थीं। उन्होंने नयनज्योतिबाई से पूछा, ''जमुना में इन दिनों इतने अधिक लोग क्यों नहाते हैं?''

''हुज़ूर, जमुना में सुबह होने से पहले ही हज़ारों लोग स्नान कर चुके हैं। दूर-दूर के गाँवों से भी जमुना नहाने लोग आ रहे हैं। यहाँ तक़रीबन दिन भर इसी तरह का स्नान चलता रहेगा। इतना ही नहीं, हिन्दुस्तान में जमुना जहाँ-जहाँ से गुज़रती है,

वहाँ-वहाँ के लोग जमुना किनारे रात को दीपक जलाते हैं।''

''दूसरे महीनों में न तो इतनी भारी तादाद में लोग जमुना नहाते हैं और न ही वहाँ दीपक जलाते हैं। आख़िर ऐसी क्या ख़ास बात है?''

''हुज़ूर, हिन्दुओं के पुराणों में लिखा है, इस महीने जमुना स्नान और दीपदान करने से आदमी को अच्छे फल प्राप्त होते हैं। हुज़ूर, इस सिलसिले में एक कथा है।''

''तू हमेशा कोई-न-कोई क़िस्सा सुनाने लगती है। अब हमें कोई क़िस्सा नहीं सुनना है। हमें पता है, कल दीपावली हिन्दुओं का ख़ास त्योहार है। यह मुसलमानों के ईद-उल-जुहा और ईद-उल-फ़ितर की तरह है। हमारा हुक़्म है, कल तमाम दिल्ली के चौराहों-चौराहों पर मिठाई बँटवाई जाए! लंगरख़ानों में ग़रीबों को भरपूर मिठाई खिलाई जाए! सराय में ठहरे मुसाफ़िरों को भी मिठाई भिजवाई जाए!''

''हुज़ूर, क़िले में मिठाई नहीं बँटवाई जाएगी?'' नयनज्योतिबाई ने मुस्कराकर पूछा।

''क़िल-ए-रायपिथौरा में ही नहीं, क़ैदख़ाने में मौजूद सभी क़ैदियों को पाँच-पाँच मिठाइयाँ खाने के बाद दी जाएँ! उन्हें रात खाना भी वही दिया जाए जो शाही खानसामाँ हमारे वास्ते तैयार करते हैं, लेकिन शाही खानसामाँओं को ख़ासतौर पर बता दिया जाए, बाबर्चीख़ाना में कल गोश्त नहीं पकेगा। सभी लोगों को गोश्त की जगह तरकारियाँ खिलाई जाएँ! हम कल गोश्त की जगह तरकारी खाना पसन्द करेंगे।''

''क्या सुल्तान रुक्नुद्दीन फ़ीरोज़शाह और ख़ुदाबन्द-ए-जहाँशाह तुर्कान बेगम को भी यही खाना मुहैया कराया जाएगा?'' नयनज्योतिबाई ने पूछा।

''अब उन्हें सुल्तान और ख़ुदाबन्द कहकर मत पुकारें! वे क़ैदी हैं। रुक्नुद्दीन हमारे भाई हैं और बेगम साहिबा हमारी मरहूम अम्मीजान क़ुतुबबेगम का दर्ज़ा रखती हैं। उन्होंने जानबूझकर कुछ ऐसे ग़लत क़दम उठाए जिसकी वजह से आज क़ैदख़ाने की चहारदीवारी के अन्दर बन्द हैं। वे कानून की नज़र में क़ैदी हैं। उन्हें भी कल रात वही खाना मिलेगा जो हम खाएँगे।''

सुल्तान कुछ देर रुककर फिर बोलीं, ''हम हिन्दुओं के त्योहार दीपावली के ख़ास मौक़े पर बेहद ख़ुश हैं, लेकिन...।''

''हुज़ूर क्या कहना चाहती हैं?'' नयनज्योतिबाई ने पूछा।

''हमें जानकारी हुई है, हिन्दू लोग पाक दीपावली पर जुआ खेलते हैं। हम इसकी इजाज़त नहीं देंगे। जुए में तमाम घर बर्बाद हो जाते हैं। कभी आपने ही हमें बताया था, महाभारत में कौरवों और पांडवों के बीच हुए जुए में पांडवों के राजा युधिष्ठिर अपनी बेगम द्रोपदी तक को हार गये थे। कमबख़्त दुर्योधन ने दरबार में

उनका चीर हरण किया था, लेकिन किसी तरह कन्हैया ने उनकी इज़्ज़त बचाई थी।''

''हुज़ूर, वज़ा फ़र्मा रही हैं।'' नयनज्योतिबाई बोली।

अभी बातचीत हो ही रही थी कि ख़्वाजासरा इनायत फिर आ पहुँचा और अदब के साथ झुककर बोला, ''सुल्तान-ए-आलम, जनाब क़ुव्वतुलमुल्क जमालुद्दीन याक़ूत हुज़ूर की क़दमबोसी की इजाज़त चाह रहे हैं।''

जमालुद्दीन याक़ूत का नाम सुनते ही सुल्तान का चेहरा खिल उठा। बाँदियों से यह छिपा नहीं रह सका। सुल्तान बोलीं, ''वे इन्तज़ार करें। हम दीवान-ए-ख़ास पहुँचते हैं। वहीं मुलाक़ात होगी।'' ख़्वाजासरा इनायत आदाब बजाकर क़ुश्क-ए-दिलक़ुशा की ओर चल दिया।

सुल्तान बाँदियों की ओर मुख़ातिब होकर बोलीं, ''आप सभी हमारी ओर से पाक दीपावली त्योहार की मुबारकबाद क़ुबूल करें। आज सभी की छुट्टी है।''

तीनों बाँदियाँ अदब के साथ सुल्तान की शान में झुक गयीं। उनकी जुबान से एक साथ निकल पड़ा, ''हुज़ूर को भी मुबारक हो।''

''शुक्रिया।''

दीवान-ए-ख़ास में सुल्तान के अलावा उनकी ख़ास बाँदियाँ गुल-ए-अब्बासी, गुलसुल्तानबानो और दारोग़-ए-क़ुश्क-ए-दिलक़ुशा क़ादिरबीवीबानो मौजूद थीं। तातारी बाँदियाँ नंगी तलवारें लिए पहरा दे रही थीं। सुल्तान ने हिन्दू बाँदियों की त्योहार की वजह से छुट्टी कर दी थी। बाँदियों के अलावा वज़ीर-ए-आज़म ख़्वाजा मुहज़्ज़बुद्दीन और जनाब क़ुव्वतुलमुल्क जमालुद्दीन याक़ूत वहाँ मौजूद थे। सुल्तान ने ख़्वाजा की ओर मुख़ातिब होकर पूछा, ''आप क्या बात करना चाहते थे?''

वज़ीर-ए-आज़म अदब के साथ झुककर बोले, ''सुल्तान-ए-आलम, हुज़ूर के हुक़्म से मलिक इख़्तियारुद्दीन अल्तूनिया बरन के लिए रवाना हो गये हैं और जनाब मलिक इख़्तियारुद्दीन एतग़ीन सुल्तान के हुक़्म के मुताबिक़ क़दमबोसी के वास्ते हाज़िर हैं। अगर इजाज़त हो, बुला लिया जाए।''

''उन्हें पहले ही क्यों नहीं बुला लिया गया? उन्हें फ़ौरन बुलाया जाए!''

वज़ीर-ए-आज़म ने ताली बजाई। ताली की आवाज़ सुनते ही एक ख़िदमतगार बाँदी हाज़िर हो गयी। वज़ीर-ए-आज़म बोले, ''दीवान-ए-ख़ास के बाहर जनाब मलिक इख़्तियारुद्दीन एतग़ीन हुज़ूर की क़दमबोसी के वास्ते इन्तज़ार कर रहे हैं। उन्हें फ़ौरन भेजा जाए।'' ख़िदमतगार बाँदी उल्टे पैर वापस हो गयी।

कुछ ही देर में मलिक एतग़ीन दीवान-ए-ख़ास में हाज़िर थे। उन्होंने सुल्तान की शान में तीन बार कोर्निश बजाई और सोने की तश्तरी में कुछ अशर्फ़ियाँ पेश कीं। जमालुद्दीन याक़ूत ने सोने की तश्तरी मलिक एतग़ीन के हाथों से लेकर बाँदी गुल-

ए-अब्बासी को सौंप दी, जिसे उसने सुल्तान के सामने पेश की। सुल्तान ने मलिक एतग़ीन की नज़र ख़ुशी-ख़ुशी क़ुबूल की। सुल्तान बोलीं, ''हम अपने मरहूम अब्बाहुज़ूर सुल्तान इल्तुतमिश की तरह आपकी वफ़ादारी, ईमानदारी और जाँबाज़ी से ख़ुश हैं। इसी वास्ते हमने आपको तलब किया था। हम आपको बदायूँ का इक़्तादार बनाते हैं। उम्मीद है, आपको ख़ुशी होगी।''

सुल्तान की ज़ुबान से निकले अल्फ़ाज़ सुनते ही मलिक एतग़ीन बेहद ख़ुश हुए। उन्हें मालूम था कि बदायूँ सल्तनत का ख़ास सूबा है। इस सूबे का इक़्तादार या तो किसी शहज़ादे को बनाया जाता है या फिर किसी ख़ास मलिक को यह ज़िम्मेदारी सौंपी जाती है। मलिक एतग़ीन सुल्तान की शान में एकबार फिर झुक गये और उन्होंने तीन बार कोर्निश बजाई। वज़ीर-ए-आज़म और जमालुद्दीन याक़ूत ने उन्हें मुबारकबाद दी।

सुल्तान फिर ख़्वाजा की ओर मुख़ातिब होकर बोलीं, ''और कोई ख़ास बात?''

''सुल्तान-ए-आलम, जहाँ बदायूँ, मुल्तान, हाँसी और लाहौर के इक़्तादार दिल्ली की ओर आगे बढ़ रहे हैं, वहीं ख़बर मिली है, वज़ीर-ए-आज़म जुनैदी भी सिरमूर की पहाड़ियों की ओर से दिल्ली की ओर आ रहे हैं। जुनैदी और दूसरे बाग़ी आपस में मिलना चाह रहे होंगे।''

''कोई फ़िक्र की बात नहीं। दीपावली के बाद जमुना के उस पार फ़ौज़ी ख़ेमे गाड़ दिए जाएँ! फ़ौज़ को एक महीने की पेशगी तनख़्वाह बाँटी जाए! फ़ौज़ की कमान मलिक सैफ़ुद्दीन ऐबक़ बहतू को सौंपी जाती है। हमें उम्मीद है, तजुर्बेकार मलिक बाग़ी मलिकों को अच्छा सबक़ सिखाएँगे। फ़िलहाल हिफ़ाज़त के वास्ते क़िले के तमाम दरवाज़ों पर सख़्त पहरा करा दें।''

''सुल्तान-ए-आलम, हुक़्म की तामील होगी।''

सुल्तान ने पूछा, ''क़िले के तीनों ओर खुदी पक्की खाई में क्या पानी भरा है?''

''सुल्तान-ए-आलम, खाई में पानी लबालब भरा है। उसमें हाथी तक डूब सकता है। मरहूम सुल्तान इल्तुतमिश ने कभी खाई में जमुना से पकड़वाकर घड़ियाल छुड़वाए थे। धीरे-धीरे उनकी तादाद बढ़ गयी है।''

''घड़ियालों के वास्ते खाने का क्या इन्तज़ाम है?''

''घड़ियालों के वास्ते काफ़ी तादाद में खाई में मछलियाँ मौजूद हैं। इसके अलावा उन्हें वक़्त-वक़्त पर गोश्त खिलाया जाता है।''

''बहुत ख़ूब...बहुत ख़ूब!''

सुल्तान कुछ देर बाद फिर बोलीं, ''कल हिन्दुओं का ख़ास त्योहार दीपावली है। हुक़्म है, क़िले के अलावा तमाम दिल्ली की मस्जिदों, सरायों, दरगाहों और

बाज़ारों पर चिराग़ रौशन किए जाएँ। आप दारोग़-ए-चिराग़ों को बता दें, वे क़िले की सजावट में कोई कोर-कसर न रखें।''

''सुल्तान-ए-आलम, हुक़्म की तामील होगी।''

सुल्तान ने वज़ीर-ए-आज़म और मलिक एतग़ीन को दीवान-ए-ख़ास से जाने की इजाज़त दे दी। वहाँ मौजूद बाँदियाँ सुल्तान का इशारा समझकर बाहर निकल गयीं। अब वहाँ सुल्तान और जमालुद्दीन याक़ूत ही मौजूद थे। सुल्तान देर तक याक़ूत को निहारती रहीं। याक़ूत की गर्दन झुकी थी। सुल्तान ने पूछा, ''कोई नई ख़बर?''

''हुज़ूर, वज़ीर-ए-आज़म सुल्तान को ख़बर से वाक़िफ़ करा चुके होंगे और कोई नई ख़बर नहीं है।''

''आप हमसे क्यों मिलना चाहते थे?'' सुल्तान की आँखों में शरारत थी।

''हुज़ूर...।''

''क्या कहना चाहते हैं?'' सुल्तान ने मुस्कराकर पूछा।

''कल हिन्दुओं का पाक त्योहार है। इस ख़ुशी के मौक़े पर हुज़ूर हिन्दुओं को कोई ख़ास...।''

सुल्तान मुस्कराकर बोलीं, ''हम इस बाबत कल फ़ैसला लेंगे।''

''शुक्रिया हुज़ूर।''

सुल्तान ने जमालुद्दीन याक़ूत की आँखों-में-आँखें डालकर पूछा, ''हम जानना चाहेंगे, हिन्दुओं के पाक त्योहार दीपावली पर क़ुव्वतुलमुल्क हमें क्या तोहफा देना चाहेंगे?''

जमालुद्दीन याक़ूत अदब के साथ झुककर बोले, ''हुज़ूर, जान हाजिर है।''

''हमें जान नहीं, जमालुद्दीन याक़ूत चाहिए।'' सुल्तान की आँखों में शरारत थी।

सुल्तान ने जमालुद्दीन याक़ूत से इस तरह पहले कभी शरारत नहीं की थी। जमालुद्दीन याक़ूत की समझ में नहीं आ रहा था कि वे सुल्तान को क्या जवाब दें। उनकी जुबान से इतना ही निकल सका, ''सुल्तान...।''

सुल्तान के दिल की बात आज उनकी जुबान पर आ गयी थी। उन्होंने पूछा, ''क्या क़ुव्वतुलमुल्क किसी और को चाहते हैं?''

''सुल्तान ने ऐसा कैसे सोच लिया?''

सुल्तान हँसीं और बोलीं, ''आपकी फ़ौलादी ताक़त, दिलेरी और जाँबाज़ी पर कोई हसीना मरमिट सकती है।''

''सुल्तान!''

''आख़िर हम भी औरत हैं। हमारे पास भी तमाम औरतों की तरह एक नाजुक दिल है।''

"सुल्तान...।" याक़ूत की जुबान से आगे कुछ नहीं निकल सका।

अब सुल्तान शाही तख़्त से उठकर चल दीं। वे सोच रही थीं कि हम हिन्दुस्तान के सुल्तान होते हुए भी अभी तक जमालुद्दीन याक़ूत की मुहब्बत नहीं पा सके। क्या जमालुद्दीन याक़ूत का दिल भी उसके फ़ौलादी जिस्म की तरह फ़ौलाद का बना है?

सत्तावन

ख़्वाजासरा से लेकर वज़ीर-ए-आज़म तक हैरत में थे कि सुल्तान ने आज दीपावली के ख़ास दिन पर दीवान-ए-आम का दरबार क्यों बुलवाया है। इस बात को लेकर क़िल-ए-रायपिथौरा में ही नहीं, तमाम दिल्ली शहर में जगह-जगह चर्चा हो रही थी कि मरहूम सुल्तान क़ुतुबुद्दीन ऐबक़ और मरहूम सुल्तान इल्तुतमिश ने कभी ईद-उल-जुहा, ईद-उल-फ़ितर, होली, दीपावली और दशहरा पर दीवान-ए-आम का क्या, दीवान-ए-ख़ास तक का दरबार नहीं बुलवाया। मुसलमान ओहदेदार सोच रहे थे कि हिन्दुओं को दीपावली के दिन अपनी पूजा-पाठ के वास्ते तमाम इन्तज़ाम करने होते हैं। यही सोच तक़रीबन दरबार के क़ाज़ी-ए-सल्तनत और शैख़-उल-इस्लाम का भी था।

सबसे ज़्यादा हैरत तो सुल्तान की ख़ास हिन्दू बाँदियों नयनज्योतिबाई, चंचलबाई, कजरी और चन्द्रकला को हो रही थी। वे सोच रही थीं कि कल दोपहर से शाम तक सुल्तान ने उनकी छुट्टी कर दी थी, लेकिन आज जब दीपावली का ख़ास त्योहार है, तब छुट्टी नहीं की। आख़िर रात भर में ऐसी क्या आफ़त आ गयी जो सुल्तान को दीवान-ए-आम का दरबार बुलवाना पड़ा। कोई-कोई यहाँ तक सोच रहा था कि कहीं दिल्ली पर बदायूँ, हाँसी, मुल्तान और लाहौर के मलिक हमला तो नहीं करने जा रहे हैं? क्या जुनैदी इन मलिकों से मिल तो नहीं गये हैं?

हमेशा की तरह दीवान-ए-आम में अमीर, मलिक, ख़ान, शाइर, हकीम, आलिम, फ़ाज़िल, सैयद, शैख़, क़िलेदार, शहर कोतवाल, मुल्ला, मौलवी, क़ाज़ी-ए-सल्तनत, उलेमा हज़रात और वज़ीर-ए-आज़म ख़्वाजा मुहज़्ज़बुद्दीन अपनी-अपनी-जगह ख़ामोश खड़े सुल्तान की आमद का इन्तज़ार कर रहे थे। हर हाज़िरीन की निगाह शाही तख़्त पर लगी थी। नक़ीब ने ज़ोरदार आवाज़ लगाई, "बाअदब होशियार, हर क़दम फ़तेह नुसरत, नज़र माल-ओ-दौलत, जुबान मुबारक बख़्शिशो इज़्ज़त सुल्तान-ए-आलम, सुल्तान रज़ियतुद्दुनियाँ वद्दीन बिन्त सुल्तान इल्तुतमिश तशरीफ़ ला रही हैं।"

दीवान-ए-आम में मौजूद हर ओहदेदार चौकन्ना हो गया। कुछ ही देर में सुल्तान रज़िया शाही तख़्त पर जलवा अफ़रोज़ हो चुकी थीं। उनके इर्द-गिर्द ख़ास बाँदियाँ नंगी तलवारें लिए खड़ी थीं। इन बाँदियों के आगे दारोग़-ए-क़ुश्क-ए-दिलक़ुशा क़ादिरबीवीबानो मौजूद थीं। उन्होंने कमर के पटके में दो तलवारें खोंस रखी थीं। शाही तख़्त के सामने बारीक सफ़ेद रेशमी पर्दा पड़ा था। पर्दे के आगे किनारे-किनारे दोनों ओर कई गुर्जबरदार अपनी फ़ौलादी गदा लिए खड़े थे।

नक़ीब ने एकबार फिर ज़ोरदार आवाज़ लगाई, "सुल्तान रज़िया बिन्त सुल्तान इल्तुतमिश ज़िन्दाबाद...ज़िन्दाबाद...ज़िन्दाबाद।"

हाज़िरीन की ज़ुबान से एक साथ निकल पड़ा, "ज़िन्दाबाद...ज़िन्दाबाद... ज़िन्दाबाद।"

सुल्तान ने वज़ीर-ए-आज़म ख़्वाजा मुहज़्ज़बुद्दीन की ओर मुख़ातिब होकर पूछा, "क्या सल्तनत के सिलसिले में कोई ख़ास मामला पेश होना है?"

वज़ीर-ए-आज़म अदब के साथ झुककर बोले, "सुल्तान-ए-आलम का इक़बाल बुलन्द हो। दिल्ली की अवाम और दीवान-ए-आम में मौजूद हाज़िरीन आज दीपावली के ख़ास मौक़े पर हुज़ूर को मुबारकबाद पेश करती है।"

सुल्तान हँसकर बोलीं, "हमारी ओर से सल्तनत की अवाम और दीवान-ए-आम में मौजूद तमाम हाज़िरीन को बहुत-बहुत मुबारकबाद।"

वज़ीर-ए-आज़म फिर बोले, "सुल्तान-ए-आलम, हमें पता नहीं, आज का दरबार हुज़ूर ने क्यों बुलवाया है। सल्तनत के सिलसिले में जो ख़ास बातें थीं, वह हुज़ूर से कल ही अर्ज़ कर चुका हूँ। हमें ही नहीं, तमाम ओहदेदारों को आज दीवान-ए-आम का दरबार बुलवाने पर हैरत हो रही है।"

"लेकिन हमें हैरत नहीं है। हमें हज़रत शैख़-उल-इस्लाम से कुछ ख़ास बात करनी है।"

शैख़-उल-इस्लाम अपनी जगह से दो क़दम आगे बढ़ आए और अदब के साथ झुककर बोले, "सुल्तान-ए-आलम, हुक्म करें।"

"हम जानना चाहते हैं, इस्लाम की शुरूआत कब और कहाँ से हुई?"

"हुज़ूर, गुस्ताख़ी माफ़ हो। क्या हुज़ूर को इतना भी पता नहीं?" शैख़-उल-इस्लाम के जवाब से ख़्वाजा मुहज़्ज़बुद्दीन चौंके। उन्हें तजुर्बेकार हज़रत शैख़-उल-इस्लाम से ऐसी उम्मीद नहीं थी।

"हमें पता है, फिर भी हम आपकी ज़ुबानी सुनना चाहते हैं।"

दीवान-ए-आम में मौजूद तमाम हाज़िरीन सुल्तान के सवाल को सुनकर चौंक पड़े। वे सोचने लगे कि सुल्तान ने शैख़-उल-इस्लाम से ऐसा सवाल क्यों किया? आख़िर सुल्तान क्या चाहती हैं? शैख़-उल-इस्लाम बोले, "हुज़ूर, इस्लाम की

शुरुआत अरब मुल्क से हुई। उस वक़्त अरब के लोग अलग-अलग क़बीलों में रहते थे, अलग-अलग देवी-देवताओं की पूजा करते थे। पाक क़ुरआन में इस तरह के दस देवी-देवताओं का हवाला आया है। इन्हीं में से तीन को अल्लाह की बेटियाँ बताया गया है।''

''वे अल्लाह की तीन बेटियाँ कौन-कौन-सी हैं?''

''हुज़ूर, उनके नाम हैं अल्-लात्-उज़्ज़ा और मनात। इनकी पूजा क़ुरैश क़बीला ख़ासतौर पर करता था। इनके अलावा हब्बाल नाम का भी एक देवता था जिसे बारिश का देवता बताया गया है। अरब के लोग उसकी भी पूजा करते थे। अरब के लोगों को अल्लाह के बारे में कोई ख़ास जानकारी नहीं थी। उनके पास अपनी कोई मज़हबी क़िताब नहीं थी।''

''लेकिन उस वक़्त से पहले हिन्दुओं के पास उनके पाक मज़हबी वेद मौजूद थे, जिनमें भी तमाम देवी-देवताओं का ज़िक्र आया है।''

''हुज़ूर, वज़ा फ़र्मा रही हैं। हिन्दुओं के वेदों में तमाम देवी-देवताओं का ज़िक्र मौजूद है। हिन्दू अल्लाह को एक नहीं मानते हैं। उनके मुताबिक़ ब्रह्मा, विष्णु, शंकर, राम, कृष्ण, लक्ष्मी, पार्वती, यम, वरुण, अरुण, अग्नि, इन्द्र और न जाने कौन-कौन-से देवी-देवता हैं। उन्हें वे अपना ईश्वर बताते हैं जब कि पाक क़ुरआन कहती है, 'ला इलाहा इल्लल्लाह।' यानी अल्लाह के अलावा और कोई इबादत के लायक़ नहीं है। पाक क़ुरआन आगे कहती है, वही ख़ुदा तमाम दुनिया को पैदा करनेवाला, ईजाद करनेवाला, सूरतें बनानेवाला और वही ग़ालिब हिक्मतवाला है।''

''लेकिन हिन्दुओं के वेदों में भी ऐसा ही ज़िक्र कहीं है कि ईश्वर एक है।''

''हुज़ूर, गुस्ताख़ी माफ़ हो। हमें ऐसी कोई जानकारी नहीं है।''

''हमें हिन्दुओं की संस्कृत जुबान नहीं आती है, लेकिन हमें कभी किसी ने बताया था कि हिन्दुओं के वेदों में कहीं लिखा है, एकम् एवम् अद्वैतम्।''

''हुज़ूर, इसके क्या मायने हैं?'' शैख़-उल-इस्लाम ने दबी जुबान से पूछा।

''शायद हज़रत शैख़-उल-इस्लाम को भी हमारी तरह संस्कृत जुबान नहीं आती है। हर मज़हब की पाक क़िताब में शायद यही लिखा है कि अल्लाह एक है। हम उसे ईश्वर, परमात्मा, गुरु और दूसरे नामों से पुकारते हैं। वेदों में संस्कृत जुबान में जो 'एकम् एवम् अद्वैतम्' लिखा है, उसके मायने भी वही हैं जो 'ला इलाहा इल्लल्लाह' के हैं। वेद भी कहते हैं, ईश्वर-अल्लाह एक है।''

सुल्तान की ज़ुबानी वेदों की जानकारी होने पर हज़रत शैख़-उल-इस्लाम ख़ामोश हो गये। उन्हें संस्कृत क्या, दूसरी तमाम जुबानों की जानकारी नहीं थी। वे तो अरबी, फ़ारसी और कुछ-कुछ हिन्दवी ही जानते थे। उन्हें ख़ामोश देखकर सुल्तान बोलीं, ''हज़रत शैख़-उल-इस्लाम क़ुरआन शरीफ़ के बारे में हमें कुछ बता

रहे थे। उनसे गुज़ारिश है, वे अपनी बात जारी रखें।"

अब शैख़-उल-इस्लाम को बोलना ही पड़ा। वे बोले, "हुज़ूर, मैं कह रहा था कि क़ुरैश कबीले में अब्दुल्ला और अमीना के घर पैग़म्बर हज़रत मुहम्मद पैदा हुए थे। हज़रत मुहम्मद के पैदा होने से लेकर उनकी आगे की ज़िन्दगी के बारे में सुल्तान बख़ूबी जानती होंगी। फरिश्ता ज़िबराइल के ज़रिये हज़रत मुहम्मद साहब पर क़ुरआन तारी हुई थी। लोग शुरू-शुरू में क़ुरआन की आयतें याद कर लेते थे, लेकिन बाद में इन्हें चमड़ों, हड्डियों और पत्थरों पर लिखा गया। धीरे-धीरे यह पाक क़िताब काग़ज़ पर लिखी गयी। हुज़ूर, इन्हीं हज़रत मुहम्मद से इस्लाम की शुरूआत हुई। पैग़म्बर इब्राहीम ने कभी काबा को तामीर कराया था। लोगों को अल्लाह की इबादत का रास्ता दिखाया था, लेकिन बाद में कबीले अल्लाह की इबादत करना भूल गये।"

सुल्तान बीच में बोल पड़ीं। उन्होंने पूछा, "क्या इस्लाम से पहले अरब के लोग हिन्दुओं की तरह बुतों की पूजा नहीं करते थे?" शैख़-उल-इस्लाम ही नहीं, बल्कि दीवान-ए-आम में मौजूद दूसरे ओहदेदार समझ नहीं पा रहे थे कि सुल्तान कहना क्या चाहती हैं? इस तरह के सवालों की आख़िर क्या ज़रूरत है? क्या इन्हीं फ़ुज़ूल बातों के वास्ते सुल्तान ने दीपावली के दिन दीवान-ए-आम का दरबार बुलवाया है? कोई-कोई ओहदेदार तो यहाँ तक सोच रहा था कि क्या सुल्तान का दिमाग़ तो नहीं फिर गया है? दीवान-ए-आम में मौजूद मुल्ला, मौलवियों की आँखें चढ़ गयी थीं, उनके नथुने फूल गये थे। अगर सुल्तान के अलावा और किसी शख़्स ने ऐसे अल्फाज़ निकाले होते तो उन्हें वे कच्चा चबा जाते। सुल्तान के द्वारा उठाए गये सवालों को लेकर उनकी ख़ास बाँदियाँ भी चौंक रही थीं।

"हुज़ूर, मैं पहले ही अर्ज़ कर चुका हूँ। काबा में तमाम देवी-देवताओं की मूर्तियाँ इस्लाम से पहले मौजूद थीं। क़बीलों के लोग उनकी पूजा करते थे। हज़रत मुहम्मद ने अपनी पैग़म्बरी के तक़रीबन तेरह साल मक्का में गुज़ारे और तक़रीबन दस साल मदीना में गुज़ारे। उन्होंने काबा में मौजूद तीन सौ साठ मूर्तियों को हटवा दिया था।"

"क्या हज़रत मुहम्मद ने काबा में मौजूद तमाम मूर्तियों को तोड़वाया था?"

"जी नहीं। उन्होंने वहाँ मौजूद किसी मूर्ति को तोड़वाया नहीं था, बल्कि वहाँ से हटवा दिया था।"

"तब हम हिन्दुओं के मंदिरों को क्यों ज़मींदोज़ करते हैं? क्यों उनके मंदिरों को लूटते हैं? क्यों उन्हें नये मंदिर तामीर कराने की इजाज़त नहीं दी जाती है? इन तमाम सवालों के जवाब हम आपकी ज़ुबानी सुनना चाहते हैं। आपको इस्लामी कानून की सबसे बेहतर जानकारी है। आप सल्तनत के ऊँचे मज़हबी ओहदे पर

तैनात हैं। आपकी जुबान से निकला लफ़्ज़ शरई कानून है। आप ही नहीं, आप जैसे कई शैख़-उल-इस्लाम मरहूम सुल्तानों को शरई कानून के मुताबिक़ सलाह देते आए हैं और हमें भी दे रहे हैं।''

शैख़-उल-इस्लाम के पास सुल्तान के सवालों का कोई जवाब नहीं था। जवाब तो वहाँ मौजूद किसी हाज़िरीन के पास भी नहीं था। फिर भी वे बोले, ''हुज़ूर, गुस्ताख़ी माफ़ हो। मरहूम सुल्तान महमूद ग़ज़नवी ने सोमनाथ के मंदिर को ज़मींदोज किया था, क्या ग़लत किया था? क्या मरहूम सुल्तान क़ुतुबुद्दीन ऐबक़ के ज़माने में बनारस के मंदिरों को ज़मीदोज किया गया, ग़लत किया गया? क्या हुज़ूर के मरहूम अब्बाहुज़ूर सुल्तान इल्तुतमिश के ज़माने में उज्जैन के मंदिरों को लूटा गया, क्या ग़लत हुआ?'' शैख़-उल-इस्लाम ने सुल्तान पर उल्टे कई सवाल दाग़ दिए। उनके द्वारा उठाए गये सवालों को लेकर हाज़िरीन भौंचक्की थी। कुछ हाज़िरीन सोच रही थी कि जनाब शैख-उल-इस्लाम सुल्तान के सामने इस तरह की जुर्रत कैसे कर रहे हैं। हालाँकि कुछ कट्टर मुल्ला-मौलवी शैख़-उल-इस्लाम द्वारा उठाए गये सवालों से ख़ुश थे।

सुल्तान कुछ देर तक सोचती रहीं। वे बोलीं, ''हमारी पाक क़ुरआन में ही नहीं, दुनिया की किसी मज़हबी क़िताब में ऐसा नहीं लिखा है कि दूसरे मज़हबों की इबादतगाहों को ज़मींदोज किया जाए, नेस्तनाबूत किया जाए। हमारा हुक़्म है, आज से सल्तनत के दायरे में किसी भी मज़हब की इबादतगाह को बर्बाद नहीं किया जाएगा, ज़मींदोज नहीं किया जाएगा। हम जानते हैं, हमारे इस फ़ैसले से कुछ लोगों को तकलीफ़ पहुँची होगी, लेकिन हम उन्हें बताना चाहते हैं, ख़लीफ़ा उमर ने कभी येरुसलम पर हमला बोलने का हुक़्म फ़र्माया था। उस वक़्त फ़ौज़ की कमान सिपहसालार ख़ालिद के हाथों में थी। सिपहसालार ख़ालिद ने येरुसलम के पेट्रियार्क सेफ़ोनियस, जो उस वक़्त येरुसलम का सबसे बड़ा फ़ौज़ी हाकिम था, उसके सामने येरुसलम हवाले करने के साथ-साथ तमाम शर्तें रखी थीं। पेट्रियार्क सेफ़ोनियस ने उसकी तमाम शर्तें एक शर्त पर मंजूर कीं कि ख़लीफ़ा उमर ख़ुद चलकर येरुसलम आएँ।

ख़लीफ़ा ने उनकी शर्त मंजूर की और मदीना से लम्बा सफ़र तय करने के बाद वे येरुसलम पहुँचे। जनाब पेट्रियार्क की गुज़ारिश पर ख़लीफ़ा ईसाइयों के गिरजाघर में भी गये। इसी बीच जुहर की नमाज़ का वक़्त हो गया। जनाब पेट्रियार्क ने हज़रत ख़लीफ़ा से गुज़ारिश की कि वे गिरजाघर के अन्दर ही नमाज़ पढ़कर ईसाइयों को इज़्ज़त बख़्शें, लेकिन हज़रत ख़लीफ़ा ने गिरजाघर के अन्दर नमाज़ न पढ़कर बाहर नमाज़ पढ़ी।

पेट्रियार्क ने जब हज़रत ख़लीफ़ा से पूछा कि उन्होंने चर्च के अन्दर नमाज़ क्यों

नहीं पढ़ी? तब वे बोले, अगर मैं गिरजाघर के अन्दर नमाज़ पढ़ता तो मुझे डर था कि आगे चलकर कोई मुसलमान गिरजाघर को ज़मींदोज करने के बाद वहाँ मस्जिद तामीर न करा दे। हमें भी हज़रत उमर ख़लीफ़ा के नक़्श-ए-क़दम पर चलकर एक मिसाल कायम करनी चाहिए! पाक क़ुरआन में लिखी आयतों के ठीक से मायने समझना चाहिए। हमें उम्मीद है, हज़रत शैख़-उल-इस्लाम ही नहीं, यहाँ मौजूद तमाम हाज़िरीन हमारे जज़्बात अच्छी तरह समझ गये होंगे। हमारा हुक़्म है, अगर आज के बाद कोई मज़हबी इमारत किसी शख़्स ने ज़मींदोज करने की कोशिश की, तब उसे सख़्त-से-सख़्त सज़ा दी जाएगी।'' सुल्तान के फ़ैसले को सुनकर तमाम हाज़िरीन सन्नाटे में थी।

अब सुल्तान ने शैख़-उल-इस्लाम से नया सवाल किया, ''हज़रत शैख़-उल-इस्लाम, हम जानना चाहते हैं, सल्तनत का ख़र्च चलाने के वास्ते अवाम पर कौन-कौन से महसूल हुकूमत द्वारा लगाए जाते हैं और कब से लगाए जा रहे हैं?''

सुल्तान का सवाल सुनने के बाद शैख़-उल-इस्लाम ही नहीं, दरबार में मौजूद तमाम ओहदेदार एक बार फिर चौंक उठे। उन्हें इस बात पर हैरत हो रही थी कि सुल्तान को ख़ुद मालूम होना चाहिए कि उनकी अवाम पर कौन-कौन से महसूल लगाए जाते हैं। शैख़-उल-इस्लाम अदब के साथ झुककर बोले, ''हुज़ूर, क़बीलों की ज़िन्दगी गुज़ारने के बाद जब अरब मुल्क की सल्तनत ख़लीफ़ा के हाथों में पहुँची। उस वक़्त अरब में जो महसूल अवाम पर लगाए गये, वे थे, ज़कात, सदका, ख़िराज़, जजिया, माल-ए-गनीमत, फैय, उस्त्र, इफ्ता, खम्स, जराइल, कराउल अर्ज़ और वक़्फ़।, लेकिन यह महसूल वक़्त के साथ बदलते रहे। मरहूम सुल्तान क़ुतुबुद्दीन ऐबक़ ने शरा के ख़िलाफ़ लगाए गये महसूलों को ख़त्म करा दिया था और हुक़्म फ़र्माया था, मुसलमानों से वे ही महसूल लिए जाएँ, जिसकी इजाज़त शरई कानून देता है। मरहूम सुल्तान ने ख़ास-ख़ास महसूलों में ज़कात, खम्स, खिराज, जजिया और हिन्दू मुसाफ़िरों पर अपने मज़हबी जगहों पर जाने के वास्ते तीर्थयात्रा महसूल लगाया था।''

''यह महसूल क्यों लगाए गये?'' सुल्तान ने पूछा।

''हुज़ूर खुद जानती हैं, इस महसूल से जहाँ शाही फ़ौज़ का ख़र्चा उठाया जाता है, वहीं मस्जिद, सराय, शफ़ाख़ाना, सड़कें, मदरसा और क़ुतुबख़ाना तामीर कराए जाते हैं। अवाम के वास्ते नहरें और तालाब ख़ुदवाए जाते हैं। बाग़-बगीचे लगवाए जाते हैं। भूखी अवाम के वास्ते लंगरख़ाने खुलवाए जाते हैं।''

''क्या मुसलमानों से उनके मज़हबी जगहों के सफ़र पर जाने के वास्ते तीर्थयात्रा महसूल लिया जाता है?''

''जी नहीं, लेकिन...।''

"माना कि मुसलमान ज़कात देते हैं, लेकिन ज़कात की ही तरह हिन्दू रईस ग़रीबों के वास्ते वक़्त-वक़्त पर दान देते हैं। वे भी लंगरख़ाना खुलवाते हैं। तब फिर उनसे तीर्थयात्रा महसूल क्यों लिया जाता है?"

"सुल्तान को हम याद दिलाना चाहेंगे, कभी मुल्क मिस्र में भारी अकाल पड़ा था, जिसमें तक़रीबन छः लाख इंसान भूख से मर गये थे। इस तरह के हालात कभी भी, किसी भी मुल्क में पैदा हो सकते हैं। मुल्क में सूखा पड़ सकता है। आँधी-तूफ़ान और ओलों से फ़स्लें बर्बाद हो सकती हैं। हमलावार दुश्मन अपने घोड़ों से खड़ी फ़स्लें चरवा सकता है, उन्हें जला सकता है। अवाम पर जो महसूल लगाए जाते हैं, उनसे जो रक़म शाही ख़ज़ाने में आती है, उस रक़म से ऐसे हालात का सामना किया जा सकता है।"

"हज़रत शैख़-उल-इस्लाम की राय से हम भी इत्तिफ़ाक़ रखते हैं, लेकिन हमें अलग-अलग कौमों और अलग-अलग मज़हबों को अलग-अलग निगाह से क़त्तई नहीं देखना चाहिए। मुल्क एक है, उसमें रहनेवाले जो भी लोग हैं, उनके ऊपर एक-सा कानून लागू होना चाहिए। हमारा हिन्दुस्तान बेहद ख़ूबसूरत मुल्क है। यह मुल्क दुनिया के तमाम मुल्कों से जुदा है। यहाँ के पहाड़, नदियाँ, जंगल, हरे-भरे मैदान, जानवर, पेड़-पौधे, आबो-हवा, यहाँ की ज़ुबानें तमाम मुल्कों से कहीं बेहतर हैं। यहाँ सर्दी, गर्मी और बरसात अलग-अलग हैं। यहाँ की आबो-हवा का क्या कहना? हमें अपने को हिन्दुस्तानी कहने पर फ़ख़्र होना चाहिए। हम हिन्दुस्तान को हिन्दू और मुसलमान के बीच बाँटना नहीं चाहते।"

"सुल्तान वज़ा फ़र्मा रही हैं। हम हिन्दू और मुसलमान को नहीं बाँट रहे हैं। हिन्दुओं को मुसलमानों की तरह सल्तनत में तमाम ओहदे मिले हैं। वे अपनी ज़ियारतगाहों पर जाकर पूजा-पाठ कर सकते हैं। दिल्ली में ही कई हिन्दू मंदिर हैं। हिन्दू अवाम इन मंदिरों में जाकर पूजा करती है। होली, दीपावली, दशहरा, रक्षाबन्धन और दूसरे तमाम त्योहार मनाती है। हुकूमत की ओर से इन त्योहारों को मनाने की मनाही नहीं है। उन्हें अपने मज़हबी रीति-रिवाज़ों पर चलने की हुकूमत पूरी इजाज़त देती है।"

"हज़रत शैख़-उल-इस्लाम जो कह रहे हैं, सही कह रहे हैं, लेकिन हम देख रहे हैं कि हिन्दुस्तान के हिन्दुओं और मुसलमानों के बीच हुकूमत ने एक खाई डाल रखी है। इस खाई को मिटाना ज़रूरी है। पाक क़ुरआन में साफ़-साफ़ लिखा है, मज़हब या नेकी इस बात में नहीं है कि तुमने अपना मुँह नमाज़ के वक़्त पूरब की तरफ़ किया या फिर पश्चिम की तरफ़। मज़हब वह है, जिसके तहत इंसान अल्लाह को माने, आख़िरत को माने, फ़रिश्तों को माने, सभी मज़हबी क़िताबों और अगले-पिछले सभी रसूलों को माने। अल्लाह की मुहब्बत के नाते अपनी धन-दौलत में से

रिश्तेदारों, यतीमों, ज़रूरतमंदों, राह चलते लोगों और माँगनेवालों को खैरात दे।

ग़ुलामों को आज़ाद कराने में अपनी दौलत ख़र्च करे, अल्लाह से दुआ माँगता रहे और ज़कात देता रहे। जब कभी किसी से कोई वादा करे, तब उसे पूरा करे। मुसीबतों, तकलीफ़ों और सख़्ती के दिनों में सब्र करे। जो लोग ऐसा करते हैं, वही सच्चे इंसान हैं और वही परहेज़गार हैं। हमें बुराई का बदला भलाई से देना चाहिए। हमारी दिली ख़्वाहिश है, इंसान, इंसान के बीच भाई-भाई के ताल्लुक़ात रहें। हिन्दू, मुसलमान, सिख, ईसाई, पारसी और यहूदी जो भी दुनिया में हैं, सब बराबर हैं। हमें पक्का यक़ीन है, दुनिया के तमाम मज़हबी क़िताबें पाक क़ुरआन की तरह ही हैं। उनमें भी तक़रीबन वही लिखा गया है जो पाक क़ुरआन में लिखा है।''

सुल्तान फिर बोलीं, ''हमारा कहना है, हिन्दू और मुसलमान मज़हबों की अवाम से एक-सा महसूल लिया जाए। हम हिन्दू और मुसलमान को एक धागे में पिरोना चाहते हैं। पाक क़ुरआन में कहा गया है, तुम्हें अल्लाह ने तमाम कौमों, मज़हबों और मुल्कों को जोड़ने के वास्ते दुनिया में भेजा है, तोड़ने के वास्ते नहीं।''

सुल्तान की ज़िरह सुनते-सुनते शैख़-उल-इस्लाम का पसीना छूट गया। वे सोच रहे थे, ऐसी ज़िरह मरहूम सुल्तान इल्तुतमिश भी नहीं करते थे। जब कि वे इस्लाम के पक्के हिमायती थे। वे बोले, ''सुल्तान, गुस्ताख़ी माफ़ हो। क्या सुल्तान का इशारा जजिया महसूल की ओर तो नहीं है?''

''हज़रत शैख़-उल-इस्लाम, आप वज़ा फ़र्मा रहे हैं। हमारा इशारा तीर्थयात्रा महसूल और जजिया की ओर ही है।''

शैख़-उल-इस्लाम क़ाबिल ही नहीं, बल्कि बेहद तजुर्बेकार थे। मुल्क में उनकी क़ाबिलियत की धूम मची थी। वे आसानी से हिम्मत हारनेवाले इंसान नहीं थे। आख़िर वे शाही दरबार में अपनी बेइज़्ज़ती कैसे बर्दाश्त कर सकते थे? उन्होंने नया तर्क़ पेश किया, ''सुल्तान, गुस्ताख़ी माफ़ हो। अगर हुज़ूर ने इन दोनों महसूलों को हटा दिया, तब शाही ख़ज़ाने का भारी नुकसान होगा, जिसकी भरपाई आसान नहीं होगी। हुज़ूर को बताना मुनासिब समझता हूँ, हिन्दुओं से जो जजिया और तीर्थयात्रा महसूल लिया जाता है, उसके एवज़ में उनकी पूरी हिफ़ाज़त की ज़िम्मेदारी हुकूमत पर रहती है। अकाल के वक़्त उन्हें दोनों वक़्त खाना मुहैया कराया जाता है। दुश्मन से उन्हें बचाया जाता है। हुज़ूर को यह भी पता है, बीस साल से कम उम्र के लोगों पर कोई महसूल नहीं लगाया जाता है। इसके अलावा ग़ुलाम औरत, बीमार, बच्चे, बूढ़े और ग़रीबों पर भी यह महसूल नहीं लगाया जाता है।''

सुल्तान के ऊपर शैख़-उल-इस्लाम द्वारा दिए गये बयान का कोई असर नहीं पड़ा। वे बोलीं, ''हज़रत शैख़-उल-इस्लाम, हिन्दू, मुसलमान और दूसरे मज़हबों को एक ही अल्लाह ने पैदा किया है। उन सबके ख़ून का रंग लाल है। वे एक ही

आसमान के नीचे बसर करते हैं। एक ही ज़मीन पर चलते हैं। हर सुबह सूरज को निकलते देखते हैं और शाम को डूबते देखते हैं। वे दोनों वही खाते हैं जो हिन्दुस्तान में पैदा होता है। हिन्दू के यहाँ पैदा हुए बच्चे को वही मुहब्बत मिलती है जो मुसलमान के यहाँ पैदा हुए बच्चे को मिलती है। हमें इंसान इंसान के बीच फ़र्क़ नहीं करना चाहिए और हमें अगर कहीं फ़र्क़ दिखता है तो उसे दूर करना चाहिए। हम ख़ूब सोच-समझकर अपने पूरे होशो-हवाश के साथ आज से हिन्दुओं पर लगाया जानेवाला तीर्थयात्रा महसूल और जजिया माफ़ करने का फ़ैसला लेते हैं।''

फ़ैसला सुनकर दीवान-ए-आम में मौजूद मुल्ला, मौलवियों, क़ाज़ी-ए-सल्तनत और हज़रत शैख़-उल-इस्लाम के होश उड़ गये। होश तो ख़ज़ानादार और वज़ीर-ए-आज़म ख़्वाजा मुहज़्ज़बुद्दीन के भी उड़ गये।, लेकिन हिन्दू बाँदियों और हिन्दू ओहदेदारों के चेहरे खिल उठे। उनका जी चाहता था कि आगे बढ़कर सुल्तान के क़दम चूम लें। सुल्तान का फ़ैसला सुनकर क़ुव्वतुलमुल्क जमालुद्दीन याक़ूत के चेहरे पर मुस्कराहट छा गयी।

ग़ज़नी बाज़ार के चौराहे पर भारी भीड़ जमा थी। चौराहे के बीच चबूतरे के ऊपर नक़ीब ढोल बजाकर चिल्ला रहा था, ''सुनो...सुनो...सुनो! शाही ऐलान सुनो! हिन्दुस्तान की सुल्तान रज़िया तमाम अवाम को दीपावली की मुबारकबाद पेश करती हैं, लेकिन ख़याल रहे, सुल्तान की ओर से जुआ खेलने की इजाज़त नहीं है। सुल्तान का हुक्म है, अब किसी मज़हब की इबादतगाह को ज़मींदोज नहीं किया जाएगा। हिन्दुओं पर लगाया गया तीर्थयात्रा महसूल और जजिया हमेशा के वास्ते माफ़ किया जाता है।''

नक़ीब की बुलन्द आवाज़ सुनते ही वहाँ भीड़ और इकट्ठी हो गयी। नक़ीब फिर ढोल बजाकर बुलन्द आवाज़ में बोला, ''सुनो...सुनो...सुनो! सुल्तान-ए-आलम...।''

तीर्थयात्रा महसूल और जजिया की माफ़ी ने हिन्दू अवाम के बीच दोहरी ख़ुशी ला दी थी। लोग एक-दूसरे के गले मिल रहे थे। ढेरों खुशियाँ आपस में बाँट रहे थे। इस ख़बर को सुनकर असग़री बेगम मोहिनी के सीने से चिपट गयीं और उसे मुबारकबाद पेश की। मोहिनी ने उनका शुक्रिया अदा किया और झट दुकान बन्दकर लाला हज़ारीमल की दुकान की ओर भागी। लाला ने उसे गोद ले लिया था। लाला की दुकान पर भारी भीड़ जमा थी। भीड़ में मौजूद हर किसी शख़्स के चेहरे पर ख़ुशी छाई थी। जैसे ही लाला की नज़र मोहिनी पर पड़ी, लाला ने आगे बढ़कर मारे ख़ुशी के मोहिनी को अपने गले लगा लिया। ख़ुशी के मारे लाला की आँखों से आँसू निकल पड़े। तक़रीबन यही हालत लाला करोड़ीमल की भी थी। आज दोपहर

से ही लाला करोड़ीमल और लाला हज़ारीमल की ओर से ललड्डू बँटवाए जा रहे थे। तमाम हिन्दुओं की ख़ुशी बाँटने में कल्लन मियाँ भी पीछे नहीं थे। वे भी अपनी ओर से लड्डू बँटवा रहे थे। हर किसी को मुबारकबाद दे रहे थे।

क़ुश्क-ए-दिलक़ुशा में सुल्तान रज़िया को उनकी ख़ास बाँदियों ने हल्के गुलाबी रंग की क़िमख़्वाब की जड़ाऊ पोशाक पहनाई। हालाँकि सुल्तान को जेवरात पहनने का शौक़ नहीं था, लेकिन दीपावली के ख़ास मौक़े और अपनी ख़ास बाँदियों की जिद की वजह से उन्होंने कई जेवर पहने। उनके ना-नुकर करने पर भी नयनज्योतिबाई ने उनकी पोशाक में बेले की ख़ुशबू लगा दी। सुल्तान बुरा नहीं मानीं। सुल्तान का चेहरा कमल के फूल की तरह खिला हुआ था। बाँदियाँ उनकी ख़ूबसूरती देखकर इठला रही थीं। हालाँकि कुछ बाँदियाँ नहीं चाहती थीं कि आज रात को सुल्तान क़िले से बाहर निकलें। आख़िर चंचलबाई से रहा न गया। वे बोलीं, "हुज़ूर, गुस्ताख़ी माफ़ हो। आज सुल्तान का क़िले से बाहर निकलना ख़तरे से खाली नहीं है।"

"क्यों?" सुल्तान ने पूछा।

"हुज़ूर की तख़्तनशीनी से सल्तनत के तमाम ओहदेदार पहले ही नाराज हैं। बदायूँ, हाँसी, मुल्तान और लाहौर के मलिक बग़ावत पर उतारू हैं। इन ओहदेदारों के तमाम आदमी वेश बदलकर शहर में घूम रहे होंगे। वे आज का ऐलान सुनते ही भड़क गये होंगे। हुज़ूर, गुस्ताख़ी माफ़ हो। आज दीवान-ए-आम में सुल्तान का हुक़्म सुनकर वहाँ मौजूद तमाम मुसलमान ओहदेदारों की भँवें तनी थीं। वे किसी भी हद तक जा सकते हैं।"

"हमें उनकी परवाह नहीं। हम अपनी अवाम की ख़ुशी के वास्ते आज क़िले से बाहर ज़रूर निकलेंगे।"

अट्ठावन

सूरज एक नैज़ा ऊपर चढ़ चुका था। कल्लन मियाँ की दुकान पर नौकर गोश्त, कबाब और बिरयानी पकाने की तैयारी में थे। रोटियों के वास्ते आटा गूँदा जा रहा था। भट्टियाँ जलाई जा चुकी थीं। रोज़ाना की तरह हर काम वक़्त से चल रहा था। कल्लन मियाँ दुकान के बाहर खड़े धूप सेंक रहे थे। उनके इर्द-गिर्द इस वक़्त कोई मौजूद नहीं था। वे आजकल बहुत कम बोलते हैं। नौकर उनसे बिना पूछे अपने-

अपने काम में लग जाते हैं। वे अभी धूप सेंक ही रहे थे कि न जाने कैसे गिर पड़े। उनके गिरते ही नौकर उन्हें उठाने दौड़ पड़े। नौकरों ने उन्हें उठाकर दुकान पर लिटा दिया। उनकी आँखें खुली थीं, लेकिन कुछ बोल नहीं रहे थे। उनके चक्कर खाकर गिरने की ख़बर सुनकर लाला करोड़ीमल और लाला हज़ारीमल तक़रीबन दौड़े-दौड़े उनकी दुकान पर आ पहुँचे। अब तक वहाँ कुछ ग्राहकों और राहगीरों की भी भीड़ लग गयी थी। कल्लन मियाँ की हालत देखकर भीड़ में मौजूद हर शख़्स हक्का-बक्का था। लाला करोड़ीमल एक नौकर की ओर मुख़ातिब होकर बोले, "पानी लाओ।"

नौकर पानी लेकर फ़ौरन हाज़िर हो गया। लाला ने पानी के छींटे उनके मुँह पर डाले, लेकिन कल्लन मियाँ को होश नहीं आया। अब लाला ने ख़ुद उनके चेहरे को पानी से धोया। इसी बीच लाला हज़ारीमल बोले, "पड़ोस के हकीम बसीरुद्दीन को बुलाओ!"

एक नौकर तेज़ी के साथ हकीम बसीरुद्दीन के घर की ओर चल दिया। हकीम साहब का घर ज़्यादा दूर नहीं था। कल्लन मियाँ के गिरने की ख़बर सुनकर असग़री बेगम और मोहिनी अपनी-अपनी दुकानें खुली छोड़कर तेज़ क़दमों के साथ वहाँ आ पहुँचीं। दोनों औरतें कल्लन मियाँ की हालत देखकर हक्की-बक्की रह गयीं। वे सोच रही थीं कि इतनी जल्दी कल्लन मियाँ को क्या हो गया। अब तक हकीम साहब आ पहुँचे थे। उनकी दवाइयों का छोटा सन्दूक कल्लन मियाँ का नौकर थामे था।

हकीम साहब की उम्र तक़रीबन सत्तर वर्ष रही होगी। हकीमी का उन्हें अच्छा-ख़ासा तजुर्बा है। उनके घर पर मरीजों का सुबह-शाम ताँता लगा रहता है। हकीम साहब की ग़ज़नी बाज़ार के लोग काफ़ी इज़्ज़त करते हैं। भीड़ ने उन्हें देखकर रास्ता दे दिया। हकीम साहब ने कल्लन मियाँ की नब्ज़ टटोली। नब्ज़ देखने के बाद उन्होंने अपने दोनों हाथ ऊपर उठाए। उनकी जुबान से निकल पड़ा, "ला इलाहा इल्लल्लाह।"

लाला करोड़ीमल ने पूछा, "हकीम साहब, क्या हुआ?"

"कल्लन मियाँ ख़ुदा को प्यारे हो गये।"

"हुज़ूर, क्या कहते हैं?" लाला हज़ारीमल चौंकते हुए बोले।

"लाला, मौत को कोई रोक सका है?"

"हकीम साहब, एक बार फिर नब्ज़...।"

"कोई फ़ायदा नहीं। ज़नाजे की तैयारी कराओ।" इतना कहकर हकीम साहब उठ खड़े हुए। उनके घर पर मरीजों की भारी भीड़ उनका इन्तज़ार कर रही थी।

हकीम साहब के उठते ही वहाँ मौजूद हर आदमी-औरत रोने-चिल्लाने लगा। भीड़ को रोता-चिल्लाता देखकर ग़ज़नी बाज़ार के दूसरे दुकानदार और उनके नौकर

भी भागे-भागे आ पहुँचे। असग़री बेगम और मोहिनी का सबसे बुरा हाल था। वे दोनों रो ही नहीं रही थीं, बल्कि अपना सीना पीट रही थीं। भीड़ में मौजूद लोग अलग-अलग तरह की बातें कर रहे थे। कोई कह रहा था, इतनी जल्दी मौत कैसे आ गयी? कोई कह रहा था, वे बीमार भी नहीं थे। कल्लन मियाँ के नौकर कह रहे थे, जब से फ़क़ीर काज़ीमुद्दीन ज़ाहिद नहीं दिख रहे हैं, तब से हमारे मालिक अन्दर-ही-अन्दर घुल रहे थे। वे बैठे-बैठे फ़क़ीर-फ़क़ीर बोलने लगते थे। उनकी खुराक आधी रह गयी थी। वक़्त से खाना नहीं खाते थे। हर वक़्त यही कहा करते थे, फ़क़ीर साहब हमें अकेला छोड़कर क्यों चले गये? क्यों नहीं, हमें अपने पास बुला रहे हैं?

कोई कह रहा था, कल्लन मियाँ बड़े नेक इंसान थे। अगर कोई शख़्स उनकी दुकान पर खाना खाने चला आया और उसके पास पैसे नहीं होते थे, तब भी वे उसे हँसी-ख़ुशी खाना खिलाते थे। उन्होंने उससे एक धेला तक नहीं माँगा। कोई कह रहा था, जनाब लियाक़त अली तो न जाने कितने महीनों तक मुफ़्त खाना खाते रहे। कोई कह रहा था, अब आगे उनकी दुकान कौन चलाएगा? उनकी कोई अपनी औलाद भी नहीं है। उनकी बेगम बहुत पहले ही गुज़र गयी थीं। कोई कह रहा था, वे पाँच वक़्त के नमाज़ी थे। उनकी कभी कोई नमाज़ कज़ा नहीं हुई थी। भीड़ में मौजूद तमाम लोग तमाम तरह की बातें कर रहे थे। कुछ लोगों की जुबान से निकल रहा था, ख़ुदा उनकी रूह को जन्नत बख़्शे।

अब तक औरतें भी भीड़ में शामिल हो गयी थीं। वे असग़री बेगम और मोहिनी से पूछ रही थीं कि कल्लन मियाँ इतनी जल्दी कैसे गुज़र गये, लेकिन उन दोनों के पास इस सवाल का कोई जवाब नहीं था। भीड़ में तमाम फ़क़ीर, भिख़ारी, मोहताज और मिस्कीन भी इकट्ठे हो गये। वे भी रो रहे थे। भीड़ में इधर-उधर से कुछ आवारा लड़के और शोहदे भी इकट्ठे हो गये। हमेशा की तरह वे कोई शरारत नहीं कर रहे थे, बल्कि आज उनकी भी आँखें गीली थीं। असग़री बेगम रोते-रोते बोलीं, "मोहिनी, कजरी कल्लन मियाँ को भाई की तरह मानती थी। उसे जाकर ख़बर कर दो।"

मोहिनी रोते-रोते बोली, "ज़रूर करती हूँ।"

मोहिनी अपनी दुकान की ओर बढ़ चली, लेकिन वह बराबर पीछे मुड़-मुड़ कर देख रही थी। उसने जल्दी-जल्दी अपनी दुकान बन्द की और इधर-उधर देखा। थोड़ी दूर पर एक पालकी मौजूद थी। वह पालकी के नज़दीक पहुँची और कँहारों से क़िले की ओर चलने को कहा। कँहार पालकी लेकर क़िले की ओर चल दिए। पालकी में बैठे-बैठे मोहिनी के दिमाग़ में तमाम ख़याल आ-जा रहे थे। वह सोच रही थी, क्या कल्लन मियाँ को इतनी जल्दी मरना था? वह यह भी सोच रही थी कि ईश्वर अच्छे आदमी को इतनी जल्दी क्यों उठा लेता है?

हमेशा की तरह पालकी ग़ज़नी दरवाज़े पर ठहर गयी। मोहिनी को देखकर पहरेदारों ने उसे अन्दर जाने में कोई रुकावट नहीं डाली। वह सीधे क़ुश्क-ए-दिलक़ुशा पहुँची। क़ुश्क-ए-दिलक़ुशा के ख़ास दरवाज़े पर ख़्वाजासरा इनायत मौजूद था। फूलों की डलिया मोहिनी के हाथ में नहीं होने पर इनायत ने पूछा, "आज फूल नहीं लाई हो?"

"नहीं।"

"क्यों?"

मोहिनी ने इनायत के सवाल का कोई जवाब नहीं दिया, बल्कि उससे पूछा, "कजरी दीदी कहाँ हैं?"

"उनकी तबीअत ठीक नहीं है। वे अपनी कोठरी में आराम फ़र्मा रही हैं।"

"और सुल्तान-ए-आलम?"

"सुल्तान-ए-आलम अपने मरहूम अब्बाहुज़ूर सुल्तान इल्तुतमिश के तामीर हो रहे मक़बरे का मुआयना करने गयी हैं। क्या कोई ख़ास बात है?"

"नहीं।"

मोहिनी कजरी की कोठरी की ओर चल दी। इनायत सोच रहा था, आज मोहिनी सुल्तान के वास्ते फूल क्यों नहीं लाई? उसके चेहरे का रंग क्यों उड़ा-उड़ा-सा लग रहा था? उसने अपने बालों की सलीके के साथ चोटी क्यों नहीं बनाई थी? उसकी आँखें नम क्यों थीं? वह इतनी जल्दबाज़ी में क्यों थी? इनायत यह भी सोच रहा था कि हमेशा की तरह मोहिनी ने आज उससे छेड़-छाड़ क्यों नहीं की?

मोहिनी कजरी की कोठरी पर पहुँच चुकी थी। कजरी चारपाई पर लेटी आराम कर रही थी। उसने रात में पहनी पोशाक बदली नहीं थी। उसके बाल बिखरे थे। ऐसा लग रहा था, जैसे वह अभी नहाई नहीं थी। मोहिनी ने कजरी के पैर छूकर पूछा, "दीदी, तबीयत कैसी है?"

"हमारी तबीअत ठीक है। हमारी तबीयत को क्या हुआ?"

"इनायत बता रहा था, आपकी तबीयत ठीक नहीं है।"

"हमारी तबीयत ठीक भी है और नहीं भी है।" कजरी मुस्कराकर बोली।

"क्यों, ऐसा क्या हुआ?"

"अरे वही महीने की बीमारी जो हर औरत को होती है। अब सफाई हो गयी है। अभी नहाऊँगी।"

अब कजरी ने मोहिनी से पूछा, "ग़ज़नी बाज़ार का क्या हाल है?"

मोहिनी ने कजरी के सवाल का कोई जवाब नहीं दिया। वह उससे चिपटकर रोने लगी। कजरी ने पूछा, "ख़ैरियत तो है?"

"दीदी...।"

"आख़िर हुआ क्या? क्या तुझसे किसी ने छेड़-छाड़ की?"

"नहीं।"

"तब क्या बात है?"

"कल्लन मियाँ गुज़र गये।"

"क्या कहती है?" इस ख़बर को सुनकर कजरी के होश उड़ गये।

"सच कह रही हूँ।"

"कब और कैसे?" कजरी को इस मनहूस ख़बर पर जल्दी यक़ीन नहीं हो रहा था।

मोहिनी बोली, "सुबह दुकान के सामने खड़े-खड़े धूप सेंक रहे थे। थोड़ी ही देर में चक्कर खाकर गिर पड़े। नौकरों ने उन्हें उठाया और एक नौकर भागा-भागा हकीम बसीरुद्दीन को बुला लाया। हकीम साहब ने उनकी नब्ज़ देखी। वे नब्ज़ देखते ही बोले, "कल्लन मियाँ ख़ुदा को प्यारे हो गये।"

इतना सुनते ही कजरी फूट-फूटकर रोने लगी। वह रो-रोकर चिल्ला रही थी, "हमें माँ-बाप की मुहब्बत नहीं मिल सकी। हमारा अपना कोई भाई-बहन नहीं था। कल्लन मियाँ को भाई समझा था। वे भी हमें छोड़कर चले गये।" कजरी को रोता देखकर मोहिनी की भी आँखों से आँसू निकल पड़े।

कजरी की समझ में नहीं आ रहा था, अब क्या किया जाए? वह एक तरफ़ तो ग़ज़नी बाज़ार जाना चाहती थी और दूसरी तरफ़ उसे यह ख़बर ख़ुद सुल्तान को देनी थी। कुछ देर के बाद कजरी बोली, "मैंने कई रोज़ से नहाया नहीं है। सोच रही हूँ, नहा लूँ और नहाकर सुल्तान-ए-आलम को यह मनहूस ख़बर चलकर बताऊँ।"

मोहिनी ने झट दो बाल्टी पानी कोठरी से सटे गुसलख़ाने में लगा दिया। कजरी गुसलख़ाने की ओर चल दी। मोहिनी भी उसके पीछे-पीछे गुसलख़ाने में पहुँच गयी। कजरी बोली, "तू यहाँ क्या करेगी?"

"दीदी, आपकी पीठ मल देती हूँ।"

कजरी ने इनकार नहीं किया। वह कपड़े उतारकर नहाने लगी। मोहिनी उसकी पीठ मल रही थी। पीठ, कन्धे और कमर मलते-मलते मोहिनी के हाथ कभी-कभी कजरी के उरोजों के नज़दीक पहुँच जाते थे। उसने देखा, कजरी दीदी मुझसे भी कहीं ज़्यादा ख़ूबसूरत हैं। उनका चौड़ा सीना, गोल-गोल भरे हुए उरोज, पतली कमर और लम्बे काले बाल देखकर मोहिनी मोहित हो उठी। वह देर तक पीठ मलती रही। अब कजरी ने अपनी पोशाक बदली और मोहिनी से बोली, "हमें अभी क़ुश्क-ए-दिलक़ुशा चलना है। चेहरा धोकर अपने बाल ठीक कर ले।" मोहिनी ने अपना चेहरा धोया। जल्दी-जल्दी बालों में कंघी की और साथ चलने को तैयार हो गयी।

अब वे दोनों क़ुश्क-ए-दिलक़ुशा की ओर चल दीं। क़ुश्क-ए-दिलक़ुशा के ख़ास दरवाज़े पर अब भी इनायत खड़ा था। उसने बताया कि सुल्तान-ए-आलम अभी-अभी वापस आई हैं। कजरी और मोहिनी महल के अन्दर दाख़िल हो गयीं। वहाँ पहुँचते ही सुल्तान ने कजरी से पूछा, ''कजरी, अब तबीयत कैसी है?''

''सुल्तान-ए-आलम, ग़ज़नी बाज़ार के कल्लन मियाँ अल्लाह को प्यारे हो गये।''

''क्या कह रही है?'' सुल्तान ने चौंककर पूछा।

कजरी कुछ जवाब देती, इससे पहले मोहिनी बोली, ''सुल्तान-ए-आलम, दीदी सही कह रही हैं। मैं अभी ग़ज़नी बाज़ार से ही आ रही हूँ। कल्लन मियाँ खड़े-खड़े धूप सेंक रहे थे। वे धूप सेंकते-सेंकते न जाने कैसे गिर गये। उनकी हालत ख़राब होती देखकर फ़ौरन हकीम को बुलाया गया। हकीम ने बताया, वे मर चुके हैं।''

कल्लन मियाँ की मौत की ख़बर सुनकर सुल्तान रज़िया ही नहीं, वहाँ मौजूद बाँदियाँ भी दुखी हो गयीं। सुल्तान बोलीं, ''लगता है, फ़क़ीर क़ाज़ीमुद्दीन ज़ाहिद की गुमशुदी ने उनकी जान ले ली।''

मोहिनी बोली, ''हुज़ूर, वज़ा फ़र्मा रही हैं।''

मोहिनी, कजरी और सुल्तान आपस में बातचीत ही कर रही थीं कि इनायत वहाँ आ पहुँचा। वह सुल्तान की शान में अदब के साथ झुककर बोला, ''सुल्तान-ए-आलम, जनाब क़ुव्वतुलमुल्क जमालुद्दीन याक़ूत मिलने की इजाज़त चाहते हैं।''

''उनको दीवानख़ाने में बिठाओ। हम पहुँचते हैं।''

''बेहतर हुज़ूर।'' ख़्वाजासरा इनायत उल्टे पैर वापस लौट गया।

सुल्तान कजरी की ओर मुख़ातिब होकर बोलीं, ''कल्लन मियाँ की मौत से हमें काफ़ी सदमा पहुँचा है। उनके बारे में हर इंसान यही कहता था कि वे बेहद अच्छे इंसान थे। अच्छे इंसान दुनिया में कहाँ ज़्यादा रुक पाते हैं। कल्लन मियाँ के ज़रिये अवाम की सही ख़बर हम तक पहुँचती रहती थी। अल्लाह उनकी रूह को जन्नत बख़्शे।'' सुल्तान अपने दोनों हाथ ऊपर उठाकर बोलीं।

सुल्तान ने कुछ देर बाद पूछा, ''उनके कितने बच्चे हैं?''

कजरी बोली, ''हुज़ूर, उनके कोई बच्चे नहीं हैं। उनकी बेगम पहले ही गुज़र चुकी थीं।''

''कजरी, मौत के लिए कोई क्या कर सकता है? आप दोनों अभी यहीं ठहरें, हम जमालुद्दीन याक़ूत से मिलकर आते हैं। शायद वे सल्तनत की कोई ज़रूरी ख़बर लेकर आए हों।''

सुल्तान अकेली ही दीवानख़ाने की ओर चल दीं। बाँदियाँ बिना सुल्तान के

हुक़्म के उनके साथ नहीं जाना चाहती थीं। सुल्तान और जमालुद्दीन याक़ूत की मुलाक़ात होने पर बाँदियाँ उन्हें जानबूझकर अकेला छोड़ देती थीं। सुल्तान जल्दी ही दीवानख़ाने में पहुँच गयीं। क़ुव्वतुलमुल्क जमालुद्दीन याक़ूत उन्हें देखकर अदब के साथ झुक गये। सुल्तान ने पूछा, ''क्या कोई सल्तनत की ख़ास ख़बर मिली है?''

सुल्तान द्वारा किए गये सवाल का कोई जवाब जमालुद्दीन याक़ूत ने नहीं दिया। वे गर्दन झुकाए ख़ामोश खड़े थे। सुल्तान ने फिर पूछा, ''जनाब, हम आपसे कुछ पूछ रहे थे।''

''सुल्तान-ए-आलम...।''

''आप कुछ बोलते क्यों नहीं?'' सुल्तान की समझ में नहीं आ रहा था कि जमालुद्दीन याक़ूत ख़ामोश क्यों हैं?

''सुल्तान-ए-आलम, ख़बर अच्छी नहीं है।''

''क्यों, क्या हुआ?''

''अवध के सूबेदार शहज़ादे ग़यासुद्दीन मुहम्मद शाह को दुश्मनों ने मार डाला है।''

''क्या कहा?'' सुल्तान को ऐसा लगा, जैसे उनके सीने में किसी ने बरछी से वार कर दिया हो।

''शहज़ादे ग़यासुद्दीन मुहम्मद शाह ख़ुदा को प्यारे हो गये।''

इतना सुनते ही सुल्तान की आँखों से आँसू निकल पड़े। उन्होंने सिसकते-सिसकते पूछा, ''ख़बर कहाँ से मिली?''

''हुज़ूर, हमारा ख़ास हरकारा ख़बर लाया है। ख़बर पक्की है।''

''या अल्लाह! भाई क़ुतुबुद्दीन की मौत को अभी एक साल भी नहीं गुज़रा था कि अल्लाह ने भाई ग़यासुद्दीन मुहम्मद शाह को उठा लिया।''

जमालुद्दीन याक़ूत सुल्तान के सामने ख़ामोश खड़े थे। उनकी आँखें नम थीं। सुल्तान ने उनसे पूछा, ''भाई ग़यासुद्दीन मुहम्मद शाह के कौन दुश्मन हो सकते हैं?''

''हुज़ूर, जल्दबाज़ी में कुछ कहना ठीक नहीं है।''

सुल्तान को अपने भाई की मौत का सदमा पहुँचा ही था, उन्हें फ़िक्र हुई, कहीं बग़ावत पर उतरे मलिक अवध पर क़ब्ज़ा न कर लें। उन्होंने पूछा, ''अब अवध की ज़िम्मेदारी किसे सौंपी जाए?''

''सुल्तान जिसे मुनासिब समझें।''

''फिर भी...।''

''सुल्तान-ए-आलम, हमारी निगाह में मलिक नुसरतुद्दीन तायसी मुइज़्ज़ी इस ओहदे के लायक़ हैं।''

"आप उनके बारे में क्या जानते हैं?"

"मलिक नुसरतुद्दीन तायसी मुइज़्ज़ी मरहूम सुल्तान मुहम्मद ग़ोरी के कभी ग़ुलाम थे। सुल्तान ग़ोरी की मौत के बाद मरहूम सुल्तान इल्तुतमिश ने उनकी वफ़ादारी, ईमानदारी और जाँबाज़ी देखकर हाँसी और बरवाना का मुक़्तादार बनाया था। मरहूम सुल्तान ने उन्हें ग्वालियर जंग की कमान सौंपी थी। ग्वालियर फ़तेह करने के बाद उन्हें भियाना और सुल्तानकोट की इक़्ता सौंपी। मरहूम सुल्तान ने उनकी लम्बी ख़िदमत, वफ़ादारी और दिलेरी से ख़ुश होकर कन्नौज, महिर और महावन की फ़ौज़ की कमान सौंपी थी। मलिक ने कालिंजर फ़तेह किया था। हुज़ूर, उनकी वफ़ादादी, बहादुरी, दिलेरी और जाँबाज़ी का कोई जवाब नहीं है।"

"हम इस सिलसिले में आज ही फ़ैसला ले लेंगे। हमें भाई ग़यासुद्दीन मुहम्मद शाह की मौत ने झकझोर दिया है। आप हमसे वज़ीर-ए-आज़म के साथ दोपहर बाद फिर मिलें। क्या आपको ख़बर है, ग़ज़नी बाज़ार के कल्लन मियाँ भी मर गये।"

"सुल्तान-ए-आलम, हमें यह मनहूस ख़बर मिल चुकी है।" जमालुद्दीन याक़ूत को कल्लन मियाँ की मौत से सदमा पहुँचा था, लेकिन शहज़ादे की मौत की ख़बर के सामने यह ख़बर कुछ ख़ास अहमियत नहीं रखती थी, इसीलिए उन्होंने इस ख़बर पर आगे कोई बात नहीं की।

भाई की मौत से सुल्तान का दिल टूट गया था। वे बोलीं, "हम इस वक़्त आराम फ़र्माना चाहते हैं। अब आप जा सकते हैं।"

जमालुद्दीन याक़ूत कोर्निश बजाकर बाहर हो गये। सुल्तान देर तक बैठी रहीं। जब बाँदियों को यह ख़बर लगी कि सुल्तान अकेली ही दीवानख़ाना में बैठी हैं, वे सभी वहाँ जा पहुँचीं। जैसे ही उन्हें पता लगा कि अवध के सूबेदार शहज़ादे ग़यासुद्दीन मुहम्मद शाह को दुश्मनों ने मार डाला है, वे ज़ोर-ज़ोर से रोकर अपना-अपना सीना पीटने लगीं। उनके रोने की आवाज़ सुनकर ख़्वाजासरा इनायत वहाँ आ पहुँचा। वह उन्हें रोता देखकर हक्का-बक्का रह गया।

कल्लन मियाँ की मौत की ख़बर सुनकर तमाम ग़ज़नी बाज़ार के लोग दुखी थे। मुहल्ले की औरतें और लड़कियाँ उनके ग़म में आँसू बहा रही थीं। दुकानदारों ने अपनी-अपनी दुकानें उनकी मौत की ख़बर सुनते ही बन्द कर दी थीं। अभी कल्लन मियाँ का ज़नाजा उठ भी न पाया था कि शहज़ादे ग़यासुद्दीन मुहम्मद शाह की मौत की ख़बर से समूचे शहर के बाज़ार बन्द हो गये। शहज़ादे की मौत का मातम चारों ओर छाया था। हर शख़्स यही सोच रहा था कि सुल्तान इल्तुतमिश को गुज़रे ज़्यादा दिन नहीं हुए थे। पिछले सुल्तान रुकुनुद्दीन फ़ीरोज़शाह ने शहज़ादे क़ुतुबुद्दीन को क़ैदख़ाने में डलवाकर उन्हें अन्धा करा दिया था। सुल्तान के दिल्ली से हटते ही

जहाँशाह तुर्कान बेगम ने शहज़ादे को मौत के घाट उतरवा दिया। अब दुश्मनों ने शहज़ादे ग़यासुद्दीन मुहम्मद शाह को भी मार डाला। बेचारा शहज़ादा मुइज़्ज़ुद्दीन ही बचा है। दुश्मन कहीं उसका भी काम तमाम न कर दें। कोई-कोई शख़्स मन-ही-मन मना रहा था कि अल्लाह रुक्नुद्दीन फ़ीरोज़शाह और जहाँशाह तुर्कान बेगम को जल्दी उठा ले।

सुल्तान दीवान-ए-ख़ास में आ चुकी थीं। उनकी ख़ास बाँदियों के अलावा दीवान-ए-ख़ास में क़ुव्वतुलमुल्क जमालुद्दीन याक़ूत और वज़ीर-ए-आज़म ख़्वाजा मुहज़्ज़बुद्दीन ही मौजूद थे। क़िलेदार और शहर कोतवाल दीवान-ए-ख़ास के बाहर खड़े थे। पता नहीं कब बुलावा आ पड़े। सुल्तान वज़ीर-ए-आज़म की ओर मुख़ातिब होकर बोलीं, "वज़ीर-ए-आज़म, आपको शहज़ादे ग़यासुद्दीन मुहम्मद शाह की मौत की ख़बर तो मिल ही गयी होगी?"

वज़ीर-ए-आज़म अदब के साथ झुककर बोले, "जी हाँ हुज़ूर। शहज़ादे की मौत की ख़बर ने हमें ही नहीं, क़िल-ए-रायपिथौरा में मौजूद सभी लोगों को गहरा सदमा पहुँचाया है। शहज़ादे की मौत की ख़बर सुनकर शहर के लोग बेहाल हैं। कितने घरों में चूल्हे नहीं जल रहे हैं।"

"हम शहज़ादे की मौत की ख़बर सुनकर बेहद दुखी हैं, लेकिन हमारे ऊपर सल्तनत के ताजो-तख़्त की ज़िम्मेदारी है। हमें अपनी ज़िम्मेदारी भी निभाना है। अवध सूबे पर इस वक़्त दुश्मन की नज़र होगी। आप फ़ौरन मलिक नुसरतुद्दीन तायसी मुइज़्ज़ी को हुक़्मनामा जारी करें! वे जल्दी-से-जल्दी अवध पहुँचकर हुकूमत की बागडोर सँभालें!"

"सुल्तान-ए-आलम, हम अभी हुक़्मनामा जारी करा देते हैं।"

"शहज़ादे की मौत की जाँच मलिक ख़ुद करें और हमें जल्दी-से-जल्दी इत्तिला दें। दुश्मन को बख़्शा नहीं जाएगा।" वे बुलन्द आवाज़ में बोलीं। वे इस वक़्त दुश्मनों से घिरी थीं। उन्हें भाई की मौत ने गहरा सदमा पहुँचाया था।

"बदायूँ की क्या ख़बर है?"

"सुल्तान-ए-आलम, बदायूँ के हाल अच्छे हैं। मलिक इख़्तियारुद्दीन एतग़ीन ने बदायूँ सूबे का कामकाज ठीक से सँभाल लिया है।"

"और बरन के क्या हाल हैं?"

"हुज़ूर, मलिक इख़्तियारुद्दीन अल्तूनिया बरन की इक़्ता ठीक से देख रहे हैं। वहाँ चैन-अमन है।"

"हम मलिक इख़्तियारुद्दीन अल्तूनिया को बरन के बजाय तबरहिन्दा की ज़िम्मेदारी सौंपना चाहते हैं। तबरहिन्दा लाहौर और मुल्तान के रास्ते पर है। दुश्मन मुल्तान और लाहौर से आगे बढ़ने पर तबरहिन्दा पर क़ब्ज़ा कर सकता है। दुश्मन को

रोकने के वास्ते जाँबाज़ मलिक अल्तूनिया की तैनाती वहाँ ज़रूरी है।''

''क्या हुक़्मनामा जारी कर दिया जाए?''

''फ़ौरन।''

अब सुल्तान जमालुद्दीन याक़ूत की ओर मुख़ातिब होकर बोलीं, ''जमालुद्दीन याक़ूत।''

''सुल्तान-ए-आलम।''

''भाई ग़यासुद्दीन मुहम्मद शाह की मौत का मातम एक महीने तक मनाया जाएगा। तमाम क़िले में इसकी इत्तिला कर दी जाए। हम आज शाम को अपने मरहूम अब्बाहुज़ूर के मक़बरे पर चिराग़ भी जलाना चाहेंगे। आप हमारे साथ मौजूद रहें। भाई ग़यासुद्दीन मुहम्मद शाह की मौत की वजह से मरहूम अब्बाहुज़ूर की रूह को तकलीफ़ पहुँची होगी।''

''जो हुक़्म सुल्तान-ए-आलम।''

उनसठ

दोपहर का वक़्त था। पहरेदार सिपाही क़ैदियों को खाना पहुँचा रहे थे। रुक़ुनुद्दीन फ़ीरोज़शाह की कोठरी अब पहले की तरह नहीं थी। कोठरी की रोज़ाना सफ़ाई हो रही थी। उनकी ख़िदमत में एक पहरेदार सिपाही हर वक़्त मौजूद रहता था। उनके आराम के वास्ते एक पलंग और साफ़-सुथरा बिस्तर कोठरी में पहुँचा दिया गया था। उनके खाने-पीने का बेहतर इन्तज़ाम है। उनके खाने में गोश्त, कबाब, बिरयानी और नान रोटियों के साथ-साथ फल भी रहते हैं। उन्हें वक़्त-वक़्त पर शर्बत पेश किया जाता है। सुल्तान रज़िया ने यही इन्तज़ाम जहाँशाह तुर्कान बेगम के वास्ते भी करा रखा है।

पहरेदार सिपाही हमेशा की तरह खाने की थाली रेशमी रुमाल से ढँककर लाया और अदब के साथ बोला, ''हुज़ूर, खाने का वक़्त हो गया है। खाना खा लें।''

रुक़ुनुद्दीन फ़ीरोज़शाह ने हमेशा की तरह खाने से इनकार किया। पहरेदार सिपाही ने कई बार गुज़ारिश की, लेकिन रुक़ुनुद्दीन फ़ीरोज़शाह अपने पलंग से नहीं उठे। वे खाना खाने से इनकार कर रहे थे। मज़बूर होकर पहरेदार सिपाही दारोग़-ए-ज़िन्दा के पास पहुँचा और उससे बोला, ''हुज़ूर, सुल्तान रुक़ुनुद्दीन फ़ीरोज़शाह खाना खाने से इनकार कर रहे हैं।''

दारोग़ा गुस्से में बोला, ''अब वे क़ैदी हैं। उन्हें सुल्तान क्यों कह रहा है?''

पहरेदार सिपाही अदब के साथ झुककर बोला, ''हुज़ूर, ग़लती हुई। अब ख़याल रखूँगा।''

दारोग़-ए-ज़िन्दा पहरेदार के साथ क़ैदखाने की कोठरी जा पहुँचा और रुकुनुद्दीन फ़ीरोज़शाह से पूछा, ''हुज़ूर, आप खाना क्यों नहीं खा रहे हैं?''

रुकुनुद्दीन फ़ीरोज़शाह पलंग पर लेटे-लेटे ही बोले, ''हमें पहले शराब पेश की जाए!''

''हुज़ूर, शराब नहीं मिल सकती।''

''क्यों नहीं मिल सकती?''

''हुज़ूर, क़ैदियों को शराब देने की इजाज़त नहीं है।''

''हम हिन्दुस्तान के सुल्तान हैं। हमारा हुक़्म है, शराब पेश की जाए!'' अब रुकुनुद्दीन फ़ीरोज़शाह पलंग से उठकर बैठ गये थे।

''हुज़ूर, खाना खाएँ। अब आप सुल्तान नहीं हैं, बल्कि एक क़ैदी हैं।''

रुकुनुद्दीन फ़ीरोज़शाह गुस्से में आकर बुलन्द आवाज़ में बोले, ''कौन कमबख़्त कहता है, हम सुल्तान नहीं हैं? मरहूम अब्बाहुज़ूर सुल्तान इल्तुतमिश के बाद माबदौलत ने हिन्दुस्तान का ताजो-तख़्त हासिल किया था। माबदौलत ही सुल्तान इल्तुतमिश के वारिस हैं। हमारा हुक़्म है, शराब पेश की जाए!''

''हुज़ूर, शराब नहीं मिल सकती। आप जिद न करें, वरना...।''

''वरना आप हमारा क्या कर लेंगे? क्या हमें मौत के घाट उतार देंगे?'' रुकुनुद्दीन फ़ीरोज़शाह चीखकर बोले। उनकी चीख कोठरी से बाहर तक जा रही थी।

''हमें हुज़ूर को मौत के घाट उतारने का हुक़्म नहीं है, लेकिन हुज़ूर अगर खाना नहीं खाएँगे, तब हम हुज़ूर की शिकायत सुल्तान-ए-आलम तक कर सकते हैं।''

''अभी माबदौलत ही हिन्दुस्तान के सुल्तान हैं। हमारा हुक़्म है, हमारी ख़ास कनीज़ों को पेश किया जाए!''

दारोग़-ए-ज़िन्दा ने मुस्कराकर पूछा, ''हुज़ूर की ख़ास कनीज़ें कौन-कौन-सी हैं?''

''क्या आपको पता नहीं है?''

''जी नहीं!''

''हमारी ख़ास कनीज़ें माशूक़ाबानो, हुस्नाबानो और हसीनाबानो हैं। उन्हें हमारे सामने पेश किया जाए!''

''हुज़ूर, उनका कोई अता-पता नहीं है।''

''वे हमारे बेईमान वज़ीर आइनुलमुल्क हुसैन अशअरी के पास होंगी।''

''हुज़ूर, वज़ीर अशअरी का भी कोई अता-पता नहीं है।''

''उसका फ़ौरन पता लगाओ! वह कमबख़्त कहीं छिपा होगा। वह हमारी

कनीज़ों के साथ उनके तमाम क़ीमती जेवरात और हमारी दौलत लेकर कहीं छिपा है।''

''हुज़ूर की गुलचेहराबानो भी ख़ास कनीज़ थी।''

''उसे माबदौलत ने मरवा डाला।''

''आख़िर हुज़ूर ने ऐसा क्यों किया?''

''वह कमबख़्त न जाने किसके साथ हमबिस्तर होकर पेट से हो गयी थी। वह हिन्दुस्तान की मलिका बनने का ख़्वाब देखने लगी थी। उसे मरवा देने के अलावा और कोई चारा नहीं था।''

रुकुनुद्दीन फ़ीरोज़शाह कुछ देर बाद फिर बोले, ''अब हमसे फ़ुज़ूल की बातें मत करें! हमारे सामने इस्फ़हानी शराब पेश करें।''

''क्या हुज़ूर को इस्फ़हानी शराब पसन्द है?'' दारोग़-ए-ज़िन्दा मज़ाक़िया लहजे में बोला।

''हमें बेहद पसन्द है। अब देर न करें, हमारा हलक सूख रहा है।''

''हुज़ूर, शराब नहीं मिलेगी।''

''क्यों नहीं मिलेगी? अगर हमें शराब नहीं दी गयी, तब माबदौलत आपको हाथी के पैर की नीचे कुचलवा देंगे।''

''हुज़ूर, फ़ुज़ूल की बातें बन्द करें और खाना खाएँ।''

''हम कितनी बार कह चुके हैं, हम खाना तभी खाएँगे, जब हमारे सामने इस्फ़हानी शराब पेश की जाएगी।''

''अब हमें मज़बूर होकर सुल्तान-ए-आलम से हुज़ूर की शिकायत करनी होगी।''

''हम बता चुके हैं। हम ही सुल्तान-ए-आलम हैं। आप किस सुल्तान-ए-आलम की बात कर रहे हैं?''

''हुज़ूर, हिन्दुस्तान का ताजो-तख़्त इस वक़्त सुल्तान-ए-आलम रज़िया के हाथ में है। वे ही सुल्तान-ए-आलम हैं।''

रुकुनुद्दीन फ़ीरोज़शाह ज़ोर से हँसे और बोले, ''हिन्दुस्तान की सुल्तान कोई औरत कभी नहीं हो सकती। उसे वज़ीर-ए-आज़म जुनैदी ही नहीं, तुर्कान-ए-चिहिलगानी बन्दगान-ए-शम्सी के अमीर और मलिक बर्दाश्त नहीं करेंगे। वे हमें जल्दी-से-जल्दी यहाँ से बाहर निकालेंगे और हम शाही तख़्त पर एक बार फिर जलवा अफ़रोज़ होंगे। उस वक़्त माबदौलत सबसे पहले आपको हाथी के पैर के नीचे कुचलवाएँगे।''

अब दारोग़-ए-ज़िन्दा खिसियाकर क़ुश्क-ए-दिलक़ुशा की ओर चल दिया। क़ुश्क-ए-दिलक़ुशा के ख़ास दरवाज़े पर तातारी बाँदियों का सख़्त पहरा था। तातारी

बाँदियाँ दारोग़-ए-ज़िन्दा को अच्छी तरह से पहचानती थीं। वह कभी-कभी क़ुश्क-ए-दिलक़ुशा आता रहता था। ख़्वाजासरा इनायत दारोग़-ए-ज़िन्दा को देखकर बोला, "हुज़ूर, आज क्या आफ़त आ गयी है? क्या हमें क़ैद करना है?"

"हमसे मज़ाक़ कर रहे हैं?"

इनायत अदब के साथ झुककर बोला, "हुज़ूर, गुस्ताख़ी माफ़ हो। सारा दिन तातारी बाँदियों को नंगी तलवारें लिए देखकर जी ऊब जाता है। अगर हमने हुज़ूर की शान में कोई गुस्ताख़ी कर दी हो, तब हम माफ़ी के तलबगार हैं।"

"अब ज़्यादा बातें मत बनाओ। जल्दी से सुल्तान-ए-आलम के पास ख़बर पहुँचाओ। हमें उनसे ज़रूरी काम है।"

"हुज़ूर, हम अभी गये और अभी आए।"

इतना कहकर ख़्वाजासरा इनायत अन्दर चला गया। वह कुछ ही देर में वापस लौट आया और दारोग़-ए-ज़िन्दा की शान में अदब के साथ झुककर बोला, "हुज़ूर, आप जा सकते हैं।"

सुल्तान रज़िया के नज़दीक ही गुलसुल्तानबानो और गुल-ए-अब्बासी खड़ी थीं। वे दोनों सुल्तान पर पंखा झल रही थीं। दारोग़-ए-ज़िन्दा ने सुल्तान की शान में तीन बार कोर्निश बजाई और बोला, "सुल्तान-ए-आलम का इक़बाल बुलन्द हो। हुज़ूर, रुकुनुद्दीन फ़ीरोज़शाह खाना नहीं खा रहे हैं।"

"क्यों?" सुल्तान सोने की तश्तरी में रखे ताजे अंगूरों के गुच्छों में से एक दाना तोड़कर मुँह में डालती हुई बोलीं।

"हुज़ूर, वे शराब माँग रहे हैं।"

"उनके सामने शर्बत पेश किया जा सकता था।"

"हुज़ूर, गुस्ताख़ी माफ़ हो। मैंने ख़ुद उनके सामने कई बार शर्बत पेश किया, लेकिन...।"

"लेकिन क्या?"

"हुज़ूर, उन्होंने एक घूँट पीते ही प्याला फेंक दिया।"

सुल्तान मुस्कराकर बोलीं, "उन्हें मिठाइयाँ खिलाई जा सकती हैं। हमने इस वास्ते कोई मनाही नहीं की है। हम चाहते हैं, उनकी सेहत का ज़्यादा-से-ज़्यादा ख़याल रखा जाए।"

"हुज़ूर, मैंने कई बार ख़ुद कोशिश करके देख ली। वे न तो मिठाइयाँ खा रहे हैं और न ही फल खा रहे हैं। उन्होंने एक ही बात की रट लगा रखी हैं, शराब पेश की जाए। और हुज़ूर...।"

"और क्या?"

"हुज़ूर, वे आज एक ख़ास खुलासा ख़ुद किए हैं।"

सुल्तान दारोग़-ए-ज़िन्दा की जुबान से निकले अल्फ़ाज़ सुनकर चौंकीं। अब उन्होंने उसकी ओर ग़ौर से देखा और पूछा, "वह क्या?"

"हुज़ूर, कनीज़ गुलचेहराबानो को उन्होंने मरवा दिया था।"

"क्या कहते हो?" सुल्तान ने अचरज के साथ पूछा।

"हुज़ूर, सच कह रहा हूँ।"

"क्या उन्होंने ख़ुद क़ुबूल किया है?"

"हुज़ूर, वे ख़ुद अपनी जुबानी कह रहे थे।"

"क्या कह रहे थे?"

"हुज़ूर, वे कह रहे थे, गुलचेहराबानो पेट से हो गयी थी। वह मलिका बनने के ख़्वाब देख रही थी।" दारोग़-ए-ज़िन्दा जानबूझकर गुलचेहराबानो के किसी के साथ हमबिस्तर होनेवाली बात छिपा गया था। वहाँ मौजूद दोनों बाँदियाँ दारोग़-ए-ज़िन्दा की बात ग़ौर से सुन रही थीं। हालाँकि उन्हें इस बात का पहले ही शक़ था।

अब सुल्तान ने मुस्कराकर पूछा, "जहाँशाह तुर्कान बेगम की क्या ख़बर है?"

"हुज़ूर, वे भी खाना नहीं खा रही हैं।"

"क्यों? क्या वे भी शराब माँग रही हैं?"

"हुज़ूर, वे शराब नहीं माँग रही हैं, लेकिन...।"

"लेकिन क्या?"

"सुल्तान-ए-आलम, गुस्ताख़ी माफ़ हो। वे हर वक़्त ऊल-जलूल बातें करती रहती हैं।"

"क्या बातें करती हैं?"

"हुज़ूर, वे कहती हैं, क़ैदख़ाने से निकलते ही एक-एक को मौत के घाट उतारा जाएगा। इतना ही नहीं, वे हर किसी ख़िदमतगार को गालियाँ बकती हैं। गुलबदन को अकसर गालियाँ देती हैं। उनका कहना है, वह दग़ाबाज़ निकली।"

"वे क्या हमें भी गालियाँ देती हैं?" सुल्तान ने मुस्कराकर पूछा।

"सुल्तान-ए-आलम, गुस्ताख़ी माफ़ हो। हुज़ूर के ख़िलाफ़ भी बदजुबानी करती हैं।"

"फ़िलहाल उन दोनों को उनके हाल पर छोड़ दो। दोनों के वास्ते फल, मिठाइयाँ और शर्बत भिजवाते रहो। अगर वे खाना नहीं खाते हैं, तब उनकी मर्ज़ी। ख़ुदा गवाह है, हम और आप इसके लिए जवाबदेह नहीं है। अब आप जा सकते हैं।"

इसी बीच वहाँ ख़्वाजासरा इनायत आ पहुँचा। वह अदब के साथ झुककर बोला, "सुल्तान-ए-आलम, जनाब क़ुव्वतुलमुल्क जमालुद्दीन याक़ूत मिलने की इजाज़त चाह रहे हैं।"

"उन्हें जाकर भेज दें!"

दारोग़-ए-ज़िन्दा क़ुश्क-ए-दिलक़ुशा से बाहर निकल रहा था। उसकी मुलाक़ात क़ुव्वतुलमुल्क जमालुद्दीन याक़ूत से हो गयी। वह जमालुद्दीन याक़ूत को देखते ही अदब के साथ झुककर कोर्निश बजाने लगा। जमालुद्दीन याक़ूत ने पूछा, "दारोग़-ए-ज़िन्दा, कैसे आना हुआ?"

"हुज़ूर, जहाँशाह तुर्कान बेगम और रुकुनुद्दीन फ़ीरोज़शाह खाना नहीं खा रहे हैं। उन्हीं के बारे में ख़बर करने आया था।"

"और कोई ख़ास बात?" जमालुद्दीन याक़ूत ने चलते-चलते पूछा।

"जी नहीं हुज़ूर।"

क़ुव्वतुलमुल्क जमालुद्दीन याक़ूत अब सुल्तान के सामने पहुँच गये थे। उन्हें देखते ही सुल्तान की ज़ुबान से निकला, "तख़्लिया!"

दोनों बाँदियाँ गुल-ए-अब्बासी और गुलसुल्तानबानो सुल्तान और जमालुद्दीन याक़ूत को अकेला छोड़कर बाहर निकल गयीं। सुल्तान ने जमालुद्दीन याक़ूत से पूछा, "क्या कोई ख़ास ख़बर?"

"सुल्तान-ए-आलम, दुश्मन जमुना दरिया से ज़्यादा दूर नहीं है।"

"अभी तक़रीबन कितनी दूर होगा?"

"सुल्तान-ए-आलम, ख़बर मिली है, दुश्मन दिल्ली से बीस-पच्चीस कोस की दूरी पर डेरा डाले है।"

"जमुना के उस पार फ़ौज़ी ख़ेमे फ़ौरन लगवा दिए जाएँ! हम ख़ुद मैदान-ए-जंग में उतरना चाहेंगे।"

"हुज़ूर, गुस्ताख़ी माफ़ हो। हुज़ूर ने मलिक सैफुद्दीन ऐबक़ बहतू को फ़ौज़ की कमान सौंप रखी है।"

"वे फ़ौज़ की कमान सँभालेंगे, लेकिन हम अपनी फ़ौज़ की हौसला-अफ़ज़ाई के वास्ते मैदान-ए-जंग में उतरना चाहेंगे।"

"गुस्ताख़ी माफ़ हो। हुज़ूर का मैदान-ए-जंग में उतरना ख़तरे से खाली नहीं है। हुज़ूर के दुश्मन एक साथ मिलकर कोई भी चाल चल सकते हैं।"

"हमने हिन्दुस्तान की हुकूमत अपने हाथों में लेते वक़्त क़सम खाई थी, हम दुश्मन को नेस्तनाबूत करेंगे। सुल्तान अगर इन मामूली ख़तरों से डर गयी, तब हिन्दुस्तान की हुकूमत कैसे चलाएगी? हम दुश्मन को नेस्तनाबूत करने के बाद ही दम लेंगे।"

"हुज़ूर, हमें हुक़्म दें। हुज़ूर की मैदान-ए-जंग में जाने की कोई ज़रूरत नहीं। दुश्मन कमज़ोर समझकर ग़लत मायने निकाल सकता है।"

"हो सकता है, हमारे जंग में उतरने पर जंग ही न हो। हम भी बेमतलब ख़ून-

खराबा नहीं चाहते हैं। जंग कोई अच्छी चीज़ नहीं हैं। सियासत यही कहती है, जहाँ तक हो सके, जंग से बचा जाए। जंग में जहाँ सैकड़ों सिपाही मारे जाते हैं, वहीं उनकी औरतें बेवा हो जाती हैं। बच्चे यतीम हो जाते हैं।''

सुल्तान ने कुछ रुककर पूछा, ''हमारे ख़िलाफ़ इस वक़्त कौन-कौन ओहदेदार जंग छेड़ रहे हैं?''

''वज़ीर-ए-आज़म जुनैदी, मलिक सैफ़ुद्दीन कूची, मलिक अलाउद्दीन जानी, मलिक इज़्ज़ुद्दीन कबीर ख़ाँ और मलिक इज़्ज़ुद्दीन मुहम्मद सालारी।''

''क्या सभी जुनैदी से मिल गये हैं?''

''जी हाँ हुज़ूर।''

''हम मरहूम अब्बाहुज़ूर के ज़माने से देख रहे हैं, दौलत, शोहरत और ऊँचे-ऊँचे ओहदों की भूख कभी इन मलिकों की ख़त्म नहीं होती है। सियासत कहती है, इन मलिकों में से कुछ को अपनी ओर मिला लिया जाए। फ़िलहाल यह काम मलिक सैफ़ुद्दीन ऐबक़ बहतू के वश का नहीं है। वे मैदान-ए-जंग में दुश्मन के छक्के छुड़ा सकते हैं, लेकिन उनके वश की सियासत नहीं है।''

''सुल्तान-ए-आलम वज़ा फ़र्मा रही हैं।''

वज़ीर-ए-आज़म ख़्वाजा मुहज़्ज़बुद्दीन और मलिक सैफ़ुद्दीन ऐबक़ बहतू को फ़ौरन ख़बर करो! वे हर हालत में तीन दिन के अन्दर जमुना के उस पार ख़ेमे लगवा दें। फ़ौज़ी ख़ेमों के साथ बारगाह-ए-फ़लकताज़ भी जाएगा और आप भी हमारे साथ मौजूद रहेंगे।''

''सुल्तान-ए-आलम, हुक़्म की तामील होगी।''

क़ुव्वतुलमुल्क जमालुद्दीन याक़ूत अगले हुक़्म के इन्तज़ार में ख़ामोश खड़े थे। अब सुल्तान ने पूछा, ''हिन्दुओं पर लगाए गये जजिया और तीर्थयात्रा महसूल माफ़ कर देने पर दरबारी ओहदेदार क्या सोच रहे हैं?''

''हुज़ूर, गुस्ताख़ी माफ़ हो। मुल्ला, मौलवी, सैयद, शैख़ और उलेमा हज़रात हुज़ूर से नाराज़ दिख रहे हैं। उन्हें हुज़ूर का फ़ैसला क़त्तई पसन्द नहीं आया।''

''और तुर्कान-ए-चिहिलगानी बन्दगान-ए-शम्सी के अमीर और मलिक इस सिलसिले में क्या बातें कर रहे हैं?''

''हुज़ूर, उनमें से भी अधिकतर को हुज़ूर का फ़ैसला पसन्द नहीं आया है।''

''और हमारी अवाम क्या कह रही है?''

''हुज़ूर, दिल्ली की अवाम ही नहीं, तमाम हिन्दुस्तान की अवाम हुज़ूर के फ़ैसले से खुशियाँ मना रही हैं। सुल्तान-ए-आलम का हुक़्म सुनकर कितने घरों में घी के चिराग़ जलाए गये।''

सुल्तान मुस्कराईं और बोलीं, ''हमने कभी जामा मस्जिद पर अवाम से वादा

किया था कि अवाम की ख़ुशहाली हमारा पहला फ़र्ज़ होगा। हमें न तो मुल्ला, मौलवी, सैयद, शैख़ और उलेमा हज़रात की परवाह है और न ही हम तुर्कान-ए-चिहिलगानी बन्दगान-ए-शम्सी के अमीरों और मलिकों से डरते हैं। मुल्क की अवाम हमारे साथ है। जिस सुल्तान के साथ अवाम की ताक़त है, उसका कोई कुछ नहीं बिगाड़ सकता। अल्लाह देख रहा है, हमने जो कुछ किया, अवाम की ख़ुशहाली के वास्ते किया।''

''सुल्तान-ए-आलम, गुस्ताख़ी माफ़ हो। माना कि अवाम की ख़ुशहाली सुल्तान का पहला फ़र्ज़ है, लेकिन दुश्मन को कमज़ोर नहीं समझना चाहिए।''

''जमालुद्दीन याक़ूत, हम दुश्मन को कहीं कमज़ोर नहीं समझ रहे हैं। मुल्ला, मौलवी, सैयद, शैख़ से लेकर उलेमा हज़रात तक सब-के-सब दौलत के भूखे हैं। वे चन्द सोने की अशर्फ़ियों में बिक सकते हैं। और जहाँ तक अमीरों और मलिकों का सवाल है, उन्हें ऊँचे-ऊँचे ओहदों का ख़्वाब दिखाकर अपनी ओर मिलाया जा सकता है।''

''हुज़ूर, वज़ा फ़र्मा रही हैं।''

''अवध के सूबेदार मलिक नुसरतुद्दीन तायसी मुइज़्ज़ी को अवध रवाना होने के वक़्त हमने हुक़्म दिया था, वे अवध की फ़ौज़ लेकर जल्दी-से-जल्दी दिल्ली पहुँचें। ख़बर है, वे फ़ौज़ लेकर दिल्ली के वास्ते रवाना ही नहीं हो चुके हैं, गंगा दरिया के उस पार तक आ पहुँचे हैं। ख़ुदा करे, उनका सामना बाग़ी सूबेदारों से न हो। वरना वे सब मिलकर उन्हें नुक़सान पहुँचा सकते हैं।''

''अल्लाह ने चाहा तो वे सही-सलामत अपनी फ़ौज़ के साथ हमसे आ मिलेंगे।''

''काश, ऐसा हो सके?'' सुल्तान को डर था कि कहीं उस बूढ़े मलिक को दूसरे बाग़ी मलिक क़ैद न कर लें और उसकी फ़ौज़ पर क़ब्ज़ा कर लें।

''सुल्तान-ए-आलम, हमें मलिक पर भरोसा है। वे किसी-न-किसी तरह दिल्ली पहुँचने की कोशिश करेंगे।''

सुल्तान ने अगला सवाल किया। ''नूर तुर्क का क्या हाल है?''

''हुज़ूर, नूर तुर्क के चेलों की तादाद दिन-ब-दिन बढ़ रही है। वे कभी भी कोई नई खुराफ़ात पैदा कर सकते हैं।''

''उन्हें भी देखा जाएगा।''

''सुल्तान-ए-आलम, और कोई हुक़्म?''

अभी सुल्तान और क़ुव्वतुलमुल्क जमालुद्दीन याक़ूत की बातचीत चल ही रही थी कि ख़्वाजासरा इनायत फिर आ पहुँचा। वह बोला, ''वज़ीर-ए-आज़म ख़्वाजा मुहज़्ज़बुद्दीन मिलने की इजाज़त चाह रहे हैं।''

"उन्हें फ़ौरन भेज दें!"

कुछ ही देर में वज़ीर-ए-आज़म सुल्तान के सामने हाज़िर थे। वे अदब के साथ झुककर बोले, "सुल्तान-ए-आलम का इक़बाल बुलन्द हो। हुज़ूर, एक बुरी ख़बर है?"

"क्या हुआ?"

"मलिक नुसरतुद्दीन तायसी मुइज़्ज़ी को बाग़ी मलिकों ने क़ैद कर लिया है।"

"क्या कहा?" सुल्तान वज़ीर-ए-आज़म की ज़ुबान से निकले अल्फ़ाज़ सुनकर भौंचक्की थीं।

"हुज़ूर, वे बीमार थे। बीमारी की ही हालत में अवध से रवाना हुए थे। वे देर तक दुश्मन का सामना नहीं कर सके और क़ैद हो गये।" सुल्तान ही नहीं, जमालुद्दीन याक़ूत भी इस ख़बर को सुनकर चौंक पड़े, लेकिन वे कर क्या सकते थे।

सुल्तान के माथे पर बल पड़ गया था। उन्होंने पूछा, "अब क्या किया जाए?"

"हुज़ूर, बाग़ी मलिकों पर धावा बोलने के अलावा और कोई चारा नहीं है। अगर ऐसा न किया गया तो उनके हौसले और बढ़ सकते हैं।"

"मलिक की फ़ौज़ का क्या हुआ?" सुल्तान ने नया सवाल पूछा।

वज़ीर-ए-आज़म बोले, "हुज़ूर, कुछ फ़ौज़ मारी गयी और कुछ तितर-बितर होकर भाग गयी। बची-खुची फ़ौज़ जल्दी ही दिल्ली पहुँच जाएगी। हमें ऐसी ख़बर हरकारे ने अभी-अभी दी है।"

"हम जमालुद्दीन याक़ूत को पहले ही हुक़्म दे चुके हैं, जमुना के उस पार हमारे ख़ेमे गाड़ दिए जाएँ। अब इसमें देरी नहीं होनी चाहिए।"

"जो हुक़्म सुल्तान-ए-आलम।"

साठ

जमुना के उस पार तक़रीबन दो कोस की दूरी पर चारों ओर ख़ेमे-ही-ख़ेमे नज़र आ रहे थे। सुल्तान रज़िया ने दोपहर बाद ख़ेमों का ख़ुद मुआयना किया। उनके साथ दारोग़-ए-कुश्क-ए-दिलकुशा क़ादिरबीवीबानो, गुल-ए-अब्बासी और नयनज्योतिबाई मौजूद थीं। बाक़ी ख़ास बाँदियों को क़िले में ही रोक दिया गया था। इस मुआयने में उनके साथ वज़ीर-ए-आज़म ख़्वाजा मुहज़्ज़बुद्दीन और मलिक सैफ़ुद्दीन ऐबक़ बहतू के अलावा कुछ ख़ास मलिक ही मौजूद थे। सुल्तान ने क़तारों में लगे ख़ेमों को ग़ौर से देखा। उन्होंने प्यादों, सवारों, सिपहसालारों, अमीरों और मलिकों से अलग-

अलग बातचीत करके उनकी हौसला-अफ़ज़ाई की। उन्होंने अपने ख़ास तुर्की घोड़े पर सवार होकर ख़ेमों के चारों ओर चक्कर लगाकर होनेवाली जंग का जाइज़ा लिया।

बारगाह-ए-फ़लकताज़ के नज़दीक ही ख़ज़ाना, बावर्चीख़ाना, रिक़ाबख़ाना और शफ़ाख़ाना मौजूद था। सुल्तान के ख़ेमे के पीछे जमुना की ओर भारी तादाद में घोड़े, हाथी, ऊँट, खच्चर, गायें, भेंड़ और बकरियाँ मौजूद थीं। इन्हीं के नज़दीक प्यादों के भी ख़ेमे लगे थे। सुल्तान ने ख़ेमों के बीच फ़ौज़ के वास्ते लगे छोटे बाज़ार का भी मुआयना किया। उन्होंने देखा, वहाँ सिपाहियों के वास्ते ज़रूरत की सभी चीज़ें मौजूद हैं। जमुना की ओर भारी तादाद में जानवरों के वास्ते चारा मौजूद था। जमुना नज़दीक होने की वजह से पानी की कोई कमी नहीं थी। जलाऊ लकड़ी की भी कोई कमी नहीं थी। बंजारे जहाँ आटा, दाल, चावल और गोश्त पहुँचा रहे थे, वहीं तीर-कमान, भाला, नैज़ा और दूसरे जंगी हथियार भी वाज़िब क़ीमत पर फ़ौज़ को मुहैया करा रहे थे।

फ़ौज़ का मुआयना करने के बाद सुल्तान बारगाह-ए-फ़लकताज़ पहुँचीं। बारगाह-ए-फ़लकताज़ में पहुँचने का यह उनका पहला मौक़ा था। उन्होंने इसका नाम ज़रूर सुन रखा था, लेकिन कभी इसके नज़दीक आने का मौक़ा नहीं मिला था। बारगाह-ए-फ़लकताज़ की ख़ूबसूरती देखकर उनकी तबीयत ख़ुश हुई। वहाँ उनके साथ उनकी दोनों ख़ास बाँदियाँ और क़ादिरबीवीबानो मौजूद थीं। इनके अलावा मलिक सैफ़ुद्दीन ऐबक़ बहतू और वज़ीर-ए-आज़म ख़्वाजा मुहज़्ज़बुद्दीन भी मौजूद थे। सुल्तान शाही तख़्त पर जलवा-अफ़रोज़ हो चुकी थीं। दोनों बाँदियाँ उन पर पंखा झल रही थीं। नज़दीक ही थोड़ी दूरी पर सामने की ओर क़ादिरबीवीबानो नंगी तलवार लिए खड़ी थीं।

सुल्तान ने मलिक बहतू की ओर मुख़ातिब होकर पूछा, ''जनाब, दुश्मन की फ़ौज़ का क्या अन्दाज़ा है? तक़रीबन कितनी होगी?''

मलिक अदब के साथ झुककर बोले, ''सुल्तान-ए-आलम, दुश्मन की फ़ौज़ आठ-दस हज़ार से ज़्यादा नहीं होगी।''

''सवार कितने होंगे?''

''हुज़ूर, हमें जैसी ख़बर मिली है, घुड़सवार चार हज़ार से ज़्यादा नहीं होंगे। हो सकता है, चार-पाँच सौ ऊँट सवार भी उनके पास मौजूद हों। इसके अलावा तक़रीबन तीन हज़ार प्यादे और बाक़ी ख़िदमतगार और बेलदार होंगे।''

''क्या दुश्मन की फ़ौज़ में हाथी मौजूद हैं?''

''हुज़ूर, हमारी ख़बर के मुताबिक़ दुश्मन के पास हाथी मौजूद नहीं हैं। दुश्मन की फ़ौज़ दूर से चलकर आ रही है। इस वक़्त थकी-माँदी है। हमें फ़ौरन हमला बोल देना चाहिए, जिससे हमारे ताज़ादम घोड़े और सवार दुश्मन को नेस्तनाबूत कर

दें।'' मलिक दुश्मन से जल्दी ही दो-दो हाथ करना चाहते थे।

सुल्तान ने फ़ौज़ के आला हाकिम की राय पर कोई तवज़्ज़ो नहीं दी। उन्होंने पूछा, ''हमारी फ़ौज़ की तादाद कितनी है?''

''हुज़ूर, हमारी फ़ौज़ पन्द्रह हज़ार से कम नहीं होगी, जिसमें तक़रीबन आठ हज़ार घुड़सवार, एक हज़ार ऊँट सवार, चार हज़ार प्यादे, तीन सौ हाथी और उनके महावत मौजूद हैं। बाक़ी ख़िदमतगार और बेलदार होंगे।''

''हमारे ख़याल से फ़ौज़ काफ़ी है, लेकिन फिर भी हमें दुश्मन को कमज़ोर नहीं समझना चाहिए। दुश्मन की एक-एक बारीक ख़बर हमारे पास वक़्त से पहुँचनी चाहिए। इस वक़्त हमारे जासूस क्या कर रहे हैं?''

''हुज़ूर, हमारे जासूस बंजारों, किसानों, बेलदारों और तिज़ारतियों के वेश में दुश्मन की फ़ौज़ के इर्द-गिर्द मौजूद हैं। वे हमें दुश्मन के बारे में वक़्त से ख़बर पहुँचा रहे हैं।''

''दुश्मन कब तक हमला बोल सकता है?''

''हुज़ूर, तीन-चार दिन का वक़्त लग सकता है।''

सुल्तान कुछ देर तक सोचती रहीं। फिर बोलीं, ''मलिक बहतू, जंगों का आपसे ज़्यादा बेहतर तजुर्बा फ़ौज़ में और किसी ओहदेदार को नहीं है। हम जानना चाहते हैं, जंग कितने तरह की होती है?''

सुल्तान का सवाल सुनकर मलिक बहतू ही नहीं, वहाँ मौजूद हर ओहदेदार चौंका।, लेकिन मलिक बहतू अदब के साथ झुककर बोले, ''हुज़ूर, जंग तमाम तरह की होती हैं, लेकिन ख़ास-ख़ास चार तरह की जंग मानी गयी हैं।''

''कौन-कौन?'' सुल्तान मलिक के तजुर्बे के बारे में गहराई से जानकारी चाहती थीं।

''हुज़ूर, पहली जंग काफ़िरों के ख़िलाफ़ होती है। अगर इसमें कोई काफ़िर मारा जाता है तो क़त्ल करनेवाले को ग़ाज़ी बोला जाता है और अगर सिपाही ख़ुद मारा जाता है तो उसे शहीद कहा जाता है। दूसरी जंग वह है, जिसमें कोई मुसलमान किसी दूसरे मुसलमान से आगे बढ़ने की कोशिश में जंग करता है। ऐसी जंग के बारे में बुजुर्गों का कहना है, जंग को जहाँ तक हो सके, रोकना चाहिए। बेकार में मुसलमानों का ख़ून बहाने से कोई फ़ायदा नहीं। तीसरी जंग वह है, जब कोई राजा सुल्तान को ख़िराज़ देना बन्द कर देता है और ख़ुद मुख़्तार समझने लगता है। जैसा कि ग्वालियर और रणथम्भौर के राजा इस वक़्त कर रहे हैं। इस जंग को जायज़ बताया गया है। हुज़ूर, चौथी जंग वह है, जिसमें किसी ने नाजायज़ तरीके से जंग जीतकर दूसरे की दौलत हड़प ली हो। ऐसी जंग में दुश्मन से बदला लेना ज़रूरी हो जाता है। इस जंग में हुए ख़ून-खराबे को भी जायज़ बताया गया है।''

सुल्तान ने वज़ीर-ए-आज़म की ओर मुख़ातिब होकर पूछा, ''वज़ीर-ए-आज़म, हम बाग़ी मलिकों के ख़िलाफ़ जंग पर उतरे हैं, इसे कौन-सी जंग कहा जाए!''

वजीर-ए-आज़म को ऐसी उम्मीद नहीं थी कि सुल्तान उनसे इस तरह का कोई सवाल कर सकती हैं। वे कुछ देर के वास्ते सटपटा गये और फिर बोले, ''हुज़ूर, अभी मलिक ने जो चौथी जंग बताई है, तक़रीबन वही जंग हम बाग़ी मलिकों के ख़िलाफ़ शुरू करने जा रहे हैं। इन मलिकों ने हुज़ूर के ख़िलाफ़ बग़ावत ही नहीं की है, बल्कि हुज़ूर के गद्दीनशीन होने के बाद दिल्ली ख़िराज़ भिजवाना बन्द कर दिया है। उन्होंने अपने-अपने सूबों के ख़ज़ानों पर क़ब्ज़ा कर लिया है। शाही फ़रमानों की बेइज़्ज़ती की है। फ़ौज़ को गुमराह किया है।''

''आप वज़ा फ़र्मा रहे हैं। बाग़ी मलिकों ने शाही तख़्त के साथ जो वफ़ादारी की क़सम कभी खाई थी, वे उसे भूलकर गद्दारी कर रहे हैं।''

अब सुल्तान मलिक बहतू की ओर मुखातिब हुईं। उन्होंने पूछा, ''अभी आपने हमें दूसरी जंग के बारे में बताया था कि मुसलमान और मुसलमान के बीच होनेवाली जंग को जहाँ तक हो सके, रोका जाए और किसी-न-किसी तरह समझौता किया जाए। हम जानबूझकर जंग नहीं छेड़ना चाहते हैं और न ही अपनी ओर से दुश्मन पर कोई धावा बोलना चाहते हैं। अगर दुश्मन ख़ुद हम पर पहले वार करता है, तब हम अपना बचाव ही नहीं करेंगे, बल्कि दुश्मन को सबक़ सिखाने के वास्ते हर क़दम उठाएँगे।''

वज़ीर-ए-आज़म बोले, ''हुज़ूर, वज़ा फ़र्मा रही हैं। दुश्मन को सबक़ सिखाना ज़रूरी है। अगर बाग़ी मलिकों के साथ किसी तरह की कोई मुरव्वत की गयी, तब दूसरे मलिक नाजायज़ फ़ायदा उठाना चाहेंगे।''

''हमारे कहने का यह भी मतलब नहीं है, जंग की कोई तैयारी न की जाए और फ़ौज़ ग़फलत में रहकर आराम तलबी करे। हमारा हुक़्म है, फ़ौज़ जंग के वास्ते हर वक़्त तैयार रहे। हुकूमत इसी वास्ते उन्हें अच्छी तनख़्वाह देती है। फ़ौज़ के सिपाही, सरख़ेल, सिपहसालार, अमीर और मलिक अगर जंग में मारे जाते हैं तो इनके बीवी-बच्चों की परवरिश की ज़िम्मेदारी हुकूमत उठाती है। फ़ौज़ को ईमानदारी, वफ़ादारी और बहादुरी के साथ दुश्मन का सामना करना चाहिए। हमें ख़बर मिली है, हमारे कुछ जाँबाज़ सिपाही और दूसरे ओहदेदार चुपके-चुपके शराबख़ोरी कर रहे हैं। उन्हें अच्छी तरह समझा दिया जाए, वे वक़्त रहते ख़ुद को सँभाल लें। अगर किसी ख़ेमे के अन्दर शराब पाई गयी, तब उस ख़ेमे में मौजूद चाहे सिपाही हो या फिर कोई मलिक, हम उसे बख़्शेंगे नहीं। हमें शराब से चिढ़ है। अगर रुकुनुद्दीन फ़ीरोज़शाह शराब का आदी नहीं होता, तब शायद आज हमारी जगह वही शाही

तख़्त पर बैठा होता।

अल्लाह के फ़ज़्ल से फ़ौज़ के पास किसी सामान की कोई कमी नहीं है। फ़ौज़ के वास्ते न तो चारा की कमी है और न ही अनाज की। गोश्त की भी कोई कमी नहीं है। दूध के वास्ते गायें भारी तादाद में जमुना किनारे बँधी हैं। हमारा हुक़्म है, घोड़ों को रोज़ाना फेरा जाए। अगर उन पर सवारी नहीं की गयी, तब वे आलसी हो सकते हैं। घुड़सवार अपने साथ सूजा, सुई, धागा और रस्सी हर वक़्त मौजूद रखेगा। अगर कोई चीज़ वक़्त पर ख़राब हो जाती है तो वह इन सामानों के ज़रिये ठीक कर सकता है।''

अब सुल्तान ने मलिक की ओर मुख़ातिब होकर पूछा, ''जंग के दौरान कहाँ प्यादे रहेंगे, कहाँ सवार रहेंगे और कहाँ हाथी रहेंगे। इस सिलसिले में आपने क्या सोचा है?''

''हुज़ूर, जंग के बारे में सिपहसालारों, अमीरों और मलिकों को बारीकी के साथ बता दिया गया है कि जंग के वक़्त सबसे आगे बिगड़ैल हाथी रहेंगे जो दुश्मन को नज़दीक आने पर या तो अपने पैरों तले कुचल डालेंगे या फिर अपनी सूड़ में लपेटकर हवा में दूर फेंक देंगे। हाथियों के पीछे पहली क़तार में प्यादे तीर-कमान से लैस होंगे, जिससे वे दुश्मन को आगे बढ़ने से रोक सकें। प्यादों की दूसरी क़तार में तीर-कमान की जगह तलवार, ढाल, भाला और नैज़ा सिपाहियों के साथ मौजूद रहेगा। इसी तरह तीसरी क़तार में तलवारें, ढालें, लम्बे-लम्बे चाकू और दूसरे जंगी हथियार लेकर सिपाही मौजूद रहेंगे। चौथी क़तार में सिपाहियों के साथ तलवार, ढाल और गदा भी होंगे। मैदान-ए-जंग में गदा की मार सबसे तेज़ होती है। दुश्मन के सिर पर एक ही वार हो जाने से उसका काम तमाम हो जाता है। इसके अलावा हर क़तार के बीच में अच्छा-ख़ासा फ़ासला रखा जाएगा, जिससे सवार अपने घोड़ों को क़तारों के बीच में आसानी के साथ दौड़ा सके। प्यादों को दुश्मन से लड़ने में आसानी रहे।

''हम जंग नहीं चाहते, लेकिन अगर जंग छेड़नी ही पड़ी, तब जंग के वास्ते कौन-सा वक़्त बेहतर होगा?'' सुल्तान अपनी पहली जंग के बारे में बारीक-से-बारीक जानकारी हासिल कर लेना चाहती थीं।

''हुज़ूर, तमाम तजुर्बेकार मलिक और सुल्तान कभी-कभी सुबह-सुबह ही जंग छेड़ देते हैं जो सही नहीं है।''

''आख़िर क्यों?''

''हुज़ूर, अगर ख़ुदा-न-खास्ता दुश्मन की फ़ौज़ का अन्दाज़ा लगाने में ग़लती हुई और दुश्मन की फ़ौज़ बराबर रही या फिर कुछ अधिक रही तो दुश्मन का सामना करने पर हमारी फ़ौज़ जल्दी थक सकती है। जब कभी अपनी ओर से दुश्मन पर

धावा बोलना हो, तब दोपहर बाद ही धावा बोलना चाहिए। उस वक़्त दुश्मन आराम कर रहा होता है। दुश्मन पर जल्दी काबू पाया जा सकता है। दानिशमंद सुल्तान जंग को दिन के आख़िरी वक़्त तक टालने की कोशिश करते हैं। अगर जंग के दौरान अँधेरा हो जाता है, तब भी हमला करनेवाले को कोई ख़ास नुक़सान नहीं पहुँचता है। अगर वह हार ही जाता है, तब रात के अँधेरे का लाभ उठाकर अपनी बची-खुची फ़ौज़ लेकर मैदान-ए-जंग से आसानी के साथ बाहर हो सकता है।

हुज़ूर, कभी-कभी दुश्मन के ख़ेमों पर रात में ही अचानक धावा बोला जाता है। ऐसे वक़्त काफ़ी होशियार, चालाक, बहादुर और तजुर्बेकार सिपाहियों को धावे पर लगाना चाहिए। वे अचानक दुश्मन के ख़ेमों में पहुँचते ही उनके घोड़ों को जाकर खोल दें, जिससे दुश्मन के सवार घोड़ों की सवारी न कर सकें। उनके ख़ेमों की रस्सियाँ काट दें जिससे ख़ेमे गिर जाएँ और दुश्मन ख़ेमों के नीचे दब जाए। वे तबेलों पर फ़ौरन क़ब्ज़ा कर लें और ज़ोर-ज़ोर से चिल्लाएँ, फलाँ ओहदेदार को क़ैद कर लिया गया है। उन्हें इस सिलसिले में झूठ बोलना पड़ सकता है, लेकिन जंग के दौरान सब कुछ जायज़ है।''

''ऐसा क्यों?'' सुल्तान की समझ में नहीं आ रहा था कि मलिक क्या कहना चाहते हैं।

''हुज़ूर, इससे दुश्मन के ख़ेमों में ख़ौफ़ समा जाता है। दुश्मन की बची फ़ौज़ अपनी जान बचाने के वास्ते भागने लगती है।, लेकिन धावा बोलनेवाले सिपाहियों को काम को अंज़ाम देने के बाद वापस अपने ख़ेमों में जल्दी आ जाना चाहिए और सुबह होने पर दुश्मन के बचे-खुचे साजो-सामान पर क़ब्ज़ा कर लेना चाहिए।''

''बहुत ख़ूब...बहुत ख़ूब।''

सुल्तान अभी मलिक बहतू से बात ही कर रही थीं कि पहरेदार ख़्वाजासरा अन्दर आकर कोर्निश बजाने के बाद बोला, ''सुल्तान-ए-आलम, गुस्ताख़ी माफ़ हो। अभी-अभी दुश्मन के चार सिपाही फ़ौज़ी बाज़ार में पकड़े गये हैं। शायद वे जासूसी कर रहे थे।''

''उन्हें फ़ौज़ के क़ैदख़ाने में रखा जाए! उनके हथियार छीन लिए जाएँ! उन्हें किसी से मिलने न दिया जाए!, लेकिन उनके खाने-पीने का ख़याल रखा जाए!''

''जो हुक़्म सुल्तान-ए-आलम।'' पहरेदार ख़्वाजासरा एक बार फिर कोर्निश बजाकर उल्टे पैर वापस हो गया।

वज़ीर-ए-आज़म ख़्वाजा मुहज़्ज़बुद्दीन और मलिक बहतू हैरत में थे कि इतने ज़्यादा चाक-चौबन्द इन्तज़ाम के बाद भी दुश्मन के आदमी ख़ेमों में कैसे दाख़िल हो गये। सुल्तान फ़िक्रमंद हो गयीं। वे मलिक की ओर मुख़ातिब होकर बोलीं, ''हमारा हुक़्म है, फ़ौज़ी ख़ेमों के अन्दर और बाहर जो भी आदमी आता-जाता है,

पूरी छान-बीन के बाद ही आने-जाने दिया जाए। वज़ीर-ए-आज़म इस सिलसिले में तमाम अमीरों और मलिकों को आगाह कर दें। हमें इस तरह की बेहूदा ख़बर अब सुनने को न मिले।''

सुल्तान देर तक ख़ामोश रहीं। वे बोलीं, ''दुश्मन के चार आदमी अभी-अभी पकड़े गये हैं। हम जानना चाहते हैं, जंग जीतने पर दुश्मन के पकड़े गये सिपाहियों, ग़ुलामों और दूसरे ओहदेदारों के साथ कैसा बर्ताव होना चाहिए?''

''सुल्तान-ए-आलम, गुस्ताख़ी माफ़ हो। अगर दुश्मन का कोई सिपाही या दूसरा ओहदेदार जंग ख़त्म होने के बाद अपनी जान की अमान माँगने आ पहुँचता है तो उसे हिफ़ाज़त में ले लेना चाहिए।, लेकिन उसे फ़ौज से मिलने-जुलने नहीं देना चाहिए। उसके निशान और जंगी हथियार अपने क़ब्ज़े में कर लेना चाहिए। बन्दी सिपाही को क़त्ल करने में जल्दबाज़ी नहीं करनी चाहिए। अगर उसका क़त्ल करना हुकूमत के वास्ते ज़रूरी हो तो क़त्ल करने के वक़्त उसके मुँह पर पट्टी बाँध देनी चाहिए।''

''ऐसा क्यों?''

''हुज़ूर, क़त्ल होनेवाला सिपाही अपने आख़िरी वक़्त में कुछ भी बक सकता है। वह सुल्तान के ख़िलाफ़ किसी हद तक बदजुबानी कर सकता है और अगर वह सुल्तान के ख़िलाफ़ कुछ बोल गया, तब फ़ौज़ में हंगामा होने के आसार होने लगते हैं।''

''आप जंग के सिलसिले में कुछ और कहना चाहेंगे?''

''हुज़ूर, जंग पर जाने से पहले हर मुसलमान को नमाज़ पढ़ना चाहिए और अगर दुश्मन मैदान-ए-जंग से भाग रहा हो तो उसका पीछा करना ज़रूरी नहीं है।''

सुल्तान मलिक सैफ़ुद्दीन ऐबक़ बहतू से बातचीत ही कर रही थीं कि क़ुव्वतुलमुल्क जमालुद्दीन याक़ूत आ पहुँचे। उन्हें देखकर सुल्तान की ज़ुबान से निकला, ''तख़्लिया।''

सुल्तान का हुक़्म सुनते ही वज़ीर-ए-आज़म ख़्वाजा मुहज़्ज़बुद्दीन और मलिक बहतू बारगाह-ए-फ़लकताज़ से बाहर हो गये। उन दोनों की समझ में नहीं आ रहा था कि सुल्तान ने क़ुव्वतुलमुल्क जमालुद्दीन याक़ूत के आने पर ऐसा हुक़्म क्यों फ़र्माया। कौन-सी ऐसी बात थी जो सुल्तान अकेले में जमालुद्दीन याक़ूत के साथ करना चाहती थीं। उन दोनों के दिमाग़ में यह भी आ रहा था कि हो सकता है, क़ुव्वतुलमुल्क जमालुद्दीन याक़ूत दुश्मन की ओर से कोई ख़ास ख़बर लेकर आए हों। उन दोनों को यह भी यक़ीन था कि सुल्तान और जमालुद्दीन याक़ूत जंग के मामले में उन लोगों से दो क़दम आगे की सोचते हैं। सुल्तान का हुक़्म सुनते ही दोनों बाँदियाँ और क़ादिरबीवीबानो भी बारगाह-ए-फ़लकताज़ से बाहर निकल गयी थीं।

सुल्तान ने जमालुद्दीन याक़ूत की ओर मुख़ातिब होकर पूछा, ''क्या कोई कामयाबी हासिल हुई?''

''सुल्तान का इक़बाल बुलन्द हो। कामयाबी हुज़ूर के क़दम चूम रही है। मलिक इज़्ज़ुद्दीन मुहम्मद सालारी और मलिक इज़्ज़ुद्दीन कबीर ख़ाँ हुज़ूर की क़दमबोसी करना चाहते हैं।''

''निज़ामुलमुल्क जुनैदी, अलाउद्दीन जानी और मलिक सैफ़ुद्दीन कूची के बारे में उनका क्या कहना है?''

''दोनों मलिक हुज़ूर से मुलाक़ात के वक़्त इसका खुलासा करेंगे।''

''क्या दोनों मलिकों ने कोई शर्तें रखी हैं?''

''हुज़ूर, अभी तो नहीं।''

''दुश्मन की ओर से अगर कोई हरकारा आज आता है, तब हमें फ़ौरन ख़बर की जाए!''

''हुज़ूर।'' अब सुल्तान बारगाह-ए-फ़लकताज़ से बाहर निकल गयीं।

इकसठ

मलिक इज़्ज़ुद्दीन मुहम्मद सालारी, मलिक इज़्ज़ुद्दीन कबीर ख़ाँ, मलिक सैफ़ुद्दीन कूची, मलिक अलाउद्दीन जानी और जुनैदी के अलग-अलग ख़ेमे आधा-आधा कोस की दूरी पर लगे थे। वे सभी दिन में एक बार दावत के बहाने आपस में मुलाक़ात ज़रूर कर लेते थे। सभी मलिक जंग के वास्ते नये-नये मंसूबे रोज़ाना बनाते थे। वे आपस में यह भी बात किया करते थे कि जंग जीतने के बाद किसे कौन-सा ओहदा दिलाया जाएगा। किसे हिन्दुस्तान के ताजो-तख़्त पर बिठाया जाएगा? सुल्तान रुकुनुद्दीन फ़ीरोज़शाह क़ैदख़ाने में बन्द हैं, शहज़ादे ग़यासुद्दीन मुहम्मद शाह मारे जा चुके हैं और शहज़ादे क़ुतुबुद्दीन को जहाँशाह तुर्कान बेगम ने मौत के घाट उतरवा दिया है।

शाही गद्दी के हकदार दो ही शहज़ादे बचते हैं। या तो पिछले सुल्तान रुकुनुद्दीन फ़ीरोज़शाह को क़ैदख़ाने से बाहर निकालकर उनकी ताजपोशी कराई जाए या फिर शहज़ादे मुइज़्ज़ुद्दीन को हिन्दुस्तान का ताज पहनाया जाए। बदायूँ के इक़्तादार मलिक इज़्ज़ुद्दीन मुहम्मद सालारी ने सुल्तान रुकुनुद्दीन फ़ीरोज़शाह के ख़िलाफ़ सबसे पहले बग़ावत शुरू की थी, इसलिए वे किसी क़ीमत पर रुकुनुद्दीन फ़ीरोज़शाह को ताजो-तख़्त नहीं दिलवाना चाहते थे। उन्हें डर था, दुबारा ताजो-तख़्त हासिल हो जाने पर

रुकुनुद्दीन फ़ीरोज़शाह और जहाँशाह तुर्कान बेगम उनसे बदला ले सकते हैं। उन्हें मौत के घाट उतारा जा सकता है।

काफ़ी सलाह-मशविरा करने के बाद पाँचों ओहदेदार शहज़ादे मुइज़्ज़ुद्दीन के नाम पर एक हो गये। सल्तनत का सबसे ऊँचा ओहदा वज़ीर-ए-आज़म का था। जिसे जुनैदी किसी हाल में छोड़ने को तैयार नहीं थे। हालाँकि बाक़ी चारों मलिक भी इस आला ओहदे को पाने के लिए लालायित थे, लेकिन वे इस मामले में खुलकर कुछ नहीं कहना चाहते थे। आख़िर फ़ैसला हुआ, वज़ीर-ए-आज़म का ओहदा जुनैदी को ही दिलाया जाए, लेकिन बाक़ी चारों मलिकों को उनके मन-माफ़िक ओहदे वज़ीर-ए-आज़म जुनैदी दिलाएँ। मलिक सैफ़ुद्दीन कूची नये सुल्तान के नायब बनना चाहते थे, जिससे हुकूमत की बागडोर उनके हाथों में रहे, लेकिन वे अपनी ज़ुबान से कुछ नहीं कह पा रहे थे। उन्होंने उड़ती-उड़ती ख़बर सुन रखी थी कि इस ओहदे के दावेदार उनके बाक़ी तीन साथी मलिक भी हैं।

आज दोपहर की दावत मलिक इज़्ज़ुद्दीन मुहम्मद सालारी के ख़ेमे में वज़ीर-ए-आज़म जुनैदी और बाक़ी तीनों मलिकों की थी। ख़ेमे की सजावट रोज़ाना से हट कर थी। ख़ेमे में नये ईरानी कालीन बिछवाए गये थे। ख़ेमे के अन्दरूनी हिस्से को गुलाब के फूलों से सजाया गया था। समूचा ख़ेमा गुलाब की ख़ुशबू से महक रहा था। ख़ेमे के बीचो-बीच दस्तरख़्वान बिछा था। दस्तरख़्वान पर इलायची पुलाव, जामुन पुलाव, तीतर पुलाव, मुर्ग़ पुलाव, नूर पुलाव, मोती पुलाव और गुलजार पुलाव की रक़ाबियाँ क़रीने से लगी थीं। इनके अलावा कलेजी, शामी, हुसैनी, इमामी और कोफ़्ता कबाब दस्तरख़्वान पर महक रहे थे। सालनवाले गोश्त मुर्ग़, बकरा, भेंड़, तीतर, बटेर और हिरन की रक़ाबियाँ रेशमी रूमालों से ढँकी थीं। इसके अलावा मलिक सालारी ने नान, खमीरी, गावदीदा, गावज़बान, शीरमाल, सरपतरी, और खजूरी रोटियाँ तैयार कराई थीं। मेहमानों की समझ नहीं आ रहा था कि आख़िर खाएँ तो क्या खाएँ? उनका तरह-तरह के उम्दा-से-उम्दा पकवान देखकर ही जी भर गया था।

अंगूरी, बगदादी, ईरानी, शीराज़ी और इस्फ़हानी शराब भरी सुराहियाँ नज़दीक ही रखी थीं। पाँच ख़ूबसूरत कनीज़ें रक़्क़ासा की तरह इठला-इठलाकर शराब भरे प्याले एक ख़ास अदा के साथ मेहमानों को पेश कर रही थीं। आज बूढ़े जुनैदी जवानों के भी कान काट रहे थे। वे शराबनोशी में दूसरे मलिकों से कहीं आगे थे। वे अब तक पाँच प्याला इस्फ़हानी शराब गले के नीचे उतार चुके थे। वे मस्ती में आकर कभी-कभी कनीज़ों की कमर में हाथ डालकर उन्हें अपनी गोद में बिठा लेते थे। वे उस वक़्त कनीज़ के गुलाबी गालों का बोसा लेने से चूकते नहीं थे। दूसरे मलिक उनको इस हालत में देखकर हँस रहे थे।

दावत के बाद रक़्स की महफ़िल सजी। मेहमान देर तक रक़्स का लुत्फ़ उठाते रहे। इसके बाद जुनैदी, मलिक सैफ़ुद्दीन कूची और मलिक अलाउद्दीन जानी अपने-अपने ख़ेमों में वापस चले गये। मलिक इज़्ज़ुद्दीन कबीर ख़ाँ अधिक शराब पीने का बहाना बनाकर वहीं ठहर गये। उन्हें उठाने की काफ़ी कोशिश की गयी, लेकिन नाकामयाब रही। वे कुछ देर तक इसी तरह आराम फ़र्माते रहे। इस बीच मलिक सालारी भी आराम करने चले गये थे, लेकिन उनके दिमाग़ में तमाम ख़याल आ-जा रहे थे। वे सोच रहे थे कि क्या आठ-नौ हज़ार फ़ौज़ शाही फ़ौज़ का मुक़ाबला देर तक कर सकेगी? वे यह भी सोचने लगे, शाही ख़ज़ाने के मुक़ाबले उनके पास न तो दौलत है और न ही जंगी हथियार मौजूद हैं। वे यह भी सोच रहे थे कि सुल्तान के पास तमाम जंगी हाथी मौजूद हैं जिन्हें कई जंगों का ख़ासा तजुर्बा है। जब कि उनके पास ही नहीं, बल्कि बाक़ी मलिकों के पास एक भी जंगी हाथी मौजूद नहीं है। उन्हें डर था, अगर कहीं उनकी हार हो गयी तो वे कहीं के नहीं रहेंगे। उन्हें मौत के घाट उतार दिया जाएगा। उनके बाल-बच्चों, रिश्तेदारों और चाहनेवालों का उनके बाद क्या हस्र होगा, ऐसा सोचकर वे काँप उठे और पलंग से उठकर मलिक इज़्ज़ुद्दीन कबीर ख़ाँ की ओर चल दिए।

मलिक अभी आराम फ़र्मा रहे थे। मलिक सालारी ने उन्हें जगाया। इसी बीच ख़िदमतगार आकर पूछने लगा, ''क्या हुज़ूर के सामने शराब पेश की जाए?''

मलिक सालारी बोले, ''नहीं।'' ख़िदमतगार उल्टे पैर वापस हो गया।

मलिक इज़्ज़ुद्दीन कबीर ख़ाँ अब और शराबनोशी नहीं करना चाहते थे। जिस तरह के ख़याल मलिक सालारी के दिमाग़ में घूम रहे थे, ठीक उसी तरह के ख़याल मलिक कबीर ख़ाँ के दिमाग़ में कई रोज़ से उमड़-घुमड़ रहे थे। वे चुपके-चुपके क़ुव्वतुलमुल्क जमालुद्दीन याक़ूत से भी मिले थे। क़ुव्वतुलमुल्क जमालुद्दीन याक़ूत ने उनसे वादा किया था कि वे उन्हें ही नहीं, दूसरे बाग़ी मलिकों को भी सुल्तान से माफ़ीनामा दिला सकते हैं। उन्होंने यह भी वादा किया था कि वे बाग़ी मलिकों को उनके ओहदे वापस दिला देंगे। इतना ही नहीं, उन्होंने यह भी कहा था कि वे सुल्तान को किसी-न-किसी तरह समझाकर सूबों के लूटे गये ख़ज़ानों का भी माफ़ीनामा दिलवा देंगे। क़ुव्वतुलमुल्क जमालुद्दीन याक़ूत के ख़ास आदमी मलिक सालारी से भी समझौते के वास्ते लगातार मिल रहे थे। जमालुद्दीन याक़ूत का एक ख़ास आदमी मलिक सालारी से आज सुबह भी मिला था।

मलिक सालारी ने मलिक इज़्ज़ुद्दीन कबीर ख़ाँ से पूछा, ''जनाब, हमें सच-सच बताएँ, जंग के बारे में आपका दिल क्या कहता है?''

मलिक इज़्ज़ुद्दीन कबीर ख़ाँ देर तक कुछ सोचते रहे। उनकी समझ में नहीं आ रहा था कि वे मलिक सालारी को क्या जवाब दें। आख़िर वे बोले, ''जनाब, दुनिया

जानती है, जंग कोई अच्छी बात नहीं है। जंग के दौरान न जाने कितने बेगुनाह सिपाही मौत के घाट उतर जाते हैं, कितनी औरतें बेवा हो जाती हैं। उनके बाल-बच्चे यतीम हो जाते हैं। हमारा दिल नहीं कहता है, जंग हो।''

''आपका दिल ऐसा क्यों कहता है?'' मलिक सालारी ने पूछा।

''जनाब, दुश्मन की फ़ौज़ की तादाद हमारी फ़ौज़ से कहीं ज़्यादा है। दुश्मन के पास बेशुमार ख़ज़ाना है। अगर दुश्मन ख़ुदा-न-खास्ता हार जाता है, तब वह भागकर क़िले के अन्दर पहुँच जाएगा और क़िले के अन्दर से महीनों जंग लड़ी जा सकती है। हमारे पास जहाँ फ़ौज़ कम है, वहीं ख़ज़ाने की भी कमी हो रही है। भूखे सिपाही खाली पेट महीनों जंग नहीं लड़ सकते। हमें डर है, वे इन हालात में दुश्मन से मिल सकते हैं।''

''हम भी कुछ ऐसा ही सोच रहे हैं। हमें जुनैदी पर ज़्यादा भरोसा नहीं है। बूढ़ा जुनैदी बेहद चालाक है। वह वज़ीर-ए-आज़म का ओहदा अभी से माँग रहा है। हो सकता है, नये सुल्तान के गद्दीनशीन होने पर वह हमें दरकिनार करा दे। ऐसे नाजुक मौक़े पर तुर्कान-ए-चिहिलगानी बन्दगान-ए-शम्सी के अमीर और मलिक हमारा साथ नहीं देंगे।''

मलिक इज़्ज़ुद्दीन कबीर ख़ाँ सोच रहे थे कि मलिक सालारी से क़ुव्वतुलमुल्क जमालुद्दीन याक़ूत से मिलने की बात बताई जाए या नहीं। आख़िर उन्होंने फ़ैसला लिया कि मलिक सालारी को सब कुछ साफ़-साफ़ बता दिया जाए। वे बोले, ''अभी तीन दिन पहले हमारी मुलाक़ात क़ुव्वतुलमुल्क जमालुद्दीन याक़ूत से हुई थी। वे हमसे समझौते की बात कर रहे थे।''

''लेकिन आपने हमें अब तक क्यों नहीं बताया? हमारे पास भी क़ुव्वतुलमुल्क जमालुद्दीन याक़ूत के आदमी समझौते के वास्ते आ रहे हैं।''

''हम वज़ीर-ए-आज़म जुनैदी और दोनों मलिकों के सामने इस बात का खुलासा नहीं करना चाहते थे। सोच रहे थे, अकेले में आपसे इस सिलसिले में बात करेंगे। हम इसी वजह से दावत के बाद आपके ख़ेमे में रुक गये।''

''क़ुव्वतुलमुल्क जमालुद्दीन याक़ूत से हमारी भी बात समझौते के सिलसिले में हो रही है। हम भी आपसे बात करनेवाले थे, लेकिन मौक़ा नहीं मिल रहा था।''

''अब क्या किया जाए?''

''अगर सुल्तान से मुलाक़ात हो सके तो बेहतर होगा।''

''इसमें कोई मुश्किल नहीं है। क़ुव्वतुलमुल्क जमालुद्दीन याक़ूत ऐसी पेशकश हमारे सामने कर चुके हैं।''

''क्या उनके पास आदमी भेजा जाए?'' मलिक इज़्ज़ुद्दीन सालारी सोच रहे थे कि जल्दी-से-जल्दी कोई सही रास्ता चुन लिया जाए। फ़ौज़ के जहाँ ख़ेमे पड़े हैं,

वहाँ पानी की भारी किल्लत है। सुल्तान ने जमुना किनारे सिपाहियों का कड़ा पहरा करा रखा है। जमुना का पानी मिलना लगभग नामुमकिन है। उनके ख़िदमतगार पानी की कमी से उन्हें बराबर आगाह कर रहे थे। उन्हें इल्म न था कि इतनी जल्दी शाही ख़ेमे जमुना के इस पार लग जाएँगे। उन्हें इस बात का भी इल्म न था कि सुल्तान ख़ुद मैदान-ए-जंग में उतर जाएँगीं।

"आप जनाब याक़ूत के पास अपना ख़ास आदमी भेज सकते हैं।" मलिक इज़्ज़ुद्दीन कबीर ख़ाँ ने हामी भर दी।

इस बीच मलिक सालारी ने ताली बजाई। पहरेदार आकर हाज़िर हो गया। मलिक सालारी बोले, "हमारे ख़ास ख़्वाजासरा बद्रुद्दीन को हाज़िर किया जाए!"

पहरेदार अदब के साथ कोर्निश बजाकर उल्टे पैर वापस हो गया। ख़्वाजासरा बद्रुद्दीन को आने में देर नहीं लगी। उसने आते ही दोनों मलिकों को कोर्निश बजाई और बोला, "मलिक, हुक़्म फ़र्माएँ।"

मलिक सालारी ने ख़्वाजासरा को अपने नज़दीक बुलाया और बहुत ही धीमी आवाज़ में बोले, "आप अभी जनाब क़ुव्वतुलमुल्क जमालुद्दीन याक़ूत के ख़ेमे में चले जाएँ। जमालुद्दीन याक़ूत की ख़ास अँगूठी जो हमने आपको पहले दी थी, वह आपके पास मौजूद ही होगी।"

"जी हाँ हुज़ूर। वह हमारे पास मौजूद है।" ख़्वाजासरा बद्रुद्दीन ने अँगूठी निकालकर मलिक को दिखाई।

मलिक सालारी बोले, "जनाब क़ुव्वतुलमुल्क जमालुद्दीन याक़ूत से जाकर कहना, आधी रात गुज़र जाने के बाद हम और मलिक इज़्ज़ुद्दीन कबीर ख़ाँ सुल्तान-ए-आलम से मुलाक़ात करना चाहते हैं। अगर वे इजाज़त दिला सकें, तब वैसी ख़बर दें, लेकिन काम बहुत ही होशियारी से करना है।"

"मलिक का इक़बाल बुलन्द हो। हुज़ूर बेफ़िक्र रहें। मैं सूरज ढलने से पहले वापस लौटने की हर कोशिश करूँगा।" ख़्वाजासरा बद्रुद्दीन को यक़ीन था कि क़ुव्वतुलमुल्क जमालुद्दीन की ख़ास अँगूठी उसके पास होने की वजह से उसे कोई पहरेदार कहीं रोकेगा नहीं और उसकी आसानी के साथ जमालुद्दीन याक़ूत से मुलाक़ात हो जाएगी।

"अब आप जा सकते हैं।" ख़्वाजासरा बद्रुद्दीन कोर्निश बजाकर ख़ेमे से बाहर हो गया। ख़्वाजासरा बद्रुद्दीन बाँका जवान था। वह तमाम ख़्वाजासराओं और ख़िदमतगारों में सबसे ज़्यादा मलिक सालारी के नज़दीक था। मलिक सालारी अपने भाइयों से भी कहीं ज़्यादा उस पर ऐतबार करते हैं।

मलिक सालारी और मलिक इज़्ज़ुद्दीन कबीर ख़ाँ देर तक बातचीत करते रहे। वक़्त काटे नहीं कट रहा था। वे दोनों देर तक शतरंज खेलते रहे। कभी मलिक

सालारी जीत जाते थे तो कभी मलिक इज़्ज़ुद्दीन कबीर ख़ाँ की जीत होती थी। ख़्वाजासरा बद्रुद्दीन को वापस आने में देर थी। इस बीच मलिक सालारी ने रक़्क़ासा नरगिस को पेश करने का हुक्म फ़र्माया। हालाँकि रक़्क़ासा को आने में कुछ देर हुई। रक़्क़ासा रक़्स के अलावा गाने में भी उस्ताद थी। उसने लगातार कई फ़ारसी की ग़ज़लें सुनाईं। दोनों मलिक ग़ज़लों का देर तक लुत्फ़ उठाते रहे। ख़्वाजासरा बद्रुद्दीन अभी लौट नहीं सका था। सूरज ढल चुका था। दोनों मलिक ख़्वाजासरा बद्रुद्दीन के वापस आने का बेसब्री के साथ इन्तज़ार कर रहे थे।

सूरज ढलने के कुछ देर बाद ख़्वाजासरा बद्रुद्दीन ख़ेमे में हाज़िर हुआ और अदब के साथ झुककर बहुत धीमी आवाज़ में बोला, "मलिक का इक़बाल बुलन्द हो! मलिक ने जिस काम के वास्ते हमें भेजा था, उसकी जनाब क़ुव्वतुलमुल्क से इजाज़त मिल गयी है।"

"क्या उन्होंने और कुछ कहा?" मलिक सालारी ने धीमी आवाज़ में पूछा।

"हुज़ूर, उनका कहना है, आधी रात गुज़रने पर वे ख़ेमों से पहले ही हुज़ूर का इन्तज़ार करेंगे।"

मलिक सालारी बोले, "घोड़े मयजीन के तैयार रखो। आप हमारे साथ मौजूद रहेंगे। ख़ुद के अलावा चार वफ़ादार सवार भी तैयार रखें।"

"हुज़ूर, हुक्म की तामील होगी।"

"अब आप जा सकते हैं।"

ख़्वाजासरा बद्रुद्दीन के चले जाने पर मलिक कबीर ख़ाँ बोले, "मलिक, हमें महसूस होता है, वक़्त हमारा साथ दे रहा है। ख़ुदा हम पर मेहरबान है। अगर अल्लाह ने चाहा तो सब कुछ ठीक-ठाक निपट जाएगा।"

"हमें भी कुछ ऐसा ही नज़र आ रहा है।"

अब मलिक कबीर ख़ाँ कुछ सोच-समझकर बोले, "हम भी अपने साथ पाँच ख़िदमतगार ले लेते हैं।"

"ज़रूर...ज़रूर। हमें कोई एतराज़ नहीं है।"

मलिक इज़्ज़ुद्दीन कबीर ख़ाँ ने अपने ख़ास ख़्वाजासरा मुबारक को पहरेदार के ज़रिये बुलवाया। वे उससे बोले, "आप अपने साथ ख़ास चार घुड़सवार तैयार रखें। हमें रात में कहीं चलना है।"

"जो हुक्म मलिक साहब।" ख़्वाजासरा मुबारक कोर्निश बजाकर ख़ेमे से बाहर हो गया।

वक़्त अब भी काटे नहीं कट रहा था। अब मलिक सालारी ने क़िस्सागो शर्फ़ुद्दीन को तलब किया। शर्फ़ुद्दीन देर तक तुर्की बादशाहों के क़िस्से सुनाता रहा। आख़िर दोनों साहिबान का ख़ेमे से बाहर निकलने का वक़्त हो गया। दोनों मलिक

अपने-अपने ख़ास घुड़सवारों को लेकर ख़ेमें से बाहर निकल आए।

जुनैदी की आँखों में नींद नहीं थी। उनकी समझ में नहीं आ रहा था कि मलिक इज़्ज़ुद्दीन कबीर ख़ाँ मलिक इज़्ज़ुद्दीन मुहम्मद सालारी के ख़ेमे में आख़िर क्यों रुक गये। उन्हें कुछ देर पहले ही ख़बर मिली थी कि मलिक इज़्ज़ुद्दीन कबीर ख़ाँ मलिक सालारी के ख़ेमे में अब भी मौजूद हैं। जुनैदी सोचने लगे, वे अपने ख़ेमे में आकर क्यों नहीं रात गुज़ार रहे हैं? मलिक सालारी के ख़ेमे में रुकने की आख़िर क्या ज़रूरत है? जुनैदी के जासूस उन्हें लगातार ख़बर कर रहे थे कि क़ुव्वतुलमुल्क जमालुद्दीन याक़ूत और मलिक इज़्ज़ुद्दीन कबीर ख़ाँ की चुपके-चुपके कई रोज़ से मुलाक़ातें हो रही हैं।

क़ाबिल और तजुर्बेकार जुनैदी ने एक जासूस मलिक के ख़ेमे के बाहर छोड़ रखा था। वह किसी-न-किसी ज़रिये जुनैदी को ख़बर करता रहता था। उसे हुक़्म था, अगर कोई घुड़सवार या प्यादा रात के अँधेरे में सुल्तान के ख़ेमों की ओर जाता है तो उसका पीछा किया जाए। इसके अलावा जुनैदी ने आज शाम से ही एक और जासूस सुल्तान और बाग़ी मलिकों के ख़ेमों के बीच तैनात कर दिया था। उसे भी तक़रीबन यही हुक़्म था।

अमावस्या की रात होने की वजह से घोर अँधेरा चारों ओर छाया था। मलिक सालारी और मलिक इज़्ज़ुद्दीन कबीर ख़ाँ अपने-अपने घोड़ों पर सवार होकर सुल्तान के ख़ेमों की ओर धीमी चाल से बढ़ रहे थे। उनके घोड़ों के पीछे-पीछे ख़िदमतगार घुड़सवार ख़ामोशी के साथ चल रहे थे। रास्ता कच्चा था, जिसकी वजह से घोड़ों के टापों की आवाज़ दूर तक नहीं जा रही थी। रास्ते के बीच-बीच में किनारे-किनारे कुछ पेड़ मौजूद थे। पेड़ों की वजह से अँधेरा छाया था। कभी-कभी जुगनू के चमकने से हल्की रौशनी हो जाती थी। फ़ासिला अभी काफ़ी था, लेकिन आख़िर मंज़िल आ ही गयी। दोनों मलिकों और उनके साथी घुड़सवारों को जानकारी नहीं हो पाई कि उनका पीछा किया जा रहा है। शाही ख़ेमों के बाहर क़ुव्वतुलमुल्क जमालुद्दीन याक़ूत अकेले खड़े थे। उनका घोड़ा नज़दीक ही था। उन्होंने अपनी कमर में दो-दो तलवारें खोंस रखी थीं। इसके अलावा बीस प्यादे नंगी तलवारें लिए उनके दोनों ओर कुछ दूरी पर छिपे थे जो एक आवाज़ पर उनके नज़दीक पहुँच सकते थे।

जैसे ही दोनों मलिक क़ुव्वतुलमुल्क जमालुद्दीन याक़ूत के नज़दीक पहुँचे, क़ुव्वतुलमुल्क जमालुद्दीन याक़ूत उनकी शान में अदब के साथ झुक गये। दोनों मलिकों ने अपने चेहरे छिपा रखे थे। उन्होंने अपने चेहरों से नक़ाब हटा ली। अब क़ुव्वतुलमुल्क जमालुद्दीन याक़ूत दोनों मलिकों को लेकर बारगाह-ए-फ़लकताज़ की ओर चल दिए, लेकिन मलिकों के सवारों को एक ख़ास ख़ेमे में रोक दिया गया। पीछा करनेवाले जासूस जो जुनैदी के आदमी थे, वे वापस लौट गये। उन्होंने

जमालुद्दीन याक़ूत को पहचान लिया था, लेकिन दोनों मलिकों को वे पहचान नहीं सके। एक तो रात का अँधेरा, ऊपर से चेहरे पर पड़ी नक़ाब में किसी को पहचानना आसान नहीं था। जैसे ही दोनों जासूस जुनैदी के ख़ेमे में पहुँचे, जुनैदी ने उनसे पूछा, ''क्या कोई ख़ास ख़बर?''

''हुज़ूर, मलिक इज़्ज़ुद्दीन मुहम्मद सालारी के ख़ेमे से बारह घुड़सवार सुल्तान रज़िया के ख़ेमों के नज़दीक आधी रात गुज़र जाने के बाद पहुँचे थे। रात के अँधेरे में हम उन्हें पहचान नहीं सके।, लेकिन हम यक़ीन के साथ कह सकते हैं कि उन घुड़सवारों में मलिक सालारी और मलिक इज़्ज़ुद्दीन कबीर ख़ाँ ज़रूर रहे होंगे।''

''ऐसा आप कैसे कह सकते हैं?'' जुनैदी ने पूछा।

''हुज़ूर, बारह घुड़सवारों में दो ओहदेदार अलग दिख रहे थे। वे दोनों जनाब क़ुव्वतुलमुल्क जमालुद्दीन याक़ूत से मुलाक़ात किए थे। हम लोगों ने क़ुव्वतुलमुल्क जमालुद्दीन याक़ूत को पहचान लिया है। जमालुद्दीन याक़ूत उन लोगों को लेकर अन्दर के ख़ेमों की ओर चल दिए थे। बाक़ी दस घुड़सवारों को एक ख़ेमे में रोक दिया गया था। हमारा उस वक़्त वहाँ अधिक देर रुकना ख़तरे से खाली नहीं था। हमें हुज़ूर को भी ख़बर करनी थी।''

ख़बर सुनते ही जुनैदी के होश उड़ गये। उन्होंने अपने तमाम ओहदेदारों को रात में ही तलब किया और हुक़्म फ़र्माया, ''ख़ेमे फ़ौरन उखाड़े जाएँ! हमें इस वक़्त ही सिरमौर की पहाड़ियों की ओर रवाना होना है। मलिक सालारी और मलिक इज़्ज़ुद्दीन कबीर ख़ाँ ने हमारे साथ गद्दारी की है।''

तमाम ओहदेदारों में से एक ओहदेदार बोला, ''हुक़्म हो, दोनों मलिकों के ख़ज़ाने और ख़ेमे लूट लिए जाएँ।''

''कोई ज़रूरत नहीं। वक़्त बर्बाद करने से कोई फ़ायदा नहीं। हो सकता है, जंग के दौरान हमारे कुछ सिपाही मारे जाएँ और कुछ घायल हो जाएँ।''

अब दूसरा ओहदेदार बोला, ''हुज़ूर, मलिक सैफ़ुद्दीन कूची और अलाउद्दीन जानी का क्या होगा? वे अब तक हमारे साथ थे।''

''उन्हें उनके हाल पर छोड़ दिया जाए।''

हुक़्म के मुताबिक़ मलिक इज़्ज़ुद्दीन मुहम्मद सालारी और मलिक इज़्ज़ुद्दीन कबीर ख़ाँ के हथियार बारगाह-ए-फ़लकताज़ से बाहर रखवा लिए गये। बारगाह-ए-फ़लकताज़ के बाहर नंगी तलवारें लिए तातारी बाँदियाँ तैनात थीं। हथियार रखते वक़्त दोनों मलिकों ने एक-दूसरे की ओर देखा और ख़ुदा को याद कर अपने-अपने हथियार रख दिए। बारगाह-ए-फ़लकताज़ के झाड़-फ़ानूसों में भारी तादाद में लगी मोमबत्तियाँ जल रही थीं। अमावस्या की अँधेरी रात में ऐसा लग रहा था, जैसे दिन हो। सुल्तान शाही तख़्त पर पहले से मौजूद थीं। उनके इर्द-गिर्द नंगी तलवारें लिए

तातारी बाँदियाँ खड़ी थीं। इस वक़्त क़ादिरबीवीबानो भी वहाँ मौजूद थीं। उनकी कमर में दो-दो तलवारें खुँसी थीं।

क़ुव्वतुलमुल्क जमालुद्दीन याक़ूत दोनों मलिकों को लेकर बारगाह-ए-फ़लकताज़ में जैसे ही पहुँचे, दोनों मलिक सुल्तान के सामने अदब के साथ झुककर कोर्निश बजाने लगे। दोनों मलिकों की ज़ुबान से मारे शर्म के एक लफ़्ज़ भी नहीं निकल रहा था। उनके सिर झुके हुए थे। उन्होंने कभी सोचा न था, ऐसा भी दिन देखना पड़ सकता है।

दोनों मलिकों के बारगाह-ए-फ़लकताज़ में क़दम रखते ही सुल्तान की ज़ुबान से निकला, "तख़्लिया!"

सुल्तान की ज़ुबान से निकला लफ़्ज़ सुनकर तातारी बाँदियाँ और क़ादिरबीवीबानो बारगाह-ए-फ़लकताज़ से बाहर निकल गयीं। क़ादिरबीवीबानो सोच रही थीं कि सुल्तान ने ऐसा क्यों किया? उन्हें डर था कि दोनों मलिक अपनी पोशाक के अन्दर कोई ख़तरनाक जंगी हथियार न छिपाए हों, लेकिन उन्हें क़ुव्वतुलमुल्क जमालुद्दीन याक़ूत की ताक़त और जाँबाज़ी पर भरोसा था। वे यह भी सोच रही थीं कि सुल्तान एक मलिक से ख़ुद निपट सकती हैं। वे खाली हाथ नहीं हैं। उनकी कमर में एक नहीं, बल्कि दो-दो तलवारें खुंसी हैं। तख़्लिया लफ़्ज सुनने के बाद क़ुव्वतुलमुल्क जमालुद्दीन याक़ूत भी बारगाह-ए-फ़लकताज़ से निकलने को हुए, लेकिन सुल्तान ने आँख के इशारे से उन्हें रोक लिया।

मलिक सालारी और मलिक इज़्ज़ुद्दीन कबीर ख़ाँ ने बारगाह-ए-फ़लकताज़ में घुसने के बाद सुल्तान की शान में एक-एक हज़ार सोने की अशर्फ़ियाँ नज़र कीं। दोनों मलिकों की नज़र क़ुबूल की गयी।

सुल्तान बोलीं, "मलिक सालारी, हमने आपकी नज़र क़ुबूल कर ली है। आपने अपनी बेहतरी के वास्ते जो भी क़दम उठाए, हो सकता हो, आपकी नज़र में सही रहे हों, लेकिन हमारी नज़र में आप द्वारा उठाए गये क़दम सही नहीं थे।"

"सुल्तान-ए-आलम का इक़बाल बुलन्द हो। हम माफ़ी के तलबगार हैं। हमारे पास सफ़ाई पेश करने के वास्ते भी कुछ नहीं बचा है।" मलिक इज़्ज़ुद्दीन कबीर ख़ाँ की गर्दन अब भी नीचे झुकी हुई थी। वे सुल्तान की आँखों-से-आँखें मिलाने की हिम्मत नहीं जुटा पा रहे थे।

अब सुल्तान ने मलिक इज़्ज़ुद्दीन कबीर ख़ाँ की ओर मुख़ातिब होकर पूछा, "मलिक, आपको क्या कहना है?"

"सुल्तान-ए-आलम, हमें माफ़ करें। हमसे ग़लती हुई। अब ऐसी ग़लती फिर नहीं होगी।" इतना बोलने के बाद मलिक की गर्दन एक बार फिर शर्म के मारे झुक गयी।

सुल्तान मुस्कराईं और बोलीं, "हमें अपने बहादुर मलिकों पर पूरा भरोसा है।

हम आपसे नाराज़ नहीं हैं। कहावत है, सुबह का भूला अगर शाम को वापस आ जाए तो उसे भूला नहीं कहा जाता है। आप दोनों मलिक मरहूम अब्बाहुज़ूर सुल्तान इल्तुतमिश के वफ़ादार और जाँबाज़ ओहदेदार रहे हैं। अब्बाहुज़ूर ने काफ़ी सोच-समझकर सल्तनत के ऊँचे ओहदे आपको इनायत किए थे। उन्हें आपकी वफ़ादारी, ईमानदारी और जाँबाज़ी पर नाज़ था। हमें भी आप पर नाज़ है। हम अकेले हिन्दुस्तान की हुकूमत नहीं चला सकते और न कोई सुल्तान अकेले हुकूमत चलाता है। हुकूमत के सुतून अमीर और मलिक होते हैं। सल्तनत में जो इज़्ज़त आपको पहले मिली थी, बरकरार रहेगी।''

सुल्तान कुछ देर रुककर मलिक सालारी से बोलीं, ''वज़ीर-ए-आज़म जुनैदी के बारे में आपका क्या ख़याल है?''

''हुज़ूर, वे भरोसे के आदमी नहीं हैं।''

''और मलिक सैफ़ुद्दीन कूची और मलिक अलाउद्दीन जानी के बारे में आप क्या कहना चाहेंगे?''

''हुज़ूर, गुस्ताख़ी माफ़ हो। अभी कुछ कहना जल्दबाज़ी होगा।''

''आपके पास इस वक़्त कितनी फ़ौज़ है?'' सुल्तान दुश्मन की फ़ौज़ का अन्दाज़ा लगाना चाहती थीं।

''हुज़ूर, हमारे पास इस वक़्त तक़रीबन दो हज़ार फ़ौज़ होगी।''

सुल्तान ने मलिक इज़्ज़ुद्दीन कबीर ख़ाँ की ओर मुख़ातिब होकर पूछा, ''मलिक, आपके पास कितनी फ़ौज़ है?''

''सुल्तान-ए-आलम, हमारे पास इस वक़्त तक़रीबन पन्द्रह सौ फ़ौज़ है।''

''हमारी समझ से वज़ीर-ए-आज़म जुनैदी, मलिक सैफ़ुद्दीन कूची और अलाउद्दीन जानी के पास कुल मिलाकर पाँच हज़ार की फ़ौज़ होगी।''

मलिक सालारी बोले, ''हुज़ूर वज़ा फ़र्मा रही हैं। उन तीनों हाकिमों के पास इससे ज़्यादा फ़ौज़ नहीं होगी।''

सुल्तान बोलीं, ''जमालुद्दीन याक़ूत, मलिक सैफ़ुद्दीन ऐबक़ बहतू, जिन्हें फ़ौज़ की कमान सौंपी गयी है, उनको हुक़्म हो, दुश्मन अगर आसानी से हथियार डाल देता है तो उसके साथ वही बर्ताव किया जाए जो हम मलिक सालारी और मलिक इज़्ज़ुद्दीन कबीर ख़ाँ के साथ कर रहे हैं। हम बेमतलब ख़ून-खराबा नहीं चाहते, लेकिन अगर वे जंग पर आमादा हैं तो उन्हें ख़ासा सबक़ सिखाया जाए! जिससे फिर कोई मलिक बग़ावत न कर सके। हमारे ख़याल से उन्हें पकड़ने में भी मुश्किल नहीं होनी चाहिए। अगर हमारे जाँबाज़ सिपाहियों और दूसरे ओहदेदारों को अपनी जान बचाने के वास्ते उनकी जान लेनी पड़े, तब भी कोई फ़िक्र की बात नहीं है।''

अब सुल्तान जमालुद्दीन याक़ूत की ओर मुख़ातिब होकर बोलीं, ''हम मलिक

सालारी को तलवार-ए-इल्तुतमिश, जड़ाऊ कटार और ख़िलअत इनाम में बख़्शते हैं।''

सुल्तान की ज़ुबान से निकले अल्फ़ाज़ सुनकर मलिक सालारी के चेहरे पर रौनक़ आ गयी। मलिक इज़्ज़ुद्दीन कबीर ख़ाँ सोच रहे थे कि उन्हें क्या इनाम बख़्शा जाता है? जमालुद्दीन याक़ूत तलवार, कटार और ख़िलअत लेकर मलिक सालारी के नज़दीक पहुँचे और उन्होंने तलवार-ए-इल्तुतमिश उनके कमर के पटके में खोंस दी।

अब सुल्तान मलिक इज़्ज़ुद्दीन कबीर ख़ाँ की ओर मुख़ातिब होकर बोलीं, ''हम मलिक सालारी की तरह आपको भी तलवार-ए-इल्तुतमिश, जड़ाऊ कटार और ख़िलअत इनाम में बख़्शते हैं। उम्मीद है, हमारे दोनों मलिक ख़ुश होंगे।''

दोनों मलिक सुल्तान की शान में झुककर कोर्निश बजाने लगे।

बासठ

रात अच्छी-ख़ासी बारिश हुई थी, लेकिन सुबह होते ही मौसम साफ़ हो गया था। इस वक़्त आसमान में एक बादल तक मौजूद नहीं था, लेकिन हवा अच्छी बह रही थी। दिल्ली शहर के कोने-कोने से सल्तनत के तमाम ओहदेदार क़िल-ए-रायपिथौरा की ओर जा रहे थे। अभी कुछ दिन पहले ही जमुना के उस पार बिना जंग लड़े सुल्तान को फ़तेह हासिल हुई थी। मलिक इज़्ज़ुद्दीन मुहम्मद सालारी और मलिक इज़्ज़ुद्दीन कबीर ख़ाँ बग़ावत छोड़कर अपनी तमाम फ़ौज़ के साथ सुल्तान से मिल गये थे। सुल्तान ने दोनों मलिकों की माफ़ी की दरख़्वास्त बिना शर्त मंजूर कर ली थी। वज़ीर-ए-आज़म जुनैदी, मलिक सैफ़ुद्दीन कूची और मलिक अलाउद्दीन जानी सुल्तान के ख़ौफ़ से मैदान छोड़कर भाग गये थे। उनका पीछा किया जा रहा था। दिल्ली की अवाम बिना जंग लड़े मिली फ़तेह से ख़ुश थी। इस ख़ास मौक़े पर सुल्तान रज़िया ने आज दीवान-ए-आम का दरबार बुला रखा था। सुल्तान के हुक़्म से शाही तख़्त के सामने पड़ा बारीक पर्दा हटा दिया गया था। हर किसी हाज़िरीन की नज़र शाही तख़्त की ओर लगी थी।

हमेशा की तरह दीवान-ए-आम में अमीर, मलिक, ख़ान, शाइर, हकीम, आलिम, फ़ाज़िल, सैयद, शैख़, क़िलेदार, शहर कोतवाल, मुल्ला, मौलवी, क़ाज़ी-ए-सल्तनत, उलेमा हज़रात और वज़ीर-ए-आज़म ख़्वाजा मुहज़्ज़बुद्दीन अपनी-अपनी जगह ख़ामोश खड़े सुल्तान की आमद का इन्तज़ार कर रहे थे। दीवान-ए-

आम में मौजूद शहज़ादे मुइज़्ज़ुद्दीन की नज़रें शाही तख़्त पर टिकी थीं। वे रह-रहकर सोच रहे थे कि क्या उन्हें भी कभी इस तख़्त पर बैठने का ख़ूबसूरत मौक़ा हासिल होगा?

आज के ख़ास दरबार में मलिक इज़्ज़द्दीन कबीर ख़ाँ, मलिक सैफ़ुद्दीन ऐबक़ बहतू के अलावा बदायूँ के इक़्तादार मलिक इख़्तियारुद्दीन एतग़ीन को ख़ासतौर पर बुलाया गया था। वे भी सुल्तान की आमद का इन्तज़ार बड़ी बेसब्री के साथ कर रहे थे। हर हाज़िरीन की निगाह शाही तख़्त पर लगी थी। नक़ीब ने ज़ोरदार आवाज़ लगाई, ''बाअदब होशियार, हर क़दम फ़तेह नुसरत, नज़र माल-ओ-दौलत, ज़ुबान मुबारक बख़्शिशो इज़्ज़त सुल्तान-ए-आलम, सुल्तान रज़ियतुद्दुनियाँ वद्दीन बिन्त सुल्तान इल्तुतमिश तशरीफ़ ला रही हैं।''

नक़ीब ने एक बार फिर ज़ोरदार आवाज़ लगाई, ''सुल्तान रज़िया बिन्त सुल्तान इल्तुतमिश ज़िन्दाबाद...ज़िन्दाबाद...ज़िन्दाबाद।''

सुल्तान की शान में जहाँ तमाम हाज़िरीन ज़िन्दाबाद...ज़िन्दाबाद चिल्ला रही थी, वहीं कट्टर मुल्ला, मौलवी, सैयद और शैख़ या तो ख़ामोश थे या फिर उनकी ज़ुबान से बमुश्किल यह अल्फ़ाज़ निकल रहे थे। उन्हें सुल्तान का बेपर्दा होना नागवार लग रहा था। दीवान-ए-आम में मौजूद शैख़-उल-इस्लाम हैरत में थे। वे सोच रहे थे, सुल्तान से इस सिलसिले में अकेले में ज़रूर बात की जाएगी।

कुछ ही देर में सुल्तान रज़िया की आमद हुई। उनके इर्द-गिर्द उनकी ख़ास बाँदियाँ नंगी तलवारें लिए खड़ी थीं। इन बाँदियों के आगे दारोग़-ए-क़ुश्क-ए-दिलकुशा क़ादिरबीवीबानो मौजूद थीं। हाज़िरीन में पर्दे के हटवाने की वजह से कानाफूसी हो रही थी। पर्दे की आड़ में बैठी शहज़ादी सज़िया पर्दे को हटवा देने से भौंचक्की रह गयीं। वे सोच रही थीं, आख़िर आपाजान ने ऐसा क्यों किया? वे यह भी सोच रही थीं कि सुल्तान के बेपर्दा होने से दीवान-ए-आम में मौजूद मुल्ला, मौलवी, सैयद, शैख़ और उलेमा हज़रात को नागवार गुज़रेगा। सुल्तान के पीठ पीछे फ़ुज़ूल की बातें होंगी। कट्टर मुल्ला-मौलवी अवाम को भड़काएँगे।

इस ख़ास मौक़े पर शहज़ादे मुइज़्ज़ुद्दीन और तमाम ओहदेदारों ने सुल्तान की नज़र उतारकर उन्हें फ़तेह की मुबारकबाद पेश की। सुल्तान ने सभी ओहदेदारों की नज़रें ख़ुशी-ख़ुशी क़ुबूल कीं और उनका शुक्रिया अदा किया। अब सुल्तान वज़ीर-ए-आज़म ख़्वाजा मुहज़्ज़बुद्दीन की ओर मुख़ातिब होकर बोलीं, ''क्या आज कोई ख़ास मामला पेश होना है?''

वज़ीर-ए-आज़म अदब के साथ झुककर बोले, ''सुल्तान का इक़बाल बुलन्द हो। हुज़ूर, मलिक सैफ़ुद्दीन कूची और उनके भाई फ़ख़रुद्दीन क़ैद कर लिए गये हैं।''

इतना सुनते ही तमाम हाज़िरीन की ज़ुबान से निकल पड़ा, ''मरहबा... मरहबा...मरहबा।''

सुल्तान मुस्कराकर बोलीं, ''हमें अपने जाँबाज़ सिपाहियों और ओहदेदारों पर पूरा भरोसा था।''

वज़ीर-ए-आज़म ने पूछा, ''सुल्तान-ए-आलम, क्या दोनों क़ैदियों को पेश किया जाए?''

''कोई ज़रूरत नहीं। उन दोनों को क़ैदख़ाने में डाल दिया जाए! और क्या ख़बर है?''

''सुल्तान-ए-आलम, गुस्ताख़ी माफ़ हो। हुज़ूर को एक खराब ख़बर से भी रूबरू कराना हमारा फ़र्ज़ है।

''बयान किया जाए!''

''सुल्तान-ए-आलम, हुज़ूर को मालूम है, अवध के इक़्तादार मलिक नुसरतुद्दीन तायसी मुइज़्ज़ी को गंगा के उस पार बाग़ी मलिक सैफ़ुद्दीन कूची ने क़ैद कर लिया था। मलिक मुइज़्ज़ी क़ैद के वक़्त बीमार थे। उनकी मौत हो गयी।''

''क्या उन्हें मार डाला गया?'' सुल्तान को मलिक की मौत से भारी सदमा पहुँचा। उन्होंने एक वफ़ादार मलिक को खो दिया था।

''नहीं हुज़ूर। उनकी मौत बीमारी की वजह से हुई है।''

''अल्लाह मलिक नुसरतुद्दीन तायसी मुइज़्ज़ी को जन्नत बख़्शे। मलिक बेहद ईमानदार, वफ़ादार और जाँबाज़ थे। उनके बाल-बच्चों की हमेशा-हमेशा के वास्ते पेंशन बाँध दी जाए! हवेली उनकी बेगम के नाम लिख दी जाए! अगर उनका कोई बेटा बालिग हो तो उसे हुकूमत में वाजिब ओहदा दिया जाए! हमारी ओर से जमालुद्दीन याक़ूत को हुक़्म है, वे मरहूम मलिक मुइज़्ज़ी की हवेली जाएँ और उनकी बेगम को इस दुख की घड़ी में तसल्ली दिलाएँ।''

''जो हुक़्म सुल्तान-ए-आलम।'' जमालुद्दीन याक़ूत अदब के साथ झुककर बोले।

''और कोई ख़ास ख़बर?'' सुल्तान ने वज़ीर-ए-आज़म ख़्वाजा मुहज़्ज़बुद्दीन से पूछा।

''शाही फ़ौज़ जुनैदी और मलिक अलाउद्दीन जानी का पीछा कर रही है। उम्मीद है, वे दोनों जल्दी पकड़े जाएँगे।''

सुल्तान ने इस ख़बर पर कोई ख़ास ग़ौर नहीं फ़र्माया। उन्होंने पूछा, ''आज के दरबार में मलिक इज़्ज़ुद्दीन मुहम्मद सालारी नहीं दिख रहे हैं। उनके बारे में क्या ख़बर है?''

''सुल्तान-ए-आलम, उन्हें कई रोज़ से बुखार आ रहा है। वे पलंग से उठ नहीं पा रहे हैं। उन्हें कोई दवाई फ़ायदा नहीं पहुँचा रही है। हकीमों की हिम्मत टूट रही है।''

"मलिक सालारी की हवेली पर शाही हकीम फ़ौरन पहुँचें। उनका बेहतर-से-बेहतर इलाज़ हो।"

अब सुल्तान ने एक नज़र तमाम हाज़िरीन पर डाली और बोलीं, "हमें अपने बहादुर ओहदेदारों पर नाज़ है, जिनकी वजह से हमें बिना लड़े फ़तेह हासिल हुई। हम इस ख़ास मौक़े पर मलिक इज़्ज़ुद्दीन कबीर ख़ाँ को लाहौर की इक़्ता इनायत करते हैं। हमें उम्मीद है, मलिक इससे ख़ुश होंगे।"

मलिक इज़्ज़ुद्दीन कबीर ख़ाँ लाहौर की इक़्ता पाने पर सुल्तान की शान में अदब के साथ झुक गये और उन्होंने तीन बार कोर्निश बजाई। दीवान-ए-आम में मौजूद तमाम हाज़िरीन की जुबान से एक साथ निकल पड़ा, "मुबारक हो...मुबारक हो...मुबारक हो।" हालाँकि वहाँ मौजूद कुछ ओहदेदार बेहद धीमी आवाज़ में अपने साथियों से कह रहे थे, आख़िर यह सुल्तान का कैसा फ़ैसला है? एक बाग़ी मलिक को लाहौर की इक़्ता इनायत की जा रही है। लाहौर शहर सल्तनत की सरहद पर मौजूद है। अगर ख़ुदा-न-खास्ता मलिक कहीं दूसरे मुल्कों के हाकिमों से मिल गये, तब दिल्ली की ख़ैर नहीं।

सुल्तान मलिक सैफ़ुद्दीन ऐबक़ बहतू की ओर मुख़ातिब होकर बोलीं, "मलिक सैफ़ुद्दीन ऐबक़ बहतू की दिलेरी और जाँबाज़ी से ख़ुश होकर ही हमने इन्हें फ़ौज़ की कमान सौंपी है। मलिक बहतू को क़ुतुलुग ख़ाँ के ख़िताब से नवाज़ा जाता है।"

मलिक बहतू ख़िताब पाते ही सुल्तान की शान में कोर्निश बजाने लगे। अब हाज़िरीन एक बार फिर चिल्ला पड़ी, "मुबारक हो...मुबारक हो...मुबारक हो।"

मुबारकबाद की रस्म अदायगी के बाद सुल्तान ने मलिक बहतू को ख़िलअत और जड़ाऊ तलवार भी इनाम में बख़्शी। सुल्तान फिर बोलीं, "मलिक इख़्तियारुद्दीन एतग़ीन को हमने बदायूँ की इक़्ता सौंपी थी। मलिक एतग़ीन ने बदायूँ की इक़्ता का बेहतर इन्तज़ाम किया। वहाँ अमन-चैन क़ायम किया। इस दरम्यान अवाम की कोई शिकायत दिल्ली नहीं पहुँची। मलिक ने ख़ज़ाने में पिछला बकाया ख़िराज़ भिजवाया। हम मलिक के ओहदे में तरक़्क़ी करते हुए सल्तनत का ऊँचा ओहदा अमीर-ए-हाज़िब इनायत करते हैं।"

मलिक एतग़ीन को इस ओहदे को पाने की उम्मीद नहीं थी। हाज़िरीन मलिक एतग़ीन को अमीर-ए-हाज़िब का ओहदा मिलने से भौंचक्की थी। फिर भी उसकी दबी जुबान से निकल रहा था, "मुबारक हो...मुबारक हो...मुबारक हो।"

अमीर-ए-हाज़िब का ओहदा पाने से मलिक एतग़ीन का चेहरा खिल उठा। वे सुल्तान की शान में कोर्निश बजाने लगे। दीवान-ए-आम में मरहूम सुल्तान इल्तुतमिश द्वारा ख़रीदे गये ग़ुलाम बहाउद्दीन उर्फ़ बलबन मौजूद थे। मलिक एतग़ीन को अमीर-ए-हाज़िब के ओहदे को मिलने से सबसे ज़्यादा उन्हें तकलीफ़ हुई। वे

मलिक एतग़ीन को फूटी आँखों देखना पसन्द नहीं करते थे। वे इस ओहदे को पाने के लिए न जाने कब से इन्तज़ार कर रहे थे। वे जल्दी ही लम्बी छलाँगें भरना चाहते थे।

सुल्तान ने महसूस किया कि मलिक एतग़ीन को बख़्शे गये अमीर-ए-हाज़िब के ओहदे से तमाम हाज़िरीन नाख़ुश दिख रही है, लेकिन सुल्तान ने किसी की परवाह नहीं कीं। वे बोलीं, ''क़ुव्वतुलमुल्क जमालुद्दीन याक़ूत ने मरहूम अब्बाहुज़ूर सुल्तान इल्तुतमिश की ख़ासी ख़िदमत की थी। मरहूम अब्बाहुज़ूर क़ुव्वतुलमुल्क जमालुद्दीन याक़ूत की वफ़ादारी और दिलेरी से बेहद ख़ुश थे। मरहूम अब्बाहुज़ूर ने इन्हें पहले ही गुलामी से आज़ाद कर दिया था। हम इनकी बहादुरी, दिलेरी, जाँबाज़ी और वफ़ादारी से ख़ुश होकर इन्हें अमीर-ए-आखुर का ओहदा इनायत करते हैं।''

जमालुद्दीन याक़ूत अपनी जगह से दो क़दम आगे बढ़े और सुल्तान की शान में कोर्निश बजाकर बोले, ''सुल्तान का इक़बाल बुलन्द हो। हुज़ूर, हमें इस ओहदे की कोई ज़रूरत नहीं थी। हम मरहूम सुल्तान इल्तुतमिश के ग़ुलाम थे और आज भी मौजूदा सुल्तान के ग़ुलाम हैं। हमने कभी मरहूम आक़ा से वादा किया था कि हम ताउम्र सुल्तान रज़िया के भी ग़ुलाम रहेंगे।''

जमालुद्दीन याक़ूत को अमीर-ए-आख़ुर का ख़िताब बख़्शे जाने पर तमाम हाज़िरीन की ज़ुबानें ख़ामोश हो गयीं। किसी की ज़ुबान से मुबारकबाद नहीं निकली। दीवान-ए-आम में मौजूद शैख़-उल-इस्लाम सुल्तान की शान में अदब के साथ झुककर बोले, ''सुल्तान-ए-आलम, गुस्ताख़ी माफ़ हो। हुज़ूर को याद होगा, अब तक यह ओहदा तुर्कान-ए-चिहिलगानी बन्दगान-ए-शम्सी के ख़ास तुर्क अमीर और मलिक ही पाते रहे हैं। चूँकि हम सुल्तान के वफ़ादार ओहदेदार ही नहीं, सलाहकार भी हैं। इसलिए गुज़ारिश है, सुल्तान इस फ़ैसले पर दोबारा ग़ौर फ़र्माएँ। हमारी राय में अमीर-ए-आख़ुर का ओहदा किसी ख़ास तुर्क को ही दिया जाए।''

सुल्तान क़ुव्वतुलमुल्क जमालुद्दीन याक़ूत को यह ओहदा बहुत पहले ही देना चाहती थीं। वे यह भी समझ रही थीं कि जमालुद्दीन याक़ूत की तरक़्क़ी कोई तुर्क अमीर और मलिक नहीं देखना चाहता है। आख़िर सुल्तान को एक-न-एक दिन इस तरह का फ़ैसला लेना ही था। वे बोलीं, ''हम इस सिलसिले में कुछ नहीं सुनना चाहते। हमने जो फ़ैसला लिया है, सल्तनत की बेहतरी के वास्ते सोच-समझकर और खुले दिमाग़ से लिया है।''

सुल्तान का जवाब सुनकर शैख़-उल-इस्लाम ख़ामोश हो गये। दीवान-ए-आम में मौजूद हाज़िरीन में से अब किसी ओहदेदार की हिम्मत नहीं हुई कि सुल्तान के फ़ैसले के ख़िलाफ़ आवाज़ उठाई जाए, लेकिन आग भड़क चुकी थी। तुर्कान-

ए-चिहिलगानी बन्दगान-ए-शम्सी का कोई तुर्क, मुइज़्ज़ी और शम्सी अमीर-मलिक इस फ़ैसले से ख़ुश नहीं था। यहाँ तक कि वज़ीर-ए-आज़म ख़्वाजा मुहज़्ज़बुद्दीन सुल्तान के फ़ैसले को सुनकर हैरत में थे। अभी-अभी मलिक इज़्ज़ुद्दीन कबीर ख़ाँ, जिन्हें लाहौर की इक़्ता इनायत की गयी थी, वे भी नाख़ुश दिखे।

मलिक बहतू जिन्हें सुल्तान ने कुछ ही देर पहले क़ुतुलुग ख़ाँ के ख़िताब से नवाज़ा था, उन्हें भी फ़ैसला पसन्द नहीं आया। अगर सुल्तान के फ़ैसले से दीवान-ए-आम में मौजूद किसी को ख़ुशी हुई तो वे थीं, सुल्तान की ख़ास बाँदियाँ। वे सुल्तान के फ़ैसले से बेहद ख़ुश थीं। पर्दे की आड़ में बैठी शहज़ादी सज़िया सुल्तान के फ़ैसले को सुनकर मन-ही-मन मुस्करा रही थीं। वे समझ रही थीं कि आपाजान जमालुद्दीन याक़ूत पर ख़ासी मेहरबान हैं। उन्हें अपनी बाँदियों के ज़रिये सुल्तान रज़िया और जमालुद्दीन याक़ूत के मिलने-जुलने की ख़बर अकसर मिलती रहती थी। वे कभी-कभी यह भी सोचती थीं कि मलिक इख़्तियारुद्दीन अल्तूनिया जैसे खानदानी ओहदेदार के मुक़ाबले आपाजान हब्शी जमालुद्दीन याक़ूत से क्यों नज़दीक़ियाँ बढ़ा रही हैं?

अभी दीवान-ए-आम की कार्यवाही चल ही रही थी कि इंसाफ़ की जंजीर बज उठी। इंसाफ़ की जंजीर में लगे घंटों की आवाज़ दीवान-ए-आम तक पहुँच रही थी। इस आवाज़ को सुनकर सुल्तान बोलीं, ''शायद कोई फ़रियादी इंसाफ़ की जंजीर बजा रहा है। क़िलेदार को हुक्म है, फ़रियादी को फ़ौरन पेश किया जाए!''

दीवान-ए-आम में सन्नाटा छाया था, लेकिन कुछ ओहदेदार आपस में कानाफूसी कर रहे थे। वे सुल्तान के फ़ैसले से नाख़ुश थे। उनमें से कोई-कोई बहुत धीमी आवाज़ में अपने साथी से कह रहा था कि सुल्तान को क्या हो गया है? सुल्तान आज बेपर्दा ही नहीं हुईं, बल्कि जमालुद्दीन याक़ूत को अमीर-ए-आख़ुर का आला ओहदा देकर उन्होंने तुर्कान-ए-चिहिलगानी बन्दगान-ए-शम्सी के तुर्क अमीरों और मलिकों की खिल्ली उड़ाई है।

फ़रियादी मोहिनी को दीवान-ए-आम में देखकर सुल्तान ही नहीं, उनकी ख़ास बाँदियाँ और दारोग़-ए-क़ुश्क-ए-दिलक़ुशा क़ादिरबीवीबानो भौंचक्की रह गयीं। अमीर-ए-आख़ुर जमालुद्दीन याक़ूत मोहिनी की हालत देखकर हैरत में थे। वे उसे अपनी बहन बना चुके थे। बहन की हालत उनसे देखी नहीं जा रही थी, लेकिन सुल्तान की मौजूदगी में ज़ुबान से एक लफ़्ज भी निकालना दरबारी अदब-क़ायदे के ख़िलाफ़ था।

मोहिनी के बाल बिखरे हुए थे। उसकी आखों से आँसू बह रहे थे। सुल्तान ने पूछा, ''ऐसी हालत क्यों बना रखी है?''

मोहिनी रोते-रोते बोली, ''हुज़ूर, हमारे पिता लाला हज़ारीमल की मौत हो

गयी है।''

''लाला हज़ारीमल आपके पिता कैसे हुए?'' सुल्तान ने पूछा।

''हुज़ूर, हमें मरहूम लाला हज़ारीमल ने गोद लिया था। हमारे पास मरहूम लाला हज़ारीमल द्वारा लिखा गोदनामा मौजूद है।'' अब मोहिनी ने गोदनामा निकालकर दिखाया।

सुल्तान का इशारा पाने के बाद क़ादिरबीवीबानो ने मोहिनी से गोदनामा लेने के बाद पेश किया। सुल्तान ने गोदनामा ग़ौर से देखा। वे बोलीं, ''गोदनामा सही है। इस गोदनामा के मुताबिक़ आप मरहूम लाला हज़ारीमल की बेटी हैं, लेकिन आपको क्या तकलीफ़ है जो आपने इंसाफ़ की जंजीर बजाई?''

''हुज़ूर, गुस्ताख़ी माफ़ हो। मरहूम लाला हज़ारीमल की बीवी बहुत पहले गुज़र गयी थीं। उनके कोई औलाद नहीं है। उनके कोई सगे भाई भी नहीं हैं। मैं उनकी बेटी होने के नाते अपने मरहूम पिता की चिता में ख़ुद आग देना चाहती हूँ, लेकिन मरहूम लाला हज़ारीमल के दूर के रिश्तेदार हमें उनके शव के नज़दीक तक फटकने नहीं दे रहे हैं। उनका कहना है, कोई औरत चिता में आग नहीं लगा सकती है।''

मोहिनी द्वारा उठाए गये सवाल से सुल्तान देर तक कुछ सोचती रहीं। हाज़िरीन में कानाफूसी हो रही थी। कोई-कोई कह रहा था कि औरत लाश को कैसे आग देगी? सुल्तान बोलीं, ''क़ाज़ी-ए-सल्तनत जनाब कबीरुद्दीन, आपका इस सिलसिले में क्या कहना है?''

क़ाज़ी-ए-सल्तनत अदब के साथ झुककर बोले, ''सुल्तान-ए-आलम, गुस्ताख़ी माफ़ हो। अभी तक किसी हिन्दू औरत ने किसी की चिता में आग नहीं लगाई है। अवाम इस तरह का इख़्तियार किसी औरत को नहीं देती है। हिन्दू मज़हब भी इसकी इजाज़त नहीं देता। किसी हिन्दू के मरने पर उसकी हिन्दू औरत सती ज़रूर हो जाती है, लेकिन उसे आग नहीं दे सकती।''

सुल्तान बोलीं, ''जनाब क़ाज़ी-ए-सल्तनत, अभी तक कोई औरत हिन्दुस्तान के शाही तख़्त पर भी नहीं बैठी। क्या आपको हमारे शाही तख़्त पर बैठने का कोई एतराज़ है?''

सुल्तान का सवाल सुनकर क़ाज़ी-ए-सल्तनत की सिट्टी-पिट्टी गुम हो गयी। वे अदब के साथ झुककर बोले, ''सुल्तान-ए-आलम का इक़बाल बुलन्द हो। हुज़ूर, हम ऐसा सोच भी नहीं सकते।''

सुल्तान बोलीं, ''दुनिया में आदमी और मर्द को अल्लाह ने पैदा किया है। दोनों अल्लाह के बन्दे हैं। अफ़सोस, मर्द ने औरत को अब तक ग़ुलाम बना रखा है। वह उसे अपनी लौंडी, बाँदी और कनीज़ से ज़्यादा तवज़्ज़ो नहीं देता है। मर्द लड़के

और लड़की में ख़ासा फ़र्क़ समझता है। बाप लड़की को मदरसा पढ़ने-लिखने नहीं भेजता है। मर्दों की निगाह में औरत को बच्चा पैदा करने की ज़िम्मेदारी ख़ुदा ने सौंपी है। अगर आज कोई लड़की पढ़ना-लिखना चाहती है तो उसे यह कहकर रोक दिया जाता है कि पढ़ने-लिखने का काम खाली लड़कों का है। हम समझते हैं, पढ़ना-लिखना हर किसी का ज़रूरी है, लेकिन कुछ लड़के पढ़ना-लिखना नहीं चाहते। फिर भी उन्हें ज़बरदस्ती मदरसा भेजा जाता है। जब वे मदरसे से भाग आते हैं, तब लड़के उन्हें टाँगकर फिर ले जाते हैं। ऐसे लड़के सारा दिन मदरसे में ख़ामोश बैठे वक़्त काटते हैं और शाम होने पर कोरे घर वापस आ जाते हैं।''

सुल्तान ने क़ाज़ी-ए-सल्तनत की ओर मुख़ातिब होकर पूछा, ''जनाब, क्या हम ग़लत कह रहे हैं?''

क़ाज़ी-ए-सल्तनत कबीरुद्दीन अदब के साथ झुककर बोले, ''जी नहीं हुज़ूर।''

सुल्तान फिर बोलीं, ''जनाब, औरत के पास मर्द की तरह ही हाथ, पैर, कान, नाक, आँखें, याददाश्त और सोच-समझ है। औरत मर्द से कम दिमाग़ नहीं रखती है। हमें मालूम है, हिन्दुओं में राधा की पूजा कृष्ण से कम नहीं, बल्कि ज़्यादा होती है। हिन्दू अवाम सीता को वही इज़्ज़त देती है जो राम को देती है। राम ने कभी सीता को घर से निकालकर इंसाफ़ नहीं किया था। हिन्दुओं में ही नहीं, तमाम मज़हबों में औरत घर की लक्ष्मी यानी दौलत बताई गयी है। लोग अभी तक औरत को समझ नहीं सके हैं। औरत नौ महीने तमाम तकलीफ़ें उठाते हुए अपने पेट में बच्चे को रखती है। बच्चे के पैदा होने पर उसे अपना दूध पिलाती है। उसे गोद में लादे-लादे घर का कामकाज करती है। ख़ुद की नींद ख़राब करके बच्चे को थपथपाकर सुलाती है। फिर भी मर्द को जो दर्ज़ा अवाम में हासिल है, उसकी बराबरी औरत क्यों नहीं कर सकती? हमारी समझ में नहीं आ रहा है, आख़िर यह कैसा इंसाफ़ है? अगर वाक़ई यह इंसाफ़ है तो ऐसे इंसाफ़ पर लानत है।''

हाज़िरीन समझ गयी कि मोहिनी के मामले में सुल्तान क्या चाहती हैं, लेकिन किसी की जुबान नहीं खुल रही थी। क़ाज़ी-ए-सल्तनत की जुबान में ताले पड़ गये थे। सुल्तान द्वारा दी जा रही दलीलें पर्दे के आड़ में बैठी शहज़ादी सज़िया ग़ौर से सुन रही थीं। उन्हें अपनी बहन पर नाज़ था। दीवान-ए-आम में मौजूद सुल्तान की ख़ास बाँदियाँ मन-ही-मन ख़ुश हो रही थीं।

सुल्तान फिर बोलीं, ''मोहिनी को अपने माँ-बाप की मुहब्बत नहीं मिली, उसे अपने भाई-बहन का प्यार नहीं मिला। हमने कभी इसे ग़ुलाम बाज़ार से ख़रीदकर कजरी के हवाले किया था। कजरी ने ग़ज़नी बाज़ार की अपनी फूलों की दुकान मोहिनी को सौंप दी थी। हमें कितनी बार शिकायत मिली थी कि तमाम आवारा, लोफर, लौंडे और शोहदे इसके साथ छेड़खानी करते हैं। यह बेचारी उन बदमाशों

की तमाम फब्तियाँ ख़ामोशी के साथ सुनती रही। अल्लाह का लाख-लाख शुक्र है, मरहूम लाला हज़ारीमल ने गोदनामा लिखकर इसे अपनी बेटी बनाया। इसकी थोड़ी-सी ख़ुशी के वास्ते क्या इसे लाला की चिता में आग लगाने का मौक़ा नहीं मिलेगा? बेचारे लाला तो मर गये। अब उनकी चिता में कोई भी आग लगाए, क्या फ़र्क़ पड़ता है। हाज़िरीन यह भी न भूले, इससे पहले चन्द्रकला अपनी माँ को आग दे चुकी है। हम मोहिनी की ख़ुशी के वास्ते हुक़्म फ़र्माते हैं, मरहूम लाला हज़ारीमल की चिता में मोहिनी ही आग लगाएगी। शहर कोतवाल को हुक़्म है, वे ख़ुद अपनी मौजूदगी में लाला हज़ारीमल के शव को इज़्ज़त के साथ उनके घर से उठवाएँ और अपनी मौजूदगी में मोहिनी के ज़रिये उनकी चिता में आग लगवाएँ!''

इतना कहकर सुल्तान शाही तख़्त से उठकर क़ुश्क-ए-दिलक़ुशा की ओर चल दीं। मोहिनी सुल्तान की शान में कोर्निश बजा रही थी। अब उसके चेहरे पर मुस्कराहट थी। कजरी सुल्तान के पीछे चलते-चलते सोच रही थी कि कभी ग़ज़नी बाज़ार के लोग आपस में बातें किया करते थे कि लाला हज़ारीमल और उसकी माँ नन्ही के ज़िस्मानी ताल्लुक़ात रहे थे। लोग तो यहाँ तक कहते थे कि कजरी की शक़्ल-ओ-सूरत लाला हज़ारीमल से मिलती-जुलती है। उसे याद है, उसकी माँ कभी लाला हज़ारीमल के घर का कामकाज सँभालती थी। लाला की बीवी उस वक़्त बीमार रहती थीं। लाला हज़ारीमल मुझसे काफ़ी मुहब्बत करते थे। मुझे अपनी बेटी की तरह मानते थे, लेकिन उसी ने लाला की कभी कोई परवाह नहीं की। फूलों की दुकान में हुई बचत को वह लाला करोड़ीमल की दुकान में जमा करती रही।

फ़क़ीर क़ाज़ीमुद्दीन ज़ाहिद ने कभी भरे बाज़ार लाला को याद दिलाया था कि कजरी उसकी ही बेटी है। उस वक़्त लाला की जुबान ही नहीं खुली थी, बल्कि उनका सिर शर्म के मारे झुक गया था। अब वह सोचने लगी, अगर लाला हज़ारीमल मोहिनी की बजाय उसे गोद ले लेते तो उसे ही आज अपने पिता की चिता में आग लगाने का मौक़ा मिलता। वह फिर सोचने लगी, कोई बात नहीं। सुल्तान ने मोहिनी को उसका हक़ दिला दिया। यही सोचते-सोचते उसकी आँखों से आँसू बहने लगे। इसी वक़्त चन्द्रकला की नज़र उस पर पड़ गयी। उसने पूछा, ''कजरी, क्या हुआ?''

कजरी आँसू पोंछकर बोली, ''कुछ नहीं।''

सुल्तान कुछ देर पहले ही क़ुश्क-ए-दिलक़ुशा पहुँची थीं। वे अपनी पोशाक तक नहीं बदल पाई थीं कि ख़्वाजासरा इनायत अन्दर आ पहुँचा। सुल्तान ने उसे देखकर पूछा, ''जनाब इनायत, क्या बात है?''

''सुल्तान-ए-आलम, दारोग़-ए-ज़िन्दा मिलने की इजाज़त चाह रहे हैं।''

''उनसे कहो, कुछ देर बाद मिलें।'' सुल्तान कुछ देर आराम फ़र्माना चाहती थीं। दीवान-ए-आम के कामकाज से उन्हें दिमाग़ी थकान आ गयी थी। उनके जेहन

में तमाम सवाल उठ रहे थे। वे सोच रही थीं कि सल्तनत के तमाम ओहदेदार जमालुद्दीन याक़ूत से क्यों जलते हैं? आख़िर उसने उनका क्या बिगाड़ा है? वह सल्तनत का वफ़ादार सिपाही है। मरहूम अब्बाहुज़ूर की नज़रों में उसकी ख़ासी क़ीमत थी। वे यह भी सोच रही थीं कि मुल्ला, मौलवी, सैयद, शैख़ और उलेमा हज़रात से लेकर क़ाज़ी-ए-सल्तनत तक औरत और मर्द को बराबर का दर्ज़ा क्यों नहीं देना चाहते?

ख़्वाजासरा इनायत अब भी ख़ामोश खड़ा था। वह बोला, "सुल्तान-ए-आलम, उनका कहना है, बेहद ज़रूरी काम है।"

"अच्छा जाकर भेज दें!"

कुछ ही देर में दारोग़-ए-ज़िन्दा सुल्तान के सामने हाज़िर थे। उनके चेहरे से हवाइयाँ उड़ रही थीं। वे अदब के साथ झुककर बोले, "सुल्तान-ए-आलम, ग़ज़ब हो गया।"

"क्या हुआ?" सुल्तान ने पूछा।

"सुल्तान-ए-आलम, रुकुनुद्दीन फ़ीरोज़शाह ख़ुदा को प्यारे हो गये।"

"कैसे?"

"हुज़ूर, वे इधर कई रोज़ से खाना नहीं खा रहे थे। खाने के वक़्त शराब की माँग कर रहे थे। कई रोज़ से कुछ पूछने पर जवाब नहीं दे रहे थे। हमेशा पलंग पर लेटे-लेटे छत की तरफ़ ताकते रहते थे।"

रुकुनुद्दीन फ़ीरोज़शाह की मौत की ख़बर सुनकर सुल्तान ही नहीं, वहाँ मौजूद बाँदियाँ हक्की-बक्की रह गयीं। सुल्तान को रुकुनुद्दीन फ़ीरोज़शाह की मौत का सदमा लगा था। वे नहीं सोच रही थीं कि रुकुनुद्दीन फ़ीरोज़शाह को इतनी जल्दी मौत आ जाएगी। अब वे कुछ सोच-समझकर बोलीं, "इस मनहूस ख़बर को छिपाने से कोई फ़ायदा नहीं। आप जहाँशाह तुर्कान बेगम और शहज़ादे की बेगम को ख़बर भिजवा दें। हमारा हुक़्म है, जहाँशाह तुर्कान बेगम को क़ैदख़ाने से निकालकर रुकुनुद्दीन फ़ीरोज़शाह के आख़िरी दीदार करा दिए जाएँ! इसके बाद उनकी लाश को क़ुश्क-ए-लाल उनकी बेगम के पास भिजवा दी जाए! रुकुनुद्दीन फ़ीरोज़शाह की लाश को आज ही शाही क़ब्रिस्तान में सुपुर्द-ए-खाक किया जाए! हम भी कुछ देर बाद क़ुश्क-ए-लाल पहुँचते हैं। अब आप जा सकते हैं।"

दारोग़-ए-ज़िन्दा कोर्निश बजाकर उल्टे पैर वापस हो गया। उसे अभी तमाम इन्तज़ाम करने थे। वह ख़ुद पहरेदारों को लेकर जहाँशाह तुर्कान बेगम की कोठरी में पहुँचा और उन्हें कोठरी से बाहर निकालकर चलने को कहा। जहाँशाह तुर्कान बेगम ने पूछा, "क्या हमें क़त्ल करने ले चल रहे हैं?"

"जी नहीं हुज़ूर। हमें ऐसा कोई हुक़्म नहीं है।"

"तब आप हमें कहाँ ले जा रहे हैं?" जहाँशाह तुर्कान बेगम काफ़ी दिनों बाद कोठरी से बाहर खुली हवा में निकली थीं।

दारोग़-ए-ज़िन्दा बोला, "हुज़ूर को कुछ ही देर में पता चल जाएगा।"

जल्दी ही दारोग़-ए-ज़िन्दा जहाँशाह तुर्कान बेगम को लेकर रुकुनुद्दीन फ़ीरोज़शाह की कोठरी पहुँचा। उसने कोठरी का ताला खुलवाया और बेगम से अन्दर चलने की गुज़ारिश की। जहाँशाह तुर्कान बेगम को अपने बेटे को देखने की तमन्ना काफ़ी दिनों से थी। वे जब से क़ैद हुई थीं, उन्होंने अपने लाड़ले बेटे को अभी तक नहीं देखा था। दारोग़-ए-ज़िन्दा बोला, "हुज़ूर, अपने बेटे से मिल-लें।"

"शुक्रिया।" इतना कहकर जहाँशाह तुर्कान बेगम कोठरी के अन्दर पहुँच गयीं।

वे अपने बेटे की ओर मुख़ातिब होकर बोलीं, "सुल्तान कैसे हो?"

बेगम को कोई जवाब नहीं मिला। बेगम ने बेटे को फिर आवाज़ दी, लेकिन फिर कोई जवाब नहीं मिला। अब वे अपने बेटे को झकझोरने लगीं, लेकिन रुकुनुद्दीन फ़ीरोज़शाह तो कब के मर गये थे। बेगम उनके बेजान शरीर से चिपटकर रोने लगीं। वे देर तक रोती-रोती ख़ामोश हो गयीं। दारोग़-ए-ज़िन्दा और दूसरे पहरेदार कोठरी के बाहर ख़ामोश खड़े थे। अब दारोग़-ए-ज़िन्दा बोला, "हुज़ूर, मौत हर किसी की होती है। कभी इसी कोठरी में शहज़ादे क़ुतुबुद्दीन की भी मौत हुई थी। अफ़सोस करने से कोई फ़ायदा नहीं। मिलने का वक़्त पूरा हो गया है। हुज़ूर से गुज़ारिश है, कोठरी से बाहर निकलें, जिससे हम हुक़्म के मुताबिक़ रुकुनुद्दीन फ़ीरोज़शाह की लाश क़ुश्क-ए-लाल भिजवा सकें।"

दारोग़-ए-ज़िन्दा को कोई जवाब नहीं मिला। वह बुलन्द आवाज़ में बोला, "बेगम साहिबा, बाहर निकलें। मुलाक़ात का वक़्त पूरा हो गया है।"

आख़िर जहाँशाह तुर्कान बेगम कैसे जवाब देतीं? वे तो कब की मर चुकी थीं। अब तो वहाँ दो बेजान शरीर ख़ामोश पड़े थे। जैसे ही दारोग़-ए-ज़िन्दा को महसूस हुआ कि जहाँशाह तुर्कान बेगम भी मर चुकी हैं, वह भागा-भागा क़ुश्क-ए-दिलक़ुशा फिर पहुँचा और उसने ख़्वाजासरा इनायत के ज़रिये अन्दर जाने की इजाज़त ली। दारोग़-ए-ज़िन्दा को अपने सामने दुबारा देखकर सुल्तान ने पूछा, "अब क्या हुआ?"

"सुल्तान-ए-आलम, हम जैसे ही जहाँशाह तुर्कान बेगम को लेकर रुकुनुद्दीन फ़ीरोज़शाह की कोठरी पहुँचे। बेगम साहिबा अपने बेटे की लाश से चिपटकर बुरी तरह रोने लगीं। उनका रोते-रोते कब इन्तक़ाल हो गया, हम जान नहीं सके।"

सुल्तान की ज़ुबान से निकला, "या अल्लाह! मरहूम रुकुनुद्दीन फ़ीरोज़शाह और उनकी अम्मीजान जहाँशाह तुर्कान बेगम के तमाम ग़ुनाह माफ़ करते हुए उन्हें जन्नत दे। हम भी उन दोनों के तमाम ग़ुनाह माफ़ करते हैं।"

तिरसठ

सुल्तान रज़िया सुबह उठते ही अल्लाह से सल्तनत की ख़ुशहाली के वास्ते दुआ माँगतीं। उसके बाद गुस्ल करतीं और गुस्ल करने के बाद नमाज़ अदा करतीं। वे नमाज़ अदा करने के बाद कुछ देर तक पाक क़ुरआन पढ़तीं और इसके बाद अपने तुर्की घोड़े पर सवार होकर सैर को निकल पड़तीं। वे अलग-अलग दिन क़िले के अलग-अलग दरवाज़ों से होकर गुज़रती थीं। किसी को भी इस बात का इल्म नहीं रहता था कि आज सुल्तान किस दरवाज़े से क़िले के बाहर निकलेंगी और किस दरवाज़े से क़िले के अन्दर आएँगीं। इसी वजह से क़िले के तमाम दरवाज़ों के पहरेदार चौकन्ने रहते थे। सैर के वक़्त उनके साथ जहाँ उनकी दो ख़ास बाँदियाँ मौजूद रहती थीं, वहीं अमीर-ए-आख़ुर जमालुद्दीन याक़ूत भी साथ होते थे। उनकी ख़ास बाँदियों गुल-ए-अब्बासी, नयनज्योतिबाई, चंचलबाई, कजरी, चन्द्रकला और गुलसुल्तानबानो में से पहले से किसी को पता नहीं रहता था कि आज सुल्तान के साथ उनकी ख़िदमत में किसे जाना है।

हालाँकि उनकी हिफ़ाज़त के वास्ते एक फ़ौज़ी दस्ता भी उनके साथ मौजूद रहता था, जिसमें तक़रीबन पचास सिपाही जंगी हथियारों से लैस रहते थे। वे सैर के वक़्त अपने घोड़े को कभी-कभी काफ़ी तेज़ दौड़ाती थीं। वे घुड़सवारी इतनी देर तक करती थीं कि ख़ुद और उनका घोड़ा पसीने में डूब जाए। कभी-कभी उनका तुर्की घोड़ा इतनी तेज़ उड़ान भरने लगता था कि बाँदियाँ और फ़ौज़ी दस्ता पीछे रह जाते थे, लेकिन अमीर-ए-आख़ुर जमालुद्दीन याक़ूत उनका साथ नहीं छोड़ते थे। सुल्तान की हिफ़ाज़त उनकी पहली ज़िम्मेदारी थी। सुल्तान के साथ मौजूद दोनों बाँदियाँ कभी-कभी जानबूझकर अपने-अपने घोड़ों की चाल धीमी कर देती थीं जिससे सुल्तान और जमालुद्दीन याक़ूत को अकेले में बात करने का मौक़ा मिल सके।

आज की सैर में सुल्तान के साथ कजरी और चन्द्रकला मौजूद थीं। इन दोनों ने सुल्तान और जमालुद्दीन याक़ूत को बातचीत करने के वास्ते जानबूझकर मौक़ा देते हुए अपने घोड़े पीछे कर लिए थे। फ़ौज़ी दस्ता उनसे दूर था। दोनों बाँदियों ने देखा कि सुल्तान के घोड़े के पीछे जहाँ हमेशा जमालुद्दीन याक़ूत का घोड़ा रहता था, वहीं आज उनका घोड़ा सुल्तान के घोड़े के बगल में चल रहा था। अब तक फ़ौज़ी दस्ता दोनों बाँदियों के घोड़ों के नज़दीक पहुँच गया था। फ़ौज़ी दस्ते का हाकिम बड़ी ही पशोपेश में था कि वह अपने सवारों को दोनों बाँदियों के घोड़ों के आगे निकलने का हुक़्म फ़र्माए या फिर दोनों बाँदियों से गुज़ारिश करे कि वे अपने घोड़ों की चाल कुछ तेज़ करें। हाकिम को नज़दीक देखकर कजरी उससे बोली, ''आप हमारे घोड़ों से

आगे निकलने की गुस्ताख़ी न करें।''

फ़ौज़ी दस्ते का हाकिम अच्छी तरह समझ रहा था कि उसे हुक़्म देनेवाली बाँदी मामूली नहीं है, वह सुल्तान की ख़ास बाँदी है। कजरी का हुक़्म पाते ही हाकिम ने इशारे से फ़ौज़ी दस्ते को आगे बढ़ने से रोक दिया, लेकिन जब दोनों बाँदियाँ अपने-अपने घोड़ों को लेकर सुल्तान के नज़दीक पहुँचीं, तब सुल्तान ने बनावटी गुस्सा चेहरे पर लाते हुए पूछा, ''आप दोनों कहाँ रह गयी थीं? क्या आपके घोड़ों में दम नहीं है?''

दोनों बाँदियाँ ख़ामोशी के साथ गर्दन झुकाए सुल्तान की ज़ुबान से निकले अल्फ़ाज़ सुन रही थीं। वे कैसे कहतीं, हुज़ूर हमने तो जानबूझकर घोड़े नहीं दौड़ाए, बल्कि आप दोनों को मिलने का मौक़ा देने के लिए फ़ौज़ी दस्ते के हाकिम को भी आगे बढ़ने से रोक दिया था।

घुड़सवारी से वापस लौटने पर बाक़ी ख़ास बाँदियों में से दो बाँदियाँ सुल्तान के साथ तलवारबाज़ी की मशक़्क़त करती थीं। वे तलवारबाज़ी के बाद भाला और नैज़ा के साथ भी मशक़्क़त करती थीं। सुल्तान बाँदियों से निशाने भी लगवाती थीं। तलवारबाज़ी और दूसरे जंगी हथियारों की मशक़्क़त के वक़्त जमालुद्दीन याक़ूत को छुट्टी दे दी जाती थी। आज सुल्तान ने तीरंदाज़ी का नया खेल शुरू कराया। गुल-ए-अब्बासी को एक कुर्सी पर बिठा दिया गया और उसके सिर पर एक सेब रख दिया गया। सुल्तान और बाँदियाँ गुल-ए-अब्बासी से तक़रीबन अस्सी हाथ दूर चली गयीं। अब सुल्तान ने बाक़ी पाँचों बाँदियों की ओर मुख़ातिब होकर पूछा, ''आप सभी को सामने क्या दिख रहा है?''

नयनज्योतिबाई बोली, ''सुल्तान-ए-आलम, हमें गुल-ए-अब्बासी के सिर पर रखा सेब दिख रहा है।''

''इस सेब पर कौन निशाना लगाएगा?''

सुल्तान का हुक़्म सुनकर किसी बाँदी की हिम्मत नहीं हो रही थी कि सेब पर निशाना लगाए। निशाना चूकने का मतलब था, गुल-ए-अब्बासी का काम तमाम हो जाना। अगर गुल-ए-अब्बासी की जगह इस वक़्त और कोई होता तो उसकी जान ही निकल गयी होती, लेकिन गुल-ए-अब्बासी के चेहरे पर ख़ौफ़ नाम की चीज़ नहीं थी। नयनज्योतिबाई निशाना लगाना चाहती थी, लेकिन वह भी ख़ामोश रही। अब सुल्तान बोलीं, ''हम जानते हैं, अगर इसी सेब को हम एक मेज या दूसरी जगह रख देते, तब हर कोई निशाना लगा सकता था।, लेकिन गुल-ए-अब्बासी के सिर पर सेब रख देने से आप सभी के हाथ-पैर काँप रहे हैं। हमें अपनी दिलेर और जाँबाज़ बाँदियों से ऐसी उम्मीद नहीं थी।''

सभी बाँदियों की गर्दन झुकी हुई थी। अब सुल्तान ने ख़ुद तीर-कमान उठाया

और सेब पर निशाना साधते हुए तीर छोड़ा। तीर सेब में चुभकर दूर जाकर गिरा। सभी बाँदियों की ज़ुबान से एक साथ निकल पड़ा, "मरहबा...मरहबा...मरहबा।"

अब सुल्तान ख़ुद गुल-ए-अब्बासी की कुर्सी पर जाकर बैठ गईं। उन्होंने अपने सिर पर रखी टोपी पर दूसरा सेब रखाया। अब वे नयनज्योतिबाई से बोलीं, "निशाना लगाओ!"

नयनज्योतिबाई के चेहरे पर हवाइयाँ उड़ने लगीं। वह सुल्तान के सिर पर रखे सेब पर कैसे निशाना लगाती? हालाँकि उसे अपने निशाने पर पूरा भरोसा था, लेकिन उसकी हिम्मत जवाब दे रही थी। वह बोली, "सुल्तान-ए-आलम,गुस्ताख़ी माफ़ हो। हमसे...।"

सुल्तान बुलन्द आवाज़ में बोलीं, "हमारा हुक़्म है, निशाना लगाओ! अगर निशाना नहीं लगाना है, तब हाथी के पैर के नीचे अपना सिर कुचलवाने के वास्ते तैयार रहो।"

आख़िर मरता क्या न करता? नयनज्योतिबाई ने तीर-कमान उठाकर निशाना साधा। निशाना सटीक जगह बैठा। सुल्तान ख़ुश हुईं और बोलीं, "हमें नयनज्योतिबाई से ऐसी ही उम्मीद थी। हमने आपसे निशाना इसलिए लगवाया कि मैदान-ए-जंग में अगर अपना कोई ख़ास आदमी कभी धोख़ा दे जाता है तो उस वक़्त कोई चूक नहीं होनी चाहिए और न ही हमारे दिमाग़ में यह ख़याल होना चाहिए कि यह हमारा सगा-सम्बन्धी है। मैदान-ए-जंग में अगर अपना आदमी धोख़ा देता है तो उसकी भी सज़ा मौत है।"

सुल्तान जंगी हथियारों से मशक़्क़त करने के बाद क़ुतुब नहर की ओर सैर करने निकल आईं। इस वक़्त उनके दोनों प्यारे चीते रहमान और रहीम साथ थे। क़ुतुब नहर के किनारे-किनारे क़तारों में लगे गुलाब के पौधों पर बहार आ गयी थी। फूलों के खिल जाने से पौधे इतरा रहे थे। फूलों की ख़ुशबू हवा में तैर रही थी। सुल्तान को तमाम क़िले में यह जगह ख़ासतौर पर पसन्द थी। यहाँ पर सुल्तान से मुलाक़ात करने की इजाज़त हर किसी को नहीं थी। यहाँ उनसे मुलाक़ात अमीर-ए-आख़ुर जमालुद्दीन याक़ूत और वज़ीर-ए-आज़म ख़्वाजा मुहज़्ज़बुद्दीन ही कर सकते थे। हालाँकि इंसाफ़ की जंजीर बजने पर क़िलेदार को सुल्तान से मुलाक़ात करने की इजाज़त थी।

आज सर्दी काफ़ी थी। हालाँकि कोहरा नहीं था। जब कि आधी रात के बाद कोहरा पड़ना शुरू हो गया था। सुल्तान जब क़िले के बाहर सैर करने निकली थीं, तब भी हलका कोहरा मौजूद था। क़िले से बाहर जगह-जगह लकड़ी के अलाव शहर कोतवाल ने जलवा रखे थे। उसे मालूम नहीं था कि सुल्तान किस ओर सैर के वास्ते जाती हैं? इसलिए उसने हर रास्ते पर नज़दीक-नज़दीक ही अलाव जलवा दिए थे। जिनमें तमाम भिखमंगे और ग़रीब ही हाथ नहीं सेंकते थे, बल्कि शहर के

लुच्चे, लफंगे, आवारा और कुछ मनचले जवान भी आ जाते थे। वे अकसर सुल्तान के ख़िलाफ़ ऊट-पटांग बातें किया करते थे।

सर्दी होने पर भी सुल्तान का समूचा बदन पसीने में डूबा था। बाँदी नयनज्योतिबाई सुल्तान के बदन का पसीना पोंछ रही थी। सुल्तान ने अपनी टोपी उतारकर गुल-ए-अब्बासी को सौंप दी। उनके सिर के बाल भीग गये थे। अब नयनज्योतिबाई उनके बालों को साफ़ कपड़े से पोंछने लगी। सुल्तान ने नक़ाब पहनना छोड़ दिया था। उनका कहना था, सुल्तान और अवाम के बीच किसी तरह का कोई पर्दा नहीं होना चाहिए। एक बार किसी कट्टर मुल्ला ने दीवान-ए-आम में सुल्तान से पूछा, आपने पर्दा क्यों छोड़ दिया है जब कि इस्लाम के मुताबिक़ औरतों को पर्दा करना चाहिए। तब सुल्तान ने जवाब दिया था, हमारे और ख़ुदा के बीच कोई पर्दा नहीं है, तब हम अपने और अवाम के बीच पर्दा क्यों रखें? सुल्तान का जवाब सुनकर मुल्ला की जुबान में उस वक़्त ताला लग गया था। दीवान-ए-आम में मौजूद मुल्ला, मौलवी, सैयद, शैख़ और उलेमा हज़रात की फिर इस सिलसिले में कुछ कहने की हिम्मत नहीं पड़ी।

नयनज्योतिबाई अभी सुल्तान के भीगे बदन को पोंछ ही रही थी कि सुल्तान ने गुल-ए-अब्बासी से पूछा, "शाम के वक़्त आप रोज़ाना शहर जाती हैं, दिल्ली की अवाम का क्या हाल है?"

"सुल्तान-ए-आलम, हुज़ूर की हुकूमत से दिल्ली की अवाम ख़ुश है। हर किसी की बहू-बेटी की इज़्ज़त महफ़ूज़ है। अवाम के वास्ते नयी सड़कें तामीर हो रही हैं, पुरानी सड़कों की मरम्मत हो रही है। इनके अलावा सरायें, शफ़ाख़ाना और मदरसा भी तामीर हो रहे हैं।"

"क्या मदरसों में तालीम के वास्ते लड़कियाँ भी जाने लगी हैं?"

"हुज़ूर, अवाम पहले तो लड़कियों को मदरसा नहीं भेज रही थी, लेकिन अब उनका जाना शुरू हो गया है।"

"चलो अच्छा हुआ। धीमे-धीमे लड़कियों की तालीम में इज़ाफ़ा होने लगेगा। हम चाहते हैं, हिन्दुस्तान की तमाम लड़कियाँ मदरसों में जाएँ और ऊँची-से-ऊँची तालीम हासिल करें। हम यह भी चाहते हैं, इन लड़कियों को खाली पाक क़ुरआन और हदीस ही नहीं पढ़ाई जाए, बल्कि दूसरे मज़हबों की पाक क़िताबों की भी जानकारी कराई जाए। जिससे वे समझ सकें कि सारे मज़हब एक से हैं। इसके अलावा उन्हें तवारीख़ ज़रूर पढ़ाई जाए।"

"सुल्तान-ए-आलम, वज़ा फ़र्मा रही हैं।" गुल-ए-अब्बासी बोली। नयनज्योतिबाई अभी भी सुल्तान के बाल पोंछकर सुखा रही थी। रहमान और रहीम आपस में लड़-झगड़ रहे थे। वे कभी-कभी एक-दूसरे को दौड़ा भी देते थे।

सुल्तान ने पूछा, "मदरस-ए-नासिरिया की तामीर का क्या हाल है? हम इधर काफ़ी दिनों से उस ओर नहीं जा सके हैं।"

"हुज़ूर, मदरस-ए-नासिरिया की तामीर तक़रीबन पूरी हो चुकी है। इस आला मदरसे की ज़िम्मेदारी किसे सौंपना चाहेंगी?" गुल-ए-अब्बासी ने पूछा।

"तवारीख़ लिखनेवाले मिनहाज सिराज आजकल कहाँ हैं? क्या उनके बारे में कोई जानकारी है?"

"हुज़ूर, मिनहाज सिराज इस वक़्त ग्वालियर में हैं। मरहूम सुल्तान इल्तुतमिश ने उन्हें ग्वालियर की क़ज़ा, ख़िताबत, इमामत और शरई मामलों को देखने की ज़िम्मेदारी सौंपी थी।"

नयनज्योतिबाई सुल्तान के बाल पोंछ चुकी थी। सर्दी की वजह से उसने सुल्तान की टोपी उनके सिर पर अदब के साथ रख दी। अब वह चीते रहमान के साथ खेलने लगी थी। दोनों चीते नयनज्योतिबाई के साथ काफ़ी हिल-मिल गये थे। नयनज्योतिबाई के साथ रहमान को खेलता देखकर कभी-कभी रहीम रहमान पर झपट पड़ता था। शायद वह चाहता था कि नयनज्योतिबाई उसके साथ खेले। दोनों चीते कभी-कभी नयनज्योतिबाई की बाँह को अपने मुँह के अन्दर ले लेते थे, लेकिन उनके दाँतों का कोई निशान नयनज्योतिबाई के हाथ पर नहीं दिखाई पड़ता था। नयनज्योतिबाई जहाँ रहमान के साथ खेल रही थी, वहीं सुल्तान और गुल-ए-अब्बासी के बीच हो रही बातचीत ग़ौर से सुन रही थी। उसने चीते रहमान को एक ओर ढकेलते हुए सुल्तान से पूछा, "सुल्तान-ए-आलम, गुस्ताख़ी माफ़ हो! क़ज़ा के क्या मायने हैं?"

नयनज्योतिबाई के सवाल को सुनकर गुल-ए-अब्बासी चौंक पड़ी। वह सोचने लगी, अगर इस वक़्त यह कमबख़्त ख़ामोश ही रहती तो इसका क्या चला जाता। सुल्तान से सीधे ऐसे सवाल करना शाही अदब-क़ायदे के ख़िलाफ़ है। नयनज्योतिबाई कोई नयी बाँदी भी नहीं है जो शाही अदब-क़ायदा न समझ रही हो। उसे सुल्तान की ख़िदमत में तक़रीबन दस साल हो गये हैं। हालाँकि सुल्तान उनके साथ बाँदियों जैसा बर्ताव नहीं करती हैं, लेकिन नयनज्योतिबाई को मालूम होना चाहिए, वे हिन्दुस्तान की सुल्तान हैं और हम सब उनकी बाँदी हैं। उनके एक इशारे पर हमारी गर्दन धड़ से अलग हो सकती है। नयनज्योतिबाई अकेले में क़ज़ा के मतलब मुझसे पूछ सकती थी। गुल-ए-अब्बासी ने एक बार नयनज्योतिबाई को आँख के इशारे से समझाने की कोशिश की, लेकिन उसकी समझ में नहीं आया।

सुल्तान बोलीं, "क़ज़ा का मतलब इंसाफ़ से है।"

"और हुज़ूर ख़िताबत किसे कहते हैं?" इतना सुनते ही गुल-ए-अब्बासी को नयनज्योतिबाई पर गुस्सा आ गया, लेकिन सुल्तान की मौजूदगी की वजह से वह

ख़ामोश रही।

सुल्तान बोलीं, "नयनज्योतिबाई, ख़ितावत का मतलब ख़ुत्बा पढ़ने से है।"

"और हुज़ूर, इमामत...?"

"क्या तू फ़ारसी के इतने मामूली अल्फ़ाज़ के मायने नहीं समझ रही है?" सुल्तान ने गुस्से में पूछा। वे सोच रही थीं कि नयनज्योतिबाई को मज़ाक़ करने की आदत है। कहीं वह जानबूझकर मज़ाक़ तो नहीं कर रही है?

"सुल्तान-ए-आलम, गुस्ताख़ी माफ़ हो। जिस तरह हुज़ूर को हिन्दवी के तमाम लफ़्ज़ मालूम नहीं हैं, उसी तरह मुझे भी...।" नयनज्योतिबाई सिर झुकाकर बोली। उसकी हिम्मत सुल्तान की आँख-से-आँख मिलाने की नहीं हुई। सुल्तान समझ गयीं कि नयनज्योतिबाई झेंप गयी है। इधर गुल-ए-अब्बासी का गुस्सा फूट पड़ना चाह रहा था, लेकिन वह जानबूझकर गुस्से को पी गयी।

"नमाज़ पढ़ाने की पेशवाई को इमामत कहते हैं।"

नयनज्योतिबाई अब भी सिर झुकाए खड़ी थी। सुल्तान मुस्कराकर बोलीं, "क्या तुझे शरई लफ़्ज़ के भी मतलब समझाऊँ?"

"नहीं हुज़ूर, इतना तो समझती हूँ।" नयनज्योतिबाई सिर झुकाकर बोली। इस बीच चीते रहीम ने धक्का देकर रहमान को एक ओर ढकेल दिया और ख़ुद नयनज्योतिबाई के साथ खेलने लगा।

सुल्तान कुछ देर रुककर बोलीं, "हम सोच रहे हैं, मदरस-ए-नासिरिया की ज़िम्मेदारी जनाब मिनहाज सिराज को सौंप दी जाए। उन्हें ग्वालियार से दिल्ली बुला लिया जाए! सुना है, वह कोई क़िताब 'तबक़ाते नासिरी' लिख रहे थे।"

"हुज़ूर, हमें कुछ मालूम नहीं।" गुल-ए-अब्बासी बोली।

"हमें कभी मरहूम अब्बाहुज़ूर ने बताया था कि वे तबक़ाते नासिरी लिख रहे हैं। मरहूम अब्बाहुज़ूर मिनहाज सिराज की काफ़ी तारीफ़ किया करते थे। मुल्तान की जंग के दौरान उनकी मुलाक़ात अब्बाहुज़ूर से हुई थी। मदरस-ए-नासिरिया अब्बाहुज़ूर का ख़्वाब था। अब हम इसे अमली जामा पहनाना चाहते हैं।"

"हुज़ूर, मरहूम सुल्तान की रूह को इससे ख़ुशी हासिल होगी।" गुल-ए-अब्बासी बोली।

"दिल्ली की क्या ख़बर है? हमें शहर कोतवाल के ज़रिये सही ख़बर नहीं मिल रही है। शहर कोतवाल अमन, चैन और अवाम की ख़ुशहाली के अलावा कुछ नहीं बताता है।"

"सुल्तान-ए-आलम का इक़बाल बुलन्द हो। शहर कोतवाल जो बताता है, सही बताता है, लेकिन आजकल...।"

"लेकिन क्या?" सुल्तान ने चौंककर पूछा।

''सुल्तान-ए-आलम, गुस्ताख़ी की माफ़ी चाहती हूँ। हुज़ूर के बेपर्दा होने से मुल्ला, मौलवी, सैयद, शैख़ और उलेमा हज़रात के अलावा शहर के तमाम आवारा लौंडे, लोफर और शोहदे तरह-तरह की बातें करते हैं।''

''वे क्या बातें करते हैं? ज़रा हम भी सुनें।''

''सुल्तान-ए-आलम...।'' गुल-ए-अब्बासी की आगे कुछ कहने की हिम्मत जवाब दे रही थी।

''गुल-ए-अब्बासी, आप हमारी बाँदी ही नहीं हैं, हमने आपको वे तमाम इख़्तियार दे रखे हैं जो शहज़ादी सज़िया को दिए हैं। आप बेख़ौफ़ होकर बयान करें। शहर के शोहदे ज़्यादा-से-ज़्यादा यही बकवास कर रहे होंगे, हम बेपर्दा होकर अमीर-ए-आख़ुर जमालुद्दीन याक़ूत के साथ मोहब्बत की पैंगें बढ़ा रहे हैं।''

दोनों बाँदियों को इस तरह की उम्मीद नहीं थी। सुल्तान ने अपने बारे में जितनी साफ़ बयानी की थी, दूसरा कोई नहीं कर सकता था। आख़िर वे कोई मामूली इंसान नहीं हैं। वे हिन्दुस्तान की सुल्तान हैं। गुल-ए-अब्बासी अदब के साथ बोली, ''सुल्तान-ए-आलम, क्या कह रही हैं?''

''क्या हम ग़लत कह रहे हैं?'' सुल्तान बुलन्द आवाज़ में बोलीं। सुल्तान की बुलन्द आवाज़ सुनकर दोनों बाँदियों के ही नहीं, बल्कि रहमान और रहीम के भी कान खड़े हो गये।

''हुज़ूर...।'' गुल-ए-अब्बासी का ही नहीं, बल्कि नयनज्योतिबाई का भी डर के मारे बदन का रोयाँ-रोयाँ काँप रहा था। सुल्तान का चेहरा गुस्से के मारे लाल हो गया था। उनकी आँखें फैल गयी थीं। उन्हें इतने गुस्से में पहले कभी नहीं देखा गया था।

''हमारे सामने साफ़-साफ़ बयान करें! शहर के आवारा लौंडे हमें और याक़ूत को लेकर किस तरह की बातें करते हैं?''

''हुज़ूर, सुनने में आया है, सुल्तान...।'' गुल-ए-अब्बासी गर्दन झुकाते हुए डरते-डरते बोली।

''क्या सुनने में आया है? बेख़ौफ़ होकर बयान करें!''

''सुल्तान-ए-आलम, उनका कहना है, सुल्तान ने पर्दा छोड़ दिया है। सुल्तान बेपर्दा होकर सैर के बहाने अमीर-ए-आख़ुर के साथ...।''

''हम यही सुनना चाहते हैं। हम अमीर-ए-आख़ुर के साथ क्या करते हैं?''

''सुल्तान-ए-आलम, गुस्ताख़ी माफ़ हो। उनका कहना है, अमीर-ए-आख़ुर सुल्तान को ख़ुद घोड़े पर बिठाते हैं। सुल्तान को घोड़े से उतरने में उनकी मदद करते हैं। घोड़े पर चढ़ाने और उतारने के वक़्त वे उनका बदन छूते हैं।''

सुल्तान हँसी और बोलीं, ''क्या आप दोनों ने कभी ऐसा देखा है?''

“जी नहीं सुल्तान-ए-आलम।” दोनों बाँदियाँ अदब के साथ झुककर बोलीं।

“वे और क्या कहते हैं?”

“उनका कहना है, सुल्तान ने कभी जामा मस्जिद पर झूठी क़सम खाई थी कि वे शाही तख़्त पर बैठते हुए अपनी शादी नहीं करेंगी।”

सुल्तान मुस्कराईं और बोलीं, “क्या हमने अब तक अपनी शादी की?”

“नहीं हुज़ूर।”

“और वे क्या कहते हैं?” सुल्तान को जहाँ इन फ़ुज़ूल की बातों पर गुस्सा आ रहा था, वहीं हँसी भी आ रही थी।

“मरहूम सुल्तान इल्तुतमिश हुज़ूर की शादी मलिक इख़्तियारुद्दीन अल्तूनिया के साथ तय कर गये थे। इस शादी को टालने की वजह से सुल्तान ने उन्हें दिल्ली से बदायूँ भेजा और उसके बाद दूर तबरहिन्दा भेज दिया। सुल्तान ने जमालुद्दीन याक़ूत की वजह से जानबूझकर मलिक अल्तूनिया को दिल्ली से दूर हटाया, जिससे मलिक अल्तूनिया सुल्तान और जमालुद्दीन याक़ूत की नज़दीकियों से वाक़िफ़ न हो सकें।”

“हमने हुकूमत की बेहतरी के वास्ते मलिक अल्तूनिया को बदायूँ तैनात किया और उसके बाद उन्हें तबरहिन्दा की ज़िम्मेदारी बहुत सोच-समझकर सौंपी। तबरहिन्दा सूबे की ज़िम्मेदारी हर किसी मलिक को नहीं सौंपी जा सकती थी और जहाँ तक मलिक अल्तूनिया से हमारी शादी का सवाल है, यह हमारा निजी मामला है। इससे उन्हें क्यों तकलीफ़ हो रही है?”

“सुल्तान वज़ा फ़र्मा रही हैं।”

सुल्तान हँसी और बोलीं, “उनका और क्या कहना है?”

“सुल्तान की वजह से शहज़ादी सज़िया की शादी नहीं हो पा रही है।”

“हम शहज़ादी सज़िया की शादी न जाने कब से करना चाह रहे हैं। मरहूम अब्बाहुज़ूर भी शहज़ादी की शादी करना चाहते थे, लेकिन शहज़ादी सज़िया इस बाबत ख़ुद ही तैयार नहीं हैं। हम उसकी शादी के मुतल्लिक़ ज़बरदस्ती नहीं कर सकते। और कुछ?”

“हुज़ूर, गुस्ताख़ी माफ़ हो। आवारा लौंडे अमीर-ए-आख़ुर और मोहिनी को लेकर तमाम फ़ुज़ूल की बातें करते हैं।”

“वे उस बेचारी को हमारे बीच क्यों घसीट रहे हैं?”

“उनका कहना है, मोहिनी तक़रीबन रोज़ाना अमीर-ए-आख़ुर की हवेली आती-जाती है। उसके और अमीर-ए-आख़ुर के बीच नाजायज़ रिश्ते हैं। इन लफंगों का यह भी कहना है, अमीर-ए-आख़ुर जमालुद्दीन याक़ूत के दोनों हाथों में लड्डू हैं। वे मोहिनी और सुल्तान...।”

"इन कमबख़्तों का शर्म आनी चाहिए जो मोहिनी जैसी सीधी-सादी लड़की पर उँगली उठा रहे हैं। वह बेचारी तो इस तरह की बातें सोच भी नहीं सकती। हमें उस पर यक़ीन है। इसके अलावा आवारा लौंडे और क्या अफ़वाहें फैला रहे हैं?"

"सुल्तान रज़िया अपने अब्बाहुज़ूर मरहूम सुल्तान इल्तुतमिश के मक़बरे पर चिराग़ जलाने के बहाने जमालुद्दीन याक़ूत के साथ वक़्त गुज़ारती हैं।"

"इनकी अक़्ल पर पत्थर पड़ गये हैं। सोचो, अगर हमें जमालुद्दीन याक़ूत से मुलाक़ात ही करनी होगी तो क्या क़िल-ए-रायपिथौरा इस बाबत छोटा पड़ेगा? क्या हम क़ुश्क-ए-दिलक़ुशा में उनके साथ वक़्त नहीं गुज़ार सकते? यह बात खाली हमारे ऊपर ही नहीं गुज़र रही है, बल्कि तमाम जवान लड़कियों पर भी ऐसी ही फब्तियाँ कसी जा रही होंगी। अल्लाह जाने, इन लोगों की अक़्ल के दरवाज़े न जाने कब खुलेंगे?"

सुल्तान कुछ देर तक ख़ामोश रहीं। इस बीच चीता रहमान उनके नज़दीक आ पहुँचा था। वह सुल्तान के साथ खेलना चाहता था, लेकिन उन्होंने प्यार से उसे सहलाकर अलग हटा दिया। अब सुल्तान ने पूछा, "हमारे ख़िलाफ़ और क्या-क्या बातें हो रही हैं?"

"सुल्तान ने पिछली बार दीवान-ए-आम का दरबार बुलाकर तुर्कान-ए-चिहिलगानी बन्दगान-ए-शम्सी के तमाम अमीरों और मलिकों को ही नहीं, बल्कि दिल्ली की अवाम को गुमराह करते हुए रुकुनुद्दीन फ़ीरोज़शाह को मौत के घाट उतरवाकर जहाँशाह तुर्कान बेगम का क़त्ल करा दिया।"

गुल-ए-अब्बासी की जुबान से निकले अल्फ़ाज़ सुनकर सुल्तान भौंचक्की रह गयीं। वे सोचने लगीं, हमारी नाक के नीचे दिल्ली शहर के आवारा लौंडे बिना किसी शह के इस तरह की अफ़वाहें फैलाने की हिम्मत नहीं जुटा सकते। ज़रूर इसके पीछे दरबार के अमीरों और मलिकों का हाथ होगा। कमबख़्त अमीर और मलिक नहीं चाहते थे कि हिन्दुस्तान के शाही तख़्त पर कोई औरत ज़लवा अफ़रोज़ हो। अमीर और मलिक चापलूसी में ही हमारी क़दमबोसी करते हैं। उन्होंने पूछा, "क्या हम पर यह भी इल्ज़ाम है?"

गुल-ए-अब्बासी गर्दन झुकाए ख़ामोश खड़ी थी। नयनज्योतिबाई जो सुल्तान के सामने हर वक़्त बोलती रहती थी, वक़्त-वक़्त पर उनसे मज़ाक़ कर लेती थी। ऐसा लग रहा था, जैसे उसे साँप सूँघ गया हो। उसकी बोलती बन्द थी। चीते रहमान और रहीम उसके साथ खेलना चाहते थे, लेकिन वह उन दोनों को दूर हटा देती थी। उसकी समझ में नहीं आ रहा था कि इन अफ़वाहों के पीछे किसका हाथ है? हालाँकि वह ख़ुद कई रोज़ से इस तरह की अफ़वाहें सुन रही थी। अब सुल्तान ने नयनज्योतिबाई की ओर मुख़ातिब होकर पूछा, "तू कुछ सुन रही है?"

"जी हाँ हुज़ूर।" नयनज्योतिबाई अदब के साथ झुककर बोली।

सुल्तान अपने दोनों हाथ ऊपर उठाकर बोलीं, "या परवरदिगार या ख़ुदाबन्दे करीम, तू देख रहा है, हम जो कुछ कर रहे हैं, अवाम की ख़ुशहाली के वास्ते कर रहे हैं। हमने आज तक जो भी क़दम उठाया है, सल्तनत की बेहतरी के लिए उठाया है, लेकिन हमारे मुल्ला, मौलवी, सैयद, शैख़ और उलेमा हज़रात अवाम को हमारे ख़िलाफ़ किस कदर भड़का रहे हैं।"

सुल्तान कुछ देर रुककर फिर बोलीं, "नयनज्योतिबाई, क्या तूने इन तमाम इल्ज़ामात के अलावा कुछ और सुना है?"

"सुल्तान-ए-आलम, मुसलमान अवाम के बीच अफ़वाह फैलाई जा रही है, सुल्तान की हुकूमत में नये बुतख़ानों की तामीर कराई जा रही है। सुल्तान ने हिन्दुओं का तीर्थयात्रा महसूल और जजिया माफ़ कर दिया है।"

"हमने इस सिलसिले में कोई गुनाह नहीं किया है। हमारी निगाह में सभी मज़हबों के लोग बराबर हैं। हुकूमत में उन्हें बराबरी का दर्ज़ा मिलना चाहिए। अगर मुल्क में कहीं कोई नयी मस्जिद तामीर होती है तो नया मंदिर क्यों नहीं तामीर हो सकता है?"

"सुल्तान का सोचना सही है, लेकिन सुल्तान के फ़ैसले से दरबार के कट्टर मुल्लाओं और मौलवियों को बेहद तकलीफ़ पहुँची है। सुल्तान को याद होगा, हुज़ूर ने जब इस तरह का फ़ैसला लिया था, उस वक़्त दीवान-ए-आम में जनाब शैख़-उल-इस्लाम ने ख़ुद सुल्तान के फ़ैसले के ख़िलाफ़ आवाज़ उठाई थी।"

"हमें अच्छी तरह से याद है। उस वक़्त जनाब शैख़-उल-इस्लाम ही नहीं, बल्कि दीवान-ए-आम में मौजूद मुल्ला, मौलवी, सैयद, शैख़ और उलेमा हज़रात भी हमारे फ़ैसले को पसन्द नहीं किए थे। हमने उस वक़्त तमाम तकरीरें पेश करते हुए जनाब शैख़-उल-इस्लाम की जुबान बन्द कर दी थी। इसी वास्ते उस वक़्त किसी और ओहदेदार की बोलने की हिम्मत नहीं हुई। हम इन फ़ुज़ूल के मुद्दों पर अपना क़ीमती वक़्त बर्बाद नहीं करना चाहते हैं। हम नयनज्योतिबाई से जानना चाहते हैं, इन अफ़वाहों के अलावा उसने कुछ और सुना है?"

"सुल्तान-ए-आलम, गुस्ताख़ी माफ़ हो। हुज़ूर हमने उड़ती-उड़ती ख़बर सुनी है। अवाम के बीच यह भी अफ़वाह फैलाई जा रही है कि सुल्तान ने अवध के सूबेदार शहज़ादे ग़यासुद्दीन मुहम्मद शाह को ख़ुद मौत के घाट उतरवा दिया और इल्ज़ाम दुश्मनों पर डाल दिया।"

इस ख़बर को सुनकर सुल्तान को गहरा धक्का लगा। उनकी आँखों में ख़ून उतर आया। वे गुस्से में बोलीं, "तब तो शहज़ादे मुइज़्ज़ुद्दीन को लेकर भी तमाम बातें उठ रही होंगी।"

"जी हाँ हुज़ूर।"

"ज़रा हम भी सुनें।"

"हुज़ूर, अफ़वाह फैलाई जा रही है, सुल्तान जल्दी ही शहज़ादे मुइज़्ज़ुद्दीन को अपने रास्ते से हटवा देंगी।"

"अफ़सोस! हमारे ऊपर इतने इल्ज़ाम लग रहे हैं और हमारी ख़ास बाँदियों ने हमें बतलाया तक नहीं। क्या आप हमारी आम बाँदियों, लौंडियों और ख़िदमतगारों की तरह हैं जो सुल्तान का हुक़्म सुनने और तामील बजाने के अलावा कुछ नहीं जानती हैं। क्या इसी वास्ते हमने आपको तमाम छूट दे रखी है?" दोनों बाँदियाँ गर्दन झुकाए ख़ामोश खड़ी थीं। उनकी सुल्तान से आँख-से-आँख मिलाने की हिम्मत नहीं पड़ रही थी। नयनज्योतिबाई की वक़्त-बेवक़्त सुल्तान से हँसी-मज़ाक़ जैसे सपना हो गयी हो।

अभी बातचीत चल ही रही थी कि अमीर-ए-आख़ुर जमालुद्दीन याक़ूत आते दिखाई पड़े। उन्हें देखकर सुल्तान अपना गुस्सा ज़ब्त कर गयीं। जमालुद्दीन याक़ूत ने सुल्तान की शान में अदब के साथ झुककर कोर्निश बजाई। उन्हें देखते ही दोनों चीते रहमान और रहीम उनकी ओर दौड़ पड़े और दोनों ही प्यार से उनका बदन चाटने लगे। वे दोनों जमालुद्दीन याक़ूत से बेहद मुहब्बत करते हैं। जमालुद्दीन याक़ूत भी दोनों का बदन सहलाने लगे। सुल्तान ने उनकी ओर मुख़ातिब होकर पूछा, "कोई नई ख़बर?"

"सुल्तान-ए-आलम का इक़बाल बुलन्द हो। मलिक अलाउद्दीन जानी का नकवान के नज़दीक पायल गाँव में क़त्ल कर दिया गया है।"

"हमने मलिक अलाउद्दीन जानी के पास हरकारे के ज़रिये ख़बर भिजवाई थी कि वह दिल्ली आकर हमारे हुज़ूर में पेश हो। हमने यह भी ख़बर भिजवाई थी कि हम उसे माफ़ कर देंगे, लेकिन उसने हमारी सलाह पर ग़ौर नहीं किया। ख़ुदा को जैसा मंजूर था, वैसा हुआ। हमें उसके बीवी-बच्चों से कोई नाराज़गी नहीं है। उसके बच्चों की परवरिश उसी तरह से हो, जिस तरह से एक मलिक के बच्चों की होती है। उसकी हवेली उसकी बेगम के नाम लिख दी जाए! अगर उसका कोई बेटा जवान हो तो उसे उसकी क़ाबिलियत के हिसाब से सल्तनत में ओहदा दिया जाए!"

"सुल्तान-ए-आलम, हुक़्म की तामील होगी। हुज़ूर, मलिक अलाउद्दीन जानी का कटा हुआ सिर हरकारा दिल्ली लेकर आ गया है। इस सिलसिले में क्या हुक़्म है?"

"मलिक अलाउद्दीन जानी का कटा हुआ सिर ग़ज़नी दरवाज़े पर लटका दिया जाए! जिससे दूसरे अमीर और मलिक सबक़ ले सकें।"

"जो हुक़्म सुल्तान-ए-आलम।"

"निज़ामुलमुल्क जुनैदी के बारे में क्या ख़बर है?"

"उड़ती हुई ख़बर है, निज़ामुलमुल्क जुनैदी की सिरमूर की पहाड़ियों में मौत हो गयी है।"

"बूढ़े जुनैदी को ख़ुदा जन्नत बख़्शे। हमने तजुर्बेकार जुनैदी के पास कई बार हरकारे भेजे। उन्होंने हमारे मरहूम अब्बाहुज़ूर की बेहतर ख़िदमत की, लेकिन पता नहीं क्यों हुकूमत का इतना क़ाबिल वज़ीर-ए-आज़म एक औरत को गद्दीनशीन होते नहीं देख सकता था?"

सुल्तान कुछ देर तक न जाने क्या सोचती रहीं। अब उन्होंने जमालुद्दीन याक़ूत की ओर मुख़ातिब होकर पूछा, "जमालुद्दीन याक़ूत, हमारे और आपके बीच क्या रिश्ते हैं?"

जमालुद्दीन याकूत सुल्तान का सवाल सुनते ही चौंके। उन्हें ऐसा महसूस हुआ, जैसे उनके ऊपर कोई पहाड़ गिर गया हो और वे उसके नीचे दब गये हों। सुल्तान की ज़ुबानी इस तरह का सवाल सुनते ही उनकी रूह काँप उठी। उन्होंने किसी तरह अपने को सँभाला और अदब के साथ झुककर बोले, "हुज़ूर, सुल्तान और ग़ुलाम के रिश्ते के अलावा दूसरा कोई रिश्ता नहीं है।"

"दिल्ली के बाज़ारों में हमें और आपको लेकर तमाम अफ़वाहें उड़ रही हैं। क्या आपको कुछ जानकारी है?"

"सुल्तान-ए-आलम...।"

"हुक़्म है, साफ़-साफ़ बयान करें!"

"सुल्तान-ए-आलम, हमें बेहद अफ़सोस के साथ कहना पड़ रहा है, शहर के कुछ लुच्चे, लफंगे और बदमाश तुर्कान-ए-चिहिलगानी बन्दगान-ए-शम्सी के अमीरों और मलिकों की शह पर अफ़वाहें फैला रहे हैं। दरबार के कुछ मुल्ला, मौलवी और उलेमा हज़रात इस सिलसिले में आग में घी का काम कर रहे हैं। अफ़सोस है, हमें उनके बारे में अभी पुख़्ता सुबूत नहीं मिल सके हैं। फिर भी हुज़ूर ऐसे शरारती लौंडों को पकड़ने का हुक़्म शहर कोतवाल को दे दिया गया है।"

"क्या हुक़्म दे देना ही काफ़ी है? हिन्दुस्तान के सुल्तान के ख़िलाफ़ गन्दी-से-गन्दी तमाम अफ़वाहें फैलाई जा रही हैं। अफ़वाह उड़ाई जा रही है, हमने रुकुनुद्दीन फ़ीरोज़शाह और जहाँशाह तुर्कान बेगम को मौत के घाट उतरवा दिया है। अफ़वाह यह भी है, हमने अवध के सूबेदार शहज़ादे ग़यासुद्दीन मुहम्मद शाह का ख़ुद क़त्ल करवा दिया है और हम शहज़ादे मुइज़्ज़ुद्दीन को भी मरवाने जा रहे हैं।"

"सुल्तान-ए-आलम...।" जमालुद्दीन याक़ूत को इतना इल्म न था कि इस तरह की भी अफ़वाहें अवाम के बीच फैलाई जा रही हैं। उन्हें सुल्तान की बात पर यक़ीन नहीं हो रहा था।

सुल्तान बोलीं, ''हम जो कह रहे हैं, सच कह रहे हैं। इस तरह की अफ़वाहें दिल्ली के कोने-कोने में फैलवाई जा रही हैं। हुक़्म है, दिल्ली में अफ़वाह फैलानेवालों के ख़िलाफ़ सख़्त-से-सख़्त कार्यवाही की जाए! पता लगाया जाए, इन अफ़वाहों के पीछे किसका हाथ है? सबूत मिलने पर मामला हमारे सामने पेश किया जाए! शहर के चप्पे-चप्पे में जासूस छोड़ दिए जाएँ! जो पल-पल की ख़बर अपने हाकिमों के पास पहुँचाते रहें! आप उनके हाकिम से इस सिलसिले में रोज़ाना तहकीकात करें और हमें इसी वक़्त जानकारी देते रहें।''

अभी सुल्तान और अमीर-ए-आख़ुर के बीच बातचीत चल ही रही थी कि कजरी आती दिखाई पड़ी। सुल्तान ने उसकी ओर मुख़ातिब होकर पूछा, ''इस वक़्त मोहिनी कहाँ होगी?''

''सुल्तान-ए-आलम, हुक़्म करें।'' कजरी अदब के साथ झुककर बोली।

''हम पूछ रहे हैं, मोहिनी इस वक़्त कहाँ होगी!'' सुल्तान की आवाज़ में सख़्ती थी।

''सुल्तान-ए-आलम, वह इस वक़्त हुज़ूर के वास्ते फूल लेकर आती है। शायद क़ुश्क-ए-दिलक़ुशा की ओर होगी या फिर हमारी कोठरी की ओर।''

''उसे हमारे सामने फ़ौरन पेश करें!''

सुल्तान का हुक़्म सुनने के बाद कजरी उल्टे पैर लौट गयी। कुछ ही देर में कजरी और मोहिनी सुल्तान के सामने मौजूद थीं। नज़दीक ही दोनों चीते रहमान और रहीम आपस में खेल रहे थे। मोहिनी चीतों के नज़दीक पहले कभी नहीं आई थी। वह उनसे डर रही थी। सुल्तान ने मोहिनी की ओर मुख़ातिब होकर पूछा, ''आप और जमालुद्दीन याक़ूत के बीच क्या रिश्ते हैं?''

सुल्तान का सवाल सुनकर मोहिनी ही नहीं, बल्कि कजरी और जमालुद्दीन याक़ूत भी चौंक पड़े। नयनज्योतिबाई और गुल-ए-अब्बासी पर सुल्तान द्वारा पूछे गये सवाल का कोई असर नहीं पड़ा। मोहिनी अदब के साथ झुककर बोली, ''सुल्तान-ए-आलम का इक़बाल बुलन्द हो। हमारे और अमीर-ए-आख़ुर के बीच बहन-भाई के रिश्ते हैं।''

''क्या कोई सबूत?''

''सुल्तान-ए-आलम, हम रक्षाबन्धन पर अमीर-ए-आख़ुर को राखी बाँधते हैं।''

सुल्तान ने जमालुद्दीन याक़ूत की ओर मुख़ातिब होकर पूछा, ''जमालुद्दीन याक़ूत, मोहिनी क्या कह रही है?''

''सुल्तान-ए-आलम, मोहिनी वज़ा फ़र्मा रही है। हम बचपन में ही अपने माँ-बाप और भाई-बहन से बिछड़ गये थे। हमारी परवरिश एक सौदागर ने की। उस

सौदागर ने हमें मरहूम सुल्तान इल्तुतमिश के हाथों बेच दिया। मरहूम सुल्तान को ख़ुदा जन्नत बख़्शे! आक़ा से हमें अपने अब्बाहुज़ूर की मुहब्बत मिली। इतना ही नहीं, हुज़ूर की मरहूम अम्मीजान मलिक-ए-आलम क़ुतुब बेगम ने हमें अपने बेटे की तरह समझा, लेकिन हमें न तो भाई की मुहब्बत मिली और न ही बहन की। मोहिनी को हमने अपनी बहन बनाया जिससे हमें बहन की मुहब्बत मिली।

मोहिनी को भी हमारी तरह अपने माँ-बाप और भाई-बहन की मुहब्बत नहीं मिल सकी थी। हुज़ूर ने जब उसे ग़ुलाम बाज़ार से ख़रीदा था, तब उसकी ज़िन्दगी में कुछ बहार आ गयी थी। कजरी ने इसे अपनी छोटी बहन की तरह समझा। लाला हज़ारीमल ने इसे गोद लेकर बाप की मुहब्बत दी। लाला के मरने के बाद उनकी चिता को आग लगाने के वास्ते सुल्तान ने जो इंसाफ़ किया, उसे दिल्ली की अवाम ही नहीं, बल्कि तमाम मुल्क की अवाम ताउम्र याद रखेगी। अब मोहिनी भाई की मुहब्बत पाकर ख़ुश है। अभी मोहिनी ने सुल्तान-ए-आलम के सामने जो कुछ बयान किया है, सही किया है। मोहिनी जैसी लड़की को अपनी बहन बनाकर हमें भी बहन का प्यार मिला।" इतना बोलते-बोलते जमालुद्दीन याक़ूत जैसे बहादुर, दिलेर और जाँबाज़ ओहदेदार की भी आँखें भर आईं।

सुल्तान मुस्कराईं और बोलीं, "हमें पहले से ही मालूम था, आप दोनों के बीच भाई-बहन का रिश्ता है। हम इस बात को आप दोनों की जुबानी सुनना चाहते थे। हालाँकि इस सिलसिले में हमें कजरी ने कोई जानकारी नहीं दी थी। हमें यह बात बहुत पहले चन्द्रकला ने बताई थी। आप दोनों के पाक रिश्ते को लेकर शहर के आवारा लौंडे फ़ुज़ूल अफ़वाहें फैला रहे हैं। ऐसे लौंडों को पकड़कर क़ैदख़ाने में डाल दिया जाए! जिससे आगे कोई शख़्स भाई-बहन के पाक रिश्ते पर उँगली न उठा सके।"

"जो हुक़्म सुल्तान-ए-आलम।"

रहमान और रहीम अब भी अमीर-ए-आख़ुर जमालुद्दीन याक़ूत के बदन से लिपटे हुए थे। जमालुद्दीन याक़ूत प्यार से उन दोनों को सहला रहे थे। सुल्तान की नज़र कभी जमालुद्दीन याक़ूत की ओर जा रही थी तो कभी रहमान और रहीम की ओर। वे सोच रही थीं कि जिस शख़्स को खूँखार चीते तक मुहब्बत करते हैं, उस शख़्स पर किस औरत का दिल नहीं आ जाएगा।

चौसठ

छः रज़ब, छः सौ चौंतीस हिज़री, पाँच मार्च, बारह सौ सैंतीस! दोपहर का वक़्त था। कुछ ही देर पहले आँधी आई थी। पेड़ों के पुराने पत्ते शाखाओं से अलग होकर ज़मीन पर चादर की तरह बिछ गये थे। आँधी शान्त होने के बाद न जाने कहाँ से बेमौसम की हल्की-फुल्की बरसात हो गयी। बरसात की वजह से नयी-नयी कोपलें पेड़ों पर चमकने लगीं। लाला करोड़ीमल अपनी दुकान पर अकेले बैठे थे। नौकरों को खाना खाने की छुट्टी दे दी गयी थी। वे खाना खा चुके थे। लाला की उम्र तक़रीबन पैंसठ वर्ष हो चुकी थी। बीमारी ने उन्हें तोड़ दिया था। बीमारी की वजह से वे कुछ दिन दुकान पर नहीं आ सके थे। ग़ज़नी बाज़ार के लोग सोच रहे थे कि कहीं लाला हज़ारीमल और कल्लन मियाँ की तरह लाला करोड़ीमल का भी वक़्त नज़दीक तो नहीं आ गया है, लेकिन लाला को हकीम बसीरुद्दीन ने नयी ज़िन्दगी दी। अब लाला दो महीनों से लगातार दुकान पर आ रहे हैं।

लाला की बीमार पत्नी दो साल पहले गुज़र गयी थीं। उनके घर में नौकरानी के अलावा और कोई नहीं है। लाला के घर भी कोई औलाद पैदा नहीं हुई थी। वे औलाद के वास्ते अपनी पत्नी को लेकर कहाँ-कहाँ नहीं गये थे। जहाँ दूर-दूर के मंदिरों में जाकर प्रसाद चढ़ाया, वहीं तमाम दरगाहों की खाक छानी। लाला सोच रहे थे कि उनके मरने के बाद दुकान का क्या होगा? इसे कौन चलाएगा? उनका कोई वारिस नहीं है। उनके बाद उनके परिवार का नामो-निशान मिट जाएगा। लाला अभी सोच ही रहे थे कि इसी बीच मोहिनी लाला की दुकान पर आ पहुँची। मोहिनी ने आज आसमानी रंग की साड़ी पहन रखी थी। उसने साड़ी से मिलते-जुलते रंग की कमीज़ भी पहन रखी थी। जेवर के नाम पर उसके गले में एक सोने की जंजीर और कान में सोने की हल्की बालियाँ थीं। उसके लम्बे बालों की चोटी पीठ पर हिल-डुल रही थी। लाला मोहिनी को देखते ही बोले, "आओ बेटी मोहिनी, इधर कई रोज़ के बाद दुकान पर आई हो। कैसी हो?"

मोहिनी लाला को प्रणाम करके बोली, "लाला की दुआ से ठीक हूँ। इस वक़्त मरहूम लाला हज़ारीमल की हवेली की मरम्मत करा रही हूँ। हवेली कई जगह से टूट-फूट गयी थी। कई वर्षों से रंग-रोगन नहीं हुआ था। सोचा, बरसात आने से पहले हवेली का रंग-रोगन करा दूँ। तक़रीबन एक महीने से काम लगा है। एक साथ चार मज़दूर और दो मिस्त्री लगा रखे हैं, लेकिन आजकल मज़दूरों से काम लेना आसान नहीं है। जहाँ हमें उन पर निगरानी रखनी पड़ती है, वहीं फूलों की दुकान भी सँभालनी पड़ती है। सुबह उठते ही फुलहट्टी फूल ख़रीदने जाना पड़ता है। फूल ख़रीदकर अमीर-ए-आख़ुर जमालुद्दीन याक़ूत और क़िला में फूल पहुँचाने होते

हैं।''

''ठीक कह रही है। तेरे पास एक नहीं अनेक काम हैं। तुझे कभी फ़ुरसत में नहीं देखा। मज़दूरों से काम लेना आसान नहीं है। जब तक सामने मौजूद रहो, वे काम करते हैं, लेकिन जरा हटते ही कामचोरी करने लगते हैं।''

मोहिनी ने लाला की बात पर कोई ख़ास ग़ौर नहीं किया। वह दुकान में सजे जेवर देख रही थी। लाला बोले, ''क्या कोई ज़ेवर दिखलाऊँ?''

''लाला, आप जानते हैं, हमें जेवर पहनने का शौक़ नहीं।''

''कजरी काफ़ी जेवर ख़रीदती थी। उसे नये-नये जेवर पहनने का शौक़ था। उसने कभी हमसे जिद करके सोने की पायल बनवाई थी। हालाँकि हमने उसे मना किया था।''

''दीदी को कभी जेवर पहनने का शौक़ था, लेकिन सुल्तान के नज़दीक पहुँचने पर उन्होंने जेवर पहनना छोड़ दिया। अब तो उनके जेवर तलवार, भाला, नैज़ा, तीर-कमान और दूसरे जंगी हथियार हैं।''

इतना कहकर मोहिनी हँस पड़ी। लाला करोड़ीमल की भी हँसी छूट पड़ी। अब लाला ने पूछा, ''स्वर्गीय लाला हज़ारीमल की दुकान को तू ख़ुद क्यों नहीं देख रही है? फूलों की दुकान में क्या रखा है? लाला की दुकान में दुकानदारी अच्छी है। हमारी बात मान और फूलों की दुकान बन्द कर। अब स्वर्गीय लाला हज़ारीमल की दुकान ख़ुद सँभाल!''

''मरहूम लाला हज़ारीमल की दुकान मुनीमजी दौलतराम अच्छी तरह सँभाल रहे हैं। दुकान बन्द होने के बाद वे हमें दिन भर की ख़रीद-फ़रोख़्त और नफा-नुक़सान बता जाते हैं। दुकान का अकेला नौकर रामचरन ईमानदार है। तक़रीबन तीस साल से नौकरी कर रहा है। उसके आगे-पीछे कोई नहीं है। दुकान से जो आमदनी हो रही है उसे हवेली की मरम्मत में लगा रही हूँ। फूलों की दुकान से जो फ़ायदा हो रहा है, उससे हवेली का रंग-रोगन कराऊँगी, जिससे कोई यह न कह सके, लाला हज़ारीमल ने मोहिनी को गोद लिया था और मोहिनी ने लाला की दौलत बर्बाद कर दी।''

''मोहिनी, तेरे जैसी सोच आज किसी की नहीं है। तू लाला हज़ारीमल की ही बेटी नहीं है, बल्कि हमारी भी बेटी है। कभी कोई तकलीफ़ हुआ करे तो बता दिया कर।''

''हमें कोई तकलीफ़ नहीं है।''

अभी लाला करोड़ीमल और मोहिनी आपस में बातचीत ही कर रहे थे कि सड़क पर कुछ लोग भागते नज़र आए। लाला ने देखा कि हकीम बसीरुद्दीन भागे-भागे आ रहे हैं। लाला के नौकर जल्दी ही दुकान से उतरे और हकीम को दुकान के

अन्दर ले आए। हकीम का दिल तेज़ी से धड़क रहा था। उनके पैरों में जूतियाँ नहीं थीं। उनके चेहरे पर हवाइयाँ उड़ रही थीं। सफ़ेद पोशाक पर कहीं-कहीं ख़ून के ताज़े दाग़ लगे हैं। मोहिनी ने सहारा देकर हकीम को एक कुर्सी पर बिठा दिया। हकीम की साँस तेज़ चल रही थी। मोहिनी उन पर पंखा झलने लगी। इस बीच नौकर भी दुकान पर आ गये थे। उन्होंने हकीम को पानी पिलाया। पानी पीने के बाद हकीम ने कुछ राहत महसूस की। लाला ने हकीम से पूछा, "हकीम साहब, क्या हुआ? आपकी पोशाक पर ख़ून के छींटे कैसे? आपके पैरों से जूतियाँ नदारद हैं। पालकी कहाँ रह गयी? हमें आपकी हालत देखकर ताज़्जुब हो रहा है। आपकी यह हालत किसने बनाई है?" लाला ने एक साथ तमाम सवाल कर दिए।

हकीम की साँस अब भी तेज़ चल रही थी। वे कुछ देर ठहरकर बोले, "लाला, कुछ न पूछो। जुमा की नमाज़ पढ़ने जामा मस्जिद गया था। अभी नमाज़ शुरू ही हुई थी कि मस्जिद के दायें-बायें से मौलाना नूरुद्दीन उर्फ़ नूर तुर्क अपने चेलों को लेकर आ धमके और तमाम नमाज़ियों का बिना किसी बात के क़त्ल-ए-आम शुरू करा दिया। भला हो, नसीरुद्दीन एतिमुर बलआरामी और अमीर इमाम नासिर का जो मौक़-ए-वारदात पर अपने सिपाहियों को लेकर वक़्त से पहुँच गये। उनके सिपाहियों ने मौलाना नूर तुर्क के हमलावरों का सामना ही नहीं किया, बल्कि उन्हें चुन-चुनकर मारा। अगर इन दोनों के आदमी वक़्त से जामा मस्जिद नहीं पहुँचते, तब आज जामा मस्जिद ख़ून में नहा गयी होती।"

"क्या शहर कोतवाल मौक़-ए-वारदात पर नहीं पहुँच पाए?" लाला को ही नहीं, बल्कि वहाँ मौजूद सभी लोगों को ताज़्जुब हो रहा था कि इतनी बड़ी घटना शहर दिल्ली में कैसे घट गयी जब कि जामा मसज़िद से क़िल-ए-रायपिथौरा ज़्यादा दूर नहीं है। सुल्तान रज़िया भी दिल्ली से बाहर नहीं थीं।

"लाला, शहर कोतवाल वहाँ पहुँचे।, लेकिन जब तक पहुँचे, तब तक मौलाना के हमलावरों ने न जाने कितने नमाज़ियों को मौत के घाट उतार दिया था। शहर कोतवाल ने उनका डटकर मुक़ाबला किया। जंग में शहर कोतवाल जख़्मी ही नहीं हुआ, बल्कि उसके कई सिपाही मारे भी गये। ख़ुदा उन सभी को जन्नत बख़्शे।"

"मौलाना नूर तुर्क का नाम हमने सुना है, लेकिन उन्होंने ऐसा क्यों किया? हमारी समझ में नहीं आ रहा है। मुसलमान मुसलमान का क्यों क़त्ल कर रहा है? आख़िर यह आपसी रंजिश क्यों है?"

"मौलाना नूर तुर्क इस्माइली फ़िरक़े से ताल्लुक़ रखते हैं। वे शिया होने की वजह से सुन्नियों को फूटी आँख देखना पसन्द नहीं करते। उनके चेले सुन्नियों को नासिबी और मुरजी कहकर पुकारते हैं। इतना ही नहीं, उनके चेले अबूहनीफ़ा और शाफ़ई मज़हब के उलेमाओं के ख़िलाफ़ अवाम को भड़काते रहते हैं।"

"नासिबी और मुरजी के क्या मायने हैं? हमने आज तक यह लफ़्ज़ नहीं सुने हैं।" लाला बोले।

"आप इन्हें हिन्दवी ज़ुबान में काफ़िर या अधर्मी कह सकते हैं।"

"अबूहनीफ़ा और शाफ़ई मज़हब क्या है? क्या इस्लाम मज़हब में कई और मज़हब पैदा हो गये हैं?" लाला को सुनकर ताज़्ज़ुब हो रहा था। वे अब तक यही समझ रहे थे कि इस्लाम एक ही मज़हब है।

"जिस तरह हिन्दुओं में तमाम जातियाँ है, वैसे ही सुन्नियों के अलग-अलग फ़िरक़े हैं।"

"हकीम साहब, इस्लाम मज़हब की यह बारीकियाँ हमारी समझ से बाहर हैं। शिया-सुन्नी का क्या मामला है?"

"लाला, क़िस्सा लम्बा है। फिर कभी बताएँगे। हमें इस वक़्त चलने की इजाज़त दें। शहर में हमलावर घूम रहे हैं। जामा मस्जिद पर हुए हमले की ख़बर अब तक हमारे घर पर पहुँच गयी होगी। बेगम फ़िक्रमंद होंगी।"

लाला नौकर राममोहन से बोले, "हकीम साहब को इनकी हवेली पहुँचाकर आएँ!"

हकीम साहब जैसे ही दुकान से नीचे उतरे, मोहिनी ने लाला से सवाल किया, "हिन्दुस्तान में हिन्दू-मुसलमान एक-दूसरे से लड़ते देखे थे, लेकिन मुसलमान मुसलमान के ख़ून का प्यासा है। आख़िर ऐसा क्यों है?"

"बेटी, हम बूढ़े हो गये हैं, लेकिन आज तक खुद नहीं समझ पाए, ऐसा क्यों हो रहा है? हम क्या जवाब दें?"

पैंसठ

बारिश एक हफ़्ते से लगातार हो रही थी। कल शाम से मौसम साफ़ हुआ था। नदियाँ, तालाब और खेत लबालब भरे थे। धान की फ़स्ल लहलहा रही थी। धान के अलावा ज्वार, बाजरा, मक्का और जुनरी की फ़स्लें भी काफ़ी अच्छी थीं। पिछले दो वर्षों में भी अच्छी बारिश हुई थी जिसकी वजह से किसानों ने तमाम परती पड़े खेत बो लिए थे। इन खेतों में लगी फ़स्लों को देखकर किसानों के चेहरे खिल उठे थे। वे सोच रहे थे कि हर साल के मुक़ाबले इस साल काफ़ी ज़्यादा अनाज उनके घरों में पहुँचेगा और लगान चुकाने में कोई तकलीफ़ नहीं होगी।

जहाँ किसान अपनी लहलहाती फ़स्ल देखकर ख़ुश थे, वहीं जमालुद्दीन याक़ूत

अपनी हवेली के अहाते में शेर के साथ अकेले लड़ रहे थे। शेर को तीन दिन पहले ही उनके शिकारी मथुरा के जंगलों से पकड़कर लाए थे। हालाँकि जमालुद्दीन याक़ूत ने फ़ौलादी जिरहबख़्तर, खोद और जौशन पहन रखे थे, लेकिन वे निहत्थे थे। उनके हाथ में तलवार, भाला, ढाल कुछ नहीं था।, लेकिन उन्होंने अपने हाथों में फ़ौलादी दस्ताने पहन रखे थे जो शेर के पंजों से कम नुकीले नहीं थे।

अमीर-ए-आख़ुर के ख़िदमतगारों ने उन्हें काफ़ी समझाने की कोशिश की थी कि वे जंगली भूखे शेर से लड़ने की कोशिश न करें, लेकिन वे नहीं माने। उन्होंने न तो अपने हकीम की सलाह पर ग़ौर फ़र्माया और न ही अपने मुंशी की सलाह मानी। बूढ़े हकीम को जमालुद्दीन याक़ूत पर तरस आ रहा था। वे सोच रहे थे कि कहीं इस ख़ौफ़नाक जंग में जमालुद्दीन याक़ूत का काम तमाम न हो जाए और हमेशा-हमेशा के लिए यह जाँबाज़ मौत की नींद सो जाए।

जंग को बाँदियाँ, लौंडियाँ, कनीज़ें, ख़्वाजासरा और ख़िदमतगार हवेली की दूसरी मंज़िल के छज्जों से देख रहे थे। जंग देर से चल रही थी। शेर लगातार जमालुद्दीन याक़ूत के ऊपर छलांग लगा रहा था, लेकिन वे अपना बचाव कर रहे थे। वे शेर से कम फुर्तीले नहीं थे। उन्होंने बचाव करते-करते जब शेर को कुछ थका लिया, तब शेर से आमने-सामने भिड़ने लगे। इस जंग के दौरान एक वक़्त ऐसा भी आया, जब शेर अपने अगले दोनों पैरों पर खड़ा हो गया और अपने पंजों के नुकीले नाख़ूनों और दाँतों से जमालुद्दीन याक़ूत का काम तमाम कर देना चाहता था, लेकिन जमालुद्दीन याक़ूत ने उसके दोनों पंजे अपने पंजों में फँसा लिए। दोनों बहादुरों में से कोई भी अपनी जगह से हिलने का नाम नहीं ले रहा था।

जब यह ख़ौफ़नाक तमाशा चल रहा था, तभी मोहिनी फूल लेकर हवेली पहुँची। उसे एक ख़िदमतगार ने हवेली की दूसरी मंज़िल पर पहुँचा दिया। जैसे ही उसकी नज़र अहाते में लड़ रहे जमालुद्दीन याक़ूत और शेर पर पड़ी, वह भौंचक्की ही नहीं रह गयी, बल्कि भयभीत हो उठी। उसकी समझ में नहीं आ रहा था कि जमालुद्दीन याक़ूत ने ऐसा क़दम क्यों उठाया, जिसमें उनकी जान का ख़तरा था? उसने वहाँ मौजूद बाँदियों और लौंडियों से पूछा कि क्या अमीर-ए-आख़ुर को किसी ने समझाया नहीं? कोई भी बाँदी या लौंडी मोहिनी के सवाल का जवाब नहीं दे सकी। वे सभी दो शेरों की जंग का लुत्फ़ उठा रही थीं। कुछ कमज़ोरदिल लौंडियाँ और बाँदियाँ जंग देखकर इतनी भयभीत हो गयीं कि डर के मारे वहाँ से अलग हट गयीं। दो बाँदियाँ बेहोश हो गयीं।

शेर और जमालुद्दीन याक़ूत एक-दूसरे से गुँथे हुए थे। आख़िर जमालुद्दीन याक़ूत ने पूरी ताक़त लगाकर शेर को ज़मीन पर पटक दिया और उसके सीने पर बैठ गये। वे अपने हाथों से अब भी उसके दोनों अगले पैर कसकर पकड़े ही नहीं हुए थे,

बल्कि उन्हें पूरी ताक़त से मरोड़ रहे थे। शेर अब थककर चूर हो गया था। वे कुछ ही देर में शेर के बदन से उछलकर अलग हो गये। शेर ने एक बार फिर उठकर जमालुद्दीन याक़ूत पर छलांग लगाई, लेकिन वे बड़ी होशियारी से उसका वार बचा गये। शेर ज़मीन पर जाकर मुँह के बल गिर पड़ा और कुछ देर तक इसी तरह पड़ा रहा।

हवेली के अहाते में फ़ौलादी पिंजरे का दरवाज़ा खुला था। अब जमालुद्दीन याक़ूत ने शेर को डाँटकर उठाया। वह अब भी गुर्रा रहा था। कभी-कभी बुलन्द आवाज़ में दहाड़ भी रहा था। अब वह धीरे-धीरे पिंजरे की ओर जाने लगा। शेर पिंजरे के नज़दीक जाकर बैठ गया और याक़ूत को देखकर गुर्राता रहा। जमालुद्दीन याक़ूत अब भी चौकन्ने थे। वे शेर की एक-एक हरकत बड़े ग़ौर से देख रहे थे। वे उसकी खूँखार आँखों-में-आँखें डाले हुए थे। उन दोनों में से कोई भी अपनी आँख इधर-से-उधर नहीं हटा रहा था। आख़िर शेर को ही अपनी आँखें नीची करनी पड़ीं। अब उनके डाँटने पर शेर किसी तरह पिंजरे के अन्दर चला गया। शेर पिंजरे के अन्दर इधर-उधर टहलता हुआ गुर्रा रहा था। वह बेहद गुस्से में था। शेर के पिंजरे के अन्दर पहुँचते ही जमालुद्दीन याक़ूत ने दरवाज़ा बन्द कर दिया। जैसे ही शेर पिंजरे के अन्दर बन्द हो गया, वैसे ही हवेली की दूसरी मंज़िल के छज्जों पर खड़े हाज़िरीन की ज़ुबान से एक साथ निकल पड़ा, ''मरहबा...मरहबा...मरहबा!''

पिंजरे में शेर के बन्द होते ही दो ख़िदमतगार दौड़ते हुए जमालुद्दीन याक़ूत के नज़दीक पहुँचे। उन दोनों ने जमालुद्दीन याक़ूत के जिरहबख़्तर, खोद और फ़ौलादी जौशन खोलकर उनके बदन से अलग किए। वहाँ मौजूद हाज़िरीन ने देखा कि जमालुद्दीन याक़ूत का समूचा बदन पसीने में डूबा हुआ है। उनके चेहरे और पैरों से कहीं-कहीं ख़ून बह रहा है। पोशाक जगह-जगह से फट गयी है। उनकी हालत देखकर उनके ख़ास हकीम हुसामुद्दीन दौड़े-दौड़े आए और उन्हें लेकर दीवानख़ाने की ओर चल दिए, जिससे उनके घावों को धोकर मरहम-पट्टी की जा सके।

मोहिनी अब वहाँ रुकी नहीं। वह फूलों की डलिया लेकर हवेली से बाहर निकल आई। हालाँकि हवेली की बाँदियों ने उससे कहा कि वह जमालुद्दीन याक़ूत से मिलकर जाए, लेकिन वह नहीं मानी। वह गुस्से से भरी हुई थी। वह जैसे ही हवेली के बाहर अपनी पालकी के नज़दीक पहुँची। पालकी के कहाँरों के मुखिया ने उससे पूछा, ''बेटी, फूलों की डलिया वापस क्यों ले आईं?''

मोहिनी ने कुछ जवाब नहीं दिया, बल्कि बोली, ''जल्दी-से-जल्दी क़िल-ए-रायपिथौरा चलो।'' कहाँर ग़ज़नी बाज़ार वापस लौटने के बजाय क़िले की ओर चल दिए। क़िला जमालुद्दीन याक़ूत की हवेली से ज़्यादा दूर नहीं था। कहाँर पालकी लेकर दीवान-ए-आम के नज़दीक जा पहुँचे और पालकी ज़मीन पर रख दी।

मोहिनी फूलों की डलिया लेकर पैदल क़ुश्क-ए-दिलक़ुशा की ओर चल दी।

क़ुश्क-ए-दिलक़ुशा पर तातारी बाँदियों का पहरा था। दारोग़-ए-क़ुश्क-ए-दिलक़ुशा क़ादिरबीवीबानो वहाँ मौजूद नहीं थीं। ख़्वाजासरा इनायत पहरा दे रहा था। वह मोहिनी को देखकर बोला, "आपा, आज इतनी जल्दी कैसे आ गयी हो?"

मोहिनी बोली, "इनायत, हमारा सुल्तान-ए-आलम से मिलना बेहद ज़रूरी है।"

"सुल्तान-ए-आलम शहर के मुआयने के वास्ते निकलने ही वाली हैं। उनसे इस वक़्त मुलाक़ात...।"

"हमारा सुल्तान-ए-आलम से मिलना बेहद ज़रूरी है। किसी तरह उनसे जाकर ख़बर करो।"

"कोशिश करता हूँ।" इतना कहकर ख़्वाजासरा इनायत अन्दर चला गया।

वह कुछ ही देर में वापस लौट आया और बोला, "आपा, आप जा सकती हैं।"

मोहिनी क़ुश्क-ए-दिलक़ुशा के अन्दर जैसे ही पहुँची, उसका सामना सुल्तान रज़िया से हो गया। वह अभी अदब के साथ झुककर कोर्निश ही बजा रही थी कि सुल्तान ने पूछा, "क्यों, क्या हुआ? इतनी सुबह कैसे आना हुआ?"

सुल्तान के इर्द-गिर्द उनकी ख़ास बाँदियाँ गुल-ए-अब्बासी, नयनज्योतिबाई, कजरी, चन्द्रकला, चंचलबाई और गुलसुल्तानबानो खड़ी थीं। मोहिनी बोली, "सुल्तान-ए-आलम, ग़ज़ब हो गया।"

"क्या हुआ?" सुल्तान ने चौंककर पूछा।

"हुज़ूर, मैं आज जैसे ही अमीर-ए-आख़ुर जमालुद्दीन याक़ूत की हवेली पहुँची, वहाँ का नज़ारा देखकर भौंचक्की रह गयी। हवेली के अहाते में अमीर-ए-आख़ुर और एक शेर के बीच जंग हो रही थी। जंग देखकर हमारा रोयाँ-रोयाँ काँप उठा। वहाँ मौजूद कई बाँदियों से अमीर-ए-आखुर और शेर की जंग देखी नहीं गयी। वे वहाँ से हट गयीं और कई बेहोश हो गयीं। मैं इस ख़ौफ़नाक जंग को देखकर भागी-भागी हुज़ूर को इत्तिला देने के वास्ते चली आई।"

"क्या कहा? जमालुद्दीन याक़ूत शेर से लड़ रहे थे?" इस ख़बर को सुनते ही सुल्तान रज़िया भौंचक्की ही नहीं रह गयीं, बल्कि उनके इर्द-गिर्द मौजूद उनकी ख़ास बाँदियों के होश उड़ गये।

"हुज़ूर, जब मैं वहाँ पहुँची, तब अमीर-ए-आख़ुर और शेर में जंग हो रही थी। कभी शेर उन पर हावी हो रहा था तो कभी वे शेर पर भारी पड़ रहे थे। शेर गुर्रा-गुर्राकर उन पर झपट रहा था। वे उसकी हर झपट से अपने को बचा रहे थे। आख़िर काफ़ी मशक़्क़त के बाद वे शेर पर काबू पा सके। उन्होंने मौक़ा पाकर एक बार शेर

को पटक दिया और उसकी छाती पर बैठ गये।''

इस क़िस्से को वहाँ मौजूद बाँदियाँ बड़े ग़ौर से सुन रही थीं। उनकी ज़ुबान से एक साथ निकल पड़ा, ''मरहबा...मरहबा...मरहबा!''

''ख़ामोश! जमालुद्दीन याक़ूत ने अपनी जान जोख़िम में डालकर यह बेहूदा हरकत आख़िर क्यों की? इस जंग में उनकी जान जा सकती थी। उन्हें ऐसा नहीं करना चाहिए था और आप सभी उनकी इस बेजा हरकत पर मरहबा...मरहबा चिल्ला रही हैं। क्या उन्हें यह नहीं पता है कि इस तरह की जंग लड़ने का इख़्तियार सल्तनत में किसी को नहीं है। हाथियों और शेरों की आपस में जंग सुल्तान के हुक़्म से ही हो सकती हैं। मरहूम अब्बाहुज़ूर कभी-कभी इस तरह की जंग देखा करते थे और जहाँ तक किसी आदमी का किसी शेर या चीते के साथ लड़ने का सवाल है, ऐसी जंग का हुक़्म सुल्तान गुनाहगार को ही दे सकता है। क्या जमालुद्दीन याक़ूत को इसका भी इल्म नहीं है? जब कि वे सल्तनत के तजुर्बेकार ओहदेदार ही नहीं, बल्कि मरहूम अब्बाहुज़ूर के ख़ास गुलाम रहे हैं।'' वहाँ मौजूद सभी बाँदियाँ समझ रही थीं कि जमालुद्दीन याक़ूत की बहादुरी, दिलेरी और जाँबाज़ी से सुल्तान ख़ुश होंगी, लेकिन उन्हें क़त्तई उम्मीद नहीं थी कि सुल्तान मरहबा...मरहबा बोलने पर इतनी नाराज़ भी हो सकती हैं।

कुछ देर की ख़ामोशी के बाद सुल्तान ने मोहिनी से पूछा, ''क्या इस जंग में जमालुद्दीन याक़ूत को कोई चोट तो नहीं पहुँची?''

''हुज़ूर, अमीर-ए-आख़ुर ने जंग के दौरान फ़ौलादी जिरहबख़्तर, खोद, दस्ताने और जौशन पहन रखे थे, लेकिन फिर भी उनके चेहरे और पैरों पर शेर के नुकीले पंजों ने जख़्म कर दिए हैं जिसकी वजह से कहीं-कहीं ख़ून बह रहा था।''

''क्या वे आसानी से चल-फिर रहे थे?'' सुल्तान सोच रही थीं कि कहीं जमालुद्दीन याक़ूत को गहरा घाव न आ गया हो। वे जहाँ अपनी ख़ास बाँदियों पर बिगड़ रही थीं, वहीं यह भी सोच रही थीं कि जमालुद्दीन याक़ूत को आज अगर कुछ हो गया होता तो हमारा क्या होता? बाँदियाँ अच्छी तरह से समझ रही थीं कि सुल्तान के दिल के अन्दर कुछ और है और ज़ुबान से कुछ और बोल रही हैं।

मोहिनी बोली, ''जी हाँ हुज़ूर। वे आराम के साथ चल रहे थे। उनके चेहरे पर उस वक़्त ख़ौफ़ नाम की चीज़ नहीं थी।''

अब सुल्तान मोहिनी की ओर मुख़ातिब होकर बोलीं, ''हम इस वक़्त शहर की ओर जा रहे हैं। इनायत से जाकर कहें, जमालुद्दीन याक़ूत हमसे दोपहर बाद हौज़ शम्सी के जहाज महल में मिलें।''

''जो हुक़्म सुल्तान-ए-आलम।'' इतना कहकर मोहिनी वापस पालकी की ओर लौट पड़ी। उसकी हिम्मत नहीं हुई कि वह फूलों की डलिया सुल्तान को नज़र

करे। इनायत से सामना होने पर उसने सुल्तान का हुक़्म उसे सुना दिया।

मोहिनी के चले जाने के कुछ ही देर बाद सुल्तान ने गुल-ए-अब्बासी की ओर मुख़ातिब होकर पूछा, "क्या वक़्त बहादुर पर हौदा कसा जा चुका है?"

"जी हाँ हुज़ूर।"

अब सुल्तान क़ुश्क-ए-दिलकुशा से बाहर निकल पड़ीं। गलियारे में खड़ी तातारी बाँदियाँ उनकी शान में अदब के साथ कोर्निश बजा रही थीं। ख़्वाजासरा इनायत सुल्तान के पीछे-पीछे चल रहा था। जैसे ही सुल्तान वक़्त बहादुर के नज़दीक पहुँचीं, इनायत ने सुल्तान से पूछा, "क्या सुल्तान-ए-आलम के साथ हम भी चलें?"

सुल्तान बोलीं, "आप यहीं रहें!"

इतना कहकर सुल्तान सीढ़ी के ज़रिये हौदे पर सवार हो गयीं। आज उनकी ख़ास बाँदियों में से किसी की हिम्मत नहीं पड़ रही थी कि वे सुल्तान के साथ हौदे में सवार हों। वे सभी एक-दूसरे का चेहरा देख रही थीं। अब नयनज्योतिबाई हिम्मत बाँधकर सीढ़ी के ज़रिये हौदे पर सवार हो गयी और सुल्तान पर पंखा झलने लगी। जैसे ही नयनज्योतिबाई हौदे में पहुँची, महावत आरिफ़ का इशारा पाकर वक़्त बहादुर उठ खड़ा हुआ और दीवान-ए-आम, नौबतख़ाना होता हुआ ग़ज़नी दरवाज़े की ओर चल दिया।

सुल्तान की सवारी के आगे सौ तातारी बाँदियाँ नंगी तलवारें लिए घोड़ों पर सवार थीं और वक़्त बहादुर के पीछे जनानी फ़ौज़ की लड़कियाँ नंगी तलवारें लिए थीं। उनके पीछे फ़ौज़ी दस्ता चल रहा था। वक़्त बहादुर के नज़दीक ही कुछ दूरी पर शहर कोतवाल अपने सिपाहियों को लेकर चल रहा था। जैसे ही सुल्तान की सवारी ग़ज़नी बाज़ार के नज़दीक पहुँची, सुल्तान ने नयनज्योतिबाई से कहा कि वह शहर कोतवाल को नज़दीक बुलाकर उससे कहे कि वे फ़ौरन मदरस-ए-नासिरिया पहुँचें और जनाब मिनहाज सिराज को जाकर बताएँ, हम कुछ देर बाद पहुँच रहे हैं।

सुल्तान का हुक़्म सुनकर नयनज्योतिबाई ने इशारे से शहर कोतवाल को नज़दीक बुलाया। वह वक़्त बहादुर के नज़दीक पहुँचते ही घोड़े पर बैठे-बैठे ही सुल्तान की शान में कोर्निश बजाने लगा। अब नयनज्योतिबाई ने सुल्तान का हुक़्म उसे सुनाया। वह हुक़्म सुनते ही मदरस-ए-नासिरिया की ओर चल दिया। उसके साथ मौजूद सिपाही बिना किसी हुक़्म के उसके पीछे-पीछे चल दिए।

ग़ज़नी बाज़ार से निकलकर सुल्तान ने शहर के अन्दर बन रही सड़कों, सरायों, शफ़ाख़ानों, मदरसों और जानवरों की चरहियों का मौक़ा-मुआयना किया। वे तामीर देखकर ख़ुश हुईं। उन्होंने शहर में चल रहे लंगरख़ानों का भी मुआयना किया। वे जहाँ-जहाँ पहुँच रही थीं, वहाँ की अवाम उनकी शान में झुक रही थीं। सुल्तान ने

गल्ला बाज़ार में जाकर अनाजों की क़ीमतों की जानकारी हासिल की। सुल्तान की सवारी देखकर शहर के लड़के-लड़कियाँ, जवान और बूढ़े सभी उनकी क़दमबोसी के वास्ते झुक रहे थे। अब सुल्तान ने महावत आरिफ़ से कहा कि वह मदरस-ए-नासिरिया की ओर चले। सुल्तान मदरस-ए-नासिरिया इससे पहले कभी नहीं गयी थीं। जैसे ही सुल्तान मदरस-ए-नासिरिया के नज़दीक पहुँचीं, वे इमारत की ख़ूबसूरती देखकर ख़ुश हुईं। उन्होंने मन-ही-मन अपने मरहूम अब्बाहुज़ूर सुल्तान इल्तुतमिश को याद किया। मदरस-ए-नासिरिया मरहूम सुल्तान का ख़्वाब था जो आज हक़ीक़त में बदल गया था।

मदरस-ए-नासिरिया के ख़ास दरवाज़े पर मिनहाज सिराज ने ख़ुद सुल्तान की अगवानी की। उन्हें गुलाब का ताज़ा गुलदस्ता नज़र किया। मिनहाज सिराज की उम्र पचास वर्ष से ज़्यादा हो चुकी थी। उनकी दाढ़ी के कई बाल सफ़ेद हो चुके थे। उन्होंने सिर-से-पैर तक सफ़ेद पोशाक पहन रखी थी। पैरों में सफ़ेद क़ुतुबशाही जूतियाँ थीं। गले में तिहरा मोतियों का हार झूल रहा था। उन्होंने सुल्तान रज़िया को पहली मर्तबा इतने नज़दीक से देखा था। सुल्तान ने इस वक़्त किमख़्वाब की आसमानी रंग की क़ीमती मर्दानी पोशाक पहन रखी थी। उनकी कमर में जड़ाऊ तलवार और कटार खुंसी थी। सिर के लम्बे बाल पगड़ी से ढँके थे। पगड़ी में हीरों का ख़ूबसूरत तिहरा सरपेच लगा था जिसमें बीच-बीच में पन्ने पिरोए गये थे। सुल्तान के कानों में हीरों के कुंडल थे। उनके इर्द-गिर्द नंगी तलवारें लिए ख़ास बाँदियाँ खड़ी थीं। वे पूरी तरह से चौकन्नी थीं। इन बाँदियों से कुछ ही दूरी पर तातारी बाँदियाँ उन्हें अपने घेरे में लिए थीं।

सुल्तान जानती थीं कि मिनहाज सिराज सल्तनत के ख़ास दानिशमंदों में से एक हैं। उनके सामने मरहूम सुल्तान इल्तुतमिश मिनहाज सिराज की काफ़ी तारीफ़ किया करते थे। सुल्तान ने इसी वास्ते उन्हें ग्वालियर से दिल्ली बुला लिया था। मिनहाज सिराज ने अदब के साथ झुककर सुल्तान से तख़्त पर बैठने की गुज़ारिश की, लेकिन सुल्तान ने उनसे खड़े-खड़े ही पूछा, "इस वक़्त मदरसा में कितने लड़के तालीम ले रहे हैं?"

"सुल्तान-ए-आलम, इस वक़्त मदरसा में तक़रीबन बारह सौ लड़के तालीम हासिल कर रहे हैं।"

"मदरसा में कौन-कौन से मजमून पढ़ाए जा रहे हैं?"

मिनहाज सिराज सुल्तान की शान में एक बार फिर अदब के साथ झुककर बोले, "सुल्तान-ए-आलम, मदरसा में इस व़क़्त लड़कों को हदीस, फिकह (इस्लामी कानून), तजवीद (क़ुरआन का उच्चारण), हिसाब, किरात (क़ुरआन पढ़ने की कला), कलाम (दर्शन), तसव्वुफ़ (रहस्यवाद), हकीमी, बाग़वानी और तवारीख़

की तालीम हासिल कराई जाती है।''

''क्या लड़कों को ख़ुशख़त लिखावट नहीं सिखाई जाती है?''

''सुल्तान-ए-आलम, तमाम मजमून के साथ-साथ सभी लड़कों को ख़ुशख़त लिखावट भी सिखाई जाती है।''

सुल्तान ने कई तरह की ख़ुशख़त लिखावट अपने बचपन में ही सीख ली थी। उन्होंने पूछा, ''मदरसा में कौन-कौन-सी ख़ुशख़त लिखावट सिखाई जाती हैं?''

''सुल्तान-ए-आलम, मदरसे में सल्ज, टाँकी, नस्क, मुहक्कक, रैहन, रिका, गुबार, तालिक और नस्तालिक लिखावटें हर लड़के को सिखाई जाती हैं। अगर हुज़ूर चाहें तो कुछ लड़कों की लिखी कापियाँ देख सकती हैं।''

''कोई ज़रूरत नहीं। मरहूम अब्बाहुज़ूर ने आपकी काफ़ी तारीफ़ की थी। हमने इसी वास्ते आपको ग्वालियर से दिल्ली बुलाया। हम चाहते हैं, जिस तरह मदरस-ए-नासिरिया में लड़कों को आला दर्जे की तालीम हासिल कराई जा रही है, उसी तरह शहर में लड़कियों के वास्ते ऐसा ही मदरसा जल्दी-से-जल्दी तामीर हो। जिसमें लड़कियों को भी लड़कों की तरह ऊँची-से-ऊँची तालीम हासिल हो सके। इस वास्ते जितनी रक़म की ज़रूरत हो, आप ख़ज़ानादार से ले सकते हैं। मरहूम अब्बाहुज़ूर का मदरस-ए-नासिरिया एक ख़्वाब था और हमारा ख़्वाब 'मदरस-ए-राबिया' है।''

मिनहाज सिराज समझ गये कि सुल्तान रज़िया लड़कियों के मदरसा का नाम मदरस-ए-राबिया रखना चाहती हैं। वे बोले, ''सुल्तान-ए-आलम, हुक़्म की तामील होगी, लेकिन हमें इस वास्ते तक़रीबन दो साल का वक़्त दिया जाए।''

''ज़रूर...ज़रूर।'' इतना कहकर सुल्तान मदरस-ए-नासिरिया से बाहर निकल पड़ीं। मिनहाज सिराज ने चलते-चलते सुल्तान को हदीस पर लिखी क़िताब 'मसाबिहुस्सुन्ना' नज़र की। जिसे सुल्तान ने ख़ुशी-ख़ुशी क़ुबूल किया।

सुल्तान ने मिनहाज सिराज से पूछा, ''यह क़िताब कब लिखी गयी थी?''

''सुल्तान-ए-आलम, यह क़िताब आज से तक़रीबन सौ साल पहले लिखी गयी थी।''

अब सुल्तान मदरस-ए-नासिरिया से मरहूम ख़्वाजा क़ुतुबुद्दीन बख़्तियार क़ाक़ी के मक़बरे की ओर चल पड़ीं जो क़िले-ए-रायपिथौरा से नज़दीक ही था। सुल्तान काफ़ी दिनों से हज़रत ख़्वाजा के मक़बरे की क़दमबोसी के वास्ते नहीं जा सकी थीं। वे मदरस-ए-नासिरिया से सीधे हज़रत ख़्वाजा क़ुतुबुद्दीन बख़्तियार क़ाक़ी की दरगाह पहुँची। रास्ते में कहीं ठहरी नहीं। उन्होंने ख़्वाजा की दरगाह पर क़ीमती हरे रंग की जड़ाऊ चादर चढ़ाई। सुल्तान के साथ मौजूद उनकी पाँचों ख़ास बाँदियों ने ख़्वाजा की क़ब्र पर फूल चढ़ाकर क़दमबोसी के साथ-साथ सुल्तान और सल्तनत

की ख़ैरियत के वास्ते दुआ माँगी। अब सुल्तान पैदल ही हज़रत ख़्वाजा की दरगाह से अपने मरहूम अब्बाहुज़ूर के मक़बरे की ओर चल दीं। सुल्तान इल्तुतमिश का मक़बरा ज़्यादा दूर नहीं था। सुल्तान ने मक़बरे पर पहुँचकर गुलाब के ताज़े फूल क़ब्र पर बिखेरे। समूचे मक़बरे के अन्दर बेले के इत्र का छिड़काव कराया। मरहूम सुल्तान को बेले की ख़ुशबू काफ़ी पसन्द थी।

अब शाही सवारी मरहूम शहज़ादे नासिरुद्दीन महमूद शाह के मक़बरे की ओर चल दी। ख़्वाजा की दरगाह से शहज़ादे का मक़बरा तक़रीबन डेढ़ कोस दूर था। कुछ देर पहले तक तेज़ हवा बह रही थी, लेकिन अब बन्द हो गयी। नयनज्योतिबाई सुल्तान पर पंखा झल रही थी। वह हमेशा की तरह सुल्तान के सामने ज़्यादा नहीं बोल रही थी। सुल्तान ने गर्दन घुमाकर उससे पूछा, ''नयनज्योतिबाई, आज ख़ामोश क्यों हो?''

''सुल्तान-ए-आलम, हुक़्म दें।'' वह पंखा झलते-झलते बोली।

अभी सुल्तान ने नयनज्योतिबाई से बातचीत शुरू ही की थी कि न जाने कहाँ से एक सफ़ेद कबूतर हौदे की मुंडेर पर आकर बैठ गया। सुल्तान का इशारा पाकर वह उनके कन्धे पर आकर बैठ गया। सुल्तान सोचने लगीं कि काश, इतनी ही मुहब्बत जमालुद्दीन याक़ूत उनसे करने की हिम्मत जुटा सकते। वे कुछ देर के लिए हसीन ख़्वाबों में खो गयीं। कबूतर अब भी उनके कन्धे पर बैठा था। अब सुल्तान ने उसे पकड़कर ग़ौर से देखा। यह उनके ही कबूतरख़ाने का ख़ास कबूतर था। फिर भी सुल्तान ने कबूतर को नयनज्योतिबाई की ओर बढ़ाया और पूछा, ''क्या इस कबूतर को पहचानती है?''

''सुल्तान-ए-आलम, यह हुज़ूर के ही कबूतरख़ाने का कबूतर है।''

सुल्तान ने नयनज्योतिबाई के हाथों से कबूतर को लेकर चूमा और हवा में उड़ा दिया। कबूतर सीधा क़िल-ए-रायपिथौरा की ओर तेज़ उड़ान भरने लगा। अपने भाई शहज़ादे नासिरुद्दीन महमूद शाह का मक़बरा नज़र आते ही सुल्तान पिछली यादों में खो गयीं। मरहूम शहज़ादे अपने सभी भाई-बहनों में सबसे बड़े थे। मरहूम सुल्तान इल्तुतमिश ने उनकी अक़्लमंदी, दिलेरी और जाँबाज़ी से ख़ुश होकर उन्हें अवध के ख़ास सूबे की सूबेदारी सौंपी थी। वे अपने अब्बाहुज़ूर के साथ जंग में मदद करने के वास्ते लखनौती गये थे, लेकिन ग़यासुद्दीन ख़िलज़ी ने बिना जंग लड़े हथियार डाल दिए थे। मरहूम सुल्तान ने उसके सूफ़ियाना मिज़ाज को देखते हुए उसे लखनौती की सूबेदारी सौंप दी थी।

जब सुल्तान इल्तुतमिश लखनौती से रणथम्भौर का दौरा करते हुए दिल्ली वापस लौटे थे, तब ग़यासुद्दीन ख़िलज़ी ने फिर बग़ावत कर दी। इस बग़ावत को कुचलने के वास्ते सुल्तान ने शहज़ादे नासिरुद्दीन महमूद शाह को हुक़्मनामा भिजवाया

था। शहज़ादे ने लखनौती जाकर ख़िलज़ी द्वारा की गयी बग़ावत को कुचल डाला था। शहज़ादे ने अब्बाहुज़ूर के हाथों चन्द्रबरदाई की लिखी क़िताब 'पृथ्वीराजरासो' उनके पास भिजवाई थी। सुल्तान सोचने लगीं कि उन्होंने एक बार नहीं, बल्कि तीन बार पृथ्वीराजरासो को पढ़ा था। सुल्तान राजा पृथ्वीराज चौहान और राजकुमारी संयोगिता के हसीन ख़्वाबों में डूब गयीं। वे अभी इन दोनों के हसीन ख़्वाबों में डूबी हुई थीं कि नयनज्योतिबाई बोली, "सुल्तान-ए-आलम, मरहूम शहज़ादे नासिरुद्दीन महमूद शाह का मक़बरा आ पहुँचा है। हुज़ूर से गुज़ारिश है, नीचे उतरें।"

महावत आरिफ़ ने वक़्त बहादुर को अंकुश देकर नीचे बिठा दिया था और हौदे पर सीढ़ी लगा दी थी। सुल्तान सीढ़ी के ज़रिये हौदे से नीचे उतरीं। सुल्तान के उतरने के बाद नयनज्योतिबाई भी सीढ़ी से नीचे उतर आई। सुल्तान को उनकी हिफ़ाज़त के वास्ते तातारी बाँदियों ने अपने घेरे में ले लिया। सुल्तान चन्द क़दम चलने के बाद अपने मरहूम भाई के मक़बरे के अन्दर पहुँची। उन्होंने यहाँ भी गुलाब के ताज़े फूल चढ़ाए और अपने भाई की रूह के वास्ते अल्लाह से दुआ माँगी। सुल्तान जल्दी ही मक़बरे से बाहर निकल आईं। इस मक़बरे से मिला हुआ ही मरहूम सुल्तान रुकुनुद्दीन फ़ीरोज़शाह का मक़बरा तामीर हो रहा था। तक़रीबन दस मिस्त्री और पच्चीस मज़दूर वहाँ काम कर रहे थे। वे सभी सुल्तान को देखकर अपना काम छोड़कर उनकी शान में अदब के साथ झुककर कोर्निश बजाने लगे। सुल्तान ने मिस्त्रियों के मुखिया को नज़दीक बुलाया और पूछा, "मरहूम सुल्तान रुकुनुद्दीन फ़ीरोज़शाह का मक़बरा तामीर होने में कितना वक़्त लगेगा?"

मुखिया अदब के साथ बोला, "सुल्तान-ए-आलम का इक़बाल बुलन्द हो। हुजूर, मक़बरे की तामीर होने में तक़रीबन एक साल का वक़्त लग जाएगा।"

"आपको किसी चीज़ की ज़रूरत तो नहीं है?"

"नहीं सुल्तान-ए-आलम। हमें किसी चीज़ की ज़रूरत नहीं है। तामीर के सिलसिले में बालू, पत्थर, चूना और दूसरा सामान मुहैया करा दिया गया है।"

वक़्त बहादुर के हौदे पर सीढ़ी लगाई जा चुकी थी। अब सुल्तान इशारे से नज़दीक ही खड़ी गुल-ए-अब्बासी को बुलाकर बोलीं, "नयनज्योतिबाई पंखा झलते-झलते थक गयी होगी। अब आप हमारे साथ हौदे में बैठें!"

सुल्तान का हुक़्म सुनते ही गुल-ए-अब्बासी हौदे में बैठकर पंखा झलने लगी। गुल-ए-अब्बासी भी नयनज्योतिबाई की तरह तमाम रास्ते भर ख़ामोश रही। डेढ़ कोस के लम्बे सफ़र में सुल्तान भी अधिकतर ख़ामोश रहीं। जैसे ही शाही सवारी हौज़ शम्सी के नज़दीक पहुँची, सुल्तान ने हुक़्म फ़र्माया, "शाही फ़ौज़ हौज़ शम्सी के अहाते के बाहर ठहरे! हौज़ शम्सी के अहाते में केवल तातारी बाँदियाँ, जनानी फ़ौज़ की लड़कियाँ और हमारी ख़ास बाँदियाँ ही मौजूद रहेंगीं!"

सुल्तान का हुक़्म सुनते ही शाही फ़ौज़ का हाकिम भौंचक्का रह गया। उसे सुल्तान की हिफ़ाज़त की फ़िक्र लगी थी, लेकिन हुक़्म बजाना ज़रूरी था। जैसे ही सुल्तान हौज़ शम्सी पहुँचीं, उन्होंने देखा, बरसात के पानी से हौज़ शम्सी लबालब भरा है। हौज़ शम्सी की लम्बाई तक़रीबन आधा कोस और चौड़ाई चौथाई कोस रही होगी। हौज़ के चारों ओर बने पक्के घाट पानी में डूब गये थे। हौज़ के बीचो-बीच बना दोमंज़िला लाल पत्थर का बुर्ज़ बेहद ख़ूबसूरत दिख रहा था। जहाँ हौज़ के पूर्वी ओर लाल पत्थर की इमारत जहाज महल पूरी शानो-शौकत के साथ खड़ी थी, वहीं दूसरी ओर लाल पत्थर की मस्जिद बेहद ख़ूबसूरत दिख रही थी। सुल्तान को हौज़ शम्सी के चारों ओर बने बुर्ज़ बेहद ख़ूबसूरत लगे। हौज़ शम्सी से निकली नहर दूर एक झरने के नज़दीक जाकर गिर रही थी।

जहाँ हौज़ शम्सी के चारों ओर भारी-भारी इमली के दरख़्त मौजूद थे, वहीं यहाँ खजूर के पेड़ भी बड़ी तादाद में इठला रहे थे। सुल्तान ने एक नज़र ऊँचे-ऊँचे इमली के दरख़्तों पर डाली। लगातार बारिश की वजह से इमली के पेड़ों की नन्ही-नन्ही पत्तियाँ साफ़ और चमकीली हो गयी थीं। धूल का एक कण भी वहाँ मौजूद नहीं था। पत्तियों के बीच-बीच में नन्हे-नन्हे पीले-पीले फूल बेहद ख़ूबसूरत दिख रहे थे। इन पेड़ों की शाखाओं पर गिलहरियाँ उछल-कूद मचा रही थीं। सुल्तान सोचने लगीं, गिलहरियाँ कितनी ख़ुशमिज़ाज हैं। इन्हें किसी बात की कोई फ़िक्र नहीं है।

सुल्तान अभी गिलहरियों की ओर देख ही रही थीं कि नयनज्योतिबाई ने सुल्तान को इशारा किया कि जहाज महल की ओर से अमीर-ए-आखुर हुज़ूर की क़दमबोसी के वास्ते आ रहे हैं। सुल्तान ने जहाज महल की ओर नज़र डाली। जमालुद्दीन याक़ूत की नज़र सुल्तान की नज़र से जैसे ही मिली, वे अदब के साथ झुक गये। उनके हाथों में ताज़े गुलाब के फूलों का गुलदस्ता था, जिसे उन्होंने ग़ज़नी बाज़ार में मोहिनी से बनवाया था। जमालुद्दीन याक़ूत ने कुछ आगे बढ़कर सुल्तान की शान में तीन बार कोर्निश बजाई और अदब के साथ गुलदस्ता नज़र किया।

सुल्तान कुछ नहीं बोलीं, लेकिन वे कभी फूलों के गुलदस्ते को देख रही थीं तो कभी उनकी नज़र जमालुद्दीन याक़ूत के चेहरे पर पड़ रही थी। जमालुद्दीन याक़ूत ने सुल्तान से जहाज महल की ओर चलने का इशारा किया। सुल्तान जहाज महल की ओर ख़ामोशी के साथ चल दीं। उन्होंने तातारी बाँदियों को वहीं रोक दिया। उनके साथ उनकी पाँचों बाँदियाँ मौजूद थीं। जमालुद्दीन याक़ूत ने जनानी ख़ानसामाँ यहाँ पहले से ही भेज रखी थीं। वे समझ रहे थे कि सुल्तान लम्बे दौरे के बाद जब हौज़ शम्सी पहुँचेगीं, तब तक उनको भूख लग आएगी।

जहाज महल पहुँचने पर सुल्तान ने जनानी सभी ख़ानसामाँ को बाहर निकाल दिया। अब वहाँ जमालुद्दीन याक़ूत के अलावा पाँचों बाँदियाँ ही मौजूद थीं। वक़्त

बहादुर हाथी के पीछे दूसरे हाथी के हौदे में सुल्तान के वास्ते खाने-पीने का सभी सामान मौजूद था। नयनज्योतिबाई ने सुल्तान से पूछा, "क्या हाथी के हौदे पर लदा शाही खाना मँगवाया जाए?"

"नहीं, कोई ज़रूरत नहीं।"

अमीर-ए-आखुर का इशारा पाकर गुल-ए-अब्बासी ने दूसरी बाँदियों की मदद से दस्तरख़्वान पर खाने की रक़ाबियाँ और शरबत के साथ ताज़े फल लगवा दिए, लेकिन सुल्तान ने दस्तरख़्वान की ओर देखा तक नहीं। वे चाहतीं तो पहले ही मना कर सकती थीं, लेकिन उन्होंने इस बाबत कुछ नहीं कहा। अब तक सुल्तान और जमालुद्दीन याक़ूत के बीच कोई बातचीत नहीं हुई। नयनज्योतिबाई हिम्मत बाँधकर बोली, "सुल्तान-ए-आलम को भूख लग रही होगी। गुज़ारिश है, कुछ खा लें।"

"हमें भूख नहीं है।"

जमालुद्दीन याक़ूत अच्छी तरह समझ रहे थे कि सुल्तान उनसे नाराज़ हैं। जब वे मोहिनी की दुकान पर गुलदस्ता तैयार करा रहे थे, तभी मोहिनी ने उन्हें बताया था कि शेर के साथ हुई जंग की ख़बर उसने सुल्तान-ए-आलम को जाकर दे दी थी और इस ख़बर को सुनते ही सुल्तान ने उन्हें हौज़ शम्सी के जहाज महल पहुँचने का हुक़्म फ़र्माया था। हालाँकि जमालुद्दीन याक़ूत ने मोहिनी से यह भी कहा था कि उसे यह ख़बर सुल्तान के पास नहीं पहुँचानी चाहिए थी। आख़िर मोहिनी इस नाजुक ख़बर को सुल्तान के पास क्यों नहीं पहुँचाती? जहाँ वह जमालुद्दीन याक़ूत की मुँहबोली बहन थी, वहीं वह जमालुद्दीन याक़ूत के नाजुक रिश्ते को भी समझ रही थी। अब जमालुद्दीन याक़ूत सुल्तान की ओर मुख़ातिब होकर अदब के साथ बोले, "सुल्तान-ए-आलम से गुज़ारिश है, कुछ खा लें जिससे बाक़ी भूखी बाँदियाँ भी कुछ खा सकें।"

सुल्तान अब भी कुछ नहीं बोलीं। उनकी ख़ामोशी देखकर जमालुद्दीन याक़ूत को तकलीफ़ हो रही थी। जमालुद्दीन याक़ूत फिर बोले, "सुल्तान-ए-आलम के सामने माफ़ी की दरख़्वास्त पेश करते हुए गुज़ारिश है, थोड़ा-सा खाना खा लें।"

अब सुल्तान ने जुबान खोली। उन्होंने पूछा, "क्या हौज़ शम्सी पर लंगरख़ाना चल रहा है?"

"जी हाँ सुल्तान-ए-आलम। लंगरख़ाना चल रहा है।" जमालुद्दीन याक़ूत झुककर बोले।

"क्या आपने लंगरख़ाना का मुआयना किया?"

"जी हाँ हुज़ूर।"

"वहाँ क्या पका है?"

"सुल्तान-ए-आलम, हर सोमवार को लंगरख़ाने में खिचड़ी पका करती है। आज भी मूँग की दाल और चावल की खिचड़ी पकी है।"

सुल्तान कजरी की ओर मुख़ातिब होकर बोलीं, "आप चन्द्रकला और चंचलबाई को लेकर लंगरख़ाना से हम लोगों के वास्ते खिचड़ी ले आएँ!" सुल्तान का हुक़्म सुनते ही तीनों बाँदियाँ लंगरख़ाने की ओर चल दीं।

जमालुद्दीन याक़ूत की ज़ुबान से निकल पड़ा, "सुल्तान-ए-आलम, लंगरख़ाना की खिचड़ी...।"

"हम आज लंगरख़ाने की खिचड़ी ही खाएँगे। हमारी ग़रीब अवाम, जिसके पास खाने-पीने का अपना कोई ज़रिया नहीं है, वह भी यही खिचड़ी खाती है।"

जमालुद्दीन याक़ूत के पास सुल्तान के सवाल का कोई जवाब नहीं था। अब सुल्तान ने गुल-ए-अब्बासी को हुक़्म देकर दस्तरख़्वान पर लगी रक़ाबियाँ हटवा दीं। रक़ाबियों के हट जाने के बाद सुल्तान नयनज्योतिबाई से मुख़ातिब होकर बोलीं, "हम कुछ देर बाद नाव के ज़रिये हौज़ शम्सी के बीच में बने बुर्ज़ तक जाएँगे। हमारे साथ कई तातारी बाँदियाँ ऐसी हैं जो नाव खेह सकती हैं। उन्हें हुक़्म दें, वे तैयार रहें!" सुल्तान का हुक़्म सुनने के बाद नयनज्योतिबाई हौज़ शम्सी की ओर चल दी।

सुल्तान गुल-ए-अब्बासी की ओर मुख़ातिब होकर बोलीं, "आप नाव के ज़रिये दोमंज़िले बुर्ज़ तक जाएँ और वहाँ मौजूद सीढ़ियों की सफ़ाई करा दें। काफ़ी दिनों से कोई बुर्ज़ तक गया नहीं होगा। हम कुछ वक़्त बुर्ज़ के ऊपर गुज़ारना पसन्द करेंगे।"

गुल-ए-अब्बासी दूसरी बाँदियों की तरह हुक़्म की तामील के वास्ते जहाज महल से बाहर निकल गयी। अब वहाँ सुल्तान और अमीर-ए-आखुर जमालुद्दीन याक़ूत ही मौजूद थे। जमालुद्दीन याक़ूत अब भी ख़ामोश खड़े थे। सुल्तान बोलीं, "जनाब, बैठ जाइए!"

जमालुद्दीन याक़ूत की हिम्मत नहीं पड़ रही थी कि वे सुल्तान के सामने बैठें। वे बोले, "सुल्तान-ए-आलम...।"

"हमारा हुक़्म है, आप बैठ जाएँ!" सुल्तान बुलन्द आवाज़ में बोलीं।

अब मजबूरन जमालुद्दीन याक़ूत को सुल्तान के सामने बैठना पड़ा। वे दोजानू बैठ गये। सुल्तान ने पूछा, "आपके चेहरे पर खरोचें और पट्टियाँ कैसी?"

"सुल्तान-ए-आलम, हमारी ज़ुबान कुछ कहने की हिम्मत नहीं जुटा पा रही है।"

"हमें ख़बर मिली है, आपके पैरों में भी कुछ चोटें हैं, आप आराम के साथ बैठिए!"

"सुल्तान-ए-आलम...।"

"क्या आपने हमारा हुक़्म सुना नहीं?" इतना सुनते ही जमालुद्दीन याक़ूत आराम के साथ बैठ गये, लेकिन उनकी नज़रें अब भी झुकी हुई थीं।

सुल्तान फिर बोलीं, "आप अपनी नज़रें ऊपर क्यों नहीं उठा रहे हैं? क्या आप हमें देखना पसन्द नहीं करते?"

"सुल्तान-ए-आलम, माफ़ी की दरख़्वास्त पेश है। गुलाम सुल्तान-ए-आलम से आँख मिलाने की जुर्रत नहीं रखता।"

"आप अपने सुल्तान से आँख मिलाने की जुर्रत नहीं कर पा रहे हैं और जंगली शेर से आँख मिलाने की ही नहीं, बल्कि उससे लड़ने की क़ुव्वत रखते हैं। क्या आपको शेर से लड़ते वक़्त हमारा ख़याल था?" सुल्तान शिकायती लहज़े में बोलीं।

सुल्तान फिर बोलीं, "हमसे आँख-से-आँख मिलाकर बात करें!"

जमालुद्दीन याक़ूत ने अपनी नज़रें ऊपर उठाईं। उन्होंने एक नज़र सुल्तान को देखा, लेकिन जल्दी ही नज़रें झुक गयीं। सुल्तान फिर बोलीं, "हमारी आँखों-में-आँखें डालकर देखो! आप इनमें क्या देख रहे हैं?"

अब जमालुद्दीन याक़ूत ने सुल्तान से नज़रें मिलाईं। सुल्तान देर तक जमालुद्दीन याक़ूत की आँखों में झाँकती रहीं। उनकी आँखों से कब दो आँसू टपक पड़े, वे जान नहीं सकीं। जमालुद्दीन याक़ूत से सुल्तान की हालत देखी नहीं जा रही थी। उनकी जुबान से निकला, "सुल्तान-ए-आलम, हमें माफ़ करें।"

"आपने आज सुबह जो काम किया है, उसकी सज़ा जो भी दी जाए, कम है। आपको इस क़ुसूर के वास्ते सज़ा ज़रूर मिलेगी।"

"सुल्तान-ए-आलम, गुलाम का सिर हाज़िर है।" जमालुद्दीन याक़ूत अपने सीने पर दाहिना हाथ रखकर सिर झुकाकर बोले।

"आपका सिर हमारे लिए क़ीमती ही नहीं, बेशक़ीमती है। हम आपको आज वह सज़ा देंगे जो ताज़िन्दगी याद रहेगी।"

"सुल्तान-ए-आलम, हुक़्म दें।"

"आप हमारे साथ नाव के ज़रिये हौज़ शम्सी के बीचो-बीच दोमंज़िले बुर्ज़ तक चलेंगे और आपको चोटों के बावजूद सीढ़ियाँ चढ़नी होंगीं।" जमालुद्दीन याक़ूत की समझ में नहीं आ रहा था कि यह किस तरह की सज़ा है। वे यह भी सोच रहे थे कि सुल्तान उनसे न जाने क्या चाहती हैं? उन्होंने सुल्तान की आँखों में कई बार मुहब्बत का पैग़ाम देखा था। वे सुल्तान की बदनामी को लेकर इधर काफ़ी दिनों से परेशान थे। मोहिनी और कजरी के ज़रिये ही नहीं, बल्कि ख़िदमतगारों के ज़रिये शहर की राई-रत्ती ख़बर उन तक पहुँच रही थी।

अभी सुल्तान और जमालुद्दीन याक़ूत के बीच बातचीत चल ही रही थी कि

कजरी, चन्द्रकला और चंचलबाई खिचड़ी लेकर हाज़िर हो गयी थीं। कुछ ही देर बाद वहाँ नयनज्योतिबाई और गुल-ए-अब्बासी भी आ पहुँची।

दस्तरख़्वान, जिस पर कुछ देर पहले सोने और चाँदी की रक़ाबियों में तरह-तरह का का गोश्त, कबाब, बिरयानी के साथ-साथ नान, शीरमाल और चपातियाँ मौजूद थीं, वहीं धुले हुए बरगद के पत्तों पर खिचड़ी परोसी गयी। सुल्तान के हुक़्म से जमालुद्दीन याक़ूत और पाँचों बाँदियों ने उनके साथ खिचड़ी खाई। सुल्तान को इस खिचड़ी में जो लुत्फ़ आया, वह शाही दस्तरख़्वान पर कभी नहीं मिला। वे इस वक़्त भूल चुकी थीं कि वे हिन्दुस्तान की सुल्तान हैं। उन्हें ऐसा महसूस हो रहा था, जैसे वे अपने परिवार के साथ बैठकर खाना खा रही हैं। जमालुद्दीन याक़ूत और पाँचों बाँदियों को इस तरह का मौक़ा पहली मर्तबा मिला था। सुल्तान की इस हरकत से जमालुद्दीन याक़ूत जहाँ फ़िक्रमंद ही नहीं, बल्कि हैरत में थे, वहीं पाँचों बाँदियों की खुशी का ठिकाना नहीं था। सुल्तान ने उन्हें आज जो इज़्ज़त बख़्शी थी, वैसी इज़्ज़त के वास्ते वे सपने में भी सोच नहीं सकती थीं।

हौज़ शम्सी की ओर जाने से पहले सुल्तान ने जहाज महल के एक कमरे में जाकर अपनी पोशाक बदली। उन्होंने मर्दानी पोशाक की जगह जनानी पोशाक पहन ली। पोशाक बदलने में उनकी मदद बाँदी गुल-ए-अब्बासी ने की। सुल्तान ने गुल-ए-अब्बासी से कहा कि हौज़ शम्सी की सैर पर जाने से पहले तातारी बाँदियों और जनानी फ़ौज़ को घेरे से बाहर निकाल दिया जाए।

सुल्तान जमालुद्दीन याक़ूत के साथ-साथ पाँचों बाँदियों को लेकर हौज़ शम्सी की ओर चल दीं। तातारी बाँदियों ने हौज़ शम्सी के किनारे दोमंज़िली नाव पहले से ही लगा रखी थी। इस नाव को बेला के फूलों से सजाया गया था। नाव पर चढ़ने से पहले गुल-ए-अब्बासी ने सुल्तान के हुक़्म के मुताबिक़ तातारी बाँदियों और जनानी फ़ौज़ को घेरे से बाहर चले जाने का हुक़्म फ़र्माया। वह यह भी बोली, सुल्तान-ए-आलम कुछ देर नाव में आराम फ़र्माना चाहती हैं। उन्हें शोर-शराबा पसन्द नहीं है।

आसमान जो अभी तक साफ़ था, बादलों से घिर आया था। रौशनी कुछ कम हो गयी थी। सुल्तान नाव पर सवार हुईं और लकड़ी की सीढ़ियों के ज़रिये दूसरी मंज़िल पर पहुँच गयीं। पाँचों बाँदियाँ उनके साथ थीं। हुक़्म के मुताबिक़ जमालुद्दीन याक़ूत नाव की निचली मंज़िल में मौजूद थे। नाव को चार तातारी बाँदियाँ खेह रही थीं। सुल्तान ने नाव की दूसरी मंज़िल पर जाकर देखा कि नाव की सजावट शाही महल की तरह की गयी है। फ़र्श पर क़ीमती कालीन बिछे थे। सफ़ेद मखमल के पर्दों से समूची नाव को घेरा गया था। दूसरी मंज़िल को अलग-अलग तीन हिस्सों में बाँटकर उन्हें कमरों की तरह बना दिया गया था। जहाँ एक कमरे में पोशाकख़ाना मौजूद था, वहीं दूसरे कमरे में शरबतख़ाना के साथ-साथ कुछ तलवारें, ढालें और

भाले क़रीने से रखे थे। तीसरे कमरे में क़िताबख़ाना मौजूद था। जहाँ पाक क़ुरआन के अलावा कुछ मज़हबी क़िताबें मौजूद थीं।

मरहूम सुल्तान इल्तुतमिश कभी-कभी हौज़ शम्सी आकर इस नाव में आराम फ़र्माते थे और मज़हबी क़िताबों का लुत्फ़ उठाते थे। सुल्तान को यह जगह पसन्द आई। वे गावतकिए के सहारे बैठ गयीं। नाव को दोमंज़िले बुर्ज़ तक पहुँचने में ज़्यादा देर नहीं लगी। अब जमालुद्दीन याक़ूत ने नाव की दूसरी मंज़िल पर आकर बताया कि दोमंज़िला बुर्ज़ आ गया है। सुल्तान के कुछ कहने से पहले गुल-ए-अब्बासी बोली, "सुल्तान-ए-आलम, गुस्ताख़ी माफ़ हो। हम बुर्ज़ पर चढ़कर देख आए हैं, वहाँ पर एक परिन्दा भी मौजूद नहीं है, लेकिन एक बार फिर बुर्ज़ का मौक़ा-मुआयना करने की इजाज़त चाहते हैं।"

सुल्तान ने गुल-ए-अब्बासी को इजाज़त दे दी। सुल्तान गावतकिए के सहारे ख़ामोश बैठी थीं। जमालुद्दीन याक़ूत उनके हुज़ूर में खड़े थे। कुछ ही देर में गुल-ए-अब्बासी वापस लौट आई और बोली, "अब सुल्तान-ए-आलम बुर्ज़ पर जा सकती हैं। सीढ़ियों में कुछ अँधेरा है और रास्ता तंग है। इस वास्ते हुज़ूर को सँभल-सँभलकर जाना होगा।"

सुल्तान नाव से उतरकर बुर्ज़ की पहली मंज़िल पर चढ़ गयीं। सुल्तान के नाव से उतरने के बाद सबसे पहले जमालुद्दीन याक़ूत नाव से उतरे। जैसे ही पाँचों बाँदियाँ नाव से उतरने को हुईं, सुल्तान बोलीं, "आप सभी नाव में ही मौजूद रहें।"

सुल्तान का हुक़्म सुनकर हर एक बाँदी मन-ही-मन मुस्करा रही थी, लेकिन किसी को कुछ कहने की हिम्मत नहीं थी। सुल्तान का हुक़्म सुनते ही जमालुद्दीन याक़ूत भौंचक्के रह गये। उनकी समझ में नहीं आ रहा था कि सुल्तान ने इस तरह का हुक़्म आख़िर क्यों दिया है, लेकिन कुछ बोलने की हिम्मत नहीं हुई। सुल्तान ने बुर्ज़ पर जाकर देखा, समूचे फ़र्श पर इतनी ही देर में गुल-ए-अब्बासी ने कई कालीन बिछवाकर गावतकिए लगवा दिए थे। बुर्ज़ के किनारे-किनारे जगह-जगह तरह-तरह के फूलों के गुलदस्ते सजवा दिए थे। शायद वह इन गुलदस्तों को जहाज महल से लेकर आई होगी। सुल्तान शुरू से ही गुल-ए-अब्बासी की अक़्लमन्दी की कायल थीं।

अब सुल्तान सीढ़ियों के ज़रिये दूसरी मंज़िल की ओर बढ़ने लगीं। जैसा कि बाँदी गुल-ए-अब्बासी ने बताया था कि सीढ़ियों पर अँधेरा है और सीढ़ियाँ तंग हैं, सुल्तान ने ठीक वैसा ही यहाँ पाया। जमालुद्दीन याक़ूत के पैरों में चोटें थीं। उनके पैरों में देर से दर्द हो रहा था, लेकिन वे किसी तरह बर्दाश्त कर रहे थे। वे सुल्तान के सामने दर्द को ज़ाहिर होने नहीं देना चाहते थे। सीढ़ियाँ चढ़ते वक़्त उनका दर्द बढ़ गया। सुल्तान ने देखा कि जमालुद्दीन याक़ूत अभी दो-तीन सीढ़ी नीचे ही हैं। उन्हें

अच्छी तरह मालूम था कि जमालुद्दीन याक़ूत को सीढ़ियाँ चढ़ने में तकलीफ़ हो रही होगी। न जाने क्या सोचकर सुल्तान एक सीढ़ी नीचे उतर आईं और जमालुद्दीन याक़ूत को सहारा देने लगीं। जमालुद्दीन याक़ूत की ज़ुबान से निकला, "सुल्तान-ए-आलम...।"

"आपने हमें बचपन से लेकर जवानी तक सहारा देकर घोड़े पर चढ़ाया है। क्या आज हम आपको सहारा नहीं दे सकते?"

"सुल्तान-ए-आलम, गुलाम को इतनी इज़्ज़त न बख़्शें कि वह बर्दाश्त न कर सके।" अब तक सुल्तान ने सहारा देकर जमालुद्दीन याक़ूत को अपनी बाहों के घेरे में ले लिया था।

सुल्तान मुस्कराकर बोलीं, "जमालुद्दीन याक़ूत, यह ख़ूबसूरत मौक़ा हमारे हाथ से न जाने दें। क्या पता, फिर कभी ऐसा ख़ूबसूरत मौक़ा मिले या न मिले।" अँधेरा होने की वजह से जमालुद्दीन याक़ूत सुल्तान के चेहरे की मुस्कराहट नहीं देख सके, लेकिन जो अपनी आँखों से नहीं देख सके, अपने दिलो-दिमाग़ से अच्छी तरह समझ गये।

जमालुद्दीन याक़ूत की जुबान से निकल पड़ा, "सुल्तान की उम्रदराज है। अल्लाह करे, हुज़ूर को हमारी उम्र लग जाए।"

जमालुद्दीन याक़ूत का इतना कहना था कि सुल्तान ने उनके होंठों पर अपने दाहिने हाथ की नाजुक उँगलियाँ रख दीं और बोलीं, "याक़ूत, ऐसे लफ़्ज फिर कभी जुबान पर मत लाना।"

जैसे ही सुल्तान ने जमालुद्दीन याक़ूत के होंठों पर अपनी उँगलियाँ रखीं, उनके बदन का रोयाँ-रोयाँ काँप उठा। उनकी तमाम ज़िन्दगी में कोई औरत उनके इतने नज़दीक नहीं आई थी और न ही कभी किसी औरत ने उनका बदन छू पाया था। जब कि उनकी हवेली में कई जवान ख़ूबसूरत कनीज़ें ख़िदमत में लगी थीं। मरहूम सुल्तान इल्तुतमिश के लाख समझाने पर भी उन्होंने शादी नहीं की थी। उन्होंने सोच रखा था कि वे ताउम्र शादी नहीं करेंगे और जब तक ज़िन्दा रहेंगे, सल्तनत के ताजो-तख़्त की ख़िदमत में गुज़ारेंगे। उन्होंने कभी नहीं सोचा था कि उन्हें इस तरह का भी सामना करना पड़ सकता है।

कुछ ही देर में सुल्तान और जमालुद्दीन याक़ूत बुर्ज़ की दूसरी मंज़िल पर पहुँच गये। निचली मंज़िल की तरह यहाँ भी कालीन बिछे थे और गावतकिया लगे थे। अब सुल्तान ने चारों ओर नज़र फेरी। दूर तक आदमी ही नहीं, बल्कि आदमजात तक नहीं दिख रहा था। पाँचों बाँदियाँ और नाव खेनेवाली तातारी बाँदियाँ नाव के अन्दर थीं।

सुल्तान एक गावतकिए के सहारे बैठ गयीं। जमालुद्दीन याक़ूत नज़रें झुकाए

ख़ामोश खड़े थे। सुल्तान की समझ में नहीं आ रहा था कि वे बात की शुरूआत कैसे करें? आख़िर वे बोलीं, "आप बैठ जाइए।"

जमालुद्दीन याक़ूत ने सोचा कि अब सुल्तान के सामने मना करने से कोई फ़ायदा नहीं। वे नज़रें झुकाकर बैठ गये। अब सुल्तान ने मुस्कराकर पूछा, "क्या शेर से फिर लड़ना पसन्द करेंगे?"

"जी नहीं, सुल्तान-ए-आलम।" जमालुद्दीन याक़ूत नज़रें झुकाकर बोले।

"आख़िर क्यूँ?"

जमालुद्दीन याक़ूत ने सुल्तान के सवाल का कोई जवाब नहीं दिया। सुल्तान ने फिर मुस्कराकर पूछा, "शेर और शेरनी में से किससे लड़ना मुश्किल काम है?"

जमालुद्दीन याक़ूत सुल्तान के बेढंगे सवाल का आख़िर क्या जवाब देते? वे कुछ देर बाद बोले, "सुल्तान-ए-आलम, गुस्ताख़ी की माफ़ी चाहता हूँ। हुज़ूर जिस रास्ते पर चलने की कोशिश कर रही हैं, सही नहीं है।"

"क्या बदनामी का डर लग रहा है?" सुल्तान जमालुद्दीन की आँखों में झाँकते हुए बोलीं।

"हमें ख़ुद की नहीं, बल्कि हिन्दुस्तान के सुल्तान की बदनामी का डर है।"

"वह तो हो ही रही है। शहर के लुच्चे-लफंगे जो तमाम तरह की बेहूदा बातें कर रहे हैं, क्या हमारे कानों तक नहीं पहुँच रही हैं? सल्तनत के मुल्ला, मौलवी, अमीर, मलिक, सैयद, शैख़ और उलेमा हज़रात आग में घी का काम कर रहे हैं, लेकिन हमें परवाह नहीं। हमारी समझ में नहीं आ रहा है कि जब हम उनकी निजी ज़िन्दगी में दखलंदाज़ी नहीं कर रहे हैं, तब वे क्यों हमारे बारे में फ़ुज़ूल बातें कर रहे हैं। वे पहले अपने गिरेबान में हाथ डालकर देखें, तब किसी दूसरे की ओर नज़र डालें। उन्होंने कभी मरहूम सुल्तान रुकुनुद्दीन फ़ीरोज़शाह के ऊपर उँगली नहीं उठाई। आख़िर क्यों?"

जमालुद्दीन याक़ूत अब भी ख़ामोश थे। सुल्तान फिर बोलीं, "उन्होंने मरहूम सुल्तान रुकुनुद्दीन फ़ीरोज़शाह के ऊपर उँगली इसलिए नहीं उठाई कि उस वक़्त रुकुनुद्दीन फ़ीरोज़शाह ऐयाशी में डूबे थे। सल्तनत के तमाम हाकिम मनमानी ही नहीं कर रहे थे, बल्कि दौलत से अपनी हवेलियाँ भर रहे थे। आज हम जब अवाम के वास्ते जी-जान से लगे हैं, तब वे हमारे ऊपर उँगली उठा रहे हैं। हम औरत हैं, इसीलिए इतनी बातें उठ रही हैं।"

जमालुद्दीन याक़ूत सुल्तान की जुबान से निकले हर लफ़्ज को ग़ौर से सुन रहे थे। वे बोले, "सुल्तान-ए-आलम, हुज़ूर ने सल्तनत के तमाम ओहदेदारों की लगाम कस रखी है, लेकिन हमें न जाने क्यों डर लग रहा है? सल्तनत के वफ़ादार ओहदेदार, जिन्हें हुज़ूर ने ज़मीन से उठाकर आसमान तक पहुँचाया है, वे बग़ावत पर

उतर सकते हैं।''

"आपका इशारा किसकी तरफ़ है?''

"गुस्ताख़ी माफ़ हो। हमारा इशारा लाहौर के इक़्तादार मलिक इज़्ज़ुद्दीन कबीर ख़ाँ की ओर है।''

"क्या कहा?'' सुल्तान ने चौंककर पूछा।

"सुल्तान-ए-आलम, हम जो कह रहे हैं, सोच-समझकर कह रहे हैं।''

"क्या कोई सुबूत?''

"हुज़ूर, गुस्ताख़ी माफ़ हो। हमारे पास इस वक़्त कोई सुबूत नहीं है, लेकिन हमें ऐसा अन्देशा है।''

जमालुद्दीन याक़ूत की ज़ुबानी मलिक इज़्ज़ुद्दीन कबीर ख़ाँ के बारे में सुनकर सुल्तान को हैरत हो रही थी। वे कुछ देर तक ख़ामोश रहीं। उन्हें ऐसा महसूस होने लगा, जैसे चारों ओर से दुश्मन दिल्ली की ओर कूच कर रहे हैं। अब सुल्तान और जमालुद्दीन याक़ूत बुर्ज़ से नीचे उतरने लगे। सुल्तान जो कुछ देर पहले जवानी के हसीन ख़्वाबों में डूबी हुई थीं, अब फ़िक्रमन्द हो गयी थीं।

छियासठ

लाला करोड़ीमल काफ़ी दिनों से बीमार चल रहे थे। उनकी बीमारी लाइलाज हो गयी थी। वे दमा के पुराने मरीज थे। उन्हें लकवा भी मार गया था। उनका बिस्तर से उठना-बैठना मुश्किल था। मोहिनी रोज़ाना सुबह-शाम उनका हाल लेने ही नहीं जाती थी, बल्कि वह इधर एक सप्ताह से लगातार लाला की हवेली पर रुककर उनकी सेवा कर रही थी। उसने लाला की सेवा में कोई कोर-कसर नहीं छोड़ी थी। रात-रात भर जागकर लाला को टट्टी-पेशाब बिस्तर पर ही करा रही थी। आजकल फूलों की दुकान लगभग बन्द ही रहती थी। उसके पास दुकान पर बैठने का वक़्त नहीं था। किसी तरह फुलहट्टी से फूल लाकर अमीर-ए-आख़ुर जमालुद्दीन याक़ूत की हवेली और क़िले के क़ुश्क-ए-दिलकुशा तक ही पहुँचा पाती है।

हवेली में लाला की पुरानी नौकरानी राधा के अलावा कोई मर्द या औरत मौजूद नहीं है। दिन में नौकर राममोहन और श्याम में से कोई-न-कोई लाला की देखरेख के वास्ते दुकान से आते रहते हैं। उन दोनों को दुकान की भी फ़िक्र लगी रहती है। लाला की हालत ज़्यादा ख़राब हो जाने पर दोनों वफ़ादार नौकरों ने दो दिन से दुकान बन्द कर रखी है। वे अपना वक़्त लाला की ख़िदमत में गुज़ार रहे हैं। लाला का

इलाज हकीम बसीरुद्दीन कर रहे थे, लेकिन वे इलाज करते-करते ख़ुदा को प्यारे हो गये।

आज सुबह लाला ने मोहिनी के सिर पर हाथ रखा, लेकिन जुबान से एक लफ़्ज़ नहीं निकला। वे बराबर मोहिनी की ओर देख रहे थे। मोहिनी ने लाला का मुँह धोया और साफ़ भीगे कपड़े से बदन पोंछा। सिर और बदन की मालिश की। उन्हें कुछ ही देर में नींद आ गयी। वह लाला को सोता देखकर अमीर-ए-आख़ुर जमालुद्दीन याक़ूत की हवेली फूल पहुँचाने चली गयी और फिर वहीं से क़िले की ओर निकल गयी। वह जब लाला की हवेली से निकली थी, उस वक़्त लाला की नौकरानी और दुकान के दोनों नौकर वहाँ मौजूद थे।

क़ुश्क-ए-दिलकुशा में फूल पहुँचाने के बाद वह वहाँ ठहरी नहीं, फ़ौरन लाला की हवेली की ओर चल दी। यहाँ तक कि उसकी मुलाक़ात कजरी से भी नहीं हुई। सुल्तान उस वक़्त गुस्ल कर रही थीं। इस वास्ते उनसे मिलने का सवाल ही नहीं था। उसे लाला की फ़िक्र लगी हुई थी। जैसे ही मोहिनी की पालकी लाला की हवेली वापस पहुँची, असग़री बेगम उससे चिपटकर रोने लगीं। उन्हीं के ज़रिये उसे जानकारी हुई कि लाला की मौत हो गयी है। मोहिनी को जैसे ही लाला की मौत की ख़बर असग़री बेगम के ज़रिये मिली, वह दहाड़ मारकर रोने लगी। वह यह तो जानती थी कि लाला का आख़िरी वक़्त अब नज़दीक आ चुका है, लेकिन उसे इस बात का अफ़सोस था कि उनके मरते वक़्त वह उनके नज़दीक नहीं थी।

इस बीच लाला के कई रिश्तेदार हवेली पर आ पहुँचे थे। लाला के नौकर राममोहन ने चुपके से शहर कोतवाल को ख़बर कर दी थी कि लाला की लाश को उनके कुछ रिश्तेदार ज़बरदस्ती अपने क़ब्ज़े में ले रहे हैं जब कि मरने से पहले लाला अपनी तमाम ज़मीन-जायदाद का वारिस मोहिनी को बना गये हैं। नौकर राममोहन की शिकायत पर शहर कोतवाल ने कोई ग़ौर नहीं फ़र्माया। उसके पास छोटी-मोटी शिकायतें सुनने का वक़्त नहीं था। उसने राममोहन से इतना ज़रूर कहा था कि वह सिपाही भेज रहा है, लेकिन सिपाही अभी तक नहीं पहुँचे थे।

असग़री बेगम मोहिनी को अलग ले जाकर बोलीं, "यह वक़्त रोने-धोने का नहीं है। हमें ख़बर मिली है, मरहूम लाला तुझे अपना वारिस बना गये हैं। वसीयतनामा राममोहन के पास मौजूद है। उसकी शिकायत पर शहर कोतवाल के सिपाही अभी तक हवेली नहीं पहुँचे हैं। हमारी नेक सलाह है, फ़ौरन जाकर अमीर-ए-आख़ुर जमालुद्दीन याक़ूत को इस बाबत ख़बर करो। ज़रा-सी देर हो जाने में लाला के नाते-रिश्तेदार जो अभी तक नहीं दिखाई पड़ रहे थे, उनकी लाश ले जाकर जमुना किनारे जला देंगे। ऐसी ख़बर हमने अभी-अभी सुनी है। अगर वे लाला की लाश जलाने में कामयाब हो गये तो दुकान और हवेली पर भी आसानी से क़ब्ज़ा कर

लेंगे।"

मोहिनी को लाला की ज़मीन-जायदाद और दुकान का कोई लालच नहीं था। उसने लाला की आख़िरी दिनों में ख़िदमत अपने बाप की तरह की थी। वह मरहूम लाला हज़ारीमल को ही नहीं, बल्कि लाला करोड़ीमल को भी अपना पिता समझती थी। उसे जब से समझ हुई थी, उसने अपने माँ-बाप की शक़्ल तक नहीं देखी थी। उसके चचेरे भाई ने थोड़ी-सी रक़म के लालच में कभी उसे गुलाम बाज़ार के सौदागरों के हाथों बेच दिया था। मोहिनी को असग़री बेगम की सलाह समझ में आ गयी। वह जिस पालकी से अभी आई थी, उसी पालकी से जमालुद्दीन याक़ूत की हवेली की ओर चल दी। हवेली के दरवाज़े पर ही उसकी मुलाक़ात जमालुद्दीन याक़ूत से हो गयी। शायद वे कहीं जा रहे थे। मोहिनी को दोबारा देखकर जमालुद्दीन याक़ूत चौंके और पूछा, "मोहिनी क्या बात है? अब कैसे आना हुआ?"

मोहिनी रोते-रोते बोली, "लाला करोड़ीमल की मौत हो गयी है।"

"आख़िर एक दिन हर किसी की मौत आएगी। मौत का फ़रिश्ता कभी किसी को भी ले जा सकता है। हमें भी एक दिन मरना है। लाला करोड़ीमल के मरने से हमें भी तकलीफ़ हुई, लेकिन हम कर क्या सकते हैं? उनकी मौत का ज़्यादा ग़म मत करो। वे बूढ़े थे। यहाँ तो न जाने कितने जवान अपने माँ-बाप के होते हुए मर जाते हैं। दिल्ली में रोज़ाना पचासों लोग मरते हैं। पता नहीं, तमाम हिन्दुस्तान में रोज़ाना कितने लोग मरते होंगे?"

मोहिनी सुबक रही थी। जमालुद्दीन याक़ूत समझ गये कि लाला करोड़ीमल की मौत से इसे गहरा सदमा पहुँचा है। उन्होंने पूछा, "क्या उनकी कोई औलाद है?"

मोहिनी अपने आँसू पोंछते हुए बोली, "लाला की कोई औलाद नहीं है। उनकी पत्नी बहुत पहले मर गयी थीं। मैं आज क़िले से जैसे ही लाला की हवेली पहुँची, हमें उनके नौकर राममोहन के ज़रिये जानकारी हुई कि लाला अपनी तमाम ज़मीन-जायदाद और दुकान का वारिस हमें बना गये हैं। वसीयतनामा की जानकारी लाला के नौकर राममोहन ने शहर कोतवाल को जाकर दे दी है, लेकिन शहर कोतवाल के सिपाही अभी तक हवेली नहीं पहुँचे। हमें लाला की ज़मीन-जायदाद से कोई मतलब नहीं है, लेकिन हम चाहते हैं, लाला की आख़िरी ख़्वाहिश पूरी हो। बीमारी की हालत में कभी-कभी लाला हमसे कहा करते थे, मोहिनी आदमी इस दुनिया में अकेला आया है और अकेला ही जाएगा। यहाँ कोई किसी का नहीं है। हमारे तमाम रिश्तेदार हमारी दौलत और हवेली के भूखे हैं। उनका वश चले तो वे हमें आज ही ज़हर दे दें। लाला को अपने रिश्तेदारों से मरने से पहले नफ़रत हो गयी थी। उनके रिश्तेदार जो उनकी बीमारी हालत में कहीं नहीं दिख रहे थे, वे हवेली और जायदाद पर क़ब्ज़ा करने के साथ-साथ उनकी लाश को भी अपने क़ब्ज़े में लेकर जलाने की

तैयारी में हैं।''

जमालुद्दीन याक़ूत ने मोहिनी की बात बड़े ग़ौर से सुनी। वे अच्छी तरह जानते थे कि मोहिनी को दौलत का कोई लालच नहीं है। उनके ख़िदमतगार ने उन्हें अभी तीन रोज़ पहले ख़ुद ही बताया था कि मोहिनी अपनी दुकान बन्द रखकर लाला की ख़िदमत में लगी है। जमालुद्दीन याक़ूत ने पूछा, ''क्या आपने वसीयतनामा देखा है?''

''वसीयतनामा हमने नहीं देखा। वह राममोहन के पास है।'' मोहिनी अपने आँसू पोंछते हुए बोली।

जमालुद्दीन याक़ूत को क़िला पहुँचना था। सुल्तान ने उन्हें फ़ौरन बुलाया था। वे मोहिनी से बोले, ''मोहिनी, हमें सुल्तान-ए-आलम ने याद फ़र्माया है, लेकिन हम अभी लाला करोड़ीमल की हवेली पहुँचते हैं। आप वहाँ फ़ौरन पहुँचें।''

इतना कहकर जमालुद्दीन याक़ूत ने अपने घोड़े को एड़ लगाई। घोड़ा सरपट हवा से बातें करने लगा। जमालुद्दीन याक़ूत को लाला की हवेली पहुँचने में कुछ ख़ास देर नहीं लगी। जमालुद्दीन याक़ूत को लाला की हवेली पर देखकर वहाँ मौजूद सभी लोग उनकी शान में अदब के साथ झुक गये। अब तक लाला के रिश्तेदार भी जमालुद्दीन याक़ूत के नज़दीक आ पहुँचे थे। वे जमालुद्दीन याक़ूत को देखकर ज़ोर-ज़ोर से रोने लगे। जमालुद्दीन याक़ूत ने वहाँ मौजूद भीड़ पर एक नज़र डाली और घोड़े पर बैठे-बैठे ही पूछा, ''आप लोगों में से मरहूम लाला करोड़ीमल का नौकर राममोहन कौन है?''

भीड़ में से राममोहन आगे बढ़कर जमालुद्दीन याक़ूत की शान में झुक गया और बोला, ''हुज़ूर, मैं ही राममोहन हूँ।''

''क्या मरहूम लाला मरने से पहले कोई वसीयतनामा लिख गये हैं?''

''जी हाँ हुज़ूर। लाला करोड़ीमल मरने से पहले वसीयतनामा लिख गये हैं जो हमारे पास मौजूद है।''

राममोहन ने मरहूम लाला द्वारा लिखा वसीयतनामा अपनी कमीज़ की जेब से निकालकर जमालुद्दीन याक़ूत की ओर बढ़ा दिया। जमालुद्दीन याक़ूत ने उसे पढ़ा। उसमें लिखा था, 'हम लाला करोड़ीमल वल्द लाला गिरधारीमल उम्र सत्तर साल, निवासी ग़ज़नी बाज़ार, दिल्ली शहर अपने पूरे होश-ओ-हवाश में बिना किसी दबाव के इजहार करते हैं कि हमने अपनी हवेली, दुकान और दुकान में मौजूद जेवरात, धन-दौलत और तमाम ज़मीन-जायदाद मोहिनी फूलवाली जो ग़ज़नी बाज़ार में फूलों की बिक्री करती है और जिसे कभी गुलाम बाज़ार से सुल्तान रज़िया ने ख़रीदकर फूलवाली कजरी को उसकी मदद के वास्ते सौंपा था और बाद में सुल्तान रज़िया ने उसे गुलामी से आज़ाद कर दिया था, उसके नाम लिखते हैं। हमारी

ख़्वाहिश है, हमारी वफ़ादार नौकरानी राधा को हवेली में पीछे का एक कमरा दे दिया जाए और राधा के साथ-साथ दुकान के नौकर राममोहन और श्याम की तनख़्वाह में बीस फीसदी का इज़ाफ़ा कर दिया जाए।

चूँकि हमारी अपनी कोई औलाद नहीं है। हमारी पत्नी का देहान्त बहुत पहले हो गया था। बीमारी हालत में नाते-रिश्तेदारों ने हमारी कोई ख़िदमत नहीं की है। उनकी नज़र हमारी ज़मीन-जायदाद और दौलत पर लगी है। हम अपनी ज़मीन-जायदाद और दौलत में से एक फूटी कौड़ी तक उन्हें देना पसन्द नहीं करेंगे। मोहिनी ने रात-रात भर जागकर हमारी ख़िदमत की है। वह हमारी बीमारी हालत में कई रात सोई नहीं। उसकी तमाम रातें जागते हुए कटीं। हमारी आख़िरी ख़्वाहिश है, हमारी चिता को मोहिनी के अलावा और कोई आग न लगाए। और जहाँ तक किसी लड़की या औरत को चिता में आग लगाने का हक़ है या नहीं, इस बाबत हिन्दुस्तान की सुल्तान रज़िया पहले ही लाला हज़ारीमल के मामले में अपना फ़ैसला सुना चुकी हैं और उसी फ़ैसले के तहत फूलवाली मोहिनी ने मरहूम लाला हज़ारीमल की चिता को आग लगाई थी। इसी वास्ते हम अपनी चिता में आग लगाने के इख़्तियार के साथ-साथ मरने के बाद किए जानेवाले तमाम कामकाज का ज़िम्मा मोहिनी को सौंपते हैं। मोहिनी ही हमारी चिता में आग लगाएगी।

हम यह भी बयान करते हैं, मोहिनी का रंग गोरा, लम्बाई औसत से कुछ ज़्यादा, उम्र पच्चीस साल, चेहरा लम्बा, चेहरे के दायें गाल पर तिल का निशान, आँखें काली और चमकीली, भवें चौड़ी और कमानदार, नाक लम्बी, उसके सिर के बाल काले और लम्बे हैं। मोहिनी के बायें कान की लौ के निचले हिस्से में मस्सा का निशान है। ऐसा हम इस वास्ते लिख रहे हैं कि कोई दूसरी लड़की मोहिनी बनकर हमारी ज़मीन-जायदाद और दुकान की वारिस न बन जाए।

वसीयतनामा पर हमारे वफ़ादार नौकर राममोहन वल्द राधेमोहन उम्र पचास साल और श्याम वल्द मनोहर उम्र पैंतालीस साल, निवासी ग़ज़नी बाज़ार के दस्तख़त और पंजे के निशान मौजूद हैं। गवाहों के अलावा हमारे ख़ुद के दस्तख़त और पंजे के निशान वसीयतनामा में मौजूद हैं, जिन्हें वक़्त ज़रूरत पर हमारे दूसरे दस्तावेज़ों से मिलाकर देखे जा सकते हैं। यह वसीयतनामा माह रबी-उल-अव्वल, साल छः सौ छत्तीस हिज़री की सातवीं तारीख़ को लिखा गया।'

जमालुद्दीन याक़ूत ने देखा कि वसीयतनामा सही है। उन्होंने हुक्म फ़र्माया, "चूँकि मरहूम लाला करोड़ीमल मरने से पहले अपनी तमाम जायदाद के साथ अपनी चिता में आग लगाने का इख़्तियार मोहिनी को सौंप गये हैं इसलिए मरहूम लाला का कोई भी नातेदार लाला की चिता को हाथ नहीं लगाएगा।"

शहर कोतवाल को जैसे ही ख़बर मिली कि अमीर-ए-आखुर क़ुव्वतुलमुल्क

जमालुद्दीन याक़ूत ख़ुद लाला करोड़ीमल की हवेली पहुँच गये हैं, वह अपने सिपाहियों को लेकर भागा-भागा लाला की हवेली पहुँचा और उसने अमीर-ए-आख़ुर जमालुद्दीन याक़ूत की शान में तीन बार कोर्निश बजाई। जमालुद्दीन याक़ूत उसकी ओर मुख़ातिब होकर बोले, ''हमें फ़ौरन सुल्तान-ए-आलम ने याद फ़र्माया है। आपके वास्ते हुक़्म है, आप अपनी देखरेख में मरहूम लाला करोड़ीमल के शव को जहाँ मोहिनी आग दिलाना चाहे, वहाँ इज़्ज़त के साथ ले जाएँ! हमारा यह भी हुक़्म है, मोहिनी ही मरहूम लाला करोड़ीमल की चिता में आग लगाएगी। मरहूम लाला करोड़ीमल मरने से पहले अपनी तमाम ज़मीन-जायदाद के साथ-साथ चिता में आग लगाने का इख़्तियार मोहिनी को सौंप गये हैं।'' इतना कहकर जमालुद्दीन याक़ूत ने वसीयतनामा मोहिनी को सौंप दिया।

अब जमालुद्दीन याक़ूत क़िले की ओर चल दिए। वे कुछ ही देर में क़िले जा पहुँचे। सुल्तान रज़िया क़ुतुब नहर के किनारे आराम फ़र्मा रही थीं, लेकिन वे फ़िक्रमंद थीं। उनके नज़दीक ही रहमान और रहीम दोनों चीते आपस में खेल रहे थे। उनकी ख़ास बाँदी गुल-ए-अब्बासी और नयनज्योतिबाई के साथ-साथ वज़ीर-ए-आज़म ख़्वाजा मुहज़्ज़बुद्दीन वहाँ मौजूद थे। रहमान और रहीम ने जैसे ही जमालुद्दीन याक़ूत को वहाँ आते देखा, वे दोनों दौड़कर जमालुद्दीन याक़ूत से जाकर चिपट गये। जमालुद्दीन याक़ूत ने उनकी ओर कोई ग़ौर नहीं फ़र्माया। वे सुल्तान की शान में कोर्निश बजाकर बोले, ''सुल्तान-ए-आलम, हुक़्म।''

''हमें अभी-अभी ख़बर मिली है, लाहौर के इक़्तादार मलिक इज़्ज़ुद्दीन कबीर ख़ाँ ने बग़ावत कर दी है। हम इस बग़ावत को कुचलने के वास्ते ख़ुद मुहिम पर निकलेंगे।''

जमालुद्दीन याक़ूत को पहले से ही ऐसा अन्देशा था। वे इस बाबत कुछ दिनों पहले ही सुल्तान को जानकारी दे चुके थे। वे बोले, ''सुल्तान-ए-आलम, हमारे वास्ते क्या हुक़्म है?''

सुल्तान बोलीं, ''आप इस मुहिम में हमारे साथ चलेंगे। फ़ौज़ की कमान मलिक क़ुतुबुद्दीन हसन ग़ोरी के हाथों में मौजूद रहेगी, लेकिन हमारी मौजूदगी की वजह से फ़ौज़ जोश-ओ-ख़रोश से लबरेज़ रहेगी। हमारा हुक़्म है, फ़ौज को दो महीने की पेशगी तनख़्वाह ख़ज़ानादार आज ही बँटवा दे जिससे फ़ौज़ तीन दिन के अन्दर मुहिम के वास्ते रवाना हो सके। इस मुहिम में हमारे साथ मलिक क़ुतुबुद्दीन हसन ग़ोरी के अलावा और कौन-कौन अमीर और मलिक जाएँगे, इसकी इत्तिला हम आज शाम तक दे देंगे। हमारा यह भी हुक़्म है, वज़ीर-ए-आज़म ख़्वाजा मुहज़्ज़बुद्दीन और अमीर-ए-हाज़िब मलिक कबीर इख़्तियारुद्दीन एतग़ीन दिल्ली में ही मौजूद रहें।

वज़ीर-ए-आज़म शहर कोतवाल को हुक़्म दें, शहर के थाना-चौकी पर तैनात हाकिम हर वक़्त चौकन्ने रहें। शहर में आने-जानेवाले मुसाफ़िरों और तिज़ारतियों की तलाशी ली जाए! अक्सर मुसाफ़िरों और तिज़ारतियों के वेश में दुश्मन के जासूस ऐसे वक़्त शहर में घुस आते हैं। ख़बर मिली है, तुर्कान-ए-चिहिलगानी बन्दागान-ए-शम्सी के कुछ अमीर और मलिक जो भीतर-ही-भीतर हमारी मुख़ालफत करते हैं, वे कुछ नया गुल खिला सकते हैं। वज़ीर-ए-आज़म ऐसे अमीरों और मलिकों पर कड़ी नज़र रखें। अगर वे अपनी बेहूदा हरकतों से बाज नहीं आते हैं तो वज़ीर-ए-आज़म को इख़्तियार है, उन्हें उनकी हवेली में नज़रबन्द कर लिया जाए!

क़िलेदार के वास्ते हमारा हुक़्म है, वे क़िले के तमाम दरवाज़ों का पहरा सख़्त करा दें। सूरज ढलने के बाद ख़ासी जाँच-पड़ताल के बाद ही किसी भी शख़्स को क़िले के अन्दर-बाहर आने-जाने दिया जाए। शहर की हिफ़ाज़त के वास्ते सरहद के चारों ओर फ़ौज़ी दस्ता हर वक़्त तैनात रहे। इसके अलावा वज़ीर-ए-आज़म को हमारा यह भी हुक़्म है, शहज़ादे मुइज़्ज़ुद्दीन की हवेली पर बराबर नज़र रखी जाए! वे किसी भी हालत में तुर्कान-ए-चिहिलगानी बन्दागान-ए-शम्सी के अमीरों और मलिकों से मिलने न पाएँ। शहर और क़िले की ख़बर हरकारे के ज़रिये हमारे पास हर तीसरे दिन पहुँचती रहे।'' सुल्तान की ज़ुबान से निकले एक-एक लफ़्ज को बाँदी गुल-ए-अब्बासी और नयनज्योतिबाई ग़ौर से सुन रही थीं।

वज़ीर-ए-आज़म अदब के साथ झुककर बोले, ''सुल्तान-ए-आलम, हुक़्म की तामील होगी।''

सुल्तान फिर बोलीं, ''जब मौलाना नूरुद्दीन उर्फ़ नूर तुर्क ने जामा मसज़िद पर आज के दो साल पहले जुमा के दिन नमाज़ियों का क़त्ल कराना शुरू कर दिया था, उस वक़्त जनाब नासिरुद्दीन ऐबक़ बलआरामी और अमीर इमाम नासिरी ने नमाज़ियों को मौत के मुँह से ही नहीं बचाया था, बल्कि नूर तुर्क के कई करामाथियों को मौत के घाट उतारा था। हमने उनकी दिलेरी से ख़ुश होकर उनके ओहदे में ख़ासी तरक़्क़ी की थी। वे दोनों जाँबाज़ हाकिम हमारे साथ मुहिम पर जाएँगे।''

वज़ीर-ए-आज़म बोले, ''सुल्तान-ए-आलम, उन्हें हुज़ूर का हुक़्म फ़र्मा दिया जाएगा।''

''अब आप जा सकते हैं।'' सुल्तान का हुक़्म सुनते ही वज़ीर-ए-आज़म और अमीर-ए-आख़ुर अदब के साथ झुककर चले गये।

जमालुद्दीन याक़ूत अपनी हवेली वापस न जाकर क़ुश्क-ए-दिलक़ुशा के नज़दीक ही मौजूद कजरी के कमरे पर पहुँचे और उन्होंने लाला करोड़ीमल की मौत की ख़बर उसे सुनाई। लाला करोड़ीमल की मौत की ख़बर सुनकर कजरी की आँखों में आँसू भर आए। जमालुद्दीन याक़ूत ने कजरी को यह भी बताया कि मरहूम लाला

करोड़ीमल अपनी तमाम ज़मीन-जायदाद और दुकान का वारिस मोहिनी को बना गये हैं। मरहूम लाला करोड़ीमल की आख़िरी ख़्वाहिश थी कि मोहिनी लाला हज़ारीमल की तरह ही उनकी चिता को आग लगाए। चलते-चलते जमालुद्दीन याक़ूत कजरी से बोले, "सुल्तान-ए-आलम को अभी तक इस बात की ख़बर नहीं है। लाहौर के इक़्तादार मलिक इज़्ज़ुद्दीन कबीर ख़ाँ ने बग़ावत कर दी है। सुल्तान ख़ुद मुहिम पर तीन दिन के अन्दर निकल जाएँगी। आप अभी सुल्तान के पास जाकर सारा वाक़िया उन्हें बता दें।"

कजरी की आँखों से आँसू बह रहे थे। उसने पूछा, "क्या हुज़ूर भी मुहिम पर जाएँगे?"

"हमें जाना ही होगा। सुल्तान-ए-आलम का हुक़्म है।" इतना कहकर जमालुद्दीन याक़ूत वहाँ से चल दिए।

सरसठ

सुल्तान रज़िया की लाहौर मुहिम की रवानगी के बाद ही उनकी चारों ख़ास बाँदियाँ चंचलबाई, चन्द्रकला, कजरी और गुलसुल्तानबानो ने आपस में बातचीत की और तय किया कि चंचलबाई अमीर-ए-हाज़िब मलिक कबीर इख़्तियारुद्दीन एतग़ीन पर नज़र रखेगी। उनकी एक-एक हरकत की जानकारी बाक़ी तीनों बाँदियों को वक़्त से देती रहेगी। चन्द्रकला के ज़िम्मे वज़ीर-ए-आज़म ख़्वाजा मुहज़्ज़बुद्दीन और क़िले की निगरानी की ज़िम्मेदारी सौंपी गयी। गुलसुल्तानबानो को शहज़ादे मुइज़्ज़ुद्दीन और मरहूम सुल्तान रुक्नुद्दीन फ़ीरोज़शाह के साहबज़ादे शहज़ादे अलाउद्दीन मसऊद पर नज़र रखने को कहा गया।

कजरी वर्षों से ग़ज़नी बाज़ार में फूलों की दुकान चलाती थी और शहर के मुहल्ले-मुहल्ले में उसका आना-जाना था। शहर के अन्दर तमाम ऐसे लोग थे जो उसे हर तरह की ख़बर दे सकते थे। इसीलिए उसे शहर का हाल-चाल लेने के वास्ते लगाया गया। उसे यह भी ज़िम्मेदारी सौंपी गयी कि वह अनाजों और दूसरी खाने-पीने की जिन्सों पर गहरी नज़र रखे। अगर मुनाफ़ाखोर किन्हीं जिन्सों के दाम बढ़ाते हैं और उन्हें अपने गोदामों में छिपाते हैं तो वह फ़ौरन इसकी इत्तिला आकर करे। चन्द्रकला को कहा गया था कि वह वज़ीर-ए-आज़म ख़्वाजा मुहज़्ज़बुद्दीन की हवेली वक़्त-वक़्त पर जाती रहे। सुल्तान पहले भी उसे कभी-कभी वज़ीर-ए-आज़म की हवेली भेजा करती थीं। उसकी वहाँ जान-पहचान ही नहीं थी, बल्कि

वज़ीर-ए-आज़म की हवेली में मौजूद कई बाँदियों को उसने अपनी ओर मिला लिया था। चारों बाँदियाँ अपनी-अपनी ज़िम्मेदारी बखूबी निभा रही थीं। वे वक़्त-बेवक़्त शहर कोतवाल और क़िलेदार से मिलकर छोटी-मोटी बातों की जानकारी उन्हें भी देती रहती थीं।

दोपहर का वक़्त था। मौसम साफ़ था। खिली धूप होने की वजह से अच्छी लग रही थी। बारहदरी के चारों ओर क़तारों में लगे तरह-तरह के गुलाब के पौधों पर लगे फूलों की ख़ुशबू चारों ओर फैल रही थी। सुल्तान के हुक़्म से इन फूलों को कभी कोई तोड़ता नहीं था। हर कोई इनकी ओर ललचाई नज़र से देखता था। चंचलबाई और चन्द्रकला क़ुश्क-ए-फ़ीरोज़ी के नज़दीक बनी लाल पत्थर की बारहदरी में बैठी आपस में बातचीत कर रही थीं। जब सुल्तान की ख़ास बाँदियाँ बारहदरी में आ पहुँचती थीं, उस वक़्त दूसरी बाँदियों, लौंडियों, हिजड़ों और ख़िदमतगारों की हिम्मत नहीं पड़ती थी कि वे बारहदरी की ओर नज़र उठाकर भी देखें। यहाँ तक कि दारोग़-ए-हरम तक उन्हें नज़रअन्दाज़ करती थी। उसे अच्छी तरह मालूम था कि चारों बाँदियाँ सुल्तान की ख़ास बाँदियाँ हैं। अभी दोनों बाँदियाँ आपस में बातचीत ही कर रही थीं कि गुलसुल्तानबानो उधर आती नज़र आई। चंचलबाई ने उससे पूछा, "इतनी देर कैसे लगा दी?"

"आपको पता ही है कि सुल्तान के मुहिम पर चले जाने के बाद उनके दोनों प्यारे चीते रहमान और रहीम कई रोज़ से गोश्त की ओर ताक नहीं रहे थे। इधर एक हफ़्ते से उन्होंने कुछ खाया-पिया नहीं था। आज मैं जैसे ही उनके नज़दीक गोश्त लेकर पहुँची, वे गोश्त को देखकर उछल पड़े। मैं उन्हें गोश्त के टुकड़े हवा में उछालकर दे रही थी और वे गोश्त को हवा में ही पकड़ लेते थे। हमें ऐसा लगा कि वे दोनों आज ख़ुश हैं। आज दोनों ने खूब गोश्त खाया। हमें उन्हीं की वजह से देर लगी।"

चंचलबाई आज सुबह से ही काफ़ी फ़िक्रमंद थी, वह बोली, "कजरी अभी तक नहीं पहुँची। उसे आ जाना चाहिए था।"

चन्द्रकला बोली, "दीदी, आप ज़्यादा फ़िक्र न किया करें। वे आती ही होंगीं। आप तो जानती ही हैं कि वे जब ग़ज़नी बाज़ार जाती हैं तो वहाँ के लोग उन्हें घेर लेते हैं। ग़ज़नी बाज़ार के लोग उनसे बेहद मुहब्बत करते हैं। ग़ज़नी बाज़ार जाने पर उनकी मुलाक़ात मोहिनी से ज़रूर होती है। मोहिनी की ज़िम्मेदारी अब पहले से काफ़ी बढ़ गयी है। वह फूलों की दुकान पर बैठना बन्द नहीं कर रही है। मरहूम लाला हज़ारीमल और लाला करोड़ीमल की दुकानों की ज़िम्मेदारी उसके सिर आ पड़ी है। उसने लाला हज़ारीमल और लाला करोड़ीमल की हवेलियों में धर्मशालाएँ खुलवाकर अपनी ज़िम्मेदारी और बढ़ा ली है।"

अभी चंचलबाई, चन्द्रकला और गुलसुल्तानबानो आपस में बातचीत कर ही रही थीं कि कजरी और मोहिनी इधर ही आती दिखीं। जैसे ही वे दोनों उन तीनों बाँदियों के नज़दीक पहुँची, गुलसुल्तानबानो बोली, ''आप दोनों की उम्र काफ़ी लम्बी है।''

गुलसुल्तानबानो अभी अपनी बात पूरी भी न कर सकी थी कि मोहिनी बोल पड़ी, ''वह कैसे?''

''अभी-अभी आप दोनों की ही बात हो रही थी।''

''अल्लाह से दुआ करें, हमारी नहीं, बल्कि सुल्तान-ए-आलम की उम्र लम्बी हो। हम सभी क़िल-ए-रायपिथौरा में जहाँ आराम फ़र्मा रही हैं, वहीं सुल्तान दिल्ली से दूर लाहौर के उस पार रावी दरिया के किनारे ख़ेमों में ज़िन्दगी बसर कर रही हैं। मलिक इज़्ज़ुद्दीन कबीर ख़ाँ, जिन्हें सुल्तान ने ज़मीन से उठाकर आसमान पर पहुँचाया था, क्या कोई उनके बारे में सोच सकता था कि वे सुल्तान को धोख़ा दे सकते हैं। परमात्मा सुल्तान को लम्बी उम्र दे और उन्हें इतनी ताक़त दे कि वे जल्दी-से-जल्दी दुश्मन को नेस्तनाबूत कर सकें।'' कजरी बोली।

''कजरी सही कह रही है।'' गुलसुल्तानबानो बोली।

चंचलबाई बोली, ''अब मतलब की बात करो। शहर का क्या हाल है?''

''दीदी, शहर का हाल अच्छा नहीं है। सुल्तान के जाने के बाद शहर कोतवाल आराम तलब हो गये हैं। शहर के बनियों ने अनाजों के दाम बढ़ा रखे हैं। वे अनाज अपने गोदामों में छिपाने की तैयारी में हैं। खाने-पीने की हर चीज़ का दाम तेज़ी से बढ़ रहा है जबकि पिछले दो सालों से फ़स्ल अच्छी है। कमबख़्त बनिये वक़्त मिलने पर मुनाफ़ाखोरी से बाज नहीं आते हैं।''

''क्या शहर कोतवाल को इस बाबत ख़बर नहीं की?'' चंचलबाई ने पूछा।

''मैंने शहर कोतवाल के पास जाकर उसे ख़ुद इस बाबत जानकारी दी थी। उसने एक-दो जगह छापे भी मारे, लेकिन अब चुपचाप बैठ गया है। हमें लगता है, बनियों ने उसकी जेब गर्म कर दी है।''

चंचलबाई को ही नहीं, बल्कि वहाँ मौजूद सभी को जिन्सों की क़ीमत बढ़ने की फ़िक्र लग गयी थी। चंचलबाई बोली, ''हमें वज़ीर-ए-आज़म ख़्वाजा मुहज़्ज़बुद्दीन को बताना होगा।''

चन्द्रकला जो वज़ीर-ए-आज़म पर लगातार नज़र रख रही थी, बोली, ''सुल्तान के जाने के बाद वज़ीर-ए-आज़म आरामतलब हो गये हैं। वे दिन-दिन भर अपनी हवेली से बाहर नहीं निकल रहे हैं। कई रोज़ से क़िले के अन्दर उनकी आमद नहीं हुई है। सुल्तान की ग़ैरमौजूदगी में क़िले के अन्दर क्या हो रहा है, इसकी जानकारी उनको नहीं है। उन्होंने अपनी हवेली में कई जवान कनीज़ें दाख़िल कर ली हैं। वे

रात-दिन शराब और शबाब में डूबे रहते हैं। दौलत की उनके पास कोई कमी नहीं है। फ़िलहाल सल्तनत से उनका कोई लेना-देना नहीं है।''

''वज़ीर-ए-आज़म की उम्र साठ साल से ज़्यादा हो गयी है। इस ढलती उम्र में ख़ूबसूरत जवान कनीज़ों का शौक़ उन्हें कहाँ से लग गया?'' चन्द्रकला बोली।

''शराब और शबाब में क्या बूढ़ा और क्या जवान सभी बराबर हैं। जिसे इसका चस्का एकबार लग गया, छूटे नहीं छूटता।'' गुलसुल्तानबानो मुस्कराकर बोली।

''तुझे कैसे मालूम?'' चन्द्रकला ने पूछा।

''फ़ुज़ूल की बातें छोड़ो। हमें वज़ीर-ए-आज़म के बारे में सुल्तान को ख़बर करनी होगी।'' कजरी बोली।

गुलसुल्तानबानो बोली, ''अफ़सोस, हम वज़ीर-ए-आज़म के ख़िलाफ़ कुछ नहीं कर सकते।''

''हम सुल्तान को हरकारा के ज़रिये इस बाबत ख़बर कर सकते हैं।'' कजरी बोली।

''क्यों नहीं?'' चंचलबाई बोली।

मोहिनी सभी बाँदियों की बातचीत ग़ौर से सुन रही थी। वह कजरी की तरह बाक़ी तीनों बाँदियों की बेहद इज़्ज़त करती थी। वह चंचलबाई की ओर मुख़ातिब होकर बोली, ''दीदी, गुस्ताख़ी माफ़ हो। हमें बीच में नहीं बोलना चाहिए। ग़ज़नी बाज़ार में हमने कहीं उड़ते-उड़ते ख़बर सुनी थी कि अमीर-ए-हाज़िब के इरादे नेक नहीं हैं। कुछ लोग तो यहाँ तक कह रहे थे कि सुल्तान ने उन्हें इतना ऊँचा ओहदा इनायत किया, लेकिन वे नमकहलाली की जगह नमकहरामी कर रहे हैं।''

अब चंचलबाई बोली, ''मोहिनी, तू ठीक कहती है। अमीर-ए-हाज़िब का हाल सबसे बुरा है। हमें ख़बर मिली है, वे कई रोज़ हुए शिकार पर गये हैं। मैंने उनका पीछा अपने एक ख़ास आदमी के ज़रिये कराया था। उसने वापस आकर हमें ख़बर दी कि अमीर-ए-हाज़िब के ख़ेमे इस वक़्त दिल्ली से तक़रीबन तीस कोस की दूरी पर तराई के मैदान में पड़े हैं। उनसे वहीं मलिक इख़्तियारुद्दीन अल्तूनिया, इक़्तादार तबरहिन्दा का एक ख़ास आदमी मिलने आया था। दोनों के बीच क्या बातचीत हुई, इसकी जानकारी हमारा आदमी नहीं दे सका, लेकिन उसका कहना है कि मलिक अल्तूनिया के इरादे अमीर-ए-हाज़िब की तरह अच्छे नहीं हैं। अमीर-ए-हाज़िब के शिकार पर जाने से पहले उनकी मुलाक़ात क़ाज़ी-ए-सल्तनत, मलिक बद्रुद्दीन सुन्क़र और तुर्कान-ए-चिहिलगानी बन्दगान-ए-शम्सी के अमीर बहाउद्दीन उर्फ़ बलबन से हुई थी। इसके अलावा वे तुर्कान-ए-चिहिलगानी बन्दगान-ए-शम्सी के कई अमीरों और मलिकों को अपनी ओर मिलाने की कोशिश में हैं। हमें यह भी ख़बर मिली है कि अमीर बहाउद्दीन उर्फ़ बलबन भी उनके साथ शिकार पर

गये हैं।''

चंचलबाई की जुबानी अमीर-ए-हाज़िब के बारे में तमाम जानकारी मिलने से वहाँ मौजूद मोहिनी और दूसरी बाँदियों के कान खड़े हो गये। उन्होंने कभी सोचा भी नहीं था कि अमीर-ए-हाज़िब सुल्तान की ग़ैरमौजूदगी में इस तरह की हरकत दे सकते हैं। अब चंचलबाई ने गुलसुल्तानबानो की ओर मुख़ातिब होकर पूछा, ''शहज़ादे मुइज़्ज़ुद्दीन और शहज़ादे अलाउद्दीन मसऊद का क्या हालचाल है?''

''जानकारी मिली है, दिल्ली छोड़ने से पहले अमीर-ए-हाज़िब ने दो बार शहज़ादे मुइज़्ज़ुद्दीन से उनकी हवेली जाकर मुलाक़ात की थी। वे एक बार क़ुश्क-ए-लाल भी गये थे। ऐसा लगता है, वे मरहूम सुल्तान रुकुनुद्दीन फ़ीरोज़शाह की बेगम और उनके बेटे शहज़ादे अलाउद्दीन मसऊद को ताजो-तख़्त के ख़्वाब दिखा रहे होंगे।''

गुलसुल्तानबानो की ज़ुबान से निकले अल्फ़ाज़ सुनकर चंचलबाई की फ़िक्र और बढ़ गयी। वह बोली, ''हमें महसूस होता है कि अमीर-ए-हाज़िब शहज़ादे मुइज़्ज़ुद्दीन और शहज़ादे अलाउद्दीन मसऊद दोनों को अपनी ओर मिलाना चाहते हैं। उनका इरादा सही नहीं है। वे सोच रहे होंगे, अगर सुल्तान इस मुहिम में क़ैद हो जाती हैं या फिर मारी जाती हैं तो दोनों शहज़ादों में से किसी एक को शाही तख़्त पर बैठाना होगा। हो सकता है, वे वज़ीर-ए-आज़म बनने का ख़्वाब देख रहे हों। इसी वास्ते क़ाज़ी-ए-सल्तनत के अलावा तुर्कान-ए-चिहिलगानी बन्दगान-ए-शम्सी के अमीरों और मलिकों को अपनी ओर मिलाने की कोशिश में हैं। वे यह भी जान रहे हैं कि सुल्तान रज़िया ने मलिक अल्तूनिया द्वारा भेजा गया शादी का पैग़ाम बहुत पहले ठुकरा दिया था। इस वास्ते मलिक अल्तूनिया सुल्तान से नाराज़ है। हो सकता है, अमीर-ए-हाज़िब मलिक अल्तूनिया को ऊँचे ख़्वाब दिखा रहे हों।''

''दीदी, तब हमें क्या करना चाहिए?'' चन्द्रकला ने पूछा।

''हमें फ़ौरन हरकारा के ज़रिये ख़त लिखकर सुल्तान को ख़बर करनी चाहिए। क़िले, शहर, शहज़ादों, अमीर-ए-हाज़िब और वज़ीर-ए-आज़म के बाबत तमाम जानकारी जल्दी-से-जल्दी भिजवानी होगी। हमारा ख़याल है, ख़त में हम चारों बाँदियों के दस्तख़त हों जिससे सुल्तान ख़त को बेहद संजीदा समझें।''

''हम इस वास्ते तैयार हैं।'' तीनों बाँदियों की ज़ुबान से एक साथ निकल पड़ा।

सुल्तान की चारों ख़ास बाँदियाँ और मोहिनी की बातचीत अभी चल ही रही थी कि न जाने कहाँ से एक सफ़ेद कबूतर कजरी के कन्धे पर आकर बैठ गया। कजरी ने देखा, कबूतर सुल्तान के बग़ीचे का है। कजरी ने उसे अपने हाथ में लेकर उड़ा दिया। चंचलबाई कजरी की ओर मुख़ातिब होकर बोली, ''सुल्तान के कबूतरख़ाने को जाकर देख ले। अगर वहाँ उनके वास्ते दाना न डाला गया हो तो डाल दे।''

कजरी के साथ मोहिनी भी सुल्तान के कबूतरख़ाने की ओर चल दी।

वसन्त का आगमन हो चुका था। आमों के पेड़ों पर बौर छाया था जिसकी ख़ुशबू हवा में फैल रही थी। बौर की ख़ुशबू पाकर कोयलें कूकने लगी थीं। सुल्तान ने वसंत से पहले ही आसानी के साथ लाहौर के क़िले पर क़ब्ज़ा कर लिया था। मलिक इज़्ज़ुद्दीन कबीर ख़ाँ, जिन्हें हज़ारमर्दा बोला जाता है, वे सुल्तान की आमद की ख़बर सुनते ही रावी दरिया के उस पार सोदरा गाँव के नज़दीक अपने ख़ेमे डाल चुके हैं, लेकिन सुल्तान की फ़ौज़ ने उनका पीछा करना नहीं छोड़ा। अब उनके सामने हथियार डालने के अलावा और कोई चारा नहीं था। उनकी हालत एक ओर कुआँ तो एक ओर खाई जैसी हो गयी है। अगर वे रावी दरिया की ओर लौटते हैं तो सुल्तान की तीस हज़ार फ़ौज़ का मुक़ाबला करना आसान नहीं था और अगर सोदरा से आगे बढ़ते हैं तो आगे का इलाक़ा मंगोलों के क़ब्ज़े में है। मंगोल उनकी धन-दौलत छीनकर उन्हें क़ैदख़ाने में डाल सकते हैं।

रावी के नज़दीक ही सुल्तान ने अपने ख़ेमे डाल रखे हैं। रावी दरिया में इतना अधिक पानी नहीं है कि फ़ौज़ दरिया पार न कर सके। सुल्तान के ख़ेमों के नज़दीक ही लम्बा-चौड़ा तालाब मौजूद है जो पानी से लबालब भरा है। हाथियों, घोड़ों, ऊँटों और दूसरे जानवरों को नहाने-धोने और पीने के पानी की कोई कमी नहीं है। फिर भी सुल्तान के हुक़्म से ख़ेमों के घेरे के अन्दर चार नये कुएँ ख़ुदवाए जा चुके हैं। इन कुओं से मीठा पानी निकला है, जिसका इस्तेमाल पीने और खाना बनाने के काम आता है।

आज से ठीक पन्द्रह दिन पहले काफ़ी सर्दी थी, लेकिन अब उतनी नहीं है। सुल्तान के लाल ख़ेमे के अन्दर पीतल के ख़ूबसूरत बर्तनों में अँगीठियाँ रखी हैं जिनमें लकड़ी का कोयला सुलग रहा है। धुएँ के निकलने के वास्ते समूचे ख़ेमे में जगह-जगह बारीक जालियाँ लगी हैं। इन जालियों की वजह से जहाँ एक ओर ताज़ी हवा ख़ेमे में आती रहती है, वहीं अँगीठियों से निकला धुआँ ख़ेमे से बाहर निकलता रहता है। अँगीठियों में जल रहे कोयले के अलावा ख़ेमे के अन्दर अम्बर सुलग रहा है जिसकी ख़ुशबू हवा में तैर रही है।

सुल्तान के लाल ख़ेमे की सजावट देखते ही बनती है। सुल्तान को ख़ेमे के अन्दर ऐसा लगता है, जैसे वे ख़ेमे के अन्दर नहीं, बल्कि क़ुश्क-ए-दिलक़ुशा में मौजूद हैं। ख़ेमे के फ़र्श पर क़ीमती ईरानी कालीन बिछे हैं। लम्बे-चौड़े ख़ेमे के अन्दर ख़्वाबगाह, गुस्लख़ाना, क़िताबख़ाना और पोशाकख़ाना अलग-अलग मौजूद है। ख़ेमे के अन्दर एक किनारे क़तार में तमाम तलवारें लगी हैं। इन तलवारों में मशहूर तलवार 'तलवार-ए-इल्तुतमिश' और 'तलवार-ए-क़ुतुबुद्दीन' भी मौजूद

है। इन दोनों तलवारों ने न जाने कितने सूरमाओं को मौत के घाट उतारा था। ख़ेमे के अन्दर-बाहर जाने के दो रास्ते हैं। ख़ेमे के बाहर चार तुर्की घोड़े मय जीन के हर वक़्त सुल्तान की ख़िदमत के वास्ते तैयार खड़े रहते हैं। इन घोड़ों से कुछ ही दूरी पर सुल्तान का ख़ास हाथी वक़्त बहादुर मौजूद रहता है। सुल्तान के ख़ेमे के नज़दीक ही उनकी दोनों ख़ास बाँदियों गुल-ए-अब्बासी और नयनज्योतिबाई के छोटे ख़ेमे लगे हैं।

सुल्तान कुछ देर पहले ही गुस्लख़ाने से बाहर निकली थीं। उनके लम्बे काले बाल पीठ पर लहरा रहे थे। उनके चेहरे पर मुस्कराहट है। आख़िर क्यों न हो, मलिक इज़्ज़ुद्दीन कबीर ख़ाँ ने हथियार डालकर समझौते के वास्ते अपना ख़ास नुमाइन्दा सुल्तान की ख़िदमत में भेज रखा है। मलिक ने इस नुमाइन्दे के ज़रिये पाँच हज़ार सोने की अशर्फ़ियाँ और कुछ जवाहरात सुल्तान की नज़र के वास्ते भिजवाए हैं और यह भी कहलवाया है कि सुल्तान उसे माफ़ी देकर ख़िदमत का मौक़ा दें।

सुल्तान देर रात तक इस बाबत सोच-विचार करती रही थीं। आख़िर उन्होंने फ़ैसला लिया, चूँकि दिल्ली वापस पहुँचना भी ज़रूरी है, इस वास्ते मौक़े की नजाक़त देखते हुए मलिक को माफ़ कर दिया जाए। हालाँकि उन्हें याद था कि मलिक ने कभी उनके मरहूम अब्बाहुज़ूर को नाराज़ किया था और अब्बाहुज़ूर ने उससे मुल्तान के इक़्तादार का ओहदा छीनकर उस पर रहम करते हुए उसके खाने-पीने के वास्ते पलवल की छोटी इक़्ता दी थी। सुल्तान ने रात ही फ़ैसला लिया, लाहौर की ज़िम्मेदारी उससे छीनकर उसे मुल्तान की ज़िम्मेदारी सौंपी जाए। लाहौर के मुक़ाबले मुल्तान की इक़्ता काफ़ी छोटी है। इस वास्ते सुल्तान ने रात ही दो फ़र्मान जारी कर दिए थे जिनके तहत मलिक इख़्तियारुद्दीन क़ुराक़ुश ख़ाँ एतग़ीन को मुल्तान के बजाय लाहौर की इक़्ता इनायत कर दी गयी थी और मलिक इज़्ज़ुद्दीन कबीर ख़ाँ से लाहौर की इक़्ता छीनकर उसे मुल्तान की इक़्ता की ज़िम्मेदारी सौंपी गयी।

सुल्तान की उम्र बत्तीस साल से ऊपर हो चुकी है। उनकी ख़ूबसूरती में अब और निखार आ गया था। उनके ख़ूबसूरत बालों को नयनज्योतिबाई कंघी के ज़रिये सुलझा रही है। ख़ेमे के अन्दर गुल-ए-अब्बासी भी मौजूद है। मलिक इज़्ज़ुद्दीन कबीर ख़ाँ के ख़िलाफ़ मिली कामयाबी से दोनों बाँदियाँ ख़ुश हैं। फ़ौज में सैकड़ों की तादाद में हिन्दू सिपाही और कुछ ओहदेदार मौजूद है। चूँकि हिन्दुओं का पवित्र त्योहार होली कल ही है, इस वास्ते फ़ौज़ के तमाम सिपाहियों ने नयनज्योतिबाई के ज़रिये सुल्तान से होली मनाने की सिफ़ारिश की है। वे सभी अच्छी तरह समझ रहे हैं कि नयनज्योतिबाई की सिफ़ारिश सुल्तान टालेंगी नहीं। नयनज्योतिबाई मौक़ा देखकर बोली, ''सुल्तान-ए-आलम, गुज़ारिश है, कल हिन्दुओं का पवित्र त्योहार

होली है। फ़ौज़ के तमाम हिन्दू सिपाही और दूसरे ओहदेदार हुज़ूर से होली मनाने की इजाज़त चाह रहे हैं।''

सुल्तान मुस्कराकर बोलीं, ''हमारी निगाह में क्या हिन्दू और क्या मुसलमान। जब हम मर्द और औरत को बराबर का दर्ज़ा दे चुके हैं, तब हुकूमत में हिन्दू और मुसलमान का फ़र्क कहाँ से आ गया? जहाँ मुसलमान ईद और बकरीद ख़ुशी-ख़ुशी मनाते हैं, वहीं हमारे हिन्दू सिपाही और दूसरे ओहदेदार इस पाक त्योहार को ख़ुशी-ख़ुशी मनाएँ। हमारी ओर से हिन्दुओं को होली मनाने की पूरी छूट है, लेकिन हम नहीं चाहेंगे, कोई आदमी एक-दूसरे पर कीचड़ फेंके और गाली-गलौज करे।

होली के मौक़े पर कुछ लोग शराब, भाँग और गाँजा पीकर हुड़दंग मचाते हैं, जवान लड़कियों को छेड़ते हैं। यह क़त्तई ठीक नहीं है। हम इसे बर्दाश्त नहीं करेंगे। आप दोनों को याद होगा, मरहूम अब्बाहुज़ूर के ज़माने में कभी चन्द्रकला की माँ उसे लेकर मथुरा गयी थीं, तब कुछ शरारती लड़कों ने उनके घर का छप्पर होली के हवाले कर दिया था। उस वक़्त मरहूम अब्बाहुज़ूर ने शहर कोतवाल को बुलवाकर जाँच कराई थी और गुनाहगार लड़कों को सज़ा दी गयी थी।

इस मौक़े पर कुछ जवान लड़के होली के हुड़दंग में दूसरे लोगों के काम की चीज़ें ज़बरदस्ती या फिर चोरी से होली के हवाले कर देते हैं, यह ग़लत है। ऐसा नहीं होना चाहिए। हम यह भी पसन्द नहीं करेंगे कि कोई आदमी होली के वक़्त क़ीमती नई पोशाक पहनकर अपने घर से निकले और उसकी पोशाक रंग और कीचड़ से बरबाद कर दी जाए। हुक़्म है, कल रंग, गुलाल और अबीर दोपहर तक ही खेला जाए जिससे लोग वक़्त से नहा-धो सकें और दोपहर के बाद एक-दूसरे को मुबारकबाद दे सकें।''

नयनज्योतिबाई बोली, ''क्या हुज़ूर भी कल होली में शामिल होंगी?''

सुल्तान देर तक कुछ सोचती रहीं। फिर बोलीं, ''हमें आप लोगों के साथ होली खेलने में एतराज़ नहीं है, लेकिन रंग के बजाय अबीर और गुलाल की ही होली खेली जाएगी।''

इतना सुनते ही दोनों बाँदियों की जुबान से एक साथ निकल पड़ा, ''मरहबा... मरहबा...मरहबा।''

होली के त्योहार को मनाने के वास्ते बातचीत चल ही रही थी कि क़ादिरबीवीबानो ख़ेमे के अन्दर आईं और अदब के साथ झुककर बोलीं, ''सुल्तान-ए-आलम, दिल्ली से एक ख़ास हरकारा हुज़ूर की ख़ास बाँदियों का ख़त लेकर हाज़िर है। अगर हुज़ूर इजाज़त दें तो बुला लिया जाए।''

''उससे ख़त ले लो और उसके आराम का इन्तिज़ाम करा दो। वह हमारे अगले हुक़्म का इन्तज़ार करे।''

क़ादिरबीवीबानो ने हरकारा द्वारा लाया हुआ ख़त सुल्तान की ओर बढ़ा दिया और अदब के साथ झुककर ख़ेमे से बाहर निकल गयीं। सुल्तान को अभी दो दिन पहले ही अमीर-ए-हाज़िब और वज़ीर-ए-आज़म के ख़त मिले थे। उन दोनों ने अपने ख़तों में यही लिखा था कि दिल्ली में चैन-अमन है। दोनों ख़तों में सुल्तान को जंग में फ़तेह हासिल करने के वास्ते अल्लाह से दुआ माँगी गयी थी। सुल्तान ने मुहर तोड़कर ख़त ख़ुद पढ़ना शुरू किया।

ख़त में लिखा था, 'सुल्तान का इक़बाल बुलन्द हो। अल्लाह हुज़ूर को कामयाबी दे जिससे हुज़ूर जल्द-से-जल्द दिल्ली वापस आ सकें। हम नहीं चाहते कि सुल्तान इस ख़त को पढ़कर फ़िक्रमंद हों, लेकिन हमें मजबूरन यह ख़त हुज़ूर की ख़िदमत में लिखना पड़ रहा है। सुल्तान की दिल्ली से रवानगी के बाद क़िलेदार और शहर कोतवाल आराम तलब हो गये हैं। शहर के बनिया मनमानी कर अनाजों और दूसरी जिन्सों की जमाखोरी कर रहे हैं, जिसकी वजह से जिन्सों की क़ीमतें आसमान छूने लगी हैं। महँगाई की वजह से ग़रीबों का सबसे बुरा हाल है। हालाँकि हुज़ूर के हुक़्म से शहर में चार जगह लंगरख़ाने चलवाए जा रहे हैं। ख़ुदा का लाख-लाख शुक्र है, अभी तक भूख से कोई मरा नहीं है। जहाँ तक वज़ीर-ए-आज़म का सवाल है, वे कई-कई दिन तक अपनी हवेली से बाहर नहीं निकल रहे हैं। हुज़ूर के दिल्ली से बाहर क़दम रखते ही वे शराब और शबाब में डूब गये हैं।

अमीर-ए-हाज़िब शिकार का बहाना बनाकर दिल्ली से बाहर तराई के मैदान में अपने ख़ेमे डाले हैं। वहीं उनकी मुलाक़ात मलिक इख़्तियारुद्दीन अल्तूनिया के किसी ख़ास आदमी से हुई है। शायद वह उनका ख़ास आदमी तेज़ सिंह या कर्पूरी सिंह हो सकता है। हुज़ूर, गुस्ताख़ी माफ़ हो। हमें मलिक अल्तूनिया के इरादे अच्छे नहीं दिख रहे हैं। हुज़ूर को यह भी बताना ज़रूरी है कि अमीर-ए-हाज़िब के साथ अमीर बहाउद्दीन बलबन भी शिकार पर गये हैं। अमीर-ए-हाज़िब तुर्कान-ए-चिहिलगानी बन्दगान-ए-शम्सी के कई अमीरों और मलिकों को अपनी ओर मिलाने की जोड़-तोड़ कर रहे हैं। जनाब अमीर-ए-हाज़िब शिकार के बहाने जब दिल्ली से कूच किए थे, तब वे शहज़ादे मुइज़्ज़ुद्दीन की हवेली जाकर उनसे दो बार मुलाक़ात किए थे। इन मुलाक़ातों के बाद वे मरहूम सुल्तान रुकुनुद्दीन फ़ीरोज़शाह की बेगम और शहज़ादे अलाउद्दीन मसऊद से भी मिले थे। हुज़ूर की ग़ैरमौजूदगी में यह मुलाक़ातें ख़ास मायने रखती हैं, जिस पर हुज़ूर को ग़ौर फ़र्माने की ज़रूरत है। ख़ुदा हुज़ूर को कामयाबी दे।'

सुल्तान ख़त को पढ़कर फ़िक्रमंद हो गयीं। ख़त के नीचे उनकी ख़ास चारों बाँदियों के दस्तख़त मौजूद थे। सुल्तान ने हुक़्म फ़र्माया, ''हिन्दुओं का पाक होली का त्योहार ख़त्म हो जाने के फ़ौरन बाद ख़ेमे उखाड़ दिए जाएँ और फ़ौज़ दिल्ली के

वास्ते रवाना हो।''

सुल्तान का हुक़्म सुनते ही दोनों बाँदियाँ चौंक पड़ीं।

अड़सठ

आसमान साफ़ था। हवा हल्की-हल्की बह रही थी। पूर्णमासी का चाँद निकल आया था। रौशनी चारों ओर फैलने लगी थी। मलिक कबीर इख़्तियारुद्दीन एतग़ीन अमीर-ए-हाज़िब देर से मलिक इख़्तियारुद्दीन अल्तूनिया इक़्तादार तबरहिन्दा का इन्तज़ार बेसब्री के साथ कर रहे थे। वे सोच रहे थे कि मलिक को पहुँचने में आख़िर इतनी देर क्यों लग रही है। उनके दिमाग़ में यह भी ख़याल आ रहा था कि कहीं मलिक का इरादा तो नहीं बदल गया है? वे कभी ख़ेमे के अन्दर जा रहे थे तो कभी ख़ेमे के बाहर निकलकर उत्तर दिशा की ओर निहार रहे थे। वे मलिक अल्तूनिया का इन्तज़ार कर ही रहे थे कि दूर घोड़ों की टप-टप की आवाज़ सुनाई पड़ी। अमीर-ए-हाज़िब घोड़ों की टप-टप की आवाज़ सुनकर अपने ख़ेमे से बाहर निकल आए। उनके ख़ास ख़िदमतगार रज़ीउद्दीन ने आकर उन्हें बताया कि जनाब मलिक अल्तूनिया की सवारी पहुँचने ही वाली है।

कुछ ही देर में सौ सवारों के साथ मलिक अल्तूनिया मलिक एतग़ीन के ख़ेमों के नज़दीक आ पहुँचे। अमीर-ए-हाज़िब के ख़िदमतगार रज़ीउद्दीन ने आगे बढ़कर अदब के साथ झुकते हुए मलिक अल्तूनिया के घोड़े की लगाम थाम ली। मलिक अल्तूनिया को सामने देखकर अमीर-ए-हाज़िब का चेहरा खिल उठा। उनकी ज़ुबान से निकल पड़ा, ''ख़ुशआमदीद! मलिक अल्तूनिया का तराई के मैदान में आना मुबारक हो।''

दोनों हाकिम एक-दूसरे से गले मिले। मलिक अल्तूनिया को देखते ही अमीर-ए-हाज़िब की बाँदियाँ, लौंडियाँ और ख़िदमतगार उनकी शान में अदब के साथ झुक गये। इसी तरह अमीर-ए-हाज़िब को देखकर मलिक अल्तूनिया के घुड़सवार अपने-अपने घोड़ों से उतरकर मलिक एतग़ीन की शान में झुक गये। इस वक़्त मलिक के साथ उनके ख़ास घुड़सवार कर्पूरी सिंह, नसीम, बैरम और तेज़ सिंह मौजूद थे। मलिक इन पर बेहद भरोसा करते हैं।

अब अमीर-ए-हाज़िब मलिक एतगीन ने मलिक अल्तूनिया से उस ख़ेमे में चलने की गुज़ारिश की जो आज की दावत के वास्ते ख़ासतौर पर सजाया गया था। जैसे ही मलिक अल्तूनिया ने ख़ेमे में अपने क़दम रखे, उनके पैर क़ीमती ईरानी कालीनों में धँसने लगे। समूचा ख़ेमा बेले की ख़ुशबू से तराबोर था। ख़ेमे के अन्दर

क़तारों में बेले के फूलों की लड़ियाँ लटकाई गयी थीं। ख़ेमे में दो झाड़फ़ानूसों में अलग-अलग एक-एक सौ मोमबत्तियाँ जल रही थीं, जिनकी रौशनी से रात दिन में बदल गयी थी। ख़ेमे के पूरब की दिशा में दो जड़ाऊ तख़्त बिछे थे, जिनके ऊपर क़ीमती ईरानी कालीन बिछे थे। इन कालीनों के ऊपर सफ़ेद किमख़्वाब की चादरें बिछी थीं, जिनके किनारे-किनारे मोती लटक रहे थे। हर एक तख़्त पर किमख़्वाब के सफ़ेद दो-दो गावतकिया लगे थे, जिन पर सोने और चाँदी के तारों से बारीक कढ़ाई की गयी थी।

मलिक एतग़ीन ने ताली बजाई। ताली की आवाज़ सुनते ही मलिक का ख़ास ख़िदमतगार अदब के साथ झुककर दोनों मलिकों को कोर्निश बजाने लगा। मलिक एतग़ीन उससे बोले, ''जनाब मलिक अल्तूनिया की शान में क़ीमती शराब पेश करने के साथ-साथ हमारी ख़ास कनीज़ों को पेश किया जाए!''

ख़िदमतगार दोनों मलिकों की शान में एकबार फिर झुक गया और बोला, ''हुज़ूर-ए-आली, अभी भेजता हूँ।'' इतना कहकर ख़िदमतगार उल्टे पैरों ख़ेमे से वापस हो गया। ख़ेमे के बाहर मलिक अल्तूनिया के दोनों ख़ास आदमी कर्पूरी सिंह और तेज़ सिंह मुस्तैदी के साथ पहरे पर मौजूद थे। उन्होंने आज तक मलिक अल्तूनिया को किसी दूसरे अमीर या मलिक के ख़ेमे में अकेले नहीं छोड़ा था। हालाँकि वे समझ रहे थे कि उनके मालिक के पास दो-दो तलवारें और कटार मौजूद हैं। वे यह भी जान रहे थे कि एक-दो आदमी मिलकर अल्तूनिया का बाल बाँका नहीं कर सकते।

कुछ ही देर में दस्तरख़्वान पर तमाम रक़ाबियाँ लगा दी गयीं। सोने और चाँदी की रक़ाबियों में तरह-तरह के गोश्त, कबाब, कोरमा, बिरयानी और पुलाव मौजूद थे। तमाम रक़ाबियाँ रेशमी रुमालों से ढँकी थीं, लेकिन बकरी, भेंड़, मुर्ग़ और मछली के लज़ीज़ गोश्त की ख़ुशबू हवा में तैर रही थी। कबाबों में शामी, महमूदी, क़ुतुबशाही, कलेजी और कोफ़्ता कबाब मौजूद थे। बकरी, भेंड़ के गोश्त के अलावा मुर्ग़, तीतर, बटेर के गोश्त की बिरयानी दस्तरख़्वान पर अलग-अलग ख़ुशबू बिखेर रही थी।

दस्तरख़्वान पर तरह-तरह के गोश्त, कबाब, बिरयानी और रोटियाँ लग जाने के बाद दो ख़ूबसूरत जवान कनीज़ें ख़ेमे के अन्दर हाज़िर हुईं। मलिक अल्तूनिया दोनों जवान हसीन कनीज़ों को देखकर भौंचक्के रह गये। उन्होंने इतनी ख़ूबसूरत कनीज़ें अब तक नहीं देखी थीं। दोनों की उम्र बीस साल से ज़्यादा नहीं रही होगी। इन दोनों के चेहरे और बदन तक़रीबन एक जैसे थे। बदन तो ऐसे थे, जैसे एक ही साँचे में ढाल दिए गये हों। ऐसा लग रहा था कि दोनों सगी बहनें हैं।

दोनों कनीज़ों ने हल्के गुलाबी रंग की किमख़्वाब की पोशाक पहन रखी थी।

पोशाक के नाम पर उनके बदन पर जड़ाऊ कसी हुई चोली और पायज़ामा ही मौजूद था। उनकी चोलियाँ ऐसी थीं, जिनसे लगता था कि उनके भरे हुए नुकीले उरोज बाहर निकलने के लिए तड़प रहे हों। दोनों कनीज़ों के बदन लम्बे और इकहरे थे। उनके चेहरे लम्बे, आँखें नीली, भौहें कमानदार, होंठ पतले और रसीले, गाल सेब की मानिंद गुलाबी और चोटियाँ काली और लम्बी थीं। इन दोनों की चोटियों में बेले के फूल गुँथे थे। उनके हाथों में इस्फ़हानी शराब भरी सुराहियाँ और प्याले थे। दोनों कनीज़ों ने अपनी भवों और नाजुक होंठों को हरकत देते हुए एक ख़ास अदा के साथ दोनों मलिकों की शान में कोर्निश बजाई और एक-एक क़दम ख़ास अदा के साथ रखते हुए मलिकों के नज़दीक पहुँचीं।

दोनों कनीज़ों ने सुराहियों से एक ख़ास अदा के साथ प्याले में शराब निकालकर पेश की। दोनों मलिक शराब की चुस्कियाँ लेने लगे। मलिक अल्तूनिया दोनों कनीज़ों की ओर अब भी निहार रहे थे। वे कनीज़ों की ख़ूबसूरती देखकर हैरान थे। उनका जी चाह रहा था कि दोनों कनीज़ों को अपनी गोद में बिठा लें, लेकिन मलिक एतग़ीन की मौजूदगी की वजह से वे ऐसा नहीं कर सकते थे। जब दोनों मलिक तीन-तीन प्याला शराब पी चुके और खाना खा चुके तो मलिक एतग़ीन ने ताली बजाई। ताली की आवाज़ सुनते ही उनका ख़ास ख़िदमतगार हाज़िर हो गया। अब मलिक एतग़ीन उसकी तरफ़ मुख़ातिब होकर बोले, "दस्तरख़्वान पर लगी तमाम रक़ाबियों को हटा दिया जाए और रक़्क़ासाओं को जनाब मलिक अल्तूनिया के हुज़ूर में पेश किया जाए!"

मलिक एतग़ीन का हुक़्म सुनते ही ख़िदमतगार ख़ेमे से बाहर निकल गया। कुछ ही देर में चार जवान बाँदियाँ ख़ेमे के अन्दर आकर दस्तरख़्वान पर बिछी रक़ाबियाँ को उठा ले गयीं। यह ख़ेमा इस तरह से तैयार किया गया था कि इसके अन्दर छः साज़िन्दे बैठे थे, लेकिन वे ख़ेमे में मौजूद दोनों मलिकों और दोनों कनीज़ों को दिखाई नहीं दे रहे थे। साज़िन्दे रक़्क़ासाओं के पहुँचने से पहले ही अपने-अपने साज़ों के साथ अपनी-अपनी जगह ले चुके थे। दस्तरख़्वान और उन पर लगी रक़ाबियों के हट जाने के बाद दो जवान ख़ूबसूरत रक़्क़ासाएँ ख़ेमे में हाज़िर हुईं। वे दोनों मलिकों की शान में अदब के साथ झुककर रक़्स करने लगीं। दोनों रक़्क़ासाएँ दोनों कनीज़ों से भी कहीं ज़्यादा ख़ूबसूरत थीं। मलिक अल्तूनिया कभी एक नज़र शराब पिला रही कनीज़ों की ओर डालते थे तो कभी उनकी नज़र रक़्क़ासाओं की ओर जा रही थी। दोनों रक़्क़ासाएँ जितनी ज़्यादा ख़ूबसूरत थीं, उतनी ही ज़्यादा रक़्स के मामले में तजुर्बेकार थीं। देर तक रक़्स की महफ़िल चलती रही। अब तक दोनों मलिक पाँच-पाँच प्याला शराब पी चुके थे।

रक़्स की महफ़िल ख़त्म होने के बाद मलिक एतग़ीन के हुक़्म से दोनों कनीज़ें भी ख़ेमे से बाहर निकल गयीं। अब मलिक एतग़ीन मलिक अल्तूनिया की ओर

मुख़ातिब होकर मुस्कराकर बोले, "जनाब मलिक अल्तूनिया, आप जवान हैं। हमने आपकी खातिर इन दोनों कनीज़ों और रक़्क़ासाओं को दिल्ली से आज ही बुलवाया है। हमें ख़ुशी होगी, अगर हमारे मेहमान इनके साथ आज की रात गुज़ारें।"

मलिक अल्तूनिया मलिक एतग़ीन की जुबान से निकले अल्फ़ाज़ सुनकर मुस्करा उठे। उनकी समझ में नहीं आ रहा था कि दोनों कनीज़ों और दोनों रक़्क़ासाओं में से कौन किससे ज़्यादा ख़ूबसूरत है। वे हमेशा-हमेशा के वास्ते इन चारों हसीनाओं को अपने हरम में ले जाना चाहते थे, लेकिन मौक़े की नज़ाकत देखकर बोले, "मलिक एतग़ीन द्वारा दी गयी दावत की जितनी तारीफ़ की जाए, कम है। ज़िन्दगी में ऐसा लुत्फ़ पहले कभी नहीं मिला। हम मलिक के शुक्रगुज़ार हैं, जिन्होंने हमें इतनी इज़्ज़त दी। मलिक बताएँ, हमें कैसे याद किया है?"

अब अमीर-ए-हाज़िब संजीदा हो गये थे। वे सोच रहे थे कि मतलब की बात की जाए। वे बोले, "जनाब मलिक अल्तूनिया ने हमारा दावतनामा क़ुबूल करके हमारी इज़्ज़त बढ़ाई है। इस वास्ते हम मलिक अल्तूनिया के शुक्रगुज़ार हैं। मलिक को ख़बर मिल चुकी होगी, लाहौर के इक़्तादार मलिक इज़्ज़ुद्दीन कबीर ख़ाँ ने बिना जंग लड़े सुल्तान रज़िया के सामने हथियार डाल दिए हैं। हमें मलिक कबीर ख़ाँ से ऐसी उम्मीद नहीं थी। अगर उसने हमसे बिना किसी सलाह-मशविरा के सुल्तान के ख़िलाफ़ बग़ावत की थी तो मर्दानगी यही कहती थी, बिना जंग लड़े हथियार न डाले जाएँ। मलिक कबीर ख़ाँ ने सुल्तान के सामने अपने हथियार ही नहीं डाले, बल्कि सुल्तान के सामने माफ़ीनामा भी पेश किया। इसीलिए सुल्तान ने लाहौर की इक़्ता छीनकर मुल्तान की छोटी इक़्ता उन्हें दी है और मुल्तान के इक़्तादार इख़्तियारुद्दीन क़ुराक़ुश ख़ाँ को लाहौर की बड़ी इक़्ता देकर उसे अपनी ओर मिला लिया है।"

"हमें इस बात की ख़बर तक़रीबन पन्द्रह दिन पहले मिल चुकी थी। ख़बर यह भी मिली है, सुल्तान तक़रीबन बीस दिन के अन्दर दिल्ली पहुँच सकती हैं।"

"जनाब मलिक अल्तूनिया, हमें वक़्त का फ़ायदा उठाना चाहिए। ऐसा ख़ूबसूरत मौक़ा तमाम ज़िन्दगी में कभी-कभी आता है। हमारी राय के मुताबिक़ सुल्तान के दिल्ली पहुँचने से पहले आप बग़ावत कर दें।"

बग़ावत के नाम पर मलिक अल्तूनिया चौंके और बोले, "हमारे पास इस वक़्त तक़रीबन बीस हज़ार ही फ़ौज़ है जब कि सुल्तान के पास तीस हज़ार फ़ौज़ है। तक़रीबन दस से पन्द्रह हज़ार शाही फ़ौज़ इस वक़्त दिल्ली में मौजूद होगी। इस तरह सुल्तान के पास चालीस-पैंतालीस हज़ार फ़ौज़ हो जाएगी। क्या हमारी फ़ौज़ शाही फ़ौज़ का मुक़ाबला कर सकेगी?"

"सुल्तान के साथ जो तीस हज़ार फ़ौज़ मौजूद है, वह लम्बे सफ़र की वजह से थक चुकी है। घोड़े, ऊँट और हाथी भी थक गये होंगे। सुल्तान की दिल्ली से रवानगी के बाद हमने तक़रीबन दस हज़ार नयी फ़ौज़ तैयार कर ली है जो दिल्ली से

दूर यहीं आसपास मौजूद है जिसकी जानकारी हर किसी शख़्स को नहीं है। यह फ़ौज़ आपके साथ मौजूद रहेगी। हमने फ़ौज़ को दो महीने की पेशगी तनख़्वाह दे रखी है। इसके अलावा हम आज ही आपकी ख़िदमत में बीस हज़ार अशर्फ़ियाँ पेश करते हैं, जिनसे नयी फ़ौज़ खड़ी हो सकती है।''

मलिक एतग़ीन द्वारा पेश की गयी तजवीज़ सुनकर मलिक अल्तूनिया की बाँछें खिल गयीं। उन्हें उम्मीद से कहीं ज़्यादा मदद मिल रही थी। वे बोले, ''आपकी वजीर-ए-आज़म ख़्वाजा मुहज़्ज़बुद्दीन से कोई बात हुई?''

''वे हमारे साथ हैं। वे दिखावे के वास्ते सुल्तान की ख़िदमत में मौजूद हैं, लेकिन मौक़ा मिलते ही हमसे मिल जाएँगे। इसके अलावा तुर्कान-ए-चिहिलगानी बन्दगान-ए-शम्सी के तमाम तुर्क अमीर और मलिक जंग के दौरान आपका साथ देंगे। जब हम शिकार के नाम पर दिल्ली से कूच किए थे, तब अमीर बहाउद्दीन बलबन हमारे साथ आया था। बलबन क़ाबिल-ए-यक़ीन है। हमें उम्मीद है, वह सुल्तान के दिल्ली वापस पहुँचने तक कई और तुर्क अमीरों और मलिकों को हमारी ओर मिला लेगा।''

मलिक अल्तूनिया सोच रहे थे कि जंग के बाद किसे कौन ओहदा मिलेगा, इसका फ़ैसला जंग शुरू होने से पहले हो जाना बेहतर है। उन्हें डर था, कहीं मलिक एतग़ीन की जंग के बाद नीयत ख़राब न हो जाए। उन्हें डर तो इस बात का भी सता रहा था कि वे दिल्ली से काफ़ी दूर हैं और मलिक एतग़ीन दिल्ली में मौजूद रहेंगे। उनकी दिल्ली से ग़ैरमौजूदगी उन्हें नुक़सान पहुँचा सकती है। उन्होंने पूछा, ''ख़ुदाबन्दे करीम की दुआ से जंग में हमारी फ़तेह हुई, तब हमें क्या मिलेगा?''

''इस वक़्त हमारे सामने ताजो-तख़्त की दावेदारी का सवाल है। शम्सी खानदान के दो ही दावेदार शाही तख़्त पर क़ाबिज़ हो सकते हैं।''

''कौन-कौन?''

''शाही तख़्त के पहले दावेदार सुल्तान रज़िया के भाई शहज़ादे मुइज़्ज़ुद्दीन हैं और दूसरे दावेदार मरहूम सुल्तान रुकुनुद्दीन फ़ीरोज़शाह के साहबज़ादे शहज़ादे अलाउद्दीन मसऊद हैं। चूँकि शहज़ादे मुइज़्ज़ुद्दीन उम्र और तजुर्बे में शहज़ादे अलाउद्दीन मसऊद से बड़े हैं, इसलिए बेहतर होगा, शाही तख़्त पर शहज़ादे मुइज़्ज़ुद्दीन को बिठाया जाए।''

''मलिक एतग़ीन वज़ा फ़र्मा रहे हैं। हमें इसमें कोई एतराज़ नहीं है, लेकिन हमें सुल्तान के ख़िलाफ़ जंग लड़नी होगी। जंग में हार और जीत किसी की भी हो सकती है। अगर ख़ुदा-न-खास्ता हम जंग हार गये, तब हम हमेशा-हमेशा के लिए बरबाद हो जाएँगे और यह भी हो सकता है कि हमें इस दुनिया से कूच करना पड़े। इसलिए हम चाहते हैं, जंग के बाद मिलनेवाले ओहदे की जानकारी हमें अभी करा दी जाए।''

मलिक एतग़ीन सोच रहे थे कि मलिक अल्तूनिया के दिलो-दिमाग़ में कोई शक़ ज़रूर है। वे उनकी शक़-ओ-शुबहा दूर करने के वास्ते उनके दोनों हाथ अपने हाथों में लेते हुए बोले, "सुल्तान के आला ओहदे को छोड़कर सल्तनत में वज़ीर-ए-आज़म से ऊँचा ओहदा और कोई नहीं है। मलिक इस ख़ासमख़ास ओहदे को ख़ुशी-ख़ुशी क़ुबूल करें। हम यह भी चाहेंगे, जंग के दौरान सुल्तान रज़िया को क़ैद कर लेने के बाद आप उन्हें अपनी हिरासत में रखें। उनसे निकाह पढ़वाकर अपनी बेगम बना लें। मलिक ऐसा ख़ूबसूरत ख़्वाब न जाने कब से देख रहे हैं।"

मलिक अल्तूनिया ने सुल्तान को क़ैद कर लेने और निकाह पढ़ा लेने की बात पर कोई ख़ास ग़ौर नहीं फ़र्माया। वे सोचने लगे, मलिक एतग़ीन हमें वज़ीर-ए-आज़म का आला ओहदा आख़िर क्यों सौंपना चाहते हैं? वे यह भी सोच रहे थे कि कोई भी मलिक अपनी तमाम फ़ौज़ और बीस हज़ार अशर्फ़ियाँ बिना किसी लालच के किसी और को आख़िर क्यों देगा? उन्होंने पूछा, "और मलिक एतग़ीन कौन-सा ओहदा लेना चाहेंगे?"

"शहज़ादा मुइज़्ज़ुद्दीन अभी नातजुर्बेकार है। हम चाहेंगे, हमें सुल्तान का नायब बनाया जाए जिससे सल्तनत के तमाम इख़्तियार हम दोनों के हाथों में रहें। हमारी समझ से मलिक को इस बाबत कोई एतराज़ नहीं होगा।"

मलिक अल्तूनिया को मलिक एतग़ीन द्वारा दी गयी सलाह पसन्द आई, लेकिन अमीर-ए-आख़ुर जमालुद्दीन याक़ूत अभी उनके रास्ते का काँटा था। वे बोले, "जब तक जमालुद्दीन याक़ूत ज़िन्दा है, सुल्तान हर ख़तरे से महफ़ूज़ हैं।"

"आप जमालुद्दीन याक़ूत की फ़िक्र न करें। हम ऐसी तरकीब निकालेंगे कि जंग के दौरान धोख़े से जमालुद्दीन याक़ूत को मौत के घाट उतार दिया जाए। जमालुद्दीन याक़ूत की मौत के बाद सुल्तान का हौसला ख़त्म हो जाएगा।"

"सुल्तान की हिफ़ाज़त के वास्ते अकेला जमालुद्दीन याक़ूत ही नहीं है, बल्कि उनकी ख़ास बाँदियाँ हर वक़्त उनके इर्द-गिर्द बनी रहती हैं। वे अपनी जान पर खेलकर सुल्तान की हिफ़ाज़त करेंगी।"

"जंग के दौरान एक-से-एक दिलेर और जाँबाज़ सिपाही मौत की नींद सुला दिए जाते हैं। तब सुल्तान की पाँच-छः ख़ास बाँदियों को मौत के घाट उतारने में कितनी देर लगेगी? सुल्तान की ख़ास बाँदियों को मौत के घाट उतारने के बाद सुल्तान की ज़नानी फ़ौज़ का भी खात्मा कर दिया जाएगा।"

"शाही फ़ौज़ की कमान तक़रीबन ढाई साल से क़ुतुबुद्दीन हसन ग़ौरी के हाथों में है। मलिक ग़ोरी सुल्तान का बेहद वफ़ादार आदमी है। वह जमालुद्दीन याक़ूत की तरह दिलेर और जाँबाज़ है। उसके बारे में क्या ख़याल है?"

"नायब-ए-लश्कर मलिक क़ुतुबुद्दीन हसन ग़ोरी से अभी तक हमारी कोई बात नहीं हुई है, लेकिन उसे अमीर-ए-हाज़िब के ओहदे का लालच दिया जा

सकता है। सल्तनत में नायब-ए-लश्कर के ओहदे से कहीं ऊँचा ओहदा अमीर-ए-हाजिब का है। हम मलिक को यह भी बताना चाहते हैं, मदरस-ए-नासिरिया के मुदर्रिस-ए-आला जनाब मिनहाज सिराज भी चाहते हैं कि सल्तनत के सबसे ऊँचे ओहदे पर सुल्तान रज़िया के बजाय शम्सी खानदान का कोई शहज़ादा ही क़ाबिज़ हो। सुल्तान दिल्ली से लाहौर रवानगी के पहले मदरस-ए-नासिरिया का मुआयना करने गयी थीं, उस वक़्त जनाब मिनहाज सिराज को सुल्तान की शान में मजबूरन झुकना पड़ा। वे आला ख़ानदान से ताल्लुक़ रखते हैं। इसमें उन्होंने अपनी तौहीनी समझी।''

मलिक अल्तूनिया यह तो समझ रहे थे कि सुल्तान रज़िया को तुर्क अमीर और मलिक पसन्द नहीं करते हैं। सुल्तान ने जब अमीर-ए-आख़ुर के ओहदे के वास्ते किसी तुर्क अमीर या मलिक को यह ज़िम्मेदारी न देकर हब्शी गुलाम क़ुव्वतुलमुल्क जमालुद्दीन याक़ूत को सौंपी, तब तमाम तुर्क अमीर और मलिक उनके ख़िलाफ़ हो गये थे। उन्हें इस बात का भी इल्म था कि जमालुद्दीन याक़ूत को लेकर सुल्तान की दिल्ली में ही नहीं, बल्कि मुल्क के दूसरे सूबों में भी बदनामी हो रही है। वे बोले, ''मलिक का कहना सही है, एक तो सुल्तान औरत हैं, दूसरे उन्होंने जमालुद्दीन याक़ूत को ज़रूरत से ज़्यादा छूट दे रखी है जो नाकाबिल-ए-बर्दाश्त है। सुल्तान की जमालुद्दीन याक़ूत की वजह से बदनामी हो रही है।''

तजुर्बेकार मलिक एतग़ीन अच्छी तरह समझ गये थे कि इस वक़्त लोहा गर्म है। गर्म लोहे पर चोट देना ज़रूरी है। वे बोले, ''हमें अच्छी तरह याद है, मरहूम सुल्तान इल्तुतमिश आपकी शादी शहज़ादी रज़िया के साथ करना चाहते थे, लेकिन शहज़ादी ही उस वक़्त तैयार न थीं। जमालुद्दीन याक़ूत की वजह से सुल्तान की जो बदनामी हो रही है, इस आग में हमें और घी डालना होगा।''

''आख़िर क्यों?'' मलिक अल्तूनिया ने चौंककर पूछा।

''शहज़ादी रज़िया को दिल्ली की अवाम ने शम्सी खानदान के चश्म-ओ-चिराग़ शहज़ादे ग़यासुद्दीन, मुइज़्ज़ुद्दीन और शहज़ादे अलाउद्दीन मसऊद के होते हुए सल्तनत के ताजो-तख़्त की ज़िम्मेदारी सौंपी थी। दिल्ली की अवाम आज भी सुल्तान रज़िया के साथ है। हालाँकि उस वक़्त सल्तनत के सैयद, शैख़, मुल्ला, मौलवी और उलेमा हज़रात के अलावा जामा मसज़िद के शाही इमाम तक अवाम के फ़ैसले के ख़िलाफ़ थे, लेकिन अवाम फ़क़ीर क़ाज़ीमुद्दीन ज़ाहिद के बहकावे में आ गयी और एक औरत के कमज़ोर हाथों में सल्तनत की ज़िम्मेदारी सौंप दी। इस वक़्त अवाम के बीच जमालुद्दीन याक़ूत को लेकर और ज़्यादा बदनामी कराई जाए। इस बाबत दिल्ली शहर की मस्जिदों, सरायों और बाज़ारों में अफ़वाह फैलाई जाए, कि सुल्तान के जिस्मानी ताल्लुक़ात हब्शी गुलाम जमालुद्दीन याक़ूत के साथ हैं।''

''आख़िर इससे क्या फ़ायदा होगा?'' मलिक अल्तूनिया नहीं चाहते थे कि

जमालुद्दीन याकूत को लेकर सुल्तान की और बदनामी हो। वे न जाने कब से सुल्तान रज़िया के साथ निकाह पढ़वाने के हसीन ख़्वाब देख रहे थे। वे नहीं चाहते थे कि उनकी महबूबा की और बदनामी हो।

"मलिक अल्तूनिया समझने की कोशिश करें। हमें वक़्त की नज़ाकत देखते हुए हर हालत में अवाम को सुल्तान के ख़िलाफ़ भड़काना होगा। जनाब, ताजो-तख़्त के वास्ते फ़ौज़ के साथ-साथ अवाम के दिलो-दिमाग़ पर भी क़ब्ज़ा करना ज़रूरी है।"

मलिक एतग़ीन कुछ देर रुककर फिर बोले, "चूँकि रात तीन पहर गुज़र चुकी है। मलिक अल्तूनिया को सुबह होते ही वापस तबरहिन्दा लौटना होगा, इसलिए बेहतर होगा, मलिक कुछ देर आराम फ़र्मा लें। मलिक की मनपसन्द कनीज़ों और रक़्क़ासाओं को अभी भिजवा रहा हूँ।" इतना कहकर दोनों मलिक गले मिले। अब मलिक एतगीन ख़ेमे से बाहर निकल गये।

मलिक अल्तूनिया की जब आँख खुली, तब सूरज सिर के ऊपर पहुँच चुका था। रात में उनके बिस्तर पर मौजूद दोनों जवान कनीज़ें न जाने कब बिस्तर छोड़कर चली गयीं, वे नहीं जान सके। वे अब भी रात के हसीन ख़्वाबों में डूबे हुए थे। मलिक के ख़ेमे के बाहर उनके ख़ास आदमी कर्पूरी सिंह और तेज़ सिंह उनके जागने का देर से इन्तज़ार कर रहे थे। मलिक ने जल्दी-जल्दी गुस्ल की और तबरहिन्दा वापस चलने का हुक़्म फ़र्माया।

मलिक की रवानगी के वक़्त मलिक एतग़ीन ने उनकी ख़िदमत में जहाँ रातवाली ख़ूबसूरत कनीज़ें और रक़्क़ासाएँ नज़र कीं, वहीं बीस हज़ार सोने की अशर्फ़ियों के अलावा पाँच तुर्की घोड़े, पाँच अरबी ऊँट और कुछ जवाहरात भी नज़र किए। मलिक के साथ आए सभी घुड़सवारों को पाँच-पाँच सोने की अशर्फ़ियाँ इनाम में बख़्शी गयीं। अब दोनों मलिक एक-दूसरे से गले मिलकर अपनी-अपनी मंज़िल की कामयाबी के वास्ते चल दिए।

उनहत्तर

नौ रमज़ान, छः सौ सैंतीस हिज़री, तीन अप्रैल बारह सौ चालीस! दोपहर बाद का वक़्त! चिलचिलाती धूप में हवा का नामो-निशान नहीं! सुल्तान रज़िया की फ़ौज़ दिल्ली शहर के नज़दीक पहुँच चुकी थी। तेज़ धूप की वजह से तमाम सिपाही और ओहदेदार ही नहीं, बल्कि हाथी, घोड़े, ऊँट, खच्चर और बैल तक सभी पसीने में डूबे थे। फ़ौज़ के मुसलमान सिपाही और ओहदेदार रमज़ान के पाक महीने की वजह

से रोज़ा रखे थे। गर्मी और तेज़ धूप की वजह से उनके हलक सूख रहे थे। वे किसी तरह दिल्ली पहुँचकर रोज़ा खोलना चाहते थे। कुछ सिपाही और ओहदेदार जामा मस्जिद या फिर क़ुव्वतुल इस्लाम मस्जिद में नमाज़ पढ़ने के बाद रोज़ा खोलना चाहते थे।

इस मुहिम में न तो किसी सिपाही की मौत हुई थी और न ही किसी ओहदेदार की। फ़ौज़ को बिना जंग लड़े ही फ़तेह हासिल हुई थी। हालाँकि सुल्तान के इस्तक़बाल के वास्ते अधिकतर अवाम घरों से बाहर नहीं निकली थी, लेकिन कुछ लड़के, लड़कियाँ, आदमी और औरतें शाही सवारी को देखने के वास्ते घरों से बाहर आ गयी थीं। वे देख रहे थे कि सुल्तान के मुहिम पर जाने के वक़्त जिन हाथियों के हौदे अशर्फ़ियों से भरे थे, अब खाली थे। अनाज से भरी बैलगाड़ियाँ फ़ौज़ की वापसी तक खाली हो चुकी थीं। न ही घोड़ों में इज़ाफ़ा हुआ था और न ही हाथियों की तादद बढ़ी थी। मरहूम सुल्तान इल्तुतमिश के जंग से वापस आने पर जहाँ भारी तादाद में गुलाम और कनीज़ें पकड़कर लाई जाती थीं, वहीं आज एक भी गुलाम और कनीज़ नहीं लाई गयी थी।

फ़ौज़ के सिपाही ही नहीं, बल्कि ऊँचे-ऊँचे ओहदेदार तक महसूस कर रहे थे कि लाहौर मुहिम की वापसी के बाद सुल्तान का इस्तक़बाल अवाम ने उस तरह नहीं किया, जैसा मरहूम सुल्तान इल्तुतमिश के किसी मुहिम से वापस आने के बाद किया जाता था। सुल्तान का इस्तक़बाल रास्ते में पड़नेवाली थाना-चौकियों पर भी कुछ ख़ास नहीं हुआ था। जहाँ सुल्तान इल्तुतमिश की वापसी पर अवाम उनके ऊपर फूल बिखेरती थी, वहीं आज ख़ामोशी छाई थी। वक़्त बहादुर हाथी के हौदे में बैठीं सुल्तान रज़िया हैरत में थीं। उनकी समझ में नहीं आ रहा था कि आख़िर माजरा क्या है? वक़्त बहादुर के हौदे में सुल्तान के पीछे दारोग़-ए-क़ुश्क-ए-दिलक़ुशा क़ादिरबीवीबानो मौजूद थीं। वे सुल्तान पर पंखा झल रही थीं। वे ही नहीं, बल्कि सुल्तान की ख़ास बाँदियाँ गुल-ए-अब्बासी और नयनज्योतिबाई भी अवाम की बेरुख़ी से हैरान थीं। किसी की कुछ समझ नहीं आ रहा था।

जामा मस्जिद के नज़दीक सुल्तान के इस्तक़बाल के लिए वज़ीर-ए-आज़म ख़्वाजा मुहज़्ज़बुद्दीन, अमीर-ए-हाज़िब मलिक एतग़ीन, अमीर बहाउद्दीन बलबन के साथ-साथ सुल्तान की चारों ख़ास बाँदियाँ और जनानी फ़ौज़ मौजूद थी। वज़ीर-ए-आज़म के हुक्म से एक छोटी-सी शाही फ़ौज़ की टुकड़ी सुल्तान के इस्तक़बाल के लिए खड़ी थी। शहर कोतवाल अपना सिर झुकाए ख़ामोश खड़े थे।

सुल्तान की सवारी जैसे ही जामा मस्जिद के नज़दीक पहुँची, वज़ीर-ए-आज़म ख़्वाजा मुहज़्ज़बुद्दीन ने सुल्तान की ख़िदमत में पाँच सौ सोने की अशर्फ़ियाँ और कुछ जवाहरात नज़र किए जो क़ुबूल किए गये। अमीर-ए-हाज़िब और अमीर बहाउद्दीन

बलबन की भी छोटी-सी नज़रें क़ुबूल हुईं। सुल्तान की नज़र जैसे ही अपनी चारों ख़ास बाँदियों पर पड़ी, वे मुस्करा उठीं, लेकिन चारों बाँदियाँ अच्छी तरह समझ रही थीं कि सुल्तान की मुस्कराहट में वह बात नहीं है जो हमेशा रहा करती थी। कुछ ही देर में जमालुद्दीन याक़ूत अपने तुर्की घोड़े पर सवार होकर वक़्त बहादुर के नज़दीक आ पहुँचे। जमालुद्दीन याक़ूत को देखते ही वज़ीर-ए-आज़म और अमीर-ए-हाज़िब की भवें तन गयीं। हालाँकि जमालुद्दीन याक़ूत वज़ीर-ए-आज़म के सामने अदब से झुक गये।

क़िल-ए-रायपिथौरा के ग़ज़नी दरवाज़े पर सुल्तान की बाँदियों, लौंडियों, ख़्वाजासराओं और ख़िदमतगारों ने उन पर फूल बिखेरे। जैसे ही वक़्त बहादुर दीवान-ए-आम के सामने पहुँचा। महावत आरिफ़ ने सुल्तान के हुक़्म से उसे नीचे बिठा दिया। वक़्त बहादुर के ज़मीन पर बैठते ही उस पर सीढ़ी लगा दी गयी। सुल्तान हौदे से सीढ़ी के ज़रिये उतरकर बिना किसी से बात किए पैदल ही क़ुश्क-ए-दिलक़ुशा की ओर चल दीं। किसी अमीर या मलिक की ही नहीं, बल्कि वज़ीर-ए-आज़म तक की हिम्मत नहीं पड़ी कि वे सुल्तान के पीछे-पीछे क़ुश्क-ए-दिलक़ुशा की ओर जाएँ। सुल्तान के पीछे-पीछे क़ादिरबीवीबानो, गुल-ए-अब्बासी, नयनज्योतिबाई, चंचलबाई, चन्द्रकला, कजरी और गुलसुल्तानबानो क़ुश्क-ए-दिलक़ुशा की ओर चल दीं। कुछ देर बाद वज़ीर-ए-आज़म और दूसरे ओहदेदार मग़रिब की नमाज़ के वास्ते अपनी-अपनी हवेलियों की ओर चल दिए।

क़ुश्क-ए-दिलक़ुशा पहुँचने पर गुलसुल्तानबानो सुल्तान के ऊपर पंखा झलने लगी। चूँकि सुल्तान रमज़ान के पाक महीने में रोज़ा रखती थीं, इसलिए उनके सामने पानी तक पेश नहीं किया गया। सुल्तान ने चंचलबाई की ओर मुख़ातिब होकर पूछा, ''हम देख रहे हैं, मरहूम अब्बाहुज़ूर के किसी जंग से वापसी के बाद जिस गर्मजोशी के साथ उनका इस्तक़बाल हुआ करता था, वह आज दिखाई नहीं दिया। क्या हम अवाम की बेरुख़ी की वजह जान सकते हैं?''

चंचलबाई सुल्तान के हुज़ूर में अदब के साथ झुककर बोली, ''सुल्तान-ए-आलम का इक़बाल बुलन्द हो। हुज़ूर, गुस्ताख़ी माफ़ हो। सुल्तान तक़रीबन एक महीने के लम्बे सफ़र के बाद दिल्ली पहुँची हैं, थक गयी होंगी। गुज़ारिश है, कुछ देर आराम फ़र्मा लें।''

अवाम की बेरुख़ी ने सुल्तान का चैन-अमन छीन लिया था। उन्हें कुछ अच्छा नहीं लग रहा था। वे सोच रही थीं कि हम बग़ावत कुचलकर आए हैं, जंग हारकर नहीं। हमने जब से हिन्दुस्तान का ताजो-तख़्त सँभाला है, हम अवाम की दिलोजान से ख़िदमत में जुटे हैं। हमने शाही तख़्त पर बैठने से पहले जो-जो वादे किए थे, उन्हें निभाने की पूरी कोशिश की है। उन्हें हर वाज़िब हक़ दिलाने की कोशिश की है।

हमने औरतों को मर्दों के बराबर दर्ज़ा देकर तुर्कान-ए-चिहिलगानी बन्दगान-ए-शम्सी के तमाम अमीरों और मलिकों की ही नहीं, बल्कि मुल्ला, मौलवी, सैयद, शैख़ और उलेमा हज़रात तक की नाराज़गी मोल ली है। दिल्ली ही नहीं, बल्कि मुल्क की तमाम औरतों को उनका खोया हुआ हक़ दिलाया है। हमारी समझ में नहीं आ रहा है, दिल्ली के मर्दों के साथ-साथ औरतों की बेरुख़ी की क्या वजह हो सकती है? वे बोलीं, ''चंचलबाई, हमें आराम की ज़रूरत नहीं है। हम अवाम की बेरुख़ी की वजह जानना चाहते हैं।''

''सुल्तान-ए-आलम, अवाम की बेरुख़ी की वजह एक नहीं, अनेक हैं।''

''हम वही जानना चाहते हैं।''

''सुल्तान-ए-आलम की दिल्ली रवानगी के बाद से ही शहर कोतवाल ही नहीं, सल्तनत के ऊँचे-से-ऊँचे हाकिम अपनी-अपनी हवेलियों में आराम फ़र्माने लगे थे। अवाम की किसी को कोई फ़िक्र नहीं थी। जैसा कि हुज़ूर को ख़त के ज़रिये इत्तिला की थी कि बनियों ने अनाज और दूसरी जिन्सों की जमाखोरी शुरू कर दी है जिसकी वजह से क़ीमतें आसमान छूने लगी हैं। अवाम की नाराज़गी की एक वजह तो यह है, लेकिन...।''

''लेकिन क्या?''

''सुल्तान-ए-आलम, हमारी हिम्मत नहीं पड़ रही है, हुज़ूर के सामने अपनी ज़ुबान खोल सकें।''

''बेख़ौफ़ बयान करें!'' सुल्तान बुलन्द आवाज़ में बोलीं।

''सुल्तान-ए-आलम, जान की अमान पाऊँ तो...।'' चंचलबाई की ज़ुबान लड़खड़ा रही थी। उसकी ज़ुबान से आगे लफ़्ज़ नहीं निकल रहे थे।

''हमारा हुक़्म है, बयान करें!''

अब चंचलबाई कुछ हिम्मत जुटाकर बोली, ''सुल्तान-ए-आलम, अमीर-ए-आख़ुर जमालुद्दीन याक़ूत और हुज़ूर को लेकर शहर में तमाम अफ़वाह फैलाई जा रही है।''

''क्या अफ़वाह फैलाई जा रही है। ज़रा हम भी तो सुनें।'' सुल्तान की नज़रें चंचलबाई के चेहरे पर लगी थीं।

''अफ़वाह है, सुल्तान और जमालुद्दीन याक़ूत के आपस में जिस्मानी ताल्लुक़ात हैं।'' इतना कहकर चंचलबाई की आँखों से आँसू बहने लगे। उसके आँसुओं को देखकर वहाँ मौजूद दूसरी बाँदियों की भी आँखों से आँसू बहने लगे। ख़बर सुनकर क़ादिरबीवीबानो के होश उड़ गये।

अब सुल्तान की समझ में आया कि आख़िर माजरा क्या है? उन्होंने पूछा, ''इन अफ़वाहों के पीछे किसका हाथ है?''

चंचलबाई की आँखों से अब भी आँसू बह रहे थे। चन्द्रकला अपने आँसू पोंछकर बोली, "हम सभी का जहाँ तक ख़याल है, इस शरारत के पीछे अमीर-ए-हाज़िब मलिक एतग़ीन का हाथ है।"

"क्या कोई सुबूत?"

"अफ़सोस, हमारे पास इस वक़्त कोई सुबूत नहीं है।"

सुल्तान कुछ देर के वास्ते ख़ामोश हो गयीं। उन्हें अभी मग़रिब की नमाज़ अदा करके रोज़ा खोलना था। वे बोलीं, "आज का रोज़ा खोलने में आप सभी हमारे साथ मौजूद रहेंगी। हुक़्म है, कल दीवान-ए-आम के दरबार में तुर्कान-ए-चिहिलगानी बन्दगान-ए-शम्सी के अमीर और मलिक ही नहीं, बल्कि सल्तनत के ऊँचे-से-ऊँचे सभी ओहदेदार मौजूद रहें। हमेशा की तरह दीवान-ए-आम में मौजूद रहनेवाले ख़ास-ख़ास सैयद, शैख़, मुल्ला, मौलवी और उलेमा हज़रात को दरबार में बुलाया जाए। क़ाज़ी-ए-ममालिक जलालुद्दीन काशानी और क़ाज़ी कबीरुद्दीन के अलावा शैख़ मुहम्मद शामी को ज़रूर बुलाया जाए। सभी हाकिमों को आज ही इत्तिला दे दी जाए!"

"सुल्तान-ए-आलम, हुक़्म की तामील होगी।" दारोग़-ए-कुश्क-ए-दिलकुशा क़ादिरबीवीबानो बोलीं। वे सोच रही थीं कि सुल्तान के दिल्ली से बाहर पाँच महीने ही रहने पर उनके ख़िलाफ़ कितनी गन्दी अफ़वाहें उड़ाई जा रही हैं। वे जानती थीं कि सुल्तान अमीर-ए-आख़ुर जमालुद्दीन याक़ूत से मुहब्बत करती हैं, लेकिन उनकी मुहब्बत पाक है। और मुहब्बत करना कोई गुनाह नहीं है।

सुल्तान फिर बोलीं, "क्या कोई और ख़ास ख़बर?"

"सुल्तान-ए-आलम, ख़बर यह भी है कि तबरहिन्दा के इक़्तादार मलिक इख़्तियारुद्दीन अल्तूनिया बग़ावत पर उतर आए हैं और दिल्ली की ओर कूच कर रहे हैं।"

"क्या कहा?" इस ख़बर को सुनकर सुल्तान के होश उड़ गये। उन्होंने ख़्वाब में भी नहीं सोचा था कि कभी ऐसा भी हो सकता है। उन्हें मलिक अल्तूनिया से ऐसी उम्मीद नहीं थी।

चन्द्रकला अदब के साथ झुककर बोली, "सुल्तान-ए-आलम, गुस्ताख़ी माफ़ हो। ख़बर सही है।"

सुल्तान की समझ में नहीं आ रहा था कि मलिक अल्तूनिया क्यों बग़ावत कर रहे हैं? उन्हें हमने बरन सूबे की इक़्ता सौंपी थी और कुछ ही महीनों बाद उन्हें तबरहिन्दा के इक़्तादार का ऊँचा ओहदा दिया। आख़िर उनकी नाराज़गी का क्या सबब हो सकता है? सुल्तान बोलीं, "इस मसले को भी कल दीवान-ए-आम में निपटाया जाएगा।"

दीवान-ए-आम में हमेशा की तरह तमाम अमीर, मलिक, ख़ान, शाइर, हकीम, आलिम, फ़ाज़िल, सैयद, शैख़, क़िलेदार, शहर कोतवाल, मुल्ला, मौलवी, क़ाज़ी-ए-सल्तनत और उलेमा हज़रात अपनी-अपनी जगह ख़ामोश खड़े सुल्तान की आमद का इन्तज़ार कर रहे थे। वज़ीर-ए-आज़म ख़्वाजा मुहज़्ज़बुद्दीन काफ़ी देर पहले ही अपनी जगह ले चुके थे। आज के ख़ास दरबार में अमीर-ए-हाज़िब मलिक एतग़ीन, अमीर बहाउद्दीन बलबन के अलावा क़ाज़ी-ए-ममालिक जलालुद्दीन काशानी, क़ाज़ी कबीरुद्दीन और शैख़ मुहम्मद शानी ख़ासतौर पर बुलवाए गये थे जो अपनी-अपनी जगह मौजूद थे। सभी ओहदेदार सुल्तान की आमद का इन्तज़ार कर रहे थे। हर हाज़िरीन की निगाह शाही तख़्त पर लगी थी। नक़ीब ने ज़ोरदार आवाज़ लगाई, ''बाअदब होशियार, हर क़दम फ़तेह नुसरत, नज़र माल-ओ-दौलत, जुबान मुबारिक, बख़्शिशो इज़्ज़त सुल्तान-ए-आलम, सुल्तान रज़ियतुद्दुनियाँ वद्दीन बिन्त सुल्तान इल्तुतमिश तशरीफ़ ला रही हैं।''

दीवान-ए-आम में मौजूद हर ओहदेदार चौकन्ना हो गया। कुछ ही देर में सुल्तान रज़िया शाही तख़्त पर जलवा अफ़रोज़ हो गयीं। उनके इर्द-गिर्द उनकी ख़ास बाँदियाँ नंगी तलवारें लिए खड़ी थीं। इन बाँदियों के आगे दारोग़-ए-क़ुश्क-ए-दिलक़ुशा क़ादिरबीवीबानो मौजूद थीं। उन्होंने अपनी कमर के पटके में दो तलवारें खोंस रखी थीं। शाही तख़्त से कुछ दूरी पर दायें-बायें चार-चार जवान तातारी बाँदियाँ भी नंगी तलवारें लिए खड़ी थीं। सुल्तान की आमद के साथ ही अमीर-ए-आखुर जमालुद्दीन याक़ूत अपनी ख़ास जगह पर आकर खड़े हो गये। जमालुद्दीन याक़ूत के दीवान-ए-आम में आते ही तमाम हाज़िरीन में कानाफूसी होने लगी।

नक़ीब ने एक बार फिर ज़ोरदार आवाज़ लगाई, ''सुल्तान रज़िया बिन्त सुल्तान इल्तुतमिश ज़िन्दाबाद...ज़िन्दाबाद...ज़िन्दाबाद।''

तमाम हाज़िरीन की ज़ुबान से एक साथ निकल पड़ा, ''ज़िन्दाबाद...ज़िन्दाबाद...ज़िन्दाबाद।'', लेकिन हाज़िरीन की आवाज़ में तेज़ी नहीं थी।

जैसे ही सुल्तान शाही तख़्त पर आकर बैठीं, उन्होंने उड़ती हुई नज़र हाज़िरीन पर डाली। सुल्तान ने पूछा, ''क्या शहर कोतवाल दीवान-ए-आम में मौजूद हैं?''

शहर कोतवाल ने जैसे ही सुल्तान की ज़ुबानी अपना नाम सुना, उनकी रूह काँप उठी। वे अपनी जगह से कुछ आगे बढ़कर सुल्तान की शान में सात बार कोर्निश बजाने लगे और बोले, ''सुल्तान-ए-आलम का इक़बाल बुलन्द हो। हुज़ूर, हम हाज़िर हैं।''

"हम आपसे जानना चाहते हैं, हमारी ग़ैरमौजूदगी में तमाम जिन्सों की क़ीमत दिल्ली शहर में कैसे बढ़ी?"

सुल्तान का सवाल सुनते ही शहर कोतवाल का तमाम बदन ख़ौफ़ के मारे काँपने लगा। वे अदब के साथ झुककर बोले, "सुल्तान-ए-आलम, शहर के बनियों ने जिन्सों की जमाखोरी शुरू कर दी थी।"

इतना सुनते ही सुल्तान का चेहरा तमतमा उठा। उनकी भवें तन गयीं। उन्होंने पूछा, "शहर कोतवाल होने के नाते आपका क्या फ़र्ज़ बनता था?"

"सुल्तान-ए-आलम, गुस्ताख़ी माफ़ हो। हमें इस बाबत जैसे ही ख़बर मिली, हमने बनियों के गोदामों में ख़ुद छापे मारे।"

"आप ने कुल कितने छापे मारे?"

शहर कोतवाल को सुल्तान से ऐसे सवाल की उम्मीद नहीं थी। वे बोले, "हुज़ूर, हमने तीन छापे ख़ुद मारे थे।"

"इन छापों में आपको क्या मिला?" सुल्तान ने शहर कोतवाल के सामने नया सवाल रख दिया।

"हुज़ूर, हमने गेहूँ, चावल और चना के गोदामों में जो तीन छापे मारे थे, उनमें ज़्यादा तादाद में अनाज नहीं था। इसी वास्ते हमने इन बनियों के ख़िलाफ़ कोई कार्यवाही नहीं की।" शहर कोतवाल समझ रहे थे कि सुल्तान उनसे अगला सवाल यह भी कर सकती हैं कि उन्होंने बनियों के ख़िलाफ़ क्या कार्यवाही की।

"क्या शहर कोतवाल हमें बताएँगे कि शहर में कुल कितने थाने हैं?"

सुल्तान का सवाल सुनकर वहाँ मौजूद तमाम हाज़िरीन सोचने लगे कि सुल्तान इस तरह का बेमतलब का सवाल शहर कोतवाल से क्यों कर रही हैं? शहर कोतवाल एक बार फिर झुककर अदब के साथ बोले, "हुज़ूर, शहर दिल्ली में इस वक़्त कुल तेईस थाने हैं।"

"और शहर में कुल कितने बाज़ार हैं?"

"हुज़ूर, शहर में कुल चौबीस बाज़ार हैं।"

"हमें अफ़सोस के साथ कहना पड़ रहा है, तक़रीबन हर बाज़ार में एक थाना मौजूद है। अगर हमारा हर थानेदार हमारी ग़ैरमौजूदगी में एक-एक महीने में दो-दो छापे मारता तो तक़रीबन ढाई सौ छापे अब तक डाले जा सकते थे। छिपे हुए अनाज को गोदामों से बाहर निकलवाया जा सकता था और मुनासिब दामों पर बिकवाकर अवाम को कुछ राहत पहुँचाई जा सकती थी। आप अपने तमाम थानेदारों को चुस्त-दुरुस्त रखकर उनके ज़रिये छापे डलवा सकते थे। इस तरह अनाजों और दूसरी जिन्सों की क़ीमत में हुई बढ़ोत्तरी को रोका जा सकता था, लेकिन आप तो अपनी हवेली में पड़े आराम फ़र्मा रहे थे। आपको इन सब बातों के लिए फुर्सत ही कहाँ

थी? जिन्सों की क़ीमत में हुए इजाफ़े के लिए आप सीधे-सीधे ज़िम्मेदार हैं।''

शहर कोतवाल गिड़गिड़ाकर बोले, ''सुल्तान-ए-आलम, हमसे...।''

''हम इस बाबत कुछ सुनना पसन्द नहीं करेंगे। हमारी ख़ास बाँदियों ने इस बाबत आपकी हवेली जाकर आपको ख़ुद इत्तिला की थी, लेकिन आप के कानों में जूँ तक नहीं रेंगी। हमारा हुक़्म है, आप दीवान-ए-आम से फ़ौरन तशरीफ़ ले जाएँ और अपने सभी थानेदारों को हुक़्म फ़र्माएँ, आज शाम तक हर थानेदार बनियों के गोदामों में दो-दो छापे मारे और गोदामों में छिपे हुए माल को बाहर निकलवाकर मुनासिब क़ीमत पर बाज़ार में बिकवाए। इन छापों के दौरान शहर के गोदामों का मुआयना आप ख़ुद करेंगे और कल सुबह हमसे मुलाक़ात करेंगे।''

शहर कोतवाल एक बार फिर सुल्तान की शान में झुककर कोर्निश बजाने लगे। अब वे बोले, ''सुल्तान-ए-आलम, हुक़्म की तामील होगी।'' इतना कहकर शहर कोतवाल एक बार फिर सुल्तान की शान में झुककर उल्टे पैरों दीवान-ए-आम से बाहर हो गये।

अब सुल्तान अमीर-ए-आखुर जमालुद्दीन याक़ूत की ओर मुख़ातिब होकर बोलीं, ''जमालुद्दीन याक़ूत।''

''हुक़्म सुल्तान-ए-आलम।'' जमालुद्दीन अदब के साथ झुककर बोले।

''आज आप ख़ुद शहर के गोदामों की निगरानी करें और देखें, कोई थानेदार छापों के दौरान लापरवाही तो नहीं बरत रहा है। अगर कहीं ऐसा पाया जाता है तो आपको इख़्तियार है, ऐसे थानेदार को पकड़कर क़ैदख़ाने में डाल दें। अब आप जा सकते हैं।''

''जो हुक़्म, सुल्तान-ए-आलम।'' जमालुद्दीन याक़ूत सुल्तान को कोर्निश बजाने के बाद दीवान-ए-आम से बाहर निकल गये।

हाज़िरीन अच्छी तरह समझ रही थी कि आज सुल्तान के तेवर तेज़ हैं। अब सुल्तान वज़ीर-ए-आज़म ख़्वाजा मुहज़्ज़बुद्दीन की ओर मुख़ातिब हुईं और पूछा, ''सल्तनत का सबसे संजीदा मामला इस वक़्त क्या है?''

वज़ीर-ए-आज़म अदब के साथ झुककर बोले, ''सुल्तान, मुबारकबाद क़ुबूल करें।''

''आप हमें किस बात की मुबारकबाद देना चाहते हैं?'' सुल्तान ने वज़ीर-ए-आज़म की आँखों-में-आँखें डालते हुए पूछा।

''हुज़ूर ने लाहौर के इक़्तादार मलिक कबीर ख़ाँ के ख़िलाफ़ बिना जंग लड़े फ़तेह पाई है।''

''हमें अफ़सोस है, हमारी ग़ैरमौजूदगी में आप भी अपनी ज़िम्मेदारी बखूबी नहीं निभा सके। शहर कोतवाल ने अगर लापरवाही बरती तो आप को उसके

ख़िलाफ़ कार्यवाही करने का हक़ था। आप सल्तनत के वज़ीर-ए-आज़म हैं। हमने आपकी क़ाबिलियत देखकर आपको निज़ामुलमुल्क के आला ख़िताब से नवाज़ा था। ख़ैर, अब जो हुआ, सो हुआ। हमें बतलाएँ, इस वक़्त सल्तनत का सबसे संजीदा मामला क्या है?"

वज़ीर-ए-आज़म बोले, "सुल्तान, मलिक अल्तूनिया, जिन्हें हुज़ूर ने तीन साल पहले बरन की इक़्ता सौंपी थी और जिनके ओहदे में इज़ाफ़ा करते हुए उन्हें तबरहिन्दा का इक़्तादार बनाया था, वे हुकूमत के ख़िलाफ़ बग़ावत पर उतर आए हैं। ख़बर है, वे अपनी तमाम फ़ौज़ के साथ तबरहिन्दा से दिल्ली की ओर कूच कर चुके हैं।"

"मलिक अल्तूनिया की बग़ावत की वजह क्या हो सकती है?"

वज़ीर-ए-आज़म के पास सुल्तान के सवाल का कोई जवाब नहीं था। वे बोले, "सुल्तान, हमने इस बाबत काफ़ी ग़ौर फ़र्माया।, लेकिन अफ़सोस, बग़ावत की वजह नहीं जान सके।" वज़ीर-ए-आज़म को सब कुछ पता था, लेकिन मौक़े की नज़ाकत देखकर वे कुछ नहीं बोलना चाहते थे।

अब सुल्तान ने हाज़िरीन की ओर मुख़ातिब होकर पूछा, "क्या दीवान-ए-आम में मौजूद कोई ओहदेदार मलिक अल्तूनिया द्वारा की जा रही बग़ावत की वजह बता सकता है?"

दीवान-ए-आम में मौजूद तमाम हाज़िरीन की जुबान पर जैसे ताला पड़ गया था। हर कोई ख़ामोश खड़ा था। अब क़ाज़ी-ए-ममालिक जलालुद्दीन काशानी आगे बढ़कर बोले, "सुल्तान, गुस्ताख़ी माफ़ हो। मलिक अल्तूनिया द्वारा की जा रही बग़ावत की वजह हमसे बेहतर हुज़ूर ख़ुद जान रही हैं।"

सुल्तान को क़ाज़ी-ए-ममालिक का जवाब पसन्द नहीं आया। वे नहीं समझ सकीं कि क़ाज़ी-ए-ममालिक आख़िर कहना क्या चाह रहे हैं। वे बोलीं, "ज़रा हम भी सुनें?"

"मलिक अल्तूनिया का कहना है, सुल्तान ने इस्लाम मज़हब पर ईमान नहीं रखा। हमें बेहद अफ़सोस है, यह बात मलिक अल्तूनिया ही नहीं, बल्कि आम मुसलमान कह रहा है।"

"हमने ऐसा कौन-सा काम किया जो इस्लाम के उसूलों के ख़िलाफ़ है?"

"सुल्तान, गुस्ताख़ी माफ़ हो। हुज़ूर ने काफ़िरों को मुसलमानों के बराबर दर्ज़ा दिया। काफ़िरों पर लगाया गया जजिया और तीर्थयात्रा महसूल माफ़ किया। हुज़ूर ने नये मन्दिरों की तामीर की इजाज़त हिन्दुओं को दी। हिन्दुओं के त्योहार होली, दीपावली और दशहरा को मुसलमानों के पाक त्योहार ईद-बकरीद के बराबर दर्ज़ा ही नहीं दिया, बल्कि सुल्तान ख़ुद हिन्दुओं के त्योहारों में शामिल हुईं। जनाब

मलिक अल्तूनिया को सुल्तान के यह फ़ैसले जो इस्लाम के ख़िलाफ़ हैं, नापसन्द थे।''

''हज़रत क़ाज़ी-ए-ममालिक, हमने ऐसा कोई काम नहीं किया जो इस्लाम के उसूलों के ख़िलाफ़ हो। पाक क़ुरआन और इस्लामी क़िताबों में लिखा है, अल्लाह पर ईमान रखो, अल्लाह की क़िताबों पर ईमान रखो, फ़रिश्तों और रसूलों पर ईमान रखो और आख़िरत पर ईमान रखो। हमने इस्लाम के तमाम बुनियादी उसूलों पर ईमान रखा है। पाक क़ुरआन में यह भी लिखा है, औरत को इज़्ज़त बख़्शी जाए। हमने मुल्क की औरतों को इज़्ज़त ही नहीं बख़्शी, बल्कि उन्हें मर्दों के बराबर दर्ज़ा दिया है। हमने उनकी तालीम के वास्ते मदरसे खुलवाए हैं। हमने किसी के साथ ज़ोर-ज़बरदस्ती नहीं की और न ही ज़ुल्म ढाया। हमने आज तक किसी को सताया नहीं है और न ही किसी की दौलत हड़पी है। हर काम में पूरी ईमानदारी बरती है। हम चापलूसी, चुगली और झूठ-फ़रेब से हमेशा दूर रहे हैं। जुआ, शराब, बेईमानी, सूदखोरी के ख़िलाफ़ ख़ासतौर पर सख़्ती बरती है। हमने ख़ैरात में कभी कोई कमी नहीं की, बल्कि ग़रीबों के वास्ते जगह-जगह लंगरख़ाने खुलवाए हैं। ख़ुदा जानता है, हमारा दिल पाक-साफ़ है।''

क़ाज़ी-ए-ममालिक सुल्तान द्वारा दी गयी दलीलें सुनकर ख़ामोश थे। अब सुल्तान फिर बोलीं, ''हज़रत क़ाज़ी-ए-ममालिक, हमने जो कुछ किया, क्या ग़लत किया?''

क़ाज़ी-ए-ममालिक अब भी ख़ामोश थे। सुल्तान ने उनसे फिर पूछा, ''आख़िर मलिक अल्तूनिया की नाराज़गी की असली वजह क्या है?''

अब क़ाज़ी-ए-ममालिक से नहीं रहा गया। वे आज अपने अन्दर भरी भड़ास निकाल देना चाहते थे। वे सुल्तान के अब तक के तमाम फ़ैसलों से नाराज़ थे। वे हिन्दुस्तान को इस्लामी मुल्क बनाना चाहते थे। वे बोले, ''सुल्तान ही नहीं, बल्कि दीवान-ए-आम में मौजूद हर हाज़िरीन अच्छी तरह से जान रहा है, हुज़ूर का निकाह मरहूम सुल्तान इल्तुतमिश जनाब मलिक अल्तूनिया के साथ आज से तक़रीबन सात-आठ साल पहले ही करना चाहते थे, लेकिन हुज़ूर ने उस वक़्त निकाह से इनकार कर दिया था। मलिक अल्तूनिया सुल्तान इल्तुतमिश के जन्नतनशीं होने के बाद भी हुज़ूर से शादी करने की गुज़ारिश कई बार कर चुके हैं, लेकिन हुज़ूर...।''

''लेकिन क्या?'' सुल्तान बुलन्द आवाज़ में बोलीं।

''सुल्तान, गुस्ताख़ी माफ़ हो। हम इस सिलसिले में कुछ कहना नहीं चाहते हैं, लेकिन जब सुल्तान ने ख़ुद ही यह सवाल आज दीवान-ए-आम में मौजूद तमाम ओहदेदारों के सामने रख दिया है, तब हमें मजबूर होकर सुल्तान के सवाल का जवाब देना पड़ रहा है। दिल्ली ही नहीं, बल्कि तमाम मुल्क में शोहरत है, सुल्तान

अमीर-ए-आखुर जमालुद्दीन याक़ूत से मुहब्बत करती हैं। जब तमाम मुल्क की अवाम को इस बात की जानकारी है, तब मलिक अल्तूनिया को इस बात की जानकारी क्यों नहीं हुई होगी? मलिक अल्तूनिया ने इसी वजह से नाराज़ होकर बग़ावत की है।''

क़ाज़ी-ए-ममालिक की ज़ुबान से निकले अल्फ़ाज़ सुनकर तमाम हाज़िरीन भौंचक्की रह गयी। हाज़िरीन को यह उम्मीद नहीं थी कि दीवान-ए-आम में आम आदमी की मौजूदगी में क़ाज़ी-ए-ममालिक हिन्दुस्तान की सुल्तान रज़िया के सामने उनकी मुहब्बत की दास्तान सुना सकते हैं। क़ाज़ी-ए-ममालिक की ज़ुबान से निकले अल्फ़ाज़ सुनकर सुल्तान की ख़ास बाँदियाँ हैरत में पड़ गयीं। दारोग़-ए-क़ुश्क-ए-दिलक़ुशा क़ादिरबीवीबानो ने कभी सोचा भी नहीं था कि दीवान-ए-आम में सुल्तान की आँखों के सामने जमालुद्दीन याक़ूत और उनकी कोई इस तरह बदनामी कर सकता है।

सुल्तान ने क़ाज़ी-ए-ममालिक की ओर मुख़ातिब होकर पूछा, ''हम जानना चाह रहे हैं, हज़रत क़ाज़ी-ए-ममालिक ने क्या कभी किसी से मुहब्बत नहीं की?''

सुल्तान का सवाल सुनकर क़ाज़ी-ए-ममालिक ही नहीं, बल्कि तमाम हाज़िरीन चौंक पड़ी। वे बोले, ''सुल्तान क्या कह रही हैं? हम और मुहब्बत? हमने आज तक किसी से मुहब्बत नहीं की।''

सुल्तान मुस्कराकर बोलीं, ''हज़रत क़ाज़ी-ए-ममालिक शायद भूल रहे हैं। हम जानना चाहते हैं, हज़रत की कुल कितनी बेगमें हैं?''

''हमारी चार बेगमें हैं।''

''क्या हज़रत अपनी चारों बेगमों से मुहब्बत नहीं करते हैं?''

''क्यों नहीं।''

''लेकिन अभी हज़रत कह रहे थे कि हम और मुहब्बत? इतना ही नहीं, हज़रत ने अभी कहा था, हमने आज तक किसी से मुहब्बत नहीं की।''

''वे हमारी बेगमें हैं। हमें उनसे मुहब्बत करने का इख़्तियार है। हम उनके अलावा किसी ग़ैर से मुहब्बत नहीं करते हैं।''

''ख़ुदा से भी नहीं?'' सुल्तान के सवाल पर कई हाज़िरीन की हँसी छूट गयी।

''ख़ुदा से मुहब्बत कौन नहीं करता है?''

''जिस तरह आप अपनी बेगमों से मुहब्बत करते हैं, ठीक वैसे ही हम अपनी तमाम बाँदियों, लौंडियों, ख़्वाजासराओं, फ़ौज़ के सिपाहियों से लेकर सल्तनत के छोटे-से-बड़े सभी ओहदेदारों और अपनी तमाम अवाम के साथ मुहब्बत करते हैं और अगर हम जमालुद्दीन याक़ूत से मुहब्बत करते हैं तो आपको क्या एतराज़ है?''

''हमें कोई एतराज़ नहीं है, लेकिन...।''

"लेकिन क्या?"

"लेकिन मलिक अल्तूनिया को एतराज़ है।"

"आपको कैसे पता? क्या मलिक अल्तूनिया से इधर आपकी मुलाक़ात हुई थी?"

"जी नहीं।"

"तब क्या सुबूत है, मलिक अल्तूनिया जमालुद्दीन याक़ूत को लेकर हमसे नाराज़ हैं। हमारी मुहब्बत पर उन्हें एतराज़ है।"

सुल्तान के सवाल का जवाब क़ाज़ी-ए-ममालिक के पास ही नहीं, बल्कि वहाँ मौजूद किसी ओहदेदार के पास नहीं था। सुल्तान ने फिर पूछा, "क्या मलिक अल्तूनिया हमसे मुहब्बत करते हैं?"

"जी हाँ हुज़ूर।"

"नहीं, वे हमसे मुहब्बत नहीं करते। वे हमें अपनी हवस का शिकार बनाना चाहते हैं। उन्हें तो मुहब्बत के मायने तक मालूम नहीं हैं।"

"क्या सुल्तान को मुहब्बत के सही मायने मालूम हैं?" क़ाज़ी-ए-ममालिक को सुल्तान पर गुस्सा आ रहा था। उन्होंने मरहूम सुल्तान इल्तुतमिश और मरहूम सुल्तान रुकुनुद्दीन फ़ीरोज़शाह का ज़माना देखा था। उनके साथ इस तरह की बहस कभी किसी ने नहीं की थी।

सुल्तान मुस्कराकर बोलीं, "मुहब्बत हवस नहीं, बल्कि इबादत है।"

"सुल्तान, गुस्ताख़ी माफ़ हो। इस फ़ुज़ूल की बहस से कोई फ़ायदा नहीं। सवाल इस वक़्त यह है, मलिक अल्तूनिया से किस तरह निपटा जाए।"

"हज़रत ही हमें कोई रास्ता बताएँ।"

"सुल्तान, गुस्ताख़ी माफ़ हो। एक रास्ता है।"

"ज़रा हम भी सुनें।"

"इस सारी फ़साद की जड़ अमीर-ए-आखुर जमालुद्दीन याक़ूत हैं। फ़िलहाल कुछ दिनों के वास्ते जमालुद्दीन याक़ूत को क़ैदख़ाने में डाल दिया जाए और सुल्तान मलिक अल्तूनिया के साथ शादी कर लें। सुल्तान शादी के बाद भी हिन्दुस्तान का ताजो-तख़्त बख़ूबी सँभाल सकती हैं।"

क़ाज़ी-ए-ममालिक की ज़ुबान से निकले अल्फ़ाज़ सुनकर सुल्तान के बदन में आग लग गयी, लेकिन वे ख़ून का घूँट पीकर बोलीं, "हमें और जमालुद्दीन याक़ूत को लेकर तमाम फ़ुज़ूल की बातें हो रही हैं। जमालुद्दीन याक़ूत को क़ैदख़ाने में डालने के बाद हमारे ख़िलाफ़ जो अफ़वाहें उड़ रही हैं, क्या ख़त्म हो जाएँगी?"

"जी हाँ, ख़त्म हो जाएँगी।"

"हज़रत क़ाज़ी-ए-ममालिक, अफ़वाहें ख़त्म नहीं होंगी, बल्कि और बढ़

जाएँगी। इस वक़्त दिल्ली में हमारे ख़िलाफ़ जो अफ़वाहें उड़ रही हैं, वे हमारे कुछ अमीरों और मलिकों के ज़रिये ही उड़ाई जा रही हैं। हमें इस बात का इल्म है, यह अफ़वाहें किसने फैलवाई हैं और जिस शख़्स ने यह अफ़वाहें फैलवाई हैं, वह शख़्स इस वक़्त दीवान-ए-आम में मौजूद है।''

अब सुल्तान ने एक नज़र अमीर-ए-हाज़िब मलिक एतग़ीन पर डाली। उनके ठीक पीछे अमीर बहाउद्दीन बलबन खड़े थे। दोनों ओहदेदारों की गर्दन झुकी हुई थी। सुल्तान ही नहीं, बल्कि कई ओहदेदार समझ गये कि इन अफ़वाहों को फैलाने के पीछे किसका हाथ है। अब सुल्तान ने बूढ़े क़ाज़ी कबीरुद्दीन की ओर मुख़ातिब होकर पूछा, ''क्या हमारे उस्ताद क़ाज़ी कबीरुद्दीन इस सिलसिले में कुछ कहना चाहते हैं?''

क़ाज़ी कबीरुद्दीन समझ गये थे कि सुल्तान को इस बाबत जानकारी हो गयी है कि कौन ओहदेदार उनके ख़िलाफ़ अफ़वाहें फैला रहा है। उन्होंने क़ाज़ी-ए-ममालिक की फज़ीअत देख ली थी, इसलिए उनकी हिम्मत नहीं पड़ रही थी कि कुछ बोलें। वे दबी जुबान से बोले, ''सुल्तान, हमें इस बाबत कुछ नहीं कहना है।''

अब सुल्तान नायब-ए-लश्कर मलिक क़ुतुबुद्दीन हसन ग़ौरी की ओर मुख़ातिब होकर बोलीं, ''हमारा हुक़्म है, आज के ठीक एक हफ़्ते के बाद शाही फ़ौज़ तबरहिन्दा की ओर कूच करेगी। हमें बाग़ी मलिक अल्तूनिया को सबक़ सिखाना होगा। हमारी समझ से फ़ौज़ के आराम के वास्ते एक हफ़्ते का वक़्त काफ़ी होगा।''

नायब-ए-लश्कर अदब के साथ झुककर बोले, ''जो हुक़्म सुल्तान-ए-आलम।''

जनाब शैख़ मुहम्मद शामी देर से दीवान-ए-आम की कार्यवाही ख़ामोशी के साथ सुन रहे थे। वे सुल्तान द्वारा दी जा रही दलीलें ग़ौर से सुन रहे थे। वे भी दूसरे तुर्क अमीरों और मलिकों की तरह सुल्तान को नापसन्द करते हैं। वे बोले, ''सुल्तान, यह क्या ग़ज़ब ढा रही हैं? रमज़ान के पाक महीने में जब तमाम मुसलमान सिपाही और ओहदेदार रोज़ा रखते हैं, उस वक़्त उन्हें मौत के मुँह में ढकेलना ठीक नहीं है। सुल्तान को रमज़ान के पाक महीने में ख़ून-खराबे से बचना चाहिए। इस वक़्त जहाँ मुसलमानों के पाक रोज़े चल रहे हैं, वहीं बेहद गर्मी हो रही है। खेत-खलिहान और चारागाहों में इस वक़्त घास का नामो-निशान तक नहीं है। इंसान ही नहीं, बल्कि जानवर भी भूख-प्यास के मारे दम तोड़ सकते हैं।''

सुल्तान शैख़ मुहम्मद शामी की ओर मुख़ातिब होकर बोलीं, ''सिपाही मौत से कभी नहीं डरता। उसके लिए साल के बारह महीने और तीन सौ पैंसठ दिन एक जैसे होते हैं। मौत का डर आपको हो सकता है, सिपाही को नहीं।'' इतना कहकर सुल्तान शाही तख़्त से उठ गयीं।

सत्तर

पन्द्रह दिन के लम्बे सफ़र के बाद सुल्तान रज़िया की फ़ौज़ तबरहिन्दा के क़िले से दस कोस की दूरी पर पहुँच गयी थी। सुल्तान के हुक़्म से एक लम्बे-चौड़े समतल मैदान में फ़ौज़ी ख़ेमे गाड़ दिए गये। सुल्तान की फ़ौज़ के साथ तक़रीबन तैंतीस हज़ार घुड़सवार, दस हज़ार अहदी के अलावा भारी तादाद में हाथी, घोड़े, ऊँट, खच्चर और बैल मौजूद थे। इन जानवरों के वास्ते बंजारे जहाँ राशन पहुँचा रहे थे, वहीं घसियारनें घास पहुँचा रही थीं। हालाँकि गर्मी का मौसम होने की वजह से माँग के हिसाब से हरी घास नहीं मिल पा रही थी। पीने के पानी के वास्ते ख़ेमों के नज़दीक ही भारी तालाब था।

मलिक अल्तूनिया की फ़ौज़ तक़रीबन एक हफ़्ते से तबरहिन्दा के क़िले से आठ-नौ कोस की दूरी पर पहले से ही डेरे डाल चुकी थी। मलिक अल्तूनिया ने फ़ौज़ को दिल्ली की ओर आगे बढ़ने का हुक़्म इसलिए नहीं फ़र्माया था कि अगर ख़ुदा-न-खास्ता फ़ौज़ हार जाती है तो वे बची-खुची फ़ौज़ के साथ वापस क़िले में आसानी से पहुँच सकते हैं और फिर क़िले के अन्दर से जंग जारी रखी जा सकती है। मलिक की फ़ौज़ में पच्चीस हज़ार घोड़े और पाँच हज़ार अहदी मौजूद थे। मलिक की फ़ौज़ के घोड़े सुल्तान की फ़ौज़ के थके घोड़ों के मुक़ाबले ताज़ादम थे। इन घोड़ों को लम्बा सफ़र तय नहीं करना पड़ा था जब कि सुल्तान की फ़ौज़ लगभग एक महीने पहले ही लाहौर की ओर से वापस दिल्ली पहुँची थी और दस दिनों के बाद ही तबरहिन्दा के वास्ते निकल पड़ी थी। दोनों फ़ौजें जहाँ अपने पड़ाव डाले थीं, वहाँ से सतलुज और जमुना नदियाँ दूर थीं। फ़ौज़ों के पड़ाव दोनों नदियों के बीच में पड़े थे जिसकी वजह से नदियों का पानी नहीं मिल पा रहा था। गर्मी की वजह से हाथी, घोड़े, ऊँट, खच्चर और बैल परेशान थे।

दोनों ओर के फ़ौज़ी ख़ेमों के नज़दीक ही घने जंगल थे, जिनमें शिकार की कोई कमी नहीं थी, लेकिन हुक़्म के मुताबिक़ किसी भी ओहदेदार को शिकार खेलने की इजाज़त नहीं थी। जहाँ आसमान में चीलें भारी तादाद में मँडरा रही थीं, वहीं मैदान के बीच-बीच में मौजूद पेड़ों पर कौए काँव-काँव कर रहे थे। इन्हीं पेड़ों पर तमाम गिद्ध न जाने कहाँ से आकर जंग का इन्तज़ार कर रहे थे? वे अच्छी तरह से जानते थे कि जंग छिड़ने पर उन्हें हफ़्तों तक बिना किसी ख़ास मेहनत के गोश्त मिलता रहेगा। जंगल के किनारे-किनारे जंगली कुत्ते और सियार भी बेसब्री के साथ जंग का इन्तज़ार कर रहे थे।

रात दो पहर गुज़र चुकी थी, लेकिन आसमान में अभी तक चाँद दिखाई नहीं

पड़ा था। जहाँ सुल्तान के लाल ख़ेमे के नज़दीक आकाश दीया जल रहा था, वहीं थोड़ी-थोड़ी दूरी पर रौशनी का इन्तज़ाम कर दिया गया था जिसकी वजह से सिपाहियों और ओहदेदारों को एक स्थान से दूसरे स्थान तक पहुँचने में कोई दिक़्क़त नहीं हो रही थी। बारगाह-ए-फ़लकताज़ में सुल्तान शाही तख़्त पर जलवा अफ़रोज़ थीं। शाही तख़्त से कुछ दूरी पर उनकी सभी ख़ास बाँदियाँ नंगी तलवारें लिए खड़ी थीं। इन बाँदियों से कुछ दूरी पर एक ओर जहाँ क़ादिरबीवीबानो अपनी कमर के पटके में दो तलवारें खोंसे खड़ी थीं, वहीं दूसरी ओर अमीर-ए-आखुर जमालुद्दीन याक़ूत खड़े थे जिनकी कमर के पटके में भी दो तलवारें खुंसी थीं। जमालुद्दीन याक़ूत और क़ादिरबीवीबानो से कुछ दूरी पर वज़ीर-ए-आज़म निज़ामुलमुल्क ख़्वाजा मुहज़्ज़बुद्दीन, नायब-ए-लश्कर मलिक क़ुतुबुद्दीन हसन ग़ोरी, अमीर-ए-हाज़िब मलिक एतग़ीन, मलिक बद्रदुद्दीन सुन्क़र, क़ाज़ी कबीरुद्दीन और अमीर बहाउद्दीन बलबन सुल्तान के हुक़्म का इन्तज़ार कर रहे थे।

सुल्तान हाज़िरीन की ओर नज़र डालकर बोलीं, "हमें अपने तमाम ओहदेदारों पर ख़ासा ऐतबार है। सियासत कहती है, सल्तनत में बग़ावत की चिंगारी उठते ही उसे दबा देना चाहिए। हमने मलिक इख़्तियारुद्दीन अल्तूनिया को तबरहिन्दा सूबे की ज़िम्मेदारी ख़ासतौर पर सौंपी थी, लेकिन उन्होंने इस ज़िम्मेदारी का नाजायज़ फ़ायदा उठाकर हुकूमत के ख़िलाफ़ बग़ावत करने का फ़ैसला लिया। हमने उन्हें ख़त के ज़रिये ख़बर की थी कि अगर वे अपनी फ़ौज़ के साथ वापस तबरहिन्दा लौट जाते हैं तो उनके तमाम गुनाह माफ़ किए जा सकते हैं, लेकिन उन्होंने हमें इस बाबत अब तक कोई जवाब नहीं दिया। हम अपनी ओर से जंग नहीं छेड़ना चाहते हैं। हम नहीं चाहते, दोनों ओर की फ़ौज़ के सिपाही मारे जाएँ। हम अच्छी तरह यह भी जानते हैं, जब दो फ़ौजें आपस में लड़ती हैं, तब भारी ख़ून-खराबा होता है। न जाने कितनी औरतें बेवा हो जाती हैं और न जाने कितने बच्चे यतीम हो जाते हैं। हमने आज शाम तक बाग़ी मलिक अल्तूनिया के ख़त का इन्तज़ार किया, लेकिन अब हमें उनसे जवाब की कोई उम्मीद नहीं है। फिर भी हमारा हुक़्म है, जंग तब तक न छेड़ी जाए, जब तक दुश्मन ऐलान न कर दे।"

नायब-ए-लश्कर मलिक क़ुतुबुद्दीन हसन ग़ोरी बोले, "सुल्तान का इक़बाल बुलन्द हो। सुल्तान जो फ़र्मा रही हैं, वज़ा फ़र्मा रही हैं, लेकिन मैदान-ए-जंग में हर वक़्त चौकन्ना रहना पड़ता है। क्या पता, दुश्मन कब धावा बोल दे? तवारीख़ गवाह है, दुनिया में रात के अँधेरे में धोख़े से न जाने कितनी जंग छेड़ी गयीं। हुज़ूर से अर्ज़ है, फ़ौज़ की तैनाती सुबह ही कर दी जाए जिससे हर सिपाही और ओहदेदार अपनी ज़िम्मेदारी बख़ूबी समझ ले।"

"सुल्तान, तजुर्बेकार नायब-ए-लश्कर वज़ा फ़र्मा रहे हैं। नायब-ए-लश्कर

की सलाह क़ाबिल-ए-ग़ौर है।'' वज़ीर-ए-आज़म बोले।

सुल्तान बोलीं, ''हुक़्म है, फ़ौज़ की बायें बाजू की कमान अमीर-ए-आखुर जमालुद्दीन याक़ूत सँभालें। उनकी कमान में आठ हज़ार घुड़सवार और दो हज़ार अहदी रहेंगे। दाएँ बाजू की कमान जनाब अमीर-ए-हाज़िब मलिक एतग़ीन सँभालें। मलिक एतग़ीन की भी कमान में आठ हज़ार घुड़सवार और दो हज़ार अहदी रहेंगे।'' दोनों ओहदेदार अदब के साथ सुल्तान की शान में झुक गये।

सुल्तान फिर बोलीं, ''फ़ौज़ के हरावल की कमान हम तजुर्बेकार नायब-ए-लश्कर मलिक क़ुतुबुद्दीन हसन ग़ोरी के हाथों में सौंपते हैं।''

नायब-ए-लश्कर सुल्तान का हुक़्म सुनते ही कोर्निश बजाकर बोले, ''शुक्रिया हुज़ूर।''

''हम इस जंग में नायब-ए-लश्कर की दस हज़ार फ़ौज़ के पीछे तमाम फ़ौज़ के बीचो-बीच पाँच हज़ार घुड़सवारों के साथ मौजूद रहेंगी। हमारा हुक़्म है, पाँच हज़ार घुड़सवार फ़ौज़ से अलग मौजूद रहें, जो वक़्त-ज़रूरत पर अपने ताज़ादम घोड़ों के साथ दुश्मन के थके-माँदे घुड़सवारों पर हमला बोल सकें। जहाँ तक जंगी हाथियों का सवाल है, हमारे पास इस वक़्त एक सौ बीस जंगी हाथी मौजूद हैं जब कि मलिक अल्तूनिया के पास जंगी हाथी नहीं हैं। हुक़्म है, जंगी हाथी नायब-ए-लश्कर के हरावल से आगे दो क़तारों में मौजूद रहें जो दुश्मन के हमला बोलने पर उनके हरावल को कुचल डालें।''

अब सुल्तान ने अमीर-ए-हाज़िब मलिक एतग़ीन के चेहरे पर नज़र डाली और बोलीं, ''क्या हमें अमीर-ए-हाज़िब इस सिलसिले में अपनी उम्दा राय देना चाहेंगे?''

अमीर-ए-हाज़िब सुल्तान की ज़ुबान से निकले अल्फ़ाज़ सुनकर चौंक पड़े। वे बारगाह-ए-फ़लकताज़ में खड़े तो थे, लेकिन उनका दिलो-दिमाग़ कहीं और था। पिछली रात में उनकी और मलिक अल्तूनिया की खुफ़िया मुलाक़ात हुई थी, जिसमें दोनों ओहदेदारों ने देर तक लम्बी बात की थी। अमीर-ए-हाज़िब अदब के साथ झुककर बोले, ''सुल्तान का इक़बाल बुलन्द हो। हुज़ूर ने अभी जो फ़र्माया है, वज़ा फ़र्माया है। सुल्तान के हुक़्म के मुताबिक़ कल सुबह ही फ़ौज़ का हर सिपाही और ओहदेदार अपनी-अपनी जगह ले लेगा और दुश्मन के जंग छेड़ते ही उसे नेस्तनाबूत कर दिया जाएगा।''

जमालुद्दीन याक़ूत समझ रहे थे कि अमीर-ए-हाज़िब जो कुछ कह रहे हैं, दिल से नहीं कह रहे हैं। लाहौर से दिल्ली वापसी पर उन्हें यह जानकारी हो गयी थी कि सुल्तान की दिल्ली से ग़ैरमौजूदगी में तराई के मैदान में शिकार के बहाने अमीर-ए-हाज़िब मलिक एतग़ीन और मलिक अल्तूनिया आपस में मुलाक़ात किए थे। उन्होंने

इस बात की जानकारी सुल्तान को दी थी, लेकिन सुल्तान की भी अपनी मजबूरी थी। सुल्तान को इस बात की जानकारी चंचलबाई से भी हो चुकी थी। वे अमीर-ए-हाज़िब के ख़िलाफ़ कोई कार्यवाही करतीं तो तुर्कान-ए-चिहिलगानी बन्दगान-ए-शम्सी के कई अमीर और मलिक भड़क सकते थे। सुल्तान अच्छी तरह जानती हैं कि मलिक एतग़ीन ने कई अमीरों और मलिकों को अपनी ओर मिला लिया है। वे सोच रहीं थीं कि बग़ावत कुचलने के बाद सुबूत मिलने पर मलिक एतग़ीन को ठिकाने लगाया जाएगा।

सुल्तान फिर बोलीं, ''मैदान-ए-जंग में ख़बरनवीस की ज़िम्मेदारी काफ़ी बढ़ जाती है। वज़ीर-ए-आज़म को हमारा हुक़्म है, तमाम ख़बरनवीसों को बुलाकर उन्हें उनकी ज़िम्मेदारी से अच्छी तरह वाक़िफ़ करा दिया जाए!''

वज़ीर-ए-आज़म बोले, ''जो हुक़्म सुल्तान।''

''आज के ख़ास मौक़े पर हमारे बीच मलिक बद्रदुद्दीन सुन्क़र, क़ाज़ी कबीरुद्दीन और अमीर बहाउद्दीन बलबन भी मौजूद हैं। अगर यह साहिबान जंग के सिलसिले में अपनी राय देना चाहते हों तो बेख़ौफ़ होकर हमारे सामने रखें। हम आपकी राय संजीदगी से लेते हुए उस पर अमल करने की कोशिश करेंगे।''

तीनों ओहदेदार सुल्तान की शान में झुककर बोले, ''सुल्तान-ए-आलम ने जंग के सिलसिले में अभी जो फ़ैसले लिए हैं, तारीफ़ के क़ाबिल हैं। हमें अब कुछ नहीं कहना है।''

''चूँकि रात आधी से ज़्यादा गुज़र गयी है। आप सभी साहिबान को कुछ देर आराम कर लेना ज़रूरी है, इसलिए दरबार बर्ख़ास्त किया जाता है।''

सुल्तान का आख़िरी हुक़्म सुनते ही बारगाह-ए-फ़लकताज़ में मौजूद तमाम ओहदेदार अदब के साथ बाहर हो गये। अब बारगाह-ए-फ़लकताज़ में सुल्तान के अलावा क़ादिरबीवीबानो और उनकी सभी ख़ास बाँदियाँ ही मौजूद थीं। वे सभी सुल्तान के अगले हुक़्म का इन्तज़ार कर रही थीं। तमाम ओहदेदार अभी बारगाह-ए-फ़लकताज़ से बाहर ही निकले थे कि दूर कहीं शोर सुनाई पड़ा। सुल्तान जब तक कुछ सोच पातीं, तब तक पहरे पर मौजूद ख़्वाजासरा इनायत दौड़ा-दौड़ा आया और बोला, ''सुल्तान-ए-आलम, कुछ ही दूरी पर जंग हो रही है।''

ख़्वाजासरा इनायत द्वारा दी गयी ख़बर सुनकर सुल्तान चौंकीं और अपनी ख़ास बाँदियों की ओर इशारा करके बोलीं, ''देखो, कौन लोग हैं जो लड़-झगड़ रहे हैं।''

सुल्तान का हुक़्म सुनते ही क़ादिरबीवीबानो के साथ-साथ सुल्तान की तमाम ख़ास बाँदियाँ बारगाह-ए-फ़लकताज़ से बाहर निकलने लगीं। सुल्तान ने न जाने क्यों नयनज्योतिबाई को अपने पास रोक लिया। बारगाह-ए-फ़लकताज़ से ओहदेदार

बाहर निकलकर कुछ ही दूरी तय कर पाए थे कि अमीर-ए-हाज़िब मलिक एतग़ीन का इशारा पाकर जमालुद्दीन याक़ूत पर नंगी तलवारें लेकर टूट पड़े।

अमीर-ए-हाज़िब मलिक एतग़ीन का ख़ेमा मौक़-ए-वारदात से नज़दीक था। उन्होंने पहले से ही अपने ख़ेमे में तक़रीबन एक सौ जाँबाज़ सिपाही छिपा रखे थे। हालाँकि वहाँ मौजूद नायब-ए-लश्कर क़ुतुबुद्दीन हसन ग़ौरी नहीं चाहते थे कि जमालुद्दीन याक़ूत को धोखे से मारा जाए, लेकिन वे अकेले कर भी क्या सकते थे। अगर वे ओहदेदारों के ख़िलाफ़ तलवार उठाते तो उन्हें भी मौत के घाट उतार दिया जाता। वे एक किनारे खड़े होकर तमाशा देखते रहे।

जैसे ही मारकाट की आवाज़ मलिक एतग़ीन के ख़ेमे में पहुँची, उनके तमाम जाँबाज़ सिपाही नंगी तलवारों के साथ आ पहुँचे। दिन में हुए मशविरे के मुताबिक़ ओहदेदारों और सिपाहियों ने अपनी पोशाक के नीचे फ़ौलादी ज़िरहबख़्तर पहन रखे थे, लेकिन जमालुद्दीन याक़ूत बिना ज़िरहबख़्तर के थे। हालाँकि इस बीच जमालुद्दीन याक़ूत ने पन्द्रह सिपाहियों को अपनी तलवार से मौत के घाट उतार दिया था और कई सिपाहियों को घायल कर दिया था, लेकिन वे अकेले तमाम ओहदेदारों और सिपाहियों का कब तक सामना करते। अब मलिक एतग़ीन ने मौक़ा मिलते ही जमालुद्दीन याक़ूत के पीछे से उनकी गर्दन पर तलवार का इतना ज़ोरदार वार किया कि उनकी गर्दन धड़ से अलग हो गयी और बड़ी बेरहमी के साथ उनकी बोटी-बोटी काट डाली।

अभी जंग चल ही रही थी कि क़ादिरबीवीबानो के अलावा सुल्तान की ख़ास बाँदियाँ गुल-ए-अब्बासी, चंचलबाई, चन्द्रकला, कजरी और गुलसुल्तानबानो आ पहुँचीं। मलिक एतग़ीन इन्हें देखकर ज़ोर से चिल्लाए, ''इन कमबख़्तों को फ़ौरन मौत के घाट उतार दिया जाए!''

मलिक एतग़ीन का हुक़्म सुनते ही तक़रीबन साठ सिपाही और ओहदेदार सुल्तान की ख़ास पाँचों बाँदियों और क़ादिरबीवीबानो पर एक साथ टूट पड़े। हालाँकि इन बाँदियों ने कुछ देर तक उनका मुक़ाबला किया और कई सिपाहियों को मौत के घाट भी उतारा, लेकिन वे देर तक मुक़ाबला नहीं कर सकीं। उन्हें भी बेरहमी के साथ मार डाला गया।

सुल्तान, नयनज्योतिबाई और ख़्वाजासरा इनायत बारगाह-ए-फ़लकताज़ से बाहर निकलने को ही थे कि मलिक एतग़ीन के सिपाहियों ने बारगाह-ए-फ़लकताज़ की रस्सियों को काट डाला। रस्सियों के काट देते ही बारगाह-ए-फ़लकताज़ ढह-ढहाकर गिर पड़ा, जिसमें सुल्तान के साथ-साथ बाँदी नयनज्योतिबाई और ख़्वाजासरा इनायत दब गये। इस बीच पहरे पर मौजूद अधिकतर तातारी बाँदियों का मार गिराया गया और जो बच गयी थीं, वे अपनी जान बचाकर इधर-उधर भाग गयीं। अब क्या

था, मलिक एतग़ीन और सिपाहियों ने वहाँ आकर सुल्तान, नयनज्योतिबाई और इनायत को आसानी के साथ क़ैद कर लिया। यह वाक़िया इतनी जल्दी-जल्दी घटा था कि बारगाह-ए-फ़लकताज़ में मौजूद सुल्तान को कुछ सोचने-समझने का मौक़ा नहीं मिला।

सुल्तान के क़ैद होते ही मलिक एतग़ीन ने अपने ख़ास ख़िदमतगार रज़ीउद्दीन को मलिक अल्तूनिया के पास अपनी अँगूठी और ख़त के साथ भेज दिया। रज़ीउद्दीन को घोड़े से एक कोस की दूरी तय करने में ज़्यादा वक़्त नहीं लगा। मलिक अल्तूनिया अपने ख़ेमे में इधर-से-उधर टहल रहे थे। उनकी आँखों में नींद नहीं थी। वे मलिक एतग़ीन के हरकारे का बेसब्री के साथ इन्तज़ार कर रहे थे। मलिक के ख़ेमे के बाहर पहरे पर कर्पूरी सिंह मौजूद थे। कर्पूरी सिंह रज़ीउद्दीन को अच्छी तरह से पहचानते थे। रज़ीउद्दीन के वहाँ पहुँचते ही कर्पूरी सिंह उन्हें मलिक अल्तूनिया के पास ले गये। रज़ीउद्दीन ने अदब के साथ झुककर मलिक अल्तूनिया को कोर्निश बजाई और मलिक एतग़ीन का ख़त पेश किया। मलिक अल्तूनिया ख़त पढ़कर ख़ुश हुए। उन्होंने मारे ख़ुशी के अपने गले में पड़ा पचलड़ा हार रज़ीउद्दीन को इनाम में बख़्श दिया। रज़ीउद्दीन मलिक अल्तूनिया की शान में झुककर बोला, "शुक्रिया हुज़ूर। अब हमारे लिए क्या हुक़्म है?"

"हम अभी आपके साथ अमीर-ए-हाज़िब मलिक एतग़ीन के पास चलते हैं।"

मलिक अल्तूनिया ने जल्दी-जल्दी अपनी पोशाक बदली और अपने ख़ास सिपाहियों कर्पूरी सिंह और तेज़ सिंह के साथ-साथ फ़ौज़ की एक छोटी टुकड़ी लेकर सुल्तान के ख़ेमों की ओर चल दिए। उन्हें वहाँ पहुँचने में ज़्यादा देर नहीं लगी। मलिक एतग़ीन ने सुल्तान रज़िया, बाँदी नयनज्योतिबाई और ख़्वाजासरा इनायत को मलिक अल्तूनिया के हवाले कर दिया। सुल्तान जब से क़ैद हुई थीं, तब से वे अब तक ख़ामोश थीं। उनकी ज़ुबान से एक लफ़्ज भी नहीं निकल रहा था। अब मलिक अल्तूनिया इन तीनों को लेकर फ़ौज़ी टुकड़ी के साथ अपने ख़ेमों की ओर चल दिए। उन्होंने चलते-चलते मलिक एतग़ीन का शुक्रिया अदा किया।

मलिक एतग़ीन उनसे अकेले में बोले, "हमें जल्दी-से-जल्दी दिल्ली पहुँचकर शहज़ादा मुइज़्ज़ुद्दीन को शाही तख़्त पर बिठाना होगा। आप जल्दी-से-जल्दी सुल्तान को लेकर तबरहिन्दा के क़िले में पहुँचें और उन्हें अपनी हिफ़ाज़त में रखें। इस बीच सुल्तान की मर्ज़ी होने पर उनसे निकाह कर लें। हमने वादे के मुताबिक़ सुल्तान को आपके हाथों सौंप दिया है। हमारा यह भी वादा है, हम आपको ही सल्तनत का वज़ीर-ए-आज़म बनाएँगे, लेकिन याद रखें, आप ने हमें नायब-ए-मुल्क बनवाने का वादा किया है।"

"हम अपने वादे पर कायम हैं। इंशा अल्लाह, हमारी जल्दी मुलाक़ात होगी।" अब वे दोनों एक-दूसरे से अलग हो गये। जहाँ मलिक अल्तूनिया अपने फ़ौज़ी ख़ेमों की ओर चल दिए, वहीं मलिक एतग़ीन जल्दी-से-जल्दी दिल्ली पहुँचने के बारे में सोचने लगे।

मलिक एतग़ीन के साथ दूसरे ओहदेदारों और शाही फ़ौज़ की एक छोटी टुकड़ी को दिल्ली वापस पहुँचने में तीन दिन का ही वक़्त लगा जब कि इस दूरी को तय करने में एक हफ़्ता लगा करता था। मलिक एतग़ीन और दूसरे ओहदेदार रात-दिन लगातार सफ़र कर रहे थे। वे शाही थाना-चौकी पड़ने पर अपने थके घोड़ों को वहीं छोड़कर नये घोड़े ले लेते थे।

मलिक एतग़ीन जिस वक़्त अपनी हवेली पर पहुँचे, उस वक़्त तक आधी रात से ज़्यादा गुज़र चुकी थी। रज़ीउद्दीन ने उनसे गुज़ारिश की, "हुज़ूर लम्बे सफ़र से आए हैं। हुज़ूर की तमाम रातें जागते कटी हैं। तीन दिन और तीन रात लगातार घोड़े की सवारी करने से बदन दर्द कर रहा होगा। खादिम की गुज़ारिश है, कुछ देर सो लें।", लेकिन मलिक एतग़ीन की आँखों में नींद नहीं थी। वे न जाने कब से क्या-क्या ख़्वाब देख रहे थे?

सूरज निकलने से पहले ही मलिक एतग़ीन शहज़ादा मुइज़्ज़ुद्दीन की हवेली पर जा पहुँचे। उनके साथ एक छोटी-सी फ़ौज़ी टुकड़ी थी। मलिक एतग़ीन को देखते ही शहज़ादा मुइज़्ज़ुद्दीन के ख़िदमतगारों ने उन्हें दीवानख़ाने में ले जाकर बिठाया और एक ख़ास ख़िदमतगार ने शहज़ादा मुइज़्ज़ुद्दीन को जाकर जगाया। शहज़ादे गुस्ल करने के बाद दीवानख़ाने पहुँचे। दीवानख़ाने के इर्द-गिर्द से तमाम बाँदियाँ, लौंडियाँ और ख़िदमतगार हटा दिए गये। अब मलिक एतग़ीन और शहज़ादा मुइज़्ज़ुद्दीन में कुछ देर तक बातचीत होती रही। शहज़ादा से बातचीत करने के बाद मलिक एतग़ीन वज़ीर-ए-आज़म की हवेली पहुँचे और उनसे भी कुछ देर तक गुफ़्तगू की। इस गुफ़्तगू में उन दोनों हाकिमों के नज़दीक कोई परिन्दा तक नहीं पहुँच सका।

सूरज एक नैज़ा चढ़ने के बाद मलिक एतग़ीन, वज़ीर-ए-आज़म ख़्वाजा मुहज़्ज़बुद्दीन, मलिक बद्रदुद्दीन सुन्क़र रूमी, क़ाज़ी कबीरुद्दीन और अमीर बहाउद्दीन बलबन शहज़ादा मुइज़्ज़ुदीन की हवेली पहुँचे। शहज़ादे मुइज़्ज़ुद्दीन इन्हीं ओहदेदारों का बेसब्री के साथ इन्तज़ार कर रहे थे। अब सभी ओहदेदार शहज़ादा को लेकर क़िल-ए-रायपिथौरा की ओर चल दिए। इनके आगे-पीछे फ़ौज़ के तमाम सिपाही और शहर कोतवाल चल रहे थे। शहज़ादा मुइज़्ज़ुद्दीन की सवारी ग़ज़नी दरवाज़े से क़िले के अन्दर पहुँची। शहज़ादा की शान में नौबतख़ाने में नौबत बज रही थी। ग़ज़नी दरवाज़े से लेकर क़ुश्क-ए-सफ़ेद तक क़ीमती कालीन बिछवाए गये थे।

सड़क के दोनों ओर खड़ी कनीजें शहज़ादा पर फूल बिखेर रही थीं। मलिक एतग़ीन ने अपने ख़िदमतगार रज़ीउद्दीन के ज़रिये शहर कोतवाल के पास शहज़ादे के इस्तक़बाल के वास्ते तभी ख़बर भिजवा दी थी, जब वे सूरज निकलने से पहले शहज़ादा की हवेली पर गये थे।

आज क़ुश्क-ए-सफ़ेद की सजावट देखने लायक़ थी। क़ुश्क-ए-सफ़ेद के लम्बे-चौड़े दीवानख़ाने में बेहतरीन ईरानी कालीन बिछवाए गये थे। दीवारों पर शाही कारख़ाने से ख़ासतौर पर तैयार किए गये मलमल के पर्दे डाले गये। दीवानख़ाने की छत पर दो बेहतरीन नए झाड़फानूस लगवाए गये। समूचा दीवानख़ाना गुलाब के फूलों की मालाओं से सजाया गया। दीवानख़ाने के पूरब में शाही तख़्त लगा था, जिसके इर्द-गिर्द चार तातारी बाँदियाँ नंगी तलवारें लिए खड़ी थीं। शहज़ादा मुइज़्ज़ुद्दीन के क़ुश्क-ए-सफ़ेद के ख़ास दरवाज़े पहुँचते ही उनके ऊपर मोतियों की बरसात होने लगी।

मलिक एतग़ीन ने शहज़ादा को ले जाकर शाही तख़्त पर बिठा दिया। शहज़ादा के शाही तख़्त पर बैठते ही तमाम हाज़िरीन की जुबान से निकल पड़ा, ''सुल्तान-ए-आलम ज़िन्दाबाद...ज़िन्दाबाद...ज़िन्दाबाद।'' शहज़ादे मुइज़्ज़ुद्दीन ऐसे अल्फ़ाज़ सुनने के वास्ते न जाने कब से इन्तज़ार कर रहे थे?

शाही तख़्त के नज़दीक ही एक जवान कनीज़ सोने की थाल में शाही ताज लिए खड़ी थी जिसमें हीरा, नीलम, पुखराज, माणिक और मोती चमक रहे थे। मलिक एतग़ीन ने ताज अपने हाथों में लेकर शहज़ादा की पगड़ी पर अदब के साथ रखा। शहज़ादा के ताज पहनते ही तमाम हाज़िरीन की जुबान से एक बार फिर निकल पड़ा, ''सुल्तान-ए-आलम ज़िन्दाबाद...ज़िन्दाबाद...ज़िन्दाबाद।''

सुल्तान मुइज़्ज़ुद्दीन ने आज के ख़ास मौक़े पर क़िमख़्वाब की गुलाबी रंग की क़ीमती पोशाक पहन रखी थी। सिर पर गुलाबी रंग की ही क़ीमती पगड़ी थी जिसमें बेशक़ीमती बसरा के मोतियों का सरपेच लगा था और जिसमें एक काफ़ी बड़ा और ख़ूबसूरत नीलम चमक रहा था। क़िमख़्वाब की गुलाबी पोशाक में ज़री का बेहतरीन बारीक काम था। सुल्तान के कानों में सोने के कुंडल और गले में सतलड़ा मोतियों का हार था। इस हार में भी सरपेच की तरह एक बड़ा नीलम नीचे की ओर मौजूद था। दोनों हाथों की बीच की अँगूठियों में भी नीलम जड़े हुए थे। सुल्तान के दोनों अँगूठों में आरसी मौजूद थीं। नजूमियों की राय के मुताबिक़ सुल्तान ने ख़ासतौर पर नीलम पहने थे।

सुल्तान को सबसे पहले वज़ीर-ए-आज़म ख़्वाजा मुहज़्ज़बुद्दीन ने मुबारकबाद पेश की और एक हज़ार सोने की अशर्फ़ियाँ नज़र कीं। सुल्तान ने वज़ीर-ए-आज़म की नज़र ख़ुशी-ख़ुशी क़ुबूल की। वज़ीर-ए-आज़म की नज़र क़ुबूल हो जाने के

बाद मलिक एतग़ीन की मुबारकबाद और एक हज़ार अशर्फ़ियों की नज़्र क़ुबूल हुई। वज़ीर-ए-आज़म और मलिक एतग़ीन की नज़र क़ुबूल होने के बाद वहाँ पर मौजूद मलिक बद्रदुद्दीन सुन्क़र रूमी, क़ाज़ी कबीरुद्दीन और अमीर बहाउद्दीन बलबन के साथ-साथ तुर्कान-ए-चिहिलगानी बन्दागान-ए-शम्सी के अमीरों और मलिकों की नज़र क़ुबूल हुईं। तमाम नज़र क़ुबूल होने के बाद मलिक एतग़ीन सुल्तान की ओर मुख़ातिब होकर बोले, "सुल्तान से गुज़ारिश है, तुर्कान-ए-चिहिलगानी बन्दगान-ए-शम्सी के तमाम अमीरों और मलिकों के साथ-साथ वज़ीर-ए-आज़म और हमारी ख़ास सिफ़ारिश पर हुज़ूर सुल्तान मुइज़्ज़ुद्दीन बहरामशाह का आला ख़िताब क़ुबूल करें।"

सुल्तान मुइज़्ज़ुद्दीन को बहरामशाह का ख़िताब पाने पर ख़ुशी हुई। उन्होंने सिर हिलाकर ख़िताब की रजामन्दी दी। मलिक एतग़ीन फिर बोले, "सुल्तान का इक़बाल बुलन्द हो। तुर्कान-ए-चिहिलगानी बन्दगान-ए-शम्सी के तमाम वफ़ादार अमीरों और मलिकों की ख़्वाहिश है, तवारीख़ में हुज़ूर का नाम सुल्तान इल्तुतमिश सानी के नाम से लिखा जाए।" सुल्तान मुइज़्ज़ुद्दीन इल्तुतमिश सानी के नाम से मुस्करा उठे।

अब वज़ीर-ए-आज़म ख़्वाजा मुहज़्ज़बुद्दीन सुल्तान के सामने अदब के साथ झुककर बोले, "सुल्तान से गुज़ारिश है, आज के ख़ास मौक़े पर अपनी मुबारक ज़ुबान से कुछ मुबारक लफ़्ज़ निकालकर हाज़िरीन को इनायत बख़्शें।"

सुल्तान कुछ बोलते, इससे पहले ही जनाब मिनहाज सिराज बोल पड़े, "सुल्तान, गुस्ताख़ी की माफ़ी चाहता हूँ। आज के ख़ास मौक़े के लिए हुज़ूर की ख़िदमत में पेश करने के वास्ते एक क़सीदा तैयार किया है। अगर सुल्तान इजाज़त दें तो पढ़ूँ?"

"इजाज़त है।" सुल्तान मुइज़्ज़ुद्दीन बहरामशाह की ज़ुबान से हिन्दुस्तान का ताजो-तख़्त हासिल करने के बाद पहले अल्फ़ाज़ निकले।

मिनहाज सिराज ने सुल्तान की शान में एक लम्बा क़सीदा तरन्नुम के साथ पढ़ा। इस क़सीदा को पढ़कर सुल्तान ही नहीं, बल्कि वहाँ मौजूद तमाम ओहदेदार मस्ती के आलम में झूम उठे। मिनहाज सिराज ने अपने क़सीदा में सुल्तान मुइज़्ज़ुद्दीन बहरामशाह की बराबरी हज़रत सुलेमान से की। क़सीदा में यह भी कहा गया था कि तमाम दुनिया के ज़िन्नात हुज़ूर के क़ब्ज़े में रहेंगे। तवारीख़ हुज़ूर को सुल्तान इल्तुतमिश सानी के नाम से पुकारेगी। सल्तनत के ही नहीं, बल्कि तमाम दुनिया के मुल्कों के बड़े-से-बड़े ओहदेदार और वहाँ की अवाम हुज़ूर की क़दमबोसी के वास्ते झुकेगी। हुज़ूर की हुकूमत में तमाम मुल्क की अवाम चैन-अमन से रहेगी और शाही परचम हर वक़्त आसमान में लहराते रहेंगे।

सुल्तान मिनहाज सिराज का क़सीदा सुनकर बेहद ख़ुश हुए। अब सुल्तान

बोले, "आज के ख़ास मुबारक मौक़े पर माबदौलत अपने सभी ओहदेदारों के ही नहीं, बल्कि अपनी अवाम के एहसानमंद हैं, शुक्रगुज़ार हैं, जिसने भरोसा करते हुए हमें हिन्दुस्तान के ताजो-तख़्त की ज़िम्मेदारी सौंपी। हम अमीर-ए-हाज़िब मलिक एतग़ीन की वफ़ादारी, ईमानदारी और जाँबाज़ी के साथ-साथ लम्बे तजुर्बे को देखते हुए इन्हें नायब-ए-मुल्क के ख़िताब से नवाजते हैं। हमें उम्मीद है, मलिक एतग़ीन इस नये ओहदे को क़ुबूल करेंगे।"

मलिक एतग़ीन इस ओहदे को पाने के लिए न जाने कब से इन्तज़ार कर रहे थे। वे सुल्तान की शान में झुककर बोले, "हुज़ूर, हम ताजो-तख़्त के वफ़ादार सिपाही हैं। हमें ख़ुशी है, सुल्तान ने हम पर भरोसा करते हुए नायब-ए-मुल्क के ओहदे की ज़िम्मेदारी सौंपी है। सुल्तान के हुक़्म की तामील होगी।"

मलिक एतग़ीन को नायब-ए-मुल्क का आला ख़िताब पाने पर वहाँ मौजूद तमाम हाज़िरीन ने उन्हें मुबारकबाद पेश की। अब सुल्तान ख़्वाजा मुहज़्ज़बुद्दीन की ओर मुख़ातिब हुए और बोले, "ख़्वाजा मुहज़्ज़बुद्दीन सल्तनत के तजुर्बेकार वज़ीर-ए-आज़म हैं। हमारी बहन सुल्तान रज़िया ने इन्हें निज़ामुलमुल्क के आला ख़िताब से नवाज़ा था। हम ख़्वाजा मुहज़्ज़बुद्दीन की ईमानदारी, वफ़ादारी और तजुर्बे को देखते हुए हुक़्म फ़र्माते हैं, इनके वज़ीर-ए-आज़म और निज़ामुलमुल्क के ओहदे आगे भी बरकरार रहेंगे।"

ख़्वाजा मुहज़्ज़बुद्दीन सुल्तान रज़िया के क़ैद हो जाने के बाद से ही भारी उलझन में थे। वे मलिक एतग़ीन के नये दाँव-पेंचों से बख़ूबी वाक़िफ़ थे। उन्हें डर था, कहीं शहज़ादा मुइज़्ज़ुद्दीन के तख़्त पर बैठने से पहले ही उनके ख़िलाफ़ कान न भर दिए जाएँ, जिससे कम उम्र का शहज़ादा बहक जाए और वज़ीर-ए-आज़म का ऊँचा ओहदा उनसे छिन जाए। वज़ीर-ए-आज़म का ओहदा और निज़ामुलमुल्क का आला ख़िताब बरकरार रह जाने से ख़्वाजा का चेहरा खिल उठा। उनकी ज़ुबान से निकल पड़ा, "शुक्रिया सुल्तान।"

अब सुल्तान मलिक बद्रदुद्दीन सुन्क़र रूमी की ओर मुख़ातिब हुए और बोले, "माबदौलत आज के ख़ास मौक़े पर मलिक बद्रदुद्दीन सुन्क़र रूमी के ओहदे में तरक़्क़ी करते हुए सल्तनत का ख़ास ओहदा अमीर-ए-हाज़िब इन्हें सौंपते हैं।"

मलिक बद्रदुद्दीन सुन्क़र रूमी को उम्मीद से कहीं ज़्यादा ऊँचा ओहदा मिल गया था। उनकी ख़ुशी का ठिकाना नहीं था। उन्होंने सुल्तान की शान में तीन बार कोर्निश बजाई और बोले, "शुक्रिया हुज़ूर।"

सुल्तान अमीर बहाउद्दीन बलबन की ओर मुख़ातिब हुए और बोले, "हम इस ख़ुशी के मौक़े पर अमीर बहाउद्दीन बलबन को मलिक बहाउद्दीन बलबन के ख़िताब से नवाज़ते हैं।"

अमीर बहाउद्दीन बलबन अमीर-ए-हाज़िब और अमीर-ए-आखुर जैसे ऊँचे ओहदों का ख़्वाब देख रहे थे। अमीर से मलिक की तरक़्क़ी उनके लिए कोई ख़ास मायने नहीं रखती थी, लेकिन उन्होंने मौक़े की नज़ाकत देखते हुए अपने चेहरे से नाराज़गी जाहिर नहीं होने दी। वे सुल्तान की शान में तीन बार कोर्निश बजाने के बाद बोले, "शुक्रिया हुज़ूर।"

अब सुल्तान बोले, "पिछले सुल्तानों को क़ाज़ी-ए-ममालिक जलालुद्दीन काशानी, क़ाज़ी कबीरुद्दीन और शैख़ मुहम्मद शानी की उम्दा राय हमेशा मिलती रही थी। हम चाहेंगे, तीनों ओहदेदार अपने-अपने ओहदों की ज़िम्मेदारी आगे भी सँभालते रहें।" तीनों ओहदेदार सुल्तान की शान में अदब के साथ झुक गये।

सुल्तान फिर बोले, "मरहूम अब्बाहुज़ूर द्वारा लगवाई गयी इंसाफ़ की जंजीर जो हमारे भाई मरहूम सुल्तान रुकुनुद्दीन फ़ीरोज़शाह और हमारी बहन सुल्तान रज़िया के ज़माने में जिस तरह लगी रही, उसी तरह लगी रहेगी। अवाम को इत्तिला कर दी जाए, फ़रियादी जिनकी फ़रियाद हमारे ओहदेदार नहीं सुन रहे हैं, सूरज उगने के बाद से लेकर सूरज ढलने से पहले तक किसी भी वक़्त इंसाफ़ की जंजीर बजाकर अपनी फ़रियाद पेश कर सकते हैं।"

वज़ीर-ए-आज़म बोले, "तुर्कान-ए-चिहिलगानी बन्दगान-ए-शम्सी के तमाम अमीरों और मलिकों से गुज़ारिश है, वे हिन्दुस्तान के ताजो-तख़्त के साथ-साथ सुल्तान मुइज़्ज़ुद्दीन बहरामशाह और नायब-ए-मुल्क मलिक एतग़ीन के वास्ते वफ़ादारी की क़समें खाएँ।"

अब वज़ीर-ए-आज़म ने एक ख़ास काग़ज़ को पढ़ा, "हम सभी तुर्कान-ए-चिहिलगानी बन्दगान-ए-शम्सी के अमीर और मलिक क़सम खाते हैं, हम ताउम्र सुल्तान मुइज़्ज़ुद्दीन बहरामशाह और नायब-ए-मुल्क मलिक एतग़ीन के साथ-साथ हिन्दुस्तान के ताजो-तख़्त के वफ़ादार सिपाही रहेंगे।"

वज़ीर-ए-आज़म ने जो काग़ज़ अभी पढ़ा था, उसे वहाँ मौजूद तमाम हाज़िरीन ने दोहराकर सुल्तान और मलिक एतग़ीन के वास्ते वफ़ादारी की क़समें खाईं। वज़ीर-ए-आज़म फिर बोले, "सुल्तान की ताजपोशी का ऐलान आज ही दिल्ली के तमाम चौराहों पर किया जाएगा। सुल्तान के पास सल्तनत के तमाम इख़्तियार मौजूद रहेंगे, लेकिन शाही मुहर सुल्तान के बजाय मलिक एतग़ीन के पास मौजूद रहेगी। सुल्तान किसी फ़र्मान या फिर दस्तावेज़ पर अपने दस्तख़त करने के बाद उसे नायब-ए-मुल्क मलिक एतग़ीन के पास भिजवाएँगे और मलिक एतग़ीन जब उस फ़र्मान पर शाही मुहर लगाएँगे, तभी फ़र्मान जारी हो सकेगा। ऐलान है, नजूमियों द्वारा निकाली गयी साइत के मुताबिक़ सुल्तान ग्यारह शब्बाल, दिन सोमवार, छः सौ सैंतीस हिज़री यानि पाँच मई बारह सौ चालीस ईसवी को क़ुश्क-ए-सफ़ेद से

क़ुश्क-ए-दिलक़ुशा तशरीफ ले जाकर उसी दिन दोपहर में दीवान-ए-आम में जलवा अफ़रोज़ होंगे।''

सुल्तान के हाथों से शाही मुहर छिन जाने से उन्हें बेहद तकलीफ़ हुई, लेकिन आज सुबह मलिक एतग़ीन की जब उनसे बातचीत हुई थी, तब इसी शर्त के मुताबिक़ उन्हें गद्दीनशीन किया गया था। वे इस सिलसिले में अब कोई एतराज़ नहीं कर सकते थे। शाही मुहर की शर्त का ऐलान होते ही वहाँ मौजूद हाज़िरीन आपस में कानाफूसी करने लगी। अब सुल्तान ने वज़ीर-ए-आज़म से लेकर तुर्कान-ए-चिहिलगानी बन्दगान-ए-शम्सी के हर एक अमीर और मलिक को ख़िलअत, तलवार और एक-एक कटार इनाम में बख़्शी, जिसे हर ओहदेदार ने ख़ुशी-ख़ुशी क़ुबूल किया। सुल्तान ने ख़िलअत बाँटने के बाद वहाँ मौजूद लौंडियों, बाँदियों, ख़्वाजासराओं और ख़िदमतगारों को भी इनाम-इकराम बाँटने का ऐलान किया।

सुल्तान बोले, ''माबदौलत आज का पहला दरबार ख़त्म होने के बाद अपने मरहूम अब्बाहुज़ूर सुल्तान इल्तुतमिश के मक़बरे पर जाकर चादर चढ़ाने के बाद उनसे दुआ माँगेंगे।''

सुल्तान के इस ऐलान के साथ वहाँ मौजूद हाज़िरीन की जुबान से निकल पड़ा, ''आमीन।''

मलिक इख़्तियारुद्दीन अल्तूनिया जब सुल्तान रज़िया को क़ैद करने के बाद अपने ख़ेमे में पहुँचे थे, तब उन्होंने कर्पूरी सिंह और तेज़ सिंह को बुलवाकर हुक़्म फ़र्माया था कि वे हर हालत में मलिक एतग़ीन के दिल्ली पहुँचने से पहले ख़ुद दिल्ली पहुँच जाएँ और मलिक एतग़ीन, वज़ीर-ए-आज़म और शहज़ादा मुइज़्ज़ुद्दीन पर नज़र रखें। उन्हें यह भी हुक़्म फ़र्माया गया था कि नये सुल्तान की ताजपोशी होने के वक़्त वे हमारी ओर से उस जलसे में मौजूद रहें। उन्होंने इन दोनों से यह भी कहा था कि सुल्तान की ताजपोशी के वक़्त सुल्तान हमें जो ओहदा बख़्शें, उसकी ख़बर जल्दी-से-जल्दी तबरहिन्दा के क़िले में पहुँचाई जाए। मलिक अल्तूनिया के दोनों वफ़ादार सिपाहियों को बेहद हैरानी हुई कि नये सुल्तान ने मलिक अल्तूनिया को कोई ओहदा नहीं बख़्शा।

अब वे दोनों क़ुश्क-ए-सफ़ेद से निकलकर तबरहिन्दा वापस चलने की तैयारी करने लगे।

इकहत्तर

क़िल-ए-रायपिथौरा से क़िल-ए-तबरहिन्दा आधे से कम ही लम्बा-चौड़ा रहा होगा, लेकिन मलिक इख़्तियारुद्दीन अल्तूनिया ने क़िले के अन्दर मौजूद क़ुश्क-ए-हिन्द और क़ुश्क-ए-मुल्क को कुछ ही दिनों पहले बेहतरीन कारीगरों के ज़रिये तैयार कराया था। दोनों महल अपने में बेजोड़ थे। दोनों महलों की चहारदीवारी के अन्दर मुल्क के कोने-कोने से एक-से-एक ख़ूबसूरत गुलाब के पौधे मँगवाकर ख़ास मालियों के ज़रिये लगवाए थे। इन पौधों की देखरेख पचास माली हर वक़्त किया करते थे। पौधों तक पानी पहुँचाने के वास्ते चार-चार हाथ चौड़ी नहरें बनवाई गयी थीं। जिनके बीच-बीच में संगमरमर के ख़ूबसूरत फ़व्वारे लगे थे। नहर में हर वक़्त ताज़ा पानी बहता रहता था। नहर के बीच-बीच में खिले कमलदल किसी का भी ध्यान अपनी ओर आकर्षित कर सकते थे। एक क्यारी से दूसरी क्यारी के बीच की चौड़ी जगह में बेहतरीन हरी घास लगी थी, जिसमें पैर रखते ही क़ीमती ईरानी कालीनों की तरह धँसने लगते थे। दोनों महलों के पूर्वी कोनों में कबूतरख़ाना मौजूद था जिसमें तक़रीबन हर क़िस्म के सौ-सौ कबूतर मौजूद थे। मलिक अल्तूनिया को कबूतर उड़ाने का बेहद शौक़ है। वे हर रविवार के दिन कबूतर उड़ाने का लुत्फ़ लिया करते हैं।

तबरहिन्दा के क़िले में रज़िया का एक-एक दिन एक-एक साल की तरह गुज़र रहा था। सुल्तान जब से क़ैद हुई थीं, तब से तीन दिन तक उन्होंने पानी नहीं पिया था। हालाँकि नयनज्योतिबाई और इनायत ने उनसे कई बार मिन्नतें कीं। सुल्तान के क़ैद होते ही उनका ख़ास हाथी वक़्त बहादुर खूँटे को तोड़कर सुल्तान के पीछे-पीछे भाग आया था। उसके हौदे में हज़ारों अशर्फ़ियाँ भरी थीं। मलिक एतग़ीन के सिपाहियों ने वक़्त बहादुर का दूर तक पीछा किया, लेकिन वे उसे पकड़ने में नाकामयाब रहे। सिपाहियों ने उसे जाल में फँसाना चाहा, लेकिन वक़्त बहादुर ने कई सिपाहियों को अपने पैरों के नीचे कुचलकर मार डाला, जैसे ही मलिक अल्तूनिया सुल्तान को लेकर तबरहिन्दा के क़िले में पहुँचे, वक़्त बहादुर भी वहाँ जा पहुँचा।

सुल्तान रज़िया को क़ैदख़ाने में डालने के बजाय क़ुश्क-ए-हिन्द में ठहराया गया, लेकिन वे वहाँ नज़रबन्द थीं। उनकी ख़िदमत में नयनज्योतिबाई और ख़्वाजासरा इनायत को लगा दिया गया। मलिक अल्तूनिया रोज़ाना सुबह-शाम क़ुश्क-ए-हिन्द पहुँचकर सुल्तान का हाल लेते रहते थे। वे सुल्तान की उतनी ही इज़्ज़त करते थे, जितनी पहले किया करते थे। तक़रीबन पन्द्रह दिन के बाद कर्पूरी सिंह और तेज़ सिंह तबरहिन्दा वापस आ गये। उन्होंने मलिक अल्तूनिया को दिल्ली का हाल सुनाया। मलिक अल्तूनिया को जब इस बात की जानकारी हुई कि नये सुल्तान ने

उन्हें वज़ीर-ए-आज़म का ओहदा ही नहीं, बल्कि कोई भी ओहदा नहीं दिया, तब उन्हें भारी सदमा पहुँचा। उन्हें मलिक एतग़ीन पर बेहद गुस्सा आ रहा था जिसने उनके साथ धोख़ा किया था। मलिक अल्तूनिया को अब अपनी ग़लती का एहसास हुआ।

रज़िया को हिन्दुस्तान का ताजो-तख़्त छिन जाने से कोई ग़म नहीं था। उन्हें इस बात का सदमा था कि अमीर-ए-आखुर जमालुद्दीन याक़ूत, क़ादिरबीवीबानो और उनकी पाँचों ख़ास बाँदियों को मलिक एतग़ीन ने धोख़े के साथ मरवा डाला। वे जमालुद्दीन याकूत, क़ादिरबीवीबानो और अपनी पाँचों बाँदियों की मौत की वजह से हर वक़्त आँसू बहाती रहती थीं। नयनज्योतिबाई के बहुत समझाने पर सुल्तान ने चौथे दिन थोड़ा-सा पानी पिया। उन्होंने पानी भी तब पिया, जब उन्हें जानकारी दी गयी कि वक़्त बहादुर जो भागकर तबरहिन्दा के क़िले में आ पहुँचा है, उसने भी अब तक एक घूँट पानी नहीं पिया। सुल्तान को इस बात की जानकारी ख़ुद मलिक अल्तूनिया ने दी। मलिक ने उन्हें यह भी बताया कि वक़्त बहादुर के हौदे पर रखी तमाम अशर्फ़ियाँ पूरी तरह से महफ़ूज़ हैं। वक़्त बहादुर अपने नज़दीक किसी को आने नहीं दे रहा है। वह पिछली तीन रातों से सोया नहीं है। मलिक अल्तूनिया की ख़ास गुज़ारिश पर सुल्तान रज़िया क़ुश्क-ए-हिन्द से बाहर निकलकर वक़्त बहादुर के नज़दीक पहुँचीं। उस वक़्त उनके साथ मलिक अल्तूनिया, नयनज्योतिबाई और इनायत मौजूद थे।

रज़िया को देखते ही वक़्त बहादुर की आँखों से आँसू बहने लगे। उनके इशारे पर एक बाल्टी पानी मँगवाया गया। रज़िया का इशारा पाते ही वक़्त बहादुर ने पानी पी लिया और अगला इशारा पाते ही ज़मीन पर बैठ गया। अब सुल्तान बोलीं, "मलिक अल्तूनिया, आप ख़िदमतगारों को बुलवाकर वक़्त बहादुर पर कसे हौदे को खुलवाकर तमाम अशर्फ़ियाँ अपने क़ब्ज़े में कर लें।"

मलिक अल्तूनिया ने ताली बजाई। ताली की आवाज़ सुनते ही कई ख़िदमतगार आ पहुँचे। वक़्त बहादुर के हौदे को ख़िदमतगारों ने नीचे उतार लिया। हौदे के नीचे उतरते ही सुल्तान बोलीं, "हमें उम्मीद है, मलिक अल्तूनिया ने जिस तरह हमारा ख़याल रखा है, उसी तरह वक़्त बहादुर का भी रखेंगे।"

"सुल्तान-ए-आलम, हुक़्म की तामील होगी।" मलिक अल्तूनिया की जुबान से निकले अल्फ़ाज़ वहाँ मौजूद हर किसी ने सुने।

सुल्तान क़ुश्क-ए-हिन्द की ओर चल पड़ीं। वे चलते-चलते मलिक अल्तूनिया से बोलीं, "हम क़ैदी हैं। हमें अब सुल्तान कहकर न पुकारा जाए। हिन्दुस्तान के सुल्तान हम नहीं, बल्कि मुइज़्ज़ुद्दीन बहरामशाह हैं।"

धीरे-धीरे वक़्त गुज़रता गया। एक दिन की बात है, शाम होने जा रही थी। आसमान में घने बादल छाए थे। ऐसा लग रहा था कि बरसात होगी, लेकिन हुई नहीं। रज़िया क़ुश्क-ए-हिन्द से बाहर निकलकर गुलाबी बाग़ में आ गयी थीं। वे अभी मौसम का लुत्फ़ ले ही रही थीं कि इनायत आकर बोला, ''सुल्तान-ए-आलम, मलिक अल्तूनिया मिलने की इजाज़त चाहते हैं।''

रज़िया बोलीं, ''उन्हें जाकर भेज दे।''

कुछ ही देर में मलिक अल्तूनिया हाज़िर थे। वे अदब के साथ झुककर बोले, ''हुज़ूर, हमें ख़बर मिली है, नये सुल्तान मुइज़्ज़ुद्दीन बहरामशाह ने नायब-ए-मुल्क एतग़ीन को मरवा डाला है।''

''वजह?'' रज़िया ने बेरुख़ी से पूछा।

''हुज़ूर, मलिक एतग़ीन अपनी हवेली पर सुल्तान की तरह तिहरी नौबत बजवाने लगे थे। उन्होंने नौबत बजवाने के अलावा अपनी हवेली के ख़ास दरवाज़े पर कई हाथी रख लिए थे। वे बिना इजाज़त हाथी की सवारी करने लगे थे। इस बात की शिकायत सुल्तान मुइज़्ज़ुद्दीन बहरामशाह के कानों तक पहुँची। सुल्तान नायब-ए-मुल्क से पहले से ही नाराज़ थे।''

''आख़िर क्यों?'' रज़िया की नज़र गुलाब के एक ख़ूबसूरत फूल पर टिकी थी। वे मलिक की आँख-से-आँख नहीं मिला रही थीं।

''हुज़ूर, हमें कल ही ख़बर मिली, सुल्तान ने हुज़ूर की बहन शहज़ादी सज़िया की शादी मलिक एतग़ीन, मलिक बद्रुद्दीन सुन्क़र और वज़ीर-ए-आज़म ख़्वाजा मुहज़्ज़बुद्दीन की सलाह से क़ाज़ी नसीरुद्दीन के बेटे से करवा दी थी।''

''क्या कहा? शहज़ादी सज़िया की शादी क़ाज़ी नसीरुद्दीन के बेटे से करा दी गयी?'' रज़िया ने चौंककर पूछा। वे अच्छी तरह जानती थीं कि शहज़ादी को तो शादी के नाम से ही चिढ़ थी। उन्हें सुनकर अचरज हुआ। वह शादी के लिए कैसे तैयार हुई?

''जी हाँ हुज़ूर। यह सच है। हुज़ूर, सच तो यह भी है कि कुछ ही दिनों बाद उन दोनों में तलाक हो गया। मलिक एतग़ीन ने इस मौक़े का फ़ायदा उठाकर अपना निकाह शहज़ादी सज़िया के साथ करा लिया।''

इस ख़बर के सुनते ही रज़िया को बेहद तकलीफ़ पहुँची। वे सोचने लगीं कि उनसे हिन्दुस्तान का ताजो-तख़्त छिनते ही उनकी प्यारी बहन की शादी क़ाज़ी नसीरुद्दीन के बेटे से करा दी गयी। क्या नये सुल्तान को हमारी तरह शहज़ादी सज़िया से भी कोई ख़तरा था। उस बेचारी का सियासत से दूर-दूर तक कोई नाता नहीं था। उसका वक़्त पाक क़ुरआन पढ़ने और रोज़ा-नमाज़ में ही गुज़रता था। वे यह भी सोचने लगीं कि उसकी शादी उसकी मर्ज़ी के ख़िलाफ़ हुई होगी, इसीलिए

जल्दी तलाक हो गया होगा। इतना ही नहीं, उस बेचारी को जल्दी दूसरा निकाह मलिक एतग़ीन के साथ करना ही नहीं पड़ा, बल्कि निकाह के बाद फ़ौरन बेवा हो गयी। वे बोलीं, "ख़ुदाबन्दे करीम, तेरी क्या मर्ज़ी है? हमारी प्यारी बहन की हमारे पीछे उसकी मर्ज़ी के ख़िलाफ़ दो-दो शादियाँ तीन महीने के अन्दर हुईं। अफ़सोस, आज वह बेवा है। अल्लाह उसे हिम्मत दे, हौसला दे और क़ियामत के दिन के वास्ते मजबूती दे। पता नहीं, इस वक़्त बेचारी पर क्या बीत रही होगी?"

मलिक रज़िया की ज़ुबान से निकले अल्फ़ाज़ ग़ौर से सुन रहे थे। उनकी ज़ुबान से एक लफ़्ज भी नहीं निकल रहा था। अब वे बोलीं, "मलिक अल्तूनिया, ख़ुदा के लिए आप हमें अकेला छोड़ दें।"

इतना सुनते ही मलिक अल्तूनिया गुलाबी बाग़ से बाहर निकल गये। वे सोचने लगे, शहज़ादी सज़िया के निकाह और फिर निकाह के बाद तलाक और फिर उसका दूसरा निकाह होने के बाद उसके बेवा हो जाने से सुल्तान को गहरा सदमा पहुँचा है। वे यह भी सोच रहे थे कि इस सदमे से सुल्तान को कैसे उबारा जाए? वे इन तमाम बातों के लिए ख़ुद को गुनाहगार समझ रहे थे। वे यह भी सोच रहे थे, अगर हम बग़ावत न करते, तब शहज़ादी सज़िया पर यह आफ़त नहीं आती।

वक़्त तेज़ी से गुज़रता गया। रज़िया को क़ुश्क-ए-हिन्द में आए तक़रीबन छः महीने हो गये थे। मलिक अल्तूनिया ने उनके वास्ते किसी बात की कोई कमी अपनी ओर से नहीं होने दी। अब वक़्त बहादुर ख़ुश रहने लगा था। नयनज्योतिबाई और इनायत के चेहरों पर मुस्कराहट आ गयी थी। वे दोनों मलिक अल्तूनिया के क़ुश्क-ए-हिन्द पहुँचने पर उनसे पहले की तरह बातचीत करने लगे थे। मलिक अल्तूनिया अब भी दोनों वक़्त रज़िया की सेहत का हाल-चाल लेने आ जाते थे।

एक दिन सुबह-सुबह रज़िया नयनज्योतिबाई के साथ क़ुश्क-ए-हिन्द के गुलाबी बाग़ में टहल रही थीं कि मलिक अल्तूनिया आ पहुँचे। मलिक अल्तूनिया को देखकर रज़िया ने नयनज्योतिबाई को वहाँ से चले जाने का इशारा किया। नयनज्योतिबाई इशारा पाते ही गुलाबी बाग़ से बाहर निकल गयी। अब वहाँ रज़िया और मलिक अल्तूनिया ही रह गये थे। सुबह-सुबह गुलाबी बाग़ में मलिक अल्तूनिया को देखकर रज़िया बोलीं, "हम आज तक यह नहीं जान सके हैं, मलिक अल्तूनिया रोज़ाना हमारे पास आकर अपना क़ीमती वक़्त क्यों बर्बाद करते हैं?"

इतना सुनते ही मलिक की आँखें गीली हो गयीं। कुछ ही देर में उनकी आँखों से आँसू बहने लगे। मलिक की आँखों में आँसू देखकर रज़िया बोलीं, "मलिक अल्तूनिया, हमें बेहद ताज़्ज़ुब हो रहा है। हमारे जाँबाज़ मलिक की आँखों में आँसू?"

"सुल्तान...।" मलिक आगे कुछ कह नहीं सके।

"हम आपसे पहले कई बार कह चुके हैं, आप हमें सुल्तान कहकर अब न पुकारा करें। हम आपके क़ैदी हैं।"

"सुल्तान, गुस्ताख़ी माफ़ करें। क़ैदी हुज़ूर नहीं, बल्कि हम ख़ुद हुज़ूर के क़ैदी हैं।" वे अपने आँसू पोंछकर बोले।

सुल्तान हँसी और बोलीं, "क्या कहा? मलिक अल्तूनिया हमारे क़ैदी हैं। सुनकर ताज़्जुब हो रहा है।"

"सुल्तान, हमसे जो ग़लती हुई है, वह माफ़ी के लायक़ नहीं है, लेकिन हुज़ूर से गुज़ारिश है, अब हमें माफ़ कर दें।"

"आपसे क्या ग़लती हुई है? हमें जानकारी नहीं है।"

"हुज़ूर, हम हुज़ूर की मुहब्बत में पागल हो गये थे। मलिक एतग़ीन ने हमें हिन्दुस्तान के वज़ीर-ए-आज़म का ख़्वाब दिखाया। हम उनके बहकावे में आकर बग़ावत कर बैठे।"

सुल्तान मुस्कराईं और पूछा, "आपने हमारी मुहब्बत पाने के वास्ते क्या-क्या किया?"

"सुल्तान, हमें माफ़ करें। हमने हुज़ूर की मुहब्बत पाने के लिए न जाने कितने जादू-टोने करवाए। हमने इस बात के लिए भी जादू-टोने करवाए कि हुज़ूर से जमालुद्दीन याक़ूत की दूरी किसी तरह से बढ़ जाए।"

जमालुद्दीन याक़ूत का नाम सुनते ही रज़िया की आँखों से आँसू बह निकले। वे अपने आँसू पोंछकर बोलीं, "जहाँ तक जमालुद्दीन याकूत से हमारी मुहब्बत का सवाल है। हम आपको बताना चाहेंगे, चाँद में दाग़ है, लेकिन हम दोनों की मुहब्बत में कोई दाग़ नहीं था। हम उसकी वफ़ादारी, दिलेरी, ईमानदारी और जाँबाज़ी पर फ़िदा थे। वह असली मर्द था। उसे धोख़े से मलिक एतग़ीन और दूसरे तुर्की ओहदेदारों ने बेरहमी के साथ मार डाला। उसे जिन लोगों ने धोख़े के साथ मारा, वे मर्द कहलाने के लायक़ नहीं हैं। उन्होंने हमें भी धोख़े से क़ैद किया। अगर वे वाक़ई मर्द थे तो उन्हें मैदान-ए-जंग में आमने-सामने मुक़ाबला करना चाहिए था।, लेकिन ख़ुदा गवाह है, वे एक औरत से भी गये गुज़रे निकले। कहावत है, जो जैसा करता है, वैसा भरता है। मलिक एतग़ीन ने जमालुद्दीन याकूत को धोख़े से मरवा डाला और मलिक एतग़ीन को सुल्तान मुइज़्ज़ुद्दीन बहरामशाह ने धोख़े से ही मरवाया। हम मलिक को बताना चाहेंगे, जमालुद्दीन याक़ूत ने हमें कभी भी नज़र उठाकर नहीं देखा। हमारी मुहब्बत एकतरफ़ा थी।"

सुल्तान की ज़ुबान से निकले अल्फ़ाज़ सुनकर मलिक की आँखें फिर गीली हो गयीं। वे बोले, "हुज़ूर, हमसे भारी ग़लती हुई। अफ़सोस है, हम जमालुद्दीन याक़ूत को समझ नहीं सके। ख़ुदा उन्हें जन्नत बख़्शे।"

मलिक की गीली आँखें देखकर सुल्तान मुस्कराईं और उन्होंने पूछा, "मलिक ने हमारी मुहब्बत पाने के लिए क्या कोई और हथकंडा अपनाया?"

अब मलिक ने अपने गले में पड़ा बगलामुखी यन्त्र निकाला। यन्त्र को देखकर रज़िया ने पूछा, "यह क्या है?"

"हुज़ूर, जब हम कभी मरहूम सुल्तान इल्तुतमिश के साथ बनारस होते हुए लखनौती मुहिम पर गये थे। उस वक़्त एक हफ़्ते के वास्ते सुल्तान के हुक्म से बनारस के नज़दीक गंगा किनारे ख़ेमे लगे थे। हमें किसी तरह से जानकारी हुई कि बनारस के मणिकर्णिका घाट पर कोई शिवशंकर शुक्ल नाम के तांत्रिक हैं जिन्होंने वशीकरण यन्त्र बनाने में महारथ हासिल कर रखी है। हम एक अँधेरी रात में उनके पास पहुँचे और उनसे गुज़ारिश करने के बाद हमने हुज़ूर की मुहब्बत पाने के वास्ते यह बगलामुखी यन्त्र तैयार कराया।"

सुल्तान को क़िस्सा सुनकर हँसी आ गयी। वे बोलीं, "आप इस बगलामुखी यन्त्र को पहन लें। शायद आप हमारी मुहब्बत पा जाएँ।"

अब मलिक ने बगलामुखी यन्त्र पास ही बह रही नहर में फेंक दिया। रज़िया मुस्कराकर बोलीं, "अब हमें यक़ीन है, आप वाक़ई में हमसे मुहब्बत करते हैं। जिस तरह हमारी जमालुद्दीन याक़ूत के साथ एकतरफ़ा मुहब्बत थी, ठीक वैसे ही आपकी मुहब्बत हमसे एकतरफ़ा रही। अफ़सोस है, हम आपको पहचान नहीं सके। हम भी जमालुद्दीन याक़ूत की मुहब्बत में आपकी तरह पागल हो गये थे। अब हम आपके साथ निकाह के वास्ते दिलोजान से तैयार हैं।"

रज़िया की ज़ुबान से निकले अल्फ़ाज़ सुनकर मलिक की ख़ुशी का ठिकाना नहीं रहा। उन्होंने अपने दोनों हाथ ऊपर उठाए और बोले, "अल्लाह, हमसे आज तक जो भी गुनाह हुए हैं, उन्हें माफ़ कर। तेरे यहाँ देर है, अन्धेरा नहीं।"

"मलिक अल्तूनिया, हमने निकाह के वास्ते अपनी रजामंदी आपको दे दी है, लेकिन हमारी कुछ शर्तें हैं।"

"सुल्तान, जल्दी बतलाएँ। हम हुज़ूर की हर शर्त मानने के लिए तैयार हैं।"

"पहली शर्त है, हमारे निकाह में न तो कोई जलसा होगा और न ही कोई जश्न। निकाह के वक़्त कोई भीड़-भाड़ की ज़रूरत नहीं है। निकाह के ग़वाह हमारी ख़ास बाँदी नयनज्योतिबाई और ख़्वाजासरा इनायत रहेंगे। निकाह के बाद क़िल-ए-तबरहिन्दा पर कोई ख़ास रौशनी का इन्तज़ाम नहीं होगा।"

"हमें हुज़ूर की शर्त मंजूर है। हुज़ूर, और कोई शर्त?"

"मलिक अल्तूनिया कभी वज़ीर-ए-आज़म बनने के ख़्वाब देख रहे थे। हम चाहेंगे, मलिक अल्तूनिया हमारी तरह शाही तख़्त पर जलवा अफ़रोज़ हों। हम जब तक मलिक अल्तूनिया को हिन्दुस्तान के शाही तख़्त पर बैठे देख नहीं लेंगे, तब तक

मलिक के साथ हमबिस्तर नहीं होंगे।"

"हुज़ूर, गुस्ताख़ी माफ़ हो। हम हुज़ूर के होते हुए शाही तख़्त पर बैठने की जुर्रत नहीं कर सकते।"

"मलिक अल्तूनिया, हमने दिल्ली की अवाम के सामने कभी वादा किया था, जब तक हम गद्दीनशीन रहेंगे, हम शादी नहीं करेंगे। ख़ुदा की मेहरबानी से हमने अपना वादा निभाया। हम अपनी अवाम की आँखों के सामने गिरना नहीं चाहेंगे। हमने हिन्दुस्तान के ताजो-तख़्त की ज़िम्मेदारी बखूबी निभाई है। हमने अपनी अवाम के वास्ते जो कुछ किया है, दिलोजान से किया है। ताजो-तख़्त हासिल करने के वास्ते फ़ौज़, क़िला और शाही ख़ज़ाने पर क़ब्जा करना ही ज़रूरी नहीं है, बल्कि अवाम के दिल पर क़ब्जा करना ज़रूरी है। हमारी मलिक से गुज़ारिश है, हमें अब क़ुश्क-ए-हिन्द से बाहर निकलने की इजाज़त दे दें, जिससे हम क़िले में अपनी मर्ज़ी से घूम सकें। क़ुश्क-ए-हिन्द में अब हमारा दम घुटने लगा है। हमारी मलिक से यह भी दरख़्वास्त है, जल्दी-से-जल्दी फ़ौज़ में नयी भर्ती करें जिससे हम जंग में कामयाब हो सकें।"

मलिक अदब के साथ बोले, "हमें सुल्तान की हर शर्त मंजूर है। हमने अभी तक पन्द्रह हज़ार फ़ौज़ इकट्ठी कर ली है जो क़िला के बाहर रोज़ाना मशक़्क़त कर रही है। हमने हुज़ूर के हाथी वक़्त बहादुर के हौदे में रखी अशर्फ़ियों को आज तक छुआ नहीं है। वे बतौर अमानत हमारे पास मौजूद हैं।"

"हम वे तमाम अशर्फ़ियाँ आपके हवाले करते हैं। आप बीस हज़ार फ़ौज़ की और भर्ती करें। हमें उम्मीद है, मैदान-ए-जंग में वक़्त बहादुर के हौदे में हमें बैठा देखकर शाही फ़ौज़ के कई ओहदेदार अपनी फ़ौज़ के साथ हमसे आकर मिल जाएँगे। इंशा अल्लाह, उस वक़्त हमें जंग जीतने में ज़्यादा मुश्किल नहीं होगी।"

"सुल्तान, हुक्म की तामील होगी।"

"अब हमें सुल्तान कहकर न पुकारें। हम तो हुज़ूर के क़ैदी हैं। ख़ुदा हमें इतनी ताक़त दे कि हम निकाह के बाद एक ईमानदार और वफ़ादार बीवी की ज़िम्मेदारी बखूबी निभा सकें। वैसे फ़ारसी में कहावत है, इन्न कैद कुन्न अज़ीमन्।"

"यानी?"

रज़िया मुस्कराकर बोलीं, "मतलब है, मर्द औरतों की ज़ात को बेवफ़ा कहते हैं।"

"हुज़ूर, ऐसा नहीं है। हर मर्द औरत को इस नज़रिए से नहीं देखता है।"

"जनाब, हम औरतों के बारे में एक कहावत और भी है।"

"वह क्या?"

"अस्प ओ ज़न ओ शमशीर वफ़ादार के दीद।"

मलिक मुस्कराए और बोले, ''पता नहीं, किसने यह कहावत कही है? क्या खूब कहावत है, भला किसी ने घोड़े, औरत और शमशीर को वफ़ादार देखा है? हुज़ूर, हमें इस कहावत में क़त्तई यक़ीन नहीं है। हमारी निगाह में घोड़ा, औरत और शमशीर उस वक़्त भी काम आते हैं, जब इन्सान मुसीबत में होता है।''

''काश! दुनिया समझ सके।''

''हुज़ूर, अब हमें चलने की इजाज़त दें।''

''अब हमें सुल्तान और हुज़ूर कहकर शर्मिन्दा न करें।'' रज़िया से इजाज़त लेने के बाद मलिक अल्तूनिया निकाह की तैयारी के वास्ते चल दिए। वे जल्दी-से-जल्दी क़ाज़ी को क़ुश्क-ए-हिन्द बुलवाना चाहते थे।

रज़िया और मलिक अल्तूनिया के निकाह की ख़बर जैसे ही बाँदी नयनज्योतिबाई और ख़्वाजासरा इनायत को मिली, उन दोनों की ख़ुशी का ठिकाना नहीं रहा।

बहत्तर

सुल्तान मुइज़्ज़ुद्दीन बहरामशाह को जैसे ही ख़बर मिली कि मलिक अल्तूनिया और रज़िया का निकाह हो गया है और वे दोनों फ़ौज़ लेकर दिल्ली की ओर कूच कर रहे हैं, सुल्तान को ताजो-तख़्त के वास्ते ख़तरा महसूस होने लगा। उन्हें यह भी ख़बर मिली कि मलिक इज़्ज़ुद्दीन मुहम्मद सालारी और मलिक क़ुराक़ुश ख़ाँ दुश्मन से जाकर मिल गये हैं। सुल्तान को डर था कि कहीं दूसरे अमीर और मलिक भी दुश्मन से जाकर न मिल जाएँ। उन्होंने फ़ौरन फ़ैसला लिया कि रज़िया और मलिक अल्तूनिया को हर हालत में दिल्ली पहुँचने से पहले रोका जाए।

उन्होंने वज़ीर-ए-आज़म ख़्वाजा मुहज़्ज़बुद्दीन को बुलाकर हुक़्म फ़र्माया, ''माबदौलत ख़ुद रज़िया और मलिक अल्तूनिया का मुक़ाबला करने के वास्ते दिल्ली से तीन दिन के अन्दर कूच करेंगे। जंग में हमारे साथ आप के अलावा नायब-ए-लश्कर मलिक क़ुतुबुद्दीन हसन ग़ोरी और मलिक बहाउद्दीन बलबन मौजूद रहेंगे। हमारा हुक़्म है, आज ही तमाम ओहदेदारों और फ़ौज़ के सिपाहियों को इत्तिला दे दी जाए जिससे वे फ़ौरन दिल्ली से रवानगी की तैयारी कर सकें। हमारा यह भी हुक़्म है, फ़ौज़ के सिपाहियों को दो महीने की पेशगी तनख़्वाह भी दी जाए।''

वज़ीर-ए-आज़म अदब के साथ झुककर बोले, ''सुल्तान-ए-आलम, हुक़्म की फ़ौरन तामील होगी।''

"इस वक़्त दिल्ली में तक़रीबन कितनी फ़ौज़ होगी?"

"हुज़ूर, इस वक़्त दिल्ली में तक़रीबन पैंतीस हज़ार घुड़सवार और दस हज़ार अहदी मौजूद होंगे।"

"हुक़्म है, हमारे साथ जंग के वास्ते तीस हज़ार घुड़सवार और पाँच हज़ार अहदी चलेंगे। ज़रूरत के वास्ते दो हज़ार मज़दूर और बेलदार साथ रखे जा सकते हैं। बाक़ी पाँच हज़ार घुड़सवार और पाँच हज़ार अहदी दिल्ली की हिफ़ाज़त के वास्ते काफ़ी रहेंगे।"

"हुज़ूर वज़ा फ़र्मा रहे हैं।"

सुल्तान इस पशोपेश में थे कि मलिक अल्तूनिया और रज़िया के साथ न जाने कितनी फ़ौज़ होगी? उन्होंने पूछा, "मलिक अल्तूनिया और रज़िया के पास इस वक़्त तक़रीबन कितनी फ़ौज़ होगी?"

"हुज़ूर, हमें ख़बर मिली है, मलिक अल्तूनिया और रज़िया तक़रीबन बाईस हज़ार घुड़सवार और चार हज़ार अहदी लेकर तबरहिन्दा से पाँच दिन पहले कूच कर चुके हैं। उनके साथ तक़रीबन एक हज़ार मज़दूर और बेलदार भी मौजूद होंगे।"

"क्या मलिक अल्तूनिया के पास जंगी हाथी भी हो सकते हैं?"

"हुज़ूर, सुना गया है, मलिक अल्तूनिया के पास इस वक़्त तक़रीबन चालीस जंगी हाथी मौजूद हैं।"

"और माबदौलत के पास शाही फीलख़ाने में कितने जंगी हाथी होंगे?"

"हुज़ूर, इस वक़्त शाही फीलख़ाने में तक़रीबन एक सौ पचास जंगी हाथी मौजूद हैं।" इस जानकारी के मिलते ही सुल्तान मुस्करा उठे। वे सोचने लगे, हमारे एक सौ पचास जंगी हाथी दुश्मन के चालीस हाथियों के मुक़ाबले काफ़ी अधिक हैं। वे दुश्मन को नेस्तनाबूत करने में देर नहीं लगाएँगे।

सुल्तान बोले, "हमें अभी मग़रिब की नमाज़ पढ़नी है। आप हुक़्मनामा जारी कराएँ।" इतना कहकर सुल्तान क़ुश्क-ए-दिलक़ुशा की ओर चल दिए।

तीन दिन के सफ़र के बाद शाही फ़ौज़ कैथल के नज़दीक जा पहुँची। ख़बरनवीस ने सुल्तान को आकर बताया कि मलिक अल्तूनिया और रज़िया के ख़ेमे एक कोस की दूरी पर पड़े हैं। इस ख़बर को सुनते ही सुल्तान ने ख़ेमे एक चौरस मैदान में लगवा दिए। दोनों ओर से दो दिन तक कोई जंग का ऐलान नहीं हुआ। सिपाही और जानवर अब तक आराम कर चुके थे। हालाँकि दोनों ओर से ढोल, नक़्क़ारा, नगाड़ा, दमामा और तुरही बज रही थीं। फ़ौज़ों के परचम लहरा रहे थे।

जहाँ सुल्तान मुइज़्ज़ुद्दीन बहरामशाह बारगाह-ए-फ़लकताज़ में शाही तख़्त पर जलवा अफ़रोज़ थे, वहीं मलिक अल्तूनिया और रज़िया बारगाह-ए-फ़लकपरवाज़ में एक साथ तख़्त पर बैठे जंग के सिलसिले में आपसी सलाह-मशविरा कर रहे थे।

इसी बीच ख़िदमतगार ने आकर बताया कि मलिक इज़्ज़ुद्दीन मुहम्मद सालारी और मलिक क़ुराक़ुश ख़ाँ मिलने की इजाज़त चाहते हैं। मलिक अल्तूनिया बोले, "उन्हें जाकर भेज दो।"

ख़िदमतगार उल्टे पैर वापस हो गया। कुछ ही देर में मलिक इज़्ज़ुद्दीन मुहम्मद सालारी और मलिक क़ुराक़ुश ख़ाँ बारगाह-ए-फ़लकपरवाज़ में हाज़िर थे। इशारा पाकर दोनों हाकिम कुछ ही दूरी पर सामने बिछे खाली तख़्त पर बैठ गये। बारगाह-ए-फ़लकपरवाज़ में इस वक़्त रज़िया, मलिक अल्तूनिया, मलिक इज़्ज़ुद्दीन मुहम्मद सालारी और मलिक क़ुराक़ुश ख़ाँ के अलावा और कोई मौजूद नहीं था।

चूँकि रज़िया से हिन्दुस्तान का ताजो-तख़्त छिन चुका था, इसलिए दोनों मलिक तख़्त पर बैठे थे। रज़िया ने ख़ुद जानबूझकर दोनों ओहदेदारों को इज़्ज़त देने के लिए बारगाह-ए-फ़लकपरवाज़ में पहले से तख़्त लगवा रखे थे। वे अच्छी तरह से जानती थीं कि लोग उगते सूरज को ही सलाम करते हैं, डूबते को नहीं। वे यह भी समझ रही थीं, उनका सूरज तो क़िल-ए-रायपिथौरा से बाहर क़दम रखते ही डूब गया था। वे सोचने लगीं, काश मलिक अल्तूनिया को ज़रा भी समझ होती, तब हमें आज यह दिन नहीं देखना पड़ता।

रज़िया मलिक सालारी की ओर मुख़ातिब होकर बोलीं, "जनाब मलिक सालारी, आपको मैदान-ए-जंग का ख़ासा तजुर्बा है। आप हमारे मरहूम अब्बाहुज़ूर के साथ कई बार मैदान-ए-जंग में अपने जौहर दिखा चुके हैं। हमें लगता है, सुल्तान मुइज़्ज़ुद्दीन बहरामशाह कल जंग छेड़ सकते हैं। आपका क्या ख़याल है।"

"हुज़ूर, हमें भी कुछ ऐसी ही ख़बर मिली है। हमारे कुछ सिपाही दुश्मन के सिपाहियों से पुराने रिश्ते अभी तक कायम किए हैं। उन्होंने हमें ख़बर दी है, सुल्तान कल सूरज एक नैज़ा चढ़ने के बाद कभी भी जंग छेड़ सकते हैं। हुज़ूर को मालूम होना चाहिए, इस वक़्त हमारे पास ज़्यादा तजुर्बेकार अमीर और मलिक मौजूद नहीं हैं। इसलिए जनाब मलिक अल्तूनिया, जिन्होंने मरहूम सुल्तान इल्तुतमिश के ज़माने में तमाम जंग लड़ी हैं, वे मैदान-ए-जंग में हरावल की कमान ख़ुद अपने हाथों में लें। जहाँ तक दायें और बायें बाजू की कमान की ज़िम्मेदारी का सवाल है, एक कमान हम सँभाल लेंगे और दूसरी कमान जनाब मलिक क़ुराक़ुश ख़ाँ सँभाल लेंगे।"

बारगाह-ए-फ़लकपरवाज़ में इन दोनों ओहदेदारों को बुलवाने से पहले रज़िया और मलिक अल्तूनिया ने तय कर लिया था कि जहाँ हरावल की कमान मलिक अल्तूनिया ख़ुद सँभालेंगे, वहीं दायें बाजू की कमान मलिक इज़्ज़ुद्दीन मुहम्मद सालारी को और बायें बाजू की कमान मलिक क़ुराक़ुश ख़ाँ के हाथों में सौंप दी जाए। रज़िया ने मलिक क़ुराक़ुश ख़ाँ की ओर मुख़ातिब होकर पूछा, "जनाब मलिक

क़ुराक़ुश ख़ाँ, इस सिलसिले में क्या कहना चाहेंगे?''

मलिक क़ुराक़ुश ख़ाँ अपनी लम्बी अधपकी दाढ़ी पर हाथ फेरते हुए बोले, ''जनाब मलिक सालारी ने अभी जो फ़र्माया है, वज़ा फ़र्माया है। आगे हुज़ूर, जो हुक़्म दें।''

मलिक अल्तूनिया बोले, ''मलिक सालारी से गुज़ारिश है, वे दाहिने बाजू की कमान सँभालें। उनकी कमान में छः हज़ार घुड़सवार मौजूद रहेंगे और मलिक क़ुराक़ुश ख़ाँ फ़ौज़ का बाँया बाजू सँभालें। उनकी कमान में भी छः हज़ार घुड़सवार रहेंगे। जहाँ तक हमारा सवाल है, हम मलिक इज़्ज़ुद्दीन मुहम्मद सालारी की राय के मुताबिक़ हरावल में छः हज़ार घुड़सवारों के साथ मौजूद रहेंगे और हमारे आगे चालीस जंगी हाथी दुश्मन का सामना करने के लिए मौजूद रहेंगे।''

अब मलिक अल्तूनिया रज़िया की ओर मुख़ातिब होकर बोले, ''हमारी सुल्तान से गुज़ारिश है, वे फ़ौज़ के बीचोबीच चार हज़ार घुड़सवारों के साथ वक़्त बहादुर के हौदे में मौजूद रहें।''

रज़िया बोलीं, ''हम पहले कई बार जनाब मलिक अल्तूनिया से गुज़ारिश कर चुके हैं, हमें सुल्तान कहकर न पुकारा करें। हम इस वक़्त हिन्दुस्तान के सुल्तान नहीं हैं। अब हम इनकी बेगम हैं। हिन्दुस्तान के सुल्तान मुइज़्ज़ुद्दीन बहरामशाह हैं, जिनकी फ़ौज़ का हम सामना करने जा रहे हैं।'' रज़िया की ज़ुबान से निकले अल्फ़ाज़ सुनकर मलिक अल्तूनिया ही नहीं, बल्कि वहाँ मौजूद दोनों हाकिम मुस्करा उठे।

रज़िया दोनों हाकिमों की ओर देखकर बोलीं, ''हमें मलिक सालारी और मलिक क़ुराक़ुश ख़ाँ पर पूरा भरोसा है। हम इतना ज़रूर चाहते हैं, हमारा कोई भी सिपाही या ओहदेदार इस दरम्यान शराब नहीं पिए।'' रज़िया को पता था कि मलिक सालारी और मलिक क़ुराक़ुश ख़ाँ दोनों बेहद शराब पीते हैं।

मलिक सालारी बोले, ''हुज़ूर बेफ़िक्र रहें। जंग ख़त्म होने तक हम लोग शराब को मुँह तक नहीं लगाएँगे।''

कुछ देर की ख़ामोशी के बाद मलिक सालारी फिर बोले, ''फ़ौज़ में नयी भर्ती काफ़ी तादात में हुई है। हालाँकि फ़ौज़ में तुर्क, मुइज़्ज़ी और दूसरे क़बीलों के मुसलमानों के अलावा लड़ाकू राजपूत, खोखर और जाट मौजूद हैं, लेकिन सुल्तान मुइज़्ज़ुद्दीन बहरामशाह के मुक़ाबले हमारी फ़ौज़ कम होने की वजह से जंग बेहद होशियारी और चालाकी से लड़नी होगी।''

मलिक अल्तूनिया मलिक सालारी की ओर मुख़ातिब होकर बोले, ''मलिक सालारी ने वज़ा फ़र्माया है। हम उनकी राय से इत्तिफ़ाक रखते हैं, लेकिन जहाँ तक हमारी फ़ौज़ का सवाल है, फ़ौज़ में ज़्यादातर राजपूत कौमों के लड़ाकू चौहान,

चंदेल, राठौर, परिहार, बड़गूजर, कछवाहा, परमार, सिकरवार, गहरवार, बुन्देला, सोलंकी, सेंगर और झाला राजपूत हैं। इनका खानदानी पेशा मैदान-ए-जंग में लड़ना है। हमने इन्हें एक माह की पेशगी तनख़्वाह ही नहीं दी है, बल्कि इन्हें ख़ासी मशक़्क़त कराई है। उम्मीद है, हमारे बहादुर सिपाही मैदान-ए-जंग में जी-जान से लड़ेंगे। फ़िलहाल इन पर भरोसा करना चाहिए। आगे ख़ुदा मालिक है।''

जहाँ बारगाह-ए-फ़लकपरवाज़ में मैदान-ए-जंग के सिलसिले में सलाह-मशविरा हो रहा था, वहीं बारगाह-ए-फ़लकताज़ में सुल्तान मुइज़्ज़ुद्दीन बहरामशाह, वज़ीर-ए-आज़म ख़्वाजा मुहज़्ज़बुद्दीन, नायब-ए-लश्कर मलिक क़ुतुबुद्दीन हसन ग़ोरी और मलिक बहाउद्दीन बलबन से जंग के सिलसिले में राय-मशविरा कर रहे थे। सलाह-मशविरा हो जाने के बाद सुल्तान ने वज़ीर-ए-आज़म को हुक़्म फ़र्माया, ''आप आठ हज़ार घुड़सवारों के साथ दाहिने बाज़ू की कमान सँभालें।''

''बेहतर हुज़ूर।'' वज़ीर-ए-आज़म अदब के साथ झुककर बोले।

''बायें बाजू की कमान मलिक बहाउद्दीन बलबन के हाथों में सौंपी जाती है। आपकी कमान में आठ हज़ार घुड़सवार मौजूद रहेंगे।''

मलिक बहाउद्दीन बलबन ने सुल्तान की शान में कोर्निश बजाई और बोले, ''सुल्तान ने ख़ास ज़िम्मेदारी देकर हमारी इज़्ज़त में इज़ाफ़ा किया है। हम सुल्तान के शुक्रगुज़ार हैं। हमें उम्मीद ही नहीं, बल्कि यक़ीन है, हम आधा दिन के अन्दर ही दुश्मन पर फ़तेह पा लेंगे।''

सुल्तान के चेहरे पर मुस्कराहट छा गयी। वे बोले, ''हमें आपसे ऐसी ही उम्मीद है।''

अब सुल्तान नायब-ए-लश्कर मलिक क़ुतुबुद्दीन हसन ग़ोरी की ओर मुख़ातिब होकर बोले, ''आप कई जंग लड़ चुके हैं और आपको जंग का ख़ासा तजुर्बा है। इसलिए माबदौलत आपको फ़ौज़ के हरावल की ज़िम्मेदारी सौंपते हैं। आपकी कमान में भी आठ हज़ार घुड़सवार रहेंगे।''

नायब-ए-लश्कर मलिक क़ुतुबुद्दीन हसन ग़ोरी अच्छी तरह से समझ रहे थे कि सुल्तान हरावल की कमान किसी और के हाथों में नहीं सौंपेगे। वे यह भी समझ रहे थे कि दुश्मन से सबसे ज़्यादा ख़तरा हरावल में ही रहता है। वज़ीर-ए-आज़म का ज़्यादा वक़्त दिल्ली में ही गुज़रा था। उनका जंग से दूर-दूर तक का वास्ता नहीं था। बहाउद्दीन बलबन अभी नई उम्र का होने के साथ नातजुर्बेकार है, इसलिए उसे हरावल की ज़िम्मेदारी कैसे सौंपी जा सकती थी? और सुल्तान क्यों हरावल में मौजूद रहकर अपनी जान ख़तरे में डालते। वे बोले, ''हुज़ूर, हुक़्म की तामील होगी।''

सुल्तान को अपने जंगी हाथियों पर बेहद भरोसा था। सुल्तान ने नायब-ए-

लश्कर मलिक ग़ोरी को एक और हुक़्म फ़र्माया, "जंगी हाथियों को मैदान-ए-जंग में ले जाने से पहले हल्की शराब पिलवाएँ, जिससे वे जोशो-खरोश से भरे रहें। इन जंगी हाथियों को दो क़तारों में नायब-ए-लश्कर हरावल के आगे खड़ा करें जिससे दुश्मन के सिपाहियों को हमारे हाथी बेरहमी के साथ रौंद सकें।"

अब तक रात दो पहर गुज़र चुकी थी। सुल्तान की आँखों में नींद भरी थी। वे ख़ुद सोना चाहते थे। इसलिए उन्होंने हुक़्म फ़र्माया, "हम चाहेंगे, हमारे तीनों ओहदेदार कुछ देर के वास्ते आराम फ़र्मा लें और सुबह जल्दी उठकर फौज़ को हुक़्म के मुताबिक़ सजवाएँ। अब हम दुश्मन के हमला बोलने का इन्तज़ार और नहीं करेंगे। चूँकि मौसम में हल्की ठंडक है, इसलिए सूरज एक नैज़ा चढ़ने के बाद जंग शुरू कर दी जाए।" सुल्तान का यह फ़ैसला नायब-ए-लश्कर को पसन्द नहीं आया। वे नहीं चाहते थे कि जंग अपनी तरफ़ से छेड़ी जाए, लेकिन वे नये और नातजुर्बेकार सुल्तान से कुछ कह सकने की हिम्मत नहीं कर पा रहे थे।

रज़िया और नयनज्योतिबाई लाल ख़ेमे से फ़ौलादी ज़िरहबख़्तर खोद और जौशन पहनकर बाहर निकल रही थीं। उनके एक कन्धे पर लटके तरकस में तमाम तीर और दूसरे कन्धे पर कमान मौजूद थी। दोनों की कमर में दो-दो तलवारें और कटारें खुंसी थीं। हालाँकि हाथी वक़्त बहादुर के हौदे में तमाम तीरों के साथ-साथ दूसरे जंगी हथियार मौजूद थे। रज़िया को मैदान-ए-जंग में जाता देखकर ख़्वाजासरा इनायत रज़िया के पैरों पर गिर पड़ा। वह बोला, "सुल्तान, गुस्ताख़ी माफ़ हो। हम भी हुज़ूर के साथ मैदान-ए-जंग में चलेंगे।"

रज़िया आँखें तरेरकर बोलीं, "जनाब, मैदान-ए-जंग बच्चों का खेल नहीं है। वहाँ कौन कब मौत के मुँह में समा जाए, पता नहीं। आप यहीं ठहरें।"

"हुज़ूर, हमें एक मौक़ा दें। हम भी दुश्मन के साथ दो-दो हाथ करना चाहते हैं।" इनायत अब भी सुल्तान के पैर नहीं छोड़ रहा था।

"इनायत, उठें और हमारी बात ग़ौर से सुनें। मैदान-ए-जंग में जब दो फ़ौजें लड़ती हैं, तब एक की हार होती है और एक की जीत। अगर हम ख़ुदा-न-खास्ता जंग हार जाते हैं या फिर जंग में मारे जाते हैं, तब आप हमारी तरफ़ से आज़ाद हैं और तब आप नये सुल्तान की ख़िदमत में जा सकते हैं।"

इनायत अब उठकर खड़ा हो गया। वह बोला, "हुज़ूर, हम आपके अलावा किसी और को सुल्तान कहकर नहीं पुकार सकते। हुज़ूर ही हमारी सुल्तान हैं।"

"इनायत, बचपना छोड़ें। हम अब सुल्तान नहीं हैं। इस वक़्त हिन्दुस्तान के सुल्तान मुइज़्ज़ुद्दीन बहरामशाह हैं।"

"अल्लाह हुज़ूर को सौ साल की उम्र बख़्शे और हमें ताउम्र हुज़ूर की ख़िदमत

करने का मौक़ा दे।''

''इनायत, इंसान जैसा सोचता है, वैसा होता नहीं है।''

रज़िया ने अपने गले से पचलड़ा मोतियों का हार और हाथों से जड़ाऊ कंगन उतारे और इनायत को देकर बोलीं, ''हमें देर हो रही है। अब जाने दें।''

''हुज़ूर, हम इनका क्या करेंगे?'' इनायत क़ीमती हार और जड़ाऊ कंगन देखकर बोला।

''आप बतौर हमारी निशानी इन्हें अपने पास रखें और हमारी बात एक बार फिर ग़ौर से सुनें, अगर हम जंग में मारे जाते हैं, तब आप यहाँ से फ़ौरन दिल्ली चले जाएँ और वहाँ जाकर मोहिनी की ख़िदमत करें। उसे ख़िदमतगार की ज़रूरत होगी।'' रज़िया समझ रही थीं कि इनायत और किसी की ख़िदमत में नहीं जाएगा।

मोहिनी का नाम सुनते ही नयनज्योतिबाई की आँखें गीली हो गयीं। वे सोचने लगीं, क़ादिरबीवीबानो, गुल-ए-अब्बासी, चंचलबाई, चन्द्रकला, कजरी और गुलसुल्तानबानो सब-की-सब इस दुनिया को छोड़कर चली गयीं। सुल्तान के बाद इस दुनिया में हमारा कोई नहीं रहेगा। अगर सुल्तान इस दुनिया से चली गयीं, तब हम जीकर क्या करेंगी?, लेकिन कुछ ही देर में उनके मन में ख़याल आया कि इस तरह की बुज़दिली ठीक नहीं। अब उनके दिल ने कहा, आज हम नहीं या दुश्मन नहीं।

रज़िया नयनज्योतिबाई को लेकर तेज़ क़दमों के साथ मैदान-ए-जंग की ओर चल दीं। इनायत चुपचाप खड़ा उन दोनों को देख रहा था। उसकी दोनों आँखों से आँसू बह रहे थे। अब उसने अपने दोनों हाथ ऊपर उठाए और बोला, ''ख़ुदा ख़ैर करे।''

सूरज एक नैज़ा चढ़ चुका था। दोनों ओर की फ़ौज़ें आमने-सामने खड़ी थीं। ढोल, नक़्क़ारा, नगाड़ा, धौंसा और दमामा बज रहे थे। मलिक बहाउद्दीन बलबन, जिसके ज़िम्मे शाही फ़ौज़ की बायीं कमान थी, उसने मलिक अल्तूनिया के हरावल पर धावा बोला। अचानक हुए धावे की वजह से मलिक अल्तूनिया के हरावल को पीछे हटना पड़ा। मलिक अल्तूनिया का हरावल जैसे ही पीछे खिसका, मलिक क़ुतुबुद्दीन हसन ग़ोरी ने अपने हरावल के आगे खड़े जंगी हाथियों के महावतों को ख़बर भिजवाई कि वे आगे बढ़कर दुश्मन को कुचल डालें। हुक़्म सुनते ही महावत जंगी हाथियों को लेकर दुश्मन की फ़ौज़ पर टूट पड़े। इन हाथियों का सामना मलिक के चालीस हाथी देर तक नहीं कर सके। उन्हें पीछे ढकेल दिया गया।

अब शाही हाथी जहाँ अहदियों को अपने पैरों तले कुचल रहे थे, वहीं घुड़सवारों को अपनी सूँड़ में लपेटक़र हवा में फेंक रहे थे। मलिक अल्तूनिया के

हाथियों के पीछे हटने की वजह से ख़ुद अपनी ही फ़ौज़ के अहदी कुचले जाने लगे। कुछ देर के वास्ते अहदियों में भगदड़ मच गयी। इस भगदड़ और मलिक अल्तूनिया के हरावल के पीछे हटने पर रज़िया ने वक़्त बहादुर के महावत से कहा कि वह वक़्त बहादुर को आगे बढ़ाए। वक़्त बहादुर के आगे बढ़ते ही रज़िया की फ़ौज़ भी आगे बढ़ने लगी। दाहिने बाजू से वज़ीर-ए-आज़म अपनी फ़ौज़ लेकर दुश्मन के बायें बाजू पर टूट पड़े।

अब तलवारें तलवारों से टकरा रही थीं। घुड़सवार एक-दूसरे पर भालों और नैज़ों से वार कर रहे थे। तीरंदाज़ अपने अचूक निशाने लगा रहे थे। तक़रीबन एक पहर की जंग में दोनों ओर के एक हज़ार सिपाही अब तक मारे जा चुके थे। ज़मीन लाशों से पट गयी थी। घायलों के बदन से ख़ून बह रहा था। घोड़े और हाथी सिपाहियों को अपने पैरों से रौंद रहे थे। वे चिल्लाने के अलावा कुछ नहीं कर सकते थे।

अब वक़्त बहादुर ने आगे बढ़कर शाही फ़ौज़ के तमाम सिपाहियों को अपने पैरों से रौंद डाला। वह जिधर मुड़ जाता था, उधर के हाथी डर के मारे मैदान छोड़कर भाग उठते थे। महावत अपने-अपने हाथियों को किसी तरह काबू में कर रहे थे। अब तक हुई जंग में मलिक क़ुतुबुद्दीन हसन ग़ोरी को गहरा घाव लगा था। उन्हें घायल देखकर रज़िया वक़्त बहादुर को लेकर आगे बढ़ आईं। वे सोच रही थीं कि कम-से-कम दुश्मन के एक बाजू के हाकिम को किसी तरह मार गिराया जाए जिससे दुश्मन कमज़ोर पड़ सके।, लेकिन वे अभी आगे ही बढ़ी थीं कि एक ख़बरनवीस ने आकर ख़बर दी कि मलिक अल्तूनिया को मलिक बहाउद्दीन बलबन और उनकी फ़ौज़ ने घेरकर मार डाला।

रज़िया यह ख़बर सुनकर चौंकीं, लेकिन मैदान-ए-जंग में वे कर भी क्या सकती थीं। उन्होंने ख़ुदा को याद किया और बोलीं, "अल्लाह मलिक इख़्तियारुद्दीन अल्तूनिया को जन्नत बख़्शे।"

अब वे वक़्त बहादुर को लेकर और आगे बढ़ गयीं। अब तक रज़िया ने तक़रीबन पचास घुड़सवारों को अपने तीरों से मार गिराया था। रज़िया के पीछे बैठी नयनज्योतिबाई भी अपने अचूक निशाने से दुश्मन के कई सिपाहियों को मौत के घाट उतार चुकी थीं। सुल्तान मुइज़्ज़ुद्दीन बहरामशाह को जैसे ही यह ख़बर मिली कि मलिक क़ुतुबुद्दीन हसन ग़ोरी घायल हो गये हैं। उन्होंने ख़बरनवीस के ज़रिये मलिक बहाउद्दीन बलबन और वज़ीर-ए-आज़म के पास ख़बर भिजवाई कि वे बायें और दायें बाजू से आगे बढ़कर वक़्त बहादुर हाथी को घेर लें। सुल्तान ने यह भी ख़बर भिजवाई कि जब वक़्त बहादुर घेरे में आ जाए, तब उसके महावत को सबसे पहले तीरों का निशाना बनाया जाए और महावत के मरते ही रज़िया को ज़िन्दा पकड़ा

जाए। ख़बरनवीस इस ख़बर को लेकर अलग-अलग अपने-अपने घोड़ों को दौड़ाते हुए वज़ीर-ए-आज़म और मलिक बहाउद्दीन बलबन के नज़दीक पहुँचे। उन्होंने उन दोनों ओहदेदारों को सुल्तान का हुक़्म सुनाया।

सुल्तान का हुक़्म सुनते ही वज़ीर-ए-आज़म और मलिक बहाउद्दीन बलबन ने अपनी-अपनी फ़ौज़ को आगे बढ़ाते हुए वक़्त बहादुर को घेरे में ले लिया। इन दोनों हाकिमों ने अपने-अपने तीरंदाज़ों से कहा कि वे वक़्त बहादुर के महावत को निशाना बनाएँ। कुछ ही देर में वक़्त बहादुर के महावत को कई तीर आकर लगे जिससे वह ज़मीन पर गिर पड़ा। रज़िया ने जब देखा कि महावत घायल होकर गिर चुका है, तब उन्होंने नयनज्योतिबाई को इशारा किया। रज़िया का इशारा पाते ही नयनज्योतिबाई वक़्त बहादुर की गर्दन पर आ बैठीं। उन्होंने उसे थपथपाकर क़ब्ज़े में कर लिया।

दुश्मन की नज़र वक़्त बहादुर पर टिकी हुई थी। जब दुश्मन ने देखा कि महावत की ज़िम्मेदारी नयनज्योतिबाई ने सँभाल ली है, तब उन्होंने नयनज्योतिबाई पर एक साथ सैकड़ों तीर छोड़े। अब क्या था, नयनज्योतिबाई भी घायल होकर गिर पड़ीं और कुछ ही देर में उनके प्राण निकल गये। नयनज्योतिबाई जैसे ही वक़्त बहादुर से नीचे गिरीं, रज़िया की हिम्मत टूटने लगी, लेकिन उन्होंने जल्दी ही ख़ुद पर काबू पा लिया। वक़्त बहादुर अब भी अपनी ज़िम्मेदारी बखूबी निभा रहा था। अब रज़िया ने बिना महावत के ही दुश्मन पर तीरों की बरसात शुरू कर दी। दुश्मन के तीरंदाज़ एक साथ कई तीर रज़िया पर छोड़ रहे थे। वे अधिकतर तीरों से ख़ुद को बचा रही थीं, लेकिन फिर भी कई तीर उनके बदन में घुस चुके थे। उनके बदन से ख़ून तेज़ी से बह रहा था। ज़िरहबख़्तर ख़ून में डूब गया था।

अब शाही फ़ौज़ के तीरंदाज़ों ने निशाना साध-साधकर वक़्त बहादुर के पैरों पर तीर छोड़े। वक़्त बहादुर के चारों पैर साही के बालों की तरह दिखाई पड़ रहे थे। घायल वक़्त बहादुर अब भी दुश्मन के सिपाहियों को अपने पैरों से रौंद रहा था और घुड़सवारों को अपनी सूँड़ में लपेटकर आसमान में फेंक रहा था। उसकी मदद के वास्ते इस वक़्त कोई मौजूद नहीं था। वह जानवर होते हुए भी इंसान से ज़्यादा वफ़ादारी निभा रहा था। घायल रज़िया अब भी तीरों से दुश्मन पर वार कर रही थीं। उन्हें इस वक़्त इस बात का कोई ख़याल नहीं था कि वक़्त बहादुर बिना महावत के है और वह बुरी तरह से जख़्मी है।

ताज़्जुब की बात थी, जंग के दौरान मलिक इज़्ज़ुद्दीन मुहम्मद सालारी और मलिक क़ुराक़ुश ख़ाँ को एक खरोंच तक नहीं आई थी। दोनों मलिकों का कहीं अता-पता नहीं था। मलिक अल्तूनिया के मारे जाने की ख़बर अधिकतर फ़ौज़ को हो जाने की वजह से उनकी फ़ौज़ के सिपाहियों के पैर मैदान-ए-जंग से उखड़ चुके थे। उन्हें जिधर रास्ता दिखाई दे रहा था, उधर भाग रहे थे।

अब वक़्त बहादुर के पैर ही नहीं, उसका समूचा बदन तीरों से घायल हो गया था। इसी बीच मौक़ा पाकर शाही फ़ौज़ के चार जंगी हाथियों ने उसे घेरकर ज़ोर-ज़ोर से टक्करें मारनी शुरू कर दीं। वह बेचारा कब तक चार-चार हाथियों का अकेला सामना करता। आख़िर घायल वक़्त बहादुर ज़मीन पर गिर पड़ा। अब रज़िया भी हौदे समेत ज़मीन पर आ गिरीं। उनके बदन में अनेक तीर चुभे थे। एक तीर उनकी गर्दन में भी लग गया था। रज़िया ने ज़मीन से उठने की कोशिश की, लेकिन उठ नहीं सकीं। अचानक हाथी के हौदे से नीचे गिरने की वजह से शायद उनके पैर की हड्डी टूट गयी थी। उन्हें दुश्मन ने घेरे में ले लिया था। सुल्तान मुइज़्ज़ुद्दीन बहरामशाह को जैसे ही ख़बर मिली कि दुश्मन के अधिकतर घुड़सवार और अहदी मैदान-ए-जंग से भाग गये हैं और रज़िया घायल होकर ज़मीन में पड़ी हैं। वे अपने हाथी को लेकर उस जगह आ पहुँचे, जहाँ रज़िया घायल हालत में पड़ी हुई थीं। सुल्तान के वहाँ पहुँचते ही वज़ीर-ए-आज़म ख़्वाजा मुहज़्ज़बुद्दीन, मलिक बहाउद्दीन बलबन और घायल नायब-ए-लश्कर मलिक क़ुतुबुद्दीन हसन ग़ोरी भी आ पहुँचे।

रज़िया की हालत देखकर सुल्तान अपने हौदे से नीचे उतर आए। उनके ज़मीन पर क़दम रखते ही तीनों ओहदेदार भी अपने-अपने घोड़ों से नीचे उतर आए। अब सुल्तान रज़िया के नज़दीक पहुँचे। रज़िया की हालत देखकर उनकी आँखों में आँसू आ गये। वे बोले, ''आपाजान, हमें माफ़ करें।''

रज़िया मारे दर्द के कराह रही थीं। उन्होंने नज़दीक खड़े सल्तनत के तीनों ओहदेदारों पर उड़ती हुई नज़र डाली। तीनों ओहदेदारों की गर्दन शर्म के मारे झुकी हुई थीं। अब रज़िया सुल्तान की ओर देखकर बोलीं, ''भाई सुल्तान मुइज़्ज़ुद्दीन बहरामशाह को हिन्दुस्तान का ताजो-तख़्त मुबारक हो। हुज़ूर का ताजो-तख़्त ताक़ियामत सलामत रहे। हुज़ूर की उम्रदराज हो।''

सुल्तान अच्छी तरह समझ रहे थे कि उनकी बहन रज़िया अब थोड़ी ही देर की मेहमान हैं। वे अदब के साथ बोले, ''आपाजान, शुक्रिया। अब तक मरनेवाले की आख़िरी ख़्वाहिश पूरी किए जाने की रस्म चली आ रही है। हम जानना चाहेंगे, आपकी आख़िरी ख़्वाहिश क्या है?''

''सुल्तान, दिल्ली की अवाम हमसे बेहद मुहब्बत करती है। इसलिए हमें दिल्ली में जमुना दरिया के नज़दीक तुर्कमान मुहल्ले के क़ब्रिस्तान में दफ़्न किया जाए, लेकिन हमारी क़ब्र के ऊपर कोई मक़बरा तामीर न हो।''

''और कुछ?''

''सुल्तान से...हमारी एक...और...इल्तिजा...है।'' रज़िया की जुबान से बमुश्किल लफ़्ज़ निकल रहे थे।

''आपाजान, हुक़्म दें।''

‘‘हुकूमत में...मर्द...और...औरत...को...एक...नज़र...से...देखा...।’’

रज़िया की ज़ुबान से अभी पूरे लफ़्ज़ नहीं निकल सके थे कि उनकी गर्दन एक ओर लुढ़क गयी। रज़िया की मौत होते ही सुल्तान ने अपने सिर पर रखा ताज उतार दिया, जिसे एक ख़िदमतगार ने अपने हाथों में ले लिया। सुल्तान की आँखें गीली ही नहीं थीं, बल्कि उनकी आँखों से आँसू बह रहे थे। सुल्तान अपने आँसू पोंछकर मरहूम सुल्तान रज़िया की शान में झुक गये। उनके झुकते ही वहाँ मौजूद हाकिम और सिपाही भी मरहूम सुल्तान की शान में अदब के साथ झुक गये।

□□□